Leonardo Padura

Der Mann,
der Hunde liebte

Zu diesem Buch

»Tötet ihn nicht! Dieser Mann muss reden«, rief der schwer verwundete Leo Trotzki seinen Leibwächtern zu, als sie sich auf den Mann stürzten, der ihn mit einem Eispickel niedergeschlagen hatte. Leonardo Padura bringt ihn zum Sprechen. Ein rätselhafter Mann erzählt dem kubanischen Schriftsteller Iván die Geschichte des Trotzki-Mörders Ramón Mercader. Doch woher kennt dieser Unbekannte all die Facetten aus dessen Leben? Leonardo Paduras vielschichtiger Roman führt uns an verschiedenste Schauplätze der Weltrevolution: ins Bürgerkriegsspanien, nach Moskau während der stalinistischen Schauprozesse, ins Mexiko Frida Kahlos und Diego Riveras, ins Prag von 1968, nach Kuba. In atemberaubender Prosa erweckt er die Protagonisten zu neuem Leben, zeigt sie in ihrer Bereitschaft zur völligen Selbstaufgabe zugunsten einer Ideologie – und zieht die Bilanz der gescheiterten Utopien eines Jahrhunderts.

»Ein beklemmendes Werk von erschreckender Aktualität, mit dem sich der Autor unter die großen Erzähler Lateinamerikas einreiht.«
Peter B. Schumann, SWR

Der Autor

Leonardo Padura, 1955 in Havanna, Kuba, geboren, wurde international bekannt mit seinem Krimi-Zyklus *Das Havanna-Quartett*. Neben vielen anderen Auszeichnungen erhielt er dreimal den spanischen Premio Hammett. 2012 wurde ihm der kubanische Nationalpreis für Literatur zugesprochen, 2015 erhielt er den Prinzessin-von-Asturien-Preis in der Sparte Literatur. Leonardo Padura lebt in Havanna.

Im Unionsverlag sind außerdem lieferbar: *Die Palme und der Stern; Ketzer; Adiós Hemingway; Der Schwanz der Schlange; Der Nebel von gestern; Das Meer der Illusionen; Labyrinth der Masken; Handel der Gefühle, Ein perfektes Leben; Neun Nächte mit Violeta; Die Durchlässigkeit der Zeit; Wie Staub im Wind* und *Anständige Leute.*

Der Übersetzer

Hans-Joachim Hartstein, geboren 1949, studierte Romanistik in Köln und Münster und übersetzt seit 1980 französisch- und spanischsprachige Literatur. Zu den von ihm übersetzten Autorinnen und Autoren gehören Georges Simenon, Léo Malet, Luis Goytisolo, Juan Madrid, Marina Mayoral und Ernesto Che Guevara.

Mehr über den Autor und sein Werk auf *www.unionsverlag.com*

Leonardo Padura

Der Mann, der Hunde liebte

Roman

Aus dem Spanischen
von Hans-Joachim Hartstein

Unionsverlag

Die Originalausgabe erschien 2009
unter dem Titel *El hombre que amaba a los perros*
bei Tusquets Editores, Barcelona.
Die deutsche Erstausgabe erschien 2011
im Unionsverlag, Zürich.

Die Übersetzung aus dem Spanischem wurde mit Mitteln
der Schweizer Kulturstiftung PRO HELVETIA unterstützt
durch litprom – Gesellschaft zur Förderung der Literatur
aus Afrika, Asien und Lateinamerika e.V.

Im Internet
Aktuelle Informationen, Dokumente und Materialien
zu Leonardo Padura und diesem Buch
www.unionsverlag.com

Unionsverlag Taschenbuch 579
© by Leonardo Padura Fuentes 2009
© by Unionsverlag 2012
Neptunstrasse 20, CH-8032 Zürich
Telefon +41 44 283 20 00
mail@unionsverlag.ch
Alle Rechte vorbehalten
Reihengestaltung: Heinz Unternährer
Umschlaggestaltung: Martina Heuer
Druck und Bindung: CPI – Clausen & Bosse, Leck
ISBN 978-3-293-20579-6
9. Auflage, Juli 2024

Der Unionsverlag wird vom Bundesamt für Kultur mit einem
Verlagsförderungs-Strukturbeitrag für die Jahre 2021–2024 unterstützt.

Auch als E-Book erhältlich

Nach dreißig Jahren, noch immer,
für Lucía

Es war die Zeit, da nur der Tote lächelte,
froh über die Ruhe.
Anna Achmatowa, Requiem

Das Leben ist größer als die Geschichte.
Gregorio Marañón, Geschichte eines Ressentiments

London, 22. August 1940 (TASS).
Radio London teilte heute mit: »In einem Krankenhaus in Mexiko-Stadt
starb Leo Trotzki infolge eines Schädelbasisbruchs nach einem Attentat,
das am Vortag von einer Person aus seinem engsten Umfeld auf ihn ver-
übt wurde.«

Leandro Sánchez Salazar: War er nicht misstrauisch?

Gefangener: Nein.

L.S.S.: Haben Sie sich nichts dabei gedacht, einen wehrlosen alten
Mann so feige zu überfallen?

G.: Ich habe gar nichts gedacht.

L.S.S.: Als Sie vom Füttern der Kaninchen zurückkamen, worüber
haben Sie da gesprochen?

G.: Ich erinnere mich nicht mehr, ob er überhaupt gesprochen hat.

L.S.S.: Hat er nicht gesehen, wie du nach dem Eispickel gegriffen
hast?

G.: Nein.

L.S.S.: Unmittelbar nachdem du ihm den Schlag versetzt hattest, was
hat er da gemacht?

G.: Er ist herumgesprungen wie ein Verrückter und hat geschrien
wie am Spieß, an sein Geschrei werde ich mich mein Leben lang
erinnern.

L.S.S.: Wie hat er geschrien? Los, machs nach!

G.: A.........a...........a.........ah........! Aber viel lauter.

Aus dem Verhör, das Oberst Leandro Sánchez Salazar, Chef des Geheim-
dienstes der Polizei von Mexiko-Stadt, mit dem mutmaßlichen Mörder
Leo Trotzkis, Jacques Mornard Vandendreschd alias Frank Jacson, in der
Nacht von Freitag, den 23., auf Samstag, den 24. August 1940, führte.

ERSTER TEIL

I

Havanna, 2004

»Ruhe in Frieden«, waren die letzten Worte des Priesters. Wenn dieser aus dem Munde des Geistlichen so furchtbar theatralisch klingende, abgenutzte Satz jemals einen Sinn gehabt hat, dann in diesem Augenblick, als die Leichenträger Anas Sarg mit gleichgültiger Routine in das offene Grab hinabließen. Die Gewissheit, dass das Leben schlimmer als jede Hölle sein kann und sich mit diesem Akt aller Ballast von Angst und Schmerz für immer in Luft auflöst, ließ mich erleichtert aufatmen, und ich fragte mich, ob ich meine Frau um diesen letzten Weg in die ewige Stille nicht irgendwie beneidete; denn tot sein, vollkommen und endgültig tot, ist für viele Menschen wahrscheinlich die höchste Gnade jenes Gottes, den Ana mir in den letzten Jahren ihres dahinwelkenden Lebens nahezubringen versuchte, allerdings mit mäßigem Erfolg.

Die Totengräber schoben die Steinplatte über das Grab und machten sich nun daran, die Blumenkränze der Freunde auf die Platte zu legen. Ich drehte mich um und entfernte mich langsam, um dem endlosen Schulterklopfen und den Mitleidsblicken zu entgehen, zu denen man sich offenbar verpflichtet fühlt. Denn in solchen Momenten ist jedes Wort zu viel. Lediglich die abgedroschene Formel des Pfarrers ergab einen Sinn, und über den wollte ich nachdenken. *Ruhe* und *Frieden,* das hatte Ana nun endlich gefunden, und auch ich sehnte mich jetzt danach.

Als ich mich in meinen Pontiac setzte, um auf Daniel zu warten, war ich einer Ohnmacht nahe. Wenn mein Freund mich nicht bald von hier fortbringen würde, würde ich gewiss nie wieder einen Weg zurück ins Leben finden. Die Septembersonne knallte auf das Wagendach, doch ich sah mich außerstande, auszusteigen und mich an einen schattigen Ort zu begeben. Ich konnte die Augen nicht mehr aufhalten und versuchte, gegen das Schwindelgefühl anzukämpfen. Die Strapazen hatten mich völlig erschöpft. Ich verglühte in dem Kunststoffsitz, und säuerlich riechender Schweiß lief mir über Augenlider und Wangen. Er sammelte sich in meinen Achselhöhlen, rann mir über Hals, Arme und Rücken und verwandelte sich in einen warmen Bach, der über die Beine in die Schuhe strömte. Ich überlegte mir, ob dieser Schweißausbruch und die totale Erschöpfung nicht der Anfang meines molekularen Zerfalls waren oder zumindest eines Infarkts, der mich in den nächsten Minuten umbringen würde. Beides schienen mir einfache, ja, sogar wünschenswerte, wenn auch, offen gestanden, egoistische und ungerechte Lösungen zu sein: Ich hatte kein Recht, mich einfach davonzustehlen und meinen Freunden noch ein zweites Begräbnis zuzumuten.

»Gehts dir nicht gut, Iván?« Danys Stimme ließ mich hochschrecken. »Du schwitzt ja wie eine Sau ...«

»Ich muss hier weg, verdammt ...«

»Keine Panik, Alter, wir fahren sofort los. Ich steck den Trägern nur noch schnell ein paar Pesos zu«, sagte mein Freund, und der Realitätssinn, der aus seinen Worten sprach, erschien mir in dieser Situation einigermaßen befremdend, wenn nicht abwegig.

Ich schloss wieder die Augen und rührte mich nicht. Schweißgebadet verharrte ich, bis der Wagen angelassen wurde und sich in Bewegung setzte. Erst als die kühlende Luft durch das offene Seitenfenster drang, hob ich die Lider. Als wir vom Friedhofsgelände fuhren, sah ich aus den Augenwinkeln noch die letzten Grabreihen und Mausoleen, die von der Sonne, der Witterung und dem Vergessen angefressen und so mausetot waren wie ihre Bewohner. Und wieder einmal fragte ich mich, keine Ahnung, wieso gerade jetzt und hier, warum irgendwelche Wissenschaftler ausgerechnet meinen Namen ausgewählt hatten, um den heranziehenden Tropensturm, den neunten in diesem Jahr, zu taufen.

Ich hatte mir abgewöhnt (besser gesagt, es wurde mir auf nicht immer freundliche Art und Weise abgewöhnt), an Zufälle zu glauben, für die Meteorologen gab es jedoch offenbar gute Gründe, jenen Sturm »Iván« zu nennen, denn bisher war dieser männliche Vorname, der mit dem neunten Buchstaben des Alphabets beginnt, noch nie verwendet worden. Die Unheil verkündende Wolkenbildung, die sich später zu »Iván« entwickeln sollte, war über den Kapverden entstanden, und in wenigen Tagen würde Iván, zu einem ausgewachsenen Hurrikan geworden, in die Karibik einfallen und seinen alles verschlingenden Rachen öffnen … Sie werden bald verstehen, warum ich Grund zur Annahme habe, nur ein böser Winkelzug des Schicksals könne jenem Zyklon, einem der verheerendsten in der Geschichte, meinen Namen gegeben haben, und das genau zu einem Zeitpunkt, als sich ein anderer Hurrikan anschickte, mein Leben heimzusuchen.

Ana und ich wussten schon seit langer, vielleicht zu langer Zeit, dass ihr Tod unausweichlich war, doch wir hatten uns durch die vielen Jahre, die wir uns mit ihren verschiedenen Krankheiten herumschlugen, daran gewöhnt, damit zu leben. Die Ankündigung, dass aus ihrer Osteoporose (wahrscheinlich bedingt durch den allgemeinen Vitaminmangel in der härtesten Phase der Krise der Neunziger) Knochenkrebs geworden war, hatte uns mit der Tatsache ihres baldigen Endes konfrontiert und mich dann überzeugt, dass nur eine perfide Heimsuchung des Schicksals meiner Frau ausgerechnet ein solches Leiden auferlegt haben konnte.

Seit Jahresanfang hatte sich Anas Gesundheitszustand rapide verschlechtert, und Mitte Juli, drei Monate nach der endgültigen Diagnose, begann ihr letzter aussichtsloser Kampf gegen den Tod. Anas Schwester Gisela kam zwar häufig zu uns, um zu helfen, dennoch musste ich Urlaub nehmen, um meine Frau zu pflegen; und wenn wir jene Monate überstanden, dann nur dank des Beistands von Freunden wie Dany, Anselmo und Frank, einem Arzt. Sie besuchten uns regelmäßig in unserer kleinen Wohnung im Stadtviertel Lawton und versorgten uns mit Lebensmitteln aus ihren bescheidenen Beständen, die sie auf den verschlungensten Wegen organisierten. Auch bot Dany wiederholt an, sich mit mir an Anas Krankenbett abzuwechseln, doch ich lehnte ab; denn zu den wenigen Dingen, die durch das Teilen nur noch mehr belasten, gehören der Schmerz und das Unglück.

Das Leben in unseren vier Wänden war so armselig und bedrückend, wie man es sich nur vorstellen kann; doch das Schlimmste daran war zu sehen, mit welch enormer Kraft Anas geschundener Körper sich an das Leben klammerte, auch gegen den ausdrücklichen Wunsch seiner Bewohnerin.

In den ersten Septembertagen, als der Hurrikan Iván den Atlantik überquerte und mit voller Wucht über die Insel Grenada herfiel, hatte Ana eine unerwartete Phase der Klarheit, und ihre Schmerzen ließen, ganz gegen jede Voraussage des Arztes, nach. Da wir auf ihren eigenen Wunsch hin eine Einweisung ins Krankenhaus abgelehnt hatten, übernahmen es eine Pflegerin aus der Nachbarschaft und unser Freund Frank, ihr die Infusionen zu setzen und das Morphium zu verabreichen, das sie in einen unruhigen Dämmerzustand versetzte. Diese Reaktion sei das Endstadium, machte mich Frank aufmerksam und empfahl mir, die Infusionen abzusetzen und die Sterbende nur zu füttern, falls sie danach verlange. Und wenn sie sich nicht über Schmerzen beklage, solle ich ihr auch kein Morphium mehr geben, riet er mir, um ihr noch ein paar Tage bei klarem Verstand zu schenken. In der Folgezeit, ganz so als wäre ihr Leben zur Normalität zurückgekehrt, begann Ana, mit all ihren gebrochenen Knochen, sich wieder für ihre Umgebung zu interessieren. Mit weit aufgerissenen Augen starrte sie auf den Fernseher oder lauschte dem Radio und verfolgte wie besessen die Richtungswechsel des Hurrikans, der seinen Todestanz aufführte und bereits über Grenada hinweggefegt war und mehr als zwanzig Tote zurückgelassen hatte. Ana begann, mir Vorträge zu halten über die Charakteristika dieses Zyklons: Er gehöre zu den schlimmsten seit meteorologischen Aufzeichnungsbeginns, und seine außergewöhnliche Heftigkeit sei eine Folge des globalen Klimawandels, der die menschliche Spezies ausrotten könne, wenn nicht umgehend die notwendigen Maßnahmen ergriffen würden, sagte sie voller Überzeugung. Zu sehen, wie meine todkranke Frau sich um die Zukunft anderer sorgte, bereitete mir zusätzlichen Kummer.

Während sich der Tropensturm mit der unverkennbaren Absicht, danach über den Osten Kubas herzufallen, zunächst Jamaika näherte, wurde Ana von einer Art meteorologischer Erregung erfasst. Sie steigerte sich in einen permanenten Alarmzustand, und die Anspannung verließ sie nur dann, wenn der Schlaf sie für zwei oder drei Stunden übermannte. Ihr Interesse richtete sich ausschließlich auf die Route von Iván, auf die Anzahl der Toten, die er auf seinem Weg zurückließ (einen in Trinidad, fünf in Venezuela, einen in Kolumbien, fünf weitere in der Dominikanischen Republik, fünfzehn in Jamaika, zählte sie, wobei sie ihre deformierten Finger zu Hilfe nahm), und vor allem auf die Zerstörungen, die er anrichten würde, wenn er an einem der von den Fachleuten errechneten möglichen Punkte Kuba erreicht. Was Ana erlebte, war so etwas wie eine kosmische Verbundenheit angesichts der symbiotischen Vereinigung zweier Organismen, die sich im Laufe der nächsten Tage selbst vertilgen würden, und ich begann zu grübeln, ob Krankheit und Morphium ihr nicht den Verstand geraubt hatten. Wenn der Hurrikan nicht bald über uns hinwegfegte und Ana sich nicht beruhigte, würde ich am Ende derjenige sein, der den Verstand verlor.

Die kritischste Phase für Ana wie natürlich für jeden Bewohner der Insel begann, als Iván sich mit rund zweihundertfünfzig Kilometern in der Stunde von Süden her Kuba näherte. Es war, als würde er sich mit all seiner krankhaften Bösartigkeit die Stelle aussuchen, an der er das Land in zwei Hälften teilen und eine riesige Spur der Zerstörung und des Todes hinterlassen wollte. Mit angehaltenem Atem, sämtliche Sinne auf das Radio und den Farbfernseher gerichtet, den ein Nachbar uns geliehen hatte, die Bibel in Reichweite und die Hand im Fell unseres Hundes Truco, so lag Ana auf ihrem Bett, weinte, lachte, fluchte und betete abwechselnd mit unvermuteter Kraft. Mehr als achtundvierzig Stunden hielt dieser Erregungszustand an. Sie verfolgte die geheimnisvollen Wege Iváns, so als könnten ihre Gedanken und Gebete dazu beitragen, die Insel vor ihm zu bewahren, der sich tatsächlich, kaum zu glauben, nach Westen wandte und sich noch immer nicht entschließen konnte, sich den Gesetzen der Geschichte und der Meteorologie zu unterwerfen und nach Norden abzudrehen, um dort das Land zu verwüsten.

In der Nacht vom 12. auf den 13. September, als die Satelliten und Radare sowie die Meteorologen aus aller Welt einhellig darauf hinwiesen, dass Iván Kurs auf Norden nehmen und sich mit seinen wie Rammböcke wirkenden Windböen, seinen gigantischen Wellen und seinen sturzbacchartigen Wolkenbrüchen genüsslich der endgültigen Zerstörung Havannas widmen würde, bat mich Ana, das wurmstichige dunkle Holzkreuz, das ich siebenundzwanzig Jahre zuvor aus dem Meer geborgen hatte (das Kreuz des Schiffbruchs), von der Wand zu nehmen und es auf das Fußende des Bettes zu legen. Dann verlangte sie eine heiße Schokolade und Toast mit Butter. Wenn passierte, was passieren musste, würde dies ihre letzte Mahlzeit sein, denn das kaputte Dach unseres Hauses würde der Wucht des Hurrikans nichts entgegenzusetzen haben, und Ana, überflüssig zu sagen, weigerte sich natürlich, von hier fortgebracht zu werden. Nachdem sie die Schokolade getrunken und von dem Toast abgebissen hatte, bat sie mich, das Kreuz des Schiffbruchs neben sie zu legen, dann begann sie zu beten, die Augen starr auf die Stützbalken der Zimmerdecke gerichtet, und beschwor womöglich in ihrer Fantasie die Bilder der Apokalypse herauf, die die Stadt bedrohte.

Am Morgen des 14. September verkündeten die Meteorologen das Wunder: Iván hatte schließlich nach Norden abgedreht, und zwar so sehr westlich, dass er nur den äußersten Zipfel der Insel gestreift hatte, ohne größere Schäden zu verursachen. Anscheinend hatte der Hurrikan Mitleid mit uns und unseren dauernden Schicksalsschlägen, und hatte in der Überzeugung, eine weitere Heimsuchung wäre zu viel des Bösen gewesen, beschlossen, uns zu verschonen. Erschöpft vom vielen Beten, mit ruiniertem Magen wegen der Mangelernährung, jedoch glücklich über das, was sie als ihren persönlichen Triumph betrachtete, schlief Ana ein, nachdem sie die Nachricht über die Laune des Kosmos vernommen hatte. Auf ihren Lippen zeigte sich so etwas wie ein Lächeln, und ihre sonst so unruhige Atmung beruhigte sich wieder etwas. Zusammen mit den Fingern, die Trucos Fell streichelten, waren das für zwei weitere Tage die einzigen Anzeichen dafür, dass sie noch lebte.

Am 16. September, bei Einbruch der Nacht, während der Hurrikan auf dem nordamerikanischen Festland allmählich schwächer wurde und seine Winde immer mehr an Kraft verloren, hatte Ana aufgehört, unseren Hund zu streicheln und, wenige Minuten später, zu atmen. Endlich ruhte sie, und ich möchte glauben, in ewigem Frieden.

Irgendwann werden Sie verstehen, warum diese Geschichte, die nicht die Geschichte meines Lebens ist, obwohl sie es irgendwie doch ist, so beginnt, wie sie beginnt. Und auch wenn Sie noch nicht wissen, wer ich bin, noch eine Vorstellung davon haben, was ich erzählen werde, haben Sie eins gewiss bereits verstanden: Ana war sehr wichtig für mich. So wichtig, dass ich diese Geschichte für sie aufgeschrieben habe, schwarz auf weiß, wie man so sagt.

Ana kreuzte in einem jener häufigen Momente meinen Weg, als ich wieder einmal am Abgrund stand. Die ruhmreiche Sowjetunion lag bereits in den letzten Zügen, und auf uns fielen die ersten Strahlen der Krise, die unser Land in den Neunzigerjahren unterminieren sollte. Als eine der ersten Folgen der Katastrophe wurde, wie vorauszusehen, die veterinärmedizinische Zeitschrift, für die ich seit Jahrhunderten als Korrektor tätig war, wegen Strom-, Druckerschwärze- und Papiermangel geschlossen. So wie Dutzende von Leuten, die für die Presse gearbeitet hatten, angefangen bei Druckern bis hin zu Redaktionsleitern, landete auch ich beim Kunsthandwerk. Für eine begrenzte Zeit würden wir nun also Makrameearbeiten und dekorative Accessoires aus lackierten Pflanzensamen herstellen, die, wie jedermann wusste, niemand kaufen konnte noch sich zu kaufen trauen würde. Nach drei Tagen an meiner neuen und völlig überflüssigen Arbeitsstelle flüchtete ich, ohne offiziell zu kündigen, aus jener Wabe frustrierter, wütender Arbeitsbienen, und dank meinen Freunden, den Veterinärmedizinern, deren Artikel ich früher korrigiert und häufig sogar umgeschrieben hatte, konnte ich wenig später in der damals schon schlecht ausgestatteten Klinik des veterinärmedizinischen Instituts der Universität Havanna als Assistent oder, besser gesagt, als eine Art Mädchen für alles anfangen.

In Momenten grenzenlosen Aberglaubens überlege ich manchmal, ob nicht all diese persönlichen, nationalen und globalen Entscheidungen (man sprach sogar vom »Ende der Geschichte«, dabei fingen wir gerade erst an, uns eine Vorstellung von der Geschichte des 20. Jahrhunderts zu machen) nur das eine Ziel hatten, dass an einem regnerischen Nachmittag eine verzweifelte, völlig durchnässte junge Frau mit einem struppigen Pudel auf dem Arm in die Klinik kam und mich anflehte, ihren an Verstopfung leidenden Hund zu retten. Es war schon nach vier, und die Ärzte waren nach Hause gegangen, also sagte ich zu der jungen Frau (sie und der Hund zitterten vor Kälte, und als ich sie so vor mir stehen sah, spürte ich, wie mir die Stimme versagen wollte), dass ich nichts für sie tun könne. Sie brach in Schluchzen aus. Tato werde ihr wegsterben, sagte sie, sie sei schon bei zwei Tierärzten gewesen, aber die hätten keine Narkosemittel und könnten ihn nicht operieren, und da in der Stadt kein Bus fahre, sei sie mit ihrem Hund auf dem Arm den ganzen Weg von der Altstadt hierher zu Fuß durch den Regen gekommen, und ich müsse um Gottes willen etwas tun. Etwas tun? Noch heute frage ich mich, wie ich den Mut aufgebracht habe – oder ob ich mich in Wirklichkeit nach einer Gelegenheit gesehnt hatte, Mut zu beweisen –, aber nachdem ich dem Mädchen erklärt hatte, ich sei kein Tierarzt, forderte ich sie auf, eine Erklärung zu unterschreiben, die mich von jeglicher Verantwortung entband, und dann wurde der sterbenskranke Tato mein erster Patient. Wenn der Gott, zu dem das Mädchen betete, jemals beschlossen hat, einen Hund zu retten, dann muss es an jenem Nachmittag gewesen sein: Die Operation, über die ich viel gelesen und bei der ich schon oft zugesehen hatte, wurde ein voller Erfolg …

Je nachdem, wie man es betrachtet, war Ana die Frau, die ich brauchte, oder die, die am wenigsten zu mir passte: fünfzehn Jahre jünger als ich, äußerst anspruchslos in materiellen Dingen, eine furchtbar schlechte und verschwenderische Köchin, die Hunde über alles liebte, ausgestattet mit einem merkwürdigen Realitätssinn, der ihre abstrusen Ideen in klare, rationale Entscheidungen münden ließ. Von Anfang an gab sie mir das Gefühl, sie sei die Frau, die ich all die Jahre gesucht hatte. Darum war ich auch nicht weiter überrascht, als Ana wenige Wochen nach Beginn unserer zarten und äußerst befriedigenden sexuellen Beziehung (um Tato eine Spritze zu geben, war ich zu ihr in die Wohnung gegangen, die sie mit einer Freundin teilte) ihre Habseligkeiten in zwei Rucksäcken verstaute und mit einer Bücherkiste, ihrem Lebensmittelheftchen, in dem die Adresse bereits geändert war, und ihrem fast wieder genesenen Pudel in meine schäbige feuchte Wohnung im Lawton einzog.

Gequält – neben anderen Widrigkeiten – vom ständigen Hunger, den Stromsperren, Lohnsenkungen und dem lahmgelegten Busverkehr, erlebten Ana und ich eine Zeit der Ekstase. Dünn, wie wir waren, durch Mangelernährung und lange Fahrten mit den chinesischen Fahrrädern, die man uns für einen symbolischen Preis an unseren Arbeitsstellen verkauft hatte, verwandelten wir uns in beinahe ätherische Wesen, eine ganz neue Art von Mutanten, immerhin jedoch in der Lage, unsere letzten Energien auf die Liebe zu verwenden, auf stundenlange Gespräche und darauf, wie besessen zu lesen – Ana Poesie, ich nach langer Zeit wieder Romane. Irgendwie waren es unwirkliche Jahre in einem düsteren, lethargisch dahindämmernden und immer heißen Land, das mit jedem Tag mehr verfiel, ohne in die Tiefen jener Primitivgesellschaft abzustürzen, die uns später erwartete. Doch Jahre, in denen auch der schlimmste Mangel unsere Freude darüber nicht trüben konnte, zusammen zu sein, Seite an Seite zu leben wie Schiffbrüchige, die sich aneinanderklammern, um gemeinsam gerettet zu werden oder unterzugehen.

Außer dem Hunger und den materiellen Entbehrungen – die wir jedoch als äußerlich und unvermeidlich ansahen, sodass sie uns nicht eigentlich betrafen – war das einzig wirklich Traurige, das wir in jener Zeit erlebten, die Diagnose von Anas beginnender Polyneurose durch Vitaminmangel und später Tatos Tod mit sechzehn Jahren. Das Hinscheiden ihres Pudels betrübte Ana so sehr, dass ich nach ein paar Wochen ihre Trauer zu lindern versuchte, indem ich einen räudigen Straßenköter auflas und nach Hause mitbrachte. Ana taufte ihn auf der Stelle »Truco«, wegen seiner trickreichen Fähigkeit, sich in irgendeinem Winkel zu verstecken, und päppelte ihn mit dem auf, was sie von unseren schmalen Überlebensmittelrationen abzweigen konnte.

Ana und ich hatten ein so großes Vertrauen zueinander, dass ich, als wäre es mir ein natürliches Bedürfnis gewesen, eines Abends, an dem der Strom abgestellt, unser Hunger kaum gestillt war und wir von Sorgen und Hitze gequält wurden (wie war es möglich, dass bei dieser Scheißhitze nicht einmal der Mond so hell schien wie früher?), damit begann, ihr von dem Mann zu erzählen, den ich vierzehn Jahre zuvor getroffen und seit dem Tag unserer Begegnung »den Mann, der Hunde liebte« genannt hatte. Bis zu jenem Abend, an dem ich beschloss, Ana praktisch ohne Umschweife und wie aus heiterem Himmel diese Geschichte anzuvertrauen, hatte ich noch niemandem je enthüllt, wovon der Mann und ich gesprochen hatten, und schon gar nicht von meinem unterdrückten, immer wieder hintangestellten und in all den Jahren häufig vergessenen Wunsch erzählt, die Geschichte aufzuschreiben. Damit sie eine Vorstellung bekam, wie sehr mich die Begegnung mit jenem Mann und seine irre Geschichte von Hass, Betrug und Tod beeindruckt hatten, gab ich ihr sogar die Aufzeichnungen zu lesen, die ich vor Jahren in meiner damaligen Unwissenheit und fast gegen meinen Willen gemacht hatte. Nachdem Ana sie gelesen hatte, sah sie mich lange an, und ihre ernsten schwarzen Augen – jene Augen, die immer das Lebendigste an ihr gewesen waren – brannten mir auf der Haut. Schließlich sagte sie mit grenzenlosem Erstaunen, sie verstehe nicht, wie ausgerechnet ich bislang kein Buch über diese Geschichte, die Gott mir mit auf den Weg gegeben habe, geschrieben hätte. Ich sah ihr in die Augen – dieselben Augen, die jetzt von den Würmern zerfressen werden – und gab ihr die Antwort, die mir so oft als Ausrede diente und die einzige war, die ich Ana geben konnte: »Weil ich Angst hatte.«

2

Der eiskalte Nebel verschluckte die Umrisse der letzten Hütten, und der Treck tauchte wieder in die Schwindel verursachende, beklemmende Weiße ein, in der es weder einen Horizont noch sonst irgendeinen Halt gab. In diesem Augenblick begann Lew Dawidowitsch zu begreifen, warum sich die Bewohner jenes rauen Winkels der Welt seit Anbeginn der Zeiten nicht davon abbringen lassen, Steine zu verehren.

Die sechs Tage, die die Polizisten und die Verbannten gebraucht hatten, um, eingehüllt in das absolute Weiß, in dem jeder Begriff von Zeit und Raum verloren ging, durch die eisigen Steppen Kirgistans von Alma-Ata nach Frunse zu gelangen, hatten sie gelehrt, wie lächerlich jeder menschliche Stolz ist und wie unbedeutend angesichts der Urgewalt des Unendlichen. Die Schneemassen, die aus einem Himmel fielen, von dem jede Spur von Sonne getilgt war, und die alles, was sich ihrer zerstörerischen Gewalt entgegenzustellen wagte, zu verschlingen drohten, erwiesen sich als eine nicht zu bändigende Kraft. In solchen Momenten verwandeln sich die Umrisse eines Berges, ein Baum, die gefrorene Oberfläche eines Flusses oder ein einfacher Felsen inmitten der Steppe in etwas Besonderes, das leicht zum Gegenstand der Verehrung werden kann. Die Ureinwohner jener verlassenen Gegenden haben die Steine verherrlicht, weil sich in ihrer Widerstandsfähigkeit eine Kraft ausdrückt, die einen ewigen Willen für immer in ihrem Inneren eingeschlossen hat. Einige Monate zuvor, bereits in der Verbannung, hatte Lew Dawidowitsch gelesen, dass der allgemein als Ibn Batuta und im Orient unter dem Namen Shams ad-Dina bekannte Weise seinem Volk verkündet hatte, der

Akt, einen heiligen Stein zu küssen, führe zu einer erhebenden spirituellen Erfahrung; man verspüre dabei eine so durchdringende Süße auf den Lippen, dass man den Wunsch habe, den Stein bis ans Ende aller Zeiten zu küssen. Um die Reinheit der Hoffnung zu bewahren, war es darum überall dort, wo sich ein heiliger Stein befand, verboten, Schlachten zu schlagen oder Feinde hinzurichten. Die Weisheit dieser Doktrin erschien Lew Dawidowitsch so einleuchtend, dass er sich fragte, ob die Revolution wirklich ein uraltes Gesetz umstoßen durfte, das in seiner Art vollkommen war und unmöglich von einem in rationalistischen und kulturellen Vorurteilen gefangenen europäischen Gehirn erfasst werden konnte. Zu der Zeit nämlich waren bereits politische Aktivisten aus Moskau auf dem Weg in jene abgelegenen Gegenden, um die Nomadenstämme zu Arbeitern in landwirtschaftlichen Genossenschaften und ihre Gebirgsziegen zu Staatsvieh zu machen und den Turkmenen, Kasachen, Usbeken und Kirgisen zu beweisen, dass ihr atavistischer Brauch, Steine oder Bäume anzubeten, eine bedauerliche, antimarxistische Haltung sei, die sie aufgeben müssten zugunsten des Fortschritts einer Menschheit, die begreifen werde, dass ein Stein letztlich nur ein Stein sei und die Berührung mit ihm nichts anderes als ein simpler physischer Kontakt.

Eine Woche zuvor hatte Lew Dawidowitsch erleben müssen, wie man ihm die letzten Steine abnahm, die ihn einen Platz auf der verworrenen politischen Karte seines Landes hatten finden lassen. Später sollte er schreiben, dass er an jenem Morgen starr vor Kälte und mit einer bösen Vorahnung erwacht war. Überzeugt davon, das Zittern seines Körpers rühre nicht nur von der Kälte her, hatte er es zu kontrollieren versucht und im Halbdunkel den wackligen Stuhl ausgemacht, der ihm als Nachttisch diente. Er tastete nach seiner Brille, bekam sie zu fassen, doch erst beim dritten Versuch schafften es seine zittrigen Hände, die Drahtbügel hinter die Ohren zu klemmen. In dem milchig grauen Licht des Wintermorgens konnte er an der Zimmerwand den Kalender mit dem Foto einiger wie versteinert in die Kamera blickenden Mitglieder des Leninistischen Komsomol erkennen. Der Kalender war ihm vor einigen Tagen aus Moskau zugeschickt worden, ohne dass er wusste, von wem, denn sowohl der Umschlag als auch der mutmaßliche Brief des Absenders waren verschwunden, so wie seine gesamte Korrespondenz der letzten Monate. Als das Datum auf dem Kalender und die raue Oberfläche der Zimmerwand ihn in die Wirklichkeit zurückholten, wurde ihm klar, dass er deshalb mit dieser inneren Unruhe aufgewacht war, weil er nicht gewusst hatte, wo er sich befand und welcher Tag es war. Deswegen, so schrieb er, erleichterte ihn die Gewissheit, dass es der 20. Januar 1929 war und er sich in Alma-Ata befand, auf einem quietschenden Bett, und dass neben ihm seine Frau Natalia Sedowa schlief.

Leise stand er auf, und sogleich spürte er Mayas Schnauze an seinem Knie: Die Hündin wünschte ihm einen guten Morgen, und er kraulte sie hinter den Ohren, wo er Wärme fand und ein beruhigendes Gefühl von Realität. In seinen Pelz gehüllt, um den Hals einen dicken Schal, ging er auf den Abort, um seine Blase zu entleeren, und dann in den Wohnraum, der gleichzeitig als Esszimmer und Küche diente. Es brannten bereits zwei Gaslampen, und der Ofen, auf den sein persönlicher Gefängniswärter den Samowar gestellt hatte, verbreitete eine angenehme Wärme. Eigentlich zog er morgens Kaffee vor, doch inzwischen hatte er sich mit dem abgefunden, was die elenden Bürokraten von Alma-Ata und seine Bewacher von der Geheimpolizei ihm zuteilten. Er setzte sich an den Tisch, nahe beim Ofen, und trank aus einer großen chinesischen Tasse ein paar Schlucke des zu starken, zu grünen Tees, während er Mayas Kopf tätschelte, ohne noch zu ahnen, dass er sehr bald schon die Bestätigung dafür bekommen sollte, dass sein Leben und sogar sein Tod nicht mehr ihm gehörten.

Vor exakt einem Jahr hatte man ihn nach Alma-Ata verbannt, in den asiatischen Teil Russlands, der chinesischen Grenze näher als der letzten russischen Eisenbahnstation. Seit er, seine Frau und sein Sohn Ljowa von dem schneebedeckten Lastwagen gestiegen waren, auf dem sie die letzte Strecke in den Verbannungsort zurückgelegt hatten, wartete Lew Dawidowitsch auf den Tod. Er war überzeugt: Sollte er Malaria und Ruhr wie durch ein Wunder überleben, würde der Befehl zu seiner Eliminierung früher oder später erteilt werden.

(»Wenn er so weit weg stirbt, wird er bereits unter der Erde sein, ehe die Menschen von seinem Tod erfahren«, dachten seine Feinde zweifellos.) Doch noch bevor eintrat, worauf seine Gegner warteten, hatten sie ihn hastig aus der Geschichte und dem öffentlichen Gedächtnis, welche sich die Partei inzwischen ebenfalls angeeignet hatte, zu tilgen: Die Veröffentlichung seiner Werke war, kurz vor Erscheinen des einundzwanzigsten Bandes der Gesamtausgabe, gestoppt worden, und seine Bücher wurden aus Buchhandlungen und Bibliotheken entfernt; gleichzeitig begann man, ihn zu diffamieren und seinen Namen aus Geschichtsbüchern, Gedenkschriften und Zeitungsartikeln, ja, sogar sein Gesicht von Fotos zu entfernen, um ihn in ein absolutes Nichts zu verwandeln, in einen blinden Fleck im öffentlichen Gedächtnis. Wenn es etwas gab, so dachte Lew Dawidowitsch, das ihm bis jetzt das Leben gerettet hatte, dann war es die Furcht vor dem Erdbeben, das eine solche Entscheidung hervorrufen könnte, falls überhaupt noch etwas das Gewissen eines durch Ängste, Parolen und Lügen verbogenen Landes aufzurütteln vermochte. Doch ein Jahr erzwungenen Schweigens, ohne die Möglichkeit, auf diverse Angriffe zu reagieren, ein Jahr, in dem er mit ansehen musste, wie die Reste der Opposition, deren Anführer er war, nach und nach zerfielen, hatte ihm bewusst gemacht, dass sein Verschwinden notwendige Voraussetzung für das Abgleiten der Großen Proletarischen Revolution in eine Tyrannei war.

Jenes Jahr 1928 war zweifellos das schlimmste seines Lebens gewesen, auch wenn er bereits viele andere schreckliche Zeiten durchgemacht hatte, zum Beispiel in den zaristischen Kerkern, oder als er ohne Geld und Perspektive durch halb Europa gezogen war. Doch in jeder noch so entmutigenden Situation hatte ihn die Überzeugung aufrechterhalten, dass jedes Opfer sich lohnte, wenn es dem Wohl der Revolution diente. Warum sollte er noch kämpfen, jetzt, da die Revolution bereits zehn Jahre an der Macht war? Die Antwort lag auf der Hand: um sie aus dem pervertierten Abgrund einer Reaktion zu holen, die die hehrsten Ideale der menschlichen Zivilisation verriet. Doch wie? Das war die große Frage, und die widersprüchlichsten Antworten darauf schwirrten ihm durch den Kopf und lähmten ihn in seinem absurden Kampf als kaltgestellter Kommunist gegen andere Kommunisten, die sich die Revolution unter den Nagel gerissen hatten.

Mit zensierten und gefälschten Informationen war ein Prozess der Verwirrung in Gang gesetzt worden, durch den Stalin und seine Anhänger ihn seiner Stimme und sogar seiner Ideen beraubten, indem sie eben die Programme zu den ihren erklärten, für die er attackiert und am Ende aus der Partei ausgeschlossen worden war.

An diesem Punkt seiner Grübeleien hörte er, wie die Haustür mit viel Getöse aufgerissen wurde; herein kam der Soldat Dreitser und mit ihm eine Wolke eiskalter Luft. Der neue Chef des Wachtrupps der GPU, der politischen Polizei der UdSSR, pflegte sein bisschen Macht dadurch zu demonstrieren, dass er einfach ins Haus kam, ohne an die Tür zu klopfen, von der man die Riegel entfernt hatte. Der Polizist schüttelte sich den Schnee von seinem Fellmantel und der Pelzmütze mit den Ohrenklappen, ohne ihn anzusehen, denn er hatte einen Befehl, den nur ein einziger Mann in der gesamten Sowjetunion sich ausdenken und, mehr noch, ausführen lassen konnte.

Vor drei Wochen war der Soldat Dreitser als eine Art schwarzer Reiter aus dem Kreml gekommen, mit neuen strikten Anweisungen und dem Ultimatum, dass, sollte Trotzki seine oppositionelle Kampagne unter den Deportierten nicht unverzüglich beenden, er vom politischen Leben vollkommen isoliert würde. Was für eine Kampagne, wo er doch seit Monaten weder Briefe abschicken noch empfangen durfte? Und mit welcher neuen Isolierung wollte man ihm drohen, wenn nicht mit dem Tod? Zur Verschärfung der Kontrollen hatte Dreitser angeordnet, dass es Lew Dawidowitsch und seinem Sohn Lew Sedow verboten sei, auf die Jagd zu gehen, wohl wissend, dass das Jagen bei diesen Schneestürmen unmöglich war. Er hatte Gewehre und Patronen beschlagnahmen lassen, um seinen Willen und seine Macht zu demonstrieren.

Nachdem Dreitser sich vom Schnee befreit hatte, ging er zum Samowar, um sich Tee einzugießen. Aus dem Heulen des Windes schloss Lew Dawidowitsch, dass es draußen mindestens dreißig Grad unter null sein musste und der ewige Schnee nach wie vor das Einzige war, was, abgesehen von ein paar rettenden Steinen, in dieser verfluchten Steppe existierte. Nach dem ersten Schluck Tee begann der Soldat schließlich zu sprechen und sagte mit dem Akzent eines sibirischen Bären, er habe einen Brief für ihn, der soeben aus Moskau gekommen sei. Es gehörte nicht viel Fantasie dazu, sich auszumalen, dass ein Brief, der die Kontrolle passiert hatte, nur schlechte Nachrichten bringen konnte; auch war Lew Dawidowitsch aufgefallen, dass Dreitser ihn zum ersten Mal nicht mit »*Genosse* Trotzki« angesprochen hatte, dem einzigen Titel, der ihm geblieben war, bei seinem atemberaubenden Sturz vom Gipfel der Macht in die Einsamkeit der Verbannung, in die ihn dieser Emporkömmling Josef Stalin geschickt hatte.

Seit er im Juli die Nachricht bekommen hatte, dass seine Tochter Nina an Schwindsucht gestorben war, lebte er in der ständigen Furcht vor weiteren Schicksalsschlägen, die das Leben oder, daran dachte er immer häufiger mit Schrecken, der Hass ihm und seiner Familie zufügen würde. Sina, seine Tochter aus erster Ehe, war an den Nerven erkrankt, und ihr Mann, Platon Wolkow, befand sich wie viele andere Oppositionelle in einem Arbeitslager am nördlichen Polarkreis. Zum Glück war sein Sohn Ljowa hier bei ihnen, und der jüngste Sohn Serjoscha, der *homo apoliticus* der Familie, hielt sich aus den innerparteilichen Auseinandersetzungen heraus.

Natalia Sedowas Stimme wünschte ihm einen guten Morgen, um gleich danach die Kälte zu verfluchen. Er wartete, bis sie, angelockt von Mayas freudigem Gebell, ins Zimmer trat, und spürte, wie sich sein Herz zusammenkrampfte: Würde er es fertigbringen, Natascha eine schlechte Nachricht vom Schicksal ihres geliebten Serjoscha zu überbringen? Sie hatte sich mit einer Tasse Tee in der Hand auf einen Stuhl gesetzt, und er sah sie an. Sie ist immer noch eine schöne Frau, dachte er, wie er später schreiben sollte. Dann sagte er ihr, sie hätten Post aus Moskau, und auch seine Frau war sofort alarmiert.

Dreitser hatte seine Tasse auf dem Ofen abgestellt. Er kramte in den Manteltaschen nach dem Päckchen dieser unerträglichen turkmenischen Zigaretten und zog, wo er schon mal gerade dabei war, aus der Innentasche seines Fellmantels den gelben Umschlag hervor. Kurz schien es, als wollte er ihn öffnen, doch dann legte er ihn auf den

Tisch. Lew Dawidowitsch überspielte seine Angst, sah erst Natalia an, dann den Umschlag ohne Briefmarke, auf dem sein Name stand, und schüttete den kalten Tee auf den Boden. Er hielt Dreitser die Tasse hin, und der sah sich gezwungen, sie zu nehmen, wieder zum Samowar zu gehen und sie mit Tee zu füllen. Lew Dawidowitsch, der schon immer zu theatralischen Gesten geneigt hatte, wollte seine schauspielerischen Talente vor einem so kleinen Publikum nicht verschwenden, und so riss er, bevor ihm der Tee gereicht wurde, den Umschlag auf. Er enthielt ein maschinengeschriebenes Blatt Papier mit dem Briefkopf der GPU, aber ohne Datum. Nachdem er die Brille aufgesetzt hatte, las er den Text in weniger als einer Minute, schwieg aber noch eine Weile, diesmal ohne jede theatralische Absicht. Die Erschütterung angesichts des Ungeheuerlichen hatte ihm die Sprache verschlagen: Der Bürger Lew Dawidowitsch Trotzki hatte innerhalb von vierundzwanzig Stunden das Land zu verlassen. Die Ausweisung erfolgte aufgrund des soeben neu geschaffenen Artikels 58-10, der für alles Mögliche herhalten musste, doch in diesem Fall den Angeschriebenen beschuldigte, »konterrevolutionäre Bewegungen durch die Gründung einer den Sowjets feindlich gesinnten illegalen Partei« unterstützt zu haben. Wortlos reichte er das Schreiben seiner Frau.

Natalia Sedowa sah ihren Mann an, wie erschlagen von der Entscheidung, die sie dazu verurteilte, statt in einem abgelegenen Winkel des Landes zu erfrieren, den Weg in ein Exil anzutreten, das wie eine schwarze Wolke über ihnen schwebte. Dreiundzwanzig Jahre des Zusammenlebens, in denen sie Triumphe und Niederlagen, Ruhm und Ehre miteinander geteilt hatten, ermöglichten es Lew Dawidowitsch, die Gedanken seiner Frau in ihren blauen Augen zu lesen: Den politischen Führer fortzujagen, der 1905 das Gewissen des Landes aufgerüttelt hatte, dachte sie, der dem Oktoberaufstand von 1917 zum Sieg verholfen, inmitten des Chaos eine Armee begründet und die Revolution in den Jahren des Bürgerkriegs und der imperialistischen Invasionen gerettet hatte? Ihn auszuweisen wegen politischer und ökonomischer Meinungsverschiedenheiten? Wäre der Beschluss nicht so folgenschwer gewesen, man hätte über ihn lachen können.

Lew Dawidowitsch stand auf, und mit der ihm noch verbliebenen Ironie fragte er Dreitser, ob er eine Ahnung habe, wann und wo der erste Kongress seiner »illegalen Partei« stattfinden solle. Doch der Soldat begnügte sich damit, ihn aufzufordern, den Empfang des Briefes zu bestätigen. »Der durch und durch verbrecherische und in der Form illegale Beschluss der GPU wurde mir am 20. Januar 1929 zur Kenntnis gebracht«, schrieb Lew Dawidowitsch an den Rand der offiziellen Mitteilung, setzte rasch seine Unterschrift darunter und beschwerte das Blatt mit einem schmutzigen Messer. Dann sah er seine Frau an, die noch wie benommen war, und bat sie, Ljowa zu wecken. Sie würden kaum Zeit haben, Papiere und Bücher zusammenzupacken, sagte er und ging, gefolgt von Maya, ins Schlafzimmer, als triebe ihn die Eile an; in Wahrheit floh Lew Dawidowitsch in der Furcht aus dem Raum, der Polizist und seine Frau könnten ihn aus Ohnmacht angesichts der Demütigung und der Lüge weinen sehen.

Sie frühstückten schweigend, und wie immer gab Lew Dawidowitsch seiner Hündin Maya etwas Brot mit der ranzigen Butter, die man ihnen vorsetzte. Später sollte Natalia Sedowa ihm gestehen, sie habe in seinen Augen zum ersten Mal, seit sie sich kannten, den düsteren Schimmer der Resignation gesehen. Ein Gemütszustand, der so gar nicht mit seiner Reaktion auf die Verbannung aus Moskau in Einklang stand, als er von vier Männern auf den Bahnhof geschleppt werden musste, ohne dass er aufgehört hatte, lauthals auf »die Bande der Totengräber der Revolution« zu fluchen.

Mit Maya auf den Fersen ging Lew Dawidowitsch zurück ins Schlafzimmer und fing an, die Papiere, auf die sich sein Hab und Gut beschränkte, die ihm aber mehr bedeuteten als sein Leben, in Kisten zu packen: Essays, Aufrufe, Kriegsberichte und Friedensabkommen, die das Schicksal der Welt verändert hatten, doch vor allem Hunderte, Tausende von Briefen, geschrieben von Lenin, Plechanow, Rosa Luxemburg und vielen anderen Bolschewiken, Menschewiken und revolutionären Sozialisten, mit denen er in der romantischen Absicht, den Zar zu stürzen, zusammen gelebt und gekämpft hatte, seit, noch zu seinen Jugendzeiten, der Südrussische Arbeiterbund gegründet worden war.

Die Gewissheit der Niederlage legte sich zentnerschwer auf seine Brust und drohte ihn zu ersticken. Er ging ins Wohnzimmer, wo Ljowa die Archive ordnete, und begann, sich Stiefel und Überschuhe anzuziehen. Der erstaunte Junge fragte ihn, was er vorhabe, doch er nahm Mantel und Schal vom Haken und ging, gefolgt von seiner Hündin, hinaus in Wind und Schnee, hinaus in den grauen Morgen. Der Schneesturm, der zwei Tage zuvor begonnen hatte, schien nicht nachlassen zu wollen, und Lew Dawidowitsch spürte, wie sich sein Körper und seine Seele in Eis und Nebel auflösten, während der eisige Wind sein Gesicht peitschte. Er machte ein paar Schritte auf die Straße zu, von der aus die Ausläufer des Tian Shan zu erkennen waren, und es war, als umarmte er die weiße Wolke, um mit ihr zu verschmelzen. Er pfiff nach Maya und war erleichtert, als die Hündin angelaufen kam. Die Hand auf dem Kopf des Tieres, verharrte er eine Weile, bis er merkte, wie der Schnee ihn langsam bedeckte. Wenn er zehn, fünfzehn Minuten so stehen blieb, würde er sich trotz des Fellmantels in einen Eisblock verwandeln, und sein Herz würde aufhören zu schlagen. Das wäre eine gute Lösung, dachte er. Aber wenn meine Henker noch nicht die Absicht hegen, mich umzubringen, sagte er sich, werde ich ihnen damit nicht zuvorkommen. Von Maya geführt, ging er die wenigen Meter zurück zur Baracke. Lew Dawidowitsch wusste, dass noch immer Leben auf ihn wartete. Und auch Kugeln, um ihn zu erschießen.

Natalia Sedowa, Lew Sedow und Lew Dawidowitsch hatten sich hingesetzt, um einen letzten Tee zu trinken, und warteten auf die Polizisten, die sie außer Landes bringen sollten. Im Schlafzimmer standen die Kisten mit den Papieren und Büchern bereit, nachdem sie vorher alles auch nur halbwegs Entbehrliche zur Seite gelegt hatten. In aller Frühe war einer der Polizisten gekommen und hatte die aussortierten Bücher vor der Baracke mit Petroleum übergossen und verbrannt.

Um elf kam Dreitser. Wie üblich trat er, ohne anzuklopfen, ein, um ihnen mitzuteilen, dass sich die Abreise wegen des Schneesturms verzögere. Natalia Sedowa, eine äußerst praktisch veranlagte Frau, fragte ihn, warum er glaube, dass der Sturm am nächsten Tag nachlassen werde; der Chef der Wachmannschaft antwortete, er habe soeben den Wetterbericht für die nächsten Tage erhalten, doch vor allem spüre er es in der Luft. Und dann sagte er, ein erneuter Beweis seiner Macht, die Hündin Maya könne nicht mit ihnen kommen.

Die Reaktion Lew Dawidowitschs war so heftig, dass sie selbst den Polizisten erschreckte: Maya gehöre zur Familie und werde mitkommen, schrie er, andernfalls werde niemand von hier fortgehen. Dreitser wies ihn darauf hin, dass er nicht in der Situation sei, Bedingungen zu stellen oder zu drohen. Lew Dawidowitsch gab ihm recht, erinnerte ihn aber daran, dass er noch immer irgendeine Dummheit machen könne, wodurch seine Karriere als Leiter der Wachmannschaft abrupt beendet wäre und man ihn zurück nach Sibirien schicken würde, allerdings nicht in sein Dorf, sondern in eins der vom GPU-Chef geleiteten Arbeitslager. Als Lew Dawidowitsch die unmittelbare Wirkung seiner Worte sah, wurde ihm plötzlich klar, unter welchem Druck der Mann stand, und er beschloss, seinen letzten Trumpf nicht auszuspielen: Wie konnte ausgerechnet ein Sibirer von jemandem verlangen, einen russischen Windhund zurückzulassen? Und er bedauerte, dass Dreitser nie gesehen hatte, wie Maya in der gefrorenen Tundra Füchse jagte. Der Polizist schlüpfte durch die Tür hinaus, die der andere ihm aufhielt, und wie um zu zeigen, wer trotz allem das Sagen hatte, beschied er: Sie könnten das Tier mitnehmen, aber nur unter der Bedingung, dass sie auch seine Scheiße wegmachten.

Mit seinem sibirischen Spürsinn hatte sich Dreitser genauso geirrt wie die Meteorologen. Der Schneesturm dachte gar nicht daran, nachzulassen, im Gegenteil, er wurde noch stärker, als der Bus Alma-Ata verließ und sich durch die Steppe vorankämpfte. Am Nachmittag (dass es Nachmittag war, wusste er nur deshalb, weil die Uhr es anzeigte), als sie das Dorf Koschmanbet erreichten, stellte Lew Dawidowitsch fest, dass sie sieben Stunden gebraucht hatten, um dreißig Kilometer auf dem vereisten Weg zurückzulegen.

Am nächsten Tag gelangte der schaukelnde Bus zur Bergstation des Kurdai-Gebirges, von wo aus sie mit sieben Autos weiterfahren sollten. Doch der Versuch, den Konvoi mit einem Traktor von der

Stelle zu bewegen, scheiterte kläglich und blutig: Sieben Mitglieder der Polizeieskorte und zahlreiche Pferde erfroren. Also entschied sich Dreitser für Schlitten, auf denen sie zwei weitere Tage über Schnee und Eis bis nach Pischpek dahinglitten, wo sie in die bereitstehenden Autos umstiegen.

Frunse mit seinen Moscheen und dem Gestank nach Hammelfett, der aus den Schornsteinen aufstieg, erschien den Deportierten und ·Deportierenden gleichermaßen als rettende Oase. Zum ersten Mal, seit sie Alma-Ata verlassen hatten, konnten sie sich wieder waschen und in Betten schlafen, befreit von den übel riechenden, schweren Mänteln, in denen sie sich kaum bewegen konnten. Wie zum Beweis dafür, dass in der Not jede Kleinigkeit zu einem Luxus wird, bekam Lew Dawidowitsch sogar die Gelegenheit, einen wohlduftenden türkischen Kaffee zu schlürfen, der sein Herz schneller schlagen ließ.

Bevor sie zu Bett gingen, setzte sich der Soldat Igor Dreitser an diesem Abend auf einen Kaffee zu den Trotzkis und teilte ihnen mit, dass seine Mission an der Spitze der Polizeieskorte hiermit beendet sei. Trotz seines ungehobelten Benehmens hatten sie sich nach mehreren Wochen des Zusammenlebens an diesen grobschlächtigen Sibirer gewöhnt, und so wünschte Lew Dawidowitsch ihm zum Abschied viel Glück und erlaubte sich am Ende noch eine Bemerkung: Es sei egal, wer der Generalsekretär der Partei sei, ob Lenin, Stalin, Sinowjew oder er selbst. Männer wie er, Dreitser, arbeiteten für das Land, nicht für einen Führer. Daraufhin streckte Dreitser ihm die Hand hin und sagte zu seiner Verblüffung, es sei ihm trotz der widrigen Umstände eine Ehre gewesen, ihn kennengelernt zu haben. Wirklich überrascht war er jedoch, als der Polizist fast im Flüsterton hinzufügte, entgegen dem offiziellen Befehl, alle Bücher und Dokumente des zu Deportierenden zu verbrennen, habe er nur ein paar wenige dem Feuer übergeben. Kaum hatte Lew Dawidowitsch diese unerwartete Eröffnung verdaut, spürte er den festen Händedruck des Sibirers, der daraufhin rasch hinausging, um in der Dunkelheit und dem Schnee zu verschwinden.

Als die Eskorte unter der Leitung eines Polizisten namens Bulanow wieder aufbrach, hatten die Deportierten die Hoffnung, die Schleier würden sich lüften und sie endlich erfahren, wohin sie gebracht werden sollten. Doch Bulanow konnte ihnen nicht mehr sagen, als dass sie einen Sonderzug besteigen würden, ohne zu konkretisieren, wohin die Reise gehen sollte. So viel Geheimnistuerei, dachte Lew Dawidowitsch, war nur auf die Angst vor zwar unwahrscheinlichen, aber noch immer zu befürchtenden Reaktionen seiner dezimierten Anhänger in Moskau zurückzuführen. Vielleicht, so dachte er weiter, war das Ganze aber auch nur ein weiteres Manöver, um Verwirrung zu stiften und die öffentliche Meinung zu manipulieren – eine bevorzugte Taktik Stalins, der im vergangenen Jahr immer wieder Gerüchte über seine bevorstehende Ausweisung gestreut hatte. Später waren sie mehr oder weniger entschieden dementiert worden und hatten offenbar nur dazu gedient, die Bevölkerung an den Gedanken zu gewöhnen und jene Strafe vorzubereiten, von der die Öffentlichkeit erst erfahren würde, wenn sie bereits vollzogen wäre.

Während der Monate vor der Ausweisung, in denen Lew Dawidowitsch erleben musste, wie ihm durch die politische Niederlage die Hände gebunden waren, hatte er nach und nach voller Entsetzen erkennen müssen, wie geschickt Stalin die öffentliche Meinung lenkte. Zu spät wurde ihm klar, dass er die Intelligenz des ehemaligen Seminaristen aus Georgien unterschätzt und sein Talent für Intrigen und Machenschaften und seine Schamlosigkeit beim Lügen falsch beurteilt hatte. In den Katakomben des Untergrundkampfes hatte Stalin alle Möglichkeiten der Vernichtung von Gegnern kennengelernt und bediente sich ihrer nun, zum eigenen Nutzen, in Verfolgung derselben Ziele, die früher die bolschewistische Partei verfolgt hatte: der Erringung absoluter Macht. Die Art und Weise, wie er Lew Dawidowitsch entmachtet und aus dem Wege geräumt, wie er die Eitelkeit und die Ängste von Männern benutzt hatte, die von Eitelkeit und Ängsten frei zu sein schienen, der wohlüberlegte Einsatz seines Einflusses auf allen politischen Ebenen waren ein Meisterwerk geschickter Manipulation gewesen, die, um den Sieg des Georgiers zu krönen, die Blindheit und den Stolz seines Rivalen einkalkuliert hatte.

Mehr als darin, seinen Ausschluss aus der Partei und jetzt die Ausweisung aus der Sowjetunion erreicht zu haben, hatte Stalins großer Sieg darin bestanden, Trotzkis Stimme in die Inkarnation des inneren Feindes der Revolution, der nationalen Sicherheit und des Vermächtnisses Lenins verwandelt zu haben und ihn mittels der geballten Propaganda eines Systems zu vernichten, das Lew Dawidowitsch selbst geschaffen hatte und dem er sich nicht widersetzen durfte, wenn er den Fortbestand ebenjenes Systems nicht gefährden wollte. Der Kampf, auf den er sich von nun an konzentrieren musste, würde gegen einzelne Männer oder gegen eine Fraktion gerichtet sein, niemals jedoch gegen die *Idee*. Aber wie soll man gegen jene Männer kämpfen, wenn sie sich diese Idee angeeignet haben und sich dem Land und der Welt als die Verkörperung der proletarischen Revolution präsentieren?, fragte er sich damals wie auch nach seiner Deportation.

Nachdem sie Frunse hinter sich gelassen hatten, begann die Irrfahrt mit dem Zug. Der Schnee zwang die alte englische Lokomotive, an die vier Waggons angehängt waren, zu langsamer Fahrt. In seinen Jahren an der Spitze der Roten Armee, als Lew Dawidowitsch während des Bürgerkriegs das riesige Land durchquerte, hatte er fast das gesamte Schienennetz der Nation kennengelernt. Damals hatte er in einem Sonderzug genug Kilometer zurückgelegt, um fünfmal den Globus zu umkreisen. Als sie Frunse verließen, wusste er deshalb, dass sie auf dem Weg in den asiatischen Süden der Sowjetunion waren und ihr Ziel nur das Schwarze Meer sein konnte, wo sie über irgendeinen Hafen außer Landes gebracht werden würden. Aber wohin? Zwei Tage später, bei einem kurzen Halt auf einer abgelegenen Station mitten in der Steppe, bereitete Bulanow den Spekulationen ein Ende: In einem Telegramm aus Moskau wurde mitgeteilt, dass die Türkei bereit sei, ihn als Gast aufzunehmen, mit einem Visum wegen gesundheitlicher Probleme. Als der Deportierte die Nachricht vernahm, überlief es ihn eiskalt vor Angst. Er hatte das Gefühl, nackt auf dem Dach des Zuges zu sitzen. Von allen möglichen Zielen seiner Verbannung war die Türkei des Kemal Pascha Atatürk das am wenigsten wahrscheinliche gewesen, es sei denn, man hatte vor, ihn auf ein Schafott zu zerren und ihm einen eingefetteten Strick um den Hals zu legen. Seit dem Sieg der Oktoberrevolution war der südliche Nachbar zu einer der Basen für die russischen Exilanten geworden, die das sowjetische Regime am heftigsten bekämpften. Ihn in jenes Land zu schicken war, als sperrte man ein Kaninchen in einen Hundezwinger. Er werde auf keinen Fall in die Türkei gehen, schrie er Bulanow an, er könne sich zwar damit abfinden, des Landes verwiesen zu werden, das sie sich unter den Nagel gerissen hätten, aber der Rest der Welt gehöre ihnen nicht, genauso wenig wie sein Schicksal.

Als sie im legendären Samarkand hielten, sah Lew Dawidowitsch, wie Bulanow und zwei Offiziere aus ihrem Waggon stiegen und in dem Gebäude verschwanden, das aussah wie eine Moschee und als Bahnstation diente. Vielleicht kam Moskau ja seiner Forderung nach und würde sich in einem anderen Land um ein Visum für ihn bemühen … An jenem Tag begann das ängstliche Warten auf das Ergebnis der Beratungen, und als klar wurde, dass sich die Verhandlungen hinziehen würden, ließ man den Zug mehr als eine Stunde weiterfahren, um ihn schließlich auf einem toten Gleis mitten in der Eiswüste stehen zu lassen. Natalia Sedowa bat Bulanow, während sie auf Antwort aus Moskau warteten, ihrem Sohn Sergej Sedow und Ania, Ljowas Frau, ein Telegramm schicken zu dürfen, damit sie, wie es ihnen zugesichert worden war, ein paar Tage mit ihnen verbringen könnten, bevor sie das Land verließen.

Lew Dawidowitsch sollte niemals erfahren, ob die zwölf Tage, die sie auf jenem Gleis mitten im Nichts festsaßen, den sich hinziehenden diplomatischen Verhandlungen zu verdanken waren oder dem verheerendsten Schneesturm, den er jemals erlebt hatte und der die Thermometer auf vierzig Grad unter null sinken ließ. Eingehüllt in alle Mäntel, Mützen und Decken, derer sie habhaft werden konnten, empfingen sie den Besuch von Serjoscha und Ania, die ohne die Kinder gekommen war, da die noch zu klein waren, um solchen Temperaturen ausgesetzt zu werden. Unter den Blicken der Polizisten, die hin und wieder zu ihnen hineinschauten, hatte die Familie acht Tage lang Gelegenheit, belanglose, liebenswürdige Gespräche zu führen, erbitterte Schachpartien auszutragen und sich gegenseitig etwas vorzulesen, während sich Lew Dawidowitsch persönlich darum kümmerte, den Kaffee zuzubereiten, den Sergej mitgebracht hatte. Und trotz der Skepsis seiner Zuhörer brach sich, jedes Mal wenn die Wachen sie alleine ließen, sein grenzenloser Optimismus Bahn, und er sprach von Kampf und Rückkehr. Nachts, wenn alle anderen schliefen, hockte er sich in eine Ecke des Waggons und nutzte seine Schlaflosigkeit, um Briefe an das Zentralkomitee der bolschewistischen Partei und Programme für den oppositionellen Kampf zu schreiben. Später jedoch beschloss er, Serjoscha die kompromittierenden Schreiben nicht mitzugeben, denn sie hätten ihn ins Gefängnis bringen können.

Die Kälte war so heftig, dass man die Motoren der Lok anlassen und sie ein paar Kilometer fahren lassen musste, damit die Mechanik nicht einfror. Wegen des dichten Schneetreibens war es ihnen unmöglich, den Zug zu verlassen (Lew Dawidowitsch hätte ohnehin nie um Erlaubnis gebeten, Samarkand besuchen zu dürfen, die mythische Stadt, die Jahrhunderte zuvor über ganz Zentralasien regiert hatte), und so warteten sie auf die Zeitungen, nur um festzustellen, wie wenig ermutigend die Nachrichten nach wie vor waren. Täglich wurde über neue Verhaftungen von »antisowjetischen Konterrevolutionären« berichtet, wie man die Mitglieder der Opposition nannte. Ohnmacht, Langeweile, Gelenkschmerzen und Verdauungsprobleme wegen der Dosennahrung brachten Lew Dawidowitsch fast zur Verzweiflung.

Am zwölften Tag präsentierte Bulanow ihnen die Antworten der verschiedenen Länder: Deutschland war nicht daran interessiert, ihm ein Visum zu erteilen, auch nicht aus Krankheitsgründen; Österreich verschanzte sich hinter Ausflüchten; Norwegen verlangte unzählige Bescheinigungen; Frankreich kramte einen Gerichtsbeschluss von 1916 hervor, aufgrund dessen eine Einreise untersagt blieb, und England hatte nicht einmal geantwortet. Nur die Türkei erneuerte ihre Bereitschaft, ihn aufzunehmen … Lew Dawidowitsch gelangte zu der Überzeugung, die Welt habe sich für ihn – weil er der war, der er war, und weil er getan hatte, was er getan hatte – in einen Planeten ohne Visum verwandelt.

Auf der Fahrt nach Odessa hatte der ehemalige Kriegskommissar wieder einmal Zeit, sich über die Taten, Überzeugungen und kleineren und größeren Irrtümer seines Lebens Gedanken zu machen. Ich bereue nichts, dachte er, auch wenn sie mich zu einem Paria gemacht haben. Er stand fester denn je zu seinen Überzeugungen und war bereit, den Preis für sein Handeln und seine Träume zu bezahlen. Als der Zug durch Odessa fuhr, erinnerte er sich an die Jahre, die ihm so verdammt lange zurückzuliegen schienen, die Jahre, als er an der Universität dieser Stadt studiert und nach und nach begriffen hatte, dass seine Zukunft nicht in der Mathematik lag, sondern im Kampf gegen ein tyrannisches System. Damals hatte seine lange Laufbahn als Revolutionär begonnen. In Odessa war er auf verschiedene Widerstandsgruppen gestoßen und hatte den Südrussischen Arbeiterbund gegründet, ohne eine genaue Vorstellung von seinen politischen Zielen zu haben. Hier hatte er zum ersten Mal im Gefängnis gesessen, hatte Darwin gelesen und die Idee von der Existenz eines höheren Wesens aus seinem Hirn verbannt, dem Hirn eines Jungen, der bereits zu den Ungläubigen zählte. Hier war er zum ersten Mal vor Gericht gestellt und verurteilt worden, und auch hier war die Strafe Verbannung gewesen: Die Schergen des Zaren hatten ihn für vier Jahre nach Sibirien geschickt, und nun warfen ihn seine ehemaligen Kampfgenossen aus seinem eigenen Land hinaus, und das vielleicht für den Rest seines Lebens. Hier in Odessa hatte er den ihm wohlgesinnten Gefängniswärter kennengelernt, den Mann, der ihm Papier und Tinte besorgt und dessen wohlklingenden Namen er benutzt hatte, als er nach seiner Flucht aus Sibirien zum ersten Mal ins Exil gehen musste, und in das Namensfeld des von seinen Genossen besorgten Passes »Trotzki« geschrieben hatte, den Namen des Wärters, der ihn von nun an begleiten sollte.

Nachdem der Zug die Küste entlanggefahren war, wurde er auf ein Gleis geleitet, das zu den Piers der Hafenstadt führte. Den Reisenden bot sich ein fantastisches Schauspiel. Durch das Schneegestöber, das gegen die Abteilfenster peitschte, bewunderten sie das beeindruckende Panorama der zugefrorenen Bucht und die im Eis festsitzenden Schiffe mit ihren gebrochenen Masten.

Bulanow und weitere Tschekisten verließen den Zug und bestiegen einen Dampfer namens *Kalinin,* während andere Polizisten in den Waggon kamen, um ihnen mitzuteilen, dass Sergej Sedow und Ania sich von ihnen verabschieden müssten, da die Deportierten in Kürze einschiffen würden. Der Abschied nach so vielen Tagen des Zusammenlebens im engen Waggon war schmerzlicher, als sie ihn sich vorgestellt hatten. Natalia weinte, während sie das Gesicht ihres kleinen Serjoscha streichelte, und Ljowa und Ania umarmten sich so fest, als wollten sie das Gefühl der Verlassenheit, zu der sie die Trennung auf nicht absehbare Zeit verdammte, über ihre Haut miteinander teilen. Um sich zu schützen, verabschiedete sich Lew Dawidowitsch kurz und knapp, aber als er Serjoscha in die Augen blickte, ahnte er, dass er seinen Sohn zum letzten Mal sah, diesen so gesunden und hübschen Jungen, der intelligent genug war, um die Politik zu verachten. Er umarmte ihn fest und küsste ihn auf die Lippen, um etwas von ihrer Wärme und Beschaffenheit mitzunehmen. Dann zog er sich, gefolgt von Maya, in einen Winkel zurück und bemühte sich, nicht an die Worte Pjatakows am Ende jener unheilvollen Sitzung des Zentralkomitees im Jahre 1926 zu denken, nachdem Stalin mit Bucharins Unterstützung seinen Ausschluss aus dem Politbüro erreicht und Lew Dawidowitsch ihm vor den Genossen vorgeworfen hatte, zum Totengräber der Revolution geworden zu sein. Beim Hinausgehen hatte Pjatakow ihm in seiner typischen Art ins Ohr geflüstert: »Warum? Warum hast du das getan? Diese Kränkung wird er dir nie verzeihen. Er wird es dich und deine Familie bis in die dritte oder vierte Generation büßen lassen.« Sollte Stalins Hass tatsächlich eines Tages diese jungen Leute treffen, die das Beste der Revolution und des Lebens überhaupt darstellten?, fragte er sich. Würde seine Bösartigkeit selbst vor Serjoscha nicht haltmachen, der der kleinen Swetlana Stalina das Lesen und Rechnen beigebracht hatte? Und während er seiner Hündin den Kopf streichelte und zum letzten Mal – das sagte ihm seine innere Stimme – auf die Stadt sah, in der er sich dreißig Jahre zuvor für immer der Revolution verschrieben hatte, gab er sich selbst die Antwort, dass der Hass eine unheilbare Krankheit ist.

3

»Ja, sag ihm, ja.«

Bis ans Ende seiner Tage würde Ramón Mercader sich an den Moment erinnern, als er wenige Sekunden, bevor er die Worte aussprach, die sein Leben verändern sollten, jene Unheil verkündende Stille gespürt hatte, die den Krieg begleitet. Bombengetöse, Schüsse und Motorenlärm, die gebrüllten Befehle und die Schmerzensschreie, mit denen er seit Wochen gelebt hatte, waren für ihn zu den Geräuschen des Lebens geworden, sodass ihr plötzliches Verstummen ein Gefühl der Verlassenheit in ihm hervorrief, das der Angst verteufelt nahekam, als er begriff, dass hinter dieser unheilvollen Stille die tödliche Explosion lauerte.

In den Jahren der Abkapselung, des Zweifelns und Ausgeschlossenseins, in das ihn jene vier Worte führen sollten, würde Ramón sich immer wieder vorzustellen versuchen, wie sein Leben verlaufen wäre, wenn er Nein gesagt hätte. Er dachte sich eine parallele Existenz für sich aus, ein durch und durch romanhaftes Leben, in dem er niemals aufgehört hätte, Ramón zu heißen, Ramón zu sein, wie Ramón zu handeln, eventuell weit weg von seiner Heimat und seinen Erinnerungen, ein Leben wie das so vieler Männer seiner Generation, doch immer als Ramón Mercader del Río, mit Leib und, vor allem, mit Seele.

Vor ein paar Stunden war Caridad angekommen, zusammen mit dem kleinen Luis. Sie hatten die Strecke von Barcelona über Valencia in dem konfiszierten Ford der erschossenen Aristokraten, in dem sonst nur die katalanischen Kommunistenführer herumfuhren, zurückgelegt. Mit Passierscheinen, die ihnen den Weg durch sämtliche

Militärkontrollen der Republikaner ebneten, gelangten sie zu der unwegsamen Flanke der Sierra de Guadarrama. Die Temperatur von mehreren Grad unter null hatte sie gezwungen, die ganze Fahrt über im Auto zu bleiben, eingehüllt in Decken und in den Gestank von Caridads Zigaretten, von dem Luis fast schlecht geworden war. Als Ramón, verärgert über das, was er als eine der üblichen Einmischungen seiner Mutter in sein Leben betrachtete, endlich zu der sicheren Flanke hinabsteigen konnte, schlief sein kleiner Bruder Luis auf dem Rücksitz, während Caridad, eine Zigarette in der Hand, um den Wagen herumging, gegen Steine trat und die Kälte verfluchte, bei der ihr der Atem wie eine weiße Wolke vor dem Mund stand. Kaum hatte sie ihren Sohn entdeckt, umfing sie ihn mit dem Blick ihrer grünen Augen, der kühler war als die Nächte in der Sierra, und Ramón musste daran denken, dass seine Mutter ihm seit dem Tag ihrer Wiederbegegnung vor mehr als einem Jahr keinen jener feuchten, mit Anisgeschmack vermischten Küsse mehr gegeben hatte, die sie ihm als kleinem Jungen immer auf den Mundwinkel drückte.

Sie hatten sich seit mehreren Monaten nicht mehr gesehen, nachdem Caridad, gerade erst von den in Albacete erlittenen Verwundungen genesen, von der Partei nach Mexiko geschickt worden war, um materielle Hilfe und moralische Unterstützung für die republikanische Sache zu erbitten. Inzwischen hatte sich die Frau verändert. Nicht nur, dass sie wegen der Verletzung durch eine Mörsergranate ihren linken Arm nicht mehr richtig bewegen konnte; auch die Nachricht vom Tod ihres Sohnes Pablo war nicht der ausschlaggebende Grund – sie selbst hatte ihn gezwungen, an die Front nach Madrid zu gehen, wo er von den Ketten eines italienischen Panzers zermalmt worden war. Nein, Ramón führte die Veränderung seiner Mutter auf etwas Irrationales zurück, das er in jener Nacht, die sein Leben veränderte, entdecken sollte.

»Ich warte schon seit sechs Stunden auf dich, gleich wird es hell, und ich brauche unbedingt einen Kaffee«, begrüßte die Frau ihren Sohn, drückte die Zigarette an ihrem Militärstiefel aus und musterte den zerwuselten kleinen Hund, der Ramón begleitete.

Von weither drang Kanonendonner an ihr Ohr, und das unaufhörliche Dröhnen der Kampfflugzeuge am sternenlosen Himmel hüllte sie ein. Ob es wohl schneien wird?, dachte Ramón.

»Ich konnte das Gewehr nicht einfach fallen lassen und hierherrennen«, sagte er. »Wie geht es dir? Und Luisito?«

»Er wollte dich unbedingt sehen, deswegen hab ich ihn mitgebracht. Mir geht es gut. Und der Köter da?«

Ramón sah lächelnd zu dem Hund hinüber, der die Reifen des Ford beschnüffelte.

»Er gehört zu unserem Bataillon … Hängt an mir wie eine Klette. Hübsches Tier, nicht wahr?« Er hockte sich nieder. »Churro!«, flüsterte er, und der Hund drängte sich mit wedelndem Schwanz an ihn. Ramón kraulte ihn hinter den Ohren und befreite ihn von einigen Disteln. Dann hob er den Kopf und fragte: »Warum bist du hier?«

Caridad sah ihm in die Augen, bis der Junge ihrem Blick nicht mehr standhalten konnte und sich abwenden musste. Er richtete sich auf.

»Man hat mich hierhergeschickt, um dir eine Frage zu stellen.«

»Das glaub ich nicht … Du kommst hierher, um mir eine Frage zu stellen?« Ramón versuchte, ironisch zu klingen.

»Jawohl, eine sehr wichtige: Wozu wärst du bereit, um den Faschismus zu vernichten und dem Sozialismus zum Sieg zu verhelfen? … Schau mich nicht so an, ich mache keine Witze. Wir müssen es aus deinem Munde hören.«

Ramón lächelte wieder, aber eher misstrauisch. Warum stellte sie ihm diese Frage?

»Du hörst dich an wie ein Rekrutierungsoffizier … Wer muss das hören, du und wer noch? Geht das die Partei etwas an?«

»Antworte, danach erkläre ich's dir.« Caridad blieb ernst.

»Ich weiß nicht, Caridad … Das, was ich gerade tue, oder? Mein Leben riskieren, für die Partei arbeiten … Verhindern, dass die faschistischen Arschlöcher in Madrid einmarschieren.«

»Das genügt nicht«, sagte sie.

»Wie, das genügt nicht? Mach mir das Leben nicht noch schwerer …«

»Kämpfen ist nicht schwer. Sterben auch nicht … Tausende von Menschen tun das … Dein Bruder Pablo zum Beispiel … Aber wärst du bereit, alles aufzugeben? Und wenn ich ›alles‹ sage, dann meine ich alles. Jeden deiner Träume, jeden Skrupel, dich selbst …«

»Ich verstehe dich nicht, Caridad«, sagte Ramón aufrichtig. Etwas in ihm war alarmiert. »Meinst du das ernst? Könntest du dich bitte etwas deutlicher ausdrücken? … Ich kann nämlich nicht die ganze Nacht hier herumstehen …«, und er zeigte auf den Berg, von dem er herabgestiegen war.

»Ich glaube, ich habe mich deutlich genug ausgedrückt«, erwiderte sie und zog eine neue Zigarette aus dem Päckchen hervor. Als sie das Zündholz aufflammen ließ, wurde der Himmel vom Schein einer Explosion hell erleuchtet, und die hintere Wagentür öffnete sich. In eine Decke gehüllt, stieg der kleine Luis aus und rannte auf dem gefrorenen Boden rutschend zu Ramón. Die beiden umarmten sich.

»Leck mich am Arsch, Luisito, du bist ja schon ein richtiger Mann!«

Ohne seinen Bruder loszulassen, zog Luis den Rotz durch die Nase hoch.

»Und du bist ganz dünn geworden, Großer, ich spür deine Knochen.«

»Das ist der Scheißkrieg.«

»Und das da, ist das dein Hund? Wie heißt er?«

»Das ist Churro … Nein, er gehört nicht mir, aber so gut wie. Irgendwann war er plötzlich da …« Luis pfiff, und das Tier kam zu ihm. »Er lernt schnell und ist ein ganz Lieber … Willst du ihn?« Ramón strich über das verstrubbelte Haar seines kleinen Bruders und rieb ihm mit dem Daumen den Schlaf aus den Augen.

Luis sah seine Mutter fragend an.

»Im Moment können wir keinen Hund halten«, entschied sie und zog gierig an ihrer Zigarette. »Manchmal haben wir ja selbst nicht mal genug zu essen.«

»Churro frisst kaum was, er ist genügsam«, sagte Ramón und zog instinktiv den Kopf ein, als in der Ferne eine Kanone donnerte. »Von dem, was du für Zigaretten ausgibst, kann eine ganze Familie leben.«

»Meine Zigaretten gehen dich nichts an … Los, Luis, lauf ein Stück mit dem Hund, ich hab mit Ramón zu reden«, sagte Caridad und ging zu einer Steineiche, deren Blätter den harten Winter in der Sierra überstanden hatten.

Lächelnd sah Ramón seinem Bruder hinterher, der mit dem Hund herumtollte.

»Willst du mir jetzt endlich sagen, warum du hier bist? Wer hat dich geschickt?«

»Kotow. Er möchte dir einen sehr wichtigen Vorschlag machen«, antwortete sie, indem sie ihm erneut die grüne Glasglocke ihres Blicks überstülpte.

»Kotow ist in Barcelona?«

»Im Moment ja. Er will wissen, ob du bereit bist, für ihn zu arbeiten.«

»Bei der Armee?«

»Nein, bei etwas Wichtigerem.«

»Wichtiger als der Krieg?«

»Viel wichtiger. Dieser Krieg kann gewonnen oder verloren werden, aber …«

»Was redest du da! Wir dürfen nicht verlieren, Caridad! Mit dem, was die Sowjets uns schicken, und mit den Leuten der Internationalen Brigaden werden wir das ganze Faschistenpack zu Hackfleisch machen …«

»Das wäre schön, aber sag mal … Meinst du, man kann den Krieg gewinnen, solang die Trotzkis den Faschisten in den Schützengräben Tipps geben und die Anarchisten über jeden Befehl diskutieren? … Kotow will, dass du bei wirklich wichtigen Sachen mitmachst.«

»Bei was für wichtigen Sachen?«

Eine Explosion ganz in der Nähe ließ den Berg erzittern. Instinktiv warf sich Ramón auf Caridad, um sie mit seinem Körper zu schützen, und sie rollten über den gefrorenen Boden.

»Ich werd noch verrückt! Schlafen diese Wichser denn nie?«, schrie er. Er kniete sich hin und klopfte die Erde vom Mantel seiner Mutter.

Sie hielt seine Hand fest und suchte nach der brennenden Zigarette. Ramón half ihr auf.

»Kotow hält dich für einen guten Kommunisten und glaubt, dass du hinter der Front sehr nützlich sein kannst.«

»Immer mehr Kommunisten kommen nach Spanien. Seitdem die Sowjets mit ihren Waffen hier sind, denkt die Bevölkerung anders über uns.«

»Sei dir da mal nicht so sicher, Ramón. Die Menschen haben Angst vor uns, viele mögen uns nicht. Spanien ist ein Land von Idioten, Heuchlern und geborenen Faschisten.«

Ramón beobachtete, wie seine Mutter den Rauch der Zigarette wütend ausstieß.

»Und wofür braucht mich Kotow?«

»Ich hab's dir doch schon gesagt: für etwas Wichtigeres, als mit einem Schießgewehr in einem Schützengraben voller Regenwasser und Scheiße zu liegen.«

»Ich kann mir nicht vorstellen, was er von mir will ... Die Faschisten sind auf dem Vormarsch, und wenn Madrid fällt ...« Ramón schüttelte den Kopf, als er plötzlich einen leichten Druck in der Brust verspürte. »Verdammt, Caridad, wenn ich dich nicht kennen würde, würde ich sagen, du hast mit Kotow gesprochen, damit er mich von der Front wegholt. Nach dem, was mit Pablo passiert ist ...«

»Aber du kennst mich«, unterbrach sie ihn. »Kriege werden auf viele Arten gewonnen, das solltest du wissen ... Ramón, ich muss noch vor Tagesanbruch von hier fort. Ich brauche deine Antwort.«

Kannte er sie? Ramón sah sie an und fragte sich, was von der vornehmen, mondänen Frau übrig geblieben war, mit der er, seine Brüder und sein Vater auf der Plaza de Cataluña spazieren gegangen waren und die angesagten Restaurants oder den eleganten italienischen Eissalon besucht hatten, der gerade auf dem Paseo de Gracia eröffnet worden war? Nichts war von jener Frau geblieben, dachte er. Caridad war zu einem geschlechtslosen Wesen geworden, das nach Nikotin und saurem Schweiß stank, wie ein Politkommissar redete und nur an die Partei dachte, an die Missionen der Partei, an die Politik der Partei, an den Kampf der Partei.

Versunken in seine Grübeleien, bemerkte Ramón nicht, wie sich nach der Explosion, die sie zu Boden geworfen hatte, eine drückende Stille über die Sierra gelegt hatte, so als wäre die Welt eingeschlafen, von Erschöpfung und Schmerz übermannt. Dem Jungen, der schon zu lange in die Geräusche des Krieges eingetaucht war, schien die Fähigkeit zur Wahrnehmung der Stille abhandengekommen zu sein. Bereits verwirrt von der Möglichkeit, nach Hause zu kommen, spukten in seinem Kopf die Erinnerung an ein pulsierendes Barcelona umher, das er vor wenigen Monaten verlassen hatte, und das verführerische Bild des jungen Mädchens, das seinem Leben einen tieferen Sinn verliehen hatte.

»Hast du África gesehen? Weißt du, ob sie noch für die Sowjets arbeitet?«, fragte er, gequält von einer anhaltenden Gefühlsschwäche, von der er sich noch immer nicht befreit hatte.

»Du bist nichts als Fassade, Ramón! Dahinter bist du ein Schwächling, genau wie dein Vater«, sagte Caridad und traf damit einen seiner empfindlichen Punkte. Ramón fühlte Hass auf seine Mutter in sich aufsteigen, doch er musste ihr recht geben: África war wie eine Droge, von der er nicht loskam.

»Ich hab dich nur gefragt, ob sie noch immer in Barcelona ist.«

»Ja, ja … im Beraterstab. Vor ein paar Tagen hab ich sie in der Pedrera gesehen.«

Ramón bemerkte, dass Caridad parfümierte französische Zigaretten rauchte, die so ganz anders waren als die stinkenden Selbstgedrehten seiner Genossen im Bataillon.

»Gibst du mir eine?«

»Behalte sie …« Sie reichte ihm das Päckchen. »Ramón, wärst du bereit, auf diese Frau zu verzichten?«

Sie wusste, dass sich so eine Frage nicht so leicht beantworten ließ.

»Was genau will Kotow von mir?«, fragte Ramón, um Zeit zu gewinnen.

»Hab ich dir doch schon gesagt: dass du alles aufgibst, was man uns seit Jahrhunderten als wichtig verkauft hat, nur um uns zu versklaven.«

Ramón glaubte, África zu hören. Es war, als kämen Caridads Worte direkt aus dem Kreml oder von den Seiten des *Kapitals,* von denen auch Áfricas Worte stammten. Und in diesem Augenblick realisierte er die Stille, die sie schon seit einigen Minuten umgab. Caridad war África, África war Caridad, und der Verzicht auf alles, was er gewesen war, wurde ihm jetzt als Pflicht abverlangt, während er sich der schmerzhaften, zerbrechlichen Stille bewusst wurde und ihn die Angst überfiel, im nächsten Moment von einer Kugel getroffen oder von einer Granate zerrissen zu werden, bereits dazu bestimmt, sein Leben zu zerstören. Ramón begriff, dass er die Stille mehr fürchtete als den obszönen Kriegslärm, und er wünschte sich weit weg. Und, ohne zu wissen, dass sein Leben von diesen wenigen Worten abhing, sagte er:

»Ja, sag ihm, ja.«

Caridad lächelte. Sie nahm das Gesicht ihres Sohnes in beide Hände und drückte ihm mit berechnender Präzision einen langen Kuss auf den Mundwinkel. Ramón spürte, wie der Speichel der Frau sich mit dem seinen vermischte, konnte jedoch nicht den Geschmack nach Anis wahrnehmen, nicht einmal den nach Gin wie beim letzten Mal, als sie ihn geküsst hatte; nur den eklig süßlichen Tabakgeschmack und den säuerlichen Atem als Folge schlechter Verdauung.

»In ein paar Tagen wirst du nach Barcelona beordert. Wir warten auf dich. Dein Leben wird sich verändern, Ramón, sehr …« Sie schüttelte sich die Erde vom Mantel. »Ich fahre jetzt, es wird schon hell.«

Wie zufällig drehte Ramón den Kopf zur Seite und spuckte aus. Dann zündete er sich eine Zigarette an und folgte hinter Caridad zum Auto, aus dem Luis mit Churro auf den Armen ausstieg.

»Lass den Hund runter und verabschiede dich von Ramón!«

Luis gehorchte und umarmte seinen Bruder.

»Wir sehen uns bald in Barcelona. Ich geh mit dir zur kommunistischen Jugend, dann kannst du dich als Mitglied einschreiben. Du bist doch schon vierzehn, oder?«

Luis grinste.

»Und darf ich auch zur Armee?«, fragte er. »Alle Kommunisten sind in der Volksarmee …«

»Das hat noch Zeit, Luisillo.« Ramón lächelte und drückte ihn an sich. Über den Kopf des Jungen hinweg sah er Caridads jetzt abwesenden Blick. Und dennoch spürte er wieder die Unsicherheit, die die Augen seiner Mutter in ihm hervorriefen … In der Ferne erkannte er im ersten Tageslicht die steinernen, feindseligen Umrisse des Escorial. »Sieh mal, Luisito, der Escorial! Ich stehe auf der anderen Seite, auf der Flanke da drüben.«

»Und ist es immer so kalt?«

»Saukalt.«

»Wir fahren … Los, Luis, steig ein«, unterbrach Caridad ihre Söhne, und Luis verabschiedete sich von Ramón mit dem Gruß der Milizionäre, ging um den Wagen herum und kletterte auf den Beifahrersitz.

»Wenn du África siehst, sag ihr, ich komme bald«, sagte Ramón fast im Flüsterton.

Caridad öffnete die Wagentür, hielt jedoch inne und schloss sie dann wieder.

»Ramón, ich muss dir ja nicht sagen, dass diese Unterhaltung geheim ist. Bereit zu sein, alles aufzugeben, das ist keine bloße Parole, das ist eine Lebensmaxime. Präg dir das gut ein«, sagte sie, und Ramón sah, wie seine Mutter ihren Militärmantel zurückschlug und eine glänzende Browning hervorholte. Sie trat ein paar Schritte zurück und fragte ihren Sohn, ohne ihn anzusehen: »Bist du sicher, dass du das kannst?«

»Ja«, antwortete Ramón, genau in dem Moment, als die Explosion einer Bombe einen weiter entfernten Berghang erhellte. Caridad hob die Waffe, nahm Churro ins Visier und schoss ihn in den Kopf, ohne dass ihrem Sohn Zeit zu reagieren blieb. Die Wucht der Bleikugel ließ das Tier zur Seite rollen. Bald würde der Kadaver in der eisigen Morgenluft der Sierra de Guadarrama gefrieren und steif werden.

Die Winter in Sant Feliu de Guíxols sind von jeher neblig gewesen, stets bedroht von den Unwettern aus den Pyrenäen. Die Sommer dagegen bieten sich wie ein Luxus der Natur dar. Vor dem Küstenfelsen, der aus dem Meer ragt und sich zum Berg formiert, öffnet sich eine kleine Bucht mit einem grobkörnigen Sandstrand, das Wasser dort ist klarer als an der gesamten Küste des Empordà. In den 1920er-Jahren lebten in Sant Feliu außer den Fischern nur ein paar enttäuschte Einsiedler, die ersten Aussteiger, die vor dem Lärm der

Städte und dem modernen Leben geflohen waren. Im Sommer jedoch kamen die reichen Familien aus Barcelona hierher, die Besitzer von Strandvillen oder Häusern in den Bergen. Aufgrund der florierenden Textilbranche während des Ersten Weltkriegs gehörten auch die Mercaders zu den Vermögenden.

Die Familie des Vaters, die sogar mit dem lokalen Adel verwandt war, hatte ihren Reichtum über mehrere Generationen hinweg angehäuft. Als gute Katalanen hatten sie sich auf den Handel und die Industrie verlegt. Caridads Familie, die ein Schloss in San Miguel de Aras besaß, ganz in der Nähe von Santander, hatte indianische Vorfahren. Vor der Katastrophe von 1898 waren sie mit dezimiertem Vermögen aus Kuba gekommen, denn einen Teil davon hatten sie verloren, als das Ende der Sklaverei auf der Insel verkündet wurde und sie die Schwarzen auszahlen mussten. Obwohl Ramóns Vater Pau um vieles älter war als Caridad, waren sie in den Augen des Kindes ein beneidenswertes Paar, das, wie alle guten Aristokraten, die Leidenschaft für den Reitsport miteinander teilte. Wer sie im Trab auf ihren Pferden dahinreiten sah, wusste sofort, dass sie ausgezeichnete Reiter waren, sie sehr viel geschickter als er.

Der Sommer 1922 war der erste und einzige, in dem die Familie einen ganzen Monat lang Sonne, Strand und Freiheit an dem Strand genoss, der in ihrer Erinnerung zu etwas Wunderbarem geworden war und sich als beispielloses Symbol des Glücks eingeprägt hatte. Erst zwei Jahre später, als das Leben sich radikal zu verändern begann, erfuhr Ramón, dass die Entscheidung seines stets so sparsamen Vaters, die Villa an der Küste von Empordà zu vermieten und ihre Sommerferien auf das steinerne Schloss von San Miguel zu verlegen, nicht dem Vergnügen seiner Kinder, sondern der Rettung dessen dienen sollte, was schon unrettbar verloren war: die Beziehung zu seiner Frau.

In jenem Sommer in Sant Feliu de Guíxols aber erlebten Ramóns Eltern die letzten glücklichen Momente ihres Ehelebens, und dort hatten sie wohl auch Luis gezeugt, der im Frühling des darauffolgenden Jahres geboren wurde. Lange darauf sollte Ramón erfahren, dass jener Liebesakt wie eine Welle gewesen war, die sich an der Küste bricht, um sich gleich darauf in unerreichbare Tiefen zurückzuziehen. Etwas Unaufhaltbares nämlich hatte, noch bevor sein jüngerer Bruder gezeugt worden war, in Caridad zu wachsen begonnen: der Hass. Ein zerstörerischer Hass, der sie für immer verfolgen und nicht nur ihrem eigenen Leben einen Sinn verleihen, sondern auch das ihrer Söhne verändern und schließlich zugrunde richten sollte.

Einige Monate zuvor hatte Ramón, dem die Nähe zu seiner Mutter Angst zu machen begann, sich getraut, sie nach den roten Flecken auf der sonst so makellosen weißen Haut ihrer Arme zu fragen, und sie hatte wie nebenbei geantwortet, dass sie krank sei. Doch schon sehr bald, als der Sturm losbrach und das Haus in Sant Gervasi von Geschrei und Gezänk erfüllt war, wurde ihm klar, dass die Flecken von der Heroinspritze herrührten, von der sie dank ihres ausschweifenden nächtlichen Parallellebens außerhalb der friedlichen Wände des großbürgerlichen Hauses abhängig geworden war.

Viele Jahre später, in einer mexikanischen Nacht im August 1940, sollte Ramón aus dem Munde seiner Mutter hören, dass ausgerechnet ihr respektabler, katholischer Ehemann sie zu dem ersten Schritt auf den entwürdigenden Abgrund zu ermuntert hatte, aus dem sie nach vielen Demütigungen und unzähligen Nackenschlägen erst durch das hehre Ideal der sozialistischen Revolution gerettet worden war. In der Hoffnung, ihr die Abneigung gegen Sex, die sie seit der Eheschließung empfand, überwinden zu helfen, hatte Pau Mercader sie dazu überredet, ihn in gewisse exklusive Etablissements zu begleiten, in denen man durch Spezialspiegel gewagteste Liebesakrobatik in allen möglichen Kombinationen beobachten konnte. Ein Mann und eine Frau, zwei Männer und zwei Frauen, ein Mann und zwei oder sogar drei Frauen, zwei Frauen – allesamt Experten und Expertinnen darin, was sexuelle Stellungen und erotische Fantasien betraf, die Männer mit riesigen Schwänzen ausgestattet, die Frauen dazu bereit und befähigt, übergroße Glieder, ob natürliche oder künstliche, durch all ihre Öffnungen in sich aufzunehmen. Das Ergebnis des Experiments enttäuschte die Erwartungen des Ehemannes: Caridad wies mit noch mehr Entschiedenheit seine sexuellen Forderungen zurück, sprach aber gewissen geistigen Getränken kräftig zu, die in den anrüchigen

Lokalen mit den lilafarbenen Vorhängen und dem gedämpften Licht serviert wurden, Liköre, die sie enthemmten und ihr erlaubten, am Ende der Nacht fast reflexartig die Beine zu spreizen. Wenig später begann sie, auf der Suche nach jenen Elixieren in den vornehmsten Bars der Stadt zu verkehren, häufig ohne ihren Mann, der von seinen Geschäften immer mehr in Anspruch genommen wurde. Doch bald musste Caridad feststellen, dass es an jenen Orten all das im Übermaß gab, was sie nicht suchte (Männer, die sie abfüllen und mit ihr ins Bett gehen wollten), hingegen aber irgendetwas anderes fehlte, etwas, von dem sie noch nicht wusste, was es war, etwas, das sie motivieren und mit ihrer eigenen Seele versöhnen konnte.

Und da legte jene vornehme Dame, die von der Wiege an mit Luxus und Bequemlichkeiten umgeben war, erzogen von Nonnen, Expertin im Reiten arabischer Rassepferde, verheiratet mit dem Besitzer mehrerer Fabriken, dem von Natur aus die Gefühle der Männer, die für seinen Reichtum arbeiteten, fremd waren, legte also jene Dame ihren Schmuck und ihre wunderschönen Kleider ab und begab sich in die weniger hell erleuchteten Winkel der Stadt. Sie tastete sich buchstäblich in andere Gefilde vor, in eine andere Welt, und gelangte so in die Nebenstraßen der Altstadt, des Chinesenviertels, auf die dunkelsten Plätze des Raval, in die engen und stinkenden Gassen des Hafenviertels. Und während sie dort andere, weniger vornehme, dafür aber effektivere alkoholische Getränke zu sich nahm, entdeckte sie finstere Menschen voller Frustrationen und Hass, die in ihrer für sie neuen Sprache über so unglaubliche Dinge sprachen wie die Notwendigkeit, sämtliche Religionen abzuschaffen oder die ausbeuterische bürgerliche Ordnung umzukrempeln, die die Würde des Menschen untergrabe, die Ordnung jener Welt also, der sie selbst entstammte. Die anarchistische Wut, von der sie bis jetzt keine Vorstellung gehabt hatte, traf sie wie ein Schlag und versetzte jede Zelle ihres Körpers in Aufruhr.

Bei ihren Anarchistenfreunden und den zerlumpten Gestalten aus den Hafen- und Nuttenvierteln fing Caridad an, Heroin zu spritzen, das sie aus eigener, gut gefüllter Tasche bezahlte, und fand in ihrer Auflehnung eine heimliche Befriedigung, die ihrem Leben eine reizvolle Würze verlieh. Sie entdeckte den Sex für sich neu, auf anderem Niveau und mit anderen Zutaten, und praktizierte ihn wie einen Kampf auf Leben und Tod, auf eine primitive Art, die sie sich in ihrem tristen Eheleben niemals hatte vorstellen können: mit Matrosen, Hafenarbeitern, Textilarbeitern, Straßenbahnfahrern und Berufsrevolutionären, denen allen sie mit dem Geld ihres Mannes Schnaps und Drogen spendierte. Sie genoss, dass ihre Herkunft und Erziehung bei den Anarchisten keine Rolle spielte; bei ihnen war sie willkommen, denn sie war eine Frau, die bereit war, Regeln zu verletzen, Klassenschranken zu überwinden und sich von dem Ballast der bürgerlichen Gesellschaft zu befreien.

Obwohl in ihrem Hause bereits vier Kinder schliefen, die sie großgezogen hatte, lebte sie in einem Taumel neuer Eindrücke und freiheitlicher Reden, der vergiftende Hass wurde ihr bewusst, und wandelte sich zu einer erwachsenen Frau. Sie konnte nicht mit Bestimmtheit sagen, bis zu welchem Punkt sie die Ideen der Anarchisten aus Überzeugung oder Auflehnung teilte, doch nach und nach wurde ihr klar, dass sie für ihre eigene körperliche und geistige Befreiung kämpfte. Manchmal glaubte sie, dass sie an ihrem Absturz Vergnügen fand, weil sie sich selbst und all das, was ihr Leben bisher gewesen war und in Zukunft zu sein drohte, verachtete. Sei es aus Überzeugung oder Hass, sie hatte jenen Weg so eingeschlagen, wie sie von nun an alles tun würde: mit durch nichts aufzuhaltender Energie. Um es allen zu beweisen, oder vielleicht um es sich selbst zu beweisen, beschloss sie, die letzte Grenze zu überschreiten, und bereitete mit ihren neuen Freunden ihren zerstörerischen Klassenselbstmord vor. Zuerst organisierte sie Streiks in den Fabriken ihres Mannes, in dem sie die Inkarnation des Klassenfeindes sah; in einer Spirale des Hasses machte sie sich später an etwas Unumkehrbares und plante mit einigen ihrer Genossen die Sprengung einer der Fabriken, die die Familie in Badalona besaß.

Mit seinen neun, zehn Jahren bekam Ramón nichts von dem mit, was sich unter der Oberfläche der Familie abspielte. Er ging auf eine der teuersten Schulen der Stadt und führte ein sorgloses Leben, widmete sich in seiner Freizeit sportlichen Aktivitäten, die er den intellektuellen Betätigungen vorzog, welche er von klein auf in einem Haus gewohnt war, wo zu festgesetzten Zeiten vier verschiedene Sprachen gesprochen wurden: Französisch, Englisch, Spanisch und Katalanisch. Vielleicht lag in jener Zeit der Ursprung seines zutiefst verschlossenen Charakters, denn seine besten Freunde waren damals nicht seine Mitschüler oder Sportkameraden, sondern zwei Hunde, die ihm seine Großmutter mütterlicherseits geschenkt hatte, als sie sah, dass der Junge eine besondere Schwäche für diese Tiere hatte. *Santiago* und *Cuba,* wie der indianische Großvater sie in einem Anfall von Heimweh getauft hatte, waren noch als Welpen aus Kantabrien zu ihnen gekommen, und Ramón hatte eine innige Beziehung zu ihnen. Jeden Sonntag nach der Messe und an den Nachmittagen, an denen er früher aus der Schule kam, verließ der Junge die Stadt, immer begleitet von seinen beiden Labradoren, mit denen er seine Kekse und seine Vorliebe fürs Laufen und Schweigen teilte. Die Eltern sah er kaum, denn immer häufiger verbrachte seine Mutter den ganzen Tag im Bett, und gegen Abend verließ sie das Haus »zur Pflege sozialer Kontakte«, wie sie ihre nächtlichen Streifzüge nannte, von denen sie mit neuen roten Einstichen an den Armen zurückkehrte. Sein Vater blieb entweder bis spät in die Nacht in seinem Büro, um die Firma vor dem Konkurs zu bewahren, der ihr durch das Desinteresse seines älteren Bruders, des Hauptaktionärs, drohte, oder er schloss sich zu Hause in seinem Zimmer ein, um niemanden sehen oder sprechen zu müssen. Das häusliche Leben verlief also im Großen und Ganzen friedlich, und die beiden Hunde trugen sogar zu so etwas wie Glück bei.

Als die Polizei im Haus in Sant Gervasi vorstellig wurde, standen Caridad zwei Möglichkeiten zur Wahl: entweder das Gefängnis wegen der Planung eines Angriffs auf Privateigentum oder die Irrenanstalt, wegen ihrer Drogenabhängigkeit. Ihre Kampfgefährten und Saufkumpane saßen zu diesem Zeitpunkt bereits hinter Gittern, doch Paus gesellschaftliche Stellung und die Namen ihrer beider Familien hatten bei den polizeilichen Ermittlungen eine gewisse Rolle gespielt. Außerdem hatte sich einer von Caridads Brüdern, Richter am Gericht der Stadt Barcelona, für sie verwendet und sie als eine willenlose Kranke dargestellt, die die verfluchten Anarchisten und Gewerkschafter, diese Feinde der öffentlichen Ordnung, für ihre Zwecke missbraucht hätten. Im Bemühen, sein Ansehen sowie das, was von seiner bürgerlich-katholischen Ehe übrig geblieben war, zu retten, erreichte Pau eine weniger drastische Lösung und versprach, dass seine Gattin nicht mehr in Anarchistenkreisen verkehren und keine Drogen mehr anrühren werde, und er gab sein Wort (und sicherlich auch ein paar Peseten) als Garantie.

Zwei Monate später, nach Abschluss der Entziehungskur, zu der sich Caridad hatte bereit erklären müssen, fuhr die ganze Familie in die bereits erwähnten Ferien nach Sant Feliu de Guíxols, wo sie jene Tage erleben durften, die dem Glück und der vollkommenen Harmonie sehr nahekamen und Ramón als größter Schatz seiner Kindheit in Erinnerung bleiben sollten.

Während Caridads Bauch dicker wurde, ging das Leben in der Familie seinen gewohnten Gang. Paus Geschäfte allerdings erholten sich nur langsam von der Krise, in die sie der Bruch mit seinem unverantwortlichen Bruder und die wachsenden Forderungen der Arbeiter gestürzt hatten. Luis, der das letzte der Geschwister bleiben sollte, wurde 1923 geboren, kurz vor Beginn der Diktatur von Primo de Rivera und mitten in dem familiären Waffenstillstand, den Caridad ein Jahr später brechen sollte. Denn der Hass ist eine der am schwierigsten zu heilenden Krankheiten, und sie war der Rache noch mehr verfallen als dem Heroin.

Caridad fand auf ganz besondere Art ihren Weg zurück in die Welt der Anarchisten. Ihr Bruder José, der Richter, hatte ihr gebeichtet, dass er aufgrund von Spielschulden, die ihn, wenn sie bekannt würden, seine Karriere kosten könnten, in ernsten finanziellen Problemen steckte. Caridad versprach ihm zu helfen, doch als Gegenleistung musste er ihr verraten, vor welchem Gericht der Prozess gegen ihre Anarchistenfreunde stattfinden sollte und wer die Richter sein würden. Mit diesen Informationen versehen, starteten die Genossen der Inhaftierten eine Einschüchterungskampagne gegen die Richter und Staatsanwälte, drohten ihnen in Briefen mit Vergeltungsmaßnahmen, falls sie es wagen sollten, auch nur einen der Freiheitskämpfer zu verurteilen. Sehr bald schon entdeckte Pau Mercader die verdächtigen Kontobewegungen und wusste sofort, wohin das Geld gegangen war. Schwach, wie er gegenüber Caridad schon immer gewesen war, ergriff er lediglich einige Maßnahmen, um zu verhindern, dass seine Frau größere Summen abheben konnte, ansonsten konzentrierte er sich auf die Geschäfte, die er von seinem neuen Büro in der Calle Ample aus wieder in Schwung zu bringen versuchte.

Als Caridad sah, dass ihr Kampf für die Sache hintertrieben wurde, lehnte sie sich auf ihre Weise gegen den bürgerlichen Geiz auf: Sie kehrte in die schummrigen Kneipen zurück, trank Alkohol, nahm Drogen und ging wieder zu den geheimen Treffen, auf denen sie lautstark das Ende der Diktatur, der Monarchie und der bürgerlichen Ordnung sowie die Zerschlagung des Staates und seiner rückständigen Institutionen einforderte. Ihr Bruder José, dem sie aus der Verlegenheit geholfen hatte, suchte zusammen mit Pau nach einer ehrenhaften Lösung für ihr Problem, und gemeinsam erreichten sie, dass ein befreundeter Arzt Caridad in eine geschlossene Anstalt einwies.

Fünfzehn Jahre später beschrieb Caridad ihrem Sohn Ramón die zwei Monate, die sie in jener Hölle von kalten Duschen, Einzelzellen, Spritzen, Einläufen und anderen schrecklichen Therapien verbracht hatte. Dass man sie um den Verstand bringen wollte, machte sie noch jetzt wütend, ja, aggressiv. Und wenn sie nicht in den Wahnsinn getrieben worden war, dann nur deshalb, weil ihre anarchistischen Freunde sie aus der Gefangenschaft befreien konnten, indem sie damit gedroht hatten, Paus Büro und sogar die Irrenanstalt in die Luft zu sprengen, wenn sie Caridad nicht freilassen würden. Die Drohung zeigte Wirkung, und Pau sah sich gezwungen, seine Frau nach Hause zu holen. Doch sie kehrte nur nach Sant Gervasi zurück, um ihre fünf Kinder und ein paar Koffer mit dem Notwendigsten abzuholen. Sie werde überall hingehen, sagte sie, egal wohin, aber nie mehr werde sie an der Seite ihres Mannes und der Familie leben, und sie schwor, sich an ihnen zu rächen und sie vom Antlitz der Erde zu vertilgen.

Als er sah, dass sie durch nichts aufzuhalten war, flehte Pau sie an, ihm wenigstens die Kinder zu lassen. Was wolle sie mit fünf Kindern?

Wie wolle sie sie ernähren? Und vor allem: Seit wann liebe sie sie so sehr, dass sie nicht ohne sie leben könne? Vielleicht weil sie sich noch zusätzlich an dem Vater rächen wollte, der seinen Kindern in Liebe zugetan war, wenn auch distanziert und still; vielleicht weil sie irgendeinen Halt brauchte; vielleicht weil sie bereits davon träumte, aus jedem von ihnen das zu machen, was sie dann tatsächlich auch wurden: Jedenfalls war sie durch kein Bitten und Flehen davon abzubringen, ihre fünf Kinder mitzunehmen.

Für die Älteren war alles, was von nun an geschah, neu und aufregend. Ramón, der an Caridads Ausbrüche bereits gewöhnt war, erlebte den Augenblick wie eine vorübergehende Laune und bedauerte lediglich, dass er sich von Cuba und Santiago trennen musste; aber er beruhigte sich gleich wieder, als die Köchin ihm versprach, sich um die Hunde zu kümmern, bis er wieder zurück sein würde.

Im Frühjahr 1925 überquerte Caridad mit ihren fünf Kindern im Schlepptau die französische Grenze. Ihr Ziel war Paris, doch dann beschloss sie, in dem friedlichen Städtchen Dax haltzumachen. Vielleicht wusste sie nicht weiter, vielleicht wollte sie ihr Leben neu ordnen oder war zu der Überzeugung gelangt, dass es zu schwierig werden könnte, das bürgerliche System zu zerschlagen und gleichzeitig fünf Kinder großzuziehen, vor allem wenn man (Ironie des Schicksals) nicht genug Geld hatte.

Gleich nach ihrer Ankunft in Dax meldete Caridad Ramón und seine Geschwister, mit Ausnahme des Babys natürlich, in der öffentlichen Schule an und begab sich auf die Suche nach politischen Gesinnungsgenossen, die sie auch bald fand – Anarchisten und Gewerkschafter gab es überall. Um an Geld zu kommen, verkaufte sie ihren Schmuck, doch die Ausgaben für ihre Nächte in den Tavernen, für Zigaretten, für die eine oder andere Spritze Heroin und für Lebensmittel (nur ein Kommunist hat mehr Hunger und weniger Geld als ein Anarchist, versicherte Caridad) wuchsen ihr über den Kopf.

Für Ramón begann eine Lehrzeit, die ihn verändern sollte. Er war soeben zwölf Jahre alt geworden, war im Überfluss aufgewachsen, hatte exklusive Schulen besucht, und nun, von einem Tag auf den anderen, machte er Bekanntschaft, wenn nicht mit der Armut, so doch mit einer Welt, die der Wirklichkeit sehr viel näher kam und wo das Geld fürs Essen abgezählt war und das Bett ungemacht blieb, bis man es selber machte. Die kleine Montse mit ihren zehn Jahren hatte die Aufgabe, sich um Luis zu kümmern und ihn zu füttern, während Pablo sich mit dem Hausputz abmühen musste. Jorge und Ramón, die Ältesten, waren fürs Einkaufen zuständig und bald auch für das Zubereiten der Mahlzeiten, die sie vor dem Verhungern retteten, wenn Caridad wieder einmal nicht rechtzeitig nach Hause gekommen war oder wie besessen ihren politischen Verpflichtungen nachging. Jeder wusch sich, wann er wollte, und jeder Vorwand, die Schule zu schwänzen, war willkommen. Ramóns Freunde in Dax waren Kinder von armen Tagelöhnern und spanischen Emigranten, und er genoss es, mit ihnen durch die nahen Wälder zu streifen und Trüffel zu suchen. In jener Zeit lernte er auch die eisigen, verächtlichen Blicke der bürgerlichen Kleinstadtjugend ertragen, die ihm auf der Haut brannten.

Nachdem die Polizei von Dax Informationen in Barcelona eingeholt hatte, beschloss man, Caridad loszuwerden, und forderte sie ohne weitere Umstände auf, die Stadt zu verlassen. Also packten sie wieder ihre Koffer und zogen nach Toulouse weiter, einer viel größeren Stadt, in der Caridad glaubte untertauchen zu können. Um möglichen Polizei-Repressalien zu entgehen und weil sie bereits fast ihren gesamten Schmuck verkauft hatte, nahm sie eine Arbeit als Empfangsdame in einem Restaurant an, für die sie aufgrund ihrer Erziehung und ihrer vollendeten Manieren geeignet schien. Dank der Fürsprache der Restaurantbesitzer, die bald Zuneigung zu den Kindern fassten, konnten Jorge und Ramón auf die Hotelfachschule von Toulouse gehen, Ersterer, um *chef de cuisine,* Letzterer, um *maître d'hôtel* zu werden, und die neu gewonnene Stabilität gab ihnen die Hoffnung, wieder eine normale Familie zu werden.

Doch Caridad war einfach nicht dafür geschaffen, vornehme Bürger an einen Tisch zu geleiten und ihnen lächelnd Speisen zu empfehlen. Voller revolutionärem Zorn und Hass auf das System, kam ihr ihr Leben erbärmlich vor, eine Vergeudung von Kräften, die nach einem Befreiungsschlag schrie. Auch wenn der Vorfall niemals geklärt wurde, glaubte Ramón sein ganzes Leben lang, dass die schwere Vergiftung von mehreren Restaurantgästen an ein und demselben Abend nur das Werk seiner Mutter gewesen sein konnte. Glücklicherweise starb niemand daran, doch niemals wurde der Verdacht völlig ausgeräumt, dass hinter der Tat eine Absicht stehen und es sich damit um vorsätzlichen Mord handeln könne. Also beschlossen die Besitzer, sich von Caridad zu trennen, und der Kommissar, der die Ermittlungen leitete und Caridad aus mehr als einem Grund unter Verdacht hatte, kam ein paar Tage später in ihre Wohnung und forderte sie auf, zu verschwinden, oder er werde sie verhaften und einsperren lassen.

Vor dem Attentat auf die Restaurantgäste lebte Caridad wie in Trance, bewegte sich wie ein Pendel zwischen Ausbrüchen der Begeisterung oder des Zorns und Phasen depressiven Schweigens, in das sie tagelang versank. Offensichtlich hatte das Leben ohne festen ideologischen Halt ihre Sinne verwirrt, und als sie sich der Möglichkeit des Kampfes und der Zerstörung beraubt sah, begann für sie ein unentrinnbarer Teufelskreis aus Depression, Wut und Frustration. Sie verlor die Kontrolle über sich selbst und versuchte, sich umzubringen, indem sie ein ganzes Röhrchen Schlaftabletten schluckte.

Jorge und Ramón fanden sie nur deshalb, weil sie an dem fraglichen Abend in ihr Zimmer gingen, um ihr etwas zu essen zu bringen. Ramóns Erinnerung an jenen Moment war verschwommen, und er konnte kaum glauben, dass sie gehandelt hatten, ohne groß darüber nachzudenken, was sie taten. Ein verzweifelter Ramón zerrte seine mit Kot und Urin beschmierte Mutter aus dem Bett, und zusammen mit Jorge, der wegen der Kinderlähmung eine eiserne Beinprothese trug, gelang es ihm, sie die Treppe hinunterzubefördern und, ohne auf Kälte und Regen zu achten, über das Pflaster bis zur nächsten Avenida zu schleifen, wo sie ein Taxi zum Krankenhaus nahmen.

Caridad erwähnte diesen Vorfall nie und fand nicht einmal ein Wort des Dankes für das, was ihre Söhne für sie getan hatten. Ramón war lange davon überzeugt, dass sie sich für die Schwäche schämte, die sie, die Frau, die die Welt verändern wollte, gezeigt hatte. Außerdem hatte Caridad zu ihrer noch größeren Demütigung beim Verlassen der Klinik einwilligen müssen, dass ihr von den Jungen benachrichtiger Ehemann den Ärzten gegenüber die Verantwortung für sie übernahm. Das einzige Mal, dass Ramón seine Mutter weinen sah, war, als sie sich von Jorge und ihm verabschiedete, um mit Pau und den drei jüngeren Geschwistern nach Barcelona zurückzufahren.

In dem Wechselbad von Liebe und Hass, in dem sie so viele Jahre lebten, erfuhr Caridad niemals (weil Ramón ihr nicht das Vergnügen bereitete, es ihr zu gestehen), dass in jenem Moment, als er sie davonfahren sah, gerettet ausgerechnet von der Inkarnation dessen, was sie am meisten verachtete, er, Ramón, aufgehört hatte, ein Kind zu sein. Denn er begriff, dass seine Mutter recht hatte: Wenn man sich wirklich frei fühlen wollte, musste man diese Scheißwelt, die die Würde der Menschen verletzte, verändern. Sehr bald schon sollte Ramón überdies lernen, dass eine solche Veränderung nur möglich war, wenn viele Menschen sich um eine Fahne scharten und Arm in Arm dafür kämpften: Die Revolution musste sein.

4

»Die versteinerte Scheiße der Gegenwart« ... Lew Dawidowitsch warf die Zeitung an die Wand und verließ das Arbeitszimmer. Auf der Treppe roch er aus der Küche den Duft des Ziegenbratens, den Natalia fürs Abendessen zubereitete. Der köstliche Geruch kam ihm fast anstößig vor. An ihrem Arbeitstisch sah er die schöne Sara Weber sitzen, die mit einer solchen Geschwindigkeit auf der Schreibmaschine tippte, dass sie ihm geradezu unmenschlich erschien. Er ging hinaus in den wilden Garten, wo ihm die beiden türkischen Soldaten zulächelten und sich anschickten, ihn zu begleiten. Doch er hielt sie mit einer Handbewegung zurück. Die Männer taten so, als würden sie seinem Wunsch nachkommen, ließen ihn aber nicht aus den Augen, denn ihre Order war unmissverständlich: Ihr Leben hing davon ab, dass der Exilant das seine nicht verlor.

Während er, von Maya gefolgt, zum Strand hinabging, nahm er die Schönheit des Apriltages in Prinkipo kaum wahr. Welche Ängste konnten einen so empfindsamen und herzlichen Mann wie Majakowski peinigen, dass er freiwillig auf den Duft eines Bratens, auf die Magie eines Spätnachmittags oder auf den Anblick einer schönen Frau verzichtete und beschloss, für immer und ewig zu verstummen?, fragte er sich. Er ging am Strand entlang und beobachtete den eleganten Lauf seiner Hündin, ein Geschenk der Natur, das ihm ebenfalls unanständig harmonisch erschien.

Vor drei Jahren, als man seine Verbannung aus Moskau vorbereitete und sein guter Freund Yoffe sich in der Hoffnung erschossen hatte, er könne mit seinem Selbstmord das Gewissen der Partei aufrütteln und den verhängnisvollen Ausschluss Lew Dawidowitschs und seiner Genossen verhindern, hatte er dieses dramatische Ereignis für sinnvoll erachtet im politischen Kampf, auch wenn er die Tat nicht gutheißen konnte. Doch die Nachricht, die er soeben gelesen hatte, erschütterte ihn wegen der gewaltigen mentalen Kastration ihrer Botschaft. Wie mittelmäßig und verkommen war die Gesellschaft geworden, dass der Dichter Wladimir Majakowski, ausgerechnet Majakowski, sich entschlossen hatte, ihren Tentakeln zu entfliehen, indem er sich das Leben nahm? War »die versteinerte Scheiße der Gegenwart«, über die sich der Dichter in seinem letzten Gedicht erregte, über die Ufer getreten und hatte ihn zum Selbstmord getrieben? Die Zeitungsnotiz aus Moskau konnte nicht kränkender sein für das Andenken des Künstlers. Mit großer Leidenschaft und Inbrunst hatte er für eine neue, revolutionäre Kunst gekämpft, der seine mit Schreien, Chaos, zerstörter Harmonie und Siegesparolen gespickte Poesie den Geist einer neuen Gesellschaft einzuhauchen versucht hatte. Wie kein Zweiter hatte er den Verdächtigungen und Repressalien standgehalten, mit denen die Bürokratie die sowjetische Intelligenzija verfolgte. Die Zeitungsnotiz sprach von einem »dekadenten Gefühl persönlichen Scheiterns«, und da in der dem Land verordneten Rhetorik das Wort »dekadent« auf die Kunst in der bürgerlichen Gesellschaft angewendet wurde, wiesen sie mit kalkulierter Bösartigkeit auf das Individuelle des Falls hin, das es nur bei einem bürgerlichen Künstler geben könne und das, wie sie zu sagen pflegten, jeder schöpferische Mensch, so revolutionär er sich auch gebe, stets mit sich herumschleppe wie die Erbsünde. Der Tod des Dichters, erläuterten sie, habe nichts mit seinen »gesellschaftlichen und literarischen Aktivitäten« zu tun, so als wäre es möglich, Majakowski von Aktionen zu trennen, die zu seinem Leben gehört hatten wie das Atmen.

Etwas sehr Gefährliches und Widerwärtiges musste in der sowjetischen Gesellschaft freigesetzt worden sein, wenn ihre leidenschaftlichsten Verfechter, angeekelt von der versteinerten Scheiße ihrer Gegenwart, anfingen, sich Kugeln ins Herz zu schießen. Majakowskis Selbstmord war, wie Lew Dawidowitsch nur zu genau wusste, eine dramatische Bestätigung dafür, dass die letzte Glut der Vernunftehe zwischen Revolution und Kunst erloschen und finstere Zeiten angebrochen waren, wobei zwangsläufig die Kunst auf der Strecke bleiben musste: Zeiten, in denen ein bis zur Selbstaufgabe disziplinierter Mann wie Majakowski die Missachtung der Mächtigen im Nacken spüren konnte, für die Poeten und Poesie Verirrungen waren, derer man sich allenfalls bediente, um seine Vorherrschaft zu festigen, und von denen man sich trennte, sobald man sie nicht mehr brauchte.

Lew Dawidowitsch erinnerte sich daran, schon vor Jahren geschrieben zu haben, dass Tolstoi von der Geschichte besiegt worden, aber nicht an ihr zerbrochen sei. Bis zu seinem letzten Atemzug hatte das Genie sich die kostbare Fähigkeit zur moralischen Empörung bewahrt und deswegen der Autokratie sein »Ich kann nicht schweigen!« entgegengeschleudert. Majakowski jedoch hatte sich gezwungen, zu glauben, und hatte geschwiegen, deshalb war er am Ende zerbrochen. Ihm hatte der Mut gefehlt, ins Exil zu gehen, so wie es andere getan hatten; der Mut, mit dem Schreiben aufzuhören, als andere ihre Feder zerbrochen hatten. Er hatte seine Poesie unbedingt in den Dienst der Politik stellen wollen und dadurch seine Kunst und seinen Geist geopfert. Er war so sehr darum bemüht, ein vorbildlicher Revolutionär zu sein, dass er sich umbringen musste, um wieder Dichter werden zu können … Majakowskis Schweigen ging dem Schweigen anderer voran, das mit Sicherheit zu erwarten war und noch schmerzhafter sein würde. Die politische Intoleranz, die die Gesellschaft beherrschte, würde nicht ruhen, bis sie sie alle erstickt hätte. So wie man dem Dichter die Luft zum Atmen genommen hat, so wie man jetzt versucht, mich zu ertränken, sollte der Exilant schreiben, gestrandet am gewaltigen Marmarameer, das ihn nun schon seit einem Jahr umgab.

Bis zum Ende seiner Tage sollte sich Lew Dawidowitsch an seine ersten Wochen im türkischen Exil als eine tote Zeit erinnern, als einen dunklen Korridor, in dem er sich blind an den Wänden vorantasten musste. Das Erste, was ihn wunderte, war, dass ihm die Polizisten der GPU eintausendfünfhundert Dollar aushändigten und freundlich zu ihm waren, obwohl er, kaum in der Türkei angekommen, einen Brief an Präsident Kemal Pascha Atatürk geschrieben hatte, in dem er

ausdrücklich feststellte, dass er sich nur deshalb in der Türkei nieder-
lasse, weil man ihn dazu zwinge. Danach waren es die Diplomaten
der sowjetischen Gesandtschaft in Istanbul, die ihn bei sich aufnah-
men und ihm eine Herzlichkeit entgegenbrachten, mit der sonst nur
ein von der Regierung entsandter wichtiger Gast bedacht wurde. Angesichts dieser geheuchelten Freundlichkeit erstaunte es ihn nicht,
dass europäische Zeitungen, alarmiert durch die von den allgegenwärtigen Agenten Moskaus in die Welt gesetzten Gerüchte, darüber
spekulierten, ob Trotzki vielleicht von Stalin in die Türkei geschickt
worden sei, um die Revolution im Nahen Osten vorzubereiten.

Da er Passivität und Schweigen für seine größten Feinde hielt, beschloss er, nicht länger untätig herumzusitzen. Er beantragte Visa in
verschiedenen Ländern (der Präsident des Deutschen Reichstags hatte
von der Bereitschaft seines Landes gesprochen, ihm Asyl zu gewähren, ein »Asyl der Freiheit«, wie er sich ausgedrückt hatte). Außerdem verfasste er einen Text, der von einigen westlichen Zeitungen
veröffentlicht wurde und in dem er die Umstände seiner Verbannung
darlegte, die Verfolgung und Inhaftierung seiner Anhänger in der
Sowjetunion anprangerte und Stalin zum ersten Mal öffentlich als
»Totengräber der Revolution« bezeichnete.

Schlagartig veränderte sich das Verhalten der Diplomaten und Polizisten ihm gegenüber, und merkwürdigerweise trafen zur gleichen
Zeit die erneuten Ablehnungen seiner Visumsanträge aus Norwegen
und Österreich ein, zusammen mit der Nachricht, dass Ernst Thälmann und andere moskautreue Kommunisten in Berlin lautstark
gegen die mögliche Aufnahme des Renegaten Front machten. Die
Trotzkis wurden rücksichtslos aus der sowjetischen Botschaft hinausgeworfen und mussten sich in einem kleinen Istanbuler Hotel einmieten, wo sie den voraussehbaren Angriffen ihrer roten und weißen
Feinde schutzlos ausgeliefert waren. Kaum hatten sie sich in dem
Hotel eingerichtet, schickte Lew Dawidowitsch das Telegramm nach
Berlin und brach damit die letzte Brücke ab, der er sein Schicksal
anvertraut hatte: »Interpretiere Ihr Schweigen als feige Form der Ab-
sage.« Nachdem er es abgeschickt hatte, erachtete er es jedoch als
unzureichend und unterstrich seine Haltung mit einer letzten Bot-

schaft an den Reichstag: »Bedaure sehr, dass mir die Möglichkeit verweigert wird, die Vorteile des demokratischen Asylrechts in der Praxis zu überprüfen.«

Der Ausbruch des Frühlings überraschte sie in jener tristen Herberge mit den rissigen und schmutzigen Wänden, in der sie untergekommen waren. Lew Dawidowitsch hatte nicht die geringste Ahnung, wie er weiter vorgehen sollte, und so beschloss er, die Jahreszeit zu genießen und in dieser Auszeit das pulsierende Leben Istanbuls zu erkunden. Doch nicht einmal die Entdeckung einer Welt voller exquisiter Schönheit und die Erahnung der Ursprünge der Zivilisation weckten ihn aus der pessimistischen Lethargie, in die er verfallen war und die ihn sich selbst fremd werden ließ. Was Lew Dawidowitsch Trotzki brauchte, waren ein Schwert und ein Schlachtfeld.

Einige Wochen später willigte er ohne große Begeisterung in den Vorschlag seiner Frau und seines Sohnes ein, eine Fahrt über das Marmarameer zu den Prinzeninseln zu unternehmen. Der eineinhalb Stunden von der Hauptstadt entfernte vulkanische Archipel war der Zufluchtsort für entthronte ottomanische Prinzen gewesen, und hier hatte 1919 eine Friedenskonferenz zur Beendigung des russischen Bürgerkriegs stattfinden sollen. Lew Dawidowitsch wollte den Ausflug nutzen, um auf andere Gedanken zu kommen, in der Sonne spazieren zu gehen und die köstlichen türkischen Teigtaschen *pocha* und *pide* zu probieren, für die Natalia ihre Vorliebe entdeckt hatte. Bei ihnen waren zwei junge Trotzkisten, die sein alter Freund Alfred Rosmer ihnen zur Garantie einer minimalen Sicherheit aus Frankreich hinterhergeschickt hatte.

Der kleine Dampfer legte um neun Uhr morgens ab. Sie standen mit schützenden Sonnenhüten am Bug des Schiffes und genossen den Blick auf die beiden Hälften Istanbuls. Lew Dawidowitsch aber sah über die imposanten Gebäude, die spitzen Kirchtürme und die gewölbten Kuppeln der Moscheen hinaus; er suchte sich selbst in jener Stadt, in der er keinen einzigen Freund hatte, keinen Anhänger, dem er vertrauen konnte. Doch er fand sich nicht. In diesem Augenblick spürte er, dass sein Exil begann, wirklich, total, ohne Halt. Außer der Familie und einigen wenigen Freunden, die ihm ihre Solidarität versichert hatten, war er ein furchtbar einsamer Mann. Seine einzigen Verbündeten für den Kampf, den wiederaufzunehmen er entschlossen war (wie?, wo?), saßen in Arbeitslagern oder hatten bereits abgeschworen, aber sie alle hielten sich noch in der Sowjetunion auf, und seine Beziehung zu ihnen schlief aufgrund der Entfernung, der Repression und der Angst nach und nach ein.

Immer wenn er an jenen so friedlich erscheinenden Morgen dachte, erinnerte er sich an das dringende Bedürfnis, Natalia Sedowas Hand zu drücken, um ihre Wärme zu spüren und nicht an dem bedrückenden Gefühl der Ohnmacht zu ersticken. Aber er erinnerte sich auch an die Bekräftigung seines Entschlusses, wenn nötig, alleine weiterzukämpfen. Wenn sich die Revolution, für die er gekämpft hatte, in der Diktatur eines als Bolschewik verkleideten Zaren prostituierte, musste man sie mit Stumpf und Stiel ausrotten und von Neuem säen, denn die Welt brauchte wirkliche Revolutionen. Dieser Entschluss, das wusste er sehr wohl, brachte ihn dem Tod näher, der ihn von den Türmen des Kreml bedrohte. Doch der Tod war nichts anderes als ein unausweichliches Ereignis: Lew Dawidowitsch war immer der Ansicht gewesen, dass das Leben von einem, von zehn, hundert, ja, tausend Menschen vernichtet werden kann und sogar muss, wenn der gesellschaftliche Strudel es verlangt, um seine alles radikal verändernden Ziele zu erreichen; denn das persönliche Opfer ist häufig das Brennholz auf dem Scheiterhaufen der Revolution. Deswegen musste er lachen, wenn in bestimmten Zeitungen von seiner »persönlichen Tragödie« die Rede war. Von welcher Tragödie sprechen sie?, schrieb er später. Im übermenschlichen Prozess der Revolution gab es keinen Platz für persönliche Tragödien. Seine Tragödie bestand, wenn überhaupt, darin, zu wissen, dass er bei seinem Kampf weder Brüder im Glauben zur Seite hatte, die im Feuer der Revolution gestählt worden waren, noch über die nötigen finanziellen Mittel und schon gar nicht über eine Partei verfügte. Doch es blieb ihm, was schon immer seine schärfste Waffe gewesen war: die Feder, mit der er in seinen Beiträgen für die Zeitung *Iskra* (»Funke«) seine Ideen verbreitet hatte. Sie hatte ihn während seiner ersten Verbannung mitten in den revolutionären Kampf geführt, an jenem Abend im Jahre

1901, an dem er die Botschaft erhielt, die ihm seinen Platz im Strudel der Geschichte zuweisen sollte: Die Feder wurde im Redaktionssitz der *Iskra* verlangt, in London, wo Wladimir Iljitsch Uljanow, damals schon bekannt als Lenin, ihn erwartete.

Ljowa wies mit der Hand auf das Fischerdorf direkt an der Küste und sagte, es heiße Büyükada. Die Worte seines Sohnes holten ihn in die Wirklichkeit zurück, und er erblickte eine kleine Insel mit Pinien und vereinzelten weißen Häuschen vor sich. Und wie um das Schicksal herauszufordern, fragte er, ob sie nicht an Land gehen und zu Mittag essen sollten. Ohne zu wissen, warum, nahm er an, dass ihm jener Ort gefallen würde, an dem man zweifellos die nötige Ruhe zum Schreiben finden und auf Fischfang gehen konnte. Natalia Sedowa, die ihn so gut kannte wie sonst keiner, sah ihn an und sagte lächelnd: »Woran denkst du, Leownotschek?«

Sie sollte es nur eine Woche später erfahren, und es machte sie glücklich: Sie würden nach Büyükada umsiedeln, auf die größte Insel des Archipels der verbannten Prinzen.

Ein für ihre Zwecke und ihren Geldbeutel passendes Haus zu finden war nicht schwer. Das zweistöckige Gebäude lag etwas erhöht auf einem kleinen Vorsprung, einer Art Kap, zweihundert Meter von der Anlegestelle entfernt, und gab den Blick auf das antike Propontis frei. Es war von einer dichten Hecke umgeben, die den zwei türkischen Polizisten und den jungen Franzosen, Freunden seines Anhängers Raymond Molinier, die Bewachung erleichterte. Allerdings war die Villa, die einem alten türkischen Pascha gehörte, genauso heruntergekommen wie sein Besitzer, und Natalia Sedowa sah sich gezwungen, die Ärmel hochzukrempeln, um sie bewohnbar zu machen. Gemeinsam mit den Polizisten, den Franzosen und sogar den sich eingefundenen Journalisten machte sie sauber, schaffte Ordnung, strich an und stattete die Räume mit dem nötigen Mobiliar aus. Doch alles blieb provisorisch, und es gab nichts, was zur Verschönerung hätte beitragen können, nicht einmal einen Rosenstrauch im Garten. »Auch nur einen einzigen Samen auszusäen würde bedeuten, die Niederlage anzuerkennen«, hatte Lew Dawidowitsch seine

Frau gewarnt, denn nach wie vor dachte er an nichts anderes als an den Kampf, zu dessen Zentrum er so bald wie möglich wieder zurückzukehren gedachte.

Die mühsamste Aufgabe, mit der sich die in diesem ersten Exiljahr für die Sicherheit des Revolutionärs verantwortlichen Polizisten konfrontiert sahen, bestand darin, die Journalisten abzuwimmeln, die ihm unbedingt erste Stellungnahmen entlocken wollten, die Verleger zu empfangen, die aus der halben Welt herbeigeströmt kamen (und die Rechte an mehreren Büchern erwarben, unter Gewährung großzügiger Vorschüsse, die den Trotzkis über die finanziellen Engpässe hinweghalfen), und zu überprüfen, ob die Anhänger und Freunde, die zu ihm wollten, auch tatsächlich das waren, was zu sein sie vorgaben. Abgesehen davon war das Leben auf dieser von der Geschichte vergessenen Insel, die den größten Teil des Jahres nur von Fischern und Schafhirten bewohnt war, so ursprünglich und geruhsam, dass die Anwesenheit eines Fremden sofort auffallen musste. Und trotz seiner Gefangenschaft war Lew Dawidowitsch fast glücklich, einen solchen Ort gefunden zu haben, an dem noch nie ein Auto gefahren war und wo man sich wie vor fünfundzwanzig Jahrhunderten fortbewegte, zu Fuß oder auf dem Rücken eines Esels.

Kaum hatten sie sich eingerichtet, begann der Exilant mit der Vorbereitung seiner Gegenoffensive. Das Dringendste war es, die Opposition außerhalb der Sowjetunion zusammenzuführen, obwohl er bald feststellen musste, dass Stalin ihm zuvorgekommen war und über seine Handlanger von der Kommunistischen Internationale seine Person und seine Ideen in das Schreckgespenst des ärgsten Feindes der Revolution verwandeln ließ. Wie zu erwarten war, wagten es nur wenige europäische Kommunisten, sich zu den »trotzkistischen Irrlehren« zu bekennen, umso weniger, da dies keine praktischen Vorteile gebracht und mit Sicherheit zum sofortigen Ausschluss aus der Partei und sogar aus den Reihen der revolutionären Kämpfer geführt hätte. Doch Lew Dawidowitsch gab nicht auf und betraute seinen Sohn Ljowa mit der Organisation einer oppositionellen Bewegung, während er sich persönlich um die wichtigsten Anhänger kümmerte. Seine restliche Zeit widmete er dem Verfassen einer Biografie, die er in Alma-Ata begonnen hatte, und der Recherche für eine geplante *Geschichte der Revolution.*

Zu den Besuchern jener ersten Monate zählten seine alten Genossen Alfred und Marguerite Rosmer, die politisch immer kampfbereiten Pierre Naville und Souvarine sowie der impulsive Raymond Molinier, der wie zu einem Sommerausflug seine Frau Jeanne und seinen Bruder Henri anschleppte. Die Allerersten jedoch waren erwartungsgemäß seine guten Freunde Maurice und Magdeleine Paz, die er seit seiner Ausweisung aus Frankreich mitten im Ersten Weltkrieg nicht mehr gesehen hatte. Die Ankunft der Eheleute Paz, die jede Menge französischen Käse im Gepäck hatten, brachte einen Hauch von Freude auf die Insel, zusammen mit einem gewissen Gefühl der Freiheit wegen des Luxus, alte Genossen bei sich empfangen zu dürfen. Während der Verbannung in Alma-Ata waren die Paz' seine Repräsentanten in Paris gewesen, jetzt waren sie nach Prinkipo gekommen, um Rechenschaft abzulegen und ihn trotz der schwierigen Situation ihrer Solidarität zu versichern.

Eine der Unterhaltungen mit den Paz' sollte wenige Monate später, als Stalin eine heilige Grenze überschritten hatte und sich nicht mehr scheute, das Blut seiner eigenen Leute fließen zu lassen, in einem seltsamen Licht erscheinen. Es war an einem Spätnachmittag Anfang Mai, als Natalia, Ljowa, Maurice, Magdeleine und Lew Dawidowitsch, begleitet von der Hündin Maya, mit einer Flasche Rotwein hinunter zur Küste gegangen waren, um die Meeresbrise zu genießen, während die türkischen Polizisten Fisch und Meeresfrüchte mit kräftigen Gewürzen für eine typisch ottomanische Mahlzeit zubereiteten. Bei der Renovierung des Hauses hatte Lew Dawidowitsch einen Hexenschuss erlitten, der es ihm kaum mehr erlaubte, an seinen verschiedenen Projekten zu arbeiten. Nach den ersten Gläsern Wein gaben die Paz' ihrer Begeisterung Ausdruck, an der Seite des legendären Lew Dawidowitsch Trotzki kämpfen zu dürfen. Hocherfreut stellten sie fest, dass der Exilant, der hier in Prinkipo im Jahre 1929 auf einen Sonnenuntergang blickte, nicht mehr der war, von dem sie sich 1916 in Paris verabschiedet hatten. Damals war er eine radikale Stimme ohne eine bestimmte Ausrichtung gewesen, die zwischen den verschiedenen Tendenzen einer illegalen, wenig aussichtsreichen Bewegung hin und her lavierte. Jetzt war er der in der ganzen Welt als Lenins Weggefährte bekannte »Verbannte«, der Anführer des Oktoberaufstandes, der siegreiche Kriegskommissar und Gründer der Roten Armee und der Motor der 3. Internationale, die er gemeinsam mit Wladimir Iljitsch geschaffen hatte. Vielleicht um seinem Gastgeber Mut zu machen, vertrat Maurice die Ansicht, man könne ihn von den Höhen, zu denen er aufgestiegen war, unmöglich wieder hinabstoßen, und dass es ihm nicht erlaubt sei, sich von dort wieder zurückzuziehen. Er verstieg sich sogar dazu, Trotzkis historische Verantwortung zu beschwören und zu erklären, kein Marxist, Lenin vielleicht ausgenommen, habe jemals eine so große moralische Autorität als Theoretiker und als Kämpfer besessen. Und er schloss mit den Worten: »Ihr Rivale ist die Geschichte, nicht Stalin, dieser Emporkömmling, der jeden Moment unter der Last seines Ehrgeizes zusammenbrechen kann …«

Der Verbannte versuchte, seine historische Bedeutung zu relativieren, indem er seinen Bewunderer daran erinnerte, dass er außer seinen Rückenschmerzen nichts und niemanden hinter sich habe. Die Feinde um ihn herum seien zahlreich und mächtig, und sein größtes Problem seien eine Revolution, die er zum Sieg geführt, und ein Staat, den zu gründen er mitgeholfen habe, wodurch ihm zumindest eine seiner beiden Hände gebunden sei.

Trotz solcherlei übertriebener Lobreden und zahlreicher Beweise der Zuneigung, die ihn täglich per Post erreichten, wusste Lew Dawidowitsch, dass seine Anhänger nicht jene Narben hatten, die man nur im wirklichen Kampf davonträgt. Darum setzte er im Stillen auf die Deportationen von Oppositionellen, die Stalin sicherlich bald verfügen würde. Die durch Repression, Folter und Landesverweis abgehärteten Männer würden, so hoffte er, mit ihrer unerschütterlichen Überzeugung die Bewegung stärken.

Bei Beginn des Sommers wurde der insulare Frieden durch die lärmende Ankunft von Geschäftsleuten und Beamten aus Istanbul gestört, die das Geld hatten, sich nach Prinkipo zurückzuziehen, aber nicht genug, um nach Paris oder London zu reisen. Im Haus eingesperrt, schrieb Lew Dawidowitsch das Werk, in dem er Rechenschaft über sein Leben gab, zu Ende, obwohl ihn die Nachricht von der Welle der Kapitulationen, zu denen die Gruppierungen der Opposition durch ihre wichtigsten Führer gezwungen wurden, deprimiert hatte. In dem soeben gegründeten *Bulletin Oppozitsii,* das in Paris herausgegeben wurde, und durch Botschaften, die auf den verschlungensten Wegen in die Sowjetunion gelangten, warnte er seine Genossen vor Stalins Versuch, sie zur Aufgabe ihrer Positionen zu bewegen. Er werde seine politischen Versprechen nie halten (Lenin pflegte zu sagen, Stalins Spezialität sei es, Versprechen nicht einzuhalten), und seine Ankündigungen von Korrekturen würden niemals erfolgen, da sie Kursänderungen einschlossen, zu denen er niemals bereit sein werde. Stalin werde ihre Kapitulationen nur akzeptieren, schrieb er, wenn sie nach Moskau kommen und ihm auf Knien versichern würden, nicht sie, sondern er, Stalin, habe immer recht gehabt.

Durch die Flut von Kapitulationen erschien Lew Dawidowitsch sein Krieg, zumindest in der Sowjetunion, verloren. Die plötzliche Kehrtwende Stalins, der zuerst das Wirtschaftsprogramm der Opposition als das seine ausgab und dann seine ehemaligen Rivalen dazu zwang, sich zu der jetzt als stalinistisch deklarierten Strategie zu bekennen, besiegelte eine politische Niederlage. Ihr letztes und traurigstes Kapitel endete mit der Unterwerfung von Männern, die, an Händen und Füßen gefesselt, sich zu fragen begonnen hatten, warum sie Deportationen erdulden und ihre Angehörigen den grausamsten Repressalien aussetzen sollten, um für Ideale zu kämpfen, die schließlich und endlich bereits verwirklicht worden waren. Der schmerzlichste Beweis für den Absturz der Opposition war die Nachricht, so brillante Leute wie Radek, Smilga und Preobratschensky hätten sich mit Stalin ausgesöhnt und verkündet, dass sie an seiner Linie nichts zu beanstanden hätten, da die von ihnen umkämpften, großen Ziele inzwischen erreicht worden seien. Ganz besonders niederträchtig erschien ihm Karl Radeks Erklärung, er betrachte sich als Feind Trotzkis, seit dieser Artikel in der imperialistischen Presse veröffentlicht habe. Traurigerweise würden diese Revolutionäre mit ihrer Kapitulation in die von Sinowjew angeführte Kategorie der »Semi-Begnadigten« fallen, jener Männer, die sich vor lauter Angst hüten würden, ein einziges Wort laut auszusprechen und eine eigene Meinung zu haben, die sich kriechend ständig umschauen mussten, um ihren eigenen Schatten im Auge zu behalten.

Die lebhaftesten Berichte über den Zustand der Opposition erreichten Büyükada auf unerwarteten Wegen Anfang August. Ihr Überbringer hieß Jakow Blumkin, ein Gespenst aus der Vergangenheit.

Blumkin hatte ihn von Istanbul aus um ein Treffen gebeten. Er sei, wie er schrieb, soeben aus Indien gekommen, wo er einen Auftrag der Spionageabwehr ausgeführt habe, und wolle ihn sehen, um ihm Respekt und Solidarität zu bekunden. Als Natalia Sedowa von Blumkins Bitte erfuhr, bat sie ihren Mann, ihn nicht zu empfangen. Ein Treffen mit einem ehemaligen Terroristen, der zu einem hohen Offizier der GPU aufgestiegen war, konnte nur Unglück bringen. Auch Ljowa drückte seine Zweifel über den Sinn einer solchen Begegnung aus, bot sich jedoch als Vermittler an, um Blumkin von der Insel fernzuhalten. Lew Dawidowitsch willigte ein und gab seinem Sohn entsprechende Anweisungen; er wollte sich Blumkins Anliegen wenigstens anhören, immerhin hatte sich mit ihm einmal die dramatischste all seiner Entscheidungen verbunden: ihn leben zu lassen oder in den Tod zu schicken.

Zwölf Jahre zuvor, als der frisch ernannte Kriegskommissar Leo Trotzki ihn in sein Büro kommen ließ, war Blumkin ein bartloses Jüngelchen mit Zügen einer dostojewskischen Romanfigur gewesen. Ihm wurden Taten zur Last gelegt, die das Militärgericht mit dem Tode bestrafte. Der Junge war einer der beiden Aktivisten der sozialrevolutionären Partei, die ein Attentat auf den deutschen Botschafter in Moskau verübt hatten. Ihre Absicht war es, den umstrittenen Frieden zu verhindern, den die Bolschewiki Anfang 1918 in Brest-Litowsk mit Deutschland geschlossen hatten. Lew Dawidowitsch hatte einige Gedichte des Jungen gelesen und am Tag vor Prozessbeginn darum gebeten, ihn treffen zu dürfen. An jenem Abend sprachen sie stundenlang über russische und französische Poesie (beide waren sie Bewunderer Baudelaires) und über die Irrationalität terroristischer

71

Methoden (wenn eine Bombe alle Probleme löst, warum dann noch Parteien, warum Klassenkampf?). Am Ende schrieb Blumkin einen Brief, in dem er seine Aktion bedauerte und versprach, im Falle seiner Begnadigung der Revolution an jeder Front zu dienen, an die man ihn schicken würde. Dem Einfluss des mächtigen Kommissars verdankte er sein Leben, während der deutschen Regierung offiziell mitgeteilt wurde, dass der Attentäter hingerichtet worden sei. Dank Lew Dawidowitsch hatte an jenem Tag das zweite Leben des Jakow Blumkin begonnen.

Während des Bürgerkriegs hatte sich Blumkin als Agent der Spionageabwehr hervorgetan, was ihm Auszeichnungen, Beförderungen und sogar die Mitgliedschaft in der bolschewistischen Partei eingebracht hatte. Seine ehemaligen Freunde aber betrachteten ihn als einen Verräter, und zweimal entging er wie durch ein Wunder einem Anschlag auf sein Leben. In den letzten Kriegsmonaten gehörte er dem Beraterstab Lew Dawidowitschs an, der ihm auch eine persönliche Empfehlung für die Aufnahme in die Militärakademie schrieb. Seine besondere Begabung für die Spionagetätigkeit prädestinierte ihn jedoch für die Welt der Geheimdienste, und seit mehreren Jahren war er einer der Stars der GPU, obwohl bis hin zum obersten Chef des sowjetischen Geheimdienstes jeder wusste, dass er aufgrund seiner Verehrung für Trotzki aufseiten der Opposition stand.

Nachdem Ljowa seinem Vater von dem Gespräch mit Blumkin berichtet hatte (der ehemalige Terrorist war nach Indien und jetzt in die Türkei gereist, um uralte chassidische Handschriften für die Regierung zu verkaufen), kam Lew Dawidowitsch zu der Überzeugung, dass der Geheimagent ihm noch immer zugetan war. Trotz aller Warnungen seiner Frau willigte er in ein Treffen ein.

Als Trotzki das unverwechselbare Gesicht mit den riesigen, vor Intelligenz sprühenden Augen des »kleinen Jakow«, wie er ihn früher immer genannt hatte, nach so vielen Jahren wieder vor sich sah, empfand er eine tiefe, mit nostalgischen Gefühlen vermischte Freude. Sie umarmten sich herzlich, und Blumkin küsste mehrmals das Gesicht und den Mund seines Gönners, um dann in Tränen auszubrechen, genau wie in jener Nacht, als der mächtige Kriegskommissar den lebensrettenden Brief geschrieben hatte.

Die drei Besuche, die Blumkin in der zweiten Augustwoche in Büyükada machte, wirkten auf den niedergeschlagenen Lew Dawidowitsch wie ein Jungbrunnen. Gemeinsam erinnerten sie sich an alte Zeiten, kommentierten Nachrichten aus der Gegenwart, lachten, weinten und diskutierten (auch über Majakowski und den beklagenswerten Zustand der sowjetischen Poesie), und Blumkin, der Trotzki über die verzweifelte Lage der Opposition im Lande informierte, bot sich ihm als Kurier an, sobald er wieder nach Moskau zurückgekehrt wäre; denn auch wenn sein geheimdienstlicher Auftrag darin bestand, die äußeren Feinde der UdSSR auszuschalten, betrachtete er das nicht als unvereinbar mit seinen oppositionellen Ideen.

Aus dem Mund des Agenten hörte Lew Dawidowitsch auch Radeks Argumente für seine Kapitulation, die in den Augen des Jungen nur eine Verzögerungstaktik war. Blumkin, der wieder einmal seine unerschütterliche Treue unter Beweis stellte, verteidigte das Verhalten seines Freundes Radek, denn auch er hielt es für besser, innerhalb der Partei zu kämpfen, als es von außen zu tun. Lew Dawidowitsch gestand ihm, er habe aufgehört, einer Partei zu vertrauen, der Radek angehöre und an deren Spitze ein Mann wie Stalin stehe. Doch Blumkin wunderte sich über seinen Pessimismus und erinnerte ihn daran, dass gerade er, Leo Trotzki, nicht schwach werden dürfe.

Der Abschied von seinem jungen Freund hinterließ in dem Exilanten ein Gefühl der Leere, das Wochen später von seiner Empörung über den Treuebruch der Paz' verdrängt werden sollte. Grund dafür war ein Brief der Eheleute, in dem sie, nach einigen ungewohnt kühlen Begrüßungsformeln, direkt zur Sache kamen. »Machen Sie sich keine Illusionen über das Gewicht Ihres Namens«, begann der Absatz, der etwas von einem Nachruf hatte und den Revolutionär auf alarmierende Weise mit der Offenkundigkeit seines politischen Niedergangs konfrontierte. »In den letzten fünf Jahren hat die kommunistische Presse Sie so geschickt zu verleumden gewusst, dass in der großen Masse nur noch eine vage Erinnerung an Sie als den Chef der

73

Roten Armee und den Arbeiterführer während des Oktoberaufstandes geblieben ist. Ihr Name bedeutet immer weniger, und am Ende wird es der in Gang gesetzten Maschinerie gelingen, Ihre Person aus dem öffentlichen Gedächtnis zu tilgen, nachdem sie bereits Ihren Namen ausgelöscht hat.« Nach dreimaligem Lesen putzte Lew Dawidowitsch seine Brille mit dem Ärmel des Russenkittels, so als wären die Gläser verantwortlich dafür, dass er die Worte, die ihm schmerzlich, aber jedes Mal zutreffender erschienen, nur verschwommen erkennen konnte. Als er sich von dem Fenster löste, durch das er den von Sträuchern überwucherten Garten und das wie in Öl glänzende antike Propontis in der Ferne betrachtet hatte, spürte er, dass weder sein unerschütterlicher Optimismus noch sein Glaube an die Sache das ihn überkommende Gefühl der Einsamkeit zerstreuen konnte. Was für scheußliche Dinge waren in den wenigen Monaten geschehen, dass Maurice und Magdeleine Paz ihm diesen von Wahrheiten vergifteten Brief geschrieben hatten? Wie hatte die Wirklichkeit ihre Einstellung derart verändern können, dass sich ihre dem Stolz eines Kolosses schmeichelnden Lobreden in Überlegungen verwandelt hatten, die einen Vergessenen demütigen mussten? Das Beleidigendste an diesem Brief war, dass die Paz' bei ihrem zweiten Besuch in Prinkipo vor einem Monat ihm ihre Bedenken nicht mitgeteilt hatten und mit dem Versprechen gegangen waren, für die Einheit der französischen Trotzkisten zu kämpfen, unter denen das Ansehen und die Ideen des Verbannten, wie sie immer wieder beteuert hatten, unumstritten seien.

Wochenlang lag der Brief auf seinem Schreibtisch, wie ein Zeugnis, das er zwar zur Kenntnis genommen hatte, mit dem er sich aber nicht befassen wollte. Angesteckt von der Ruhe, die der bevorstehende Winter mit sich brachte, konzentrierte er sich wieder auf seine Arbeit und vertiefte sich in die Niederschrift seiner *Geschichte der Revolution*. Einmal erinnerte ihn Natalia Sedowa sogar daran, dass er den Brief noch nicht beantwortet habe, doch er schob zu seiner Entschuldigung irgendwelche Gründe vor.

Die winterlichen Temperaturen in Prinkipo waren nicht mit denen in Alma-Ata zu vergleichen. Nur in ein altes Jackett gehüllt, genoss

Lew Dawidowitsch den heraufdämmernden Morgen in seinem Arbeitszimmer, trank Kaffee und beobachtete, wie das erste Tageslicht den silbernen, fast körperlichen Schleier durchbrach und das Meer aufblitzen ließ. Gerade wollte er seine Arbeit an der *Geschichte der Revolution* aufnehmen, da trat Ljowa ins Zimmer und ließ ihn aus seinen Grübeleien aufschrecken. Er brachte Nachrichten aus Moskau. Wie immer beschlich den Exilanten die Vorahnung, einem geliebten Menschen sei etwas Schlimmes zugestoßen. Ljowa setzte sich ihm gegenüber an den Tisch und schwieg. Auch Lew Dawidowitsch sagte nichts, bereits darauf gefasst, gleich etwas Schreckliches zu hören zu bekommen. Doch das, was sein Sohn ihm dann sagte, brachte ihn vollkommen aus der Fassung: Sie hatten Blumkin erschossen.

Ljowa musste ihm alle Einzelheiten erzählen: Der Agent hatte nichts von sich hören lassen, weil er zwei Monate in den Verliesen der Lubjanka eingesperrt gewesen und von seinen Genossen von der Geheimpolizei verhört worden war. Laut dem sowjetischen Informanten war die Verhaftung aufgrund einer Denunziation von Karl Radek erfolgt, den Blumkin selbst von seinen Treffen mit Trotzki in Kenntnis gesetzt hatte. Radek aber stritt alles ab und behauptete, die GPU habe aus einer anderen Quelle erfahren, dass Blumkin Trotzki besucht hatte und mit einer Botschaft für die Oppositionellen in die Sowjetunion zurückgekehrt war. Niemand wisse, wann genau er erschossen worden sei, sagte Ljowa.

Lew Dawidowitsch fühlte sich schuldig. Natalia Sedowa hatte recht behalten: Er hätte den Jungen nicht empfangen dürfen, denn jetzt war es offensichtlich, dass Stalin den Agenten im Wissen darum in die Türkei geschickt hatte, dass er versuchen würde, Trotzki zu treffen, und er auf diese Weise ein Exempel statuieren konnte. Doch diesmal war Stalin zu weit gegangen: Seine Rivalen wegen politischer Meinungsverschiedenheiten umbringen zu lassen hieß, denselben Fehler zu begehen wie die Jakobiner und der Rache und dem Brudermord Tür und Tor zu öffnen. Eine der Bedingungen, auf denen Lenin immer bestanden hatte (obwohl er nicht gerade zimperlich gewesen sei, wenn die Politik es erfordert habe, sagte er zu Ljowa), war, dass zwischen ihnen kein Blut fließen dürfe. Der Tod des kleinen

Jakow musste das Gewissen aller stalintreuen Kommunisten aufrütteln. Blumkin kann der Sacco und Vanzetti unseres Kampfes werden, sagte er zu Ljowa, der ihn irritiert ansah. Wenn er eben noch Mitleid mit seinem Vater gehabt hatte, so konnte er jetzt nur noch den Kopf schütteln.

Nachdem Ljowa hinausgegangen war, starrte Lew Dawidowitsch aufs Meer hinaus; er würde sich nie verzeihen, so blind gewesen zu sein und Blumkins Anwesenheit in der Türkei nicht als den ersten Schachzug in einer von Stalin initiierten Partie erkannt zu haben. In dieser Gemütsverfassung nahm er ein weißes Blatt und machte sich daran, einer immer wieder aufgeschobenen Verpflichtung nachzukommen:

Monsieur und Madame Paz,
heute habe ich eine Nachricht erhalten, die die Schäbigkeit von Leuten wie Ihnen, die nichts sind als Salonbolschewisten und für die die Revolution nur ein Zeitvertreib ist, schonungslos offenbart. Für Sie, die die Repression, die Folter und den Winter in den Arbeitslagern nicht am eigenen Leib erfahren und durchlitten haben, ist es kein Problem, den Kampf aufzugeben, sobald er nicht Ihre Erwartungen erfüllt und Sie in ihm nicht die Hauptrolle spielen können. Doch der wahre Revolutionär fängt erst dann an, einer zu sein, wenn er bereit ist, seinen persönlichen Ehrgeiz einer Idee unterzuordnen. Revolutionäre können gebildet oder unwissend, intelligent oder ungeschickt sein, aber es gibt sie nicht ohne einen starken Willen, ohne Hingabe, ohne Opferbereitschaft. Und da für Sie diese Eigenschaften nicht existieren, danke ich Ihnen dafür, dass Sie sich konsequenterweise von unserem Weg abgewendet haben.
L. D. Trotzki

Im ersten Jahr seines Exils hatte Lew Dawidowitsch nur Niederlagen und Verrat erlebt: Auf dem Territorium der Sowjetunion war die Opposition praktisch zerschlagen worden, ohne dass die erwarteten Verbannungen erfolgt wären. Außerhalb des Landes stritten sich seine Anhänger um ein bisschen Macht, darum, ob sie weniger oder mehr links standen, oder sie ließen ihn einfach im Stich, so wie die Paz', weil sie dem Druck der Stalinisten nicht widerstanden oder keine Aussicht auf Erfolg mehr sahen ... Vielleicht hatte ihn die Nachricht vom Selbstmord Majakowskis deshalb so sehr erschüttert und sollte ihm auch in den nächsten Wochen noch nahegehen, weil er sich schuldig fühlte, einige Male gegen den Dichter polemisiert und damit vielleicht den Verleumdern, die überall im Land hervorgekrochen kamen, Argumente geliefert zu haben.

Das Eintreffen der ungeduldig erwarteten ersten Exemplare seiner Autobiografie verschaffte ihm etwas Befriedigung inmitten so vieler Enttäuschungen und Verluste. Als er das vor einem Jahr beendete Werk wieder las, bedauerte er, so viele Seiten auf seine Selbstverteidigung verwendet zu haben, die ihm angesichts der Wucht der Anschläge auf das Leben oder die Würde seiner Genossen jetzt belanglos vorkam. Das Bestreben, seine Unstimmigkeiten mit Lenin während der zwanzig Jahre gemeinsamen Kampfes einer kritischen Bewertung zu unterziehen, erschien ihm opportunistisch. Vor allem aber warf er sich vor, sich nicht mutig zu den Exzessen bekannt zu haben, die er begangen hatte, um die Revolution zu verteidigen und ihre Fortdauer zu sichern. Auch wenn er es niemals öffentlich zugeben würde, beklagte er seit mehreren Jahren die Momente, in denen er sich unabhängig von den angestrebten Zielen von der Gewalt hatte hinreißen lassen. Die rettende Militarisierung der Eisenbahnergewerkschaften, als das Schicksal des Bürgerkriegs von den überall im Lande beschlagnahmten Lokomotiven abhing, kam ihm jetzt übertrieben vor, auch wenn diese Maßnahme die Basis für den Erfolg der Revolution gewesen war. Auch würde er es sich nie verzeihen, dieselben Zwangsmaßnahmen beim Wiederaufbau des Landes nach dem Krieg angewendet zu haben, damals, als die Nation zu zerfallen drohte und man die enttäuschten Arbeiter nicht für seine Zwecke einspannen konnte, ohne Druck auf sie auszuüben. Auf seinen Schultern lastete die Verantwortung dafür, Gewerkschaftsführer abgesetzt, die Demokratie innerhalb der Arbeiterorganisationen abgeschafft und sie so in amorphe Vereinigungen verwandelt zu haben, derer sich die Bürokraten Stalins jetzt nach Belieben bedienten, um ihre Vorherrschaft zu zementieren. Als Teil des Machtapparates hatte er zur Ermordung der Demokratie beigetragen, die er aus der Opposition heraus jetzt vehement forderte.

Nicht weniger beschämend erschien ihm seine Rolle bei der Niederschlagung des Matrosenaufstandes in Kronstadt im unseligen März 1921. Dieselbe Marineabteilung, die mit ihrer Unterstützung den Erfolg der Bolschewisten im Oktober 1917 garantiert hatte, verlangte nun, vier Jahre später, so elementare Rechte wie eine größere Freiheit für die Arbeiter, eine weniger despotische Behandlung der Bauern, die den Großteil ihrer Ernte abliefern mussten, und vor allem das unantastbare Recht auf freie Wahlen für die Versammlungen der Sowjets. Das Argument, die neuen Matrosen der Baltischen Flotte seien von Anarchisten und konterrevolutionären Offizieren manipuliert worden, hätte niemals als Rechtfertigung für die Niederschlagung der Revolte mit aller Gewalt dienen dürfen. Eine Maßnahme, die er als Kriegskommissar angeordnet hatte und die bis zur Erschießung von Geiseln gereicht hatte. Für ihn und Lenin war sie eine politische Notwendigkeit gewesen, denn auch wenn sie wussten, dass der Aufstand nicht zu der angekündigten Dritten Revolution führen konnte, befürchteten sie, das Chaos in dem von Hunger geplagten und von wirtschaftlichem Stillstand paralysierten Land könnte sich über alles Erträgliche hinaus verschlimmern.

Er wusste: Hätten die Bolschewiki im März 1921 freie Wahlen zugelassen, sie hätten wahrscheinlich ihre Macht verloren. In der marxistischen Theorie, mit der Lenin und er alle ihre Entscheidungen begründet hatten, war undenkbar, dass die Kommunisten, wären sie erst einmal an der Macht, die Unterstützung der Arbeiter verlieren könnten. Zum ersten Mal seit dem Sieg der Oktoberrevolution hätten sie sich fragen müssen (haben wir es uns auch nur einmal gefragt?, gestand er Natalia Sedowa später), ob es richtig war, den Sozialismus gegen den Willen der Mehrheit durchzusetzen. Die Diktatur des Proletariats sollte die Ausbeuterklasse beseitigen, aber sollte sie auch die Arbeiter unterdrücken? Die Alternative war dramatisch und ausweglos: dem Volk die freie Willensäußerung zu erlauben, war nicht möglich, denn das hätte den revolutionären Prozess verzögern oder sogar umkehren können. Doch die Unterdrückung dieses Willens entzog der bolschewistischen Regierung ihre Rechtmäßigkeit. Wenn die Massen aufhörten zu glauben, war es nötig, sie mit Gewalt zum Glauben zu zwingen. Also wendeten sie Gewalt an. In Kronstadt, darüber war sich Lew Dawidowitsch sehr wohl im Klaren, hatte die Revolution begonnen, ihre Kinder zu fressen, und ihm war die traurige Ehre zuteilgeworden, den Befehl zur Eröffnung des Banketts zu geben.

Die Unerbittlichkeit, mit der er – mit Lenins Unterstützung – gehandelt hatte, mochte vielleicht in jenen Jahren gerechtfertigt gewesen sein. Doch wenn er sein Handeln heute überdachte, musste er sich fragen, ob nicht auch er sich nach Lenins Tod schamlos auf die Macht gestürzt hatte, im Begriff gewesen war, sich in einen pseudokommunistischen Zaren zu verwandeln. Hätte nicht auch er die Sicherung des Überlebens der Revolution zur Rechtfertigung benutzt, um Rivalen auszuschalten, so wie Lenin sie 1918 benutzt hatte, um die Parteien für illegal zu erklären, die an der Seite der Bolschewiki für die Revolution gekämpft hatten? Hätte er eine demokratische Opposition, eine unzensierte Presse oder verschiedene Richtungen innerhalb der Partei zugelassen?

Lew Dawidowitsch dachte gerade darüber nach, inwieweit die Wechselfälle der Politik seine Energien auffraßen, als seine Frau ihn mit der Nachricht überraschte, Ljowa wolle Büyükada verlassen. Das verborgene Zittern, das seit einigen Monaten die Grundfeste der Villa in Prinkipo erschütterte, wurde jetzt zu einem Erdbeben. Natalia Sedowa hatte einmal bemerkt, sie halte es nicht für gut, dass Jeanne Molinier hier bei ihnen blieb, während Raymond nach Paris zurückkehrte. Sie hatten einen Spaziergang zu dem beeindruckenden Palace Hotel Prinkipo gemacht, dem größten Holzgebäude in ganz Europa, und er hatte sie spöttisch gefragt, was denn passiert sei. Sie hatte gelacht und ihm mit ihrem typischen Pragmatismus erklärt, dass eine Ehefrau an die Seite ihres Mannes gehöre und ihr Ljownotschek wohl langsam alt werde und die Jahre seinen Blick trübten.

Bis jetzt hatte das Kommen und Gehen von Raymond Molinier

zum Alltagsbild von Büyükada gehört. Mit seiner von Lew Dawidowitsch sehr geschätzten, molinieresken Energie war er zur wichtigsten Stütze der Opposition in Paris geworden. Fasziniert von der Möglichkeit, den Trotzkismus zu einer wichtigen politischen Kraft innerhalb der französischen Linken zu machen, hatte Molinier seine Ergebenheit, sein Vermögen und seine ganze Familie in den Dienst der Sache gestellt, und während er sich in Paris um neue Anhänger bemühte, fungierte seine Frau Jeanne als Vermittlerin zwischen dem von Ljowa geleiteten Sekretariat in Prinkipo und den trotzkistischen Sympathisantenkreisen in Europa. Molinier hatte den jungen, aber erfahrenen Revolutionär mit seiner Energie angesteckt und beschlossen, das Schicksal der französischen Opposition in seine Hände zu legen, ohne die Meinung anderer Genossen einzuholen, wie zum Beispiel die von Alfred und Marguerite Rosmer, die sich diskret aus dem Kampf zurückzogen.

Gleich beim ersten Mal, als Raymond seine Frau in Büyükada zurückgelassen hatte, hatte Natalia geahnt, was kommen würde: Jeanne war eine junge Frau, deren Verträumtheit mit dem impulsiven Charakter ihres Mannes kontrastierte; und Ljowas dreiundzwanzig Jahre pulsierten in jeder Faser seines Körpers, auch wenn er sich mit Haut und Haaren der Sache verschrieben hatte. Als Trotzki nun von seiner Frau hörte, dass Jeanne nach Paris reisen wolle, um sich von Raymond zu trennen, und Ljowa plante, mit ihr fortzugehen, begriff er, wie wenig er sich bisher um die Bedürfnisse seines Sohnes gekümmert hatte. Und ihm wurde schlagartig klar, dass die Arbeit so vieler Monate samt dem schmerzhaften Gewinn, den sie aus den Niederlagen und Enttäuschungen gezogen hatten, durch den Egoismus eines Mannes und einer Frau zum Teufel gehen konnte. Noch am selben Abend warf er Ljowa seine für einen Kämpfer unverzeihliche Gefühlsduselei vor.

Glücklicherweise reagierte Raymond, wie Natalia berichtete, zutiefst französisch und gab Jeanne frei, damit sie mit Ljowa, der nach Deutschland zu gehen plante, zusammenleben konnte. Lew Dawidowitsch wusste, dass er keine Alternative hatte. Er musste die Entscheidung seines Sohnes akzeptieren. Bei aller Opferbereitschaft des

Jungen konnte er nicht von ihm verlangen, seine Jugend auf einer abgelegenen Insel zu verbringen. Was ihn am meisten schmerzte, schrieb er später, war der Verlust des einzigen Menschen, auf dessen Schultern er seine Frustrationen abladen, von dem er offene Kritik annehmen konnte und der ihm niemals den Dolch in die Brust stoßen, den vergifteten Kaffee reichen oder ihn ins Genick schießen würde, was früher oder später sicherlich geschehen würde.

Doch die Sorge um Ljowas Abreise wurde kurzfristig von einem Ereignis überlagert, das für Lew Dawidowitsch, kaum dass er davon Kenntnis erhielt, zu einer bösen Vorahnung wurde: Aus den Wahlen in Deutschland am 14. September 1930 war die Nationalsozialistische Partei Hitlers als zweitstärkste Partei hervorgegangen. Aus den achthunderttausend Stimmen von 1928 waren sechs Millionen geworden, auf die sie sich jetzt stützen konnte. Bestürzt über die unglaubliche Verantwortungslosigkeit der deutschen Kommunisten, las Lew Dawidowitsch, dass sie ihren eigenen Stimmenzuwachs von drei auf viereinhalb Millionen feierten und verkündeten, dass der Erfolg Hitlers der Schwanengesang einer kleinbürgerlichen, zum Scheitern verurteilten Partei sei. Bereits mehrere Monate zuvor hatte er in einem der Briefe, mit denen er das Zentralkomitee der Kommunistischen Partei in der Sowjetunion zu bombardieren pflegte, die Genossen auf die Gefahren des Nationalsozialismus aufmerksam gemacht, einer Ideologie, die seiner Meinung nach dazu geeignet war, all den »menschlichen Staub« eines durch die Wirtschaftskrise gebeutelten und nach Rache dürstenden Kleinbürgertums zu begeistern und an sich zu binden. Und er hatte die Notwendigkeit einer strategischen Allianz von Kommunisten und Sozialisten beschworen, um einen Prozess aufzuhalten, der Hitler und seine Leute an die Macht bringen konnte. Doch die Antwort auf seinen Warnruf war der von der Kommintern an die Deutsche Kommunistische Partei weitergeleitete Befehl aus Moskau gewesen, keine irgendwie geartete Allianz mit den Sozialisten und Demokraten einzugehen.

Nie zuvor hatte Lew Dawidowitsch das Gewicht seiner Strafe so sehr empfunden wie in diesem Augenblick. Weggesperrt auf dieser von der Zeit vergessenen Insel, war er darauf beschränkt, Artikel zu schreiben und verstreute Anhänger um sich zu scharen, wo er doch eigentlich mittendrin im Strudel der Ereignisse hätte sein müssen, bei denen es, das spürte er mit jeder Faser seines Körpers, um das Schicksal der deutschen Arbeiterklasse und der europäischen Revolution und vielleicht sogar um das der Sowjetunion ging. Es galt, das Gewissen der deutschen Linken aufzurütteln, denn noch war es möglich, die Katastrophe abzuwenden, die sich am Himmel über Berlin zusammenbraute. Macht sich denn niemand klar, dass Hitler die Macht an sich reißen wird, wenn man ihm nicht den Weg versperrt, und dass die Kommunisten seine ersten Opfer sein werden?, fragte er sich. Was ist los in Moskau? Er ahnte, dass irgendetwas Düsteres hinter den roten Mauern des Kreml im Schwange war. Nicht vorzustellen jedoch vermochte er sich, dass er sehr bald von den höchsten Türmen der Moskauer Festung das erste Geheul einer makabren Kreatur vernehmen würde, die ihn schaudern ließ.

5

Die laue Luft liebkoste die Haut, und das glitzernde Meer ließ nur ein einschläferndes Murmeln vernehmen. Es war förmlich spürbar, wie die Welt in gewissen magischen Momenten den Eindruck eines angenehmen Ortes erweckt, wie geschaffen für die seltsamsten Träume und Sehnsüchte des Menschen. Jede Erinnerung verlor sich in dieser friedlichen Atmosphäre, und Groll und Kummer waren vergessen.

Ich saß im Sand, den Rücken an den Stamm einer Strandkasuarine gelehnt, zündete mir eine Zigarette an und schloss die Augen. In einer Stunde würde die Sonne untergehen, aber ich hatte, wie inzwischen üblich in meinem Leben, weder Eile noch Pläne. Mit anderen Worten, ich hatte fast nichts, fast ohne das fast. Mich interessierte in diesem Augenblick nichts anderes, als das Geschenk der heraufziehenden Abenddämmerung zu genießen, den wunderbaren Moment, wenn die Sonne sich dem Meer nähert und eine Feuerspur auf seine silberne Oberfläche zeichnet. Im März, wenn der Strand so gut wie menschenleer war, verschaffte mir das bloße Versprechen dieses Anblicks eine gewisse Gelassenheit, einen Zustand inneren Gleichgewichts, der mich aufrichtete und mich an die Möglichkeit eines kleinen Glücks glauben ließ, das meinen gleichermaßen auf ein Minimum herabgesetzten Ansprüchen genügte.

Während ich also auf den Sonnenuntergang in Santa María del Mar wartete, nahm ich aus meinem Rucksack den Erzählband von Raymond Chandler, einem der Schriftsteller, denen ich bis heute große Bewunderung entgegenbringe. Auf allen möglichen und unmöglichen Wegen war es mir gelungen, aus kubanischen, spanischen und argentinischen Ausgaben eine fast komplette Sammlung von

Chandlers Werken zusammenzustellen. Außer fünfen seiner sieben Romane besaß ich mehrere Bände mit Erzählungen, darunter *Mord im Regen,* den ich an jenem Nachmittag bei mir hatte. Bei dem Verlag handelte es sich um Bruguera, die Ausgabe war von 1975, und neben der Titelerzählung waren vier weitere Geschichten hier vereint, darunter auch *Der Mann, der Hunde liebte.* Während der Busfahrt zum Strand hatte ich mit ebendieser Geschichte begonnen, wegen meiner Schwäche für Hunde hatte mich der suggestive Titel angesprochen. Warum ich mich an *jenem* Tag ausgerechnet für *jenes* Buch und kein anderes entschieden hatte? (Zu Hause lagen, neben verschiedenen gerade erworbenen und auf die Lektüre wartenden Büchern, *Der lange Abschied,* mein Lieblingsroman von Chandler, *Run, Rabbit, run* von John Updike und *Gespräch in der Kathedrale* des bereits von mir »exkommunizierten« Vargas Llosa, jener Roman, der mich ein paar Wochen später vor Neid erblassen lassen sollte.) Ich glaube, ich habe *Mord im Regen* vollkommen unbewusst ausgewählt, einfach nur wegen der Geschichte dieses Profikillers, der eine außergewöhnliche Vorliebe für Hunde hat. War alles wieder mal nur eine inszenierte Schachpartie, in der bestimmte Menschen – unter anderem die Hauptperson, ebenjener »Mann, der Hunde liebte«, und ich – nichts weiter als Figuren im Spiel des Zufalls waren? Teleologie, wie man es heute nennt? Glauben Sie nicht, dass ich mich wichtigmachen will oder hinter allem, was mir in diesem Scheißleben widerfährt, gleich eine kosmische Verschwörung wittere. Aber wenn die angekündigte Kaltfront sich nicht mit einem vorübergehenden Nieselregen ohne nennenswerten Einfluss auf die Temperaturen begnügt hätte, dann wäre ich möglicherweise an jenem Nachmittag im März 1977 nicht in Santa María del Mar gewesen und hätte nicht ein Buch gelesen, das rein zufällig eine Erzählung mit dem Titel *Der Mann, der Hunde liebte* enthielt, während ich nichts Besseres zu tun hatte, als auf den Sonnenuntergang über dem Golf zu warten. Hätte auch nur einer dieser Umstände gefehlt, wäre wahrscheinlich das Treffen mit dem Mann niemals zustande gekommen, der etwa zwanzig Meter von mir entfernt stehen geblieben war und nach seinen Hunden rief, von denen ich sofort fasziniert war.

»Ix! Dax!«, rief der Mann.

Als ich den Blick hob, sah ich die beiden Hunde. Ich schlug das Buch zu, um diese außergewöhnlichen Tiere zu bewundern, die ersten russischen Windhunde, teuer gehandelte Borsois, die ich außer auf Bildern in einem Buch oder in der Zeitschrift für Tiermedizin, für die ich inzwischen arbeitete, noch nie zu Gesicht bekommen hatte. Im diffusen Licht des Frühlingsabends sahen die beiden riesigen Windhunde perfekt aus, wunderschön, wie sie da am Meer entlangliefen und mit ihren langen, kräftigen Beinen das Wasser aufspritzen ließen. Ich bestaunte ihr weißes, an den Flanken und am Hinterteil lilafarben geflecktes Fell, die Linie der Schnauzen mit Kiefern, die – glaubt man der Literatur über Hunde – Oberschenkelknochen eines Wolfes zermalmen konnten.

Etwa zwanzig Meter vor mir zeichnete sich im Gegenlicht der Sonne die Gestalt des Mannes ab, der die Hunde gerufen hatte. Als er langsam auf die Stelle zukam, an der ich im Sand saß, fragte ich mich als Erstes, wer dieser Typ wohl sein könne, der im Kuba der Siebzigerjahre zwei reinrassige russische Windhunde besaß. Doch dann zogen die miteinander um die Wette laufenden Tiere wieder meine Aufmerksamkeit in Bann, und aus reiner Neugier stand ich auf und ging zum Ufer, um mir, mit der Sonne im Rücken, die beiden Borsois genauer anzuschauen. Und da hörte ich wieder die Stimme des Mannes und beschloss, ihn mir näher anzusehen.

Er musste so in den Siebzigern sein (später erfuhr ich, dass er fast zehn Jahre jünger war), hatte grau melierte Stoppelhaare, olivenfarbene Haut und trug eine Hornbrille. Er war groß und beleibt, fast plump. In seinen Händen hielt er zwei lederne Hundeleinen, seine Rechte war mit einem weißen Tuchstreifen verbunden, wie um eine frische Wunde zu schützen. Besonders fielen mir die kakifarbene Hose, die Ledersandalen und das weite bunte Hemd ins Auge, eine Kleidung, die sofort den Ausländer erkennen ließ in einem Land der Hemden, »die-wir-alle-haben« (gestreift oder kariert), der »aus-dem-Weg-sonst-stampf-ich-dich-in-den-Boden«-Schuhe (russische Stiefel) oder der Plastikslipper Marke Stinksocke und der Segeltuch- oder Polyesterhosen, die einem im Sommer die Eier braten konnten.

Wir standen uns jetzt so nah gegenüber, dass unsere Blicke sich kreuzen mussten. Ich lächelte, und der stolze Besitzer zweier russischer Windhunde lächelte zurück. Nachdem er erneut die Hunde gerufen hatte, zündete er sich eine Zigarette an; ich tat es ihm nach und ging dann die vier, fünf letzten Schritte auf den vermutlichen Ausländer zu.

»Herrliche Hunde«, sagte ich.

»Danke«, erwiderte er. »Ix! Dax!«, schrie er wieder, und noch immer konnte ich seinen Akzent nicht einordnen.

»Das erste Mal, dass ich Borsois aus der Nähe sehe.« Ich schaute zu den Tieren hin, die jetzt an ihrem Herrchen hochsprangen.

»Die einzigen, die es auf Kuba gibt«, sagte er, und ich dachte: Er ist Spanier. Doch etwas in seiner Aussprache ließ mich zweifeln.

»Sie brauchen Bewegung, aber seien Sie vorsichtig bei der Hitze.«

»Ja, die Hitze ist ein Problem. Deswegen komme ich mit ihnen hierher …«

»Hab gelesen, dass sie sehr kräftig sind, aber gleichzeitig ziemlich empfindlich. Der russische Zar hatte welche …« Ich war mir nicht sicher, ob die Bemerkung nicht etwas gewagt war, da ich aber nichts zu verlieren hatte, fügte ich noch hinzu: »Haben Sie sie aus der Sowjetunion mitgebracht?«

Der Mann sah aufs Meer hinaus und ließ die Zigarette in den Sand fallen.

»Ja«, antwortete er dann, »aus Moskau. Hab sie geschenkt bekommen.«

»Entschuldigen Sie, aber Sie sind kein Russe, oder?«

Der Mann sah mich an und ließ die Hundeleinen gegen sein Bein klatschen. Vielleicht wollte er nicht gern für einen Russen gehalten werden, dachte ich, doch dann war ich mir sicher, dass meine Frage diesen Schluss nicht zuließ. Oder er war tatsächlich Russe – nein, dann schon eher Georgier oder Armenier, wegen seiner Hautfarbe – und hatte deshalb diesen seltsamen Tonfall und eine etwas gestelzte Aussprache?

In diesem Moment sah ich zwischen den Kasuarinen einen großen, schlanken Schwarzen mit einem Handtuch über der Schulter, der uns unverhohlen beobachtete, so als würde er uns überwachen. Dann wandte ich mich wieder dem Mann mit der Hornbrille zu, der die Hunde gerade an die Leine nahm, sich zu ihnen hinabbeugte und ihnen etwas in einer Sprache zuraunte, die ich einfach nicht einordnen konnte. Beim Aufrichten schwankte er, als wäre ihm schwindlig geworden, und ich hörte ihn schwer atmen. Doch gleich darauf fragte er mich: »Wieso wissen Sie so viel über Hunde?«

»Ich arbeite bei einer Zeitschrift für Tiermedizin, zufällig habe ich gerade einen Artikel über Tiergenetik von einem sowjetischen Wissenschaftler korrigiert, und darin war von den Borsois und zwei weiteren europäischen Hunderassen die Rede, außerdem faszinieren mich Hunde«, antwortete ich, ohne Luft zu holen.

Der Mann lächelte. Seine immer noch ungeklärte Herkunft, seine ungewöhnliche Erscheinung und die Tatsache, dass er in Moskau gelebt hatte, dazu noch die Anwesenheit des schwarzen Hünen, der uns nicht aus den Augen ließ, all das legte die Vermutung nahe, bei dem Mann mit den Hunden müsse es sich um einen Diplomaten handeln.

»Den Artikel würde ich gerne lesen.«

»Ich könnte Ihnen eine Kopie besorgen«, sagte ich, ohne daran zu denken, dass ich, um mein Wort zu halten (bis zur entsprechenden Ausgabe der Zeitschrift waren es noch ein paar Monate), den Text samt den vielen seltsamen genetischen Codes würde abtippen müssen.

»Ich liebe die Hunde«, sagte der Ausländer, was aus seinem Mund etwas seltsam klang. In seinem Lächeln schien eine verborgene Nostalgie zu liegen, die so gar nicht zu dem passen wollte, was er dann sagte: »Guten Abend.«

Ich murmelte ebenfalls ein »Guten Abend«, war mir aber nicht sicher, ob der Mann, der sich bereits auf den Schwarzen zubewegte, mich noch hören konnte. Die Hunde rannten vor ihrem Herrchen her auf den Schwarzen zu, der sich zu ihnen hinabbeugte und ihnen das Bauchfell mit seinem Handtuch trocken rieb. Der Ausländer näherte sich ihnen in einem Bogen, so als wollte er einen Umweg machen oder als wäre es ihm nicht möglich, geradeaus zu gehen. Er sagte etwas zu dem Schwarzen, dann verschwand er zwischen den Kasuarinen, gefolgt von den beiden Windhunden. Der Schwarze drehte sich noch einmal zu mir um und musterte mich einen Moment lang, bevor er sich das Handtuch über die Schulter warf und ihnen hinterherging, bis auch er zwischen den Bäumen verschwand.

Ich wandte mich wieder dem Meer zu. Die Sonne berührte bereits den Horizont und zeichnete ihre blutige Spur, die von den Wellen herangetragen wurde und ein paar Meter vor meinen Füßen endete. Die Nacht des 19. März 1977 hatte begonnen.

Als ich den Mann, der Hunde liebte, kennenlernte, arbeitete ich schon gut ein Jahr lang als Korrektor bei der Veterinärzeitschrift. Das war nach meinem dritten Absturz gewesen, dem schlimmsten meines Lebens.

1973, als ich das Universitätsstudium mit herausragenden Noten abschloss und außerdem bereits ein Buch veröffentlicht hatte, wurde ich für den Posten des Redaktionsleiters des lokalen Radiosenders von Baracoa ausgewählt. Ein verlassenes und abgelegenes Nest (anders kann man den Ort nicht bezeichnen), das sich damit brüstete, die erste Ortschaft und außerdem die erste Hauptstadt der von den spanischen Konquistadoren entdeckten Insel zu sein. Die Berufung auf einen – wie der Genosse im Arbeitsamt, Abteilung Universitätsabsolventen, ausdrücklich betonte – »so verantwortungsvollen Posten« war weniger auf meinen blendenden Studienabschluss zurückzuführen als auf die Tatsache, dass ich, wie damals jeder Studienabgänger, bereit sein musste, jederzeit dorthin zu gehen, wohin man mich schickte, für den Zeitraum, den man als notwendig erachtete, und zu den Bedingungen, die man mir stellte. Ein Gesetz zwang alle Akademiker zu diesem sogenannten Sozialdienst als Gegenleistung für das kostenlose Studium. Der wahre Grund, mich nach Baracoa zu schicken, war allerdings die Annahme, ich müsse »diszipliniert« werden, damit ich mir die Rosinen aus dem Kopf schlüge und einen Platz in Zeit und Raum fände, wie man damals zu sagen pflegte.

Das Einzige, was mich aufrechterhielt, als ich den Bus bestieg, der mich nach sechsundzwanzig Stunden in Baracoa absetzen würde, war der Gedanke an den Vorteil dieser Art Verbannung in ein tropisches Sibirien: Wenn ich dort irgendetwas im Überfluss haben würde, zumal bei der mir zugewiesenen Arbeit, dann war es Zeit zum Schreiben. Diese Hoffnung zuckte in mir wie ein Fötus an seiner Plazenta, wie ein biologisches Bedürfnis. Schon damals war mir sehr wohl bewusst, dass die Erzählungen in meinem Buch eher von dürftiger Qualität waren, und wenn sie bei einem Wettbewerb für junge Schriftsteller eine lobenswerte Erwähnung gefunden hatten, verbunden mit der Veröffentlichung des Bandes, dann lag das mehr an ihren Themen und der Art, wie ich sie angegangen war, als am literarischen Wert meiner Texte. Beim Schreiben war ich geprägt, mehr noch, betäubt gewesen von der provinziellen, abgeschotteten Atmosphäre im geschlossenen Raum der Literatur und der Ideologie auf unserer Insel. Unzählige Parteiausschlüsse, Kaltstellungen, Rauswürfe und das »Auf-Linie-Bringen« von unbequemen Genossen, eine Mauer der Intoleranz und eine himmelschreiende Zensur hatten sie in den letzten Jahren vollkommen austrocknen lassen. Ich war bei Weitem nicht der Einzige, der sich wie der willfährige Affe bei Chandler verhalten und, gefangen in den romantischen Vorstellungen, die damals das Denken fast aller bestimmten, angefangen hatte, das zu schreiben, was *man* in jener historisch entscheidenden Epoche (der Nation und der ganzen Menschheit) schrieb: Erzählungen über hart arbeitende Zuckerrohrschneider, tapfere Milizionäre und Verteidiger des Vaterlandes, über aufopferungsvolle Arbeiter, deren Konflikte zurückzuführen waren auf die Überreste der bürgerlichen Vergangenheit in ihrem Bewusstsein (auf den Machismo, zum Beispiel, oder den Zweifel über die richtige Arbeitsmethode), Erblasten, die sie – hart arbeitend, tapfer und aufopferungsvoll – zweifellos bald überwunden haben würden auf ihrem unaufhaltsamen Weg hin zum geistig-moralischen Zustand des neuen Menschen … Doch einige Zeit später, als ich in mich hineingehorcht und einen schüchternen literarischen Versuch unternommen hatte, mich von jenen Schemata zu entfernen, hatte man mir mit dem Lineal auf die Finger geklopft und mich gezwungen, die Hände zurückzuziehen.

Heute kommt es mir seltsam, fast unverständlich vor, wie damals viele von uns in einer Art Seifenblase gelebt haben, in der wir uns (oder *sie* uns) von gewissen Strömungen in unserer Umgebung, sogar in unserer direkten Nachbarschaft, fernhielten. Ich glaube, einer der Gründe für meine Gläubigkeit (für *unsere* Gläubigkeit, sollte ich sagen) lag darin, dass ich am Ende der Sechziger und Anfang der Siebziger, als Gymnasiast und auch als Student, ein überzeugter Romantiker war. Ich schnitt während der endlosen Ernte von 1970 Zuckerrohr bis zum Umfallen, ruinierte mir den Rücken beim Kaffeeaussäen, wurde beim Militär gedrillt, um das Vaterland besser verteidigen zu können, und nahm jubelnd an politischen Aufmärschen und Versammlungen teil, stets getragen von jener großen kämpferischen Begeisterung und jenem unerschütterlichen, uns alle beseelenden Glauben an die Verwirklichung fast aller unserer Pläne und ganz besonders an den Sinn unseres geduldigen, aber siegesgewissen Wartens auf die leuchtende, auf die bessere Zukunft, in der die Insel materiell und spirituell erblühen werde wie ein Blumengarten.

Damals waren wir wohl in der ganzen zivilisierten westlichen Welt die einzigen Studenten unserer Generation, die sich nie eine Marihuanazigarette angesteckt und sich trotz der Hitzigkeit in unseren Adern später als alle anderen von sexueller Rückständigkeit befreit haben, beherrscht von dem bescheuerten Tabu der Jungfräulichkeit (nichts ist der kommunistischen Moral näher als die katholischen Gebote). In der spanischsprachigen Karibik waren wir die Einzigen, die nichts von Salsa-Musik wussten oder davon, dass die Beatles (und die Stones und die Mamas and the Papas) Symbole der Rebellion und nicht der imperialistischen Kultur waren, wie man uns weismachen wollte. Und natürlich erfuhren wir auch nichts von dem Ausmaß der tiefen physischen und philosophischen Wunden, die die Panzer in Prag gerissen hatten, nichts von dem Massaker an Studenten auf einem mexikanischen Platz namens Tlatelolco, nichts von der menschlichen und historischen Tragödie, die durch die Kulturrevolution des geliebten Genossen Mao ausgelöst worden war, nichts von der Geburt eines ganz anderen Traumes auf den Straßen von Paris und auf den Rockkonzerten in Kalifornien.

Im Gegenteil, von uns erwartete man immer mehr Treue und noch mehr Opferbereitschaft, mehr Gehorsam und noch mehr Disziplin. Auch wenn wir nach dem Desaster der Zuckerrohrernte von 1970 wussten, dass die leuchtende Zukunft noch ein wenig auf sich warten ließe (nie werde ich die vier Monate vergessen, die ich in einem Lager verbracht und geschnitten und geschnitten und all meine Kraft und all meinen Glauben in jeden Machetenhieb gelegt habe, überzeugt davon, dass meine heroische Tat entscheidend dazu beitragen werde, uns aus der Unterentwicklung herauszuholen, wie man uns so oft vorerzählt hatte), so machten wir uns in Wirklichkeit kaum einen Begriff davon, wie sehr das politische und ökonomische Desaster, wenn ich es mal so nennen darf, das Leben auf der Insel verändert hatte. Dass der Mangel seitdem noch größer geworden war, überraschte uns nicht sonderlich, denn wir waren ja schon daran gewöhnt. Es schockierte uns auch nicht, dass die ideologischen Ansprüche, als Antwort auf die ökonomische Katastrophe, noch wuchsen, denn das war ja notwendiger Teil unseres Lebens als junge Revolutionäre, die einmal aufrechte Kommunisten werden wollten. Dass zwei Universitätsdozenten versetzt wurden, weil sie sich zu religiösen Glaubensrichtungen bekannten, nahmen wir mitfühlend zur Kenntnis, und schweigend hörten wir uns die Begründung der Entscheidung an, die uns logisch erschien und von der Partei und vom Ministerium gebilligt wurde. Dass später zwei Professorinnen wegen ihrer »verkehrten« sexuellen Vorlieben aus dem Dienst entlassen wurden, regte uns nicht sonderlich auf und rief lediglich eine Art hormoneller Erschütterung bei uns hervor: Wer hätte gedacht, dass die beiden Lehrerinnen Lesben waren, vor allem die scharfe Mulattin, die im vollen Saft ihrer vierzig Jahre stand.

Es muss irgendwann im Jahr 1971 gewesen sein, dem Jahr, in dem sich die Stimmung aufheizte und die Losung ausgegeben wurde, jede Hexe zu jagen, die man von Weitem sah, als ich die schlimme Sünde beging, in aller Öffentlichkeit aufrichtig und naiv meine Meinung zu sagen. Alles begann damit, dass ich im Freundeskreis zu sagen wagte, es gebe einige Professoren, die dank ihres roten Parteibuchs weiterhin Lehrveranstaltungen abhalten dürften, obwohl alle Welt wisse, dass sie als Hochschullehrer viel weniger taugten als die beiden, die wegen ihrer Religion versetzt worden seien, und dass es noch andere gebe, die, ebenfalls unantastbar aufgrund ihrer roten Ausweise, schwuler und lesbischer seien als die beiden entlassenen Professorinnen. Ich weiß nicht mehr, ob ich noch hinzugefügt habe, dass meiner Meinung nach weder Religion noch sexuelle Ausrichtung ein Problem sein dürften, solange die Betreffenden nicht versuchten, ihre Schüler zu beeinflussen … Ein paar Monate später wurden diese unpassenden Bemerkungen der Grund für meinen ersten Absturz, als nämlich alle meine Kommilitonen der Kommunistischen Jugend beitraten und mir der Zutritt zur jugendlichen Elite verwehrt wurde, weil ich bestimmte ideologische Probleme noch nicht überwunden hätte und mir die Reife fehle, die von verantwortlichen Genossen getroffenen Entscheidungen zu verstehen. Und ich, ich akzeptierte die Kritik und versprach, mich zu bessern.

Damals wusste ich noch nicht, dass jene schwachen Windstöße die ersten Anzeichen für einen geräuschlosen, aber verheerenden Hurrikan waren, der über die Insel hinwegfegen sollte, die sich auf dem Weg zu einer Gesellschaft und einer Kultur nach sowjetischem Vorbild befand. Die Einführung von zwei Unterrichtsstunden pro Woche zum Lesen von politischen Reden und Aufsätzen, das erneuerte Verbot von langen Haaren und weiten Hosenschlägen und die Kritik an Studenten, die ihre Vorliebe für westliche, vor allem nordamerikanische Kultur offen zur Schau trugen, waren zum fast untrennbaren Bestandteil unserer Welt geworden. Wir übernahmen alle diese Grundsätze – zumindest ich tat das – ohne größere Konflikte oder Beunruhigungen und ohne zu ahnen, dass ihnen eine fast mittelalterliche Finsternis und das Streben nach Gehirnkontrolle zugrunde lagen. Und wir hinterfragten nichts.

Mit all meiner politischen und literarischen Naivität (und etwas Talent, glaube ich) im Gepäck schrieb ich einige Erzählungen, brachte es schließlich auf etwa hundert Seiten und reichte sie bei einem Wettbewerb für Autoren ein, die noch nichts veröffentlicht hatten. Nach zwei Monaten wurde mir zu meiner Überraschung und Freude mitgeteilt, dass ich prämiert worden war und mein Manuskript veröffentlicht werden würde. Dieser Erfolg wischte all meine Selbst-

zweifel hinweg, und zum ersten und letzten Mal in meinem Leben
fühlte ich mich meiner selbst, meiner Möglichkeiten und Ideen, sicher: Ich hatte bewiesen, dass ich ein zeitgenössischer Schriftsteller
war, jetzt musste ich nur noch daran arbeiten, den Aufstieg zu künst-
lerischem Ruhm und gesellschaftlicher Nützlichkeit zu sichern.

Zu den Anforderungen des Studiums und den unzähligen poli-
tisch-ideologischen Aktivitäten (die ebenso und manchmal sogar
noch strenger kontrolliert und beurteilt wurden als die Teilnahme
an den wöchentlichen Lektürekursen) kam eine Schreibhemmung
aufgrund des Erfolges, der mir eine unerwartete Popularität und
Wertschätzung einbrachte. Ich wurde zum Sekretär für die kulturellen Veranstaltungen der Studentenvertretung und in die Avantgarde
verschiedener Organisationen gewählt, doch vor allem widmete ich
mich in der Folgezeit der Lektüre wirklich anspruchsvoller Literatur.
Und so kam es, dass ich es in fast zwei Jahren nicht schaffte, eine einzige Erzählung zu schreiben, die meinen Möglichkeiten und meinen
Ambitionen auch nur im Geringsten entsprochen hätte. Doch im
vierten und letzten Jahr meines Studiums, als mein Buch *Blut und
Feuer* bereits veröffentlicht war, musste ich wegen eines verstauchten
Fußes drei Wochen pausieren. In dieser Zeit schrieb ich eine Erzählung, die länger war als die bisher von mir verfassten und in der ich
einen ganz neuen Ton traf, der zwar nicht genial war, mir jedoch
gefiel und mir bewies, wozu ich imstande war. Das Nachlassen des
Erfolgstaumels und vor allem die Lektüre, der ich mich mit Feuereifer widmete, um die ethischen Beweggründe und die technischen
Qualitäten der Großen zu entdecken – Kafka, Hemingway, García
Márquez, Cortázar, Faulkner, Rulfo, Carpentier … verdammt, wie
weit war ich von ihnen entfernt! –, trugen bescheidene Früchte in
jener Erzählung über einen revolutionären Kämpfer, der Angst hat,
zum Verräter zu werden, und sich deshalb umbringt … Natürlich
konnte ich nicht ahnen, dass ich mein Schicksal und meine zukünftigen Ängste vorwegnahm, indem ich tief greifende Überlegungen
über die Gründe der Angst und über etwas noch Schlimmeres an-
stellte: ihre verheerenden Folgen.

Ende 1973, direkt nach den Abschlussprüfungen des ersten Semesters, schrieb ich die Endfassung der Erzählung und brachte die getippten Seiten zu derselben Universitätszeitschrift, in der eineinhalb Jahre zuvor eine andere Geschichte von mir abgedruckt worden war. Sie war mit einem Vorwort des Herausgebers versehen, in dem ich wegen meiner realistischen Lösungen und meiner sozialistischen Sichtweise der Kunst als literarisches Talent auf nationaler, wenn nicht internationaler Ebene bezeichnet wurde. Begeistert nahmen sie die neue Erzählung in Empfang und versprachen, sie in der März- oder spätestens der Aprilausgabe zu bringen. Doch so lange musste ich nicht warten. Eine Woche später zitierte mich der Redaktionsleiter der Zeitschrift in sein Büro, und dort erlitt ich den zweiten und, wie ich glaube, schmerzvollsten Absturz meines Lebens. Kaum war ich eingetreten, brüllte mich der Mann fuchsteufelswild an: »Wie kannst du es wagen, uns das anzubieten?« *Das* waren die Seiten mit meiner Erzählung, die der Wutschnaubende hinter dem Schreibtisch angeekelt in der Hand hielt ...

Noch heute kostet es mich große Überwindung, mich an die Worte jenes mit viel Macht ausgestatteten Mannes zu erinnern, der sich seiner Fähigkeit, Angst zu verbreiten, vollauf bewusst war. Meine Geschichte sei schon tausendmal geschrieben worden, von vielen anderen Autoren, und ... Ich mache es kurz: Meine Erzählung sei ungeeignet, nicht zu veröffentlichen, völlig unannehmbar, fast konterrevolutionär ... Als ich das Wort *konterrevolutionär* hörte, lief es mir kalt über den Rücken – vor panischer Angst, wie man sich vorstellen kann. Doch trotz der Schwere des Falles, fuhr er fort, hätten er, als Leiter der Zeitschrift, und *die Genossen* (alle wussten, wer *die Genossen* waren und was sie taten) in Berücksichtigung meiner früheren Arbeiten, meiner Jugend, meiner offensichtlichen ideologischen Verwirrung entschieden, keine weiteren Maßnahmen zu ergreifen und so zu tun, als hätte *das da* nie existiert, als wäre es nie aus meinem Kopf gekommen. Doch *sie* und er erwarteten, dass so etwas nie mehr vorkommen und ich mir in Zukunft beim Schreiben mehr Gedanken machen würde, denn die Kunst sei eine Waffe der Revolution, schloss er, indem er die Seiten zusammenfaltete, sie in eine Schublade seines Schreibtischs legte, sie abschloss und den Schlüssel mit einer energischen Geste in seiner Hosentasche verschwinden ließ. Er hätte ihn auch verschlucken können.

Ich weiß noch, wie ich das Büro mit einer vagen Mischung aus Verwirrung, Beunruhigung und viel, viel Angst, aber vor allem voller Dankbarkeit verließ. Ja, voller Dankbarkeit darüber, dass sie »keine weiteren Maßnahmen« ergreifen wollten, denn ich wusste sehr genau, worin diese Maßnahmen bestehen konnten, jetzt, knapp vier Monate vor Ende meines Studiums. An jenem Tag begriff ich, was es heißt, Angst zu haben, eine reale, alles beherrschende, allmächtige, allgegenwärtige Angst, die sehr viel verheerender ist als die uns allen bekannte Angst vor physischem Schmerz oder vor dem Unbekannten. An jenem Tag hat man mich für den Rest meines Lebens kaputt gemacht, denn ich schlich nicht nur voller Dankbarkeit und zitternd vor Angst von dannen, sondern auch vollkommen davon überzeugt, dass meine Erzählung niemals hätte geschrieben werden dürfen – das Schlimmste, was man einem Schriftsteller antun kann.

Es war offensichtlich, dass jener Vorfall, zusammen mit meiner nicht in Vergessenheit geratenen Bemerkung über die Entlassungen von Professoren und meiner jüngsten Begeisterung für die Literatur von Autoren wie Camus und Sartre (Sartre, der bis vor einigen Jahren auf der Insel so heftig geliebt und jetzt ebenso heftig verdammt wurde, weil er es gewagt hatte, Kritik zu üben, wodurch angeblich seine ideologisch kleinbürgerliche Verkommenheit entlarvt worden war), später auf einem anderen Schreibtisch lag, an dem über meine berufliche Zukunft als Studienabgänger entschieden wurde. Und da war ihnen die geniale Idee gekommen, mich für eine notwendig erachtete Läuterung, die wie eine Auszeichnung erscheinen sollte, ins abgelegene Baracoa zu schicken, wo ich im September eintraf, überrascht von einer nie erlebten feuchten, drückenden Hitze, jedoch mit der naiven Hoffnung, dort meine literarischen Ambitionen verwirklichen zu können. Damals konnte ich noch nicht wissen, wie abgrundtief dieser zweite Absturz gewesen war, wie wirksam und unumkehrbar die mir verabreichte Impfung. Darum war ich davon überzeugt, ich könnte trotz des Ausrutschers mit der »ungeeigneten« Erzählung jene anspruchsvollen Werke schreiben, die meine Zeit und meine Umstände erforderten. Und nebenbei würde ich beweisen, wie lernbereit und verlässlich ich war.

Der Redaktionsleiter des Radiosenders hatte nur auf meine Ankunft gewartet, um aus Baracoa zu verschwinden, und wies mich in gerade mal einer Woche in die technischen Einzelheiten meiner Arbeit ein. Auf den ersten Blick schien es ganz einfach: Ich sollte die von zwei Redakteuren verfassten Artikel durchsehen und mich vergewissern, dass die in den Zeitungen der Partei und der Jugendorganisation veröffentlichten nationalen Nachrichten nicht fehlten. Genauso wenig fehlen durften die Berichte der staatlichen Agenturen und freiwilligen Korrespondenten über die unzähligen Veranstaltungen der verschiedensten Institutionen in der Provinz und die von der Partei, der Jugendorganisation, den Gewerkschaften und den übrigen regionalen Einrichtungen organisierten Aktivitäten. Nie werde ich das Lächeln meines Kollegen vergessen, als er meine Hand nahm und den Schlüssel seines Büros hineinlegte, womit er mir ganz offiziell die Leitung der Redaktion übertrug. Und noch weniger die Worte, die er mir zum Abschied zuflüsterte: »Pass auf, Kollege … Hier wirst du entweder zum Zyniker, oder sie machen einen Haufen Scheiße aus dir … Willkommen in der realen Realität!«

Die Einwohner hier sagen, über Baracoa liege der Fluch des Pelú, eines verrückten Propheten, der die Stadt dazu verdammt hat, ein Ort zu sein, an dem kein Antrag je bearbeitet wird. Und als Erstes erzählt man dir bei deiner Ankunft, der Ruhm der Stadt basiere auf drei Lügen: dass es hier einen Fluss namens »Honig« gibt, der aber nicht süß, weil er aus Wasser besteht; dass der Berg hier zwar »Amboss« heißt, man auf ihm aber nichts schmieden kann; und dass die Straße, die die Stadt mit dem Rest des Landes verbindet, den Namen »Laterne« trägt, aber dennoch immer im Dunkeln liegt.

Ich wusste, dass Baracoa seinen Namen einem Kazikendorf verdankt, das hier zur Zeit der Konquistadoren existierte. Sehr bald schon musste ich feststellen, dass das hier, viereinhalb Jahrhunderte später, immer noch ein Kazikendorf war, das von den obersten Vertretern der lokalen Organisationen verwaltet wurde. Auch sollte ich in Rekordgeschwindigkeit erkennen, dass der Spruch »Je kleiner das Dorf, desto größer die Hölle« nirgends zutreffender war als hier. Und um meine Schulung im realen Leben perfekt zu machen, sah ich in Baracoa sehr schnell ein, dass es mir menschlich und intellektuell nicht dazu gereichte, Tag für Tag gegen Kaziken und finstere Mächte anzukämpfen.

Die Aufgabe des Radiosenders *Ciudad Primada de Cuba Libre* (»Erste Stadt des freien Kuba«) war es, eine virtuelle Realität zu schaffen, trügerischer noch als die von Flüssen, Bergen und Straßen mit bizarren Namen. Sie beruhte auf Normen, Absichtserklärungen, Zielvorgaben und magischen Zahlen, die zu überprüfen sich nie jemand die Mühe machte, auf ständigen Appellen an die Opferbereitschaft, auf Disziplin und Überwachung, mit denen jeder der lokalen Vertreter die Stufen für seinen eigenen Aufstieg zu zimmern versuchte, um irgendwann, sozusagen als Prämie, den heruntergekommenen Ort verlassen zu können. Meine Arbeit bestand nun darin, Anrufe und Botschaften jener Leute entgegenzunehmen und ihre jeweiligen Interessen zu vertreten, die sie selbstverständlich als die Interessen des Landes und des Volkes bezeichneten. Ich hatte zwei Möglichkeiten. Entweder ich akzeptierte diese Bedingungen und wies zynisch und gehorsam die beiden geistig zurückgebliebenen Alkoholiker, die für mich als Redakteure arbeiteten, an, Artikel über übererfüllte Normen, mit revolutionärer Begeisterung akzeptierte Verpflichtungen, mit patriotischem Kampfgeist bewältigte Aufgaben und heroisch erbrachte Opfer zu schreiben, um einer nicht existierenden Realität eine eloquente Form zu verleihen, die fast immer aus Worten und Parolen bestand und sehr selten aus konkreten Angaben zu Bananen, Süßkartoffeln und Kürbissen; die andere Option war, mich zu weigern oder gar aufzugeben und abzuhauen. Und obwohl ich häufig über die zweite Möglichkeit nachdachte, lähmten mich die Konsequenzen eines solchen Schrittes (zum Beispiel die Aberkennung meines akademischen Titels). Das war die »reale Realität«, in der mich mein Vorgänger willkommen geheißen hatte.

Doch anstatt diese Arbeit, wie so viele andere an meiner Stelle, schamlos und pragmatisch zu erledigen und mich in meiner freien

Zeit dem Lesen und meinen literarischen Projekten zu widmen, sah ich mich aus Angst oder wegen meiner Unfähigkeit, mich aufzulehnen, in einen Strudel aus Aktivitäten, Meetings, Aufmärschen und Konferenzen verstrickt, denen stets eine Einladung an den »Genossen Journalist« zu irgendwelchen Fress- und Saufgelagen folgte (wer spricht hier von Mangel?), organisiert vom jeweiligen Chef der jeweiligen Abteilung. Und mit einer gewissen Verwunderung musste ich feststellen, dass ich in diesem Ambiente meine sexuelle Schüchternheit ablegte, sobald der Alkohol, das Gefühl, jenem gottverlassenen Ort für einen Moment entfliehen zu können, und der Freiheitsdrang (meiner und der meiner flüchtigen Geliebten) die Hemmungen abbauten. Nie habe ich so viel gegessen, getrunken und gevögelt (mit so vielen verschiedenen Frauen und an den unmöglichsten Orten) wie in jenen zwei Jahren, an deren Ende ich wie ein geborener Zyniker bedenkenlos lügen konnte, einen Tripper hatte, den ich großzügig weiterverbreitete, und – wie so viele Bewohner in der Gegend – zu einem jener Alkoholiker geworden war, die zum Frühstück ein Glas Rum und ein kühles Bier zu sich nehmen, um den Kater vom Vorabend zu vertreiben.

Baracoa, das muss jetzt mal gesagt werden, ist einer der schönsten und magischsten Orte auf der Insel, und die Menschen dort sind von entwaffnender Gutherzigkeit und Naivität. Obwohl ich die Stadt nie wieder besucht habe – ich habe panische Angst davor, zurückzukehren und aus irgendeinem Grund nicht mehr von dort wegzukommen –, erinnere ich mich wie durch einen Nebel an die Schönheit des Strandes, die verfallenen Festungen aus der Kolonialzeit, die Berge mit ihrer üppigen Vegetation, die zahlreichen Bäche und Flüsse, die zu reißenden Strömen werden können, wie zum Beispiel der Toa. Ich erinnere mich an die Liebenswürdigkeit der Menschen, die immer bereit sind, Fremde und Außenseiter bei sich aufzunehmen; an die Armut, die seit fast einem halben Jahrtausend in der Stadt herrscht und über die in meinen zwei Jahren an der Front der »informativen Räume« des lokalen Radiosenders immer als etwas Vergangenes, endgültig Überwundenes gesprochen wurde.

Inzwischen ist mir klar, dass es mir nur im besoffenen Zustand, mit der erstbesten Frau, die mir in die Hände fiel (ebenfalls betrunken, wenn sie, wie ich, zu denen gehörte, die für zwei oder drei Jahre zum Arbeiten hierhergeschickt worden waren), und geschützt von meinem Zynismus möglich war, die Zeit in der realen Realität durchzustehen …

Mein dritter Absturz ereignete sich, als ich mich, inzwischen wieder in Havanna, auf eigenen Wunsch in die Abteilung für Suchtkranke des Hospitals General Calixto García einweisen ließ, nachdem ich zwei Wochen in einem angrenzenden Gebäude zugebracht hatte, in dem polytraumatisierte Patienten behandelt wurden. Dorthin war ich auf einer Krankenbahre eingeliefert worden, mit Brüchen und Verletzungen infolge einer wüsten Prügelei, die ich, vielleicht um mich von meiner tief sitzenden Angst zu befreien, in der ersten Kneipe angezettelt hatte, in die ich nach meiner Rückkehr nach Havanna gestolpert war.

6

Ihre Eltern nannten sie África, wie die Schutzpatronin von Ceuta, wo sie geboren wurde, und nur selten hat ein Vorname besser zu einer Person gepasst: Sie war stark, unergründlich und wild wie der Kontinent, dem sie ihren Namen verdankte. Seit dem Tag, an dem Ramón sie auf einer Versammlung der Kommunistischen Jugend Kataloniens kennengelernt hatte, war er von der Schönheit des jungen Mädchens fasziniert gewesen; vor allem aber fesselten ihn ihre glasklaren Überzeugungen und ihre urwüchsige Kraft. Wie ein ausbrechender Vulkan brüllte África de las Heras ihre ständige Forderung nach Revolution heraus. Aus dem Gedächtnis zitierte sie ganze Passagen von Marx, Engels und Lenin, sie sprach von dem geliebten Genossen Stalin als der Verkörperung der Zukunft und nannte ihn voller Ehrfurcht den »Führer des Weltproletariats«. Sie plädierte für strikteste Parteidisziplin, betrachtete Tanz und Wein als bürgerliches Gift für Geist und Moral, trug stets ein marxistisches Buch wie angenäht unter dem Arm und besaß eine Kampfmoral, die Ramóns romantischen Enthusiasmus verstummen ließ und ihn ständig auf die Probe stellte.

Ramón war vor einem Jahr, kurz vor seinem zwanzigsten Geburtstag, aus Frankreich zurückgekehrt. Kaum in Barcelona angekommen, hatte er dank seines Diploms als *maître d'hôtel* im Ritz Anstellung als Küchenhilfe gefunden, und schon bald hatte er sich – ob wegen der Ideen, die er von Caridad her kannte, oder wegen seines eigenen Widerspruchsgeistes – den Kommunisten angenähert und damit den ersten Schritt zu seiner Mitgliedschaft getan. Das Spanien, das Ramón vorgefunden hatte, brannte auf kleiner Flamme und wartete nur auf jemanden, der trockenes Holz ins Feuer warf, damit die Flammen in den Himmel stiegen: ein trauriges Land, das darum kämpfte, die Bürden der Vergangenheit und die Frustrationen der Gegenwart abzuschütteln. Der Diktator Primo de Rivera hatte soeben abgedankt, worauf die Monarchisten und Republikaner ihre Schwerter zückten. Die von Sozialisten und Anarchisten dominierten Gewerkschaften erlebten großen Zulauf, doch im Vergleich zu Frankreich gab es hier nur wenige Kommunisten, die, wie in einem quasi feudalen und schrecklich katholischen Land nicht anders zu erwarten, schlecht angesehen und häufig verfolgt waren.

Ramóns Jugend war geprägt gewesen von einer gespannten Atmosphäre, in der alle auf etwas warteten, das sehr bald geschehen musste und schließlich auch geschah, als nämlich die sozialistischen Republikaner mithilfe der Gewerkschaften die Kommunalwahlen von 1931 gewannen, die Monarchie abschafften und die Zweite Republik ausriefen. Bis an sein Lebensende glaubte Ramón, dass er im richtigen Moment und im richtigen Alter in sein Land zurückgekehrt war: Es schien, als hätten sein Leben und die Geschichte sich belauert und ihre Argumente vorgetragen, um ihn auf den Weg zu schicken, der ihn Jahre später in die Sierra de Guadarrama und von dort zur Übernahme höchster Verantwortung geführt hatte.

Das Ziel der Partei war es, erst einmal die Republik zu festigen, um sie später dann zu radikalisieren. Deswegen begrüßte die kommunistische Jugend in diesem entscheidenden Augenblick die vorsichtigen Maßnahmen der Regierung gegen den Großgrundbesitz und die Macht der Kirche, für die Gleichheit von Mann und Frau, für die Rechte der Arbeiter und vor allem der rückständigen und verelendeten Masse der spanischen Bauern. Jahre später sollte Ramón die Parolen belächeln, die mehr leere Worte als Lösungen boten, doch in all jenen Jahren, auch während des Bürgerkriegs, galt Spanien als Land der Parolen, und jede Partei, jede Richtung, jede Gruppierung verbreitete die ihren, wo sie nur konnten, auf Versammlungen und in Zeitungen, an Wänden, in Schaufenstern, auf Straßenbahnwaggons und sogar auf den Kohlekarren, die durch die Stadt gezogen wurden.

Ramón genoss das Auf und Ab jener Jahre in vollen Zügen. Mehr als seine tatsächlichen Kenntnisse der kommunistischen Prinzipien war es seine Fähigkeit zu Hingabe und Gehorsam, die ihn eine herausragende Stellung in der Leitung der kommunistischen Jugend einnehmen ließ und ein intensives Leben zur Folge hatte. Später sehnte sich Ramón nach jenen Zeiten zurück, in denen geliebt wurde wie nie zuvor in der Geschichte Spaniens, so gierig, als feiere man eine Orgie physischer und intellektueller Leidenschaften.

Damals war es auch, dass er África kennenlernte, die zweite Frau, die eine ebenso entscheidende wie traumatische Bedeutung für sein Leben haben sollte. Sie war drei Jahre älter als er, dunkelhaarig, intelligent und bildhübsch, niemals geschminkt. In jeder Sekunde lebte und handelte sie wie eine echte Kommunistin. Obwohl Ramón die Ablehnung der bürgerlichen Moral und ihrer Normen bereits verinnerlicht hatte, konnte er nicht anders, als sich in sie zu verlieben. Wie jeder Junge mit strotzenden Hormonen nahm er sich vor, die Aufmerksamkeit des jungen Mädchens zu gewinnen, und stürzte sich mit ihr zusammen in die heftigsten politischen Stürme. Während er ihren Überlegungen lauschte, nahm er die von der »roten Schönheit« verkündeten Theorien kritiklos in sich auf und verstand die Risiken (oder gab vor, sie zu verstehen), die der politische Kampf in einer Republik von feinen Herrschaften und Kleinbürgern in sich barg. Er ließ sich davon überzeugen, dass die Trotzkisten die gefährlichsten Feinde der Kommunisten seien und man die Anarchisten und Gewerkschafter als Gefährten auf dem Weg zu den großen Zielen betrachten müsse, nützliche Idioten, derer man sich entledigen werde, sobald sie, die Kommunisten, der wahren, von einer notwendigen proletarischen Diktatur geführten Revolution zum Sieg verholfen hätten. Zum ersten Mal hörte Ramón von dem opportunistischen, zurzeit im türkischen Exil lebenden Trotzki als dem ärgsten Feind und von seinen spanischen Anhängern als gefährlichen Spitzeln, die die Arbeiterklasse unterwanderten. Doch Áfricas eigentliche Leidenschaft trat zutage, als sie über das Denken und die politische Praxis des Josef Stalin dozierte, jenes Mannes, der die bolschewistische Revolution in eine strahlende Zukunft führe, wie sie sagte. África steckte Ramón mit ihrem Hass auf Leo Trotzki und ihrer Verehrung für Josef Stalin an, ohne dass er ahnen konnte, wohin ihn diese Leidenschaften führen würden.

Als África sein Werben erhörte, trat Ramón in eine höhere Phase der Abhängigkeit ein. Ihre totale Hingabe beim Liebesspiel überwältigte ihn, ihr elementares Wissen und ihr hemmungsloses Verhalten brachten ihn schier um den Verstand, lieferten ihn dieser Frau aus und verschafften ihm gleichermaßen Lust und Schmerz. In seinem immer noch vorhandenen kleinbürgerlichen Denken träumte er davon, dass África ihm gehöre, und wenn er sie besaß, war er der glücklichste Mensch der Welt. Doch wenn er sah, dass sie ihm entglitt, erfüllte ihn rasende Eifersucht, dann warf er sich vor, ideologisch nicht gefestigt genug zu sein, um aus dem Käfig der Gefühle auszubrechen, nicht die Kraft zu haben, um zu den revolutionären Höhen zu gelangen, den leuchtenden Prinzipien jener Frau, die allein der Sache verpflichtet war und sich nur an die Idee gebunden fühlte.

África de las Heras lehrte Ramón, dass Liebe und Familie Gefühle und Verhältnisse waren, die den Revolutionär belasten konnten. Sie zum Beispiel habe mit ihrem Mann gebrochen, als die ideologischen Gegensätze offenbar geworden seien, denn er verkünde das anarcho-syndikalistische Credo. Ramón, der bereits die Notwendigkeit erkannt hatte, sich von der Bürde der Familie zu befreien, hatte damals kaum noch Kontakt zu seinen Angehörigen, und nun beschloss er, stark zu sein und ihn nicht wieder aufzunehmen. Von Caridad wusste er nur, dass sie sich in Paris aufgehalten hatte und jetzt in Bordeaux lebte. Zu seinem Vater hatte er jeden Kontakt abgebrochen, als er bei seiner Rückkehr nach Barcelona von ihrer ehemaligen Köchin erfuhr, dass Don Pau, bevor er das Haus der Familie verkaufte, um fortan über den Lager- und Büroräumen in der Calle Ample zu wohnen, seine beiden Hunde einem Bauern geschenkt hatte, dem er zufällig auf dem Markt von Sant Gervasi begegnet war. Montse und der kleine Luis wohnten wieder bei ihrem Vater, Jorge war ebenfalls in die Partei eingetreten, und der junge Pablo, der Einzige, den er regelmäßig sah, kämpfte in einer katalanistischen Organisation, wie sein Vater.

Der Verzicht auf seine alten Bindungen fiel Ramón nicht schwer, denn in Wirklichkeit hatte er nur Augen für das, was África ihm zeigte, wenn er ihr wie ein Hirnamputierter durch Barcelona folgte und sie anflehte, ihm zwischen Meetings und Versammlungen ein paar Stunden der Leidenschaft zu schenken, für die sein in voller Blüte stehender Organismus jederzeit bereit war.

Im Frühjahr 1933 begriff Ramón, dass er noch so schnell laufen konnte, er würde África nie einholen, es sei denn, ihm würde ein grandioser Salto mortale in die Zukunft gelingen. Während Ramón, África, Jaume Graells und der Führungsstab der Kommunistischen Jugend in Barcelona sich um neue Mitglieder bemühten, um zu einer einflussreichen Kraft in der unübersichtlichen politischen Landschaft Spaniens zu werden, wurde Ramón zum Wehrdienst eingezogen und zur Grundausbildung auf eine Basis in der Nähe von Lérida geschickt. Bei seinem ersten Heimaturlaub wollte er África den Plan erläutern, den er sich in jenen vier Wochen in Lérida ausgedacht hatte, wobei er sich immer den Blick vorstellte, den sie ihm schenken würde. Glücklich oder belustigt?, fragte er sich ängstlich. Er hatte sich in einem Café gegenüber der Kathedrale mit ihr verabredet, und um einen wirkungsvollen Auftritt zu inszenieren, wartete er vor dem Schaufenster eines Devotionalienladens auf sie, in dem er sie wie in einem Spiegel würde sehen können. Als sie sich näherte, beherrschte er seine Ungeduld und ließ noch ein paar Minuten verstreichen, bevor er in das Café ging, bereit für ihre Reaktion auf sein verändertes Aussehen. Ramón trug die Galauniform eines Funkergefreiten, zu dem er dank seiner Größe (er maß einen Meter achtzig, mehr als ein durchschnittlicher Spanier damals) und seiner physischen Stärke befördert worden war. Ramón wusste, dass ihm die Uniform, einschließlich der Tellermütze, hervorragend stand, vor allem aber fühlte er sich darin als etwas Besonderes, und er genoss es, bewundert zu werden. Die glänzenden Tressen hatten ihn auf die Idee gebracht, dass er vielleicht eine Karriere in der Armee anstreben sollte, wo er, so würde er África erklären (die alle Antworten und Lösungen parat hatte), neue Anhänger für die Partei und die Revolution rekrutieren könnte.

Als Ramón das Café betrat, sah er África nicht. Sie wird nach unten auf die Toilette gegangen sein, dachte er und stellte sich an die

Theke. Er unterdrückte sein Verlangen nach einem Glas Branntwein und bestellte Kamillentee. Der Wirt sah ihn voller Bewunderung an, wie Ramón zufrieden feststellte, und servierte ihm den Tee. Als África von der Toilette zurückkam, richtete er sich zu seiner beeindruckenden Größe auf. África musterte ihn kritisch und demontierte ihn mit der Frage, die wie ein Keulenschlag wirkte: »Was soll die Verkleidung? Lässt du dich gern anstarren?«

Ramón fühlte, wie die Welt um ihn herum zusammenbrach, und nur mit Mühe gelang es ihm, ihr seinen Plan zu unterbreiten, in der reaktionären Höhle der Armee für die gemeinsame Sache zu kämpfen. Das Mädchen erwiderte nur, dazu müsse man höhere Instanzen konsultieren, denn so etwas sei keine Entscheidung, die ein Einzelner treffen könne. Ein Aktivist sei seinem Komitee und der Disziplin verpflichtet und … Das verstehe er, sagte Ramón, und deswegen frage er sie um Rat.

»Vielleicht keine schlechte Idee«, sagte sie schließlich, wohl nur um ihn zu trösten, und dann teilte sie ihm mit, dass sie auf eine Versammlung müsse.

Ramón verlangte einen Kognak, und beim ersten Schluck überkam ihn die Lust zu weinen. Da África fort war und nicht zurückkommen würde, glaubte er, er könne es sich erlauben. Du bist zu weich, Ramón, sagte er zu sich selbst, trank aus und trat auf die Straße, wo der begehrliche Blick eines jungen Mädchens sein lädiertes Selbstbewusstsein wieder aufbaute.

Einige Monate später, als seine Wehrpflicht beendet war und er in die Berufsarmee eintreten wollte, musste er erleben, wie sich sein Traum, der Revolution einen wichtigen Dienst zu erweisen, in Luft auflöste: Die Armee betrachtete seine Parteizugehörigkeit als Hinderungsgrund und entschied, auf ihn zu verzichten. Ramón schwor, dass die Militärs ihm diese Schmach würden büßen müssen.

Reformismus führt zu Restauration, nur der proletarische Kommunismus kann tief greifende Veränderungen bewirken, nach denen ein Land wie dieses verlangt, ein Land, das krank ist vor Hass und Ungleichheit, pflegte die redegewandte África zu referieren. Wie sehr sie recht hatte, sollte Ramón begreifen, als die Konservativen am Ende desselben Jahres die Wahlen gewannen und sogleich damit begannen, die politischen Veränderungen der Republikaner rückgängig zu machen. Sie schafften die sozialen Errungenschaften wieder ab und gaben den Feudalherren die Ländereien zurück, was das Land auf unabsehbare Zeit ins Mittelalter zurückversetzte.

Es waren die Bergarbeiter in Asturien und die katalanischen Nationalisten, die im Oktober 1934 gegen die Gesetze der unseligen Konföderation Autonomer Rechtsparteien Spaniens, der CEDA, aufbegehrten und zum Generalstreik aufriefen, was zu einem allgemeinen Aufstand führte. Die Bergarbeiter demonstrierten für die Revolution, die Nationalisten für einen autonomen katalanischen Staat. Den jungen Kommunisten hatte man befohlen, sich bereitzuhalten, um notfalls mit Gewalt einzugreifen, falls sich die Situation in Barcelona zuspitzen würde. Doch das katalanische Projekt wurde fallen gelassen, ohne dass sich daraus eine allgemeine Volkserhebung entwickelte, auf die sie gelauert hatten. Dagegen führten die asturianischen Bergarbeiter ihren Streik unbeirrt fort, und die Kommunistische Jugend, als Teil des kommunistischen Blocks, unterstützte die Aufständischen. Enttäuscht von der Lauheit der katalanischen Führer, baten África und Ramón, nach Asturien geschickt zu werden, wo nach der Abschaffung des Geldes und des Privatbesitzes und der Schaffung einer proletarischen Armee die Zeichen auf Sturm standen. Doch da die Reaktionäre in Asturien bereits gegen die Bergarbeiter mobilmachten, befahl die Partei den jungen Kommunisten, in Barcelona zu bleiben, um die Rebellen mit den so sehr benötigten Waffen zu versorgen. Ramón, der unbedingt etwas tun wollte, wagte es auf einer Versammlung, diese Maßnahme als Verzögerungstaktik zu kritisieren, und es war África, die ihn zurechtwies, erschrocken über seine Unfähigkeit, die strategischen Entscheidungen der Partei in einer so verworrenen historischen Situation nachvollziehen zu können. Die Partei hat immer recht, sagte sie, und ob du das verstehst oder nicht, du hast zu gehorchen, und damit erklärte sie die Diskussion für beendet.

Der Streik der Bergleute wurde brutal niedergeschlagen und damit die »Oktoberrevolution« endgültig zermalmt. Die Bilanz von fast tausendvierhundert Toten und mehr als dreißigtausend Verletzten überzeugte Ramón davon, dass es im Klassenkampf weder Erbarmen gab noch geben konnte. Und er vertraute darauf, dass für sie irgendwann die Zeit kommen würde. Jedenfalls sah das die marxistische Lehre so vor.

Nach der Niederlage in Asturien wurden die Kommunisten auf die schwarze Liste gesetzt und unerbittlich verfolgt. Viele von ihnen landeten wegen der Beteiligung an den Vorfällen in Asturien oder einfach nur wegen ihrer Mitgliedschaft in der Partei im Gefängnis, und wie im vorrevolutionären Russland, erinnerte die historisch und dialektisch so geschulte África, mussten die anderen untertauchen, um aus den Katakomben heraus weiterzukämpfen und auf den richtigen Moment (den sogenannten »revolutionären Augenblick«) zu warten und das System zu vernichten.

In dieser Situation wurden die Führer der kommunistischen Jugendorganisationen damit beauftragt, geheime Zellen in den Vierteln und Fabriken der Stadt zu gründen. África ging nach Gracia und Ramón in den Raval und die Barceloneta, wo er sogar Alphabetisierungskampagnen organisierte. Um die politische Arbeit effizienter zu gestalten und die Mitglieder auf zukünftige Aufgaben vorzubereiten, gründete Ramón, zusammen mit Jaume Graells, Joan Brufau und anderen Genossen, eine Zelle, die sich als Künstlerstammtisch ausgab, und sie tauften sie auf den am wenigsten verdächtigen Namen, der ihnen einfiel: »Künstlerclub Miguel de Cervantes«. Die Kneipe von Joaquín Costa am Ende der Calle Guifré wurde zum Versammlungsort auserkoren. Die Treffen fanden zwei- oder dreimal wöchentlich statt, und häufig nahm auch África daran teil. Die junge Frau entfaltete ihr agitatorisches Talent mit einem leidenschaftlichen Feuer, das Ramón in Verzückung geraten ließ wegen des unerschütterlichen Glaubens an eine Welt ohne Ausbeuter und Ausgebeutete. Mehrere Monate lang verlief alles reibungslos, bis sie sich zu sicher fühlten und von der Polizei überrascht wurden. Siebzehn von ihnen wurden festgenommen (África konnte über eine Mauer entkommen, die auch für einen Mann nicht leicht zu überwinden war) und beschuldigt, gegen die Republik konspiriert zu haben, mit dem Ziel, die gesellschaftliche Ordnung umzustürzen und eine atheistische, kommunistische Diktatur zu errichten.

Hätten Ramón noch Gründe gefehlt, um sich davon zu überzeugen, dass die ganze Farce mit der demokratischen Republik ein einziger Betrug war und das System mit den Wurzeln ausgerissen werden musste, dann wurden sie ihm in den acht Monaten Gefängnis, die er in Valencia verbüßte, geliefert. Nicht dass die gegen sie erhobenen Anschuldigungen falsch gewesen wären: Es stimmte, sie konspirierten, um die gesellschaftliche Ordnung umzustürzen; aber sie durften doch davon ausgehen, dass sie in einer Republik, die, wie behauptet wurde, seit 1931 in einem angeblich demokratischen Land existierte, ein Recht darauf hatten.

Die spanischen Gefängnisse platzten aus allen Nähten. Gewöhnliche und politische Verbrecher wurden zusammen untergebracht, doch es gab so viele kommunistische Gefangene, dass sich die Gefängnisflure in Foren verwandelten, wo über die Ziele der Partei, den gefährlichen Aufstieg des Faschismus in Deutschland und Italien, die wirtschaftlichen Erfolge der UdSSR und die Prinzipien des Klassenkampfes diskutiert wurde. Und dann kam aus Moskau die überraschende Anweisung an die kommunistischen Gefangenen, eine Allianz mit den Parteien der Linken (die Trotzki-Opportunisten ausgenommen) zu bilden, um sich gemeinsam in den Kampf um die Macht zu stürzen. Ramón befolgte den Befehl, ohne diesen radikalen Strategiewechsel zu hinterfragen. Für ihn bestand die eigentliche Strafe seines Gefängnisaufenthaltes darin, dass África ihn in all diesen Monaten nicht besuchte, ja, nicht einmal einen Brief schrieb oder sonst ein Lebenszeichen von sich gab.

Die Wahlen vom Februar 1936, die von der neuen Volksfront aus Sozialisten, Kommunisten und Anarchisten gewonnen wurden, brachten die Linke wieder an die Macht und den wegen ihrer Parteizugehörigkeit oder der Beteiligung am Aufstand von 1934 verurteilten Genossen die sofortige Freiheit. Nach acht Monaten Gefängnis hatte Ramón aufgehört, ein romantischer Junge voller Tatendrang zu sein, und sich in einen Mann der Überzeugungen verwandelt, einen erbitterten Feind all dessen, was dem Weg in die Freiheit und

Diktatur des Proletariats entgegenstand. Diesem Ziel werde er sein Leben bis zum letzten Atemzug widmen, sagte er zu sich selbst, auch wenn er dafür den höchsten aller Preise zahlen müsse.

Wie viele seiner freigelassenen Genossen fuhr Ramón von Valencia direkt nach Madrid, wo die Parteien der Volksfront eine Großdemonstration organisiert hatten, um den Sieg und die Bildung der neuen Regierung zu feiern. In der Hauptstadt begegnete ihnen jene festliche, aufgeregte Stimmung, die bis zum Beginn des Bürgerkriegs in ganz Spanien herrschen sollte. Weinschläuche flogen von den Bürgersteigen auf die Lastwagen, auf denen die soeben Freigelassenen standen, Mädchen warfen ihnen Blumen zu, »Es lebe die Freiheit!« wurde geschrien und »Tod der Monarchie, der Bourgeoisie, den Großgrundbesitzern, der Kirche!«. Die Revolution lag in der Luft.

Auf der Abschlusskundgebung hörte Ramón die Rede von José Díaz, dem Generalsekretär, und zum ersten Mal sah er eine Frau, die mit ihrer leidenschaftlichen Begeisterung und ihrem dramatischen Talent die Mensch gewordene Demonstration zu sein schien: Dolores Ibárruri, die Frau, die als »Pasionaria« in der ganzen Welt bekannt werden sollte. Zu seiner größten Freude spürte er plötzlich, wie sich inmitten der kämpferischen Masse zwei heiß ersehnte Arme um seinen Nacken schlangen, denen ein Veilchenduft entströmte, von dem er während seiner gesamten Haftzeit nicht aufgehört hatte zu träumen. Mit jeder Faser seines Körpers genoss Ramón die Stimme, für die er, wie für die Weltrevolution, bereit war, alles zu geben; und als er die Frau ansah, dachte er: Wenn es Wunder gibt, dann ist África der beste Beweis dafür. In den vergangenen acht Monaten war sie noch schöner geworden, rundlicher, fester, so als wäre ein gütiger Mantel der Verwandlung über ihren Körper und ihr Gesicht gebreitet worden. Wenige Minuten später, als sie der von Liedern und Wein erhitzten Menge entfliehen konnten, erfuhr er, dass in Wahrheit etwas Bewegenderes den Frauenkörper verwandelt hatte, etwas, das er bis zu diesem Augenblick nicht gewusst hatte: Eineinhalb Monate zuvor hatte África ein Mädchen zur Welt gebracht: Ramóns Tochter.

Fast bis zum Überdruss sollte Ramón Mercader später immer und immer wieder denken, dass einer der erhebendsten und nachhaltigsten

Momente in seinem an erschütternden Ereignissen so reichen Leben der gewesen war, in dem er diese Nachricht erhalten hatte. África erklärte ihm, sie habe ihn nicht im Gefängnis besucht und ihn auch nicht von der Schwangerschaft unterrichtet, um ihn nicht mit für einen Revolutionär überflüssigen Gefühlen zu belasten. Außerdem habe sie es vorgezogen, ihre Schwangerschaft alleine durchzustehen, denn nachdem sie es erfahren habe und ihr wegen des fortgeschrittenen Stadiums von einem Abbruch abgeraten worden sei, habe sie beschlossen, das Neugeborene dürfe dem großen Vorhaben ihres Lebens, dem revolutionären Kampf, nicht im Wege stehen. Deswegen sei sie, als der Geburtstermin näher gerückt sei, zu ihren Eltern nach Málaga gefahren, habe dort das Kind bekommen und ihr den Namen Lenina de las Heras gegeben. Gleich darauf habe sie das Baby den Großeltern anvertraut und sei nach Barcelona zurückgegangen, um für den Sieg der Volksfront zu kämpfen, wie ihr das Zentralkomitee der Partei befohlen habe. Ihr Entschluss, das Kind von allem fernzuhalten, sei unwiderruflich, und nichts werde sie davon abbringen. Wenn sie ihn jetzt von dem Ereignis in Kenntnis setze, erfülle sie damit nur ihre Pflicht.

Eine Welle heftig brennender Gefühle überschwemmte Ramón. Zu der Überraschung, Vater geworden zu sein, gesellte sich die über Áfricas Entschluss, der mit ihren Prinzipien übereinstimmte. Auch wenn er viel zu überwältigt war, um all das auf einen Schlag verdauen zu können, empfand er so etwas wie Dankbarkeit gegenüber der Frau, die er so sehr liebte und die mit ihrer drastischen und befreienden Aktion einmal mehr ihr politisches Format bewies. Und dennoch verspürte er im tiefsten Innern einen Hauch Neugier auf das Mädchen, das er in die Welt gesetzt hatte. Er fragte sich, wie es wohl war, sie bei sich zu haben und großzuziehen. Empfand África nicht ebenso? Ramón wusste, dass ihn die Erfordernisse des politischen Kampfes bald ganz in Anspruch nehmen und seine Gefühle überlagern würden. África hat recht, die Familie ist für den Revolutionär eine Bürde, dachte er voller Überzeugung, während sie die Plaza de Callao überquerten, ohne ein bestimmtes Ziel, wie ihm schien.

África stieß die Tür zu einem Café auf, und als sie eintraten, mussten sich Ramóns Augen erst an das Dunkel im Inneren gewöhnen, eines jener alten Cafés von Madrid mit dunkler Holzvertäfelung an den Wänden. Wie von einem inneren Licht geleitet, ging África gleich in den hinteren Teil, wobei sie sich mit der ihr so eigenen Sicherheit zwischen Tischen und Stühlen hindurchschlängelte. Er versuchte, ihr zu folgen, und stützte sich mit den Händen an den Stuhllehnen ab. Da sah er ganz hinten eine Gestalt sitzen, eine Frau, wie er an den Haaren erriet, eine große, kräftige Frau, schloss er beim Näherkommen. Die Gestalt stand auf und kam auf ihn zu, und ohne dass Ramón sie noch erkannt hätte, schauderte es ihn, als die Frau ihn auf den Mundwinkel küsste, so fest, dass er den unverwechselbaren Anisgeschmack im Mund spürte, der die ordinäre Schnapsfahne ihres Atems überlagerte.

7

Karalambos musste kaum das Ruder bewegen. In der goldenen Nachmittagssonne glitt das Boot auf das offene Meer hinaus, auf dem der junge Fischer von seinem Vater, sein Vater von seinem Großvater und dieser von seinem Urgroßvater das Navigieren gelernt und damit ein Wissen weitergegeben hatten, das möglicherweise auf die Zeit Alexanders des Großen zurückging, dessen Heere das Ungestüm und den Ruhm des Königs der Mazedonier über die Meere verbreiteten. Mehr als einmal hatte Lew Dawidowitsch Karalambos' seemännisches Geschick bewundert und sich gefragt, ob nicht der Moment gekommen sei, sich in einem Akt höchster Weisheit von allem loszumachen, um zum ersten Mal in seinem Erwachsenenleben frei atmen zu können wie dieser einfache Fischer, weit weg von den Stürmen seiner Epoche.

Vier Jahre Exil, fünf Jahre Ausgrenzung, Dutzende von Toden und Enttäuschungen, verratene Revolutionen und grausame Repressionen, bilanzierte Lew Dawidowitsch, und er musste zugeben, dass diese Bilanz nur wenig Hoffnung ließ. Der Kosmopolit, der heldenhafte Kämpfer, der Führer der Massen hatte mit seinen zweiundfünfzig Jahren angefangen, alt zu werden. Niemals hätte er sich vorstellen können, dass ihm dieser abgelegene Winkel der Welt, in dem er jetzt lebte, irgendwann das Gefühl geben könnte, ein Zuhause zu haben. Und noch weniger, dass er einen Moment lang versucht sein würde, auf alles zu verzichten und seine Waffen ins Meer zu werfen.

Vor einem Jahr hatte er Ljowa davonfahren sehen, auf derselben Route, die jetzt Karalambos nahm. Beunruhigt und erleichtert zugleich hatte er die Entscheidung des Jungen akzeptiert, sein eigenes

Leben fern vom Schatten des Vaters zu leben. Das Stipendium zur Fortsetzung seines Studiums der Mathematik und Physik an der Technischen Hochschule von Berlin hatte die Formalitäten erleichtert, und Lew Dawidowitsch hatte beschlossen, sich den Umstand zunutze zu machen: Der Junge würde an diesem so privilegierten Ort seine Augen und seine Stimme ersetzen, während er selbst in der Türkei festsaß.

Je näher das Abreisedatum gekommen war, desto häufiger hatte Lew Dawidowitsch die Erinnerung an jene kalten Morgen im stürmischen Paris des Jahres 1915 heraufbeschworen, als Ljowa mit kaum acht Jahren begonnen hatte, politisch zu arbeiten. Damals wohnten sie in der Rue Oudry, ganz in der Nähe der Place d'Italie. Er schrieb in den schlaflosen Nächten seine Antikriegsartikel für *Nasche Slowo* (»Unser Wort«), und morgens, auf seinem Schulweg mit dem kleinen Serjoscha an der Hand, hatte Ljowa den Auftrag, die soeben geschriebenen Seiten in die Druckerei zu bringen. Erst jetzt, wo sie sich trennten, wurde sich Lew Dawidowitsch bewusst, welchen Platz Ljowa in seinem Herzen einnahm, und im Nachhinein bedauerte er seine Zornesausbrüche, während derer er ihn ungerechterweise des Desinteresses und der politischen Unreife bezichtigt hatte. Wie vor zwei Jahren, bei der Trennung von Serjoscha, beschlich ihn die schreckliche Vorahnung, dass er seinen Mitkämpfer Ljowa vielleicht nie mehr wiedersehen würde. Doch es gelang ihm, dieses Vorgefühl mit der sehr realistischen Umkehrung der Gleichung zu verscheuchen: Wenn sie sich nicht wiedersahen, dann nicht etwa, weil Ljowa nicht zur nächsten Verabredung kommen würde. Bestimmt würde er selbst es sein, der nicht erschien, denn mit jedem Tag fühlte er sich älter, gehetzt von Rivalen, die ihn für immer gänzlich zum Verstummen bringen wollten.

Allerdings war der Abschied von dem Jungen in den Wochen davor nicht seine größte Sorge gewesen. Mit besten Absichten, wenn auch voller Furcht angesichts seiner Unfähigkeit, sich den häuslichen Problemen zu stellen, bereitete er sich auf die bevorstehende Ankunft seiner ältesten Tochter Sina vor, die von den sowjetischen Behörden endlich die Erlaubnis erhalten hatte, zur Behandlung ihrer Tuberkulose ins Ausland zu reisen.

In den letzten Jahren hatte Alexandra Sokolowskaja, Sinas Mutter, Lew Dawidowitsch in ihren Briefen aus Leningrad über den physischen und psychischen Verfall des jungen Mädchens auf dem Laufenden gehalten. Vor allem während sie ihre Schwester Nina gepflegt hatte und gleichzeitig wegen ihrer Mitgliedschaft in der Opposition politischen Repressionen ausgesetzt gewesen war, die in der Deportation ihres Mannes Platon Wolkow und in ihrem Ausschluss aus der Partei sowie ihrer Entlassung als Ökonomin gegipfelt hatten. Besonders übel wurde Sina mitgespielt, als man ihre Ausreise zwar bewilligte, doch ohne ihre kleine Tochter Olga, die so zu einer politischen Geisel wurde. Damit war für Lew Dawidowitsch wieder einmal bewiesen, was Pjatakow ihm vor Jahren prophezeit hatte: Stalin werde sich, heimtückisch, wie er sei, bis in die dritte oder vierte Generation an ihm rächen.

Sina traf an einem sonnigen Morgen Ende Januar 1931 ein, an der Hand den kleinen Sjewa. Natalia, Ljowa, Jeanne, die Sekretärinnen, die Leibwächter, die türkischen Polizisten und sogar Maya folgten Lew Dawidowitsch zur Anlegestelle, um sie willkommen zu heißen. Sie alle waren so fröhlich, wie es die Umstände erlaubten, und sie wurden belohnt mit dem Lächeln einer schlanken, lebensfrohen und herzlichen Frau und den skeptischen Blicken eines strohblonden Jungen, der sich gegen die Liebkosungen von Großeltern und Tanten und Onkeln wehrte, um seine Zuneigung der Hündin Maya zu schenken.

Trotz ihres beklagenswerten Gesundheitszustandes bewies die junge Frau sogleich, dass sie die Tochter von Lew Dawidowitsch und der umtriebigen Alexandra Sokolowskaja war, die dem blutjungen Kämpfer auf einem der geheimen Treffen in Nikolajew die ersten marxistischen Broschüren seines Lebens in die Hand gedrückt hatte. Mühsam atmend und von nächtlichem Fieber gequält, drängte Sina darauf, an der politischen Arbeit teilhaben zu dürfen, und war bereit, ihm ihre Fähigkeiten und ihre Leidenschaft unter Beweis zu stellen. Ihr Vater, der sich darüber im Klaren war, dass sie medizinischer Fürsorge mehr bedurfte als verantwortungsvoller Arbeit, übertrug ihr die weniger schwere, aber darum nicht weniger ermüdende

Aufgabe, die Korrespondenz zu sortieren, während Natalia sie nach Istanbul begleiten sollte, wo die Ärzte gleich mit der Behandlung begannen.

Durch die Briefe, die Ljowa ihm aus Berlin schrieb, konnte sich der alte Kämpfer eine Vorstellung von der Katastrophe machen, die unaufhaltsam auf die deutschen Kommunisten zukam. Immer wieder hatte er sich gefragt, warum sich Moskau politisch so sträflich fahrlässig verhielt. Man musste kein Prophet sein, um zu ahnen, was der Aufstieg eines Nazismus bedeutete. Denn noch vor Erlangung der Macht hatte, gestützt auf brutale Sturmtrupps, deren Mitgliederzahl in knapp zwei Monaten von hunderttausend auf vierhunderttausend angestiegen war, seine Offensive der Gewalt begonnen. Die Tatsachen deuteten darauf hin, dass es sich nicht um politische Blindheit handeln konnte: Die selbstmörderische Strategie der deutschen Kommunisten musste noch einen anderen Grund haben, über die ausdrücklichen Weisungen der Herren aus Moskau hinaus, dachte und schrieb Lew Dawidowitsch.

Worte, die im Herzen der Sowjetunion ausgesprochen wurden, brachten ihn auf die Spur zu einer alarmierenden Antwort. In einem ausgehungerten Moskau, wo Schuhe und Brot Luxus waren, wo jede Nacht Dutzende von Männern und Frauen ohne richterlichen Beschluss verhaftet und in die Lager Sibiriens verschleppt wurden, verkündete Stalin, das Land sei im Sozialismus angekommen. Im Sozialismus? Jetzt begann Lew Dawidowitsch, klar zu sehen: Genau hier musste die Ursache für die verdächtige Fahrlässigkeit liegen, für die absurde Siegestrunkenheit, die den deutschen Kommunisten die Hände band und ihnen untersagte, sich mit den Kräften der Linken und der Mitte in ihrem Land zu verbünden. Es traf ihn wie ein Schlag, als er begriff, dass der wirkliche Grund hinter dem unverständlichen Verhalten der war, dass es dem machthungrigen Stalin nicht mehr genügte, das Gespenst von möglichen Aggressionen durch den französischen Imperialismus oder den japanischen Militarismus an die Wand zu malen, sondern dass er einen Feind wie Hitler benötigte, um mithilfe der Bedrohung durch einen heraufziehenden

Nazismus seinen eigenen Aufstieg zu zementieren. Obwohl sich Lew Dawidowitsch aus Respekt vor den Ideen Lenins und aus Angst vor den Folgen einer solchen Spaltung immer dagegen gewehrt hatte, eine eigene Partei zu gründen, ließ der offensichtliche Verrat Stalins, dessen Folgen für Deutschland verheerend und für die Sowjetunion gefährlich sein würden, neue Zweifel in ihm entstehen.

Zum Glück milderte die Anwesenheit des kleinen Sjewa seine Ängste und machte die innere Leere erträglich. Lew Dawidowitsch hatte zu dem Jungen eine engere Beziehung aufgebaut als die, die er, vom Kampf zu sehr in Anspruch genommen, zu seinen eigenen Söhnen je gehabt hatte. In den wenigen freien Stunden, die der Großvater sich gönnte, nahm ihn der Enkel ganz in Beschlag, und sie hatten es sich zur Gewohnheit gemacht, jeden Nachmittag an den Strand hinunterzugehen, wo Sjewa mit Maya herumtollte, oder, wenn der umgängliche Karalambos es ihm erlaubte, zu dem Fischer ins Boot zu steigen und zur Felsenküste zu fahren. Die Zuneigung, die Lew Dawidowitsch zu dem Jungen gefasst hatte, ließ ihn für einen Moment seine Sorgen vergessen; manchmal überkam ihn eine Ruhe, in der er sich wie ein langsam alt werdender Großvater fühlte, und zum ersten Mal in dreißig Jahren schaffte er es, sich vom Druck des politischen Kampfes zu befreien. Sjewas Herumtollen mit Maya, die Gespräche mit Karalambos über die Kunst des Fischens und die Spaziergänge am Marmarameer sollten sich in liebenswürdige Bilder verwandeln, an die er sich in den ihm noch bevorstehenden schwierigeren Zeiten würde klammern können.

Eines Nachts in jenem Sommer, den Sjewa bei ihnen verbrachte, rettete Lew Dawidowitsch sein Leben und das seiner Familie dank seiner Schlaflosigkeit, von der er zeitlebens geplagt wurde. Während er auf dem Bett lag und wieder einmal eine zermürbende Nacht vorüberziehen ließ, lauschte er den nächtlichen Geräuschen und dachte an seinen Sohn Sergej. Am Morgen zuvor hatte er einen Brief erhalten, in dem Serjoscha ihm versicherte, sein Leben in Moskau gehe den üblichen Gang. Er schrieb von seiner Heirat und von seinen Fortschritten im Studium. Obwohl sich an der Abneigung des Jungen gegen die Politik nichts geändert hatte, sagte der väterliche Instinkt dem Verbannten, dass sein Sohn bald in den Strudel mit hineingezogen würde und die Politik jederzeit an seine Tür klopfen konnte. Deswegen hatte er sich mit Natalia beraten, Serjoscha dazu zu bewegen, die nötigen Formalitäten für eine Ausreise zu seinem Bruder nach Berlin in die Wege zu leiten.

Als Lew Dawidowitsch so in Gedanken versunken auf dem Bett lag, fiel ihm erst nach und nach auf, dass Maya unruhig geworden und schon mehrmals winselnd zu ihm ans Bett gekommen war. Plötzlich fuhr er hoch: Der unverwechselbare Geruch nach brennendem Holz drang zu ihm, sogleich weckte er Natalia und rannte in das Zimmer, in dem Sjewa zusammen mit den Sekretärinnen schlief, weil seine Mutter zur Operation nach Istanbul gefahren war.

Das Feuer war an der Außenwand des Zimmers ausgebrochen, das als Sekretariat diente, und sofort wurden Lew Dawidowitsch die Absichten des Brandstifters klar: Seine Papiere! Während die aus dem Schlaf gerissenen türkischen Polizisten eimerweise Wasser auf das Feuer schütteten, das auf das Wohnzimmer überzugreifen drohte, überließ er Sjewa und Maya Natalias Obhut, und gemeinsam mit den Sekretärinnen, den Leibwächtern und dem erst kürzlich eingetroffenen Rudolph Klement machte er sich daran, die Papiere zu retten, die sein Gedächtnis, ja, sein Leben darstellten. Von Rauch eingehüllt, vom Löschwasser durchnässt, gelang es ihnen, die Mappen mit den Manuskripten, die Archive und viele seiner Bücher ins Freie zu schaffen, bevor das Dach jenes Knacken von sich gab, das dem Einsturz vorausgeht.

Mitten in der Nacht, zwischen Kisten mit Papieren und auf dem Boden verstreuten Büchern, beobachteten Natalia und Lew Dawidowitsch das Werk des Feuers, während er der zitternden Maya die Ohren kraulte. Die aufopferungsvollen Helfer hatten zwar die völlige Zerstörung des Hauses verhindern können, doch beim ersten Tageslicht mussten sie feststellen, dass es sozusagen neu aufgebaut werden musste, um wieder bewohnbar zu sein. Als die anderen anfingen, die geretteten Gegenstände und Kleider ins Freie zu tragen, suchte Lew Dawidowitsch die stark mitgenommenen, aber vielleicht noch zu rettenden Bücher zusammen und beklagte den Verlust von anderen Bänden und Dokumenten (»Die Fotos der Revolution!«, rief er verzweifelt), die ein Opfer der Flammen geworden waren.

Rudolph Klement, der junge Deutsche, der angereist war, um Ljowa im Sekretariat zu ersetzen, fand ein Haus im angloamerikanischen Vorort Kadıköy, etwas außerhalb von Istanbul. Allerdings war es zu klein für die Familie, die Sekretärinnen, die Leibwächter und die Polizisten (vier nach dem Brandanschlag). Vor allem aber gestaltete sich das Zusammenleben mit Sina problematisch. Nachdem sie sich von der Operation (die sich bald als ein totaler Fehlschlag erweisen sollte) erholt hatte, verlangte sie mit der Heftigkeit einer Kranken mehr Verantwortung in der politischen Arbeit.

Merkwürdige Vorkommnisse ereigneten sich während des Aufenthaltes in den beengenden vier Wänden des kleinen Hauses in Kadıköy. Das erste war die durch die Faschisten und Kommunisten in Deutschland zunichtegemachte Reise nach Berlin, um ein paar Vorträge zu halten. Diese Enttäuschung war sehr schmerzlich für Lew Dawidowitsch. Wieder einmal spürte er die Last der Vergangenheit, den Preis, den er für sein Handeln bezahlen musste: die unüberwindbare Isolierung, die ihn an jene Napoleons denken ließ. »So sehr fürchten sie mich?«, schrieb er, aus Verzweiflung über die Fesseln, die ihn in der Türkei festhielten und von jeder Möglichkeit ausschlossen, sich direkt ins politische Geschehen einzumischen.

Dann brach erneut ein Feuer aus, das glücklicherweise nur den kleinen Schuppen im Innenhof zerstörte und von den polizeilichen Ermittlern als Unfall bezeichnet wurde, da sie neben dem Heizungskessel die Reste einer Streichholzschachtel fanden, mit der Sjewa gespielt hatte.

Der dritte Vorfall war undurchschaubar und aufschlussreich zugleich: Ein hoher Offizier des türkischen Geheimdienstes kam und teilte Lew Dawidowitsch mit, dass eine Gruppe russischer Emigranten festgenommen worden war, die einen Anschlag auf sein Leben geplant hatte. Drahtzieher des Komplotts war der ehemalige General Turkul, einer der Anführer der Weißen Garden, die von der Roten

Armee während des Bürgerkriegs vernichtend geschlagen worden waren. Die Konspiration sei aufgedeckt worden, sagte der türkische Offizier, und Lew Dawidowitsch könne sich dank der Gastfreundschaft des ehrenwerten Kemal Pascha Atatürk sicher fühlen.

Sobald sich der Offizier verabschiedet hatte, berichtete Trotzki seiner Frau von seinem Gefühl, irgendetwas an der Geschichte sei faul. Die Gefahr eines Attentats durch russische Emigranten in der Türkei habe immer bestanden. Doch in den mehr als zwei Jahren sei nichts geschehen, was darauf hindeute, dass er auf ihrer Prioritätenliste nicht ganz oben stehe oder sie begriffen hätten, dass ein Attentat auf einen persönlichen Gast des gestrengen Kemal Atatürk ihnen nur schaden könne.

Am schlimmsten jedoch waren die Spannungen, die durch Sinas Unausgeglichenheit entstanden. Ihr Zustand schwankte zwischen Enthusiasmus und Depression, und sie forderte eine immer größere Beteiligung an der politischen Arbeit. Ihr Vater versuchte, sie so einfühlsam wie möglich zu einer Psychoanalyse zu überreden, doch sie erwiderte, sie sei nicht bereit, den Dreck hervorzuholen, der sich in ihrem Inneren angesammelt habe. Ihr Zustand erreichte einen kritischen Punkt, als sich herausstellte, dass die Operation ein Fiasko gewesen war: Die türkischen Chirurgen hatten den Eingriff an der gesunden Lunge vorgenommen. Aus Furcht um Sinas Leben oder aus Angst vor erneuten Auseinandersetzungen mit ihr bat Lew Dawidowitsch seinen Sohn Ljowa, alles Nötige zu veranlassen, damit Sina nach Berlin reisen und sich einer Behandlung durch deutsche Spezialisten unterziehen könne, die ihren Körper und ihren Geist heilen könnten.

Anfang Oktober reiste Sinaida nach Berlin ab. Einerseits war Lew Dawidowitsch erleichtert, andererseits plagten ihn Schuldgefühle. Er hatte ihr versprochen, Sjewa nachkommen zu lassen, und sie könne gemeinsam mit Ljowa arbeiten, sobald sie sich etwas besser fühle. So lange sollte der Junge in der Türkei bleiben und sich von den Geschehnissen erholen. Dem Großvater war bewusst, dass dabei eine gewisse Portion Egoismus mitspielte: Sjewa war ihm zum Balsam gegen seine Erschöpfung und seinen Pessimismus geworden.

Sinaida war in der Begleitung von Abraham Sobolevicius gereist, dem Giganten mit dem Parteinamen Adolf Senin, einem von Lew Dawidowitschs Mitarbeitern in Berlin, der ihn zufällig für ein paar Tage in Kadıköy besucht hatte. Seit zwei Jahren waren Senin und sein jüngerer Bruder Ruvin seine wichtigsten Vertreter in Deutschland, doch nachdem sich Ljowa an die Spitze der deutschen Trotzkisten gestellt hatte, waren die Beziehungen zu den Sobolevicius' angespannt. Deutlichstes Zeichen für den Wandel im Verhalten der beiden Genossen war die mehr oder weniger direkte Ablehnung seiner Anweisungen, die unverantwortliche Politik Stalins gegenüber der Situation in Deutschland zu demaskieren. Die Uneinigkeit, ausgerechnet mit so erfahrenen Männern wie den Sobolevicius', bereitete Lew Dawidowitsch große Sorgen.

Wenige Tage nach Sinas Abreise sickerte eine Information aus Moskau zu ihm durch, die die zwei Jahre dauernde Ungewissheit des Exilanten wie ein Blitz erhellen sollte. Die Nachricht stammte aus absolut zuverlässiger Quelle: Sie kam vom Genossen V. V., von dessen Existenz außer Ljowa und ihm niemand etwas wusste, da ihn seine Funktion innerhalb der GPU eminent wichtig und gleichzeitig äußerst verwundbar machte. V. V. berichtete, im Moment werde von nichts anderem geredet als davon, dass die Sobolevicius' im engsten Kreis um Trotzki für die GPU spionierten. Diese Nachricht beendete das Rätselraten um das merkwürdige Verhalten der beiden Brüder.

Die Enttarnung der beiden Agenten, die sich buchstäblich in Luft auflösten, als Lew Dawidowitsch ihre wahre Zugehörigkeit öffentlich machte, stürzte ihn in eine tiefe Krise. Er hatte den beiden Männern seine Tochter anvertraut, sie hatten in seinem Haus geschlafen, mit Sjewa gespielt und sich mit Natascha allein unterhalten können – all das zeigte ihm, wie schwach sein Abwehrsystem war und welche Macht Stalin über sein Leben besaß. Im Moment begnügte sich der Totengräber der Revolution damit, zu wissen, was er tat und was er dachte. Und morgen? Lew Dawidowitsch war davon überzeugt, dass die Brände in Büyükada und Kadıköy und die angebliche Konspiration des ehemaligen Generals Turkul nur von einer Hetzjagd ablenken sollten, die gerade erst begonnen hatte. Der finale Schlag würde durch eine von Stalin persönlich auf ihn angesetzte Hand erfolgen, die sämtliche Schranken des Argwohns überwinden und als Freundeshand daherkommen würde. Die Aktivitäten der Sobolevicius-Brüder zeigten jedoch, dass sein Leben für den Aufstieg des Generalsekretärs zur absoluten Macht noch von Bedeutung zu sein schien. Im Lichte dieser entsetzlichen Erkenntnis begriff er, warum man ihn ins Exil geschickt und nicht gleich in Alma-Ata ermordet hatte, und ihm wurde klar, dass er zeit seines Lebens die Verkörperung der Konterrevolution sein würde. Sein Bild sollte jede Forderung nach einem politischen Wandel desavouieren, seine Stimme wie die Pervertierung aller Stimmen klingen, die nach einem Minimum an Gerechtigkeit und Wahrheit verlangten. Seine Existenz sollte dazu dienen, die Repressionen und die Ausweisungen von kritischen und unbequemen Geistern zu rechtfertigen. Sein Bild war die eine Seite der Medaille, die für die Feinde der Kommunisten auf der ganzen Welt stand. Die andere Seite würde bald das Bild Adolf Hitlers schmücken.

Als die Renovierungsarbeiten in der Villa in Büyükada abgeschlossen waren, drängte Lew Dawidowitsch zur Rückkehr. In den neun Monaten im Vorort von Istanbul hatte ihn ständig das Gefühl begleitet, sich am Rande eines Abgrunds zu befinden, und er kam mit seiner *Geschichte der Revolution* einfach nicht weiter. Deswegen vertraute er darauf, sich im Haus auf den Inseln der verbannten Prinzen, das er inzwischen als sein Heim betrachtete, wieder auf das wirklich Wichtige konzentrieren zu können.

Karalambos erwartete sie mit anderen Dorfbewohnern an der Anlegestelle. Die Trotzkis dankten ihnen für den freundlichen Empfang und die Geschenke: den Korb mit Fischen, Austern und frischen Meeresfrüchten, den Sack mit Trockenobst, den Ziegenkäse und die süßen Früchte, die hier Aprikosen genannt wurden. Als besondere Aufmerksamkeit warteten in einem Tontopf eine Auswahl an *pocha* und *pide* darauf, in siedendes Olivenöl geworfen zu werden und den Gaumen mit lieblichen mediterranen Genüssen zu erfreuen, die sich von denen der groben russischen und ukrainischen Küche so sehr unterschieden.

Sogleich nahm der Exilant seinen Arbeitsrhythmus wieder auf. Zehn bis zwölf Stunden widmete er der *Geschichte der Revolution* und dem Schreiben der Artikel für das *Bulletin*. Gegen Abend, wenn seine Augen müde wurden und zu tränen anfingen, rief er Sjewa zu sich, und zusammen mit Maya gingen sie hinunter an den Strand, um sich den Sonnenuntergang anzusehen. Dort erzählte er ihm Geschichten von den Juden aus Janowska, sprach von seiner Mama Sinaida, die sich in Berlin erholte, und lehrte ihn, unterstützt von der intelligenten, geduldigen Maya, sich mit Hunden zu verständigen und ihre Sprache zu interpretieren.

Knapp drei Wochen später versetzte Moskau Lew Dawidowitsch den endgültigen Dolchstoß. Es war die Bestätigung dafür, dass der Krieg gegen ihn niemals aufhören und er niemals Frieden finden würde. Ein bestürzter Ljowa ließ ihm die Nachricht zukommen: Vom 20. Februar 1932 an hörten Leo Trotzki und alle Mitglieder seiner Familie, die sich außerhalb des Staatsgebietes der Sowjetunion befanden, auf, Bürger des Landes zu sein, und verloren sämtliche verfassungsmäßigen Rechte sowie den Schutz des Staates. Das Verbrechen, das dem »ehemaligen Parteimitglied« (man nannte ihn nicht mehr »Führer«) vorgeworfen wurde, war die Beteiligung an konterrevolutionären Aktionen, aufgrund derer man ihn als »Feind des Volkes« betrachtete, unwürdig der Zugehörigkeit zum ersten proletarischen Staat der Welt. Im Dekret des Zentralkomitees, das in der Prawda, dem Zentralorgan der Kommunistischen Partei, veröffentlicht wurde, wurde noch dreißig weiteren Exilanten die Staatsangehörigkeit aberkannt, herausragenden Persönlichkeiten des Menschewismus, die ebenfalls als Volksfeinde bezeichnet wurden.

Während er die Verlautbarung las, in der er unter kalkulierter Bösartigkeit mit anderen Exilanten in einen Topf geworfen wurde, die Lenin und er selbst 1921 zur Emigration gezwungen hatten, versuchte er, die Dimensionen abzuschätzen und die geheimen Ziele jener Maßnahme zu ergründen, die er selbst in die sowjetische Geschichte eingeführt hatte. Zweifellos war es Stalins vornehmste Absicht, ihn zu einem Geächteten zu machen, ohne Staat im Rücken, der Gnade seiner Feinde, zu denen jetzt auch das sowjetische Volk zählte, hilflos ausgeliefert. Dahinter jedoch stand die logische Konsequenz, dass seine Anhänger innerhalb der Sowjetunion nicht mehr politische Oppositionelle, sondern Kollaborateure eines »ausländischen« Agenten waren und deshalb des Verrats beschuldigt werden konnten, des schlimmsten Vergehens in Zeiten eines glühenden Patriotismus und Nationalismus.

Angesichts des Abgrunds, der sich vor ihm und seiner Familie auftat, beklagte Lew Dawidowitsch mehr denn je seinen mangelnden Realismus und sein übermäßiges Vertrauen, die ihn all die Jahre hindurch blind gemacht und zugelassen hatten, dass sich vor seinen Augen jenes Krebsgeschwür namens Josef Stalin innerhalb der Mauern des Kreml gebildet und ausgebreitet hatte. Ein Mann wie er, der immer geglaubt hatte, die Seele der Menschen, ihre Schwächen und Bedürfnisse zu kennen, der stolz darauf gewesen war, das Gewissen der Massen aufrütteln zu können: Wie war es möglich gewesen, dass er den Pesthauch jenes finsteren Wesens nicht wahrgenommen hatte? All die Jahre hindurch war ihm Stalin so unbedeutend vorgekommen, dass er sich, sosehr er auch in seinem Gedächtnis kramte, nicht an ihre erste Begegnung in London im Jahr 1907 erinnern konnte. Damals war er der Trotzki gewesen, der an der dramatischen Revolution 1905 teilgenommen hatte und gerade zum Präsidenten des Petrograder Sowjet ernannt worden war, der begnadete Redner und Journalist, der imstande war, Lenin zu überzeugen oder sich mit ihm anzulegen und ihn einen »angehenden Diktator« oder »russischen Robespierre« zu nennen. Er war ein Weltrevolutionär gewesen, geliebt und gehasst, der dem soeben emigrierten Georgier, einem ungebildeten, pockennarbigen Mann ohne Geschichte, kein besonderes Interesse entgegengebracht hatte. Dagegen konnte Trotzki sich an ihre flüchtige Begegnung in Wien im Jahr 1913 erinnern, als sie einander vorgestellt worden waren und man es für unnötig hielt, dem Provinzler zu erklären, wer Trotzki war, weil es keinen Revolutionär gab, der ihn nicht kannte. Lew Dawidowitsch erinnerte sich noch, dass Stalin sich nach dem Händedruck gleich wieder über seine Teetasse gebeugt hatte, wie ein verdurstendes Tier. Nur der verschlagene Blick seiner gelben Augen war ihm im Gedächtnis geblieben, kleiner

Augen, die wie die einer lauernden Eidechse – das war das entscheidende Detail! – nicht blinzelten. Wie hatte ihm entgehen können, dass ein Mann mit einem solchen Reptilienblick ein höchst gefährlicher Mensch war?

Im Rausch des Jahres 1917 war Stalin gelegentlich wie ein flüchtiger Schatten an ihm vorbeigehuscht, und Lew Dawidowitsch hatte keinen weiteren Gedanken an ihn verschwendet. Später entdeckte er, dass der Georgier ihn wegen ebenjener Eigenschaften abgestoßen hatte, die seine Stärken werden sollten: die abgrundtiefe Bösartigkeit, die Grobheit und der Zynismus des Kleinbürgers, den der Marxismus von vielen Vorurteilen befreit hatte, ohne sie durch ein streng gelenktes ideologisches System zu ersetzen. Vor den Annäherungsversuchen Stalins war er stets instinktiv zurückgewichen und hatte aufgrund seiner Abneigung Distanz gewahrt. Doch erst Jahre später hatte er seinen Irrtum erkannt. »Die wichtigste Eigenschaft Stalins«, hatte Bucharin einmal zu ihm gesagt, »ist seine Faulheit. Die zweitwichtigste ist sein grenzenloser Neid auf alle, die mehr wissen oder wissen könnten als er. Sogar gegen Lenin hat er intrigiert.«

Lew Dawidowitsch sollte es als seinen größten Fehler erachten, sich Stalin nicht in dem Moment entgegengestellt zu haben, als der Kampf um die Macht bereits entbrannt war und er die triumphalen Beweise in Händen gehalten hatte: die Briefe, in denen Lenin den Georgier wegen dessen brutaler Vorgehensweise in der Nationalitätenfrage rügte, und das »Testament«, in dem Wladimir Iljitsch die Entfernung Stalins aus der Geschäftsstelle der Partei verlangte. Doch damals hatte er noch gedacht, dass Stalin kein ernst zu nehmender Rivale sei und ihm eine Kampagne gegen den Bauern aus Georgien als eine persönliche Schlacht (so hätten es Stalins Getreue, die bereits in den Parteiapparat eingeschleust waren, dargestellt) ausgelegt worden wäre, mit dem Ziel, Lenins Posten zu übernehmen, eine Möglichkeit, an die auch nur zu denken Lew Dawidowitsch sich geschämt hätte. Später sollte er begreifen, dass die Schlacht zu jenem Zeitpunkt schon längst verloren war, selbst wenn er Lenins Unterstützung gehabt hätte. Hinter seinem Rücken wurde bereits fleißig gegen ihn konspiriert, und gemeinsam mit Sinowjew und Kamenew und dem feigen Bucharin war es Stalin gelungen, ihn unbemerkt zu entwaffnen, und so war sein Sturz bereits beschlossene Sache und brauchte nur noch in die Tat umgesetzt zu werden. Das Schlimmste daran jedoch war, zu wissen, dass sein Scheitern nicht nur *sein* Scheitern, sondern das eines ganzen Projektes bedeutete. Und nicht etwa, weil er nicht an die Macht gelangt war, sondern weil er selbst Stalins Aufstieg ermöglicht und damit die von dem unaufhaltsamen Georgier betriebene Zerstörung eines gesellschaftlichen Traumes eingeleitet hatte.

Lew Dawidowitsch benötigte mehrere Tage, um sich eine angemessene Antwort auf jenes Dekret zu überlegen. Im Wissen um die Gefahr einer gigantischen, unmoralischen Propagandamaschinerie, die fähig war, vor den Augen der ganzen Welt schamlos zu lügen, schwankte er zwischen einer gemäßigten, sich auf die Unrechtmäßigkeit der Bestrafung stützenden Verlautbarung und einem Frontalangriff gegen den Diktator. Am meisten jedoch beschäftigte ihn der Zweifel, ob nicht der Moment gekommen sei, den immer aussichtsloser gewordenen Kampf um eine Reform der Partei und des Sowjetstaates aufzugeben, ob es nicht an der Zeit sei, ins kalte Wasser zu springen und die Notwendigkeit einer neuen Partei zu proklamieren, die der Wahrheit wieder zu ihrem Recht verhelfen könnte.

Die Folgen des Dekrets wurden bald in seinem Privatleben spürbar. Sinaida, die ebenfalls davon betroffen war, sandte einen verzweifelten Hilferuf aus Berlin: Wie sollte sie jetzt zu ihrer Tochter kommen, die in Leningrad festgehalten wurde? Und sie forderte ihren Vater auf, Sjewa zu ihr zu schicken, denn wenigstens mit einem ihrer Kinder wolle sie zusammen sein … Wie niemals zuvor spürte Lew Dawidowitsch in diesem Moment die Bürde der Familie.

Ein Schreiben aus Moskau, das durch Freunde nach Prinkipo gelangte, machte Lew Dawidowitsch das Ausmaß der sich anbahnenden Katastrophe deutlich. Der Absender war sein einstiger Freund Iwan Smirnow, ein alter Bolschewik, der zu den Oppositionellen gehört hatte, die im Sommer 1929 eingeknickt waren. Smirnow hatte sehr bald verstanden, dass sein Name stets mit dem Makel behaftet gewesen wäre, unter der Fahne des Renegaten Trotzki gegen Stalin gekämpft zu haben. Doch als er jetzt ahnte, dass sein ehemaliger Genosse zum Gegenangriff übergehen wollte, beschloss er, ihm einen Bericht über die verheerende ökonomische und politische Situation in der UdSSR zukommen zu lassen, die, zumindest kurzfristig, nur noch wenig Hoffnung auf den Sieg irgendeiner Oppositionsbewegung zuließ.

Um sein Verhalten im Jahr 1929 zu rechtfertigen, schrieb Smirnow, dass ihm Stalins ökonomische Kehrtwende als ein logischer und sogar moderater Prozess erschienen sei, der fast Schritt für Schritt den Vorstellungen von der Industrialisierung und Kollektivierung der Welt folgte. Bis dahin waren solche Ideen das Programm und gleichzeitig das Stigma einer Opposition gewesen, die beschuldigt wurde, ein Feind der Bauern und ein fanatischer Vertreter der industriellen Entwicklung zu sein. Doch die Zerschlagung der von Bucharin angeführten Bewegung und die Kapitulation der letzten trotzkistischen Oppositionellen hatten dazu geführt, dass Stalin praktisch keine politischen Feinde mehr hatte und den Krieg gegen die reichen Bauern in einen Sturm der gewaltsamen Kollektivierung verwandeln konnte, der die sowjetische Landwirtschaft lahmlegte. Als zuerst die Großgrundbesitzer und dann die Bauern mittlerer und kleiner Betriebe ihre Reichtümer durch eine Kollektivierung bedroht sahen, die sogar Hühner und Wachhunde einschloss, hatten sie sich auf eine lautlose Sabotage verständigt: eine Schlachtorgie, der fast die Hälfte des Nutzviehs zum Opfer fiel. Die Felder waren mit stinkenden Knochen übersät, und in der Luft hing der Geruch nach kochendem Öl. Wie zu erwarten war, begannen sie, auch das Ackerland und das bereits geerntete Getreide zu vernichten, ja, sie machten nicht einmal vor dem Saatgut halt, das die nächste Ernte sichern sollte. Nur wenn die Bauern von Gewehren bedroht wurden, wurde ausgesät. Das Desaster verschlimmerte sich noch, als ganze Dörfer aus der Ukraine und dem Kaukasus nach Sibirien umgesiedelt und zur Arbeit in den Wäldern und Bergwerken gezwungen wurden, aus denen die Regierung die Reichtümer zu ziehen gedachte, die nicht mehr aus dem Boden gewonnen wurden. Das voraussehbare Resultat war eine Hungersnot, die seit 1930 das Land heimsuchte und deren Ende nicht abzusehen war. In der Ukraine sprach man bereits von Millionen von verhungerten Menschen, und sogar Fälle von Kannibalismus wurden bekannt. In den Städten klauten die Leute Kartoffeln oder zahlten auf dem Schwarzmarkt exorbitante Preise dafür, und da der Rubel immer mehr an Wert verlor, verlegte man sich auf den Tauschhandel. Wie viele Menschenleben dieser »Angriff auf den Sozialismus« gekostet hatte, würde man nie erfahren, und Smirnow glaubte, dass die sowjetische Landwirtschaft sich in den nächsten fünfzig Jahren nicht davon erholen werde.

Nicht weniger verheerend, schrieb Smirnow, sei Stalins Bestreben, diejenigen Elemente aus der Erinnerung auszulöschen, die seinem Ziel, die sowjetische Geschichte in seinem Sinne umzuschreiben, entgegenstanden. Vor einigen Monaten waren Riasanow, der Direktor des Marx-Engels-Instituts, und Jaroslawski, der Autor der meistverbreiteten *Geschichte der bolschewistischen Revolution,* mit der Begründung aus der Partei ausgeschlossen worden, sie hätten Lenins Vermächtnis nicht ausreichend erfüllt. Der wahre Grund jedoch war der, dass Riasanow nicht belegen konnte, dass Stalin irgendeinen Beitrag zur marxistischen Theorie geleistet hatte, und dass in Jaroslawskis bereits ziemlich manipulierter *Geschichte* Stalin nicht total verherrlicht wurde, da die Fakten der Revolution noch zu frisch in Erinnerung waren und viele der Beteiligten noch lebten.

Stalins Raserei, schrieb der alte Genosse, verlaufe in umso schmerzlicheren Bahnen, da seine Folgen katastrophal und unumkehrbar seien. Mit der großen Wende sei die Idee entstanden, Moskau zur Hauptstadt des Sozialismus zu machen, und Stalin habe mit dem Umbau des Kreml begonnen: Das Tschudow-Kloster und das Himmelfahrtskloster, 1358 und 1389 erbaut, sowie der herrliche Nikolaus-Palast aus der Zeit Katharinas II. seien bereits zerstört worden. Die beklagenswerteste Zerstörung sei jedoch die der Erlöserkirche, des mit seinen neunzig Metern höchsten Kirchengebäudes der Stadt. Mit seinen Mauern aus finnischem Granitstein und den Marmortafeln aus dem Altai-Gebirge und Podola, der angestrahlten Bronzekuppel, seinem zehn Meter hohen Hauptkreuz und seinen vier Türmen mit den vierzehn Glocken ließ er die Gläubigen von ganz Europa

vor Neid erblassen. Dieser 1883 vor zwanzigtausend Personen einge-
weihte Tempel sei achtundvierzig Jahre nach seiner Einsegnung zerstört worden, weil Stalin beschlossen habe, dies sei wegen seiner Nähe
zum Kreml und zum Roten Platz der ideale Ort, um einen Palast der
Sowjetrepubliken zu errichten. Diese Entscheidung war für Smirnow
der augenfälligste Beweis für Stalins inzwischen erlangte Macht. Damit werde nicht nur das Schicksal der Politik des Landes besiegelt,
sondern auch das der Landwirtschaft, der Viehzucht, des Bergbaus,
der Geschichtsschreibung, der Sprachwissenschaft (kürzlich habe
man Stalins Fähigkeiten auf diesem Gebiet entdeckt) und der Architektur, denn nach der Zerstörung der Erlöserkirche habe Stalin den
Gedanken geäußert, dass man den Roten Platz besser ohne die störende Kathedrale des Heiligen Basilius bewundern könne ... All das,
so schloss Smirnow, finde unter einer Schreckensherrschaft statt, die
dem einfachen Arbeiter und dem herausragenden Wissenschaftler
gleichermaßen den Mund verschlossen habe, einer Schreckensherrschaft, deren Folge nicht mehr nur ein furchtsamer Gehorsam sei,
sondern auch die Trägheit des ganzen Volkes, das die spektakulärste
soziale Umwandlung in der Geschichte der Menschheit erlebt habe.

Auch wenn der Kurswert seines Namens tief gesunken war, wusste
Lew Dawidowitsch, dass seine Isolierung im türkischen Exil ein Ende
haben musste. An einem Ort, der näher an den Geschehnissen war,
konnte seine Anwesenheit vielleicht helfen, Schlimmeres zu verhü-
ten, und deswegen bemühte er sich erneut um ein geeignetes Visum.
Dabei konzentrierte er sich auf Frankreich und Norwegen, denn
Deutschland, wo er von größerem Nutzen gewesen wäre, schied aus
wegen der Feindseligkeit, die seiner Person von Kommunisten wie
von Faschisten entgegengebracht wurde. Seine ehemaligen Anhänger waren seine erbittertsten Feinde geworden, und auf jede Warnung des Exilanten vor der nationalsozialistischen Gefahr reagierte
Ernst Thälmann mit einer Salve von Schmähungen: Trotzkis Rat, die
deutschen Kommunisten sollten sich mit der Linken und der Mitte verbünden, sei die gefährliche Theorie eines bankrotten Konter-
revolutionärs.

Anfang Oktober 1932 war ein schwaches Licht am Ende des Tunnels zu sehen, als sich für Lew Dawidowitsch die Möglichkeit eröffnete, für ein paar Tage nach Dänemark zu fahren. Die sozialdemokratischen Studenten hatten ihn eingeladen, an einem Kongress über »Fünfzehn Jahre Oktoberrevolution« teilzunehmen. Mit einer verzweifelten Freude machte er sich sogleich an die Vorbereitungen, denn er hegte die Hoffnung, dass ihm auf seiner Durchreise durch Frankreich, in Norwegen, vielleicht sogar in Dänemark, wenigstens vorübergehend Asyl gewährt werden könnte und er den nötigen Raum für seine politische Arbeit bekäme.

In den Wochen vor der Abreise herrschte eine gespannte Atmosphäre. Angesichts nicht eintreffender Transitvisa, immer höherer Auflagen, die Dänemark an seinen Aufenthalt knüpfte, und der Aufrufe zu antitrotzkistischen Demonstrationen in Frankreich, Belgien und Deutschland hätte ein weniger hartnäckiger Mann als er auf das Abenteuer verzichtet, das unter so entmutigenden Vorzeichen stand.

Am 14. November stiegen die Trotzkis in Istanbul mit einem dänischen Visum für gerade mal eine Woche in den Zug, noch ganz aufgewühlt von der Nachricht über den ungeklärten Selbstmord von Nadia Allilujewa, Stalins junger Frau. Während der neun Tage dauernden Fahrt durch Griechenland, Italien, Frankreich und Belgien ließen seine Feinde ihn spüren, dass seine Anwesenheit in keinem dieser Länder, hätte er sie als Präsident einer Krieg führenden Nation oder als Anführer einer Verschwörung besucht, eine solche Leidenschaft hervorgerufen hätte wie jetzt, da er nur von seiner Vergangenheit und seinem Status als Staatenloser begleitet wurde. Dass seine Präsenz noch immer Angst und Schrecken unter Regierenden und politischen Feinden verbreiten konnte, empfand er weniger als störend, sondern als einen Beweis dafür, dass er noch immer als jemand angesehen wurde, der fähig war, Revolutionen anzuzetteln.

Doch drei Wochen später, wieder zurück in Büyükada, musste Lew Dawidowitsch sich eingestehen, dass man sie nur in Mussolinis Italien mit einer gewissen Freundlichkeit aufgenommen und ihnen gestattet hatte, auf der Hinfahrt Pompeji zu besuchen und auf der

Rückfahrt einen Tag in Venedig zu verbringen. Auf der restlichen Reise hatten sich Polizeikordons einander abgelöst, wobei nicht klar war, ob sie seinem Schutz oder seiner Überwachung dienen sollten. Der Aufenthalt in Kopenhagen war von diplomatischen Protesten aus Moskau und von der Forderung des dänischen Prinzen Aage bestimmt gewesen, ihm als einem der Mörder der Familie des letzten Zaren, Sohn einer dänischen Prinzessin, den Prozess zu machen.

Dennoch hatte er es zutiefst genossen, in einem völlig überfüllten Saal vor mehr als zweitausend Menschen über die russische Revolution zu sprechen, was ihm das so lange vermisste Gefühl gegeben hatte, vor einer Menschenmasse agitieren zu können. Außerdem hatte ihn das extrem kalte Klima in einer Stadt mit gedämpften Lichtern und bleichen Nächten, wie denen in Sankt Petersburg, mit Heimweh erfüllt. Obwohl er die Antwort schon kannte, hatte er deshalb ärztliche Atteste vorgelegt, die über seinen Gesundheitszustand Auskunft gaben und die Notwendigkeit einer Behandlung durch Spezialisten nahelegten. Aus der Tatsache, dass sein Gesuch von den dänischen Behörden nicht einmal in Erwägung gezogen worden war, folgerte Lew Dawidowitsch, dass, sooft er auch Zweifel an der Treue seiner Freunde hatte, er der Beharrlichkeit seiner Feinde, egal welcher Provenienz, stets sicher sein konnte.

Die Rückkehr in sein Insel-Gefängnis, wo ihn seine Papiere und seine Bücher, sein Enkel Sjewa und seine verwöhnte Hündin Maya erwarteten, war diesmal nicht von dem angenehmen Gefühl begleitet, nach Haus zu kommen, sondern von der Gewissheit einer nie zu Ende gehenden Verbannung. Auf der Mole wartete keine begeisterte oder pfeifende Menge auf sie, weder Polizeikordone noch ängstliche Beamte, so wie in all den Orten, durch die sie in den letzten Tagen gekommen waren, sondern ihre Freunde, die Fischer und die Polizisten, die häufig schon mit ihnen am Tisch gesessen hatten. Auf Prinkipo rief ihre Ankunft keinen Aufruhr hervor; das Chaos, das sein Name in Europa auslöste, war also nicht auf die Angst vor dem zurückzuführen, was er bewirken könnte, sondern die Reaktion seiner Feinde auf seine politischen Taten: Feindseligkeit, Bekämpfung, Zurückweisung. Stalins zur Staatsräson erhobener Hass hatte die mächtigste

Ausgrenzungs-Maschinerie in Gang gesetzt, die jemals gegen einen einzelnen Menschen gerichtet gewesen war. Mehr noch: Sein Hass hatte sich als Universalstrategie des von Moskau kontrollierten Kommunismus und als Politik in Dutzenden von Zeitungsredaktionen durchgesetzt. Darum musste Lew Dawidowitsch die Reste seines Stolzes hinunterschlucken und sich mit der eisernen Verbannung abfinden, in der die Kreml-Herren ihn so lange gefangen hielten, bis sie entscheiden würden, dass sein Leben für sie nicht mehr nützlich war. Dann nämlich würde der Vorhang fallen und die Maskerade ein Ende haben. Und zum ersten Mal wagte er es, an sein Leben in den Begriffen der Tragödie zu denken: klassisch, griechisch, ohne Hoffnung auf Vergebung.

Das Jahr 1933 begann mit einer Reihe niederdrückender Erlebnisse. Sinas Entscheidung, Sjewa nach Berlin nachkommen zu lassen, duldete keinen Aufschub. Kaum aus Kopenhagen zurück, mussten sich Lew Dawidowitsch und Natalia Sedowa von dem Jungen verabschieden. Bei ihrem flüchtigen Treffen in Frankreich hatte Ljowa ihnen von Sinaidas schlechtem Gesundheitszustand berichtet. Die Ärzte waren der Meinung, dass sich die Anwesenheit ihres Sohnes, um den sie sich kümmern müsste, positiv auf ihren Gemütszustand auswirken könne. Obwohl Lew Dawidowitsch und Natalia ähnlich dachten, hatten sie beschlossen, dem Wohlergehen des Jungen den Vorrang zu geben, doch ihr Einfluss auf Sjewa war begrenzt, und schließlich hatten sie sich Sinaidas Willen beugen müssen. An dem Morgen, an dem der Junge sie verließ, weinend vor Kummer, weil er sich von seiner Freundin Maya und den Kindern des Fischers Karalambos trennen musste, hatten die an Abschiede und Verluste gewöhnten Großeltern das Gefühl, ihnen würde das Herz herausgerissen.

Um die Leere in seinem Innern zu bekämpfen, stürzte sich Lew Dawidowitsch in die Überarbeitung seiner *Geschichte der Revolution* und in die Durchsicht des Materials für eins seiner kommenden Projekte: eine Geschichte des Bürgerkriegs, eine Lebensbeschreibung von Marx und Engels, eine Leninbiografie. Dennoch beherrschte ihn eine ständige, unbestimmte Nervosität, so als wartete er auf etwas, von dem er sich niemals hätte vorstellen können, dass es auf so grausame Weise eintreffen würde.

Das erste Telegramm von Ljowa war so knapp wie niederschmetternd: Sina hatte sich in ihrer Berliner Wohnung umgebracht, und Sjewas Aufenthaltsort war unbekannt. Mit dem Papier in der Hand schloss sich Lew Dawidowitsch in seinem Zimmer ein. Dass er nicht am Ort des Geschehens sein konnte, war für ihn so furchtbar wie das Ereignis selbst. Er wollte niemanden sehen noch hören. Auch wenn er ein solches Ende vorausgesehen hatte und seine Gedanken in den letzten Tagen um seine Tochter gekreist waren, quälten ihn Schuldgefühle. Er wusste nur zu gut, dass das unglückliche Leben Sinaidas und nun ihr Tod mit knapp dreißig Jahren das Ergebnis seiner politischen Leidenschaft waren, seines Bestrebens, die Massen zu retten, wobei er das Schicksal seiner nächsten Angehörigen auf dem Altar einer pervertierten Revolution opferte. Am meisten schmerzte ihn jedoch der Gedanke, Sjewa könne etwas zustoßen. Die um den Jungen ausgestandene Todesangst war eine ganz neue Erfahrung für ihn, und er fühlte sich alt und müde.

Am späten Nachmittag kam einer der Sekretäre aus der Hauptstadt mit einem zweiten Telegramm von Ljowa, das einen kleinen Hoffnungsschimmer brachte. Er überflog den Text, nahm die Einzelheiten des Selbstmords zur Kenntnis und fand schließlich das, was ihn erleichtert aufatmen ließ: In einem Abschiedsbrief hatte Sinaida mitgeteilt, dass sie Sjewa zu einer gewissen Frau K. gebracht habe, ohne weitere Angaben; Ljowa und seine Freunde suchten bereits in ganz Berlin nach ihr. Er klammerte sich an diese Hoffnung und verbrachte eine weitere schlaflose Nacht, wobei er vermied, auf die Uhr zu sehen. Er beschloss, gleich morgen früh die erste Fähre nach Istanbul zu nehmen, um Ljowa telefonisch zu erreichen. Immer wieder musste er daran denken, wie unglücklich das Leben seiner beiden Töchter verlaufen war, und er konnte den Gedanken nicht verdrängen, dass ein ähnliches Schicksal auf Ljowa, Serjoscha und Sjewa warten könnte. Er überlegte sogar, ob nicht der Moment gekommen sei, die einzige Maßnahme zu ergreifen, die diese tragische Kette von Opfern mit einem Mal durchschlagen würde. Nur sein eigener Tod konnte den Rachedurst stillen, dem die Seinen ausgesetzt waren und der sie zu Geiseln machte in einem Konflikt, mit dem sie nichts zu tun hatten. Immer wieder betrachtete er den Revolver mit dem Perlmuttgriff, den Blumkin ihm aus Delhi mitgebracht hatte. Durfte ein Revolutionär den Kampf aufgeben? Wog das Leben seiner Kinder schwerer als das Schicksal einer ganzen Klasse, schwerer als eine erlösende Idee? Sollte er Stalin ein solches Geschenk bereiten? Auch wenn er die Antwort kannte, setzte sich der Gedanke, den Revolver zu benutzen, mit einer bislang unbekannten Intensität in seinem Kopf fest.

Zitternd vor Kälte stand er an der Mole und sah den ersten Dampfer des Morgens anlegen. Unter den wenigen Passagieren, die zu dieser Stunde und zu dieser Jahreszeit aus Istanbul kamen, entdeckte er seinen Mitarbeiter Rudolph Klement, der ihm entgegenlächelte und die heiß ersehnte Nachricht überbrachte: Sie hatten Sjewa gefunden! Einen Moment lang war Lew Dawidowitsch versucht, irgendeinem Gott zu danken, und er kam sich ein wenig egoistisch vor wegen der Freude, die er empfand. Doch am Nachmittag, als die Spannung nachließ, spürte er, dass seine Kraftreserven, die ihn bis dahin aufrechterhalten hatten, aufgebraucht waren, und er wurde von einem Malariaanfall niedergestreckt.

Ein paar Tage später erhielt er einen Brief von Alexandra Sokolowskaja aus Leningrad, wo sie nach wie vor lebte. Sie war am Ende ihrer Kräfte. Wie zu erwarten, war es ein Brief voller Trauer und Vorwürfe. Sie beschuldigte ihn, Sinaida vom politischen Kampf ausgeschlossen und sie damit in den Tod getrieben zu haben. Lew Dawidowitsch brachte weder die physische noch die psychische Kraft auf, einer verletzten Mutter zu widersprechen, und so akzeptierte er im Stillen die Schuld, die er anerkennen musste, und wies die Vorwürfe zurück, die nicht zutrafen. In aller Sachlichkeit, derer er fähig war, verfasste er einen offenen Brief an das Zentralkomitee der bolschewistischen Partei, in dem er Stalin für Sinas Tod verantwortlich machte. Ihr sei, schrieb er, die Staatsangehörigkeit nur deshalb aberkannt worden, weil sie zu seiner Familie gehört habe, und aus demselben Grund sei sie von ihrer Tochter, ihrer Mutter und ihrem Mann getrennt und aus purer Rache aus der Partei ausgeschlossen und von ihrer Arbeitsstelle entfernt worden. Rache sei umso schäbiger, krimineller und perfider, wenn sie unschuldige Personen zu Opfern mache, schrieb er weiter. Doch zu seinem Kummer musste sich Lew Dawidowitsch eingestehen, dass nicht nur Josef Stalin für Sinas Tod verantwortlich war, sondern auch die sogenannten Kommunisten, die Stalin auf dem soeben beendeten Parteikongress mit unglaublicher Schamlosigkeit als »Genius der Revolution« und »Vater der fortschrittlichen Völker der Welt« gefeiert hatten. All das, während Millionen von Bauern im ganzen Land verhungerten, Hunderttausende Männer und Frauen in Straflagern dahinvegetierten, Millionen von Menschen ohne Schuhe herumliefen und die Politik der Sowjetunion die deutschen und europäischen Arbeiter den Nazis zum Fraß vorwarf.

Die Sekretärinnen fertigten Kopien an, die am nächsten Tag nach Moskau und an Zeitungen, Parteien und politische Gruppierungen in ganz Europa geschickt wurden. Lew Dawidowitsch hoffte darauf, dass Sinas Tod die Resonanz haben würde, die dem Mord an Blumkin versagt geblieben war, die Erschütterung, die seine eigene Verbannung nicht ausgelöst hatte ... Doch wieder einmal gellte der Schrei der Geschichte in seinen Ohren, und das Echo betäubender Ereignisse begrub all seine Hoffnung: Zur selben Zeit, als seine Briefe Prinkipo verließen, überrollte eine Welle gerechtfertigten Schreckens Europa und die Welt: Hitler hatte sich zum Kanzler des Deutschen Reiches ernennen lassen, und unter den Hochrufen von Millionen von Deutschen überschwemmten die faschistischen Fahnen das Land. Berlin war die Stadt eines triumphierenden Hitler, nicht die einer staatenlosen jungen Kommunistin, die Selbstmord begangen hatte.

8

Ramón hatte das Gefühl, die Stadt sei alt geworden. Der Befehl des Führungsstabs der Volksarmee, der ihn nach Barcelona beordert hatte, war eine Woche nach Caridads Besuch in der Sierra Guadarrama im Lager eingetroffen. Voller Zweifel und mit einer großen Portion Verlegenheit hatte sich Ramón von seinen Kameraden verabschiedet und war in seiner verdreckten Uniform auf den Militärtransporter gestiegen, der normalerweise die Verletzten von der Front abtransportierte. *No pasarán!,* hatte er den Genossen im Schützengraben zugerufen, und sie hatten ihm mit denselben Worten geantwortet: *No pasarán!* Noch wusste Ramón Mercader nicht, dass er diese Parole zum letzten Mal benutzte.

Vor einem halben Jahr, als Ramón mit den Überlebenden des bei der ersten Offensive der Franquisten auf Madrid aufgeriebenen Regiments nach Barcelona zurückgekehrt war, hatte er eine Stadt in einem politisch so aufgewühlten Zustand vorgefunden, dass es ihm innerhalb weniger Tage gelungen war, ein neues Bataillon zusammenzustellen, das geschlossen der gerade geschaffenen Volksarmee beigetreten war. Die meisten seiner überlebenden Genossen des dezimierten Regiments hatten sich ihm angeschlossen, dazu Dutzende Jugendliche der *Columna de Hierro,* der »Eisernen Kolonne« der Sozialistischen Jugendverbände, die begeistert waren, an die Madrider Front zu kommen, wo sich alles zu entscheiden schien. Die Stadt flirrte förmlich vom Glauben an den Sieg.

Für Ramón waren die Ramblas damals, zu Anfang des Konflikts, der Inbegriff des Geistes eines pulsierenden, von anarchistischen, kommunistischen und syndikalistischen Träumen trunkenen Barcelona gewesen. Noch als sich der Todeshauch des Krieges bereits wie eine zähe Masse über die Stadt gelegt hatte, waren Hunderte von Menschen in den blauen Overalls der Arbeiter zu den schrillen Revolutionsliedern, die aus den Lautsprechern erklangen, über die breite Promenade marschiert. Angetan mit den Abzeichen der verschiedenen, soeben gegründeten Milizen, liefen sie vorbei an den Gebäuden, an denen Spruchbänder mit Parolen und die Fahnen der regierungstreuen Parteien hingen. Arbeiter, Aktivist, Milizionär oder Soldat der Republik zu sein, war zu einer Auszeichnung geworden, und man konnte meinen, die begüterten Schichten, die, wie seine eigene Familie, jahrzehntelang die Geografie des Ortes bestimmt hatten, seien vom Antlitz dieser brodelnden Stadt verschwunden. Jetzt grüßten sich die Menschen mit erhobener Faust, riefen Parolen und bereiteten sich darauf vor, ihr Opfer zu bringen, in der Überzeugung, dass man für die Würde des Menschen, die viele von ihnen gerade erst entdeckt hatten, kämpfen musste.

Ramón hatte sich satt getrunken an jener aufgeheizten Atmosphäre, in der niemand eine Vorstellung von der drohenden Tragödie zu haben schien. Entschiedener denn je war er bereit, am Rad der Geschichte zu drehen. Wochen später, im kritischsten Moment des Krieges, hatte die jubelnd aufgenommene Nachricht von der rettenden Entscheidung der Sowjetunion, der Republik militärisch beizustehen, der Partei den Rücken gestärkt. Damit wurden auch jene Mitglieder wieder hinter dem Ofen hervorgelockt, die sich angesichts der Erfolge der Anarchisten, die den besten Sommer ihrer Geschichte erlebten, verkrochen hatten.

Unterstützt von África, Joan Brufau und ihren Genossen von der Führungsriege der Vereinigten Jugend, hatte Ramón den revolutionären Enthusiasmus ausgenutzt, und gemeinsam hatten sie massiv Jagd gemacht auf die jungen Leute, um sie für ihre Sache zu gewinnen. Das Bataillon »Jaume Graells« (der arme Jaume, erster Märtyrer ihrer Gruppe, gefallen bei der Schlacht um Madrid) machte sich bereit, zu dem neuen militärischen Ziel aufzubrechen, einem Ort ein paar Kilometer von der von den Nationalen belagerten Hauptstadt entfernt. Ramón, der sich bereits als Kriegsveteran betrachtete und voller Stolz die Wunde zeigte, die eine Kugel ihm in den ersten Kriegstagen am Handrücken der rechten Hand gerissen hatte, sollte ihr Kommandant sein, bis die Gruppe sich dem 5. Regiment anschließen würde. Die letzten Tage vor ihrem Aufbruch stolzierte er durch Barcelona und trug das Rangabzeichen zur Schau, das ihn mit kämpferischem Eifer erfüllte.

Jene zwei Wochen im Oktober 1936, die Ramón in Barcelona war, bevor es zurück an die Front ging, nutzte África, um ihn über die politischen Ereignisse zu unterrichten, die die enthusiastische, kampfbereite Atmosphäre bereits zu trüben begannen. Die größte Gefahr für die republikanischen Kräfte war nach Meinung der jungen Frau die Zersplitterung, die seit Beginn des Krieges verstärkt im Gange war. Katalanische Nationalisten, Syndikalisten mit anarchistischen oder sozialistischen Tendenzen und trotzkistische Abweichler wie die des POUM, der Vereinigten Marxistischen Arbeiterpartei – an deren Spitze der ehrgeizige Andreu Nin stand, Mitglied der Autonomen Katalanischen Regierung –, widersetzten sich der kommunistischen Strategie und hatten die entscheidende Frage des Augenblicks auf die Tagesordnung gesetzt: Krieg *mit* Revolution oder Krieg *mit* Sieg, aber *ohne* Revolution? Noch bevor die sowjetischen Militärberater und die Vertreter der Komintern in Spanien eintrafen, hatte die Kommunistische Partei Moskaus politische Entscheidungen bereits überdacht und klar Stellung bezogen: Priorität für die linken Kräfte habe die Einheit, um den militärischen Sieg zu erringen und eine Machtergreifung durch die Faschisten zu verhindern, die sich durch Zusage massiver und unmittelbarer Hilfe der Unterstützung der aufständischen Militärs versicherten. Erst nach dem endgültigen Sieg der Republikaner könne man die Basis für eine Revolution schaffen. Ihre bloße Ankündigung würde zum jetzigen Zeitpunkt den schwachen Demokratien die Haare zu Berge stehen lassen, und man dürfe sie, weil sie die natürlichen Verbündeten der Republikaner im Kampf gegen den Faschismus seien, nicht verschrecken. Die Mitglieder des POUM mit ihrer trotzkistischen Philosophie von einer europäischen Revolution und die Anarchisten mit ihren freiheitlichen Reden (durch sie angestiftet, waren bereits Verbrechen begangen worden, die so abscheulich waren wie die der aufständischen Militärs) hatten sich von Anfang an gegen diese ihrer Meinung nach falsche Strategie ausgesprochen und dafür plädiert, noch während des Bürgerkriegs eine Revolution gegen das bürgerliche System zu machen. Diese prinzipiellen Unterschiede ließen erbitterte Machtkämpfe befürchten, und die Arbeit der Kommunisten an der Front, sagte África, sei genauso wichtig wie die im Hinterland, wo sie für die Durchsetzung der von den sowjetischen Militärberatern geforderten Politik kämpfen müssten, die bereits ihre Unterstützung im Kampf für den Sieg zugesagt hätten.

»Diese Revisionisten spielen gerne Revolution«, sagte África, »und wenn wir sie gewähren lassen, stehen wir am Ende alleine da, und dann ist der Krieg verloren. Sie tragen Trotzkis Zeichen auf der Stirn, und wir müssen es ihnen mit Gewalt herunterreißen. Ohne die sowjetische Hilfe können wir nicht mal vom Sieg träumen, und wie, zum Teufel, sollen wir dann eine Revolution machen? Kannst du mir das sagen? … Anscheinend haben sie 1934 schon vergessen.«

África hatte Ramón in dem luxuriösen Hispano-Suiza mitgenommen, um ihm in den Vororten von Barcelona und den umliegenden Dörfern das Chaos zu zeigen, in das die Trotzkisten und Anarchisten das Land gestürzt hatten. Weit weg von den Ramblas und den neuralgischen Punkten der Stadt herrschte tiefe Trostlosigkeit: gesperrte Straßen mit lächerlichen Barrikaden, stillgelegte Fabriken, bis auf die Fundamente niedergerissene Gebäude, bis auf die Grundfeste niedergebrannte Kirchen und Klöster. África erzählte ihm von Erschießungen durch die Anarchisten, davon, dass unter den Arbeitern die Furcht wachse, offen ihre Meinung zu sagen. Die Mittelschicht und die Fabrikbesitzer seien enteignet worden, und der Plan zum Aufbau einer Kriegsindustrie dümpele »auf dem Meer bloßen syndikalistischen Voluntarismus« dahin. In den Läden und auf den Märkten herrsche gähnende Leere. Die Menschen hätten zwar ihren Enthusiasmus noch nicht verloren, doch sie hätten auch Hunger, und an vielen Orten müssten sie stundenlang um Brot anstehen, das sie auch dann nur mit den Coupons der Anarchisten und Syndikalisten bekommen würden. Die seien jetzt die Herren der Stadt, in der man eine Zentralregierung und eine lokale Verwaltung nur noch vom

Hörensagen kenne. Obwohl die Anarchisten versicherten, die bloße Tatsache, dass man in eine Ära der Gleichheit aller eingetreten sei, genüge, um sich der Unterstützung der seit Jahrhunderten versklavten Massen sicher zu sein, fragte sich África, wie lange der Enthusiasmus und der Glaube an den Sieg noch anhalten würden.

»Diese Republik ist ein Bordell, man muss ihr die Daumenschrauben anlegen.«

Jetzt, als Ramón nach nur wenigen Monaten von der Front mit ihrem Blutgeruch und dem Schlachtenlärm zurückkehrte, einer Front, wo täglich junge Männer starben wie sein Bruder Pablo oder sein Freund Jaume, fand er eine erschöpfte, schlimmer noch, eine desillusionierte Stadt vor. Sie war geplagt von Versorgungsengpässen und beseelt von dem Wunsch, zu einer Normalität zurückzukehren, die der Krieg und die revolutionären Träume zerstört hatten. Es war, als trachteten die Menschen nach nichts anderem, als ein ganz gewöhnliches Leben zu führen, auch um den Preis einer schmählichen Kapitulation. Ein paar Tage zuvor hatte der verheerende Angriff der Faschisten auf Malaga, wo die aufständische Infanterie und Marine mit Unterstützung durch die Luftwaffe und die Truppen der Italiener alle massakriert hatten, die aus der Stadt hatten fliehen können, den Glauben der Menschen erschüttert. Auch wenn die Plakate nach wie vor an den Gebäuden, den besetzten Kirchen und den wenigen Fahrzeugen hingen, die durch Barcelona fuhren, schrie man nun nicht mehr »Einheit« und »Sieg«, sondern verlangte nach Rache an den »Feinden«, die bis vor Kurzem noch als Verbündete, ja, als Brüder angesehen worden waren. Und die Bourgeoisie, die sich vor ein paar Wochen noch verkrochen hatte, kam wieder aus ihren Löchern hervor. In den mager ausgestatteten Cafés der Ramblas sah man die ersten Pelzmäntel zwischen den proletarischen Overalls. In den noch geöffneten Bars dagegen tranken die anarchistischen Milizionäre alles, was sie kriegen konnten, spielten Domino, rauchten stinkende selbst gedrehte Zigaretten und schäkerten mit den Prostituierten, die sie noch vor ein paar Wochen zu Proletarierinnen hatten bekehren wollen. Die Begeisterung der letzten Monate hatte ihren Glanz verloren, genauso wie die verblassten Buchstaben auf den Plakaten, die, in denselben Cafés von denselben Männern beschriftet, an die großen Ziele erinnerten: DER TANZSAAL IST DAS VORZIMMER ZUM BORDELL. DIE KNEIPE SCHWÄCHT DEN CHARAKTER, DIE BAR VERDIRBT DEN GEIST. MACHEN WIR SIE DICHT!

Ramón fuhr zu dem konfiszierten Palast seines Verwandten, des Marqués de Villota. Er war sich bewusst, dass er nach Wald und Schießpulver stank, und es erfüllte ihn mit Stolz, dass er seinen Prinzipien treu geblieben war. Jetzt drängte es ihn, seine neue Aufgabe kennenzulernen. Die eigentlichen Gründe für die Veränderung in Barcelona blieben ihm noch verborgen, aber er war sich klar darüber, dass konkrete und, wenn nötig, drakonische Maßnahmen unumgänglich waren, um den Menschen den verlorenen Glauben wiederzugeben und die Disziplin wiederherzustellen, nach der die erschöpfte Republik förmlich schrie.

Während die Straßenbahn in den höher gelegenen Stadtteil Bonanova fuhr, erinnerte sich Ramón an die Besuche mit seinen Eltern im Hause des wohlhabenden und vornehmen Verwandten, Besitzer einer ganzen Meute von Hunden, mit denen Ramón die Stunden verbracht hatte. Alles erschien ihm so weit weg, fast fremd, als wären zwischen jenen unbeschwerten Tagen der Vergangenheit und den schweren Stunden der Gegenwart viele Jahre, vielleicht mehrere Leben vergangen. Von dem kleinen Ramón war nur der Name übrig geblieben, kaum mehr als Erinnerungsschnipsel.

An dem alten Eisentor des Anwesens hing jetzt ein Pappschild, das darauf hinwies, dass sich hier der Sitz der »Vereinigung Antifaschistischer Frauen« befand, deren Vorsitzende Caridad war. Auch wenn das Gebäude seine frühere Pracht nicht verleugnen konnte, war der Garten von Unkraut überwuchert und voll von ausgeweideten Autos und abgemagerten Hunden, die sich Ramón lieber nicht genauer ansah. Ohne dass ihn jemand daran gehindert hätte, durchquerte er den Garten und die Eingangshalle des Palastes. Der Boden aus italienischem Marmor war dreck- und ölverschmiert, und ein riesiges Foto mit einem mürrischen Stalin hing an der Stelle, an der, daran erinnerte er sich ganz genau, der Marqués eine düstere Schenke von Zurbarán ausgestellt hatte. Als man ihm mitteilte, dass sich die

Genossin Caridad hinter dem Haus aufhalte, ging Ramón durch die Bibliothek auf den Hof hinaus, wo, an einem kleinen Tisch unter einer Zypresse, Caridad und der kräftige, rotgesichtige Kotow vergnügt miteinander plauderten.

Ramón hatte den Russen durch seine Mutter kennengelernt, als dieser mit den ersten sowjetischen Militärberatern und den Leuten von der Komintern nach Barcelona gekommen war. Bevor Ramón nach Madrid und Caridad nach Albacete aufgebrochen waren, hatten sie sich mehrmals mit Kotow getroffen. Ramón hatte die außerordentlichen analytischen Fähigkeiten des Mannes bewundert, der durchscheinende, aber scharfe Augen hatte und das linke Bein etwas nachzog, was er manchmal zu verbergen wusste. Später, als der Fall Madrids unmittelbar bevorzustehen schien, hatte Ramón von den fast selbstmörderischen Aktionen des Geheimdienstlers gehört. Wiederholt hatte der sich hinter den ersten sowjetischen Panzern an die Spitze der Milizionäre und der internationalen Brigaden gestellt, was dem Befehl aus Moskau zuwiderlief, der den Militärberatern die direkte Teilnahme an Kriegshandlungen untersagte. Ramón wusste außerdem von der Verehrung seiner Mutter für diesen Mann, der fähig war, in einer einzigen Nacht ein Buch von fünfhundert Seiten durchzulesen, fast alle Gedichte Puschkins auswendig kannte und sich in acht verschiedenen Sprachen verständigen konnte, sogar auf Chinesisch.

Als hätte sie ihn am Morgen zuletzt gesehen, bot Caridad ihrem Sohn einen Stuhl an, während Kotow ihn zur Begrüßung herzlich umarmte und ihm ein Glas Wodka reichte, das Ramón dankend ablehnte. Die kühle Märzluft schien dem Russen, der nur mit einer Hose, einem groben Leinenhemd und einem bunten Halstuch bekleidet war, nichts anhaben zu können. Caridad dagegen hatte sich in mehrere Decken gehüllt, und ihr Gesicht war blass vor Kälte.

»Wie siehts aus in Madrid?«, wollte Kotow wissen, und Ramón versuchte, ihm zu erklären, was man aus einem Schützengraben heraus, dreißig Kilometer vom Kriegsgeschehen entfernt, von der endlosen Schlacht um die Hauptstadt wissen oder ahnen konnte. Dann drückte er ihm seine Überzeugung aus, dass die in Guadalajara begonnene Offensive so enden werde wie die Jarama-Schlacht: mit einem weiteren Sieg über die Faschisten.

»Davon ist auszugehen«, pflichtete Kotow ihm bei, als könnte er die Zukunft jenes nicht voraussagbaren Krieges voraussagen. Er nahm eine von Caridads Zigaretten vom Tisch, steckte sie sich an und rauchte, ohne zu inhalieren. »Aber jetzt haben wir eine sehr viel kompliziertere Schlacht hier in Barcelona vor uns«, fuhr er fort, und dann skizzierte er ein Bild von den politischen Spannungen in der katalanischen Kapitale, wo die Regierung der *Generalitat,* so sagte er, mehr sein wolle als nur eine Versammlung von Beratern, auf die niemand höre. Hier in Barcelona könne über den Kriegsverlauf eher als in Madrid entschieden werden, versicherte er.

Während Ramón Kotow zuhörte, musste er an die Frage denken, die Caridad ihm ein paar Tage zuvor gestellt hatte, und ihre Bemerkung, es könne wichtigere Fronten in diesem Krieg geben, kam ihm wieder in den Sinn. Nach den Worten des Militärberaters schien Präsident Companys entschlossen, Ordnung zu schaffen. Er habe den Befehl gegeben, die Patrouillen der Anarchisten und Syndikalisten zu entwaffnen, die Barcelona praktisch kontrollierten. Für die Partei sei die Aufgabe, die verschiedenen republikanischen oder angeblich republikanischen Gruppen zu neutralisieren, von allergrößter Bedeutung, und darum müssten sie Companys in seinen Bemühungen unbedingt unterstützen. Das Problem wurzele darin, dass der Politik der Kommunisten ständig Grenzen gesetzt werde durch die feindselige Haltung der Regierung des Sozialisten Largo Caballero, der seinen Widerwillen gegen die Kommunisten offen zeige und, was noch schwerer wiege, völlig unfähig sei, einen Krieg zu führen. Ramón begann, klarer zu sehen, als Kotow ihm erklärte, dass eine Gruppe von absolut zuverlässigen Aktivisten an dem arbeite, was man als eine politische Notwendigkeit betrachten müsse: sich von dem Ballast zu befreien, der die Disziplin und die militärischen Absichten hintertreibe, und die Bemühungen der Republikaner um den Zusammenschluss aller Kräfte zu katalysieren. Um dieses Ziel zu erreichen, müsse man sich aller Mittel bedienen, angefangen bei einer aggressiven Propaganda bis hin zu der Möglichkeit, eine Krise auszulösen, die zu einem

Regierungswechsel führen könne und damit zur Ablösung von Largo Caballero durch eine Führungspersönlichkeit, die in der Lage sei, sämtliche Kräfte zu bündeln.

Ramón fing an, die Dimensionen der Mission zu erahnen, wegen der man ihn hierhergebeten hatte, und lauschte Kotows Überlegungen, die Offensive mit einer Säuberung der Armee zu beginnen und sich von einigen Generälen zu trennen, die Largo Caballero bedingungslos ergeben seien. Genosse Stalin persönlich habe angeregt, den Führungsstab zu säubern und fähigere Leute auszuwählen; bei der Katastrophe von Malaga hätten sich einige wie Idioten benommen, schlimmer noch, wie Verräter und Saboteure. Deswegen sei es dringend erforderlich, die Opponenten aus dem Weg zu räumen und gleichzeitig für ein Übergewicht der Kommunisten innerhalb des republikanischen Lagers zu sorgen, sowohl in der Armee als auch in den verschiedenen Institutionen. Nur so könne der nötige Zusammenhalt geschaffen und vom Sieg geträumt werden.

»In diesem Krieg entscheidet sich die Zukunft des Proletariats, ja, der ganzen Welt, mein Junge, und wir können es uns nicht erlauben, auf irgendjemanden Rücksicht zu nehmen. Wir wissen, dass dieser Largo und seine Scheißsozialisten dabei sind, eine schäbige Kampagne gegen die Sowjetunion, die Kommunisten und unsere politischen Kommissare zu organisieren. Oder ist es deiner Meinung nach ein Zufall, wenn sie immer häufiger davon sprechen, dass Mexiko der Republik seine uneigennützige Unterstützung anbietet? Manche beschuldigen uns sogar, wir hätten die spanischen Goldreserven nach Moskau geschafft, als Bezahlung für unsere Waffen, wo doch alle Welt weiß, dass wir ihre Goldreserven nur in Sicherheit gebracht haben, damit sie nicht in die Hände der Faschisten fallen … Es ist doch sonnenklar: Sozialisten und Trotzkisten haben sich zusammengeschlossen, mit dem Ziel, die Sowjetunion zu diskreditieren. Wir haben sogar den Verdacht, dass die Regierung sich mit den Engländern verbünden will, um uns loszuwerden. Wir, mein Junge, würden das Ende der Republik beweinen und dahin gehen, woher wir gekommen sind. Aber ihr? Ihr würdet die Prügelknaben sein und mit eurem Blut bezahlen. Franco geht aufs Ganze, und Hitler und Mussolini treiben ihn an …«

Wütend über das, was er da hörte, sah Ramón Caridad an, die sich eine Zigarette angezündet hatte, ein paarmal daran zog und sie im hohen Bogen fortschleuderte.

»Mir gehts sauschlecht. Ich habe eine Angina Pectoris«, sagte sie und beugte sich über den Tisch. »Diese verfluchten Zigaretten … Ich glaube, Kotow hat sich klar ausgedrückt.«

In Ramóns Kopf herrschte ein wirres Durcheinander. Die Liste der Komplotte, Treuebrüche und Bösartigkeiten, von denen Kotow soeben berichtet hatte, machte ihn schwindlig. Das Projekt einer breiten Front gegen den Faschismus, an das er geglaubt und für das er gekämpft hatte, schien sich unter dem Gewicht der vorgebrachten Argumente in Luft aufzulösen. Doch noch gelang es ihm nicht, seinen Platz in einem dezentralen Krieg zu erkennen, in dem der Feind an jeder Ecke lauerte, und nicht nur auf dem Schlachtfeld. Der Militärberater stand auf und sah ihm in die Augen, sodass er seinen Blick erwidern musste.

»Damit wir uns richtig verstehen: Bestimmt hast du davon gehört, dass man vor einem Monat mehrere Berater aus der ersten Gruppe aus Spanien abgezogen hat … Was du aber ganz sicher nicht weißt, ist, dass man ihnen in Moskau den Prozess gemacht hat und dass einige von ihnen erschossen werden … Soll ich dir sagen, wer der Nächste auf der Liste ist?« Der Geheimdienstler machte eine dramatische Pause und fuhr dann mit leiser Stimme fort: »Soeben haben wir den Befehl bekommen, Antonow-Owsejenko zurückzuschicken, unseren Konsul hier in Barcelona … Antonow«, wiederholte Kotow mit veränderter Stimme, »ein Symbol, der Bolschewik, der 1917 dem Sturm auf den Winterpalast zum Erfolg verholfen hat … Weißt du, was das heißt, dass er und andere alte Aktivisten aus dem Verkehr gezogen werden? Hast du die Nachrichten über die Prozesse gelesen, die gerade in Moskau abgehalten werden? Nun, das bedeutet, dass wir niemanden schonen dürfen, Ramón, nicht einmal uns selbst, wenn wir auch nur den kleinsten Fehler machen. Das republikanische Spanien braucht eine Regierung, die den militärischen Erfolg garantiert … Deswegen müssen wir vorsichtig und schnell agieren.«

»Und was sollen wir tun?«, fragte Ramón. Er fürchtete, nicht genau verstanden zu haben, was in seinem Kopf langsam Gestalt annahm, und war erschrocken über die soeben gehörten Enthüllungen.

»Die Partei muss die reale Macht erringen, wenn nötig, mit Gewalt«, sagte Kotow. »Aber vorher müssen wir Hausputz machen.«

Ramón suchte den grünen, kristallklaren Blick seiner Mutter, die in regelmäßigen Abständen an dem gelblichen Getränk nippte, das in einem mit dem Wappen des Marqués de Villota verzierten Glas serviert wurde.

»Schau nicht so, das ist Zitronensaft, gegen die Angina«, sagte sie, dann fügte sie hinzu: »Falls du es noch nicht wusstest: África arbeitet mit uns zusammen.«

Ramón traf die Bemerkung wie ein Peitschenhieb. Er sah Kotow an ... und trat África ein Stück weit entgegen: »Was soll ich tun?«

»Das wirst du rechtzeitig erfahren ...« Kotow lächelte ihn an, und nachdem er ein paar Schritte gegangen war, setzte er sich wieder auf seinen Stuhl. »Was du aber jetzt schon wissen solltest, ist, dass du, falls du dich entschließt, für uns zu arbeiten, nie mehr der Ramón Mercader sein wirst, der du warst. Und eins muss ich dir auch noch sagen: Wenn du etwas ausplauderst oder bei irgendeiner Mission versagst, dann werden wir erbarmungslos mit dir abrechnen. Und du machst dir keine Vorstellung davon, wie erbarmungslos wir sein können ... Wenn du hier bist und das alles hören durftest, dann deshalb, weil Caridad sich dafür verbürgt hat, dass du schweigen kannst.«

»Ihr könnt euch auf mich verlassen. Ich bin Kommunist und Revolutionär, und ich bin bereit, jedes Opfer für die Sache zu bringen.«

»Das freut mich.« Kotow lächelte ihn erneut an. »Aber ich muss dir noch etwas anderes in Erinnerung rufen ... Wir laden dich nicht ein, an einem Kaffeekränzchen teilzunehmen. Wenn du dich entschließt, bei uns mitzumachen, kannst du nie wieder aussteigen. Und ›nie‹ heißt nie! Ist das klar? Bist du wirklich bereit, jeden Auftrag auszuführen, jedes Opfer zu bringen, wie du sagst, auch Dinge zu tun, die andere Menschen ohne unsere Überzeugungen vielleicht als amoralisch oder sogar kriminell bezeichnen würden?«

Ramón hatte das Gefühl, in einem tiefen Morast zu versinken. Es war, als würde alles Blut und damit die Wärme aus seinem Körper entweichen. Er dachte, dass man África bestimmt dieselbe Frage gestellt hatte, und es war nicht schwer für ihn, zu erraten, welche Antwort sie gegeben hatte. Die Ideen der Revolution, der Sozialismus, die große Utopie der Menschheit, für die er gekämpft hatte, all das erschien ihm plötzlich wie jene romantischen Parolen auf den Kohlekarren: Wörter. Die Wahrheit, die ganze Wahrheit war in der Frage eingeschlossen, die der Gesandte der einzigen siegreichen Revolution gestellt hatte, einer Revolution, die zur Verteidigung ihrer Ideale niemanden schonte, nicht einmal ihre am meisten geliebten Kinder, und die eine mögliche Abkehr von jeglichem Atavismus forderte. Sein Aufstieg in diese stratosphärischen Höhen bedeutete, sehr viel mehr zu sein als ein bloßer Anhänger der Revolution und ihrer wohlklingenden Parolen.

»Ich bin bereit«, sagte er, und sogleich fühlte er sich als etwas Höheres.

Während Ramón auf den Hafen blickte, in dem nur wenige Schiffe vor Anker lagen, erschien ihm der Beginn des Bürgerkriegs sehr weit weg, wie Blitzlichter aus einem anderen Leben, gelebt in einem anderen Körper und, vor allem, mit einem anderen Geist.

Am Nachmittag hatte er sich nach dem Duschen eine Weile mit dem kleinen Luis und mit Lena Imbert unterhalten, einer jungen Frau mit traurigen Augen, mit der er manchmal geschlafen hatte und die jetzt Caridads Assistentin war. Anstatt den Ford zu nehmen, wie seine Mutter es ihm angeboten hatte, zog er es vor, zu Fuß zum Paseo de Gracia zu gehen. Er musste sich in seiner neuen Situation zurechtfinden, doch vor allem drängte es ihn, mit África zu sprechen, um von ihr die Bestätigung für das zu bekommen, was Kotow ihm erzählt hatte. Vor dem Gebäude *La Pedrera,* der Ausgeburt der Fantasie Gaudís, standen mehrere Milizionäre Wache, und Ramóns politische und militärische Referenzen reichten nicht aus, um ihm Einlass zu gewähren. Seit September waren hier das Hauptquartier des sowjetischen Geheimdienstes und das der katalanischen Nationalisten untergebracht, und nun war es das am strengsten bewachte Gebäude der Stadt. Nachdem Ramón einen der Milizionäre dazu bewegen konnte, der Genossin África eine Nachricht zu überbringen, setzte er sich auf eine Bank auf der Promenade und wartete.

Nach einer Weile bekam er Hunger. Er ging zum Hafen hinunter, um eines der noch geöffneten Lokale aufzusuchen. Später schlenderte er bis zur Kirche La Merced und machte sich auf die Suche nach dem sehr bescheidenen Mehrfamilienhaus, in dem sein Vater wohnte, der seit dem Bankrott der Firma jetzt als Buchhalter arbeitete. Nachdem er seine Neugier befriedigt hatte, merkte er, dass er seinen Vater eigentlich gar nicht sehen wollte. Er hatte nicht die leiseste Ahnung, worüber er mit jenem großbürgerlichen Señor sprechen sollte, der einem rückständigen und für seinen Geschmack zu lauen Katalanismus verhaftet war. Also begab er sich von der Calle Ample wieder zu den Ramblas, wo er sich mit África verabredet hatte.

Der Abend war kühl. Ramón sehnte sich nach der jungen Frau und gab sich seinen Gedanken hin. Was ihm bis vor ein paar Monaten noch klar und deutlich gewesen war, hatte sich jetzt in einen undurchdringlichen Nebel verwandelt. Mit demselben Enthusiasmus, mit dem er in der Barceloneta eine Kampagne zur Alphabetisierung der Arbeiterkinder gestartet hatte und später ins Gefängnis gewandert war, und demselben Feuereifer, mit dem er danach eine Volksolympiade organisiert hatte, die dann abgesagt worden war, hatte er später die Republik gegen eine Verschwörung der Militärs zu verteidigen versucht. Anarchisten, Sozialisten, Kommunisten und Poumisten hatten im fröhlichen Durcheinander gemeinsam dafür gekämpft, den Militärputsch zu verhindern. Ramóns Eintreten in die Miliz und fast gleich darauf in die Reihen der neu geschaffenen republikanischen Volksarmee waren zwangsläufige Konsequenzen gewesen, denen er sich auf ganz natürliche Art, mit all seinem Enthusiasmus und seinem Glauben überlassen hatte. Er war überzeugt davon, dass sein Leben nur dann einen Sinn habe, wenn er in der Lage sei, die Ideen, an die er glaubte, mit dem Gewehr in der Hand zu verteidigen. Doch nach einem halben Jahr war es angesichts der hinterhältigen Politik der Engländer, Amerikaner und vor allem der französischen Sozialisten offensichtlich, dass nur die Sowjets sie unterstützten und dass das Schicksal der Republik von ihrer Hilfe abhing.

Áfricas Erscheinen riss ihn aus seinen Grübeleien. Da er nicht mehr damit gerechnet hatte, sie zu treffen, verspürte er eine umso größere Freude, als er ihre Stimme hörte und ihr unverwechselbares Veilchenparfüm roch. Ramón küsste sie leidenschaftlich und schob sie dann von sich, um sie besser betrachten zu können. Er wusste nicht, ob die vier Monate Militärcamp mit Gestank, Geschrei, Blut und Tod seine Wahrnehmung beeinflussten, aber vor sich sah er einen Engel im Kampfanzug, mit kurz geschnittenem Haar und entschieden militärischem Aussehen.

África hatte die Schlüssel zu einer kleinen Wohnung in der Barceloneta. Sie beeilten sich, wählten Abkürzungen durch Seitengassen, um so schnell wie möglich ihr Verlangen stillen zu können. Sie stiegen eine dunkle, feuchte Treppe hinauf, doch als sich die Tür öffnete, fand Ramón ein schmuckes kleines Zimmer vor, das von einem riesigen Bett beherrscht wurde, auf dem ein frisches, nach Seife duftendes Laken leuchtete. Er liebte África mit wilder Leidenschaft, und erst als seine aufgestaute Begierde befriedigt war und er Atem schöpfen musste, bevor er sich erneut auf sie stürzen würde, begann er das Gespräch, nach dem er sich so sehr gesehnt hatte wie nach dem Körper der Frau, die er mehr liebte als alles andere auf der Welt.

África erzählte ihm, dass es ihrer Tochter gut gehe. Allerdings habe sie seit ein paar Wochen nichts von ihr gehört. Sie wisse nur, dass es ihren Eltern nach der blutigen Schlacht um Malaga gelungen sei, sich in ein kleines Dorf in den Alpujarras zu Verwandten zu flüchten. Außerdem habe sie so viel Arbeit im Büro von Pedro, dem Delegationschef der Komintern, dass sie kaum Zeit finde, an sich selbst oder gar an Lenina zu denken, um die sich ihre Eltern schon kümmern würden.

»Ich arbeite in der Propagandaabteilung«, erklärte sie und beschrieb ihm das Prinzip der »geheimen Meinungsbildung«, die den Widerstand derer brechen sollte, die sich der sowjetischen Anwesenheit im Land noch widersetzten. Angefangen werde damit bei Largo Caballero, der sich zwar höflich für die Waffen bedanke, sich jedoch nur zähneknirschend die Ratschläge der Militärberater anhöre. Die Sozialisten, deren Partei immer mächtiger werde und die immer mehr Einfluss an der Front gewännen, beschuldigten die Kommunisten, Marionetten Moskaus zu sein und die vollständige Kontrolle über die Republik erlangen zu wollen. Noch schlimmer seien die Attacken der Scheißtrotzkisten vom POUM, denen man unbedingt die reaktionäre Maske vom Gesicht reißen müsse.

»Auch mich hat man gebeten, daran mitzuarbeiten, alle diese Leute aus dem Weg zu räumen«, erwiderte Ramón, inzwischen von seiner neuen Mission vollkommen überzeugt, und dann berichtete er ihr von seinem Gespräch mit Kotow.

»Weißt du was, Ramón?«, fragte sie. »Was du mir da erzählt hast, kann dich dein Leben kosten.«

»Du arbeitest doch auch mit ihnen zusammen. Ich weiß, dass ich dir trauen kann.«

»Falsch, Ramón, du darfst niemandem trauen …«

»Jetzt werde bitte nicht paranoid.«

África sah ihn lächelnd an und schüttelte den Kopf.

»Damit das, was wir tun, Erfolg hat, Genosse, müssen wir es in aller Stille tun! Präg dir das gut ein, sonst schießen sie dir eine Kugel in den Kopf. Und hör mir gut zu, denn mit dem, was ich dir jetzt sage, riskiere ich mein Leben … Die Sowjets wollen uns zwar helfen, den Krieg zu gewinnen, aber gewinnen müssen wir ihn schon selbst. Und wenn sich die Dinge nicht ändern, werden wir ihn nie gewinnen. Du bist Teil dieser Veränderung. Deswegen musst du vergessen, dass du ein Herz hast, dass du jemanden liebst … und sogar, dass ich existiere.«

»Das Letzte ist mir unmöglich«, sagte er und versuchte zu lächeln.

»Es ist das Beste, was du tun kannst, Ramón … Vielleicht sehen wir uns heute Abend zum letzten Mal für lange Zeit … In ein paar Tagen muss ich aus Barcelona fort«, sagte África, während sie sich bereits anzog. Er betrachtete sie und fühlte, wie sein Verlangen gefror. »Und frag mich nicht, warum oder wohin, so wie ich dich auch nichts gefragt habe«, fügte sie hinzu. »Ich bin Soldat und gehe dahin, wohin man mich schickt.«

9

Im Frühling 1977 fuhr ich mehrmals an den Strand, und jedes Mal setzte ich mich aus reiner Neugier eine Weile unter die Pinien. Vielleicht würde sich ja, was allerdings höchst unwahrscheinlich war, ein weiteres Treffen mit dem Besitzer der russischen Windhunde ergeben, den ich am Tag unserer ersten Begegnung den »Mann, der Hunde liebte« getauft hatte.

Seit ich vor zwei Jahren aus Baracoa zurückgekommen war und danach meine Entziehungskur abgeschlossen hatte, die mich in den nächsten fünfzehn Jahren radikal vom Alkohol fernhielt (bis die Krise begann und ich das Gefühl hatte, ich könnte wieder einen Schluck Bier oder Rum vertragen, ohne gleich die Treppe bei Jacob hinunterzufallen), hatte ich meinem Leben eine radikal andere Richtung gegeben. Ohne genau zu wissen, was ich vorhatte, und zur Überraschung meiner Freunde hatte ich die Stelle abgelehnt, die man mir beim Informationsdienst eines staatlichen Senders angeboten hatte, sozusagen als Belohnung für meine als hervorragend beurteilte Arbeit in Baracoa. Stattdessen hatte ich angefangen, mich in der Welt jener journalistischen und kulturellen Sphäre zu bewegen, in der sich »gefallene Engel«, ehemals gefeierte, streitbare Schriftsteller und Journalisten – allesamt aus den verschiedensten Gründen oder auch ganz ohne Grund aussortiert, vielleicht lebenslang – noch tummeln durften. Am Ende führte mich meine Odyssee auf einen äußerst bescheidenen Posten eines Korrektors der Zeitschrift *Veterinaria Cubana*, dessen bisheriger Inhaber einige Wochen zuvor gestorben war, von eigener Hand, wie es hieß. Die Arbeit schien uninteressant und anonym genug zu sein, weit genug weg von möglichen Leidenschaften und Ambitionen, um mir die beiden Dinge zu garantieren, die ich zu jener Zeit brauchte: einen festen Lohn zum Leben sowie Frieden und Routine, um wieder zur Ruhe zu kommen. Irgendwann, so dachte ich, würde ich wieder zum Schreiben zurückfinden, was ich damals noch für möglich hielt.

In Wirklichkeit wusste ich überhaupt nicht, wie ich dieses Vorhaben in die Tat umsetzen konnte, denn wir befanden uns im Jahr 1975, und weit und breit deutete nichts darauf hin, dass sich irgendetwas ändern würde in der Konzeption einer Politik und einer Literatur, die unter strengsten Richtlinien nur das produzieren und befördern konnte, was ich vier Jahre zuvor geschrieben hatte: »sinfliktive« (so wurden sie später bezeichnet), das heißt, konfliktfreie und gefällige Texte ohne den Hauch einer sozialen oder menschlichen Spannung, die nicht dem Einfluss staatlicher Propaganda unterlag. Und wenn ich eines wusste, dann, dass so etwas nicht mit der Person zu vereinbaren war, die zu sein ich mir vorgenommen hatte. Das Problem war nur, dass ich nicht die geringste Vorstellung davon hatte, wie die Literatur aussehen musste, die ich schreiben wollte und, vor allem, konnte, und noch viel weniger davon, welches und wie die Person sein sollte, die ich sein wollte.

Zu der Zeit, als ich an den Strand fuhr und damit – wie mir später klar werden sollte – mein Schicksal herausforderte, hatte ich bereits ein Verhältnis mit Raquelita begonnen, die soeben ihr Examen als Stomatologin bestanden hatte und noch im selben Jahr meine Frau werden sollte. Wir hatten uns im Sommer zuvor kennengelernt, ausgerechnet am Strand, weshalb sie meine Vorliebe für die Squash-Partien kannte, die auf den Sandplätzen von Santa María, El Mégano und Guanabo ausgetragen wurden, vor allem zwischen November und April, wenn die Kubaner nicht mehr im Meer badeten und nur wir Hartgesottenen die Fahrt von Havanna an die Strände unternahmen, um in aller Ruhe und niveauvoll Squash zu spielen.

Wenn ich nachmittags Originaltexte oder Korrekturfahnen in die Druckerei bringen musste, kehrte ich nicht in die Redaktion der Zeitschrift zurück, sondern holte meinen Schläger aus der Wohnung meiner Patin und stieg in einen schwankenden Leyland-Bus, den legendären »Estrella«, der von der Innenstadt bis zum Badeort Guanabo fuhr.

Zwei Wochen nach unserer ersten Begegnung, wir hatten bereits April, traf ich den Ausländer mit den beiden Windhunden wieder. Die Situation glich der unseres ersten Kontaktes: Die Hunde rannten durch den Sand, und ihr Besitzer folgte ihnen in einiger Entfernung, in der Hand die Hundeleinen, und er schwankte tatsächlich. Vielleicht ist er betrunken, dachte ich. An diesem Tag trug der Mann eine leichte weiße Sommerhose und ein kariertes Hemd, ähnlich einem Cowboy-Hemd. Ich blieb, im Gegensatz zum letzten Mal, sitzen, vor mir den Roman, den ich gerade las (ich hatte *Run, Rabbit, run* begonnen, das beste Buch, das John Updike jemals geschrieben hat). Er pfiff die Hunde zu sich, die kaum von mir Notiz nahmen, und ich lächelte ihm zu und grüßte den Mann mit einem Kopfnicken, das er mit einem Winken seiner rechten, wiederum verbundenen Hand beantwortete. Um das Bild komplett zu machen, tauchte wenige Minuten später der hochgewachsene, schlanke Schwarze auf und postierte sich unter den Kasuarinen.

Als der Mann stehen blieb, erhob ich mich und ging ein paar Schritte auf ihn zu, so als handle es sich um eine rein zufällige Begegnung.

»Wie geht es Ihnen?«, fragte ich, ohne zu wissen, wie ich das Gespräch fortsetzen sollte.

»Hab schon bessere Zeiten erlebt«, antwortete der Mann und lächelte gezwungen.

Da ich keine Alkoholfahne an ihm wahrnehmen konnte, war ich versucht, ihn zu fragen, ob er krank sei, denn seine Art zu gehen ließ auf eine Gleichgewichtsstörung oder so etwas Ähnliches schließen. In diesem Moment fiel mir auf, dass seine olivgrüne Gesichtsfarbe noch intensiver geworden war, und ich überlegte, ob das vielleicht ein Anzeichen für ein Leberleiden oder für Probleme mit dem Kreislauf oder den Atemwegen sein könnte. Doch ich verkniff mir die Frage und entschied mich für ein unverfänglicheres Thema: »Wie alt sind die Hunde eigentlich?«

»Gerade zehn geworden. Ziemlich alt für Windhunde, sie leben nicht lange.«

»Und wie halten sie den Sommer auf Kuba aus?«

»Wir haben eine Klimaanlage im Haus …«, begann er, verstummte aber sofort wieder, denn bestimmt wusste er, dass sich auf Kuba damals fast niemand einen solchen Luxus leisten konnte. »Aber sie haben sich ganz gut an die Hitze hier gewöhnt. Vor allem Ix, das Weibchen. Dax hat sich in letzter Zeit ein wenig verändert.«

»Ist er aggressiv geworden? Manchmal passiert das bei den Borsois …«

»Ja, manchmal …«, brummte der Mann, und ich hatte das Gefühl, mich ein wenig zu weit vorgewagt zu haben: Nur ein Fachmann oder jemand, der sich aus irgendeinem Grund für diese Rasse interessiert, kannte solche Details im Verhalten russischer Windhunde. Also entschloss ich mich, einen Teil der Wahrheit zu enthüllen: »Als ich sie neulich hier gesehen habe«, ich zeigte auf die Tiere, »war ich so beeindruckt, dass ich mir Literatur über sie besorgt habe. Ich finde Ihre Hunde faszinierend.«

Der Mann lächelte, jetzt etwas weniger angespannt, offensichtlich stolz.

»Vor ein paar Monaten hat man mich gebeten, einen Film mit ihnen zu drehen. Er handelt von einer reichen Familie, die sich nach der Revolution weigert, Kuba zu verlassen. Der Regisseur meinte, Ix und Dax seien die idealen Tiere für diese Familie … Jedes Mal, wenn sie gebraucht wurden, musste ich sie zum Set bringen. Es war sehr interessant, bei den Dreharbeiten dabei zu sein, zu sehen, wie eine Lüge in Szene gesetzt wird, damit sie später wie die Wahrheit aussieht. Ich freue mich schon darauf zu sehen, wie alles geworden ist …«

So plätscherte das Gespräch noch eine Weile dahin, während der schwarze Hüne die Hunde von den Kasuarinen aus beobachtete. Wir redeten über Filme, über Bücher, über die angenehmen Frühlingstemperaturen auf der Insel, über meine Arbeit und die aristokratische Rasse der Borsois, die bereits in einer französischen Chronik aus dem 11. Jahrhundert erwähnt worden war: Als Anna Jaroslawna, die Tochter des Großherzogs von Kiew, nach Paris kam, um Henry I. zu heiraten, wurde sie von drei russischen Windhunden begleitet.

»Die Russen sind sehr stolz darauf, dass die Borsois die Hunde der Zaren und Poeten sind. Iwan der Schreckliche, Peter der Große, Nikolaus II., Puschkin und Turgenjew, alle hatten welche. Aber der größte Züchter war Großherzog Nikolaus, er besaß gleich mehrere Zwinger … Nach der Revolution von 1917 verschwanden die Borsois fast vollständig, und jetzt sind es die Hunde der Nomenklatura, wie sie sich selbst nennen«, er zeigte mit dem Finger nach oben, »ein normaler Durchschnittsrusse kann solche Tiere nicht ernähren, obwohl sie für ihre Größe sehr wenig fressen. Das eigentliche Problem ist, dass sie viel Auslauf brauchen … Wenn sie nicht herumrennen können, werden sie krank.«

An jenem Nachmittag beantwortete der Mann mir eine Frage, die mich seit unserer ersten Begegnung beschäftigte: Er sei Spanier, sagte er, habe jedoch viele Jahre in Moskau gelebt, seit Ende des Bürgerkriegs, des spanischen natürlich, in dem er, ebenfalls natürlich, auf der Seite der Republikaner gekämpft habe. Seit drei Jahren lebe er auf Kuba, vor allem weil sich seine mexikanische Frau nie an das Leben in der Sowjetunion habe gewöhnen können. Die Kälte und die Mentalität der Russen machten sie verrückt (»verrückter, als sie ohnehin schon ist«, sagte er wörtlich).

Als wir uns verabschiedeten, wusste ich außerdem, dass er Jaime López hieß und sich freute, mich wiedergesehen zu haben. Wie beim ersten Mal sah ich ihm hinterher, als er sich in Begleitung des hochgewachsenen Schwarzen entfernte. Ich wartete noch ein paar Minuten und ging dann, von Neugier getrieben, zur Straße hinauf. Von Weitem beobachtete ich den Mann, den Schwarzen und die Hunde, während sie über den verlassenen Parkplatz zu einem Wolga-Pick-up gingen. Ix und Dax sprangen auf die Ladefläche, und der Wagen mit dem Schwarzen am Steuer bog in die Straße ein und fuhr in Richtung Havanna davon.

Im April und in den ersten beiden Maiwochen trafen López – so wollte er genannt werden – und ich uns noch mehrere Male am Strand, immer kurz. Sosehr ich auch darüber nachdenke, ich kann mir, ehrlich gesagt, nicht erklären, warum mich dieser Mann beschäftigte. Er sprach fast nicht über sich selbst und schien sich auch nicht besonders für mich oder das Land, in dem er jetzt lebte, zu interessieren, obwohl, wie er mir erzählte, seine Mutter in Havanna geboren wurde, als die Insel noch eine spanische Kolonie war. Und dennoch: Als das Thema der Hunde und das der Beziehung seiner Familie zu Kuba sich erschöpften – und sie erschöpften sich bei jeder Begegnung schneller, könnten die Gespräche, so hoffte ich, mir weitere Einzelheiten über diesen so reservierten »Mann, der Hunde liebte« liefern.

Eines der ersten Details, die López mir eröffnete, war, dass man ihm auf seiner Arbeit einen Chauffeur (den geheimnisvollen Schwarzen, der zwischen den Kasuarinen auftauchte und wieder verschwand) bewilligt hatte, nicht weil er so wichtig war, sondern weil er durch seine Schwindelanfälle bereits zwei Verkehrsunfälle verursacht hatte, glücklicherweise ohne schwerere Folgen. Seit zwei Monaten, sagte er, mache man bei ihm immer komplizierter werdende medizinische Untersuchungen; obwohl man herausgefunden habe, dass sein Leiden weder mit den Nerven noch mit dem Gleichgewichtssinn zu tun habe, würden seine Anfälle mit jedem Mal heftiger und hartnäckiger. Außerdem erfuhr ich, dass er zwei Kinder hatte: einen Sohn in meinem Alter, der davon träumte, Handelskapitän zu werden, und eine sieben Jahre jüngere Tochter, »sein Augenstern«, wie er mit seiner Vorliebe für geflügelte Worte sagte. Zeitweise wohne noch der Neffe seiner Frau bei ihnen, der als kleines Kind Waise geworden und ihm »wie ein eigener Sohn« sei.

Als ich ihn einmal fragte, was er in Kuba arbeite, um einen Wagen mit Chauffeur zu haben, sagte Jaime López nur, er sei Berater in einem Ministerium, und wechselte sofort das Thema. Und als ich wissen wollte, wo er wohne, gab er die ausweichende Antwort: »Auf der anderen Seite des Flusses«, eine ziemlich ungenaue Anschrift, die kein *habanero* genannt hätte, denn der dreckige, stinkende Almendares war schon seit Jahren keine gute Adresse mehr.

Anfang Mai, als die Temperaturen anstiegen, kamen mehr Leute an den Strand, sodass López und seine Hunde sich wohl einen anderen Rahmen für ihre Spaziergänge suchen mussten. Ich hatte inzwischen fast jedes Interesse an diesem unergründlichen Spanier verloren, Sohn einer kubanischen Mutter, über die er mir nichts weiter erzählte (»Ich möchte nicht von ihr sprechen«, hatte er wörtlich gesagt). Er hatte in einem Krieg gekämpft, über den er ebenfalls nicht sprechen wollte (»Die Erinnerung daran schmerzt mich«), hatte in Moskau gelebt, einer Stadt, von der er keine besondere Meinung hatte, arbeitete jetzt auf Kuba und wohnte auf der anderen Seite eines Flusses, der in der Vergangenheit berühmt gewesen und in der Gegenwart unbedeutend war. Als der Mann, der Hunde liebte, plötzlich nicht mehr auftauchte, vermisste ich ihn nicht, und wenn die beiden Borsois nicht gewesen wären, an die ich mich oft erinnerte, wäre das Bild von Jaime López vielleicht für immer aus meinem Gedächtnis gelöscht worden, so wie der Almendares und so viele andere geliebte Orte und Personen, die nach und nach aus der schwindsüchtigen Erinnerung der *habaneros* verschwunden sind.

Der Sommer 1977 war der Sommer meiner überstürzten Heirat mit Raquelita und, wenige Wochen später, des unseligen *outings* meines Bruders William.

Mein Entschluss, Raquelita zu heiraten, überraschte meine Freunde, vor allem weil keine Schwangerschaft im Spiel war. Mich überkam ganz einfach nur das Bedürfnis, nicht mehr alleine zu sein, der Wunsch nach persönlichem Halt, und Raquelita nahm meinen Antrag an, weil – aber das erfuhr ich erst einige Jahre später, als sie beschloss, mich zu verlassen und darüber hinaus auch noch zu demütigen – sie sich als verheiratete Frau leichter von dem für alle Akademiker verbindlichen und ideologisch aufbauenden sozialen Dienst befreien lassen konnte. Die Trauung fand in einem ziemlich unkonventionellen Rahmen statt: Der Notar kam ins Haus von Raquelitas Eltern nach Altahabana, und obwohl es mein Freund Dany gewesen war, der mich und meine zukünftige Frau einander vorgestellt hatte, wählte ich zu meinem Trauzeugen Frank, einen Schwarzen, der – jawohl! – soeben seinen sozialen Dienst als Arzt in der Bergbaustadt Moa abgeleistet hatte, einem weiteren kubanischen Sibirien. Die Hochzeitsfeier fand in einem armen proletarischen Rahmen statt, was in letzter Zeit immer üblicher wurde, mit dem Bier, das den Jungvermählten zugeteilt wurde, und dem Essen und den Getränken, die unsere Freunde organisiert hatten. Nach dem berühmt-berüchtigten Flitterwochenende in einem Hotel in Havanna wohnten wir bei mir im Viertel Víbora Park. Auch wenn wir die Wohnung mit meinen Eltern und meinem Bruder William teilen mussten, genossen wir die Intimität unseres separaten Zimmers mit eigenem Bad. Um vorprogrammierte Zusammenstöße mit meiner Mutter zu vermeiden, kam wenig später noch eine kleine Küche hinzu, die einen Teil der überdachten Terrasse einnahm.

Die friedliche Welt, die ich mir zu schaffen versucht hatte, wurde ein paar Wochen nach unserer Heirat brutal erschüttert. In Wahrheit hatte die Homosexualität meines sieben Jahre jüngeren Bruders William für mich und meine Eltern schon immer festgestanden. Einerseits hatten wir sie bekämpft, andererseits ignoriert, und selbstverständlich war zu Hause nie darüber gesprochen worden. Schon als kleiner Junge hatte William ein feminines Gehabe an den Tag gelegt, das sich zu geben schien, vielleicht sogar verschwand, als er in die Sekundarstufe kam. Meine Eltern waren mit ihm zum Psychologen gegangen und hatten sich mit dem Gedanken beruhigt, der Arzt hätte den Jungen mit einer Hormonbehandlung »geheilt«. Die Nebenwirkung war, dass sein Schwanz so lang wurde wie der eines Pferdes. Obwohl mein Verhältnis zu William in den letzten Jahren nicht sehr eng gewesen war und wir fast barsch miteinander umgingen, hatte ich die ganze Zeit über den Verdacht, dass seine Homosexualität nur verdrängt war und eines Tages wieder hervorbrechen würde. Aber nie hätte ich gedacht, dass das zu einem wahren Albtraum werden könnte, in den wir am Ende alle mit hineingezogen werden sollten.

Weil der Charakter und das Schicksal meiner Eltern viel mit dieser Geschichte zu tun haben, muss ich unbedingt noch ein paar Bemerkungen über sie machen. Eigentlich waren sie so normal, dass sie einem schon fast leidtun konnten: Sie waren fleißig und verstanden sich gut, und ihr einziger Ehrgeiz war es, dass William und ich es einmal besser haben und studieren sollten, was ihnen verwehrt geblieben war. Mein Vater war Freimaurer, meine Mutter katholisch, und sie hatten das nie zu verheimlichen versucht in einer Zeit, in der fast jeder bemüht war, solche und andere kleinbürgerlichen Anwandlungen, die der vom Sozialismus bald überwundenen Vergangenheit angehörten, zu verbergen oder gar zu unterdrücken. Seit ich denken kann, hatten meine Eltern sowohl mir als auch William beizubringen versucht, dass man sich der Wahrheit stellen müsse, dass der Mensch nur an der Arbeit wachsen könne, dass, egal unter welchen Umständen, Anstand und Sitte stets auf denselben Grundsätzen beruhten (du sollst nicht töten, du sollst nicht stehlen, du sollst kein falsches Zeugnis ablegen etcetera) und dass gegen die drei fundamentalen Tugenden (Wahrhaftigkeit, Arbeitsamkeit und Anständigkeit) keine Macht der Welt etwas ausrichten könne. Wie man sieht, waren meine Eltern sehr gläubig. Natürlich war ich damals weder in der Lage, die christlich-freimaurerische Ethik so präzise zusammenzufassen oder auch nur zu verstehen, noch dachte ich so dezidiert über meine Eltern nach. Was ich aber mit Sicherheit sagen kann, ist, dass ihre Lebenseinstellung einen prägenden Einfluss auf mich und meinen Bruder gehabt hat und dass solche Maximen nicht besonders hilfreich waren in einer Zeit, in der es vielleicht besser gewesen wäre, schon von der Wiege an die Kunst der Doppelzüngigkeit und der Verschleierung zu erlernen, um voranzukommen oder zumindest zu überleben.

William war ein brillanter Student. Im Sommer 1977 hatte er sein erstes Semester an der medizinischen Fakultät als Jahrgangsbester absolviert, mit für damalige Verhältnisse unüblich guten Noten. Doch im September kurz nach Beginn des zweiten Semesters wurden mein Bruder und sein Anatomieprofessor, mit dem er seit einem Jahr intime Beziehungen hatte, auf einer Parteiversammlung von einem anderen Professor beschuldigt, homosexuell zu sein. Wie üblich wurde eine Disziplinarkommission gebildet, die sich aus »allen Elementen« zusammensetzte (Partei, Kommunistische Jugend, Gewerkschaft, Studentenvertretung), und obwohl es keinen Beweis oder auch nur den Verdacht dafür gab, dass sie innerhalb der Hochschule ihre »Abnormitäten«, wie es genannt wurde, praktiziert hatten, wurden sie zu Gesprächen vorgeladen, in denen der Professor vehement jede homosexuelle Neigung abstritt. William hingegen, der die Beschuldigung ebenfalls wochenlang mit aller Entschiedenheit von sich gewiesen hatte, bewies plötzlich einen Mut, den ich ihm nicht zugetraut hätte, und lehnte sich gegen die Heimlichtuerei auf, die ihn erschöpfte und bedrückte: Ja, sagte er, er bekenne sich zu seiner Homosexualität, die er seit seinem dreizehnten Lebensjahr praktiziere, aktiv und passiv, doch er weigere sich zu sagen, mit wem, denn das sei seine Privatangelegenheit und gehe nur ihn selbst und sonst niemanden etwas an. Obwohl es nicht möglich war, einen Zusammenhang zwischen der sexuellen Orientierung der beiden Beschuldigten und ihren Qualitäten als Professor und als Student herzustellen (die Leistungen beider waren hervorragend), stand das Urteil schon im Voraus fest, und die Kommission »aller Elemente« ergriff ihre Maßnahmen: Der Professor wurde auf unbegrenzte Zeit aus der Partei ausgeschlossen und aus dem staatlichen Lehrbetrieb entfernt, während William für zwei Jahre von der Universität verbannt und für alle Zeiten vom Medizinstudium ausgeschlossen wurde.

Mehr als der Urteilsspruch war es die Scham über das Vergehen, das die moralischen Grundsätze meiner Eltern, Antonio und Sara, zutiefst verletzte, und so sahen sie sich dazu veranlasst, die über den Jungen verhängte Strafe noch zu verschärfen, was der schrecklichste Fehler ihres Lebens werden sollte: Trotz meiner Proteste (mir hat mein Bruder immer leidgetan) warfen sie William aus dem Haus. Von diesem Zeitpunkt an zerfiel die bis dahin vereinte Familie, und das Unglück der Sippe begann sich am Horizont abzuzeichnen.

Ich weiß, dass die Geschichte von Williams Absturz – so wie viele meiner eigenen Fehltritte – vom heutigen Standpunkt aus etwas übertrieben erscheinen mag. Tatsache aber ist, dass es damals vielen Menschen so ergangen ist. Angetrieben von einem Gefühl des Mitleids und ermuntert von Raquelita, die angesichts einer solchen Demonstration familiärer Homophobie und Grausamkeit entsetzt war, suchte ich in ganz Havanna nach William und fand ihn schließlich … im Hause seines ehemaligen Professors. Ganz langsam, mit aller Behutsamkeit und Geduld, derer ich fähig war, versuchte ich, eine neue, ganz andere Beziehung zu meinem Bruder aufzubauen. Nach einiger Zeit gelang es mir, mein anfängliches Mitleid durch eine gerechtfertigte Bewunderung dafür zu ersetzen, wie er seiner Strafe begegnete: kämpfend (ganz im Gegenteil zu dem, was ich an seiner Stelle getan hätte und getan hatte). William hatte das zweijährige Verbot des Medizinstudiums akzeptiert, aber er pochte auf sein Recht, weiterhin an der Universität zu bleiben, was ihm kein Gesetz oder Reglement untersagte. Währenddessen verschlechterte sich mein Verhältnis zu meinen Eltern, und auch wenn wir weiterhin unter einem Dach wohnten, sorgte ich dafür, dass eine Mauer des Misstrauens und des Grolls mitten durch das Haus in Víbora Park ging.

Erst Ende Oktober, auf dem Höhepunkt unserer Familienkrise, als die Strände sich angesichts des nahenden, immer schüchternen Herbst-Winters der Karibik zu leeren begannen, begegnete ich wieder dem Mann, der Hunde liebte. Es geschah an derselben Stelle wie immer, am späten Nachmittag und in der üblichen Weise, einschließlich dem Auftauchen des hochgewachsenen, schlanken Schwarzen. Ich hatte Squash gespielt, Raquelita begleitete mich, und ich dachte gar nicht an die Möglichkeit, ihn hier zu sehen, obwohl ich gestehen muss, dass ich mich mehr noch als über das seiner Windhunde über sein Erscheinen an dem fast menschenleeren Strand freute. Als Erstes fiel mir auf, dass der Mann ein paar Kilo verloren hatte, während sein Atem schwer ging und seine Hautfarbe jetzt entschieden krank aussah. Doch dass es ihm richtig schlecht ging, wurde mir erst bewusst, als ich sah, dass seine rechte Hand, sieben Monate nach unserer ersten Begegnung, immer noch verbunden war, so als verberge sich darunter ein unheilbares Geschwür.

Nachdem ich ihm meine Frau vorgestellt – »meine Gefährtin«, sagte ich, das klang moderner – und mich nach den Hunden erkundigt hatte – Dax litt immer häufiger an aggressiven Wutanfällen, und ein Tierarzt hatte López sogar geraten, das Tier einschläfern zu lassen, was er jedoch kategorisch ausgeschlossen hatte –, erzählte ich ihm von unserer Hochzeit und brachte dann die Sprache auf ein Buch, das sich mit den Gefahren genetischer Degeneration bei fünf verschiedenen Hunderassen beschäftigte. Zufällig gehörten die Borsois auch dazu. Schließlich wagte ich es, ihn nach seinen Schwindelanfällen zu fragen. López sah mich ein paar Sekunden an, und zum ersten Mal, seit wir uns kannten, schlug er vor, dass wir uns in den Sand setzten.

»Die Ärzte tappen immer noch im Dunkeln, aber mir geht es beschissener denn je«, sagte er. »Es ist mir fast unmöglich, mit den Hunden an den Strand zu gehen, was zu meinen Lieblingsbeschäftigungen gehört. Ständig bin ich in irgendeinem Krankenhaus, überall nehmen sie mir Blut ab, krempeln mich um, aber sie finden einfach nichts.«

»Dann haben Sie auch nichts, wenigstens nichts Ernstes«, sagte Raquelita mit ihrer wissenschaftlichen Logik.

Er musterte sie, als hätte er soeben ein winziges Insekt entdeckt, das sprechen konnte. Fast lächelte er, als er erwiderte: »Ich weiß, dass ich bald sterben werde. Ich weiß nicht, woran, aber irgendetwas bringt mich ganz langsam um.«

»Sagen Sie so etwas nicht«, bat ich ihn.

»Man muss den Tatsachen in die Augen sehen«, sagte López und blickte lächelnd aufs Meer hinaus. Mechanisch holte er seine Zigaretten aus der Brusttasche seines Hemdes, das jetzt zu groß für ihn schien. Mit einer höflichen Geste hielt er Raquelita die Schachtel hin, doch sie lehnte ein wenig schroff ab.

»Als Erstes sollten Sie mit dem Rauchen aufhören«, sagte sie.

»Wozu? Es ist das Einzige, was meine Schwindelanfälle erträglicher macht, wissen Sie … Und Kaffee. Ich trinke literweise Kaffee … und rauche.«

Während der kurze Oktobernachmittag zu Ende ging, früh wie immer in dieser Jahreszeit, erzählte uns der Mann, der Hunde liebte, mit einer für ihn ungewöhnlichen Redseligkeit, dass er das Meer so sehr liebe, weil er in Barcelona aufgewachsen sei, direkt am Mittelmeer. Das Meer, sein Geruch, seine Farbe waren zu seiner Leidenschaft geworden. Wenn es ihm nicht so schlecht ginge und er das nötige Geld hätte, schloss er, würde er alles tun, um nach Spanien zurückzukehren, denn seit dieser Hurensohn Franco tot sei, hätten fast alle Exilanten zurückkommen können. Ich verstand zwar nicht so genau, ob auch López nach Spanien zurückkehren konnte oder nicht und ob seine Gesundheit, das Geld oder irgendetwas anderes ihn daran hinderte, aber er tat mir leid mit seiner Verzweiflung und dem Gefühl, bald fern von seinem Geburtsort sterben zu müssen.

Der Mann zündete sich eine weitere Zigarette an, und mit einem halb spöttischen, halb ironischen Seitenblick auf Raquelita sagte er: »Übermorgen fliege ich nach Paris … Da werden sie meine Lungen untersuchen.«

Raquelita reagierte prompt, ja, unbeherrscht. »Nach Paris?«, fragte sie und sah mich an. Zu jener Zeit – und für die meisten von uns noch in dieser – lag Paris in einer anderen Welt, in einem Universum, in das man in Büchern reisen konnte und in den Filmen von Truffaut, Godard und Resnais und in letzter Zeit vor allem dank Cortázar und seinem Roman *Rayuela*. Aber dass jemand aus Fleisch und Blut zu uns sagte, er wolle eine Reise nach Paris machen – einem realen Paris –, klang so sonderbar und geheimnisvoll wie Alices Sprung durch den Spiegel.

»Bleiben Sie lange dort?«, fragte meine Frau ganz beeindruckt.

»Kommt drauf an. Jedenfalls nicht länger als zwei Wochen. Zu dieser Jahreszeit ist Paris schrecklich. Das mit der Schönheit von Paris im Herbst ist dummes Zeug. Außerdem mag ich Paris nicht.«

»Sie mögen Paris nicht?« Jetzt war ich es, der beeindruckt war.

»Nein, ich mag weder Paris noch die Franzosen«, sagte er und drückte fast wütend die Zigarette im Sand aus. »Ach, es ist schon dunkel!«, rief er plötzlich, so als realisiere er erst jetzt, wo er sich befand und wie spät es war. »Hilfst du mir mal?«, bat er mich und streckte mir seine Hand entgegen.

Ich stand auf und reichte ihm die Hand. López ergriff sie mit seiner bandagierten Rechten, und zum ersten Mal hatte ich körperlichen Kontakt zu dem Mann, der Hunde liebte. López richtete sich auf, aber sobald er mich losließ, geriet er ins Taumeln, als schwanke der Boden unter ihm. Ich beeilte mich, ihn abzustützen, als ich auch schon das bedrohliche Knurren der beiden Hunde hörte. Ich rührte mich nicht, ohne jedoch López loszulassen.

Er merkte, was vor sich ging, und befahl ihnen auf Katalanisch: »*Quiets, quiets!*«

Wie aus dem Nichts trat der schwarze Hüne aus dem Schatten der Kasuarinen auf uns zu. »Ich mach das schon«, sagte er, und ich ließ den Mann vorsichtig los.

»Danke, mein Junge«, flüsterte López, und an Raquelita gewandt, fügte er hinzu: »Adiós, junge Frau, und Glückwunsch«, und er lächelte wieder. Dann ging er, auf seinen Chauffeur gestützt, mühsam durch den Sand zu dem asphaltierten Weg, der zwischen den Strandkasuarinen hindurchführte.

»Was für ein merkwürdiger Mann, Iván«, bemerkte Raquelita.

»Was ist so merkwürdig an ihm? Dass er Ausländer ist und krank? Dass er Paris nicht mag?«

»Nein. Er hat etwas Zwielichtiges an sich, das mir Angst macht«, antwortete sie.

Ich konnte mir ein Grinsen nicht verkneifen. Etwas Zwielichtiges?

10

Er wusste, dass sie etwas im Schilde führten, und stellte sich schlafend. Von dem harten Bett aus, auf dem er die Rückenschmerzen besser ertragen konnte, erkannte er durch den Nebel seiner Kurzsichtigkeit hindurch Serjoscha, wie er lautlos die Räumlichkeiten des Kreml betrat, in denen die Familie wohnte, seit die Regierung nach Moskau umgezogen war. Der Junge hielt etwas in seinen Händen, das wie eine geschlossene Sardinenkiste aussah, deren Latten mit Kalkwasser geweißt waren. Ein rotes Stoffband – später gestand ihm Serjoscha, dass er eine rote Fahne zerschnitten hatte, eins der wenigen Dinge, die man damals bekommen konnte – sollte eine Schleife ersetzen, um dem Ganzen das Aussehen eines Geschenkes zu geben. Was er von seinem Bett aus ebenfalls erkennen konnte, waren die komplizenhaften Gesichter von Natalia, Ljowa, Nina und Sina, die von der Tür aus ins Zimmer schauten, während der kleine Serjoscha zu ihm ans Bett kam.

An jenem Tag feierte Lew Dawidowitsch seinen fünfundvierzigsten und die Oktoberrevolution ihren siebten Geburtstag. Seine Frau und seine Kinder hatten beschlossen, ihm das schönste Geschenk zu machen, das sie bekommen konnten und das ihn, wie sie wussten, glücklich machen würde. Als das Geburtstagskind sich schließlich, umringt von der Familie, im Bett aufrichtete, ahnte er bereits, was diese unruhige Sardinenkiste enthielt. Er löste die Schleife, hob den Deckel und tat höchst erstaunt, als er das rötlich weiße Wollknäuel erblickte, das den Kopf zu ihm hob.

Seit jenem Tag im Jahr 1924 hatte Maya sein Herz gewonnen und war zu seiner Lieblingshündin geworden. Und als er im schwarzen

Frühling von 1933 ihren Kadaver in die offene Grube neben dem Friedhof von Büyükada legte, erinnerte er sich an die glücklichen Momente, die ihm dieses Tier bereitet hatte, das Teil der Familie gewesen war und das er jetzt verlor, so wie er bereits einen Teil seiner Familie verloren hatte.

Zehn Tage hatten sie um Mayas Leben gekämpft, hatten aus der Hauptstadt zwei Tierärzte kommen lassen, die sich in ihrer Diagnose einig gewesen waren. Das Tier habe sich eine unheilbare bakterielle Lungenentzündung zugezogen, sagten sie. Trotzdem hatte Lew Dawidowitsch versucht, die Krankheit mit den Mitteln zu bekämpfen, mit denen die alten Juden in Janowska und die Hirten hier in Büyükada ihre Hunde zu kurieren pflegten. Aber Mayas Leben verlöschte, und das sollte ein weiterer Grund für die niederdrückende Traurigkeit des Exilanten sein. Trotz eines weiteren Hexenschusses, der ihn ein paar Tage zuvor ereilt hatte, bestand er darauf, den toten Körper seiner geliebten Borsoi-Hündin auf den Armen zu der Stelle zu tragen, an der sie begraben werden sollte. Aus Angst davor, dass die neuen Mieter der Villa ihre Grabstätte entweihen könnten, hatte er die Einwohner von Prinkipo darum gebeten, die Hündin neben der Friedhofsmauer begraben zu dürfen. Karalambos hatte die Grube ausgehoben, und Jean van Heijenoort, der neue Sekretär, hatte eine kleine Gedenktafel aus Holz angefertigt. Als Lew Dawidowitsch die tote Hündin ins Grab legte, fühlte er, wie er sich von einem wichtigen Teil seines Lebens trennte. Er warf eine Handvoll Erde auf den persischen Umhang, in den der Kadaver gehüllt war, drehte sich schnell um, so wie er es bei Abschieden immer machte, und flüchtete sich in die Einsamkeit, die jetzt noch fühlbarer und bedrückender war als das Haus auf den Prinzeninseln.

Als sie die Nachrichten von Sinas Tod und vom Sieg Hitlers bekamen, hatte Lew Dawidowitsch das Gefühl, der Boden würde ihm unter den Füßen weggezogen. Er setzte auf die Verhandlungsergebnisse seiner französischen Freunde, allen voran sein Übersetzer Maurice Parijanine und die Familie Molinier, die in der Hoffnung, die neue, radikalsozialistische Regierung von Édouard Daladier werde ihm Asyl gewähren, wieder ihre Verbindungen spielen ließen.

Obwohl Lew Dawidowitsch den Aufstieg der Nationalsozialisten in Deutschland erwartet hatte und wusste, welchem Druck die dortigen Kommunisten ausgesetzt waren, hatte er sie auf eine letzte Option hingewiesen, die zu nutzen wäre. Die Koalition, die Hitler an die Macht gebracht hatte, war sehr heterogen, und die Linke und die Mitte müssten diese Schwäche ausnutzen, bevor der faschistische Führer seine Position festigen konnte. Doch die Zeit verstrich, und die deutschen Kommunisten unternahmen auch weiterhin nichts, so als wüssten sie nicht, dass ihr Schicksal auf dem Spiel stand. Nie würde er den Tag vergessen, den Abend des 27. Februar, als er die Nachricht vom Reichstagsbrand erhielt, während er eine seiner Botschaften an die deutschen Arbeiter verfasste. Den lückenhaften und zum Teil widersprüchlichen Informationen konnte man zumindest eines mit Sicherheit entnehmen: Hitler hatte den Ausnahmezustand verhängt und verkündet, dass er sein Versprechen wahr machen wolle, den Bolschewismus in Deutschland und auf der ganzen Welt mit Stumpf und Stiel auszurotten.

Ljowas von der Unsicherheit über den weiteren Verlauf der Ereignisse geprägten Briefe brachten kurz darauf Nachrichten, die den Exilanten von Büyükada direkt betrafen. Das Verbot des *Bulletin* und gleich danach die Entfernung seiner Werke aus den Bibliotheken und Buchhandlungen, dazu die öffentliche Verbrennung ganzer Kisten der soeben erschienenen *Geschichte der russischen Revolution,* waren ein klares Signal dafür, dass er und seine Anhänger ganz oben auf der Liste der faschistischen Inquisition standen. Um kein weiteres Risiko einzugehen, wies er Ljowa an, Berlin unverzüglich zu verlassen.

Lew Dawidowitsch war außer sich, als er erfuhr, dass die Führung der kommunistischen Internationale eine empörende Erklärung zur Unterstützung der deutschen Kommunisten abgegeben hatte, in der sie deren Strategie als vorbildlich bezeichnete und den Sieg der Nazis als vorübergehende Erscheinung deklarierte, aus der die progressiven Kräfte gestärkt hervorgehen würden. Das Alarmierendste aber war, dass nicht nur die zahmen Deutschen, sondern auch die übrigen der Komintern angeschlossenen Parteien jene Erklärung, die den politischen Selbstmord mit vorhersehbaren Folgen bedeutete, schweigend hingenommen hatten. Wie konnten sich die Kommunisten eine so plumpe Manipulation gefallen lassen? Gab es in den Parteien kein bisschen Verantwortung mehr, kein Aufbegehren angesichts einer Tragödie, die ihr Überleben und den Frieden in ganz Europa bedrohte? Wenn sie schon die bevorstehende Gefahr nicht wahrhaben wollten, schrieb er zornentbrannt, dann müssten sie doch wenigstens erkennen, dass der Stalinismus die kommunistische Bewegung so gründlich diskreditiert habe, dass jeder Versuch, sie zu reformieren, unmöglich geworden sei. In diesem Moment gab Lew Dawidowitsch einen seiner eisernsten politischen Grundsätze auf. Er war mittlerweile bereit, alles auf eine Karte zu setzen. Mit dem Schmerz, der einen überfällt, wenn man einen geliebten Sohn verloren geben muss, entschied er, es sei der Moment gekommen, mit der Komintern zu brechen und eine neue Internationale zu schaffen. Man musste sich dem Faschismus mit konkreten Taten entgegenstellen und nicht allein mit manipulatorischen Parolen, die makabre Hintergedanken verbargen.

Nur eine Woche nach Mayas Tod holte ihn die erhoffte Nachricht, die Regierung Daladier gewähre ihm Asyl, aus dem Sumpf seiner Depression. Obwohl er wusste, wie begrenzt die angebotene Gastfreundschaft war, zögerte er nicht. Das ausgestellte Visum gestattete ihm den Aufenthalt in einem der Departements Südfrankreichs unter der Bedingung, dass er sich von Paris fernhielt und bereit war, sich der Kontrolle des Innenministeriums zu unterwerfen. Mehr als ein Flüchtling würde er also wieder ein Gefangener sein, nur dass er sich nicht in einer engen Zelle befinden würde, sondern auf so etwas wie einer geografischen Hauptschlagader. Und von dort aus gedachte er zu agieren.

An dem Morgen, als das Verabschiedungskomitee aus Sekretärinnen, Leibwächtern, Polizisten und Fischern hinunter an die Mole ging, wo bereits das Gepäck wartete, blieben Natalia Sedowa und Lew Dawidowitsch noch ein paar Minuten vor der Villa stehen und sahen auf das, was in den letzten Jahren ihr Zuhause gewesen war. Sie wollten Prinkipo Lebewohl sagen, wo Lew Dawidowitsch seine Autobiografie beendet und die *Geschichte der Revolution* geschrieben hatte, wo er aufgehört hatte, ein sowjetischer Bürger zu sein, und den Tod einer Tochter beweint hatte. Und wo er, im Gefühl größter Verlassenheit, entschieden hatte, dass sein Kampf noch nicht beendet war, dass er leben musste, um seine Pflicht zu erfüllen und die erbarmungsloseste Macht herauszufordern, der sich ein einzelner Mann, auf dem das Gewicht der Jahre immer schwerer lastete, entgegenstellen konnte. Der gute Karalambos, der sie vom Weg aus beobachtete, musste sich wohl fragen, ob dieser einsame Mensch wirklich einmal ein explosiver Führer gewesen war, der die Massen für eine Revolution begeistert hatte. Niemand würde das vermuten, dachte er bestimmt, während er sah, wie Lew Dawidowitsch das Gartentor schloss und sich bückte, um einen Strauß wild wachsender Blumen zu pflücken, dort, wo er vier Jahre zuvor verboten hatte, Rosen zu pflanzen. Als die beiden auf Karalambos zugingen, lächelten sie ihm mit tränenfeuchten Augen zu und übergaben ihm die Blumen. Schweigend hob Lew Dawidowitsch den Blick zu den Pinien, hinter denen sich die weißen Mauern des Friedhofs der Inseln der verbannten Prinzen verbargen.

Neun Tage später bezogen Lew Dawidowitsch, Natalia Sedowa und Ljowa »Les Embruns«, die Villa, die Raymond Molinier außerhalb von Saint-Palais im Midi für sie angemietet hatte. Aber es wollte sich keine rechte Freude einstellen: Der ehemalige Kriegsminister zitterte vor Fieber, er hatte das Gefühl, das Pochen in seinen Schläfen würde seinen Schädel zertrümmern, und der Rücken wollte ihm schier durchbrechen, so quälend waren die Schmerzen. Deswegen ließ er sich, kaum hatte er die Schwelle des Hauses überschritten, auf ein Sofa fallen und nahm widerspruchslos die Beruhigungs- und Schlafmittel ein, die Natalia ihm gab.

Als sie in Istanbul in See gestochen waren, hatten seine starken Rückenschmerzen begonnen, begleitet von einem weiteren Malariaanfall. Während der gesamten Überfahrt war Lew Dawidowitsch in seiner Kabine geblieben und hatte sich sogar geweigert, mit den Journalisten zu sprechen, die in Piräus auf ihn warteten. Das Gerücht über seine bevorstehende Rückkehr in die Sowjetunion, die nach einem Treffen mit dem neuen Außenminister Stalins in Frankreich erfolgen sollte, hatte sie angelockt. Als sie Marseille angesteuert hatten, wo er ebenfalls von Dutzenden von Journalisten, von Polizisten und Demonstranten erwartet wurde, die gegen seine Anwesenheit in Frankreich protestierten, hatte ihn seine Frau mit der Nachricht überrascht, dass Ljowa und Molinier mit einem Fährschiff vom Hafen gekommen waren, um ihn aufzunehmen und so einen Menschenauflauf zu verhindern, der die französischen Behörden hätte beunruhigen können. Seinen Sohn nach einer so langen Trennung voller Spannungen wiederzusehen und ihn sagen zu hören, Jeanne würde in ein paar Tagen aus Paris kommen, um Sjewa zu ihm zu bringen, hatte ihn so glücklich gemacht, dass er seine Schmerzen vergessen hatte. Dann erfuhr er, dass Molinier alles für seine Ankunft in Cassis vorbereitet hatte, von wo aus sie mit dem Auto nach Saint-Palais fahren würden. Doch die fast zweistündige Fahrt über die engen Straßen hatte die physischen Widerstandskräfte des Neuankömmlings vollkommen aufgebraucht.

Die Beruhigungsmittel begannen gerade zu wirken, als Lew Dawidowitsch Stimmen hörte, die ihn aus jener angenehmen Lethargie rissen. Später erzählte er Natalia, er habe zuerst geglaubt zu träumen. Jemand habe »Feuer! Feuer!« geschrien, doch er sei klar genug gewesen, um zu bemerken, dass es sich um einen Albtraum handelte, der ihn in die Nächte von Büyükada und Kadıköy zurückholte. Erst als man ihn am Arm schüttelte, gelang es ihm, die Augen zu öffnen, und er sah in Ljowas erschrockenes Gesicht. Da wusste er, dass die Wirklichkeit seine Fieberfantasien besiegt hatte, und gestützt auf seinen Sohn ging er hinaus in den Garten, über dem dicker Rauch stand. Verdammt, dachte er, ich bringe die Hölle mit. Er ließ sich auf den Rasen fallen und erfuhr, dass anscheinend die Funken einer Dampflok auf das ausgetrocknete Weideland gefallen seien und das Feuer entfacht hätten, das glücklicherweise nur den Zaun und das Holzhäuschen im Hof erfasst habe.

Ljowa und Molinier hatten es eilig, mit Lew Dawidowitsch zu sprechen, denn in knapp einem Monat sollte in Paris die Gründungsversammlung der von dem Exilanten ins Leben gerufenen IV. Internationale stattfinden. Doch Natalia Sedowa konnte die Ungeduld der beiden Männer zügeln, und so gaben sie ihm einige Tage Zeit zur Erholung. Wegen des anhaltenden Fiebers des Kranken konnte nicht einmal die ersehnte Ankunft seines Enkels entsprechend gefeiert werden; trotzdem bat er Natalia, Sjewa zu ihm zu schicken, er wolle sich mit eigenen Augen überzeugen, dass es ihm gut gehe, und ihm erklären, warum seine geliebte Maya nicht bei ihnen war.

Als das Fieber zu sinken begann und die Rückenschmerzen etwas nachgelassen hatten, schlug Lew Dawidowitsch die Warnungen seiner Frau in den Wind und setzte sich mit Ljowa, Raymond Molinier und seinem Parteigänger Max Shachtman zusammen, der ihn aus Prinkipo begleitet hatte. Der Emigrant wusste, dass die Zeit gegen ihn arbeitete und sie die vier Wochen bis zu der konstituierenden Sitzung in Paris effektiv nutzen mussten; schließlich galt es, die wichtigste Karte seines Exils auszuspielen. Vor allem war er sich nicht sicher, ob Ljowa und Molinier genug Leute zusammenbekommen würden. Doch die beiden sollten nicht nur die Organisation der Versammlung in die Hand nehmen, sie sollten auch seine Stimme sein, da er ja wegen der Visumsbedingungen nicht selbst nach Paris fahren konnte. Während sich der alte Revolutionär die Meinungen seiner Mitarbeiter anhörte und sie gegeneinander abwog, wurde er sich plötzlich des Abgrundes bewusst, vor dem die IV. Internationale stand. Sie litt an ihren eigenen Widersprüchen und war in widrigen Zeiten, vielleicht in zu großer Eile, einberufen worden. Während Ljowa ein düsteres Bild zeichnete (Angst und Zweifel in Deutschland, Zersplitterung und Rivalitäten in Frankreich und Belgien, Unbesonnenheit in den Vereinigten Staaten), vertraute Molinier auf die Autorität des Exilanten, um die Zweifel vieler seiner Anhänger zu zerstreuen, und auf die Chance, den Aufstieg der Faschisten zu nutzen und zur Gemeinsamkeit aufzurufen.

Vor seiner Rückkehr nach Paris gestand Ljowa seiner Mutter, dass er zum zweiten Mal in seinem Leben Mitleid für Lew Dawidowitsch empfunden habe und sich sogar frage, ob es sich lohne, den Kampf fortzusetzen. Auch wenn sich sein Vater nicht geschlagen gab, waren es in Wahrheit nur noch sein Stolz, sein optimistischer Glaube an die Geschichte und sein Verantwortungsgefühl, die ihn an seinen Ideen festhalten ließen. Nach dreißig Jahren revolutionären Kampfes war es offensichtlich einsam geworden um diesen Mann, der zusehen musste, wie die Welt um ihn herum unter dem Gewicht der Reaktion, der Lüge, des Totalitarismus und der Bedrohung durch einen verheerenden Krieg vor die Hunde ging.

Ebenjenes Vertrauen in die Zukunft und in die Gesetze der Geschichte hielten Lew Dawidowitsch in den darauffolgenden Wochen aufrecht, in denen er sich fast fünfzehn Stunden täglich der Niederschrift der Thesen widmete, die in Paris diskutiert werden sollten. Sein durch die Ereignisse der letzten Jahre geschärftes Politikverständnis erlaubte es ihm, in der Einladung zur Gründungsversammlung einer neuen Internationale einige seiner Ziele zu verdeutlichen. Er hoffte, die verschiedenen trotzkistischen Gruppen und diejenigen, die mit der in Deutschland verfolgten Strategie nicht einverstanden waren, sowie einige radikale, im Allgemeinen nur schwer zu disziplinierende Gruppierungen dafür begeistern zu können. Doch die wichtigste, nach wie vor ungelöste Frage war die nach der Politik gegenüber der Sowjetunion: Die Situation dort unterschied sich von der in allen anderen Ländern, und im Moment war Vorsicht geboten, denn warum sollte sich der Kampf gegen das System als solchem richten, wenn es gelang, die ausufernde Bürokratie offenzulegen und die Bürokraten bei der nächsten Gelegenheit in die Wüste zu schicken.

Es war keine leichte Aufgabe. Stalin hatte die »Freunde der UdSSR« bereits zu einer Kampagne aufgerufen, das Monopol des Antifaschismus an sich zu reißen, zumindest auf verbaler Ebene, denn was das Handeln betraf, schienen sie nicht besonders daran interessiert, sich dem der deutschen Asche entstiegenen Feind zu widersetzen. Die neue Kampagne verbreitete den Mythos, das sowjetische System sei die einzig mögliche Option gegen Hitler und die Barbarei. Während sie die Demokratien als Sympathisanten und sogar als Verursacher des Faschismus beschuldigten, reduzierten sie die ethischen und politischen Alternativen auf zwei: auf der einen Seite das durch den Faschismus verkörperte Grauen, auf der anderen die Hoffnung und das Gute, das durch die Kommunisten mit Stalin an der Spitze repräsentiert wurde. Die Falle war gelegt, und Lew Dawidowitsch sah den Sturz fast aller progressiven Kräfte des Westens voraus.

Während der vierwöchigen Vorbereitungszeit für die Pariser Konferenz verließen ihn die Schmerzen und das Fieber nicht einen Moment. Mehrmals versuchte Natalia, ihn von der Arbeit fernzuhalten, aber er weigerte sich und beruhigte sie, indem er ihr versprach, sich zu schonen, sobald die Versammlung vorbei war, und alles zu tun, was sie von ihm verlangte. Kurz vor dem völligen Zusammenbruch beendete er die Niederschrift der Thesen und verabschiedete van Heijenoort, dem er das Versprechen abnahm, ihn entgegen der Anweisungen seiner Frau auf dem Laufenden zu halten.

Die gespannte Erwartung machte bald einer Ernüchterung angesichts eines voraussehbaren Fiaskos Platz. Die in Paris versammelten Parteien und Gruppierungen spiegelten die Zersplitterung der europäischen und nordamerikanischen Linken wider, die von den Fehlschlägen entmutigt und von dem Druck aus Moskau eingeschüchtert war. Seine Anhänger hatten kleine Zellen gebildet, die in der Mehrzahl aus Dissidenten der kommunistischen Parteien bestanden. Sie schreckten vor einem neuen Zusammenschluss zurück, der von ihnen eine entschiedene antistalinistische Haltung und eine marxistische Ausrichtung auf der Basis der Doktrin von der permanenten Revolution verlangte. Lew Dawidowitsch glaubte, Moliniers überschäumende Energie und Ljowas Unerfahrenheit hätten die Möglichkeit einer strategischen Einigung verhindert, und als er erfuhr, dass nur drei der anwesenden Parteien bereit waren, eine neue Koalition einzugehen, riet er Ljowa, vom Ziel der Gründung der neuen Internationale Abstand zu nehmen, um das Gesicht zu wahren, und zu verkünden, dass das Treffen lediglich zur Vorbereitung der zukünftigen Organisation gedient habe.

Erschöpft und enttäuscht begab er sich in die Hände seiner Frau Natalia, die ihn in ein Zimmer ohne Schreibtisch verbannte und jedem Besucher, auch Ljowa, den Zutritt verwehrte. Doch sein Geist kam nicht zur Ruhe, und mehrere Tage grübelte er über die Gründe für den Misserfolg in Paris nach. Dieses Fiasko zeigte ihm, wie sehr sein politischer Einfluss in den fünf Jahren fast totaler Isolation abgenommen hatte. Der entscheidende Grund für das Scheitern schien ihm jedoch in der politischen Situation zu stecken, die so ganz anders war als die von 1917. Die revolutionären Positionen waren geschwächt, und es war utopisch, von ihnen eine Welle des Aufbegehrens zu erhoffen, die durch Europa bis vor die Tore Moskaus hätte führen können. Im Lichte betrachtet, muteten der Ruf nach permanenten Revolutionen und das Bild eines Führers, der die Ordnung sowohl des Kapitalismus als auch die des Moskauer Kommunismus umstürzen wollte, anachronistisch an.

Einige Wochen später, als die französischen Behörden einige der Beschränkungen aufhoben (jetzt war es ihm nur noch untersagt, sich in Paris und dem Departement Seine niederzulassen), beschloss Lew Dawidowitsch, das Abhängigkeitsverhältnis zu Molinier zu beenden und Saint-Palais zu verlassen. Seinen Finanzen entsprechend, entschied er sich für Barbizon, ein kleines Dorf, das Millet, Rousseau und andere Landschaftsmaler berühmt gemacht hatten. Am Rande des Waldes von Fontainebleau gelegen, zwei Stunden von Paris entfernt, bot Barbizon den Vorteil, dass er in der Nähe seiner Anhänger sein konnte, auch wenn er wieder auf Leibwächter angewiesen war.

Das Haus, das die Besitzer »Ker Monique« getauft hatten, war Anfang des Jahrhunderts erbaut worden und bestand aus zwei Stockwerken. Vom Wald trennte es nur ein ungepflasterter Weg, der so breit war wie gerade mal ein Auto. Seit sie an diesen, stets vom Duft des Waldes umgebenen Ort gezogen waren, spürte er seine Kräfte zurückkehren, und er fing an, wieder zu schreiben und seine Anhänger zu empfangen, um sie politisch auf Kurs zu halten. Auf diese Weise wollte er neue Abspaltungen verhindern, wie die in Spanien, wo eine Gruppierung, angespornt von seinem alten Freund Andreu Nin, soeben beschlossen hatte, eine von jeder Internationale unabhängige Partei zu gründen, oder jene in Frankreich durch Aktivisten wie Simone Weil und Pierre Naville. Besonders bedauerlich war die Entdeckung, wie sehr die politischen Ambitionen von Raymond Molinier der geplanten Internationale geschadet und ein solches Chaos in der französischen Opposition angerichtet hatten, dass es, schrieb er, Jahre brauchen würde, um die knapp hundert Aktivisten, die ihm noch folgten, wieder ins Boot zurückzuholen.

In jenem Winter ging er nachmittags oft mit Natalia durch den Kastanien- und Eichenwald, der zum Jagdgebiet von Frankreichs Monarchen gehört hatte, und manchmal besuchten sie sogar den königlichen Palast. Ab und zu gönnten sie sich den Luxus und aßen Wild in der alten Jägermeisterei, dem »Auberge du Grand Veneur«, doch meistens nutzte Lew Dawidowitsch die Stunden, um sich über die Neuheiten in der französischen Literatur zu informieren. Mit Vergnügen las er ein paar Romane von Georges Simenon, dem jungen Belgier, der ihn in Prinkipo interviewt hatte, entdeckte die *Reise ans Ende der Nacht* des überwältigenden Céline und genoss den epischen Malraux der *Condition Humaine,* des Romans, den der Schriftsteller ihm bei seinem Besuch in Saint-Palais geschenkt hatte.

Das Buch aber, das ihn in jener Phase wirklich bewegte, war aus Moskau gekommen und machte ihm wieder einmal klar, warum Majakowski sich eine Kugel ins Herz geschossen hatte und bis zu welchem Punkt ein totalitäres System das Talent eines Künstlers verderben konnte. *Belomorsko-Baltíyskiy Kanal ímeni Stálina* (»Der auf Stalin getaufte Kanal«) war von Maxim Gorki herausgegeben und mit einem Vorwort versehen worden und enthielt Texte von fünfunddreißig Schriftstellern, die sich bemühten, das nicht zu Rechtfertigende zu rechtfertigen. Seit der Kanal, der das Weiße Meer mit der Ostsee verband, im Sommer eingeweiht worden war, hatten die »Freunde der UdSSR« und die kommunistische Presse in Europa damit begonnen, Loblieder auf das Meisterwerk sozialistischer Ingenieurskunst zu singen und all diejenigen als Feinde der Arbeiterklasse zu diffamieren, die auch nur die Frage nach dem Nutzen des Unternehmens stellten. Doch Gorkis Textsammlung übertraf alles Bisherige an Widerwärtigkeit und Niedertracht. Bereits in seinem letzten Buch, das zum Kotzen gewesen war, hatte der Romancier die humanistischen Anstrengungen im Lager auf den Solowski-Inseln gerühmt, wo, wie in Moskau verkündet und von Gorki fröhlich wiederholt wurde, sich das sowjetische Strafsystem bemühe, gemeines Gesindel und Feinde der Revolution bei dreißig Grad unter null in gesellschaftlich nützliche Menschen zu verwandeln. Und nun rechtfertigten die Texte in *Kanal ímeni Stálina* das Grauen, indem sie die wunderbare

Umwandlung der Sträflinge, die zur Arbeit an dem Kanal gezwungen wurden, in leuchtende Vorbilder des neuen Sowjetmenschen beschrieben. Die moralische Verwerflichkeit des Buches erschreckte selbst Lew Dawidowitsch, der sich gegen jede Art von Erschrecken gefeit geglaubt hatte. Wenn die französischen Journalisten noch behaupten konnten, die Wahrheit über das, was beim Bau des Kanals geschehen war, nicht zu kennen und nur das zu wiederholen, was aus Moskau berichtet wurde, so mussten die sowjetischen Schriftsteller durchaus um das Grauen wissen, in dem die zweihunderttausend Gefangenen (widerspenstige Bauern, suspendierte Beamte, Oppositionelle, Mönche, Alkoholiker und so mancher Schriftsteller) gelebt hatten. Jahrelang waren sie dazu gezwungen worden, auf einer Länge von fünfundzwanzig Meilen felsigen Gebirges Schleusen, Dämme und Stauseen zu bauen, nur damit Stalin die Überlegenheit der sozialistischen Ingenieure beweisen konnte, die natürlich ebenfalls von ihm persönlich angeführt wurden. Die Zahl der Toten während der Bauarbeiten würde wohl nie bekannt werden, aber jeder Sowjetbürger wusste, dass mehr als fünfundzwanzigtausend Gefangene bei Unfällen oder durch Kälte oder Erschöpfung umgekommen waren. Außerdem war bekannt, dass für die Beschaffung der Arbeitskräfte der Kommissar für Innere Angelegenheiten verantwortlich gewesen war, der besessene Genrich Jagoda, dem Stalin bei der Einweihungsfeier des Kanals für seine Leistung den Stalinorden verliehen hatte.

Lew Dawidowitsch empfand Ekel angesichts der moralischen Verkommenheit eines Mannes wie Maxim Gorki, desselben Gorki, der es 1921 vorgezogen hatte, ins Exil zu gehen, immer noch davon überzeugt, dass »alles, was ich über die Rohheit der Bolschewisten, über ihre fehlende Kultur, über ihre an Sadismus grenzende Grausamkeit, über ihre Unwissenheit in Bezug auf die Psychologie des russischen Volkes, über die Tatsache, dass sie ein widerliches Experiment mit dem Volk anstellen und die Arbeiterklasse zerstören, all das und noch viel mehr, was ich über den Bolschewismus gesagt habe, nach wie vor seine Gültigkeit besitzt« … Mit welchen Argumenten hatte Stalin einen Mann mit einer solchen Einstellung aus seinem angenehmen italienischen Exil in die Sowjetunion zurücklocken können? Wie hatte er ihn dazu gebracht, sich so weit zu erniedrigen und jene Bücher zu veröffentlichen, mit denen er zu einem Komplizen von derart furchtbaren Verbrechen gegen die Menschlichkeit, die Würde und die Intelligenz geworden war?

Mit dem Jahr 1934 kam ein Hoffnungsschimmer nach Barbizon, der Lew Dawidowitsch wochenlang in Unwissenheit ließ. Über die wenigen noch intakten Kanäle erhielt er aus Moskau die Nachricht, dass sich die politischen Rivalen Stalins miteinander verbunden hatten und planten, den XVII. Kongress der bolschewistischen Partei für eine Entscheidungsschlacht um ihr Überleben zu nutzen. Viele Mitglieder, die Trotzki insgeheim weiterhin unterstützten und seine Rückkehr für dringend erforderlich hielten, dazu diejenigen, die sich Stalin widersetzt und einige Jahre mit Trotzki zusammengearbeitet hatten und dafür aus der Partei ausgeschlossen worden waren, wollten den Georgier durch eine Abstimmung, bei der die zukünftigen Politiker kandidieren sollten, aus dem Amt verjagen. An der Spitze der heterogenen, nur im Hass auf Stalin geeinten Gruppe standen altgediente Bolschewisten verschiedener Tendenzen, darunter Lenins frühere Genossen – Sinowjew, Kamenew, Pjatakow und der immer wieder überraschende Bucharin – und Oppositionelle, die kapituliert hatten und dann reumütig zu den Trotzkisten zurückgekehrt und wieder aufgenommen worden waren. Es ging das Gerücht, dass der junge Parteisekretär in Leningrad, Sergej Kirow, bei der Abstimmung als Sieger hervorgehen würde, ein Mann, dessen Name nicht durch die innerparteilichen Kämpfe der 1920er-Jahre befleckt war. Die Informationen lauteten darauf, Kirow habe, obwohl er sich einer Einigung mit den Oppositionellen verweigert hatte und dem Generalsekretär treu ergeben war, die Exzesse Stalins bei der Kollektivierung und Industrialisierung kritisiert und sei als guter Kommunist bereit, den Willen des Kongresses zu respektieren.

Mit seinen Erfahrungen als Ausgestoßener stellte sich Lew Dawidowitsch vor, mit welchen Tricks der stets bestens informierte Stalin die zu erwartende Rebellion zerschlagen würde. Sein Talent, zu spalten, Menschen zu benutzen, die Schwächsten zu erpressen, seinen treusten Anhängern und den Überläufern mit Rache zu drohen, würde sich in diesen Tagen zweifellos zu voller Blüte entfalten. Als dann der Kongress am 26. Februar eröffnet, die ersten Lobreden auf den Fünfjahresplan gehalten und die ehrgeizigen Wirtschaftspläne für die Zukunft vorgestellt wurden und man beschloss, die Versammlung den »Kongress der Sieger« zu nennen, ging er jede Wette darauf ein, dass die Rivalen des Generalsekretärs die Schlacht bereits verloren hatten.

Der Zerfall bestätigte sich in den Berichten über die Rede Bucharins, der ebenjene politische Haltung verurteilte, die er vor Kurzem selbst noch vertreten hatte, um dann einzugestehen, dass »Genosse Stalin recht hat, wenn er in brillanter Anwendung der marxistisch-leninistischen Dialektik eine ganze Serie theoretischer Anträge dieser hinterlistigen Rechten abschmettert, für die ich vor allen anderen meinen Teil der Verantwortung übernehme«. Angesichts dieser stillschweigenden Hinnahme der Niederlage konnte sich Lew Dawidowitsch nicht genug über den Mut einiger weniger wundern, die den Antrag gestellt hatten, Stalin von seinen Ämtern zu entbinden und frischen Wind in die Politik des Landes zu bringen. Die Abwahl Stalins bekam keine Mehrheit bei den Delegierten, die Angst vor dem Gespenst des Wechsels hatten, vor dem Verlust von Privilegien und der möglichen Rache ... Wie damals Pjatakow ihm, so konnte Lew Dawidowitsch jetzt Pjatakow, Sinowjew, Kamenew, Bucharin und auch Kirow prophezeien, dass Stalin sie die Kühnheit und die Herausforderung mit ihrem Blute und dem ihrer Familien würde büßen lassen.

Im Frühling war es mit der friedlichen Zeit in Barbizon vorbei. Die merkwürdige Festnahme von Rudolph Klement (er hatte auf seinem kleinen Motorrad die Geschwindigkeit überschritten) durch einen Ortspolizisten, der vom französischen Geheimdienst nicht informiert worden war und erst jetzt Trotzkis Anwesenheit »entdeckte«, entfesselte eine heftige Kampagne gegen die Regierung, angeführt von Kommunisten und Faschisten, denen es sogar gelang, einen Ausweisungsbeschluss gegen ihn zu erwirken.

Aus Furcht vor angekündigten Vergeltungsmaßnahmen der Stalinisten und der faschistischen *cagoulards,* eines französischen Geheimbunds, verließen Lew Dawidowitsch und Natalia Sedowa Barbizon nach Einbruch der Dunkelheit. Um seine Identifizierung zu erschweren, rasierte sich Lew Dawidowitsch den Bart ab und tauschte seine runde Brille gegen eine andere ein; dann schlugen sie sich nach Paris durch, wo sie sich mit Ljowa berieten, was zu tun sei.

Als Zufluchtsort wählten sie schließlich Chamonix in den Alpen, nahe der Grenzen zur Schweiz und zu Italien, von wo aus die Bergsteiger ihre Expeditionen zum Mont Blanc starteten. Doch nach wenigen Wochen wurden die Trotzkis seltsamerweise von einem Journalisten aufgespürt, und der Präfekt zwang sie, die Region zu verlassen. Auf der Suche nach einem abgelegenen Ort nahmen sie Kurs auf Domène, einem kleinen Dorf in unmittelbarer Nähe von Grenoble, wo Lew Dawidowitsch beschloss, sogar auf seine Leibwächter und Sekretärinnen zu verzichten. Hier würde er ein Niemand sein.

Bis ans Ende seines Lebens würde sich Lew Dawidowitsch an den Morgen des 2. Dezember 1934 erinnern, als er auf den Hof des Hauses in Domène trat, wo Natalia gerade die frisch gewaschene Bettwäsche aufhängte. Der Anblick seiner Frau, der Geruch nach Seife und der morgendliche Duft schufen eine friedvolle Atmosphäre, die ihm vor dem Hintergrund der Nachricht, die er soeben im Radio gehört hatte, vollkommen irreal erschien: Sergej Kirow war in seinem Büro im Smolny-Palast von Leningrad ermordet worden. Der Emigrant stellte sich das Entsetzen in der Sowjetunion und die Maßnahmen vor, die nun ergriffen werden würden. Von hier aus, das wusste er nur zu genau, würde es kein Zurück mehr geben.

In den Berichten war von einer Verhaftungswelle die Rede und von ersten Ermittlungen, die auf die trotzkistische Opposition (zu der auch der Mörder, ein gewisser Leonid Nikolajew, angeblich gehörte) als geistige Urheberin des Mordes und auf ein Komplott gegen die Regierung hindeuteten, an dem sogar der lettische Konsul in Leningrad, angeblich ein »Agent« Trotzkis, beteiligt gewesen sein sollte.

Als er Natalia erzählte, was vorgefallen war, stellte sie ihm die Frage, die ihn bis an sein Lebensende verfolgen sollte: »Und Serjoscha?«

Eine Woche bangen Wartens ging zu Ende, als Ljowa aus Paris einen Brief von Serjoscha brachte. Im Gegensatz zu seinen früheren Botschaften, die leutselig und persönlich gewesen waren, immer an seine Mutter gerichtet, war diese hier ein einziger Hilfeschrei. Die Situation in Moskau war chaotisch, die Verhaftungen nahmen kein Ende, alle lebten in der Angst davor, verhört zu werden. Sergej Sedow, der apolitische Wissenschaftler, bezeichnete seine Lage als »schlimmer, als man sich vorstellen kann«. Als Natalia den Brief zu Ende gelesen hatte, brach sie in Tränen aus. Was würde mit ihrem Jungen passieren? Was war der Grund für seine schlimme Situation? Nur dass er ein Trotzki war? Das Hoffen auf neue Nachricht von Serjoscha wurde seitdem unerträglich, und das Leben seiner Eltern bestand aus nichts anderem als Warten.

Welchen Lauf die Ereignisse nehmen würden, wurde deutlich, als die Information eintraf, dass die GPU noch am 2. Dezember an die hundert Personen hingerichtet hatte, die alle bereits vor dem Mord an Kirow verhaftet worden waren, während zahlreiche Parteimitglieder eingesperrt wurden. Und noch klarer wurde es durch Bucharins Artikel für die *Iswestija,* in denen er jede Art von Abweichung als illegal geißelte und im nächsten Atemzug Stalins Parole wiederholte, dass die Opposition nur zur Konterrevolution führen könne. Als Beispiel nannte er die Fälle Sinowjew und Kamenew, die er als degenerierte Faschisten bezeichnete. Als Lew Dawidowitsch am 23. Dezember hörte, dass Sinowjew und Kamenew verhaftet und als »moralische« Komplizen des Attentats angeklagt wurden, bestand für ihn deshalb kein Zweifel daran, dass ein Sturm von zerstörerischer Kraft entfesselt worden war. Zweimal schon hatte Stalin die beiden Bolschewisten und Genossen Lenins aus der Partei ausgeschlossen, und zweimal hatte er sie wieder aufgenommen, um sie bei jeder Gelegenheit menschlich und politisch zu diskreditieren, bis sie nur noch stammelnde Schatten waren, von denen nichts übrig geblieben war als die Erinnerung an ihre Namen. Jetzt allerdings schien die Stunde der Wahrheit gekommen für zwei Gespenster aus der Vergangenheit, die Stalin unerbittlich zerquetschen würde, wo er doch ebendiesen beiden seinen Aufstieg an die Macht verdankte: Wenn sie sich nach Lenins Tod nicht mit dem (so hatten sie damals geglaubt) beschränkten und unbeholfenen Stalin verbündet hätten, mit dem Ziel, Trotzki den Zugang zur Macht zu verbauen, dann wäre die Geschichte der Sowjetunion vermutlich anders verlaufen.

Lew Dawidowitsch erinnerte sich an den nervösen Blick Sinowjews und an den verschlagenen Blick Kamenews (er hatte nie verstanden, wie seine kleine Schwester ihn hatte heiraten können), als sie ihn beschuldigt hatten, die Macht anzustreben. In Vorfreude auf den bevorstehenden Erfolg hatten sie die Offensive gegen Trotzki und seine Ideen angeführt, hatten ihm vorgeworfen, unbedingt die erste Geige spielen und die Revolution nach halb Europa tragen zu wollen und dabei das heilige Schicksal der Sowjetunion aufs Spiel zu setzen. Dieses tragische Duo würde die unselige Stunde niemals genug bedauern können, in der sie die schmierige Hand des Bauern aus Georgien ergriffen hatten, der in der anderen den Dolch verbarg.

Serjoschas Schweigen begleitete die Trotzkis in das Jahr 1935, das mit den schlimmsten Vorzeichen begann. Am Nachmittag des 31. Dezember machte das Ehepaar trotz der Kälte, die von den Bergen herunterkam, einen Spaziergang durch die nahen Felder. Sie hatten sich von dem Radioapparat trennen wollen, der aus Moskau patriotische Märsche, triumphale Reden des Generalsekretärs und Nachrichten verbreitete wie die, dass der Mörder Nikolajew, seine Frau und seine Schwiegermutter zusammen mit dreizehn weiteren Parteimitgliedern hingerichtet worden waren, nachdem sie ihre Nähe zur trotzkistischen Opposition und ihre direkte oder indirekte Beteiligung an der Ermordung Kirows zugegeben hatten. Auf halbem Wege bat Natalia um eine Verschnaufpause und setzte sich erschöpft ins Gras. Lew Dawidowitsch betrachtete seine Frau und musste feststellen, dass der Kummer sie überraschend schnell hatte altern lassen. Dabei beklagte sie sich nie über ihr Schicksal, und wenn sie ihren Mann jammern hörte, ermunterte sie ihn, seinen Weg fortzusetzen. Auf seine Frage, ob es ihr nicht gut gehe, antwortete sie, dass sie ein wenig müde sei; dann verstummte sie wieder, als hätte sie ein Schweigegelübde abgelegt, das es ihr verbot, von ihren Ängsten zu sprechen. Ihrer Verzweiflung über die ausbleibenden Nachrichten Ausdruck zu verleihen wäre dem Eingeständnis gleichgekommen, dass auch ihr Serjoscha von der Welle der Gewalt verschlungen werden könnte, die von einer Revolution ausgelöst worden war, deren wichtigstes Prinzip der Frieden gewesen war.

Wochenlang schlich Lew Dawidowitsch wie ein Gespenst durch das Haus in Domène. Auch als aus Moskau die Nachricht kam, Sinowjew, Kamenew und die anderen für die Ermordung Kirows »moralisch Verantwortlichen« seien zu einer Strafe zwischen fünf und zehn Jahren Gefängnis verurteilt worden, wachte er kaum aus seiner Betäubung auf. Kurz darauf erfuhren sie, dass Wolkow und Newelson, die bereits 1928 deportierten Männer ihrer verstorbenen Töchter Sina und Nina, erneut verurteilt worden waren und dass seine erste Frau Alexandra Sokolowskaja trotz ihres Alters aus Leningrad ausgewiesen und nach Tobolsk gebracht werden sollte, genauso wie Kamenews Frau Olga Kamenewa. Alle diese Strafaktionen hatten eine positive Seite, an die sich die Trotzkis klammerten: Wenn die verurteilten Oppositionellen und ihre Familien lediglich eingesperrt oder deportiert wurden, dann lebte bestimmt auch Sergej noch, selbst wenn er verhaftet worden war. Aber warum schrieb er dann nicht? Warum wurde er nirgends erwähnt?

Entgegen den skeptischen Einwänden ihres Mannes verfasste Natalia einen offenen Brief an die internationale Gemeinschaft, in dem sie versicherte, dass ihr Sohn Sergej Sedow, Wissenschaftler am Technologischen Institut in Moskau, keiner Partei angehöre, und darum bat, herauszufinden, wo er sich aufhielt, und sein Schicksal öffentlich zu machen. Sie forderte Persönlichkeiten wie Romain Rolland, André Gide, Bernard Shaw und verschiedene Arbeiterführer auf, sich für ihren Sohn einzusetzen, da sie davon ausging, die sowjetische Bürokratie könne sich nicht ungestraft über die öffentliche Meinung, die linke Intelligenz und die weltweite Arbeiterbewegung hinwegsetzen.

Währenddessen waren die Stimmen gegen ihn so aggressiv geworden, dass Lew Dawidowitsch täglich darauf gefasst sein musste, Opfer einer spontanen oder vorsätzlichen Gewalttat zu werden. Deswegen hatte er seine Leibwächter aus Paris kommen lassen und konzentrierte jetzt seine Hoffnungen auf ein Asyl in Norwegen, wo die sozialistische Partei soeben bei den allgemeinen Wahlen gesiegt hatte. In seinem Antrag führte er gesundheitliche Probleme sowie die Gefahr für seine persönliche Sicherheit an, und wie bereits in Frankreich verpflichtete er sich, sich aus der Politik des Landes herauszuhalten.

Als der stalinistische und faschistische Druck auf Frankreich übermächtig zu werden drohte (es war davon die Rede, ihn in irgendeine Kolonie zu schicken, vielleicht nach Guyana), öffnete sich durch die Bewilligung des norwegischen Visums wieder einmal eine Hintertür für ihn. Im Gegensatz zu dem, was er vor zwei Jahren gefühlt hatte, als er Büyükada verließ, verspürte er bei der überstürzten Abreise aus Domène, wo er fast zwei Jahre ohne einen glücklichen Moment gelebt hatte, nicht den Anflug von Wehmut.

Begleitet von Ljowa, reisten sie nach Paris, wo sie um die Aushändigung des ersehnten Visums kämpfen mussten, während die französischen Behörden Lew Dawidowitsch aufforderten, das Land innerhalb von achtundvierzig Stunden zu verlassen, weil er entgegen den Auflagen in die Hauptstadt gekommen war. Im Moment der Abreise überreichte er Ljowa einen Brief, den er im *Bulletin* veröffentlichen sollte. Darin bezichtigte er die Politiker des demokratischen Frankreich eines schmutzigen Spiels nicht nur mit ihm, sondern auch mit dem Schicksal der Republik, indem sie sich Moskau als Vermittler angeboten hatten, während der Faschismus sich über das ganze Land ausbreitete. »Ich verlasse Frankreich mit einer tiefen Liebe zu seinem Volk und mit einem unerschütterlichen Glauben an die Zukunft der Arbeiterklasse. Früher oder später wird sie mir die Gastfreundschaft gewähren, die die Bourgeoisie mir verweigert hat«, schrieb er am Ende des Briefes mit seinem unverwüstlichen Optimismus. Doch auf der Fahrt durch Paris kamen ihm Zweifel, und er überlegte, ob die mögliche Rückkehr in ein proletarisches Frankreich nicht vielleicht eine Illusion war. Ganz bestimmt ist sie das, schrieb er später, der Sozialismus hat sich sein eigenes Grab geschaufelt, und ich glaube, dass er dort für lange Zeit dahinfaulen wird.

Die warme Herzlichkeit, mit der ihn der norwegische Journalist Konrad Knudsen in seinem Haus aufnahm, war ein Trost nach der Einsamkeit, der Anspannung und der Isolation der letzten Monate in Frankreich. Die friedvolle Stille in dem kleinen Dorf Vexhall war mit Händen zu greifen und umhüllte ihn wie ein Samtvorhang. Die Sommernachmittage vergingen langsam, so als wollte der Tag nicht vergehen, während der Morgen frisch und munter zwischen den Bäumen aufstieg, wie geschaffen für einen langen Spaziergang. Seit seiner Ankunft in Vexhall hatte er die Gewohnheit angenommen, seinen Morgenkaffee im Hof der Knudsens zu trinken und dabei den anbrechenden Tag zu begrüßen und den Duft des Waldes einzuatmen.

Bei seiner Ankunft in Norwegen hatte er die Hoffnung genährt, dass vielleicht hier die Anspannung nachlassen würde, die in den sieben Jahren der Deportation und des Exils auf ihm gelastet hatte. Doch sehr bald hatte er sich den Beschimpfungen der kommunistischen und faschistischen Presse ausgesetzt gesehen – mit derselben Heftigkeit und in einer sehr ähnlichen Sprache –, die versuchte, ihn für die Regierung in Oslo zu einem politischen Problem werden zu lassen. Doch seine sozialistischen Gastgeber waren der Kampagne mit scharfen Worten entgegengetreten und hatten erklärt, das Asylrecht dürfe in einer demokratischen Nation keine leere Versprechung bleiben, und das norwegische Volk, allen voran seine Arbeiterschaft, fühle sich von seiner Anwesenheit geehrt. Man werde es nicht dulden, dass Moskau gegen die Gastfreundschaft hetze, die das Land einem Revolutionär gewähre, dessen Name eng mit dem Lenins verbunden sei. Darüber hinaus hatten mehrere Minister ihm zu verstehen gegeben, die Begrenzung des Visums auf sechs Monate sei als eine reine Formalität zu betrachten. Die einzigen Auflagen waren weiterhin, dass er sich nicht in die inneren Angelegenheiten Norwegens einmischen dürfe und sich außerhalb Oslos niederlassen müsse. Deshalb war der sozialdemokratische Politiker und Journalist Konrad Knudsen gebeten worden, den Gast in Vexhall aufzunehmen, einem kleinen Dorf in der Nähe von Hønefoss, fünfzig Kilometer von der Hauptstadt entfernt.

Lew Dawidowitsch würde sich an seine ersten Tage immer als eine seltsame und chaotische Zeit erinnern. Natalia und er waren in einem weiträumigen Zimmer mit einem prachtvollen Mahagonischreibtisch untergebracht und mussten sich an den Rhythmus der vielköpfigen Familie gewöhnen, deren Mitglieder sich in den Sommermonaten nicht nach der Uhr richteten und nach Belieben ein paar Tage wegblieben und wieder auftauchten, gerade wie es ihnen gefiel. Die Abwesenheit der Leibwächter, die nach Meinung der Sozialisten überflüssig waren, ließ ihn argwöhnisch nach dem offenen Gartentor schielen und daran denken, dass die vertrauensvollen Norweger Grenzen voraussetzten, die Stalin und die Killer seiner Geheimpolizei nicht kannten. Doch der wichtigste Teil der Anpassung an das Leben in Vexhall war die Vereinbarung zwischen Knudsen und seinem Gast, die sie als »Nichtangriffspakt« bezeichneten und die es ihnen erlaubte, über Politik zu reden, aber nur unter der Bedingung, dass ihre jeweiligen Positionen als Kommunist beziehungsweise als Sozialdemokrat nicht infrage gestellt wurden.

Wenn dem Exilanten noch Zweifel an der norwegischen Gastfreundschaft geblieben waren, dann wurden sie zerstreut, als ihn der Justizminister Trygve Lie besuchte, zusammen mit Martin Tranmael persönlich, dem Gründer und Chef der Sozialistischen Arbeiterpartei Norwegens. Das zunächst ungezwungene Gespräch mündete in ein Interview, das Lie im *Arbeiderbladet,* der wichtigsten Tageszeitung der Sozialisten, veröffentlichen wollte und in dem sich Interviewer und Interviewter über alle politischen Differenzen hinweg die Hand reichten.

Obwohl Lew Dawidowitsch spürte, dass die Anspannung langsam nachließ, reagierte sein Körper nach einiger Zeit mit einem allgemeinen Unwohlsein, das ihn in den nächsten Monaten nicht verlassen sollte. Dennoch schloss er sich jeden Tag in seinem Zimmer ein, ignorierte die Kopf- und Gelenkschmerzen und begann wieder, an der Biografie Lenins zu schreiben, die sein nordamerikanischer Verleger anmahnte, der Einzige, der sich nach dem Rückzug des deutschen und des französischen Verlegers für sein Werk noch interessierte. Eine Nachricht, die ihn Anfang August 1935 aus Moskau erreichte, ließ ihn jedoch daran zweifeln, ob er seine Kräfte weiterhin auf die Biografie des Revolutionsführers konzentrieren sollte oder ob es angesichts des virulenten Zynismus in der Sowjetunion nicht dringender war, über das Grauen der Gegenwart und die Notwendigkeit seiner Überwindung nachzudenken. Die Ausgabe der *Prawda,* die ihn so beunruhigt hatte, berichtete über eine Feierlichkeit im Kreml, während der Stalin zuerst großzügig Orden und Auszeichnungen verteilt und dann eine seiner unvermeidlichen Reden gehalten hatte. Diesmal hatte er sich auf ein einziges Triumphgeheul beschränkt: »Das Leben ist besser geworden, Genossen! Das Leben ist fröhlicher geworden! Trinken wir auf das Leben und auf den Sozialismus!« Die Erfahrung, die ihn jede Regung dieses Mannes abzuschätzen gelehrt hatte, sagte ihm, dass dies keine zufällig dahingeworfenen Worte waren, sondern das Gebrüll eines Löwen, der zu einer brutalen Jagd entschlossen war.

Monatelang bewertete Lew Dawidowitsch jede Handlung, ordnete alle Fakten ein, versuchte, die Absichten der Politik zu ergründen, die der Kreml Anfang 1935 nach dem Prozess gegen Sinowjew, Kamenew und Co. verfolgte. Seitdem hatte es weniger Verhaftungen gegeben, und eine Woge des Optimismus hatte, verstärkt durch die offizielle Propaganda, das ganze Land erfasst, während man herausragende Arbeiter und Repräsentanten der verschiedenen Republiken feierte, Festbankette für verdiente Wissenschaftler, Sportler und Funktionäre ausrichtete und Parteiführer aller Ebenen auszeichnete. Nach den Hungersnöten und der Repression der letzten Jahre versuchte Stalin, ein Klima der Sicherheit zu schaffen und das Gefühl zu verbreiten, dass die schlechten Zeiten der Vergangenheit angehörten und nun die Zeit des sozialistischen Wohlstands anbräche. Doch bald würde sich das Ganze als Täuschung herausstellen, und dann würde, dessen war sich Lew Dawidowitsch sicher, der nächste, endgültige Schlag erfolgen, der das Land erschüttern und ein System zementieren würde, in dem Stalin endlich herrschen könnte, ohne irgendwelche Rivalen fürchten zu müssen.

Außer der Information, dass Serjoscha lebte, eingesperrt in seiner Moskauer Wohnung, hatten die letzten November- und die ersten Dezemberwochen nichts Gutes zu bieten. Lew Dawidowitschs Organismus war so erschöpft, dass er befürchtete, sein Leben könne auf diese triviale Weise enden: Tod durch Erschöpfung, wie schrecklich!, schrieb er ... Doch vielleicht war es ebendieser Gedanke, zu sterben, ohne seine vielen Projekte vollendet zu haben, der das Wunder vollbrachte, sich ihn sozusagen von einem Tag auf den anderen von seinem Lager erheben zu lassen, praktisch wieder im Vollbesitz seiner Kräfte. Obwohl seine Muskeln noch etwas steif waren, fühlte er sich wie neugeboren, und er nahm Knudsens Einladung an, an einem Ausflug in das ideale Skigebiet im Norden von Hønefoss teilzunehmen. Als bemerkenswertestes Ereignis der Expedition würde ihm der Tag in Erinnerung bleiben, an dem er mit seinen Skiern bis zu den Knien im Tiefschnee stecken blieb und durch eine von Knudsen geleitete und von Jean van Heijenoort und seinem neuen Assistenten, dem soeben eingetroffenen Erwin Wolf, durchgeführte Rettungsaktion befreit werden musste.

Kurz darauf, in den ersten Wochen des Jahres 1936, erhielt Lew Dawidowitsch einen Brief, der ihm, besser als jeder Text der Psychoanalyse, einen genauen, höchst dramatischen Begriff von dem vermitteln konnte, was Angst ist und was sie im Menschen bewirken kann. Der Brief kam von seinem alten Mitstreiter Fjodor Dan, der nach dem Sieg der Bolschewiken ins Exil gegangen war. Fjodor Dan war einer der revolutionären Sozialdemokraten gewesen, die 1903 auf dem Kongress in Brüssel gegen Lenin gestimmt und die Bewegung der Menschewiki innerhalb der Partei begründet hatten. Doch obwohl Dan sich bemüht hatte, die sich im revolutionären Kampf entgegenstehenden Gruppierungen einander anzunähern, hatte ihn seine Treue zu den Menschewiki 1917 in einen Gegensatz zur proletarischen Revolution gebracht. Er war für die Errichtung eines parlamentarischen Systems in Russland gewesen, dem sich Lew Dawidowitsch in den Monaten vor dem Oktoberaufstand widersetzt hatte. Als der Sieg der Bolschewisten endgültig feststand, hatte Dan versucht, sich ihnen anzunähern, doch wenig später sein Scheitern eingestehen und sich still ins Exil zurückziehen müssen.

Nachdem Dan ihn in seinem Brief begrüßt und ihm Gesundheit gewünscht hatte, erklärte er, dass er es wage, ihm nach so vielen Jahren physischer und politischer Trennung zu schreiben, weil ein gemeinsamer Freund, Doktor Le Savoureux, darauf gedrängt habe, ihm etwas mitzuteilen, das in vielerlei Hinsicht die Vergangenheit und die voraussehbare Zukunft von Lew Dawidowitsch betreffe.

Dan schrieb ihm, dass Bucharin, obwohl Stalin ihn nach zahlreichen Demütigungen vollkommen kaltgestellt hatte, nach Europa geschickt worden war, mit dem Auftrag, einige wichtige Dokumente von Marx und Engels zu erwerben. Stalin wolle sie in die Bestände des ehemaligen Marx-Engels-Lenin-Instituts aufnehmen, dem inzwischen sein eigener Name hinzugefügt worden war. Mit reichlich Geld ausgestattet, war Bucharin nach Wien, Kopenhagen, Amsterdam und Berlin gefahren und schließlich in Paris angekommen, wohin die deutschen Sozialdemokraten nach Hitlers Machtergreifung das Gros ihrer Archive gebracht hatten. Dort sollte Bucharin mit einem alten russischen Kämpfer verhandeln, dem Menschewiken Boris Nikolajewski, ebenfalls ein Freund von Doktor Le Savoureux. Während der Gespräche hatte sich Bucharin stets reserviert gezeigt, nervös, unentschlossen, so als hätte er unter einer großen Anspannung gestanden, und obwohl Nikolajewski es immer wieder versucht hatte, war es ihm unmöglich gewesen, Bucharin dazu zu bewegen, sich über die Geschehnisse in der UdSSR zu äußern, über den Mord an Kirow zum Beispiel oder über die Verhaftung von Sinowjew und Kamenew, die Bucharin selbst als angebliche Faschisten an den Pranger gestellt hatte. »Anfangs schien er uns sehr misstrauisch zu sein«, schrieb Dan, der, zusammen mit seiner Frau, zwei- oder dreimal die Gelegenheit gehabt hatte, ihn zu treffen und mit ihm über die einzigen Themen zu sprechen, die Bucharin akzeptierte: französischen Käse und französische Literatur, seine Freundschaft mit Lenin und die Dokumente, die er kaufen sollte. Nur einmal hatte es Dan geschafft, ihn zu einer Bemerkung über Stalins Politik zu verleiten, und vielleicht in einer Anwandlung von Aufrichtigkeit hatte Bucharin ihm gestanden, dass es ihn sehr schmerze, wie der Generalsekretär den Geist der Revolution zerstöre. Jedem Kenner der sowjetischen Politik, schrieb Dan weiter, sei es zumindest merkwürdig vorgekommen, dass Stalin ausgerechnet Bucharin für diese Mission ausgewählt hatte, die doch eher kommerziell als philosophisch oder historisch war, denn die politischen Säuberungen in der UdSSR deuteten darauf hin, dass der hysterische

Bucharin, der einmal gewagt hatte, Stalin herauszufordern, früher oder später zum Opfer würde. Doch die größte Überraschung sollte noch kommen: Ohne dass Bucharin auch nur darum zu bitten gewagt hätte, schickte der Tyrann Anna Larina nach Paris, Bucharins schwangere junge Frau. Was für ein seltsames Spiel wurde da gespielt? Warum ließ Stalin seine Geisel gehen und erlaubte es Bucharin, zu desertieren, ohne seine Frau zurücklassen zu müssen? War es ihm lieber, dass Bucharin im Ausland und nicht im Lande war, wo er ihn doch ohne Weiteres hätte vernichten können, wie Sinowjew und Kamenew, oder ihn umbringen lassen, wie Kirow? Ging es ihm darum, Bucharin zu einem Deserteur zu machen, bevor er zum Märtyrer wurde?, fragte sich Dan und zwang auch Lew Dawidowitsch, darüber nachzugrübeln, während er den Brief las.

Einige Wochen später, so Dan weiter, habe Stalin Bucharin mitgeteilt, er solle die Verhandlungen vergessen, die Dokumente von Marx und Engels interessierten ihn nicht mehr, deshalb fordere er ihn auf, unverzüglich nach Moskau zurückzukehren. Doktor Le Savoureux sei anwesend gewesen, als Bucharin den Befehl erhalten habe, und habe gesehen, wie das Gesicht dessen, der das Wunderkind des Bolschewismus und vielversprechendster Theoretiker der Revolution gewesen war, bleich geworden sei. Le Savoureux habe ihm geraten, nicht nach Moskau zurückzukehren: Diese Aktion könne nur das eine Ziel haben, ihn im Lande festzuhalten und zum Opfer irgendeiner Repression zu machen. Nikolajewski sei derselben Meinung gewesen und habe Bucharin darauf hingewiesen, dass sich ihm in Europa die Möglichkeit biete, zusammen mit Trotzki eine Opposition anzuführen, mit den besten Aussichten, Stalin aus dem Sattel zu heben. Bucharin jedoch habe angefangen, seine Rückkehr vorzubereiten, in aller Stille, mechanisch, wie jemand, der sich freiwillig und in vollem Bewusstsein aufs Schafott begebe. Le Savoureux habe ihn wutentbrannt gefragt, wie es möglich sei, wie jemand, der jahrelang gegen den Zarismus gekämpft und Lenin in den dunkelsten Stunden des Kampfes begleitet habe, einwilligen könne, nach Moskau zurückzugehen, um sich wie ein Schaf auf die Schlachtbank führen zu lassen. Daraufhin habe Bucharin ihm die niederschmetterndste aller Antworten gegeben: »Ich kehre aus Angst zurück.« Le Savoureux habe gedacht, er hätte nicht richtig verstanden – vielleicht war ja Bucharins Französisch vor lauter Nervosität schlechter geworden –, doch dann sei er sicher gewesen, ihn ausgezeichnet verstanden zu haben: *Ich kehre aus Angst zurück.* Le Savoureux habe zu ihm gesagt, dass er genau deshalb nicht zurückgehen dürfe, im Exil sei er von größerem Nutzen für sein Land und für die Revolution, und da habe Bucharin ihm schließlich die volle Wahrheit seiner Gedanken enthüllt: Er sei nicht aus demselben Holz geschnitzt wie Lew Dawidowitsch, und das wisse Stalin und, vor allem, er selbst. Er sehe sich nicht in der Lage, dem Druck standzuhalten, dem Trotzki in all den Jahren ausgesetzt gewesen sei, und er sei nicht bereit, wie ein Paria zu leben und darauf zu warten, dass ihm irgendwann ein Dolch in den Rücken gestoßen werde. »Ich weiß, dass Stalin mich früher oder später vernichten wird; vielleicht lässt er mich umbringen, vielleicht auch nicht. Aber ich werde zurückkehren, um mich an die Möglichkeit klammern zu können, dass er es nicht für nötig hält, mich zu töten. Ich ziehe es vor, mit dieser Hoffnung zu leben, als in ständiger Angst und in dem Wissen, verurteilt zu sein.«

Bucharin kehrte nach Moskau zurück, zusammen mit Anna Larina, die inzwischen im siebten Monat schwanger war. Le Savoureux verabschiedete sich von ihm an der Gare du Nord und traf sich dann mit Nikolajewski und Dan in einem russischen Restaurant im Quartier Latin, wo sie häufig zu Abend aßen. Die Unterhaltung drehte sich selbstverständlich um Bucharin. »Da wurde uns klar«, schrieb Dan, »dass Stalin die ganze Zeit Katz und Maus mit ihm gespielt hatte. Er musste nicht hinter seiner Beute herrennen. Stalin konnte sicher sein, dass die armselige Maus vor lauter Angst zurückkehren und die Krallen küssen würde, die ihn, sobald die Katze Appetit bekam, packen und zerfetzen würden, um ihn dann zu verschlingen. Eine sadistischere und krankhaftere Vorgehensweise kann man sich nicht vorstellen. Und das Schrecklichste daran ist, zu wissen, dass dieser Mann, der zu so etwas fähig ist, derjenige ist, der heute unser Land regiert, der die Revolution anführt, von der wir alle, zwar in unterschiedlicher Form, aber mit derselben Leidenschaft, geträumt haben, Du und ich und Lenin und all die anderen Männer, die Stalin beseitigt hat und in Zukunft noch beseitigen wird. Und ich bin sicher, dass unter den im Schlachthof Stalins Geopferten auch Bucharin sein wird, der so viel Angst hatte, dass er den sicheren Tod dem Risiko vorzog, Mut beweisen zu müssen, um leben zu können.«

In den nächsten Wochen kämpfte Lew Dawidowitsch mit sich selbst, um Fjodor Dans traurige Geschichte aus seinen Gedanken zu reißen. Doch immer wieder sah er das Bild des bleichen Bucharin vor sich, das so ganz anders war als das des begeisterten, romantischen Jungen, der ihm in New York zur Begrüßung entgegengeeilt war, nachdem Frankreich ihn 1916 des Landes verwiesen hatte: Und noch einige Monate später, als er die Zeitungen verschlang und die Nachrichten im Radio verfolgte, in denen von dem Moskauer Prozess gegen eine Gruppe ehemaliger Genossen berichtet wurde, musste er an Bucharins Satz denken: *Ich kehre aus Angst zurück.* Lew Dawidowitsch wurde sich mit ganzer Klarheit bewusst, bis zu welchem Punkt sich das von ihm mitbegründete Land in ein Reich verwandelt hatte, in dem die Angst regierte. Und als er die Urteile dieses Prozesses vernahm, der mehr einer Farce glich, machte sich in ihm die schmerzliche Gewissheit breit, dass Stalin mit der Entscheidung, mehrere der Männer, die für den Sieg des Bolschewismus gekämpft hatten, erschießen zu lassen, die letzten Reste der Seele der Revolution vergiftet hatte und man nur noch dasitzen und abwarten konnte, bis ihr Tod eintreten würde, morgen, in zehn oder zwanzig Jahren … Die Impfung mit der tödlichen Giftspritze jedoch war irreversibel.

Seit Lew Dawidowitsch vor einem Jahr in Norwegen eingetroffen war, hatte er seinem Gastgeber gegenüber wiederholt durchblicken lassen, dass er, sobald es seine Gesundheit zulasse, mit ihm zum Fischen hinausfahren wolle, und er hatte ihm von den erholsamen Ausflügen auf das Marmarameer mit seinem Freund Karalambos erzählt. Immer wieder war er davon abgehalten worden, seinen Wunsch in die Tat umzusetzen, bis er am 4. August 1936 zu Knudsen ins Auto stieg und sie zu einem der südlichen Fjorde fuhren, wo es eine kleine unbewohnte Insel gab, die, wie es hieß, ideal zum Fischen war. Schon bei der Abfahrt aus Vexhall hatte Knudsen das Gefühl, dass ihnen ein Wagen folgte. Er nahm eine Abkürzung über einen Nebenweg und konnte so die Verfolger abschütteln, in denen er Mitglieder der faschistischen Partei eines gewissen Quisling erkannt hatte.

Als sie am Fjord ankamen, brachte sie ein Motorboot zu der Insel, auf der mehrere Holzhütten standen. Die karge, friedliche Landschaft kam Lew Dawidowitsch vor wie das Abbild der Erde in den ersten Tagen der Schöpfung, und sofort fühlte er sich im Einklang mit der öden Erhabenheit.

Am nächsten Morgen wachte Lew Dawidowitsch früh auf. Trotz der kühlen Temperaturen verließ er mit einem Kaffeebecher in der Hand die Hütte und ging zur Mole, um sich das Schauspiel des Sonnenaufgangs hinter der Schlucht zwischen zwei Bergen anzusehen. Ganz versunken in den Anblick, schreckte er auf, als Knudsen ihm auf die Schulter tippte und sagte, dass er Neuigkeiten aus Vexhall erhalten habe: Eine Gruppe von Männern in Polizeiuniform, die offenbar der Partei von Kommandant Quisling angehörten, waren ins Haus eingedrungen und hatten Lew Dawidowitschs Zimmer durchsucht. Als Knudsens Kinder und Schwiegersöhne und -töchter begriffen, dass es sich um Einbrecher handelte, hatten sie Alarm geschlagen, und es war ihnen gelungen, die Männer zu vertreiben, aber sie hatten sie nicht davon abhalten können, einige Papiere mitzunehmen. Knudsen vermutete, das sei der Grund dafür gewesen, dass sie ihnen im Auto gefolgt waren: Anscheinend hatten sie sichergehen wollen, dass sie tatsächlich aus Vexhall fortfuhren.

Als Lew Dawidowitsch hörte, dass Knudsens Familie nichts geschehen war, fühlte er so etwas wie Erleichterung: Die Tatsache, dass sie seine Papiere durchwühlten, wenn er nicht zu Hause war, bedeutete, dass sie sich nicht sonderlich für seine Person interessierten, jedenfalls nicht im Moment.

Drei Tage später beobachteten Knudsen, Natalia Sedowa und Lew Dawidowitsch, wie ein Kleinflugzeug auf der Insel landete. Sie wussten sofort, dass etwas Außergewöhnliches passiert sein musste. Justizminister Trygve Lie hatte den Polizeichef auf die abgelegene Insel geschickt, um den Exilanten über die gestohlenen Dokumente zu befragen. Er wollte wissen, ob es darin auch um die norwegische Politik ging, und als Lew Dawidowitsch ihm versicherte, dass er sich in den vierzehn Monaten, die er jetzt im Land sei, nicht in die inneren Angelegenheiten Norwegens eingemischt habe, wünschte der Polizeichef ihnen noch einen schönen Tag und ging zu dem Flugzeug zurück. Sein Besuch hatte sie jedoch beunruhigt. Obwohl niemand Lew Dawidowitsch beschuldigen konnte, gegen die Auflagen verstoßen zu haben, glaubte er, dass die Sorge des Ministers irgendeinen Grund haben müsse, der ihm im Augenblick verborgen blieb.

Am nächsten Morgen beim Frühstück schaltete Knudsen das Radio ein, um die Nachrichten aus Oslo zu hören. Da Lew Dawidowitsch noch kaum Norwegisch verstand, ging er hinaus in den Hof. Minuten später kam Knudsen mit versteinertem Gesicht zu ihm heraus und teilte ihm mit, dass in Moskau etwas Schlimmes im Gange sei: Soeben war berichtet worden, dass Sinowjew, Kamenew und weiteren vierzehn Männern der Prozess gemacht werde. Sie seien angeklagt, gegen die Sowjetmacht konspiriert, Kirow umgebracht und mit der Gestapo zusammen die Ermordung Stalins geplant zu haben. Die Staatsanwaltschaft forderte die Todesstrafe.

Lew Dawidowitsch sah seinen Freund an. Vor lauter Empörung hätte er ihn am liebsten geohrfeigt. Sie gingen wieder in die Hütte, wo der Emigrant einen Radiosender suchte, der ihm bewies, dass diese Information nichts als ein makabres Missverständnis war. Doch nach einer Stunde wurde das von Knudsen Gehörte durch die sowjetische Nachrichtenagentur auf einem deutschen Sender bestätigt. Außerdem hieß es, Lew Dawidowitsch werde beschuldigt, Kopf und Anstifter der Konspiration zu sein, die von einem trotzkistisch-sinowjewistischen Zentrum mithilfe einer ausländischen Macht organisiert worden sei, und Norwegen als Basis zu benutzen, um Terroristen und Mörder in die Sowjetunion zu schicken. Sofort wusste Lew Dawidowitsch, dass jetzt die blutigste und zerstörerischste Terrorwelle in Moskau losgetreten worden war und dass sie bis in das abgeschiedene Vexhall überschwappen würde, wo er die friedlichsten Tage seines Exils verlebt hatte.

Während der Prozess gegen die sechzehn Angeklagten abgehalten wurde und die wütende Stimme des Staatsanwaltes Wischinski zu hören war, der in seiner Rolle als empörtes Gewissen des sowjetischen Volkes die Hinrichtung der »tollwütigen Hunde« verlangte, erinnerte sich Lew Dawidowitsch an jene heldenhaften Zeiten, als Lenin und er Felix Dserschinski die Zügel einer revolutionären Repressionsmaschinerie übergeben hatten, um ohne Gesetz und Gnade eine rote Schreckensherrschaft zu installieren und mit Feuer und Schwert eine dahintaumelnde Revolution zu retten, die sich kaum noch auf den Beinen halten konnte. Als verlängerter dunkler Arm der Revolution, grausam, wie er war, wie er sein musste, ermordeten Dserschinski und seine Tscheka zu Hunderten, ja, zu Tausenden die Feinde des Volkes, die Verlierer des Klassenkampfes, die sich weigerten, das Verschwinden ihrer Lebensform und ihrer Kultur der Ungerechtigkeit zu akzeptieren. Sie, die Sieger, hatten die erbarmungslose Vernichtung ihrer Widersacher angeordnet, und die Partei musste als Instrument der Geschichte und ihrer zwangsläufigen, wenn auch unpersönlichen Rache herhalten. Die ausgeübte Gewalt war unerbittlich gewesen, sicherlich exzessiv, aber notwendig: die Gewalt der siegreichen Klasse über die besiegte, die Alternative »wir oder sie« … Die Männer aber, die Stalin im August 1936 umzubringen beschlossen hatten, waren Kommunisten, Kampfgenossen, und die zu töten, davor war die von Lenin und Lew Dawidowitsch in Gang gesetzte Maschinerie der Gewalt bisher zurückgeschreckt. Der stalinistische Terror, der sich während der vorangegangenen Verfolgungen (von Bauern, Priestern, der Intelligenzija des Landes) zu einem perfekten System entwickelt hatte, schien jetzt eine unverletzliche Grenze zu überschreiten.

Lew Dawidowitsch vertraute darauf, dass diese Farce am Rande des Abgrundes beendet würde, dass Stalin mit einem Rest an historischer Besonnenheit die Katastrophe aufhalten und der Welt seine Großmut beweisen würde. Denn jetzt ging es weder um einen Unbekannten wie Blumkin, noch wurden die Bestrafungen nach den ungeklärten Umständen des Todes Kirows verschleiert. Viele der Angeklagten waren Kampfgefährten Lenins gewesen und hatten jahrzehntelang die zaristischen Repressionen und Deportationen ertragen müssen: Sie hatten sich sogar Stalins Willen unterworfen und eine ganz und gar unglaubhafte Rolle in dessen grausigem Drehbuch gespielt, hatten sich selbst der unwahrscheinlichsten Verbrechen gegen den sowjetischen Staat bezichtigt, und vor allem hatten sie die Behauptung übernommen, die finstere Hand von Trotzki und seinem Sohn und Stellvertreter Lew Sedow habe von der Türkei, Frankreich und Norwegen aus eine von einem »trotzkistisch-sinowjewistischen Zentrum« angezettelte Konspiration dirigiert, mit dem Ziel, den Genossen Stalin zu ermorden und den Kapitalismus auf dem Boden der heldenhaften Sowjetunion einzuführen. Dieser Blödsinn war vor allem eine beleidigende Verhöhnung der Intelligenz. Die Unverschämtheit, mit der in Moskau die Tatsachen verdreht wurden, erforderte von den Bewunderern des Herrn der Revolution eine neue Art des ideologischen Glaubens und der Unterwerfung, die den politischen Gehorsam in eine verbrecherische Komplizenschaft verwandelte.

Wie alle Diktatoren war Stalin der abgenutzten Tradition gefolgt, seine Feinde zu beschuldigen, mit einer ausländischen Macht zusammenzuarbeiten, und im Fall Lew Dawidowitschs hatte er fast dieselben Argumente wiederholt, die die provisorische Regierung von 1917 gegen Lenin vorgebracht hatte, um ihn, gestützt auf vom Geheimdienst gelieferte Beweise, als Agent des Deutschen Reiches abzustempeln, der den Auftrag habe, Russland dem Kaiser auszuliefern. Trotzkis Mission dagegen war es angeblich, die Sowjetunion dem Führer zum Fraß vorzuwerfen … Später sollte sich Lew Dawidowitsch fragen, wie er so naiv hatte sein können zu glauben, die Staatsanwaltschaft könne unmöglich Beweise für ihre Anschuldigungen vorlegen. Mehr noch, die Tatsache, dass in den Akten zunächst von fünfzig Verhafteten die Rede gewesen und dann nur sechzehn Männern der Prozess gemacht worden war, deutete klar darauf hin, dass diese sechzehn eine Vereinbarung getroffen hatten: Sie würden sich selbst beschuldigen, und im Gegenzug würde Stalin sie begnadigen, sobald die antitrotzkistische Kampagne ihr propagandistisches Ziel erreicht haben und die Opposition vernichtet sein würde.

Doch das Gericht hielt die unwahrscheinlichen Anklagen aufrecht, ohne dass auch nur ein einziger Beweis erbracht wurde, und bestätigte die Todesurteile gegen Sinowjew, Kamenew, Smirnow, Ewdokimow, Mratschkowski, Bakajew und weitere sieben Angeklagte, darunter der Soldat Dreitser, der Lew Dawidowitsch bei seiner Abreise aus Alma-Ata begleitet und ihm gestattet hatte (war das sein Verbrechen gewesen?), seine Dokumente ins Exil mitzunehmen. In der Urteilsverkündung war auch die Rede von der Strafe, die Lew Dawidowitsch und seinen Sohn erwartete: Ljowa und er wurden schuldig gesprochen, terroristische Anschläge in der Sowjetunion *persönlich* – als Agenten des Kapitalismus einerseits und des Faschismus andererseits – vorbereitet und gesteuert zu haben, und im Falle, dass sie auf sowjetischem Territorium entdeckt würden, drohte ihnen die sofortige Verhaftung und die Aburteilung durch das Militärkollegium des Obersten Gerichtshofes der Sowjetunion.

Der Urteilsspruch erfüllte ihn mit großer Trauer über das Schicksal der Revolution, denn er wusste, dass in dem Säulensaal des Hauses der Gewerkschaften in Moskau, unter der Fahne mit der Aufschrift »Das Gericht des Proletariats ist der Beschützer der Revolution«, die letzte Grenze überschritten worden war. Innerhalb und außerhalb der UdSSR glaubten vielleicht viele Naive oder Fanatiker einiges von dem, was während des Prozesses gesagt worden war; aber jeder halbwegs intelligente Mensch musste erkennen, dass praktisch jedes dort ausgesprochene Wort gelogen war und man sich dieser Lügen bedient hatte, um dreizehn Revolutionäre zu ermorden. Der Prozess und die Hinrichtung dieser Kommunisten würden durch die Jahrhunderte hindurch zu einem einzigartigen Beispiel organisierter Ungerechtigkeit und Unglaubwürdigkeit werden. Es bedeutete den Tod des wahren Glaubens, die Agonie der Utopie. Und es war, das wusste er nur zu genau, die Vorbereitung darauf, den größten Feind des Volkes zu eliminieren, den Verräter und Terroristen Lew Dawidowitsch Trotzki.

11

Jene frühlingshaften und so atemberaubenden Wochen im März und April 1937 sollten sich dem Gedächtnis von Ramón Mercader als eine düstere Phase einprägen, während der er lange nicht wusste, wie es weitergehen sollte, bis er schließlich zu der festen Überzeugung gelangte, dass erbarmungslose Grausamkeit für die Erringung des Sieges unerlässlich sei.

Nachdem África aus Barcelona fortgegangen war, verschwand auch Kotow (oder war das gleichzeitig geschehen?), doch zuvor hatte er Ramón noch Befehle erteilt, die ihn im Palast des Marqués de Villota festhielten, wo irgendwann ein gewisser Máximus nach ihm fragen würde. Ramóns striktes Verantwortungsgefühl zwang ihn, zu bleiben und zu warten; in seiner freien Zeit spielte er mit dem kleinen Luis Fußball, oder er verkroch sich mit Lena Imbert im Pferdestall, in den er ein Öfchen und ein Bett gestellt hatte, und verschaffte dem Mädchen mit den traurigen Augen ein wenig Lust. In den ersten Tagen war er dankbar für die Verschnaufpause, während der er sich von den vier Monaten der Anspannung, des Hungers und der durchwachten Nächte an der Front erholen konnte. Doch bald machte ihn die Untätigkeit nervös, und ihm kam der Gedanke, ob Caridad nach Pablos Tod nicht ihre Beziehungen hatte spielen lassen, um ihn von den Gefahren des Krieges fernzuhalten und nach Barcelona zu holen. Entgegen den Prophezeiungen Kotows reduzierte sich dort alles auf aggressives Geschrei und verbissene Parolen, auf Anschläge, geheime Treffen und die eine oder andere Erschießung, sowohl aufseiten der Republikaner als auch auf der der Faschisten.

In seiner Abgeschiedenheit gelang es Ramón nicht, sich ein klares

Bild über die jüngsten Ereignisse zu verschaffen. Die Zeitungen der verschiedenen republikanischen Fraktionen bekam er erst in die Hand, nachdem die Zensoren die Texte gründlich durchsucht und die beanstandeten Stellen geschwärzt hatten. Nur die kommunistischen Blätter entgingen den Verstümmelungsorgien, und so konnte Ramón, ungeachtet des primitiven Zweckoptimismus, die Temperaturen messen, die die immer wütenderen Anklagen gegen die »Trotzki-Faschisten« des POUM, die unkontrollierbaren Syndikalisten der CNT und die disziplinlosen Anarchisten der FAI erreichten, die sogar ihre Bataillone von der Front abzogen, nur weil sie mit irgendetwas nicht einverstanden waren. Das bedeutungsvollste Anzeichen aber war für ihn die wachsende Kritik an der militärischen und organisatorischen Laschheit des Regierungschefs und Kriegsministers Largo Caballero und seiner Vertrauensmänner. Diese unerbittliche Kampagne, in der sich Wahrheit und Lüge vermischten, bestätigten Kotows Voraussage, dass es bald zu einem Frontalangriff auf die Banden der Gemäßigten und die der Extremisten kommen werde.

Caridad, die er seit zwei Wochen praktisch nicht mehr gesehen hatte, erlitt einen Herzanfall, der sie, gequält vom ständigen Krampf im linken Arm und von einem beklemmenden Schmerz in der Brust, für zwei Tage ans Bett fesselte. Als sie wieder in den verwilderten Garten gehen konnte, versuchte Ramón, die aufdringliche Lena loszuwerden, um mit Caridad alleine zu sein. Er hatte zu viele Tage untätig herumgesessen, fühlte sich von Kotow und seiner Mutter betrogen und wagte es, ein Ultimatum zu stellen.

»In drei Tagen gehe ich zurück an die Front«, sagte er, doch Caridad bewegte kaum den Kopf. »Dieses ganze Geschwätz von Verschwiegenheit und Verantwortung soll mich doch nur hier festhalten, um mich besser kontrollieren zu können.«

Caridad holte ihre Zigaretten aus der Hosentasche. Der Kampf, den sie gegen sich selbst führte, musste fürchterlich sein.

»Das wird dich noch umbringen«, warnte er, als sie eine Zigarette aus dem Päckchen holte.

»Wenn ich mich so fühle wie jetzt, will ich nur noch sterben«, entgegnete sie, zerbröselte die Zigarette zwischen ihren Fingern und hielt sich die Krümel unter die Nase, um ihren Duft einzuatmen. Schließlich streute sie sie auf den Boden und steckte sich eine neue Zigarette zwischen die Lippen, ohne sie jedoch anzuzünden. »Schau mich nicht so an … Und bloß kein Mitleid, das ertrage ich nicht! Ich hasse meinen Körper, wenn er mir nicht gehorcht. Und komm mir nicht mit diesem Blödsinn, dass du zurück an die Front willst … Hier sind Dinge im Gange, von denen du keine Vorstellung hast. Deine Stunde kommt noch, früher, als du denkst. Aber alles zu seiner Zeit, Ramón, alles zu seiner Zeit.«

»Das Märchen von der Zeit kenne ich auswendig, Caridad.«

Sie schenkte ihm ein Lächeln, aber der Krampf im Arm ließ es gefrieren. Sie wartete ein paar Minuten, bis der Schmerz nachließ.

»Märchen? Mal sehen … Hast du an das Märchen geglaubt, dass Buenaventura Durruti von einer verirrten Kugel getötet wurde?«

Ramón sah seine Mutter an und brachte kein Wort hervor.

»Meinst du, wir könnten den Krieg mit einem anarchistischen Kommandanten gewinnen, der mehr Ansehen hat als sämtliche kommunistischen Führer zusammen?«

»Durruti hat für die Republik gekämpft«, versuchte Ramón zu argumentieren.

»Durruti war ein Anarchist, ist es sein ganzes Leben lang gewesen … Und hast du das Märchen von dem Übersetzer gehört, der einfach so verschwunden ist, ein gewisser Robles?«

»Er war ein Spion, oder?«

»Ein armseliger Arschkriecher, das war er! Ein Sündenbock in einem Streit zwischen den Militär- und den Sicherheitsberatern. Aber es war kein Zufall, dass sie ausgerechnet ihn ausgesucht haben. Dieser Robles wusste zu viel und konnte gefährlich werden. Er war kein Verräter, sie haben ihn zum Verräter gemacht.«

»Du meinst, sie haben ihn umgebracht, obwohl er gar kein Spion war?«

»Ja, und? Weißt du, wie viele man in den Kriegsmonaten umgebracht hat, auf beiden Seiten?«

Caridad wartete auf eine Antwort.

»Viele, nehme ich an.«

»Fast hunderttausend, Ramón! Bei ihrem Vormarsch erschießen die Faschisten alle, die sie für Sympathisanten der Volksfront halten, und die Anarchisten bringen alle um, die ihrer Meinung nach Feinde aus dem bürgerlichen Lager sind. Und weißt du, warum?«

»Weil Krieg ist«, war das Einzige, was Ramón dazu einfiel. »Die Faschisten haben die Spielregeln festgesetzt …«

»Weil es notwendig ist! Für die Faschisten, damit sie keine Feinde im Hinterland haben, und für die Anarchisten, damit sie Anarchisten bleiben können … Wir dürfen nicht zulassen, dass uns der Krieg aus den Händen gleitet! Auch wir haben Leute umgebracht, und wir werden noch mehr umbringen müssen, und du …«

Ramón unterbrach sie, indem er die Hand hob.

»Habt ihr mich hierhergebracht, um Leute umzubringen?«

»Und was, zum Teufel, hast du an der Front gemacht, Ramón?«

»Das ist was anderes … Das ist Krieg …«

»Dieser Scheißkrieg, ja! … Dafür zu kämpfen, dass die Partei ihre Politik durchsetzen kann und die Sowjets uns auch weiterhin unterstützen, ist das nicht das Wichtigste, um diesen Krieg zu gewinnen? Das Hinterland von Feinden und Spionen zu säubern, ist das nicht der Krieg? Die fünfte Kolonne in Madrid zu vernichten, gehörte das nicht zum Krieg?«

»In Paracuellos wurden Leute umgebracht, die nichts mit der fünften Kolonne zu tun hatten, und ich weiß, dass einige Parteigenossen darin verwickelt waren.«

»Wer sagt, dass die Getöteten keine Saboteure waren, du etwa, oder die von der Falange?«

Ramón senkte den Kopf und versuchte, sich zu beherrschen. In der Sierra Guadarrama, mit einem Gewehr in der Hand, inmitten von Kameraden, die vor Kälte starben und vor Hunger brüllten, und die Feinde auf der anderen Seite des Berges, da war alles einfacher gewesen.

»Der Krieg, in den du dich bald begeben wirst, ist wichtiger als alles andere, Ramón, denn wenn wir den nicht gewinnen, werden wir auch den anderen nicht gewinnen. Die Genossen in den Schützengräben werden sterben wie die Fliegen, wenn keine Flugzeuge, Kanonen,

Gewehre und Granaten aus Moskau mehr kommen. Spaniens Schicksal liegt in den Händen von Leuten wie dir, Ramón … Und damit du dir eine Vorstellung machen kannst von dem, was gerade vor sich geht, nehme ich dich heute Abend mit in die Pedrera. Da findet ein wichtiges Treffen statt … Ich brauche dir ja wohl nicht zu sagen, dass alles, was da gesprochen wird, streng geheim ist. Und du darfst da weder sprechen noch deinen Namen sagen, ist das klar?«

»Wird África auch dort sein?«

»Warum vergisst du diese Frau nicht endlich, Ramón?«

Am selben Abend überschritt Ramón in Caridads Schatten die Schwelle der Pedrera, ohne dass die Wachen ihn aufhielten. In einem der Räume im obersten Stockwerk diskutierten, eingehüllt in eine dicke Rauchwolke, mehrere Männer, die kaum aufsahen, als Caridad und ihr junger Begleiter hereinkamen. Ramón war enttäuscht, als er África nirgendwo entdecken konnte, und von den Anwesenden erkannte er nur eine Person: Dolores Ibárruri, vielleicht die Einzige, die im Augenblick nicht rauchte. Es gab da auch einen slawisch aussehenden Mann, in dem er später den Genossen Pedro erkannte, den Ungarn, der die Delegation der Komintern leitete. Im Moment jedoch konzentrierte sich seine Aufmerksamkeit auf einen lauten, stark behaarten korpulenten Mann mit einem großen Kopf, hervorstehenden Augen und dicken Lippen, die ein schmatzendes Geräusch von sich gaben, wenn er sprach. Seine Art, die anderen anzubrüllen, wies ihn als jähzornigen Menschen aus, und das, was er sagte, ließ darauf schließen, dass er alle anderen für Verräter hielt und hinter jeder Nachlässigkeit oder jedem Fehlverhalten eine hinterhältige Verschwörung und feindliche Sabotage witterte. Caridad flüsterte ihm zu, das sei André Marty, und Ramón begriff sofort, dass hier etwas sehr Wichtiges stattfand: Wenn Marty sich in diesem Moment des Krieges fern von seinem Posten in der Kommandozentrale der Internationalen Brigaden aufhielt, dann musste das einen schwerwiegenden Grund haben. Von seiner Schwester Montse, die ein paar Wochen als Sekretärin für den Delegationsleiter der Komintern gearbeitet hatte, wusste Ramón, dass Marty als unbarmherziger und despotischer Mann galt, und an diesem Abend wurde er diesem Ruf durch seine mit Beleidigungen gespickte Redekanonade gerecht. Marty beschuldigte die Parteiführer der Schwäche und Unfähigkeit, denn nach seinen Worten hatte das Zentralkomitee praktisch aufgehört zu existieren, und das Politbüro arbeitete furchtbar stümperhaft und war zu nachsichtig. Die Spanier, schrie er und zeigte auf die Ibárruri, müssten endlich erwachsen werden und dürften nicht zulassen, dass Codovilla, nur weil er ein Abgesandter der Komintern sei, so tue, als gehöre ihm die Partei. Sie sollten sich schämen, dass Codovilla sie als Marionetten benutze – und wieder schaute er die Pasionaria an, die den Blick gesenkt hielt wie ein geprügelter Hund – und inzwischen sogar die Reden des Generalsekretärs Pepe Díaz und der Genossin Dolores Ibárruri schreibe, um den Anschein zu erwecken, die spanischen Kommunisten hätten eine Führung, wo die doch in Wirklichkeit gar nicht existiere und zu keiner Entscheidung fähig sei. Die Situation erlaube kein Schwanken: Entweder sie hängten sich voll rein, oder sie könnten den Sieg vergessen.

Vor lauter Empörung hörte Ramón kaum, welche Schlussfolgerungen aus dem Treffen gezogen wurden: Die Partei müsse, so sagte Pedro, ihre Kampagne gegen die Art und Weise, wie die Regierung die militärische und innenpolitische Frage handhabe, verschärfen, noch mehr Säuberungen auf der militärischen Kommandoebene verlangen und vor allem entschiedener gegen Saboteure vorgehen. Die Kommunisten müssten den Erfolg einer Operation garantieren, die ihnen die Kontrolle über ein von Trotzkisten und Anarchisten befreites Land sichern werde. Die sowjetische Führung erwarte, dass sich die Spanier diesmal ihrer Aufgabe gewachsen zeigten.

»Jetzt oder nie«, schloss Pedro, als Ramón, ohne auf Caridad zu warten, sich still davonmachte, um auf der um diese nächtliche Stunde menschenleeren Straße frische Luft zu schnappen.

Zwei Tage danach kam Máximus nach Bonanova. Jede Minute, die zwischen jenem aufschlussreichen Treffen und der Ankunft von Kotows Gesandten verstrichen war, hatte Ramón in seiner Überzeugung bestärkt: Die Berater hatten recht mit ihren Forderungen, man musste die republikanische Clique in ihren Grundfesten erschüttern. Er jedenfalls wollte sich dieser Aufgabe mit Leib und Seele verschreiben und darüber hinaus beweisen, dass ein spanischer Aktivist nicht nur in der Lage war, zu gehorchen, sondern auch, zu denken und zu handeln. Für seinen Stolz als Kommunist war es zu demütigend gewesen, sich in seinem eigenen Land, in seinem eigenen Krieg schweigend anhören zu müssen, wie ihnen ein herumbrüllender Paranoiker die Wahrheit ins Gesicht schrie und sie »Revolutionäre ohne Initiative« nannte. Es musste dringend etwas geschehen.

Es stellte sich heraus, dass Máximus – den Ramón nach mehreren Monaten gemeinsamer Arbeit für einen Ungarn hielt – ein Spezialist für Untergrundaktionen und Destabilisierung war. Auf seinen Befehl hin trat Ramón einer Zelle von sechs Männern bei (einer der sogenannten »Spezialeinheiten«), ausnahmslos Spanier, deren wahre Identität nur Máximus zu kennen schien und denen er, vermutlich wegen seiner Bewunderung für die romanischen Länder, Namen römischer Persönlichkeiten gab – Gracchus, Caesar, Marius – und sie als »Prätorianer« bezeichnete. Von nun an hieß Ramón Adriano. Es war der erste von vielen Namen, die er in Zukunft benutzen sollte, und er war stolz auf diese Taufe, ohne auch nur im Geringsten zu ahnen, wie viele Jahre er nicht nur unter fremdem Namen, sondern auch in einer fremden Haut leben würde.

Adriano beklagte sich, dass man ihn nur mit Aufgaben betraute wie der, die Lokale des POUM aufzusuchen und die Gewohnheiten ihrer Führer auszuspionieren, insbesondere die von Andreu Nin. Auch wenn Máximus die Prätorianer einer strikten Informationspflicht ihm gegenüber unterworfen hatte und Ramón die Aufgaben der anderen Prätorianer im Einzelnen nicht kannte, fand er dank der Redseligkeit seiner Landsleute heraus, dass sich einige von ihnen an gewaltsamen und gefährlichen Aktionen beteiligten. Zum Beispiel am geheimnisvollen und manchmal endgültigen Verschwindenlassen gewisser politischer Rivalen, die zwar nicht sehr bedeutend, aber zweifellos lästig waren und die man deshalb aus dem Weg räumen musste, bevor es, wie Pedro gewarnt hatte, kritisch wurde. Ramóns Aufgaben dagegen beschränkten sich darauf, über die Ramblas zu schlendern, in die Hotels zu gehen, in denen einige der führenden

Mitglieder des POUM und ihre Sympathisanten logierten, und die Aktivitäten der Köpfe der trotzkistischen Partei in allen Einzelheiten auszuspionieren. Er empfand das als Geringschätzung seiner Fähigkeiten, ohne zu ahnen, dass seine Arbeit für die geplanten Aktionen überaus wichtig war und seine von Máximus sehr schnell erkannte Effizienz und sein chamäleonartiges Talent ihn für sein außergewöhnliches Schicksal prädestinierten.

Sehr bald stand für Adriano fest, dass Andreu Nin zum Wohle der gemeinsamen Sache sterben musste. Schon bevor der Krieg begonnen hatte und die Rivalitäten unter den Republikanern ausgebrochen waren, war der Renegat Nin ein erklärter Feind der Kommunisten gewesen. Als einer der Ersten hatte er (sozusagen als Trotzkis Sprachrohr) die Moskauer Prozesse von 1936 und Anfang 1937 als Verbrechen bezeichnet und die »Freunde der UdSSR«, die ihre Rechtmäßigkeit und Korrektheit verteidigten, als mitschuldige Komplizen gebrandmarkt. Auch hatte er zu denen gehört, die mit großer Leidenschaft für eine Verknüpfung von Revolution und Bürgerkrieg eingetreten waren, die These des totalen Krieges gegen die bürgerliche Republik vertreten und sich gegen jede Hilfe aus der Sowjetunion ausgesprochen hatten. Doch was Ramón am meisten in seiner Überzeugung bestärkte, war Nins Forderung – als Regierungsmitglied der *Generalitat* und Führer des POUM –, die Republik müsse dem Verräter Trotzki Asyl gewähren, und das, nachdem dessen niederträchtiger Verrat in den Moskauer Prozessen zweifelsfrei bewiesen worden war. Obwohl Companys, der katalanische Präsident, sich gezwungen gesehen hatte, Nin aus seinem Kabinett zu entfernen, verstieg sich der selbstgefällige Trotzkist dazu, öffentlich zu erklären, dass man die Mitglieder des POUM nur dann von der Macht ausschließen könne, wenn man sie umbrächte. Adriano dachte, dass es zweifellos das Beste wäre, ihm diesen Gefallen zu tun, wenigstens ihm, und zwar gründlich.

Adriano hatte das Hotel Continental als einen seiner täglichen Einsatzorte ausgewählt. Trotz des allgemeinen Mangels, der in der Stadt herrschte, konnte man hier noch einen guten Kaffee trinken und französische Zigaretten kaufen. Viele führende Mitglieder des POUM wohnten in diesem Hotel und im nahe gelegenen Falcón, und mit der gebotenen Vorsicht konnte seine Anwesenheit an jenen Orten ohne Weiteres als etwas Gewöhnliches und Unverdächtiges angesehen werden. Die verschiedenen Geheimagenten, von denen es im Hotel Continental nur so wimmelte, zeigten sich so unverhohlen, dass er das Gefühl hatte, unsichtbar zu sein oder allenfalls für einen von ihnen gehalten zu werden.

Adriano erstattete Máximus regelmäßig Bericht, und beide gelangten zu der Schlussfolgerung, dass sich der POUM vor dem wachsenden Einfluss der kommunistischen Presse fürchtete; aber ihre Führer konnten nicht mehr zurück, und es war ihnen noch nicht so recht bewusst, vor welchem Abgrund sie standen. Unter den Gästen und Besuchern des Hotels, mit denen Adriano ins Gespräch kam, gab es auch einen englischen Journalisten, ein Mitglied des POUM, der ihm gegenüber erwähnte, dass in den nächsten Tagen etwas Schlimmes in Barcelona passieren werde. Die Spannung sei mit Händen zu greifen. Der Journalist-Aktivist, der nach einer Verwundung von der Front in Huesca abgezogen worden war, war groß, sehr schlank und hatte ein Pferdegesicht. Seine ungesunde Hautfarbe deutete auf eine Krankheit hin, die ihn innerlich zerfraß. Er wurde stets von seiner winzigen Frau begleitet und blickte sich ständig nach allen Seiten um, so als fühlte er sich von jemandem verfolgt. Adriano hatte sich mit seinem neuen Decknamen vorgestellt, und der Engländer hatte gesagt, er heiße George Orwell, und ihm gestanden, er fühle sich in einem Hotel in Barcelona mehr bedroht als in einem Schützengraben in Huesca.

»Siehst du den Dicken da, der mit den Ausländern zusammensteht und ihnen weismachen will, dass alles, was hier passiert, ein anarchotrotzkistisches Komplott ist?«, fragte ihn Orwell, und Adriano schaute unauffällig zu dem Mann hinüber. »Das ist ein russischer Agent ... Es ist das erste Mal, dass ich jemanden sehe, der berufsmäßig und öffentlich Lügen verbreitet, abgesehen natürlich von uns Journalisten und den Politikern.«

Erst viele Jahre später sollte Ramón erfahren, wer jener Journalist war. Als er im Nachhinein einige Bücher über die Ereignisse in Barcelona las und ein Foto von John Dos Passos sah, hätte er schwören können, dass er Orwell ein paar Tage vor dem großen Knall zusammen mit Dos Passos in der Hotelbar gesehen hatte. Ramón und Orwell unterhielten sich jedoch fast nie über Politik, sondern über Hunde. Der Engländer und seine Frau Eileen liebten Hunde und hatten zu Hause einen Borsoi. Von Orwell erfuhr Ramón alles über die russischen Windhunde, die, nach Meinung des Journalisten, die elegantesten und schönsten der Welt waren.

Ramón fühlte sich in seiner neuen Haut so wohl und so gut getarnt, dass es ihm ohne große Mühe gelang, genauso zu reagieren wie der unbekümmerte und etwas einfältige Adriano. Einen falschen Namen zu benutzen, sich anders zu kleiden, als es seinen bisherigen Gepflogenheiten entsprach, und ein Vorleben zu erfinden, das von der Enttäuschung über die Politik und der Abneigung gegen Politiker geprägt war, bereitete ihm großes Vergnügen. Mit jedem Tag fühlte er sich mehr als Adriano, *war* immer mehr Adriano und fing an, Ramón aus einer gewissen Distanz zu sehen. Erfreut stellte er fest, dass er weder África noch seine Familie brauchte. Außerdem hatte er trotz seines Herdentriebs und seines Zugehörigkeitsgefühls zur Partei nicht einen Freund, mit dem er sich verbunden fühlte. Als einzigem Wegweiser folgte er seinem Verantwortungsgefühl, dem er so gewissenhaft wie möglich nachzukommen versuchte. Als er Máximus seinen Abschlussbericht über die führenden Köpfe des POUM, allen voran Andreu Nin, lieferte, über ihre persönlichen Vorlieben und bevorzugten Aufenthaltsorte, glaubte er, dass der Dank und die Glückwünsche, die er erhielt, in erster Linie Adriano galten und nur sehr entfernt Ramón Mercader, der ihm seinen Körper geliehen hatte.

Kotow saß wie eine verlassene Statue auf einer Bank auf der Plaza de Cataluña. Es war Frühling, und eine wärmende Sonne schien auf die Stadt herab. Wie eine gierige Eidechse hielt der Militärberater das Gesicht in die belebenden Sonnenstrahlen. Sogar seine Jacke und das bunte Halstuch hatte er abgelegt. Als Ramón sich neben ihn setzte, reagierte Kotow zunächst nicht.

»Was für ein wunderschönes Land!«, rief er schließlich lächelnd aus. »Ich könnte mein ganzes Leben hier verbringen.«

»Trotz der Spanier?«

»Eben *wegen* euch! Wo ich herkomme, sind die Menschen wie Steine. Ihr seid wie Blumen. Mein Land riecht nach Hering und nach Hopfen, Spanien nach Oliven und Wein …«

»Deine Kollegen sagen, wir sind primitiv und ziemlich dumm.«

»Hör nicht auf diese Idioten! Sie verwechseln Ideologie mit Mystizismus und sind nichts als wandelnde Automaten, schlimmer noch, sie sind Fanatiker. Hier spielen sie die harten Männer, aber du solltest sie mal sehen, wenn Moskau sie ruft … *Nachui.* Sie scheißen sich in die Hosen. Nimm dir kein Beispiel an ihnen, du darfst nicht so werden wie sie. Du bist viel mehr.«

»Was hat Máximus dir über mich erzählt?«

»Er ist zufrieden mit dir, und das weißt du. Aber von heute an bist du nicht mehr Adriano, sondern wieder Ramón, und als Ramón wirst du in den nächsten Tagen für mich arbeiten. Bis auf Weiteres existiert Adriano nicht mehr, und Máximus hat es nie gegeben, ist das klar?«

Ramón nickte und legte seinen Schal ab. Wärme stieg aus seiner Brust auf.

»Nutze die Gelegenheit, mein Junge, atme diesen Frieden ein! Zieh die Säfte aus jedem friedlichen Augenblick! Der Kampf ist hart und schenkt uns nur wenige Momente wie diesen … Siehst du die Ruhe um uns herum? Spürst du sie?«

Ramón glaubte, das sei nur eine rhetorische Frage, doch Kotow zwang ihn, um sich zu blicken und zu antworten: »Ja, ich spüre sie.«

»Und siehst du das Gebäude da gegenüber?«

»Die *Telefónica?* Natürlich sehe ich …«

Kotows Lachen unterbrach ihn. Der Berater wandte ihm sein Gesicht zu und sah Ramón zum ersten Mal direkt an. Seine Wangen waren gerötet, seine Augen halb geschlossen, um sie gegen das helle Sonnenlicht zu schützen.

»Dort haben sich die Angehörigen der fünften Kolonne verkrochen, sie bereiten einen Staatsstreich gegen die Zentralregierung vor«, sagte Kotow, und Ramón musste all seine Gehirnzellen mobilisieren, um dem Gedankengang des Beraters folgen zu können. »Bevor ihnen das gelingt, müssen wir sie ausräuchern, wie Kakerlaken, wie die Feinde, die sie sind … Wir sind dabei, den Krieg zu verlieren, Ramón! Was die deutschen Faschisten in Guernica getan haben, war kein Verbrechen, es war eine Warnung. Sie werden kein Erbarmen haben, aber anscheinend habt ihr das noch nicht kapiert … Die Anarchisten glauben, dass die Telefongesellschaft ihnen gehört, weil sie nach dem Militärputsch einfach in das Gebäude marschiert sind und gesagt haben: Das gehört uns. Und die Regierung ist zu schwach, um sie hinauszuwerfen … Nach der Bombardierung von Guernica sind sie sogar so weit gegangen, dem Präsidenten der Republik eine Telefonleitung zu verweigern.« Kotow lächelte, als fände er das lustig. »In ein paar Tagen wird von diesem Frieden nichts mehr übrig bleiben.«

»Was sollen wir tun?«

Kotow schwieg eine Weile, zu lange für Ramóns Neugier.

»Die Faschisten gewinnen weiterhin an Terrain, und Franco, dieser Zwerg, hat jetzt die Unterstützung aller rechten Parteien. Währenddessen kratzen sich die Republikaner gegenseitig die Augen aus, jeder will Herr im Hause sein … Nein, wir dürfen nicht länger tatenlos zusehen. Wenn die fünfte Kolonne einen Staatsstreich macht, könnt ihr Spanien vergessen … Wir müssen zum Gegenschlag ausholen, mein Junge. Ich erwarte dich heute Abend um acht auf dem Universitätsplatz.«

Kotow band sich das Halstuch um und nahm seine Jacke von der Bank. Ramón wusste, dass er keine Fragen stellen durfte, und sah dem Berater hinterher, der sich, stärker hinkend als gewöhnlich, entfernte. Von der Bank aus betrachtete er den Beginn der Ramblas, die Sandsäcke, die einmal als Barrikade gedient hatten, die sorglos schlendernden oder dahineilenden Passanten in Zivil oder Uniform, mit der sich jede Fraktion von der anderen zu unterscheiden trachtete. Ramón fühlte sich ihnen überlegen: Er gehörte zu denen, die Bescheid wussten, während die große Masse aus nichts als Marionetten bestand.

Um Viertel vor acht saß Ramón auf einer Bank auf dem Universitätsplatz. Über die Gran Vía, in Richtung Bahnhof Sants, fuhren mehrere Lastwagen mit Angehörigen der anarchistischen Miliz der CNT, deren Standarten im Wind flatterten. Er nahm an, dass sie noch in derselben Nacht zur Front gebracht wurden, und begann, die Strategie zu verstehen, die Kotow und die übrigen Militärberater verfolgten. Eine halbe Stunde später, als er langsam Angst in sich aufsteigen spürte, traf es ihn wie ein Schlag in die Magengrube. Auf der anderen Seite der Avenida sah er sie: Unter den Millionen von Menschen, die die Erde bevölkerten, war sie die Einzige, die er jederzeit erkannt hätte.

Als África näher kam, fühlte Ramón, wie er die Kontrolle verlor, die er zu besitzen meinte. Er trat an den Bordstein und umarmte sie fast wütend.

»Aber wo, zum Teufel …?«

»Komm, man wartet auf uns.«

Áfricas kühle Art ließ seine Angst schlagartig verfliegen. Sofort spürte er, dass sich etwas verändert hatte. Während sie in Richtung Markt gingen, erzählte África, sie sei in Valencia gewesen, wo sich jetzt der Regierungssitz befand, und dass sie von Pedro und Orlow, dem Chef der Sicherheitsberater, der sein Büro nach Barcelona verlegt habe, zurückbeordert worden sei. Von Lenina hatte sie keine Nachricht. Sie vermute, dass sie mit ihren Eltern in den Bergen von Las Alpujarras sei, sagte sie, und damit war das Thema für sie beendet. In der Nähe des Marktes betraten sie ein Gebäude und gingen hinauf in den dritten Stock. Die Tür öffnete sich, ohne dass sie geklingelt hatten. In dem Raum, der offenbar als Versammlungsort diente, sah Ramón Kotow und weitere fünf Männer, von denen er nur Gracchus kannte. Zwei von ihnen standen, während Kotow und die anderen auf Kisten saßen. Niemand grüßte.

Kotow kam gleich zur Sache: Sie hätten den Auftrag, einen Mann zu kidnappen, nicht einmal er selbst wisse, wie er heiße, nur, dass es sich um einen Anarchisten handle, den man unbedingt aus dem Verkehr ziehen müsse. Der Mann werde so gegen zehn aus einer Bar kommen, zwei Häuserblocks von hier entfernt, und er werde einen schwarzroten Schal tragen. »Du und du«, er zeigte auf Ramón und einen dunkelhaarigen Mann von weit über dreißig Jahren, der wie ein Andalusier aussah, »ihr werdet euch als *mossos d'esquadra* verkleiden, ihn verhaften und zu einem Wagen bringen, den sie«, er zeigte auf África, »euch zeigen wird.« Die anderen drei Männer sollten als Verstärkung dienen, für den Fall, dass etwas Unvorhergesehenes passieren würde. Kotow wies ausdrücklich darauf hin, dass es wie eine normale Festnahme aussehen sollte. Keine Schüsse, kein Aufsehen. Der Wagen würde den Mann an seinen Bestimmungsort bringen. Danach sollten sie auseinandergehen und warten, bis er, Kotow, oder einer seiner Gesandten sie holen würde.

Ramón genoss die geheimnisvolle und illegale Atmosphäre. Er sah zu África hinüber und lächelte ihr zu. Während er in die Uniform der *mossos d'esquadra,* der katalanischen Polizei, schlüpfte, konnte er förmlich spüren, wie bedeutend er für die Sache geworden war. Diese Mission konnte der Anfang seiner endgültigen Aufnahme in den Kreis der wirklich Eingeweihten sein, doch mit África zusammenzuarbeiten stellte für ihn ein noch größeres, unverhofftes Glück dar. Später konnte er sich nicht mehr daran erinnern, ob er aufgeregt gewesen war, nur das Gefühl einer großen Verantwortung, das ihn erfüllte, und Áfricas reserviertes Verhalten blieben ihm im Gedächtnis.

Die Leichtigkeit, mit der die Festnahme vonstattenging, die Verfrachtung des Mannes in den Wagen (als er protestierte, wusste Ramón, dass er Italiener war) und das problemlose Wegfahren riefen Begeisterung in ihm hervor. War es tatsächlich möglich, dass alles so einfach war? Er entfernte sich ein paar Häuserblocks, zog die Uniformjacke aus und warf sie in einen Mülleimer. Er war euphorisch, wollte gleich weitermachen, unzufrieden darüber, dass Kotow sie angewiesen hatte, sich unmittelbar nach Ende der Operation zu zerstreuen. África so nah bei sich zu haben und sie sogleich wieder aus den Augen zu verlieren … Er suchte eine der dunklen Gassen auf, die zum Raval führten, in der Hoffnung auf ein Abenteuer, das heißer war als das mit der langweiligen Lena Imbert. Als er stehen blieb, um sich eine Zigarette anzuzünden, spürte er plötzlich etwas Kaltes im Nacken: Jemand drückte ihm den Lauf eines Revolvers ins Genick. Für einen Moment setzte sein Verstand aus, doch dann kam ihm sein Geruchssinn zu Hilfe.

»Du handelst Kotows Befehlen zuwider«, sagte er, ohne sich umzudrehen. »Du bist der einzige Aktivist, der nach Veilchen duftet.

Nehmen wir die Straßenbahn nach Bonanova, oder hast du noch das kleine Zimmer in der Barceloneta?«

África steckte den Revolver weg und ging einfach los, und so blieb Ramón nichts anderes übrig, als ihr zu folgen.

»Ich wollte dich sehen, weil ich das Gefühl habe, ich sollte aufrichtig zu dir sein, Ramón«, sagte sie in einem Ton, der Ramón beunruhigte.

»Was ist los?«

África strich sich durchs Haar und antwortete: »Nichts ist mehr los, Ramón. Ich will, dass du mich vergisst.«

»Wovon redest du?« Ramón merkte, dass er zitterte. Hatte er richtig gehört?

»Wir werden uns nicht wiedersehen …«

»Aber …«

Ramón blieb abrupt stehen und hielt sie beinahe gewaltsam am Arm fest. Sie ließ ihn gewähren, sah ihn jedoch mit einem Blick an, der ihn erstarren ließ. Er gab ihren Arm frei.

»Ich habe dir nie etwas versprochen, Ramón. Du hättest dich nicht in mich verlieben dürfen. Die Liebe ist eine Bürde und ein Luxus, den wir uns nicht erlauben dürfen … Viel Glück, Ramón«, fügte sie hinzu, drehte sich um und verschwand in der Dunkelheit, ohne sich noch einmal nach ihm umzublicken.

Ramón blieb wie versteinert stehen. Die Erregung lähmte seine Muskeln und sein Hirn. Was, zum Teufel, ging hier vor? Warum tat África das? Gehorchte sie einem Parteibefehl, oder war es ihre eigene Entscheidung?

Der junge Mann ging in den höher gelegenen Teil der Stadt, doch die Erregung ließ nicht nach. Er fühlte sich herabgesetzt, gedemütigt, durch seinen Kopf schossen Signale, deutliche Warnzeichen, die er bis jetzt missachtet hatte, Verhaltensweisen, deren Bedeutung ihm erst jetzt klar wurde. Wie ein verwundeter Wolf, der Schutz in seiner Höhle sucht, begab sich Ramón nach Bonanova, und er nahm sich vor, África eines Tages zu beweisen, wer er war und wozu er fähig war …

Und dann erfolgte die Explosion, auf die der englische Journalist mit dem Pferdegesicht gewartet und die der gut informierte Kotow angekündigt hatte. Das dürre Brennholz des Hasses und der Angst, von dem es in Spanien mehr als genug gab, brauchte nur ein Streichholz zur rechten Zeit und am rechten Ort, um die Lunte in Brand zu setzen, an der sich, wie von Caridad so oft prophezeit, die Republik entzündete und gereinigt wurde.

Dank der Informationen, die Ramón erhielt, konnte ihn die Dramaturgie der Ereignisse nicht überraschen, auch wenn ihn die unvorhergesehenen Konsequenzen in Unruhe versetzten. Am 3. Mai stürmte eine Polizeieinheit das Gebäude der Telefongesellschaft, angeführt vom Kommissar für öffentliche Ordnung, Rodríguez Salas, der den Befehl hatte, das Gebäude zu räumen und der Regierung zu unterstellen, wogegen sich die Anarchisten, die sich in den oberen Etagen verschanzt hatten, natürlich vehement zur Wehr setzten. Wie vorauszusehen war, kam es im Ausschuss zu Zusammenstößen zwischen den Polizeikräften der Republik und der katalanischen Regierung und den Anarchisten, den Syndikalisten der CNT und den Trotzkisten des POUM. Die Spannungen und der aufgestaute Hass entluden sich über Barcelona und verwandelten die Stadt in ein Schlachtfeld.

Einige Tage zuvor hatten sich mehrere Kontingente der anarchistischen Miliz entgegen den Befehlen des Generalstabs von der Front zurückgezogen und waren mit ihren Waffen durch die Stadt gezogen. Aus Angst vor möglichen Konflikten hatten die Behörden sogar beschlossen, die Veranstaltungen zum 1. Mai abzusagen, doch am 2. Mai hatten katalanische Nationalisten das Feuer auf eine Gruppe von Anarchisten eröffnet. Die Räumung der *Telefónica* durch die Polizei brachte das Fass zum Überlaufen. Jetzt brachen alle Dämme, und Ramón fragte sich, ob die Regierung mit der Unterstützung von Sozialisten und Kommunisten in der Lage sein würde, die Gewalt unter Kontrolle zu bringen und siegreich daraus hervorzugehen.

An ebenjenem Morgen des 3. Mai erhielt Ramón, entgegen seinen Erwartungen, den Befehl, in Bonanova zu bleiben, geschehe, was wolle, bis einer von Kotows Leuten ihn dort abholen würde. Gleich nach Tagesanbruch war Caridad mit Luis in ihrem unverwüstlichen

Ford weggefahren, um den Jungen in sichere Hände zu geben, die ihn auf die andere Seite der Pyrenäen bringen sollten. Beim Abschied überfielen Ramón dunkle Vorahnungen. Bevor Luis in den Wagen stieg, umarmte er ihn und bat ihn, nie zu vergessen, dass er sein Bruder sei und dass alles, was er getan habe und in Zukunft tun werde, dazu diene, jungen Menschen wie ihm das Leben in einer paradiesischen Welt ohne Ausbeuter und Ausgebeutete zu ermöglichen, in einer Welt von Gerechtigkeit und Wohlstand, ohne Hass und ohne Angst.

Als am Nachmittag die Vorfälle in der *Telefónica* und die darauffolgenden Gewaltexzesse bekannt wurden, begriff Ramón, dass Caridad ihre Vorsichtsmaßnahmen getroffen hatte, weil nicht einmal die von der Partei sicher waren, ob sie die Situation kontrollieren konnten. Die Anarchisten und Poumisten weigerten sich, ihre Waffen abzugeben, und bezichtigten den Kommunisten Rodríguez Salas der Provokation, um eine Konfrontation herbeizuführen. Die Kommunisten ihrerseits beschuldigten ihre politischen Rivalen, gegen die staatlichen Institutionen zu rebellieren, die Arbeit der Zentralregierung zu torpedieren, für Chaos und Disziplinlosigkeit verantwortlich zu sein und einen Staatsstreich vorbereitet zu haben, der das Ende der Republik bedeutet hätte. Die verbalen Angriffe konzentrierten sich vor allem auf die Führer des POUM, die als Verräter und Anstifter bezeichnet wurden, sogar als Drahtzieher des gemeinsam mit den Falangisten geplanten fascho-trotzkistischen Staatsstreichs. Angesichts dieser Worte und der Tatsachen erkannte Ramón, dass er Zeuge sein durfte, wie mit erstaunlicher Voraussicht und einer Meisterschaft im Ausnutzen der Umstände ein politisches Spiel in Gang gesetzt wurde. Doch es war ihm auch klar, dass das Schicksal der Republik wie nie zuvor an einem seidenen Faden hing und man nur schwer voraussagen konnte, wer als Sieger aus dieser Partie hervorgehen würde.

Häufig war er versucht, zur Pedrera zu gehen und Kotow darum zu bitten, seinen Befehl, sich von allem fernzuhalten, aufzuheben. Die Tage erschienen ihm endlos, und wenn Caridad abends mit einem Gewehr über der Schulter nach Bonanova zurückkam, beruhigte sie ihn mit den Worten, dass die Einnahme der *Telefónica* nur noch eine Frage von Stunden sei und die Operation ein voller Erfolg zu werden verspreche, denn der Aufstand der Anarchisten und Trotzkisten habe ihre Treulosigkeit bewiesen. Außerdem vertraue sie auf ein baldiges Ende der Scharmützel, da die Gewerkschaftsführer zu vermitteln versuchten und Einheiten der Armee aus Valencia sich der Stadt näherten.

»Ich verstehe nur nicht, warum ich hier bin«, beklagte sich Ramón, während Caridad sich eine ihrer Zigaretten anzündete und zwischen zwei Zügen große Stücke *butifarra* verschlang, die sie mit Wein hinunterspülte.

»Leute, die bereit sind, die Verräter der fünften Kolonne umzubringen, gibt es mehr als genug. Kotow wird schon wissen, was er mit dir vorhat.«

»Und was wird als Nächstes geschehen?«

»Keine Ahnung. Aber wenn wir mit den Anarchisten und Trotzkisten fertig sind, wird klar sein, wer im republikanischen Spanien das Sagen hat. Wir konnten nicht mit Verrätern und undisziplinierten Horden weiterkämpfen und darauf warten, dass Largo Caballero von alleine abhaut. Jetzt verjagen wir ihn!«

»Und was werden die Leute dazu sagen?«

Caridad drückte ihre Zigarette aus und holte die nächste aus dem Päckchen hervor. Sie trank einen großen Schluck Wein und wischte sich die Wurstreste vom Mund.

»Ganz Spanien weiß inzwischen, dass die Trotzkisten des POUM und die Anarchisten und ihre Jugendverbände den Bogen überspannt haben. Sie haben gegen die Regierung rebelliert, und so was nennt man in einem Krieg Verrat. Es gibt sogar Dokumente, die beweisen, dass die Trotzkisten mit Franco in Verbindung stehen, aber Caballero will das nicht wahrhaben. Diese Hurensöhne haben den Faschisten unsere Karten gegeben und ihnen sogar die Nachrichtencodes der Armee verraten.«

»Na, na, na … Die Hälfte von dem, was du da sagst, ist gelogen, und das weißt du.«

»Bist du sicher? Und selbst wenn, dann werden wir eben die Lügen in Wahrheit verwandeln. Das Einzige, was zählt, ist, was die Menschen glauben.«

Ramón nickte. Auch wenn es ihm schwerfiel, jene schäbige Manipulation zu akzeptieren, musste er doch zugeben, dass es vor allem darum ging, den Bürgerkrieg zu gewinnen, und dafür waren Säuberungen wie diese unbedingt notwendig. Caridad lächelte und zündete sich die Zigarette an.

»Du musst noch viel lernen, Ramón«, sagte sie. »Wir werden die Radikalsozialisten von Negrín und Indalecio Prieto gegen die Gemäßigten von Largo aufhetzen. Genauer gesagt, wir werden ihnen Largos Kopf auf einem Silbertablett servieren, damit sie sich gegenseitig zerfleischen.«

»Aber weder Negrín noch Prieto mag uns besonders.«

»Es wird ihnen nichts anderes übrig bleiben, als uns zu mögen! Und sobald sie Largo durch Negrín oder Prieto ersetzen, werden wir den POUM ein für alle Mal vernichten. Wenn die Sozialisten regieren wollen, müssen sie uns unterstützen. Entweder sie regieren mit uns, oder sie regieren nicht. Wir werden ihnen die Anarchisten und die Syndikalisten vom Halse schaffen, und sie werden uns dafür dankbar sein müssen.«

Ramón nickte wieder, und dann wagte er, ihr die Frage zu stellen, die ihn quälte: »Hat África auch etwas damit zu tun?«

Caridad trank zwei Schlucke Wein.

»Sie klebt förmlich an Pedro, also muss sie ganz nah dran sein ...«

Ramón nickte bedächtig. War es Eifersucht oder Neid? Vielleicht beides, und dazu ein Schuss Traurigkeit ...

»Und welche Rolle spiele ich in dem Ganzen, Caridad?«

»Kotow wird es dir zu gegebener Zeit erklären ... Sieh mal, Ramón, zu den Dingen, die du noch lernen musst, gehört auch, Geduld zu haben und zu wissen, dass man den Feind nicht schlagen kann, wenn er steht, sondern wenn er kniet. Aber dann muss man ihn erbarmungslos schlagen, jawohl!«

Am nächsten Morgen, nachdem er Caridad in ihrem Ford hatte wegfahren sehen, entschloss er sich, Kotows Anweisungen zu missachten. Er hatte das Gefühl, in Bonanova, wo nur hin und wieder mal Artilleriefeuer zu hören war, zu ersticken, und ging in die Stadt hinunter, in der leisen Hoffnung, África zu begegnen. Auf dem

Weg ins Zentrum vermied er die Straßen, in denen man Barrikaden errichtet hatte, von denen hin und wieder geschossen wurde. Stillgelegte Straßenbahnen und liegen gebliebene Busse ließen den Verkehr zusammenbrechen, und überall wehten Fahnen der politischen Gruppierungen, die jede Straßenecke verteidigten: Kommunisten, Sozialisten, Anarchisten, Poumisten, katalanische Nationalisten, Syndikalisten, Truppen der regulären Armee, der Miliz und der Polizei: ein buntes Kaleidoskop, das den jungen Mann von der Notwendigkeit der angekündigten Treibjagd überzeugte. Kein Krieg konnte mit so einem chaotischen und zerstrittenen Haufen gewonnen werden. Die ganze Stadt befand sich im Krieg, und die weiträumige Plaza de Cataluña glich einem Kasernenhof. Das Gebäude der Telefongesellschaft, in dem sich die Anarchisten und die Mitglieder der CNT nach wie vor verschanzt hielten, war vollständig abgeriegelt und von Artillerie eingekreist. Und dennoch schienen die Belagerer so siegesgewiss zu sein, dass sie in der warmen Maisonne vor sich hindösten. Ramón umging den Platz im weiten Bogen, um auf die Ramblas zu gelangen. In Höhe des Palastes La Virreina, des Continental und, weiter unten, des Falcón war die Promenade völlig menschenleer; nur hin und wieder eilte irgendein Passant vorbei, der ein weißes Tuch schwenkte. Beim Markt sah er Männer auf den Flachdächern liegen und nahm daher an, dass sich im Continental Milizionäre und führende Mitglieder des POUM befanden. In der ein oder anderen Seitenstraße fielen Schüsse, und Ramón glaubte, das Schicksal der Aufständischen sei besiegelt. Dieser Krieg ähnelte mehr einer Inszenierung als einer wirklichen Schlacht. Er war versucht, wieder in Adrianos Haut zu schlüpfen und in die Räume des POUM hinaufzugehen; aber er wusste, dass ihn diese Disziplinlosigkeit teuer zu stehen kommen konnte. Wenn ihn jemand erkannte und seine Anwesenheit bei den Trotzkisten verriet, ohne dass er von einem Vorgesetzten geschickt worden war, konnte das sehr gefährlich für ihn werden.

Wenige Tage später sollte Ramón klar werden, wie sehr Kotow seine Mutter ins Vertrauen gezogen hatte, denn Caridads Voraussagen gingen weiter in Erfüllung. Die sporadischen, manchmal heftigen Zusammenstöße setzten sich fort, und die Zahl der Toten und Verwundeten stieg täglich; doch nach und nach wurde es ruhiger, so als würden beiden Seiten die Kräfte schwinden. Einige Gewerkschaftsführer und Anarchisten riefen ihre Genossen zur Niederlegung ihrer Waffen auf, und als die Regierungstruppen eintrafen, mussten die Rebellen ihr Fiasko eingestehen. Die Stadt war praktisch befriedet und die meisten Schlüsselstellungen mit Männern besetzt, die von den sowjetischen Beratern und der Partei ausgewählt worden waren. Jetzt wurde die Schlacht verbal ausgetragen, mit fortwährenden gegenseitigen Beschuldigungen, bei denen die Propagandamedien der Kommunisten sich besonders hervortaten. Sie verbreiteten die Meinung, die Syndikalisten von der CNT, die Anarchisten und insbesondere die Poumisten hätten den Aufstand provoziert, der einem Staatsstreich sehr nahekam. Ramón glaubte, das stolze Katalonien werde nun unter die Herrschaft der sowjetischen Berater und der Komintern geraten, während die Regierung, sozusagen als Konsequenz des Erfolgs, in eine Krise stürzen und Largo Caballero, mit dem Strick um den Hals, vor Wut auf den Boden stampfen würde.

Die Ereignisse überschlugen sich, als die kommunistische Presse behauptete, sie besitze Beweise für die Zusammenarbeit der Trotzkisten mit den Faschisten. Es war von Telegrammen und sogar von Karten mit Truppenbewegungen die Rede, die dem Feind zugespielt worden seien. Largo Caballero, der sich von allen Seiten angegriffen fühlte oder vielleicht endlich einsah, dass er unfähig war, die Probleme der Republik zu lösen, bot seinen Rücktritt an. Mithilfe der Kommunisten und der sowjetischen Berater stieg Negrín zum Regierungschef auf, und als eine der ersten Maßnahmen erklärte er den POUM für illegal und kündigte an, seinen Anführern den Prozess zu machen.

Ramón, der sich darüber ärgerte, nicht näher dabei gewesen zu sein, war überrascht, als Máximus auftauchte, um ihn abzuholen. Er wurde von zwei Männern begleitet, die ihm unbekannt waren, offenbar Spanier, doch Máximus verzichtete darauf, sie einander vorzustellen. Schweigend fuhren sie in Richtung Stadt, die buchstäblich aussah wie nach einer Schlacht: überall Soldaten auf den Plätzen, an jeder Straßenecke ausgebrannte Gebäude und Reste von Barrikaden. Vergeblich liefen die Menschen auf der Suche nach Lebensmitteln durch die Straßen, doch jetzt trollten sie sich unter den strengen Blicken der Wachposten, der *mossos d'esquadra* und der Soldaten, die überall zu sehen waren. Ramón war überzeugt, das republikanische Spanien müsse diese Erschütterung ausnutzen, den alten Hass und die Angst lenken und endlich einsehen, dass die einzig mögliche Rettung nur von eiserner Disziplin und einer massiven sowjetischen Intervention zu erwarten war. Vielleicht hatte André Marty recht, dachte er, wenn er sie als primitiv und unfähig bezeichnete, und auch Kotow, der sie in seiner fast poetischen Art »romantisch« und »sorglos« genannt hatte. Ramón spürte Angst in sich aufsteigen um das Schicksal des Landes und um den Traum, für den er seit vier Jahren kämpfte. Doch ein wichtiger Schritt auf dem Weg zur Rettung war getan.

Máximus hielt auf der Carretera del Prat, etwas außerhalb der Stadt, und wartete auf einen weiteren Wagen, in dem ebenfalls vier Männer saßen, zwei davon als Ausländer zu erkennen und einer in Uniform ohne Rangabzeichen. Máximus gab Befehle, die mehr an Ramón als an die beiden anderen Genossen gerichtet zu sein schienen: Die Polizei wollte einen Gefangenen aus Barcelona wegschaffen, einen Agenten im Dienste der Nationalisten, und ihnen fiel die Aufgabe zu, den Mann heil zur Vernehmung nach Valencia zu bringen. Die Information, die dieser Mann besitze, sagte Máximus, sei von größter Bedeutung, um das Netz der Kollaboration mit dem Feind zu zerschlagen und herauszufinden, bis auf welche Ebene die Verschwörung der Trotzkisten gereicht habe. Die Operation müsse so unauffällig wie möglich durchgeführt werden, fügte er hinzu, und deswegen seien nur absolut vertrauenswürdige Männer daran beteiligt.

Einige Stunden später, bei Einbruch der Nacht, tauchte eine Polizeipatrouille auf und gab ihnen Lichtzeichen. Máximus bedeutete dem Fahrer des zweiten Wagens, hinter ihm herzufahren, während er sich mit Ramón und den anderen beiden Männern an die Spitze des Konvois setzte und Kurs auf Valencia nahm. Ab und zu versuchte einer von ihnen, ein Gespräch zu beginnen, doch Máximus forderte sie auf zu schweigen.

Mitten in der Nacht erreichten sie Valencia, wo eine weitere Patrouille auf sie wartete. Die Patrouille aus Barcelona hielt hinter ihnen, und Máximus befahl ihnen, nicht auszusteigen, sich bereitzuhalten und still zu sein. Ramón sah, wie Máximus zu der Patrouille ging, begleitet von dem Mann in Uniform, der in dem Wagen am Ende des Konvois mitgefahren war. In der Dunkelheit versuchte er zu erkennen, was auf der Straße passierte, und er glaubte zu hören, dass Máximus und die Wartenden russisch sprachen. Einer der Männer kam Ramón bekannt vor, es konnte Alexander Orlow sein, Chef der sowjetischen Sicherheitsberater, doch wegen der Dunkelheit konnte er es nicht mit Sicherheit sagen. Der Uniformierte an Máximus' Seite gab mit einer Taschenlampe ein Lichtzeichen, und Minuten später sah Ramón einen Mann, der in Handschellen von zwei Polizisten dicht am Wagen vorbeigeführt wurde. Trotz der Dunkelheit konnte er ihn erkennen, und sein Herz tat einen Sprung: Es war Andreu Nin.

In diesem Moment wusste Ramón, dass Máximus ihn mit dieser Aufgabe für seine Arbeit im Umfeld des POUM belohnen wollte. Und er dachte an das, was der englische Journalist mit dem Pferdegesicht vor ein paar Wochen im Hotel Continental zu Adriano gesagt hatte: »Nin ist der spanischste Spanier, den ich kenne. Wenn er nicht so katalanisch wäre, wäre er Torero oder Flamencosänger geworden … Er lebt nur für eine Idee: die Revolution. Er gehört zu denen, die für sie sterben würden. Mich erschrecken solche Leute, aber diesen Mann respektiere ich.«

Ohne seine Genossen anzusehen, sagte Ramón: »Dieser Mann muss ermordet werden.«

Einer seiner Begleiter, der Ältere, wagte zu bemerken: »Vergiss nicht, was der Chef gesagt hat: Sie werden alles aus ihm herausquetschen, was er über die Pläne der fünften Kolonne weiß.«

»Er wird nicht sprechen.«

Ramón war so felsenfest davon überzeugt, dass er am liebsten ausgestiegen wäre, um es Máximus und auch Orlow zu sagen, wenn es denn Orlow war, der jetzt hinter Nin herging, um dessen Verfrachtung in einen geschlossenen Lieferwagen zu überwachen. Das Ganze war ein absurdes Schauspiel, und Ramón wusste, dass es schlimm enden würde.

»Die bringen alle zum Reden«, raunte der Ältere ihm zu. »Und diese Trotzkisten sind doch alle weich wie Butter.«

»Der nicht! Der schweigt.«

»Und warum bist du dir da so sicher, Genosse?«

»Weil er ein Fanatiker ist und seine Freunde nicht ans Messer liefern wird. Und weil er weiß, dass sie ihn sowieso umbringen werden, ob er nun redet oder nicht. Und wisst ihr was? Ich an seiner Stelle würde auch schweigen.«

12

Im Laufe der Jahre haben sich viele Einzelheiten meiner Beziehung zu dem Mann, der Hunde liebte, in meinem Gedächtnis verflüchtigt, obwohl ich nicht glaube, dass ich etwas Wesentliches vergessen habe. Was Sie hier lesen, ist die Rekonstruktion unserer Gespräche und der Gedanken, die ich erst fünf Jahre nach unseren Begegnungen am Strand während des Jahres 1977 aus der Erinnerung und der verfälschenden Perspektive der Jahre aufzuschreiben begann. Inzwischen war ich ein ganz anderer Iván geworden als der, der ich war, als ich Jaime López getroffen hatte. Der Grund für meine Veränderung lag, wie Sie unschwer verstehen werden, darin, dass niemand, der die Geschichte hörte, die mir jener »zwielichtige« Mann – Raquelita hatte wie fast immer recht – erzählt hatte, bleiben konnte, wer er vorher gewesen war.

Mitte November, als ich zum ersten Mal wieder an den Strand ging, traf ich López wieder. Und zum ersten Mal hatte ich den Verdacht, dass er vielleicht schon auf mich wartete. Warum?, fragte ich mich, wozu? Doch ich vergaß die Frage wieder. Ich war – um auch dieses Detail nicht unerwähnt zu lassen, das für die Geschichte wichtig ist, wie Sie später erkennen werden – diesmal ohne Raquelita gekommen, die nachmittags arbeitete und im Winter nicht viel für den Strand übrighatte.

Nachdem wir uns begrüßt hatten, redeten wir über die Reise nach Paris und über seine Krankheit, doch López beendete das Thema mit der Bemerkung, dass auch die französischen Ärzte nichts bei ihm gefunden hätten und das Pariser Klima schrecklich wie erwartet gewesen sei. Ich weiß nicht, warum diese abrupte Beendigung einer möglichen Unterhaltung über etwas, das mich interessierte – Paris, der Traum aller Reisen! –, mich zu der Frage veranlasste, warum er einen Verband an der rechten Hand trug. Obwohl ich wusste, dass ich damit die Grenze des Erlaubten in einer oberflächlichen Beziehung wie der unseren überschritt, verspürte ich ein dringendes Bedürfnis, etwas Konkretes über seine Person zu erfahren. Vielleicht lag es am Eindruck, den der Mann auf Raquelita gemacht hatte, und an der Feststellung, dass sein Gesundheitszustand offenbar kein so großes Problem für ihn darstellte.

»Wegen einer hässlichen Brandnarbe«, antwortete López, ohne zu überlegen. »Es ist schon ein paar Jahre her, aber sie ist scheußlich anzusehen.«

In seiner Stimme schwang ein weinerlicher Ton mit, den ich an ihm nicht kannte. Bestimmt nicht nur, dachte ich, weil es ihm unangenehm war, von der Verbrennung zu sprechen. Vielleicht brannte die Wunde ja noch. Ich bedauerte meine indiskrete Frage, und sozusagen als Wiedergutmachung oder weil ich meine angestaute Wut auskotzen musste, tat ich etwas für mich sehr Ungewöhnliches: Ich erzählte ihm von den Problemen meiner Familie in den letzten beiden Monaten, seit die Homosexualität meines jüngeren Bruders bekannt geworden war. Ich ließ all den Groll heraus, den ich gegenüber meinen Eltern empfand, weil sie William auf so grausame Weise bestraft hatten, und während ich sprach, wurde mir bewusst, wie begriffsstutzig ich gewesen war. Ich fragte mich, warum ich meinen Ärger bis zu diesem Augenblick, als ich jenem Unbekannten Einzelheiten und Gefühle preisgab, von denen ich nicht einmal meiner Frau erzählte, auf das Verhalten meiner Eltern konzentriert und die wahre Ursache des Geschehenen verdrängt hatte: eine institutionalisierte Homophobie, ein ideologischer Fundamentalismus, der das Andersartige ablehnte und unterdrückte und seine Wut an den Schwächsten ausließ, den Verwundbarsten, an denen, die sich nicht an die Normen der Orthodoxie hielten. Und da wurde mir plötzlich klar, dass sowohl meine Eltern als auch ich zum Spielball überkommener Vorurteile geworden und dem Druck des gesellschaftlichen Umfelds erlegen waren, Opfer der Angst, genauso oder mehr noch als William. Bei mir hatte außerdem ein gewisser Groll auf meinen Bruder eine Rolle gespielt, eben weil es *mein* Bruder war, der sich als schwul geoutet hatte. Ich konnte verstehen und sogar akzeptieren, dass zwei Professoren schwul waren, aber es ist etwas ganz anderes, wenn man weiß – und alle anderen ebenfalls wissen –, dass es sich um den eigenen Bruder handelt. Allerdings behielt ich diese Überlegungen für mich, die durch López (wer, zum Teufel, war dieser López, für wen arbeitete er in Kuba, mit wessen verdammter Hilfe konnte er nach Paris fliegen, um irgendwelche Ärzte zu konsultieren?) oder sonst irgendjemanden gegen mich verwendet werden konnten, wie es mir meine eigene Vergangenheit zur Genüge bewiesen hatte.

López hatte mir schweigend, fast mitleidig zugehört. Ix und Dax lagen, müde vom Herumrennen, ein paar Meter von ihrem Herrchen entfernt im Sand, und der schwarze Chauffeur hatte es sich auf den Wurzeln der Kasuarinen bequem gemacht. Diese Szene blieb meinem Gedächtnis eingebrannt wie ein Foto, so als wäre die Welt für ein paar Sekunden oder sogar Minuten stehen geblieben. Schließlich sagte López: »Immer machen sie irgendjemanden fertig ... Tut mir leid für deinen Bruder«, und dann bat er mich, ihm aufstehen zu helfen.

Diesmal schwankte López nicht so stark wie sonst, und er versicherte mir, dass es ihm in den letzten Tagen viel besser gehe. Als er sich schon ein paar Meter von mir entfernt hatte, bat er mich, zu ihm zu kommen. Dann fing er an, den Verband abzuwickeln, und zeigte mir seine rechte Hand, deren Haut vom Daumenansatz bis zur Mitte des Handtellers glatt und glänzend war.

»Ziemlich hässlich, nicht wahr?«

»Wie alle Brandnarben«, erwiderte ich, überrascht darüber, dass außer der alten Narbe nichts zu sehen war.

»An manchen Tagen tuts noch weh ...« Er schwieg, sah mich dann an und sagte: »Ich war nicht in Paris, ich bin nach Moskau geflogen.«

Das überraschte mich. Warum hatte er mich angelogen, und warum sagte er mir jetzt die Wahrheit? Warum erzählte er mir, dass er in Moskau gewesen war? Flogen nicht täglich Dutzende, ja, Hunderte von Kubanern aus irgendeinem Grund nach Moskau? Mir fiel keine

Antwort dazu ein. Also schwieg ich und tat das Einzige, was ich tun konnte: Ich wartete.

López umwickelte seine Hand wieder und fragte mich: »Was meinst du, sehen wir uns übermorgen?«

Ich riss mich von der frisch verbundenen Hand los und sah in die feucht glänzenden Augen des Mannes. Bis zu jenem Tag waren unsere Begegnungen – jedenfalls soweit ich wusste – mehr oder weniger zufällig, auf unsere Gewohnheiten zurückzuführen oder vom Wetter abhängig gewesen, aber noch nie hatten wir uns fest verabredet. Warum wollte mich López wiedersehen, nachdem er mir die Brandnarbe gezeigt und mir anvertraut hatte, dass er in Moskau und nicht in Paris gewesen war.

»Ja, ich glaub schon …«

»Gut, dann bis übermorgen … Besser, du bringst deine Frau nicht mit«, fügte er noch hinzu und schlug sich auf den linken Oberschenkel, damit Ix und Dax neben ihm her zu der Stelle gingen, an der der Schwarze auf sie wartete.

Der Strand war übersät mit grauen und bräunlichen Algen, aufgedunsenen violetten Quallen, verfaultem Holz und Steinen, die das Meer in der Nacht zuvor ausgespuckt hatte, während eine Kaltfront über die Insel hinweggezogen war. So weit das Auge reichte, war keine Menschenseele zu sehen. Die Wintersonne wärmte die Luft, sodass ich es trotz einer kühlen Brise aus dem Norden in meiner leichten Jacke gut aushalten konnte. Da ich etwas zu früh dran war, beschloss ich, bis zur verabredeten Zeit ein wenig am Strand spazieren zu gehen. Plötzlich sah ich, halb verdeckt von Algen, zwei schwärzliche Holzstücke, die wie die Balken eines Kreuzes übereinanderlagen. Und, in der Tat, es handelte sich um ein Kreuz. Das verfaulte Holz deutete darauf hin, dass das etwa vierzig mal zwanzig Zentimeter große Kreuz möglicherweise schon lange im Wasser gelegen hatte, dem Meer preisgegeben, doch offensichtlich war es während der nächtlichen Kaltfront von den Wellen auf den Sand gespült worden. Ich konnte nichts Besonderes an ihm entdecken: zwei dunkle Holzstücke, sehr fest, angefault, anscheinend bearbeitet, über Kreuz gelegt und mit zwei rostigen Schrauben fixiert. Doch dieses primitive Kreuz – vielleicht wegen des angefaulten Holzes, vielleicht wegen der Stelle, an der es lag (woher kam es?, wem hatte es gehört?) – zog mich derart an, dass ich, obwohl ich Atheist bin, beschloss, es im Meer abzuwaschen und mitzunehmen. »Das Kreuz des Schiffbruchs« taufte ich es, auch wenn ich nicht wusste, woher es stammte, und ohne zu ahnen, wie lange es mich noch begleiten sollte.

Als könnte ihm das Wetter nichts anhaben, war López nur mit einer leichten Hose und einem kurzärmeligen grauen Hemd mit riesigen Brusttaschen bekleidet. Die Borsois, die ja für sibirische Temperaturen geschaffen sind, schienen überglücklich. Der Schwarze, wie immer auf seinem Platz zwischen den Kasuarinen, war in einen Militärmantel gehüllt, und irgendwann sah es so aus, als wäre er eingeschlafen.

Seit mich der Mann, der Hunde liebte, um diese Unterhaltung gebeten hatte, hatte ich an kaum etwas anderes denken können. Im Geiste war ich das wenige durchgegangen, was ich von ihm wusste, hatte aber keinen Anhaltspunkt dafür gefunden, warum er mich unbedingt sehen und über etwas Wichtiges mit mir sprechen wollte (weshalb es ihm wohl lieber war oder er sogar gefordert hatte, dass Raquelita nicht dabei war). Bis zu unserer Verabredung hatte ich mehrere Möglichkeiten erwogen: dass sein Sohn ebenfalls schwul war; dass López den nötigen Einfluss hatte, um William bei seiner Beschwerde irgendwie behilflich zu sein. Natürlich überlegte ich mir auch, als gebranntes Kind sozusagen, dass López vielleicht die Absicht hatte, meine Ansichten an irgendeine Stelle weiterzuleiten und mit jemandem zurückzukommen, der mir das Leben schwer machen konnte, gerade jetzt, da ich alle meine Träume und Ziele (ich glaube, auch meine langsam verkümmernden literarischen Ambitionen) aufgegeben hatte und nur noch meinen Frieden haben wollte, wie ein abgerichteter Vogel, der bereitwillig die Sicherheit seines Käfigs akzeptiert … Aus welchem Grund auch immer: Was geschehen sollte, sollte geschehen, hatte ich entschieden und mich kurz vor vier Uhr nachmittags am Strand von Santa María del Mar eingefunden, ohne Raquelita, ohne meinen Tennisschläger und sogar ohne Buch.

López lächelte, als er mich mit dem Holzkreuz in der Hand sah. Ich erzählte ihm, wie ich es gefunden hatte, und er bat mich, es sich näher ansehen zu dürfen.

»Scheint sehr alt zu sein«, stellte er fest. »Solche Schrauben werden nicht mehr hergestellt.«

»Es stammt von einem Schiffbruch«, erklärte ich, nur um etwas zu sagen.

»Von denen, die Kuba auf einem Floß verlassen?« Aus seiner Frage war Ironie herauszuhören.

»Weiß ich nicht … Ja, kann sein …«

»Das Kreuz lag da und hat darauf gewartet, von dir gefunden zu werden«, sagte er jetzt ganz ernst und gab es mir zurück.

Der Gedanke gefiel mir. Wenn ich bis jetzt nicht so recht gewusst hatte, was ich mit dem Kreuz machen sollte, überzeugte mich die Möglichkeit, dass es sich bei dem Fund um mehr als einen Zufall gehandelt haben konnte, davon, dass ich es mitnehmen musste. Bestimmt, und das wurde mir erst jetzt klar, war es sehr wichtig gewesen für jemanden, den ich niemals kennenlernen würde. Passierten mir solche Dinge, weil ich trotz allem immer noch wie ein Schriftsteller reagierte? Wann würde ich diese Fähigkeit (und noch so viele andere) verlieren?

Anstatt uns wieder in den Sand zu setzen, nahmen wir auf zwei Betonblöcken direkt am Meer Platz. López hatte in einer Plastiktüte eine Thermoskanne mit Kaffee und zwei Plastikbecher mitgebracht. Von Zeit zu Zeit holte er eine Schachtel Zigaretten aus der Hemdtasche und dazu sein schweres Benzinfeuerzeug, das auch bei stürmischem Wetter funktionierte.

Außer dem Kaffee hatte der Mann, der Hunde liebte, eine schlechte Nachricht mitgebracht.

»Wir müssen Dax einschläfern lassen«, sagte er, als wir uns gesetzt hatten, und sah zu den beiden Borsois hinüber, die durchs Wasser planschten.

Überrascht drehte ich mich zu den Tieren um.

»Was ist passiert?«, fragte ich.

»Vor zwei Tagen waren wir beim Tierarzt …«

»Wie kommt ein Tierarzt dazu, Ihnen zu sagen, dass Sie einen Hund wie diesen einschläfern lassen müssen? Hat er jemanden gebissen? Sehen Sie nicht, wie er läuft, wie normal er ist?«

López ließ sich Zeit mit der Antwort. »Er hat einen Tumor im Kopf und wird in vier oder fünf Monaten sterben. Irgendwann wird er zu leiden beginnen, und dann ist er vielleicht nicht mehr zu kontrollieren.«

Jetzt war ich es, der schwieg.

»Das war es, was ihn so aggressiv gemacht hat, nicht die Hitze …«, fügte López hinzu.

»Ist er geröntgt worden?« Ich sah wieder zu den Tieren hinüber.

»Ja, und man hat noch weitere Untersuchungen gemacht. Irrtum ausgeschlossen … Ich bin völlig verzweifelt. Niemand kann sich vorstellen, wie sehr ich diese Hunde liebe.«

»Ich kann es mir schon vorstellen«, murmelte ich und dachte an den Tod meines Hundes Curry, eines schwanzlosen Rattenfängers, der meine gesamte Kindheit und einen Teil meiner Jugend begleitet hatte.

»In Moskau und hier in Havanna sind sie wie zwei Freunde. Ich spreche mit ihnen, schütte ihnen mein Herz aus, vertraue ihnen meine Erinnerungen an, immer auf Katalanisch. Und ich schwöre dir, sie verstehen mich … Wenn es Dax schlechter geht und ich mich mit dem Gedanken abfinden muss … Würdest du mir dabei helfen?«

Zuerst verstand ich die Frage nicht. Dann wurde mir klar, dass López mich bat, ihm zu helfen, Dax zu töten. Ich antwortete: »Ich bin kein Veterinär … Und selbst wenn ich es wäre, könnte ich es nicht.«

Der Mann schwieg. Er goss sich Kaffee nach und zündete sich eine weitere Zigarette an.

»Natürlich … Ich weiß nicht, warum ich dich darum gebeten habe … Aber ich kann mir verdammt noch mal nicht vorstellen, wie ich …«

In diesem Moment begriff ich, dass es nicht nur das Schicksal seines Hundes war, das ihn quälte. Es musste etwas noch viel Schrecklicheres sein. Und sogleich erhielt ich die Bestätigung für meine Vermutung.

»Wenn man mir sagen würde, dass ich so krank wäre wie Dax, hätte ich gerne jemanden, der mir helfen würde, es so schnell wie möglich hinter mich zu bringen. Ärzte sind manchmal unglaublich grausam. Wenn das Unausweichliche eintritt, sollten sie mehr Menschlichkeit zeigen. Und sie müssten besser wissen, was Leiden heißt.«

»Das wissen die Ärzte sehr wohl, aber sie dürfen es nicht. Veterinäre wissen das auch, und ihnen ist es erlaubt, Tiere zu töten. Sie müssen sich jemanden suchen, der …«

Ich spürte, dass ich mich auf ein gefährliches Terrain begab und kaum noch Rückzugsmöglichkeiten hatte. Doch noch ahnte ich nicht, wie weit ich in einem Sumpf aus Hass, Blut und Enttäuschung versinken sollte.

»Auch ich werde bald sterben«, sagte der Mann schließlich.

»Wir alle müssen sterben«, versuchte ich, mich mit einer Plattitüde aus der Affäre zu ziehen.

»Die Ärzte finden nichts, aber ich weiß, dass ich bald sterben werde«, wiederholte er.

»Wegen der Schwindelanfälle?« Ich spielte weiter den Ahnungslosen. »Vielleicht der Halswirbel … Es gibt in den Tropen sogar Parasiten, die Schwindel verursachen.«

»Erzähl keinen Unsinn, mein Junge. Stell dich nicht dumm und lass dir sagen: Ich bin so gut wie tot, verdammte Scheiße!«

Ich fragte mich, warum dieser Mann, der mich doch kaum kannte, ausgerechnet mir anvertraute, dass er bald sterben würde und jemanden suchte, der gewillt war, sein Leiden abzukürzen. Hatte er sich deswegen mit mir verabredet? Ich bekam Angst.

»Ich weiß nicht, warum Sie …«

López lächelte vor sich hin und drehte den Absatz seines Schuhs im Sand, bis eine Furche entstand. In diesem Augenblick fürchtete ich mich regelrecht vor dem, was er mir gleich sagen würde.

»Offiziell bin ich nach Moskau geflogen, weil man mich zur Sechzigjahrfeier der Oktoberrevolution eingeladen hat. Aber das war nur ein Vorwand. In Wirklichkeit wollte ich mich mit zwei Männern treffen. Die Unterhaltungen, die ich mit ihnen geführt habe, waren sehr deprimierend für mich.«

»Mit wem haben Sie sich getroffen?«

Der Mann betrachtete seine verbundene Hand.

»Iván, ich habe dem Tod so nah ins Auge geblickt, wie du es dir nicht vorstellen kannst. Ich glaube, ich weiß alles über ihn.«

Ich erinnere mich noch, als wäre es gestern geschehen: In diesem Moment bekam ich regelrechte Panik, abgesehen davon, dass mich seine Worte verständlicherweise erschreckten. Noch nie zuvor hatte jemand zu mir gesagt, er wisse alles über den Tod. Wie reagiert man in einer solchen Situation? Ich sah den Mann an und sagte: »Als Sie im Krieg waren, nicht wahr?«

Er nickte stumm, so als wäre meine Frage überflüssig gewesen. Und dann sagte er: »Aber einen Hund zu töten, dazu bin ich nicht imstande. Ich schwörs dir.«

»Krieg ist etwas anderes …«

»Krieg ist das Beschissenste, was es gibt!«, schrie der Mann fast wütend. »Entweder du tötest, oder du wirst getötet. Aber das Schlimmste ist der Mensch, vor allem außerhalb des Krieges. Du kannst dir nicht vorstellen, wozu der Mensch fähig ist, was Hass und Rachsucht aus ihm machen können, wenn er davon vergiftet ist …«

So langsam reichts mit den Andeutungen, dachte ich. Am besten, ich stand auf und beendete diese Unterhaltung, die zu nichts Gutem führen konnte. Aber ich rührte mich nicht vom Fleck, blieb auf meinem Betonblock sitzen, als wollte ich unbedingt wissen, worauf der Mann, der Hunde liebte, hinauswollte. Interessierte es mich wirklich? Bisher war ich nur zu träge gewesen, um mich dagegen zu wehren. Doch jetzt legte der Mann erst richtig los.

»Vor ein paar Jahren hat mir ein Freund eine Geschichte anvertraut«, seine Stimme klang plötzlich wie die eines anderen, »eine Geschichte, deren Einzelheiten nur sehr wenigen Personen bekannt sind, und von denen sind fast alle tot. Natürlich hat er mich gebeten, sie niemandem zu erzählen, aber da ist etwas, das mich nicht loslässt.«

Ich hatte mir vorgenommen, ihn nicht zu unterbrechen, aber López ließ mich zappeln.

»Was?«

»Mein Freund ist tot … Und wenn ich sterbe und wenn die einzige dann noch verbleibende Person stirbt, die, wie ich weiß, fast alle Einzelheiten kennt, wird die Geschichte verloren gehen. Die ganze Wahrheit der Geschichte, meine ich.«

»Und warum schreiben Sie sie nicht auf?«

»Wenn ich sie nicht mal meinen Kindern erzählen darf, wie kann ich sie dann aufschreiben?«

Ich nickte und war froh darüber, dass der Mann nach einer weiteren Zigarette angelte. So war ich nicht gezwungen, ihm irgendeine Frage zu stellen.

»Ich habe dich heute hierhergebeten, weil ich dir diese Geschichte erzählen will, Iván«, sagte der Mann, der Hunde liebte. »Ich habe es mir lange überlegt, und ich bin dazu entschlossen. Willst du sie hören?«

»Ich weiß nicht«, sagte ich, fast ohne nachzudenken, aber es war vollkommen aufrichtig. Später sollte ich mich fragen, ob das die intelligenteste Antwort auf eine der ungewöhnlichsten Fragen gewesen war, die man mir je gestellt hatte: Kann man wollen oder nicht wollen, dass einem eine Geschichte erzählt wird, die man nicht kennt, von der man nicht die geringste Scheißahnung hat? Jedenfalls war es die einzige Antwort, die mir in diesem Augenblick einfiel.

»Es ist eine unglaubliche Geschichte, ich übertreibe nicht, du wirst sehen. Doch vorher muss ich dich noch um zwei Dinge bitten.«

Diesmal gelang es mir, den Mund zu halten.

»Erstens möchte ich, dass du mich nicht mehr siezt. Das würde es mir einfacher machen, dir alles zu erzählen. Und zweitens, du darfst sie niemandem weitererzählen, auch nicht deiner Frau. Deswegen habe ich dich gebeten, alleine zu kommen. Aber vor allem möchte ich nicht, dass du die Geschichte aufschreibst.«

Ich sah dem Mann direkt in die Augen. Die Angst war noch nicht von mir gewichen, und die unterschiedlichsten Fragen gingen mir durch den Kopf. Vor allem eine: »Wenn Sie nicht darüber reden dürfen, warum wollen Sie ausgerechnet mir die Geschichte dann erzählen? Was versprechen Sie sich davon?«

Der Mann drückte die Zigarette im Sand aus.

»Ich muss sie erzählen, und sei es auch nur einmal in meinem Leben. Ich kann nicht sterben, ohne sie jemandem erzählt zu haben. Du wirst schon noch verstehen, warum ... Und hör endlich auf, mich zu siezen, ja?«

Ich nickte, aber meine Gedanken gingen nur in eine Richtung.

»In Ordnung, aber warum willst du sie ausgerechnet mir erzählen? ... Wie du weißt, habe ich bereits ein Buch geschrieben«, fügte ich hinzu, und es war mir, als wollte ich mich mit einem Schild aus Papier gegen die stählerne Klinge eines Schwertes schützen.

»Weil ich sonst niemanden habe, dem ich sie erzählen kann ... obwohl ich manchmal das Gefühl habe, dass wir uns kennengelernt haben, damit ich sie dir erzähle. Außerdem glaube ich, dass du dadurch etwas lernen kannst.«

»Über den Tod?«

»Ja, und über das Leben. Über Wahrheiten und über Lügen. Ich habe viel aus ihr gelernt, wenn auch etwas spät ...«

»Hast du wirklich niemanden, dem du die Geschichte erzählen kannst? Einen Freund, was weiß ich ... Und dein Sohn?«

»Nein, nicht ihm ...« Seine Reaktion war barsch, fast aggressiv, doch sofort änderte sich sein Ton wieder. »Er weiß etwas, aber ... Einem meiner Brüder habe ich auch etwas erzählt, nicht alles ... Und Freunde habe ich schon seit Langem nicht mehr, jedenfalls das, was man unter einem Freund versteht ... Dich dagegen kenne ich kaum, und das ist auch besser so. Ich weiß, wovon ich spreche ... Als ich eben gekommen bin, war ich mir noch nicht sicher, aber dann wurde mir klar, dass du die geeignete Person dafür bist ... Also, versprichst du mir, dass du die Geschichte nicht aufschreibst und sie niemandem erzählst?«

Überflüssig zu sagen, dass ich, ohne genau zu wissen, warum ich es tat oder auf was ich mich da einließ, Ja sagte und ihm das gewünschte Versprechen gab. Wenn ich gesagt hätte, dass ich die Geschichte nicht hören wolle oder nicht versprechen könne, sie nicht noch am selben Tag weiterzuerzählen, wäre sie wohl, zusammen mit Jaime López und dem anderen Mann, angeblich dem Einzigen, der sie kannte und sie ebenfalls niemandem erzählt hatte, samt ihren schäbigen Einzelheiten gestorben. Doch als ich mir überlegte, welche unwahrscheinlichen Zufälle und Ereignisse dazu geführt hatten, dass ich an einem Novembernachmittag auf einem Betonblock am Meer saß, zusammen mit einem Menschen, der von mir eine Antwort erwartete, deren Konsequenzen ich nicht überblickte, konnte ich nur zu einem Schluss kommen: Der Mann, der Hunde liebte, seine Geschichte und ich hatten uns umkreist wie Sterne, deren Umlaufbahnen sie dazu bestimmen, aufeinanderzutreffen und eine Explosion herbeizuführen.

Nachdem er meine positive Antwort vernommen hatte, trank er noch einen Schluck Kaffee und zündete sich die Zigarette an, die er in der Hand hielt.

»Hast du mal was von Ramón Mercader gehört?«

»Nein«, gestand ich.

»Das ist ganz normal«, murmelte er mit einem leichten, etwas traurigen Lächeln auf den Lippen. »Fast niemand kennt ihn. Und denen, die ihn kannten, wäre es lieber gewesen, ihn nicht kennengelernt zu haben. Und was weißt du über Leo Trotzki?«

Ich erinnerte mich an meinen flüchtigen Kontakt mit dem Namen und auch an einige Momente im Leben jenes schillernden, von der Geschichte halb vergessenen Mannes, dessen Name in Kuba nicht ausgesprochen werden durfte.

»Nur wenig«, antwortete ich. »Dass er die Sowjetunion verraten hat. Und dass er in Mexiko ermordet wurde.« Ich kramte noch ein wenig in meiner Erinnerung. »Ach ja, er hat an der Oktoberrevolution teilgenommen. Im Marxismusunterricht haben wir über Lenin und ein wenig über Stalin gesprochen, und man hat uns erzählt, dass Trotzki ein Renegat war und dass der Trotzkismus revisionistisch und konterrevolutionär ist, ein Angriff auf die Sowjetunion …«

»Ich sehe schon, ihr werdet hier gut unterrichtet«, stellte López fest.

»Und wer ist Ramón Mercader? Sollte ich ihn kennen?«

»Ja, du solltest wissen, wer Ramón Mercader ist«, sagte er und machte eine lange Pause, bevor er fortfuhr: »Ramón war mein

Freund, viel mehr als ein Freund ... Wir haben uns in Barcelona kennengelernt und zusammen im Krieg gekämpft ... Vor ein paar Jahren haben wir uns in Moskau wiedergesehen. Die sowjetischen Panzer waren bereits durch Prag gerollt, und alle sprachen wieder im Flüsterton.« Der Mann sah auf das Meer hinaus, als befände sich hinter den Wellen der Schlüssel zu seinen Erinnerungen. »Moskau, die Stadt des Flüsterns. Die letzte Aktion gegen die Tauwetterperiode von Chruschtschow, gegen einen Sozialismus, der davon träumte, anders sein zu können. Mit menschlichem Antlitz, wie man es nannte ...«, erinnerte er sich und strich über den Verband. »1968 haben wir uns wiedergesehen, an dem Tag, als es zum ersten Mal geschneit hat ... Ramón war ungefähr Mitte fünfzig, sah aber zehn, fünfzehn Jahre älter aus. Wir hatten uns seit dem Krieg nicht mehr gesehen. Er war alt geworden ... und dick.« Er verstummte, so als dächte er über die verflossene Zeit nach.

»Seit welchem Krieg?«

»Unserem. Dem Spanischen Bürgerkrieg.«

»Und ihr habt euch einfach so wiedergetroffen, rein zufällig?« Meine Neugier war geweckt.

»Es war, als hätten wir irgendwie darauf gewartet und wären plötzlich losgelaufen, um uns zu suchen, exakt an dem Tag, als der erste Schnee des Jahres auf Moskau fiel ...« Jetzt lächelte er in der Erinnerung, doch erst viele Jahre später sollte ich verstehen, warum er in diesem Moment wieder seine verbundene Hand betrachtete. »Wir trafen uns an der Uferstraße Frunse, wo Ramón wohnte, direkt gegenüber dem Gorki-Park. Er war dick geworden, wie schon gesagt, und außerdem war er sehr blass. Einem anderen wie mir wäre es schwergefallen, in jenem Mann den Jungen wiederzuerkennen, von dem ich mich in einem Schützengraben in der Sierra de Guadarrama verabschiedet hatte, mit siegesgewiss erhobener Faust.« Wieder machte er eine Pause und zündete sich die nächste Zigarette an. »Später dann, als wir zu reden begonnen hatten, erkannte ich, dass ihm von jener wunderbaren Zeit nur eines geblieben war: die Vorstellung vom Glück. Eine Vorstellung, die ihm half zu überleben. Und als er sich entschloss, mir alles zu erzählen, vertraute er mir den Traum seines Lebens an: Mehr als alles auf der Welt wünschte er sich, noch einmal nach Katalonien an den Strand zurückzukehren, wenigstens noch ein einziges Mal, bevor er starb. Ich glaube, er wusste damals schon, dass er bald sterben würde ...«

Und dann begann der Mann, der Hunde liebte, den Blick wieder aufs Meer gerichtet, mir zu erklären, warum sich sein Freund Ramón Mercader bis ans Ende seiner Tage an den Moment erinnerte, als er wenige Sekunden, bevor er die Worte aussprach, die sein Leben verändern sollten, jene Unheil verkündende Stille gespürt hatte, die den Krieg begleitet. Bombengetöse, Schüsse und Motorenlärm, die gebrüllten Befehle und die Schmerzensschreie, mit denen er seit Wochen gelebt hatte, waren für ihn zu den Geräuschen des Lebens geworden, sodass das plötzliche Verstummen ein Gefühl der Verlassenheit in ihm hervorrief, das der Angst verteufelt nahekam, als er begriff, dass hinter dieser unheilvollen Stille die tödliche Explosion lauerte.

13

Die Ereignisse seit dem 26. August 1936 machten ihm deutlich, warum Stalin ihm noch nicht den Hals gebrochen hatte. In einen blinden Kampf verwickelt, hatte Lew Dawidowitsch begriffen, dass der Große Führer ihn noch für sein makabres Spiel brauchte: Er benutzte seinen Rücken als Katapult für seinen Aufstieg zur absoluten Macht. Und sobald er ihm als idealer Feind nicht mehr von Nutzen sein würde, auch das hatte er begriffen, würde Stalin den Moment seines Todes festsetzen, der genauso unerbittlich erfolgen würde, wie im sibirischen Winter der Schnee fiel.

Einige Monate zuvor, als er Komplikationen vorausahnte, die die heiklen Bedingungen seines Asyls noch weiter belasten konnten, hatte Lew Dawidowitsch damit begonnen, sämtliche Argumente aus dem Weg zu räumen, die die norwegischen Behörden gegen ihn hätten vorbringen können. Mehr noch als die Hetze der Nazi-Partei des Kommandanten Quisling beunruhigte ihn die wachsende Aggressivität der Stalinisten, die ein infames Gerücht in die Welt gesetzt hatten: Sie warnten davor, dass »der Konterrevolutionär Trotzki« Norwegen als »Basis für terroristische Aktivitäten gegen die Sowjetunion und ihre Führer« nutze. Sein gut ausgebildeter Spürsinn sagte ihm, dass die Beschuldigung nicht auf dem Mist der örtlichen Stalinisten gewachsen war, sondern von weiter herkam. Deswegen hatte er Ljowa und seine Anhänger gebeten, seinen Namen von der Liste der Veranstalter der IV. Internationale zu streichen, und gleichzeitig beschlossen, keine Interviews mehr zu geben und an keiner politischen Veranstaltung seines Gastgebers Konrad Knudsen teilzunehmen, auch nicht als einfacher Beobachter. Sein einziger Kontakt zur

Außenwelt beschränkte sich von nun an darauf, einmal in der Woche mit Natalia und den Knudsens nach Hønefoss zu fahren, wo sie in billigen Restaurants aßen und danach ins Kino gingen, um sich einen der Filme der Marx Brothers anzusehen, die Natalia Sedowa so sehr mochte.

Darum erstaunte es ihn nicht wenig, dass die beiden Offiziere der norwegischen Polizei, die ihn eines Nachmittags in Vexhall aufsuchten, nicht jene freundliche Herzlichkeit zeigten, mit der die Behörden des Landes ihn bisher behandelt hatten. Sachlich korrekt teilten sie ihm mit, dass sie im Auftrag von Minister Trygve Lie gekommen seien, um ihm ein Schreiben auszuhändigen und es, von ihm unterschrieben, nach Oslo zurückzubringen. Der Jüngere holte einen versiegelten Umschlag aus seiner Mappe und reichte ihn Lew Dawidowitsch. Knudsen und Natalia beobachteten, wie er den Umschlag öffnete, das Blatt entfaltete und es las, nachdem er sich die Brille aufgesetzt hatte. Sie sahen, wie das Blatt in seinen Händen zu zittern begann. Schließlich schob er es wieder in den Umschlag, gab ihn dem Offizier zurück und ließ dem Minister ausrichten, dass er dieses Dokument nicht unterschreiben könne und dass die Aufforderung, es zu unterschreiben, eines Trygve Lie nicht würdig sei.

Der Offizier sah seinen älteren Kollegen an und wagte nicht, den Umschlag anzunehmen. Die beiden Polizisten waren unsicher geworden angesichts einer Haltung, auf die sie bestimmt nicht vorbereitet waren. Da ließ Dawidowitsch den Umschlag fallen, direkt vor den Stiefel des Älteren, der endlich reagierte: Wenn er das Dokument nicht unterschreibe, werde er festgenommen und der Justiz übergeben, bis er außer Landes gebracht werde; sie hätten Beweise dafür, dass er gegen die Visumsbestimmungen verstoßen habe, indem er sich in die politischen Angelegenheiten anderer Länder eingemischt habe.

Da kam es zur Explosion: Lew Dawidowitsch erhob drohend den Zeigefinger und schrie die Offiziere an, sie sollten den Minister daran erinnern, dass er sich zwar dazu verpflichtet habe, sich nicht in die inneren Angelegenheiten Norwegens einzumischen, aber nie und nimmer habe er auf ein Recht verzichtet, für das er ins politische Exil gegangen sei: das Recht, über das, was in seinem Land geschehe, zu sagen, was er für richtig halte. Aus diesem Grund könne er dieses Dokument nicht unterschreiben, und wenn der Minister ihn zum Schweigen bringen wolle, müsse er ihm den Mund zunähen oder etwas tun, was Stalin sicherlich ganz und gar nicht recht wäre: ihn umbringen.

Bald musste der Exilant erkennen, dass Stalin, getreu seines politischen Opportunismus, sich heimtückisch den geeignetsten Moment ausgesucht hatte, um die Farce in Moskau zu veranstalten und ihn, Trotzki, zum Schuldigen sämtlicher vorstellbarer Untaten zu machen. Hitlers Einmarsch ins Rheinland hatte Europa ins Gesicht geschrien, dass die Expansionsgelüste des deutschen Faschismus keine bloßen hysterischen Absichtserklärungen waren. Währenddessen hatten der Aufstand eines Teils der spanischen Armee gegen die Republik und der Beginn eines Bürgerkrieges, an dem italienische Truppen und deutsche Flugzeuge beteiligt waren, die Regierungen der demokratischen Länder (die Angst hatten, alleine dem faschistischen Feind gegenüberzustehen) in eine fast vollkommene Abhängigkeit von den Entscheidungen Moskaus gebracht. In dieser Situation, in der sich die Schicksale so vieler Länder entschieden, würde es niemand wagen, ein paar armselige Angeklagte in Moskau und einen Exilanten zu verteidigen, der beschuldigt wurde, ausgerechnet ein faschistischer Agent im Dienste von Rudolf Hess zu sein. Es war offensichtlich, dass die norwegische Regierung unter Druck gesetzt wurde, und Lew Dawidowitsch bereitete Natalia darauf vor, dass sie auf weitere, noch heftigere Angriffe gefasst sein müssten.

Dennoch beschloss er, seinen einzigen Vorteil zu nutzen, solange es noch möglich war: Die Regierung in Oslo konnte ihn nicht einfach deportieren, denn das hätte niemand akzeptiert. Sie hatte nicht mal die Möglichkeit, ihn der sowjetischen Justiz zu übergeben, denn die bestand nicht darauf, obwohl er selbst immer wieder darum gebeten hatte, vor Gericht gestellt zu werden. Stalin hatte kein Interesse daran, ihm den Prozess zu machen, umso weniger, weil er wusste, dass die Wiedereinbürgerung vor einem norwegischen Gericht verhandelt würde, wo der Exilant die Gelegenheit hätte, die Anschuldigungen gegen ihn und die in Moskau bereits Abgeurteilten und Hingerichteten zu widerlegen.

Als das Gericht in Oslo ihn unter dem Vorwand vorlud, er solle eine Erklärung zu dem Einbruch in Knudsens Haus abgeben, war sich Lew Dawidowitsch sicher, dass der entscheidende Moment gekommen war. Man teilte ihm mit, dass es sich um eine Zeugenaussage und nicht um eine Vernehmung handele und deshalb weder Puntervold, sein norwegischer Anwalt, noch Natalia und nicht einmal Knudsen, als Besitzer des betroffenen Hauses, anwesend sein dürften. Alleine vor dem Richter und den Gerichtsassistenten musste er Fragen zu den gestohlenen Dokumenten beantworten, die, so versicherte er, nicht die inneren Angelegenheiten Norwegens oder irgendeines anderen Landes, ausgenommen seines eigenen, betrafen. Daraufhin hielt der Richter einige Papiere hoch, und Lew Dawidowitsch begriff, dass man ihm eine Falle gestellt hatte: Diese Zeilen, so der Richter, bewiesen das Gegenteil, denn darin rufe er die Volksfront in Frankreich zur Revolution auf.

In dem Artikel, den Lew Dawidowitsch nach dem Sieg der Vereinigten Französischen Linken verfasst hatte, hatte er geschrieben, Léon Blum an der Spitze der neuen Regierung stelle eine minimale Garantie dafür dar, dass der Stalinismus daran gehindert werde, sich in dem Land auszubreiten. Weiterhin hatte er prophezeit, dass, sollte es Frankreich gelingen, seine Politik zu radikalisieren, es zum Epizentrum einer europäischen Revolution werden könne, auf die er seit 1905 gewartet habe, einer Revolution, die in der Lage sein werde, den Faschismus zu bremsen und den Stalinismus zurückzudrängen. Jenes Dokument, so der Richter, sei ein Verstoß gegen die Visumsbestimmungen und ein Beweis für seine unloyale Haltung gegenüber der Regierung Norwegens, die ihn so großzügig aufgenommen habe. Entrüstet fragte Lew Dawidowitsch, ob es hier um seine politischen Ansichten gehe oder um einen von einer pro-faschistischen Gruppe begangenen Einbruch in sein Wohnhaus. Der Richter überhörte die Frage und wandte sich mit den Worten an den Protokollanten, Herr Trotzki habe eingeräumt, der Verfasser jenes Artikels zu sein, der seine Einmischung in die Politik eines Drittstaates belege.

Als er hinausgehen wollte, sagten die Polizisten, die ihn hergeführt hatten, sie hätten den Befehl, ihn ins benachbarte Justizministerium zu bringen. Im Nachbargebäude wurde er von zwei Beamten in Empfang genommen, die einer Erzählung von Tschechow entsprungen sein konnten. Sie teilten ihm mit, dass Minister Lie es bedaure, nicht persönlich anwesend sein zu können, und reichten ihm ein Schriftstück, das der Minister ihn, als Bedingung für die Verlängerung seiner Aufenthaltsgenehmigung, zu unterschreiben bat. Nach der Lektüre der Erklärung glaubte Lew Dawidowitsch, sein Kopf würde zerplatzen, wenn er seinem Zorn nicht Luft verschaffte.

»Ich, Leo Trotzki«, las er, »erkläre hiermit, dass meine Gattin, meine Sekretäre und ich uns während unseres Aufenthaltes in Norwegen jeder politischen Aktivität gegen ein befreundetes Land enthalten. Ich erkläre, dass ich bereit bin, an dem Ort zu wohnen, den die Regierung auswählt oder akzeptiert, und jeder politischen Aktivität zu entsagen; dass meine schriftstellerische Arbeit auf historische Werke, Biografien und Memoiren beschränkt bleibt und meine theoretischen Schriften sich nicht gegen einen ausländischen Staat richten. Ich bin damit einverstanden, dass meine gesamte Korrespondenz sowie meine sämtlichen Telegramme und Telefonanrufe der Zensur unterworfen werden ...«

Lew Dawidowitsch sprang auf, zerknüllte das Schriftstück und fragte, wie er auf dem schnellsten Weg ins Gefängnis komme, wo man ihn wohl einsperren müsse, wenn man ihn zum Schweigen bringen wolle.

Doch die ängstlichen Norweger brauchten ihn nicht einmal ins Gefängnis zu sperren, um ihn zum Schweigen zu bringen, wie es Stalin allem Anschein nach verlangte, weil er unbedingt verhindern wollte, dass die Lügen und Widersprüche des soeben in Moskau abgehaltenen Prozesses ans Tageslicht kamen. Zurück in Vexhall, wohin man seine Sekretäre gebracht hatte, mit dem Befehl, sie zu deportieren, schloss man ihn und Natalia in das Zimmer ein, das Knudsen ihnen überlassen hatte, und stellte zwei Wachposten vor die Tür, um jeden Kontakt mit dem Hausherrn zu unterbinden. Als handele es sich um ein – allerdings dramatisches und makabres – Kinderspiel, schob Lew Dawidowitsch einen Zettel mit einem formalen Protest unter der Tür durch, in dem er den Minister beschuldigte, die norwegische Verfassung zu verletzen, da er ihn ohne Gerichtsbeschluss unter Hausarrest stelle. Am nächsten Morgen händigte ein Polizist ihm eine amtliche Mitteilung von Trygve Lie aus, die besagte, dass König Håkon ihm im Falle der Exilanten Lew Dawidowitsch Trotzki und Natalia Iwanowna Sedowa außerkonstitutionelle Kompetenzen verliehen habe. Zweifellos wollte Lie durch das erzwungene Schweigen erreichen, dass zumindest der Hauch eines Zweifels an der Unschuld des Emigranten blieb.

In der Überzeugung, es würden noch turbulentere Zeiten auf ihn zukommen, beauftragte Lew Dawidowitsch seinen Sekretär Erwin Wolf, Ljowa die letzte Fassung von *Verratene Revolution* zu schicken. Obwohl er das Buch bereits im Sommer für beendet erklärt hatte, zögerte er nach den Ereignissen in Moskau, das Manuskript seinen Verlegern zuzusenden, da er hoffte, noch eine Betrachtung über den Prozess gegen Sinowjew, Kamenew und ihre Schicksalsgenossen hinzufügen zu können. Doch angesichts der Ungewissheit über sein eigenes Schicksal beschränkte er sich auf ein kleines Vorwort: Das Buch sollte eine Art Manifest sein, in dem Lew Dawidowitsch die Notwendigkeit einer politischen Revolution in der Sowjetunion beschwor, eines radikalen sozialen Wandels, durch den das stalinistische System zum Einsturz gebracht werden könne. Er ging auch auf die Ironie eines solchen Gedankens ein, den selbst die fähigsten marxistischen Köpfe nicht ins Auge gefasst hätten, sei ihnen doch unvorstellbar gewesen, nach der Erfüllung des sozialistischen Traums könne es notwendig werden, das Proletariat zur Erhebung gegen seinen eigenen Staat aufzurufen. Die große Lehre aus dem Buch sei es, dass sich der Arbeiterstaat, genauso wie die Bourgeoisie, seine unterschiedlichen Regierungsformen schaffe und dass der Stalinismus sich als eine reaktionäre und diktatorische Form des sozialistischen Modells herausgestellt habe.

In der Hoffnung, es sei noch möglich, die Revolution zu retten, habe er versucht, den Marxismus von seiner stalinistischen Degeneration durch die Regierung einer Minderheit von Bürokraten zu befreien. Mit Gewalt, Zwang, Angst und Unterdrückung jedweden

Anscheins von Demokratie suche sie ihre Interessen gegen die Unzufriedenheit der Mehrheit im Lande und gegen das revolutionäre Aufflammen des Klassenkampfes in der ganzen Welt zu schützen. Zum Schluss fragte er sich: Wenn der soziale Traum und die ökonomische Utopie bereits bis ins Mark pervertiert waren, was bliebe dann noch von dem edelmütigsten Experiment, das der Mensch sich je erträumt hatte? Seine Antwort lautete: Nichts. Lediglich die Spur eines Egoisten, der die Arbeiterklasse benutzt und betrogen hatte, die Erinnerung an die grausamste und menschenverachtendste Diktatur, die sich der menschliche Wahnsinn ausdenken konnte. Das einzige Vermächtnis der Sowjetunion würde ihr Scheitern sein und die Angst vieler Generationen auf der Suche nach einem Traum von Gleichheit, der im realen Leben für die Mehrheit der Menschen zu einem Albtraum geworden war.

Die Vorahnungen, die Lew Dawidowitsch veranlasst hatten, Erwin Wolf zu beauftragen, Ljowa die *Verratene Revolution* zukommen zu lassen, konkretisierten sich am 2. September. An jenem Tag hatten Natalia und er das Gefühl, das dunkelste Kapitel ihres stürmischen Lebens habe begonnen, und die Gewissheit, die stalinistische Maschinerie werde erst dann zum Stehen kommen, wenn sie sie zermalmt hätte. Der Befehl zur Umsiedlung informierte sie in knappen Worten, dass ihr Bestimmungsort vom Justizministerium festgelegt worden sei und sie nur ihre persönlichen Sachen mitnehmen dürften. Die Polizisten gestatteten ihnen dennoch, sich von den zahlreichen Mitgliedern der Familie Knudsen zu verabschieden. Die Atmosphäre im Haus glich der auf einer Beerdigung. Konrads Kinder weinten, als sie sahen, wie sie wie Parias fortgeführt wurden, nachdem sie ein Jahr ihres Lebens mit ihnen geteilt und ein neues Familienmitglied gewonnen hatten (Erwin Wolf und Jorkis, eine der Knudsen-Töchter, hatten geheiratet), dazu die Vorliebe für Kaffee und die Einsicht, dass, wie sich jetzt zeigte, die Wahrheit im Leben nicht immer Sieger bleibt.

Der Ort, den man für sie ausgewählt hatte, war ein Dorf namens Sundby an einem fast unbewohnten Fjord bei Hurum, dreißig Kilometer südlich von Oslo. Das Ministerium hatte ein zweistöckiges Haus angemietet, das die Verbannten mit rund zwanzig Polizisten teilen sollten, die sich mit Rauchen und Kartenspielen die Zeit vertrieben. Die Einschränkungen waren so strikt wie im Strafvollzug: Es war ihnen verboten, das Haus zu verlassen, und als Einziger durfte der Anwalt Michael Puntervold zu ihnen, dessen Unterlagen vor und nach jedem Besuch kontrolliert wurden. Außerdem wurden sämtliche Zeitungen und Briefe, die sie erhielten, mit Schere und schwarzer Tinte von einem Beamten zensiert, der sich, ebenso wie Jonas Die, der Chef der Wachmannschaft, mit seiner Mitgliedschaft in der nationalsozialistischen Partei von Kommandant Quisling brüstete.

Erst als Knudsen erreichte, dass ihnen das in Oslo konfiszierte Radio wieder ausgehändigt wurde, erfuhren die Eingesperrten, was weit weg von jenem entlegenen Fjord passierte. Die Größe des Erfolges, den Stalin mithilfe der norwegischen Behörden errungen hatte, konnte Lew Dawidowitsch ermessen, als er die Erklärungen des Staatsanwaltes Vischinski im Radio hörte. Vischinski sagte, dass Trotzki auf die Anschuldigungen des Justizministeriums nicht geantwortet habe, weil er sie nicht entkräften könne, und dass das Schweigen seiner Freunde in den sozialistischen Regierungen Norwegens, Frankreichs, Spaniens und Belgiens von der Unmöglichkeit zeuge, das Unwiderlegbare zu widerlegen. Lew Dawidowitsch begriff, dass er sich Gehör verschaffen musste oder für immer verloren sein würde. Auch die plumpste Lüge verwandelt sich am Ende in eine Wahrheit, wenn sie nur oft genug wiederholt wird, ohne dass ihr jemand widerspricht. Und er dachte: Sie wollen mich zum Schweigen bringen, aber das wird ihnen nicht gelingen.

Mit der Tinte, die Knudsen freundlicherweise in einem Gläschen Hustensaft ins Haus geschmuggelt hatte, schrieb er einen Brief an Ljowa, in dem er ihm befahl, zum Gegenangriff überzugehen. Er fügte ihm eine Erklärung für die Presse hinzu, in der er die gegen ihn vorgebrachten Anschuldigungen zurückwies und Stalin anklagte, den Prozess im August allein mit dem Ziel angestrengt zu haben, die Unzufriedenheit in der UdSSR zu bekämpfen und jede Art von Opposition auszuschalten, was mit der Ermordung Kirows seinen verbrecherischen Anfang genommen habe. Darüber hinaus bestritt er, mit irgendjemandem auf sowjetischem Gebiet in Verbindung zu stehen, nicht einmal mit seinem jüngeren Sohn Sergej, von dem er seit über neun Monaten keine Nachricht habe. Schließlich forderte er die Regierung Norwegens auf, die Anklagen gegen ihn zu überprüfen und eine internationale, aus Vertretern der Arbeitervereinigungen zusammengesetzte Kommission zu bilden, um in seiner Angelegenheit zu ermitteln und ihn vor ein ordentliches Gericht zu stellen ... Wie aus dem Jenseits drang sein Hilferuf am 15. September an die Öffentlichkeit. Gleichzeitig war es die Ankündigung, dass Lew Dawidowitsch Trotzki nicht aufgeben würde.

Obwohl der Exilant seine Erklärung auf den 27. August (den Tag vor seinem Erscheinen vor dem Osloer Gericht) datiert und es vermieden hatte, seinen Konflikt mit den norwegischen Behörden und die demütigenden Vorfälle der letzten Tage zu erwähnen, untersagte ihm das Justizministerium von nun an jeden brieflichen Austausch.

Lew Dawidowitsch wusste, dass die ihm verbleibende Lebenszeit nicht ausreichen würde, um den Lauf der Politik umzukehren, der ihn zu einem Paria gemacht und die Revolution in ein Blutbad verwandelt hatte. Dennoch beschloss er, gegen die Mauer anzurennen und sich größeres Gehör zu verschaffen. Als Erstes wies er Puntervold an, Klage gegen die Journalisten der nationalsozialistischen *Frit Folk* und der stalinistischen *Arbeideren* zu erheben, in der Hoffnung, auf diesem Weg die Isolation zu durchbrechen und die Gerichtsverhandlung als Plattform zu nutzen. Am 6. Oktober reichte der Anwalt die Klage ein und teilte ihm mit, dass ihr stattgegeben worden sei und sie bis Monatsende bearbeitet werde. Doch der Oktober ging zu Ende, ohne dass der Prozess begann. Am 30. traf die Erklärung dafür ein: Trygve Lie hatte den Verfahrensweg gestoppt, gestützt auf ein neues königliches Dekret, nach dem »ein Ausländer, der laut Dekret vom 31. August 1936 unter Hausarrest steht, ohne die Erlaubnis des Justizministeriums nicht als Kläger vor einem norwegischen Gericht auftreten darf«.

Am 7. November reiste Puntervold nach Sundby, um ihm im Namen von Konrad Knudsen eine herrliche Torte zu überbringen, damit er seinen siebenundfünfzigsten Geburtstag und den neunzehnten Jahrestag der Revolution angemessen begehen konnte. Jonas Die, der faschistische Chef der Wachmannschaft, war anwesend, als der Anwalt die Torte überreichte. Er beglückwünschte den Gefangenen und wünschte ihm (ohne Ironie, in aller Selbstgefälligkeit) noch viele glückliche Jahre. Sie baten Die um etwas Privatsphäre, um den Geburtstag ungestört feiern zu können. Sobald sie alleine waren, schnitt Natalia die Torte an, und sie entdeckten eine kleine Papierrolle. Lew Dawidowitsch schloss sich im Bad ein und las. Knudsen, den die Ereignisse der letzten zwei Monate sehr mitgenommen hatten, war es inzwischen gelungen, an Informationen zu kommen, die er seinem Freund jetzt in winziger Schrift mitteilte, wobei er überflüssige Adjektive vermied und viele Abkürzungen verwandte.

Am 29. August, drei Tage, nachdem die Trotzkis in Vexhall eingesperrt worden waren, hatte die Regierung der Sowjetunion Trygve Lie, der zu der Zeit das Amt des Außenministers innehatte und sich gerade im Ausland befand, aufgefordert, den Verbannten des Landes zu verweisen, da er Norwegen angeblich als Basis für Sabotagen gegen die UdSSR benutze. Die Verlängerung des Visums, drohten sie, werde die Beziehungen der beiden Länder belasten. Lie versicherte, dass ihm jenes Schreiben am 26. August noch nicht vorgelegen habe und ihm deswegen nicht vorgeworfen werden könne, Trotzki auf sowjetischen Druck hin mit Hausarrest belegt zu haben. Dagegen behauptete der russische Botschafter Jakubowitsch, dass er wenige Tage zuvor, nachdem Lew Dawidowitsch dem *Arbeiderbladet* ein Interview gegeben hatte, Trygve Lie persönlich die Botschaft überbracht und ihm mit einer politischen Krise bis hin zum Abbruch der Handelsbeziehungen gedroht habe. Die norwegischen Schiffer und Fischer, die von dem Konflikt Wind bekommen hatten, befürchteten Repressalien, die ihnen hätten schaden können, und Oslo hatte dem Druck nachgegeben und Lie angewiesen, die entsprechenden Maßnahmen zu ergreifen. Daraufhin hatte der Minister Lew Dawidowitsch aufgefordert, jene demütigende Erklärung zu unterschreiben, wodurch er die Sowjets zufriedenzustellen glaubte; doch als das nicht ausreichte, musste er die Verbannung nach Sundby anordnen.

Mit Knudsens Tinte schrieb Lew Dawidowitsch einen Brief an Ljowa und seinen französischen Anwalt Gérard Rosenthal. Frei von jeder Verpflichtung gegenüber den norwegischen Politikern berichtete er von den Einzelheiten und den Gründen für seine Verbannung und bat seinen Sohn, die Kampagne gegen Stalin zu intensivieren. Mehr denn je war er sich bewusst, dass sein Schweigen lediglich der Marionette Lie und dem Drahtzieher Stalin in die Hände spielen würde und daher seine einzige Chance darin bestand, nicht aufzugeben.

Durch das Radio und die wenigen Zeitungen, die ihm, allerdings nur in verstümmelter Form, zu lesen gestattet waren, versuchte er sich über das, was jenseits des Fjordes geschah, auf dem Laufenden zu halten. Mit einem Anflug boshafter Genugtuung nahm er zur Kenntnis, dass in Moskau und im übrigen Land die Verhaftungen von wirklichen oder erfundenen Oppositionellen weitergingen. Zu denen, die der Verhaftungswelle zum Opfer gefallen waren, gehörte auch der niederträchtige Karl Radek, der gerade in der Presse den Tod des »Oberbanditen Trotzki« verlangt hatte. Er erfuhr auch von der Festnahme des unglücklichen Pjatakow, der sich zu retten geglaubt hatte, indem er erklärte, man müsse die Trotzkisten »wie Aas vernichten«. Wie vorauszusehen, war Ende September Jagoda als Chef der GPU abgelöst und durch eine dubiose Figur namens Nikolai Jeschow ersetzt worden, in dessen Hände Stalin den Taktstock legte, um einen neuen Satz des Terrors zu dirigieren. In Moskau, das war Lew Dawidowitsch klar, brauchte man eine weitere Farce, um Mitwisser, wie zum Beispiel Jagoda oder Radek, zu eliminieren.

Ein weiterer Fokus seiner Aufmerksamkeit war die Entwicklung des Spanischen Bürgerkriegs, der nach der Ankündigung Stalins, die Republik logistisch zu unterstützen, vor einer Wende stand. Doch es erstaunte ihn nicht zu hören, dass zusammen mit den Waffen, ja, sogar vor ihnen, sowjetische Agenten nach Madrid gereist waren, um die Regeln zu bestimmen und dafür zu sorgen, dass die Interessen Moskaus gewahrt blieben. Trotz dieses geschickten Schachzuges wäre Lew Dawidowitsch liebend gern in jenem pulsierenden und chaotischen Spanien gewesen. Einige Monate zuvor, als die Republik durch den Wahlsieg der Volksfront ein klares Profil bekommen hatte, hatte er in einem Schreiben an den katalanischen Präsidenten Companys um Asyl gebeten, was wenige Tage später von der Zentralregierung rundweg abgelehnt worden war.

Die gute Nachricht, dass Knudsen bei den Parlamentswahlen seinen Wahlkreis gewonnen hatte, traf zusammen mit dem *Rotbuch zu den Moskauer Prozessen,* das von Ljowa in Paris herausgebracht worden war und erstaunlicherweise die Zensur passiert hatte, am Fjord ein. Der Aufsatz lieferte unwiderlegbare Beweise für die Ungereimtheiten und die Verdrehung der Wahrheit durch die Moskauer Staatsanwaltschaft und wies darauf hin, dass ein Prozess, in dem keine Beweise vorgelegt wurden und man sich ausschließlich auf erzwungene Geständnisse von Angeklagten stützte, die mehr als ein Jahr in Haft gesessen hatten, keinerlei Beweiskraft besaß.

Die beste Nachricht für den Verbannten war jedoch die, dass Ljowa im entscheidenden Moment handlungsfähig war.

In den Briefen, die sein Sohn ihm vor dem Erscheinen des *Rotbuchs* geschrieben und Puntervold aus dem Gedächtnis wiederzugeben versucht hatte, wurde die Anspannung deutlich, in der Ljowa, vor allem seit dem Moskauer Prozess im August, lebte. Auch wenn dieser Prozess ihm alte Genossen wie Alfred und Marguerite Rosmer, die bereit gewesen waren, Lew Dawidowitsch zu verteidigen, wieder nähergebracht hatte, fühlte Ljowa sich in die Enge getrieben und befürchtete sogar, entführt oder ermordet zu werden. Überdies war seine Situation schwierig geworden, seit die Geldmittel für die Drucklegung des *Bulletin* aufgebraucht waren und die familiären Spannungen zugenommen hatten; denn nach dem politischen Bruch mit Molinier sagte Jeanne, sie fühle sich den Positionen ihres ehemaligen Mannes näher als denen Ljowas und seines Vaters. Doch gelte seine größte Sorge, so schrieb er, weder ihm selbst noch seiner Ehe, sondern etwas sehr viel Kostbarerem: Lew Dawidowitschs persönlichen und historischen Dokumenten nämlich, die in Paris aufbewahrt würden. Ljowa hatte erreicht, dass ein Teil der Papiere sich im Besitz des Holländischen Instituts für Sozialgeschichte befand, und Anfang November übergab er einen weiteren Teil der französischen Niederlassung des

Instituts. Den Rest, der einige der vertraulichsten Akten enthielt, hatte er seinem Freund Mark Sborowski anvertraut, einem fähigen und gebildeten Polen aus der Ukraine, den alle Étienne nannten.

Sehr bald schon sollte sich herausstellen, dass die Sorge um die Archive mehr war als nur eine Obsession Ljowas. Kaum hatte er besagte Dokumente der französischen Niederlassung übergeben, geschah das, was er so sehr befürchtet hatte: In der Nacht zum 6. November drangen Männer in das Gebäude ein und stahlen einige der Akten. Da keine anderen Wertgegenstände fehlten, stand für die Polizei fest, dass es sich um eine politisch motivierte Tat von Profis handelte. Seltsam war nur, dass die Diebe von den Dokumenten gewusst hatten, deren Existenz nur Freunden und absoluten Vertrauten von Ljowa bekannt war. Mehr noch, wenn die Einbrecher um das Geheimnis der Papiere wussten, warum waren sie dann in das Institut eingebrochen und nicht in Étiennes Wohnung, wo sich die wertvollsten Dokumente befanden? Ljowa schrieb den Diebstahl der GPU zu, doch genau wie bei dem Feuer in den Häusern in Büyükada und Kadıköy vermutete sein Vater, dass sich hinter dem Vorfall eine schmutzige Geschichte verbarg.

Am 21. November überbrachte Puntervold den Trotzkis die Nachricht, durch die sie eine weitere schwache Hoffnung zu Grabe tragen mussten: Der nordamerikanische Präsident Roosevelt hatte den Asylantrag Lew Dawidowitschs erneut abgelehnt. Die letzte Möglichkeit, den Fjord zu verlassen, ergab sich aus den Schritten, die einerseits Andreu Nin zu unternehmen versprochen hatte, damit Spanien den Exilanten aufnahm, und die andererseits Ljowa durch Ana Brenner in die Wege geleitet hatte, eine gute Freundin des Malers Diego Rivera, der bei dem mexikanischen Präsidenten Lázaro Cárdenas intervenieren sollte. Für Lew Dawidowitsch war die Möglichkeit, nach Mexiko zu gehen – möglicherweise die realistischste zu diesem Zeitpunkt –, äußerst beängstigend. Dort wäre sein Leben genauso in Gefahr wie hier in Sundby, wenn er sich an der Küste des eiskalten Fjordes bei Hurum nackt zum Schlafen niederlegen würde.

Im Moment strengster Isolation erhielt Lew Dawidowitsch den Besuch von Trygve Lie, den er seit Beginn der Krise nicht mehr gesehen hatte. Lie brachte Lebensmittel mit, die Knudsen dem Verbannten geschickt hatte, darunter ein Päckchen Kaffee, das Natalia sogleich öffnete. Nachdem sie Kaffee getrunken hatten, teilte der Minister dem Exilanten mit, er sei gekommen, um ihm zu sagen, dass der Prozess gegen Quislings Leute am 11. Dezember beginnen werde. Lew Dawidowitsch konnte sich ein Lächeln nicht verkneifen. Würde man ihn öffentlich zu Wort kommen lassen? Trygve Lie wandte den Blick ab und sah zu den Büchern hin, die auf dem Tisch lagen. Der Prozess werde hinter verschlossenen Türen stattfinden, sagte er. Lew Dawidowitsch spürte Wut in sich hochsteigen, doch er beherrschte sich und fragte den Minister, ob er sich nicht schäme, wenn er morgens beim Rasieren in den Spiegel blicke. Lies Gesicht verfärbte sich, und nach kurzem Schweigen warf er dem Exilanten Undankbarkeit vor. Als Politiker müsse er doch wissen, dass die Politik häufig gewissen Zwängen unterliege. Die Entgegnung kam prompt: Lie sei Politiker, er dagegen Revolutionär ... Oder ob er etwa bereit sei, sich aus politischer Überzeugung dem zu unterwerfen, dem er, Trotzki, sich unterwerfe?, fragte Lew Dawidowitsch. Trygve Lie erhob sich, überzeugt davon, dass er diesem Mann keinesfalls eine öffentliche Plattform bieten durfte. Um die Situation zu entspannen, ging er zu dem Bücherstapel und nahm ein Werk von Ibsen in die Hand: *Ein Volksfeind.* Lew Dawidowitsch ließ sich die Gelegenheit nicht entgehen und erklärte, wie gut dieses Werk zu seiner gegenwärtigen Situation passe. Der Politiker Stockmann, der seinen Bruder verrate, ähnele in erstaunlicher Weise Lie und seinen Freunden, sagte er und zitierte aus dem Gedächtnis: »*Ich will doch sehen, ob durch so viel Niedertracht ein Patriot, der das Beste für die Allgemeinheit will, mundtot gemacht werden kann!*« Daraufhin wünschte er dem Minister einen guten Tag und streckte die Hand mit einer fordernden Geste aus, um das Buch entgegenzunehmen.

Ohne ihn anzusehen, erwiderte Trygve Lie, es gebe viele Möglichkeiten, die Lippen eines »ehrenwerten« Mannes zu verschließen oder sogar sein Leben zu beenden. In ein paar Tagen werde man ihn in ein noch kleineres Haus bringen, weit weg von Oslo, da das Ministerium die hohen Kosten für die Miete und den Unterhalt des Exilanten sowie der Polizisten an diesem teuren Ort nicht tragen könne. Dann warf er das Buch auf den Tisch und stapfte hinaus in den Schnee.

Lew Dawidowitsch nahm an dem Prozess gegen Quislings Männer teil, obwohl er wusste, dass sich die norwegischen Sozialisten und Nationalsozialisten hinter den Kulissen die Hand reichten und sich zu der erfolgreichen Zusammenarbeit bei seiner Isolierung beglückwünschten. Dennoch nutzte er seinen Auftritt als Zeuge dafür, zu kritisieren, dass der Prozess auf Anweisung Stalins an den faschistischen Justizminister Trygve Lie hinter verschlossenen Türen stattfinde.

Als dem Exilanten einige Wochen später ein neuerlicher Besuch des Ministers angekündigt wurde, war er deshalb auf das Schlimmste gefasst. Lie setzte sich erst gar nicht und zog auch seinen Mantel nicht aus. Ohne Lew Dawidowitsch anzusehen, teilte er ihm mit, dass Präsident Cárdenas zum Wohle aller seinem Asylantrag stattgegeben habe und sie unverzüglich nach Mexiko abreisen würden.

Auch wenn die Aussicht, in Mexiko zu leben, ihm nach wie vor gefährlich erschien, versuchte er sich einzureden, dass es besser war, durch die Hand irgendeines Mörders zu sterben, als hier in Gefangenschaft zu ersticken. Die Eile, mit der sie ihn loswerden wollten – sie erlaubten ihm nicht einmal, ein Transitvisum für Frankreich zu beantragen, um Ljowa zu besuchen –, zeugte von der Spannung, in der Lie und die anderen Minister in den letzten vier Monaten wegen seiner Anwesenheit in Norwegen gelebt haben mussten. Lew Dawidowitsch wollte sich auch seine letzte Gelegenheit nicht entgehen lassen und erinnerte Lie daran, dass alles, was er und seine Regierung gegen seine Person unternommen hätten, einer Kapitulation gleichkomme und sie, wie bei jeder Kapitulation, einen hohen Preis dafür würden bezahlen müssen; denn täglich komme der Moment näher, in dem die Faschisten nach Norwegen vordringen und sie alle zu Exilanten machen würden. Er hoffe nur, dass der Minister und seine Freunde es dann eines Tages mit einer Regierung zu tun bekämen, die sie so behandeln würde, wie sie ihn behandelt hätten. Trygve Lie stand mitten im Zimmer und hörte sich die Prophezeiung lächelnd an, ohne zu ahnen, auf welch bedrückende und dramatische Weise sie in Erfüllung gehen würde.

Natalia packte die Koffer, während Lew Dawidowitsch, der befürchtete, die Eile und die Heimlichkeit der Abreise könnten sie in eine Falle locken, sich daranmachte, verbale Leuchtfeuer abzuschießen. Unter Volldampf verfasste er einen Artikel gegen den englischen Anwalt der Königlichen Beschwerdestelle und den französischen Anwalt, Mitglied der Liga für Menschenrechte, die den Moskauer Prozess für rechtmäßig erklärt hatten, und schrieb einen Brief an Ljowa, der wie ein Testament klang. In dem Fall, dass ihm und seiner Frau auf dem Weg nach Mexiko oder sonst wo etwas zustoßen sollte, schrieb er, bestimme er Ljowa und Serjoscha als seine Erben. Außerdem legte er ihm ans Herz, seinen Bruder niemals zu vergessen, und bat ihn, falls er ihn jemals wiedersehen sollte, zu sagen, dass auch seine Eltern ihn nie vergessen hätten.

Am 19. Dezember 1936, einem düsteren Wintermorgen, stiegen sie in den Wagen, der sie von dem Fjord bei Hurum fortbrachte. Lew Dawidowitsch betrachtete die norwegische Landschaft und zog, wie er später schreiben sollte, in Gedanken die Bilanz seines Exils. Dabei musste er feststellen, dass die Verluste und Enttäuschungen die zweifelhaften Gewinne bei Weitem überstiegen. Neun Jahre Isolation und Angriffe auf seine Person hatten ihn zu einem Paria gemacht, zu einem neuen ewigen Juden, hatten ihn dem Spott preisgegeben und zu einem schmachvollen Tod verdammt, der ihn erwartete, sobald die sadistischen Demütigungen ihr Ziel erreicht haben würden. Er ließ Europa hinter sich, vielleicht für immer, und damit die Leichen vieler Genossen und die Gräber seiner beiden Töchter. Doch er nahm die Hoffnung mit, dass wenigstens Ljowa und Serjoscha diesen Sturm lebend überstehen würden; und es begleiteten ihn auch seine Illusionen, die Vergangenheit, der Ruhm und die Träume, einschließlich die von der Revolution, für die er so viele Jahre gekämpft hatte. Aber auch mein Leben nehme ich mit, schrieb er, und solange ich atme, werde ich nicht besiegt sein, auch wenn sie glauben, dass sie mich vernichtet haben.

14

Roman Pawlowitsch lächelte, als würde er wieder ins Leben zurückkehren. Grigorjew buchstabierte den Namen, der in kyrillischer Schrift in dem Pass stand, wobei er den Finger über die einzelnen Buchstaben gleiten ließ: R-O-M-A-N---P-A-W-L-O-W-I-T-S-C-H---L-O-P-O-W. Der neu Getaufte, Sohn von Pawlo, nahm den Pass und betrachtete aufmerksam die strengen, ihm fremden Zeichen, um sie sich genau einzuprägen. Auf dem Foto, das in einem Keller des Gebäudes in Valencia aufgenommen worden war, in dem sich die sowjetische Botschaft befand, wirkte er älter, so als hätte er sich verändert, seit er sich zuletzt im Spiegel gesehen hatte. Doch ihm gefiel das mürrische Gesicht von Roman Pawlowitsch, das wie geschaffen schien für das raue Leben im Kaukasus, wo er laut Dokument geboren war. Grigorjew streckte die Hand aus, und Roman gab ihm den Pass mit dem Gefühl zurück, sich von einem Teil seiner Seele zu trennen.

Seit ihrer Landung auf dem Militärflughafen hatte Roman Pawlowitsch das Gefühl gehabt, eine undurchdringliche Welt zu betreten. Die russische Sprache hatte ihn mit derselben Intensität umgeben wie der herb-ölige Schweißgeruch der Offiziere, die ihn in ein Zimmer gebracht hatten, wo Grigorjew eine kurze Unterhaltung mit zweien von ihnen geführt hatte. Jetzt saß er neben Grigorjew auf dem Rücksitz eines Wagens und spürte, wie sich sein Geruchssinn in der lauen Luft, die durch das geöffnete Seitenfenster hereindrang, langsam erholte und er durch die Liebkosung seiner Muttersprache sein Gleichgewicht wiedererlangte.

»Ist Moskau weit weg?«, fragte er, während er den dichten Kiefernwald links und rechts der Straße betrachtete.

»Näher als gestern«, sagte Grigorjew.

»Und wann bringst du mich hin?«

»Du bist hier nicht im Urlaub«, antwortete Grigorjew, und er war sich sicher, dass der Ton des Mannes aus irgendeinem Grund rauer geworden war.

Ramón beschloss zu schweigen. Niemand sollte ihm die Freude verderben, die er empfand, seit Kotow ihm bei seiner Rückkehr nach Barcelona mitgeteilt hatte, dass er ausgewählt worden sei, ins Mutterland des Sozialismus zu reisen, um sich auf den Kampf um den Sieg der Weltrevolution vorzubereiten. Ohne auf weitere Einzelheiten einzugehen, hatte ihn der Berater darauf hingewiesen, dass harte Wochen vor ihm lägen, die sowohl seinem Geist als auch seinem Körper alles abverlangen würden.

Der Kiefernwald war noch dichter geworden, als die Monotonie in einer Straßenkurve von einer Betonmauer unterbrochen wurde, an der sie mehrere Hundert Meter entlangfuhren, bis sie an ein Eisentor gelangten, das sich mit einem metallenen Quietschen öffnete wie eine Gefängnistür. Ramón Mercader strengte alle seine Sinne an, um sich nicht die kleinste Kleinigkeit entgehen zu lassen. Hinter dem Tor, das sich hinter dem Wagen sogleich wieder schloss, ging es entgegen dem Uhrzeigersinn über einen schmalen Rundweg weiter. Links, wo sich das Zentrum einer riesigen Rotunde befinden musste, standen die Kiefern noch dichter, hin und wieder unterbrochen von Wegen, die wie Radspeichen ins Innere des Waldes führten. Ebenfalls links, abgeschirmt von Eisenzäunen und dichten Hecken, befanden sich Steinhütten, an deren Türen Nummern standen, die einer geheimen oder willkürlichen Anordnung folgten: Nach 11 kam 3, dann 8, 2 und 7, so als hätte jemand mit lauter Stimme Lotteriezahlen ausgerufen.

Der Wagen hielt vor der Hütte Nr. 13, und als Grigorjew murmelte, wir sind da, glaubte Ramón hinter der Zahl einen Sinn zu entdecken: Es war das Jahr seiner Geburt. Kaum waren sie ausgestiegen, fuhr der Wagen weiter. Grigorjew ging auf die Hütte zu und entriegelte die Tür. Ramón, der nur eine Segeltuchtasche mit etwas Unterwäsche bei sich trug, beeilte sich hineinzugehen, damit sein geistiger und materieller Mentor die Tür hinter ihm schließen konnte.

Der Raum war ausgestattet wie ein Klassenzimmer für einen einzigen Schüler: ein Pult, ein Tisch mit einem Stuhl, eine Tafel und, an der Wand, eine Weltkarte. Auf einer Seite standen ein niedriger Tisch und vier Ledersessel. Zwei Männer erwarteten sie. Der eine trug eine Offiziersuniform mit Rangabzeichen auf den Schulterklappen, der andere einen schwarzen Overall, ohne Rangabzeichen. Der Offizier trat lächelnd auf Grigorjew zu, umarmte ihn und küsste ihn auf beide Wangen und auf den Mund, wobei sie etwas auf Russisch murmelten. Der Mann im Overall grüßte Grigorjew militärisch zackig, und der grüßte knapp zurück, bevor er ihm die Hand reichte und etwas in jener holprigen Sprache zu ihm sagte. Erst dann wandte sich der Offizier Ramón zu und sagte auf Französisch zu ihm: »Willkommen auf unserer Basis, Genosse Roman Pawlowitsch. Ich bin Marschall Konjew, Chef der Basis, und das«, er zeigte auf den Mann im schwarzen Overall, »ist Leutnant Karmin, Ihr Trainingsoffizier. Setzen Sie sich bitte. Tee?«

Roman Pawlowitsch lächelte und nahm Platz, während sich die anderen drei auf die übrigen Sessel verteilten.

»Könnte ich bitte Kaffee haben, Marschall?«, bat er, ebenfalls auf Französisch.

»Selbstverständlich! ... Leutnant, bitte ...« Leutnant Karmin verschwand in der Küche. Der Marschall zündete sich eine Zigarette an und wandte sich dann wieder Roman Pawlowitsch zu: »Heute Abend, bevor Ihnen das Essen gebracht wird, wird Karmin Ihnen das interne Reglement erklären, das unbedingt und strikt zu befolgen ist. Ich muss Sie darauf hinweisen, dass Sie die Hütte nur in meiner Begleitung, in der Ihres Trainingsoffiziers oder Ihres Einsatzoffiziers, Genosse Grigorjew, verlassen dürfen. Und ich muss Sie auch darauf hinweisen, dass es bei Verstößen nur eine Strafe gibt: den Verweis von der Basis.«

Der Marschall machte eine Pause, und wie auf Kommando kam Karmin mit einem Holztablett zurück, auf dem eine Teekanne stand, aus der es nach Kaffee duftete. Nach dem ersten Schluck bedauerte Roman Pawlowitsch, dieses dünne und furchtbar süße Gesöff verlangt zu haben, und er fragte sich, ob das Reglement es ihm gestatten würde, sich seinen Kaffee selbst zuzubereiten.

Jetzt fingen Grigorjew und der Marschall wieder an, auf Russisch zu reden. Roman Pawlowitsch vermutete, dass es um die Einzelheiten seines Aufenthaltes hier ging. Leutnant Karmin trank Tee, ohne seinen Blick von der Tasse zu heben, so als erwarte er, eine Schlange auf dem Grund zu entdecken. Die Unterhaltung dauerte mehrere Minuten, wobei Konjew den Hauptteil bestritt, und endete damit, dass Grigorjew dem Marschall Roman Pawlowitschs Pass aushändigte.

»Bis über Ihre weitere Identität entschieden wird, werden Sie Soldat 13 sein«, informierte er den neuen Schüler lakonisch, und mit fast theatralischer Geste zerriss er den Pass, zu Ramóns Entsetzen, der buchstäblich das Gefühl hatte, sich in ein Phantom ohne Namen, ohne Ziel und ohne Rückzugsmöglichkeit zu verwandeln, was ihm die letzten Worte des Marschalls bestätigten: »Oder Sie werden niemand sein.«

Grigorjew und Soldat 13 frühstückten in der Küche der Hütte. Letzterer hatte sich seinen Kaffee selbst zubereiten dürfen, obwohl man aus dem rötlichen, fast geruchsneutralen Pulver nur schwer ein wohlschmeckendes Getränk herstellen konnte; aber jetzt war es immerhin genießbar. Grigorjew schlug einen Spaziergang vor, und sie verließen die Hütte durch die Hintertür. Nach ein paar Metern sorgsam gefegter Erde sah man wieder nichts als den beklemmenden Kiefernwald, durch den sich die mit Zinkblech verkleideten Drahtzäune zogen, die die Hütten voneinander trennten. Während sie weiter in den Wald eindrangen, bemerkte Soldat 13, dass sein Mentor kaum hinkte.

Am Abend zuvor hatte ihm Leutnant Karmin das Reglement der Basis erklärt, das sich im Wesentlichen auf absoluten Gehorsam beschränkte. Er hatte ihn darauf hingewiesen, dass er mit niemandem Kontakt aufnehmen dürfe, der nicht ausdrücklich von ihm oder dem Marschall dazu befugt sei, und ihm auch gleich den Grund genannt: In Zukunft könne sein Leben davon abhängen, dass keiner der Schüler jemals sein Gesicht und er nicht das der anderen gesehen habe. Alle, die auf die Basis kämen, hätten einen außergewöhnlich hohen Intelligenzquotienten, und die Forderungen richteten sich nach ihren Fähigkeiten. Mit den übrigen Bedingungen seines Aufenthaltes werde ihn, da er für besondere Aufgaben vorgesehen sei, Genosse Grigorjew vertraut machen, hatte er hinzugefügt, und Ramón erfüllte es mit Stolz, zu wissen, dass er zu einer Auslese gehörte.

Eine wirkliche Vorstellung davon, wie grundlegend sich sein Leben verändert hatte, bekam Soldat 13 jedoch erst am nächsten Tag, einem Sommermorgen des Jahres 1937, als er erfuhr, worin die wichtige Mission bestand, die ihm die Tore des proletarischen Himmels öffnen sollte. Grigorjew begann, ihm auseinanderzulegen, in welcher Situation sich die UdSSR befand und warum sie alle davon betroffen waren. Wie Ramón wusste, hatten die Partei und die Regierung im vorangegangenen Jahr damit begonnen, einen Kampf auf Leben und Tod gegen die Trotzkisten und Oppositionellen im Lande zu führen. Besonders schmerzlich war vor wenigen Monaten die Entdeckung gewesen, dass eine Gruppe angesehener Offiziere der Roten Armee, darunter Marschall Tuchatschewski, Kontakt zum deutschen Geheimdienst aufgenommen hatte, um einen Staatsstreich durchzuführen, den Genossen Stalin seiner Ämter zu entheben und mit den Faschisten zu paktieren. Die Beweise waren eindeutig und die Verantwortlichen vor einigen Wochen abgeurteilt und hingerichtet worden, während die Säuberungen von gefährlichen Elementen in Armee und Partei fortgesetzt wurden. Die Operation, fuhr Grigorjew fort, sei von dem Genossen Jeschow, dem Kommissar für Innere Angelegenheiten, unter der direkten Aufsicht des Genossen Stalin geleitet worden. Aber, sagte Grigorjew, und obwohl sie nur von Kiefern umgeben waren, senkte er die Stimme zu einem Flüstern, nach dem Sturz Jagodas, des früheren Kommissars für Innere Angelegenheiten, der des Verrats und des Trotzkismus beschuldigt werde, habe Jeschow mit einer Treibjagd innerhalb der eigenen Geheimdienste begonnen. Sowohl der NKWD als auch der militärische Abschirmdienst seien betroffen, und aus purem Neid oder in der Absicht, die alten Offiziere abzulösen, um sie durch Männer seines Vertrauens zu ersetzen, sei er dabei, die Existenz dieser Organisationen zu gefährden.

»Genosse Stalin hat ihm freie Hand gegeben, weil er glaubt, dass die Männer von Jagoda, die möglicherweise in seine verräterischen Aktivitäten verwickelt waren, eliminiert werden müssen.« Grigorjew blieb stehen. »Und niemand ist besser dafür geeignet als Jeschow.

Aber gleichzeitig hat er ihm einige Abteilungen entzogen, darunter den Auslandsgeheimdienst, und sie dem Genossen Lawrenti Beria unterstellt. Diese Basis, zum Beispiel, mitsamt den Plänen, die hier entwickelt werden. Solange diese Abteilung aufrechterhalten bleibt, läuft alles bestens für uns, aber wenn es zu einem Konflikt zwischen Jeschow und Beria kommt, der letztlich sein Untergebener ist, und auch bei uns Säuberungen stattfinden, dann wird es uns schlecht ergehen, verdammt schlecht. Doch das ist nicht das Schlimmste. Das Schlimmste wäre, wenn sich die hier zusammenlaufenden Fäden unserer Arbeit verlieren würden.«

»Und warum sollte Stalin so etwas riskieren?«

»Er hat seine Gründe, er hat immer seine Gründe«, sagte Grigorjew und spuckte auf den Stamm einer Kiefer. Er schwieg eine Weile, dann fuhr er fort: »Meine Situation ist besonders kompliziert, aus zwei Gründen: erstens, weil Jeschow mich als einen Mann aus der Ära Jagoda betrachtet, obwohl ich schon sehr viel früher in den Geheimdienst eingetreten bin; und zweitens, weil ich Jude bin, und es ist offensichtlich, dass er uns Juden nicht mag, wie so viele andere … Deswegen ist es sicherer für mich, in Spanien zu agieren und mich dort unentbehrlich zu machen.«

Sei es durch die Informationen, die er soeben erhalten hatte, oder durch den wohltuenden Klang der spanischen Sprache oder dadurch, dass er hinter dem schroffen Grigorjew den Kotow zu erkennen meinte, den er kannte oder zu kennen glaubte, jedenfalls spürte Ramón, dass er wieder er selbst war. Allmählich begann der Rausch der Neuigkeiten und unverständlichen Laute, die in den letzten Tagen auf ihn eingedrungen waren, nachzulassen, und dennoch hatte er das Gefühl, dass man ihn an den Rand eines Abgrunds führte, um ihn dort alleine zu lassen, ohne irgendetwas, an dem er sich hätte festhalten können.

»Und wofür braucht uns der Genosse Stalin, für welche Mission?«

»Für die wichtigste.« Grigorjew machte eine lange Pause, so als würde er überlegen. »Deswegen muss ich jetzt mit dir darüber sprechen. Denn von dir, von deiner Bereitschaft hängt es ab, ob wir weitermachen oder nicht.«

»Was ist das für eine Mission?« Ramón wollte sich nicht mit Vermutungen zufriedengeben. Er musste den Stier bei den Hörnern packen.

»Genosse Stalin meint, dass der Moment gekommen sei … Wir bereiten Trotzkis Abgang aus der Welt vor.«

Ramón traf es wie ein Schlag. Er wollte glauben, er habe sich verhört, doch er wusste, dass er ganz genau verstanden hatte und sein Leben in dem Moment, als Kotow diese Worte aussprach, eine völlig andere Dimension angenommen hatte.

»Was meinst du mit ›vorbereiten‹?«, brachte er schließlich hervor.

»Anfangen, daran zu arbeiten. Ein Meisterstück vorbereiten. Das ist der Grund, weshalb ihr hier seid, du und die anderen spanischen Kommunisten.«

»Ihr wollt uns darauf vorbereiten, ihn umzubringen?«

»Wir werden euch auf viele Dinge vorbereiten.«

»Und warum, zum Teufel, müssen es ausgerechnet Spanier sein?«

Kotow lächelte und trat gegen einen riesigen Kiefernzapfen. Er erklärte ihm, dass die Spanier seiner Meinung nach nie gute Geheimagenten werden würden. Zwar spreche es für sie, dass sie von Natur aus waghalsig und grausam seien, was sie zum Töten und Sterben prädestiniere (was ein großer Vorzug sei), und dass sie fanatisch seien (für diese Aufgabe brauche man eine gehörige Portion Fanatismus), doch ihre Schwäche sei es, allzu spontan zu sein, manchmal auch zu leidenschaftlich und dramatisch, und im Grunde seien sie allesamt kleine Angeber, und Angeber redeten nun mal zu viel, ein Fehler, der nur sehr schwer auszumerzen sei …

»Was du da sagst, ist nicht gerade schmeichelhaft. Dann verstehe ich aber nicht, warum …«

»Wir brauchen Männer, deren Muttersprache Spanisch ist. Erstens. Und zweitens: Männer, die keinerlei Skrupel haben.«

Ramón überlegte, in welchem Maße die Fehler und Vorzüge, die Kotow aufgezählt hatte, auf ihn selbst zutrafen, und er kam zu dem Schluss, dass sein Mentor zum großen Teil recht hatte, ausgenommen mit dem Vorwurf der Angeberei.

»Aber der eigentliche Grund, warum du hier bist, ist der, dass ich dich für fähig dazu halte«, fügte Kotow hinzu.

Ramón sah zum Wald hinüber. Stolz flammte in ihm auf und verdrängte jedes andere Gefühl, auch das der Angst. Was hätte África wohl gesagt, wenn sie diese Unterhaltung mit angehört hätte? Glaubte sie wirklich, dass er zu weich war? Was hatte Kotow in ihm gesehen?

»Sag mir eins, Ramón: Wärst du fähig, einen Feind der Revolution zu töten, wenn es nötig wäre?«

Der Junge sah Kotow an, und der hielt seinem Blick stand.

»Wenn es nötig wäre, würde ich es tun, klar.«

Der Sicherheitsberater lächelte, und in seine Augen kehrte das Leuchten zurück, das sich in den letzten Tagen verflüchtigt hatte. Er tippte Ramón mit dem Zeigefinger auf die Brust.

»Kannst du dir vorstellen, welche Ehre es bedeutet, dazu auserwählt zu sein, diesen verräterischen Abschaum Trotzki ins Jenseits zu befördern? Weißt du, dass der Renegat jahrelang daran gearbeitet hat, die Revolution zu zerstören, dass er eine dreckige Ratte ist, die sich an die Deutschen und die Japaner verkauft hat? Dass er sogar vorgehabt hat, sowjetische Arbeiter zu vergiften, um im Lande Angst und Schrecken zu verbreiten? Dass seine abenteuerliche Philosophie die Zukunft des Proletariats hier, in Spanien und überall auf der Welt in Gefahr bringt?«

Ramón sah wieder zum Wald hinüber. Sein Verstand setzte aus, so als wären sämtliche Gehirnströme unterbrochen worden. Doch er erwiderte: »Dann verstehe ich nicht, warum man bis jetzt damit gewartet hat, diesen Verräter umzubringen.«

»Du musst gar nichts verstehen, Ramón. Ich habs dir doch schon gesagt: Stalin hat seine Gründe, und wir sind verpflichtet, ihm zu gehorchen … Apropos, wie oft hast du in den letzten Tagen das Wort ›Gehorsam‹ gehört?«

»Weiß nicht, sehr oft.«

»Und du wirst es noch tausendmal hören, weil es nämlich das wichtigste Wort ist. Danach kommen Treue und Verschwiegenheit. Das ist die heilige Dreieinigkeit, und du musst sie deinem Gehirn einhämmern. Denn nachdem du gehört hast, was ich dir gesagt habe, gibt es für dich nur zwei Wege, wie du dir vielleicht denken kannst: Der eine führt zum Ruhm, der andere ins Arbeitslager, und du kannst dir nicht vorstellen, wie wenig das Leben eines armen Kerls wie dir, der nicht einmal einen Namen hat und als Verräter betrachtet wird, dort wert ist … Los, komm, die warten bestimmt schon auf uns.«

Als sie die Hütte betraten, standen Marschall Konjew und Leutnant Karmin auf und grüßten militärisch. Während sich Soldat 13 an sein Pult setzte, sagte Grigorjew etwas zu den Militärs. Dann nahmen Grigorjew und der Marschall in den Sesseln Platz. Karmin, in seinem schwarzen Overall, stellte sich an die Tafel, mit der er zu verschmelzen schien. Ramón bemerkte, dass seine Hände feucht waren, und musste an die letzten Worte Kotows denken.

»Soldat 13«, sagte Karmin in einem lupenreinen Südfranzösisch, das Ramón an seine Zeit in Dax und Toulouse erinnerte, »dein Mentor hat uns gesagt, du bist bereit, mit dem Training zu beginnen. Vorher jedoch wirst du mehreren Tests unterworfen, damit wir uns ein genaues Bild von deiner Person machen können. Wenn die Ergebnisse, wie wir hoffen, zufriedenstellend ausfallen, erhältst du Unterricht in der Geschichte der Partei, in internationaler Politik, in Marxismus-Leninismus und in Psychologie. Dann bilden wir dich in Überlebenstechniken, in Verhörtechniken und in Techniken für den Kampf Mann gegen Mann aus, dazu kommen Schießübungen an verschiedenen Waffen und Fallschirmspringen. Der wichtigste Teil der Ausbildung aber wird das Persönlichkeitstraining sein. Vor allem wirst du lernen, dass du nie mehr die Person sein wirst, die du warst, bevor du auf diese Basis gekommen bist. Wir werden dich von innen her säubern. Eine langwierige und schwierige Arbeit, aber wenn du es schaffst, wirst du in der Lage sein, jede beliebige Persönlichkeit anzunehmen, die als notwendig für die Mission erachtet wird. Welche es sein wird, ist noch nicht entschieden, aber fest steht, dass du kein Spanier mehr sein wirst und nicht mehr spanisch und schon gar nicht katalanisch sprechen darfst. Für den Moment wirst du französisch sprechen und auf Französisch denken. Und wir werden dafür sorgen, dass du sogar auf Französisch träumst. Unsere Spezialisten werden dich dabei unterstützen, aber, ich wiederhole es noch einmal, dein Wille wird für den Erfolg entscheidend sein.«

Soldat 13 glaubte, dass die Erwartungen vielleicht zu hoch waren, doch er nickte stumm, denn er ahnte, dass ihm all das bei der Mission, von der Kotow gesprochen hatte, nützlich sein würde.

»Gut. Zuerst musst du eine ganz einfache, aber wichtige Prüfung bestehen, bei der du eine ganze Menge lernen wirst. Folge mir!«

Karmin ging zum Hinterausgang, und Soldat 13 folgte ihm. Grigorjew und Konjew schlossen sich ihnen an. Inzwischen war es wärmer geworden, und der Kiefernwald verströmte seinen Duft. Auf einem niedrigen Holztisch sah Soldat 13 drei Arten von Dolchen liegen, und er dachte, dass man ihm zeigen würde, wie man sie benutzte. In diesem Moment trat ein Mann zwischen den Kiefern hervor, der genauso gekleidet war wie Karmin und einen anderen Mann fast hinter sich herschleifte, einen schmutzigen, in abgerissenen Lumpen gekleideten Mann mit fettigen Haaren, dessen Gestank den Kieferduft überlagerte.

»Schau ihn dir genau an«, sagte Karmin. »Das ist ein Volksfeind. Menschlicher Abschaum.«

Kaum hatte Soldat 13 einen Blick auf den armen Kerl werfen können, brüllte Karmin ohne Übergang: »Töte ihn!«

Soldat 13 war überrascht und doppelt verwirrt: War das ein realer Befehl? Und wem wurde er erteilt? Soldat 13, Ramón Mercader oder dem kurzlebigen Roman Pawlowitsch von gestern? Doch ihm blieb keine Zeit zum Überlegen, denn Karmin riss den Nagan-Revolver aus dem Halfter, entsicherte ihn und schrie: »Verdammt, liquidierst du ihn, oder muss ich es tun!?«

Soldat 13 sah die Dolche an und entschied sich für einen mit kurzer, breiter Klinge, der ihm, ohne zu wissen, warum, am geeignetsten schien. Geeignet wofür? Um einen Feind der Revolution zu töten?, dachte er und fühlte, wie ihm die Knie zitterten, als er den ersten Schritt tat. Er versuchte sich einzureden, dass es sich nur um eine Prüfung handeln könne. Im letzten Moment würde man ihm befehlen aufzuhören und den Unglücklichen wegbringen. Er ging auf den stinkenden Mann zu und sah die wachsende Angst in seinen Augen. Der Mann sagte etwas auf Russisch, das er nicht verstehen konnte, nur dass das Opfer ihn anflehte und immer wieder das Wort *towa-*

ritsch murmelte, während er, am ganzen Körper zitternd, ein, zwei Schritte zurückwich. Soldat 13 ging weiter auf ihn zu, den Dolch in Hüfthöhe, in der Hoffnung, den Befehl »Halt!« zu hören, der jedoch nicht erfolgte, während er dem stinkenden Häufchen Elend immer näher kam.

Soldat 13 sah das Flehen in den Augen des Mannes, der jetzt kaum noch eineinhalb Meter von ihm entfernt war. Er konnte die Stille hören. Sonst nichts. In seinem Kopf bildete sich ein Wort: Gehorsam, und eine Frage: Weich? Das Bild von África blitzte in seinem Hirn auf. Da tat er noch einen Schritt, hob den Dolch und holte aus. Plötzlich begriff er, dass der Mann nicht fliehen, nicht einmal mehr zurückweichen konnte: Er war vor Entsetzen wie gelähmt und hatte angefangen zu schwitzen. Musste er einen Mann kaltblütig töten, einfach so, um seine Treue zu einer glorreichen Sache unter Beweis zu stellen? Musste man im Land der Gerechtigkeit mit einer derartigen Unerbittlichkeit gegen Volksfeinde vorgehen? Was hatte dieser Mann mit dem Verrat Trotzkis oder mit den Gewaltexzessen der spanischen Faschisten zu tun? Nein, sagte er sich, der Gegenbefehl wird kommen, sie werden mich aufhalten, alle werden lachen, und er bewegte den Dolch ein paar Zentimeter nach vorn, wie zum Stoß. Er hatte aufgehört zu denken. Er zielte auf den Bauch des Unglücklichen und erkannte in diesem Moment, dass er Soldat 13 war, dass es Ramón Mercader nicht mehr gab, dass er das erste Prinzip des heiligen Reglements befolgte: Gehorsam. Der Dolch setzte seinen Weg zur Vernichtung des wehrlosen, vor Entsetzen gelähmten Mannes fort, und kurz bevor er sich in den Bauch versenken konnte, über dem sich die Hände des Mannes schützend gekreuzt hatten, schnellten ebendiese Hände mit unglaublicher Heftigkeit vor, lenkten die Klinge ab, und Soldat 13 erhielt einen brutalen Fußtritt gegen das Kinn, der ihn bewusstlos zu Boden stürzen ließ.

In den darauffolgenden Wochen stellte Soldat 13 eine Veränderung in seinem Bewusstsein fest. Während der theoretische Unterricht sein Hirn mit philosophischen, historischen und politischen Überlegungen anfüllte, um seinen Glauben an die Partei zu festigen, säuberten die Sitzungen mit den Psychologen nach und nach seinen Geist von der Bürde der Erfahrungen, Erinnerungen, Ängste und Hoffnungen einer Vergangenheit, die sich von ihm ablöste wie eine alte Haut. Es erstaunte ihn zu erleben, wie seine persönliche Geschichte sich im Nebel verlor und sogar die jüngsten Ereignisse – wie die letzten Ratschläge, die Kotow ihm vor seiner Rückkehr nach Spanien gegeben hatte – so sehr verschwammen, dass er sich bisweilen fragte, ob er sie nicht in einer anderen, fernen, schemenhaften Existenz erlebt hatte.

In jenen Wochen hörte Ramón tatsächlich auf, Ramón zu sein, und er würde es erst dann wieder werden, wenn der Mensch, in den sie ihn verwandelt hatten, erstickte und der alte Ramón Mercader zum Vorschein kommen musste, um ihn zu retten. Oder immer dann, wenn sie ihm befahlen, ihn wieder hervorzuholen. Doch nie mehr würde es derselbe Ramón Mercader del Río sein …

Der Mann, der sich in seiner nebelhaften Vergangenheit mit jugendlicher Romantik und durch Áfricas Reden die kommunistischen Ideale zu eigen gemacht hatte, begann nun, einen wissenschaftlich untermauerten Glauben an die neue sowjetische Gesellschaft anzunehmen, in der der Mensch endlich den höchsten Grad seiner Würde erreicht hatte. Der revolutionäre, intuitive und ungeordnete Kampf gegen die Oligarchie, die Bourgeoisie, den Faschismus und die Verräter konkretisierte sich nun, mit einem neuen Fundament, in der historischen Notwendigkeit des Kampfes des Proletariats für die Verwirklichung der Gleichheit und in der Mission der Partei, diesen großen Kampf anzuführen. Auch wenn der Kampf, so lernte er, manchmal erbarmungslos schien, so war er doch immer gerecht. Jeder dieser Gedanken wurzelte in den Theorien und der Praxis des Stalinismus, in der Weisheit und in dem strategischen Weitblick des Generalsekretärs der Partei, der sich, als genialer Erbe von Marx, Engels und Lenin, über die Geschichte erhoben und an die Spitze der Proletarier aller Länder gestellt hatte. Die Überzeugung, dass die Zukunft der Menschheit dem Sozialismus gehöre, wurde zu seinem Credo, und er lernte, dass zur Erreichung dieses Zieles jedes Opfer, jede Tat historisch gerechtfertigt sei und nicht die geringste Abweichung hingenommen werden konnte. An diesem Punkt seiner Ausbildung bekam Soldat 13 zusätzlichen Unterricht in Klassenhass, und sein Blick wurde auf den Klassenfeind gerichtet, wodurch sich seine Überzeugungen noch weiter festigten.

Der Oktober kam, und die Temperaturen sanken. Karmin teilte ihm mit, dass sie, zusätzlich zum theoretischen Unterricht und den psychologischen Sitzungen, mit dem körperlichen Training beginnen würden. Soldat 13 hatte die Hoffnung, er würde nun endlich die Basis verlassen und mit eigenen Augen einen Teil der leuchtenden Realität des Landes der Sowjets sehen können. Doch abgesehen von den zwei Wochen, in denen er im Ural-Gebirge einem extremen Konditionstraining unterworfen wurde (und von denen er sechs Kilo leichter, aber mit dem stolzen Gefühl zurückkehrte, von Karmin zu seinem Erfolg beglückwünscht worden zu sein), spielte sich die übrige Ausbildung weiterhin in den Wäldern von Malachowka ab. Dort lernte er, mit dem Gewehr, der Pistole und dem Maschinengewehr umzugehen, mit dem Dolch, dem Schwert und dem Beil zu kämpfen und sich mit bloßen Händen und Füßen zu verteidigen; darüber hinaus wurde ihm beigebracht, wie man Granaten wirft, an Wänden hochklettert und Zielobjekte zerstört. Nach der erfolgreichen Absolvierung der ersten Trainingseinheiten lernte er, wie man mit den Waffen, deren Handhabung er inzwischen beherrschte, einen oder mehrere Feinde eliminiert, wobei man ihn zunächst auf die Schwachpunkte des Gegners hinwies und ihm dann die Stellen der Anatomie zeigte, an denen man die größtmögliche Wirkung erzielen konnte. Die »Feinde«, mit denen er trainierte und die auf die verschiedensten Angriffsarten spezialisiert waren, wurden so lange als »trotzkistische Hunde«, »trotzkistische Renegaten« oder »trotzkistische Verräter« beschimpft, bis die bloße Erwähnung des Adjektivs einen Hormonausstoß auslöste.

Als den kritischsten Moment seiner Umerziehung sollte dem Soldaten 13 in Erinnerung bleiben, wie ihm beigebracht wurde, den psychologischen Methoden der Folter bei Verhören zu widerstehen. Um das Ganze realistischer zu gestalten, wurden dabei auch physische Qualen mit einbezogen, die ihm anschaulich vor Augen führen sollten, wie erfindungsreich der Mensch ist, wenn es darum geht, seinesgleichen Schmerzen zuzufügen. Das Ziel dieses Teils der Ausbildung bestand aber nicht nur darin, die Fähigkeit zu erlangen, unter allen Umständen zu schweigen, sondern auch darin, sich nicht von den Verhörenden manipulieren zu lassen, jede Form des Einvernehmens, das seine Schwächen offenbaren konnte, zu unterbinden und die Verhörenden die Geschichten glauben zu machen, die sie in die Irre führen und möglichst weit von der Wahrheit entfernen sollten. Man zeigte ihm, dass es sehr viel schwieriger war, ein Geheimnis zu bewahren, als es jemandem zu entlocken, und brachte ihm raffinierte psychologische Tricks bei, wie zum Beispiel das Beschwören von Träumen oder das Eingehen auf vermutete Zwangsvorstellungen.

Als Grigorjew Ende November auf die Basis zurückkehrte, war Soldat 13, soweit es die Ausbilder garantieren konnten, bereits ein Mann aus Marmor; überzeugt von der Notwendigkeit, jeden Auftrag zu erfüllen, den man ihm gab, geschult darin, in den unterschiedlichsten Situationen eisern zu schweigen, ausgestattet mit einem unversöhnlichen Hass auf die trotzkistischen Feinde und bereit, sich in jede beliebige Person zu verwandeln. Seine Ausbilder waren überaus zufrieden mit ihm, denn der Rohdiamant, den Grigorjew gefunden hatte, war zu einem geschliffenen, funkelnden Edelstein geworden, der in jeder Hinsicht glänzte (politisch, philosophisch, linguistisch, psychologisch und physisch), und hatte sich einen undurchdringlichen Panzer zugelegt: Er war fähig zu schweigen, nutzte seinen Hass, kannte kein Mitleid und war bereit, für die Sache zu sterben. Eine gefügige, unbarmherzige Maschine.

Soldat 13 trug einen schwarzen Overall, ähnlich dem seines persönlichen Trainers, allerdings für die winterlichen Temperaturen geeignet. Grigorjew betrat mit Marschall Konjew die Hütte, grüßte ihn militärisch und ging, ohne sich seines Mantels zu entledigen, schnurstracks auf die Hintertür zu. Auf Karmins Befehl hin folgte ihm Soldat 13, und als er auf den verschneiten Hinterhof hinaustrat, musste er beim Anblick der drei Dolche, die wie am ersten Tag seines Aufenthaltes auf dem niedrigen Tischchen lagen, beinahe lächeln. Soldat 13 wusste sogleich, was von ihm erwartet wurde, und als er den

Ausbilder aus dem Wald kommen sah, den zerlumpten, vor Kälte und Angst schlotternden Mann vor sich herstoßend, bereitete er sich darauf vor, ihm dieses Mal die Lektion zu erteilen, zu der er, da war er sich sicher, jetzt fähig war.

»Soldat 13!«, brüllte Karmin. »Du weißt, worum es geht ... Vor dir steht ein trotzkistischer Hund, ein Volksfeind ... Töte ihn!«

Soldat 13 ergriff den englischen Armeedolch, und kaum hielt er ihn in der Hand, erwärmte sich seine Haut, sodass er die Kälte nicht mehr spürte, während seine Muskeln zu einer Verlängerung der Stahlklinge und seine Beine zu Schlangen wurden, die sich auf das Opfer zubewegten. Der Mann fing an zu flehen, und Karmin, der ein paar Meter hinter ihm stand, war so freundlich, seine Worte zu übersetzen: Er schwört, dass er unschuldig ist, dass er nicht konspiriert hat, dass er Trotzki, Sinowjew, Kamenew und die anderen Verräter an der Arbeiterklasse hasst; er beteuert, dass Genosse Stalin sein Väterchen ist, und bittet um Gerechtigkeit im Namen des Proletariats. Glaubst du ihm? Soldat 13 schüttelte den Kopf und ging weiter auf den Mann zu, dessen Zittern genauso echt zu sein schien wie das Flehen um Erbarmen in seinen Augen. In diesem Moment glaubte Soldat 13 zu bemerken, dass der um Gnade wimmernde Hund eine andere Taktik verfolgte als beim ersten Mal: Er hatte die Arme weit ausgebreitet und wich nicht zurück, so als wäre er fest im Schnee verankert. Soldat 13 holte aus, und mit einer flinken Handbewegung veränderte er die Richtung des Dolches, der jetzt nicht mehr auf den Unterleib, sondern auf den Hals zielte, sodass der angebliche Verräter zwar den Angriff der Klinge abwehren, seinen Angreifer aber nicht daran hindern konnte, ihm zuerst einen kräftigen Fußtritt zwischen die Beine zu verpassen und ihm dann, als er auf die Knie gesunken war, nach einer geschickten halben Drehung mit dem Absatz gegen das Kinn zu treten.

Soldat 13 hielt den Atem an, bereit zur Attacke, während er dem angeblichen Opfer fest in die Augen sah. Plötzlich ließ er den Arm vorschnellen, direkt auf die Kehle des Mannes zu, aus dessen Augen der Ausdruck blanken Entsetzens nicht verschwand, bis der Dolch sich in seinen Hals bohrte. In der nächsten Sekunde schoss eine Blutfontäne aus dem Mund des Verräters und besudelte den gesteppten schwarzen Overall seines Henkers. Soldat 13 spürte das Gewicht des Toten an der Schulter, und erst als er sah, wie der Mann in sich zusammensackte, zog er die gezahnte Klinge heraus, und weiteres Blut tropfte in den bereits rot gefärbten Schnee. Soldat 13 erinnerte sich nicht, würde sich nie erinnern, ob er zu irgendeinem Zeitpunkt die Kälte gespürt hatte.

Als der Wagen durch den lichter werdenden Kiefernwald fuhr, erzählte Grigorjew von seiner Ankunft in Moskau während der chaotischen und gewalttätigen Tage, die dem Sieg der Oktoberrevolution vorangegangen waren. Soldat 13 hörte ihm aufmerksam zu, und dabei kam ihm der Gedanke, dass der junge Ramón kaum vier Monate zuvor begeistert gewesen wäre, das rote Moskau der Revolution, den Wallfahrtsort aller Kommunisten der Welt, besuchen zu dürfen. Doch inzwischen hatte er jede Neugier in sich abgetötet und legte die Strecke mit derselben Disziplin und Leidenschaftslosigkeit zurück, mit der er irgendeinen anderen Befehl ausgeführt hätte. Alle seine Sinne waren angespannt, und er lauschte den Worten seines Mentors, während er sich jede Einzelheit der Fahrt mit der Präzision des Profis einprägte.

Grigorjew und Marschall Konjew hatten ihm mitgeteilt, dass man seine Ausbildung unterbrechen wolle. Wegen seiner exzellenten Fortschritte erlaube man ihm, ein Wochenende in der Hauptstadt zu verbringen. Sehr bald jedoch sollte sich herausstellen, dass man mit seinem Kurzurlaub von der Basis ganz andere Ziele verfolgte.

Der anhaltend fallende Schnee der letzten Tage bedeckte Plätze und Gebäude, Kuppeln und Parks, und die Moskwa glich einem gewundenen Spiegel. Ramón betrat eine feudal wirkende Stadt mit übermenschlichen Dimensionen, die ihn das Missverhältnis von Realität und Anspruch spüren ließ. Der Grund für die Unmöglichkeit, sich klar zu definieren, sollte ihm erst viele Jahre später bewusst werden, als er begriff, dass die sowjetische Hauptstadt trotz ihrer Grandezza und ihrer Überheblichkeit ein konfliktbeladener Ort geblieben war, an dem zwei Welten aufeinanderprallten und ihre Konturen verloren: Okzident und Orient, Christentum und Orthodoxie, das Europäische und das Byzantinische, all das verschwand, um etwas anderem, Endgültigem und essenziell Moskowitischem Platz zu machen. Ihre erste Station war, wie er erwartet hatte, der Rote Platz, und als er ihn überquerte, erschien ihm seine Größe noch unermesslicher, als es ihm die Fotos von den Militärparaden suggeriert hatten. Die Formen und Farben der bunten Zwiebeltürme von Sankt Basilius überraschten ihn nicht nur, sie kamen ihm exotisch und rätselhaft vor, als hätten sie auf Russisch oder in einer anderen orientalischen Sprache zu ihm gesprochen; der Kreml dagegen mit seinen roten Mauern und Türmen war ihm nicht so fremd. Eine Sondergenehmigung ersparte ihnen die Warterei in der Schlange, in der Männer, Frauen und Kinder aus der UdSSR und allen Teilen der Welt bei minus zwölf Grad mit ihren in der Eiseskälte steif gefrorenen Blumengaben in respektvollem Schweigen stundenlang ausharrten, um für einen kurzen Moment an dem mumifizierten Leichnam des Gründers der Sowjetunion vorbeigehen zu dürfen. Die Ergriffenheit, die zu empfinden er erwartet hatte, wenn er jenes halb pharaonische, halb hellenische Mausoleum betreten würde, stellte sich nicht ein, denn es fiel ihm schwer, das durch ein spiegelndes Glas verzerrte Gesicht der Mumie mit der Größe des Mannes in Einklang zu bringen, der den am heißesten ersehnten und am schwersten zu erreichenden Traum der Menschheit verwirklicht hatte: eine Gesellschaft von Gleichen.

Mit einer von den Aufsehern peinlich genau kontrollierten weiteren Sondergenehmigung kamen sie zum Tor der Dreifaltigkeit, durch das sie in das Innere der Kremlmauern gelangten. Während Grigorjew ihn durch die inneren Straßen bis zum Platz der Kathedrale führte, zeigte er ihm die Orte, an denen man nach der Zerstörung alter Kapellen aus den Zeiten der ersten Zaren einige Veränderungen vorgenommen hatte, und blieb nur kurz stehen, um ihn auf die langen Fenster der Verwaltungsbüros hinzuweisen, von denen aus das größte Land der Erde regiert wurde.

»Da arbeitet Genosse Stalin?«, fragte Soldat 13.

»Einen Teil des Tages«, antwortete Grigorjew. »Und bis vor einigen Jahren hat er dort gewohnt«, er zeigte auf das alte Gerichtsgebäude aus der Zeit von Katharina der Großen, »aber seit dem Selbstmord seiner Frau schläft er immer in seiner Datscha in Kuntsewo. Dort pflegt er auch die dringlichsten Angelegenheiten zu erledigen, denn er arbeitet fast immer die Nacht durch. Er schläft sehr wenig und arbeitet viel«, fügte er hinzu, »er hat Kräfte wie ein Stier.«

Nachdem sie den ummauerten Bezirk des Kreml wieder verlassen hatten, näherten sie sich dem riesigen Warenhaus GUM, zu dem Leute aus allen Stadtteilen strömten, in der häufig enttäuschten Hoffnung, ihren leeren Mägen eine Freude zu bereiten. Gegenüber dem Historischen Museum bogen sie in die Nikolskaja ein, die jetzt »Straße des 25. Oktober« hieß, und gingen zu einem kleinen Platz, der von der Statue von Felix Dserschinski beherrscht wurde, hinter der sich das gefürchtetste Gebäude der Nation erhob.

»*Voilà*«, sagte Grigorjew, »die Lubjanka.«

Soldat 13 kannte die Geschichte des ockerfarbenen, klobigen Hauses, das er jetzt schweigend betrachtete. Vor zwanzig Jahren hatte das ehemalige Verwaltungsgebäude der Allgemeinen Russischen Versicherungsgesellschaft die Männer aufgenommen, die als apokalyptische Geißeln des Proletariats auf Erden die verantwortungsvolle Aufgabe übernommen hatten, die von inneren und äußeren Feinden bedrohte Revolution mit allen erdenklichen Methoden zu verteidigen. Beim bloßen Anblick des Gebäudes, das in der Erde verwurzelt schien und auf dessen Bürgersteig kein Passant zu sehen war, spürte man die ungeheure Grausamkeit, die von ihm ausging. Die Macht, die nach dem Willen eines unanfechtbaren Gottes über Leben und Tod entschied, ohne die Notwendigkeit von Verhandlungen, jenseits aller Gesetze. Soldat 13 wusste, dass hinter jenen Mauern auch über sein eigenes Schicksal entschieden wurde und er selbst auf irgendeine Weise zu einem der Steine dieses erhabenen Gebäudes geworden war, das so viel für das Überleben der Revolution getan hatte. Die überwältigende Macht der Lubjanka würde schon sehr bald seine eigene Macht sein, dachte er, doch dann wurde ihm plötzlich klar, dass das nicht ganz stimmte: Es *war* bereits seine Macht, er hatte sie gespürt, als er vor ein paar Tagen den englischen Dolch in der Hand gehalten hatte.

»Wie du siehst, vermeiden es die Menschen, über diesen Platz zu gehen«, sagte Grigorjew, und nach einer Pause fuhr er fort: »Es ist der Platz der Angst. Einer Angst, die wir gründlich geschürt haben. Einer notwendigen Angst. Es werden viele schreckliche Geschichten über die Lubjanka erzählt. Und weißt du was? Die meisten davon sind wahr. Die Bourgeois wissen sich sehr gut der Angst zu bedienen, und wir müssen von ihnen lernen. Ohne Angst kann man ein Land nicht regieren und es in die Zukunft führen.«

»Das Proletariat hat das Recht, sich zu verteidigen, in welcher Form auch immer«, sagte Soldat 13, und Grigorjew lächelte.

»Ich sehe, man hat dich mit Parolen vollgestopft. Verschone mich bitte damit.«

Fast ohne zu hinken, führte Grigorjew ihn auf den Theater-Boulevard und dann in die Petrowka, deren pulsierendes Leben im Kontrast zu der abgehobenen Verlassenheit der Lubjanka stand. Der Mentor sagte zu seinem Schüler, dass sie sich jetzt einen passenden Ort suchen würden, um etwas zu essen und sich ungestört zu unterhalten. Vor einem modernistischen Gebäude, das dem Soldaten 13 irgendwie bekannt vorkam und ihn an Barcelona erinnerte, stand ein Mann unten auf einer Treppe, die vom Bürgersteig in den Keller führte, und trat wegen der Kälte von einem Bein aufs andere. Soldat 13 war sich sicher, dass der Mann auf sie gewartet hatte, denn er beobachtete sie eindringlich, während er einen Arm im Takt seiner Schritte hin und her schwenkte und zwei Finger der anderen Hand in Höhe des Mantelkragens nervös bewegte. Als sie an ihm vorbei die Treppe hinuntergingen, raunte Grigorjew ihm ein *njet* zu, bevor sie die Schenke betraten, deren Oberlichter sich auf Höhe des Bürgersteigs befanden. Um hohe runde Tische standen Trauben von Männern und Frauen, die sich laut schreiend unterhielten und dabei aus großen Gläsern etwas Hopfenfarbenes tranken, in das sie großzügige Rationen Wodka aus den mitgebrachten Fläschchen kippten. Ohne das Sprechen und Trinken zu vernachlässigen, aßen sie gierig geräucherten Hering auf Schwarzbrotscheiben, dazu dunklen Trockenfisch, den sie mehrmals auf die Tischplatte schlugen, um die Filetstückchen leichter ablösen zu können, und dann, fast ohne zu kauen, verschlangen. Der Gestank nach Fisch und abgestandenem Bier, der beißende Rauch des widerlichen russischen Tabaks, *machorka* genannt, und der penetrante Schweißgeruch unter den nach feuchtem Schafbockfell stinkenden Mänteln schafften eine unerträglich aggressive Atmosphäre, und Soldat 13, der darauf vorbereitet worden war, die unterschiedlichsten Aggressionen abzuwehren, bat Grigorjew, woanders hinzugehen. Dieser lächelte verständnisvoll und erwiderte: »Ja, dazu braucht man ein Sondertraining. Ehrlich gesagt, das Volk, das von der Vorsehung der Geschichte auserwählt ist, benötigt dringend mehr Wasser und Seife, nicht wahr?«

Als sie ins Freie traten, stand der Mann immer noch unten an der Treppe, doch diesmal würdigte er sie keines Blickes. Während sie zum Theater-Boulevard zurückgingen, enthüllte Grigorjew ihm endlich das Geheimnis des Mannes: Es handelte sich um einen Säufer, der zwei Kumpane suchte, mit denen er ein paar Gläser *jorsch* trinken konnte, das Gemisch aus Bier und Wodka, das alle im Keller unten tranken.

»Die Russen sind große Trinker, und sie trinken um die Wette. Es gibt zwei Dinge, die sie nicht ausstehen können: Bier ohne Wodka, weil sie der Meinung sind, damit nur ihr Geld und ihre Zeit zu vergeuden; und alleine trinken zu müssen, ohne sich mit anderen messen zu können. Deswegen trinken sie gern in Gesellschaft und um die Wette. Und der Kerl da, du hast ja seine beiden Finger gesehen, der ist auf der Suche nach zwei Kollegen, die ihm bei der Verrichtung helfen …«

Nachdem sie mehrere Häuserblocks in Richtung Kreml zurückgegangen waren, gelangten sie auf den Manezh-Platz. Grigorjew hielt ihn am Arm fest und forderte ihn auf, sich das monumentale Gebäude anzusehen, das sich vor ihnen erhob. Über dem Haupteingang sah Soldat 13 ein Schild in kyrillischer Schrift, die er entziffern konnte: *Hotel Moskwa*. Er betrachtete den mehrstöckigen Steinklotz (zehn, zwölf Etagen, die Konstruktion machte einem das Zählen nicht leicht) mit mehreren Säulen, die ein sich nach vorne neigendes Vordach abstützten, was einem das sonderbare Gefühl gab, dass irgendetwas mit dem Gleichgewicht nicht stimmte.

»Siehst du?«, sagte Grigorjew und fügte hinzu: »Das ist das erste Grandhotel, das von der Sowjetmacht erbaut wurde. Ein Triumph sozialistischer Architektur.«

Soldat 13 nickte schweigend, so wie man es ihm beigebracht hatte. Er fand das Gebäude furchtbar hässlich, ein Monstrum, wie vom Himmel gefallen und mit Gewalt auf einen Platz gewuchtet, dessen Geist in schmerzlichem Gegensatz zu jener Steinburg stand. Das Ungewöhnlichste daran waren die beiden asymmetrischen Flügel, die dem um wenige Etagen höheren Hauptgebäude angefügt waren. Der eine Flügel hatte Säulen, der andere nicht; das obere Stockwerk des linken Flügels hatte Bogenfenster, während die Fenster auf der rechten Seite sachlich quadratisch waren; die Gesimse der beiden Flügel verliefen in unterschiedlicher Höhe und hatten verschiedene Proportionen und Stile, was einen verwirrenden Effekt hervorrief und den ersten Eindruck von Hässlichkeit und fehlendem Gleichgewicht bestätigte.

»Entsetzlich«, murmelte Soldat 13.

»Gleich erzähle ich dir, wie das zustande gekommen ist«, sagte sein Führer, und sie schritten durch die Eingangstüren des Hotels, das sie dank eines Ausweises, den Grigorjew dem Portier unter die Nase hielt, betreten durften. Nachdem der Portier Grigorjew einer ausgiebigen Prüfung unterzogen hatte, setzten sie sich an einen Tisch der trostlosen Bar, die nicht nur nach Bar, sondern entfernt auch nach Fisch roch. Grigorjew zeigte dem Kellner einen weiteren Ausweis (er schien im Besitz aller Ausweise zu sein, die in Moskau verlangt wurden), und Soldat 13 stellte fest, dass man hier sogar französischen Wein trinken und norwegischen Lachs oder Rindergulasch essen konnte.

»Was hat es mit dieser seltsamen Konstruktion auf sich?«, wollte er wissen.

»Immer mit der Ruhe, mein Junge, das erzähle ich dir später«, sagte Grigorjew und leerte seinen Wodka auf einen Zug, um sich sofort wieder aus der kleinen Flasche nachzugießen, die der Genosse Kellner vor sie auf den Tisch gestellt hatte. »Vor drei Tagen habe ich an einem sehr, sehr geheimen Treffen in der Datscha in Kuntsewo teilgenommen. Da es dich direkt betrifft, werde ich dir einen Teil dessen anvertrauen, was dort besprochen wurde. Du weißt, dass du das, was ich dir in Barcelona erzählt habe, für dich behalten musst, wenn dir dein Leben lieb ist. Und bei dem, was du in Malachowka gesehen und gelernt hast, steht nicht nur dein Leben auf dem Spiel, sondern auch das von África, Caridad und deinen Geschwistern. Was ich dir aber jetzt erzählen werde, hat keinen Preis. Und ich sags dir noch einmal: Du hast keine Möglichkeit, auszusteigen. Dir bleibt nur die eine Alternative: weitermachen und Mund halten. Kein Wort, zu niemandem. Für immer.«

Bei Grigorjews Worten spürte Soldat 13, wie ihn eine Welle des Glücks durchflutete. Er hatte keine Angst, und es war ihm egal, dass es für ihn keinen anderen Weg mehr gab als den nach vorn; denn weder die Angst noch der Gedanke an Rückzug hatten in seinem Kopf Platz.

»Du kannst offen reden«, sagte er und schob das Glas Wein von sich, nachdem er davon genippt hatte.

Grigorjew trank noch einen Schluck Wodka, bevor er zur Sache kam: Genosse Stalin persönlich hatte ihm die Ehre zuteilwerden lassen, ihm die Leitung der Operation gegen den Renegaten Trotzki anzuvertrauen, und ihm den Befehl gegeben, unverzüglich damit zu beginnen. An dem Treffen in Kuntsewo hatten nur der Genosse Stalin, Vizekommissar Beria und er, Grigorjew, teilgenommen. Zunächst hatten sie über die Situation innerhalb des Kommissariats für Innere Angelegenheiten gesprochen, und Beria hatte ihm versichert, dass Jeschow sich nicht in die Operation einmischen würde. Mehr noch, hatte er hinzugefügt, die Tage dieses verrückt gewordenen Zwergs seien gezählt, jetzt leite er, Beria, sämtliche Sondereinsätze, die Jeschow in seinem Verfolgungswahn gestoppt oder sogar abgebrochen habe. Die Operation Trotzki jedoch war erst in diesem Moment aus der Taufe gehoben worden, und Grigorjew sollte sie parallel zu allen bereits existierenden Operationslinien durchführen, und zwar mit der notwendigen Diskretion, nicht nur um den Erfolg zu garantieren, sondern auch um den gewünschten propagandistischen Zweck zu erfüllen.

Bei den letzten Worten Berias sei der Genosse Stalin wie aus einem Schlaf erwacht, habe die Hand gehoben und um Ruhe gebeten, erzählte Grigorjew weiter. Während der Unterhaltung habe er hin und wieder einen Schluck von seinem georgischen Wein getrunken, der mit einer Art Limonade, ebenfalls aus Georgien, vermischt gewesen sei. Wie er ihm, Grigorjew, erzählt habe, hätten ihm die Ärzte dieses Gemisch erlaubt, denn es sei bewiesen, dass die Mischung dieser beiden uralten Getränke die Blutzirkulation anrege und zur Entspannung der Muskeln beitrage. Wie der Genosse Beria ganz richtig gesagt habe, hatte der Führer begonnen, sei die Jagd auf den degenerierten, faschistischen Verräter Trotzki eröffnet. Er persönlich habe Grigorjew zum Leiter der Operation bestimmt, doch müsse er, Grigorjew, dem Genossen Beria wöchentlich oder, falls nötig, täglich Bericht erstatten, worüber er, Stalin, auf dem Laufenden gehalten werden müsse, wann immer es geboten sei, mindestens aber alle vierzehn Tage. Grigorjew, als leitender Offizier der Operation, werde einen direkten Vorgesetzten im Kommissariat bekommen, der sich seinerseits nur gegenüber Beria zu verantworten habe und mit dem Grigorjew sämtliche logistische Fragen besprechen müsse. Er, Stalin, könne ihm jedoch versichern, dass er alle notwendigen Mitarbeiter und finanziellen Mittel zur Verfügung habe, denn die Eliminierung dieses Verräters werde als eine der dringlichsten Aufgaben des sowjetischen Staates betrachtet, mehr noch, als eine unbedingte Notwendigkeit für die Zukunft des internationalen Kommunismus. Die Operation müsse äußerst sorgfältig vorbereitet werden und wichtige Bedingungen erfüllen: Erstens müsse sichergestellt werden, dass keinerlei Verbindung zu irgendeiner sowjetischen Organisation hergestellt werden könne; zweitens dürfe die Aktion erst dann abgeschlossen werden, wenn er, *er persönlich,* hatte er betont, den Befehl dazu gebe; und schließlich müssten noch einige andere Bedingungen erfüllt sein. Zum Beispiel sei der geeignetste Ort für die Eliminierung Mexiko, und die Ausführenden müssten Mexikaner oder Spanier oder, wenn das nicht möglich sei, Leute vom Geheimdienst der Komintern sein, obwohl Beria, Grigorjew und der Operationsoffizier (wir haben noch nicht entschieden, wer das sein wird, hatte Beria ihm zugeflüstert) noch weitere Alternativen bereithalten sollten, denen er, *er persönlich,* zustimmen müsse. Grigorjew brauche sich nicht um eventuelle negative Auswirkungen zu kümmern, wie zum Beispiel eine mögliche Krise mit der Regierung des Idioten Cárdenas, dem man seine Selbstherrlichkeit schon noch austreiben werde. Schon stabilere Länder wie Frankreich, Norwegen oder Dänemark seien vor ihm, Stalin, in die Knie gegangen.

»Und dann hat er mir erklärt, warum der Moment gekommen sei, den Plan auszuarbeiten, die Operation aber noch nicht durchzuführen. Der Grund dafür ist der Krieg, genauer gesagt, der Beginn des Krieges und sein weiterer Verlauf«, sagte Grigorjew und goss sich wieder Wodka nach, ohne jedoch zu trinken. »Der Krieg kann jeden Moment beginnen ...«

»Und warum erzählst du mir das alles?«, fragte Soldat 13, bestürzt über das soeben Gehörte, das schwer auf seinen Schultern lastete.

Grigorjew wirkte jetzt gelöster und trank wieder einen Schluck.

»In einer Woche müssen wir entscheiden, wer du sein wirst. Mexikaner und Spanier haben wir mehr als genug. Was wir brauchen, sind Franzosen und Nordamerikaner. Wir werden verschiedene, voneinander unabhängige Operationseinheiten bilden, und du kannst sicher sein, dass nur vier Menschen auf der Welt von deiner Existenz wissen: Stalin, Beria, der Operationsoffizier und ich.«

»Was meinst du, werde ich es sein, der den Auftrag ausführt?«

»Auf jeden Fall wirst du an vorderster Front stehen, ich weiß nur noch nicht, wo genau ... Aber da du mit mir zusammenarbeiten wirst, sollst du wissen, was von dir erwartet wird, wenn es so weit ist ... Die Erfahrung sagt mir, dass jemand, der weiß, was und warum er es tut, besser arbeitet.«

Soldat 13 schwieg, während Grigorjew vom Lachs probierte. Draußen war es dunkel geworden, man sah ein Stück der schlecht beleuchteten und fast menschenleeren Ochotny Riad.

»Stalin hat noch mehr zu mir gesagt«, fuhr Grigorjew fort und hob die Hand, um eine weitere *tschekuschka* Wodka zu bestellen. Nachdem der Kellner ihm die Flasche gebracht und sich wieder zurückgezogen hatte, sah der Mentor seinen Schüler an. »Diese Mission duldet keinen Fehlschlag. Wenn sie scheitert, geht es mir an die Eier.«

»Hat er das so gesagt?«

»Genosse Stalin ist immer sehr direkt. Und er kann sehr böse werden, wenn man seine Befehle nicht korrekt ausführt ... Damit wir uns richtig verstehen: Dieses Hotel ist ein Monument des Gehorsams, den er verlangt und erwartet ... Hör zu, du kannst dabei viel lernen: Als Stalin beschloss, Moskau ein neues Gesicht zu verpassen, wählte er diesen Platz für ein Hotel für seine vornehmsten Gäste aus. Er ließ zwei unterschiedliche Pläne nach seinen Vorschlägen ausarbeiten. Seine Vision ist es, Moskau zur Hauptstadt der proletarischen Architektur zu machen, und er hat genaue Vorstellungen davon. Er besprach sich also mit dem Konstrukteur Schtschussew und den Architekten Sawelew und Stapran und beauftragte sie mit der Ausarbeitung der Pläne, wobei er sich sicher sein konnte, dass sie das, was ihm vorschwebte, perfekt umsetzen würden. Die beiden Architekten zitterten, als sie hörten, was Stalin von ihnen verlangte, und jeder für sich machte sich daran, das zu zeichnen, was er für die Vorstellungen des großen Führers hielt. Als Schtschussew ihm aber die beiden Entwürfe vorlegte, kam Stalin nicht dazu, sie sich gleich anzusehen, er hatte Wichtigeres zu tun. Keiner weiß, warum, aber nach einer Woche bekam der Konstrukteur die Pläne wieder zurück ... beide vom Genossen Stalin genehmigt. Wie war das möglich?, fragten sie sich. Wollte er zwei Hotels, oder wollte er zwei Entwürfe, oder hatte er irrtümlich beide genehmigt? Die einzige Möglichkeit war, den Genossen Stalin danach zu fragen, aber ... wer würde sich trauen, ihn in seinem Urlaub in Sotschi zu belästigen? Außerdem irrt sich der Generalsekretär niemals! Da kam dem genialen Schtschussew die leuchtende Idee: Sie würden die beiden Entwürfe, in einem einzigen Gebäude realisieren, einen Teil nach dem Entwurf von Sawelew, den anderen nach dem von Stapran ... So kam diese Missgeburt zustande, und Schtschussew, Sawelew und Stapran hatten sich elegant aus der Affäre gezogen. Das Gebäude ist grotesk, eine ästhetische Scheußlichkeit, aber es existiert, gemäß den Vorstellungen und der Entscheidung des Genossen Stalin. Ich habe die Lektion gelernt, und ich hoffe, dass du sie ebenfalls lernst. Prost, Soldat 13!«, rief Grigorjew und leerte sein Glas bis auf den Grund.

Kotow muss sterben, verkündete Grigorjew. Er bedaure, ihn ausgerechnet in diesem Moment, vielleicht dem schönsten des Prozesses seiner Wiedergeburt, alleine zu lassen, doch er müsse nach Spanien zurückkehren, um mit den Begräbnisvorbereitungen für sein anderes Ich zu beginnen. Einer wird geboren, ein anderer stirbt, das ist die Dialektik des Lebens, sagte er und erklärte ihm, dass er, bevor er sich mit Leib und Seele der neuen Aufgabe widmen könne, seine verantwortungsvollen Pflichten in Spanien auf andere Genossen übertragen müsse. Die Übergabe könne nur dort vonstattengehen, an Ort und Stelle, in einem Zeitraum, der möglicherweise durch die Kriegssituation verzögert werde: Die Nationalen hätten zwar an Boden gewonnen, doch die bevölkerungsreichsten Industriegebiete seien nach wie vor in der Hand der Republikaner, und solange sie ihre Stellungen behaupteten, könnten sie auf den Sieg hoffen. Als Soldat 13 dies hörte, spürte er, wie das mühsam unterdrückte Heimweh an ihm nagte, doch es gelang ihm, Ramóns Gefühle zu beherrschen und sich jede Frage zu verkneifen. Dennoch wurde ihm seine Verbundenheit mit dem, was bis vor Kurzem *sein* Krieg, *sein* Vaterland und *seine* Liebe gewesen waren, bei der Erwähnung des Krieges und der bevorstehenden Abreise Kotows schmerzlich bewusst. Nur die Gewissheit, dass ihm nichts von alldem gehörte, nie mehr gehören würde, jedenfalls nicht mehr auf diese Weise, und der Stolz darüber, dass er jetzt Teil einer auserwählten Gruppe von Männern war, im Herzen des Kampfes für die Zukunft des Sozialismus, retteten ihn davor, in seinem Glauben nachzulassen. Er lebte für diesen Glauben, für den Gehorsam und den Hass. Wenn ihm nicht etwas anderes befohlen wurde, existierte der Rest nicht. Einschließlich África. Vor allem África.

Karmin und die Psychologen setzten ihre Arbeit mit ihm fort, und Soldat 13 bezwang seine Unruhe darüber, dass ihm immer noch nicht gesagt wurde, welche neue Persönlichkeit er annehmen sollte. Er wusste, dass er sich in den Händen der fähigsten Spezialisten befand, und im Vertrauen auf die Erfahrung jener Meister des Überlebens und der Umwandlung stürzte er sich mit noch mehr Eifer in seine Ausbildung.

In der zweiten Dezemberwoche, nach einem monotonen Tag, an dem nur die ernste Frau, die bei ihm sauber machte und ihm das Essen brachte, in seine Hütte gekommen war, tauchten zwei Männer bei ihm auf, die anders aussahen und sich anders benahmen als alle, mit denen er seit seiner Ankunft auf der Basis zu tun gehabt hatte. Der eine sagte, er heiße Cicero, der andere stellte sich als Josefino vor. Auf den ersten Blick wirkten die zwei wie Vaudeville-Komödianten. Beide waren nachlässig gekleidet, hatten denselben harten, abgeklärten Ausdruck im Blick und sprachen perfekt Französisch, allerdings mit einem leichten Akzent, den Soldat 13 nicht zu identifizieren vermochte. Fast wie aus einem Munde teilten sie ihm mit, dass sie den Auftrag hätten, ihn in einen Belgier namens Jacques Mornard zu verwandeln. Wie ihm der Name gefalle? Soldat 13 spürte, wie Stolz und Freude in ihm hochstiegen. Endlich hörte er auf, ein Schüler zu sein, um zu einem richtigen Agenten zu werden. Jacques Mornard, wiederholte er, während Cicero sich in einen der Sessel setzte, einen Aktenordner und mehrere Bücher aus einem Köfferchen hervorholte und auf den Tisch legte.

»Du wirst den Lebenslauf von Jacques Mornard auswendig lernen«, sagte er und schob dem Soldaten 13 den Ordner hin. »Danach wirst du diese Bücher lesen, sie enthalten Informationen über Belgien, die du dir ebenfalls einprägen musst.«

Jetzt ergriff der Mann, der sich Josefino nannte und stehen geblieben war, das Wort: »Schreib alles auf, was du Mornards Leben gerne hinzufügen möchtest, alles, was deiner Meinung nach zu seiner Persönlichkeit und seiner Geschichte gehören sollte. Was wir dir mitgebracht haben, ist nur das Skelett, das du von nun an benutzt. Das Fleisch und das Blut fügen wir später hinzu.«

»Warum Belgier und nicht Franzose?«, wagte der Mann, der im Moment noch Soldat 13 war, zu fragen. »Ich habe mehrere Jahre in Frankreich gelebt ...«

»Das wissen wir«, erwiderte Josefino, »aber deine Vergangenheit existiert nicht mehr, wird nie mehr existieren. Du musst ein vollkommen neuer Mensch werden.«

»Der Neue Mensch«, sagte Cicero, und Soldat 13 meinte, eine Spur von Ironie aus seiner Bemerkung herauszuhören.«»Von heute an musst du an dich selbst als Jacques Mornard denken. Von der Qualität deiner Überzeugung, dass du Jacques Mornard bist, hängt der Erfolg deiner Umwandlung, ja, mehr noch, dein Leben ab. Aber lass es ruhig angehen …«, fügte er hinzu und stand auf.

Die beiden Männer entfernten sich lächelnd, ohne sich von ihm zu verabschieden.

Die ganze Woche verbrachte Jacques Mornard mit Lesen und Nachdenken, und er genoss das Gefühl, das Josefino beschrieben hatte: Es war, als würde sein bisher leerer Körper Form annehmen und Struktur gewinnen. Wieder Eltern zu haben, einen Bruder, eine Geburtsstadt, eine Schule, in der er gelernt und Sport getrieben hatte, all das schaffte die Basis, auf der sich seine Gewohnheiten, seine alten Vorlieben – die eines Jungen aus bürgerlichem Hause – und sogar seine entferntesten Erinnerungen entwickelten. Wie jeder andere hatte er sich, zusammen mit seinem Vater und seinem Bruder, zahlreiche Fußballspiele angesehen und war Fan eines Clubs gewesen, hatte sein Lieblingscafé in Brüssel, seine Meinungen über Wallonen und Flamen, hatte Freundinnen und ein Hobby gehabt, das er zu seinem Beruf gemacht hatte: das Fotografieren. Weder war er Mitglied in einer Partei, noch hatte er feste politische Überzeugungen, aber er verabscheute den Faschismus, den er zumindest als unästhetisch empfand. Wie jeder gebildete Mensch hatte er von den Taten und dem historischen Ziel Leo Trotzkis gehört, doch der ganze Streit um ihn war Sache der Kommunisten und ging ihn nichts an. Er sprach Französisch und Englisch, beherrschte aber weder das Flämische noch das Wallonische, weil er im Ausland, das heißt, außerhalb von Belgien aufgewachsen war; auch Russisch konnte er nicht, dagegen verstand er etwas Spanisch, denn er war vor dem Krieg mehrmals in Spanien gewesen. Von seiner Familie – einer ziemlich wohlhabenden Diplomatenfamilie – erhielt er regelmäßige Geldzuwendungen, die ihm ein sorgloses, sogar verschwenderisches Leben ermöglichten. Alles in allem war er ein ganz normales Bürgersöhnchen, etwas angeberisch, unbekümmert, immer auf Vergnügungen aus.

Jacques Mornard verstand jetzt, wie wichtig die Arbeit der Psychologen gewesen war. Seinem alten Bekannten Ramón hätte es nicht gefallen, wie Jacques zu sein. Er hätte nicht einmal mit ihm befreundet sein wollen. Zwischen der intellektuellen Leichtigkeit, die er jetzt an den Tag legte, und der politischen Leidenschaft des Katalanen sowie seiner entschiedenen Ablehnung jeder Art bürgerlichen Lebens klaffte ein Abgrund, den er ohne die radikale Gehirnwäsche und die harte Ausbildung, der man ihn unterzogen hatte, unmöglich hätte überbrücken können.

Als Josefino und Cicero ihn wieder aufsuchten, hatte Jacques Mornard das Gefühl, die Hälfte seiner Kapazität erreicht zu haben. Die Arbeit, die seine neuen Ausbilder nun in Angriff nahmen, war die von Weltbaumeistern im platonischen Sinne: wahren Weltenschöpfern. Sie sprachen über Jacques Mornard, als würden sie ihn schon seit ewigen Zeiten kennen, und implantierten ihm Erinnerungen, Gedanken, Reaktionen in bestimmten Situationen, Antworten auf einfachste und komplizierteste Fragen. Es war ein langwieriger, von ständigen Wiederholungen geprägter Prozess, der manchmal unterbrochen wurde, damit sich die Informationen in Jacques' Unterbewusstsein festsetzen konnten. Danach erhielt er Unterricht von einem Fotografie-Lehrer, der ihn in die Geheimnisse der Kameras (Jacques verliebte sich in die *Leica,* lernte aber auch, mit der schweren *Speed Graphic* umzugehen, der bevorzugten Kamera der Pressefotografen), der Linsen, der Lichtmessung und der Arbeit im Fotolabor einweihte. Dann kam ein Logopäde zu ihm, der ihn mit den Redewendungen, dem eigentümlichen Tonfall und dem weichen R des Belgischen vertraut machte; dann ein Optiker, der ihm die Brille anpasste, die er von nun an tragen würde. Und wenn Jacques mit seinen intellektuellen Kräften am Ende war, ging Karmin mit ihm in den Schnee hinaus und trainierte bei zwölf, fünfzehn Grad unter null jeden Muskel seines Körpers, sodass er körperlich erschöpft in die Hütte zurückkam, aber den Kopf frei hatte und bereit war für die Sitzungen des nächsten Tages.

Als Grigorjew Ende Januar nach Malachowka zurückkehrte, war Jacques Mornard fast vollkommen. Der Mentor erzählte, es sei ihm nicht gelungen, seine Arbeit in Spanien abzuschließen, und ohne dass Jacques ihn gefragt hätte, berichtete er, die Situation dort sei verzwickter und verzweifelter, als man erwartet habe, und nichts deute auf ein baldiges Ende hin. Die Republikaner vertrauten darauf, so lange durchzuhalten, bis der Spanische Bürgerkrieg in dem bevorstehenden europäischen Krieg aufgehe und sie aktiver Teil des großen antifaschistischen Blocks würden. Ihre Situation sei demnach ähnlich der der stolzen Demokratien, die Spanien unter dem Vorwand, sich nicht in seine inneren Angelegenheiten einmischen zu wollen, den Rücken zugekehrt hätten. Das Wichtigste aber, sagte Grigorjew, sei, dass er Zeit gehabt habe, die ersten Drähte für die neue Operation zu spannen. In Kürze müsse er deshalb nach New York und Mexiko abreisen, wo er sich mit wichtigen Verbindungsleuten treffen werde. Vorher jedoch wolle er sich persönlich um seine neue Schöpfung kümmern.

Die Anwesenheit seines Mentors verlieh Jacques Mornard neuen Schwung. Der Moment, den Uterus des Trainingslagers zu verlassen, kam näher, und mit Grigorjews Hilfe wurde dem Belgier der letzte Schliff verpasst. Ein Friseur arbeitete an seinem neuen Haarschnitt, ein Schneider fertigte die notwendige Kleidung für seine Reisen in den Westen an; seinem Profil wurde die Begeisterung für Sportwagen hinzugefügt, mit deren Marken und Charakteristika er sich genauso vertraut machen musste wie mit der Geschichte des europäischen Automobilsports. Seine Kenntnisse der französischen Gastronomie und der vornehmen Tischmanieren, die er auf der Hotelfachschule in Toulouse erlangt hatte, ersparten ihm diesen Teil des Unterrichts, und so musste er nur noch seine Vorliebe für belgische Gerichte entwickeln. Auf Jacques' eigenen Vorschlag hin wurde die Schwäche für Hunde zu einem weiteren Charakterzug. Seine Lehrer hatten gegen diese frühere Leidenschaft von Ramón Mercader, die in einem entfernten, für den Verstand unerreichbaren Winkel seines Bewusstseins schlummerte, nichts einzuwenden, war sie doch mit Jacques' Persönlichkeit und Erziehung gut vereinbar. Die Labradorhunde aus seiner Kindheit hießen nicht mehr Santiago und Cuba, sondern Adam und Eva, und die Möglichkeit, Hunde zu lieben, trug dazu bei, dass sich Mornard noch wohler in seiner Haut fühlte.

Bevor Grigorjew nach Amerika abreiste, beschloss er, ein zweites Mal mit ihm nach Moskau zu fahren, wo Jacques Mornard als ein neugieriger belgischer Journalist auftrat, der das Mekka des Kommunismus besuchte. Der Berater wollte sich mit eigenen Augen von der Echtheit der neuen Persönlichkeit überzeugen, und an den Tagen, die sie gemeinsam verbrachten, stand Jacques die ganze Zeit über unter seiner Beobachtung, beantwortete die unterschiedlichsten Fragen und reagierte in Übereinstimmung mit seiner neuen Identität.

Jacques genoss seine Freiheit, wohl wissend, dass ein Auge ihn aus der Ferne beobachtete. Er verließ den Boulevard-Ring, der die vorrevolutionäre Stadt umschloss, und wagte sich in die einheitsgrauen proletarischen Viertel vor, wo seine Anwesenheit bei den wachsamen Nachbarn für Aufregung sorgte. Er wusste, dass diese Menschen, die fast alle während der schwierigen Zeit der Kollektivierung vom Land in die Stadt gekommen waren, in winzigen und schlecht beheizten Wohnungen untergebracht waren (den sogenannten *komunalkas*), manchmal sogar ohne fließendes Wasser. In abgetragene Mäntel gleichen Schnitts und gleicher Farbe gehüllt, erstanden sie das, was die unterversorgten, eintönigen Märkte an wenig abwechslungsreichen Lebensmitteln zu bieten hatten, und bekämpften die Langeweile und Erschöpfung mit unglaublichen Mengen an Wodka. Doch sie waren, wie er, Soldaten im Kampf für die Zukunft, dessen gegenwärtige Opfer die einzige Garantie für ein künftiges Leben in wirklicher Freiheit waren. Die Einwohner Moskaus (verachtet von den »richtigen« Moskowitern) und er (jawohl, er, der warme Kleidung aus dem Westen trug und sich mit Lebensmitteln ernährte, die sogar aus den Träumen jener Proletarier verschwunden waren) befanden sich auf demselben Weg, kämpften an derselben Front. Nur dass sein Handeln im Dunkeln bleiben und im gegebenen Moment grausam werden musste, während ihre Verantwortung alltäglich und bescheiden schien, aber deswegen nicht weniger wichtig war. Das war der Preis, den die Gegenwart den Menschen von heute für die leuchtende Zukunft abverlangte.

Eines Nachmittags saßen Grigorjew und Jacques Mornard auf einer Bank im kürzlich eröffneten Gorki-Park an der zugefrorenen

Moskwa und schauten den Kindern zu, die auf selbst gebauten Schlitten übers Eis rutschten, glücklich und unberührt vom Leid des Lebens.

»Für sie kämpfen wir, Jacques«, sagte Grigorjew, und in seiner Stimme lag eine tiefe Aufrichtigkeit. »Und es ist ein harter Kampf.«

»Ich weiß, deswegen bin ich ja hier. Aber mir wäre es lieb, wenn sie wüssten, dass ich einer von ihnen bin und nicht so ein Scheißkapitalist.«

Grigorjew nickte, den Blick starr auf den Fluss gerichtet.

»Stell dir ein Pferderennen vor«, sagte er nach einer Weile und kratzte sich am Kinn. »Genauso arbeiten wir … Alle laufen gleichzeitig los, aber einige gelangen schneller ans Ziel als andere. Die Beschaffenheit des Geländes, die Chancen, die Fähigkeiten jedes Einzelnen, all das beeinflusst das Rennen, doch der Befehl, den der Reiter erhält, entscheidet darüber, wer als Erster ans Ziel kommt. Und sobald dieser eine es erreicht, ist die Arbeit beendet. Wenn er es nicht schafft, zieht ein anderer vorbei.«

»Und auf welchem Platz stehe ich?«

»Du bist das Ass in meinem Ärmel, mein Junge. Du wirst immer mit mir zusammenarbeiten, direkt mit mir zusammen. Im Moment stehst du am Ende der Reihe, aber das bedeutet nicht, dass du der Letzte bist. Ich will damit sagen, du bist meine todsichere Karte, die ich erst dann ausspielen werde, wenn es unbedingt nötig ist.«

»Und warum spielst du meine Karte nicht einfach als erste aus, und fertig?«

»Aus vielerlei Gründen, die ich dir jetzt nicht erklären kann, vielleicht nie. Nimm es einfach so hin.«

Jacques Mornard nickte und zündete sich eine jener französischen Zigaretten an, die er seit Neuestem rauchte und die ihm vor ein paar Tagen Husten und Heiserkeit eingebracht hatten.

»Du wirst mein Meisterstück«, fuhr Grigorjew fort. »Für dich werde ich eine richtige Schachpartie arrangieren. Und von Beginn an werden wir an den zwanzigsten Zug denken, den dreißigsten, ans Schachmatt. Es wird eine intellektuelle Herausforderung, etwas wirklich Faszinierendes.« Der Mentor schien zu träumen, doch dann drehte er sich Jacques zu und sah ihn direkt an. »Da ist nur eine Sache, die mir Sorgen macht …«

»Mein unbedingter Gehorsam? Meine Verschwiegenheit?«

Grigorjew schüttelte den Kopf und lächelte.

»Nein … Was mir Sorgen macht, ist, ob Jacques Mornard im entscheidenden Augenblick, im Augenblick vor dem Schachmatt, nicht schwach wird. Dass Ramón und Soldat 13 nicht schwach würden, weiß ich. Aber Jacques … Unter Umständen kann diese Mission sehr schwierig werden, vielleicht musst du nicht nur töten, sondern auch sterben …«

Jacques warf die Kippe auf den Boden und dachte eine Weile nach.

»Merkwürdig«, begann er dann, »Jacques Mornard hat fast vollkommen von mir Besitz ergriffen, aber es gibt noch Bereiche, in die er nicht vordringen kann. Mein Hass und meine Wut funktionieren tadellos, und mein Glauben ist ungebrochen. Das wird sich auch nie ändern. Ich weiß, was ich tue, und ich bin stolz darauf. Ich weiß auch, dass ich diesen Stolz nie jemandem werde mitteilen können, aber genau das macht mich noch stärker. Wenn meine Stunde kommen wird, werde ich die Verkörperung des Proletariats sein, der Hass der Unterdrückten. Und ich werde es für sie tun«, er zeigte auf die spielenden Kinder. »Sei unbesorgt. Jacques ist ein armer Tropf, aber Ramón wird stets zu allem bereit sein. Auch zu sterben …«

Jacques Mornard hatte eine besondere Fähigkeit zum Umgang mit der Zeit entwickelt. Er hatte verinnerlicht, dass jede Aktion im richtigen Moment ausgeführt werden musste und der Wunsch, die Ereignisse voranzutreiben, seinem Charakter fremd war und die Mission gefährdete. Seine Zeit besaß historische Dimensionen, ging über menschliche Fristen hinaus, und sein Handeln entsprang philosophischer Notwendigkeit. Viele Jahre später sollte er sich fragen, ob diese Fähigkeit, die ihn vor Stillstand und täglicher Langeweile bewahrte, ihm nicht in der weisen Voraussicht eingeimpft worden war, dass sie ihm von Nutzen sein würde, um die langen Jahre der Zwangsisolation schweigend und geduldig zu ertragen.

Seit Grigorjew abgereist und Jacques zur täglichen Routine der

Basis von Malachowka zurückgekehrt war, ohne genau zu wissen, wie viele Wochen oder Monate er noch auf seinen Marschbefehl warten musste, vertiefte er sich in die Aufgabe, die sichtbaren und auch verborgenen Ecken und Kanten seiner neuen Identität zu schleifen. Zusammen mit Cicero und Josefino unternahm er lange Waldspaziergänge, auf denen er die Geschichte seiner Familie und seines eigenen Lebens immer wieder durchging und sich mit der Leica auf die Suche nach interessanten Motiven, ausdrucksstarken Lichtverhältnissen und gewagten Einstellungen machte. Er widmete viele Stunden der Zeitungslektüre und dem Studieren von belgischen Stadtplänen und Reiseführern, bis er sich in der Lage fühlte, durch Brüssel oder Lüttich zu gehen, ohne sich zu verlaufen. Er informierte sich über die verworrene politische Situation in Frankreich und studierte die jüngste Geschichte Mexikos. Jene Wochen, die ihn früher zur Verzweiflung getrieben hätten, flossen für ihn nun friedlich und ohne große Probleme dahin.

In den französischen Zeitungen, die man ihm brachte, hatte er gelesen, dass die sowjetische Staatsanwaltschaft Untersuchungen gegen einundzwanzig ehemalige Parteimitglieder und Beamte eingeleitet hatte. Die Beschuldigungen reichten von antibolschewistischen Aktivitäten über Landesverrat bis hin zu Mord. Die bekanntesten Namen waren Nikolaj Bucharin und Alexej Rykow, ehemalige Anführer der rechten Opposition gegen die Partei, Genrich Jagoda, entlassener Kommissar für Innere Angelegenheiten, der die Ermittlungen für die Prozesse von 1936 und 1937 geleitet hatte, und Christian Rakowski, einer der verbohrtesten Trotzkisten. Ebenfalls auf der Anklagebank sitzen würden Botschafter und sogar Ärzte wie Dr. Lewin, Leibarzt von Lenin und Stalin seit dem Sieg der Revolution, der beschuldigt wurde, unter anderem Gorki und seinen Sohn Max im Auftrag Jagodas vergiftet zu haben. Das ganze Land wusste, dass die Angeklagten seit mehreren Monaten in Untersuchungshaft saßen und ihr Prozess unmittelbar bevorstand. Jacques Mornard war entsetzt über die Verbrechen jener Männer, die, so wie die 1936 und 1937 Verurteilten, die Existenz des Staates in Gefahr gebracht hatten, in dem sie die höchsten Ämter innegehabt und gegen den sie, laut Zeitungsberichten, vom Beginn des revolutionären Prozesses an gearbeitet hatten. Sie alle hatten sich mit dem Opportunisten Trotzki verbündet und waren die Drahtzieher der heimtückischsten Verschwörung, des ungeheuersten Verrates.

Doch eine Nachricht überraschte ihn noch mehr als die Ankündigung des Prozesses: In den Zeitungen wurde der Tod von Lew Sedow in Paris gemeldet, Trotzkis Sohn und engstem Mitarbeiter, und es war die Rede von merkwürdigen Umständen des Vorfalls, der von der Pariser Polizei untersucht wurde. Jacques Mornard war überzeugt davon, dass jener Tod, ausgerechnet jetzt, da die Maschinerie zur Vernichtung des Verräters Trotzki in Gang gesetzt worden war, kein Werk des Zufalls oder der Natur sein konnte, und als Grigorjew endlich nach Malachowka zurückkehrte, versuchte er, eine Bestätigung für seinen Verdacht zu bekommen.

»Glaubst du, das waren wir?«, seufzte Grigorjew und ließ sich erschöpft in einen der Sessel fallen.

»Alles andere wäre höchst seltsam, würde ich sagen.«

»Ja, das wäre in der Tat seltsam. Aber Zufälle gibt es immer wieder, mein lieber Jacques, und nach einer Operation kommt es häufig zu Komplikationen … Warum sollten wir es riskieren, diesen armen Teufel umzubringen, der ohne Geldmittel in Paris gelebt hat und schon so gut wie tot war, immer auf der Suche nach Anhängern, die es nicht mehr gibt? Um den Alten auf den Plan zu rufen und uns die Sache noch mehr zu erschweren?«

Jacques dachte einen Augenblick nach und wagte dann, eine Frage zu stellen, die die Weltenschöpfer nicht aus seinem Kopf hatten verbannen können: »Und warum hat man Andreu Nin umgebracht?«

»Weil er ein Verräter war, das weißt du ganz genau«, antwortete Grigorjew wie nebenbei.

»Nicht, weil er nicht geredet hat?«

Der andere lächelte, jetzt etwas unwillig. Man sah ihm an, dass er müde war. »Vergiss es … Los, pack deine Sachen zusammen, wir fahren nach Moskau.«

Die Wohnung, in der sie untergebracht waren, lag in der Grocholski-Straße, gleich neben dem Platz der drei Bahnhöfe, in unmittelbarer

Nähe des Botanischen Gartens. Sie befand sich in einer dreistöckigen alten Villa eines Teeexporteurs, dessen Familie durch die Strapazen des neuen Lebens dezimiert worden war und nun im Erdgeschoss hauste. Nachdem Grigorjew und Jacques sich im zweiten Stock in einer Wohnung mit eigenem Bad eingerichtet hatten, teilte der Mentor seinem Schüler mit, dass sie in einigen Tagen nach Paris abreisen würden.

Am 2. März hörte Jacques im Radio die Nachricht von der Eröffnung des ersten Prozesstages im Militärkollegium des Obersten Gerichtshofes der Sowjetunion. Den Berichten zufolge befanden sich rund fünfhundert Personen im Sitzungssaal. Im Mittelpunkt des Interesses stand der gealterte, stammelnde Bucharin. Staatsanwalt Vischinski verlas die Anklageschrift, deren Inhalt bereits allen bekannt war: Die Angeklagten, Verbündete des abwesenden Lew Dawidowitsch Trotzki und seines verstorbenen Sohnes und Stellvertreters Lew Sedow, seien nicht nur Mörder, Terroristen und Spione, hieß es dort, sondern sie hätten auch seit Beginn der Revolution oder schon vorher als konterrevolutionäre Agenten gearbeitet. Bereits 1918 hätten Trotzki und seine Komplizen geplant, Lenin und danach Stalin und Swerdlow, den ersten Präsidenten der Sowjetunion, zu ermorden. Die Staatsanwaltschaft verfüge über eidesstattliche Versicherungen, die bewiesen, dass Trotzki seit 1921 als deutscher Agent und seit 1926 als Agent für den britischen Geheimdienst gearbeitet habe, genauso wie einige seiner hier anwesenden Mitverschwörer. Auf dem Tiefpunkt seines gemeinen Verrats habe er Informationen an die polnischen Geheimdienste verkauft und, zusammen mit einigen der Angeklagten, geplant, sowjetische Staatsbürger zu vergiften, was glücklicherweise von den wachsamen Agenten des NKWD verhindert worden sei.

Da Grigorjew ohne weitere Erklärungen kam und ging, wie es ihm beliebte, beschloss Jacques, die Zeit für lange Spaziergänge durch Moskau zu nutzen. Überall traf er auf eine erschütterte und empörte Bevölkerung. In den Tagen schrecklicher Enthüllungen schienen sich die Leute weniger über die schlechte Qualität des Brotes oder das Fehlen von Schuhen aufzuregen, sondern waren froh darüber, dass es ihren Führern gelungen war, eine weitere Verschwörung aufzudecken, und dass sie harte Strafen ankündigten. Die Entrüstung des Volkes wuchs in dem Maße, in dem die Beschuldigten sich selbst immer haarsträubenderer Verbrechen bezichtigten, und erreichte ihren Höhepunkt, als Bucharin die Ungeheuerlichkeit seiner Verbrechen zugab und sich politisch und strafrechtlich für schuldig erklärte, den Defätismus befördert und Sabotageakte geplant zu haben (obwohl er persönlich an keiner Vorbereitung irgendeiner konkreten Aktion und an keinem jener terroristischen Sabotageakte beteiligt gewesen sei, stellte er klar). Und er beendete seine Verteidigungsrede auf eine Weise, wie es nur ein Verräter tun konnte: »Vor der Partei und dem Land kniend«, sagte er, »erwarte ich euer Urteil.« Jacques stellte fest, dass Bucharins Erklärung eine Vielzahl gegenwärtiger und vergangener Schlechtigkeiten enthielt, völlig unbegreiflich bei einem Mann, der sich bis vor zwei Jahren in den obersten Sphären der Partei bewegt hatte. Doch am selben Abend, auf der Straße, in den Bierschenken, in der Untergrundbahn, in den Warteschlangen und unter den Betrunkenen, die sich in dem schmutzigen Dreieck der drei Bahnhöfe herumtrieben, hörte Jacques immer wieder dieselben Worte: »Bucharin hat gestanden« und »Jetzt werden sie ihn erschießen«.

Als Grigorjew am nächsten Morgen verkündete, er habe ein Geschenk für ihn, glaubte Jacques, der Moment seines Einsatzes sei gekommen.

»Heute sehen wir uns den Prozess an«, sagte sein Mentor zu seiner größten Überraschung, und dann fügte er hinzu: »Jagoda wird vernommen.«

Es war kurz nach acht, als sie an der Metrostation Ochotny Riad ausstiegen und sich in das Haus der Gewerkschaften begaben. Auf dem Theaterplatz, auf dem sich auch das Bolschoi-Theater erhob, fand gegenüber dem Hotel Metropol eine Demonstration statt. Auf Plakaten forderte die Menschenmenge den Tod der »antibolschewistischen und trotzkistischen« Verräter. Die Empörung war groß, aber es herrschte kein Chaos, und nach einer Weile stellte Jacques fest, dass die Gruppen nach Gewerkschaften, Fabriken und Schulen geordnet waren und die Parolen aus den Redaktionsstuben der *Prawda* stammten.

Es gelang ihnen, sich durch den Kordon aus Milizionären am Beginn der Puschkinskaja ihren Weg zu dem Gebäude zu bahnen, in dem sich vor der Oktoberrevolution die vergnügungssüchtige russische Aristokratie zerstreut hatte. Sie gingen die breite Treppe hinauf, eine Verschwendung aus Marmor, Bronze und Glas, und begaben sich zu dem historischen Säulensaal, in dem die Genies der russischen Musik und die großen Tänzer des vorangegangenen Jahrhunderts ihre Kunst zum Besten gegeben hatten. Dank der Revolution war das Gebäude, wie das ganze Land, einer anderen Bestimmung zugeführt worden. Hier hatten die Bolschewisten viele ihrer revolutionären Reden gehalten, und zwischen den achtundzwanzig mit Marmor verkleideten Holzsäulen, die dem Saal seinen Namen gegeben hatten, war Lenins Leichnam aufgebahrt worden, bevor man ihn in das erste Mausoleum Russlands gebracht hatte, wo er nun ruhte. Hier waren auch die Prozesse von August 1936 und Februar 1937 abgehalten worden, mit denen die schmerzhaften, aber notwendigen Säuberungen begonnen hatten zum Wohle der Partei, des Staates und der Regierung, die in ihrer Entschlossenheit, die Neue Geschichte zu begründen, nicht einmal halt vor der bisherigen Geschichte machte.

Voller Ehrfurcht setzte sich Jacques auf den Platz, den Grigorjew ihm zuwies. Hohe Parteifunktionäre, Führer des Komsomol, Vertreter der Komintern, ausländische Diplomaten und akkreditierte Journalisten füllten den Saal bis auf den letzten Platz, als um Punkt neun Uhr Richter, Staatsanwälte und schließlich die Angeklagten mit ihren Anwälten den Saal betraten, in dem eine unheilvolle, gespannte Atmosphäre herrschte.

Jacques Mornard beugte sich zu seinem Mentor hinüber und flüsterte ihm ins Ohr: »Kommt heute der Genosse Stalin?«

»Er hat Wichtigeres zu tun, als seine Zeit damit zu vergeuden, sich die Geständnisse dieser verräterischen Hunde anzuhören«, zischte Grigorjew ihm zu.

Als Vischinski Genrich Jagoda aufrief, ging ein Murmeln durch die Menge. Jacques Mornard sah, wie ein eher kleiner Mann aufstand, fast kahl, mit einem Hitlerbärtchen, das ihm das Aussehen eines Frettchens verlieh. Es war schwierig, in jenem Menschen, der seine Hände nicht unter Kontrolle halten konnte, jenen mächtigen Mann wiederzuerkennen, der jahrelang über Leben und Tod so vieler Bürger entschieden und hinter dem sich die ganze Zeit über ein Verräter verborgen hatte.

»Bist du bereit, die Verbrechen zu gestehen, derer man dich anklagt, Genrich Jagoda?«, fragte Vischinski ostentativ dem Publikum zugewandt.

»Ja«, sagte der Angeklagte ohne Zögern und machte eine Pause, bevor er fortfuhr: »Ich will gestehen, weil ich die Ruchlosigkeit der Taten erkannt habe, die ich und die anderen Angeklagten begangen haben, und weil ich glaube, dass wir das Gewissen der Welt von derart schrecklichen Verbrechen befreien müssen. Mit meinem Geständnis möchte ich den sowjetischen Genossen einen Dienst erweisen und die Welt wissen lassen, dass die Partei immer recht hat und wir, die wir uns außerhalb des Gesetzes gestellt haben, im Irrtum waren.«

Zufrieden mit dieser Erklärung, begann Vischinski das Verhör. Seine Fragen waren von Ironie und Spott gefärbt, und jede Antwort Jagodas rief ein Raunen und bisweilen auch Rufe der Entrüstung im Saal hervor. Jacques Mornard, den das Verhalten der Russen immer wieder überraschte, bemerkte die Theatralik, die in den Worten und Gesten der handelnden Personen und sogar in der Inszenierung lag. Das Ganze erinnerte ihn an die Szenarios von Marionettentheatern in südfranzösischen Städten, in denen mit der üblichen Gespreiztheit die unerschöpflichen Geschichten von Robert dem Teufel, von Roland und den Rittern der Tafelrunde erzählt wurden.

Jagoda gestand, konspiriert und, in Zusammenarbeit mit den deutschen, englischen und japanischen Geheimdiensten, einen Staatsstreich vorbereitet zu haben; er räumte ein, an einem trotzkistischen Komplott gegen Stalins Leben, an Vergiftungen und am Mord an Maxim Gorki beteiligt gewesen zu sein; er gab zu, die Wiederherstellung der Bourgeoisie in Russland geplant und, auf Trotzkis Befehl hin, Gewaltakte begangen zu haben, um Unsicherheit und Unzufriedenheit im Land zu verbreiten. Doch als Vischinski, mehr als zufrieden mit der reichen Ausbeute, ihn nach seiner Rolle im Mord an Gorkis Sohn Max fragte, antwortete Jagoda nicht. Vischinski forderte ihn auf zu antworten, aber der Angeklagte schwieg beharrlich. Die Spannung stieg, und die Stimme des Staatsanwaltes hallte in dem Säulensaal wider, als er ihn anschrie, er solle sich zu seiner Rolle im Mord an Max bekennen. Von seinem Platz aus sah Jacques, dass Jagodas Hände unkontrolliert zitterten. Der Beschuldigte sah zum Richtertisch hin und sagte mit kaum hörbarer Stimme, dass er nicht am Mord an Gorkis Sohn beteiligt gewesen sei, und in fast flehendem Ton fügte er hinzu: »Ich gestehe, dass ich während der Vernehmung gelogen habe. Ich habe keines der Verbrechen begangen, die mir zur Last gelegt werden und zu denen ich mich fälschlicherweise bekannt habe. Ich bitte Sie, Genosse Staatsanwalt, mich nicht nach den Motiven für mein Lügen zu fragen. Ich war der Sowjetunion, der Partei und dem Genossen Stalin immer treu ergeben, und als Kommunist kann ich mich nicht selbst Verbrechen bezichtigen, die ich nicht begangen habe.«

Jacques Mornard begriff, dass soeben etwas Unfassbares geschehen war. Die Gesichter des Staatsanwaltes, der Richter, der Beisitzer und sogar der anderen Angeklagten drückten grenzenloses Erstaunen aus, und in der für das Publikum reservierten Zone war überraschtes, ungläubiges, entrüstetes Murmeln zu hören. Da erhob sich die Stimme des vorsitzenden Richters über das allgemeine Stimmengewirr und unterbrach die Sitzung bis zum Nachmittag.

»Jetzt wirds interessant!«, rief Grigorjew aufgeregt. »Lass uns etwas essen gehen. Ich verspreche dir, heute Nachmittag erlebst du etwas, das du nie vergessen wirst!«

Als sie zurückkamen, sah Jacques Mornard einen Jagoda in den Gerichtssaal kommen, der in knapp fünf Stunden um zehn Jahre gealtert schien. Auf Anordnung des Richters erhob sich der Angeklagte mühsam. Sein Blick war der eines Toten.

»Hält der Angeklagte seine Aussage von heute Morgen aufrecht?«, fragte der Richter, und Jagoda schüttelte den Kopf.

»Ich bekenne mich aller Verbrechen schuldig, die man mir zur Last legt«, sagte er und musste eine lange Pause machen, bis der Beifall, die Pfiffe und die Schreie (»Tod für den verräterischen Hund!«) aus dem Publikum vom Hämmerchen des Richters beendet wurden.

Dann erst konnte er fortfahren: »Ich glaube, es ist nicht nötig, dass ich die Liste meiner Vergehen wiederhole. Ich leugne die Schwere meiner Taten nicht, aber da ich weiß, dass die sowjetischen Gesetze keine Rache kennen, möchte ich um Gnade bitten. Ich wende mich an euch, Genossen Richter, an euch, Genossen Tschekisten, und an dich, Genosse Stalin, und rufe euch zu: Verzeiht mir!«

»Nein! Für dich gibt es kein Verzeihen und keine Gnade!«, schrie Vischinski, ohne seine Genugtuung und seinen Hass verbergen zu können. »Du wirst sterben wie ein Hund! Ihr alle werdet sterben wie Hunde!«

Grigorjew stieß Jacques, der blass geworden war, mit dem Ellbogen in die Seite und stand auf.

»Hier gibt es nichts mehr zu sehen«, sagte er, als sie den Saal verließen.

Jacques Mornard war verwirrt. Es fiel ihm schwer, in Jagodas so gegensätzlichen Aussagen eine Logik zu entdecken. Grigorjew bat ihren Chauffeur, sie direkt zur Wohnung zu fahren. Als sie ausstiegen, wies er ihn an, ihn in ein paar Stunden wieder abzuholen. Doch anstatt in die Wohnung hinaufzugehen, traten sie auf den Innenhof des Hauses hinaus, über den sie, immer noch schweigend, auf eine Straße gelangten, die zu dem belebten Platz der Drei Stationen führte. Grigorjew steuerte direkt auf die Metrostation Leningrad zu, und mit Einsatz ihrer Ellbogen kämpften sie sich in das einzige Lokal vor, in dem alkoholische Getränke ausgeschenkt wurden. Grigorjew bestellte zwei Bier.

»Na, wie fandest du das?«

Jacques Mornard erkannte gleich, wie verfänglich diese Frage war, und er wusste, dass seine Antwort über seine Zukunft entscheiden konnte.

»Soll ich dir die Wahrheit sagen?«

»Ich erwarte die Wahrheit«, sagte Grigorjew, holte ein Fläschchen aus der Tasche und goss sich einen Schuss Wodka in sein Bier.

»Jagoda hat nicht freiwillig gestanden«, erklärte Jacques. »Alles klang nach Theater.«

Sein Mentor sah ihn nachdenklich an, trank einen großen Schluck *jorsch* und schüttete, ohne seinen Blick von Jacques' Augen abzuwenden, mehr als die Hälfte der *tschekuschka* in seinen Krug.

»Jagoda kennt alle vorhandenen Methoden, um jemanden zu einem Geständnis zu zwingen«, sagte er. »Viele davon hat er sich selbst ausgedacht, und ich kann dir versichern, er war sehr kreativ. Natürlich hat man einige schon vor dem Prozess bei ihm angewendet. Hast du nicht gesehen, wie locker sein Gebiss saß? Wer weiß, wem es früher gehört hat ... Aber der arme Kerl hat in seinem Wahn geglaubt, er könnte widerstehen ... Vor drei Tagen hat Krestinski dasselbe geglaubt, und am Ende hat er alles gestanden ... Jeschow hat keine drei Stunden gebraucht, um Jagoda davon zu überzeugen, dass man nicht widerstehen kann, wenn man sich etwas hat zuschulden kommen lassen. Nur absolute Unschuld kann dich retten, und auch dann sind noch viele Unschuldige bereit, die Kreuzigung Christi zu gestehen, nur damit man sie in Ruhe lässt und so schnell wie möglich tötet.«

»Willst du damit sagen, Jagoda hat all das getan, was der Staatsanwalt gesagt hat?«

»Ich weiß nicht, ob alles, oder fast alles oder nur etwas, aber eins steht fest: Er ist schuldig. Das hat ihn geschwächt. Und wenn man geschwächt ist, kann man sich den ... Bemühungen meiner Kollegen nicht entziehen. Heute war ein Glückstag für dich, Jacques. Ich wollte dir zeigen, wie jemand sich erniedrigt, aber du hattest das Privileg, zu sehen, wie jemand zusammenbricht und untergeht. Ich hoffe, du hast die Lektion gelernt: Niemand widersteht! Nicht einmal Jagoda. Und auch Jeschow wird nicht widerstehen, wenn er an die Reihe kommt.«

Jacques gab sich einen Ruck und kippte fast den ganzen Inhalt seines Kruges hinunter. Er fühlte, wie seine Lungen sich verengten und ihn zu ersticken drohten, bis seine Nasenhöhlen schnaubten wie eine anfahrende Lokomotive. Er musste ein paar Sekunden warten, bis er wieder Luft bekam. Grigorjew hatte ihn auf eine harte Probe gestellt, aber jetzt wusste er, dass der Alkohol den Vorteil hatte, den Gestank der Umgebung aus seiner Nase zu vertreiben.

»Erzählst du mir jetzt, was mit Andreu Nin passiert ist?«, fragte er, als er endlich wieder sprechen konnte.

Grigorjew schüttelte lächelnd den Kopf.

»Du lässt wirklich nicht locker ... Was soll ich dir sagen? Der Katalane war so verrückt, nicht zu gestehen. Irgendwann hatten alle die Schnauze voll und ...«

»Ich wusste gleich, dass er nicht gestehen würde«, sagte Jacques und hielt Grigorjew den Krug hin. Sein Mentor schüttete ihm Wodka nach. »Auch dann nicht, wenn man ihn in Wodka ersäuft hätte ...«

15

In der letzten Novemberwoche und im Dezember 1977 hatte ich sechs Mal eine Verabredung mit dem Mann, der Hunde liebte. Gegen Jahresende zogen zwei oder drei Kaltfronten heran, die sich über dem Golf von Mexiko abschwächten und der Insel nur etwas lauen Nieselregen bescherten, dazu einen unruhigen Seegang, der die friedliche Kulisse unserer Gespräche störte. Angelockt von den letzten Worten des Mannes, lief ich von der Arbeit gleich an den Strand, denn ich konnte an nichts anderes mehr denken als an unser nächstes Treffen. Ich war ganz besessen davon, die Fortsetzung der Geschichte zu hören, in der jede Wendung eine längst begrabene Vergangenheit enthüllte, eine Wahrheit, die weder ich noch die Menschen, die ich kannte, für möglich gehalten hätten. Was ich hörte, zusammen mit dem, was ich inzwischen gelesen hatte, verstörte mich zutiefst, und es überkam mich eine irrationale Angst, ohne dass mein Wissensdurst gelöscht worden wäre.

Seit der Mann angefangen hatte, den Weg seines Freundes Ramón Mercader seit seiner Kindheit und Jugend in Barcelona zu skizzieren, öffneten sich mir nach und nach die Tore zu einer Welt, von deren Existenz ich mit meiner klaren Unterscheidung zwischen Gut und Böse bis zu diesem Moment nur eine vage Vorstellung gehabt hatte. Zu einer Welt, deren Einzelheiten und Zwischentöne mir unbekannt gewesen waren: Bekenntnisse eines aufrichtigen und verzehrenden Glaubens, vermischt mit Intrigen, schmutzigen Spielen, Lügen, die immer für wahr gehalten, und Wahrheiten, die nie in Zweifel gezogen worden waren, erhellten meine Naivität und meine Unwissenheit. Je weiter López in seiner Geschichte voranschritt, desto häufiger war ich versucht, ihm zu widersprechen, ihn anzuschreien, das könne nicht wahr sein; doch ich beherrschte mich und begnügte mich mit der einen oder anderen Frage, wenn meine Glaubensbereitschaft und mein Fassungsvermögen auf eine zu harte Probe gestellt wurden. Dann lauschte ich wieder einer Erzählung, die viele meiner Überzeugungen zunichtemachte und so manche Vorstellung zurechtrückte, die man mir eingetrichtert hatte.

Seit unserem zweiten Treffen beschlich mich die Gewissheit, dass etwas nicht stimmen konnte in dem Bericht des Mannes, der Hunde liebte. Auch wenn ich jenes abgrundtiefe Misstrauen noch nicht entwickelt hatte, das sich im Laufe unserer Unterhaltungen einstellen sollte (jener Hang zum Argwohn, der Raquelita und meinen Freunden so sehr auf die Nerven ging und mich fast automatisch dazu trieb, jede auch nur im Geringsten unwahrscheinlich klingende Geschichte als unmöglich oder als Lüge zu bezeichnen), glaubte ich doch in dem Gehörten eine beunruhigende, allgegenwärtige Unlogik zu erkennen. Es kam mir der Gedanke, ob nicht einige Episoden der Geschichte Ramóns von seinem Freund und Erzähler Jaime López erfunden worden waren. Doch erst Mitte Dezember, am Ende unserer dritten Unterhaltung, entdeckte ich den deutlichen Riss, durch den sich die Logik davongeschlichen hatte: Wie war es möglich, dass López so genau über das Leben und die Gefühle seines Freundes Bescheid wusste? So detailliert sich der desillusionierte Ramón Mercader während ihrer Gespräche in Moskau, rund zehn Jahre zuvor, nachdem sie sich so lange nicht gesehen hatten, auch geäußert und seinen alten Freund Jaime López in die unglaublichsten Kapriolen seines Lebens eingeweiht haben mochte, schien das vom Erzähler ausgebreitete Wissen doch zweifellos übertrieben zu sein und konnte nur auf zwei Ursachen beruhen. Die erste geisterte bereits seit Beginn unserer Bekanntschaft in meinem Kopf herum: López war ein gerissener Fabulierer und malte seinen Bericht mit bunten Pinselstrichen aus. Die zweite Ursache durchzuckte mich wie ein Blitz, als ich nach unserem dritten Treffen im Bus nach Havanna zurückfuhr: War Jaime López am Ende selbst Ramón Mercader? Konnte es sein, dass jenes gespenstische Wesen, der gesichtslose Protagonist einer von Schrecken heimgesuchten Vergangenheit, noch lebte, verkrochen in einem von der Geschichte vergessenen Winkel? Die einzig mögliche Antwort auf diese Fragen war ein klares Nein, doch der Keim des Zweifels war auf fruchtbaren Boden gefallen: Wenn der Mann, der Hunde liebte, tatsächlich Ramón Mercader war, was zum Teufel machte er dann in Kuba? Warum, verdammt noch mal, erzählte er ausgerechnet *mir* seine Geschichte? Was, Himmel, Arsch und Zwirn, sollte das ganze Theater mit Jaime López und seinem Geheimnis?

Einer der Gründe für meine Zweifel an der Rolle, die Jaime López in der Geschichte spielte, war die Tatsache, dass ich inzwischen einige Schlüssel in der Hand hielt, über die ich zu Beginn unserer Bekanntschaft noch nicht verfügt hatte. Nach dem zweiten verabredeten Treffen nämlich, als ich bereits ahnte, worauf die Geschichte hinauslief, beschloss ich, meinen Freund Dany in den Büros des Verlags aufzusuchen, in dem er als »Fachmann für Werbung und Vertrieb« zu arbeiten begonnen hatte. Es war nicht sein Traumjob, aber er hatte ihn in der Hoffnung auf den begehrten Posten des Verlegers angenommen, auf den er größere Chancen haben würde, wenn er bereits in der Verlagsverwaltung arbeitete.

Da Daniel in dieser Geschichte schon einmal kurz aufgetaucht ist und noch in anderen Zusammenhängen eine Rolle spielen wird, möchte ich etwas über diesen Freund sagen, der in gewisser Weise mein einziger literarischer Schüler gewesen war, wenn man das so nennen kann. Dany hatte sich an der Universität für Literatur eingeschrieben, als ich das letzte Jahr meines Journalistenstudiums absolvierte. Auf Empfehlung seines Nachbarn, eines Cousins von mir, kam er eines Tages zu mir nach Víbora Park, in der immer gefährlichen Absicht, sich ein paar Bücher von mir auszuleihen, die er für seine Seminare brauchte. Gegen jede Logik lieh ich sie ihm, und er strapazierte die Logik noch mehr und gab sie mir nach den Prüfungen zurück. So begannen also seine Besuche, die normalerweise samstagnachmittags stattfanden, und von der Pflichtlektüre gingen wir zu Romanen über, die ich ihm empfahl und mit deren Hilfe er seinen Mangel an literarischer Bildung zu beheben begann. Dany betrachtete mich damals als eine Art Guru, nur weil er ein absoluter, wenn auch intelligenter Ignorant und ich fünf Jahre älter war, mit einem Vorsprung von mehreren Kilometern Lektüre und, vor allem, mit einem bereits veröffentlichten Erzählband. Weder Dany noch ich hätten es uns damals träumen lassen, dass aus diesem Bücher verschlingenden Ungeheuer, das vor dem Studium jede Stunde seines Lebens damit verbracht hatte, Baseball zu spielen, und jetzt wie ein Besessener las, irgendwann einmal ein Schriftsteller werden würde, sogar ein geistreicher und angesehener Schriftsteller – was mehr als annehmbar und um einiges weniger als brillant bedeutet –, der über größere literarische Möglichkeiten zu verfügen schien, als er in seinen veröffentlichten Büchern je erreichte.

Obwohl wir uns zu der Zeit meiner Unterhaltungen mit López nur selten sahen, war Dany nicht erstaunt, als ich an seinem Arbeitsplatz in der alten Villa im Vedado auftauchte. Was ihn aber geradezu umhaute, war der Grund, der mich zu ihm geführt hatte: Ich brauchte eine Biografie über Trotzki, und unter den Leuten, die ich kannte, war er der Einzige, der mir so etwas besorgen konnte. Bevor Dany sich von der Überraschung über mein Anliegen erholt hatte, erklärte ich ihm, dass es in der Nationalbibliothek und der Universitätsbibliothek lediglich einige Bücher über Trotzki gebe, die der Verlag *Progreso* in Moskau veröffentlicht hatte. Darin waren die Autoren bestrebt, jede Handlung, jeden Gedanken, ja, sogar jede Geste zu diskreditieren, die jener Mann in seinem Leben und sogar noch im Tod getan oder gehabt hatte. »Falscher Prophet«, »Renegat«, »Volksfeind« nannten sie ihn, und immer waren es gleich mehrere Autoren, so als könnte ein Einzelner die Last so vieler Anschuldigungen nicht alleine tragen. Mich aber interessierte etwas anderes als jene massive Propaganda, die so plump war, dass sie einen förmlich dazu zwang, an ihrer Richtigkeit zu zweifeln. Und wenn irgendjemand das Material besaß, das ich brauchte, dann war es der Onkel von Elisa, Danys Frau, ein alter Journalist und Kommunist, der schon in den Vierzigerjahren aktiv gewesen war. In den turbulenten Sechzigern hatte er sogar mehrere Wochen im Gefängnis gesessen, zusammen mit einer Gruppe trotzkistischer Sympathisanten, mit denen er persönliche und, wie erzählt wurde, auch philosophische Beziehungen unterhielt.

Jetzt müssen wir uns in Erinnerung rufen, dass wir uns im Jahre 1977 befanden, auf dem Höhepunkt der imperialen Größe der Sowjetunion und dem Gipfel ihrer philosophischen und propagandistischen Unbeweglichkeit, und dass wir in einem Land lebten, das nicht nur ihr Wirtschaftssystem, sondern auch ihre sehr orthodoxe politische Orthodoxie übernommen hatte. Bedenkt man diese wichtigen Prämissen, so hat man eine sehr genaue Vorstellung von der gähnenden Leere, die in den Bibliotheken, den Medien und sogar in den Gedanken herrschte, was alle Themen betraf, auf die der geliebte sowjetische Bruder allergisch reagierte. Auch kann man sich die Panik vorstellen, die die bloße Erwähnung einer solchen eisigen Angelegenheit hervorrief – und Trotzki war die personifizierte Eiszeit, die potenzierte ideologische Verruchtheit. Daraus, so glaube ich, wird Daniels Antwort verständlich.

»Was, zum Teufel, redest du da?«, fuhr er auf, als er begriffen hatte, worum es mir ging, um dann mit leiser Stimme und besorgtem Blick hinzuzufügen: »Bist du verrückt geworden, Alter? Säufst du wieder, oder was ist los, verdammt noch mal?«

In jenen Jahren hatte niemand, jedenfalls niemand, den ich kannte, ein erklärtes Interesse an Trotzki oder dem Trotzkismus, unter anderem, weil ein solches Interesse – wenn es überhaupt jemanden überkam (oder wieder überkam) und er auch noch so verrückt war, es zu äußern – dem Betreffenden nichts als Schwierigkeiten einbringen konnte. Wenn es einen stigmatisieren und sogar eine Verurteilung einbringen konnte, westliche Musik zu hören, an irgendeinen Gott zu glauben, Yoga zu praktizieren, bestimmte Bücher zu lesen, die als ideologisch schädlich betrachtet wurden, oder irgendeine Scheißerzählung über irgendeinen armen Kerl zu schreiben, der Angst hat, dann konnte man gleich einen Strick nehmen und sich aufhängen, wenn man sich mit dem Trotzkismus beschäftigte; was vor allem für diejenigen galt, die sich in der Welt der Kultur, der Erziehung und der Sozialwissenschaften bewegten. (Später sollte ich erfahren, dass nur ein paar Emigranten aus Uruguay und Chile, die zu der Zeit auf der Insel lebten, sich, wenn auch nur hinter vorgehaltener Hand, trauten, einigermaßen kenntnisreich über das Thema zu sprechen.) Daher die heftige Reaktion meines Freundes.

»Erzähl keinen Scheiß, Dany«, erwiderte ich, als er sich wieder beruhigt hatte. »Ich hab wirklich nicht vor, Trotzkist zu werden. Ich will nur wissen ... w-i-s-s-e-n, verstehst du? Oder ist *wissen* jetzt auch verboten?«

»Aber du *weißt* doch, dass Trotzki tabu ist!«

»Mein Problem ... Besorg mir eins von den Büchern von Elisas Onkel, und geh mir nicht auf die Nerven. Ich werd keinem erzählen, woher ich es habe ...«

Trotz seiner Proteste wusste ich, dass ich Danys Neugier geweckt hatte. Und wirklich, schneller, als ich erwartet hatte (bedenkt man, wie wenig eng seine Beziehung zu dem ehemaligen Trotzkisten war), beschaffte er mir die Trotzki-Biografie eines Autors, von dem ich noch nie gehört hatte: die Trilogie *Der bewaffnete Prophet, Der entwaffnete Prophet* und *Der verstoßene Prophet* von Isaac Deutscher, veröffentlicht Ende der Sechzigerjahre in Mexiko. An dem Morgen, als er mir die drei Bände vorbeibrachte und mich hoch und heilig versprechen ließ, ihm die Bücher so bald wie möglich wieder zurückzugeben, ging ich zu meiner Arbeitsstelle und nahm für den Rest des Monats Urlaub. Neben meinen Busfahrten zum Strand in jenen Tagen erinnere ich mich noch genau an die Besessenheit, mit der ich die umfangreiche Biografie des Revolutionärs namens Lew Dawidowitsch Bronstein, genannt Trotzki, verschlang. Ich stellte fest, wie gewaltig meine Wissenslücken in Bezug auf die historischen Wahrheiten (Wahrheiten?) der Momente und Ereignisse war, die jener Mann erlebt hatte. Es waren zutiefst russische Momente und Ereignisse, angefangen bei der Oktoberrevolution (ich habe nie verstanden, was in Petrograd an jenem 7. November, eigentlich am 25. Oktober, geschehen war und warum ein Winterpalast gestürmt wurde, den danach niemand verteidigen wollte und der automatisch zum Symbol des Sieges der Revolution wurde und die Bolschewiken an die Macht brachte) bis hin zu den merkwürdigen innerparteilichen Machtkämpfen (wobei offenbar nur Stalin bereit gewesen war, die Macht zu ergreifen) und einigen fast totgeschwiegenen Prozessen in Moskau (die für uns nie stattgefunden hatten), in denen die Angeklagten ihre schlimmsten Ankläger gewesen waren. Am Ende all dieser Demonstrationen der »russischen Seele« (wenn wir etwas nicht verstehen, liegt es immer an dieser russischen Seele) stand der Mord an dem ehemaligen Kommunistenführer, etwas, das in den sowjetischen Büchern über ihn nicht vorkam, denn anscheinend war Trotzki (vielleicht, weil er Ukrainer war und kein Russe) an einer Erkältung gestorben oder, besser noch, von einem Sumpf verschluckt worden wie eine Figur aus den Romanen von Emilio Salgari.

Dank dieser Biografie fuhr von jetzt an jemand zu unseren Treffen an den Strand, der die verschiedenen Elemente jener Geschichte zumindest ein wenig durch eine andere Brille sehen konnte. Nun konzentrierte ich mich darauf, die gehörten Informationen mithilfe meiner summarischen Kenntnisse der Ereignisse und ihrer handelnden Personen zu bewerten und einem System einzufügen, von dessen Koordinaten ich eine erste Vorstellung zu haben begann.

Einige Tage, nachdem in mir der abenteuerliche, aber logische Verdacht zu keimen begann, dass López nicht López und Mercader nicht tot war, kam ich mit dem festen Vorsatz an den Strand, die Wahrheit über die Identität des Mannes zu enthüllen – falls eine solche Wahrheit überhaupt existierte, dessen ich mir ganz und gar nicht sicher war. Geduldig lauerte ich auf eine günstige Gelegenheit, um meinem Zweifel Ausdruck zu verleihen, und diese Gelegenheit ergab sich, als López mir erzählte, wie sehr der umstrittene Hitler-Stalin-Pakt seinen Freund Ramón und dessen Mutter Caridad del Río erschütterte.

»Weißt du was«, begann ich, wobei ich vermied, ihn anzusehen, »bei all dem, was du mir erzählt hast, gibt es etwas, das ich nicht glauben kann.«

López schwieg und zündete sich mit dem unverwüstlichen Benzinfeuerzeug eine seiner Zigaretten an. Nach einer Pause fuhr ich fort: »Niemand kann so viel über das Leben eines anderen Menschen wissen, selbst wenn der ihm noch so viel erzählt hat. Das ist unmöglich.«

López rauchte gemächlich weiter, als hätte er meine Worte nicht gehört. Später wurde mir klar, dass jemand wie ich kaum in der Lage war, diesen Mann aus der Fassung zu bringen. Er beantwortete nur das, was er wollte, und seine Strategie bestand darin, mir die Pfanne aus der Hand zu nehmen, ihren Stiel zu umklammern und mir einen Schlag auf den Kopf zu verpassen.

»Was glaubst du? Dass das, was ich dir erzählt habe, gelogen ist?« Er nahm seine Brille ab, hielt sie gegen das Licht und befeuchtete die Gläser mit der Zunge, um sie von dem abgelagerten Salpeter zu befreien.

»Ich weiß nicht …«, antwortete ich zögernd. Der Ton in seiner Stimme hatte meinen Elan gebremst. Deswegen wählte ich meine folgenden Worte mit Bedacht: »Wie ist es möglich, dass du so viel über Ramón weißt? Ist es nicht etwas viel Zufall, dass Caridad und deine Mutter beide in Kuba geboren wurden? Ich glaube, dass …«

»… dass ich Ramóns Bruder bin? Oder dass ich sein Chef war?«

Ich dachte schnell über diese Möglichkeiten nach, ohne zu merken, dass er mich bloß in meinen Überzeugungen erschüttern wollte. Doch er ließ mir keine Zeit zum Überlegen und kam gleich zum Kern der Sache: »Oder vielleicht glaubst du, dass ich selbst Ramón bin?«

Ich sah ihn schweigend an. In den letzten Wochen hatte der Mann, der Hunde liebte, zusehends an Gewicht verloren, seine Haut war noch dunkler geworden, dunkelgrün; häufig hatte er Halsschmerzen, und es überfielen ihn wahre Hustenattacken, gegen die er mit Honig gesüßtes Wasser aus der Flasche trank, die er neuerdings immer bei sich führte. Doch in diesem Moment lag in seinen Augen ein so intensiver, brennender Ausdruck, der mir, ich gebe es zu, Angst einflößte.

»Ramón ist tot und begraben, mein Junge«, sagte er. »Und das Schlimmste ist, er hat sich in ein Gespenst verwandelt. Du wirst sein Grab auf keinem Friedhof der Sowjetunion finden. Selbst ich weiß nicht, unter welchem Namen man ihn begraben hat … Wie ich dir schon gesagt habe: Unter den Dingen, die Ramón der Sache geopfert hat, waren vor allem sein Name und die Freiheit, eigene Entscheidungen zu treffen … Außerdem … wenn ich dir all das erzähle, warum sollte ich dich in diesem Punkt belügen? Was spielt es für eine Rolle, wer ich bin? Mehr noch: Was würde sich ändern, wenn ich Ramón wäre?«

Die Antworten waren klar: Ja, es spielt eine Rolle, denn was du mir da erzählst, ist die Geschichte einer Lüge, und ja, alles würde sich ändern, wenn du Ramón wärst, denn niemand (jedenfalls dachte ich das) wäre gerne Ramón Mercader gewesen. Denn Ramón Mercader war ein widerlicher Mensch und hat vielen Menschen Angst gemacht … Doch es versteht sich von selbst, dass ich mich nicht traute, ihm das zu sagen.

»Ich weiß, was du jetzt denkst, und es überrascht mich nicht«, sagte der Mann, und wieder überlief mich ein kalter Schauer. »Es ist eine ekelhafte Geschichte, die Millionen von Reden der letzten sechzig Jahre auf einen Schlag entwertet … Und es stimmt auch, dass Ramón viele Menschen abgestoßen hat.« Er machte eine Pause, ohne sich zu bewegen. »Aber versuch doch zu verstehen, verdammt noch mal, auch wenn du es nicht billigen kannst: Ramón gehörte einer anderen Epoche an, einer ziemlich beschissenen Zeit, in der nicht der geringste Zweifel erlaubt war. Als er mir seine Geschichte erzählte, habe ich versucht, sie in seine Welt und in seine Zeit zu transportieren, und da habe ich sie verstanden. Aber du brauchst kein Mitleid mit ihm zu haben, denn Ramón hat dieses Gefühl immer gehasst.«

»Wenn du weder sein Grab gesehen hast noch bei seiner Beerdigung warst, wie kannst du dann so sicher sein, dass er tot ist?«, fragte ich mit der letzten mir verbliebenen Hartnäckigkeit, obwohl ich bereits wusste, dass mich seine Argumente entwaffnet hatten.

»Ich weiß, dass er gestorben ist, weil ich ihn ein paar Wochen vor seinem Tod gesehen habe. Da hatten ihn die Ärzte bereits aufgegeben …« Er lächelte traurig. »Hör zu, zu deiner Beruhigung werde ich dir jetzt ein Argument nennen, das du nicht widerlegen kannst: Glaubst du, nachdem Ramón versprochen hatte, für den Rest seines Lebens zu schweigen, und sein Versprechen allen Widerständen zum Trotz gehalten hatte, hätte er seine Geschichte dem erstbesten … dem Erstbesten anvertraut, der ihm über den Weg lief? Und wenn ich

Ramón wäre, glaubst du, ich würde es riskieren, sie dir zu erzählen? Und außerdem, warum?«

In einer Sekunde zählte ich zehn Adjektive, mit denen López mich hätte belegen können (von saublöd oder dämlich bis hin zu bescheuert, wie er die Kubaner einmal genannt hatte), und mir fielen noch so einige Antworten auf seine Fragen ein (was hatte ein sterbenskranker Mann zu befürchten? Die einzig mögliche Antwort darauf hätte beinhaltet, dass auch die Angst weitergegeben wird wie eine Erbschaft und dass López oder Mercader – angenommen, López war wirklich Ramón Mercader – beschlossen hatte, seinen Kindern nichts zu erzählen, um sie zu schützen); doch wenn ich weiter zuhören und mehr erfahren wollte, musste ich López glauben. Und in diesem Moment glaubte ich ihm tatsächlich. Ich zwang mich, meine Zweifel zu vergessen oder wenigstens hintanzustellen, bis ich absolute Gewissheit darüber haben würde, dass López López und Mercader ein Gespenst ohne Grab war. Oder umgekehrt. Aber wie, verflucht noch mal, sollte ich zu einer dieser Gewissheiten gelangen, wenn ich vor ein paar Tagen nicht einmal gewusst hatte, dass ein Mann namens Ramón Mercader del Río überhaupt existiert hatte?

Durch die Unterbrechung hatte López den Faden verloren, und an jenem Nachmittag verabschiedete er sich lange vor Sonnenuntergang von mir. Nachdem wir verabredet hatten, uns am Montag wieder zu treffen, blieb ich noch eine Weile im Sand sitzen. Ich befürchtete, dass meine Beziehung zu dem Mann, der Hunde liebte, durch meinen Verdacht Schaden genommen hatte. Und wenn dem so war, würde ich nie erfahren, wie sich die Ereignisse, die zu Ramón Mercaders grenzenloser Aufopferung geführt hatten, weiter entwickelten.

Das Wochenende widmete ich der Dauerlektüre des letzten Bandes von Deutschers Biografie, *Der verstoßene Prophet,* um mich der Epoche anzunähern, in der López' Erzählung spielte. Ich erinnere mich, dass ich, als auf den letzten Seiten des Buches die unheimliche Figur Jacques Mornard auftauchte, einen Stich in der Brust verspürte, so als wäre der Mörder Trotzkis ins Zimmer getreten. Mein Gehirn spielte mir einen üblen Streich: Das Bild Mornards, das mir vor Augen stand, war das von López mit seinem schweren Hornbrillengestell. Ich wusste, dass das völlig abwegig war, denn der Unterschied zwischen dem jungen, forschen Mornard und dem grämlichen, sterbenskranken López konnte größer nicht sein. Doch meine Fantasie bestand darauf, das reale Bild des Besitzers der Borsois mit dem des angeblichen Belgiers in Einklang zu bringen, der in dem zur Festung ausgebauten Haus in Coyoacán aufgetaucht war, um Trotzki umzubringen. Jenen Mann, der zusammen mit Lenin das Undenkbare geschafft hatte: dass die Bolschewiken 1917 an die Macht kamen und, mehr noch, gegen den Widerstand äußerer und innerer Feinde auch an der Macht blieben.

Der letzte Band der Biografie enthielt auch drei Zeitungsausschnitte, die offenbar das Interesse des Buchbesitzers geweckt hatten. Einer stammte aus der kubanischen Tageszeitung *Información*, auf deren Titelseite Elisas Onkel selbst die Nachricht vom Attentat auf Trotzki am 20. August 1940 überbrachte, zusammen mit dem Vermerk über den sehr ernsten Zustand, in dem er sich bei Redaktionsschluss befunden hatte (ein Kommunist im Jahre 1940 musste die Anmerkung als pro-trotzkistisch gewertet haben, allein schon deshalb, weil der Redakteur Trotzkis ernsten Zustand mit keinem Wort erwähnte). Der zweite Artikel stammte offensichtlich aus einer Zeitschrift und enthielt einen Kommentar zu verschiedenen erfundenen Versionen des Mordes, die vermutlich von kubanischen Schriftstellern verfasst und von Guillermo Cabrera Infante in sein (in Kuba nie veröffentlichtes und daher für uns nicht erreichbares) Buch *Drei Traurige Tiger* aufgenommen worden waren. Der dritte Artikel, eine Kolumne ohne Datum und ohne Hinweis auf den Verfasser, war für mich der aufschlussreichste, denn er bezog sich auf den Aufenthalt Ramón Mercaders in Moskau, nachdem er aus dem Gefängnis in Mexiko, wo er seine Strafe verbüßt hatte, entlassen worden war. Der anonyme Verfasser der Kolumne berichtete, eine Mercader nahestehende Person – vielleicht López, der sich einer weiteren Verletzung der Schweigepflicht schuldig gemacht hatte? – habe ihm anvertraut, dass dem Mörder seit dem Tag des Attentats der Schmerzensschrei seines Opfers in den Ohren klinge.

Am folgenden Montag, es war der 22. Dezember, hatte ich, ohne es zu wissen, meine letzte Unterhaltung mit dem Mann, der Hunde liebte. Ich erinnere mich noch ganz genau daran, dass ich an jenem Nachmittag, wie nie zuvor, seit López mir Ramóns Geschichte erzählte, unter einem Druck stand, den ich bis dahin erfolgreich verdrängt hatte: Sollte ich nicht zu meinem eigenen Besten jemand Geeignetem anvertrauen, was mir mit Jaime López widerfuhr, der mir, ausgerechnet *mir,* eine schreckliche und politisch derart heikle Geschichte erzählte? Die Angst, die ich empfand und die durch das, was ich über Trotzkis Ende gelesen hatte, noch verstärkt wurde, war ein schäbigeres, viel armseligeres Gefühl, als ich selbst es mir in jenem Moment eingestehen wollte. In Wahrheit hatte es weniger mit dem Bericht über abgrundtiefe Ruchlosigkeit und Verrat zu tun, sondern damit, dass wahrscheinlich irgendwann bekannt werden würde, dass ich mich mehrmals mit diesem merkwürdigen Mann unterhalten hatte, ohne ihn zu »befragen«, wie man damals zu sagen pflegte und es vermutlich meine Pflicht gewesen wäre. Doch der bloße Gedanke daran, den »Genossen Betreuer« im Informationsbüro des Verlags der Veterinärzeitschrift aufzusuchen – *alle* nannten ihn so, »Genosse Betreuer«, und *alle* wussten, wer er war, denn es war offenbar wichtig, dass *alle* von seiner vagen, aber allgegenwärtigen Existenz wussten – und ihm von einer Unterhaltung zu berichten, über die zu schweigen ich versprochen hatte, erschien mir so erniedrigend, dass ich vor dieser Möglichkeit zurückschreckte. Ich beschloss also, die Konsequenzen zu tragen (gab es eine weniger wichtige und weniger anspruchsvolle Tätigkeit als die meine? Ja, natürlich, man hätte mich zum Beispiel wieder nach Baracoa schicken können …), und umgab Ramóns Geschichte jahrelang mit einer Mauer des Schweigens. Nicht einmal Raquelita hat jemals erfahren – sie weiß bis heute nichts davon, und außerdem würde es sie einen Scheißdreck interessieren –, was Jaime López mir erzählt hatte.

Kaum war ich an jenem Nachmittag zum Strand gekommen, sagte mir López, dass er schrecklich traurig sei: Dax habe angefangen, Probleme mit der Motorik zu bekommen – ihm wird schwindlig, wie mir, sagte er –, und die Entscheidung, ihn einschläfern zu lassen, stehe unmittelbar bevor.

»Ich weiß, du bist kein Tierarzt, und ich dürfte dich nicht darum bitten«, sagte er, ohne mich anzusehen, »aber wenn du mir hilfst, wird es für mich sehr viel einfacher sein ...«

»Ich würde dir ja gerne helfen, aber ich kann wirklich nicht ... und außerdem weiß ich auch gar nicht, wie man das macht«, sagte ich zu ihm und schaute zu den beiden Hunden hinüber, die durch den Sand liefen. Es war offensichtlich, dass Dax seine Eleganz verloren hatte und alle paar Meter über die eigenen Beine stolperte.

»Ich weiß nicht, wie ich das Problem lösen soll ...« López sprach mehr zu sich selbst als zu mir, und seine Stimme drohte zu versagen. »Ich möchte nur sicher sein, dass er nicht leidet ...«

Angesichts des todgeweihten Hundes und der Gefühle, die López mir offenbarte, verflüchtigten sich meine Zweifel an seiner Identität, und ich beschloss erneut, die Konsequenzen meines ideologisch sicherlich fragwürdigen Verhaltens in Kauf zu nehmen. Der Tod, so erkannte ich, ist so endgültig und unumkehrbar, dass er für andere Ängste keinen Raum lässt. Sogar ein Mensch wie der, der mir an jenem Nachmittag am Strand gegenübersaß (und der alles über den Tod wusste, wie er mir versichert hatte), zögerte, wich vor seiner Gegenwart zurück, auch wenn es sich nur um den Tod eines Hundes handelte.

Nachdem Jaime López Kaffee getrunken, eine Zigarette geraucht und einen erneuten Hustenanfall bekommen hatte, fuhr er mit Ramón Mercaders Geschichte fort und erzählte mir, wie sein Freund endgültig zur handelnden Person geworden war. Ich hörte ihm zu, mit verminderter Urteilskraft, mit wachsendem Entsetzen und auch mit einer gewissen Genugtuung, als ich feststellte, dass sich der Bericht mit den Informationen aus Deutschers Biografie deckte. Irgendwann beschlich mich ein gewisses Unbehagen, eine geheimnisvolle Mischung aus Abscheu und Mitleid (ja, *Mitleid*, ein Wort, an dessen Bedeutung ich nie Zweifel gehegt habe) mit diesem Mercader-Mornard-Jacson, der bereit gewesen war, das zu tun, was er als seine Pflicht und, vor allem, als eine historische Notwendigkeit für die Zukunft der Menschheit angesehen hatte.

López wirkte erschöpft, als er sich dem Höhepunkt der Geschichte näherte. Es war schon vor einer Weile dunkel geworden, und ich konnte kaum noch sein Gesicht erkennen; aber ich hing an seinen Lippen, aufgewühlt durch das, was ich da hörte.

»Was noch fehlt, ist das Neujahrsgeschenk«, sagte er in diesem Moment, und mir schien, dass er sehr erleichtert war. Noch heute schließe ich die Augen und sehe ihn vor mir in den letzten Minuten seines Berichtes. López sprach mit pfeifender Stimme, die linke Hand auf den Verband gelegt, der immer noch seine Rechte bedeckte. »Meine Frau ist die seltsamste Kommunistin, die ich kenne. Sogar in Moskau hat sie darauf bestanden, Weihnachten zu feiern. Das Fest sei ihr heilig, sagt sie, und nie hat das Wort besser gepasst ... Sie wird mich in den nächsten Tagen nicht fortgehen lassen, also werde ich wohl erst nach Neujahr wieder hierherkommen können. Ich muss ihr den Gefallen tun ...«

»Wie sollen wir es dann machen?« Ich war frustriert, erstickte fast an der Fülle schrecklicher Tatsachen und offener Fragen. Aber ich wusste, dass ich besser nicht daran rührte, um den Mann nicht zu verärgern. Ich brauchte ihn, um Ramón Mercader zu begleiten auf der entscheidenden Etappe seines Lebens, die ich mir wegen all dem, was ich bereits gehört hatte, auf keinen Fall entgehen lassen wollte. »Soll ich dich anrufen?«

Die Antwort kam wie aus der Pistole geschossen: »Nein! Wir sehen uns am 8. Januar. Kannst du?«

»Ich glaube, ja.«

»Ich bin am Achten hier, und wenn ich dich nicht antreffe, komme ich am Neunten wieder.«

»Also gut«, willigte ich aus Mangel an Alternativen ein. »Und Dax?«

»Ich kann es jetzt noch nicht tun«, sagte López und streckte mir die Hand hin, damit ich ihm aufhalf. »Vorsicht, ich habe große Schmerzen in den Armen ... Dax ist stark, er hält viel aus. Ich werde warten, so lange es irgend möglich ist, auf jeden Fall bis nach Neujahr. Wenn ich einen Freund hätte, der mir hilft ...«

»Armer Dax«, sagte ich, als ich merkte, welche Richtung das Gespräch nahm. Die beiden Borsois kamen angerannt, ganz wild darauf, nach Hause zu kommen. Eigentlich hätten sie schon längst ihr Futter kriegen müssen.

López reichte mir zum Abschied die verbundene Hand, und ich ergriff sie lächelnd. Ich bückte mich, hob die Tasche mit der Thermoskanne auf und gab sie ihm. Und dann wagte ich, eine der Fragen zu stellen, die mich quälten: »Ich habe in einer Zeitung gelesen, dass Ramón sein ganzes Leben lang Trotzkis Schrei gehört hat. Hat er dir davon erzählt?«

López hustete und fuhr sich mit der verbundenen Hand übers Gesicht. In diesem Moment hätte ich mir mehr Licht gewünscht, um seine Augen sehen zu können.

»Er hat ihn noch gehört, als er mir vor zehn Jahren die Geschichte erzählt hat«, sagte er im Weggehen. »Ich glaube, er hat ihn bis zum Schluss gehört ... Frohe Weihnachten.«

»Frohe Weihnachten«, gelang es mir trotz meiner Erregung hervorzubringen, und mir wurde bewusst, dass ich diese beiden Wörter seit Langem weder gesagt noch gehört hatte. In Kuba waren sie nichts weiter als eine weihnachtliche Grußformel, seit das Fest einige Jahre zuvor verbannt worden war von der atheistischen Insel, die jeden einzelnen Arbeitstag dringend benötigte und sich nicht den Luxus leisten konnte, auf einen von ihnen zu verzichten.

Mühsam stapfte López durch den Sand, der vom Regen am Tag zuvor fest und schwer geworden war. Neben ihm trotteten Ix und Dax her. Im Dunkeln konnte ich den großen, schlanken schwarzen Chauffeur nicht erkennen, doch ich wusste, dass er dort zwischen den Kasuarinen stand und geduldig wartete. López ging auf die Bäume zu, und bald hatte sich seine Gestalt in der Dunkelheit aufgelöst. Als hätte es ihn nie gegeben, dachte ich.

ZWEITER TEIL

.

16

Was mag er empfunden haben, als er das große Fragezeichen über dem Horizont sah? Er betrachtete die transparente, glitzernde Meeresoberfläche, die in den Augen wehtat, und bestimmt dachte er, dass er, anders als Hernán Cortés, der auf der Suche nach Ruhm und Macht in jene unbekannte Welt vorgestoßen war, höchstens darauf hoffen konnte, dort so etwas wie einen Ruhepunkt für die letzten Tage seines Lebens zu finden und sich absurderweise auf eine Vergangenheit zu berufen, in der er bereits seinen Anteil an Ruhm und Macht, an Zorn und Hoffnungen bekommen und aufgebraucht hatte.

Zwanzig Tage hatte der Albtraum der Überfahrt gedauert. Seit sie an Bord der »Ruth« gegangen waren und die Schiffssirenen ihr Abschiedsgeheul gegen die schroffe Küste Norwegens ausgestoßen hatten, war der Ölfrachter, dessen Tanks einen ungesunden Dunst verströmten, zu einer noch unerträglicheren Verlängerung der in dem abgelegenen Fjord erduldeten Isolierung geworden. Obwohl Lew Dawidowitsch, Natalia Sedowa und die sie begleitenden Polizisten die einzigen Passagiere waren, hatten der unvermeidliche Jonas Die und seine Leute die Aufgabe übernommen, die Deportierten von der Umwelt abzuschotten, indem sie jeden Funkkontakt verhinderten und sie sogar dann überwachten, wenn sie am Tisch von Kapitän Hagbert Wagge saßen, der so stolz darauf war, mit diesem Mann auch ein Stück Geschichte an Bord zu haben. In der Kajüte des Kapitäns verbrachten Lew Dawidowitsch und Natalia die Tage damit, die wenigen Bücher über Mexiko zu lesen, die Konrad Knudsen ihnen besorgt hatte, damit sie eine ungefähre Vorstellung von dem bekamen, was sie in der so gewalttätigen und überspannten Neuen Welt erwartete, wo das Leben allein von einem falschen Blick abhängen konnte und wo, wie sie wussten, niemand auf sie wartete.

Als die Küste in Sicht kam, stieg Angst in ihnen auf, und Lew Dawidowitsch stellte eine letzte Forderung: Er werde den Öltanker nur verlassen, wenn ihn eine Person in Empfang nähme, die ihm Vertrauen einflöße. Aber wer?, dachte er für sich, als Jonas Die ihm die überraschende Antwort gab, dass sie seiner Bitte nachkommen würden, und dann richtete auch er seinen Blick auf die Küste.

Während sich der Tanker dem Hafen von Tampico näherte, wurde die Menschenmenge sichtbar, die zusammengekommen war, um ihn zu sehen, darunter die vielen blauen Uniformen der mexikanischen Polizei. Obwohl Lew Dawidowitsch schon seit Langem die Angst vor dem Tod überwunden hatte, erinnerten ihn aufgebrachte Menschenmassen immer an die Meute, die Lenin im September 1918 umringt hatte und aus der die bewaffnete Hand von Fanny Kaplan hervorgekommen war. Doch wie ein Mantel legte sich Erleichterung um ihn, als er am äußersten Ende der Mole das Gesicht von Max Shachtman, die massige Gestalt von George Novack und die strahlende Schönheit einer Frau entdeckte, bei der es sich um keine andere als um die Malerin Frida Kahlo handeln konnte, die Lebens- und Liebesgefährtin von Diego Rivera.

Kaum hatten sie angelegt, wurden die Trotzkis stürmisch begrüßt. Zahlreiche Freunde von Frida und Diego sowie die nordamerikanischen Anhänger, die mit Shachtman und Novack an die Mole gekommen waren, beglückwünschten und umarmten sie und vollbrachten so das Wunder, Natalia Sedowa zu Tränen zu rühren. Sie fuhren in ein Hotel, wo man ein Willkommensessen für sie vorbereitet hatte, und dort prasselten auf die Neuankömmlinge die Informationen nieder, die Jonas Die ihnen vorenthalten hatte, wahrscheinlich weil er sich über die Art der Nachrichten ärgerte: Nicht nur dass General Lázaro Cárdenas Lew Dawidowitsch Asyl auf unbegrenzte Zeit gewährte, er betrachtete ihn auch als seinen persönlichen Gast und stellte ihm einen Sonderzug der Regierung zur Verfügung, der ihn und Natalia in die Hauptstadt bringen sollte. Diego Rivera seinerseits ließ sich entschuldigen, weil er nicht nach Tampico hatte kommen können, und bot ihnen, ebenfalls auf unbegrenzte Zeit, ein Zimmer in dem Blauen Haus in Coyoacán an, einem Viertel der Hauptstadt, in dem er mit Frida wohnte.

Die französischen Weine und der starke mexikanische Tequila halfen Lew Dawidowitsch und Natalia, vom rustikalen Pfefferfleisch zu den Filetspitzen à la tampiqueña überzugehen, vom Fisch à la veracruzana zu den runzligen mexikanischen Tortillas mit Huhn, Avocadocreme, Chilischoten, mexikanischen Tomaten, gebratenen Bohnen, Zwiebeln und auf dem Holzkohlegrill gebratenem Schweinefleisch. Alles war ordentlich gewürzt mit feurigem Chilipfeffer, was nach einem weiteren Glas Wein verlangte oder nach einem Schluck Tequila, um den Brand zu löschen und den Weg frei zu machen für die fleischigen, süßen Früchte (Mangos, Ananas, Sapotilles, Guanábanas und Guajaven), unübertroffen als Krönung eines Festschmauses, dessen Texturen, Gerüche, Konsistenzen und Geschmack ihren europäischen Gaumen exotisch anmuten mussten. Wie erschlagen von diesem Fest der Sinne, erlebte Lew Dawidowitsch, wie sich seine dunklen Vorahnungen buchstäblich in Luft auflösten und die Anspannung nachließ, um einer überwältigenden tropischen Sinnenfreude Platz zu machen, die seinen erschöpften Körper und Geist in einen Zustand wohliger Ermattung versetzte, wie er später schrieb.

Nach der obligatorischen Siesta brachen sie zu einer Spazierfahrt auf, zusammen mit Frida Kahlo, Max Shachtman, George Novack und Octavio Fernández, dem Genossen, der sich am eifrigsten dafür eingesetzt hatte, dass ihnen Asyl gewährt wurde. Doch schon bald wurden die Gäste in die Realität zurückgeholt, als sie nämlich sahen, dass sich ihr Wagen in einen Konvoi einreihte, angeführt von einem offenen Jeep, in dem, Gewehr in der Hand, die Mitglieder der Präsidentenwache saßen. Nicht einmal im Paradies würden sie vollkommen frei sein, dachte und schrieb Lew Dawidowitsch.

Später, im Zug, erzählte Frida ihnen von den Reaktionen auf ihre Ankunft. Die Entscheidung von General Cárdenas war ein Akt der Unabhängigkeit gewesen, denn er hatte sie in einem Moment großer politischer Spannungen getroffen, mitten im Prozess der Agrarreform und der Verstaatlichung des Erdöls. Durch die Gewährung des

Asyls (deren einzige und verständliche Bedingung die war, dass der Asylant sich nicht in die inneren Angelegenheiten seines Gastlandes einmischte) wollte der Präsident weniger seine Sympathie zu Trotzki ausdrücken, sondern eher Treue zu seinen politischen Ideen demonstrieren. Doch die Entscheidung hatte Cárdenas zur Zielscheibe der verschiedensten Anschuldigungen gemacht: Die Beschimpfungen reichten von »Verräter an der mexikanischen Revolution« über »Verbündeter der Faschisten« (ausgestoßen von den Kommunisten und führenden Mitgliedern der Arbeitervereinigung, den traditionellen Unterstützern des Präsidenten) bis hin zu »Roter Anarchist im Dienste Trotzkis« (ins Feld geführt von der Bourgeoisie, für die Trotzki und Stalin ein und dasselbe waren und die in der Ankunft des Renegaten eine Bestätigung für den Einfluss »der Russen« auf den mexikanischen Präsidenten sah).

Ein jubelnder Diego Rivera erwartete sie an einem kleinen Bahnhof in der Nähe von Mexiko-Stadt, und von dort aus fuhren sie, begleitet von den unvermeidlichen Polizisten und zahlreichen mit Kognak- und Whiskyflaschen bewaffneten Freunden, zu dem merkwürdigen, blau angestrichenen Haus.

Mit Riveras Werk war Lew Dawidowitsch zum ersten Mal in Paris in Berührung gekommen, während des Ersten Weltkriegs, als die Kunde von der mexikanischen Revolution nach Europa gedrungen und mit ihr die Werke ihrer revolutionären Maler ins Blickfeld geraten waren. In den Jahren danach hatte er die Wandmalerei als kulturelles Phänomen aufmerksam verfolgt, sogar in den Tagen seiner Verbannung in Alma-Ata, wohin Andreu Nin ihm einen Prachtband über Riveras Malerei geschickt hatte, der dem Brand auf den Prinzeninseln zum Opfer gefallen war. Dagegen hatte er nur eine oberflächliche Vorstellung von dem gepeinigten symbolistischen Werk Frida Kahlos. Als er sich von ihren Bildern umgeben sah, von ihrem sehr persönlichen Surrealismus, stellte er jedoch fest, dass er sich sehr viel mehr mit der schmerzvollen Kunst der Frau verbunden fühlte als mit der explosiven Monumentalkunst eines Rivera.

Die Gastgeber hatten das ehemalige Zimmer von Fridas Schwester Cristina für sie hergerichtet. Als Rivera beschlossen hatte, sie aufzu-

nehmen, hatte er der jungen Frau eine Wohnung in der Nähe des
Blauen Hauses gekauft, und so konnten die Trotzkis frei über den
Raum verfügen. Die Freundlichkeit des Malerpaares und der kriti-
sche Gesundheitszustand des Asylanten zwangen sie, das großzügige
Angebot anzunehmen, von dem sie dachten, sie würden es nur vor-
übergehend in Anspruch nehmen müssen.

Das Blaue Haus sah damals bereits wie eine belagerte Festung aus.
Einige Fenster waren zugemauert, die Außenwände verstärkt worden, und sobald die neuen Gäste eingetroffen waren, wurde das Gebäude rund um die Uhr bewacht. Junge nordamerikanische Trotzkisten übernahmen das Innere des Hauses, während außen die örtliche
Polizei patrouillierte. Dennoch spürte Lew Dawidowitsch, wie sein
verloren geglaubter Optimismus langsam wieder zurückkehrte; aber
er zwang sich – mehr um der erschöpften Natalia als um seiner selbst
willen –, eine Verschnaufpause einzulegen, bevor er sich erneut in
den Kampf stürzte, der nach ihm verlangte.

Wie so häufig in seinem Leben übernahm es die Politik, ihn aufzurütteln und daran zu erinnern, dass Prometheus und all denen, die
es wagten, sich in der Nähe seines Felsens aufzuhalten, auch nicht
die kürzeste Atempause vergönnt war. Dieses Schicksal würde ihn bis
zum letzten Tag seines Lebens verfolgen.

Radio und Zeitungen berichteten, dass der Gerichtssaal im Moskauer Haus der Gewerkschaften bald wieder seine Türen öffnen
würde, um einen weiteren grotesken Akt des Stalinismus zu inszenieren. Zuerst waren weder die Namen noch die Anzahl der Angeklagten bekannt, doch dann sickerte durch, dass es dreizehn waren,
angeführt von Karl Radek, der sich nach seiner bombastischen Kapitulation vor Stalins Zorn in Sicherheit geglaubt hatte. Ebenfalls
unter den Beschuldigten waren der rothaarige Pjatakow, Muralow,
Sokolnikow und Serebrjakow, die Hauptangeklagten waren jedoch
wiederum – in Abwesenheit – Lew Sedow und Lew Dawidowitsch.

Als der neue Prozess am 23. Januar 1937 begann, schloss sich Lew
Dawidowitsch mit seinem Radio ein und versuchte, die absurde Logik zu ergründen, mit der sich die Angeklagten durch immer de-
mütigendere und abwegigere Geständnisse gegenseitig zu übertreffen

versuchten. Zu den Verschwörungen mit dem Ziel, Stalin zu ermorden und das System zu zerstören, kamen nun noch Pläne für Industriesabotage und für die Vergiftung von Arbeitern und Bauern sowie die Unterzeichnung eines Geheimabkommens zwischen Hitler, Hirohito und Trotzki, um die UdSSR zu isolieren. Die Saboteure übernahmen die Verantwortung für sämtliche wirtschaftlichen Rückschläge, für den Hunger, ja, sogar für die Eisenbahn- und Industrieunfälle, mit denen sie das Land und seine heldenhaften Arbeiter geschädigt und das Vertrauen des Großen Steuermanns missbraucht zu haben behaupteten. Einer der Angeklagten wurde beschuldigt, in Paris von Trotzki persönlich Befehle entgegengenommen zu haben, wo sich dieser doch zu der fraglichen Zeit in Barbizon aufgehalten hatte und es ihm verboten gewesen war, die Hauptstadt zu besuchen. Der Dreh- und Angelpunkt der aufgedeckten Verschwörung war jedoch das Geständnis von Pjatakow, der versicherte, 1935 von Berlin nach Oslo gereist zu sein und dort an einem konterrevolutionären Treffen mit dem Renegaten Trotzki teilgenommen zu haben.

Um ihr Gesicht zu wahren, sah sich die überängstliche norwegische Regierung gezwungen, ein Dementi zu veröffentlichen und den Beweis zu erbringen, dass an dem vom Staatsanwalt angegebenen und von dem Beschuldigten bestätigten Datum kein Flugzeug aus Deutschland in Oslo gelandet war. Doch man wusste bereits, dass der ehemalige Menschewik Andrej Vischinski mit seinen wüsten Verwünschungen gegen die »degenerierten, tollwütigen stinkenden Hunde«, für die er die Todesstrafe gefordert hatte, jedes Hindernis und jede Tatsache der hartnäckigen Realität beiseiteschieben würde … Lew Dawidowitsch war sich darüber im Klaren, dass dieser unhaltbare Prozess irgendein Ziel verbarg, das über die Notwendigkeit hinausging, die Widersprüche des vorangegangenen zu vertuschen und weitere alte Bolschewisten umbringen zu lassen. Und etwas von diesem Ziel ließ sich erahnen, je öfter die Namen von Bucharin und seinen Genossen von der rechten Opposition im Prozess genannt wurden. Dubioser und schwieriger zu verstehen war für ihn dagegen die Erwähnung bestimmter Offiziere der Roten Armee, die ebenfalls in die trotzkistische Verschwörung, in Verrat und Sabotage verwickelt gewesen sein sollten.

Mit diesem Erdbeben in Moskau war die Ruhe im Blauen Haus dahin. Der Exilant berief eilig eine Pressekonferenz ein und erklärte seine Absicht, die gegen ihn erhobenen Anschuldigungen mit unstrittigen Beweisen widerlegen zu wollen. Natürlich hielt diese Erklärung den Prozess nicht auf, und noch bevor Lew Dawidowitsch auch nur einen Zeugen oder ein einziges Beweisstück aufgetrieben hatte, sprachen die Richter in Moskau die Urteile: Todesstrafe für fast alle Angeklagten und – überraschenderweise – zehn Jahre für den unverwüstlichen Radek, der wieder einmal seine Haut hatte retten können; nur er und Stalin wussten, um welchen Preis, und nur Stalin allein wusste, für wie lange.

Niedergeschmettert von der Nachricht, dass so viele alte Genossen hingerichtet werden sollten, griff Lew Dawidowitsch zur Feder, seiner einzigen ihm verbliebenen Waffe, und forderte Stalin erneut auf, seine Auslieferung zu beantragen und ihn vor Gericht zu stellen. Doch wie erwartet, hüllte sich Moskau weiterhin in Schweigen und exekutierte die Verurteilten mit der üblichen Eile und der gewohnten Effizienz. Da warf er den nächsten Stein ins Wasser: Er verlangte die Einrichtung eines internationalen Untersuchungsausschusses und wiederholte seine Bereitschaft, vor einer Terrorismuskommission des Völkerbundes zu erscheinen und sich den sowjetischen Behörden zu stellen, falls auch nur eine der Anklagen gegen ihn bewiesen würde. Doch wieder einmal schwieg die eingeschüchterte und erpresste Welt. Überzeugt davon, seine letzte Karte auszuspielen, beschloss er, einen Gegenprozess vorzubereiten, in dem er die Falschheit der gegen ihn erhobenen Vorwürfe beweisen und selbst zum Ankläger der Henker in Moskau werden würde.

Tief im Innern wusste Lew Dawidowitsch, dass der Gegenprozess, wenn überhaupt, nur ein Kratzer im Felsen Stalin sein würde, doch er klammerte sich an ihn mit der Hoffnung und der Verzweiflung eines Schiffbrüchigen. Die Idee reifte in nächtelangen Gesprächen mit Rivera, Shachtman, Novack, Natalia und dem soeben eingetroffenen Jean van Heijenoort heran, während Frida Kahlo in die Diskussion eingriff und wieder verschwand wie ein unruhiger Schatten.

In Ponchos gehüllt, versammelten sie sich um den Orangenbaum, der den Patio des Blauen Hauses beherrschte, und sahen zu, wie Rivera mit pantagruelischer Gefräßigkeit Unmengen an scharf gewürztem Fleisch verschlang und mit Strömen von Whisky hinunterspülte, während sie über die Möglichkeiten eines solchen Prozesses debattierten. Die größte Herausforderung bestand jedoch darin, Persönlichkeiten mit der nötigen moralischen Autorität und politischen Unabhängigkeit zu finden, um einen Gegenprozess, der vielleicht das Gewissen der Welt aufrütteln könnte, wenn schon nicht legal, so doch zumindest moralisch zu rechtfertigen.

Es waren die Nordamerikaner, die den Vorschlag machten, den fast achtzigjährigen Professor John Dewey zum Vorsitzenden des Tribunals zu ernennen. Obwohl ein angesehener Philosoph und Pädagoge, erschien er Lew Dawidowitsch als zu wenig vertraut mit der sowjetischen Politik. Währenddessen bemühte sich Ljowa in Paris, alle möglichen Beweise zusammenzutragen, um die Anschuldigungen gegen seinen Vater zu entkräften. In wenigen Tagen wuchsen die von ihm geschickten Dokumente zusammen mit denen, die Natalia, van Heijenoort und Lew Dawidowitsch aus den Archiven heraussuchten, die ihnen nach Mexiko nachgereist waren, zu einem riesigen Berg an und mussten in mühseliger Kleinarbeit durchgesehen werden.

Lew Dawidowitsch arbeitete im Fieber der Verzweiflung und forderte auch von seinen Mitarbeitern, vor allem von Ljowa, übermenschliche Anstrengungen. Von innerer Unruhe und Angst getrieben, ärgerte er sich über jede Unachtsamkeit, und wenn mal etwas nicht klappte oder mit Verzögerung erledigt wurde, bezichtigte er seinen Sohn gleich der Nachlässigkeit, auch wenn Natalia ihn an die schwierigen Bedingungen erinnerte, unter denen Ljowa in Paris lebte und arbeitete. Der hatte kürzlich sogar öffentlich darauf aufmerksam gemacht, dass er von der sowjetischen Geheimpolizei überwacht wurde. In Wirklichkeit jedoch hatte sich Lew Dawidowitsch über einen Brief geärgert, in dem sein Sohn schrieb, dass er all die gigantische Arbeit für nutzlos halte. Selbst wenn sie erreichen würden, dass die angesehensten Persönlichkeiten der Welt seine Unschuld bescheinigten, würde das diejenigen, die ihn für schuldig hielten, nicht überzeugen, und denen, die ihn für unschuldig hielten, würde es nur wenig bringen. Ljowa war der Meinung, dass die Verbreitung des Aufsatzes *Stalins Verbrechen,* den sein Vater zu schreiben begonnen hatte, sehr viel wirksamer sein könne als ein vom Angeklagten selbst angestrengter Prozess. In einem Wutanfall beschimpfte ihn der ehemalige Kriegskommissar als Defätist und drohte damit, ihn von der Spitze der russischen Sektion der Opposition abzuberufen. Ljowa antwortete ihm in einem kurzen Schreiben und entschuldigte sich dafür, seinen Anforderungen nicht immer genügen zu können.

In dieser schwierigen Situation zeigte sich ein Hoffnungsschimmer, an den sich Lew Dawidowitsch und Natalia mit Händen und Füßen klammerten. Von einem Überläufer der früheren GPU, der sich durch die auch im Innern des Unterdrückungsapparates begonnenen Säuberungen bedroht fühlte, hatte Ljowa in Erfahrung gebracht, dass sein Bruder Sergej während der Hetzjagd vor dem letzten Prozess in Moskau verhaftet worden war. Der Informant wusste zu berichten, dass man Sergej beschuldigt hatte, die Vergiftung sowjetischer Arbeiter geplant zu haben, und dass er in ein Arbeitslager nach Sibirien gebracht worden war. Da die Eheleute so lange nichts von ihrem Sohn gehört und schon das Schlimmste befürchtet hatten, wurde die Nachricht im Blauen Haus wie eine frohe Botschaft aufgenommen. Serjoscha lebte! Alleine in ihrem Zimmer machten sie sich gegenseitig Mut, und nächtelang sprachen sie über die Überlebensstrategien, die der pragmatische Junge zweifellos anzuwenden wusste, und über die Standhaftigkeit, die er offenbar bewiesen hatte, um nicht die Geständnisse zu unterschreiben, die man aus ihm hatte herausprügeln wollen, um ihn vor Gericht zu zerren. Dabei vermieden sie jedoch, sich das schreckliche Bild eines mit den grausamsten Methoden gefolterten Sergej vor Augen zu führen, und wagten es auch nicht, sich die bohrendsten Fragen zu stellen: Wie hatte er durchhalten können, ohne zusammenzubrechen? (Was hieß eigentlich »zusammenbrechen«? Gestehen, was man nicht getan hat? Verrückt werden? Sterben?) Wie lange hatte Sergej durchgehalten? (Bricht zuerst der Geist zusammen oder der Körper?) Welche der vorstellbaren Foltermethoden und welche der unvorstellbaren aus dem niederträchtigen

Katalog der kriminellen Geheimpolizei hatte man bei ihm angewendet? (Gehörte Serjoscha zu den wenigen, die der Folter widerstanden und lieber starben, als zum Verräter zu werden?)

Lew Dawidowitsch traute sich nicht, Natalia, geschweige denn Ljowa, zu gestehen, dass der Pessimismus ihn zu besiegen begann, als er sich der begrenzten Wirkung des so hart erarbeiteten Gegenprozesses bewusst wurde. Weder die Gewerkschaftsorganisationen noch die progressiven, von der Propaganda und dem Geld aus Moskau beeinflussten Intellektuellen hatten sich bereit erklärt, daran teilzunehmen. Und enttäuscht musste er feststellen, dass lediglich nationale Komitees, erklärte Antikommunisten und Antistalinisten, es wagten, ihm ihre Unterstützung anzubieten, während Männer wie Romain Rolland Stalins Integrität beschworen, der GPU humane Methoden beim Erlangen von Geständnissen bescheinigten und sogar in Abrede stellten, dass es Repressionen gegen Intellektuelle in der UdSSR gebe.

Doch Lew Dawidowitsch war überzeugt davon, auch unter diesen schwierigen Umständen seinen Kampf fortführen zu müssen. Während der kürzlich abgehaltenen Vollversammlung des Zentralkomitees, als die Leichen der letzten Exekutierten noch warm waren, hatte der finstere Nikolai Jeschow, inzwischen der leuchtende Stern der Repression, Bucharin und Rykow beschuldigt, terroristische Gruppen auf den Mord am Großen Steuermann vorbereitet zu haben, für den sie »einen perversen Hass« empfänden. Und in Jeschows Kielwasser hatte Atastas Mikojan, ein weiterer Hund in der Meute des roten Zaren, eine mit schäbigen Seitenhieben gespickte Rede gehalten, in der er sich zu der Behauptung verstieg, die immer wieder beschworene enge Beziehung zwischen Bucharin und Lenin habe es nie gegeben. Am Ende der Sitzung (die, so wurde berichtet, Stalin schweigend und mit versteinertem Gesicht, erschüttert von den »Enthüllungen«, verfolgt hatte), noch während Bucharin und Rykow abgeführt und in die Schreckenskammern der Lubjanka gebracht wurden, beschloss man die Einrichtung einer Kommission von sechsunddreißig Aktivisten, darunter sämtliche Mitglieder des Politbüros, und beauftragte sie, einen Urteilsspruch gegen die Angeklagten zu fällen. Unter den Kommissionsmitgliedern entdeckte der betrübte Lew

Dawidowitsch die Namen von Nadeschda Krupskaja und Maria Uljanowa, der Witwe und der Schwester von Lenin. Dabei hatten die beiden Frauen, die Stalin noch zu Lebzeiten Lenins attackiert und ins Abseits gedrängt hatte, unzählige Male gesehen, wie Wladimir Iljitsch mit Bucharin debattiert hatte, und nun nahmen sie die von Stalin vorbereiteten und von Mikojan vorgetragenen Lügen schweigend hin. Dieses schmutzige Spiel ließ Lew Dawidowitsch erkennen, was ihm während der früheren Prozesse entgangen war: Stalin hatte sich vorgenommen, die wenigen Personen aus der Vergangenheit, die noch an seiner Seite standen, nicht nur zu willfährigen Statisten seiner Lügen, sondern zu direkten Komplizen seiner kriminellen Raserei zu machen. Wer kein Opfer war, wurde zum Komplizen oder, mehr noch, zum Henker. Terror und Repression wurden zur Politik einer Regierung, die Verfolgung und Lüge als Staatsmittel und als Lebensstil für die gesamte Gesellschaft etablierte. So wird also die neue, die »bessere« Gesellschaft geschaffen?, fragte sich Lew Dawidowitsch, obwohl er die Antwort bereits kannte.

Als Professor John Dewey, der politisch erheblich unter Druck gesetzt worden war, nach Mexiko kam, lehnte er es ab, sich mit Trotzki zu treffen, und bat erst einmal um das nötige Informationsmaterial. Er erinnerte die Presse daran, dass er die Theorien des Angeklagten nicht teile und als Vorsitzender der Kommission lediglich die Aufgabe habe, auf Basis der vorgelegten Beweise und Zeugenaussagen die entsprechenden Schlussfolgerungen zu ziehen. Der Wert der Ergebnisse, so fügte er hinzu, habe ausschließlich moralischen Charakter.

Am 10. März glich das Blaue Haus einem Militärcamp. Die Harmonie von Gegenständen und Farben war dahin. Die Blumentöpfe, die gemaserten Holzmöbel und die Kunstwerke waren fortgeschafft worden, um den Kommissionsmitgliedern, den Journalisten und den Leibwächtern Platz zu machen. Draußen waren Barrikaden errichtet worden, und Dutzende von Polizisten hatten Posten bezogen. Am Morgen des Prozessbeginns warteten sie im Patio auf Dewey und die Beisitzer, und Diego Rivera sprach lächelnd mit seinem Gast über die Opfer, die man für die permanente Revolution bringen müsse.

Für seine achtundsiebzig Jahre zeigte Dewey eine erstaunliche Energie. Kaum hatte er das Haus betreten und Diego Rivera und Lew Dawidowitsch begrüßt, bat er, gleich mit dem Prozess zu beginnen. Seine Aufgabe und die der anderen Kommissionsmitglieder, sagte er, bestehe darin, jeden von Herrn Trotzki benannten Zeugen anzuhören und zu befragen und danach zu einem Urteilsspruch zu kommen. Seiner Meinung nach basierte die Rechtmäßigkeit dieses Prozesses auf der Tatsache, dass Herr Trotzki verurteilt worden sei, ohne die Möglichkeit erhalten zu haben, sich zu verteidigen, was für die Kommission und das Gewissen der gesamten Welt ein Grund zu größter Besorgnis sei.

Mit diesen Worten begann die vielleicht anstrengendste und gleichzeitig absurdeste Woche im Leben des Lew Dawidowitsch. Er konnte sich nicht erinnern, jemals einer so großen physischen und intellektuellen Belastung wie dieser ausgesetzt gewesen zu sein, um gegen die krankhafte Logik anzukämpfen, die in den in Moskau ausgebrüteten Beschuldigungen lag. Da der gesamte Gegenprozess auf Englisch geführt wurde, befürchtete er ständig, sich nicht so klar und präzise ausdrücken zu können, wie er es für nötig hielt. Nachts, wenn der Körper den Geist besiegte, schlief er gerade mal zwei oder drei Stunden; sein von der Spannung und dem literweise getrunkenen Kaffee angegriffener Magen lag ihm wie ein brennender Stein im Unterleib, und sein ohnehin erhöhter Blutdruck verursachte Ohrensausen und Kopfschmerzen. Am Ende des sechsten Tages hatte er das Gefühl, sich an einem fremden Ort zu befinden, umgeben von Unbekannten, die von Dingen sprachen, die er nicht verstand, und häufig glaubte er, ohnmächtig zu werden; doch er wusste, dass dies seine einzige, vielleicht letzte Gelegenheit war, öffentlich seinen Namen, seine Geschichte und seine Ideen zu verteidigen und für die sterblichen Überreste einer verratenen Revolution zu kämpfen.

Als er am 17. April seine Verteidigungsrede hielt, sahen die Kommissionsmitglieder einen erschöpften Mann vor sich, der Dewey um Erlaubnis bitten musste, sitzen bleiben zu dürfen. Doch als er in Fahrt kam, kehrte das Ungestüm vergangener Zeiten zurück, und die im Blauen Haus Versammelten erlebten die Begeisterung, mit der er 1905 und 1917 die Massen mitgerissen, und die Leidenschaft, die ihm die Verehrung so vieler Menschen und den tödlichen Hass so vieler anderer, von Plechanow bis Stalin, eingebracht hatte. Als Erstes erklärte er, in Übereinstimmung mit der gegenwärtigen sowjetischen Regierung, dass alle Mitglieder des Politbüros, die der Revolution zum Sieg verholfen und Lenin in den schwierigsten Momenten des Krieges und der Hungersnot zur Seite gestanden und das Land aufgerichtet hätten, Männer, die Gefängnis, Verbannung sowie unzählige Repressionen erduldet hätten, zu Verrätern an ihren eigenen Idealen geworden und vielleicht von Anfang an gewesen seien. Mehr noch seien sie Agenten im Dienste ausländischer Mächte, die das, was sie selbst aufgebaut hätten, zerstören wollten. Sei es nicht paradox, fragte er, dass sämtliche Führer der Oktoberrevolution am Ende Verräter gewesen seien? Oder könne es nicht eher so sein, dass der einzige Verräter Stalin heiße? Er wolle sich nicht damit aufhalten, die falschen, ja, absurden Anschuldigungen gegen ihn erneut zu widerlegen, sagte er, doch er müsse daran erinnern, dass die Regierungen der Türkei, Frankreichs und Norwegens bestätigt hätten, dass er auf dem Territorium dieser Länder keinerlei antisowjetische Aktivitäten entfaltet, sondern sich vielmehr abseitsgehalten und unter polizeilicher Überwachung gestanden habe. Ungeachtet seiner schwachen Konstitution, stand er auf, angetrieben von seinen Ideen wie von einer Feder, die ihm Kraft verlieh, in seinem Plädoyer fortzufahren: Die Erfahrungen seines Lebens, in dem es weder an Siegen noch an Niederlagen gemangelt habe, hätten seinen Glauben an die Zukunft der Menschheit nicht zerstören können, im Gegenteil, sie hätten ihm einen unerschütterlichen Glauben verliehen. Und dieser Glaube an die Vernunft, die Wahrheit und die menschliche Solidarität, den er als Achtzehnjähriger in die Elendsviertel der Provinzstadt Nikolajew mitgenommen habe, sei ihm vollständig erhalten geblieben, sei reifer geworden, das ja, aber nicht weniger glühend, und nichts und niemand werde diesen Glauben jemals abtöten können.

Schwer atmend und mit schmerzendem Kopf nahm er wieder Platz. Seine Augen waren auf die des nordamerikanischen Professors gerichtet, und für einige Sekunden sahen sie sich an. Es herrschte dramatisches Schweigen. Vor Trotzkis Verteidigungsrede hatte Dewey versprochen, ein vorläufiges Urteil zu verkünden, doch jetzt saß er wie versteinert da. Natalias Schluchzen unterbrach die weihevolle Stille. Schließlich senkte Dewey den Blick, sah auf seine Notizen und murmelte, er habe dem nichts hinzuzufügen: Alles, was er jetzt noch beitragen könnte, wäre nicht dazu angetan, das Gesagte zu übertreffen.

Kaum waren die Sitzungen beendet, sah sich Lew Dawidowitsch gezwungen, Natalias Anordnungen zu befolgen und sich in einem Landhaus nahe der hübschen Stadt Taxco zu erholen. Er hatte die Sekretäre angewiesen, die Jagdgewehre mitzunehmen, doch dann war er so erschöpft, dass er nur kurze Spaziergänge durch die Stadt und, schon gegen Ende ihres Aufenthaltes, einen Ausflug zu der Sonnen- und der Mondpyramide von Teotihuacán unternehmen konnte. Zum Glück ließen die Kopfschmerzen langsam nach, der Blutdruck sank ein wenig, und die Schlaflosigkeit plagte ihn nicht mehr so sehr; aber Natalias strikte Überwachung sorgte dafür, dass er sich schonte und nicht einmal seine Korrespondenz erledigte.

Als sie nach Coyoacán zurückkehrten, stellte Lew Dawidowitsch überrascht fest, dass ihm dieser Ort bereits vertraut war, ein Gefühl, das er seit den Tagen in Prinkipo nicht mehr gehabt hatte. Für ihn, der sein Leben lang in Bewegung gewesen war, war der traditionelle Begriff von einem Heim schon längst durch den eines Ortes, der sich zum Arbeiten eignete, ersetzt worden, und das Blaue Haus mit seinem Charme und seiner exotischen Atmosphäre übte eine magische Wirkung auf ihn aus. Dazu kam (was Lew Dawidowitsch in seinen Schriften nie zugegeben hätte) die animierende Gegenwart der attraktiven Kahlo-Schwestern, die in ihm Instinkte weckten, die die Jahre des Kampfes und der Isolation eingeschläfert hatten. Er genoss Cristinas Schönheit und Fridas geheimnisvolle Aura, den Duft nach Jugend, den die beiden verströmten, und die Gespräche, in denen er – manchmal ziemlich ungeschickt – versuchte, charmant zu sein. All das wurde zu einer Art pubertärem Spiel, das das Gefühl des Eingeschlossenseins vertrieb und die Küche, die Flure, den Patio in sonnige Orte der Begegnung verwandelte. Er spürte, wie die unbekümmerte Ausgelassenheit das drohende Alter zurückzudrängen vermochte.

Während er auf Deweys Abschlussbericht wartete, sammelte er weitere Informationen, um den Vorwurf seiner angeblichen Beteiligung an einer antisowjetischen Konspiration zu widerlegen. Er bedauerte, dass viele Dokumente nicht schon vor Wochen in seine Hände gelangt waren, und die Vorstellung, Ljowas Gleichgültigkeit sei schuld daran, machte ihn rasend. Entschlossen, die unverzeihliche Ineffizienz zu bestrafen, überließ er es den Sekretären, die Briefe seines Sohnes zu beantworten. Bestimmt würde Ljowa sein Schweigen als Zeichen seines Unwillens verstehen.

Eines Abends saßen Natalia, Jean van Heijenoort und Lew Dawidowitsch nach dem Essen noch ein wenig mit den Besitzern des Blauen Hauses zusammen und plauderten. Wie so häufig wurde der Verbannte aufgefordert, aus seinem bewegten Leben zu erzählen. Der ließ sich nicht lange bitten und berichtete von Michail Tuchatschewski, dem jungen, eleganten Marschall, der zur Zeit des Bürgerkriegs wegen seiner strategischen Fähigkeiten »der russische Bonaparte« getauft worden war. Natalia, die diese Anekdote bereits kannte und das Englische, das sie als Lingua franca verwendeten, nur sehr unvollkommen beherrschte, zog sich als Erste zurück. Kurz darauf verabschiedete sich auch Rivera, der bereits eine beeindruckende Menge Whisky im Blut hatte, gefolgt von Frida, die gegen die Müdigkeit nicht mehr ankam. Und dann zog sich auch van Heijenoort diskret zurück.

Cristinas Lächeln, der Wein und die durch mehrere Wochen des Zusammenlebens angefachte Begierde führten zu der voraussehbaren Explosion. Mehr als einmal hatte Lew Dawidowitsch zärtlich eine Hand auf Cristinas Arm oder Knie gelegt, und sie hatte, kokett und taktvoll und immer lächelnd, seine Annäherungsversuche abgewehrt, ohne sie allerdings entschieden genug zurückzuweisen. Er verstand Ziererei und Lächeln als Teil eines Rituals der Annäherung, das er an diesem Abend endlich zum Abschluss bringen wollte. Zu seiner Überraschung entzog sie sich ihm und mahnte ihn, Bewunderung und Zuneigung nicht mit anderen Gefühlen zu verwechseln. Lew Dawidowitsch verstand die Reaktion der Frau nicht und wusste nicht, was er sagen sollte. Sein Begehren jedenfalls war abgekühlt.

Beschämt darüber, dass er einem Impuls nachgegeben hatte, der sein gutes Verhältnis zu den Hausbesitzern und, schlimmer noch, seine Ehe gefährdete, rief der Mann sich zur Ordnung und verscheuchte die Gelüste, die ihn übermannt hatten. Er überlegte, ob sein Begehren nicht mehr gewesen war als nur eine vorübergehende, von einer glatten Haut provozierten Anwandlung. Hatte sich darin nicht die Leidenschaft des fast Sechzigjährigen Bahn gebrochen?

Als Frida hörte, was vorgefallen war, übernahm sie selbst die Rolle der Vertrauten und versuchte, ihn zu trösten, indem sie ihn über die sexuellen Ausschweifungen ihrer Schwester ins Bild setzte. Die liebte es, die Männer zu entflammen, und machte auch vor dem schäbigsten Betrug nicht halt. Die letzte Grenze hatte Cristina jedoch überschritten, als sie mit Diego ins Bett gegangen war, was Frida geschluckt hatte, auch wenn sie weder ihrem Mann noch ihrer Schwester jemals verzeihen würde. Die liebevolle, einfühlsame und gleichzeitig kokette Art der Malerin brachte Lew Dawidowitsch auf den Gedanken, ob er seine Chance nicht bei der Falschen gesucht hatte. Also begann er, Frida Avancen zu machen, und seine schlaflosen Nächte belebten sich mit dem Bild der Frau, die ihm so intime Dinge anvertraut hatte.

Gefangen in dem engmaschigen Spinnennetz der Begierde, musste sich Lew Dawidowitsch auf seine Disziplin besinnen, um sich auf die Arbeit zu konzentrieren. Doch Fridas Gegenwart und die ganze Atmosphäre im Blauen Haus ließen ihn immer wieder abschweifen, ausgerechnet jetzt, da so viele politische Verpflichtungen und finanzielle Probleme all seine Kraft forderten. Vielleicht wurde sein Arbeitsrhythmus auch durch die Tatsache gestört, dass er die Biografie Lenins zurückgestellt hatte, um sich auf die Stalins zu stürzen, für die er bereits einen Vorschuss kassiert hatte. In den Archiven zu forschen und in seinem Gedächtnis nach allem zu kramen, was mit jenem Ungeheuer zu tun hatte, war eine wahrhaft unangenehme Aufgabe, und auch wenn er sich vorgenommen hatte, das Buch zu einer Granate gegen den Totengräber der Revolution werden zu lassen, spürte er tief im Innern, dass er sich herabwürdigte, indem er ihm seine Intelligenz und seine Zeit widmete.

Ein merkwürdiger und verwirrender Vorfall, der sich am 3. März in Barcelona ereignete, lenkte seine Aufmerksamkeit auf das, was in Spanien geschah. Seit mehreren Monaten war der Spanische Bürgerkrieg zu einem Terrain politischer Konfrontationen zwischen den Gruppen geworden, die aufseiten der Republik kämpften, und Lew Dawidowitsch vermutete, dass Moskau hinter den gegenseitigen Anschuldigungen und den Streitigkeiten zwischen den Fraktionen steckte. Es konnte kein Zufall sein, schrieb er später, dass kurz nach dem Beginn der Säuberungen in Moskau und der Ankündigung, die Republik, die von den sowjetischen Waffen und Beratern abhing, militärisch zu unterstützen, eine Kampagne gegen die tatsächlichen und vermeintlichen spanischen Trotzkisten gestartet worden war. Man feindete sie mit derselben Wut und denselben Anschuldigungen, ja, fast mit denselben Worten an, mit denen den alten Bolschewisten in der UdSSR der Prozess gemacht worden war. Sein alter Freund Andreu Nin, von dem er sich wegen strategischer Meinungsverschiedenheiten distanziert hatte, war als einer der Ersten aus der Regierung ausgeschlossen worden, während seine Partei, der POUM, schärfer propagandistisch angefeindet wurde als die Faschisten.

Im Wirrwarr der zensierten und widersprüchlichen Informationen aus Barcelona erahnte der alte Revolutionär, dass all das, was im Zusammenhang mit der militärischen Kontrolle über das Gebäude, von dem aus die gesamte Kommunikationsstruktur der Republik geleitet wurde, geschehen war, nur eine Strafaktion gewesen sein konnte, die das Hauptziel verbarg und gleichzeitig seine Erreichung beschleunigte: den Stier der Opposition zu töten und die republikanische Regierung dem Willen der Sowjets zu unterwerfen, wodurch sich Stalin zum unverzichtbaren Protagonisten im Spiel der europäischen Politik aufschwingen würde. Es erstaunte ihn daher nicht zu erfahren, dass die Mitglieder des POUM als Erste an den Pranger gestellt wurden. Offensichtlich war die Aggressivität, mit der die spanischen

Kommunisten sie aus dem Weg räumten, weniger auf alte Streitigkeiten oder die Notwendigkeit, eine einheitliche Regierung zu schaffen, zurückzuführen, als auf die Obsession des Kreml-Herrn, das Land unter seine Kontrolle zu bringen (was ihm noch wichtiger war als die militärische Niederlage Francos und seiner elenden Faschisten).

Am Ende jenes turbulenten Mai trafen die Belegexemplare der soeben erschienenen Ausgabe von *Verratene Revolution* in Coyoacán ein. Um das Ereignis zu feiern, luden Diego und Frida die Trotzkis und noch ein paar andere Freunde in ein Restaurant im Zentrum der Hauptstadt ein. Inzwischen hatte sich Lew Dawidowitschs Gemütsverfassung so weit gebessert, dass er anfing, von der Bewegungsfreiheit, die ihm die mexikanischen Behörden einräumten, Gebrauch zu machen. Begleitet von zwei oder drei Leibwächtern, fuhr er nun häufig in die pulsierende Stadt, auf den Rücksitz des Wagens gekauert, verborgen unter einem tief in die Stirn gezogenen Hut und einem Halstuch, das sein Kinn bedeckte. Selbst so genoss er die Ausflüge, und an manchen Abenden spazierte er sogar durch die Straßen und erkundete den plumpen Barock der Kathedrale, die Atmosphäre in den Kneipen mit ihren *mariachis* und die Eleganz der alten Paläste aus der Kolonialzeit, immer verfolgt vom Duft der Tortillas, die an jeder Straßenecke auf dem Feuer standen. Die Lebhaftigkeit Mexikos schien ihm die einer kraftstrotzenden Welt zu sein, einer wilden kulturellen Vermischung, die es jedoch auch in Jahrhunderten nicht schaffen würde, die Schranken zwischen den zusammenlebenden Rassen zu überwinden.

Nach dem Festessen gingen die Freunde durch die Gassen des Zentrums und lasen die politischen Parolen auf den Mauern. Die einen beschimpften Cárdenas als Verräter und Kommunist, die anderen sicherten ihm ihre Unterstützung zu und forderten ihn auf, unbedingt durchzuhalten. Auch der Name Trotzki tauchte, wie zu erwarten war, in verschiedenen Schmierereien auf. Sie reichten von »Er lebe hoch!« bis »Tod dem Renegaten!«, von »Willkommen« bis »Raus aus Mexiko«. Doch an jenem Abend zeigte Lew Dawidowitsch weder großes Interesse an den Parolen noch an den Sehenswürdigkeiten der Stadt. Was er in Wahrheit suchte, war Fridas Nähe. Der Sinnestaumel, der ihn ergriffen hatte, verlangte nach einem Ventil, und dieses Ziel begann er hartnäckig zu verfolgen. Obwohl die Malerin aufgrund ihrer Behinderung orthopädische Korsetts tragen und einen Stock benutzen musste, um das am meisten in Mitleidenschaft gezogene Bein zu entlasten, oder vielleicht gerade deshalb, verkörperte sie auf provozierende, überbordende Art und Weise Sexus und Sinnlichkeit. Seit Lew Dawidowitsch erfahren hatte, dass ihre moralische Freizügigkeit ihr bisweilen sogar gestattete, ihre Begierde in lesbischen Beziehungen zu stillen, entlud sich sein Begehren in schamlosen Wachträumen, in einem Verlangen, das heftiger war als alles, was er in seiner Jugend empfunden hatte oder in seiner Zeit als mächtiger Kriegskommissar, als so manche Kampfgenossin ihm angeboten hatte, das Feuer der angestauten Lust solidarisch zu löschen.

In seinen Gedichten und Liebesbriefen, versteckt in den Seiten der Bücher, die er Frida auslieh, bat Lew Dawidowitsch die Umworbene, dem Werben konkrete Taten folgen lassen zu dürfen. Das Feuer in ihm brannte so stark, dass er sogar die Angst davor vergaß, Natalia könne von seiner Verliebtheit etwas ahnen. Und in jener ausgelassenen Nacht, als Diego, Natalia und die anderen ein Gebäude betraten, in dem sich eines von Riveras Wandgemälden befand, blieb er mit Frida absichtlich zurück. Ohne ein weiteres Wort zu wechseln, drückte er sie gegen die Hauswand, küsste sie auf die Lippen und versicherte ihr in den wenigen Atempausen immer wieder, wie sehr er sie begehre. In vollem Bewusstsein stürzte sich Lew Dawidowitsch in den Abgrund des Liebeswahns und setzte damit die übergeordnete Bedeutung seines bisherigen Lebens aufs Spiel. Aber es machte ihn glücklich, stolz, verwegen, wie er später schrieb, ohne das geringste Schuldgefühl, überzeugt davon, dass es sich letztendlich gelohnt hatte, in jenem Taumel der Sinne seine Männlichkeit ein letztes Mal unter Beweis zu stellen.

17

Ramón Mercader war davon überzeugt, dass Paris die arroganteste Stadt der Welt war und die Franzosen und ihre Regierung Spanien verrieten, indem sie der Republik ihre Unterstützung versagten. Doch er freute sich, als Tom ihm die Wohnungstür in der Rue Léopold Robert öffnete und er entdeckte, dass man von den nach Norden gehenden Fenstern auf den Boulevard Montparnasse und vom Balkon der Südseite auf den Boulevard Raspail in Höhe des Café des Arts blicken konnte.

»Schön hier, nicht wahr?«, fragte Tom, während er ihm den Wohnungsschlüssel aushändigte. »Zentral und unauffällig, sehr bürgerlich, aber auch etwas *bohémien,* genau das Richtige für dich.«

»Das Richtige für Jacques Mornard«, erwiderte er und sah sich die Tische, die leeren Holzregale und die kahlen Wände an. Man müsste unbedingt ein paar Fotos aufhängen, dachte er. »Er muss sich erst noch eingewöhnen.«

»Dazu hast du genug Zeit. Zwei oder drei Monate, glaube ich.«

Jacques zündete sich eine Zigarette an und ging durch die Räume, inspizierte das Schlafzimmer, das winzige Klo, das Badezimmer und die kleine Küche, durch deren Glastür man auf den Balkon sehen konnte, der auf den Hinterhof hinausging. Dann kehrte er zurück in den Salon, in der Hand eine Untertasse, die als Aschenbecher dienen sollte, bis er sich die nötigen, zu seiner Person passenden Dinge besorgt hatte. In diesem Moment überkam ihn ein unbekanntes Gefühl, denn seit Caridad mit ihren Kindern vor mehr als zehn Jahren ihr Vagabundenleben begonnen hatte, hatte er kein Heim im bürgerlichen Sinne mehr gehabt.

»Ich geh ins Hotel«, sagte Tom gähnend. »Willst du dich ein wenig ausruhen?«

»Ich muss noch einkaufen, Milch, Kaffee …«

»Gut, wir sehen uns dann heute Abend. Um acht, vor dem Brunnen von Saint-Michel … Ich habe eine Überraschung für dich«, fügte Tom hinzu und erhob sich, mühsamer als sonst.

»Wann erzählst du mir, was mit deinem Bein passiert ist?«

Tom lächelte und ging hinaus.

Jacques öffnete seinen einzigen Koffer, holte die Hemden und den Anzug aus englischem Kaschmir heraus und legte sie über die Sessel, damit sie durchlüfteten und wieder Form annahmen. Dann ging er hinunter auf die Straße, überquerte den Boulevard Montparnasse und ging in die Closerie des Lilas, die am Vormittag so gut wie leer war. Er bestellte ein Glas heiße Milch, ein Croissant und einen Kaffee. Er tat es in seinem besten belgischen Akzent, erinnerte sich jedoch daran, dass er nicht übertreiben durfte. Auf jeden Fall blieb ihm genug Zeit, um diese kleinen Fehler auszubügeln, sagte er sich und ließ den Aschenbecher vom Nebentisch in seiner Jackentasche verschwinden.

Grigorjew, sein Mentor, hatte ihm erzählt, wie er während seines Aufenthaltes in New York den verschlungenen, aber sicheren Weg festgelegt hatte, der Jacques Mornard zu dem Renegaten Leo Trotzki führen sollte. Ramón erschien das alles so übertrieben und unwahrscheinlich, dass es ihm vorkam wie reine Fiktion. Grigorjew hatte ihm berichtet, wie er unter dem Namen Andrew Roberts mit Louis Budenz, dem Chefredakteur des *Daily Worker,* in Kontakt getreten war. Budenz hatte bereits bei anderen Gelegenheiten für die sowjetischen Geheimdienste gearbeitet, und jetzt verlangte Grigorjew etwas so Einfaches wie Schwieriges von ihm: eine junge Frau namens Sylvia Agelof nach Paris zu schicken, aktives Mitglied der nordamerikanischen Trotzkisten, Schwester von zwei weiteren fanatischen Anhängerinnen, die sogar schon eng mit dem Exilanten zusammengearbeitet hatten. Natürlich hatte Roberts ihm nicht gesagt, wozu Sylvia so dringend in Frankreich gebraucht wurde, nur dass es sehr wichtig war, außer ihnen niemand von der Sache wisse und das Ganze mit der größten Diskretion geschehen müsse. Louis Budenz hatte ihm versprochen, ihm so bald wie möglich Nachricht zu geben.

Als Jacques Mornard aus dem Bus stieg und am Odéon vorbei in Richtung Boulevard Saint-Michel ging, fühlte er sich mitten im Herzen einer brodelnden Stadt. Für die Pariser waren der Krieg auf der anderen Seite der Pyrenäen und der Krieg, der sich am europäischen Horizont abzeichnete, so weit weg wie der Mars. Die *nuit parisienne* war so lebhaft und aufregend wie eh und je, und Jacques fühlte sich von pulsierendem Leben umgeben, als er wartend neben dem Brunnen stand.

Ein Instinkt oder vielleicht der Ruf des Blutes veranlasste ihn, sich umzublicken. Und da entdeckte er sie zwischen den Passanten. Sie kam an Toms Arm auf ihn zu. Und er spürte, wie sich seine neue Identität verflüchtigte angesichts dieser Erscheinung, die auf den Namen Caridad del Río hörte. Als die Frau vor ihm stand, lächelnd, stolz, mit einer ihm unpassend erscheinenden Eleganz gekleidet (diese Krokodillederschuhe mit hohen Absätzen, mein Gott!), und auf Katalanisch murmelte: *Mare meva, quin home més ben plantat!* (»Mein Gott, was für ein schmucker Mann!«), ahnte er, was kam: Sie zog ihn am Hals zu sich heran und drückte ihm mit hinterhältiger Präzision einen Kuss auf die Wange, der die Wärme ihres Speichels auf seinem Mundwinkel hinterließ. Obwohl Jacques Mornard bemüht war, sich nicht unterkriegen zu lassen, hatte Caridad ihren Sohn Ramón durch jenen unwiderstehlichen Anisgeschmack wieder zum Leben erweckt.

Tom, der heute Abend überhaupt nicht hinkte, schlug vor, in die Brasserie *Le Balzac* in der Rue des Écoles zu gehen, wo sie von jemandem erwartet würden. Caridad war glücklich, sie hatte sich bei den beiden Männern eingehakt, und Ramón nahm sich vor, nicht wieder schwach zu werden, zumindest nicht so offensichtlich und auf keinen Fall vor Tom. Er wollte sich nach Luis erkundigen, seinem kleinen Bruder, den er noch in Paris vermutete, und nach seiner Schwester Montse, die ihm irgendwann einmal von ihrer Absicht erzählt hatte, nach Frankreich zu gehen. Ob Caridad etwas von África und der kleinen Lenina wusste?

Als sie die Brasserie betraten, erhob sich ein Mann mit rasiertem, glänzendem Schädel von seinem Platz. Tom führte sie an seinen Tisch, begrüßte ihn und stellte sie auf Französisch einander vor: »Unsere Genossin Caridad ... George Mink«, und zu seinem Schüler gewandt: »Jacques, George wird dein Kontaktmann in Paris sein.«

»Willkommen, Monsieur Mornard. Ich wünsche Ihnen einen angenehmen Aufenthalt in unserer Stadt.«

Beim Aperitif forderte Tom Caridad auf, zu berichten, wie die Dinge in Spanien standen. Die Volksarmee zeige weiterhin einige Schwächen, sagte sie, was auf eine konkrete Ursache zurückzuführen sei: feindliche Sabotage. Mink tat so, als verstünde er nicht, und fragte, welchen Feind sie meine, jetzt, da die Trotzkisten und Anarchisten vernichtet seien, und sie stieß hervor: »Die unfähigen Idioten, die uns immer noch regieren!«

»Die Armee wird jetzt von den Sowjets mit Waffen versorgt und zu achtzig Prozent von kommunistischen Offizieren geführt«, erklärte Caridad, wobei sie Tom direkt ansah, »und trotzdem verlieren wir eine Schlacht nach der anderen, und die Faschisten stehen bereits am Mittelmeer. Sie haben die Halbinsel in zwei Hälften geteilt. Die einzige Erklärung dafür ist, dass der Republik die ideologische Standhaftigkeit fehlt, die nötig ist, um den Krieg zu gewinnen. Wir brauchen in Spanien mehr Säuberungen.«

»Armes Spanien«, sagte Tom, und in diesem Moment wusste Jacques nicht, was er damit meinte. »Inzwischen gibt es sogar in den öffentlichen Toiletten sowjetische Berater, und die spanischen Kommunisten ziehen an der Kette. Wir kontrollieren die Armee, den Geheimdienst, die Polizei, die Propaganda, von wem sollen wir denn noch gesäubert werden?«

»Von den Verrätern! Indalecio Prieto haben wir uns ja bereits vom Hals geschafft. Er hat ständig Krieg gegen uns geführt, hat überall herumerzählt, dass wir Kommunisten wie Automaten sind und nur die Befehle des Zentralkomitees ausführen. Er war schlimmer als die fünfte Kolonne ...«

»Manchmal ist mir Prieto wie ein Erleuchteter vorgekommen«, sagte Tom seufzend. »Ich hab noch nie einen Kriegsminister gesehen, der so davon überzeugt war, dass er den Krieg nicht gewinnt ... Aber das wirkliche Problem ist doch, dass ihr spanischen Kommunisten nicht wisst, wie man siegt. Hast du dir mal selbst zugehört, Caridad? Du sprichst wie ein verdammter Zeitungsschreiber. Inzwischen sprechen alle so ... Und wer wird das Desaster in Spanien bezahlen? Wir! Pedro, Orlow, ich und die anderen Beraterchefs. Aber ehrlich gesagt, wir sind es leid, euch reden und reden zu hören und euch jeden Tag antreiben zu müssen.«

Jacques Mornard spürte den Peitschenhieb auf Ramóns Rücken. Immer dreschen alle auf die Spanier ein, mit oder ohne Grund, dachte er, doch er schwieg.

»Ich weiß nicht, was für Kommunisten ihr seid«, fuhr Tom fort, so als öffnete sich eine Schleuse für alte Vorurteile. »Ihr lasst euch von anderen sagen, was ihr zu tun habt. Wie kleine Kinder lasst ihr euch behandeln! Die Wölfe von der Komintern teilen den Kuchen untereinander auf. Und warum? Weil ihr euch nicht entschließen könnt, sie zum Teufel zu schicken und die Dinge selbst in die Hand zu nehmen!«

»Und wenn wir euch alle zum Teufel schicken«, mischte sich Ramón ein, der sich nicht mehr beherrschen konnte, »sie und euch, wie sollen wir dann den italienischen Einheiten und der deutschen Luftwaffe die Stirn bieten? Wir hängen von euch ab, das weißt du ganz genau, wir haben keine Alternative ...«

Tom sah seinem Schüler direkt in die Augen. Sein durchdringender Blick war leicht zu deuten.

»Was ist los mit dir, Jacques? Du redest dich in Rage ... ein Mann wie du ...«

Jacques Mornard erkannte den bissigen Ton in der Stimme seines Mentors und spürte seine eigene Ohnmacht. Dennoch unternahm er einen letzten Versuch, seine Ehre zu retten:

»Immer gibt man uns die Schuld ...« »Das hat niemand gesagt.« Toms Ton hatte sich verändert. »Ihr seid fast aus dem Nichts nach oben gekommen, und heute seid ihr die stärkste Partei aufseiten der Republikaner. Ihr könnt immer auf unsere Hilfe zählen. Aber ihr müsst endlich mal erwachsen werden!«

»Wann gehst du nach Spanien zurück?«, fragte Mink, um die Situation zu entspannen.

»In zwei Tagen«, antwortete Tom und seufzte. »Ich bereite hier alles vor und gehe dann zurück. Jeschow besteht darauf, dass ich weiter mit Orlow zusammenarbeite. Aber ich kann mich nicht auf zwei Dinge gleichzeitig konzentrieren … Ich habe nur einen Kopf, und den halte ich doppelt hin.«

Caridad sah ihn an, und mit einer Sanftheit, die man sonst nicht an ihr kannte, sagte sie: »Die Leute munkeln, dass die Berater uns am liebsten unserem Schicksal überlassen würden. Manche behaupten sogar, sie wollten uns übel …«

»Wer so was sagt, ist undankbar … Ich gehe fort, weil ich woanders gebraucht werde. Ich habe in Spanien Blut geschwitzt und mich in Madrid den italienischen Panzern entgegengestellt, als niemand auch nur eine Peseta für die Stadt gegeben hätte …« Tom leerte sein Glas und starrte auf einen imaginären Fleck auf dem leuchtend weißen Tischtuch. »Niemand kann behaupten, dass ich euch im Stich lassen will …«

Stille breitete sich über dem Tisch aus, und Mink unterbrach sie, während er sich nachschenkte.

»Ich weiß, dass das mit Spanien wehtut, aber wir haben andere Probleme … zum Beispiel, das Essen zu bestellen, nicht wahr? Ich kann euch die *choucroute alsacienne* empfehlen, die Würstchen darin sind erste Klasse. Ich allerdings werde mich für den *cassoulet au canard* entscheiden, ich liebe Ente …«

Bevor Tom wieder in Kotows Haut schlüpfte und nach Spanien zurückkehrte, gab er Jacques einen Rat, der in Wirklichkeit ein Befehl war: Er solle Spanien und den Bürgerkrieg aus seinem Kopf verbannen. Was südlich der Pyrenäen geschehe, werde für Jacques Mornard nichts weiter sein als Zeitungsnachrichten. Er dürfe nicht gestatten, dass jene Leidenschaft seine Identität schwäche oder spalte, auch nicht in intimstem Kreise; und als Vorsichtsmaßnahme verbot Tom ihm, Caridad zu sehen und mit ihr zu sprechen, bis er es ihm wieder erlaube. Die raffiniert in Gang gesetzte Maschinerie mache diese Art sentimentaler und patriotischer Ausrutscher unakzeptabel. Ramón Mercader habe bewiesen, dass er fähig sei, sich über solche Schwächen hinwegzusetzen. Seine Gefühle müssten unter Verschluss gehalten werden, bis sie für eine größere, vielleicht für die ganz große Sache gebraucht würden.

George Mink, Sohn ukrainischer Emigranten, die während des russischen Bürgerkriegs nach Frankreich gekommen waren, übernahm es, Jacques in das Pariser Leben einzuführen, das ihm gemäß war: Sie besuchten die Lokale der *rive gauche* und das Hippodrom, wo Jacques Gelegenheit hatte, seine theoretischen Kenntnisse über Sportwetten in der Praxis anzuwenden; sie schlenderten durch die historisch bedeutenden, inzwischen heruntergekommenen Straßen des Marais, machten Bekanntschaft mit den Revuegirls des Moulin Rouge, die sie zu Champagner einluden, und erkundeten die Pariser Straßen, die Jacques sich in Malachowka auf dem Stadtplan eingeprägt hatte. Als handelte es sich um ein Heiligtum, führte George ihn in den Nachtclub *Le Gemy,* wo Louis Leplée gerade seine große Entdeckung präsentierte, la môme Piaf, eine flatterhafte und etwas gerupft aussehende kleine Frau, die mit einer enormen Stimme Lieder voller Gemeinplätze und gewagter Metaphern sang, die den Belgier jedoch kaltließen. Mit Jacques am Steuer fuhren sie nach Brüssel und Lüttich, besuchten die berühmten Schlösser in der Loire-Ebene und machten den Gaumen des Jungen mit belgischer Schokolade, französischen Weinen und französischem Käse, den üppigen Speisen der Normandie und den raffinierten Aromen der Provence bekannt. Die Wohnung in der Rue Léopold Robert nahm ein gutbürgerliches und gleichzeitig etwas chaotisches Aussehen an. Jacques wurde von jüdischen Schneidern aus Deutschland, die sich soeben im Marais niedergelassen hatten, eingekleidet und besaß zwölf Hüte. Sie hielten sich fern von den politischen Kreisen der Franzosen, von der Welt der russischen Emigranten und den Zirkeln der spanischen Republikaner, wo es vor Spitzeln aller Geheimdienste der Welt nur so wimmelte. Man hatte das Gefühl, sämtliche Mächte der Finsternis hätten sich hier versammelt.

Als Tom Anfang Juni wieder nach Paris kam, stellte er mit Genugtuung fest, dass seine Schöpfung der Perfektion bereits sehr nahekam. Er war glücklich darüber, in dem einfachen katalanischen Kommunisten jenen Rohdiamanten entdeckt zu haben, der nun wie das kostbarste Juwel funkelte. Nach seinem Aufenthalt in Spanien war Tom nach New York gereist, um sich zu vergewissern, dass die Linie Sylvia Agelof aktiviert worden war und weiter verfolgt werden würde, wenn die junge Frau und High-School-Lehrerin im Juli Sommerferien bekommen und dank der Großzügigkeit ihrer Freundin Ruby Weil eine Traumreise nach Paris antreten würde. Ohne Jacques zu sagen, wer die Person auf dem Foto war, legte Tom ihm ein Bild von Ruby Weil vor und sah, wie die Augen des Jungen leuchteten.

»Sieht nicht schlecht aus«, sagte Jacques anerkennend.

Tom lächelte und reichte ihm ohne jeden Kommentar ein zweites Foto, auf dem eine fast dreißigjährige Frau abgebildet war, mit einer runden Brille mit dicken Gläsern, einem schmalen, sommersprossigen Gesicht und glatt herunterhängenden Haaren, aus denen die Ohren hervorschauten.

»Nicht alle Weine kommen aus Bordeaux, Jacques«, sagte Tom, immer noch lächelnd. »Das ist Sylvia Agelof, dein Hase. Gut zubereitet, kann er durchaus lecker schmecken …«

Um den Schock zu lindern, erzählte ihm Tom, dass er auch in Mexiko gewesen sei, wo noch weitere Operationslinien aktiviert worden waren. Während die Leute der Komintern die dortige Kommunistische Partei angewiesen hatten, gegen die Anwesenheit des Renegaten Trotzki Stimmung zu machen, waren vier Agenten, ausnahmslos Spanier, in die Hauptstadt gebracht worden, um die Operation zu Ende zu führen, sobald der Befehl erfolgen und die Erfolgsaussichten als real eingeschätzt werden würden.

»Vielleicht verbringst du ja gerade die schönsten Ferien deines Lebens hier in Paris, weit weg vom Krieg, die Taschen voller Geld. Wenn du dafür an diesem Knochen nagen musst«, er tippte mit dem Fingernagel auf das Foto von Sylvia Agelof, »und wenn du am Ende den Auftrag nicht übernimmst, räumen wir dir einen großzügigen Rabatt auf deine Schulden ein.«

Jacques dachte, dass es größere Opfer gab, und so getröstet, wartete er auf die Ankunft der Frau, die ihm mit etwas Glück den Weg nach Coyoacán und, möglicherweise, in die Geschichtsbücher ebnen würde.

Seit Anfang Juli hatten sich Tom und Mink in Luft aufgelöst, und die friedlichen Frühlingstage des Wartens auf den Moment X wurden Jacques Mornard lang, überschattet durch die galoppierende Krise der Regierungskoalition der Volksfront in Frankreich, aber vor allem durch die mit jedem Tag schlechteren Nachrichten, die ihn aus Spanien erreichten. Die Evakuierung der Freiwilligen der Internationalen Brigaden hatte begonnen, ohne dass es der Volksarmee trotz ihrer waghalsigen Operation am Ebro gelungen wäre, die faschistischen Truppen zurückzuschlagen und sie aus der Schneise zu verdrängen, die sie bis zum Mittelmeer geschlagen hatten. Ramóns Überreste, die immer noch in Jacques lebendig waren, erregten sich angesichts dieser Misserfolge, doch seine Disziplin hielt ihn von den Orten fern, an denen sich die evakuierten Freiwilligen trafen, bevor sie in ihre jeweiligen Länder zurückkehrten. Nur zu gerne hätte Ramón ihre Geschichten gehört, ihre Atmosphäre geschnuppert.

Am 15. Juli kam ein bleicher und nervöser Tom in die Wohnung in der Rue Léopold Robert. Ohne Jacques zu begrüßen, eröffnete er ihm, es habe sich ein schwerer Zwischenfall ereignet: Alles deute darauf hin, dass Orlow, der Leiter des sowjetischen Beraterstabes in Spanien, desertiert sei. Und zum ersten Mal bemerkte Jacques einen Anflug von Schwäche an diesem Mann, den er wegen seiner Gelassenheit in jedweder Situation so sehr bewunderte. Doch schnell begriff er die Dimension des Desasters, das seinen Mentor so sehr beunruhigte.

»Wir sind hinter ihm her«, sagte Tom, »aber das Schwein kennt sich aus und weiß, wie man es anstellen muss, um nicht gefasst zu werden. Wir wissen, dass er in Frankreich ist, vielleicht genau hier in Paris, und ehrlich gesagt, ich glaube, dass er uns entwischen wird.«

»Seid ihr sicher, dass er desertiert ist?«

»Er hatte keine andere Wahl.«

»War er denn kein Mann des Vertrauens?«

»Und wie! Deshalb kennt er das gesamte sowjetische Spionagenetz in Europa.«

Plötzlich durchfuhr es Jacques eiskalt.

»Weiß er auch von mir?«

»Nein«, beruhigte ihn Tom, »du bist vor ihm sicher. Aber die Genossen in Mexiko nicht. Du kannst dir nicht vorstellen, was Orlow alles weiß! Der Scheißkerl hat uns mit dem Arsch im Regen stehen lassen, wie ihr in Spanien sagt ... Eine Katastrophe!«

»Ich kanns einfach nicht glauben! Orlow, ein Verräter?«

Tom zündete sich eine Zigarette an, so als würde er eine Atempause brauchen.

»Nein, das glaub ich auch nicht. Viel schlimmer: Man hat ihn gezwungen zu desertieren. Jeschow, dieser Verrückte, hat Orlow nämlich ein Telegramm geschickt, in dem er ihn auffordert, nach Paris zu kommen, einen Wagen der Botschaft zu nehmen und nach Antwerpen zu fahren, um auf einem Schiff einen seiner Agenten zu treffen. Orlow musste nicht mal besonders intelligent sein, um zu ahnen, dass man ihn dort erschießen würde, so wie Antonow-Owsejenko und die anderen Berater, die Jeschow holen ließ. Am Elften hat Orlow Spanien verlassen, und seitdem ist er wie vom Erdboden verschluckt.«

In Jacques' Kopf drehte sich alles. Etwas völlig Verrücktes, Unkontrollierbares war da im Gange, und nach Toms Worten zu urteilen, konnte das unvorhersehbare Folgen haben.

»Wenn Beria und Genosse Stalin Jeschow nicht aufhalten, geht alles den Bach runter.«

»Und warum halten sie ihn nicht endlich auf, verdammt noch mal?«, erregte sich Jacques.

»Weil Stalin nicht will, verfluchte Scheiße!«, schrie Tom und warf die Kippe auf den Boden. »Weil er nicht will!«

Tom sprang auf. Einen derartigen Wutanfall hatte Jacques bei ihm noch nie erlebt, und so verhielt er sich still, bis Tom seine Beherrschung zurückgewann und wieder zu sprechen begann.

»Dein Plan steht. Orlow weiß nicht einmal, dass es dich gibt, und das ist unser Vorteil. Jetzt ist es wichtiger denn je, dass du deine Sache so gut wie möglich machst. Solange wir nicht wissen, wo sich Orlow aufhält und welche Informationen er weitergibt, hängen wir in der Luft. Einstweilen haben wir drei der Genossen, die sich in Mexiko befinden, aus der Schusslinie genommen und den vierten abgezogen ... Den kannte Orlow persönlich. Er selbst hatte ihn für einen Auftrag von höchster Verantwortung empfohlen.«

Jacques schwieg. Er wusste, dass Tom ein Ventil für die innere Anspannung brauchte und in seiner Gegenwart Luft abließ, weil er auf seine Verschwiegenheit vertraute und mehr denn je auf seine Intelligenz angewiesen war.

»Ich sag dir jetzt etwas, das du irgendwann sowieso erfahren wirst. Der Agent, den wir aus Mexiko abgezogen haben, ist eine Frau. Ihr Deckname ist Patria. Irgendwann hättet ihr, wenn nötig, zusammengearbeitet ...«

Ramón fuhr hoch. War es möglich, dass eine Dummheit Jeschows ihn um etwas so Wunderbares brachte, von dem er nicht einmal zu träumen gewagt hatte?

»Sprichst du von ...?«

»África de las Heras. Als du nach Malachowka gekommen bist, war sie in der Hütte 9. Sie ist zwei Monate vor dir abgereist. Orlow weiß nicht, wo sie ist, aber er kennt sie, und wir können sie der Gefahr nicht aussetzen. Sie ist zu wertvoll für uns.«

Ramón Mercader stand auf und ging zum Fenster, durch das man auf den Boulevard Montparnasse hinuntersehen konnte. Der Nachmittag ging zu Ende, und die sonnenbeschienenen Terrassen der Cafés hatten sich mit unbekümmerten, friedlichen Gästen gefüllt, die wahrscheinlich über die großen und kleinen Dinge ihres vielleicht eintönigen, aber ihnen gehörenden Lebens sprachen. Dass er África mehrere Wochen hindurch so nah gewesen war, dreißig Meter entfernt, ohne sie sehen zu dürfen, tröstete ihn nicht gerade. Es war wie ein Verstümmelung, eine weitere von den vielen, die ihm auf dem Weg zum jetzigen Punkt seines Lebens beigebracht worden waren: ohne Vergangenheit, ohne Gegenwart, mit einer Zukunft, in der er von den Entscheidungen anderer und von dem nicht zu beeinflussenden Verlauf der Geschichte abhing. Ramón drehte sich um und sah Tom in die Augen, der mit gesenktem Kopf eine weitere Zigarette rauchte.

»Du kannst ganz beruhigt sein. Ich werde dafür sorgen, dass alles, was mich betrifft, seinen Gang geht. Ich werde dich nicht enttäuschen ... Und África, geht es ihr gut?«

Hinter der Theke der Bar hing der längste, makelloseste und präziseste Spiegel, den Ramón Mercader in seinem Leben jemals gesehen hatte. Von nun an würde dies der Spiegel sein, mit dem er alle anderen Spiegel der Welt vergleichen würde, der Spiegel, in dem er sich schon oft gerne gesehen hätte und noch oft gern sehen würde, besonders an jenem eisigen Moskauer Morgen im Jahre 1968, an dem er, den brennenden Schmerz in seiner rechten Hand spürend und sein Bild in den neuen Scheiben des Mausoleums des Gottes der Weltrevolution betrachtend, die Leere erahnte, die seinem Leben in der Finsternis drohte. Damals dachte er, er hätte sich in dem magischen Spiegel des Ritz deutlicher gesehen, so wie an jenem Nachmittag des Jahres 1938, als er Jacques Mornard war und noch seinen Glauben und seine Gesundheit besaß, gekleidet in einen weichen Musselin- oder einen vor Stärke knisternden Leinenanzug, mit geschwellter Brust vor Stolz darüber, sich im Zentrum des Kampfes für eine große Zukunft der Menschen zu wissen.

Zuvor hatte Tom ihm mit seiner typischen, die Zukunft programmierenden Präzision erklärt, wie die erste Begegnung mit Sylvia Agelof und Ruby Weil vonstattengehen sollte. Am Nachmittag des 19. Juli würde Jacques Mornard in der Bar des Ritz zufällig auf die beiden Frauen treffen. Ruby und Sylvia würden in Begleitung der Buchhändlerin Gertrud Allison hereinkommen, und er, als Gertruds Kunde, würde den Touristinnen vorgestellt werden und sie zu einem Gläschen einladen. Bei dieser Gelegenheit würde Sylvia von dem Belgier ins Visier genommen werden, und von dem Augenblick an würde es nur von der Raffinesse und der Nervenstärke Jacques Mornards abhängen, wann und auf welche Weise die Beute erlegt werden würde.

Als er vor einem Gin Tonic saß, der nur wenig Gin enthielt, überlegte er, dass der plötzliche Umschwung im Verhalten Áfricas, damals bei ihrer endgültigen Trennung in Barcelona, also nichts mit anderen Männern zu tun gehabt hatte, sondern auf den Befehl zurückzuführen war, alle ihre früheren Beziehungen abzubrechen, bevor sie sich ihrer neuen Mission widmete. Erleichtert von diesem Gedanken, beobachtete er in dem Spiegel, wie vier Frauen geräuschvoll und lachend die Bar betraten. Er erkannte Gertrud Allison und die blonde Ruby Weil, und er sagte sich, dass die hochgewachsene junge Frau Marie Crapeau sein müsse, eine französische Freundin der Buchhändlerin. Dann richtete er seinen Blick auf die Sommersprossige mit Brille und milchiger Haut, die ihre magere Gestalt unter einem weiten Faltenrock und einer Bluse mit Volants verbarg, und aus dem makellosen, perfekten Spiegel sprang ihn die überwältigende Hässlichkeit Sylvia Agelofs regelrecht an. Er sah, wie die vier Frauen sich an einen Tisch setzten, und beschloss, dass er sich wie alle anderen Gäste nach dem lärmenden Quartett umdrehen musste. Und er begriff, dass Jacques Mornard in diesem Moment dabei war, erwachsen zu werden.

Gertrud Allison stieß einen Schrei echter Überraschung aus: »Aber wen haben wir denn da! … Hallo, Jacques!«

Lächelnd, sein Glas in der Hand, ging er zu den Frauen hinüber, indem er seinen persönlichen Charme, seine elegante Erscheinung und sein Parfüm wirken ließ. Gertrud Allison stellte ihn den Damen vor, und als er Sylvias Hand drückte, hatte er das Gefühl, einen kleinen, verletzlichen Vogel zu berühren. Gertrud erklärte ihm, dass ihre beiden nordamerikanischen Freundinnen auf Besuch in Paris seien, und forderte ihn auf, sich zu ihnen zu setzen. Er wolle nicht stören, sagte er, aber wenn sie darauf bestünden … aber nur unter der Bedingung, dass er sie zu einem Gläschen einladen dürfe.

»Jacques ist Fotograf«, erläuterte Gertrud. »Arbeitest du noch für *Ce soir?*«

»Wenn sie was für mich haben«, sagte er wie nebenbei.

Gertrud wandte sich wieder an ihre Freundinnen.

»Er gehört zu den Glücklichen, die nicht arbeiten müssen, um leben zu können.«

»Du übertreibst«, wehrte er bescheiden ab.

»Aber ich muss dir sagen, dass diesen Damen hier«, sie zeigte auf Sylvia und Ruby, »handfeste Arbeiter lieber sind, gesund und bärtig … Sie sind nämlich Marxistinnen, Leninistinnen und noch ein paar ›istinnen‹ mehr …«

»Trotzkistinnen«, beeilte sich Sylvia lächelnd zu präzisieren. »Ich bin Trotzkistin«, wiederholte sie, und Jacques registrierte die warme, aber gleichzeitig schneidende Stimme der Frau.

»Unter der Dusche singt sie die *Internationale*«, ergänzte Gertrud Allison, und alle, auch Sylvia, lachten heiter und gelöst.

»Glückwunsch«, sagte Jacques betont desinteressiert. »Mir imponieren Menschen, die an etwas glauben. Aber ich und Politik …«, er unterstrich den halben Satz mit einem Schulterzucken, »ich singe unter der Dusche lieber richtige Lieder …«

Der Kellner hatte eine Decke auf den Tisch gelegt, und Jacques übernahm es, das Essen zu bestellen und das Besteck zu verteilen. Eine halbe Stunde später verabschiedeten sich Gertrud und Marie. Er beschloss, den beiden Touristinnen noch ein wenig Gesellschaft zu leisten, und als sie sich nach einer Weile trennten, verabredeten sie sich fürs Hippodrom, wo er am nächsten Tag Fotos vom Pferderennen machen sollte. Und falls sie nichts anderes vorhätten, würde er ihnen danach gerne Paris *by night* zeigen.

Jacques Mornards Charme, seine großzügige Art, Geld auszugeben, sein Wagen, seine Vertrautheit mit dem Pariser Nachtleben und die bohemehafte Wohnung auf dem Boulevard Montparnasse, wo sie die Nacht mit einem Glas Portwein beschlossen, waren unwiderstehlich, vor allem für eine Frau wie Sylvia Agelof, die außerdem nicht verstand, warum dieser junge Mann (der offensichtlich noch keine achtundzwanzig war, wie er behauptete) sie, Sylvia, und nicht Ruby Weil zu hofieren schien.

Am nächsten Morgen wurde Jacques von einem Anruf Toms aus dem Schlaf gerissen. Sie verabredeten sich zum Mittagessen im Restaurant *La Coupole*. Beim Aperitif berichtete Jacques, alles sei wie geplant verlaufen, und Sylvia Agelof warte nur noch darauf, ihr Höschen auszuziehen. Damit das Ganze noch besser und schneller vonstattenginge, sei es das Beste, Ruby aus Paris fortzulocken, und Tom versprach, George werde sich darum kümmern.

»Aber jetzt wollen wir erst mal etwas essen. Ich weiß nicht, wann ich wieder an einem richtigen Tisch sitzen werde.« Tom legte die Zigaretten neben den Aschenbecher. »Orlow ist wieder aufgetaucht.«

Jacques wartete. Er wusste, Tom würde nur das erzählen, was er durfte.

»Er ist in Montreal und bemüht sich um ein Visum für die Vereinigten Staaten. In Paris hat er entdeckt, dass wir in der nordamerikanischen Botschaft unsere Leute haben, darum ist er in die kanadische gegangen. Er hatte mehr Pässe bei sich, als in einem Konsulat herumliegen, und alle waren von erstklassiger Qualität … Ich selbst habe sie ihm besorgt.«

»Und wie habt ihr erfahren, dass er in Kanada ist?«

Der Kellner kam, und sie bestellten.

»Orlow ist der verhurteste Hurensohn, den die Welt je gesehen hat«, sagte Tom in einer Mischung aus Wut und Anerkennung. »Kaum in Kanada angekommen, hat er dem Genossen Stalin eine Nachricht geschickt, mit einer Kopie für Jeschow. Er schlägt einen Handel vor: Wenn sie seine Mutter und seine Schwiegermutter in der UdSSR in Ruhe lassen, wirft er den Amerikanern nur ein paar unbedeutende Brocken hin und behält die dicken Happen für sich. Und was er weiß, ist wirklich dick, sehr dick! Er kann unsere Arbeit von Jahren zunichtemachen. Aber wenn einer der beiden Frauen oder ihm selbst, seiner Frau oder seinen Kindern etwas zustoßen sollte, wird sein Anwalt eine Erklärung an die Öffentlichkeit bringen, die bereits im Schließfach einer New Yorker Bank deponiert ist und alles enthält, was er weiß.«

»Und was sagen die in Moskau? Glauben sie, er hält sich an die Abmachung?«

»Was die in Moskau sagen, weiß ich nicht, aber ich glaube, er hält sich daran. Er weiß, dass wir seiner Mutter und seiner Schwiegermutter das Leben schwer machen und ihn überall aufspüren können, egal, wo er sich versteckt. Weißt du was? Durch Jeschows Schuld haben wir den intelligentesten und zynischsten Kopf verloren, den wir hatten. Ich glaube, Beria ist dafür, auf seinen Vorschlag einzugehen.«

»Und die Operationen in Mexiko?«

»Sämtliche Operationen sind auf Eis gelegt, bis sich der Wirbel gelegt hat. Genosse Stalin hat mich angewiesen, bis auf Weiteres in Spanien zu bleiben und zu versuchen, das Chaos zu ordnen, das Orlow hinterlassen hat.«

»Und was mache ich inzwischen?«

»Du bist nach wie vor unser Trumpf im Ärmel. Die Schachpartie hat bereits begonnen, und wie immer werden die Eröffnungen entscheidend sein … und nicht wiederholbar. Du hast mein vollstes Vertrauen, Jacques. Kümmere dich um Sylvia, den Rest übernehmen wir.«

Sylvia Agelof betrachtete den nackten Körper Jacques Mornards. Das Ganze kam ihr vor wie ein Märchen. Sie wusste, dass es schrecklich kitschig war, so etwas zu denken, aber es war ihr unmöglich, es anders zu begreifen. Wenn dieser junge Mann, Sohn einer Diplomatenfamilie, vornehm, gebildet, schön und weltgewandt, kein Märchenprinz war, was dann? Die Leidenschaft, mit der Jacques ihre eingerostete Libido zum Leben erweckt hatte, hatte ihr unvorstellbare Wonnen verschafft, sodass sie sogar auf die Bedingung eingegangen war, nicht über Politik zu sprechen, das einzige Thema ihres militanten Lebens einer Alleinstehenden.

Die Spaziergänge durch Paris und Chartres und an den Ufern der Loire; das Wochenende in Brüssel, wo Jacques ihr die Orte seiner Kindheit zeigte, auch wenn er sich weigerte (zum vorübergehenden Ärger Sylvias), sie seinen Eltern vorzustellen; die unendliche Geduld des Liebhabers, der mit ihr nach Barbizon fuhr, um ihr am Rande des Waldes von Fontainebleau »Ker Monique« zu zeigen, das Haus, in dem drei Jahre zuvor der von ihr verehrte Lew Dawidowitsch gewohnt hatte – all das wurde ergänzt durch Abende in den vornehmsten Restaurants und den beliebtesten Cafés der rive gauche, wo sich die Pariser Bohemiens und Intellektuellen trafen, und vor allem durch die unvorstellbaren Nächte mit Jacques, die sie nach wenigen Wochen zu einer Marionette machen sollten, deren Bewegungen von den Fingern dieses Mannes dirigiert wurden.

Nur eine einzige Sorge quälte Sylvia in jenen Tagen der Glückseligkeit: Als sie Mitte Juli in Paris eingetroffen war, herrschte in den trotzkistischen Kreisen helle Aufregung um das Verschwinden von Rudolph Klement, einem der engsten Mitarbeiter Trotzkis und Organisator der IV. Kommunistischen Internationale. Aus Mexiko hatte der Exilant ein Protestschreiben an die französische Polizei gerichtet, da der Brief, in dem sich Klement angeblich von der Internationale und dem Trotzkismus losgesagt hatte, seiner Meinung nach nur eine plumpe Fälschung der sowjetischen Geheimdienste sein konnte. Als am 26. August die verstümmelte Leiche von Rudolph Klement am Ufer der Seine gefunden wurde, verfiel Sylvia Agelof in einen Zustand der Depression, aus dem sie sich vorübergehend befreite, um in Périgny, einem Vorort von Paris, an der Gründungsversammlung der trotzkistischen Internationale als Übersetzerin teilzunehmen.

Bei einem seiner kurzen Besuche gab Tom Jacques den Rat, Sylvia moralisch und politisch zu unterstützen, um seine Macht über sie endgültig zu festigen.

»Es gibt da ein Problem«, sagte Jacques, indem er auf das Wasser der Seine blickte, das Klements Leiche ans Ufer gespült hatte, »Sylvia muss im Oktober an ihre High School zurück. Was ist besser, sie gehen zu lassen oder sie zurückzuhalten?«

»Orlow ist bereits in den Vereinigten Staaten, und wie es aussieht, hält er sich an die Abmachung. Aber Beria stoppt alle Operationen, bis Jeschow aus dem Weg geräumt ist. Ich glaube, es ist das Beste, wenn du Sylvia hier in Paris zurückhältst und deine Position bei ihr festigst. Fällt es dir sehr schwer?« Jacques schüttelte lächelnd den Kopf und warf seine Kippe in den Fluss. »Wir werden Sylvia eine Arbeit besorgen, damit sie beschäftigt ist und ein paar Francs verdient.«

»Keine Sorge, sie wird uns keine Schwierigkeiten machen.«

Tom musterte Jacques und lächelte.

»Du bist mein Meisterschüler … Und du hast dir eine Geschichte verdient, die ich dir schon seit Langem schulde. Nehmen wir vor dem Essen einen Wodka?«

Sie überquerten die Place du Châtelet und bogen in die Rue de

Rivoli ein, wo polnische Juden ein Restaurant für koschere Speisen aufgemacht hatten, die so reichlich ausfielen, dass die französische Konkurrenz Angst bekam. Tom schenkte Wodka ein und bat Jacques, für ihn bestellen zu dürfen. Dem Jungen war es recht. Nach zwei großen Schlucken zündete sich Tom eine seiner Zigaretten an.

»Willst du mir erzählen, warum du hinkst?«

»Und noch so einiges mehr … Also, das Hinken verdanke ich einem Kosaken aus Denikins Weißer Armee. Er hat mir mit seinem Säbel die Wade aufgeschlitzt und die Sehnen durchtrennt. Das war 1920, als ich Chef der Tscheka in Baschkina war. Die Ärzte dachten, ich würde nie wieder gehen können, aber nach einem halben Jahr ist nichts mehr geblieben als das Hinken … Ein Jahr zuvor hatte ich die Revolutionäre Sozialistische Partei verlassen und war Mitglied bei den Bolschewisten geworden. Seit Beginn des Bürgerkriegs war ich bei der Roten Armee und hoffte darauf, in die Tscheka aufgenommen zu werden. Und weißt du, warum? Weil ein Freund, der bereits der Tscheka angehörte, mir fantastische Geschichten darüber erzählt hatte. Sie wurden die Geißel Gottes genannt, standen über dem Gesetz, und sie bekamen zwei Paar Stiefel pro Jahr, dazu Zigaretten, Wurst … Sie verfügten sogar über Dienstwagen! Als ich dann endlich dabei war, konnte ich mich davon überzeugen, dass mein Freund die Wahrheit gesagt hatte: Sie gaben uns Tschekisten freie Hand und gute Schuhe! Aber es war nicht leicht, aufzusteigen, das kannst du mir glauben. Ich werde dir nicht erzählen, was ich getan habe, um befördert zu werden und nach einem Jahr eine Stadt unter meiner Kontrolle zu haben … Als der Krieg zu Ende war, holten sie mich nach Moskau, auf die Militärschule, und nachdem ich die absolviert hatte, in die Auslandsabteilung. So kam ich 1926 nach China, zu Chiang Kai-shek. Nach dem Schlag gegen die Kommunisten in Schanghai fielen die sowjetischen Berater in Ungnade, und man fing an, uns wie tollwütige Hunde zu töten. Mein Chef Michail Borodin wurde, zusammen mit anderen Genossen, ins Gefängnis geworfen und beschuldigt, ›Feinde des chinesischen Volkes‹ zu sein. Man hat sie gefoltert und wollte sie später ermorden. Mir ist es gelungen, sie zu befreien und außer Landes zu bringen, aber ich musste wieder zurück nach Schanghai, um zu verhindern, dass diese Hurensöhne das sowjetische Konsulat komplett niederrissen ... Das ist mich teuer zu stehen gekommen. Chiang Kai-sheks Männer haben mich dermaßen verprügelt, dass sie mich für tot erklärt haben. Verdammt! ... Ich hatte Glück, ein chinesischer Freund hat mich aufgelesen. Zweiundzwanzig Tage bin ich auf einem Karren gefahren, unter Stroh versteckt, bis sie mich mehr tot als lebendig an der Grenze abgeladen haben ... Dafür, dass ich Borodin und die anderen befreit habe, bekam ich den Orden des Roten Banners ... den ich jetzt eigentlich zurückgeben müsste, denn am Ende hat man Borodin als ›Feind des sowjetischen Volkes‹ hingerichtet.« Tom lächelte traurig und leerte sein Glas. »Kaum hatte ich mich erholt, schickte man mich hierher in den Westen, der mein Schicksal werden sollte. Und dann geschah etwas, das du vielleicht schon ahnst ...«

»Du hast Caridad kennengelernt«, sagte Ramón, der irgendwann während des Gespräches Jacques Mornard verdrängt hatte.

»Sie war anders. Sie war sieben Jahre älter als ich, aber obwohl sie es abstritt, dagegen aufbegehrte, sich auf dem Boden wälzte, sah man, dass sie Klasse hatte. Sie gefiel mir, und wir fingen ein Verhältnis an.«

»Das bis heute andauert.«

»Ja. Damals machte sie einen etwas verlorenen Eindruck, aber sie sympathisierte bereits mit Maurice Thorez und seinen Kommunisten, mit denen ich zusammenarbeitete ...«

»Sie ist wegen dir in die Partei eingetreten?«

»Sie wäre sowieso eingetreten. Caridad hatte das Bedürfnis, ihr Leben zu verändern. Sie schrie förmlich nach einer Ideologie, die ihr Orientierung gab.«

»Arbeitet Caridad euch zu, oder ist sie eure Mitarbeiterin?«

»Sie arbeitet bereits seit 1930 für uns, gehört aber erst seit 1934 fest zu uns. Ihren ersten Einsatz hatte sie in Asturien, bei dem Bergarbeiteraufstand ... Bestimmt erklärt das so einiges, was du früher vielleicht nicht verstanden hast.«

Der Junge nickte, versuchte, sich gewisse Verhaltensweisen Caridads in Erinnerung zu rufen.

»Deswegen ist sie nach dem Sieg der Volksfront nach Spanien zu-rückgegangen«, murmelte er. »Und deswegen ist sie jetzt in Paris … Oder ist sie hier, weil du ihr Liebhaber bist?«

»In Spanien hat sie für uns gearbeitet, und jetzt ist sie hier, weil sie bei dieser Operation sehr nützlich für uns sein kann und weil die Dinge in Spanien immer schlechter laufen … Die Republik ist dabei zu zerfallen. In den nächsten Tagen wird Negrín den Internationa-len Brigaden vorschlagen, das Land zu verlassen. Er glaubt immer noch, dass Großbritannien und Frankreich ihnen helfen werden und sie mit ihrer Unterstützung den Krieg sogar gewinnen können. Aber Großbritannien und Frankreich scheißen sich vor Angst in die Hose. Sie hofieren Hitler und werden keinen Centime auf euch wetten. Entschuldige, wenn ich das Thema anspreche, aber ich muss dir sa-gen, dass du dir keine Illusionen machen solltest. Der Krieg ist verlo-ren! Sie werden nicht durchhalten, bis ein Krieg in Europa beginnt, so wie es Negrín möchte.«

»Und ihr wollt ihn nicht weiter unterstützen?«

»Jetzt geht es nicht mehr um Waffen, obwohl wir es uns nicht erlauben können, verschwenderisch damit umzugehen. Europa wird sich keinen Deut um Spanien scheren. Und die Moral innerhalb der Republik ist beschissen. Sobald Franco sich entschließt, über Barce-lona herzufallen, ist es aus und vorbei …«

Ramón spürte, dass Tom aufrichtig war. Aber er würde ihm nicht den Gefallen tun, sich in eine Diskussion über das Schicksal Spaniens hineinziehen und dann von ihm rügen zu lassen. Wut stieg in ihm auf, aber er zog es vor, das Thema zu wechseln.

»Du hast eine Frau in Moskau, stimmts?«

Tom lächelte.

»Nicht eine, zwei …«

»Und mich hast du ausgewählt, weil ich Caridads Sohn bin?«

Der Berater schwieg eine Weile, bevor er antwortete: »Glaubst du mir, wenn ich dir sage, dass das nicht der Grund war? … Seit ich dich das erste Mal sah, wusste ich, du bist etwas ganz Besonderes. Ich beobachte dich schon seit Jahren … Und bin seit Anfang an von dir überzeugt. Als Orlow den Befehl erhielt, Spanier für Geheimaktionen zu suchen, dachte ich sofort an dich. Du warst das Beste, was ich ihm anzubieten hatte. Aber irgendetwas sagte mir, dass ich weder Orlow noch sonst wem von dir erzählen durfte. Jetzt weiß ich, warum: Du bist zu wertvoll, um dich in die Hände von irgendjemandem zu geben ...«

Ramón wusste nicht, ob er sich geschmeichelt fühlen oder beleidigt sein sollte, weil er wie ein Deckhengst ausgewählt worden war. Außerdem lag Caridads Schatten über dieser ganzen Geschichte, egal, was Tom behauptete. Doch die bloße Möglichkeit, wegen eigener Verdienste ins Epizentrum einer großen Aktion gerückt zu sein, machte ihn glücklich.

»Erzähl mir mehr, wenn du kannst, nur um zu wissen ...«

»Je weniger du weißt, umso besser.«

»Wirst du ... Wirst du mir irgendwann deinen richtigen Namen verraten?«

Tom lächelte, aß von den Pasteten, die als Vorspeise gereicht wurden, und trank noch mehr Wodka, wobei er den Jungen aufmerksam beobachtete.

»Was bedeutet ein Name, Jacques? Oder bist du jetzt Ramón? ... Auch die Hunde, die du so liebst, haben einen Namen. Und? Es sind weiterhin Hunde. Gestern war ich Grigorjew, vorher war ich Kotow, heute bin ich Tom in Paris und Roberts in New York. Weißt du, wie man mich in der Lubjanka genannt hat? ... Leonid Alexandrowitsch. Diesen Namen habe ich mir zugelegt, weil sie nicht wissen sollten, wie ich in Wirklichkeit heiße. Dann wäre ihnen nämlich sofort aufgefallen, dass ich Jude bin, und viele Menschen in Russland mögen uns Juden nicht ... Ich bin in jedem Moment derselbe und gleichzeitig ein anderer. Ich bin alle und keiner, denn ich bin ein ganz gewöhnlicher Mensch, einer, der für einen Traum kämpft. Eine Person und ein Name bedeuten nichts ... Schau, gleich als ich in die Tscheka eintrat, hat man mir etwas sehr Wichtiges beigebracht: Ein Mensch ist ersetzbar, austauschbar. Das Individuum ist nicht einzigartig, sondern bloße Vorstellung, die sich addiert und die Masse bildet, und die ist real. Aber der Mensch als Individuum ist nicht unantastbar und deswegen entbehrlich. Darum sind wir gegen alle Religionen, insbesondere gegen das Christentum, das diesen Unsinn erzählt, der Mensch sei nach dem Ebenbild Gottes geschaffen. Das erlaubt es uns, gottlos und grausam zu sein und uns von jedem Mitgefühl zu befreien. Die Sünde existiert nicht! Weißt du, was das bedeutet? … Es ist besser, wenn weder du noch ich einen richtigen Namen haben und dass wir vergessen, dass wir jemals einen hatten. Iwan? Fjodor? Leonid? Das bedeutet nichts, alles dieselbe Scheiße. *Nomina odiosa sunt.* Namen sind etwas Hassenswertes. Wichtig ist der Traum, nicht der Mensch und noch weniger der Name. Niemand ist wichtig, alle sind verzichtbar … Und wenn du zu revolutionärem Ruhm gelangen solltest, dann ohne einen realen Namen. Vielleicht wirst du nie mehr einen haben. Aber du wirst ein wunderbarer Teil des größten Traumes sein, den die Menschheit je geträumt hat.« Und mit erhobenem Glas fügte er hinzu: »Auf das Wohl der Namenlosen!«

Als er ihr die Tür öffnete, überkam ihn das Gefühl, dass irgendetwas Schlimmes passiert sein musste. Er dachte an den kleinen Luis, daran, dass die Operation vielleicht abgeblasen und sogar Jacques Mornards Leben ausgelöscht werden sollte. Seit einem halben Jahr hatte er Caridad nicht mehr gesehen, und er hatte ihre Abwesenheit genossen. Er war lediglich erleichtert, als sie ihn anlächelte, gerade so, als hätten sie gestern zusammen zu Abend gegessen. Sie steckte sich eine Zigarette in den Mundwinkel, während sie seinen nackten, frisch geduschten Oberkörper betrachtete.

»*Malaguanyada bellesa!*«, rief sie auf Katalanisch und strich ihm über die Brustwarze, bevor sie die Wohnung betrat.

Ramón konnte nichts dagegen tun, dass er eine Gänsehaut bekam, und mit der ganzen Sanftheit, die ihm seine Wut über die eigene Schwäche erlaubte, schob er Caridads warme Hand beiseite.

»Was machst du hier? Hatten wir nicht vereinbart, dass …?« Unwillkürlich hatte auch er Katalanisch gesprochen.

»Er hat mich geschickt. Ich weiß besser als du, was wir machen können und was nicht.«

In den Monaten seit ihrer letzten und einzigen Begegnung in Paris hatte sich Caridad sehr verändert. Es war, als hätte sie einen Sprung zurück in die Vergangenheit getan und das Bild der androgynen republikanischen Kämpferin mit Patronengürtel ausgelöscht, die durch Barcelona gegangen und die sie bei ihrer Ankunft in Paris, trotz eleganter Kleidung und Krokodillederschuhen, noch gewesen war. Jetzt kam sie in der legeren Eleganz einer gutbürgerlichen Bohemienne daher. Ihr sorgfältig onduliertes Haar war heller geworden, sie war geschminkt, hatte ihre Fingernägel wachsen lassen und roch nach teurem Parfüm. Mühelos gelang es ihr wieder, auf hochhackigen Schuhen zu gehen, und auch ihre Gesten beim Rauchen wirkten jetzt vornehmer. Jacques konnte in ihr die letzten Spuren der Caridad erkennen, die Ramón vor vielen Jahren gekannt hatte, vor ihrem Absturz, der sie in die Depression und zu einem Selbstmordversuch getrieben hatte.

»Wie läuft es mit deiner trotzkistischen Eidechse?« Sie sprach immer noch katalanisch, während sie den seidenen *foulard* ablegte, der ihren Hals und ihre Schultern bedeckte. Anmutig setzte sie sich in einen der Ledersessel vor dem Fenster, durch das man auf die ockerfarbenen Baumkronen des Boulevard Raspail blickte.

»So wie es laufen soll«, antwortete er und ging ins Schlafzimmer, um sich einen Morgenmantel überzuziehen.

»Machst du Kaffee?«, rief sie ihm hinterher.

Er ging in die Küche, um das Getränk zuzubereiten, das auch er jetzt gut gebrauchen konnte.

»Was will Tom?«, fragte er aus der Küche.

»Tom muss in Spanien bleiben und hat mich geschickt …«

»Wo ist George?«

»In Moskau.«

»Hat Jeschow ihn abholen lassen?« Ramón schaute in den Salon und sah Caridad, eine Zigarette in der einen, das Feuerzeug in der anderen Hand, den Blick starr aufs Fenster gerichtet, als fixiere sie die Scheiben.

»Jeschow lässt niemanden mehr abholen. Sie haben ihn kaltgestellt. Beria hat jetzt das Sagen.«

»Wann war das?« Ramón machte einen Schritt in den Salon hinein, um gleichzeitig den Kaffee und Caridad im Blick behalten zu können.

»Vor einer Woche. Tom hat mich gebeten, dich darüber zu informieren. Es kann nämlich jeden Moment losgehen. Sobald Beria den Laden von Jeschows Scheiße gesäubert hat und Stalin den Befehl gibt, setzen wir uns in Bewegung. Wenn Mink zurückkommt, wissen wir mehr ...«

Ramón spürte, wie sich seine Muskeln anspannten. Das war die beste Nachricht, die er sich vorstellen konnte.

»Hast du was von Orlow gehört?«

»Er hält sich in Washington auf und singt wie ein Chorknabe. Noch ist er für viele eine große Gefahr, aber nicht für uns. Er war nicht der Grund dafür, dass wir die Genossen aus Mexiko abziehen mussten. Das hat sich inzwischen herausgestellt.«

»Die Spanier?«

Caridad zündete sich die Zigarette an, bevor sie antwortete: »Ja. Mit Jeschow sind fast alle abserviert worden, die das Netz von New York und Mexiko dirigiert haben. Eine Katastrophe ...«

Ramón Mercader versuchte, seinen Platz in dem neuen Puzzle von Verrat, Desertion, realen und erfundenen Kämpfen und Gefahren zu bestimmen, und wie immer fühlte er sich verloren. Moskaus Motive waren zu undurchsichtig, und vielleicht wusste nicht einmal Tom, was genau hinter dieser Hetzjagd steckte. Klar war nur, dass Diskretion die beste Waffe war, um sich von allem fernzuhalten. Aber in diesem verworrenen Spiel erkannte er mit immer größerer Deutlichkeit, was sein Mentor einmal als den Wertzuwachs seiner Aktionen bezeichnet hatte. Es war ein widersprüchliches Gefühl, eine Mischung aus Angst, Verantwortung und Freude darüber, sich der großen Mission näher zu wissen. Er nahm den Kaffee vom Feuer und schenkte ein.

»Und Tom? Bleibt er noch lange in Spanien?«, fragte er auf Französisch.

»Im Moment, ja.« Sie sprach weiterhin katalanisch. »Es gibt in Spanien nicht mehr viel zu tun, aber er muss bis zum Ende dort bleiben. Negrín streitet zwar mit ihm, aber er braucht ihn ... Die republikanische Armee ist auf dem Rückzug. Spanien ist verloren, Ramón.«

»Sag so was nicht, verdammte Scheiße!«, schrie er, wieder auf Französisch, und verschüttete Kaffee auf eine der Untertassen. »Und hör auf, Katalanisch zu sprechen!«

Caridad entgegnete nichts, und Ramón versuchte, sich zu beruhigen. Er wusste nicht, ob es die Nachrichten aus Spanien waren und die Unsicherheit über das Schicksal von Luis, der sich einige Wochen zuvor der republikanischen Armee angeschlossen hatte, oder lediglich die bösartige Hartnäckigkeit, mit der seine Mutter die Vergangenheit in ihm wiederaufleben ließ und Jacques Mornard zu verdrängen versuchte. Er trug die beiden Tassen auf einem Tablett in den Salon und setzte sich ihr gegenüber, wobei er darauf achtete, dass sich der Morgenmantel nicht öffnete.

»Was wird Toms Meinung nach geschehen?«

»Die Franquisten marschieren auf Katalonien zu«, antwortete Caridad, jetzt auf Spanisch. »Tom glaubt, sie sind nicht mehr aufzuhalten. Seit die schwulen Franzosen und die Scheißengländer diesen Pakt mit Hitler und Mussolini geschlossen haben, ist nicht nur die Tschechoslowakei im Arsch, sondern auch wir! Uns kann niemand mehr helfen … *Estem ben fotuts, noi. T'asseguro que estem ben fotuts …*«

»Und was haben die Sowjets vor?«

»Sie können nichts tun. Wenn sie in Spanien einmarschieren, gibt es Krieg, und das wäre das Ende der Sowjetunion.«

Ramón hörte sich Caridads Argumentation an. Irgendwie musste er ihr zustimmen, doch es war schmerzhaft festzustellen, dass die Sowjets vor Hitler in die Knie gingen, während der die Tschechoslowakei schluckte und Franco unterstützte. Vielleicht war die sowjetische Taktik, die Republik zu opfern, die einzig mögliche, nur war sie darum nicht weniger grausam. Die Partei jedenfalls hatte sie akzeptiert. Wenn die Republik zugrunde gehen müsse, hatte die Pasionaria gesagt, dann müsse sie eben zugrunde gehen. Was man nicht gefährden dürfe, sei die Zukunft der UdSSR, des Vaterlandes der Kommunisten … Aber was würde mit jenen Männern geschehen, mit den Kommunisten oder Republikanern, die zweieinhalb Jahre hindurch umsonst gekämpft, gehorcht und geglaubt hatten? Würde man sie den Franquisten überlassen? Was würde mit den Katalanen geschehen, wenn Franco Barcelona einnahm? Wo kämpfte Luis in diesem Augenblick? Ramón zog es vor, seine Fragen für sich zu behalten. Er sah zu, wie Caridad ihren Kaffee austrank und die Tasse auf das Tablett stellte. Dann beugte er sich vor und nippte an seiner Tasse. Der Kaffee war kalt geworden.

»Tom möchte nicht, dass ich über Spanien spreche. Jacques interessiert sich nicht für Spanien«, versuchte er, sich wieder zur Ordnung zu rufen.

»Jacques liest Zeitung, nicht wahr? Und was wird er zu seiner Freundin sagen, wenn sie ihm erzählt, dass Stalin einen Pakt mit Hitler schließen will, so wie die Franzosen und die Engländer? Genau das behauptet dieser verdammte Renegat nämlich in seinem Scheißbulletin.«

»Jacques wird ihr dasselbe sagen wie immer: dass sie das Thema wechseln soll, dass das nicht sein Problem ist.«

Caridad sah ihn mit jenem intensiven, durchdringenden grünen Blick an, vor dem er sich schon immer so sehr gefürchtet hatte.

»Sei vorsichtig! Die Frau ist eine Fanatikerin, und Trotzki ist ihr Gott.«

Jacques lächelte. Er hatte ein Ass im Ärmel, mit dem er sie übertrumpfen konnte.

»Du irrst dich. Ich bin ihr Gott, und Trotzki ist höchstens sein Prophet.«

»Du bist ironisch und schlagfertig geworden, mein Junge«, sagte Caridad und lächelte zurück.

Sie stand auf und legte sich den *foulard* um die Schultern. Ramón wünschte sich ebenso sehr, dass sie blieb, wie dass sie ging. Wieder das Katalanische zu hören und zu sprechen war für ihn wie ein Besuch in der verlorenen Heimat, in die er nicht wieder zurückkehren wollte, der er sich jedoch angenehm zugehörig fühlte. Außerdem wusste er, dass Caridad mit Montse und vor allem mit dem kleinen Luis in Verbindung stand und vielleicht sogar etwas von África gehört hatte. Doch jetzt konnte er weniger denn je vor ihr einknicken und Schwäche zeigen. Zum ersten Mal fühlte er sich ihr wirklich überlegen, und dieses Gefühl wollte er auskosten.

Caridads Besuch hatte seine Erwartungen auf den entscheidenden Befehl aus Moskau gesteigert, aber auch einen bitteren Nachgeschmack hinterlassen angesichts des Schicksals des republikanischen

Traumes, den Jacques trotz aller Bemühungen einfach nicht aus Ramón Mercaders Kopf verbannen konnte. Deswegen musste er an jenem Nachmittag Anfang Dezember alle seine Kräfte und seine Disziplin aufbieten, um Ramóns Leidenschaft in die tiefsten Tiefen seiner selbst zu versenken, als Sylvia ihn bat, sie zu nordamerikanischen Genossen zu begleiten, die in Spanien aufseiten der Internationalen Brigaden gekämpft hatten, von der republikanischen Regierung evakuiert worden waren und jetzt in Paris auf ihre Heimreise warteten.

»Und was habe ich mit diesen Leuten zu tun?«, fragte er sichtlich genervt von dem Vorschlag.

Sylvia, befremdet und vielleicht sogar gekränkt, versuchte, ihn zu überzeugen: »›Diese Leute‹ haben gegen den Faschismus gekämpft, Jacques, und ich respektiere und bewundere sie, auch wenn ich in vielem anders denke als einige von ihnen. Die meisten konnten nicht einmal marschieren, als sie nach Spanien gingen, aber sie wollten unbedingt für uns alle kämpfen.«

»Ich habe sie nicht darum gebeten, für mich zu kämpfen«, stieß er ärgerlich hervor.

»Sie haben dich auch nicht danach gefragt. Aber sie wissen, dass in Spanien viele wichtige Entscheidungen fallen und dass der Aufstieg des Faschismus das Problem aller ist, auch deines.«

Der Winter war kalt und der Wind schneidend. Jacques nahm ihren Arm und ging mit ihr in ein Café. Sie setzten sich an einen Tisch im Hintergrund, und noch bevor der Kellner kam, rief er: »Zwei Kaffee!« Dann wandte er sich Sylvia zu und fragte: »Wo waren wir stehen geblieben?«

Die junge Frau nahm die Brille ab, deren dicke Gläser beschlagen waren, und putzte sie mit dem Saum ihres Rocks. In diesem Moment wurde ihm bewusst, dass er Angst vor sich selbst empfand. Wie konnte sie so hässlich sein, so dumm, so einfältig, um ihm erklären zu wollen, wer für wen kämpfte? Wie lange konnte er es neben einem Menschen noch aushalten, der ihn so sehr abstieß?

»Entschuldige, Liebling, ich wollte nicht …«

»Hörte sich aber ganz so an«, unterbrach er sie.

»Es ist aber wirklich wichtig. In Spanien steht so viel auf dem Spiel, und Stalin lässt Hitler und seine Leute wieder mal gewähren. Stalin war nie dafür, dass die Spanier ihre Revolution machten, die sie hätte retten können, und …«

»Was redest du da?«, fragte Jacques, und sofort wusste er, dass er einen Fehler gemacht hatte.

Jacques konnte sich ganz einfach nicht dafür interessieren, wovon Sylvia redete. Er rief sich wieder zur Ordnung. Weder Sylvia Agelofs infame Unterstellungen noch ihre Hässlichkeit würden ihn aus dem Konzept bringen können. Der Kaffee wurde serviert, und diese Pause half ihm, endgültig die Kontrolle über sich wiederzuerlangen.

»Sylvia … Wenn du möchtest, geh zu diesen Rettern der Menschheit und rede mit ihnen über Stalin und über deinen geliebten Trotzki. Aber lass mich bitte damit zufrieden. Es interessiert mich einfach nicht. Kannst du das denn nicht verstehen, verdammt noch mal?«

Die junge Frau sank in sich zusammen und verfiel in ein langes Schweigen. Er trank einen Schluck Kaffee. Vor zwei Monaten hatte Sylvias Hartnäckigkeit, über Politik sprechen zu wollen, zum ersten ernsthaften Streit zwischen den beiden geführt. Jacques hatte sie zur Villa des Trotzkisten Alfred Rosmer nach Périgny gefahren. Sylvia sollte als Übersetzerin an einer Versammlung teilnehmen, die, wie sie selbst später sagte, eher die Fehlgeburt als die Geburt der trotzkistischen Internationale gewesen war. Auf der Rückfahrt nach Paris hatte sie ihm versprechen müssen, nie wieder solche Themen anzuschneiden, und dann hatte Jacques sie dazu überredet, zum Beginn des neuen Schuljahres nicht nach New York zurückzukehren, und gleichzeitig die Möglichkeit angedeutet – es war, als hätte er ihr einen Strick um den Hals gelegt –, sich offiziell zu verloben.

Doch jetzt verriet Sylvia wieder einmal ihre Leidenschaft für die Politik, und aus Angst vor der Reaktion ihres Geliebten murmelte sie: »Ja, Liebling. Danke, dass du mich zu ihnen gehen lässt. Aber wenn du es nicht möchtest, gehe ich nicht.«

Jacques lächelte. Die Wogen hatten sich geglättet. Seine Überlegenheit war wiederhergestellt, und ihm wurde klar, dass er sehr grausam sein konnte zu diesem verschüchterten, wehrlosen Wesen. Mehr noch, es erfüllte ihn mit Befriedigung. In seiner Beziehung zu Sylvia offenbarte sich eine bösartige Seite seiner Persönlichkeit, und er entdeckte, dass es ihm Vergnügen bereitete, Willen zu brechen, Angst zu erzeugen, Macht über andere Menschen auszuüben, bis sie vor ihm krochen. Werde ich irgendwann die Gelegenheit haben, eine solche Herrschaft über Caridad zu erlangen?, dachte er, und er sagte sich, dass er zwar weder Namen noch Vaterland hatte, aber ein Mann war, der hassen, glauben und sogar Macht ausüben konnte, und er würde, wann immer möglich, davon Gebrauch machen.

»Natürlich möchte ich, dass du gehst, wenn es dir Spaß macht«, sagte er zufrieden und großzügig lächelnd. »Ich muss sowieso noch ein paar Weihnachtsgeschenke für meine Eltern besorgen. Übrigens, was wünschst du dir denn eigentlich?«

Sylvia hatte sich beruhigt. Sie sah ihn an, und im Blick ihrer kurzsichtigen Augen lag Dankbarkeit und Liebe. »Ach, mach dir wegen mir keine Gedanken, Liebling.«

»Mal sehen, womit ich dich überraschen werde«, sagte er und ergriff über den Tisch hinweg ihre Hand, zwang sie, sich zu ihm herüberzubeugen, und küsste sie auf den Mund.

Jacques spürte die Erregung, die die Frau erzittern ließ, und ermahnte sich, vorsichtig mit seiner Macht umzugehen. Eines Tages würde er sie noch mit einer Überdosis umbringen.

Weniger als zwei Jahre später sollte Ramón Mercader begreifen, dass die Beweise psychischer Stärke, die er während der bitteren Wochen Ende 1938 und Anfang 1939 hatte erbringen müssen, nichts weiter gewesen waren als ein Härtetest für den kritischsten Augenblick seines Lebens, der ihm all seine Widerstandskraft abverlangen würde, um den totalen Zusammenbruch zu verhindern.

Obwohl die Nachrichten, die ihn aus Spanien erreichten, das ganze Ausmaß der Katastrophe deutlich machten, gelang es Jacques Mornard, seine aseptische Distanz zur Politik zu wahren. Vehement wusste er zu verhindern, dass in seiner Gegenwart über Politik diskutiert wurde, und einmal verließ er sogar eine Gesellschaft, in der die Anwesenden solche unangenehmen Themen wie Krieg, Faschismus und französische Politik immer wieder ansprachen.

In der Einsamkeit seiner Wohnung hingegen las er sämtliche Zeitungsartikel, die über die Situation in Spanien berichteten, und hörte die Nachrichten im Radio, so als hoffte er auf ein Licht am Ende des Tunnels. Doch jeder Artikel, jede Nachricht waren ein Stich ins Herz seiner Hoffnungen. Dann ließ er seiner ohnmächtigen Wut freien Lauf und stieß Verwünschungen aus, trat gegen Möbel, schwor Rache. Nach solchen fast hysterischen Ausbrüchen war er völlig erschöpft, denn sie zeigten, wie hilflos und schwach Jacques Mornard gegenüber Ramóns Leidenschaft war; gleichzeitig bestärkten sie ihn in seiner Abscheu gegen alles, was nach Faschismus, Bourgeoisie und Verrat an den Idealen des Proletariats roch. Der geheime Wunsch, in die Haut seines Bruders Luis zu schlüpfen, der in den Reihen der Volksarmee kämpfte, inmitten des Chaos und der Launenhaftigkeiten der spanischen Politiker, wurde zu einer Obsession, und er schwor sich, dass er genauso unerbittlich und erbarmungslos gegen den Feind vorgehen würde wie die Feinde seines Traumes gegen den Versuch, eine gerechtere Welt zu schaffen.

Dass Tom sich nicht meldete, verstärkte seine Ungewissheit. Jacques machte sich Sorgen um das Schicksal des Beraters, der dazu neigte, sich überall einzumischen und Grenzen zu überschreiten. Wenn er in Spanien ermordet oder ins Gefängnis geworfen wurde, konnten alle bisherigen Bemühungen und die gesamte Struktur den Bach hinuntergehen, so wie es schon mit anderen Operationslinien geschehen war. Zu seinen Sorgen zählte auch die Tatsache, dass die Frist für Sylvias Rückkehr in die Vereinigten Staaten ablief. In der zweiten Februarwoche musste sie ihre Arbeit wieder aufnehmen, und der Abreisetermin war auf den 1. Februar festgesetzt. Jacques wusste zwar, dass ein wenig Druck genügte, um sie von ihrem Entschluss abzubringen, doch noch länger mit Sylvia zusammen zu sein, hätte ihn eine Überwindung gekostet, der er sich nicht gewachsen fühlte. Er fürchtete, dass ihn die Zärtlichkeiten der Frau irgendwann explodieren ließen.

Das Wiederauftauchen von George Mink in der zweiten Januarwoche beruhigte Jacques Mornard ein wenig. George bestellte ihn auf den Friedhof Montparnasse, und Jacques wurde wieder einmal klar, dass er die Sowjets nie ganz verstehen würde: In der letzten

Nacht hatte es erbarmungslos geschneit, und der heutige Tag musste der kälteste des Winters sein.

Wie verabredet, wartete Mink in der 7. Abteilung der Avenue de l'Ouest auf ihn, neben dem Grab von Fürst D'Achery, dem Herzog von San Donnino, und Madame Viez. Schnee und Eis hatten die Wege in eine spiegelglatte Fläche verwandelt, und man musste vorsichtig gehen. Der Friedhof war menschenleer, und als Jacques Minks schwarze Gestalt in der weißen Landschaft sah, flankiert von den beiden Löwen, die das Mausoleum des Fürsten so unverwechselbar machten, sagte er sich, dass nichts verdächtiger sein konnte als ein Treffen an diesem Ort, bei diesen Temperaturen.

»Guten Morgen, Freund Jacques.«

»*Guten* Morgen? Würdest du nicht auch lieber einen Kaffee an einem warmen Ort trinken?«

»Friedhöfe faszinieren mich, weißt du? Seit Jahren lebe ich in einer Welt, in der man nicht weiß, wer wer ist, was Wahrheit und was Lüge ist, und noch weniger, wie lange man noch lebt ... Hier ist man wenigstens von einer großen Gewissheit umgeben, von der letzten Wahrheit ... Außerdem ist es heute nicht kalt, nicht wirklich kalt ...«

»Bitte, George, muss es ausgerechnet hier sein?«

»Wusstest du, dass Trotzki und Natalia Sedowa immer hierherkamen, um Baudelaire vor dessen Grab zu lesen?«

»Auch bei so einer Scheißkälte?«

»Baudelaires Grab befindet sich dort drüben. Willst du es sehen?«

Sie verließen den eisigen Friedhof und gingen zur Place Denfert-Rochereau, wo Jacques ein Café kannte. Doch selbst im Lokal behielt er seinen Mantel an, denn jetzt spürte er, dass die Kälte aus seinem Innern kam.

Mink war vor vier Tagen aus Moskau zurückgekommen, im Gepäck Befehle von Beria persönlich. Außerdem hatte die Pariser Botschaft von Tom aus Spanien verschiedene Anweisungen erhalten.

»Was weiß man über Tom? Die Franzosen drohen damit, ihre Grenzen zu schließen ...«

»Das ist für Tom kein Problem. Er kommt immer durch.«

»Wie lauten die Befehle? Was muss ich tun? Soll ich Sylvia hier festhalten?«

»Lass sie gehen. Aber mit einem Nasenring. Versprich ihr die Ehe!«
Jacques atmete erleichtert auf, als er die Anweisung erhielt.

»Und was soll ich ihr sagen? Dass ich sie besuchen werde, oder dass
sie im Sommer hierherkommen soll …?«

»Leg dich nicht fest. Sag ihr, du teilst ihr deine Entscheidung brief-
lich mit. Der Befehl aus Moskau kann morgen kommen oder erst
in einem halben Jahr, und für diesen Moment müssen wir uns bereithalten. Wenn Tom nach Paris kommt, wird er alles organisieren.
Beria will, dass er sich von nun an ausschließlich darum kümmert.
Befehl von Stalin. Übrigens, er persönlich hat der Operation den Namen gegeben: *Utka*.«

»*Utka?*«

»*Utka,* ja, Ente … Jede Methode ist gut, den Kerl zur Strecke zu
bringen: das Essen oder das Wasser vergiften, sein Haus oder sein
Auto in die Luft jagen, ihn mit einem Strick erdrosseln, ihm ein Messer in den Rücken stoßen, ein Schlag auf den Kopf, ein Schuss in den
Nacken …« Mink holte Luft und schloss: »Sogar die Möglichkeit,
ihn mit einer Gruppe bewaffneter Männer zu überfallen oder eine
Bombe zu werfen, wird nicht ausgeschlossen.«

Jacques fragte sich, auf welchem Feld des Schachbretts er seinen
Platz haben würde. Es war offensichtlich, dass die Operation Gestalt
annahm, auch wenn es ihm rätselhaft blieb, warum alles so langsam
vonstattenging.

»Was haben die Leute in Moskau gesagt, als Jeschow abserviert
wurde?«

Mink lächelte und trank einen Schluck Tee.

»Nichts. In Moskau wird über so etwas nicht gesprochen. Die Leute hatten so viel Angst vor Jeschow, dass sie lange brauchen werden,
um sich davon zu erholen.«

Jacques sah nach draußen. Ihm graute vor dem Gedanken, wieder
auf die Straße hinauszumüssen und in seine Wohnung zurückzugehen, wo Sylvia auf ihn wartete. Er musste etwas tun, das spürte er.
Wo África in diesem Augenblick wohl war? Was mochte sein kleiner

Bruder Luis gerade machen? In welches Abenteuer hatte sich Tom gestürzt? Er, Jacques, konnte nichts anderes tun als warten und den Liebhaber spielen, der nicht wollte, dass seine Geliebte fortging.

»Wann sehen wir uns wieder?«

»Wenn es nichts Neues gibt, sobald Tom zurück ist. Wenn du mir etwas Dringendes mitzuteilen hast, such mich auf dem Friedhof. Da bin ich immer zu finden.«

In den Tagen vor Sylvias Abreise verhielt sich Jacques so, dass Josefino und Cicero, seine Lehrer in Malachowka, begeistert gewesen wären. Er wehrte sich gegen seine Lustlosigkeit und seinen Wunsch, diese Farce zu beenden, und konzentrierte sich auf den erlösenden Gedanken, dass er die Frau bald los sein würde. Er überschüttete Sylvia mit Aufmerksamkeiten und gab ihr Geschenke für ihre Schwestern in New York mit, und er war Manns genug, sie jeden Tag zu vögeln, bis sie, hingerissen und befriedigt, nach New York abreiste. Jacques hatte seine Arbeit getan und war glücklich über die neu gewonnene Freiheit.

Aus Spanien dagegen erreichte ihn nur das schmerzvolle Todesröcheln des Krieges. Der Fall Barcelonas schien das Ende zu sein, und die Berichte, nach denen Franco in jene Stadt einmarschiert war, die ihn hochleben ließ, erfüllten Ramón Mercader mit Bitternis. Seit Ende Januar verbreiteten die Zeitungen die Nachricht von der Auflösung der Volksarmee, von republikanischen Kämpfern, Offizieren, Politikern und verzweifelten Menschen, die Repressalien fürchteten und sich aufgemacht hatten, die Grenze nach Frankreich zu überschreiten. Die Rede war bereits von Hunderttausenden hungriger, mittelloser Menschen, die die logistischen Fähigkeiten der Ordnungskräfte überforderten und die Aufnahmekapazität Frankreichs überstiegen. Manche Politiker überlegten in nicht zu überbietendem Zynismus, ob es vielleicht nicht besser gewesen wäre, ihnen zu helfen, den Krieg zu gewinnen, als sich jetzt gezwungen zu sehen, sie für wer weiß wie lange aufzunehmen, zu ernähren und zu kleiden. Die Zeitungen der Rechten dagegen schrien ihre Lösung in die Welt: Man solle sie in die Kolonien schicken, Leute wie sie könne man in Guyana, im Kongo und im Senegal gut gebrauchen.

Verärgert über Ramóns Leidenschaft, beschloss Jacques Mornard, nicht länger untätig zu bleiben, auch wenn er dafür gegen die ihm auferlegte Disziplin verstoßen musste. Er wusste, was er riskierte, wenn er den strikten Befehl, sich von allem fernzuhalten, was mit Spanien zu tun hatte, missachtete, doch Zorn und Verzweiflung waren stärker als er. Außerdem ließ Tom sich immer noch nicht blicken, und wenn er wieder auftauchte, musste er nicht unbedingt etwas davon erfahren. Am 6. Februar nahm Jacques seinen Wagen, seine Fotokameras und seinen Presseausweis und fuhr nach Le Perthus, die Grenzstadt, in der die meisten Flüchtlinge gestrandet waren.

Am Mittag des 8., als der belgische Journalist Jacques Mornard den Punkt erreichte, der der Grenze am nächsten lag und zu dem ihm die Armeeoffiziere und die französische Polizei den Zugang erlaubten, nahm er den üblen Gestank der Niederlage wahr. Inmitten der Reporter war er sozusagen unsichtbar für die Flüchtlinge, die, bereits auf französischem Boden, von den senegalesischen Soldaten wie Vieh abgeführt wurden. Die Szene war erschütternder, als er sich hatte vorstellen können. Eine Flut von zerlumpten Menschen, auf Lastwagen verfrachtet, auf Pferdekarren zusammengepfercht oder auch einfach zu Fuß vorangetrieben, beladen mit Koffern und Bündeln, in denen sie all ihre Habseligkeiten mit sich herumschleppten, befolgte schweigend die für sie unverständlichen, auf Französisch gebrüllten und von martialischen Gesten und drohenden Knüppeln begleiteten Befehle: Menschen, die sich auf einen Exodus biblischen Ausmaßes begeben hatten, angetrieben nur von ihrem Überlebenswillen; Menschen mit einer ellenlange Liste von Enttäuschungen und Verlusten, die man von ihren Augen ablesen konnte, aus denen jegliche Würde verschwunden war. Jacques wusste, dass viele jener Männer und Frauen die republikanischen Siege gefeiert, dass sie gesungen und getanzt hatten, dass sie zu denen gehörten, die aus den verschiedensten Gründen hinter den in Barcelona errichteten Barrikaden Stellung bezogen hatten, dieselben, die vom Sieg, von Revolution, von Demokratie und Gerechtigkeit geträumt und häufig auf unbarmherzige Weise revolutionäre Gewalt ausgeübt hatten. Jetzt waren sie durch die Niederlage zu Parias geworden, ohne einen Traum, an den sie sich hätten klammern können. Viele trugen noch die Uniform der Volksfront, hatten jedoch ihre Waffen abgegeben und gehorchten den Befehlen der Senegalesen (*Reculez!, reculez!,* brüllten die Afrikaner in einem fort, glücklich über ihr bisschen Macht), ohne sich um einen Rest Haltung in dieser Katastrophe zu bemühen. Von einem britischen Korrespondenten, der soeben aus Figueres gekommen war, wusste Jacques, dass die meisten Kinder, die aus Spanien hatten flüchten können, an Lungenentzündung erkrankt waren und viele von ihnen sterben mussten, wenn sie nicht umgehend medizinisch versorgt wurden. Doch der einzige Befehl der Franzosen lautete, die Waffen einzusammeln und die Flüchtlinge, Erwachsene wie Kinder, in mit Stacheldraht eingezäunte Lager zu bringen, in denen sie bleiben sollten, bis über das Schicksal jedes Einzelnen entschieden würde. Ein Gefühl der Beklemmung nahm Jacques den Atem, und es erstaunte ihn nicht, als Tränen seinen Blick verschleierten. Er drehte sich um und ging davon, um sich zu beruhigen. Er dachte, versuchte zu denken, zwang sich zu denken, dass dies eine voraussehbare, aber nicht endgültige Niederlage war. Dass Revolutionen auch Rückschläge verkraften und sich auf den nächsten Angriff vorbereiten mussten. Dass die Opfer jener elenden Menschen und derjenigen, die – wie sein Bruder Pablo – während des fast drei Jahre andauernden Krieges ihr Leben gelassen hatten, nur eine winzige Gabe auf dem Altar einer Geschichte waren, die mit dem ruhmreichen Sieg des Weltproletariats enden würde. Die Zukunft und der Kampf stellten in einem solchen Moment der Enttäuschung die einzige Hoffnung dar. Doch dann musste er feststellen, dass die Parolen ihn nicht trösten konnten. Irgendwann an diesem schmerzlichen Nachmittag hatte er Jacques Mornard in einen Winkel seines Bewusstseins verbannt, um wieder voll und ganz der spanische Kommunist Ramón Mercader del Río zu sein, und es machte ihn glücklich zu wissen, dass Ramón eine große Mission zu erfüllen hatte in dieser unbarmherzigen Welt, die eisern in Revolutionäre und Faschisten, Ausgebeutete und Ausbeuter aufgeteilt war, und dass Szenen wie die soeben gesehene weit davon entfernt waren, ihn schwach werden zu lassen, sondern ihm, im Gegenteil, neue Kraft verliehen. Sein Hass festigte sich, wurde unnachgiebig, total. Ramón Mercader ist voller Hass!, schrie er innerlich. Als er sich wieder umdrehte, um ein letztes Mal in das erbärmliche Antlitz eines Debakels zu blicken, das ihn in seinen Überzeugungen bestärkte, sah er, dass die anderen Fotografen sich entfernten, und ihm fiel ein, dass der Idiot Jacques Mornard vergessen hatte, auch nur ein einziges Foto von dem Zusammenbruch zu schießen. In diesem Moment sprach ein französischer Journalist mit verächtlichem Grinsen die Worte aus, die dafür sorgen sollten, dass ihm sein Grinsen verging: »So eine Schande! Den Krieg gewinnen konnten sie nicht, und jetzt kommen sie angekrochen, um sich hier zu verstecken!«

Der Schlag, den Ramón ihm verpasste, war brutal. Zwei der vier Zähne, die er ihm ausschlug, fielen in den Schlamm, die beiden anderen landeten im Magen des unglücklichen Journalisten, der sich bestimmt sein Leben lang fragen würde, was er so Schreckliches gesagt hatte, um den Zorn jenes Verrückten herauszufordern, der daraufhin in Windeseile verschwunden war.

18

Welche der endlos vielen Schlachten, die er geschlagen hatte, waren die hitzigsten gewesen? Die Kämpfe, die er in den Tagen der Spaltung von Bolschewiken und Menschewiken mit Lenin ausgefochten hatte? Die harten und dramatischen von 1917, als über die Geburt oder Fehlgeburt der Revolution entschieden worden war? Die wütenden des Bürgerkriegs, die stets mit Gewalt gegen die eigenen Brüder geendet hatten? Die erbärmlichen in der Folgezeit um die Vorherrschaft über die Partei? Die um das physische und politische Überleben in den Jahren der Ausgrenzung und des Exils? Und wer war sein unerbittlichster Feind gewesen: Lenin, Plechanow, Stalin? Als Lew Dawidowitsch auf das weiße Blatt starrte, auf das er nicht wagte, die Feder zu setzen, dachte er: Nein, der Kampf war niemals so hitzig und der Kontrahent niemals so schwer fassbar wie jetzt. Denn niemals hatte er sich gezwungen gesehen, für etwas so Essenzielles zu kämpfen.

Seit Natalia Sedowa das Blaue Haus verlassen und er sich mit seinen Leibwächtern in eine Hütte in den Bergen von San Miguel Regla geflüchtet hatte, mit dem Vorwand, sich körperlich fit zu halten, in Wirklichkeit jedoch in dem dringenden Bedürfnis, Abstand vom Blauen Haus zu gewinnen und in der Einsamkeit seiner Verzweiflung und seiner Scham zu versinken, hatte er nach dem elegantesten Weg gesucht, eine Wiederannäherung an seine Frau herbeizuführen, wohl wissend, dass seine Würde das Erste sein würde, was er um eines höheren Zieles willen opfern musste.

Ein bisher nicht vorhandenes Schuldgefühl hatte ihn ergriffen, und das nicht nur wegen der Kränkung, die er Natalia zugefügt hatte.

Jenem schonungslosen Monat Juni 1937 waren zwei seiner geliebtesten und treusten Freunde Stalins wütender Raserei zum Opfer gefallen, während er selbst im Rausch seiner wiedererwachten Libido alles darauf verwendet hatte, Diego und Natalia zu hintergehen, um Frida in das nahe gelegene Haus ihrer Schwester Cristina in der Calle Linares hinterherzusteigen, wo ihre Liebestreffen stattfanden. Van Heijenoort und die jungen Leibwächter hatten sich dazu hergeben müssen, die Rendezvous zu ermöglichen, indem sie die Erfindungen, die das fiebrige Hirn Lew Dawidowitschs aussheckte, in die Tat umsetzten: Angefangen von Jagdausflügen, Angeltouren und Exkursionen in die Berge bis hin zum Besorgen von Dokumenten, die er angeblich persönlich hatte abholen müssen, war ihm kein Vorwand zu schade gewesen. Für seine Beschützer war die Situation höchst unangenehm, wussten sie doch, welche Gefahren für Leib und Leben ihres Schützlings jede dieser Eskapaden mit sich brachte, und vor allem, welch einen Skandal es bedeutet hätte, wenn die Affäre publik geworden wäre. Es hätte die Ehe des Exilanten zerstören und seinem Nimbus als Revolutionär, der so großzügig im Blauen Haus aufgenommen worden war, schaden oder sogar eine heftige, gewalttätige Reaktion Riveras auslösen können ... Er aber hatte weder nach rechts noch nach links geschaut, war nur darauf bedacht gewesen, seine Gier zu stillen und die freizügige Sexualität Fridas zu genießen, die in ihm, dem Siebenundfünfzigjährigen, Kräfte freisetzten, von denen er bisher kaum etwas geahnt hatte. Niemals hatte der Wahnsinn Lew Dawidowitsch so heftig gepackt wie in jenen Tagen der Wollust, und als er jetzt wieder in den Spiegel blickte, sah er das Bild eines Mannes, den er nicht kannte und der dennoch er selbst war.

Am 11. Juni, nach einer Morgenschlacht mit Frida, hatte er sich an das Verfassen eines der dunkelsten Kapitel seiner Beziehung zu Stalin gemacht: die Rekonstruktion jenes Tages vor genau dreißig Jahren, als sie sich allem Anschein nach in London kennengelernt haben mussten und vielleicht das Vorwort zu ihrem persönlichen Krieg geschrieben worden war. Natalia, die bereits etwas von der Treulosigkeit ihres Gatten ahnte, war ins Zimmer getreten und hatte wortlos die Zeitung auf das Blatt vor ihm gelegt. Ohne den Blick zu heben, hatte Lew Dawidowitsch die Schlagzeile der *Prawda* gelesen und gespürt, wie Angst in ihm hochstieg, während er den Bericht las: In Moskau war der Prozess gegen acht hohe Offiziere der Roten Armee eröffnet worden, allen voran gegen Marschall Tuchatschewski, den zweiten Mann in der Militärhierarchie. Die Urteile wurden in Kürze erwartet, und das Gericht, eine Sonderabteilung des Obersten Gerichtshofes, bestand aus der Crème de la Crème der glorreichen Roten Armee.

Sogleich schwante dem ehemaligen Kriegsminister, dass, im Unterschied zu den Prozessen des letzten Jahres, Tuchatschewski und die anderen Generäle nicht des Trotzkismus, sondern der Mitgliedschaft in einer Organisation im Dienste des Dritten Reiches beschuldigt würden. Obwohl Lew Dawidowitsch wusste, dass die ehemaligen Offiziere der Roten Armee ins Visier Stalins geraten waren, hatte er sich nicht vorstellen können, dass der Totengräber der Revolution es ohne handfeste Beweise für die Existenz einer Verschwörung wagen würde, die Militärspitze des Landes zu enthaupten, und das in einem Moment, in dem ein Krieg unausweichlich schien. Er wusste, dass es seit der Ablösung Tuchatschewskis als Verteidigungsminister vor zwei Monaten zahlreiche Verhaftungen unter den hohen Offizieren gegeben hatte, mehr noch, er war sich sicher, dass sich das Schicksal jener Militärs entschieden haben musste, als bekannt geworden war, dass der Verwaltungschef und politisch Verantwortliche des Heeres, der alte Bolschewik Jan Gamarnik, Selbstmord begangen hatte, während vier seiner Assistenten auf geheimnisvolle Weise verschwunden waren.

Am darauffolgenden Morgen gab Moskau die Erschießung der Verurteilten bekannt, nachdem sie, wie behauptet wurde, ihren Verrat eingestanden hatten. Schmerz und Entsetzen lähmten Lew Dawidowitsch. Stalin fürchtete, vielleicht zu Recht, dass die Führer der Armee eine Verschwörung gegen ihn anzetteln könnten, um ihn von der Macht zu vertreiben; aber es war nicht hinzunehmen, dass er jene Männer – die in den schwierigsten Zeiten die militärische Stütze der Revolution gewesen waren – beschuldigte, Agenten einer faschistischen Macht zu sein, vor allem, wenn Kommunisten und Juden ganz oben auf der Liste der Angeklagten standen, wie zum Beispiel die Generäle Jakir, Eideman und Feldman. Aber wenn die Militärs tatsächlich konspiriert hatten, warum hatten sie nicht gehandelt? Warum hatten sie den Schlag auch dann noch hinausgezögert, als sie gewarnt worden waren, man sei hinter ihnen her?

Nie zuvor hatte Lew Dawidowitsch eine so große Angst um die Zukunft der Revolution und des Landes verspürt. Er war davon überzeugt, dass, wenn Stalin einen solchen Salto mortale wagte, Hitler ihm das Versprechen gegeben hatte, im Falle eines Krieges die Grenzen der UdSSR zu respektieren. Andernfalls hätten die Faschisten Stalin endgültig für verrückt erklären müssen, wenn er die Geschichte von dieser angeblichen Verschwörung glaubte, die kein vernünftiger Mensch schlucken würde. Denn die bloße Tatsache, drei hohe Offiziere jüdischer Abstammung als Köpfe eines progermanischen Komplotts anzunehmen, musste sogar den Nazis selbst, den angeblichen Verbündeten der Verräter, allzu abenteuerlich erscheinen. Die einzige Schlussfolgerung daraus war, dass Stalin mit diesem Prozess einen weiteren Schritt auf Hitler zumachte, den er seit dem Wahlsieg der Faschisten immer wieder beschimpft hatte.

In der nächsten Zeit stellte Lew Dawidowitsch seine Besuche bei Frida ein, um sich von seiner Natascha trösten zu lassen, die Tuchatschewskis Tod, wie der so vieler anderer, schon nicht mehr erschüttern konnte. Wie viele will Stalin noch umbringen lassen?, fragte sie eines Nachts, während sie in ihrem Zimmer Kaffee tranken, und er antwortete: Solange es noch einen Bolschewiken gibt, der sich an die Vergangenheit erinnert, werden die Henker Arbeit haben ... Die tödliche Hetzjagd richtete sich nicht mehr gegen die Opposition, sondern gegen die Geschichte. Stalin musste all die töten, die Lenin gekannt hatten, die Lew Dawidowitsch und, natürlich, Stalin kannten. Er musste all jene zum Schweigen bringen, die Zeugen seiner Misserfolge, des Genozids während der Kollektivierungen, des mörderischen Wahnsinns seiner Taten und seiner Arbeitslager waren ... Und danach musste er diejenigen vom Erdboden vertilgen, die ihm geholfen hatten, die Opposition, die Vergangenheit, die Geschichte und auch die lästigen Zeugen zu beseitigen ... Und warum hat er uns noch nicht umgebracht?, fragte Natalia Sedowa, und Sergej?, und Ljowa? Er sah den Schmerz in den Augen seiner Frau und schämte sich wegen seiner Schwächen, und er weigerte sich, ihr zu sagen, dass ihre Söhne ebenso zum Tode verurteilt waren wie sie beide. Vielleicht selbst vom Schmerz überwältigt, beging er einen der unverzeihlichsten Fehler seines Lebens und fragte Natalia, ob sie sich vor dem Tod fürchte. Die Farbe ihrer Augen wechselte von Mattblau zu Stahlblau, wie die der nassen Klinge eines Dolches, und er verspürte eine Angst, die er noch nie im Leben, vor nichts, gehabt hatte. Nein, sie fürchte sich nicht vor dem Tod, sagte die Frau, sie fürchte sich nur davor, dass der Respekt und das Vertrauen stürben.

Lew Dawidowitsch ertrank in einer Flut von Schamgefühl, und ihm wurde klar, dass der Moment gekommen war, seiner Beziehung zu Frida ein Ende zu setzen.

Einige Tage später sollte Lew Dawidowitsch behaupten, eine weitere Nachricht, diesmal aus Spanien, habe die Entscheidung, seine heimliche Affäre zu beenden, hinausgeschoben: Sein alter Freund Andreu Nin war verschwunden, nachdem man ihn unter ähnlichen Vorwänden wie denen, derer man sich in Moskau bediente, verhaftet hatte. Lew Dawidowitsch drohte in einer Depression zu versinken, und das habe ihn davon abgehalten, sagte er, seine Lüsternheit zu überwinden, die ihn der sexuellen Gefräßigkeit der Frau Diego Riveras auslieferte.

Die Geschichte der Verhaftung und des Verschwindens von Andreu Nin war voller Widersprüche und, wie inzwischen üblich, vollkommen unglaubwürdig. Mithilfe verschiedener Quellen konnte der Exilant rekonstruieren, dass die Polizei den katalanischen Kommunisten am 16. Juni von Barcelona nach Valencia verschleppt hatte. Zum letzten Mal war er in der Nacht zum 22. in einem Sondergefängnis in Alcalá de Henares gesehen worden, aus dem er nach offizieller Darstellung von einem deutschen Kommando in einer abenteuerlichen Aktion befreit worden war, um in ein faschistisches Land und später dann nach Berlin gebracht zu werden.

Die Anklage, Nin sei ein Spitzel Francos, war aus der Luft gegriffen und ließ sich nicht aufrechterhalten. Stalins Leute in Spanien hatten sich nicht einmal die Mühe gemacht, die Anschuldigung auf ihre Wahrscheinlichkeit hin zu überprüfen. Dass jener Freund, den Lew Dawidowitsch vor mehr als zehn Jahren in Moskau kennengelernt hatte und der der Opposition beigetreten war, ohne jemals seinen politischen Überzeugungen als Kommunist und Anarchist abzuschwören, dass jener Freund also verschwunden und vermutlich ermordet worden war, war der eindeutige Beweis dafür, dass er der Folter der GPU widerstanden hatte, ohne die Erklärungen, die ihm ganz sicher vorgelegt worden waren, zu unterschreiben. Ein Kämpfer wie er musste seit dem Beginn seines Leidensweges gewusst haben, dass sein Schicksal besiegelt war, dass jedoch das Ansehen seiner Partei und das Leben seiner Genossen, die der Vorbereitung eines Staatsstreichs beschuldigt wurden, von dem abhingen, was über seine Lippen kam. Stalin zu besiegen, musste zu seiner letzten Obsession geworden sein, während er gefoltert worden war und sich geweigert hatte, das Urteil gegen die spanische Linke und gegen sein eigenes Gedächtnis zu unterschreiben.

Das Bild des jungen, immer kämpferischen Tuchatschewski, der mitten im Bürgerkrieg zu einer der wichtigsten Stützen der neu geschaffenen Roten Armee geworden war, und das des etwas linkisch wirkenden und leidenschaftlichen, von der sowjetischen Realität geblendeten, aber niemals unkritischen Andreu Nin veranlassten Lew Dawidowitsch endgültig, den letzten Seufzer seiner Jugendlichkeit zu beerdigen. Obwohl Frida ihm nach ihren ersten erotischen Momenten Signale ausgesandt hatte, die darauf schließen ließen, dass sie es nicht zu weit treiben wollte, war der sexhungrige alte Mann nicht willens oder nicht in der Lage gewesen, sie zu verstehen, und verfolgte sie nur umso hartnäckiger. Als sie dann miteinander intim wurden, versuchte sie, den Sexualakt so schnell wie möglich hinter sich zu bringen, während er ihr immer wieder beteuerte, wie sehr er sie liebe, sie begehre, von ihr träume.

Die Spannung im Blauen Haus wurde unerträglich, und Anfang Juli war es schließlich Natalia Sedowa, die Feuer an die Lunte legte, als sie, ohne sich mit jemandem zu besprechen, in eine Wohnung im

Stadtzentrum umzog. Rivera gegenüber erklärte sie, sie müsse sich wegen einer »Frauensache« in ärztliche Behandlung begeben und wolle lieber allein sein. Angesichts dieser Situation musste es Frida klar geworden sein, dass ihre Affäre außer Kontrolle zu geraten drohte, und noch am selben Nachmittag ging sie zu Lew Dawidowitsch und sprach das Problem offen an. Sie müssten die Dinge ein für alle Mal klären, sagte sie, er müsse eine endgültige Entscheidung treffen: Wolle er bei seiner Frau bleiben oder zu ihr kommen? Die Alternative brachte den Mann aus der Fassung, und ohne zu überlegen, antwortete er, dass er die zweite Möglichkeit nie in Betracht gezogen habe. Frida ging zu ihrem Liebhaber, streichelte sein Gesicht, nannte ihn *piochitas* – der mexikanische Ausdruck für »Ziegenbart« – und sagte ihm, das Spiel sei beendet. Es mache keinen Spaß mehr, sie könnten damit nur andere Personen verletzen, die es nicht verdient hätten, und sie meine damit nicht Diego, dieses versoffene Schwein, und auch nicht sich selbst, die Diego zu jener freizügigen Frau gemacht habe, die sie jetzt sei, nein, sie meine damit Natalia, eine wahre Königin.

In diesem Moment wusste Lew Dawidowitsch, dass er niemals erfahren würde, was Frida dazu getrieben hatte, sich in ein solches Abenteuer zu stürzen. Und er fragte sich, ob sie sich nicht seiner bedient hatte, um sich an Rivera zu rächen (war es möglich, dass der Maler gar nichts mitgekriegt hatte?), ob sein historischer Nimbus die Neugier der jungen Frau geweckt hatte, oder ob er ihr ganz einfach nur leidgetan hatte, nachdem er von ihrer Schwester abgewiesen worden war, und die liberale Frida es fast als einen Akt amüsanter Barmherzigkeit angesehen hatte, einen vom Alter gebeugten Mann noch einmal so richtig heiß zu machen. Doch als sich Fridas Parfüm verflüchtigt hatte, musste Lew Dawidowitsch lächeln: Das Spiel war beendet? Für sie vielleicht. Er dagegen musste seinen Geist von all dem Schmutz, der sich dort festgesetzt hatte, reinigen und so schmerzlos wie möglich versuchen, die Liebe und das Vertrauen Natalia Sedowas zurückzugewinnen. Dreißig Jahre gemeinsamen Lebens sagten ihm, dass er gegen ein wildes Tier zu kämpfen hatte, das mit derselben Vehemenz Solidarität und Zurückweisung, Hass und Liebe geben konnte. Ich habe Angst, dachte er.

Einige Tage später betrachtete Lew Dawidowitsch vom Fenster aus die kahlen Berge von San Miguel. Entschlossen, seine Würde zu opfern und seine Ängste zu überwinden, nahm er ein Blatt Papier und begann eine so intensive wie merkwürdige Korrespondenz von bis zu zwei Briefen täglich, in denen er die gefühlsmäßige, ja, biologische Abhängigkeit von seiner Frau anerkannte. Als Natalia aus dem Blauen Haus ausgezogen war, hatte sie ihm eine Nachricht hinterlassen, die ihn wie ein Dolchstoß verletzte. Sie habe sich im Spiegel betrachtet, hatte sie geschrieben, und habe darin den Tod ihrer Reize in der Hand des Alters erblickt. Sie werfe ihm nichts vor, sondern konfrontiere lediglich sich selbst und auch ihn mit einer unumkehrbaren Tatsache. Lew Dawidowitsch hatte ihre Botschaft verstanden: Das von ihr angesprochene Alter holte sie nach dreißig Jahren gemeinsamen Lebens ein, in denen Natalia durch ihn und für ihn gelebt hatte. Jetzt fing er an, Bittbriefe zu schreiben, die er häufig mit »Dein alter treuer Hund« unterschrieb und die immer jämmerlicher an die Türen eines Herzens klopften, das er mit Erinnerungen an das Gestern und der Erwähnung gefühlsmäßiger und körperlicher Bedürfnisse des Heute zu erobern trachtete … Als er endlich eine Antwort von seiner Frau bekam, die besorgt war über den Pessimismus, der ihren Gatten an konzentriertem Arbeiten hinderte, wusste er, dass die Güte seiner geliebten Natascha gesiegt hatte und die Schlacht gewonnen war. »Du wirst mich auch in Zukunft auf Deinen Schultern tragen, Nata, so wie Du es Dein Leben lang getan hast«, schrieb er ihr, und am nächsten Tag fuhr er, zusammen mit der unvermeidlichen Begleitmannschaft, in die Hauptstadt, um die Frau seines Lebens zurückzuholen.

Ein Vorfall in Paris, von dem ihn sein Sohn Ljowa in Kenntnis gesetzt hatte, beanspruchte seine Aufmerksamkeit, seit sie wieder im Blauen Haus wohnten. Ignaz Reiss, einer der Chefs des sowjetischen Geheimdienstes in Europa, hatte Lew Sedow anvertraut, dass er entschlossen war zu desertieren. Der Junge hatte sich unter den üblichen Vorsichtsmaßnahmen zwei Mal mit dem Agenten getroffen, und der hatte ihm erzählt, dass Jeschow und einige von Stalin ausgewählte

Militärs in Absprache mit den Deutschen die falschen Anschuldigungen konstruiert hatten, um die hohen Offiziere der Roten Armee vor Gericht zu bringen. Laut Reiss war die immer noch andauernde Säuberung des Militärapparates nicht nur eine notwendige Aktion, um Stalins politisches Überleben zu sichern, sondern auch Teil der Zusammenarbeit von Stalinismus und Nazismus unter dem Deckmantel ihres gegenseitigen Hasses, mit dem Ziel, eine Allianz für den kommenden Krieg zu schmieden. Für den Moment übernahmen die jeweiligen Geheimdienste den aktiven Part der Zusammenarbeit, und was Reiss am meisten entsetzte, war der Verrat, den diese Machenschaften für die Revolutionäre in der ganzen Welt bedeuteten, Kommunisten, die sich dem antifaschistischen Kampf der UdSSR angeschlossen hatten und Stalin trotz der Vorfälle in Moskau immer noch gehorchten.

Während der Exilant den Bericht über Reiss las, überkam ihn Ekel angesichts des Verrats an den heiligsten Prinzipien der Revolution. Und trotz der Grausamkeiten, die Reiss aufgrund seiner Funktion zweifellos begangen hatte, empfand er Bewunderung für diesen Mann, der, wie er selbst am besten wusste, seinen Kopf unter das Beil des Henkers gelegt hatte. Seine größte Sorge aber war es, dass Reiss' Entscheidung Ljowa und die IV. Internationale in die Sache hineingezogen hatte und die Trotzkisten wieder einmal Opfer der Wut Stalins und seiner Vasallen werden würden.

Lew Dawidowitsch musste nicht lange auf das Ende der Geschichte warten, die sein eigenes Leben tangieren sollte: Am 6. September teilte Ljowa ihm mit, dass Ignaz Reiss einige Tage zuvor auf einer Landstraße in der Nähe von Lausanne ermordet worden war. Die Polizei verdächtigte das »Komitee zur Repatriierung russischer Staatsbürger«, eine der in Paris gegründeten Deckorganisationen des NKWD. Am selben Tag noch erhielt er einen zweiten Brief von seinem Mitarbeiter Rudolph Klement, in dem dieser ihm mitteilte, Reiss habe ihm anvertraut, dass die stalinistische Geheimpolizei die Eliminierung der außerhalb der UdSSR lebenden Trotzkisten plane und dass Lew Sedow ganz oben auf der Liste stehe. Klement riet ihm deshalb, den Sohn aus Paris abzuziehen, zudem Ljowa am Rande des physischen und nervlichen Zusammenbruchs stehe wegen der finanziell und politisch angespannten Situation, in der zu arbeiten er gezwungen sei. Dazu kämen noch die familiären Probleme, die noch größer geworden seien, seit seine Frau Jeanne zu der politischen Fraktion ihres Exmannes Raymond Molinier übergewechselt sei. Nach einem Gespräch mit Natalia, in dem sie die Möglichkeiten für die Zukunft ihres Sohnes ausgelotet hatten, schrieb Lew Dawidowitsch Ljowa einen Brief, bat ihn um seine Meinung über Klements Befürchtungen und schlug ihm mehrere Alternativen zum Schutz seines Lebens vor.

Während sie auf Ljowas Antwort warteten, erging das sehnlichst erwartete Urteil der Dewey-Kommission. Wie Lew Dawidowitsch vorausgesehen hatte, waren Dewey und die anderen Kommissionsmitglieder zu dem Schluss gekommen, dass die Moskauer Prozesse im August 1936 und Januar 1937 illegal und betrügerisch waren, und erklärten seinen Sohn und ihn für unschuldig. Er schickte ein begeistertes Telegramm an Ljowa und bat ihn, die Ergebnisse des Gegenprozesses zu veröffentlichen und Journalisten und Anhänger dazu aufzurufen, eine propagandistische Offensive zu starten. Er selbst werde einen entsprechenden Artikel schreiben, der die Veröffentlichung der Urteilsbegründung in einer Sonderausgabe des *Bulletin* kommentieren solle.

Knapp einen Monat später versuchte Lew Dawidowitsch zu klären, wie sich das Leben und die Geschichte miteinander verschlangen, um zur großen Tragödie zu führen. Denn in der durch das Kommissionsurteil ausgelösten optimistischen Stimmung erhielten sie Ljowas Antwort. Wie der Vater, so war auch der Sohn der Meinung, dass er in Paris zurzeit unabkömmlich sei und seine Aufgaben nicht Rudolph Klement, der mit der Organisation der Gründung der IV. Internationale beauftragt war, und auch nicht Étienne, seinem engsten Mitarbeiter, übertragen könne. Es stimme, gestand er seinen Eltern, er habe finanzielle Probleme, er hause in einer kalten Bude, seine Beziehung zu Jeanne sei noch schwieriger geworden, und die Ereignisse in Moskau hätten ihn tiefer berührt, als er zu Anfang geglaubt habe: Praktisch alle Menschen, unter denen er aufgewachsen sei und die seine Idole gewesen seien, seien nach und nach kaltgestellt oder umgebracht worden, nachdem sie sich zu ungeheuren Verbrechen bekannt hätten. Während Natalia und Lew Dawidowitsch den Brief lasen, sprachen sie wieder einmal über Ljowas Zukunft, und es erschien ihnen ungerecht, ihn nach Mexiko kommen zu lassen, sicherlich ohne seine Frau, und sich wie sie dort zu verkriechen. Denn wenn er sich nicht versteckte, würde er eine Gefahr gegen eine andere eintauschen. Lew Dawidowitsch sagte zu seiner Frau, er vertraue darauf, dass Ljowa gut auf sich aufpassen könne, und vielleicht sei die Angst, Stalin wolle ihn umbringen lassen, doch ein wenig übertrieben. Für den ist nichts übertrieben, entgegnete Natalia nur. Auch wenn sie mit ihrem Mann einer Meinung war, hätte sie den Jungen doch gerne in ihrer Nähe gehabt.

Zur gleichen Zeit tauchte in Coyoacán ein gewisser Josep Nadal auf. Er sagte, er sei Katalane, Mitglied des POUM und ein sehr enger Freund von Andreu Nin. Angesichts der Repressionen in Spanien gegen seine Partei habe er es vorgezogen, den Ozean zu überqueren. Bei einem ersten Treffen mit van Heijenoort bat er um ein Gespräch mit dem Genossen Trotzki. Van Heijenoort gestand Lew Dawidowitsch, dass es ihm kalt über den Rücken gelaufen sei, als er sich in einem Restaurant der Hauptstadt mit dem Mann unterhalten habe. Der Tod von Nin und Reiss und dazu die Befürchtungen von Rudolph Klement warnten Lew Dawidowitsch und seine engsten Mitarbeiter vor der neuen Offensive Stalins außerhalb der UdSSR. Alle wussten, dass jeder einfache Arbeiter aus Spanien, jeder deutsche Flüchtling, jeder französische Intellektuelle der Würgeengel aus Moskau sein konnte. Aber weil der Neuankömmling offenbar über Nins Verschwinden gut Bescheid zu wissen schien, stimmte Lew Dawidowitsch einem Treffen zu, an dem auch Jean van Heijenoort teilnehmen sollte.

Der Katalane, ein redegewandter, scharfsinniger Mann, nahm Lew Dawidowitsch trotz seines exzessiven Tabakkonsums für sich ein. Für Nadal bestand kein Zweifel: Nin war tot, und seine Mörder waren von Moskau gelenkt, was darauf schließen ließ, dass Stalin die Gesetze der republikanischen Seite bestimmte. Dem Vernehmen nach hatten der sowjetische Militärberater Kotow und der wegen seiner

Brutalität berüchtigte französische Kommunist André Marty jene Operation geleitet, die zum Ziel hatte, Nin zu entführen und umzubringen, wenn dieser sich weigern sollte einzugestehen, dass er mit den Franquisten zusammengearbeitet hatte.

Nadal, der aufgrund seiner Nähe zu Andreu Nin bestens über die politischen Verflechtungen informiert war, bestätigte Lew Dawidowitschs Verdacht in Bezug auf die Strategie Moskaus in Spanien. Für ihn stand fest, dass Stalin in dem Spiel um die Kontrolle der Republik mit verschiedenen Karten operierte, und eine davon war die finanzielle. Nachdem Negrín in seiner Zeit als Finanzminister eingewilligt hatte (und jetzt dafür mit dem Posten des Regierungschefs belohnt worden war), das spanische Gold in die Sowjetunion zu bringen, schien sich dieser immense Schatz in Luft aufgelöst zu haben. Nun verlangte man von der republikanischen Regierung weitere Zahlungen in bar für die militärische Unterstützung, für Munition, Artillerie und Flugzeuge sowie die täglichen Unterhaltskosten für das Beraterkontingent. Die erhaltenen Waffen, so Nin, reichten aus, um die Republik eine Zeit lang am Leben zu erhalten, aber nicht, um den von Hitler und Mussolini unterstützten Faschisten Paroli zu bieten. Der verborgene Grund, warum Moskau der Regierung nicht mehr Kriegsmaterial verkaufe, sei, dass Stalin nicht an einer gut ausgerüsteten republikanischen Armee interessiert sei, denn nach einem eventuellen Sieg wäre sie nur noch schwer zu kontrollieren … Doch da die finanzielle Daumenschraube keine ausreichende Garantie sei, strebe Stalin auch die politische Kontrolle über die Republik an.

Die Offensive gegen die »Trotzkisten« des POUM, die Anarchisten, die Gewerkschaftsführer und sogar gegen die Sozialisten, die sich der Politik Moskaus nicht unterwarfen, hatte 1936 begonnen, doch die großen Repressionen waren nach den Erfolgen in Barcelona im Mai eingeleitet worden. Laut Nadal waren die Folgen bereits zu spüren. Inzwischen kontrollierten die Kommunisten die drei Bereiche, die Stalin am meisten interessierten: innere Sicherheit, Armee und Propaganda. Die Berater der Komintern und die Leute der GPU operierten in aller Öffentlichkeit, bestimmten die politischen Linien und dirigierten die Repression. Die beiden wichtigsten und sichtbarsten Repräsentanten der Internationale waren bis vor einigen Wochen der Franzose Marty und der Argentinier Vittorio Codovilla gewesen, wobei sich Ersterer um die Internationalen Brigaden und Letzterer um die Kommunistische Partei gekümmert hatte. Die Ablehnung, die diesen beiden Männern entgegengebracht wurde, war so offensichtlich, dass Marty »der Schlächter von Albacete« genannt wurde – wegen seiner Grausamkeit gegenüber den Freiwilligen der Brigaden – und Codovilla, der sich zu einem wahren Diktator entwickelt hatte, durch den gemäßigteren Palmiro Togliatti ersetzt werden musste.

Lew Dawidowitsch hatte sich Nadals Ausführungen schweigend angehört, während der Poumist mit unzeitgemäßem Genuss geraucht hatte, so als fordere die Abstinenz in Spanien nun ihren Tribut. Was vom Traum von einer sowjetischen Gesellschaft, die zum Sieg der Gerechtigkeit, der Demokratie und der Gleichheit führen sollte, noch bleibe, fragte er Trotzki – den er »Genosse« nannte –, wo man jetzt wisse, dass es die Leute aus Moskau gewesen seien, die Nin und andere Revolutionäre hätten umbringen lassen? Dass es Kommunisten aus der UdSSR seien, die die spanischen Kommunisten manipulierten und ihnen die politische und sogar physische Liquidation der Widerständler befahlen, während Moskau mehr Geld für Waffen und Berater fordere. Was bleibe übrig, wenn sich herausstelle, dass Stalin die proletarische Revolution verhindere, von der Menschen wie Andreu sich die Rettung Spaniens erhofften?

Lew Dawidowitsch verabschiedete sich von Nadal in der Überzeugung, dass dieser Mann nicht der Mörder war, den Stalin schicken würde. Nein, sagte er zu ihm, als er ihm die Hand drückte, er wisse nicht, was vom kommunistischen Traum übrig bleibe.

Im November feierte die Revolution ihren zwanzigsten und Lew Dawidowitsch seinen achtundfünfzigsten Geburtstag. Der Tag fiel fast mit Allerheiligen zusammen, das die Mexikaner mit einem Fest begehen, mit dem sie die Verstorbenen ins Leben zurückholen und die Lebenden einen Blick ins Jenseits werfen lassen. Diego und Frida schmückten das Blaue Haus mit Totenköpfen und Gerippen, denen sie die sonderbarsten Kleider anlegten, und errichteten einen mit Blumen und Speisen überhäuften Altar, um ihrer Toten zu gedenken. Die Nähe der Mexikaner zum Tod empfand Lew Dawidowitsch als gesund, denn sie macht die Menschen mit dem einzigen Ziel vertraut, das allem Leben gemeinsam ist, dem einzigen, dem man nicht entgehen kann, auch gegen Stalins Willen nicht.

Doch Lew Dawidowitsch stand der Sinn nicht nach Feiern. Wenige Tage zuvor hatte er die Information erhalten, dass Jeschow nach Tuchatschewskis Tod seine Wut auch noch an dessen Familie ausgelassen hatte. Während zwei seiner Brüder, die Mutter und die Frau des Marschalls erschossen worden waren, hatte seine dreizehnjährige Tochter (die Lew Dawidowitsch kurz nach ihrer Geburt auf dem Arm gehalten hatte) aus Panik Selbstmord begangen. Diese familiäre Säuberung überraschte ihn nicht sehr, denn es schien gängige Praxis zu sein: Seine eigene Schwester Olga und deren ältester Sohn hatten das Pech gehabt, die Frau beziehungsweise das Kind von Kamenew zu sein, der im Oktober 1917 Vorsitzender des Obersten Sowjet gewesen war. Olga war verhaftet, der Sohn erschossen worden. Auch drei Brüder, eine Schwester und Stepan, der älteste Sohn von Sinowjew, der Lenin in den schwierigsten Tagen des Jahres 1917 beigestanden hatte, waren hingerichtet worden, während weitere drei Brüder, vier Neffen und zahlreiche Verwandte des Bolschewiken in den sogenannten *Gulags,* wahren Todeslagern, verschwunden waren. Und Serjoscha, sein armer Sohn, was war mit ihm passiert?

Seit Jagoda durch Jeschow ersetzt worden war, hatte die Terrorwelle, die zehn Jahre zuvor mit der Zwangskollektivierung des Landbesitzes und dem Kampf gegen die Bauern losgetreten worden war, derart wahnsinnige Ausmaße angenommen, dass sie das in Angst und Denunziation erstarrte Land zu verschlingen drohte. Es hieß, in den staatlichen Büros, den Schulen und den Fabriken sei jeder Fünfte ein Informant der GPU. Und von Jeschow, der aus seinem Antisemitismus keinen Hehl machte, wusste man, dass er Vergnügen daran fand, den Verhören persönlich beizuwohnen. Seine größte Befriedigung bestand darin, zu hören, wie das von Folter und Erpressung besiegte Opfer sich selbst beschuldigte. Er und seine Folterknechte warnten den Gefangenen, dass, wenn er nicht gestand, seine Angehörigen in ein Lager gebracht oder einfach erschossen würden. »Dich selbst kannst du ohnehin nicht retten, und deine Lieben würdest du zum Tode verurteilen«, war die wirksamste Formel, um das Geständnis von nie begangenen Verbrechen zu erzwingen. Hatte sein Sohn Sergej solchen Drohungen und den physischen und psychischen Schmerzen widerstehen können?, pflegte er die Menschen zu fragen, mit denen er sprach. Gab es noch Hoffnung, dass er in einem der Gefangenenlager in der Arktis überlebt hatte, fast ohne Nahrung, mit Arbeitstagen, die auch die Kräftigsten höchstens drei Monate durchhielten, bevor sie sich in lebende Leichen verwandelten?

Der jüngste Schmerz jedoch war ihm von unerwarteter Seite zugefügt worden: Mehrere Wochen zuvor hatte eine Gruppe von Schriftstellern und politischen Aktivisten, die behaupteten, Trotzkis Positionen nahezustehen, anlässlich des zwanzigsten Jahrestages der Oktoberrevolution nach Fehlern im bolschewistischen System gesucht, die die Inthronisation des Stalinismus ermöglicht hatten. In diesem Zusammenhang hatten sie mit besonderem Eifer die blutige Niederschlagung des Aufstandes der Matrosen in Kronstadt ausgegraben und, mit Hinweis auf die historische Wahrheit, die Verantwortung des damaligen Kriegsministers Trotzki offengelegt. Jene Aktion könne als erster Akt des stalinistischen Terrors angesehen werden, der dem Bolschewismus, sobald er an die Macht komme, inhärent sei, argumentierten sie und verglichen die militärische Antwort auf die Erhebung und die Erschießung der Geiseln mit den Säuberungen Stalins. Aufgrund seiner Verantwortung an der Spitze der Armee betrachteten sie den Exilanten als den Vater der gegenwärtigen Repressions- und Terrormethoden.

Lew Dawidowitsch schmerzte es, zur Kenntnis nehmen zu müssen, dass Männer wie Eastman, Victor Serge oder Souvarine diese Meinung teilten, doch vor allem ärgerte es ihn, dass sie die Reaktion auf einen Militäraufstand mitten im Bürgerkrieg mit Schauprozessen und Erschießungen von Zivilisten in Friedenszeiten gleichsetzten. Am meisten schmerzte es ihn, dass sie sich nicht im Klaren darüber waren, dass so eine Diskussion nur Stalin in die Hände spielte, und zwar in einem Moment, in dem Lew Dawidowitsch aufs Heftigste den Terror anprangerte, den die Gegner des Diktators genauso erleiden mussten wie die unzähligen Männer und Frauen, die auch nur davon geträumt hatten, sich ihm zu widersetzen.

Wochenlang war Lew Dawidowitsch mit dieser Auseinandersetzung beschäftigt. Um die Kritiker mundtot zu machen, musste er zunächst die Verantwortung anerkennen, die er als Mitglied des Politbüros gehabt hatte, indem auch er der Niederschlagung des Aufstandes zugestimmt hatte; doch er konnte es nicht hinnehmen, dass man ihn persönlich beschuldigte, die Niederschlagung und die Brutalität, mit der sie durchgeführt worden war, erst ermöglicht zu haben. »Ich bin bereit einzugestehen, dass der Bürgerkrieg nicht gerade eine Schule für humanes Verhalten ist und dass von beiden Seiten unentschuldbare Grausamkeiten begangen werden«, schrieb er. »Es ist nicht zu leugnen, dass es in Kronstadt unschuldige Opfer gab und die Erschießung einer Gruppe von Geiseln ein schlimmer Exzess war. Doch auch wenn Unschuldige sterben mussten, was zu jeder Zeit und an jedem Ort inakzeptabel ist, und auch wenn ich als Armeechef für alles, was dort geschehen ist, verantwortlich bin, kann ich es nicht dulden, dass die Niederschlagung eines bewaffneten Aufstandes gegen eine geschwächte Regierung, die sich im Krieg befindet, mit dem vorsätzlichen, kaltblütigen Mord an Genossen gleichgesetzt wird, deren einziges Vergehen darin bestand, zu denken und vielleicht auch zu sagen, dass Stalin weder die einzige noch die beste Option für die proletarische Revolution ist.«

Lew Dawidowitsch wusste, dass Kronstadt immer ein schwarzes Kapitel der Revolution bleiben und er selbst voller Scham und Schmerz mit dieser Schuld würde leben müssen. Er wusste aber auch, dass die Bolschewiken der Restauration Tür und Tor geöffnet hätten, wenn sie (und damit er selbst und auch Lenin) den Aufstand nicht mit aller Härte hätten niederschlagen lassen. So einfach, so schrecklich, so grausam können die Maßnahmen der Revolution sein, dachte er und würde er bis zum Ende denken, und nichts und niemand konnte ihn von dieser Meinung abbringen.

Als Ende November Ljowas Brief eintraf, in dem er seinen Vater über die verspätet erschienene Ausgabe des *Bulletin* mit den Ergebnissen der Dewey-Kommission informierte, zog Lew Dawidowitsch es vor, ihm nicht zu antworten. In ihren letzten Briefen war es beinahe zu einem Bruch gekommen. Er konnte es einfach nicht dulden, dass Ljowa vier Monate gebraucht hatte, um die bisher wichtigste Ausgabe des *Bulletin* fertigzustellen. Sämtliche Rechtfertigungen erschienen ihm inakzeptabel. Er glaubte, dass die Nachlässigkeit und sogar Unfähigkeit seines Sohnes schuld daran waren. In einem seiner Briefe hatte er sogar angedeutet, ob es nicht vielleicht besser wäre, die Redaktion der Zeitschrift nach New York zu verlegen und sie anderen Genossen anzuvertrauen. Natalia, die ebenfalls mit ihrem Sohn in Kontakt stand, hatte gesagt, Ljowa sei beleidigt, denn er verstehe nicht, wie sein Vater so unsensibel sein könne, zumal ihm doch bekannt sei, mit welchen Problemen er zu kämpfen habe. Unsensibel!, hatte Lew Dawidowitsch gebrüllt, weiß Ljowa eigentlich nicht, was auf dem Spiel steht!? Ljowa ist ein ausgezeichneter Soldat, und wir befinden uns im Krieg, hatte er hinzugefügt, ohne zu ahnen, wie sehr er schon bald seinen Wutausbruch und seine fehlende Sensibilität bereuen sollte.

Anfang des darauffolgenden Jahres wurde beschlossen, dass Lew Dawidowitsch eine Weile außerhalb des Blauen Hauses wohnen sollte. Diego Rivera berichtete, er habe verdächtige Gestalten ums Haus schleichen sehen, und um kein Risiko einzugehen, wurde entschieden, den Exilanten zu Antonio Hidalgo zu bringen, einem guten Freund der Riveras, der hoch oben im Wald von Chapultepec wohnte. Lew Dawidowitsch willigte nur zu gerne ein, denn er wollte die Abgeschiedenheit nutzen, um in seiner Stalin-Biografie voranzukommen und jenen dunklen Schatten endlich loszuwerden. Währenddessen blieb Natalia in Coyoacán, und sie vereinbarten, dass sie ihn nur dann besuchen sollte, wenn sich der Aufenthalt in die Länge ziehen würde. Wie lange noch werden wir fliehen, uns verstecken müssen, sodass sogar ein Mann wie Diego Rivera Paranoia bekommt?, fragte er sich, während er durch den Zypressenwald fuhr.

Die Zeit im Hause von Antonio Hidalgo sollte bald in Vergessenheit geraten, und am Ende erinnerte er sich lediglich an den Nachmittag des 16. Februar 1938: Vom Fenster des Zimmers, das man ihm zugewiesen hatte, sah er Rivera mit dem Hut in der Hand durch den Garten kommen. Lew Dawidowitsch war gerade dabei gewesen, einen Artikel zu schreiben, in dem er den Streit um die Ereignisse in Kronstadt zum Anlass nahm, die Ethik des Kommunisten zu verteidigen. Als Diego das Zimmer betrat, sah er seinem Gesicht an, dass etwas Schlimmes passiert war, und ohne nachzudenken, sprach er ihn darauf an.

Ljowa war tot. Als Lew Dawidowitsch das hörte, hatte er das Gefühl, der Boden würde ihm unter den Füßen weggezogen. Er hing buchstäblich in der Luft wie eine Marionette. Später würde er sich nicht daran erinnern können, ob er Diego tätlich attackiert, nur, dass er ihn angeschrien hatte, ihn »Lügner« und »Scheißkerl« nannte … bis er schließlich auf einem Stuhl zusammengebrochen war. Nachdem er sich wieder erholt hatte, erzählte Rivera ihm, dass er die Nachricht in der Zeitung gelesen und sogleich nach Paris telegrafiert habe. Erst nachdem er die Bestätigung bekommen habe, habe er es gewagt, ihm die schreckliche Nachricht zu überbringen. Hidalgo schlug vor, sich mit Paris in Verbindung zu setzen, um Näheres zu erfahren, doch er lehnte ab: Das ändere nichts am Schicksal seines Sohnes, er habe jetzt nur den Wunsch, bei Natalia zu sein.

Bevor sie sich auf den Weg zum Blauen Haus machten, bat er Diego um weitere Informationen. Die Umstände des Todes waren unklar und würden es auch bleiben: Am 8. Februar hatte Lew Sedow Schmerzen im Unterleib gehabt. Die Ärzte hatten eine Blinddarmentzündung diagnostiziert und sich zu einer Operation entschlossen. Um zu verhindern, dass die Mörder der GPU ihn aufspürten, hatte sich Ljowa in eine von russischen Emigranten geleitete Privatklinik außerhalb von Paris begeben. Nur seine Frau Jeanne und sein engster Mitarbeiter Étienne wussten davon, denn als weitere Vorsichtsmaßnahme hatte sich Ljowa als Monsieur Martin eingetragen. Die Operation war erfolgreich verlaufen, aber nach vier Tagen hatte es aus noch nicht geklärten Gründen Komplikationen gegeben. Augenzeugen berichteten, er sei in der Klinik herumgelaufen, habe fantasiert und vor Schmerzen geschrien. Die Ärzte hatten ihn erneut operiert, doch sein erschöpfter, geschwächter Körper hatte den zweiten Eingriff nicht überlebt.

Auf dem Weg nach Coyoacán zitterte Lew Dawidowitsch am ganzen Leib. In seinen Schläfen pochte es unerträglich. Immer wieder musste er daran denken, dass sein Sohn ganz alleine gestorben war, fern von seiner Mutter und seinen Töchtern, die sich irgendwo in der Sowjetunion aufhielten. Und dass Ljowa noch keine zweiunddreißig Jahre alt gewesen war. Als er in ihr Zimmer kam, saß Natalia Sedowa auf dem Bett und sah sich alte Familienfotos an, und er wünschte sich mehr denn je, zu sterben, lieber für immer zu verschwinden, als seiner Frau die traurige Nachricht überbringen zu müssen. Als sie ihn erblickte (noch nie habe sie ihn so hilflos gesehen, so alt, sagte sie Wochen später zu ihm), sprang sie auf, angetrieben von den beiden einzigen Fragen, die ihr wichtig waren: Ljowa? Serjoscha? Die menschliche Seele ist ein großes, unergründliches Geheimnis. In diesem Moment hätte Lew Dawidowitsch lieber »Serjoscha« gesagt als »Ljowa«. Sergejs Leben, wenn er denn noch lebte, gehörte Stalin; Ljowas Leben dagegen gehörte mehr ihm selbst, war realer. Der Schmerz, den er Natalia würde bereiten müssen, war so groß, dass er nicht zu sagen wagte: »Er ist tot«, und so murmelte er nur, dass der kleine Ljowa sehr krank sei. Mehr brauchte Natalia Sedowa nicht, um die Wahrheit zu wissen.

Eine Woche schlossen sie sich in ihrem Zimmer ein, empfingen keine Besuche, aßen kaum etwas. Wieder und wieder las Natalia die Briefe des toten Sohnes, weinte; Lew Dawidowitsch weinte mit ihr, beklagte das Schicksal des Sohnes, grübelte darüber nach, wie er ihn besser hätte schützen können, machte sich Vorwürfe, weil er seine großartige Arbeit nicht immer anerkannt und ihn nicht dazu überredet hatte, Frankreich zu verlassen. Doch er war fest entschlossen, den Schmerz niemals zu vergessen: Ljowa war das dritte Kind, das er verloren hatte, und er wusste nicht, wann er Serjoscha würde beweinen müssen. Möglicherweise war er bereits tot, auch er dem Hass eines Kriminellen geopfert.

Langsam entwirrte sich das undurchsichtige Knäuel des Geheimnisses, das Ljowas Ende umgab. Die ungeklärten Umstände seines Todes konnten ihren Ursprung nur an einem bestimmten Ort haben: im Kreml. Die Ärzte der Klinik hatten keine Erklärung für die Komplikationen, doch einer von ihnen vertraute Jeanne an, er habe den Verdacht, dass Ljowa mit irgendeinem unbekannten Gift umgebracht worden sei. Jeanne und Étienne erschien es jetzt merkwürdig, dass Ljowa sich ausgerechnet in eine von Russen geleitete Klinik begeben hatte, um seine Identität zu verschleiern. Wer ihm diesen Ort empfohlen hatte, konnten sie nicht sagen. Und sie wussten auch nicht, wer außer ihnen und Klement davon gewusst hatte.

Lew Dawidowitsch war überzeugt, dass ihn seine Gewissensbisse nie mehr zur Ruhe kommen lassen würden. Der Tod des Jungen, aus welchem Grund auch immer, schien mehr mit dem Schicksal seines Vaters als mit dem eigenen verbunden gewesen zu sein: Es war eine direkte Konsequenz des Lebens und der Taten seines Erzeugers.

Natalia und Lew Dawidowitsch waren unendlich verzweifelt. Keines ihrer anderen Kinder war ihnen so nahe gewesen. »Er war der jüngere Teil von uns, und ich werde es mir nie verzeihen, dass ich nicht in der Lage war, ihn zu schützen«, schrieb der Exilant in einer Würdigung des Toten. »Die Generation, mit der wir einst den Weg der Revolution beschritten haben, ist von der Bühne abgetreten. Was Deportationen und zaristische Kerker, Entbehrungen und Exil, Krieg und Krankheiten nicht geschafft haben, das ist Stalin gelungen, der schlimmsten Geißel der Revolution …«, schrieb er am Ende des Nachrufs auf Ljowa, und er dachte: Früher oder später wird die Welt erfahren, dass Stalin das Kind ermordet hat, das in den jämmerlich kalten Morgenstunden von Paris auf dem Schulweg die Aufrufe zum Frieden und zur proletarischen Revolution, für die er gelebt hat und für die er nun gestorben ist, in die Druckerei brachte … »Möge sich der Schmerz in Wut verwandeln und mir die Kraft geben, weiterzukämpfen!«, schrieb er und fing wieder an zu weinen.

19

Der 8. Januar 1978 war vielleicht der kälteste Tag des Winters. Ich schrieb die Abwesenheit meines Freundes den Temperaturen und dem Regen zu, der über das Meer und den Sand hinwegfegte. War der Mann, der Hunde liebte, vielleicht krank geworden und darum zum ersten Mal einer Verabredung ferngeblieben? Tags darauf rannte ich, kaum hatte ich die Fahnenabzüge in der Druckerei abgegeben, zur Haltestelle des Estrella, der mich zum Strand brachte. Es war immer noch kalt, aber der Himmel war wolkenfrei und das Meer ungewöhnlich ruhig für diese Jahreszeit. Ich schlenderte am Strand entlang oder legte mich unter eine Kasuarine und wartete, wieder vergebens, bis zum Einbruch der Dunkelheit. In den nächsten zehn Tagen lief ich, trotz Raquelitas Protesten, wie ein Besessener durch die halbe Stadt und fuhr sechs weitere Male an den Strand. Ich betete um das Auftauchen des Mannes, der Hunde und des Schlusses jener fesselnden Geschichte.

Während ich mir die Zeit mit irgendwelchen Spielchen vertrieb – ich schnippte zum Beispiel Münzen in die Luft, schloss für zehn Minuten die Augen und zählte die Sekunden –, erwog ich sämtliche Möglichkeiten, die das Ausbleiben des Mannes hätten rechtfertigen können, obwohl das Einschläfern von Dax und López' Gesundheitsprobleme wohl die wahrscheinlichsten Gründe dafür waren. Nach der sechsten oder siebten vergeblichen Fahrt an den Strand überlegte ich mir, ob ich nicht herausfinden sollte, wie ich López erreichen konnte – die Spur der einzigartigen Borsois, die in einem Film mitspielten, schien mir die verheißungsvollste –, doch dann kam ich zu dem Schluss, ich hätte kein Recht dazu, und es sei das Beste für mich, es nicht zu versuchen. Das Spiel mit dem Feuer ist schon gefährlich genug, man muss nicht noch mitten hineinspringen. Mitte Februar, nach einem handfesten Streit mit Raquelita, fuhr ich nur noch seltener an den Strand, und als hätte ich mich von einer Droge befreien wollen, suchte ich nach Wegen zur Bekämpfung meiner inneren Unruhe, die durch die nutzlose Warterei voller Fragezeichen hervorgerufen wurde.

Viele Jahre später vertraute ich Dany an, dass ich an dem Tag, an dem ich ihm die Bücher über Trotzki zurückgegeben hatte, drauf und dran gewesen war, ihm von meinen Treffen mit dem Mann, der Hunde liebte, zu erzählen. Der Gedanke, der einzige Bewahrer einer Geschichte zu sein, die die Grundfesten so vieler Träume erschüttern konnte, trieb mich dazu, den Schrecken loszuwerden, ihn mit anderen zu teilen, und verursachte eine Art mentalen Schwindel bei mir, der schlimmer war als die Schwindelanfälle, unter denen López litt. Der Missbrauch von Idealen, die Manipulation oder Verschleierung von Wahrheiten, das Verbrechen als Staatsprinzip, die zynische Konstruktion einer großen Lüge, all das rief Empörung und noch größere und neue Ängste in mir hervor.

Was mich aber am meisten interessierte, war das Schicksal von Ramón Mercader, von dem ich – durch den Zeitungsartikel, den ich in der Trotzki-Biografie gefunden hatte – nur wusste, dass er in einem mexikanischen Gefängnis gewesen war und man ihn später in einem ihm und seiner Tat gegenüber feindseligen Moskau empfangen hatte, dort, wo er laut López gestorben war, in einer Anonymität, die sogar sein Grab mit einschloss.

Da mir der Mann, der Hunde liebte, nicht aus dem Kopf ging, überlegte ich mir, wie ich herausfinden konnte, was Ramón Mercader gedacht, gefühlt und geglaubt hatte während der Jahre im Gefängnis und in den Jahren danach, als er in eine Welt zurückgekehrt war, die – obwohl es noch dieselbe war – nicht mehr der Welt ähnelte, die er mehr als zwanzig Jahre zuvor voller Glauben und Überzeugungen und mit einer tödlichen Mission im Gepäck verlassen hatte.

Was mir damals immer noch nicht in den Sinn gekommen war und mir erst viele Jahre später in den Sinn kommen sollte, war die

Möglichkeit, die Geschichte, die López mir anvertraut hatte, schwarz auf weiß festzuhalten, und noch weniger, ein Buch über Mercaders Verbrechen und über die Geschichte und die Interessen seiner Idole zu schreiben. Vielleicht dachte ich nicht daran, weil der Bericht unvollständig geblieben war und ich viele Einzelheiten des mir bekannten Teils nicht verstand und nicht in einen historischen Kontext einordnen konnte, oder weil ich nicht wusste, ob López irgendwann wieder auftauchen würde und ich ihm, wer auch immer er war, versprochen hatte, seine Geschichte weder weiterzuerzählen noch aufzuschreiben. Vielleicht aber auch, weil ich inzwischen vollkommen vergessen hatte, dass ich einmal Schriftsteller hatte werden wollen, und kaum noch wie ein Schriftsteller dachte. Tatsache ist, dass mir der Gedanke, López' unvollständige Geschichte zu Papier zu bringen, nicht in den Sinn kam, und falls doch, dann nur ganz zaghaft – und Sie werden bald sehen, dass ich dieses Adverb absichtlich verwende. Erst viele Jahre später, als ich mein Gedächtnis auszupressen begann, um mich an die Einzelheiten zu erinnern, die López mir erzählt hatte, wurde mir klar, dass der wahre Grund, die einzige und eigentliche Ursache für diese lange Verzögerung Angst gewesen war. Eine Angst, die stärker war als ich selbst.

In den Monaten nach dem Verschwinden des Mannes, der Hunde liebte, versuchte ich, um die dramatische Beziehung zwischen Stalin und Trotzki besser verstehen zu können, auf den verschlungensten und geheimsten Wegen die wenigen Bücher aufzutreiben, die es auf der Insel über dieses Thema gab. Ich wollte wissen, was ihr krankhafter Konflikt und der voraussagbare Erfolg Stalins und seiner Methoden für das Schicksal der Großen Utopie bedeutet hatten. Ich kämpfte mich durch die Berge der stalinistisch angehauchten Bücher, die damals aus Moskau zu uns kamen, klopfte den Staub von den vergilbten Streitschriften über den elementarsten Trotzkismus bis hin zum Antikommunismus des Kalten Krieges, schluckte meine Wut hinunter, während ich Solschenizyns Roman *Ein Tag im Leben des Iwan Denissowitsch* las, der erst Jahre später in Kuba veröffentlicht wurde, und erwarb mir auf diese Weise fragmentarische Kenntnisse über die Ereignisse. Trotz der Verschleierungen der Wahrheit (es waren noch zehn Jahre hin bis zu Glasnost und den ersten Enthüllungen verschiedener Einzelheiten des Terrors) überkam mich unweigerlich ein Gefühl ungläubigen Entsetzens (der Ekel kam erst später), vor allem über die plumpe Manipulation der Wahrheit, mit der so viele Menschen getäuscht worden waren.

Währenddessen fuhr ich, sooft ich konnte, zum Strand, überzeugt davon, ich müsse das Glück zwingen; und wenn mein Telefon klingelte, dachte ich manchmal, es sei López, der wieder Kontakt mit mir aufnehmen wollte.

Es war ein furchtbar schmerzhaftes, wenn auch nicht unerwartetes Ereignis, das mich abrupt aus der Niedergeschlagenheit riss, in die mich die Lektüre, die Spekulationen und das Warten auf den Mann, der Hunde liebte, gestürzt hatten. Mein Bruder William hatte zwei Jahre lang darum gekämpft, dass die Entscheidung, ihn endgültig vom Medizinstudium auszuschließen, rückgängig gemacht würde. In seinen Briefen – die fast immer unbeantwortet blieben – und seinen Gesprächen mit Beamten auf der unteren Ebene hatte William einen gefährlichen und provozierenden Weg eingeschlagen: Er verlangte, zum Medizinstudium zugelassen zu werden, ohne verheimlichen zu müssen, dass er definitiv und hundertprozentig schwul war. Aus Angst vor dem, was ihm geschehen könnte (»Was soll mir denn noch passieren, Iván?«, fragte er mich, worauf ich antwortete: »Es kann immer noch schlimmer kommen«), versuchte ich, ihn davon zu überzeugen, dass die nationale Urangst vor Homosexuellen mit all ihrer sozialen, politischen, kulturellen und religiösen Niedertracht nicht dazu angetan war, eine solche Herausforderung anzunehmen, im Gegenteil, dass diese Angst zur Vernichtung derjenigen führen würde, die sie schürten. Vielleicht hatten mein Bruder und sein ehemaliger Anatomieprofessor, der sich ebenfalls an dem Kreuzzug beteiligte, nicht nur ihre Fähigkeit, die verächtlichen Blicke und unterschiedlichsten Demütigungen zu ertragen, sondern vor allem ihre Erfolgsaussichten überschätzt. Die Schikanen, Ausgrenzungen und Beleidigungen, denen sie sich überall dort ausgesetzt sahen, wo sie Gerechtigkeit suchten, zermürbten sie schließlich. Nach zwei Jahren erbitterten Kampfes gaben sie sich geschlagen und versuchten, auf einem Weg zu entkommen, der ihnen die ersehnte Rettung oder das sichere Verderben bringen würde.

Dramatisch wurde es, als zwei Polizeibeamte nach Víbora Park kamen und meinen Eltern mitteilten, laut bisheriger Ermittlungen hätten ihr Sohn William Cárdenas Maturell und der Staatsbürger Felipe Arteaga Martínez, ehemaliger Anatomieprofessor an der medizinischen Fakultät von Havanna, mit Einverständnis des wachhabenden Marinesoldaten am Fluss Almendares ein Motorboot entwendet, in der Absicht, die Meerenge von Florida in Richtung Vereinigte Staaten zu durchqueren. Das Boot war, gekentert und ohne Motor, zwei Tage zuvor etwa vierzig Kilometer nördlich von Matanzas von Fischern gefunden worden. Die nordamerikanische Küstenwache hatte mitgeteilt, dass in den letzten sechsundneunzig Stunden keine Person mit den Merkmalen von William Cárdenas oder Felipe Arteaga aus dem Meer gerettet worden sei. Haben Sie irgendeine Nachricht von Ihrem Sohn?, fragten die Beamten, und wussten Sie von seinen Plänen?

Meine Eltern Sara und Antonio klammerten sich an die Hoffnung, William könnte sich auf eine der kleinen Inseln im Norden Kubas, an einen einsamen Strand der Bahamas oder an Bord eines Schiffes gerettet haben, das aus irgendeinem Grund die entsprechende Meldung nicht weitergegeben hatte. Doch mit jedem Tag sank die Hoffnung meiner Eltern, und sie fühlten sich schuldig, weil sie ihren Sohn nicht unterstützt, sondern mehr als sonst irgendjemand zurückgewiesen hatten. Ich meinerseits bedauerte, dass ich mich William gegenüber so wenig solidarisch gezeigt und ihn alleingelassen hatte in seinem ungleichen, aussichtslosen Kampf um die Freiheit bei der Wahl seiner sexuellen Ausrichtung und des Rechtes, als Homosexueller das Fach seiner Wünsche zu studieren.

Die bereits angespannte Atmosphäre in unserem Haus in Víbora Park wurde noch düsterer. Im Laufe weniger Wochen verwandelten sich meine Eltern in alte Leute, die ihr Zimmer so gut wie nie verließen. Die Räume rochen nach Grab und Schuld, und um dem zu entkommen, wurde ich zu einer Art Flüchtling. Ich verbrachte so viele Stunden wie möglich bei der Arbeit, und die übrige Zeit setzte ich mich in die Nationalbibliothek, um etwas über das Leben und das Werk von selbstmörderischen Schriftstellern zu lesen (mir war einfach danach, und bis heute weiß ich nicht, woher jene beinahe nekrophile Neigung kam). Die kranke Atmosphäre zu Hause und meine physische oder zumindest psychische Abwesenheit stürzten meine Beziehung zu Raquelita in die erste tiefe Krise (anscheinend ziehe ich Krisen magisch an), sodass wir beschlossen, uns für eine Weile zu trennen. Wie noch nie in den vorangegangenen fünf Jahren befürchtete ich, Einsamkeit, Verzweiflung und das Bedürfnis, der Realität zu entfliehen, könnten mich wieder zur Flasche greifen und erneut in den Abgrund des Alkoholismus stürzen lassen.

Mehr als ein Jahr nach Williams Verschwinden und mehr als zwei Jahre nach meiner letzten Begegnung mit dem Mann, der Hunde liebte (ich erinnerte mich noch an die letzten Worte, die ich zu ihm gesagt und mit denen ich ihm ein frohes Weihnachtsfest gewünscht hatte), überstürzten sich die tragischen Ereignisse. Im März 1981 starb mein Vater, und vier Monate später war meine Mutter an der Reihe. Ich beschloss, weder die wenigen mir gebliebenen Freunde noch meine Arbeitskollegen und auch nicht die Familie von den Todesfällen zu benachrichtigen, und so kam es, dass nur ein paar Nachbarn und die Angehörigen, die auf irgendeinem anderen Weg davon erfahren hatten, an ihren Beerdigungen teilnahmen.

Dieser Umstand hielt mir das tatsächliche Ausmaß meiner Einsamkeit deutlich vor Augen, war ein Beweis dafür, wie die Geschichte in ein Leben eindringen und es von innen zerstören kann. Das Haus in Víbora Park, das mein Vater gebaut hatte, als ich noch klein und William noch nicht geboren war, verwandelte sich in eine Art virtuelles Mausoleum, durch das Gespenster und Erinnerungen, Lachen, Weinen, Begrüßungsrufe und Unterhaltungen geisterten, die im Laufe der fünfundzwanzig Jahre dort stattgefunden hatten, als wir eine, wenn auch nicht glückliche, so doch zumindest normale Familie gewesen waren. Die Logik des Lebens hatte sie dazu bestimmt, sich zu vergrößern, zunächst durch die Aufnahme von Raquelita und dann durch die – von meinen Eltern heiß ersehnte – Ankunft von Enkeln, die das Haus hätten verjüngen sollen.

Nur Dany nahm an den Beerdigungsfeierlichkeiten für meine Mutter teil. Raquelita hatte ihn angerufen, und er kam, um mir beizustehen und sich zu entschuldigen, weil er sich beim Tod meines Vaters nicht gemeldet hatte, aber er habe erst jetzt davon erfahren, sagte er. In letzter Zeit war Dany etwas abgehoben, denn kurz zuvor war sein erstes Buch veröffentlicht worden, nachdem er, ebenso wie ich, in einem früheren Wettbewerb – vor zehn Jahren oder zehn Jahrhunderten – lobend erwähnt worden war. Zwei Tage nach der Beerdigung kam Dany mich wieder besuchen und bat erneut um Entschuldigung, weil er mich bei verschiedenen Gelegenheiten im Stich gelassen habe: bei Williams Verschwinden, beim Tod meines Vaters, bei der Trennung von Raquelita und vor allem, weil ich nicht der Erste gewesen sei, der ein Exemplar seines soeben veröffentlichten Buches bekommen hätte. Alles, was er als Schriftsteller sei und noch werden könne, sagte er, verdanke er mir, meinen Ratschlägen und den Büchern, die ich ihm zum Lesen gegeben hätte.

Wir saßen auf der Terrasse zum Garten, plauderten und tranken Kaffee. Ich sagte zu ihm, dass ich nichts zu entschuldigen hätte, das Leben taumle dahin, und jeder müsse zusehen, wie er es meistere. Da ich das Bedürfnis hatte, mich auszusprechen, erzählte ich ihm von meinen Schuldgefühlen, und er versuchte, mich davon zu überzeugen, dass ich für das Vorgefallene nicht verantwortlich sei. Und dann sagte er noch etwas, an das ich bis dahin noch nicht gedacht hatte: »Iván, das Problem ist, dass du es dir dein ganzes Leben lang leicht gemacht hast mit deinen Schuldzuweisungen. Fast immer hast du dir selbst die Schuld an allem gegeben. Das ist nämlich das Einfachste, dann kannst du wütend auf dich selbst sein. Du geißelst dich selbst. Schau dich an: Du hast aufgehört zu schreiben, du warst Alkoholiker, du hast dich in dieser Scheißzeitschrift verkrochen und nicht einmal versucht, eine Arbeit zu finden, die deinen Fähigkeiten entspricht. Als ich dich kennengelernt habe, warst du voller Ehrgeiz, viele Leute haben in dir ein hoffnungsvolles Talent gesehen, deine Erzählungen wurden in sämtliche Anthologien für junge Literatur aufgenommen ...«

»Das war ein Irrtum, Dany. Ich war nie ein Schriftsteller und schon gar kein hoffnungsvolles Talent. Sie haben mich benutzt, weil ich ihnen gut in den Kram passte, nachdem sie die richtigen Schriftsteller kaltgestellt hatten. Und sie haben mich zur Ordnung gerufen, als sie es für nötig hielten.«

»Aber du hättest weiterschreiben müssen, verdammt!«

»Mir ist die Lust daran vergangen, Alter.«

Sicher hat Dany sich in diesem Moment mit mir verglichen. Der Stern des Schülers ging auf, als der des Lehrers erloschen war und man kaum noch den Punkt am Firmament erkennen konnte, an dem er früher einmal geblinkt hatte. Mich überkam das Gefühl, dass Dany Mitleid mit mir hatte. Und es war mir egal.

Ich glaube, Dany rettete mich vor einer Depression und vielleicht vor Schlimmerem. Entschlossen, mich aus meiner Krise herauszuholen, lud mich mein Freund zu seinen Lesungen ein. Und dort sah ich einige meiner ehemaligen Kollegen, die immer noch davon träumten, große Schriftsteller zu werden, doch vor allem entdeckte ich, dass es eine neue Generation »junger Erzähler« gab, wie man sie damals nannte. Schüchtern begannen sie damit, auf eine neue Art zu schreiben, Geschichten mit weniger Helden und mehr kaputten, armseligen Typen, so wie im realen Leben. Dany lieh mir Bücher aus, die auf der Insel nie veröffentlicht worden waren und die er von seinen Freunden aus dem Ausland bekommen hatte, er ging sogar mehrere Male mit mir zum Squash an den Strand, obwohl er sich nicht sonderlich dafür interessierte. Natürlich ahnte er nichts von meiner verborgenen (oder offenen?) Absicht, am Strand nach zwei russischen Windhunden und einem Mann mit Hornbrille und einer verbundenen Hand Ausschau zu halten.

Nach einigen Monaten ließ ich mich sogar zu Literatenfesten mitschleppen, auf denen reichlich Alkohol floss (der Alkohol der trügerischen Morgenröte der Achtzigerjahre), und weil ich nicht trank, tauften sie mich »Wassermann«. Ich ging auf intellektuell angehauchte Treffen, wo man spürte, wie die Leute langsam anfingen, gewisse Fesseln der Orthodoxie abzustreifen, auf denen man aber vor allem (und das war das Interessanteste für mich) ätherischen, in weite Gewänder (indisch, sagten sie) gehüllten Dichterinnen begegnen konnte, die keinen Büstenhalter trugen und ständig verzweifelt bemüht waren, das Poetisch-Transzendentale zu vergessen und sich das zu holen, was wir damals in bestem Lezama-Stil »die Gabe des Mannes« nannten oder einfach nur, auf gut Kubanisch, »einen ordentlichen Fick«.

Ich folgte Dany ohne große Begeisterung zu solchen Veranstaltungen, spürte jedoch, mehr durch die allgemeine Atmosphäre angesteckt als aus einem wirklichen Bedürfnis heraus, wie das Herz des Monsters in mir immer vernehmlicher zu schlagen begann: der Wunsch, wieder zu schreiben. Und als ich fest davon überzeugt war, dass López nie wieder auftauchen würde, begann ich, auf gelben Blättern, die ich aus der Zeitschriftenredaktion mitgenommen hatte, die Geschichte niederzuschreiben, die der Mann, der Hunde liebte, mir erzählt hatte. Ich tat es, ohne auch nur die geringste Vorstellung davon, welchen Schluss ich dem Bericht geben würde, dessen Wege ständig von schwarzen Löchern und der Unmöglichkeit, sie zu überwinden, blockiert waren; doch vor allem tat ich es in dem wachsenden Gefühl, mit dem Feuer zu spielen.

Zum Glück für mich und meinen Seelenfrieden erlosch das durch Dany angefachte literarische Feuer, als Raquelita Anfang 1982 wieder zu mir zurückkehrte. Noch im selben Jahr bekamen wir Paolo, und 1983 wurde Francesca geboren. Ich klammerte mich an die Hoffnung, immer noch ein normales Leben führen zu können, mit einer richtigen Familie und dem unbekümmerten, lebendigen Lachen und Weinen von Kindern.

Es war eine friedliche Zeit. Auf der Insel lebte man immer besser, und ich konnte mich darauf konzentrieren, meinen Kindern beim Wachsen zuzusehen, und mir eine rosige Zukunft für sie ausmalen. In Moskau sprach man bereits von Veränderungen, von Verbesserungen, von Transparenz, und viele von uns dachten, jawohl, es ist möglich, es besser zu machen, besser zu leben, denn sogar die Chinesen hatten – nach einer Kulturrevolution, von der wir nichts oder wenig erfahren hatten – begriffen, dass man nicht im Elend leben muss, um Sozialist zu sein. Wer hätte das gedacht!

Das erste Leck, durch das Wasser ins Boot meiner Gelassenheit drang, wurde 1988 geschlagen, dem Jahr, in dem Raquelita die Scheidung von mir verlangte. Obwohl sie sich jahrelang bemüht hatte, eine Ehe aufrechtzuerhalten, die nicht mehr funktionierte, resignierte sie schließlich. Sie war enttäuscht von der »beschissenen Apathie«, mit der ich alles hinzunehmen bereit war, von dem Verlust meines Kampfgeistes, wie sie es nannte, von meiner Weigerung, das Elementarste meines (ebenfalls beschissenen) Lebens zu verteidigen. Sie war schon immer an materiellen Dingen interessiert gewesen, an Gratifikationen und Aufstieg, an Autos, an einem Wohlstand, der für alle möglich schien in einem immer besser funktionierenden, reifen Sozialismus. Doch ihrer (zutreffenden) Meinung nach begnügte ich mich damit, Pläne für die Zukunft (der anderen) zu schmieden, während ich mich in einem Winkel der Gegenwart verkroch, mit dem einzigen Wunsch, in Ruhe gelassen zu werden.

»Du bist ein Unglücksrabe, ein Verlierer, ein Versager«, sagte sie häufig zu mir. »Du bist weder ein Schriftsteller noch sonst was. Du hast mich getäuscht, ich ertrage dich nicht mehr.«

Und um mir den Rest zu geben, fügte sie hinzu: »Wenn dir dein Leben nicht gefällt, dann häng dich am nächsten Ast auf, aber ich will und werde *mein* Leben leben und alles dafür tun, damit meine Kinder das ihre leben können.«

Auch wenn ich Raquelita mit ihren Wutausbrüchen zum Teil recht geben musste (ich war und bin ein Unglücksrabe, einer, der nicht glücklich ist), so unterlag sie doch einem semantischen Irrtum: Mehr als ein Verlierer war ich ein Geschlagener, und zwischen dem einen und dem anderen gab es – gibt es, wird es immer geben – einen gewaltigen Unterschied. Außerdem zahlte sie mit ihrer Flucht die Zeche für das Ergebnis ihrer falschen Wahl: Ich war nie der richtige Mann für sie, der, den sie suchte, und ich verstehe bis heute nicht, wie ein so berechnender Mensch wie sie sich so gründlich verschätzen konnte.

Der eigentliche Schlag jedoch war die Trennung von meinen Kindern, unter der ich umso furchtbarer litt, als mir bewusst wurde, dass sie von Dauer war. Und diesmal hätte selbst Dany zugeben müssen, dass ich den Richtigen für das Geschehene verantwortlich machte; denn es konnte niemand anderes sein als ich selbst, auch wenn ich nicht der einzig Schuldige war, wie leicht nachzuvollziehen ist. Dieser neuerliche Absturz – der wievielte war es inzwischen? Der zwölfte? – in die Einsamkeit und die Leere wurde vollkommen, als ich, zusammen mit der Scheidung, kampflos dem Tausch des Hauses in Víbora Park gegen zwei kleinere zustimmte: einerseits ein Häuschen mit Garten und zwei Schlafzimmern im Sevillano, für Raquelita und die Kinder, und andererseits eine kleine feuchte Innenwohnung im Stadtteil Lawton, in die ich zog. Ich muss jedoch gestehen, dass ich eine gewisse Erleichterung verspürte, als ich von dem erinnerungsträchtigen Haus meiner Eltern Abschied nahm, um das Leben eines Eremiten zu beginnen, aus dem mich zwei Jahre später ebenjene junge Frau mit dem Aussehen eines hilflosen Vögelchens befreite, als sie mich mit Tränen in den Augen anflehte, ihren an Verstopfung leidenden Pudel zu retten.

Als ich schon nicht mehr damit rechnete, hatte ich einen neuen, beunruhigenden und erhellenden Kontakt mit dem Mann, der Hunde liebte. Das war 1983, einige Monate vor Francescas Geburt. Ich weiß das so genau, weil ich mich noch deutlich daran erinnere, wie Raquelita mir sagte, jemand wolle mich sprechen, und ich ihren riesigen Bauch sah, der so ganz anders war als der bei Paolo. Wenn ich mich Jahre zuvor gefragt hatte, welche Sternenkonstellation mich mit López zusammengeführt und zum letzten Bewahrer der Geschichte seines verstorbenen Freundes Ramón Mercader bestimmt hatte, so war ich mir jetzt ganz sicher, dass der Mann, der Hunde liebte, nicht zufällig in mein Leben getreten war. Er hatte mich absichtlich verfolgt, verfolgte mich auch jetzt noch, da ich ihn für tot und begraben hielt, jetzt, nachdem ich es mir zu meinem eigenen Besten und meiner Beruhigung vorgenommen (und auch geschafft) hatte, ihn zu vergessen, ihn und meine widersprüchlichen Reaktionen auf seine Geschichte: Wut, Angst, Neugier, Ekel und den fast zum Schweigen gebrachten, aber immer noch latenten und gefährlichen Wunsch, zu schreiben.

Der Brief – wenn man die mehr als fünfzig mit einer ungelenken, fast kindlichen Handschrift beschriebenen, aber sorgfältig redigierten

Seiten so nennen kann – wurde mir von einer sehr schwarzen, sehr schlanken Frau übergeben. Wie sie mir sagte, war sie eine der Krankenschwestern gewesen, die López pflegten, als sich sein Zustand verschlechtert hatte. Die Frau, die sich nicht setzen wollte und nicht einmal wagte, ihren Namen zu nennen, bat mich als Erstes um absolute Diskretion. Sie erzählte mir, dass sie die Blätter seit Mitte 1978 aufbewahrt habe. Genosse López, wie sie ihn nannte, habe sie ihr übergeben, bevor er aus Kuba fortgegangen sei. Zu der Zeit hatte sich sein Zustand derart verschlechtert, dass er sich außer Landes einer Schocktherapie unterziehen musste. Die Frau wusste weder – so behauptete sie jedenfalls –, welche Krankheit López hatte, noch, wohin er gegangen war, auch nicht, ob er noch lebte oder bereits tot war, obwohl sie sich fast sicher war, dass Letzteres zutraf, so schlecht, wie es ihm gegangen sei, sagte sie. Vor seiner Abreise hatte er sie äußerst diskret gebeten, einem jungen Mann, mit dem er Freundschaft geschlossen habe, diesen Umschlag auszuhändigen, und ihr meinen Namen und meine Anschrift genannt. Die Krankenschwester hatte ihm versprochen, ihm den Gefallen zu tun, doch dann hatte sie fast fünf Jahre damit gewartet, aus Angst, es könnte sie oder auch mich in Schwierigkeiten bringen. Schwierigkeiten? Warum? War López nicht ein einfacher Republikaner aus Spanien, der mit voller behördlicher Genehmigung in Kuba lebte und arbeitete? Oder hatte sie vielleicht das Geschriebene gelesen und unangenehme Wahrheiten entdeckt? Die Frau beantwortete, ausweichend und präzise zugleich, nur meine letzte Frage: Nein, sie habe den Brief nicht gelesen, auch habe sie mit niemandem darüber gesprochen, und sie erwarte auch von mir absolute Diskretion, vor allem was sie und ihre Rolle in dieser Sache betreffe. Und bevor sie ging, äußerte sie noch eine letzte Bitte, die schon fast wie eine Warnung klang: Wenn mich irgendwann jemand fragen sollte, woher diese Seiten stammten … Sie werde alles abstreiten, sie habe die Blätter nie gesehen und sei auch nie in diesem Haus gewesen. Mit diesen Worten verschwand sie.

Kaum hatte ich begonnen, den Brief zu lesen, da wurden mir zwei Dinge klar: Die geheimnisvolle Krankenschwester hatte ihn zweifellos gelesen, und als Folge davon hatte sie fünf Jahre gebraucht, um sich dazu zu entschließen, ihn mir zu übergeben. Auf jeden Fall verstand ich nach der Lektüre des gesamten Textes noch weniger, warum sie dann doch ihre Ängste überwunden und sich entschlossen hatte, zu mir zu kommen; aber ich war ihr dankbar dafür, dass sie den Brief nicht vernichtet hatte, so wie ich es vielleicht an ihrer Stelle getan hätte.

In einer Art Einleitung bat mich Jaime López um Entschuldigung dafür, dass er nicht mehr an den Strand gekommen sei, aber zuerst habe ihn der Mut verlassen, und später dann habe es ihm sein Gesundheitszustand nicht mehr erlaubt. Dax' Leiden und das unvermeidliche Einschläfern des Hundes hätten ihn tiefer getroffen, als er selbst es erwartet habe, und seine Schwindelanfälle seien so heftig geworden, dass er nicht mehr alleine habe gehen und sich nicht mehr habe konzentrieren können. Darum habe man weitere Enzephalogramme bei ihm gemacht und sei auf Tabletten umgestiegen, die ihn fast den ganzen Tag in einen Zustand bleierner Schläfrigkeit versetzten. Doch er habe nicht vergessen, dass er »dem Jungen« den letzten Teil der Geschichte schulde. Er bat mich, die ungelenke Handschrift – ob ich mich an seine schöne runde Schrift von früher erinnern könne?, fragte er – und auch die eine oder andere Abschweifung zu entschuldigen, und dann begann er mit dem Bericht über die letzten Jahre seines alten Freundes Ramón Mercader, des Gespenstes aus der Vergangenheit, das er an jenem Wintertag des Jahres 1968, an dem in Moskau der erste Schnee gefallen war, überraschend wiedergetroffen hatte.

Beim Lesen spürte ich, wie mich ein immer größer werdendes Entsetzen überkam. Nach den Worten des Mannes, der Hunde liebte, hatte Ramón ihm nach ihrer zufälligen Begegnung die mir bereits bekannten Einzelheiten von seinem Eintritt in die Welt der Finsternis, seiner psychischen und physischen Umwandlung und seinen Taten in der Haut von Jacques Mornard sowie unter dem Namen Frank Jacson erzählt. Und er hatte ihm anvertraut, was er mit den Jahren über sich selbst und über die Machenschaften und Absichten jener Männer herausgefunden hatte, die ihn nach Coyoacán gebracht und ihm einen Eispickel in die Hand gedrückt hatten. Wenn ich früher geglaubt hatte, López überschreite bisweilen die Grenzen der Glaubwürdigkeit, so überstieg das in dem langen Schreiben Erzählte alles Vorstellbare, trotz allem, was ich seit unserer letzten Begegnung über die düstere und so gut abgeschirmte Welt des Stalinismus hatte lesen können.

Verständlicherweise wirkte der Schluss der Geschichte (den ich einige Jahre vor den Enthüllungen von Glasnost zu lesen bekam) wie ein Blitz, der nicht nur ein helles Licht auf das triste Schicksal Ramón Mercaders, sondern auch auf das von Millionen anderer Menschen warf. Es war dies die Chronik der Pervertierung eines Traumes und das Zeugnis eines der verabscheuungswürdigsten Verbrechen, die jemals begangen wurden. Denn es betraf nicht nur das Schicksal von Leo Trotzki, der schließlich und endlich im Spiel um die Macht mitgemischt hatte und an mehreren historischen Schreckenstaten beteiligt gewesen war, sondern auch das von vielen Millionen von Menschen, die in den Strudel der Geschichte hineingerissen wurden – ohne darum gebeten zu haben und ohne dass sie jemals nach ihren Wünschen gefragt worden wären –, ausgelöst durch die Raserei ihrer Herren, die sich als Wohltäter, als Messiasse, als Auserwählte, als Vollstrecker der historischen Notwendigkeit und der unausweichlichen Dialektik des Klassenkampfes verkleidet hatten.

Als ich den Brief von Jaime López las, konnte ich nicht ahnen, dass noch weitere zehn Jahre – fast sechzehn nach unserer letzten Begegnung – vergehen mussten, bis ich endlich sämtliche Stücke des aus Schäbigkeiten, Manipulationen und Verheimlichungen zusammengesetzten Puzzles an der richtigen Stelle platzieren konnte: die Komponenten, die die Geschichte geformt und das Werk von Ramón Mercader ermöglicht hatten. Diese zehn Jahre haben außerdem die Hoffnungen der Perestroika aufkeimen und sterben sehen und vielen die Augen geöffnet nach den Enthüllungen der sowjetischen Glasnost, nach den Erkenntnissen, die das wahre Gesicht von Leuten wie Ceaușescu gezeigt hatten, und nach dem ökonomischen Wandel in China und dem Bekanntwerden der Schrecken während der völkermordenden Kulturrevolution, die im Namen der marxistischen Reinheit durchgeführt worden war. Es waren die Jahre eines historischen Bruchs, der nicht nur das politische Gleichgewicht der Welt, sondern auch die Farben auf den Landkarten, die philosophischen Wahrheiten und, vor allem, die Menschen verändern sollte. In jenen Jahren wurde die Brücke geschlagen, die von der Begeisterung über das Machbare zu der Enttäuschung darüber führte, dass der Große Traum todkrank war und dass in seinem Namen unsägliche Verbrechen begangen worden waren, bis hin zu Genoziden wie dem des Pol Pot in Kambodscha. Am Ende lag das scheinbar Unzerstörbare in Scherben, und das, was wir als unglaubhaft oder falsch betrachteten, stellte sich als bloße Spitze des Eisbergs heraus, der unter seiner Oberfläche die makabersten Wahrheiten dessen verbarg, was in der Welt, für die Ramón Mercader gekämpft hatte, geschehen war. Es war die Zeit der großen Ernüchterung.

20

Jacques fühlte sich in eine frühere Zeit zurückversetzt. Als er ihn sah, erinnerte er sich an seine erste Begegnung mit Kotow vor zwei Jahren auf der damals noch friedlichen Plaza de Cataluña. Jetzt saß Tom mit offener Lederjacke auf einer Bank, in der Hand das bunte Halstuch, und genoss die ersten Strahlen der Märzsonne, gierig wie ein soeben aus seinem Winterschlaf erwachter Bär. Doch in den vergangenen zwei Jahren hatten sich Ramóns Leben und Hoffnungen radikal verändert. Die heutige Begegnung in den Jardins du Luxembourg war der Beweis für die vielen Umwandlungen, die die Verflüchtigung des spanischen Traumes und die verlorenen Kilos des Militärberaters seit ihrem letzten Treffen mit einschlossen.

»Was für eine Wohltat, nicht wahr?«, rief Tom ihm zu, ohne sich zu regen.

»Gut, dass du dich lieber in Parks triffst als auf Friedhöfen«, erwiderte Jacques und setzte sich neben seinen Mentor. Von hier aus hatte man einen weiten Blick über den Teich, den Palais und die Gärten, wo sich vereinzelte gelbe, in der Mitte purpurrote Blumen auf den letzten Schneeinseln bemühten, das Ende des Winters zu verkünden. Mit dem Geschenk der ersten Frühlingssonne hatten die Rentner und die Kindermädchen von den Bänken Besitz ergriffen, und Tom schien vergnügt und glücklich.

»Moskau war ein einziger Eiskeller.«

»Kommst du gerade von dort?«

Der Russe nickte unmerklich. Jacques zündete sich eine Zigarette an und wartete. Er kannte das Ritual.

»Ich wollte nach Madrid gehen, in das, was von der Republik noch übrig geblieben ist. Aber sie haben mich hierhergeschickt. Na ja, in Spanien gibt es nicht mehr viel zu tun. Es ist nur noch eine Frage der Zeit, dann ist es zu Ende … *Verflucht!*«

Jacques spürte, wie Ramóns Empörung wieder in ihm hochstieg, doch er beherrschte sich und konnte einen unangebrachten Wutausbruch verhindern. Schon seit Tagen schleppte er seine Entrüstung darüber mit sich herum, dass Großbritannien und Frankreich den faschistischen Caudillo als rechtmäßigen Herrscher Spaniens anerkannt hatten. Und jetzt internierten die auf ihre republikanische Demokratie so stolzen Franzosen die spanischen Flüchtlinge in Konzentrationslagern und ernannten Pétain zu ihrem Botschafter gegenüber dem Franco-Regime, während die Republik noch existierte! Doch am meisten schmerzte ihn das, was man in den Pariser Zeitungen lesen konnte: Auch die Sowjets hatten Spanien fallen gelassen, als sie das katastrophale Ende hatten kommen sehen.

»Was sagen sie in Moskau?«, wagte er zu fragen.

»Das, was wir beide wissen: dass man den Feind nicht besiegen kann, wenn man sich nicht einig ist. Und genauso ist es: Im Moment bringen sich die Republikaner in Madrid gegenseitig um, während Franco sich die Stiefel putzen lässt, um über die Gran Vía zu marschieren. Armes Spanien! Es wird nicht leicht werden …«

Jacques bereute, dass er gefragt hatte. Für Niederlagen gab es immer eine Erklärung und einen Schuldigen, und immer denselben.

Tom schwieg, so als gäbe es nichts Wichtigeres, als sich an den schwachen Sonnenstrahlen zu erfreuen.

»In Moskau habe ich mich mit Beria und Sudoplatow getroffen, dem operativen Offizier, unserem Verbindungsmann. Stalin hat uns angewiesen, die Maschinerie in Gang zu setzen.«

»Wir gehen nach Mexiko?« Sogleich bereute Jacques Mornard den Ausruf, der seine Ungeduld verriet.

»Du gehst nirgendwohin, noch nicht. Ich fahre in ein paar Tagen. Die ›Ente‹ hat sich ein Haus gekauft und wird bald umziehen. Ich muss das Terrain sondieren, Anpassungen vornehmen, ein paar Dinge regeln … Das Schachspiel eben.«

»Und was mache ich?«

»Warten, mein lieber Jacques, warten … Und dass dir nicht wieder einfällt, aus der Rolle zu fallen wie in Le Perthus! Als Pressefotograf aufzutreten und andere Leute zu verprügeln …« Langsam ließ Tom den Kopf nach vorn sinken und wischte sich mit dem bunten Tuch übers Gesicht, als wollte er sich von der Sonne reinigen. Dann richtete er einen kühlen, distanzierten Blick auf Jacques Mornard, den es eiskalt überlief. »Ich weiß alles … immer. Also spiel keine Spielchen mit mir, verstanden? Nie! Sonst reiß ich dir irgendwann die Eier ab …«

Jacques schwieg beharrlich. Jede Antwort hätte die Situation nur verschlimmert.

»Ich weiß, es ist hart für einen Jungen wie dich«, fuhr Tom fort und band sich das Tuch um den Hals, »aber zuerst kommen Disziplin und Gehorsam. Ich dachte, das hättest du begriffen.« Er sah seinem Schüler direkt in die Augen. »Was ist wichtiger, ein individueller Impuls oder die Mission?«

Jacques wusste, dass das eine rhetorische Frage war, doch Toms Schweigen zwang ihn, darauf zu antworten.

»Die Mission. Aber ich bin nicht aus Eis …«

»Was ist wichtiger …«, der andere hob die Stimme, »gewonnenes Terrain behalten oder jemanden verlieren, von dem wir uns so viel erhofft? Du musst mir nicht antworten, du sollst nachdenken.« Tom gab ihm Zeit zum Überlegen, als wäre das nötig, und dann fügte er hinzu: »Wir haben vor, weitere Linien in Mexiko anzulegen. Wir müssen wieder fast ganz von vorne beginnen, uns mögliche Alternativen überlegen und innerhalb weniger Monate entscheiden, welche davon wir wählen. Du bist weiterhin meine Geheimwaffe und wirst deinen eigenen Weg verfolgen. Ich kann mir nicht den Luxus erlauben, dich zu verlieren. Ja, ich weiß, du bist nicht aus Eis … Ich habe mit dem Genossen Stalin über dich gesprochen, er ist einverstanden, dass wir dich als Trumpf aufheben.«

Ramón konnte es nicht glauben: Genosse Stalin wusste von ihm? Wusste von seiner Existenz? Gehörte er, Jacques, zu denen, um die sich der mit tausend Dingen Beschäftigte kümmerte? Nur mit viel Mühe gelang es ihm, seinen Stolz zu verbergen und sich wieder auf das Gespräch zu konzentrieren.

»Entschuldige, Tom, aber manchmal kann ich es einfach nicht vermeiden, wieder Ramón Mercader zu sein.«

»Das weiß ich doch, und das ist auch ganz logisch. Aber Jacques Mornard muss in der Lage sein, Ramón Mercader zu kontrollieren. Das ist der Punkt. Wirst du Ramón Mercader nach Belieben herauslassen oder zurückhalten können?«

»Ich weiß nicht …«

Zum ersten Mal bewegte Tom seinen Oberkörper, suchte die beste Position, um seinen Schüler anzusehen.

»Was jetzt kommt, ist sehr wichtig für dich«, sagte er und lächelte. »Du wirst gleichzeitig Ramón Mercader und Jacques Mornard sein. Du musst lernen, jederzeit den einen oder den anderen hervorzuholen, denn es kann der Moment kommen, in dem du ganz spontan aus Jacques' Haut schlüpfen und wieder Ramón werden musst. Für deine Bekannten in Paris bist du weiterhin Jacques Mornard. Währenddessen wird Ramón mit Caridad und mit seinen Geschwistern Kontakt aufnehmen, und in diesem intimen Kreis wirst du ein spanischer Kommunist sein, voller Hass auf die Faschisten und die Trotzkisten, diese bürgerlichen Verräter der fünften Kolonne, die der Republik den Todesstoß versetzt haben und alles tun würden, damit die Sowjetunion vom Erdboden vertilgt wird.«

»Keine Sorge. Dieser Hass sitzt ganz tief hier drin …«, Jacques zeigte auf seine Brust, in der er den Hass schlagen spürte, ganz dicht neben dem Stolz.

»Von jetzt an ist Caridad Teil der Operation. Sie, du und ich bilden eine Einsatzgruppe. Was wir tun, wird außer uns niemand wissen. George Mink bleibt draußen … Hör mir gut zu, mein Junge: Wir befinden uns mitten im Zentrum von etwas ganz Großem, etwas Historischem, und vielleicht gibt dir das Leben die Möglichkeit, dem Kampf für die Revolution und den Kommunismus einen unbezahlbaren Dienst zu erweisen. Bist du bereit?«

Ramón Mercader starrte Tom einige Sekunden lang in die Augen: Sie waren so transparent, dass man fast durch sie hindurchsehen konnte. Er musste an Lenins Leichnam denken und an die Glasscheibe, in der er sich selbst gesehen hatte, sein Gesicht über dem des

großen Führers. Und in diesem Augenblick wusste er, dass er auserwählt war.

»Daran sollst du nicht eine Sekunde lang zweifeln«, sagte er. »Ich
bin bereit.«

Ramón fühlte sich sehr viel wohler, seitdem er mit Jacques Mornard
zusammenleben konnte wie mit einem Anzug, den man nur zu bestimmten Gelegenheiten trägt.

Während der Wochen des Wartens, die zu Monaten wurden, zwang
er den Belgier, Sylvia regelmäßig zu schreiben und ihr zu versprechen,
sie so bald wie möglich zu besuchen. Er spazierte mit ihm durch Paris
und besuchte Sylvias Freundinnen, insbesondere die Buchhändlerin
Gertrud Allison und die junge Marie Crapeau, mit der er mehrmals
ins Kino ging, um sich die Filmkomödien der Marx Brothers anzusehen, über die sie Tränen lachten. Jacques besuchte das Hippodrom,
das zum Treffpunkt von Hunderten von Spionen aus allen Himmels-
richtungen geworden war, und das berühmte Café Les Deux Magots
und andere Lieblingsorte der Pariser Boheme, die von den aufziehen-
den Gefahren erstaunlicherweise nichts ahnte.

Währenddessen fuhr Ramón in Begleitung seiner Mutter mit dem
soeben aus Spanien zurückgekehrten Luis und der wieder aufge-
tauchten Lena Imbert nach Antwerpen. Dort schifften sich die beiden jungen Leute mit Kurs auf die Sowjetunion ein, wo Luis sein
Studium beenden und im Vaterland des Proletariats, unter den dort
exilierten spanischen Kommunisten zum Revolutionär ausgebildet werden sollte. Mehrmals besuchten Ramón und Caridad seine
Schwester Montse, die inzwischen in Paris lebte und einen gewissen
Jacques Dudouyt geheiratet hatte, dessen einzige bemerkenswerte
Eigenschaft laut Caridad die war, ein hervorragender Koch zu sein.

Auf der Suche nach den Zeichen der neuen Zeit verfolgten Ramón
und Caridad die Informationen aus Moskau. Stalin hatte einen
neuen Parteikongress einberufen, auf dem er in gewohnter Manier
die Exzesse gewisser Funktionäre während der Säuberungen und der
Prozesse der vergangenen Jahre anprangerte. Wie erwartet, musste
Jeschow den Kopf dafür hinhalten, und man sagte ihm ein ähnliches

Ende wie das seines Vorgängers Jagoda voraus. Doch das Wichtigste für das Land der Sowjetrepubliken angesichts der imperialistischen Kriege war es, das gesamte Volk in vollkommener Einheit um eine monolithische Partei zu scharen, die der Generalsekretär durch Männer mit unerschütterlichem revolutionärem Glauben besetzt hatte. Die Gegenwart forderte ihren Tribut, und Genosse Stalin schwor das Land auf eiserne ideologische Treue ein.

Während dieser Zeit erkannte Ramón, dass sich seine Beziehung zu Caridad zu verändern begann. Die Tatsache, dass nun er es war, der im Mittelpunkt einer Mission stand, deren Dimension sie nicht einmal hatte ahnen können, als sie ihn vor Tagesanbruch in der Sierra de Guadarrama getroffen hatte, erhob ihn in eine Sphäre, zu der seine Mutter keinen Zutritt hatte. Ihre Angewohnheit, Schicksale zu steuern, musste vor Mächten kapitulieren, die stärker waren als sie. Möglicherweise trug Toms Einfluss zu diesem Wandel bei, indem er von ihr verlangte, sich auf ihre Rolle in einer Dreiecksbeziehung zu beschränken, deren Funktionieren von dem Gleichgewicht der drei Teile abhing. Festzustellen, dass Caridads Anwesenheit ihn nicht mehr einengte, war eine Erleichterung für ihn und gestaltete seine erzwungene Untätigkeit erträglicher.

Tom, der immer in Bewegung war, war Anfang April, kurz nach dem endgültigen Einmarsch der faschistischen Truppen in Madrid, nach New York und Mexiko abgereist. Als er Ende Juli zurückkam, trug er eine Mischung aus Zufriedenheit und Besorgnis über eine Operation zur Schau, die immer noch gemächlich dahinplätscherte.

Während der Woche, in der sie auf Toms Vorschlag hin Aix-en-Provence besuchten, die Cézanne-Route entlangfuhren und die Köstlichkeiten der provenzalischen Küche genossen, die der Berater so liebte, lernten Ramón und Caridad die Einzelheiten des in Gang gesetzten Mechanismus kennen. Auf parallelem Weg, so erklärte ihnen Tom, hatte sich der Genosse Grigulewitsch (Ramón fragte sich von Anfang an, ob das nicht der neue Deckname von George Mink war) in Mexiko niedergelassen und angefangen, mit den Aktivisten vor Ort zu arbeiten, die eventuell eine Aktion gegen die »Ente«

starten sollten. Über einen Verbindungsmann der Komintern hatten sie zuerst versucht, sich der Unterstützung der dortigen Partei zu versichern, und dabei feststellen müssen, dass zwei ihrer führenden Köpfe, Hernán Laborde und Valentín Campa, nicht wagten, sich einer möglichen Aktion anzuschließen. Laut ihrer Argumentation war Trotzki eine politische Leiche, und jeder Gewaltakt gegen ihn konnte die Beziehungen der Partei zu Präsident Cárdenas verschlechtern. Das Schwanken der Parteiführer hatte sie nicht davon abgehalten, zwei weitere Ziele ins Auge zu fassen: die Möglichkeit, eine Gruppe von Aktivisten zu finden, die eine bewaffnete Aktion gegen den Renegaten durchführt, und die Vorbereitung einer massiven Kampagne gegen Trotzkis Anwesenheit in Mexiko, mit der sie Stimmung gegen den Exilanten machen wollten.

In der Zwischenzeit war es Toms Kollegen in den Vereinigten Staaten gelungen, mehrere junge Kommunisten in die Reihen der Trotzkisten einzuschleusen, in der Hoffnung, einer von ihnen würde als Leibwächter in den Schlupfwinkel der »Ente« geschickt. Falls das tatsächlich gelingen würde, sollte der Mann Informationen über die Aktivitäten und Angewohnheiten des Exilanten liefern und möglicherweise sogar ein Kommando oder einen Agenten ins Haus einschleusen, der das Attentat verübte. Wie Tom sich selbst hatte überzeugen können, glich der neue Wohnsitz Trotzkis einer uneinnehmbaren Festung. Hohe Mauern, gepanzerte Türen und ein Fluss auf der Hinterseite machten den Zugang so gut wie unmöglich. Dazu kam eine Wachmannschaft von sieben bewaffneten Männern, ein elektrisches Alarmsystem und die mexikanischen Polizisten, die das Haus von außen bewachten.

»Bis wir unseren Mann im Haus sitzen haben, liefert uns die Köchin der ›Ente‹ Informationen. Sie ist eine Agentin der Partei.«

»Und wie passt Jacques in diese Pläne?«, wollte Ramón wissen, der für sich keinen Platz sah in diesem tödlichen, minutiös geplanten Spiel, in dem die »Ente« von allen Seiten umzingelt zu sein schien.

»Jeder hat seinen Platz. Jacques wird immer weiter vorrücken, keine Sorge«, antwortete der Militärberater und trank einen Schluck Wein.

Tom, Caridad und Ramón saßen vor dem Lokal an einem der Tische, den die Restaurantbesitzer an die Promenade gestellt hatten. Die Speisen waren bereits gewählt – rein zufällig hatte sich Ramón für Ente entschieden –, dazu ein leichter, kühler Wein, um ihren Appetit anzuregen. Sie sahen wie drei friedliche Touristen aus, und Caridads und Ramóns Manieren, Toms Panamahut und der erlesene kulinarische Geschmack jedes Einzelnen ließen auf gebildete Bourgeois schließen, Kenner all jener Genüsse des Lebens, die man für Geld kaufen kann.

»Sobald ich den Befehl erhalte, fliegen wir drei nach Mexiko«, sagte Tom und sah Ramón an. »Jacques Mornards Rolle hängt von vielen Dingen ab, die noch in weiter Ferne sind. Aber es wäre von entscheidender Bedeutung, wenn Sylvia ihn in das Haus der ›Ente‹ einführen könnte. Noch wissen wir nicht, ob wir den amerikanischen Agenten dort einschleusen können, es könnte also wichtig werden, dass Jacques in der Nähe ist. Und wenn es nötig werden sollte, wenn alle unsere Pläne scheitern oder sich aus dem einen oder anderen Grund als undurchführbar erweisen sollten, dann tritt Jacques in Aktion.«

»Und warum setzt man nicht auf die Köchin?«, fragte Caridad. »Sie könnte ihn vergiften …«

»Das wäre die allerletzte Möglichkeit. Stalin will, dass es richtig knallt, er verlangt eine exemplarische Bestrafung.«

»Könnte das nicht ein Amerikaner machen?«, insistierte Caridad.

Tom sah die Frau an und goss sich Wein nach.

»Im Prinzip, ja. Zum Beispiel ein enttäuschter Trotzkist, der sich mit seinem Idol zerstritten hat … Aber wenn er versagt oder verhaftet wird? Wer garantiert uns, dass der Mann dichthält?« Tom machte eine erwartungsvolle Pause, um dann selbst zu antworten: »Nein, dieses Risiko können wir nicht eingehen … Auf keinen Fall dürfen Stalin und die Sowjetunion mit der Aktion in Verbindung gebracht werden. Hörst du mir zu, Ramón?« Die monotone Stimme des Mannes wurde emphatisch. »Darum arbeiten wir mit den Leuten in Mexiko zusammen. Es soll wie eine lokale politische Auseinandersetzung aussehen. Die Mexikaner werden keinerlei Informationen über meine Verbindung zu Grigulewitsch und schon gar nicht über die nach

Moskau haben. Wir denken daran, jemanden von uns, einen spanischen Republikaner zum Beispiel, bei ihnen einzuschleusen, damit er sie kontrolliert. Wenn sie ihre Sache gut machen, Glückwunsch! Dann ist die Arbeit getan, und wir hatten einen schönen Urlaub in den Tropen.«

»Mexiko-Stadt ist nicht so tropisch, wie man meint«, wagte Caridad ihn zu korrigieren, woraufhin Tom in schallendes Gelächter ausbrach.

»Meine Liebe, die Tropen sind überall da, wo man sich nicht das halbe Jahr über den Arsch abfriert und durch den Scheißschnee stapfen muss.«

Paris schien dahinzuschmelzen. Die Stadt litt unter der Sonne und der Angst: Durch die unglaublich hohen Temperaturen in jenem heißen Monat August waren die Politiker endlich aus ihrer Trägheit erwacht und reagierten auf die wachsende Aggressivität in den Reden der Nazis, indem sie ihre Armee samt Reservisten mobilisierten. Es kursierten alarmierende Gerüchte über Truppenkonzentrationen an Deutschlands Grenzen, und man diskutierte darüber, welches wohl die nächsten Ziele eines Reiches sein könnten, das sich bereits Österreich und Teile der Tschechoslowakei einverleibt hatte und auf einen ausgelaugten, aber treuen Verbündeten südlich der Pyrenäen zählen konnte. Mit großer Verzögerung und nach vielen Selbsttäuschungen setzte sich in den Parisern die Angst vor einem bevorstehenden Krieg fest.

Tom war wieder verschwunden, ohne sie über sein Ziel zu informieren. Ramón, der immer häufiger in Jacques Mornards Haut schlüpfte, trieb sich mit Vorliebe in Sylvias Welt herum und fand in den trotzkistischen Zirkeln eine schon an Hysterie grenzende Stimmung vor. Von Mexiko aus hatte der Exilant eine Kampagne gestartet, um vor einer militärischen Auseinandersetzung zu warnen, und bei jeder Gelegenheit drückte er seine Befürchtungen aus über die Schwäche der Sowjetunion und der Roten Armee als Folge der Säuberungen der letzten Jahre. Jacques Mornard, der sich stets aus der Politik heraushielt, hörte sich die Argumente an und sah darin eine kaum verhohlene Einladung an die Feinde der Sowjetunion, die von Trotzki immer wieder beschworene Situation auszunutzen.

Am Morgen des 23. August kam eine völlig aufgelöste Caridad in Jacques' Wohnung gestürzt. Der Junge, der gerade Kaffee trank, um die Auswirkungen des am Abend zuvor konsumierten Champagners abzumildern, ahnte sogleich, dass etwas Schwerwiegendes geschehen war.

»Die Sowjetunion hat einen Pakt mit den Nazis geschlossen«, flüsterte Caridad auf Spanisch, und obwohl Jacques nicht gleich verstand, was diese Worte bedeuteten, auf welch einen Wahnsinn sie sich bezogen, fühlte er, dass es Ramón war, der, inzwischen hellwach, seiner Mutter zuhörte. »Die Nachricht kam auf allen Sendern. Die Zeitungen werden heute Mittag Sonderausgaben herausbringen. Molotow und Ribbentrop haben den Vertrag unterzeichnet. Einen Freundschafts- und Nichtangriffspakt. Was, zum Teufel, geht da vor sich?«

Ramón versuchte, die Information zu verarbeiten, doch irgendetwas entging ihm, das spürte er. Genosse Stalin paktierte mit Hitler? War das, was die Ente vorhergesagt hatte, nun eingetreten?

»Was noch, Caridad? Was wird noch berichtet?«, schrie er seine Mutter an.

»Genau das wird berichtet, verdammt! Ein Pakt mit den Faschisten!«

Ramón wartete ein paar Sekunden, so als brauchte er eine Weile, bis sich seine Erschütterung in Argumenten auflösen würde, nach denen er verzweifelt zu suchen begann, und er klammerte sich an den solidesten Pfeiler, der ihm zur Verfügung stand: »Stalin weiß, was er tut. Immer. Keine Sorge, wenn er einen Vertrag mit Hitler unterschrieben hat, dann wird er seine Gründe dafür haben. Irgendetwas steckt dahinter.«

»Auf der Place de la Concorde und auf der Rue de Rivoli haben sie sowjetische Fahnen verbrannt. Viele Leute wollen ihr Parteibuch zurückgeben, sie fühlen sich verraten ...« Caridad hörte nicht auf, in der Wunde zu stochern.

»Die Scheißfranzosen haben nicht das Recht, von Verrat zu sprechen, verdammt noch mal! Ribbentrop hat hier in Paris Schönwetter gemacht, während Franco die Republikaner abgeschlachtet hat!«

Caridad ließ sich aufs Sofa fallen. Sie hatte nicht die Kraft, Ramón zu widersprechen oder ihm zuzustimmen. Trotz der Überzeugung, der er soeben Ausdruck verliehen hatte, schaffte es Ramón nicht, seiner Verwirrung Herr zu werden. Wo, zum Teufel, war Tom? Warum war er nicht hier, um seine Argumente vorzubringen? Wie konnte er ihn ausgerechnet jetzt, wo er ihn am meisten brauchte, im Stich lassen?

»Und wann, verdammt noch mal, kommt Tom zurück?«, schrie er, ohne sich recht bewusst zu sein, in welchem Maße er von den Gedanken und Worten seines Mentors abhing.

Noch jahrelang würde sich Ramón an diesen bitteren Tag erinnern. Die auf seinen Glauben gestützten Denkmuster waren erschüttert, er musste dem Unfassbaren ins Auge sehen. Das, was Trotzki seit Jahren vorhergesagt hatte, war eingetroffen: Stalin und Hitler hatten sich einander angenähert. Wie er einige Monate später erfahren sollte, war die Ernüchterung so groß, dass mehrere spanische Kommunisten in Francos Gefängnissen sich aus Scham und Enttäuschung umgebracht hatten, als sie von dem Vertrag erfuhren. Diese letzte Schlappe hatte ihren Überzeugungen den Rest gegeben.

Am nächsten Morgen, als ein völlig verzweifelter Ramón, mit eingeschaltetem Radio und überall ausgebreiteten Zeitungen, die Tür öffnete, gab ihm das lächelnde Gesicht, das er vor sich sah, sofort jene Gelassenheit zurück, die ihm während der letzten eineinhalb Tage abhandengekommen war.

»Eine Meisterleistung!«, sagte Tom und schlug Ramón auf die Schulter, als er an ihm vorbei in die Wohnung ging. »Ein unglaublicher Schachzug ...«

»Du warst in Moskau?« Noch immer war er von Panik erfüllt.

»Kochst du Kaffee?« Mit der Hand fegte der Besucher gelassen die Zeitungen vom Sofa. Er machte nur einen Platz frei, auf dem sich irgendwelcher Müll angesammelt hatte, nichts weiter. »Hab seit zwei Tagen so gut wie nicht geschlafen«, seufzte er, und Ramón verstand die Botschaft. Er eilte in die Küche, um Kaffee zu kochen, und hörte Tom rufen: »Sag die Wahrheit: Was hast du gedacht? Es bleibt unter uns ...«

Ramón spürte, dass seine Hände trotz der Hitze eiskalt wurden.

»Dass Stalin weiß, was er tut.«

»Wirklich? Gratuliere! Genosse Stalin war sich seiner Sache nämlich noch nie so sicher. Und er weiß auch ganz genau, dass die europäischen Kommunisten an ihm zweifeln.«

»Ich bin ein spanischer Kommunist«, stellte Ramón klar und hörte, wie Tom in schallendes Gelächter ausbrach.

»Ja, natürlich, und du wirst dich daran erinnern, dass die europäischen Demokratien stillschweigend hingenommen haben, dass Hitler sich ein Stück Tschechoslowakei einverleibt hat. Und jetzt wollen sie nicht verstehen, dass Stalin die Sowjetunion schützt?«

Ramón kam mit zwei großen Tassen zurück, und Tom begann hastig, seinen Kaffee zu trinken.

»Hör mir mal gut zu, mein Junge, denn du musst verstehen, was und warum es geschehen ist. Genosse Stalin braucht Zeit, um die Rote Armee neu zu strukturieren. Sechsunddreißigtausend Heeresoffiziere und viertausend Marineoffiziere sind als Spione, Verräter und Abtrünnige der Säuberung zum Opfer gefallen. Stalin blieb nichts anderes übrig, als dreizehn der fünfzehn Heereskommandanten erschießen zu lassen und mehr als sechzig Prozent der Offiziere von ihren Posten abzuziehen. Und weißt du, warum er das gemacht hat? Weil er ein großer Mann ist! Stalin hat die Lektion gelernt und wollte verhindern, dass uns dasselbe passiert wie euch in Spanien … Und jetzt sag mir: Glaubst du, man kann so gegen die deutsche Armee in den Krieg ziehen?«

Ramón nippte an seinem Kaffee. Der Keil der Logik begann sich zwischen seine Zweifel zu schieben. Tom beugte sich zu ihm herüber und redete weiter: »Stalin kann nicht dulden, dass die Deutschen in Polen einfallen und bis an die sowjetische Grenze vorrücken. Erstens aus moralischen Gründen, denn das wäre so, als würden wir ihnen einen Teil von uns überlassen. Und dann ist da noch der militärische Aspekt: Von Polen aus stünden die Faschisten mit einem Bein in Kiew, Minsk und Leningrad.«

»Und was garantiert uns der Pakt?«

»Erstens, dass der Osten Polens uns gehören wird. Das ist die beste

Methode, um Hitler von Kiew und Leningrad fernzuhalten. Aus dieser Entfernung und mit ein wenig Zeit für eine Neuorganisation der Roten Armee werden die Deutschen uns vielleicht niemals angreifen. Das ist es, was Stalin mit diesem Pakt bezweckt. Fängst du nun an zu begreifen?« Ramón nickte, und der andere fuhr fort: »Die Rechnung ist einfach: Die deutsche Armee verfügt über achtzig Divisionen. Genug, um über den Westen oder über die Sowjetunion herzufallen, aber nicht, um an zwei Fronten gleichzeitig zu kämpfen. Hitler weiß das, und deshalb hat er unterschrieben. Aber das Papier hat keinerlei Bedeutung! Es heißt nicht, dass wir auf irgendetwas verzichten. Sieh es als eine taktische Maßnahme an, die nur ein einziges Ziel hat: Zeit zu gewinnen und Hitler auf Distanz zu halten.«

»Verstehe«, sagte Ramón, der langsam wieder ruhiger wurde. »Auf jeden Fall ...«, begann er, doch Tom unterbrach ihn: »Freut mich, dass du es verstehst, denn du wirst noch viele Dinge akzeptieren müssen, die anderen seltsam erscheinen mögen. Der Krieg steht vor der Tür, und wenn er beginnt, werden wir sehr schwerwiegende Entscheidungen zu treffen haben. Man wird schreckliche Anklagen gegen uns erheben. Aber vergiss nicht, die Sowjetunion hat das Recht und die Verpflichtung, sich zu verteidigen, und sei es auf Kosten Polens oder irgendeines anderen Landes ... Zum Glück haben wir den Genossen Stalin, und der sieht viel weiter als alle bürgerlichen Politiker ... So weit, dass er den Befehl gegeben hat, dich in Marsch zu setzen.«

Ramón traf es wie ein elektrischer Schlag. Die unvorhergesehene Wendung der Unterhaltung, die ihn plötzlich in ein gigantisches politisches Manöver mit einbezog, erfüllte ihn mit Stolz und wischte seine letzten Zweifel beiseite.

»Er hat den Befehl gegeben?«

»Wir kommen der Sache immer näher ... Alles hängt davon ab, was in den nächsten Monaten passiert. Wenn die Deutschen anfangen, in Europa aufzuräumen, setzen wir uns in Bewegung. Wir können nicht riskieren, dass die ›Ente‹ am Leben bleibt. Die Deutschen könnten Trotzki zum Kopf einer Konterrevolution machen. Und er giert so verzweifelt nach Macht und hat einen solchen Hass auf die

Sowjetunion, dass er keine Sekunde zögern würde, sich Hitler als Marionette in einer Aggression gegen uns anzubieten.«

»Und was machen wir jetzt?«

Tom griff in die Brusttasche seines Hemdes und zog einen Pass hervor.

»Wir können es nicht riskieren, dass du durch die Schließung der Grenzen hier festgehalten wirst … Du fährst nach New York … Jacques Mornard geht fort, weil es Krieg gibt und er nicht bereit ist, für andere zu kämpfen. Du hast diesen kanadischen Pass für dreitausend Dollar gekauft und wirst Sylvia besuchen, bevor du nach Mexiko gehst, wo du für einen amerikanischen Geschäftsmann arbeiten wirst, einen gewissen Peter Lubeck, Importeur von Rohstoffen …«

»Dann werde ich also wieder Jacques Mornard sein?«

»Von morgens bis abends, allerdings mit zwei Namen. Laut diesem Pass bist du Frank Jacson … Und keine Sorge, Caridad und ich werden immer in deiner Nähe sein.«

Ramón betrachtete den Pass. Unter seinem Foto stand sein neuer Name. Er war glücklich, dass es endlich an die Front ging, in einen Kampf, in dem sich die Zukunft der sozialistischen Revolution entscheiden würde. Als er wieder aufblickte, sah er, dass Tom eingeschlafen war, den pendelnden Kopf zur Seite geneigt. Aus seinem Mund war bereits ein tiefes Schnarchen zu hören. Ramón ließ ihn schlafen, damit er Kräfte sammeln konnte. Für sie stand der Beginn des Krieges unmittelbar bevor.

In den von Zweifeln zerfressenen Tagen, die später folgen sollten, und den schwierigen Jahren danach verwandte Ramón Mercader viele Stunden darauf, sich an das Leben von Jacques Mornard zu erinnern, und musste am Ende feststellen, dass er sowohl Bewunderung als auch Mitleid für ihn empfand. Was der Belgier zum Beispiel tat, als er in New York ankam, war etwas Mechanisches, etwas, das für jemanden wie Jacques in jenem Moment das einzig Richtige zu sein schien: Er stieg in ein Taxi und fuhr zu Sylvia. Er kam gar nicht auf den Gedanken, sich ein paar schöne Tage zu machen und die Stadt zu genießen, ohne sich diese lästige Frau ans Bein zu binden.

Jacques war zweifellos ein wenig einfältig, er war einfach Toms Anweisungen und Ramóns Puritanismus gefolgt, dachte er, als er dazu in der Lage war, Jacques aus kritischer Distanz zu beurteilen und sich Alternativen für sein Verhalten zu überlegen.

Als Sylvia die Tür öffnete und ihn vor sich stehen sah, wäre sie beinahe in Ohnmacht gefallen. Trotz der Briefe, in denen er seine Liebe beteuert, sein Eheversprechen erneuert und sein baldiges Kommen angekündigt hatte, war sie während der Trennung fast vergangen vor Angst. Verwirrt, wie sie war und bis zu dem Moment sein würde, in dem sie brutal aus ihrem Traum gerissen wurde, befürchtete sie, dass sich dieses Himmelsgeschenk in Luft auflösen und sie in die Einsamkeit einer hässlichen Dreißigjährigen ohne Perspektiven zurückstoßen würde. In den Monaten der Trennung hatte sie ständig mit dem Gedanken gelebt, Jacques könnte sich in eine andere Frau verlieben oder keinen Platz mehr in ihrem Leben finden, das weiterhin von Parteiversammlungen und politischer Arbeit bestimmt war, oder sie könnte dem attraktiven Mann nicht genügen ... Jetzt ließ sie die Freude, ihn leibhaftig vor sich zu sehen, in Tränen ausbrechen, während sie ihn küsste, als wollte sie ihn mit der Wärme ihrer Lippen endgültig real werden lassen.

»Mein Liebling, mein Liebling, mein Liebling«, flüsterte sie immer wieder und zog Jacques in das Schlafzimmer ihrer kleinen Wohnung in Brooklyn.

Nachdem ihr Verlangen gestillt war, musste Sylvia noch am selben Abend erfahren, dass ihr Geliebter zum Deserteur geworden war. Seine Entscheidung, kein Soldat zu werden, hatte ihn veranlasst, sich auf dem Schwarzmarkt einen Pass zu besorgen, um Frankreich verlassen zu können. Das Geld für den Pass (»wegen des Krieges sind Pässe sauteuer geworden«, sagte er) und für die Überfahrt hatte er der Großzügigkeit seiner Mutter zu verdanken, und sie hatte ihm auch noch ein paar Tausend Dollar zugesteckt, von denen sie hier in New York leben konnten, bis er eine passende Arbeit gefunden hätte. Sylvia war außer sich vor Glück über die Entscheidung des Mannes, der alle Brücken hinter sich abgebrochen hatte, um zu ihr zu kommen.

Jacques bestand darauf, essen zu gehen. Sie schlug ein Restaurant ganz in der Nähe vor und überlegte sich auch schon, wie sie ihren Geliebten mit New York vertraut machen könne. Der Mann am Zeitungskiosk wollte gerade die Rollläden herunterlassen, und Jacques beeilte sich, noch schnell eine Zeitung zu kaufen. Die Schlagzeilen sämtlicher Abendausgaben sprangen ihm ins Auge: Heute Morgen hatte Deutschland Polen überfallen.

Mit mehreren Zeitungen unterm Arm betraten sie das bescheidene Lokal, setzten sich an einen der Resopaltische und sprachen über den Überfall der Deutschen, der ohne Zweifel Krieg bedeutete. Der Ton der Reaktionen aus Großbritannien und Frankreich auf die deutsche Invasion konnte nur auf eine Kriegserklärung hinauslaufen, und es wurde darüber spekuliert, ob die Vereinigten Staaten sich dem anschließen würden. Wieder einmal musste Jacques feststellen, dass Toms Analyse der sowjetischen Strategie richtig gewesen war. Und er wusste, er war seiner Mission ein paar Schritte näher gekommen.

Sylvia erwies sich als exzellente Fremdenführerin. Durch ihre politische Arbeit und ihre Aktionen kannte sie jede Handbreit der Metropole. Und Jacques konnte nun mit eigenen Augen das Nebeneinander von prachtvollem Glanz und bitterer Armut sehen, das den Kapitalismus widerspiegelte. Da Tom sich noch in Europa aufhielt, widmete er seine Zeit ausschließlich Sylvia und war glücklich, die Bedürfnisse der stets hungrigen Frau stillen zu können.

Wie abgemacht, fand sich Jacques ab dem 25. September jeden Tag in einer Bar am Broadway ein, wo Tom ihn irgendwann treffen wollte, um ihm neue Instruktionen zu geben. Sylvia gegenüber erklärte er, er müsse einen alten Studienfreund treffen, der seit mehreren Jahren hier in New York wohne und die nötigen Kontakte habe, um ihm Arbeit zu verschaffen.

Als Ramón am Nachmittag des 1. Oktober Andrew Roberts hereinkommen sah, einen überaus elegant gekleideten Herrn mit vornehmem, etwas affektiertem Gehabe, beschlich ihn so etwas wie Neid. In wie viele Häute konnte dieser Mann schlüpfen? Welche der zahlreichen Geschichten, die er ihm erzählt hatte, stimmte? Welcher sichtbare Teil von ihm, außer seiner Treue zur Sache, war real? Jetzt sah er aus wie ein Schauspieler aus einem der Gangsterfilme in Chicago, die die Nordamerikaner so sehr liebten. Sogar sein Ganovenlächeln passte zu seinem Aussehen.

»Viel Arbeit?«, fragte er auf Englisch und setzte sich neben Jacques.

»Zu viel, würde ich meinen, Mr. Roberts. Diese Frau ist unersättlich.«

»Mach von deinem spanischen Temperament Gebrauch. Als Schwede wärst du jetzt ein ganz armes Schwein.« Er lachte über seinen Witz und wandte sich dann an den Barkeeper: »Wie immer, Jimmy. Für meinen Freund dasselbe.«

»Und Caridad?«, fragte Jacques und versuchte, seine Überraschung über die Vertrautheit zu verbergen, mit der Roberts den Barkeeper behandelte.

»Vergiss sie für den Moment. Ich möchte, dass du ausschließlich als Jacques Mornard lebst und denkst.«

»Warum kommst du so spät?«

»Durch den Krieg wird alles komplizierter. Ich musste mir einen neuen Pass besorgen, als Pole hätten sie mich nicht rausgelassen.«

»Und wie läuft es in Mexiko?«

»Alles nach Plan. Ich brauche dich dort in zwei Wochen.«

»Um was zu tun?«

»Du musst dich mit der Lage vertraut machen. Seit die Rote Armee in Polen einmarschiert ist, laufen die Dinge so, wie Stalin es vorausgesehen hat. Ich glaube, er wird bald den Befehl geben.«

Mister Roberts bekam seinen eiskalten Wodka, und bevor der Barkeeper das kleine Glas vor Jacques auf die Theke stellte, hatte Roberts seins bereits geleert und schob es dem Mann hin.

»Sie sind aber durstig heute, Mr. Roberts«, sagte Jimmy, füllte erneut das Glas und zog sich zurück.

»In den nächsten Tagen wird sich Europa in eine Hölle verwandeln«, seufzte Roberts.

»Soll ich Sylvia nach Mexiko mitnehmen?«

»Im Moment ist es besser, sie bleibt hier. In Mexiko wirst du für eine Importfirma arbeiten. Dein belgischer Freund hat den Kontakt zu Peter Lubeck hergestellt. Der Rohstoffimporteur braucht jemanden, der mehrere Sprachen spricht und zu dem er mehr Vertrauen haben kann als zu einem Mexikaner. Eine leichte und gut bezahlte Arbeit … Sylvia brauchen wir später, wenn du dich in Mexiko auskennst.«

»Und der amerikanische Agent?«

Der Barkeeper goss Roberts erneut nach, und der schenkte ihm das Lächeln eines erfolgreichen Mannes.

»Noch nichts. Ist aber auch besser so. Es ist noch zu früh für ihn. Grigulewitsch ärgert sich schwarz über die Mexikaner. Jeder will die Dinge auf seine Weise erledigen, und das am besten gleich morgen.«

Jacques nippte an seinem Wodka, und Roberts leerte sein Glas wieder auf einen Zug.

»Von jetzt an bist du Jacson. Nur für Sylvia und die Leute, die du durch sie kennenlernst, bist du weiterhin Jacques Mornard. Arbeite an deinem Akzent. Die Idee, die dahintersteckt, ist, dass du nach und nach dein Spanisch verbesserst.«

Der Barkeeper nahm das leere Glas und schenkte erneut nach. Roberts lächelte ihm zu. Jacques trank langsam, in kurzen Schlucken.

»Du siehst besorgt aus, mein Junge«, sagte Roberts.

»Manchmal habe ich Angst, dass das alles …«, Jacques breitete die Arme aus, eine Geste, die die Bar und die ganze Stadt einschloss, »nur zum Spaß existiert. Seit zwei Jahren bereite ich mich nun auf etwas vor, das möglicherweise nie eintrifft. Ich habe meine Genossen in Spanien zurückgelassen, ich habe keinen einzigen Freund, ich habe mich in eine andere Person verwandelt, und das alles vielleicht wegen nichts.«

Mister Roberts ließ ihn aussprechen und schwieg dann eine Weile.

»So ist unsere Arbeit nun mal, mein Junge. Es werden viele Angeln ins Wasser gehalten, obwohl es nur einen einzigen Fisch gibt. Jeder von uns ist eine Angel, aber nur eine wird die Möglichkeit bekommen, den Fisch zu fangen. Die anderen Angelhaken bleiben leer, aber sie werden ihre Funktion erfüllt haben. Wichtig ist, dass du es schaffst, in die Nähe der ›Ente‹ zu gelangen. Alles, was wir über das Haus wissen, wird uns von Nutzen sein. Bis dahin aber wirst du eine

Angel mit einem Köder am Haken sein. Und ich verspreche dir, dein Köder wird der beste sein, und er wird dem Fisch am nächsten kommen. Im entscheidenden Augenblick erntest du vielleicht nicht den ganzen Ruhm, aber du wirst deine Arbeit getan haben, diszipliniert, lautlos, und auch wenn vielleicht niemand je erfahren wird, wie nah du der großen Verantwortung warst, werden die Menschen der Zukunft dank Leuten wie dir in einer sichereren und besseren Welt leben können.«

»Danke für den Trost. In letzter Zeit schwingst du gerne Reden, genauso wie Caridad.«

»Das ist weder ein Trost noch eine Rede, es ist die Wahrheit! Also, fahr nach Mexiko und bereite dich vor … Und vergiss nicht: Seit ich dich zum ersten Mal in Barcelona gesehen habe, hatte ich ein sehr gutes Gefühl. Und ich bin keiner, der sich leicht täuschen lässt. Darum sind wir jetzt hier. Weißt du, wer von denen in Mexiko weiß, dass es mich gibt? Keiner! Und sie werden es auch nie erfahren. Wenn sie damit beauftragt werden, die ›Ente‹ aus dem Weg zu räumen, wird niemand jemals wissen, dass es einen gewissen Roberts gegeben hat, nein, einen gewissen Tom, pah!, einen gewissen Grigorjew … oder war ich Kotow? Egal, auf jeden Fall war da jemand, der ihnen einen Platz in der Geschichte zugewiesen hat. Wer? Ich bin ein Soldat, der im Verborgenen kämpft und nur seine Pflicht erfüllt.« Mister Roberts holte ein paar Geldscheine hervor und schob sie unter sein leeres Wodkaglas. »Komm, im Kino um die Ecke wird der neuste Film der Marx Brothers gezeigt.«

Jacques sah seinen Mentor an und lächelte entschuldigend.

»Tut mir leid, Mr. Roberts, ich bin mit meiner Verlobten zum Essen verabredet. Ich hoffe, wir sehen uns bald. Danke für den Drink.«

»Keine Ursache, Mr. Jacson. Viel Glück mit Ihrer Verlobten … und mit Ihrer Arbeit.«

Die beiden Männer gaben sich die Hand, und Roberts sah Jacques hinterher, der dem Ausgang zustrebte. Dann drehte er sich auf seinem Hocker um und stützte die Ellbogen auf die Theke.

»Jimmy, ich glaube, mein Glas ist leer.«

Er setzte Jacques' Unterschrift auf das Blatt Papier und faltete es sorgfältig. Als er versuchte, es in den Umschlag mit dem Emblem des Hotels Montejo zu stecken, dachte er wieder einmal, dass die Fabrikanten von Schreibpapier und die von Briefumschlägen sich endlich mal einigen müssten: entweder verkleinerten die einen die Blätter um ein paar Millimeter, oder die anderen machten die Umschläge um ein paar Millimeter größer. Nichts ärgerte ihn mehr, als wenn etwas, das perfekt sein sollte, unnötigerweise Schaden nahm, und darum versuchte er, das Blatt so behutsam wie möglich in den Umschlag zu schieben. Er leckte den Klebestreifen an und verschloss den Umschlag, wobei er ihn mit der Lampe beschwerte, um sicherzugehen, dass der Klebstoff perfekt hielt.

Er kleidete sich fertig an, und bevor er den Hut aufsetzte, schrieb er seinen Namen unter das Hotelemblem links oben und den Sylvia Agelofs zusammen mit ihrer Adresse in die Mitte des Umschlags. Er ging hinunter, gab den Brief an der Rezeption ab und trat hinaus auf den Paseo de la Reforma. Er kämpfte sich durch das übliche Menschengewühl in Richtung Parkhaus vor, in dem er seinen Buick zu parken pflegte, und schaute sehnsüchtig zu der Indianerin hinüber, die an der Ecke auf einer heißen Steinplatte gebackene Tortillas feilbot. Der süßliche Duft des Maismehls begleitete ihn, bis er in den schwarz glänzenden Wagen stieg. Ohne auf den Stadtplan zu schauen, nahm er Kurs auf Coyoacán.

Seit Jacques Mornard eine Woche zuvor mit dem auf den Namen des kanadischen Staatsbürgers Frank Jacson ausgestellten Pass (warum nicht Jackson? Wohin zum Teufel war das k verschwunden, was ihn zwang, unnötige Erklärungen abzugeben?) in Mexiko angekommen war, hatte er kaum Zeit gehabt, sich zu langweilen. Er hatte Sylvia mehrere Briefe geschrieben und damit begonnen, eine für die Erfüllung seiner Mission unverzichtbare Logistik auszuarbeiten. Nachdem er sich den so gut wie neuen Wagen aus zweiter Hand gekauft hatte, war es ihm gelungen, in einem Bürogebäude in der Calle Bucareli eine Postadresse einzurichten, indem er dem Portier erklärt hatte, er brauche während der Suche nach geeigneten Räumlichkeiten eine Anschrift, die nicht die eines Hotels sei. Außerdem hatte er sich in

Büros, Restaurants und Geschäften im Zentrum umgesehen – dabei sein Spanisch mit französischem Akzent praktiziert – und Stunden darauf verwandt, die größten Tageszeitungen zu lesen, bis er ein ungefähres Bild davon hatte, wie er sich in einem bestimmten Moment gegenüber bestimmten Gesprächspartnern über ein bestimmtes lokalpolitisches Thema zu äußern hatte. Dabei hatte er festgestellt, dass die Parteien der Rechten gemeinsame klare Ziele verfolgten, während sich die Linke, wie üblich, in zermürbenden Kontroversen verzettelte. Zuletzt hatte er die Stadtpläne von Mexico City studiert, die er sich hier gekauft hatte (die alten, mit denen er in Paris gearbeitet hatte, hatte er vor seiner Abreise vernichtet, um zu verhindern, dass Sylvia sie in seinen Koffern entdeckte), und sich die Stadt, deren Straßen, Plätze und Parks jetzt ein konkretes Gesicht für ihn bekamen, noch einmal eingeprägt.

Trotz fehlender Ausschilderung gelangte er, ohne sich ein einziges Mal zu verfahren, nach Coyoacán, zur Straßenkreuzung Calle Londres und Calle Allende. Er parkte und schloss den Wagen ab. Durch die Sonnenbrille mit den vergoldeten Bügeln, die er in New York gekauft hatte, betrachtete er das Blaue Haus von Diego Rivera und Frida Kahlo, in dem Trotzki mehr als zwei Jahre gewohnt hatte. Das grell gestrichene Gebäude war durch hohe Mauern umgeben, und an einer der Seitenwände waren noch immer die Rechtecke zu erkennen, die früher einmal Fenster gewesen und später dann zugemauert worden waren: eine Spur der Angst. Er zündete sich eine Zigarette an und ging über die Calle Morelos zur Calle Viena, die in Wirklichkeit eine holprige Seitengasse parallel zu dem toten Fluss Churubusco war. Zwei Häuserblocks von der »Festung« entfernt betrat er einen kleinen Laden und verlangte von dem zahnlosen, triefäugigen Verkäufer eine Limonade. Unbekümmert wischte er den Flaschenhals ab, bevor er trank.

Die ockerfarbene Festung überragte alle anderen Häuser in der Nachbarschaft. Die Wachtürme, die auf den alten Umfassungsmauern errichtet waren, gewährten einen weiten Ausblick auf die Umgebung, und die angeregt miteinander plaudernden Wachposten warfen hin und wieder einen Blick in das Innere des Anwesens, ganz so, als warteten sie auf etwas Bestimmtes. An der Straßenecke hielt ein Polizist vor einem Holzhäuschen Wache, und zwei weitere Uniformierte standen vor dem mit Stahlplatten verstärkten Haupttor, durch das die Autos auf das Grundstück fahren konnten. Eine kleinere Tür rechts davon diente als Eingang für Bewohner und Besucher. Die benachbarten Häuser verströmten eine Atmosphäre jahrhundertealter Armut, und Jacques Mornard musste an ein mittelalterliches, von den Hütten der Leibeigenen umgebenes Schloss denken.

Langsam näherte er sich dem zur Festung ausgebauten Haus, wobei er sich jede Einzelheit, jeden Baum und jeden Stein der Straße einzuprägen versuchte. Den Hut tief in die Stirn gezogen, die Augen hinter der dunklen Brille verborgen, schlenderte er an dem Nest der »Ente« vorbei. Wenn ihm das Blaue Haus den Eindruck von Angst vermittelt hatte, so hatte er jetzt ein Monument der Panik vor sich. Der Mann, der sich hinter diesen Mauern verschanzte, war offenbar davon überzeugt, dass sein Name mit einem unauslöschlichen Kreuz markiert war. Er musste sich im Klaren sein, dass weder die Mauern noch die Stahlplatten oder die Wachposten ihn retten konnten, denn er war ein von der Geschichte Verurteilter.

Als Jacques um die Ecke bog, entdeckte er zwei weitere Polizisten, die hinter dem Haus Wache standen. Plötzlich vernahm er ein metallisches Knirschen. Er verlangsamte seinen Schritt und schaute sich um. Das Tor öffnete sich, und ein schwerer Wagen – ein Dodge, erkannte er sogleich – schob sich auf das Kopfsteinpflaster. Am Steuer saß ein blonder, korpulenter Mann, auf dem Beifahrersitz ein anderer, mir hartem Blick und einem Gewehr zwischen den Beinen. Von einem der Türme verkündete eine Stimme auf Englisch, dass alles »sauber« sei, und kaum war der Dodge in die Gasse eingebogen, begann sich das Tor wieder zu schließen. Jacques ging die zwei Schritte bis zum nächsten Haus, und indem er gegen eine elementare Regel verstieß, drehte er sich zu dem Wagen um, der langsam an ihm vorbeifuhr. Durch die hinteren Scheiben sah er das Gesicht von Natalia Iwanowna Sedowa, das er so oft studiert hatte, und, hinter dem Fahrer, kaum einen Meter von sich entfernt, die weißen Haare, das spitze Gesicht und den Ziegenbart des großen Verräters. Der Wagen beschleunigte und fuhr, Staub aufwirbelnd, davon. Jacques schlenderte weiter, gleichgültig wie jemand, den das, was um ihn herum geschieht, nicht sonderlich interessiert.

Auf der Straße zurück zum Stadtzentrum versuchte sich Jacques Mornard in seinem Buick vorzustellen, wie er sich fühlen würde, wenn er dem Mann irgendwann einmal gegenüberstünde. Jenem ruchlosen Menschen, dem es vor langer Zeit gelungen war, sich mit revolutionärem Ruhm zu bedecken, und der jetzt wie ein Ausgestoßener lebte: verflucht und verurteilt aufgrund seines ungeheuren Verrats, den er aus bloßer Machtgier begangen hatte. Wenn er ihm gegenüberstünde, würde er dann imstande sein, sich zu beherrschen und ihm nicht an die Gurgel zu springen, diesem Ungeziefer, das zuerst die fünfte Kolonne des POUM unterstützt hatte und jetzt die angebliche militärische Schwäche der Sowjetunion beklagte? Wie ein Vulkanausbruch brach Ramón aus Jacques Mornards Poren hervor. Mit aller Kraft wünschte er sich in diesem Moment, das Leben möge ihm die einzigartige Gelegenheit bieten, zum Arm eines heiligen, gerechten Hasses zu werden. Er war gewillt, jeden Preis zu zahlen, ohne etwas dafür zu verlangen. Und er war sich ganz sicher, dass er bereit war, den Befehl der Geschichte auszuführen.

Tom und Caridad waren ein Paar aus Marseille, wohlhabend, aber nicht reich, das sich entschlossen hatte, Abstand zu den Ereignissen in Europa zu gewinnen und die Entwicklung eines Krieges abzuwarten, den die Faschisten von einem Tag auf den anderen nach Frankreich tragen würden. Das Leben in Mexiko war billig, sodass ihre Ersparnisse eine Weile ausreichen würden (wenn Tom noch das eine oder andere Geschäft mit einem in New York ansässigen Bruder machte), und während sie ein geeignetes Haus suchten, wohnten sie in der Bungalowsiedlung von Shirley Court in der Calle Sullivan, zufällig in unmittelbarer Nähe zum Hotel Montejo. Sie sprachen perfekt Spanisch, lebten aber sehr zurückgezogen und waren am gesellschaftlichen Leben wenig interessiert; nur Ausflüge machten sie gerne, und manchmal blieben sie mehrere Tage fort.

Anfang November erhielt Frank Jacson einen Anruf seines alten Studienfreundes Tom, der ihn einlud, ihn in Shirley Court zu besuchen. Als er zur verabredeten Zeit dort eintraf, erwartete Caridad ihn bereits vor dem kleinen Eingang des Bungalows. Tom saß an einem Tisch im Esszimmer und sah Papiere durch. Der Militärberater war leger gekleidet: leichte Hose, grau melierte Jacke, derbe Stiefel und, um den Hals, ein buntes Tuch. Sogar das Lächeln, mit dem er den jungen Mann begrüßte, war anders als das, mit dem ihn vor einem Monat Mister Roberts empfangen hatte.

»Jacson, mein Freund!« Er stand auf und zeigte einladend auf die Sessel im Salon. »Wie geht es Ihnen in dieser Stadt?«

Jacques setzte sich und beobachtete Caridad, die hinter einer Trennwand verschwand, hinter der er die Küche vermutete.

»Der Kaffee hier ist widerlich.«

»Wir sind gerade dabei, Abhilfe zu schaffen, nicht wahr, *ma chérie?*« Caridad rief: »Natürlich«, blieb aber in der Küche, und Tom fügte hinzu: »Kubanischer Kaffee, du wirst sehen.«

»Gibts was Neues?«, erkundigte sich Jacques und holte seine Zigaretten hervor.

»Es geht voran, der Kreis schließt sich immer enger.«

»Was soll ich in der Zwischenzeit tun?«

»Dasselbe wie bisher: die Stadt kennenlernen und, wenn es dir möglich ist, zu verstehen versuchen, wie die Mexikaner denken. Lass Sylvia noch ein paar Wochen in New York bleiben. Sag ihr, du hast sehr viel zu tun, weil dein Chef Mexiko in ein paar Wochen verlässt.«

Caridad kam mit einem Tablett zurück, auf dem die kleinen Trinkschälchen standen. Es roch nach Kaffee, nach richtigem Kaffee. Die Männer nahmen ihre Schälchen, und auch Caridad setzte sich und trank. Zigarettenqualm hing wie eine Wolke im Raum. Caridads Schweigen ließ Jacques vermuten, dass etwas geschehen war. Und er musste nicht lange warten, um es zu erfahren.

»Ramón«, begann Tom und machte eine Pause, »warum folgst du immer noch nicht meinen Anweisungen?«

Überrascht von der Frage und davon, seinen Namen zu hören,

kramte Ramón in seinem Hirn nach einem möglichen Verstoß gegen die Disziplin, den er auch sogleich fand. »Ich wollte mir einen ersten Eindruck von dem Zielgebiet verschaffen«, sagte er.

»Einen Scheiß sollst du dir verschaffen!«, brüllte Tom, und selbst Caridad schreckte in ihrem Sessel hoch. »Du machst, was ich dir sage, und sonst nichts! Kapiert? Das ist jetzt das zweite Mal, dass du aus der Rolle fällst, und es wird das letzte Mal sein, das schwör ich dir! Wenn du noch ein Mal versuchen solltest, das zu tun, was dir passt, ist deine Geschichte zu Ende, und dann, mein Junge, dann will ich wirklich nicht in deiner Haut stecken.«

Ramón war verlegen und verwirrt. Wer konnte seinen Ausflug nach Coyoacán verraten haben? Der zahnlose Alte, der ihm die Limonade verkauft hatte? Der Mann mit den Krücken, der auf der Straße vor sich hingedöst hatte? Egal, Tom schien seine Augen überall zu haben.

»Es war ein Fehler«, gab er zu.

»Ich bin auf allen möglichen Blödsinn gefasst, mein Junge. Ich muss mit den katastrophalen Fehlern der Bande von verrückten Mexikanern leben, die wir ausbilden, und mit denen der Idioten der Komintern, die sich für die Herren der Revolution halten und doch sofort die Hosen runterlassen, wenn wir nur einmal kräftig pusten. Aber mit deinen Fehlern, mit deinen Fehlern muss ich nicht leben! … Krieg das endlich in deinen verdammten Schädel: Du denkst nicht, du gehorchst; du handelst nicht, du führst aus; du entscheidest nicht, du erfüllst; du wirst meine Faust an der Gurgel dieses Hurensohns sein, und meine Stimme wird die des Genossen Stalin sein, und Stalin denkt für uns alle, verdammt!«

»Es wird nicht wieder vorkommen, das verspreche ich dir.«

Der Berater sah ihn lange und durchdringend an, dann wurde sein Gesichtsausdruck weicher. »Wie fandest du den Kaffee?«, fragte er mit der liebenswürdigsten Stimme, und er lächelte sogar.

Von dem Tag an erlebte Jacques Mornard wie niemals zuvor, wie zäh Passivität sein kann. Es war, als hätte er ein Lotterielos in Händen, dessen Ziehung und damit die Entscheidung über seine Zukunft sich endlos lange hinzogen. Ihm fehlte die Konzentration, um etwas anderes zu lesen als Zeitung, er hielt sich fern von Kneipen und Bordellen, und er schlief so viele Stunden wie möglich. Er verspürte sogar den Wunsch, man möge ihm befehlen, Sylvia nachkommen zu lassen. Dann hätte er wenigstens jemanden, um den er sich kümmern, jemanden, mit dem er das Hirn Jacques Mornards trainieren könnte, und außerdem ein höchst mittelmäßiges, aber sicheres Ventil für seine armseligen sexuellen Begierden. Zusammen mit Tom und Caridad machte er Ausflüge zu den Stufenpyramiden von Teotihuacán, zum Xochimilco-See und nach Puebla, einer kleinen Stadt, in der es mehr Kirchen als Schulen gab und die ihn sehr an die Dörfer Kastiliens erinnerte. Ein paar Mal fuhr er mit Tom nach San Ángel, wo er sich im Pistolenschießen und im Gebrauch von Stichwaffen übte. An einem Abend pro Woche gingen sie in irgendein Restaurant im Stadtzentrum, wo Tom gierig die scharf gewürzten Speisen verschlang, die Ramón und Caridad die Tränen in die Augen trieben. Sie sprachen über den Krieg – die sowjetische Armee hatte mit ihrem Feldzug gegen Finnland begonnen –, über die Fortschritte der Gruppe um Griguljewitsch, über die vom Komintern-Agenten Vittorio Vidali inszenierte Kampagne gegen die Anwesenheit des Renegaten und über die bevorstehenden Säuberungen innerhalb der Kommunistischen Partei Mexikos. Gemäß seiner Rolle sprach und benahm sich Ramón Mercader ausschließlich wie Jacques Mornard, doch die Tage schienen in Zeitlupe zu vergehen, und nach und nach machte sich wieder Ungeduld im Herzen des eingeschlossenen, aber heftig an den Gitterstäben rüttelnden Ramón breit. Wenn er alleine war, ohne die Verpflichtung, sich wie ein verschwenderischer, unterhaltsamer Playboy zu benehmen, ging er abends häufig in die Kinos, in denen Western gezeigt wurden, oder er sah sich noch einmal die Filme seiner geliebten Marx Brothers an. Die Scherze von Groucho Marx, den er gern vor dem Spiegel imitierte, hielt er nach wie vor für den Gipfel des Wortwitzes, den er selbst nie besessen hatte und bei allen bewunderte, die ihn besaßen.

Als Tom Mitte Dezember zu ihm sagte, es sei Zeit, Sylvia nach Mexiko kommen zu lassen, wusste Ramón Mercader, dass endlich etwas in Bewegung kam. Die Ziehung der Lotterielose konnte jeden Moment stattfinden, und der Geruch nach Risiko befreite seinen Geist von den Nebeln der erzwungenen Untätigkeit. Die Entenjagd hatte begonnen.

21

Das Haus der Gewerkschaften in Moskau ist ein Meisterwerk der russischen Architektur des neunzehnten Jahrhunderts. Der Architekt Kazakow hatte das Gebäude aus dem achtzehnten Jahrhundert in einen Club für die Moskauer Aristokratie verwandelt. In seinem luxuriösen Säulensaal hatten, neben vielen anderen Berühmtheiten, Puschkin, Lermontow und Tolstoi getanzt, und Tschaikowsky, Rimski Korsakow, Liszt und Rachmaninow hatten hier ihre Musik gespielt. Nach der Revolution wurde der Saal mit der hervorragenden Akustik für Parteiversammlungen und Propagandareden benutzt. Dutzende Male war hier die Stimme Lenins zu hören gewesen, und hier hatte man auch die kleine Kapelle eingerichtet, von der aus die sterblichen Überreste des Revolutionsführers in das Mausoleum auf dem Roten Platz überführt worden waren. Lew Dawidowitsch war jedoch davon überzeugt, dass dieser Saal in die Geschichte eingehen würde, weil in ihm die absurdesten und lächerlichsten Prozesse des Jahrhunderts stattgefunden hatten. Am 2. März jenes unseligen Jahres 1938, als die Türen des Säulensaals erneut geöffnet wurden, wusste er, dass der Tod in das historische Gebäude zurückgekehrt war, um eine weitere Ernte einzufahren.

Seit Natalia Sedowa und Lew Dawidowitsch das Schicksal ihres Sohnes Ljowa beweinten, wussten sie, was es heißt, sich an eine letzte Hoffnung zu klammern. Die letzte Hoffnung, die ihnen geblieben war, war das Leben von Serjoscha. Obwohl sie seit Monaten nichts mehr von dem Jungen gehört hatten, gaben sie sich der unwahrscheinlichen, aber immer noch vorstellbaren Hoffnung hin, er sei mit dem Leben davongekommen. Ihre andere Hoffnung galt Sjewa.

Außer ihnen selbst war ihr Enkel das einzige Mitglied der Familie, das außerhalb der Sowjetunion lebte, und sie hatten Jeanne gebeten, mit ihm nach Mexiko zu kommen, zumindest für ein paar Monate, um den Schmerz über den erlittenen Verlust mit ihnen zu teilen. Jeanne aber hatte beschlossen, eine gründlichere Untersuchung der Todesumstände ihres Mannes zu verlangen, und beabsichtigte, einen Freund der Moliniers als Anwalt damit zu betrauen, obwohl Rosenthal, der gesetzliche Vertreter der Trotzkis in Frankreich, der Meinung war, man solle die Gruppe um Molinier aus der Sache heraushalten. So diplomatisch wie möglich bat Lew Dawidowitsch die Witwe, ihm die Angelegenheit zu überlassen, doch sie wollte nichts davon wissen und entschied, dass Sjewa bei ihr in Paris bleiben solle, denn er sei ihr zur wichtigsten Stütze geworden, sagte sie. Wie fast immer war Natalia Sedowa die Erste, die vorausahnte, dass von ihrer Seite aus unangenehme Konflikte drohten.

Inzwischen hatte sich Étienne bereit erklärt, die Arbeit mit dem *Bulletin* in Paris fortzusetzen. In den letzten Monaten vor seinem Tod hatte Ljowa seinem Vater wiederholt versichert, die Zeitschrift habe nur dank des unermüdlichen und effizienten Étienne überlebt. Ljowas Vertrauen zu dem jungen Mann war so weit gegangen, dass er ihm einen Schlüssel des Briefkastens für seine private Korrespondenz gegeben hatte. Und nun bot sich Étienne an, die von Ljowa begonnene Arbeit fortzusetzen und, zusammen mit Klement, die konstituierende Sitzung der IV. Internationale vorzubereiten. Hoffentlich ist Étienne auch nur halb so effizient wie unser armer Ljowa, hatte Lew Dawidowitsch bemerkt, wohl wissend, wie sehr er sich damit selbst betrog.

Die Nachricht, das Militärkollegium des Obersten Gerichtshofes werde wieder im Säulensaal tagen, überraschte Lew Dawidowitsch nicht allzu sehr. Er war darauf gefasst gewesen, dass die Maschinerie des Terrors irgendwann wieder in Gang gesetzt würde, denn Stalin musste unbedingt sein Säuberungswerk, das mit dem Mord an Kirow begonnen hatte und im Laufe der letzten Jahre so gründlich fortgeführt worden war, aus dem öffentlichen Gedächtnis tilgen. So jämmerlich sich Lew Dawidowitsch dabei auch fühlte, versuchte er doch, sich auf diese neue Farce zu konzentrieren und das Schuldgefühl und den Schmerz, die ihn seit dem Tod seines Sohnes quälten, zu verdrängen.

Als die Liste der einundzwanzig Angeklagten bekannt wurde, fand Lew Dawidowitsch viele bekannte Namen: Rykow, Bucharin, Rakowski, Jagoda und sich selbst natürlich, *in absentia*. Man würde auch über Lew Sedow, seinen verstorbenen Stellvertreter, und über weniger bekannte Personen, darunter Ärzte, Botschafter und Funktionäre, zu Gericht sitzen. Dreizehn der Angeklagten waren jüdischer Abstammung, was als ein weiteres Zeichen der Verbundenheit mit Hitler und als ein Beweis für Stalins tief sitzenden Antisemitismus gedeutet werden konnte. Die Beschuldigungen waren nicht neu – sie wiederholten die Anklagen der vorangegangenen Prozesse –, doch es kam noch mehr hinzu, denn immer musste es *mehr* geben: Terrorismus gegen das Volk und die Führer der Partei, Vergiftungen … Das Neue bestand darin, dass einige der Häftlinge in dem Spiel von Spionage und Verbrechen so tief gesunken waren, dass man sie beschuldigte, nicht nur für den deutschen und den japanischen, sondern auch für den polnischen Geheimdienst gearbeitet zu haben. Sie hätten nicht nur versucht, den Genossen Stalin zu ermorden, sondern auch Gorki und dessen Sohn Max zu vergiften. Weil das anscheinend noch nicht ausreichte, wurden die Verbrechen jetzt auf die Zeit während der Revolution und sogar auf die Jahre davor ausgeweitet, als es den Staat, der jetzt über sie richtete, noch gar nicht gegeben hatte. Das Meisterstück der Staatsanwaltschaft bestand in der Beschuldigung Jagodas, sich als Instrument der trotzkistischen Aggression missbraucht haben zu lassen. Dadurch wurden seine grausamen Exzesse während der zehn Jahre, in denen er Lew Dawidowitschs Komplizen verfolgt, eingesperrt und gefoltert und Tausende von Menschen in Todeslager geschickt hatte, nun absurderweise auf die konterrevolutionären Befehle Trotzkis zurückgeführt, statt auf die Anweisungen Stalins …

Diese erneute Vergewaltigung der Wahrheit verlieh dem Exilanten neue Kräfte. Der Totengräber der Revolution sei dabei, so schrieb er, alles Bisherige zu übertreffen und auch den letzten Rest an Glaubwürdigkeit zu verlieren. Die Widersinnigkeit der Anklagen machte eine angemessene Antwort unmöglich, obwohl er es anfangs mit Ironie versuchte: So groß sei seine, Trotzkis, Macht, dass Dutzende von Funktionären und Botschaftern, mit denen er nie gesprochen habe, auf seinen Befehl hin zu Agenten ausländischer Mächte würden, die ihm Geld nach Frankreich, Norwegen oder Mexiko schickten, viel Geld, um seine terroristische Organisation zu unterstützen; Industriebosse würden zu Saboteuren, und angesehene Ärzte vergifteten ihre Patienten. Das einzige Problem, schrieb er im Gegenzug, sei, dass all jene Männer von Stalin persönlich ernannt worden seien, denn er, Trotzki, ernenne schon seit vielen Jahren niemanden mehr in der UdSSR.

Die unglaublichen Geständnisse, die man während der zehn Prozesstage zu hören bekam, und die Art und Weise, in der Männer wie Bucharin und Rykow gezwungen wurden, sich zu demütigen, erstaunten Lew Dawidowitsch nicht. Dagegen überkam ihn eine große Trauer, als er die Selbstanklagen eines radikalen Kämpfers wie Rakowski las (der dem Tod so nahe war, dass er seine Erklärung im Sitzen verlesen musste), der eingestand, sich von den abenteuerlichen Theorien Trotzkis habe hinreißen lassen, obwohl der ihm 1926 anvertraut habe, ein britischer Agent zu sein. Wie groß musste der Druck gewesen sein, um die Würde eines Mannes zu vernichten, der Jahre der Haft und der Deportation überstanden hatte, ohne seinen Überzeugungen abzuschwören, und der außerdem wusste, dass sein Leben bald zu Ende ging? Glaubte wirklich irgendjemand der Angeklagten, dass er der UdSSR mit seinem Geständnis einen Dienst erwies, wie man sie immer wieder versichern ließ? Lew Dawidowitsch war außerstande, solche Demonstrationen der Unterwerfung und der Feigheit zu begreifen.

Einmal zeigte das Gebäude der Anklagen erste Risse: Krestinski wagte es einen ganzen Tag lang zu behaupten, dass seine gegenüber der Geheimpolizei gemachten Geständnisse falsch seien, und erklärte sich in allen Anklagepunkten für unschuldig. Am nächsten Morgen stieg er jedoch wieder auf das Podest und gab zu, dass die bisher erhobenen Anklagen zutrafen, genauso wie weitere, bestimmt in aller Eile zurechtgezimmerten Beschuldigungen. Mit welchen Argumenten hatten sie den Widerstand eines Mannes gebrochen, der bereits davon ausgehen musste, erschossen zu werden? Die neue GPU entwickelte Methoden, die die Welt eines Tages mit Entsetzen zur Kenntnis nehmen würde, Methoden, dank derer die spektakulärste Enthüllung des gesamten Prozesses gemacht wurde, als nämlich Jagoda, nachdem er sich für unschuldig erklärt und wohl dieselbe Behandlung wie Krestinski erfahren hatte, zugab, den Mord an Kirow vorbereitet zu haben, und zwar auf Befehl von Rykow, der dem jungen Genossen den kometenhaften Aufstieg geneidet habe.

Der unbestrittene Star des Prozesses aber war, wie zu erwarten, Nikolai Bucharin, der nach einem Jahr in den Kerkern der Lubjanka allem Anschein nach bereit war für den letzten Akt seiner politischen und menschlichen Demontage. Auch wenn er leugnete, für die schrecklichen Verbrechen der Spionage und des Terrorismus verantwortlich zu sein, glaubte Lew Dawidowitsch eine gewisse Taktik darin zu erkennen, das Inakzeptable mit einer Überzeugungskraft und einer Leidenschaft zu akzeptieren, die den Skeptischeren unter den Beobachtern die Fragwürdigkeit des gesamten Verfahrens deutlich vor Augen hielt. Doch der alte Revolutionär wusste, dass Bucharin einen Fehler beging, indem er seinen Hilfeschrei an diejenigen richtete, für die (trotz ihres Schweigens) sämtliche Beschuldigungen genauso unglaubwürdig waren wie die der vorangegangenen Prozesse. Die große Masse jedoch, die in Moskau und auf der ganzen Welt den Verlauf des Prozesses verfolgte, zog aus seinen Worten nur einen einzigen Schluss: Bucharin habe gestanden, sagten sie, und das sei das Entscheidende. Um weinend auf die Knie zu fallen und fiktive Verbrechen zu gestehen, soll Bucharin nach Moskau zurückgegangen sein?, fragte sich Lew Dawidowitsch und erinnerte sich an den erschütternden Brief, den Fjodor Dan ihm drei Jahre zuvor ausgehändigt hatte.

Für Lew Dawidowitsch war es offensichtlich, dass Stalin von den Angeklagten weniger verlangte, die Wahrheit zu enthüllen, als sich menschlich und politisch selbst zu demontieren. Als er die Verurteilten der vorangegangenen Prozesse erschießen ließ, hatte er sie in dem Bewusstsein sterben lassen, nicht nur sich selbst gedemütigt, sondern außerdem viele Unschuldige ans Messer geliefert zu haben. Deswegen überraschte es, dass Bucharin, der zweifellos die Lektion seiner Prozessvorgänger gelernt hatte, die naive Hoffnung hegte, sein Leben retten zu können. In einem der vielen Briefe, die Bucharin aus der Lubjanka geschrieben und der Totengräber gewissen Kreisen zur Kenntnis gebracht hatte, hatte er Stalin versichert, er empfinde ihm, der Partei und der Sache gegenüber eine unermessliche, unendliche Liebe, und sich mit den Worten verabschiedet, dass er ihn in Gedanken umarme … Lew Dawidowitsch konnte sich Stalins Genugtuung bei Botschaften wie dieser vorstellen. Sie machten ihn zu einem der wenigen Henker in der Geschichte der Menschheit, denen von ihren Opfern Ehrerbietung entgegengebracht wurde, während sie sie in den Tod schickten … Am 11. März wurden die Urteile gesprochen, und vier Tage später wurden die zum Tode Verurteilten erschossen, wie die *Prawda* berichtete.

Seit Prozessbeginn hatte sich Lew Dawidowitsch in seinem Zimmer eingeschlossen, denn die Beantwortung der Fragen der Journalisten, Mitstreiter, Sekretäre und Leibwächter war zu schmerzhaft für ihn. Sie alle suchten nach einer Logik jenseits des Hasses, der Besessenheit und des Wahnsinns jenes Mannes, der über ein Sechstel der Erde und über den Geist von Millionen von Menschen auf der ganzen Welt herrschte. Lew Dawidowitsch wusste, das einzige Ziel Stalins in diesen Prozessen war es, tatsächliche und potenzielle Gegner zu diskreditieren und zu eliminieren und ihnen die Schuld an seinen Misserfolgen zuzuschieben. Den Opfern jedoch entging, dass ihre Diskreditierung *ans Innere* der sowjetischen Gesellschaft gerichtet war, die zu einem erheblichen Prozentsatz alles glaubte, was öffentlich hinausposaunt wurde, so schwer es auch zu verstehen sein mochte. Stalins zweites großes Ziel war es, überall im Land Angst zu verbreiten, vor allem bei denen, die etwas zu verlieren hatten. Aus diesem Grund hatte er Dutzende seiner Getreuen, einschließlich mehrerer Politbüromitglieder und Parteisekretäre in den verschiedenen Republiken, ins Visier genommen: Stalinisten, die von einem Tag auf den anderen als Verräter, Spione oder unfähige Bürokraten bezeichnet wurden. Während die Oppositionellen zu früheren Zeiten öffentlich gedemütigt und entehrt wurden, wurden die Stalinisten in der Regel heimlich vernichtet, ohne öffentlichen Prozess, ganz so, wie die Kommunisten verschiedener Länder, die in der UdSSR Zuflucht gesucht hatten, eliminiert worden waren, nachdem Stalin sie für seine Zwecke instrumentalisiert hatte.

Am schrecklichsten aber empfand es Lew Dawidowitsch, zu wissen, dass die gesamte sowjetische Gesellschaft von den Säuberungen betroffen war. Wie in einem Staat des vertikalen und horizontalen Terrors nicht anders zu erwarten, hatte die Beteiligung der Massen an den Säuberungen zu ihrer Spaltung beigetragen. Es war unmöglich, eine Hetzjagd, wie die in der UdSSR erlebte, zu veranstalten, ohne an die niedersten Instinkte der Menschen zu appellieren und, vor allem, ohne dass jeder Einzelne den Terror am eigenen Leibe zu spüren bekam. Der Terror hatte Neid- und Rachegefühle geschürt, hatte eine Atmosphäre kollektiver Hysterie und, schlimmer noch, eine allgemeine Gleichgültigkeit gegenüber dem Schicksal der anderen geschaffen. Die Säuberung nährte sich aus sich selbst heraus und setzte infernalische Kräfte frei, die sie zwangen, immer weiterzumachen und zu wachsen.

Einige Wochen zuvor hatte Lew Dawidowitsch ein erschütterndes Zeugnis jenes Schreckens erhalten, in dem seine Landsleute lebten. Eine alte Freundin, die wie durch ein Wunder nach Finnland hatte entkommen können, hatte ihm geschrieben: »Es ist furchtbar, mit anzusehen, wie ein System, das angetreten war, die Würde des Menschen wiederherzustellen, auf Glorifizierung, Denunziation und Vergeltung zurückgreift und sich auf das Böse im Menschen stützt. Ekel steigt in mir hoch, wenn ich die Leute sagen höre: Man hat M. erschossen, man hat P. erschossen … erschossen … erschossen … erschossen … Wenn man die Worte oft genug hört, verlieren sie an Bedeutung. Die Menschen sprechen sie mit der größten Gelassenheit aus, so als würden sie sagen: Wir gehen ins Theater. Ich, die ich all die Jahre in Angst gelebt und den Zwang zu denunzieren gespürt habe (mit Entsetzen, aber ohne jedes Schuldgefühl gebe ich es zu), ich habe die semantische Brutalität des Wortes ›erschießen‹ verdrängt …

Ich fühle, dass die Gerechtigkeit auf der Welt am Ende ist und die Menschenwürde an ihre Grenze stößt. Dass zu viele Menschen umgekommen sind im Namen einer, wie man uns versprochen hat, besseren Gesellschaft.«

Die Ankunft von André Breton holte Lew Dawidowitsch aus dem schwarzen Loch seines persönlichen und historischen Schmerzes heraus. Diego und Frida waren begeistert, den Guru des Surrealismus bei sich begrüßen zu dürfen, den ewigen Nonkonformisten Breton, der die heiligsten Dogmen verletzt hatte mit der Ankündigung, er und seine Kollegen träten der Kommunistischen Partei Frankreichs bei und wollten die Parteidisziplin aufweichen: als Staatsbürger … nicht als Surrealisten.

Bei ihrer ersten, von Trauer überschatteten Begegnung bat Lew Dawidowitsch den Dichter, ihm ein paar Tage Zeit zur Ordnung seiner Gedanken zu geben, bevor sie mit jenem Projekt beginnen würden, das Breton nach Mexiko geführt hatte: die Gründung einer Internationalen Vereinigung Revolutionärer Künstler. Er wusste, dass er sich leidenschaftlich dafür einsetzen, es ihn aber große Mühe kosten würde. Auch für jemanden wie ihn war es nicht leicht, das Gewicht des Schmerzes über so viele Tode zu tragen. Außerdem machte dem Exilanten die aufgeheizte Stimmung in Mexiko große Sorgen. Die Leidenschaften waren übergekocht, als Präsident Cárdenas die Verstaatlichung des Erdöls angekündigt und der nordamerikanische Finanzminister gedroht hatte, kein mexikanisches Silber mehr zu kaufen. Eine Million Menschen waren auf der Plaza de la Constitución, dem Zócalo, zusammengekommen, um Cárdenas ihre Unterstützung zuzusichern, doch gleichzeitig sprach man von der Möglichkeit eines Aufstandes gegen die Regierung. Lew Dawidowitsch wusste, dass diese Situation ihn und Natalia in eine kritische Lage brachte: Die Mörder vom NKWD konnten die allgemeine Aufregung dazu nutzen, sich auf sie zu stürzen. Er war davon überzeugt, dass nach dem letzten Prozess in Moskau und dem Ende der Säuberungen im alten Führungsstab der Bolschewiken sein Leben aufgehört hatte, für Stalin nützlich zu sein.

Bevor Breton und seine Frau Jacqueline an Land gegangen waren, hatten die Kommunisten in Frankreich und Mexiko eine Kampagne gegen den Dichter gestartet. Die französischen Kommunisten, von denen er sich 1935 getrennt hatte, beschimpften ihn als Judas und, schlimmer noch, als Sympathisanten Trotzkis. In Mexiko starteten die Stalinisten, mit Lombardo Toledano und Hernán Laborde an der Spitze, eine Kampagne gegen Breton und Lew Dawidowitsch, die so aggressiv war, dass van Heijenoort beschloss, Breton während seiner Reden vor Ort von Leibwächtern schützen zu lassen.

Über Literatur und Kunst, Surrealismus und Avantgarde, politisches Engagement und kreative Freiheit sprechen zu können, war Balsam für den Exilanten. Bretons Anwesenheit und sein literarisches Flair hatten ihn daran erinnert, dass er schon als Kind und noch als junger Student davon geträumt hatte, Schriftsteller zu werden, auch wenn er diese und alle anderen Leidenschaften der revolutionären Arbeit geopfert hatte.

Diego führte die Bretons und die Trotzkis durch die präkolumbischen Ruinen, sie besuchten Museen und die Ateliers jener lokalen Künstler, die den Exilanten bei sich duldeten. Der Pontifex maximus des Surrealismus staunte über die bunten Märkte, die Friedhöfe und die allgegenwärtige Religiosität der Menschen, sprach von »reinstem Surrealismus«, von einer »Offenbarung«, die größer sei als der Schock durch die »Begegnung einer Nähmaschine mit einem Regenschirm auf einem Seziertisch«, und ernannte Mexiko zum »gelobten Land des Surrealismus«.

Als sie mit dem an die revolutionären Schriftsteller und Künstler gerichteten Manifest zur Gründung einer Internationalen Vereinigung begannen, mussten sie die explosive Spannung, die zwei hartnäckige Geister erzeugen würden, aber auch die aus einem gemeinsamen Bedürfnis heraus geborene Möglichkeit zur Verständigung vorausgeahnt haben. Von Anfang an hatte Diego erklärt, dass er die theoretischen Ausarbeitungen lieber ihnen überlasse, sie aber mit seiner Unterschrift rechnen könnten. Sie drei seien sich ja grundsätzlich darin einig, dass man den linken Intellektuellen eine politische Alternative anbieten müsse, einen Halt, um sich mit dem marxistischen

Gedankengut auszusöhnen, in einem Moment, da sich viele schöpferisch Tätige, enttäuscht über die Repressionen in Moskau, vom sozialistischen Ideal abzuwenden begannen.

Bei ihren Gesprächen bestand Breton auf einer wesentlichen Unterscheidung: Die Intellektuellen der Linken, so sagte er, die sich mit dem sowjetischen Experiment solidarisch erklärt hätten, begingen einen schweren Fehler, denn es sei nicht dasselbe, an der Seite einer revolutionären Klasse zu marschieren, wie sich einer siegreichen Revolution anzuschließen. Umso weniger, wenn diese Revolution von einer neuen Klasse repräsentiert werde, die das Ziel habe, mit totalitärer Hand die künstlerische Freiheit zu kappen. Doch entgegen den Beschuldigungen der Stalinisten bedeute seine Trennung von der Partei keinen Bruch mit der Revolution und noch weniger mit den Arbeitern und ihrem Kampf, sagte er. Seine große Auseinandersetzung mit Lew Dawidowitsch drehte sich um ein Konzept, das beide unbedingt klar zum Ausdruck bringen wollten und über das der Exilant eine nicht verhandelbare Meinung vertrat: »In der Kunst ist alles erlaubt.« Als Breton das hörte, musste er lächeln und erklärte sogleich seine Zustimmung, allerdings nur, wenn eine wichtige Präzisierung hinzugefügt werde: Alles, außer dem, was sich gegen die proletarische Revolution richte. Breton erinnerte daran, dass dies Lew Dawidowitschs eigene Worte seien, und der Exilant erläuterte, dass zu der Zeit, als er *Verratene Revolution* geschrieben habe, die ästhetischen Entgleisungen in der Sowjetunion gewiss schon alarmierende Ausmaße angenommen, die Ereignisse in den letzten drei Jahren aber das Fass zum Überlaufen gebracht hätten. Wenn es schon nicht zu vermeiden sei, dass eine proletarische Revolution eine Zeit des Terrors durchstehen müsse, der ihr eigenstes Wesen verrate, dann habe niemand das Recht, der künstlerischen Freiheit Fesseln anzulegen. In der Kunst müsse alles erlaubt sein, wiederholte er, worauf der Franzose erneut präzisierte: Außer dem, was sich gegen die proletarische Revolution richtet. Das sei das einzige unantastbare Prinzip, fügte er hinzu.

Breton war der scharfsinnige Mitstreiter, der dem Exilanten so sehr gefehlt hatte. Ihn zu etwas zu bewegen, von dem er nicht überzeugt war, wurde zu einer Herausforderung. Der Franzose erinnerte ihn an seine Jugend, als er davon besessen gewesen war, über den Marxismus zu sprechen. Um seinen Argumenten mehr Gewicht zu verleihen, gemahnte Lew Dawidowitsch an die Schicksale von Majakowski und Gorki, an das erzwungene Schweigen von Anna Achmatowa, Ossip Mandelstam und Isaak Babel, an die Demütigungen von Romain Rolland und einigen, dem Stalinismus treu ergebenen ehemaligen Surrealisten. Und er bestand darauf, dass man keinerlei Einschränkungen hinnehmen dürfe, nichts, was zu dem Schluss führen könne, man akzeptiere die Zugeständnisse, zu denen eine Diktatur den Künstler unter dem Vorwand politischer und historischer Notwendigkeit zu zwingen versuche. Die Kunst sei ihren eigenen Forderungen und nur ihnen verpflichtet. Weil sie Bedingungen der Politik akzeptierten, die er selbst verteidigt habe (was er jetzt unendlich bedaure), könne man die sowjetischen Gedichte und Romane der Gegenwart nicht ohne Abscheu und Entsetzen lesen, die Bilder der Gefügigen nicht ansehen. Die Kunst der UdSSR sei zu einem Schmierentheater verkommen, in dem mit Feder oder Pinsel bewaffnete Funktionäre, überwacht von mit Pistolen bewaffneten Funktionären, nur die Möglichkeit hätten, die großen genialen Führer zu glorifizieren. Dazu hätten die Parolen von der ideologischen Einheit, der Vorwand, sie seien vom Klassenfeind umzingelt, und die ewige Rechtfertigung sie gebracht, jetzt sei nicht der geeignete Moment, um über die Probleme und die Wahrheit zu diskutieren und der Poesie Freiheiten zu gewähren. Das künstlerische Schaffen während der Stalin-Ära werde als Ausdruck des absoluten Tiefpunktes der proletarischen Revolution in Erinnerung bleiben, und niemand habe das Recht, die Kunst einer neuen Gesellschaft dem Risiko auszusetzen, diese frustrierende Erfahrung zu wiederholen … »Die Freiheit der Kunst ist heilig«, schloss er, »sie ist ihre einzige Rettung. *Alles* in der Kunst muss *alles* sein«, schloss er.

Während dieser Gespräche, mit denen sie die Welt in Ordnung bringen wollten, entdeckte Lew Dawidowitsch überrascht, dass den Dichter, mehr als jede Theorie, die Dramaturgie des Lebens selbst faszinierte und er das Thema des Zufalls und seiner Rolle bei den

Ereignissen, die das Schicksal markieren, wiederholt zur Sprache brachte. Während einer jener scheinbar beiläufigen Abschweifungen, bei denen man hinterher nicht mehr weiß, wie man darauf gekommen ist, gestand Lew Dawidowitsch dem Franzosen im Zusammenhang mit der aufgeschobenen Reise Sjewas nach Mexiko, wie sehr er Hunde liebe. Er beklagte, dass sein umherirrendes Leben es ihm unmöglich gemacht habe, sich wieder einen zu halten, seit er sich an der Friedhofsmauer in Prinkipo von seinem russischen Windhund verabschiedet habe, und er erzählte ihm von Mayas Gutmütigkeit, von der Ergebenheit, die diese Hunderasse im Allgemeinen auszeichne. Nur um dann festzustellen, was für ein streng logisch denkender Mensch der surrealistischste aller Surrealisten war: Breton warf ihm vor, sich von seinen Gefühlen hinreißen zu lassen. Und er erklärte ihm, dass, wenn er von der Liebe der Hunde spreche, er versuche, den Tieren Gefühle anzudichten, die ausschließlich dem Menschen eigen seien.

Mit vielleicht eher leidenschaftlichen denn rationalen Argumenten versuchte Lew Dawidowitsch, den Franzosen zu überzeugen: Ob man abstreiten könne, dass ein Hund Liebe für seinen Herrn empfinde? Wie viele Geschichten über diese Liebe und Freundschaft habe man nicht schon gehört! Wenn Breton Maya gekannt und ihre Beziehung zu ihm erlebt hätte, wäre seine Meinung möglicherweise eine andere, behauptete er. Der Dichter erwiderte, dass er ihn verstehe, und er erklärte, dass auch er Hunde liebe, Gefühle jedoch dem Menschen zuordne. Ein Hund drücke, wenn überhaupt, auf primitive Weise aus, dass er Unterscheidungen bei seiner Beziehung zu den Menschen mache. Zum Beispiel habe er Angst vor einem Menschen, der ihm Schmerzen zufüge. Aber wenn sie annähmen, dass ein Hund jemandem ergeben sei, müssten sie auch annehmen, dass die Stechmücke wisse, dass sie grausam sei, oder dass Krebse bewusst rückwärtsgingen … Und auch wenn er Lew Dawidowitsch nicht überzeugen konnte, gefiel dem Exilanten doch das surrealistische Bild von dem bewusst rückwärtsgehenden Krebs.

Einige Tage später hatten sie eine weniger angenehme Diskussion mit sehr dramatischen Konsequenzen. Sie fand statt, als Lew Dawidowitsch auf Bretons Entwurf des Manifests wartete und der Dichter ihm sagte, er habe keinen klaren Gedanken fassen und den Text deshalb nicht fertigstellen können. Wegen der angespannten Situation bekam der Exilant einen – vielleicht zu heftigen – Wutanfall. Er warf Breton Gleichgültigkeit und Unfähigkeit vor (was er später bereute, als er sich erinnerte, dass er Ljowa dasselbe vorgeworfen hatte) und schrie, er begreife nicht, wie wichtig es sei, dass dieses Manifest so schnell wie möglich in Europa Verbreitung fände. Breton versuchte, ihm klarzumachen, dass nicht jeder nur einen Gedanken im Kopf haben könne; Lew Dawidowitsch mit seiner unermüdlichen Leidenschaft sei eben unerreichbar. Dass man ihn »unerreichbar« nannte, ärgerte den anderen nur noch mehr, und fast wäre es zu einem Bruch gekommen, hätte Natalia das nicht verhindert, indem sie sich auf die Seite des Dichters stellte.

Am nächsten Tag wurde Lew Dawidowitsch mitgeteilt, dass André Breton unübliche Krankheitssymptome aufwies: Er war in eine Art vollständige Lähmung gefallen. Er konnte sich kaum bewegen, nicht schreiben, war sprachgestört. Die Ärzte diagnostizierten emotionale Ermüdungserscheinungen und verordneten ihm absolute Ruhe. Laut van Heijenoort trug alleine Lew Dawidowitsch die Schuld an dem physischen und psychischen Zusammenbruch des Franzosen. Der Sekretär nannte es »Trotzkis Atem im Nacken«, der, so sagte er, imstande sei, jeden zu lähmen, der mit ihm in Berührung komme, denn seine Art, zu denken und zu leben, erzeuge eine fast unerträgliche seelische Anspannung. Lew Dawidowitsch sei sich dessen nicht bewusst, da er von sich selbst dasselbe fordere wie von anderen, seit vielen Jahren, doch nicht jeder sei in der Lage, Tag und Nacht sämtlichen Mächten der Welt die Stirn zu bieten: dem Faschismus, dem Kapitalismus, dem Stalinismus, dem Reformismus, dem Imperialismus und allen anderen Ismen, bis hin zum Rationalismus und Pragmatismus. Wenn jemand wie Breton eingestehe, nicht mit ihm mithalten zu können, und sein Körper und sein Geist rebellierten, dann müsse Lew Dawidowitsch das verstehen und akzeptieren. Schuld habe nicht Breton, sondern der Genosse Trotzki, der nur deshalb all die Jahre überstanden habe, weil er einer anderen Spezies angehöre … Hoffentlich bin ich keine grausame Mücke oder ein bewusst rückwärtsgehender Krebs, entgegnete Lew Dawidowitsch seinem Sekretär.

Trotz der Diskussionen (oder gerade deswegen) wirkte sich Bretons Anwesenheit weiterhin positiv auf den Exilanten aus, zu dessen Sorgen – wie Natalia vorhergesehen hatte – Jeannes Weigerung, sich von Sjewa zu trennen, noch hinzukam. Allem Anschein nach litt die Frau unter einer schweren Neurose, und sie war, vielleicht durch den Einfluss von jemandem, der sie gegen Ljowas Eltern aufhetzte, so aggressiv geworden, dass sie nicht einmal Marguerite Rosmer gestattete, den Jungen zu sehen. Angesichts dieser Situation war ihnen nichts anderes übrig geblieben, als das Sorgerecht für Sjewa vor Gericht einzuklagen.

Am 10. Juli fuhren die Trotzkis, die Bretons und Diego Rivera nach Pátzcuaro. Der Dichter hatte sich wieder erholt, und das Manifest war so gut wie fertig geschrieben. Er wollte dem Exilanten die letzten Überarbeitungen zeigen. Einige Fischer, Freunde von Diego, hatten versprochen, ihnen die schönsten Fische aus ihrem Fang zu bringen. Der Maler kannte Lew Dawidowitschs Schwäche für Fische aus dem Pátzcuaro-See, und auch Jacqueline und André Breton konnten jenem Leckerbissen nicht widerstehen, den der Dichter »die Fische von André Masson« taufte. Als der Exilant die Fischer bei der Arbeit beobachtete, musste er mit Wehmut an die Jahre in Prinkipo denken, als er noch Hoffnung in die Zukunft der Opposition in der Sowjetunion und Kraft und Lust hatte, mit dem guten Karalambos zum Fischen hinauszufahren. Wie mag es ihm wohl ergangen sein?, fragte er sich. Kehrte er immer noch jeden Nachmittag mit seinem Boot auf der roten Spur, die die Sonne auf das Marmarameer zeichnete, in den Hafen zurück?

Da das Manifest noch nicht endgültig stand, diskutierten der Politiker und der Dichter weiterhin heftig über die Auswirkungen des Stalinismus auf das künstlerische Schaffen innerhalb und außerhalb der UdSSR. Lew Dawidowitsch erinnerte daran, wie sehr ihm Stalins Schmeichler missfielen, insbesondere Autoren wie Romain Rolland oder André Malraux, von dessen ersten Roman er so begeistert gewesen war und der nun zum typischen Vertreter jener Schriftsteller geworden war, die in Paris, London oder New York lebten und Grußadressen an Stalin unterschrieben, ohne eine Ahnung zu haben (oder haben zu wollen), was in Wirklichkeit in der UdSSR geschah. Jeden von ihnen, die so sehr von den Wohltaten des stalinistischen Regimes überzeugt waren, hätte er gern einem Test unterzogen: Er würde sie mit ihren Familien in einer sechs Quadratmeter großen Wohnung mit defekter Heizung leben lassen, ohne Auto, und sie zwingen, zehn Stunden täglich für ein paar wertlose Rubel eine sinnlose Arbeit zu verrichten; zu essen und anzuziehen, was ihnen zugeteilt wurde, ohne die Möglichkeit, ins Ausland zu reisen, und das alles, ohne dagegen aufzubegehren. Wenn sie nach Ablauf eines Jahres immer noch das stalinistische Experiment unterstützten und große philosophische Reden schwangen, würde er sie für ein weiteres Jahr in eine Strafkolonie schicken, in eine von denen, die Gorki als »Fabriken für den Neuen Menschen« bezeichnete ... Das wäre eine wirkliche Prüfung, die Stunde der Wahrheit, und danach würde man sehen, wie viele Rollands und Aragons weiterhin Stalins Flagge in einem Pariser Restaurant hissen würden ...

Als sie aus Pátzcuaro zurückkamen, erwartete Lew Dawidowitsch eine weitere schlechte Nachricht: Am 14. Juli war sein Mitarbeiter Rudolph Klement spurlos aus Paris verschwunden. Die vorangegangenen Erfahrungen ließen ihn um das Schicksal des jungen Mannes bangen, zu dem er große Zuneigung empfand. Obwohl er von den Ereignissen aufgrund der Entfernung nur unzureichend und mit Verzögerung informiert wurde, wusste er sofort, dass zwischen Klements Verschwinden und Ljowas Tod ein Zusammenhang bestand. Das teilte er auch der französischen Polizei in einem Brief mit, in dem er gegen die Schludrigkeit protestierte, mit der die Ermittlungen geführt wurden.

Endlich, am 25. Juli, wurde das *Manifest für eine unabhängige revolutionäre Kunst* fertig. »Keinerlei Einschränkungen für die Kunst«, lautete die Forderung. Da Lew Dawidowitsch befürchtete, dass sein Name dem Dokument politisch schaden könnte, verzichtete er darauf, es zu unterschreiben, und bat Rivera, seine Unterschrift neben die Bretons zu setzen. Der Maler war dazu bereit. Der Aufruf sollte ein erster Schritt sein hin zu einer Vereinigung Revolutionärer und

Unabhängiger Künstler, die eine zwischen den zwei verheerendsten Totalitarismen der Geschichte gefangene Welt dringend brauchte.

Zum Abschied gaben Diego und Frida ein surrealistisches Fest für den Dichter. Obwohl den Trotzkis der Sinn ganz und gar nicht nach Feiern stand, bemühten sie sich, den anderen die Freude daran nicht zu verderben. Frida hatte für Breton eine mit Uhren von Dalí und Fischen von Masson geschmückte und in den Farben Mirós gehaltene Soutane eines Pontifex maximus des Surrealismus entworfen und ihm einen Hut von Magritte aufgesetzt. Einige der Gäste rezitierten surrealistische Gedichte, und Diego stieß mit Mescal an, seiner Meinung nach dem surrealistischsten aller geistigen Getränke.

Lew Dawidowitsch versuchte, die Leere nach der Abreise des außergewöhnlichen Gesprächspartners durch die Niederschrift des Programmentwurfs für die IV. Internationale auszufüllen, als ihn ein alarmierender Brief aus Südfrankreich erreichte. Der Absender war niemand anderer als Rudolph Klement, der ihm in aggressivem, ja, beleidigendem Ton mitteilte, dass er politisch mit ihm gebrochen habe. Sogleich beschlich den Exilanten eine schreckliche Vorahnung, denn er war davon überzeugt, dass diese Worte nicht von seinem Mitarbeiter stammten, es sei denn, er hatte sie unter Zwang geschrieben. Eine Woche später bewahrheiteten sich seine schlimmsten Befürchtungen auf die grauenvollste Weise: An den Ufern der Seine wurde Klements verstümmelte Leiche gefunden.

Noch unter dem Schock des Mordes an Klement fand in der Villa der Rosmers in Périgny die konstituierende Sitzung der IV. Internationale statt. Auch wenn sich die Versammlungsmitglieder nicht auf das einigen konnten, was Lew Dawidowitsch angestrebt hatte, war das Wichtigste in diesem Moment, dass die Internationale überhaupt existierte. Nach Ljowas und Klements Tod hatte sein alter Freund und Mitarbeiter Max Shachtman den Vorsitz geführt, doch es hatten nur etwa vierzig Delegierte an der Versammlung teilgenommen. Die russische Sektion wurde, wie vereinbart, durch den noch so gut wie unbekannten Étienne repräsentiert.

Lew Dawidowitsch wagte es nicht einmal gegenüber Natalia zu

gestehen, doch er wusste, dass jener Akt, wenn überhaupt, nur ein Schrei in der Finsternis war. Die Zeiten waren nicht besonders geeignet für marxistische Arbeiterversammlungen, die gegen den Stalinismus gerichtet waren. Und um das festzustellen, genügte ein Blick auf die Welt: In der UdSSR hatte er nur noch wenige Anhänger, und die saßen im Gefängnis; in Europa herrschten Abtrünnigkeit und Spaltung, oder Sozialisten und Kommunisten wurden massiv unterdrückt und vernichtet, wie in Deutschland und Italien; die Arbeiter in Asien eilten von Niederlage zu Niederlage. Nur in den Vereinigten Staaten hatte die trotzkistische Bewegung mit der Gründung der Sozialistischen Arbeiterpartei und dank Leuten wie Shachtman, James Cannon und James Burnham an Zulauf gewonnen. In einem ihrer üblichen Kniefälle vor Moskau waren die kommunistischen Parteien mundtot gemacht worden, und in den Vereinigten Staaten hatten sie sich sogar Roosevelts Politik des New Deal gebeugt … Doch wo es Krieg gibt, gibt es auch eine revolutionäre Erschütterung, schrieb er. Dann würde die IV. Internationale bereitstehen und beweisen, dass sie mehr war als die Vision eines Besessenen, der sich nicht geschlagen geben wollte, träumte und schrieb er.

Seine Voraussagen über einen bevorstehenden Krieg erschienen ihm noch zutreffender, als Hitler der Welt zeigte, wie lang seine Messer waren. Nach seinem Treffen mit Chamberlain hatte der Führer für den 22. September eine Konferenz in München einberufen und den europäischen Mächten seine Bedingungen diktiert: Entweder sie überließen ihm einen Teil der Tschechoslowakei, oder es würde Krieg geben. Wie zu erwarten, zogen es die »Mächte« vor, die Tschechoslowakei zu opfern, und Lew Dawidowitsch konnte so deutlich wie nie zuvor den Pakt zwischen Hitler und Stalin am Horizont sehen, auf den die beiden Diktatoren in den letzten Jahren hingearbeitet hatten. Fürs Erste, schrieb er, würden sie sich bestimmt darauf einigen, Europa unter sich aufzuteilen. Doch Hitler strebe die arische Vorherrschaft an und wolle den Osten zu seinem Sklavenmarkt machen; und Stalin träume von einem Reich, das größer sein werde als alle bisherigen Zarenreiche. Wenn diese beiden Ansprüche aufeinanderprallten, werde das Krieg bedeuten.

Zu dieser Zeit etwa erhielt Lew Dawidowitsch einen Brief aus New York, der ihn zutiefst beunruhigen sollte. Der Verfasser stellte sich als nordamerikanischer Jude polnischer Herkunft vor, der, ohne seinen, Trotzkis, politischen Glauben zu teilen, seinen Weg als Revolutionär und Exilant verfolgt habe. Seine Informationen, so erklärte er weiter, erhalte er über einen ukrainischen Verwandten, einem ehemaligen Mitglied der GPU, der wenige Wochen zuvor desertiert sei und in Japan Asyl beantragt habe. Und dieser Mann habe ihn inständig gebeten, sich mit ihm, Trotzki, in Verbindung zu setzen. Zu seiner Sicherheit schreibe er ihm nur diesen einen Brief, von dem er hoffe, dass er ihm hilfreich sein werde, fügte er hinzu.

Obwohl die Einleitung wenig glaubhaft schien, roch, was darauf folgte, nach Wahrheit. In dem Schreiben ging es um einen zurzeit in Paris lebenden sowjetischen Agenten, der beim Geheimdienst unter dem Namen »Cupido« geführt wurde. Dieser Mann spiele inzwischen eine wichtige Rolle in den trotzkistischen Kreisen Frankreichs, und das dank der grenzenlosen Naivität seiner, Trotzkis, Anhänger, die ihm sogar den Zugang zu streng geheimen Dokumenten gestatteten. Die ganze Zeit über stehe Cupido mit einem Agenten der sowjetischen Botschaft in Verbindung und arbeite mit dem sogenannten »Komitee zur Repatriierung russischer Staatsbürger« zusammen, einer Tarnorganisation des NKWD, die in den Mord an Reiss und möglicherweise auch an Klement verwickelt sei. Der ehemalige Agent und jetzige Asylant in Japan sei sich nicht sicher, glaube jedoch aufgrund der Nähe Cupidos zur trotzkistischen Spitze, dass dieser Mann mehr oder weniger direkt etwas mit dem Tod von Lew Sedow zu tun gehabt habe. Was er mit Sicherheit sagen könne, sei, dass seine Aufgabe darin bestehe, sich Trotzki zu nähern und ihn zu ermorden. Den Befehl dazu habe der Kreml bereits nach dem Prozess gegen Bucharin, Jagoda und Rakowski gegeben. Der desertierte Agent habe jedoch in Erfahrung gebracht, dass Cupido nur einer der Kandidaten sei, die sich Trotzki annähern sollten, denn es gebe noch mehrere andere potenzielle Mörder.

Der alte Jude schloss seinen Brief mit einer aufschlussreichen Geschichte, die ihm sein Verwandter erzählt hatte. Der behauptete nämlich, bei den Verhören anwesend gewesen zu sein, denen man Jakow Blumkin nach dessen Aufenthalt in Prinkipo unterzogen hatte. Die Wahrheit über Blumkins Verhaftung war, dass seine Frau, ebenfalls eine Agentin der GPU, ihn denunziert und beschuldigt hatte, nicht nur mit dem Deportierten Kontakt gehabt, sondern ihm auch eine bestimmte Geldsumme übergeben zu haben: den Erlös aus dem Verkauf der Manuskripte, den Blumkin in der Türkei getätigt hatte. Das Gerücht, Karl Radek habe ihn denunziert, war nur ein weiterer Schachzug der Lubjanka gewesen, um Radeks Ruf zu schädigen und ihn als Spitzel der Geheimpolizei zu diskreditieren. In dem gesamten Prozess, so versicherte der ehemalige Agent, habe Blumkin eine Integrität und Würde an den Tag gelegt, die er in vergleichbaren Situationen nur bei wenigen Männern erlebt habe. Trotz der brutalen Foltersitzungen habe Blumkin keinerlei Geständnisse unterschrieben, und als er erschossen worden sei, habe er sich geweigert, sich hinzuknien.

Nachdem Lew Dawidowitsch den Brief immer und immer wieder gelesen und sich mit Natalia und den Sekretären besprochen hatte, kam er zu dem Schluss, dass es nur zwei Möglichkeiten gab, das Schreiben zu interpretieren: Entweder handelte es sich um eine Aktion der GPU, deren Ziel allerdings nicht klar zu erkennen war, oder aber der Absender war jemand, der über die Pläne der Geheimpolizei bestens informiert war und, indem er ihn auf einen Agenten in Paris hinwies, mit dem Finger auf Étienne zeigte. Zwar konnte sich Lew Dawidowitsch kaum vorstellen, dass sich bei Ljowa ein Feind hatte einschleichen können (immerhin hatten sie die Gebrüder Sobolevicius bei ihm eingeschleust, erinnerte er sich), doch beim bloßen Gedanken daran, Étienne könne tatsächlich zu Stalins Leuten gehören, wurde ihm schlecht. Deswegen wünschte er tief in seinem Innern, der Brief sei eine List der GPU. Doch hinter der Nebelwand, die der Absender errichtet hatte, konnte er den Atem der Wahrheit spüren. Was ihn an die Echtheit der Information glauben ließ, war einerseits der Bericht über Blumkins Verhaftung, denn bis zum Eintreffen dieses Briefes wusste nicht einmal Natalia von dem Geld, das Blumkin ihm gegeben hatte; und andererseits die Gewissheit, dass

Stalin ihn nach dem letzten Schauprozess nicht mehr benötigte, um seine Beschuldigungen zu stützen, infolgedessen seine Zeit auf Erden abzulaufen begann.

Den Exilanten erstaunte es nicht, dass die von der Kommunistischen Partei Mexikos gegen ihn organisierte Kampagne nach der Gründung der IV. Internationale an Schärfe zunahm. Das Schlimmste aber war, dass sich auch das Blaue Haus nach dem neuen Parteienzusammenschluss, mit dem Rivera nicht einverstanden gewesen war, vom politischen Fieber anstecken ließ. Der Maler war verärgert darüber, dass Lew Dawidowitsch seinen Wunsch, zum Sekretär der mexikanischen Sektion der IV. Internationale ernannt zu werden, nicht unterstützt hatte. Doch der Grund, warum der Exilant ihm seine Unterstützung verweigerte, schien einleuchtend: Er war der Ansicht, dass es für Rivera nicht gut sei, sein künstlerisches Schaffen einer Schreibtischtätigkeit zu opfern, die ihm zwar eine politische Bedeutung verliehen, seine Zeit aber mit Versammlungen und dem Verfassen von Aufrufen voll und ganz in Anspruch genommen hätte. Der zweite Grund, den er allerdings nicht offen ansprechen konnte, war, dass er Diego nicht den nötigen politischen Scharfsinn zutraute. Doch Rivera hatte auf einen herausragenden politischen Posten gehofft und fühlte sich von seinem Gast betrogen.

Wenige Tage vor seinem Geburtstag erhielt Lew Dawidowitsch eine Nachricht von seinem alten Informanten V. V., der wieder aufgetaucht war, nachdem er ihn bereits für endgültig verloren gehalten hatte. V. V. berichtete, dass der Zwerg Jeschow von seinem Posten als Chef des NKWD abberufen und kurz darauf wegen Machtmissbrauchs und Verrats eingesperrt worden war. Jeschow würde sterben, genau wie Jagoda, und der wahre Grund dafür war, wie immer, dass Stalin einen Sündenbock brauchte, dem er alle Schuld aufladen konnte, um seine eigene Unschuld eindrucksvoll herauszustreichen.

V. V. erzählte ihm in allen Einzelheiten, wie die Straflager unter Jeschows Befehl aufgehört hatten, die von Jagoda mit harter, grausamer Hand geführten Gefängnisse zu sein, in denen die Deportierten verhungert und dem mörderischen Klima zum Opfer gefallen waren. Unter Jeschow war die Propaganda über die Vorzüge der sowjetischen

Umerziehung von Kriminellen in Vergessenheit geraten, und die Gulags hatten sich in Lager systematischer Vernichtung verwandelt, wo die Gefangenen sich zu Tode arbeiten mussten oder ermordet wurden, in einer Zahl, die in der Vergangenheit nicht ihresgleichen hatte. Doch Jeschows Terror war nicht so irrational und krankhaft gewesen, wie es den Menschen inzwischen weisgemacht werden sollte. Zum Beispiel hatte Stalin im Februar 1937 seinem Handlanger Georgij Dimitrow, dem Generalsekretär der Komintern, gegenüber geäußert, dass die ausländischen Kommunisten in Moskau »das Spiel des Feindes spielten«. Sogleich wurde Jeschow damit beauftragt, das Problem aus der Welt zu schaffen. Nach einem Jahr waren von den dreihundertvierundneunzig Mitgliedern des Exekutivausschusses der Internationale, die sich in der UdSSR aufhielten, nur noch einhundertsiebzig am Leben. Die anderen waren erschossen oder in die Todeslager geschickt worden, unter ihnen Deutsche, Österreicher, Jugoslawen, Italiener, Bulgaren, Finnen, Balten, Engländer, Franzosen und Polen, wobei der Prozentsatz an Juden bemerkenswert hoch war. Bei dieser Gelegenheit hatte Stalin mehr Führer der Kommunistischen Partei Deutschlands liquidiert als Hitler: Von den achtundsechzig deutschen Kommunisten, die, nachdem sie sich seiner Politik gefügt und den Aufstieg des Faschismus ermöglicht hatten, in das Mutterland des Kommunismus geflohen waren, wurden mehr als vierzig hingerichtet oder in Lager gesteckt. Und von den polnischen Kommunisten wurden so viele getötet, dass die Partei in Polen darüber auseinanderbrechen musste.

Während Lew Dawidowitsch den Brief von V. V. las und mit Anmerkungen versah, drohte ihn das Gewicht der Enthüllungen zu erdrücken. Bestand Hoffnung, dass die Menschheit eines Tages erfahren würde, wie viele Hunderttausende von Personen durch Stalins Schergen umgebracht worden waren? Wie viele echte Kommunisten er aus dem Weg geräumt hatte? Zu den schwindelerregenden Zahlen musste man noch Millionen durch die katastrophale Kollektivierung verhungerter Bauern in der Ukraine und anderen Regionen und weitere Millionen hinzuzählen, die während der vom ehemaligen Nationalitäten-Kommissar befohlenen Umsiedlung ganzer Dörfer umgekommen waren … Mit Sicherheit, dachte er, handelt es sich um das größte Massaker der Geschichte in Friedenszeiten, und das Schlimmste ist, dass wir nie die wahren, schrecklichen Ausmaße des Genozids kennen werden, denn für viele der zum Tode Verurteilten hat es weder Ermittlungen noch einen Prozess, geschweige denn ein schriftliches Urteil gegeben. Die meisten sind in Kerkern oder stickigen Zügen verreckt, in einem sibirischen Lager erfroren oder am Ufer eines Flusses oder am Rande eines Abgrundes erschossen worden, damit ihre Leichen vom Wasser fortgerissen oder von Lawinen aus Erde und Schnee verschüttet würden …

Das Gefühl, selbst ebenfalls diesem Terror ausgeliefert zu sein, wurde zur Gewissheit, als Victor Serge und andere Freunde aus Paris ihm bestätigten, dass Étienne tatsächlich der Agent »Cupido« war und etwas mit dem Tod von Ljowa, Reiss und Klement zu tun gehabt hatte. Sie beschuldigten Étienne außerdem, Jeanne zum Bruch mit den Schwiegereltern manipuliert zu haben, der zum Sorgerechtsprozess für Sjewa geführt hatte (der glücklicherweise zugunsten der Trotzkis ausgegangen war). Außerdem habe er sie dazu bewegt, in die Ermittlungen zu Ljowas Tod einzugreifen, was die Arbeit der Polizei eher torpediert als unterstützt hatte. Gleichzeitig jedoch hatten die Rosmers und andere Genossen vergeblich nach verräterischen Aspekten in Étiennes Verhalten gesucht, und noch weigerte sich Lew Dawidowitsch, der Verurteilung des Jungen durch die anderen Genossen zuzustimmen. Während all jener Monate hatte Étienne hervorragende Arbeit geleistet; nie zuvor war das *Bulletin* so regelmäßig erschienen, und sein Einsatz und seine Zuverlässigkeit vor und nach der Gründungssitzung der IV. Internationale waren beispielhaft gewesen. Er wusste aber auch, dass all das eine Maske sein konnte, hinter der sich ein feindlicher Agent verbarg. Die einzige Möglichkeit, entschied er, bestand darin, Étienne mit den Anschuldigungen zu konfrontieren und ihn aufzufordern, seine Unschuld zu beweisen.

Jeanne erkannte den Urteilsspruch des Gerichts nicht an und floh aus Paris, zusammen mit Sjewa und dem Teil des Archivs, den Ljowa in Gewahrsam genommen hatte; als seine Witwe sei sie die rechtmäßige Besitzerin, behauptete sie. Die gutherzige Marguerite Rosmer betrachtete es als eine Frage der Ehre, den Aufenthaltsort des Jungen herauszufinden, und versprach Natalia, ihn nach Mexiko zu bringen. Armer Sjewa!, hatte sie ausgerufen: Sein biologischer Vater in einem Konzentrationslager verschwunden; seine Mutter durch eigene Hand in Berlin gestorben, sozusagen vor seinen Augen; sein Adoptivvater unter ungeklärten Umständen verstorben, die auf Stalin hindeuteten; seine Pflegemutter, die, offensichtlich verrückt geworden, all ihren Frust auf ihm ablud; die Großeltern im Exil, eine weitere Großmutter in einem Gefangenenlager; die Tanten tot, die Onkel verschwunden, Geschwister und Cousins, von denen man nie mehr etwas gehört hatte … Gab es ein typischeres und gleichzeitig unschuldigeres Opfer des Hasses Stalins als diesen kleinen Wsewolod Wolkow?

Trotz so vieler Niederlagen und der angespannten Atmosphäre im Blauen Haus – vor allem seit Frida zur Ausstellung ihrer Werke nach New York abgereist war – beschloss Natalia Sedowa, den neunundfünfzigsten Geburtstag ihres Gatten zu feiern. Einige wenige vertraute Freunde kamen zu Besuch (Otto Rühle, der für immer in Mexiko geblieben war, Max Shachtman, Octavio Fernández, Pep Nadal und andere), und Natalia hatte mehrere mexikanische, aber auch russische, französische und türkische Gerichte zubereitet. Rivera bewies einmal mehr seine Geschmacklosigkeit, indem er dem Jubilar einen Totenkopf aus Zucker schenkte, auf dessen Stirn die Inschrift »Stalin« prangte. Shachtman hielt eine halb scherzhafte, halb ernste Rede, in der er das Geburtstagskind charakterisierte: »Seine Haare stehen wirr um das gebräunte Gesicht, der Blick seiner blauen Augen ist so durchdringend wie eh und je. Lew Dawidowitsch ist immer noch ein schöner Mann, ein Dandy, wie Victor Serge sagt, dem ich folgenden geistreichen Scherz verdanke, mit dem Lenin zu erklären versuchte, wer unser lieber Trotzki war – und ist: Wisst ihr, was Lew Dawidowitsch antworten wird, wenn der ungehobelte Offizier des Erschießungskommandos ihn nach seinem letzten Wunsch fragt? Nun, unser Genosse wird ihn ansehen, respektvoll auf ihn zutreten und fragen: Mein Herr, haben Sie zufällig einen Kamm für mich? Ich möchte mich ein wenig herrichten ...«

Das wahre Bild aus jener Zeit jedoch zeichnete diejenige, die ihn am besten kannte: Natalia Sedowa. »L. D. ist einsam«, schrieb sie. »Wir schlendern durch den kleinen Garten in Coyoacán, umgeben von Gespenstern mit einem Loch in der Stirn ... Wenn er arbeitet, höre ich ihn manchmal seufzen und laut mit sich selbst sprechen: ›Ich bin so müde ... ich kann nicht mehr!‹ Oftmals überraschen ihn Freunde, wie er sich mit den berühmten Schatten unterhält, mit den von Kugeln durchlöcherten Schädeln, mit den Freunden von gestern, die zu Abtrünnigen geworden sind, verwirrt von Niederträchtigkeit und Lügen, und sie alle klagen L. D. an, den Genossen Lenins ... Er sieht Rakowski, seinen geliebten Bruder, der sein fürstliches Vermögen großzügigerweise der revolutionären Bewegung vermacht hat. Er sieht den brillanten und heiteren Smirnow, sieht Muralow, den General mit dem enormen Schnauzbart, den Helden der Roten Armee ... Er sieht seine Kinder Nina, Sina und Ljowa, seine geliebten Freunde Blumkin, Yoffe, Tuchatschewski, Andreu Nin, Rudolph Klement, Erwin Wolf. Alle tot. Alle. L. D. ist einsam ...«

22

Jacques Mornard verspürte echte Freude, als er die magere Gestalt Sylvia Agelofs in der Empfangshalle des Flughafens erblickte. Sie trug eines der schwarzen Kleider, die sie auf Gertrud Allisons Rat hin seit ihrem Aufenthalt in Paris zu tragen pflegte, denn der Buchhändlerin zufolge brachte das ihre weiße Haut zur Geltung. Sylvia, die sich ihrer Hässlichkeit durchaus bewusst war, hatte den Rat der Freundin befolgt, in der Hoffnung, für ihren geliebten Jacques, dem sie sich jetzt, zitternd vor Rührung, an die Brust warf, etwas attraktiver zu sein.

In der Woche zuvor, gleich zu Beginn des Jahres 1940, hatte Tom Jacques die Ankunft des spanischen Agenten Felipe angekündigt, eines der Männer, die nach Orlows Fahnenflucht kaltgestellt worden waren. Felipe kam aus Moskau, um sich als operativer Offizier um die mexikanische Gruppe zu kümmern, ehemalige Kämpfer im Spanischen Bürgerkrieg, die darauf vorbereitet werden sollten, gegen den Renegaten vorzugehen. Der Spanier, der sich in einen französischen (oder polnischen?) Juden verwandelt hatte, würde für seine Untergebenen ein Mann ohne Namen sein: ganz einfach der Genosse Jude. Griguljewitsch hatte sich die ganze Zeit über im Hintergrund gehalten; jetzt sollte er Felipe die Fäden der Operation in die Hand geben, während Tom die Möglichkeiten weiterer Aktionen auslotete. Die zweite ermutigende Nachricht war die, dass, wenn alles wie vorgesehen klappen würde, der nordamerikanische Spitzel in zwei, drei Monaten einen der Leibwächter Trotzkis ersetzen würde, dessen Dienstzeit im Hause des Exilanten zu Ende ging. Tom hatte Jacques versichert, dass der operative Offizier in die Vorbereitungsphase eingetreten sei, doch er hatte sich gehütet, ihm zu erklären, dass Jacques Mornard in die zweite oder gar dritte Linie zurückgestuft worden war.

Mehrere Tage lang verlebten Jacques und Sylvia eine Art Flitterwochen im Hotelzimmer des Montejo. Auf Veranlassung des Belgiers zögerte die junge Frau ihren Besuch bei dem so sehr bewunderten Lew Dawidowitsch länger hinaus, als ihr lieb war. Sie hatte Empfehlungsschreiben mitgebracht und wollte ihm ihre Bereitschaft erklären, während ihres Aufenthaltes in Mexiko für ihn zu arbeiten, falls es etwas für sie zu tun gäbe. Als Sylvia schließlich ein Treffen mit ihrem Idol in der Calle Viena vereinbart hatte, bot sich Jacques an, sie in seinem Auto hinzufahren, aber nur unter einer Bedingung: Auf keinen Fall werde er sich mit ihren Freunden einlassen. Politik interessiere ihn einfach nicht, sagte er, und so wie er ihre Leidenschaft dafür respektiere, müsse sie sein mangelndes Interesse an dieser pathetischen Geschichte von Kommunisten, die mit anderen Kommunisten auf den Tod verfeindet seien, respektieren.

»Du verstehst nichts«, sagte Sylvia lächelnd zu ihm, glücklich, wenigstens auf diesem Gebiet ihrem Geliebten überlegen zu sein.

»Mehr, als du glaubst«, erwiderte Jacques. »Hast du in der Zeitung gelesen, was sich unter den mexikanischen Kommunisten abspielt?«

»Es handelt sich um eine stalinistische Säuberung. Sie haben Valentín Campa und Generalsekretär Laborde nicht deshalb abgelöst, weil sie schlechte Kommunisten wären, sondern weil sie die Befehle aus Moskau nicht umsetzen wollten. Das Übliche …«

Jacques lachte so sehr, dass ihm Tränen in die Augen traten.

»Ihr seid doch alle gleich, Herrgott noch mal! Die anderen sagen, alles Schlechte komme von den trotzkistischen Agenten und ihren Provokationen, und ihr seht hinter jeder Ecke das Gespenst Stalins und seiner Polizei!«

»Mit dem Unterschied, dass wir recht haben.«

»Sylvia, bitte … Die Welt kann gut auf stalinistische und trotzkistische Komplotte verzichten.«

»Wirf das bitte nicht in einen Topf! Stalin ist ein Mörder, der Millionen von Sowjetbürgern und Tausende von Kommunisten aus aller

Welt umgebracht hat. Er hat – mit Hitlers Einverständnis! – Polen und jetzt Finnland überfallen und ist von der Idee besessen, Lew Dawidowitsch ermorden zu lassen und …«

Jacques drehte sich um und ging ins Bad.

»Lass mich ausreden!«, rief sie ihm hinterher. »Hör mir bitte nur einmal zu!«

Jacques kam ins Zimmer zurück und sah ihr fest in die Augen. Er trat auf sie zu und klopfte ihr mit den Fingerspitzen zwei- oder dreimal hart gegen die Schläfe. Er verspürte den fast unkontrollierbaren Wunsch, ihr wehzutun, und Sylvia wusste nicht, wie sie reagieren sollte.

»Kapiere endlich, dass mich diese Geschichten einen Scheißdreck interessieren!«, schrie er. Und dann, leiser: »Fahren wir jetzt nach Coyoacán oder nicht?«

Im Auto versicherte Jacques ihr, dass er so ungefähr wisse, wie man in den Vorort komme, wo der Exilant wohne. Doch dann musste er ein paarmal einen Passanten nach dem Weg fragen. Als sie schließlich in die Calle Viena einbogen, die sich durch die jüngsten Regenfälle in einen Morast verwandelt hatte, konnte er sich eine Bemerkung nicht verkneifen.

»Großer Gott!«, rief er. »Wo hat sich dieser Mann nur verkrochen?«

»An dem einzigen Ort, wo man ihm Asyl gewährt hat. Und er lebt so, weil er ein, wie du es nennst, stalinistisches Komplott fürchtet.«

Jacques hielt vor dem Gebäude, und ein mexikanischer Polizist kam zu ihrem Wagen. Als die Frau ausstieg, wurde vom Wachturm heruntergerufen, dass alles in Ordnung sei. Jacques bewegte den Buick auf die andere Straßenseite, fort von dem gepanzerten Tor. Sylvia wartete vor der Besuchertür auf Einlass, und kaum war sie ins Haus gegangen, schloss sich die massive Tür wieder.

Obwohl es ziemlich kalt war, stieg Jacques aus, zündete sich eine Zigarette an, ging um den Wagen herum, lehnte sich an den Kofferraum und wartete.

Nach einer Dreiviertelstunde kam Sylvia wieder heraus. Sie wurde von einem Mann begleitet, der so groß war wie Jacques, vielleicht etwas korpulenter. Sylvia stellte ihn als Otto Schüssler vor, einen der

Sekretäre des Genossen Trotzki. Jacques gab ihm die Hand, nannte seinen Namen – Frank Jacson – und tauschte mit Otto Schüssler die üblichen Höflichkeitsformeln aus. Er hatte das Gefühl, taxiert zu werden, und entschied sich dafür, schüchtern und arrogant zugleich aufzutreten, etwas einfältig und gleichzeitig großspurig, ein Benehmen, das ihm am besten dazu geeignet schien, sein Desinteresse für Politik und seine Gleichgültigkeit gegenüber diesem Ort auszudrücken.

»Sylvia hat uns erzählt, dass Sie sich eine Zeit lang in Mexiko aufhalten werden«, sagte Otto wie nebenbei.

»Ganz sicher weiß ich das noch nicht … Hängt alles von den Geschäften ab. Im Moment läuft es hervorragend … Wenn es irgendwo etwas zu verdienen gibt … na ja, hier bin ich.«

»Jacques …«, sagte Sylvia und verstummte gleich wieder, da sie ihren Fehler bemerkt hatte. Auch war sie ein wenig verlegen wegen der Großspurigkeit ihres Geliebten. »Ich meine … Frank eröffnet eine Niederlassung in Mexiko.«

Otto Schüssler zog die Augenbrauen hoch. Jacques blieb keine Zeit zum Nachdenken.

»Mein Name ist Jacques Mornard, aber ich reise als Frank Jacson. Ich bin von der belgischen Armee desertiert und weiß nicht, wann ich wieder in meine Heimat zurückkehren kann. Ich bin nicht bereit, in den Krieg zu ziehen, weil die Politiker sich nicht rechtzeitig einigen konnten.«

»So kann man es auch sehen …« Otto machte eine Pause. »Also, Mornard oder Jacson?«

»Wie Sie möchten … solange Sie nicht von der Einwanderungsbehörde sind …«

»Gut, dann eben Jacson.« Otto lächelte. »Passen Sie gut auf unsere kleine Sylvia auf! Wir alle hier haben sie und ihre Schwestern ins Herz geschlossen.«

»Keine Sorge«, sagte Frank Jacson und öffnete Sylvia den Schlag. Dann ging er um den Wagen herum, versuchte, dem Schlamm auszuweichen, und setzte sich hinters Steuer.

»Hübsches Auto«, bemerkte Otto anerkennend.

»Und absolut sicher! Wo ich doch immer unterwegs bin …«

Otto Schüssler klopfte behutsam auf das Wagendach, und Jacques startete den Motor.

»Werden sie mich als deinen Verlobten akzeptieren?«

Sylvia sah nach vorn, ihre Wangen waren rot vor Verlegenheit.

»Ich konnte es nicht verhindern, Liebling. Nicht dass die Leibwächter paranoid wären, nein, sie warten auf etwas. Die Atmosphäre ist ziemlich aufgeheizt. Versteh das, bitte.«

»Ich verstehe, ein stalinistisches Komplott«, sagte er und lächelte. »Und wie geht es deinem Chef?«

»Er ist nicht mein Chef … Es geht ihm gut, er arbeitet viel. Er möchte so schnell wie möglich seine Stalin-Biografie zu Ende schreiben.«

»Trotzki schreibt eine Biografie über Stalin?« Jacques war so überrascht, dass er den Fuß vom Gashebel nahm.

»Er ist der Einzige, der die Wahrheit über dieses Ungeheuer sagen kann. Die anderen sind tot oder Stalins Komplizen.«

Jacques schüttelte den Kopf, als weigere er sich, das zu glauben. Dann beschleunigte er wieder. »Ich sterbe vor Hunger. Was möchtest du essen?«

»Fisch aus dem Pátzcuaro-See«, sagte sie, als hätte sie gerade daran gedacht.

»Hast du das schon mal gegessen?«

»Ich habe soeben erfahren, dass es zu Lew Dawidowitschs Lieblingsgerichten gehört.«

»Ich kenne ein Lokal, wo dieser Fisch angeboten wird … Mal sehen, ob dein Chef einen guten Geschmack hat.«

»Du bist ein Schatz!«, rief Sylvia und legte Jacques die Hand auf den Schritt. Offensichtlich hatte die Nähe des Renegaten in jeder Beziehung ihren Appetit geweckt.

Tom und Caridad hatten sich wieder in Luft aufgelöst. Ein paar Tage zuvor hatte Tom Jacques Mornard in der Wohnung von Shirley Court mitgeteilt, dass er in Kürze Mexiko verlassen werde, um neue, möglicherweise entscheidende Befehle entgegenzunehmen. Während seiner Abwesenheit sollte Jacques versuchen, sich so unbekümmert wie möglich der Festung der »Ente« zu nähern und sich mit den Leibwächtern anzufreunden. Auf gar keinen Fall dürfe er Sylvia bitten, ihn dort einzuführen, aber wenn er eingeladen würde, solle er nicht ablehnen. Sollte sich die Gelegenheit bieten, mit dem Exilanten zusammenzutreffen, solle er sich respektvoll zeigen, voller Bewunderung, aber nicht zu übertrieben, eventuell ein wenig schüchtern. Er solle sich das Terrain einprägen und sich überlegen, wie man das Haus verlassen könne, für den Fall, dass er oder jemand anderer mit der Mission beauftragt werde. Der Fluchtweg sei so wichtig wie die Aktion selbst, sagte Tom. Den möglichen Zugang zum Haus müsse er sich aufgrund der Offensichtlichkeit verschaffen, dass jemand wie er niemals eine Bedrohung darstellen werde, für niemanden.

Jacques wurde sich wieder einmal klar darüber, dass sein Schicksal mit dem des Renegaten verbunden war, als Sylvia von ihrem Idol aufgefordert wurde, für zwei oder drei Wochen für ihn zu arbeiten. Mademoiselle Janowitsch, die damit beauftragt war, die vom Exilanten auf Russisch diktierten Artikel zu transkribieren, war erkrankt, und Sylvias Anwesenheit in Mexiko war die Rettung. Jacques, der gerade wenig zu tun hatte, weil Mister Lubeck sich in den Vereinigten Staaten aufhielt, um wichtige Transaktionen zu tätigen, bot sich an, Sylvia jeden Morgen in die Calle Viena zu fahren und abends dort wieder abzuholen. Während sie ihrem »Chef«, wie er ihn hartnäckig nannte, zur Hand ging, kümmerte er sich in den angemieteten Räumen im Bürogebäude »Ermita« um die Korrespondenz. Das einzige Problem war, dass Sylvia auf ihn warten musste, wenn sie mit der Arbeit etwas früher fertig wurde, denn aufgrund der mexikanischen Schlamperei verfügte Jacques noch immer nicht über den Telefonanschluss, den er zwei Monate zuvor beantragt hatte.

Den ganzen Februar hindurch fuhr das Paar drei- oder viermal pro Woche vor dem Haus des Exilanten vor. Jacques, der selbst nie ausstieg, hupte ein paarmal, um Sylvias Ankunft zu signalisieren, und sogleich wurde der jungen Frau die Tür geöffnet. Wenn er Sylvia abends abholte, wartete sie manchmal bereits vor dem Haus, was allerdings nur selten vorkam; meistens musste er den Wagen parken und eine Zigarette rauchen, bis sie ihre Arbeit erledigt hatte. An den ersten Tagen schaute Jacques kaum zu der Festung hinüber, doch nach und nach gewöhnten sich die Wachleute an die gleichgültige Anwesenheit des stets elegant gekleideten jungen Mannes, den sie »Sylvias Mann« oder einfach »Jacson« nannten. Otto Schüssler, ein Autoliebhaber, war derjenige, der das Eis brach. Sofern es seine Zeit zuließ, kam er heraus auf die Straße und unterhielt sich mit dem Belgier, der sich bald als Experte in Sachen Sportwagen erwies. Häufig musste Sylvia im Buick warten, bis Jacques, Otto und der eine oder andere Wachmann ihr Gespräch über Motoren, Kupplungen und Bremssysteme beendet hatten.

An einem der ersten Abende, an denen sie in eine ihrer Diskussionen vertieft waren, hörte Jacques hinter sich ein freudiges Bellen. Er drehte sich um und sah einen Jungen (den Enkel des Renegaten, Sjewa Wolkow, erkannte er sofort), der gerade aus dem Haus getreten war, begleitet von einem Hund undefinierbarer Rasse, der an ihm hochsprang. Der Anblick des Jungen und des Hundes brachten Jacques für einen Moment aus der Fassung. Er wandte sich von Schüssler ab, tat ein paar Schritte auf das Haus zu und rief den Hund, der ihn mit aufgerichteten Ohren beobachtete. Jacques schnippte mit den Fingern, und der Hund sah unschlüssig zu dem Jungen hoch. Sjewa tätschelte seinen Hals und ging zu Sylvias Mann, der sich niederhockte, um das Tier zu begrüßen.

Jacques Mornard strich über das weiche, rötliche Fell, ließ sich die Hand lecken und flüsterte dem Hund, unhörbar für die Umstehenden, auf Französisch ein paar zärtliche Worte zu. Einen Augenblick lang hatte er die Welt um sich herum vergessen: ein Herausfallen aus Zeit und Raum, in dem es nur ihn, den Hund und ein paar Erinnerungen gab, die er für vergessen und begraben gehalten hatte. Als er wieder in die Gegenwart zurückfand, immer noch hockend, hob er den Blick zu Sjewa und fragte ihn nach dem Namen des Hundes.

»Azteca«, sagte der Junge.

»Er ist wunderschön«, sagte Jacques. »Gehört er dir?«

»Ja, ich habe ihn bekommen, als er noch ein Welpe war.«

»Als Kind hatte ich zwei Labradore. Adam und Eva.«

»Azteca ist ein Mischling. Aber mein Großvater hatte früher russische Windhunde.«

458

»Er hatte Borsois?«, fragte Jacques voller Bewunderung. »Das sind die schönsten Windhunde der Welt. Ich hätte alles dafür gegeben, einen zu haben.«

»Sein letzter hieß Maya, eine Hündin. Ich habe sie gekannt.«

»Und? Gehst du mit Azteca spazieren?« Jacques streichelte die Ohren des verzückten Tieres.

»Ja, zum Fluss …«

Jacques richtete sich auf und lächelte.

»Entschuldige, ich habe mich noch gar nicht vorgestellt. Ich bin Jacson, Sylvias Verlobter.«

»Ich bin Sjewa«, erwiderte der Junge.

»Dann viel Spaß, Sjewa … *Au revoir,* Azteca.«

Der Hund wedelte mit dem Schwanz.

»Er mag dich«, sagte Sjewa lächelnd und entfernte sich zur nächsten Straßenecke. In diesem Moment konnte Jacques Mornard förmlich spüren, wie die gepanzerte Tür der Festung vor ihm dahinschmolz. Er hatte immer mehr Freunde auf der anderen Seite der Mauern.

Eines Abends Ende Februar, als er in die Calle Viena einbog, sah er Sylvia vor dem Haus warten, zusammen mit einem Paar, das er dank der so intensiv studierten Fotos sogleich erkannte. Wie immer hielt er auf der anderen Straßenseite, stieg aus und gab Sylvia einen Kuss, und sie stellte ihn Alfred und Marguerite Rosmer vor. Sie erinnerte ihn daran, dass er vor eineinhalb Jahren einmal vor dem Haus des Ehepaares gestanden hatte, damals, als er sie zur Gründungsversammlung der IV. Internationale nach Périgny gebracht hatte.

»Ja, natürlich erinnere ich mich daran … Ein schönes Haus«, sagte Jacques mit seiner üblichen Unverbindlichkeit. »Sie machen Urlaub in Mexiko?«

Alfred Rosmer erzählte ihm, dass sie Sjewa Wolkow, der bis vor Kurzem in Frankreich gelebt habe, hierher nach Mexiko gebracht hätten (»Ich habe ihn bereits kennengelernt, und Azteca auch«, bemerkte der Belgier lächelnd). Sie sprachen über die Situation in Paris, über die Mobilmachung der Franzosen, und als sie sich eine Viertelstunde später voneinander verabschiedeten, verabredeten sie, irgendwann einmal zusammen essen zu gehen, in einem der Restaurants in der Innenstadt, die Jacques Mornard kannte. In einem Anflug bürgerlicher Großspurigkeit ließ Jacques durchblicken, dass sie natürlich eingeladen seien.

Als Mademoiselle Janowitsch wieder ihre Arbeit aufnehmen konnte, war Sylvias Hilfe nicht mehr vonnöten; aber Jacques und sein Buick kehrten häufig zu der Festung in der Calle Viena zurück, wo sich niemand mehr über ihre Anwesenheit wunderte. Einmal wöchentlich holten sie die Rosmers ab, um mit ihnen essen zu gehen oder, wenn ihnen danach war, ins nahe gelegene Cuernavaca oder, sonntags, in das weiter entfernte Puebla zu fahren. Sie sprachen über Gott und die Welt, und Jacques musste sich mit erstaunter Aufmerksamkeit die Geschichten über die lange Freundschaft zwischen den Rosmers und den Trotzkis anhören, die vor dem Ersten Weltkrieg begonnen hatte – »puh, da habe ich gerade lesen gelernt«, bemerkte Jacques, der sich in Wirklichkeit mit dieser Beziehung bereits eingehend beschäftigt hatte –, und demonstrativ gelangweilt die Unterhaltungen zwischen den Rosmers und Sylvia über den verheerenden sowjetischen Einmarsch in Finnland und die bevorstehende Offensive der Nazis in Westeuropa, über die immer aggressiver werdende Propaganda der mexikanischen Kommunisten gegen Lew Dawidowitsch und auch über Fragen der internen Politik innerhalb der nicht sehr stabilen IV. Internationale über sich ergehen lassen. Größeres Interesse dagegen zeigte er, als er hörte, dass Trotzki eine ansehnliche Kakteensammlung besaß und die wenigen freien Stunden des Tages seinen Kaninchen widmete. Doch Jacques Mornards Lieblingsthema war das Leben der Pariser Boheme, in das er Sylvia während ihrer Zeit in Frankreich eingeführt hatte und über das er besser Bescheid zu wissen schien als die Rosmers.

Eines Abends, als Jacques Zigaretten holen gegangen war, sagte Sylvia bei seiner Rückkehr ins Hotelzimmer zu ihm, dass ein gewisser Mister Roberts angerufen habe, der ihn in einer dringenden Geschäftsangelegenheit zu sprechen wünsche. Am nächsten Morgen öffnete ihm Tom persönlich die Tür. Sein Mentor teilte ihm mit, dass Caridad in Havanna sei und in ein paar Tagen zurückkommen werde. Er, Tom, habe wichtige Treffen in Moskau gehabt, fügte er hinzu, während er den Kaffee vor Jacques auf den Tisch stellte und ihn aufmerksam betrachtete.

»Die Entenjagd beginnt«, sagte er.

Ramón traf es wie ein Schlag in die Magengrube. Tom gab ihm Zeit, um die Nachricht zu verdauen, dann berichtete er ihm von seinem Zusammentreffen mit dem Genossen Stalin, diesmal in dessen Datscha etwa hundert Kilometer von Moskau entfernt, wo nur die Treffen der obersten Geheimhaltungsstufe stattfanden. Außer ihm selbst hätten auch Beria und Sudoplatow daran teilgenommen, und von dem, was dort gesprochen worden sei, solle Ramón nur das erfahren, was ihn unmittelbar betreffe – Jacques nahm zur Kenntnis, dass er ihn »Ramón« genannt hatte, obwohl sie Französisch miteinander sprachen –, denn es handele sich um für den sowjetischen Staat äußerst wichtige Angelegenheiten. Ramón nickte und zündete sich, zitternd vor Ungeduld, eine Zigarette an.

»Der Renegat bereitet seinen größten Verrat vor«, begann Tom, wobei er auf seine Hände schaute. »Einer unserer Agenten hat uns darüber informiert, dass die Deutschen den Verräter als Kopf einer Interventionsregierung benutzen wollen, wenn die Nazis beschließen, in die Sowjetunion einzumarschieren. Sie brauchen eine Marionette, und niemand eignet sich besser dafür als Trotzki. Über andere Kanäle haben wir erfahren, dass er sich bereit erklärt hat, mit den Nordamerikanern zusammenzuarbeiten, falls sie es sein werden, die am Ende die Sowjetunion besetzen. Er würde sogar mit dem Teufel paktieren.«

»Dieses Arschloch!«, zischte Ramón, der sich nicht mehr beherrschen konnte.

»Das ist noch nicht alles«, fuhr Tom fort. »Wir haben in der Sowjetunion zwei trotzkistische Agenten festgenommen, die den Auftrag hatten, Stalin zu ermorden. Beide haben gestanden, aber diesmal hat man beschlossen, das Ganze nicht an die große Glocke zu hängen, denn in Kriegszeiten muss man behutsamer vorgehen.«

»Und wie lautet der Befehl?«, fragte Ramón, begierig auf die eine Antwort, die er hören wollte.

»Der Befehl lautet, ihn vor Ende des Sommers zu liquidieren.

Hitler marschiert jetzt erst mal gen Westen und wird nichts gegen die UdSSR unternehmen, aber wenn er so schnell in Europa vorankommt, wie wir annehmen, kann er sich in wenigen Monaten uns zuwenden.«

»Und der Pakt zwischen Hitler und Stalin?«

»Glaubst du an das Wort dieses Verrückten, der die Reinheit der arischen Rasse predigt?«

Ramón schüttelte bedächtig, aber anhaltend den Kopf. Hitler war nicht sein Thema, und die darauffolgenden Worte seines Mentors bestätigten es ihm.

»In ein paar Wochen kommt unser nordamerikanischer Agent nach Mexiko. Von dem Moment an geht es Schlag auf Schlag. Zuerst spielen wir die mexikanische Karte aus. Gestern Abend habe ich mit Felipe gesprochen, und er meint, dass die mexikanische Gruppe bereit ist, ihre Arbeit zu tun, wenn der Amerikaner die seine tut.«

»Und ich? Was tue ich?« Ramóns Enttäuschung war nicht zu übersehen.

»Du machst einfach weiter, als wäre nichts geschehen. Ich weiß, dass du dich mit den Rosmers angefreundet hast. Sie und deine geliebte Sylvia werden dir die Türen zum Haus der ›Ente‹ öffnen.«

»Sylvia muss in ein paar Tagen nach New York zurück ...«

»Lass sie gehen. Du machst so weiter wie bisher, und auch wenn die Mexikaner ihr Attentat verüben, behältst du diese Routine bei, egal wie es ausgeht. Wenn alles läuft wie geplant, sind wir alle in ein paar Tagen weg. Wenn es schiefgeht, holst du Sylvia zurück, und wir setzen Plan B um.«

Ramón sah seinen Mentor an und sagte im Brustton der Überzeugung: »Ich kann das besser als die Mexikaner.«

Toms blaue Augen sahen aus wie Edelsteine: Glück und Zufriedenheit ließen sie strahlen und verliehen ihnen eine durchscheinende, schneidende Klarheit.

»Wir sind Soldaten und führen Befehle aus. Aber sei nicht traurig, der Kampf ist lang, und du bist sehr wertvoll ... Genosse Stalin weiß, dass du das Beste bist, was wir haben, und deswegen brauchen wir dich auf der Reservebank. Falls etwas schiefgeht, wechseln wir dich

ein, damit du das entscheidende Tor schießt. Und denke in jeder verdammten Scheißsekunde deines Lebens daran, dass die Revolution
das Wichtigste ist und sie jedes Opfer verdient. Du bist der Soldat
Nr. 13. Du kennst kein Erbarmen, hast keine Angst, keine Seele. Du
bist Kommunist von Kopf bis Fuß, Ramón Mercader!«

Mehrere Tage lang horchte Jacques Mornard in sich hinein. Er wollte
wissen, inwieweit es an ihm lag, dass Stalin befohlen (und Tom zugestimmt) hatte, andere mit der Durchführung der Operation zu betrauen. Er war doch so nah dran! Sylvias Rückkehr nach New York
war eine Erleichterung für ihn, und er konnte in seinen Depressio-
nen und Grübeleien baden. Jetzt bedauerte er, dass Orlow desertiert
war, was África daran hinderte, in diesem Moment in Mexiko zu
sein. Sie wäre ein Trost für ihn gewesen, und vielleicht hätten sich mit
ihr andere Möglichkeiten ergeben. Gemeinsam wären África und er
imstande gewesen, die Mauern des Hauses der Ente einzureißen und
die Welt von diesem Abschaum zu befreien, der sich an die Faschisten
verkauft hatte.

Vor ihrer Abreise hatte Sylvia ihm das Versprechen abgenommen,
das Haus des Exilanten nicht zu betreten, bis sie wieder zurück sein
würde. Die fortschreitende Aggressivität der mexikanischen Stalinisten zwang die Wachmannschaft der Festung und die Polizei zu
höchster Alarmbereitschaft. Jacques' Anwesenheit in dem Haus, mit
seinem falschen Pass und ohne einen konkreten Anlass für einen Besuch, hätte Probleme mit der mexikanischen Justiz bereiten können,
und das wollte Sylvia vermeiden. Er versprach ihr, nicht alleine nach
Coyoacán zu fahren, und außerdem wolle er ihre Abwesenheit nutzen, sagte er, um in den Süden zu reisen, wo Mister Lubeck weitere
Niederlassungen zu gründen gedenke.

Kaum war Sylvia abgereist, wies Tom Ramón an, aus dem Montejo auszuziehen und in einer Touristensiedlung in unmittelbarer
Nähe der Bahnstation Buenavista einen Bungalow zu mieten. In den
nächsten Wochen würde Tom ihm einige der Waffen bringen, die
bei einem etwaigen Überfall auf das Haus der Ente benutzt werden
sollten, und jener Ort, mit weitläufigen Gärten, hohen Bäumen und

allein stehenden Bungalows, in denen täglich die unterschiedlichsten Leute ein und aus gingen, war ideal, um einen Reisekoffer zuerst zu verstecken und später wieder abzuholen. Tom versicherte ihm, dass keiner von denen, die an der Operation beteiligt seien, von seiner Existenz wüsste und er es persönlich übernehmen werde, die Waffen hinein- und wieder hinauszuschmuggeln.

Mehrere Tage verließ Ramón seinen Bungalow nicht, aß kaum, rauchte und schlief viel. Die Enttäuschung und die Untätigkeit, zu der er verdammt war, entmutigten ihn. Er fühlte sich betrogen. Es erschien ihm ungerecht, dass fast drei Jahre Arbeit nur dazu gedient hatten, ihm die Rolle des Aufbewahrers der Waffen zuzuweisen, die andere benutzen würden. Überzeugt davon, er könnte in kürzester Zeit imstande sein, den Befehl auszuführen und außerdem unbeschadet aus der Sache hervorzugehen, hielt er sich selbst für die beste Wahl. Er hatte sogar den Verdacht, dass die Geschichte mit den Mexikanern, die das Ganze wie eine lokale Angelegenheit aussehen lassen sollten, nur ein Vorwand war. Stand auch Caridad hinter dieser Entscheidung? Zweifelte sie an seinen Fähigkeiten, oder hatte sie, mit ihrer unerträglichen Manie, sich in das Leben ihrer Kinder einzumischen, ihn von der Gefahr fernzuhalten versucht? Als er nach mehreren Tagen des Eingeschlossenseins in der Zeitung las, die deutsche Armee habe mit der Besetzung Norwegens und Dänemarks begonnen, bekam er einen Panikanfall und entschied, dass auch er sich in Marsch setzen und den Feind belagern musste.

Als er eines Tages in Coyoacán aufkreuzte, war es Harold Robbins, der Chef der Wachmannschaft, der ihn vom Wachturm aus begrüßte. Ein lächelnder Jacques erklärte ihm, er sei am Vortag in die Stadt zurückgekommen und müsse unbedingt die Rosmers sprechen. Robbins überbrachte Alfred und Marguerite Rosmer die Nachricht und fragte Jacques, ob er nicht ins Haus kommen wolle, wo sie sich bequemer miteinander unterhalten könnten. Jacques hatte das Gefühl, das Herz könnte ihm vor Freude in der Brust zerspringen, doch sofort besann er sich und erwiderte, nein, nicht nötig, es sei nur eine Sache von Minuten.

Alfred und Marguerite begrüßten ihn vor der Haustür. Er erzählte ihnen von seiner Geschäftsreise, von Sylvias Briefen, in denen sie sie grüßen ließ, und überreichte Madame Rosmer die Skulptur einer eingeborenen Göttin mit dem Gesicht einer Katze und dem Körper einer Frau, die er am selben Morgen auf einem Markt im Zentrum gekauft hatte, von der er jedoch behauptete, sie in Oaxaca gesehen und dabei sofort an sie gedacht zu haben. Währenddessen fand auf dem Turm eine Wachablösung statt. Bevor Robbins vom Turm stieg, rief er Jacson einen Gruß zu und überließ seinen Platz einem Jungen mit blondem Haar und sehr weißer Haut, den der Belgier zum ersten Mal sah.

»Ist der neu?«, fragte er die Rosmers und grüßte den Unbekannten mit einer Handbewegung.

»Er ist vor ein paar Tagen gekommen. Er heißt Bob Sheldon und stammt aus New York«, erklärte ihm Alfred Rosmer, und Jacques dachte bei sich, ob das nicht der Mann war, den Tom erwartet hatte, um die mexikanische Meute von der Leine zu lassen.

Da Jacques jetzt wieder über viel freie Zeit verfügte, schlug er den Rosmers vor, zusammen zu Abend zu essen. Er habe von einem französischen Restaurant gehört, das vor Kurzem eröffnet habe, sagte er, und er brenne darauf, es auszuprobieren, allerdings nur ungern alleine. Die Rosmers nahmen seine Einladung an, und sie verabredeten, dass er sie Freitagabend gegen sieben abholen solle.

Am Freitag, dem 18. April, bestätigten zwei voneinander unabhängige Ereignisse Ramón Mercader endgültig, dass es sein Schicksal war, als Retter des Weltproletariats in die Geschichte einzugehen. Als er am Morgen durch die Gärten der Touristensiedlung schlenderte, sah er einen Eispickel, der in dem Stamm eines Mahagonibaumes steckte. Der Sohn des Grundstücksbesitzers, ein leicht stotternder Junge, mit dem er sich ein paarmal unterhalten hatte, hatte ihm erzählt, dass er auf Berge klettere, und ihm sogar seine Ausrüstung gezeigt. Der Eispickel in dem Baum gehörte zweifelsohne dem kleinen Bergsteiger, und nach den zahlreichen Einkerbungen im Stamm zu urteilen, hatte der Junge den stämmigen Mahagonibaum zum Trainieren benutzt. Ramón musste alle seine Kräfte aufwenden, um den Eispickel herauszuziehen. Als er ihn in der Hand hielt, spürte er, wie

es ihn kalt überlief: Der Eispickel war eine tödliche Waffe! Ramón
wählte eine Stelle aus, an der die Baumrinde mehrere Millimeter her-
vorstand. Er holte aus und hieb die Spitze des Eispickels ein paar
Zentimeter darüber in den Stamm. Wieder musste er sich anstren-
gen, um den Dorn herauszuziehen, und als er den Eispickel erneut in
Händen hielt, dachte er, dass dies die perfekte Waffe sei, und nahm
ihn mit. Zurück in seinem Bungalow, wickelte er den Eispickel in ein
Handtuch und legte ihn in seinen Koffer, den er stets abschloss.

Das zweite Ereignis, das auf sein Schicksal hindeutete, widerfuhr
ihm, als er die Rosmers in der Calle Viena zum Essen abholen wollte.
Von Otto Schüssler erfuhr er, dass Alfred mit schwerem Durchfall
im Bett liege und Lew Dawidowitsch ihn dränge, ins Krankenhaus
zu gehen, weil es sich um eine als Diarrhö getarnte Blinddarmentzündung handeln könne. Ramón überlegte es sich nicht zweimal: Er
wolle ihn zum Arzt bringen, sagte er zu Otto, so müsse keiner von
ihnen das Haus verlassen.

Jacques war so freundlich, fast die ganze Nacht mit den Rosmers
in der Klinik zu verbringen. Nach gründlicher Untersuchung diagnostizierten die Ärzte einen besonders aggressiven Parasitenbefall,
potenziert durch fehlende Antikörper bei den Europäern gegen der-
artige Tropenkrankheiten. Montezumas Rache, sagten sie. Nachdem
Jacques die Arztrechnung beglichen und die Medikamente bezahlt
hatte, fuhr er mit Marguerite und Alfred, dem man ein Serum ge-
spritzt hatte, nach Coyoacán zurück. Wie er es immer tat, wenn er
Sylvia erst absetzte, betätigte er zwei Mal die Hupe seines Buick, und
vom Wachturm herunter wurde gemeldet, dass Jacson mit den Rosmers zurück sei. Robbins und Schüssler öffneten die gepanzerte Tür
und kamen heraus, um sich zu erkundigen, ob das Problem gelöst sei.
Zwei Leibwächter führten Alfred ins Haus, während Marguerite unschlüssig vor der offenen Tür stehen blieb, durch die Jacques Natalia
Sedowa und, hinter ihr, den unverwechselbaren Kopf des Renegaten
erblickte. In einen Russenkittel gekleidet, ging der auf Alfred Rosmer
zu und sprach mitten im Innenhof mit ihm. Im gleichen Moment
kam Natalia Sedowa zur Tür, um Marguerite zur Genesung ihres
Gatten zu beglückwünschen und Monsieur Jacson für seine Hilfs-

bereitschaft zu danken. Und dann fragte sie ihn, ob er nicht einen Kaffee mit ihnen trinken oder etwas essen wolle.

»Nein, vielen Dank, Madame, es ist schon spät, und Monsieur Alfred braucht Ruhe.«

»Bitte, Jacques«, insistierte Marguerite Rosmer, »Sie waren so nett zu uns …«

»Aber ich bitte Sie, das war doch selbstverständlich«, erwiderte Jacques, um dann sogleich seinen Angelhaken ins Wasser zu werfen: »Ein andermal, wenn Sylvia wieder zurück ist.« Und damit entfernte er sich lächelnd, während Marguerite ihm noch einmal dankte, auch in Alfreds Namen.

Gleich am nächsten Morgen schrieb er Sylvia einen Brief, in dem er ihr beichtete, dass er sich gezwungen gesehen habe, sein Versprechen, Trotzkis Haus in ihrer Abwesenheit nicht zu betreten, zu brechen. Er berichtete ihr in allen Einzelheiten, was vorgefallen war, und versicherte ihr, wie sehr er sich nach ihr sehne. Innerlich jedoch strömte er über vor Glück: Die gepanzerte Tür der Festung in der Calle Viena war für ihn nur noch ein Vorhang, den man jederzeit behutsam mit dem Handrücken zur Seite schieben konnte.

Wie eine Urgewalt tauchten Tom und Caridad eines Abends Ende April auf und entfesselten ein Erdbeben, das Ramón Mercaders Leben endgültig umkrempeln sollte. Am Nachmittag hatten sie ihn angerufen und ihren Besuch für halb zehn abends angekündigt. Er solle auf einen dunkelgrünen Chrysler achten, hatten sie gesagt. In der Vorahnung, dass der Moment ihrer Ankunft für sein Leben entscheidend sein würde, hatte er wenig gegessen, auf der Gartenmauer sitzend eine Zigarette geraucht und gewartet. Wie gerne hätte er wieder einen Hund gehabt, dachte er, nein, besser zwei, mit denen er hätte herumlaufen, am Strand herumtollen und ihr Fell hätte kraulen können. Er dachte gerade an Churro, seinen letzten Hund, der aus dem Nichts aufgetaucht war und sich der republikanischen Armee angeschlossen hatte, als ihn die Scheinwerfer eines Autos aufschreckten, das in den Weg zu seinem Bungalow einbog und vor ihm hielt.

Tom stieg aus, klimperte mit den Autoschlüsseln und bedeutete Ramón, ihm zu folgen. Auf der anderen Wagenseite stieg jetzt auch Caridad aus, und nachdem sie erfolglos versucht hatte, ihrem Sohn einen Kuss auf die Wange zu drücken, ging sie zum Bungalow. Tom öffnete den Kofferraum, und Ramón sah den Reisekoffer. Mit vereinten Kräften schleppten sie den schweren länglichen Koffer zur Tür, die Caridad für sie aufhielt. Als hätte er alles wohl durchdacht, ging Tom geradewegs ins Schlafzimmer und stellte den Koffer neben den Schrank.

Caridad saß in einem der Sessel im Wohnraum und wartete auf sie. Ramón kam es so vor, als hätte sie in den letzten Wochen zugenommen; sie sah kräftig und energisch aus, wie in den immer weiter zurückliegenden Tagen, an denen sie in einem konfiszierten Ford durch die Straßen Barcelonas gefahren war … und ihre Härte zu beweisen versucht hatte, indem sie auf einen Hund schoss. Ramón verfluchte die zwiespältigen Gefühle, die seine Mutter in ihm hervorrief. Inzwischen hatte sich Tom vor Ramón gesetzt und erklärte ihm, dass der Koffer nicht länger als zwei Wochen im Haus bleiben werde.

»Das Karussell dreht sich«, fügte er hinzu.

»Ist Bob Sheldon der amerikanische Spitzel?«, fragte Ramón.

»Ja, und wie ich geahnt habe, haben wir nicht viel von ihm zu erwarten. Genosse Jude, der ihn ausgebildet hat, hofft darauf, dass er wenigstens als Türöffner taugt.«

Ramón schwieg. Er empfand seine Situation als demütigend.

»Was hast du, Ramón?«, fragte Caridad und beugte sich zu ihrem Sohn vor. »Wenn du den Beleidigten spielen willst …«

»Das wisst ihr beide ganz genau. Aber keine Sorge, egal …«

»Du wirst doch wohl keinen Wutanfall kriegen?« Die Ironie in Toms Stimme war nicht zu überhören. »Ich habs dir schon einmal gesagt: Du und ich, wir führen Befehle aus. So einfach ist das. Jeder hat der Revolution zu dienen, wo und wann die Revolution es von ihm verlangt.«

»Und was mache ich inzwischen?«

»Warten«, sagte Tom trocken. »Wenn wir losschlagen, sag ich dir, was zu tun ist. Fahr ab und zu nach Coyoacán und sag deinen Freunden

Guten Tag. Wenn du etwas erfährst, was wichtig sein könnte, sag mir Bescheid. Ansonsten halten wir keinen Kontakt.«

»Es ist besser so, Ramón«, sagte Caridad. »Tom weiß, dass du es machen könntest, aber es handelt sich hier um ein sehr kompliziertes politisches Problem. Der Mord an diesem Hurensohn wird Konsequenzen haben, und die Sowjetunion kann sich nicht erlauben, beschuldigt zu werden, darin verwickelt zu sein … Das ist alles.«

»Das verstehe ich, Caridad, das verstehe ich«, murmelte er und stand auf. »Kaffee?«

Seit jener Nacht spürte Ramón eine innere Leere. Jacques Mornards Haut, in die er so perfekt geschlüpft war, hatte die Oberhand gewonnen und hielt sein wahres Ich gefangen: Jacques war es, der durch die Stadt irrte, der in halsbrecherischem Tempo in dem schwarzen Buick durch die Straßen raste, der in der Festung in der Calle Viena vorbeischaute und sich nach Alfreds Gesundheit erkundigte oder mit Harold Robbins über Nichtigkeiten plauderte, mit Otto Schüssler, Joseph Hansen, Jack Cooper und auch mit dem Neuling Bob Sheldon Harte, den er mehr als einmal auf ein Bier in den heruntergekommenen Laden einlud, wo jetzt nicht mehr der zahnlose Alte, sondern ein junger Verkäufer bediente; es war Jacques, der lächelte, Sylvia Agelof Liebesbriefe schrieb und sich interessiert die Schaufenster der Schuhläden und Bekleidungsgeschäfte ansah in einer Stadt voller Glanz und voller Elend, das für jemanden wie ihn allerdings unsichtbar blieb. Währenddessen konjugierte Ramón, das Gespenst, das Verb »warten« durch sämtliche Tempora und Modi hindurch und fühlte, wie das Leben an ihm vorüberzog, ohne ihn eines Blickes zu würdigen.

Am Morgen des 1. Mai war er zum Paseo de la Reforma gegangen, der Hauptverkehrsader von Mexiko-Stadt, wo Arbeiter und Gewerkschafter aufmarschierten. Er wollte sich die Plakate und Spruchbänder ansehen, auf denen jetzt nicht mehr die Ausweisung des Renegaten, sondern der Tod des faschistischen Verräters gefordert wurde. Doch er hatte das Gefühl, diese Forderung gehe ihn nichts an. Ohne Orientierung, ohne Perspektive konnte er Stunden rauchend im Bett verbringen, an die Decke starren und sich immer wieder dieselben quälenden Fragen stellen: Und wenn alles vorbei ist, was dann? Die

Opfer und Entsagungen, wozu? Der schon in Reichweite geglaubte Ruhm, auf welcher Müllhalde war er gelandet? Ramón hatte seine Seele dieser Mission verschrieben, weil er ihr Protagonist sein wollte, und es war ihm egal, ob er dafür töten musste oder sogar getötet wurde, wenn er nur sein Ziel erreichte. Er war darauf vorbereitet, sein ganzes Leben lang im Verborgenen zu leben, ohne Namen, ohne eigene Existenz, aber mit dem Stolz eines aufrechten Kommunisten, der wusste, dass er etwas Großes für die anderen vollbracht hatte. Er wollte ein Auserwählter der marxistischen Vorsehung sein, und in diesem Moment glaubte er, dass er nie jemals irgendetwas oder irgendjemand sein würde.

Zwei Wochen später, als Tom zu ihm kam, um den Koffer abzuholen, wusste Ramón, dass seine Zurückstellung unwiderruflich war.

»Wann?«

Sie hatten die Waffen im Kofferraum des Chrysler verstaut und saßen sich in den Wohnzimmersesseln des Bungalows gegenüber.

»Bald.« Tom schien verärgert.

»Ist was mit dir?«

Tom lächelte traurig und sah auf den Boden, wobei er mit der Fußspitze auf eine lose Fliese klopfte.

»Ich habe Angst, Ramón.«

Die Antwort seines Mentors überraschte ihn. Es entging ihm nicht, dass er ihn wieder Ramón nannte, während er ihm etwas gestand, das er aus dem Munde dieses Mannes nie erwartet hatte. Konnte er ihm glauben?

»Grigulewitsch und Felipe haben alles bestens vorbereitet, aber sie haben kein Vertrauen zu ihren Männern. Sheldon macht seine Sache vielleicht gut, aber die anderen ...«

»Wer steht an der Spitze?«

»Genosse Jude.«

»Und er hat kein Vertrauen zu sich selbst?«

»Es werden viele Leute an dem Attentat beteiligt sein, und es wird viel geschossen werden. Ein typisch mexikanisches Spektakel eben ... Die Männer haben Erfahrungen im Krieg gesammelt, aber ein Attentat ist etwas ganz anderes.«

»Und warum blast ihr es nicht ab?«

»Du erinnerst dich an das Hotel Moskwa, nicht wahr? Wer sagt Stalin, dass das Attentat abgeblasen werden soll?«

Ramón beugte sich zu Tom vor. Er konnte ihn atmen hören.

»Und was wirst du ihm sagen, wenn es scheitert? ... Lass mich mitmachen, verdammt noch mal!«

Tom sah ihm in die Augen. Ramón spürte, wie Angst in ihm hochstieg.

»Das wäre die beste Lösung, aber es geht nicht. Wenn sie dich erkennen, wird ihnen klar, dass das keine Aktion der Mexikaner ist, sondern eine Verschwörung, die woanders geplant wurde.«

»Und wenn jemand Felipe erkennt?«

»Er wäre ein Spanier, der mit den Mexikanern im Bürgerkrieg war. Die Fassade steht.«

»Ich bin auch Spanier ... und Belgier und ...«

»Es geht nicht, Ramón! Hör zu: Das Attentat ist perfekt geplant, aber es kann immer etwas Unerwartetes passieren. Zum Beispiel könnte die Ente nur verletzt werden und überleben, was weiß ich. Ich selbst habe dem Genossen Stalin gesagt, dass er mit der Möglichkeit eines Scheiterns rechnen muss. Und ich habe ihm auch gesagt, dass du ins Spiel gebracht wirst, wenn das passiert. Aber weder kann das Attentat abgeblasen werden, noch kann ich dich jetzt schon einsetzen ...« Tom erhob sich, zündete eine Zigarette an und schaute hinaus in den Garten. »Du solltest froh darüber sein, dass du nicht mitmachen musst. Du weißt sehr gut, dass das Leben derer, die in das Haus eindringen, von dem Augenblick an in Gefahr ist. Wird auch nur einer geschnappt, werden die anderen wie Dominosteine umfallen. Und man wird sie schnappen, das ist sicher ... Außerdem habe ich dir von Anfang an gesagt, dass du meine beste Wahl bist, aber nicht die erstbeste. Wenn sie ihre Sache gut machen, umso besser für uns alle, dann hat unser Plan Erfolg gehabt. Hast du gesehen, was am ersten Mai auf den Straßen los war? Wie sich Kommunisten und Trotzkisten geprügelt haben? Wer wird uns verdächtigen, wenn eine Gruppe mexikanischer Kommunisten einen Verräter erschießt, der noch dazu mit den Amerikanern kollaboriert, um einen Staatsstreich in Mexiko vorzubereiten? Und selbst wenn sie geschnappt werden, sollen sie doch der Polizei sagen, was sie wollen, es wird keinen einzigen Beweis dafür geben, dass diese Männer etwas mit uns zu tun haben …«

»Ich verstehe alles, was du sagst. Aber du kannst nicht verlangen, dass ich froh darüber bin, drei Jahre für nichts gearbeitet zu haben.«

Jetzt lächelte Tom. Er drückte die Zigarette im Aschenbecher aus und ging zur Tür.

»Hoffentlich verlierst du niemals deinen Glauben, Ramón Mercader! Du machst dir keine Vorstellung, wie sehr du ihn brauchen wirst, wenn du auf den Plan treten musst. Ich versichere dir, es ist nicht leicht, einen Mann wie diesen Hurensohn Trotzki zu ermorden.«

Jacques Mornard setzte Kaffeewasser auf und verknotete den Gürtel des Boxermantels, in dem er zu Hause herumlief. Als er vor die Tür trat, stellte er verwirrt fest, dass die Morgenzeitungen nicht gekommen waren. Letzte Woche hatte er das Trinkgeld für den Jungen verdoppelt, damit er ihm die Zeitungen vor sieben Uhr morgens vor die Tür legte. Jacques ging in die Küche zurück, goss sich Kaffee ein und trank. Dann zündete er sich eine Zigarette an und machte sich auf den Weg zum Verwaltungsgebäude. Der Mai ging bereits zu Ende, aber dank des nächtlichen Regens war der Morgen frisch. Er ging über den Kiesweg und fluchte leise, als er spürte, dass seine Pantoffeln feucht wurden. Vor der Tür der Verwaltung legte der Hausmeister Gartengeräte auf eine Schubkarre.

»Guten Morgen, Señor Jacson, stets zu Diensten.« Der Mann lächelte und verbeugte sich ein paarmal.

»Was ist heute mit dem Zeitungsjungen los?«

Das Lächeln des Hausmeisters wurde noch breiter. Sein Gebiss war unglaublich weiß und wunderbarerweise vollständig.

»Viele Zeitungen sind nicht gekommen. Er wartet noch darauf.«

»Was soll das heißen: Viele sind nicht gekommen?«

»Ay, Señor, wegen dem, was gestern Nacht passiert ist …« Wieder lächelte der Hausmeister. »Man hat versucht, den Spitzbart umzubringen. Haben sie im Radio gesagt.«

Ramón drehte sich grußlos um und ging zu seinem Bungalow zurück. Wenn er richtig verstanden hatte, hatte der Mann von einem Versuch gesprochen, nicht von einem Mord. Er schaltete das Radio ein und suchte einen Sender, der die Nachricht brachte: Ein bewaffnetes Kommando war gestern Nacht in das Haus von Leo Trotzki eingedrungen, aber obwohl sie zahlreiche Schüsse abgegeben hatten, war es ihnen nicht gelungen, den Revolutionär zu töten. Die Angreifer (es hieß, Diego Rivera habe sich mit einer Pistole in der Hand unter ihnen befunden) hatten flüchten können, und Präsident Cárdenas persönlich hatte eine bedingungslose Aufklärung des Verbrechens angeordnet. Als Ramón die Meldung verdaut hatte und über ihre Konsequenzen nachdachte (Diego Rivera unter den Attentätern?), spürte er eine seltsame Mischung aus Angst und Freude in sich aufsteigen. Während er sich in aller Eile ankleidete, wurde im Radio von Einzelheiten des Überfalls berichtet. Es war die Rede von einem Verletzten, von als Polizisten und Soldaten verkleideten Banditen und von der Entführung eines der Leibwächter des Exilanten.

Er wählte Toms Telefonnummer in Shirley Court, doch es meldete sich niemand. Was mache ich jetzt?, fragte sich Jacques Mornard. Toms Plan hatte viele Unwägbarkeiten enthalten, die sich seinem Verständnis entzogen. Hatten sie die politischen Differenzen zwischen dem Renegaten und dem dicken Rivera dazu benutzt, um den Maler an die Spitze eines Killerkommandos zu stellen, oder hatten sie ihm damit gedroht, die sexuellen Ausschweifungen seiner Frau, der hinkenden Malerin, an die Öffentlichkeit zu bringen? Man sprach von zwanzig bewaffneten Männern, Hunderten von Schüssen und keinem einzigen Toten. Wie war das möglich? Wenn ein Profi wie Felipe in das Haus eingedrungen war, wie konnte es da sein, dass die Ente überlebt hatte? Irgendetwas stimmte da nicht, etwas, das jeder Logik widersprach. Auf jeden Fall, so dachte er, war er durch das gescheiterte Attentat mit einem Schlag in die vorderste Kampflinie vorgerückt, worum er so sehr gekämpft hatte. Toms Befürchtungen erschienen ihm jetzt in ganz neuem Licht. Jacques kam der Gedanke, dass hinter diesem Scheitern möglicherweise eine Absicht steckte. Aber welche? In das Haus der Ente einzudringen, zwanzig Gewehre auf den Verräter zu richten und ihn dann nicht zu erlegen ... Warum? Wozu? Hatte er, Jacques, von Anfang an mit der Mission beauftragt werden sollen? Der Kopf drohte ihm zu zerplatzen. Die Tatsache, dass er zu einer realen Alternative geworden war, verursachte ihm eine revolutionäre Genugtuung, doch gleichzeitig erstand das Gespenst einer unerwarteten, heimtückischen Angst vor der Verantwortung. Er trank noch eine Tasse Kaffee und rauchte zwei weitere Zigaretten, als er sich stark genug fühlte, setzte er seinen Hut auf und stieg in den Buick.

Auf dem Weg nach Shirley Court ließ ihn das Gefühl einer alles überschattenden Beklemmung nicht los. Niemals zuvor hatte er einen solchen Druck in der Brust verspürt, und er fragte sich, ob das nicht die ersten Anzeichen einer Angina Pectoris sein könnten, wie der, an der Caridad litt. Als er den Verwalter fragte, ob Señora und Señor Roberts zu Hause seien, erklärte der Mann ihm, sie seien noch in der Nacht abgereist.

Ramón Mercader ließ den Buick auf dem Parkplatz stehen und eilte zum Paseo de la Reforma, auf dem es von Autos, Passanten, Straßenverkäufern, Bettlern und Prostituierten mit flexibler Arbeitszeit nur so wimmelte: eine bunte Menge, eingehüllt in die Autoabgase und die Schreie der Zeitungsverkäufer, die die wundersame Rettung des »Spitzbartes« verkündeten. Die Stadt schien aus den Fugen geraten, nahe daran, zu explodieren, und Ramón bewegte sich wie benommen durch die Menschenmenge und das Stimmengewirr. An eine Mauer gelehnt, hob er den Blick zu dem wolkenlosen, vom nächtlichen Regen gereinigten Horizont, fest davon überzeugt, dass sich sein Schicksal unter diesem klaren, transparenten Himmel entscheiden würde.

23

Am 2. Mai 1939 hatten die Trotzkis die Betten und den Arbeitstisch in das neue Heim gestellt und im Kohleherd Feuer gemacht. Inzwischen war das Haus in der Calle Viena Nummer 19 ihr Zuhause geworden. Auch wenn sie nur ihr Gefängnis gegen ein neues eingetauscht hatten, überkam Lew Dawidowitsch ein Gefühl von Freiheit. Darf ich glücklich sein?, fragte er sich, als er sich in *sein* Büro setzte und um sich blickte, habe ich ein Recht auf diese zutiefst menschliche Regung? Der Innenhof, auf den man hinaussah, war verwildert; die wesentlichen Arbeiten waren noch nicht beendet, denn trotz des strengen Regiments seiner Frau Natalia Sedowa und der »Akkordarbeit« der Sekretäre waren ihre Mittel erschöpft. Aber er hatte nicht einen Tag länger mit Rivera unter einem Dach leben können. In den letzten beiden Monaten hatten sie nicht mal mehr miteinander geredet, und Lew Dawidowitsch bedauerte, dass ihre Freundschaft auf diese Weise geendet hatte: Nie würde er Rivera vergessen, dass er ihm bei seiner Ausreise nach Mexiko geholfen hatte, dass er ihm seine Gastfreundschaft angeboten und damit dazu beigetragen hatte, nach den letzten, schrecklichen Monaten des norwegischen Exils wieder zu Atem zu kommen.

Schon als jungem Mann war ihm bewusst gewesen, dass das schlimmste Verbrechen gegen die menschliche Natur die Demütigung ist, weil sie das Individuum wehrlos macht und seine Würde im Kern angreift. Im Laufe seines Lebens hatte er alle möglichen Beleidigungen und Verleumdungen ertragen müssen, doch nie hatte er sich so gedemütigt gefühlt wie in dem Moment, als Natalia und Jean van Heijenoort ihm nach seinem letzten Geburtstag verboten hatten, das Blaue Haus zu verlassen und Diego Rivera seinen Ekel über dessen Exhibitionismus, seinen mexikanischen Machismo und seine Posen als Politclown direkt ins Gesicht zu schreien. Schon seit Langem wusste er, dass der Maler ihn nur in seinem Haus aufgenommen und vielleicht sogar den Seitensprung mit seiner Frau gebilligt hatte, um ihn als Beweis für seine angeblich unkonventionelle Lebensweise und als Sprungbrett auf die Titelseiten der Zeitungen zu benutzen. Doch als die Dinge sich so entwickelten, wie sie sich entwickeln mussten, war seine bedingte Großzügigkeit von ihm abgefallen, und er hatte sein wahres Gesicht gezeigt.

Die Spannungen hatten zugenommen, als Riveras Eitelkeit und Lew Dawidowitschs Verantwortungsgefühl aufeinandergeprallt waren und der Exilant sich dem Wunsch des Malers, das mexikanische Sekretariat der IV. Internationale zu übernehmen, widersetzt hatte. Doch nach Riveras Ankündigung, mit General Cárdenas zu brechen und die Präsidentschaftskandidatur des rechtsgerichteten Juan Almazán zu unterstützen, war die Situation endgültig unerträglich geworden. Obwohl der Exilant wusste, dass Rivera nur provozieren wollte, versuchte er, ihm klarzumachen, wie sehr sein verantwortungsloses Verhalten dem progressiven Kurs von Präsident Cárdenas schadete. Die Antwort des Malers war so kränkend gewesen, dass Lew Dawidowitsch noch am selben Tag beschloss, aus dem Blauen Haus auszuziehen. Trotzki dürfe niemandem politische Ratschläge erteilen, hatte sein Gastgeber zu ihm gesagt, nur ein Irrer könne auf die Idee verfallen, eine Internationale zu gründen, die nichts anderes sei als Angeberei, ein Versuch, sich zum Führer von irgendwas aufzuschwingen.

Wenn es ihm gelungen war, den Kreml hinter sich zu lassen, warum sollte er jetzt nicht das Blaue Haus verlassen können? Doch sobald er an einen weniger geschützten Ort umzog, wäre sein Leben noch mehr gefährdet, was ihn selbst nicht besonders kümmerte; aber van Heijenoort hatte ihn daran erinnert, dass er damit auch Natalias Leben in Gefahr bringen würde. Lew Dawidowitsch hatte klein beigeben müssen, obwohl er öffentlich erklärte, mit der politischen Kehrtwendung des Malers nicht einverstanden zu sein und nicht mit dessen unverschämten Angriffen auf General Cárdenas, dem er sich so sehr verpflichtet fühle, in Zusammenhang gebracht werden zu wollen.

Anfang des Jahres hatte Lew Dawidowitsch Frida, die sich noch in New York aufhielt, einen Brief geschrieben, in der Hoffnung, sie könne den endgültigen Bruch abwenden. Doch er erhielt nie eine Antwort. Inzwischen hatte Rivera, der sich jetzt »Almazanist« nannte, seinen Bruch mit dem Trotzkismus erklärt, den er als eine »abenteuerliche Ideologie« betrachte – musste er unbedingt die Moskauer Parolen wiederholen, wo er doch behauptete, Antistalinist zu sein? –, die den Faschisten in die Hände spiele.

Jean van Heijenoort und die anderen Sekretäre intensivierten die Suche nach einem sicheren Ort, und am Ende entschieden sie sich für ein Haus mit einem schattigen Innenhof in der nahe gelegenen Calle Viena, einer staubigen Straße, in der es ansonsten nur wenige ärmliche Hütten gab. Das Haus hatte den Vorteil, hohe Mauern zu besitzen und von der Rückseite her, auf der der Churubusco vorbeifloss, unangreifbar zu sein. Allerdings hatte es zehn Jahre leer gestanden, und es würde viel Arbeit kosten, es wieder bewohnbar zu machen. Nachdem der Umzug beschlossen worden war, hatte Lew Dawidowitsch versucht, Diego für die Monate der Renovierungszeit Miete zu zahlen, aber der Maler hatte nicht einmal mit ihm sprechen wollen, offensichtlich in der Absicht, ihn noch mehr zu demütigen. Die Spannungen hatten derart zugenommen, dass van Heijenoort seinem Chef gestand, er befürchte sogar irgendeine gewalttätige Aktion vonseiten Riveras.

Die Krise hatte dem Exilanten kaum Zeit gelassen, die Geschehnisse außerhalb des Blauen Hauses zu verfolgen. Mit Mühe war es ihm gelungen, die Reorganisation der zerstrittenen nordamerikanischen Sektion voranzutreiben oder sich mit Josep Nadal über die Ereignisse in Spanien nach der Offensive Francos in Katalonien, dem – außer Madrid – letzten Bollwerk der Republikaner, zu unterhalten. In Mexiko hatten sich die Attacken gegen seine Anwesenheit inzwischen verschärft; während Hernán Laborde, der Generalsekretär der Kommunistischen Partei, die Regierung aufforderte, ihn auszuweisen, und andernfalls mit einem politischen Bruch drohte, gab die Rechte ihren Protesten einen faschistisch-antisemitischen Anstrich. Lew Dawidowitsch lebte in dem Gefühl, dass sich die Schlinge enger um ihn zusammenzog: Die Dolche und Revolver kamen seinem ergrauten Haupt immer näher.

Die Renovierung und der Umbau des Hauses in der Calle Viena gestaltete sich schwieriger als angenommen. Natalia hatte angeordnet, die Mauern noch ein wenig höherzuziehen, Wachtürme zu errichten, die Eingänge mit Stahlplatten zu verstärken und ein Alarmsystem zu installieren. Irgendwann hatte er sie gefragt, ob sie vorhabe, in einem Haus oder einer Gruft zu leben.

Lew Dawidowitsch schloss sich fast den ganzen Tag über in seinem Zimmer im Blauen Haus ein und nutzte die Zeit dazu, eine Analyse über das voraussehbare Ende des Spanischen Bürgerkriegs und das Scheitern einer revolutionären Bewegung zu schreiben, die den Ausbruch eines Krieges in Europa möglicherweise hätte hinauszögern oder sogar verhindern können. Nadal berichtete ihm, dass die spanische Regierung in einem verzweifelten Versuch, die Republik zu retten, ihre Verbündeten in den letzten Monaten des vorangegangenen Jahres um mehr Waffen gebeten hatte. Und tatsächlich hatten die Sowjets eine Lieferung über Frankreich schicken wollen, doch Paris hatte sich geweigert, Waffen über ihre Grenzen nach Spanien bringen zu lassen. Das war das Ende: Die Sowjets – entweder weil sie diesen aussichtslosen Krieg satthatten oder weil sie ihr Engagement endgültig und vollständig beenden wollten – hatten von ihrem Versuch Abstand genommen, und von da an ging es mit der Republik bergab. Während sich die militärisch überlegenen Faschisten über Spanien ausbreiteten, wandte Stalin seinen Blick ab und richtete ihn auf die Länder, denen von jeher sein wirkliches Interesse galt: auf seine Nachbarn in Osteuropa.

Nachdem sie mehrere Monate lang keinerlei Informationen über Serjoscha erhalten hatten, schrieb ihnen ein nordamerikanischer Journalist, der soeben aus Moskau nach New York zurückgekommen war, dass einer seiner Kollegen einen vom neuen Chef des NKWD, Laurenti Beria, begnadigten Gefangenen interviewt hatte. Der ehemalige Gefangene hatte ihm berichtet, dass er ein paar Monate zuvor Sergej Sedow gesehen habe und dass ihm ein anderer Gefangener erzählt habe, Serjoscha habe sich 1936 in einem Lager in Workuta aufgehalten und wäre während des Hungerstreiks der Trotzkisten beinahe verhungert. 1937 sei er nach Moskau verlegt worden, in das berüchtigte Butirki-Gefängnis, wo man ihn gefoltert habe, um Aussagen gegen seinen Vater zu erzwingen, doch als einer der wenigen habe er der Folter widerstanden. Der anonyme Informant behauptete, Sergej Sedow in einem Lager am Rande der Subarktis kennengelernt zu haben, wo die anderen Verbannten ihn einen »Unbeugsamen« genannt hätten.

Natalia und Lew Dawidowitsch hatten sich an die Botschaft geklammert, auch wenn ihnen hin und wieder der Gedanke kam, dass es sich vielleicht um eine Verwechslung handeln könnte. Denn es war nur schwer vorstellbar, dass ihr Sohn Workuta oder Butirki überlebt haben sollte, Orte, die schlimmer waren als der sechste Kreis der Hölle. Doch sie waren stolz, wenn sie immer wieder dieselbe Version über Serjoschas Verhalten zu hören bekamen, das Einzige, über das kein Zweifel zu bestehen schien: Er hatte den Verhören und Foltern widerstanden, ohne gegen seinen Vater auszusagen. Und sie trösteten sich mit dem Gedanken, dass, sollte sich Stalin an seinem unschuldigen Leben vergreifen, Serjoscha ihn durch sein Schweigen besiegen würde.

Ein neuer Kongress der Kommunistischen Partei der Sowjetunion, der Anfang des Jahres stattfand, hatte einige von Lew Dawidowitschs Annahmen bestätigt. So war, auf internationaler Ebene, Stalins Absicht, sich mit Hitler zu verbünden, offenbar geworden, genauso wie, auf nationaler Ebene, sein zynisches Vorhaben, eine weitere historische Säuberungsaktion zu starten und die Exzesse der vorangegangenen Säuberungen den entlassenen Chefs der GPU zur Last zu legen. Zur Empörung einiger weniger und als Bestätigung seines guten Willens hatte der Große Steuermann die Art und Weise der Säuberungen kritisiert, die, so seine Worte, »von mehr Fehlern begleitet gewesen ist, als zu erwarten war«. Dann wäre also alles in Ordnung, wenn nur die zu erwartenden Fehler begangen worden wären? Wie viele

Menschen durfte man irrtümlich erschießen? Das Erschreckendste war, dass sich niemand von denen, die Stalin immer noch für einen ehrbaren Mann hielten, an das schwülstige Glückwunschschreiben zu erinnern schien, das der Georgier noch vor wenigen Monaten an Jeschow und die Chefs des NKWD gesandt hatte. Die Welt schien sich nur dafür zu interessieren, dass der geniale Führer Fehler bei der Operation eingeräumt hatte, zum Beispiel ein »wenig durchdachtes Vorgehen bei den Ermittlungen« sowie das »Fehlen von Zeugen und Beweisen«. Und wo war Stalin, als das alles passiert ist?, fragte der Exilant eine Welt, die ihm auch dieses Mal nicht antwortete.

Doch die dramatischste historische Gewissheit, die der Kongress gebracht hatte, war die Erkenntnis, dass der Generalsekretär endlich dorthin gelangt war, wohin er gelangen wollte: in den Olymp der Macht. Der Terror der letzten Jahre hatte ihm erlaubt, achtzehn der siebenundzwanzig Mitglieder des Politbüros, die auf dem letzten von Lenin geleiteten Kongress gewählt worden waren, aus dem Weg räumen zu lassen; nur knapp zwanzig Prozent der im Jahre 1934 gewählten Mitglieder des Zentralkomitees waren am Leben geblieben. Stalin hatte sich als wahrer Meister der Intrige erwiesen: Sein erfolgreicher Feldzug gegen jede Art von Opposition innerhalb der Partei (gestützt auf den von Lenin herbeigeführten Konsens über die Illegalität jeglichen Widerspruchs) war zu seiner wirksamsten politischen Waffe geworden, um die Demokratiebestrebungen zu zerschlagen, sein Terrorregime zu errichten und die Säuberungen durchzuführen, die ihm zur absoluten Macht verhelfen sollten. Vielleicht, musste Lew Dawidowitsch denken, war es der erste Fehler der Bolschewiken gewesen, die gegnerischen politischen Strömungen radikal zu unterdrücken. Als diese Politik nämlich ins Innere der Partei vorgedrungen war, hatte das Ende der Utopie begonnen. Hätten sie die Freiheit der Rede in der Gesellschaft zugelassen, hätte sich der Terror niemals durchsetzen können. Doch jetzt unterstand alles der Kontrolle eines von der Partei beherrschten Staates, eines von der von ihrem Generalsekretär beherrschten Partei beherrschten Staates: genauso wie Lew Dawidowitsch es noch vor der gescheiterten Revolution von 1905 Lenin vorausgesagt hatte.

Zur Krönung all dieser Niederlagen war Josep Nadal an einem Nachmittag im März mit einem Arm voll Zeitungen in das Blaue Haus gekommen, blass vor Enttäuschung: Die republikanische Armee hatte sich ergeben, und Francos Truppen marschierten durch Madrid. Lew Dawidowitsch wusste, dass die Repressalien in den nächsten Monaten schrecklich sein würden, und er bedauerte jene Republikaner, die aus einem durch einen zynischen und grotesken Faschismus besiegten Spanien nicht hatten fliehen können oder wollen. Das Traurigste daran war, mit ansehen zu müssen, wie ein tapferes Land, in dem die Revolution zum Greifen nahe gewesen war, von den Herren der Revolution und des Sozialismus geopfert wurde, so wie sie es vor Jahren mit den chinesischen Kommunisten und den deutschen Arbeitern gemacht hatten. Ist es so schwierig, diesen fortgesetzten Verrat zu erkennen?, fragte er und schaute in Nadals Gesicht.

Das neue Leben im Haus in der Calle Viena stellte die Trotzkis vor das Problem, in Zukunft allein auf ihre eigenen finanziellen Mittel angewiesen zu sein. Lew Dawidowitschs Tantiemen fielen immer magerer aus, und nur der Vorschuss für die englische Ausgabe der Stalin-Biografie und die Honorare der Artikel für verschiedene Zeitungen sicherten ihr Auskommen. Den Exilanten schmerzte es, dass ein Teil dieses Geldes dafür draufging, das Haus in eine Festung zu verwandeln. Denn so hoch die Mauern auch waren, so unüberwindbar die Türen auch schienen: Wenn der Mordbefehl erging, würde die GPU einen Spalt in der Erde finden, durch den sie zu ihm vordringen konnten. Und der Befehl, er ahnte es, mehr noch, er wusste es, war bereits gegeben worden. Je näher der Krieg in Europa bevorstand, umso näher rückte die Stunde seines Todes.

Natalia und die Leibwächter versuchten, die Kontrolle jedes einzelnen Besuchers zu verstärken, aber Lew Dawidowitsch weigerte sich, die Grenzen des Misstrauens zu überschreiten und in Paranoia zu verfallen. Der Vorteil, in seinem eigenen Haus zu leben, bestand in der Freiheit, sich mit den Menschen treffen zu können, die ihn interessierten, und seit ihrem Umzug hatten sie damit begonnen,

Politiker, Philosophen, Universitätsprofessoren, Sympathisanten aus Mexiko und anderen Ländern sowie Republikaner, die gerade aus Spanien gekommen waren, bei sich zu empfangen. Vielen von ihnen war die Nähe zu Rivera unangenehm gewesen, und sie hatten es deshalb vorgezogen, den Exilanten nicht im Blauen Haus zu besuchen. Die Begegnungen mit ihnen und mit den ihm verbliebenen Freunden waren sein einziger Kontakt zur Außenwelt, und die Gespräche mit ihnen dienten ihm dazu, sich zu informieren und sich seine Ideen bestätigen zu lassen oder sie zu korrigieren.

Häufig machten die Trotzkis Spritztouren in dem Wagen, den sie sich zugelegt hatten. Sie entschlossen sich spontan, sozusagen Hals über Kopf, sodass ihre Angestellten nie wussten, wann die Ausflüge stattfanden, und manchmal überraschten sie sogar die Leibwächter, die von van Heijenoort erst kurz vorher informiert wurden. Die Situation in Mexiko war inzwischen so explosiv geworden, dass sie kaum noch in die Stadt fuhren, und wenn sie es taten, versteckte sich Lew Dawidowitsch auf dem Rücksitz; doch die Ausflüge aufs Land gehörten zu den Dingen, die er am meisten genoss. Sie machten lange Spaziergänge, die seinem Körper, der täglich viele Stunden sitzend zubrachte, guttaten, und bald schon begann er mit dem, was zu einem seiner Lieblingshobbys werden sollte: dem Sammeln seltener Kakteenarten, die er in den Innenhof des Hauses in der Calle Viena verpflanzte. Die wunderbare Vielfalt dieser Pflanzen aus der mexikanischen Erde machte die Suche nach neuen Arten zu einem Abenteuer, das sie bisweilen durch schwieriges Gelände führte und sehr anstrengend war, weil sie die Wurzeln der Kakteen mit Hacke und Schaufel ausgraben und schließlich ins Auto verfrachten mussten. Natalia nannte diese Unternehmungen »Tage der Zwangsarbeit«, aber wenn sie mit seltenen Exemplaren nach Hause kamen, die sie mit größter Sorgfalt einpflanzten, sahen sie sich all ihrer Mühen belohnt. Als Lew Dawidowitsch wieder einmal einen der einzigartigen Kakteen seiner Sammlung hinzufügte, erinnerte er sich an das Haus in Büyükada, wo er nicht einmal einen Rosenstock hatte pflanzen dürfen. Waren diese Kakteen das Symbol für sein Scheitern?

Als das Haus in der Calle Viena die Mindestbedingungen erfüllte, um mit der Arbeit zu beginnen, beschloss er, letzte Hand an die Stalin-Biografie zu legen. Natalia mit ihrer radikalen Haltung warf ihm vor, sein Talent als Porträtist des Georgiers zu verschleudern, und er dachte, dass viele aufgrund der jahrelangen Feindschaft zwischen ihnen an seiner Urteilskraft zweifeln könnten. Auch seine Verleger hatten ihn bekniet, lieber die Lenin-Biografie zu schreiben, und ihn mit beträchtlichen Vorschüssen umzustimmen versucht. Doch Lew Dawidowitsch wollte der Welt das wahre Gesicht des roten Zaren enthüllen. Obwohl, wie er wusste, bisweilen die Leidenschaft mit ihm durchging, ließ er sich nie dazu hinreißen, die Wahrheit zu verfälschen. Die Monstrosität Stalins und seiner Verbrechen war ihm zuwider, und dieses Gefühl musste sich in der Biografie niederschlagen. Wenn auf ihren Seiten eine finstere Gestalt entstand, die sich wie ein Reptil zur Macht emporwand, dann deshalb, weil Stalin eben das war: ein Reptil. Die Jahre im Untergrund hatten ihn befähigt, seinen Aufstieg im Verborgenen zu betreiben und eines Tages die Macht an sich zu reißen (begünstigt durch Lenins Gleichgültigkeit, durch die angeborene Angst von Sinowjew, Kamenew und Bucharin und durch seinen, Trotzkis, verfluchten Stolz, schrieb er; oder war die Diktatur eine unabwendbare historische Notwendigkeit, die einzige Alternative des Systems?). Doch was ihn am meisten daran reizte, dieses betrübliche Buch zu schreiben, war die Überzeugung, dass, genauso wie bei dem zu Lebzeiten ebenfalls vergötterten Nero, nach Stalins Tod sein Name ausgelöscht und seine Statuen niedergerissen würden. Denn die Rache der Geschichte pflegte grausamer zu sein als die des grausamsten Herrschers auf Erden. Lew Dawidowitsch war sich sicher, dass der Ausspruch Louis XIV., »L'État c'est moi«, fast liberal war im Vergleich zu der Realität des Stalinregimes. Der von ihm eingeführte totalitäre Staat ging weit über den Cäsaropapismus hinaus, und darum konnte der Generalsekretär zu Recht behaupten: »La société c'est moi!« Doch die Welt musste daran erinnert werden, dass sowohl Stalin als auch die auf ihn zugeschnittene Gesellschaft schwer krank waren. Der Terror jener Jahre war nicht nur ein politisches Instrument gewesen, sondern auch Stalins persönliches

Vergnügen, ein Fest für die irregeleiteten Sinne des Totengräbers der Revolution und für seine Anhänger in der russischen Gesellschaft. Niemanden konnte es erstaunen, dass der Terror sogar die Familie und die engsten Freunde Stalins erreicht hatte (warum hatte sich Nadeschda Allilujewa umgebracht?, schrieb er, geben Sie mir eine überzeugende Antwort, bei der Stalin nicht den Finger am Abzug hat). Das Schlimmste daran war die Gewissheit, dass der Terror auch vor Lenin nicht haltgemacht hatte, den Stalin, davon war Lew Dawidowitsch inzwischen überzeugt, vergiftet hatte. Stalin hatte gewusst, dass Wladimir Iljitsch, so es sein hinfälliger Körper und sein Geist zuließen, in einer letzten Anstrengung versuchen würde, ihn zu seinem Nachfolger als Generalsekretär zu machen.

Im Laufe des Sommers 1939 wurde Lew Dawidowitschs Annahme, der Ausbruch des Krieges in Europa sei nur noch eine Frage von Tagen, zur Gewissheit. Die Atmosphäre, auch in seiner nächsten Umgebung, heizte sich auf, und er nahm den Ratschlag von Sekretären und Freunden an, sich nur unter größter Vorsicht außer Haus zu bewegen. Die mexikanischen Stalinisten wurden immer gereizter, und größere Aktionen lagen in der Luft. Im letzten Jahr hatten sich die Demonstrationen für seine Ausweisung aus Mexiko zu einer Kampagne ausgeweitet, die seinen Kopf forderte. Auf Versammlungen wie der, die jüngst in der Arena México abgehalten worden war, traten nun auch nicht-mexikanische Redner auf, und die Stimmung war hitzig geworden. Sobald der Krieg begann, das wusste er, würde Stalin alles daransetzen, um ihn zu liquidieren, denn er war der Einzige, der ihm die Stirn bieten konnte, auch aus der Verbannung heraus, und Stalin würde das Risiko nicht eingehen, dass Lew Dawidowitsch möglicherweise in die Sowjetunion zurückkehrte und eine Opposition aufbaute.

Deswegen war Natalia trotz seiner Einwände damit fortgefahren, das Haus zu einer Festung auszubauen, und hatte die Besuche von Journalisten, Professoren und Sympathisanten reduziert. Die Anzahl seiner Leibwächter wurde erhöht, obwohl die jungen Männer nur jeweils für ein paar Monate nach Mexiko kamen und, sobald sie sich eingearbeitet hatten, wieder zurück in ihr Land mussten. Das Resultat dieser kollektiven Paranoia war, dass sie von der Außenwelt abgeschlossen waren und praktisch wieder in einem Gefängnis lebten, und das machte sich ganz besonders schmerzlich an den Sommertagen bemerkbar, die sich zum Angeln oder Spazierengehen anboten. Um sich von der Arbeit etwas abzulenken, beschloss er, Kaninchen und Hühner zu halten, und ließ sich Bücher darüber kommen. Denn wenn er es schon versuchte, dann wissenschaftlich fundiert.

Natalia Sedowas größte Sorge war die in den letzten Jahren sehr angegriffene Gesundheit ihres Mannes. Die Höhe Mexikos machte ihm zu schaffen, er hatte ständig einen zu hohen Blutdruck. Seine Verdauung bereitete ihm nach wie vor Probleme, und nur eine leichte Kost zu festen Zeiten bewahrte ihn vor größeren Übeln. Das Leben als Paria, das er nun seit Jahren führte, präsentierte ihm jetzt, da er auf die Sechzig zuging, die Rechnung. Lew Dawidowitsch musste erkennen, dass er alt geworden war, so alt, dass viele ihn inzwischen »den alten Trotzki« nannten oder einfach nur »den Alten« …

Wenn Lew Dawidowitsch über den bevorstehenden Krieg schrieb, warnte er stets davor, dass die UdSSR eine leichte Beute für die deutsche Luftwaffe und die deutschen Panzer sein würde. Stalin (der ihn aufgrund solcher Analysen als Opportunisten und Verräter beschimpfte) hatte die militärische Stärke des Landes so sehr geschwächt, dass nur ein Wunder die Sowjetunion retten konnte. Und dieses Wunder – niemand wusste das besser als Lew Dawidowitsch – war der sowjetische Soldat, dessen Opferbereitschaft ihresgleichen suchte. Doch der Preis dafür würden viele Menschenleben sein, die man vor diesem Schicksal hätte bewahren können. Was brauchte Stalin, um einem deutschen Angriff widerstehen zu können? Vor allem Zeit, schrieb er. Zeit, um die Grenzen zu verstärken und eine enthauptete Armee neu zu organisieren. Und darüber hinaus musste Westeuropa die faschistische Offensive aufhalten, wenigstens für den Zeitraum, den Stalin benötigte. Als am 23. August 1939 die Nachricht verbreitet wurde, war Lew Dawidowitsch kaum überrascht, auch wenn er einen tiefen Ekel empfand. Die Radiosender, die Zeitungen in aller Welt, linke wie rechte, kommunistische wie faschistische, große wie kleine, alle brachten sie die Meldung: Die Sowjetunion und Nazideutschland hatten einen Nichtangriffspakt geschlossen, einen Pakt der Verständigung und des gegenseitigen Einvernehmens.

Die Nachricht, dass die Außenminister Molotow und von Ribbentrop einen Vertrag ausgehandelt hatten, von dem offensichtlich nur ein Teil veröffentlicht worden war, überraschte mehr Leute auf der Welt, als Lew Dawidowitsch angenommen hatte. Ein Abkommen, das Hitler praktisch freie Hand ließ, ging vielen Menschen (guten und auch weniger guten Willens), die trotz des Terrors und der Schauprozesse an Stalin als dem großen Führer der Arbeiterklasse festgehalten hatten, über den Verstand. Deswegen wagte der Exilant die Voraussage, dass dieses Datum, der 23. August 1939, als das des ungeheuerlichsten Verrates am Glauben und am Vertrauen der Menschen in die Geschichte eingehen werde.

Lew Dawidowitsch wusste, Stalin würde argumentieren, die Sicherheit der UdSSR gehe vor, und wenn der Westen mit dem Münchner Abkommen dem deutschen Expansionsdrang den Weg geebnet habe, dann habe sein Land das Recht, einen Krieg gegen Deutschland zu vermeiden. Und damit würde er nicht ganz unrecht haben. Doch das schmutzige Gesicht der Demütigung werde nie ausgelöscht werden können, schrieb der Exilant; die Erkenntnis, dass es mit dem radikalen Antifaschismus der UdSSR nicht so weit her war, werde eine massive Ernüchterung hervorrufen, und Millionen von Menschen, deren Glauben allen Beweisen widerstanden hatte, würden für immer ihr Vertrauen verlieren. Doch vielleicht würden die demoralisierten Arbeiter und Parteimitglieder bald die Gelegenheit bekommen, ihre Scham zu überwinden und sich zu einer nötigen zweiten Revolution durchzuringen. Es kämen schmerzvolle, aber möglicherweise auch ruhmreiche Zeiten auf eine neue Generation von Bolschewiken zu, die innerhalb und außerhalb der Sowjetunion bittere Erfahrungen gemacht hätten, schloss er.

Als die Wehrmacht keine zehn Tage später Polen überfiel, schien es Lew Dawidowitsch, als rückten die Deutschen etwas zu zögerlich vor, fast so, als führen ihre Panzer mit angezogener Handbremse. Doch als die sowjetischen Truppen zwei Wochen danach in Polen einmarschierten, begriff der Exilant die Dimensionen des Paktes: Beide Diktatoren streckten ihre Hand nach Polen aus, das wieder einmal zum Opfer seiner Nachbarn wurde. Seltsam nur war, dass die Westmächte, die den Nazis den Krieg erklärt hatten, ohne größeren Widerspruch hinnahmen, dass Stalin dasselbe machte wie Hitler. Die Heuchelei in der Politik, dachte Lew Dawidowitsch, bringt auch das größte Fass zum Überlaufen.

Zu jener Zeit wurde der Exilant von widerstreitenden Gefühlen beherrscht. Irgendwann, sagte er sich, wird man erkennen, dass es mehr die Fehler der Revolutionäre als die Bestrebungen des Imperialismus waren, die die großen Veränderungen der menschlichen Gesellschaft verhindert haben; doch trotz dieser Überzeugung und nach all den Niederträchtigkeiten und Erbärmlichkeiten der Politik und ihren Verbrechen glaubte er noch immer, dass die wichtigste Aufgabe der Arbeiter aller Länder darin bestand, die Sowjetunion gegen Faschismus und Imperialismus zu verteidigen. Denn Stalin war weder die UdSSR noch der Repräsentant des wahren sowjetischen Traumes.

Es beschämte ihn, dass Stalin nach der Invasion in Polen dem Land die sowjetische Ordnung mit demselben Furor aufzwang, mit dem Hitler die faschistische Ideologie exportierte. Die brutale Einführung des sowjetischen Modells in Polen und der westlichen Ukraine würde den europäischen Arbeitern den politischen Opportunismus des Stalinismus vor Augen führen und sie demoralisieren. Die Bewohner der besetzten Gebiete, Opfer des russischen und des germanischen Reiches, hatten sich bestimmt schon gefragt, worin der Unterschied zwischen den einen und den anderen Invasoren bestand, und Lew Dawidowitsch würde es nicht wundern, wenn diese Länder schon bald zu der Auffassung gelangten, die Nazis hätten sie von dem stalinistischen Joch befreit.

Wie eine zentnerschwere Last empfand er die Zwickmühle, in der er sich befand: nicht zu wissen, wie weit es möglich war, sich dem Stalinismus zu widersetzen, ohne aufzuhören, die UdSSR zu verteidigen. Es quälte ihn, nicht abschätzen zu können, ob die Bürokratie bereits eine neue, von der Revolution hervorgebrachte Klasse darstellte oder lediglich einen Auswuchs, wie er immer geglaubt hatte.

Er musste sich selbst davon überzeugen, dass es nach wie vor möglich war, einen qualitativen Unterschied zwischen Faschismus und Stalinismus zu machen, um allen anständigen Menschen, die unter der ausufernden Bürokratie leiden mussten, zu beweisen, dass die UdSSR den wesentlichen Kern der Revolution bewahrte und dass es *dieser* Kern war, den es zu verteidigen und zu schützen galt. Aber wenn, wie viele angesichts der unbestreitbaren Tatsachen sagten, die Arbeiterklasse ihre Unfähigkeit, sich selbst zu regieren, bewiesen hatte, dann musste man akzeptieren, dass die marxistische Auffassung von der Gesellschaft und vom Sozialismus falsch war. Und diese Möglichkeit stellte ihn vor die schreckliche Frage: War der Marxismus möglicherweise nichts als eine Ideologie unter vielen, eine Form des falschen Bewusstseins, das die unterdrückten Klassen und ihre Parteien glauben machte, für ihre eigenen Ziele zu kämpfen, während sie in Wirklichkeit die Interessen einer neuen herrschenden Klasse durchsetzten? … Der bloße Gedanke daran verursachte ihm einen bohrenden Schmerz: Stalins Triumph und seine Herrschaft wären folglich der Sieg der Realität über die philosophische Vision, ein unvermeidbarer Akt historischer Stagnation. Viele, auch er selbst, müssten anerkennen, dass der Stalinismus seine Wurzeln weder in der Rückständigkeit Russlands noch in der feindlichen imperialistischen Umgebung hatte, wie oft behauptet wurde, sondern in der Unfähigkeit des Proletariats, sich in eine herrschende Klasse zu verwandeln. Und man müsste auch zugeben, dass die UdSSR lediglich die Vorläuferin eines neuen Systems der Ausbeutung war und ihre politische Struktur zwangsläufig eine neue, lediglich mit einer neuen Rhetorik verbrämte Diktatur hervorbringen musste …

Doch dem Exilanten war es nicht möglich, die Welt und seinen eigenen Kampf auf eine andere Art zu betrachten. Deswegen würde er nicht müde werden, alle Menschen guten Willens aufzufordern, sich auf die Seite der Ausgebeuteten zu stellen, auch wenn die Geschichte und die wissenschaftlichen Tatsachen dagegen zu sprechen schienen. Nieder mit der Wissenschaft! Nieder mit der Geschichte! Wenn nötig, muss man sie neu erfinden!, schrieb er. Ich jedenfalls werde weiterhin mit Spartakus sein, niemals mit den Cäsaren, und ich werde an meinem Glauben an die Fähigkeit der arbeitenden Massen, sich von dem Joch des Kapitalismus zu befreien, festhalten, denn wer diese Massen jemals in Aktion gesehen hat, weiß, dass das möglich ist. Die Fehler Lenins, seine eigenen Irrtümer und die der bolschewistischen Partei, die die Verzerrung der Utopie befördert hatten, konnte man nicht den Arbeitern anlasten. Niemals, dachte er und würde es auch in Zukunft denken.

Als seine Niedergeschlagenheit am größten war, ließ ein Ereignis ihn spüren, dass das mühevolle Leben ihn noch immer erfreuen konnte: Endlich war Sjewa in Mexiko eingetroffen! Wenn die Großeltern nicht vor Kurzem ein paar neue Fotos von dem Jungen gesehen hätten, hätten sie ihn nicht wiedererkannt. Zwischen dem Kind, von dem sie sich in Frankreich verabschiedet hatten, und dem schüchternen Jungen von dreizehn Jahren, der nach Coyoacán kam, stand eine furchtbare, herzzerreißende Geschichte, die sie um sein seelisches Gleichgewicht fürchten ließ. Doch Lew Dawidowitsch und Natalia waren davon überzeugt, dass die Liebe auch die tiefsten Wunden heilt, und Liebe hatten sie mehr als genug zu geben. Sie hörten nicht auf, ihn zu küssen und zu herzen und seine blühende Jugend zu bewundern, obwohl beide wussten, dass das Leben für den Jungen nicht leicht werden würde in einem Land, wo eine fremde Sprache gesprochen wurde, wo er keine Freunde hatte und er zu allem Überfluss auch noch in einer Festung wohnen musste.

Alfred und Marguerite Rosmer hatten den Jungen aus dem Klosterinternat in Südfrankreich befreit, in das Jeanne ihn gesteckt hatte, und waren mit ihm nach Mexiko gereist, immer in der Angst vor möglichen Zwischenfällen. Die Rosmers, die einzigen Freunde, die ihnen aus der bewegten Zeit vor der Revolution geblieben waren, waren ein Segen für Lew Dawidowitsch. Immer noch fragte er sich, wie er einmal so dumm hatte sein können, zuzulassen, dass sich der Keil des opportunistischen Molinier zwischen die Aufrichtigkeit der Rosmers und seine eigene politische Verzweiflung geschoben hatte.

Natalia und die Rosmers übernahmen es, Sjewa die Stadt zu zeigen, und der Großvater machte mit ihm den unvermeidbaren Ausflug nach Teotihuacán, wobei er darauf bestand, dass sie nur von den Leibwächtern begleitet wurden, denn er wollte den Tag ganz für sich haben. Und auch wenn der Exilant diesmal nicht auf den Gipfel der Sonnenpyramide klettern konnte, wurde es für ihn dank seines Enkels zu einer Reise in die Vergangenheit. Sie sprachen von Sjewas Vater, Platon Wolkow – an den sich der Junge nur ungenau erinnern konnte, da er bei dessen Deportation erst drei Jahre alt gewesen war –, von seiner Mutter Sina und von seinem Onkel Ljowa, von dem der Junge nachts häufig träumte, wie er sagte; sie redeten über die weit zurückliegende Zeit in Prinkipo und Istanbul, von der ihm einiges deutlich in Erinnerung geblieben war: die Brände, die Bootsfahrten mit Karalambos, vor allem aber die Gesellschaft von Maya. Ein Foto zeigte den fünfjährigen Sjewa und den Großvater mit noch schwarzem Haar und Bart zusammen mit der schönen Windhündin, die gutmütig in die Kamera schaute. In den Jahren, die Sjewa in Berlin und Paris verbracht hatte, hatte er sich immer einen Hund gewünscht; durch sein Nomadenleben aber war ihm diese Freude verwehrt geblieben. Lew Dawidowitsch versprach ihm, dass er jetzt einen bekommen werde. Der Großvater wusste, dass ein Hund seinem Enkel mehr als alles andere das Gefühl geben würde, etwas Eigenes zu besitzen und irgendwohin zu gehören. Armes Kind, sagte er am Abend zu Natalia, wie viel Hass hat die besten Jahre seines Lebens aufgefressen!

Inzwischen hatte die Rote Armee Finnland besetzt, und endlich begann die internationale Gemeinschaft, Stalin mit Hitler zu vergleichen … In dem Artikel, den Lew Dawidowitsch dazu schrieb, wog er seine Urteile mit größter Vorsicht ab, wohl wissend, dass er unter seinen Anhängern Verwirrung und Widerspruch hervorrufen würde. Sie würden ihn sogar als Stalinisten bezeichnen, weil er an einer Idee festhielt, die er auch nach der Invasion Polens für nicht verhandelbar betrachtete: Die Verteidigung der Integrität der Sowjetunion, so schrieb er, hat für das Weltproletariat weiterhin höchste Priorität.

Wenige Wochen nach seiner Ankunft in Mexiko bat Sjewa Harold Robbins, den neuen Chef der Wachmannschaft, mit ihm zu der benachbarten Siedlung zu fahren. Natalia und Marguerite waren damit

nicht einverstanden, aber Alfred und Lew Dawidowitsch waren der
Meinung, man müsse dem Jungen ein wenig Freiheit gewähren.
Sjewa habe bewiesen, dass er einen starken Charakter besitze, und
die Schicksalsschläge hätten offenbar keine bleibenden Schäden bei
ihm hinterlassen. Nach einer Stunde kamen Sjewa und Robbins zurück … mit einem Hund. Auf einer seiner Spazierfahrten hatte der
Junge die Mutter mit einem Wurf junger Hunde vor einer Hütte
gesehen, und die Besitzer waren natürlich hocherfreut, dass jemand
einen der Welpen haben wollte. Noch bevor sie nach Hause kamen,
war der Hund bereits getauft: Azteca. Er gehörte zu den Mischlingen
mit einer Intelligenz, die ihnen der Überlebenskampf über Generationen hinweg verleiht.

Lew Dawidowitschs Freude über die Anwesenheit seines Enkels
wurde durch den Bruch mit seinem alten Freund und Mitarbeiter
Max Shachtman getrübt, der ihm seit seinem ersten Besuch in Prinkipo im Jahre 1929 so viel Zuneigung und Ergebenheit bewiesen hatte.
Das Zerwürfnis war das Ergebnis des separatistischen Fiebers, das die
nordamerikanischen Trotzkisten unterminierte, dasselbe Fieber, das
die Franzosen zehn Jahre zuvor ergriffen und den Aufbau einer geeinten Opposition verhindert hatte, genau in dem Moment, als sich der
Aufstieg der Faschisten abzuzeichnen begann. Jetzt hatten der Krieg
und die radikalen Haltungen gegenüber der UdSSR erneut die Gel-
tungssucht einiger angestachelt, und es waren, diesseits und jenseits
der bereits bestehenden, neue Parteien mit eigenen Strategien entstanden, die sie als »prinzipiell« betrachteten. Max Shachtman und James
Burnham wurden zu Führern ihrer Partei, einer Abspaltung von der
Sozialistischen Arbeiterpartei, die durch diese Verstümmelung auf
einen bloßen Zusammenschluss von Getreuen reduziert wurde.

Er bat Shachtman, nach Mexiko zu kommen, um über seine kritische Haltung zu reden, doch der Abweichler lehnte ab, und Lew
Dawidowitsch kannte den Grund: Shachtman würde »Trotzkis Atem
im Nacken« nicht ertragen können. Letzten Endes, gestand sich der
Exilant ein, habe ihn Shachtmans Oberflächlichkeit schon immer
gestört, aber er musste zugeben, dass er ihn doch auch gemocht hatte
und dass er ihm für seine Aufrichtigkeit, mit der er den Bruch voll-

zog, letztlich dankbar sein musste, im Gegensatz zu der hinterhältigen Art und Weise, mit der Molinier oder zuvor die Eheleute Paz mit
ihm gebrochen hatten.

Das Jahr 1939 ging, aber der Krieg blieb. Lew Dawidowitsch war sechzig geworden, und trotz allem war dieses Jahresende das friedlichste,
das er seit Beginn seines Exils erlebte. Er hatte Sjewa und Azteca bei
sich, der ihm neugierig folgte, wenn er seine Kaninchen und Hühner
fütterte. Alfred und Marguerite weilten noch in seinem Haus und halfen ihm, zusammen mit weiteren Freunden, den Leibwächtern und
den Sekretären, die Abendstunden mit intelligenten oder manchmal
auch belanglosen, aber immer anregenden Gesprächen zu verkürzen.
Obwohl das Haus immer mehr einer Festung glich und ihre Ausflüge
immer seltener geworden waren, genoss er die Freiheit, zu schreiben
und seine Meinung zu äußern, was er ununterbrochen tat, trotz der
Zensur einiger Verleger, wie zum Beispiel der der Herausgeber der Zeitschrift *Life,* die Probleme beim Vorabdruck eines Kapitels der Stalin-
Biografie befürchtet hatten, ausgerechnet jenes Kapitels, in dem er
die Möglichkeit einer Vergiftung Lenins andeutete. Außerdem drang
die festliche Stimmung, die in Mexiko trotz des Krieges herrschte,
zu den Mauern des Hauses in Coyoacán vor, und auch wenn sie die
Traurigkeit der Trotzkis nicht vertreiben konnte, machte sie ihnen
bewusst, dass das Leben selbst unter schwierigsten Bedingungen immer wieder versuchte, sich zu erholen und erträglich zu sein.

Unter den Besuchern, die er zu jener Zeit empfing, war auch Sylvia Agelof, die Schwester von Ruth und Hilda, die gelegentlich als
Übersetzerinnen oder Sekretärinnen bei seinen Verbindungen zu den
nordamerikanischen Trotzkisten fungierten. Wie sie war auch Sylvia
eine überzeugte Anhängerin und vor allem eine sehr nützliche Mitarbeiterin, was sie unter Beweis stellen sollte, als Fanny Janowitsch
erkrankte. Sylvia sprach nicht nur perfekt Englisch, sondern auch
Französisch, Spanisch und Russisch, und sie war eine flinke Stenoty-
pistin … Doch die Ärmste war auch eine der unattraktivsten Frauen,
die Lew Dawidowitsch jemals kennengelernt hatte. Sie maß nur etwa
einen Meter fünfzig, war dünn, fast mager (ihre Arme glichen zwei

Stöcken, und ihre Schenkel stellte er sich wie ihre Oberarme vor), und ihr Gesicht war von Sommersprossen übersät. Dazu trug sie eine Brille mit dicken Gläsern und kleidete sich ohne jeden Geschmack. Nur ihre Stimme war warm, fast verführerisch. Sylvias körperliche Nachteile sprangen so sehr ins Auge, dass selbst Natalia darüber Bemerkungen machte, und auch den Leibwächtern lieferte sie Gesprächsstoff, wie Lew Dawidowitsch an dem Erstaunen erkennen konnte, das die Nachricht, Sylvia habe einen Verlobten, bei ihnen hervorrief … Aber nicht *irgendeinen,* sagten sie zu ihm, sondern einen, der offenbar recht wohlhabend sei, Sohn einer Diplomatenfamilie und, so fügte Natalia hinzu, sehr hübsch und fünf Jahre jünger als sie, was wieder einmal beweise, dass in der Liebe alles möglich sei und sich auch unter dem unscheinbarsten Rock ein wildes Tier verbergen könne. Die Aufregung über die Neuigkeit war so groß, dass sogar Lew Dawidowitsch neugierig auf den dicken Fisch war, den sich das hässliche Entlein an Land gezogen hatte.

Am 12. März sah sich die Sowjetunion gezwungen, einen ehrenhaften Frieden mit Finnland zu schließen und sich mit einem Bruchteil des ursprünglich beanspruchten Gebietes zufriedenzugeben. Das Fiasko der Roten Armee, die ausgezogen war, ein kleines Land zu erobern, wurde zum Beweis ihrer Schwäche. Lew Dawidowitsch sah voraus, dass dies mehr war als nur ein Schuss vor den Bug; denn während Stalin in Finnland eine Niederlage hatte hinnehmen müssen, hatten Hitler und seine Divisionen in weniger als vierundzwanzig Stunden Dänemark überrannt und besetzt.

Als dann Norwegen innerhalb weniger Tage von den Nazis besiegt wurde, wusste Lew Dawidowitsch, dass die Ankündigung, die er drei Jahre zuvor gegenüber Trygve Lie gemacht hatte, wahr werden würde: Diejenigen, die ihn gestern noch schikaniert hatten, würden zu politischen Flüchtlingen werden und erfahren, wie demütigend es ist, von einem Land aufgenommen zu werden, das einem Bedingungen stellt. Bestimmt würden ihre Gastgeber nicht so grausam mit ihnen umgehen, wie sie es mit ihm getan hatten, doch vielleicht würden sich der norwegische König und die Minister an ihn erinnern und daran, wie sie ihn behandelt hatten.

In den ersten Monaten des Jahres 1940 wurde der Kampf der mexikanischen Stalinisten gegen den Exilanten hitziger. Nachdem sie Laborde und Campa hinausgeworfen hatten, entledigten sie sich nun weiterer Führer, die sie desselben Vergehens beschuldigten, nämlich nicht »antitrotzkistisch« genug zu sein. Sein Gespür sagte ihm, dass sich etwas zusammenbraute. Mitten in den Säuberungsaktionen feierten die Kommunisten den Tag der Arbeit mit einem Aufmarsch, der denen der Nazis und der Faschisten in Berlin und Rom sehr ähnelte. Anstatt Parolen gegen den Krieg auszugeben, hatten die zwanzigtausend von der Kommunistischen Partei und der Arbeitervereinigung herbeigekarrten Kommunisten »Trotzki raus!«, »Trotzki Faschist!«, »Trotzki Verräter!« auf ihre Spruchbänder geschrieben. Vielleicht nur aus einem Rest an Scham hatten sie nicht das geschrieben, was sie umso wütender schrien: »Tod dem Verräter Trotzki!«

Diese Aggressivität hatte die Bewohner und Bewacher der Festung in der Calle Viena in Alarmbereitschaft versetzt, denn Leute, die so etwas schrieben und riefen, waren auch bereit, einen Revolver in die Hand zu nehmen. Die Leibwächter stellten Maschinengewehre auf den Wachtürmen auf, ließen weitere Freiwillige aus den Vereinigten Staaten kommen und erhöhten die Zahl der Polizisten, die vor dem Haus patrouillierten, auf zehn. Werden all diese Maßnahmen etwas nützen, werden sie die meuchelnde Hand aufhalten können, die sich durch eine kaum wahrnehmbare Lücke einschleichen wird?, fragte sich Lew Dawidowitsch, als er die vielen bewaffneten Männer um sich herum betrachtete, die ihm den Atem nahmen. Und er wusste die Antwort: Er war zum Tode verurteilt, und seine Feinde würden ihn töten, wann immer sie wollten.

Eines Tages, als Alfred Rosmer an einer Darmgrippe erkrankt war, bekam Lew Dawidowitsch endlich Sylvias Verlobten zu Gesicht. Der junge Mann hatte Alfred in die Klinik gefahren und darauf bestanden, die Kosten für Behandlung und Medikamente zu übernehmen. Laut Marguerite hatte Sylvia ihn nicht vorstellen wollen, weil er Probleme mit seinen Papieren hatte und sich illegal in Mexiko aufhielt. Doch Natalia meinte bissig, das Mädchen habe wohl eher Angst, weil ihr Verlobter in schmutzige Geschäfte verwickelt sei, die ihm schnelles

Geld einbrachten, das er mit vollen Händen ausgab. Hoffentlich wird Sylvia nicht enttäuscht, sagte der Exilant zu seiner Frau.

Der 23. Mai war ein ganz gewöhnlicher Tag. Lew Dawidowitsch hatte viel gearbeitet und fühlte sich erschöpft, als er am Nachmittag, begleitet von Sjewa und Azteca, in den Stall ging, um seine Kaninchen zu füttern. Davor hatte er mit Harold Robbins gesprochen und ihn gebeten, die routinemäßige Besprechung mit den Leibwächtern ausfallen zu lassen. Er habe mehrere Nächte schlecht geschlafen und sei müde, sagte er. Nach dem Abendessen hatte er ein wenig mit den Rosmers geplaudert und war dann in sein Arbeitszimmer gegangen, um die Dokumente bereitzulegen, mit denen er am nächsten Morgen arbeiten wollte. Etwas früher als gewöhnlich hatte er ein Schlafmittel eingenommen, um den so notwendigen Schlaf zu finden, und war zu Bett gegangen.

Obwohl er seit zwölf Jahren auf ihn wartete, gelang es ihm manchmal zu vergessen, dass der Tod, vielleicht in den friedlichsten Stunden der Nacht, jederzeit an seine Tür klopfen konnte. In bester sowjetischer Manier hatte er gelernt, mit dem Gedanken an den Tod zu leben und ihn zu ertragen wie ein zu enges Hemd. Und auch wenn er ihn nicht fürchtete, ihn manchmal sogar herbeisehnte, zwang ihn sein fast krankhaftes Pflichtgefühl, die verschiedenen Maßnahmen zu seiner Vermeidung zu akzeptieren.

Vielleicht aus einer Art Selbstschutz heraus dachte er, als er von den Explosionen geweckt wurde, dass es sich um Böller oder Feuerwerkskörper eines Festes handele, das gerade in Coyoacán gefeiert wurde. Erst als Natalia ihn aus dem Bett zerrte und ihn zu Boden drückte, begriff er, dass es Schüsse waren, die ganz in der Nähe abgegeben wurden. War seine Stunde gekommen?, fragte er sich, musste er sich verabschieden, einfach so, in einem Nachthemd, an eine Wand gekauert? Lew Dawidowitsch blieb sogar Zeit zu denken, dass es eine wenig dekorative Art zu sterben war. Würde er mit hochgeschobenem Nachthemd daliegen, die Schamteile entblößt? Der Verurteilte presste die Beine zusammen und machte sich bereit zum Sterben.

24

An einem trägen und schweißtreibenden Nachmittag des Jahres 1993 wurde mein Interesse an Ramón Mercaders Geschichte erneut angefacht. Kaum hatte ich den Sack voller Bananen, Malangas und Mangos abgeladen und das Fahrrad abgestellt, auf dem ich wegen der rettenden Nahrungsmittel nach Melena del Sur und wieder zurückgefahren war, teilte mir Ana mit, dass ich ein Paket erhalten hatte. Ich weiß nicht, seit wie vielen Jahren ich keinen Brief, geschweige denn ein Paket bekommen hatte. Die Freunde, die fortgingen, schrieben vielleicht einen oder zwei Briefe, um es dann nie wieder zu tun, weil sie ihre quälende Vergangenheit vergessen wollten und wir sie daran erinnerten. Während ich einen ganzen Liter gezuckerten Wassers direkt aus der Flasche trank, sah ich mir den Umschlag mit dem Vermerk »per Einschreiben« an und las den Absender: Germán Sánchez, dazu den Stempel des Postamtes von Marianao am anderen Ende der Stadt.

Ohne den Kaffee aufzusetzen, eine Zigarette im Mund, öffnete ich den Umschlag und stellte sogleich fest, dass der Absender falsch war. Die Sendung bestand aus einem Buch, in Spanien publiziert und tatsächlich von einem gewissen Germán Sánchez zusammen mit Luis Mercader geschrieben. Laut Klappentext erzählte Luis in dem Buch, unter Mithilfe des Journalisten Germán Sánchez, das Leben seines Bruders Ramón. Als Erstes blätterte ich natürlich das Buch durch, und als ich feststellte, dass es auch Fotos enthielt, sah ich mir sie an, bis ich ein Bild entdeckte, das mir den Magen umdrehte. Jener Mann mit dem kräftigen, fast quadratischen Kopf, den greisen Gesichtszügen und der Hornbrille, jener Mann, dessen Augen mich aus dem

Werk von Germán Sánchez und Luis Mercader anblickten, war ohne jeden Zweifel ein Mörder. Und er war der Mann, der Hunde liebte.

Ich glaube, der endgültige Verdacht, dass Jaime López nicht Jaime López war, kam mir in dem Moment, als er mir sagte, dass Ramón sein ganzes Leben lang Trotzkis Schrei gehört habe. Der Ton in seiner Stimme und die Feuchtigkeit in seinen Augen hatten mich vermuten lassen, dass er von etwas sehr Persönlichem und Schmerzvollem sprach. Als mir, einige Jahre später, die Krankensschwester den Brief brachte und ich davon überzeugt war, die Sehnsucht nach einer verlorenen Welt habe den Aktivisten Ramón nie losgelassen, wurde mir immer klarer, dass der Mann, der Hunde liebte, niemand anderer sein konnte als ebenjener Ramón Mercader. So unwahrscheinlich es auch sein mochte, dass man diesem Mann an einem kubanischen Strand leibhaftig begegnete, wo einem doch die Logik sagte, dass er bereits vor vielen Jahren von der Geschichte verschlungen worden sein musste. Gehörten Trotzki, sein Leben und sein Tod nicht einer längst vergangenen, romanhaften Zeit an? Wie konnte jemand der Geschichte entfliehen, um mit zwei Hunden und einer Zigarette im Mund an einem Strand in Kuba, in *meiner* Realität, spazieren zu gehen? Mit diesen Fragen und Mutmaßungen hatte ich versucht, mir einen Rest an Skepsis zu bewahren, vor allem wohl, um mich selbst zu schützen. Es ist für niemanden angenehm, zu wissen, dass er eine enge, vertrauliche Beziehung zu einem Mörder hatte, dass er eine Hand gedrückt hat, die einen Menschen getötet hat, dass er mit ihm Zigaretten, Kaffee und sogar sehr private Sorgen geteilt hat … Und noch unangenehmer ist es, wenn dieser Mörder eins der grausamsten, kalkuliertesten und nutzlosesten Verbrechen der Geschichte begangen hat. Jener Rest an Skepsis hatte mir jedoch einen gewissen Seelenfrieden gegeben, den ich bitter nötig hatte, als ich beschloss, in der Geschichte herumzustochern und herauszufinden, welche Motive Ramón Mercader zu seiner Tat veranlasst hatten: die letzten Wahrheiten, die mir sein allwissender Freund Jaime López vielleicht verschwiegen hatte. Doch nachdem mit dem Foto in dem Buch der letzte Vorhang gefallen war, hatte ich die endgültige Gewissheit, dass ich niemals mit Jaime López gesprochen hatte, sondern mit dem

Mann, der einmal Ramón Mercader del Río gewesen war, und dass Ramón mir (warum, zum Teufel, ausgerechnet mir?) die Wahrheit seines Lebens anvertraut hatte, zumindest das, was für ihn sein Leben und seine Wahrheit war.

Noch am selben Abend, gleich nach dem Essen, las ich das Buch bis zur letzten Zeile durch. Und während ich las, kam ich zu der Überzeugung, dass nur eine Person mir das Buch geschickt haben konnte und mir damit die letzten Einzelheiten enthüllte, einschließlich die des schmerzvollen Todes von Ramón Mercader. Und diese Person konnte keine andere sein als die angebliche, namenlose und obskure Krankenschwester, die offenbar sehr viel mehr über ihren »Patienten« wusste als das, was sie mir bei ihrem einzigen und kurzen Besuch vor zehn Jahren erzählt hatte. Wenn diese Frau (die vielleicht immer noch mit der Familie in Verbindung stand, zum Beispiel mit den Söhnen des Mannes, der ein Mörder war) mir dieses Buch hätte zukommen lassen, dann sicher nicht nur in dem Wunsch, die letzten Winkel der Unwissenheit des »Jungen« zu erhellen, der einige Nachmittage mit Jaime López verbracht hatte, mit jenem Mann, der in einem anderen Leben Ramón Mercader, in einem anderen Jacques Mornard, in einem anderen Frank Jacson und in einem anderen Román Pawlowitsch geheißen hatte.

Beim Lesen der Biografie stellte ich fest, dass ein Teil meiner Kenntnisse durch die Informationen bestätigt wurden, die Luis Mercader aus erster Hand haben musste. Dagegen widersprachen andere Anekdoten dem, was ich bereits wusste, und aus irgendeinem Grund, den ich damals noch nicht kannte, war ich über bestimmte Verhaltensweisen und Geschichten Ramóns informiert, die sein Bruder absichtlich weggelassen hatte oder von denen er nichts wusste. Am wichtigsten für mich aber war, dass, als die Identität von Jaime López gelüftet war und ich über das Ende von Ramón Mercader Bescheid wusste und als die Welt, die ihn wie eine giftige Pflanze behandelt hatte, zusammengebrochen war, ich mich von meinem Versprechen, Schweigen zu bewahren, befreit sah. Vor allem, weil ich nun die Gewissheit hatte, dass jenes Schweigegelübde, dem der Mann, der Hunde liebte, mich zu Lebzeiten – und über seinen Tod hinaus –

unterworfen hatte, nur einen einzigen, vom Gehirn eines Schach-
spielers ausgedachten Grund haben konnte: mich stillschweigend,
aber unerbittlich zur Niederschrift seiner Geschichte zu bewegen,
während er mich das Gegenteil hatte versprechen lassen.

Das Buch, das Luis Mercader diktiert hatte, befreite mich nicht nur
von meinem Schweigegelübde, es ermöglichte mir auch, dem Kreuz-
worträtsel des Lebens und Werkes eines Mörders die letzten Buchstaben hinzuzufügen. Dennoch war meine erste Reaktion die, dass
ich mir leidtat, ich und all jene, die an die in der damals bereits
untergegangenen Sowjetunion errichtete Utopie geglaubt hatten.
Ich empfand sogar ein gewisses Mitgefühl für Mercader selbst, und
zum ersten Mal begriff ich die Ausmaße seines Glaubens und seiner
Angst, die ihn bis zum letzten Atemzug verbissen über seine Tat hatten schweigen lassen.

Meine zweite Reaktion war die, Ana die ganze Geschichte zu erzählen; denn ich hatte das Gefühl zu explodieren, wenn ich nicht
endlich den Eiter aus meinem Pickel der Angst ausdrückte. Wenn
Luis Mercader einen Teil des Lebens seines Bruders erzählt habe,
sagte ich zu ihr, dann fühlte ich mich jetzt endlich bereit und intellektuell wie körperlich in der Lage, die ganze Geschichte aufzuschreiben, geschehe, was wolle.

»Ich verstehe dich nicht, Iván, mein Gott, ich verstehe dich nicht«,
erwiderte Ana emphatisch, exaltiert, voller Wut (wie ich wusste) über
den Betrug, dem sie selbst zum Opfer gefallen war. »Wie ist es möglich, dass ein Schriftsteller aufhört, sich als Schriftsteller zu fühlen?
Schlimmer noch: Wie ist es möglich, dass er aufhört, wie ein Schriftsteller zu denken? Wie kann es sein, dass du die ganze Zeit über nicht
gewagt hast, darüber zu schreiben? Ist dir nicht in den Sinn gekommen, dass Gott dir mit deinen damals achtundzwanzig Jahren die
Geschichte zu *deinem* Roman geschenkt hat?«

Ich ließ sie reden, nickte zu jeder ihrer Bemerkungen und Fragen (es hätten auch bewundernde Äußerungen sein können – man
musste nur die Fragezeichen weglassen; oder waren es tatsächlich
Anklagen?) und antwortete ihr dann: »Es ist mir nicht in den Sinn

gekommen, weil es mir nicht in den Sinn kommen konnte, weil ich nicht wollte, dass es mir in den Sinn kam, und weil ich alles tat, um es zu vergessen, wenn es wieder einmal versuchte, mir in den Sinn zu kommen. Oder weißt du nicht, in welchem Land wir damals gelebt haben? Hast du eine Vorstellung davon, wie viele Schriftsteller mit dem Schreiben aufgehört und sich in ein Nichts, schlimmer noch, in einen Antischriftsteller verwandelt haben und nie mehr wieder auf die Beine gekommen sind? Wer hätte darauf gewettet, dass sich die Dinge irgendwann ändern würden? Weißt du, wie das ist, marginalisiert zu sein, verboten, mit dreißig, fünfunddreißig Jahren begraben, wenn du gerade dabei bist, ein ernsthafter Schriftsteller zu werden, und wenn du davon ausgehen musst, dass die Marginalisierung und das Verbot für immer gelten werden, bis ans Ende der Zeiten oder zumindest bis zum Ende deines verdammten Scheißlebens?«

»Aber was hätten sie dir denn tun können?«, fragte sie. »Dich töten?«

»Nein, getötet haben sie einen nicht.«

»Also dann, was hätten sie dir Schreckliches antun können? Ein Buch von dir zensieren? Was noch?«

»Nichts.«

»Wie, nichts?«, schrie sie mich fast beleidigt an.

»Sie haben dir *nichts* getan. Weißt du, wie das ist, dich in ein *Nichts* zu verwandeln? Ich weiß das nämlich, denn ich selbst bin zu einem *Nichts* geworden ... Und ich weiß auch, was es heißt, Angst zu haben.«

Und ich erzählte ihr von all den Schriftstellern, an die sich niemand mehr erinnerte, nicht einmal sie selbst, von denen, die die gefällige, leere Literatur der Siebziger- und Achtzigerjahre geschrieben hatten, praktisch die einzige, die man sich vorstellen und ersinnen konnte unter der allgegenwärtigen Bedrohung des Verdachts, der Intoleranz und der staatlich verordneten Eintönigkeit. Und ich erzählte ihr von denen, die wie ich, unschuldig und gläubig, zu einer »Disziplinarmaßnahme« verdonnert worden waren, weil sie gerade mal die Fußspitze vorgestreckt hatten, und von denen, die nach einem Aufenthalt in der Hölle des Nichts versucht hatten, zurückzufinden und es mit erbärmlichen, wiederum gefälligen, leeren Büchern taten, mit denen sie eine stets zur Bewährung ausgesetzte Vergebung erlangten und das verstümmelte Gefühl haben konnten, wieder ein Schriftsteller zu sein, weil sie ihren Namen gedruckt sahen.

Wie Rimbaud in seiner Zeit in Harar hatte ich es vorgezogen zu vergessen, dass es so etwas wie Literatur gab. Mehr noch: Wie Isaak Babel – nicht dass ich mich mit ihm oder mit irgendjemandem sonst vergleichen möchte, Gott bewahre! – hatte ich mich dafür entschieden, *die Stille zu schreiben*. Wenigstens mit geschlossenem Mund konnte ich mich im Frieden mit mir selbst fühlen und meine Ängste im Zaum halten.

Als sich in den Neunzigerjahren die Krise verstärkte, drohten Ana, der Pudel Tato und ich an Entkräftung zu sterben, wie so viele Menschen in diesem düsteren, paralysierten Land, das sich auf den Abgrund zubewegte. Doch trotz allem glaube ich, dass Ana und ich in den sechs, sieben schwierigsten Jahren der totalen, endlosen Krise auf unsere stoische, hungrige Art glücklich waren. Das menschliche Miteinander, das mich damals vor dem endgültigen Absturz bewahrte, war für mich eine wirkliche Schule des Lebens. In den letzten Jahren meiner Ehe mit Raquelita, als die fetten Achtzigerjahre zum Normalzustand zu werden schienen und alles darauf hindeutete, dass uns eine leuchtende Zukunft bevorstand – es gab ausreichend Essen und Kleidung (sozialistisch und hässlich, aber immerhin Essen und Kleidung), es gab Busse, manchmal sogar Taxis, und es gab Häuser am Strand, die wir von dem Geld, das wir verdienten, auch tatsächlich mieten konnten –, hinderte mich meine Unfähigkeit, glücklich zu sein, daran, zusammen mit meiner Frau und meinen Kindern das zu genießen, was das Leben mir bot. Als aber mit der Auflösung der Sowjetunion das zerbrechliche Gleichgewicht gestört wurde und die Krise begann, gaben mir Anas Anwesenheit und Liebe den Mut und die Lust zurück, zu leben, zu schreiben und für etwas zu kämpfen, das ich in mir und außerhalb meiner selbst spürte, so wie in den weit zurückliegenden Jahren, als ich mit großer Begeisterung Zuckerrohr geschnitten, Kaffee gepflanzt und ein paar Erzählungen geschrieben hatte, angetrieben vom Glauben und dem tiefen Vertrauen in die Zukunft – nicht nur in meine, sondern in die aller ...

Da seit Anfang der Neunziger der öffentliche Nahverkehr praktisch aufgehört hatte zu existieren, radelte ich an fünf Tagen der Woche auf meinem chinesischen Fahrrad zehn Kilometer hin und zehn Kilometer zurück, von unserer Wohnung zu meiner damaligen Arbeitsstätte, dem veterinärmedizinischen Institut. Nach wenigen Monaten war ich so dünn, dass ich mich bei meinem Anblick im Spiegel fragen musste, ob mich nicht ein zerstörerischer Krebs zerfraß. Ana ihrerseits litt an Kalorienmangel, der durch eine negative genetische Disposition noch verstärkt wurde. Wie bei vielen anderen wurde bei ihr schließlich eine Polyneuritis aufgrund von Vitaminmangel festgestellt (dieselbe, die sich in den Konzentrationslagern der Nazis ausgebreitet hatte). In ihrem Fall führte sie zur Osteoporose, dem Vorstadium des Krebses, der sie am Ende töten sollte.

Ich widmete mich der Pflege Anas, deren Krankheit immer weiter fortschritt (einige Monate lang war sie fast blind), und als ich 1993 die Gelegenheit erhielt, in einer verlassenen Bude in der Nähe unseres Hauses eine Art Tierpraxis aufzumachen, kündigte ich meine Arbeit am veterinärmedizinischen Institut. Von da an verwandelte ich mich mit Genehmigung der Behörden (von Unterstützung keine Spur) in den Amateurveterinär des Viertels und wurde offiziell mit den Impfkampagnen gegen Tollwut beauftragt. Auch wenn meine Arbeit nicht wirklich viel einbrachte, konnte ich doch das Dreifache meines ehemaligen Lohnes verdienen, und ich verwendete jeden Peso darauf, Lebensmittel für meine Frau zu besorgen. Zur Verbesserung meiner spärlichen Einkünfte schwang ich mich ein Mal in der Woche auf mein Rad und fuhr die dreißig Kilometer nach Melena del Sur, um direkt vom Bauern Obst und Gemüse für Ana zu kaufen; darüber hinaus tauschte ich meine Fähigkeiten als Schweinebeschneider und Parasitenbekämpfer gegen etwas Fleisch und ein paar Eier ein. Wenn ich vor Monaten noch wie ein Krebskranker ausgesehen hatte, so machte mich die neue, zusätzliche Anstrengung zu einem Rad fahrenden Gespenst. Noch heute kann ich mir nicht erklären, wie ich als strahlender Sieger und vor allem lebend aus diesem Überlebenskampf hervorgehen konnte, der vom Entfernen von Stimmbändern bei Hunderten von Stadtschweinen (um das störende Quieken abzustellen) bis hin zu einem handgreiflichen Streit mit einem Tierarzt reichte, der versuchte, mir die Kunden in Melena del Sur abspenstig zu machen. Am Rande des Abgrunds, wenn man von allen Seiten bedrängt wird, können Instinkte stärker sein als Überzeugungen.

Außer durch den langsamen, zähen Prozess des Schreibens, zu dem ich nach der Lektüre des Buches von Luis Mercader zurückgekehrt war – ich hatte ja keine Vorstellung davon, wie schwierig es sein kann, wirklich zu schreiben, verantwortungsvoll und der Konsequenzen bewusst, und sich in einen realen Menschen hineinzuversetzen, zu denken und zu fühlen wie er –, wurde ich für jene düstere Periode entschädigt, indem ich es schaffte, aus mir hervorzuholen, was wohl die einzige, wahre Berufung meines Lebens sein musste: In meiner schmucklosen, primitiven Praxis in unserem Viertel impfte ich nicht nur Hunde gegen Tollwut, ich beschnitt nicht nur Schweine, die später auf dem Teller landeten, oder brachte sie zum Verstummen, sondern ich konnte auch all denen helfen, die, wie ich, Tiere liebten, vor allem Hunde. Manchmal wusste ich selbst nicht, woher ich die Medikamente und das Instrumentarium hatte, um meine Praxis zu betreiben, und das in einer Zeit, als sogar Aspirintabletten von der Insel verschwunden zu sein schienen und im veterinärmedizinischen Institut den Tierhaltern empfohlen wurde, die Hautkrankheiten ihrer Lieblinge mit Kamillentee und Darmprobleme mit den Fürbitten von San Luis Beltrán zu kurieren. Die symbolischen Entgelte, die ich von den Tierhaltern kassierte – nur von denen, die mit den Tieren Geschäfte machten, verlangte ich mehr, darunter fielen auch Schweinezüchter, die sich über die ganze Stadt ausgebreitet und sie in einen riesigen, stinkenden Schweinestall verwandelt hatten, um ein wenig Fleisch und Fett zu produzieren –, deckten kaum die Kosten und hätten nicht ausgereicht, um Ana und mich am Leben zu halten. Mein Ruf als anständiger Kerl, mehr als der als tüchtiger Tierarzt, breitete sich in der Gegend aus, und die Leute kamen mit Tieren zu mir, die dünner waren als sie selbst (haben Sie schon mal eine dünne Schlange gesehen?), und brachten mir in praktischer Solidarität unter armen Schluckern (der einzig wahren!) Medikamente, Garn und Verbandsmaterial mit, alles, was sie aus irgendeinem Grund übrig hatten. Und indem ich an jener Solidarität mitwirkte, an der sich auch Ana beteiligte, wann immer es ihr möglich war – häufig assistierte sie mir beim Impfen, Sterilisieren und Bekämpfen von Parasiten –, fern jeden Strebens nach persönlicher Anerkennung oder Reputation, glücklich befreit aus dem Teufelskreis von Angst und Verdacht, war ich elementar und wirklich die Person, die der, die ich immer hatte sein wollen und bis heute am liebsten gewesen bin, am meisten ähnelte.

Obwohl ich noch nicht damit begonnen hatte, Ana in die Kirche zu begleiten, sagten Dany, Frank und die anderen wenigen Freunde, die ich noch traf, spöttisch zu mir, ich würde wohl an der Kandidatur für meine Seligsprechung und meiner immateriellen Himmelfahrt arbeiten. Tatsache jedoch ist: Als ich darüber las und schrieb, wie die größte Utopie, die die Menschheit jemals in Händen gehalten hatte, pervertiert worden war, als ich in die tiefsten Tiefen einer Geschichte eintauchte, die mehr eine Strafe Gottes als das Werk machttrunkener Männer zu sein schien, die nach absoluter Kontrolle und historischer Bedeutung gegiert hatten, lernte ich, dass sich wirkliche menschliche Größe in bedingungsloser Güte zeigt, in der Fähigkeit, denen zu geben, die nichts haben, und zwar nicht das, was wir entbehren können, sondern einen Teil des wenigen, das wir haben. Zu geben, bis es wehtut, und mit diesem Akt der Solidarität keine Politik zu machen, keine Vorherrschaft anzustreben, geschweige denn, andere zu zwingen, unsere Auffassungen von Gut und Böse und von der Wahrheit zu übernehmen, weil wir sie für die einzig möglichen halten. Und obwohl ich wusste, dass meine allumfassende Theorie ganz und gar unpraktikabel war (aber was, zum Teufel, machen wir mit der Ökonomie, dem Geld, dem Eigentum, damit alles funktioniert? Was, verdammt noch mal, mit den selbst ernannten großen Geistern und den geborenen Arschlöchern?), tröstete mich der Gedanke daran, dass der Mensch vielleicht eines Tages dieser Theorie, die mir so grundlegend erschien, ohne Zwang anhängen könnte: nur aufgrund eigener, freier Wahl und aus dem ethischen Bedürfnis heraus, solidarisch und demokratisch zu sein. Doch das war, mit Verlaub, alles nur geistige Onanie …

Darum widmete ich mich, still und unter Schmerzen, wieder dem Schreiben, ohne zu wissen, ob ich mich irgendwann trauen würde, es jemals jemandem zu zeigen oder womöglich einem höheren Schicksal zuzuführen; denn keine der beiden Optionen interessierte mich allzu sehr. Allerdings war ich davon überzeugt, dass mein Versuch, eine verdrängte Erinnerung vor dem endgültigen Verschwinden zu bewahren, viel mit meiner Verantwortung dem Leben gegenüber – genauer gesagt, meinem Leben gegenüber – zu tun hatte: Wenn das Schicksal mir eine grausame und exemplarische Geschichte anvertraut hatte, dann war es meine Pflicht als Mensch, sie zu bewahren, sie dem Mahlstrom des Vergessens zu entreißen.

Das Bedürfnis, die Last der Geschichte, die mich verfolgte, mit jemandem zu teilen, war, zusammen mit den Erinnerungen und Schuldgefühlen, die während unseres Ausflugs nach Cojímar in mir hochkamen, der Grund dafür, meinem Freund Daniel von meiner Beziehung zu der zwielichtigen Person, die ich »den Mann, der Hunde liebte« getauft hatte, zu erzählen.

An einem Nachmittag des Sommers 1994, in dem Jahr, als wir am Tiefpunkt der Krise angelangt waren, war es also so weit. Ich beschloss, Dany aus seinem Zustand tiefster Depression herauszuholen, was nicht leicht war. Wir fuhren mit dem Fahrrad nach Cojímar, um uns ein Spektakel anzusehen, das Kuba noch nie gesehen hatte: Hunderte, Tausende von Männern, Frauen und Kindern nutzten die von der Regierung veranlasste Öffnung der Grenzen, um sich am helllichten Tage auf den abenteuerlichsten Booten und Flößen, auf allem, was irgendwie schwimmen konnte, aufs Meer zu begeben, neuen Horizonten entgegen, beladen mit ihrer Verzweiflung, ihrer Erschöpfung und ihrem Hunger.

Die Situation in den letzten drei, vier Jahren, mit Stromausfällen von acht oder auch zwölf Stunden täglich, hatte Dany und mich wieder einander näher gebracht. Sein Stadtteil (Luyanó I) grenzte an meinen (Lawton II), und wir entdeckten, dass, wenn es in seinem

Haus keinen Strom gab, es in meinem welchen gab, und umgekehrt. Und so pflegten wir auf unseren Fahrrädern, meistens mit unserer Frau auf dem Gepäckträger, von der Dunkelheit ins Licht zu wechseln, um uns im Fernsehen irgendeinen Film oder ein langweiliges Baseballspiel anzusehen (die Reporter und die Spieler waren dünner als früher, die Stadien fast leer) oder uns einfach nur zu unterhalten.

Dany, der zu der Zeit noch als Abteilungsleiter für Marketing und Vertrieb arbeitete, hatte inzwischen das Schreiben aufgegeben. Seine Bände mit Erzählungen und seine beiden Romane, die in den Achtzigern veröffentlicht worden waren, hatten ihn zu einer der möglichen Hoffnungen der stets hoffnungsvollen kubanischen Literatur gemacht. Tatsächlich konnte man in den Büchern seine erzählerischen Möglichkeiten erahnen, eine packende Gestaltungskraft, die Fähigkeit, ein Thema zu durchdringen. Doch jemand mit meinen Erfahrungen konnte auch erkennen, dass ihm die Kühnheit fehlte, ins Leere zu springen und alles auf eine Karte zu setzen. Seine Literatur hatte etwas Ausweichendes, wodurch das Bestreben, nach etwas zu suchen, abrupt abgewürgt wurde, sobald sich ein Abgrund auftat: die Angst davor, durchs Feuer zu gehen und die schmerzhaften Seiten der Realität zu berühren. Da ich ihn gut kannte, wusste ich, dass seine Texte seine Haltung gegenüber dem Leben widerspiegelten. Doch jetzt, erschöpft und gebeugt von der Krise und der Gewissheit, in Kuba nichts veröffentlichen zu können, war er in eine literarische Depression gestürzt, aus der ich (ausgerechnet ich!) ihn während unserer nächtlichen Gespräche herauszuholen versuchte. Mein häufigster Ratschlag war, er solle die leeren Tage nutzen, um nachzudenken und zu schreiben, und sei es bei Kerzenlicht. Schließlich und endlich hätten es die großen kubanischen Schriftsteller des 19. Jahrhunderts auch so gemacht. Außerdem sei sein Fall nicht mit meinem zu vergleichen: Er sei Schriftsteller und könne nicht einfach aufhören, einer zu sein (Ana sah mich nur schweigend an, wenn ich dieses Thema berührte), und Schriftsteller schrieben nun mal. Doch meine Worte schienen nicht den geringsten Eindruck auf ihn zu machen. Die Leidenschaft, die die selbstzerstörerische Arbeit vorantreibt, hatte ihn verlassen, und er, der bei seiner Arbeit immer so diszipliniert gewesen war, ließ nun die Tage einfach dahinplätschern und war nur damit beschäftigt, seine Überlebensstrategien zu perfektionieren und für die nächste Mahlzeit zu sorgen, wie fast alle Bewohner der Insel. An einem jener Abende, als wir wieder einmal über das Thema sprachen, diesmal in Lawton II, schlug ich ihm vor, am nächsten Tag mit dem Fahrrad nach Cojímar zu fahren, um uns mit eigenen Augen anzusehen, was dort geschah.

Das Spektakel, das uns erwartete, war niederschmetternd. Während am Strand Männer und Frauen damit beschäftigt waren, mit Brettern, Eisenfässern, Autoschläuchen, Nägeln und Stricken die Geräte zusammenzuzimmern, mit denen sie sich aufs Meer wagen wollten, fuhren andere mit den bereits fertigen Wasserfahrzeugen auf Lastwagen vor. Immer wenn eins dieser Ungetüme ankam, rannte die Menge zu den Neuankömmlingen, um sie mit Applaus zu empfangen, so als hätten sie eine sportliche Hochleistung erbracht. Einige eilten herbei, um ihnen beim Abladen der wertvollen Fracht zu helfen, während andere – manche sogar mit Bündeln von Dollarscheinen in der Hand – versuchten, sich einen Platz für die Überfahrt zu sichern.

Inmitten des allgemeinen Chaos kam es zu Diebstählen (es wurden sowohl Brieftaschen als auch Ruder geklaut), Kanister mit Trinkwasser wurden zum Kauf angeboten, es entwickelte sich ein schwungvoller Handel mit Kompassen, Lebensmitteln, Strohhüten und Sonnenbrillen, Zigaretten, Streichhölzern, Feuerzeugen, Taschenlampen und Gipsbildern der Barmherzigen Jungfrau von Cobre, der Schutzpatronin von Kuba und der von Regla, der Königin der Meere, und es wurden sogar Zimmer für die letzte Liebesstunde und sanitäre Einrichtungen für die großen Geschäfte vermietet, denn die kleinen wurden ohne jede Scheu zwischen den Felsen an der Küste erledigt. Die Polizisten, die eigentlich für die öffentliche Ordnung sorgen sollten, schauten diesem kuriosen Treiben mit verträumten Augen zu, und wenn sie sich an ihren Befehl erinnerten und eingriffen, taten sie es behutsam, fast widerwillig, nur um die Gemüter zu beruhigen, wenn Gewalt aufzukommen drohte. Eine Gruppe von Menschen stand bei ein paar Jungen, die mit ihren Gitarren an den

Strand gekommen waren, und sangen Lieder, ganz so, als befänden sie sich auf einem Campingplatz; andere diskutierten darüber, wie viele Leute auf ein Floß von soundso viel Fuß passten, und malten sich aus, was sie als Erstes essen würden, wenn sie in Miami ankamen, oder welche millionenschweren Geschäfte sie dort tätigen würden. Und diejenigen, die direkt am Ufer standen, halfen denen, die ihre Flöße zu Wasser ließen, und verabschiedeten sie unter großem Beifall, Tränen, dem Versprechen, sich bald wiederzusehen, dort drüben auf der anderen Seite oder noch weiter weg: in einem anderen Leben ... Ich glaube, ich werde nie den großen, fetten Schwarzen vergessen, der von seinem bereits schwimmenden Floß aus mit seiner tiefen Baritonstimme den Leuten an der Küste zurief: »Der Letzte macht das Licht am *Morro* aus!«, um dann mit der Stimme von Paul Robeson zu singen: »Ich höre die Trommel, Mamita, sie rufen mich, ich spüre es ...«

»Ich hätte nie gedacht, dass ich jemals so was erleben würde«, sagte ich tief betrübt zu Daniel. »War alles umsonst? Nur, damit es so endet?«

»Hunger verpflichtet«, erwiderte er.

»Das ist nicht nur der Hunger, Dany, es ist komplizierter. Sie haben den Glauben verloren, und jetzt hauen sie ab. Das ist ein Exodus, wie in der Bibel ... Eine Katastrophe!«

»Von wegen Exodus! Das ist typisch kubanisch. So was nennt man ›sich davonmachen‹, ›das Weite suchen‹, ›die Kurve kratzen‹, ›Reißaus nehmen‹ ... weil es keiner mehr aushält.«

Fast ängstlich wagte ich ihn zu fragen: »Und warum haust du nicht ab?«

Er sah mich an, und in seinem Blick lag keine Spur der Ironie, mit der er sich sonst vor der Welt zu schützen versuchte, die ihn aber nicht vor sich selbst und seinen eigenen Wahrheiten schützen konnte. »Weil ich Angst habe. Weil ich nicht weiß, ob ich wieder von vorn anfangen könnte. Weil ich vierzig Jahre alt bin ... Ehrlich gesagt, ich weiß es nicht. Und du?«

»Weil ich nicht fortgehen möchte.«

»Ach, hör auf, das ist keine Antwort.«

»Aber es stimmt. Ich möchte nicht fortgehen, und Schluss«, wiederholte ich, nicht bereit, weitere Gründe zu nennen.

»Warst du eigentlich immer schon so seltsam, Iván?«

Schweigend sah ich aufs Meer hinaus. Bei dem unangenehmen Gespräch, das wir miteinander führten, hier, in dieser Atmosphäre, war ein altes Schuldgefühl wieder in mir hochgestiegen. Es schnürte mir die Kehle zu und trieb mir Tränen in die Augen. Warum kam immer wieder die Angst? Wie lange noch würde sie mich verfolgen?

»Das Schlimmste, das mir passiert ist, nachdem William verschwunden war«, sagte ich, als ich wieder sprechen konnte, »war, dass ich mich gegen alles gesperrt habe und meine Wut nicht herauslassen konnte. Ich musste meinen Eltern etwas vormachen, ihnen sagen, dass es noch Hoffnung gebe, dass er wahrscheinlich irgendwo in Kuba lebte. Und als wir schließlich alle davon überzeugt waren, dass er auf dem Meeresgrund lag, da konnte ich nicht mehr um meinen Bruder weinen … Aber am beschissensten habe ich mich immer gefühlt, wenn ich über das Scheißschicksal nachgedacht habe. Wenn sich William zwei oder drei Monate später dazu entschlossen hätte, hätte er das Land ganz legal verlassen können. Mit der Entlassungsurkunde von der Universität, in der er als antisozialer Schwuler bezeichnet wurde, hätte man ihn auf eine der Fähren verfrachtet, und er wäre ohne Probleme fortgegangen.«

»Niemand hätte sich träumen lassen, dass so etwas passieren würde. Hättest du etwa gedacht, dass wir so was mal erleben? Die Leute hauen ab, und die Polizisten schauen zu, als wäre nichts dabei.«

»Es ist, als hätte William das Kainsmal auf der Stirn getragen. Nur weil er schwul war oder mein Bruder … Ich weiß nicht, aber das ist nicht gerecht.«

Bevor der Nachmittag zu Ende ging, fuhren wir zurück, aufgewühlt vom Anblick jener Menschenge, die in mir die Erinnerung an William und seine letzte Entscheidung heraufbeschworen hatte, eine Erinnerung, die niemals gelöscht, niemals begraben worden war, so wie der Leichnam meines Bruders.

Es war schon tiefste Nacht, als wir in Luyanó I ankamen. Zum Glück gab es in Danys Wohnung Licht. Wir tranken Wasser, dann

Kaffee (die Spezialmischung der »Sonderperiode«) und aßen Brot mit gehacktem Fisch, angereichert mit gekochten Bananenschalen. Daniel wusste, dass ich mir seit zwei oder drei Jahren wieder erlaubte, Alkohol zu trinken, allerdings nur zu besonderen Gelegenheiten und in geringen Mengen. Und weil er mich kannte, hatte er bemerkt, dass ich in diesem Augenblick einen Schluck gebrauchen konnte. Er öffnete den Schrank, in dem er seine strategische Reserve bereithielt, und holte eine Flasche Rum heraus, eine von denen, die Elisa, wenn sich die Gelegenheit bot, auf ihrer Arbeitsstelle klaute. Wir saßen in den Schaukelstühlen im Wohnzimmer, zwei Ventilatoren auf Höchsttouren neben uns, und tranken, fast ohne uns anzusehen; und ich spürte, dass mich die Ereignisse von Cojímar irgendwie auf das vorbereitet hatten, was ich zu tun gedachte und schließlich auch tat.

»Ich versuche, ein Buch zu schreiben«, begann ich, und sogleich wurde mir bewusst, dass es die grausamste aller möglichen Einleitungen war: einem Schriftsteller, der mit dem Schreiben aufgehört hat, zu erzählen, dass man ein Buch schreibt, ist, als würde man seine tote Mutter erwähnen. Das wusste ich nur zu gut. Aber nun gab es kein Zurück mehr, und ich vertraute ihm an, dass ich seit einiger Zeit versuchte, eine Geschichte zu Papier zu bringen, über die ich vor sechzehn Jahren gestolpert war.

»Und warum hast du sie nicht schon früher aufgeschrieben?«

»Ich wollte nicht, konnte nicht, wusste nicht, wie … Jetzt glaube ich, ich will, kann und weiß auch schon mehr oder weniger, wie.«

Und ich berichtete Dany von meinen Begegnungen im Jahre 1977 mit Jaime López und erzählte ihm in allen Einzelheiten die Geschichte, die der Mann, der Hunde liebte, mir auf so sonderbare Weise Stück für Stück geschenkt hatte. Ich weiß nicht, warum, aber vorher stellte ich eine Bedingung und bat ihn, sie zu respektieren: Er dürfe mich nie auf das Thema ansprechen, sagte ich, es sei denn, ich würde selbst davon anfangen. Jetzt weiß ich, dass ich das tat, um mich zu schützen, so wie es meine Art war.

Als ich ihm die Geschichte zu Ende erzählt hatte, einschließlich der Suche nach der Trotzki-Biografie, in die ich ihn mit hineingezogen hatte, spürte ich zum ersten Mal, dass ich wirklich dabei war, ein Buch zu schreiben. Es war ein berauschendes und gleichzeitig beängstigendes Gefühl, das ich seit vielen Jahren verdrängt hatte, das aber nicht vollkommen von mir gewichen war, wie eine chronische Krankheit. Doch im selben Moment wurde mir auch bewusst, dass Ramón Mercader, mehr als jeder andere, jenes unangebrachte Gefühl in mir hervorrief, das Ramón selbst nicht an sich herangelassen hatte und das mich aufgrund der bloßen Tatsache, dass ich es verspürte, erschreckte: Mitleid.

Das Gespräch mit Daniel und seine unmittelbaren Folgen veranlassten mich dazu, das, was ich bis zu diesem Moment geschrieben hatte, noch einmal durchzusehen und zu entstauben. Mir wurde klar, wie eminent wichtig es war, eine weitere Stimme einzuführen, eine andere Perspektive, von der aus das, was der Mann, der Hunde liebte, mir erzählt hatte, kommentiert und ergänzt würde. Und sehr bald erkannte ich, dass, wenn ich das Leben von Ramón Mercader verstehen wollte, ich auch das seines Opfers verstehen musste; das Bild des Mörders als Henker und als Mensch würde erst dann vollständig sein, wenn es das Ziel seiner Tat, den Gegenstand seines Hasses und des Hasses derjenigen, die ihn zu dem Mord angestiftet und ihn bewaffnet hatten, mit einschloss.

Jahrelang hatte ich mich bemüht, die wenigen Informationen, die es in unserem Land über die Verschwörung gegen Trotzki und über die entsetzliche, chaotische und desillusionierende Epoche, in der das Verbrechen stattfand, gab, zusammenzutragen. Ich erinnere mich an die gespannte Freude, mit der sich viele von uns auf die wenigen Zeitungen und Zeitschriften der Glasnost stürzten, die während jener Jahre der Enthüllungen und der Hoffnungen unsere Insel erreichten, bis sie wieder aus den Kiosken verschwanden – damit wir von gewissen, viele Jahre unter Verschluss gehaltenen Wahrheiten ideologisch nicht infiziert würden, sagten die Zensoren. Aber mein Bedürfnis, mehr zu wissen, trieb mich dazu, nach einschlägigen Informationen zu suchen und mir ein Buch nach dem anderen zu besorgen (was von Buch zu Buch schwieriger wurde), und ich stellte fest, dass wir jahrzehntelang in einer gewollten Ahnungslosigkeit gelebt hatten und dass unsere Glaubensbereitschaft ausgenutzt und unser Wissen systematisch manipuliert worden war. Zunächst einmal – und meine Gespräche mit Daniel und Ana bestätigten mich darin – hatten nur sehr wenige Leute in unserem Land eine Ahnung davon, wer Trotzki gewesen war, sie kannten nicht die Gründe für seinen politischen Absturz, für seine Verfolgung und seinen Tod; noch weniger Menschen wussten, wie die Hinrichtung des Revolutionärs organisiert worden war und wer den tödlichen Befehl ausgeführt hatte; praktisch niemand wusste, zu welchen Auswüchsen die Grausamkeit der Bolschewiken geführt hatte, als ebenjener Trotzki auf den Höhepunkt seiner Macht gelangt war, und so gut wie niemand machte sich ein Bild vom Ausmaß des Verrats und von den Massakern des Stalinismus in der Zeit danach, als all die Barbareien mit dem Kampf für eine bessere Welt begründet und entschuldigt worden waren. Und diejenigen, die etwas wussten, schwiegen.

Aufgrund der Bücher, die von den Schrecken während jener Jahrzehnte in Moskau berichteten, und der Urteile, zu denen die Fachleute gelangten, kam ich zu dem Schluss, dass wir jetzt mehr über Mercaders Leben und die Einzelheiten seines Verbrechens wussten oder zumindest wissen konnten als Mercader selbst. Allein durch Glasnost und den unvermeidlichen Zusammenbruch der UdSSR, durch den viele Einzelheiten ihrer verschwiegenen, begrabenen und immer wieder umgeschriebenen Geschichte ans Tageslicht gekommen waren, ergab sich ein kohärentes und mehr oder weniger wahrheitsgetreues Bild eines Landes, dessen düstere Existenz genauso lange gewährt hatte wie ein durchschnittliches Menschenleben: vierundsiebzig Jahre. Doch das, was ich mit wachsendem Entsetzen las (wo doch Breton zu Trotzki gesagt hatte, dass die Welt für immer die Fähigkeit, sich zu entsetzen, verloren habe), machte deutlich, dass all jene Jahre umsonst gewesen waren, und zwar von dem Augenblick an, da die Utopie verraten und, noch schlimmer, in den Betrug an den schönsten, edelsten Träumen des Menschen verwandelt worden war. Der höchst abstrakte und so erstrebenswerte Traum von der möglichen Gleichheit der Menschen war von dem Zeitpunkt an zum größten Albtraum der Geschichte geworden, als er auf die Wirklichkeit angewandt wurde, das einzige Kriterium der Wahrheit, wie Marx gesagt hat.

Und als ich glaubte, zu einem mehr oder weniger umfassenden Verständnis jener Katastrophe kosmischen Ausmaßes und dessen, was Mercaders Verbrechen inmitten all des Verrats bedeutet hatte, gelangt zu sein, klopfte in einer dunklen, stürmischen Nacht – wie in dieser dunklen und stürmischen Geschichte nicht anders zu erwarten – der hochgewachsene, schlanke Schwarze an meine Tür, der Ramón Mercader und seine russischen Windhunde im Jahr 1977 begleitet hatte, als der Mann, der Hunde liebte, in mein Leben getreten war.

25

Jacques Mornard spürte, wie ihm ein kalter Schauer über den Rücken lief: Harold Robbins gab ihm lächelnd den Weg frei, nachdem er seine Hand gedrückt hatte. Mit einer Papiertüte in der Hand, gekleidet, als ginge es auf einen Ausflug, überschritt er die Schwelle der Festung, ohne dass der Leibwächter es für nötig erachtete, den Inhalt der Tüte zu überprüfen. Als sich die kugelsichere Tür hinter ihm schloss, hörte Ramón Mercader förmlich, wie die Geschichte sich ihm zu Füßen warf.

Nach dem gescheiterten Attentat der Mexikaner war er zwei Mal in das Haus in Coyoacán gekommen, um sich nach dem Befinden der Bewohner zu erkundigen. Beim zweiten Besuch erfuhr er, dass die Rosmers am 28. Mai von Veracruz aus nach Frankreich in See stechen würden, und da er Ende des Monats zufällig geschäftlich in dieser Stadt zu tun hatte, schlug er Alfred Rosmer vor, sie – mit Robbins' und Schüsslers Erlaubnis natürlich – dorthin zu bringen. So würde keiner der Leibwächter (zwei von ihnen wurden noch von der Polizei festgehalten) gezwungen sein, das Haus zu verlassen, was nach den Ereignissen in der Nacht des 24. besonders gefährlich gewesen wäre.

Die Ermittlungen hatten die angebliche Beteiligung Diego Riveras an dem Attentat ausgeschlossen, und obwohl die Polizei inzwischen von einem selbst inszenierten Überfall ausging, bestand der Exilant auf der These, der sowjetische Geheimdienst habe das Attentat verübt, und hielt so die mexikanischen Behörden in Atem. Ungeduldig wartete Jacques auf Toms Rückkehr, um dessen Erklärungen zu hören und vor allem den Befehl und die letzten Anordnungen für seine Aktion von ihm zu erhalten.

Obwohl ihm bereits mehrere Leute erzählt hatten, wie es hinter den Mauern aussah, war er doch überrascht, als er den Innenhof der Festung sah. Sein erster Eindruck war, er befände sich im Kreuzgang eines Klosters. Links hinten an der Mauer standen nebeneinandergereiht die Kaninchenställe. Der nicht asphaltierte Teil war von Pflanzen bedeckt, in der Mehrheit Kakteen, an denen noch die Spuren des missglückten Anschlags zu sehen waren. Das Haupthaus rechts war kleiner und bescheidener, als er es sich vorgestellt hatte. Die Fenster waren zugemauert, und die Mauern wiesen die Einschusslöcher der bei dem Überfall abgefeuerten Kugeln auf. Neben einem noch kleineren Gebäude, in dem er die Schlafräume der Leibwächter vermutete, stand ein Baum, von dem aus, wie er annahm, ein Angreifer mit einer Maschinenpistole den Innenhof unter Feuer genommen hatte. Wie war es möglich, dass das Attentat gescheitert war?

Robbins forderte ihn auf, auf einer Holzbank Platz zu nehmen, während er die Rosmers von seiner Ankunft unterrichtete. Auf dem Hauptwachturm, von dem aus man einen hervorragenden Blick sowohl auf die Straße als auch auf den Innenhof hatte, unterhielten sich Otto Schüssler und Jack Cooper, ohne dem Besucher besondere Aufmerksamkeit zu schenken, und Jacques fragte sich, warum man die Angreifer nicht mit dem Maschinengewehr vom Turm aus neutralisiert hatte. Er zündete sich eine Zigarette an und nahm das Anwesen unauffällig in Augenschein: die Meter, die das Arbeitszimmer des Renegaten von der Eingangstür trennten, die Gartenwege, auf denen man dem Gewehrfeuer vom Turm aus weniger ausgesetzt war … Wie jemand, der geduldig wartet, ging er auf und ab und suchte dabei die Stelle, von der aus man das Ganze am besten überblicken konnte. Als er eine Stimme hinter seinem Rücken hörte, drehte er sich um.

»Was wünschen Sie?«

Jacques Mornard hatte ihn schon auf Hunderten von Fotos studiert und ihn flüchtig im Auto an sich vorüberfahren gesehen, doch jetzt überraschte es ihn, den Exilanten leibhaftig vier, sechs Meter vor sich zu sehen: Dort stand, ein Grasbüschel in der Hand, der für die Zukunft der Weltrevolution gefährlichste Mann, der Feind, auf dessen Ermordung er sich fast drei Jahre lang vorbereitet hatte. Was als vage Andeutung auf einer der Flanken der Sierra Guadarrama begonnen hatte, hatte ihn hierhergeführt, zu einem seit Langem zum Tode verurteilten Menschen, den hinzurichten er, Ramón Mercader, den Auftrag hatte.

»Guten Tag, Señor«, brachte er hervor und zwang sich zu einem Lächeln. »Ich bin Frank Jacson, Sylvias Verlobter, und …«

»Ach ja, natürlich«, sagte der Alte und nickte. »Hat man den Rosmers Bescheid gesagt?«

»Ja, Robbins …«

Der Exilant drehte sich um, als fühlte er sich gestört, und ging zu den Kaninchenställen. Er sperrte eins der Gittertürchen auf und legte das frische Gras in den dafür vorgesehenen Korb.

Während Jacques spürte, wie seine Erregung langsam von ihm wich, betrachtete er den hageren Nacken, doch der Mann erschien ihm weniger alt als auf den Fotos, ganz anders als die Karikaturen, die ihn als alten, hinfälligen Juden darstellten. Trotz seiner sechzig Jahre, der Anspannungen und der körperlichen Gebrechen strahlte der Renegat Willensstärke und, trotz seines vielfältigen Verrats an der Arbeiterklasse, Würde aus. Der spitz zulaufende graue Bart, das wirre krause Haar, die spitze Nase und, vor allem, die durchdringenden Augen hinter den Brillengläsern verströmten eine elektrische Kraft. Es stimmt, was viele sagen: Der Mann gleicht mehr einem Adler als einem Menschen, dachte Jacques. Und wenn er in seiner Papiertüte einen Revolver verborgen hätte?

»Das Gras muss immer frisch sein«, sagte der Renegat, ohne sich zu ihm umzudrehen. »Kaninchen sind kräftige Tiere, aber sie sind auch sehr empfindlich. Trockenes Gras macht ihren Magen krank, und von feuchtem Gras bekommen sie Räude.«

Jacques nickte, und erst jetzt merkte er, dass es ihn Mühe kostete, zu sprechen. Der Alte streifte sich die Gartenhandschuhe ab und legte sie auf einen der Kaninchenställe.

»Aber Sie müssen los«, sagte der Exilant und schritt aufs Haus zu. Als er dicht an ihm vorbeiging, kaum einen Meter entfernt, nahm

Jacques den Duft nach Seife wahr, den sein Haar verströmte. Es muss dringend geschnitten werden, dachte er. Er brauchte nur den Arm auszustrecken, um seinen Hals zu umklammern. Doch er fühlte sich wie gelähmt und atmete erleichtert auf, als der Alte sagte: »Ach, da sind sie ja.«

Durch die Tür, die, wie Sylvia ihm erzählt hatte, ins Esszimmer führte, kamen Marguerite Rosmer und Natalia Sedowa heraus in den Garten. Der Exilant ging ins Haus. Die Frauen begrüßten Jacques, und Natalia fragte ihn, ob er eine Tasse Tee mit ihnen trinken wolle. Er nahm die Einladung an. Als Natalia sich umdrehen und ins Haus zurückgehen wollte, bat Jacques sie, einen Moment zu warten, und langte in seine Papiertüte.

»Madame Trotzki … das ist für Sie«, sagte er und reichte ihr eine Schachtel mit einem lila Band, das wohl eine Blume darstellen sollte.

Natalia sah ihn lächelnd an, nahm die Schachtel und machte sie auf.

»Pralinen … aber das …«

»Es ist mir ein Vergnügen, Madame Trotzki.«

»Bitte, Jacson, nennen Sie mich Natalia.«

Jetzt lächelte auch Jacques.

»Sind Sie mit Madame Natalia einverstanden?«

»Wenn Sie darauf bestehen …«

»Ist Sjewa nicht da? … Ich habe ihm nämlich auch etwas mitgebracht …«, erklärte er, indem er die Tüte hochhob.

»Ich hole ihn mal schnell«, sagte Natalia Sedowa und verschwand im Esszimmer.

Nach ein paar Minuten kam der Junge heraus. Er wischte sich den Mund ab. Ohne ihm Zeit zu lassen, Guten Tag zu sagen, hielt Jacques ihm die Tüte hin. Sjewa riss ungeduldig das Papier auf und förderte eine Pappschachtel zutage, der er schließlich ein Miniaturflugzeug entnahm.

»Du hast mir doch erzählt, dass du dich für Flugzeuge interessierst, und da …«

Sjewa strahlte vor Freude, und Marguerite, die neben ihm stand, lächelte angesichts der Freude des Jungen.

»Vielen Dank, Monsieur Jacson«, sagte Sjewa, »aber Sie hätten sich keine Umstände machen müssen ...«

»Das sind doch keine Umstände, Sjewa ... Sag mal, wo ist eigentlich Azteca?«

»Im Esszimmer. Großvater hat ihm angewöhnt, in Milch eingeweichtes Brot zu essen, und jetzt füttert er ihn gerade.«

Marguerite entschuldigte sich, sie sei spät dran und müsse noch packen ... Zusammen mit Sjewa und dem herbeigerufenen Azteca schlenderte der Besucher zu den Kaninchenställen. Als er Alfred Rosmer und, hinter ihm, den Renegaten aus dem Haus treten sah, überkam ihn eine plötzliche Ruhe. Die Gewissheit, dass er in das Allerheiligste eingelassen werden, seinen Auftrag erfüllen und unter den Augen der Leibwächter auf dem Wachturm wieder hinausspazieren konnte, verlieh ihm Sicherheit. Er drückte Alfred die Hand und versicherte ihm, sie hätten ausreichend Zeit, um pünktlich am Hafen von Veracruz anzukommen. In diesem Augenblick kam Natalia mit einer Tasse Tee heraus, und Jacques nahm sie dankend in Empfang. Der Renegat beobachtete alles aufmerksam, fing aber erst wieder an zu sprechen, nachdem er sich auf die Holzbank gesetzt hatte.

»Sylvia hat mir erzählt, dass Sie Belgier sind«, sagte er an Jacques gewandt.

»Ja, aber wir haben lange in Frankreich gelebt.«

»Und Sie trinken lieber Tee als Kaffee?«

Jacques lächelte und schüttelte den Kopf. »Nun ja, eigentlich trinke ich lieber Kaffee, aber da Madame Natalia mir Tee angeboten hat ...«

Jetzt musste auch der Renegat lächeln. »Und was soll diese Geschichte, dass Sie sich jetzt Jacson nennen? Sylvia hat mir etwas erzählt, aber ich habe so viele Dinge im Kopf ...«

Jacques schnippte mit den Fingern, um Azteca zu sich zu locken, doch der Hund ging an ihm vorbei und rollte sich zwischen den Füßen des Hausherrn zusammen, der mechanisch sein Fell streichelte und ihn hinter den Ohren kraulte.

»Ich habe einen falschen Pass auf den Namen Frank Jacson, Kanadier, von Beruf Ingenieur. Es war die einzige Möglichkeit, während der Generalmobilisierung aus Europa herauszukommen. Ich habe nicht die Absicht, mich in einem Krieg, der nicht der meine ist, töten zu lassen.«

Der Exilant nickte, und Jacques fuhr fort: »Deswegen wollte Sylvia nicht, dass ich hierherkomme. Im Grunde genommen halte ich mich illegal in Mexiko auf, und sie befürchtet, dass Ihnen das schaden könnte.«

»Ich glaube, mir schadet nichts mehr«, versicherte der Exilant. »Seit dem, was vor ein paar Tagen hier passiert ist, habe ich jeden Morgen beim Aufwachen das Gefühl, einen zusätzlichen Tag geschenkt zu bekommen. Beim nächsten Mal wird Stalin nicht scheitern.«

»So etwas darfst du nicht sagen, Lew Dawidowitsch«, mischte sich Rosmer ein.

»All diese Mauern und Leibwächter sind bloße Staffage, mein lieber Alfred. Dass sie uns neulich nachts nicht getötet haben, verdanken wir nur einem Wunder ... oder einem Grund, den nur Stalin kennt. Aber auf jeden Fall war es das vorletzte Kapitel der Hetzjagd, da bin ich mir ganz sicher.«

Jacques zog es vor zu schweigen und bohrte seine Fußspitze in die Steinchen des Kieswegs. Er wusste, dass der Renegat recht hatte, doch die Ruhe, mit der der Alte diese Gewissheit aussprach, machte ihn nervös.

Die beiden Männer sprachen über die Situation in Frankreich, das ihrer Meinung nach kurz davorstand, in die Hände der deutschen Armee zu fallen. Der Renegat versuchte, den anderen zu überreden, nicht abzureisen, doch Rosmer ließ sich nicht davon abbringen, dass er jetzt mehr denn je zurückkehren müsse.

»Ich bin dabei, ein alter Egoist zu werden«, sagte der Exilant, der ganz vertieft zu sein schien in die Liebkosungen, die er dem Hund zukommen ließ. »Ich möchte nicht, dass Sie mich verlassen. Um mich wird es immer einsamer, ich bin ohne Freunde, ohne Genossen, ohne Familie ... Stalin hat sie mir alle genommen.«

Ramón wollte nicht hören, was er sagte, und versuchte, sich auf seinen Hass und auf den Nacken des Alten zu konzentrieren; doch überrascht musste er feststellen, dass sich so etwas wie Verständnis für den Renegaten in ihm entwickelte. Er hatte den Verdacht, dass er schon zu viele Monate in Jacques Mornards Haut lebte und es gefährlich werden konnte, wenn er diese Verkleidung noch sehr viel länger benutzte.

Toms Schweigen legte sich wie Mehltau über Ramóns Willenskraft. Mehr als zwei Wochen war er nun ohne Nachricht, ohne Befehl. Je länger seine Untätigkeit dauerte, desto mehr fürchtete er, dass die Operation nach dem gescheiterten Attentat aufgeschoben, wenn nicht gar aufgehoben werden würde. In der Abgeschiedenheit seines Bungalows gab er sich den unterschiedlichsten Überlegungen hin, sagte sich immer wieder vor, dass er in der Lage sei, die Mission zu erfüllen, und dass ihn nichts davon abhalten könne, jetzt, da er das schwierigste Hindernis überwunden hatte: in das trotzkistische Allerheiligste zu gelangen. Er wusste, dass er sich beherrschen musste und konnte, immerhin war es ihm gelungen, seine Nerven gegenüber dem Renegaten im Zaum zu halten, obwohl sie ihm einen üblen Streich gespielt hatten, als die Spannung nach dem Verlassen der Festung von Coyoacán von ihm abgefallen war: Auf dem Weg nach Veracruz hatte er sich ein paarmal verfahren, was Natalia zu der Frage veranlasst hatte, ob er eigentlich häufig dort zu tun habe.

»Ich muss gestehen, ich bin ziemlich durcheinander«, hatte er erwidert, was durchaus der Wahrheit entsprach. »Ich interessiere mich ja nicht besonders für Politik. Aber Monsieur Trotzki hat so etwas an sich … Sylvia hatte mir schon davon erzählt.«

»Du hast Trotzkis Atem im Nacken gespürt«, hatte Alfred Rosmer lachend gesagt und dann von dem lähmenden Zauber gesprochen, dem zum Beispiel auch ein so erfahrener und selbstsicherer Mann wie André Breton erlegen sei.

Als Ramón am 10. Juni den Telefonhörer abnahm und die Stimme seines Mentors hörte, der ihm den Befehl gab, in ein paar Tagen nach New York zu reisen, spürte er, wie ihm die Hände zitterten. Was war los?

»Mit allen meinen Sachen?«, fragte er.

»Nur mit dem Nötigsten. Behalte den Bungalow. Madame Roberts wird dich vom Flughafen abholen«, sagte Tom und legte auf, ohne sich zu verabschieden.

Wenn er ihn anwies, seine Sachen hierzulassen, bedeutete das, dass die Operation weiterlief. Schlagartig veränderte sich seine Stimmung. Er sortierte die Kleidung aus, die er in die Wäscherei bringen wollte, und holte den Eispickel aus dem verschlossenen Koffer. Er nahm ihn in die Hand, schlug drei-, viermal in die Luft und stellte wieder einmal fest, dass dies die ideale Waffe war. Nur der lange Stiel machte es ihm so gut wie unmöglich, aus nächster Nähe kontrolliert zuzuschlagen. Er musste ihn also kürzen. Doch was sollte er mit ihm machen, während er sich in New York aufhielt? Ihn einfach im Bungalow zu lassen, wo die neugierigen Putzfrauen ihn finden konnten, schien zu riskant, und so beschloss er, ein geeignetes Versteck zu suchen. Auch wenn man in jedem beliebigen Sportartikelgeschäft einen Eispickel erstehen konnte, spürte Ramón, dass es dieser sein musste.

Am Morgen des 12. Juni stieg er in den Buick und fuhr nach Coyoacán. Eins der Autos des Hauses war bei der Flucht der mexikanischen Attentäter beschädigt worden, und Jacques hatte angeboten, den Leibwächtern das seine während seines Aufenthalts in New York zu überlassen, für den Notfall. Mit der Reisetasche im Kofferraum fuhr er an der Hausverwaltung vorbei, gab seine Schlüssel ab und zahlte die Miete für den restlichen Monat im Voraus. Ein paar Kilometer von der Touristensiedlung entfernt bog er in einen Feldweg ab, den er schon früher häufig als Abkürzung genommen hatte, und versteckte den Eispickel in einem Steinhügel am Wegesrand.

Wie vereinbart, wartete Jack Cooper auf ihn, um ihn zum Flughafen zu bringen und mit dem Buick nach Coyoacán zurückzufahren. Alle Leibwächter, mit Ausnahme von Hansen, der gerade Dienst auf dem Wachturm hatte, kamen heraus, um sich von ihm zu verabschieden. Er hoffe, sagte Jacson, so bald wie möglich wieder zurückzukommen, denn alles deute darauf hin, dass Mister Lubeck aufgrund des Krieges einige vielversprechende Geschäfte in Mexiko angebahnt habe. Am selben Abend, bei Einbruch der Dunkelheit, landete das Flugzeug mit dem Kanadier Frank Jacson an Bord in New York.

Ramón konnte sich nicht daran erinnern, wann er sich zum letzten

Mal gefreut hatte, Caridad zu sehen. Mit der Eleganz gekleidet, die einer Madame Roberts entsprach, begrüßte ihn seine Mutter mit dem üblichen beunruhigenden Kuss auf den Mundwinkel, und Ramón schmeckte, dass sie Kognak getrunken hatte. Roberts erwarte sie um neun in einem Restaurant in Manhattan, ganz in der Nähe des Central Park, sagte Caridad, um ihm gleich darauf mitzuteilen, dass es jeden Augenblick losgehen könne.

»Ich habe Angst, Ramón«, sagte sie, wobei sie ins Katalanische flüchtete, das der irisch aussehende Taxifahrer wohl nur schwerlich verstehen konnte.

»Angst wovor, Caridad?«

»Um dich.«

»Welche Möglichkeit habe ich nach Toms Meinung, heil aus der Sache rauszukommen?«

»Er wird dir sagen, achtzig Prozent. Aber er weiß, dass es nur dreißig sind. Er wird dich vom Gegenteil überzeugen wollen, aber mich kann er nicht täuschen. Man wird dich töten …«

»Und das wird dir erst jetzt bewusst?«

Ramón dachte über die Worte seiner Mutter nach. Er wusste, sie konnte ihm genauso gut die Wahrheit gesagt wie ihn angelogen haben, um ihn von dem Vorhaben abzubringen und auf ihre unwiderstehliche Art zu beschützen und zu kontrollieren. Aber wenn sie selbst ihn doch dazu gedrängt hatte, warum versuchte sie jetzt, ihn davon abzubringen, wo sie doch wusste, dass ein Rückzug nicht mehr infrage kam? Ramón war überzeugt, dass er seine Mutter und ihre Widersprüche nie ganz begreifen würde.

»Ich weiß, dass ich es schaffen werde«, sagte er. »Ich war dort, und ich werde unbehelligt hinauskommen, wenn ich Hilfe habe. Kümmere dich darum, den Rest überlass mir.«

»Ich könnte es nicht ertragen, wenn sie dich ermorden«, sagte Caridad und sah zu den hell erleuchteten Schaufenstern der 5th Avenue, in denen mit aufdringlicher Regelmäßigkeit nordamerikanische Fahnen prangten. Diese Fahnen waren, zusammen mit den Uniformierten, die man überall sah, die einzigen sichtbaren Hinweise auf den für die New Yorker so fernen Krieg.

»Interessierst du dich wirklich für irgendeinen von uns?«, fragte er. Vielleicht wegen der Gewissheit, dass er bald sterben musste, fühlte sich Ramón erbärmlich und mächtig zugleich. »Das hätte ich nie gedacht. Bist du nicht mehr der Meinung, dass die Sache über allem steht, auch über der Familie? Wirst du etwa schwach?«

Sie ließen den Koffer im Hotel in der Lexington Avenue und gingen zu Fuß in das Restaurant, das nur sieben oder acht Häuserblocks entfernt lag. Die Juninacht war angenehm kühl, und Jacques legte sich den Trenchcoat über den Arm. Sie gingen so dicht nebeneinander, dass sich ihre Schultern ständig berührten und sie sich beim Reden kaum ansehen konnten.

»Manchmal glaube ich, dass ich dich nie da hätte hineinziehen dürfen«, sagte sie.

»Willst du mir nicht endlich verraten, was um Himmels willen mit dir los ist?«

»Das hab ich dir doch schon gesagt, verdammt noch mal! Ich habe Angst!«

»Wer hätte das gedacht«, erwiderte Ramón spöttisch und schwieg.

»Sei kein Idiot, Ramón! Denk ein wenig nach! Oder findest du es nicht seltsam, dass die Mexikaner bei der ganzen Schießerei niemanden getötet haben?«

Diese Frage beschäftigte Ramón seit dem missglückten Anschlag, doch er wollte Caridad nicht in seine Überlegungen über die Ereignisse jener Nacht einbeziehen.

Die Brasserie erinnerte ihn an das Lokal in Paris, in dem sie sich zwei Jahre zuvor mit George Mink getroffen hatten. Roberts umarmte ihn wie einen alten Freund. Gemäß seiner Gewohnheit empfahl er Caridad und Ramón die für seinen Geschmack verlockendsten Gerichte und wählte den Wein aus, einen Château Lafite-Rothschild 1936, mit viel Körper und einem feinen Veilchenbouquet, das Ramón an ein längst vergessenes und begrabenes Leben erinnerte. Roberts wünschte, dass während des Essens nicht von der Arbeit gesprochen werde, doch sie hatten Mühe, das Thema, das sie verband, zu vermeiden. Laut den jüngsten Nachrichten standen die Deutschen vor den Toren von Paris, wo sie den Vormarsch ihrer Truppen und Panzer durch die französischen Lande mit dem Einzug in die Hauptstadt krönen wollten. Die Sowjets, versicherte Roberts, würden nicht mit verschränkten Armen zusehen und ihre Grenzen durch die Besetzung der baltischen Staaten verstärken. Das bedeutet Krieg, sagte Roberts.

Am darauffolgenden Morgen holte Roberts Frank Jacson im Hotel ab, um mit ihm nach Coney Island zu fahren. Caridad sollte nicht dabei sein, und Ramón war seinem Mentor dankbar dafür. Am Meer angekommen, ließ Roberts sich auf eine Bank fallen, öffnete den Hemdkragen und schaute zu den Möwen hoch. Der einzige Grund für diesen Ausflug schien es zu sein, Sonne zu tanken.

»Warum hast du mich nicht angerufen, bevor du abgereist bist?«, fragte Ramón.

»Du hast keine Ahnung, was in den letzten Tagen los war, mein Junge.«

Das Scheitern des Attentats habe sie gezwungen, mehrere Personen, die an der Vorbereitung des Überfalls beteiligt gewesen seien, darunter Grigulewitsch und Felipe, außer Landes zu bringen. Danach habe er einen detaillierten Bericht verfassen, ihn nach Moskau schicken und auf weitere Instruktionen warten müssen.

»Kannst du dir vorstellen, wie Stalin tobt, wenn er sehr, sehr wütend ist? Wenn er verlangt, dass Blut fließt, Köpfe rollen und Eier abgerissen werden, auch deine und damit auch meine?«, fragte er und griff sich zwischen die Beine, wie um sich zu vergewissern, dass alles noch an seinem Platz war. »Ich musste ihn davon überzeugen, dass es nicht unsere Schuld war und der politische Skandal uns nicht schaden wird.«

»Und warum haben diese Idioten versagt?«

Roberts wandte seinen Blick von der Sonne ab und richtete ihn auf Ramón.

»Weil sie dumm sind und außerdem noch feige. Sie hatten Angst, haben sich volllaufen lassen, bevor sie in das Haus eingedrungen sind. Sie haben gedacht, sie wären in einem Western, in dem alle Probleme durch eine wilde Schießerei gelöst werden. Felipe hat versucht, Ordnung ins Chaos zu bringen, aber er allein war gegen diesen besoffenen, vor Angst schlotternden Sauhaufen machtlos. Ein Desaster. Sie haben es nicht mal geschafft, die Unterlagen des Alten zu verbrennen. Der Mann, der die Aktion leiten sollte, sagte im letzten Moment, dass er draußen auf sie warten würde, und der, der den Befehl hatte, die Ente zu erschießen, rannte als Erster raus, als er vor dem Haus einen Motor aufheulen hörte. Als Felipe es erledigen wollte, wurde er um ein Haar von den eigenen Leuten abgeknallt. Man hat sie unter Feuer genommen, deshalb konnten sie das Haus nicht stürmen.«

»Und Sheldon?«

»Er hat seine Arbeit gemacht, ihn trifft keine Schuld an dem Versagen der anderen ... Wir holen ihn aus Mexiko raus, sobald wir können. Er ist der Einzige, der etwas weiß, wir können es nicht riskieren, dass die Polizei ihn verhaftet und in die Mangel nimmt.« Roberts zündete sich eine Zigarette an und schwieg lange. »Jetzt bist du an der Reihe, Ramón«, sagte er schließlich. »Wenn du es nicht schaffst, gibt es weder für dich noch für mich irgendeinen Scheißort auf der ganzen Welt, an dem wir uns verstecken können. Kann ich mich auf dich verlassen?«

Ramón musste an seine Unterhaltung mit Caridad am gestrigen Abend denken und auch an sein Überlegenheitsgefühl, das ihn schon die ganze Zeit begleitete.

»Wie viel Prozent gibst du mir, heil aus der Sache rauszukommen?«

Roberts schien zu überlegen. Er schaute aufs Meer und rauchte.

»Dreißig Prozent«, sagte er. »Fünfzig, wenn du alles richtig machst. Ich will aufrichtig zu dir sein, denn du verdienst es, und ich will, dass du weißt, was du tust und worauf du dich einlässt. Wenn du alles so machst, wie du sollst, hast du eine Möglichkeit von fünfzig Prozent, aus dem Haus herauszukommen. Wenn nicht, kann dir zweierlei passieren: Sie töten dich an Ort und Stelle, oder sie übergeben dich der Polizei. Wenn sie dich der Polizei übergeben, wanderst du ins Gefängnis, aber du kannst darauf vertrauen, dass wir dich nicht im Stich lassen. Du wirst die besten Anwälte bekommen, und wir werden alles dransetzen, um dich irgendwie da rauszuholen. Darauf geb ich dir mein Wort. Ich frag dich noch einmal: Kann ich mich auf dich verlassen?«

Das Meer vor Coney Island ist anders als das von Empordà, dachte Ramón. Hier der offene, von starken Strömungen durchzogene Atlantik, dort das warme und friedliche Mittelmeer. Und er kam zu dem Schluss, dass er die Strände von Empordà lieber mochte. Er schaute zu den unruhigen Möwen empor und sagte: »Der Sand hier ist dreckig«, und dann fügte er hinzu: »Ja. Und natürlich werden wir es schaffen.«

Mit dem Strauß Rosen in der Hand wurde Jacques Mornard bewusst, dass Ramón in seinem ganzen Leben keiner Frau je Blumen geschenkt hatte. Er tat ihm ein wenig leid wegen der Verpflichtungen und Kämpfe, zu denen die Zeit ihn getrieben und die ihn seiner Jugend und der aufregenden Tändeleien der Liebe beraubt hatte. Weniger traurig jedoch erschien es ihm, dass Jacques mit diesem wunderschönen Strauß in einem Taxi zu einer Frau fuhr, die er als Marionette benutzte und mit geschlossenen Augen zu lieben verpflichtet war, wobei sich hinter jeder Liebkosung die tödliche Mission verbarg. Er musste an die Frauen denken, mit denen Ramón sich in seiner Jugend eingelassen hatte, fast alles leidenschaftliche Aktivistinnen, denen romantische Anwandlungen und Gesten so fremd gewesen waren wie ihm selbst. Auch África, seine große Liebe, hätte ihm diese Aufmerksamkeit, die sie als dekadent bezeichnet hätte, jedenfalls nicht gestattet. Vielleicht Lena, das Mädchen mit den traurigen Augen … Jacques Mornard bedauerte jetzt, da Ramón sich dem Scheideweg seines Schicksals näherte, dass dieser sich nie über Áfricas Schmähungen hinweggesetzt hatte, um wenigstens die lächerliche, aber liebenswerte Erinnerung bewahren zu können, ihr eine Rose, eine Dahlie oder eine Nelke von einem der Blumenstände der Ramblas geschenkt zu haben. Würde er jemals wieder durch die Gegenden seiner Erinnerung wandern?

Zwei Tage hatten Tom und er die verschiedenen Pläne diskutiert. Ramón war sich sicher, dass die einzelnen Varianten dadurch, dass Tom auf ausreichenden Fluchtmöglichkeiten für seinen Schützling bestand, nur sehr schwer durchzuführen sein würden. Von Anfang an waren sie sich einig, dass die Variante, einen Revolver zu ziehen und dem Renegaten ein Loch in die Stirn zu schießen, die rascheste Lösung war, die allerdings nicht infrage kam. Genauso wie die, ihm vor den Kaninchenställen die Kehle durchzuschneiden, wenn er gerade mit dem Füttern beschäftigt war. Während sie die einen Optionen verwarfen und andere noch einmal ausführlicher besprachen, fragte sich Ramón, was Tom, dessen letzte Absichten er nie ganz zu durchschauen vermochte, dazu bewegte, die Operation zu komplizieren, nur damit er, Ramón, mit dem Leben davonkam. Wollten sie, dass er am Leben blieb, um ihn zum Schweigen zu bringen, nachdem er den Auftrag erfüllt hatte? War es vorstellbar, dass sich zwischen ihnen so etwas wie Zuneigung entwickelt hatte? Oder fürchteten sie vielleicht, dass er bei einer Festnahme schwach werden und die Herkunft des Befehls verraten könnte, und suchten deshalb nach ausreichenden Fluchtmöglichkeiten? Die Karten, die auf dem Tisch lagen, und diejenigen, die mit Sicherheit verborgen blieben, vermischten sich in seinem Kopf, während Tom mit ihm besprach, wie man konkret an die Sache herangehen sollte. Und noch etwas war klar geworden: Das Gift, das die unbehelligte Flucht hätte garantieren können, schied als Möglichkeit ebenfalls aus, wenn man bedachte, dass Jacques in der kurzen Zeit kein so inniges Verhältnis mit dem zum Tode Verurteilten würde aufbauen können. Blieben die gewaltsamen, aber lautlosen Methoden: Erwürgen oder Erdolchen. Tom favorisierte die zweite Möglichkeit, weil sie die schnellere war. Doch die Hinrichtung mit dem Dolch stellte sie vor das größte Problem: ein Treffen unter vier Augen zwischen Jacques Mornard und dem Renegaten. Von der Sicherheit, mit der er zustoßen würde, würde es dann abhängen, ob die dreißig Prozent Überlebenschancen auf fünfzig oder auch sechzig Prozent steigen würden, kalkulierten sie, wie Pokerspieler. Und der Eispickel?, schlug Ramón vor. Tom wiegte den Kopf hin und her, ohne sich für das Für oder Wider entscheiden zu wollen, auch wenn er zugeben musste, dass ihm die Idee wegen ihrer grausamen, brutalen Symbolkraft gefiel. Eine tödliche Mischung aus Hammer und Sichel, sagte er. Aber würde Jacques das Haus mit einem Eispickel betreten können? Auf jeden Fall würden seine Überlebenschancen auf achtzig Prozent steigen, wenn er es nach getaner Arbeit schaffen würde, unbehelligt auf die Straße zu gelangen; und wenn er ins Auto steigen und losfahren könnte, garantierte Tom ihm die Flucht, für die verschiedene Routen und Ziele vorgesehen waren: zu Lande, zu Wasser oder auf dem Luftweg, nach Guatemala, in die Vereinigten Staaten oder nach Kuba, wo er Unterschlupf finden konnte. Tom würde sich jetzt gleich um die Details kümmern, und Jacques sollte in einer Woche, mit Sylvia am Arm, nach Mexiko zurückkehren und sich wieder im Hotel Montejo einmieten.

Als Jacques und Sylvia am 27. Juni in Mexiko landeten, wurden sie mit der Nachricht konfrontiert, dass Bob Sheldons Leiche zwei Tage zuvor in einer verlassenen Hütte im Naturpark Desierto de los Leones aufgefunden worden war. Die Zeitungen berichteten mit Berufung auf den Chef des mexikanischen Geheimdienstes, Sánchez Salazar, dass der Nordamerikaner durch zwei Schüsse in den Kopf getötet und in ungelöschtem Kalk in derselben Hütte verscharrt worden war, in der sich vermutlich die mexikanischen Attentäter vor dem Überfall auf das Haus des Revolutionärs aufgehalten hatten. Diese Nachricht erschütterte den Belgier sehr. War der Befehl, Sheldon zu töten, von Tom oder von einem seiner Leute gekommen, oder hatten die Mexikaner den Befehl dazu gegeben? War Sheldons Schweigen wichtiger als sein Leben? Hatte Tom ihn getäuscht, als er gesagt hatte, man werde versuchen, den Nordamerikaner außer Landes zu bringen, während er gleichzeitig davon ausgegangen war, dass die Leiche nie gefunden würde?

In der Nacht, als Sylvia schlief, schlich sich Jacques aus dem Hotel und ging zum Paseo de la Reforma. Zu dieser Stunde folgte die Stadt einem verhaltenen Rhythmus, doch im Innern des Mannes brodelte es. Sheldons Tod konnte mehrere Gründe haben. Am ehesten bot sich an, dass es gefährlich sein konnte, zu viel zu wissen. Und er, Jacques, war der, der am meisten wusste. Wenn er noch heute Nacht nach Coyoacán fahren, seinen Buick abholen und am nächsten Morgen alles Geld von seinem Konto abholen würde, so überlegte er, könnte er sich mit falschen Papieren, die er sich für wenig Geld beschaffen konnte, in einem kleinen Ort in El Salvador oder in einem

Fischerdorf in Honduras verkriechen und sich für immer in Luft auflösen. Eventuell würde er auf diese Weise sein Leben retten. Aber war das das Leben, das man sich ersehnte, nachdem sich einem die Tore der Geschichte geöffnet hatten? Tom konnte ihn nicht anlügen, Tom würde ihm die Wahrheit sagen, würde ihm erklären, was vorgefallen war, Tom hatte ihn jahrelang auf diese Mission vorbereitet, hatte ihn geformt; es ergab keinen Sinn, dass er seinen Ruhm und sogar sein Leben durch eine Entscheidung aufs Spiel setzte, die ihn, seine letzte Trumpfkarte, misstrauisch machte. Doch keine dieser Überlegungen konnte das finstere Gespenst des Zweifels vertreiben, das in Ramón Mercaders Kopf herumspukte.

Jacques Mornard bemühte sich, seine Routine und, vor allem, seine Kraft wiederzuerlangen, die Ramón ihm verlieh. Jeden Morgen verabschiedete er sich von Sylvia mit der Entschuldigung, er müsse in sein Büro, das er angeblich in einer Suite des Bürogebäudes Ermita eröffnet hatte, wo er in Wirklichkeit nur über einen Briefkasten verfügte, über den ihm Tom, wie vereinbart, Instruktionen zukommen lassen wollte. Bis zu drei Mal täglich schaute er dort nach, um enttäuscht feststellen zu müssen, dass keine neue Botschaft eingetroffen war. Den Rest des Tages verbrachte er damit, durch die belebten Straßen der Stadt zu schlendern, aber eigentlich stand ihm der Sinn nach Einsamkeit, die er schließlich unter den Bäumen des Waldes von Chapultepec fand.

Mehrmals fuhr er Sylvia zur Festung des Renegaten, ohne auch nur einmal den Wunsch zu äußern, erneut die gepanzerte Tür zu durchschreiten. Er wartete draußen, an seinen Buick gelehnt, und plauderte mit einem der Leibwächter. Am häufigsten zu ihm heraus kam Jack Cooper, der sich sehr für die Geheimnisse des Börsengeschehens interessierte, dem sich der weltgewandte Jacques Mornard widmete. In ihren Gesprächen streiften sie aber auch Themen wie den Krieg in Europa, die Annexion der baltischen Staaten durch die Sowjets oder die Notwendigkeit, dass die Vereinigten Staaten an der Seite ihrer britischen Verbündeten endlich in den Krieg einträten. Jacques war gerührt von dem Glauben der jungen Männer an ihr eingesperrtes

Idol, und amüsiert hörte er ihnen zu, wenn sie darüber sprachen, dass die IV. Internationale unbedingt gestärkt werden müsse, um unter den Arbeitern ein Bewusstsein für die Möglichkeiten der Weltrevolution zu schaffen. Zum Beweis dafür, dass er mit den politischen Zielen seiner Freunde zu sympathisieren begann, schlug er ihnen vor, sie sollten ihrem Chef gegenüber seine Bereitschaft erwähnen, einige Börsengeschäfte zu tätigen, die, mit seinen Informationen und seiner Erfahrung, hohe Gewinne abwerfen könnten, mit denen man die trotzkistische Internationale finanziell unterstützen könne.

Als am 18. Juli gemeldet wurde, dass dreißig Mitglieder der Kommunistischen Partei Mexikos unter dem Verdacht, an dem Überfall auf den Exilanten beteiligt gewesen zu sein, festgenommen worden waren, wusste Jacques, dass sich in den nächsten Tagen sein Schicksal entscheiden würde. Deswegen war er nicht überrascht, am darauffolgenden Morgen eine Notiz ohne Unterschrift in seinem Briefkasten zu finden: »Wo du doch so gerne in den Wald gehst, was hältst du davon, wenn wir uns um vier zu einem Waldspaziergang treffen?«

Um drei hatte sich Jacques im Schatten der Zypressen eingefunden, die Kaiserin Charlotte achtzig Jahre zuvor in Chapultepec hatte pflanzen lassen. Von diesem Punkt aus sah man den Weg, der zum protzigen Sommerpalast von Kaiser Maximilian, und den, der zum Paseo de la Reforma führte. Seine Zweifel hatten sich in Panik verwandelt, und er musste auf das zurückgreifen, was sein Vorgänger, der Soldat Nr. 13, in Malachowka gelernt hatte, um seine Selbstbeherrschung wiederzugewinnen und sich auf das Gespräch vorzubereiten.

Um Punkt vier Uhr erblickte er Tom. Sein Mentor trug ein weißes Hemd mit engem Kragen, aus dem ein lächerliches gepunktetes Tuch herausschaute. Tom machte ihm ein Zeichen, und Jacques setzte sich in Bewegung.

»Sie mussten ihn töten«, sagte er ohne Einleitung, ohne Begrüßung, den Blick starr auf die nächste Wegkrümmung gerichtet. Ramón schwieg und versetzte alle seine Sinne in Alarmbereitschaft. »Seine Nerven sind mit ihm durchgegangen, er wurde aggressiv, wollte, dass wir ihn auf der Stelle außer Landes bringen, drohte damit, zur Polizei zu gehen und zu erzählen, dass man ihn entführt habe … Die

Mexikaner waren verzweifelt und haben den Kopf verloren. Wenn du willst, kann ich dir mein Wort darauf geben, dass wir nichts mit dem Mord zu tun haben. Ich habe dir von Anfang an gesagt, dass man dem Amerikaner nicht trauen kann, aber ihn zu benutzen und dann umzubringen …«

Ramón dachte eine Weile nach.

»Du musst mir nicht dein Wort geben, ich glaub dir auch so«, sagte er schließlich, und er wurde sich bewusst, wie sehr er sich immer gewünscht hatte, diesen Satz auszusprechen, der ihm ein Gefühl der Erleichterung verschaffte.

»Wir können nicht länger warten. Während die Mexikaner sich gegenseitig beschuldigen und die Polizei nach dem französischen Juden fahndet, werden wir diesen Scheiß zu Ende bringen.«

»Wann?«

»Moskau verlangt, so schnell wie möglich. Hitlers Feldzug in Europa war ein Spaziergang, er hat Mut gefasst und hält sich für unbesiegbar.«

Ramón schaute an den Zypressen hoch. Toms Worte waren ihm auf den Magen geschlagen. Die Zeit des Wartens und der Strategien war vorbei, jetzt begann die Realität. Jacques spürte eine schwere Last auf seinen Schultern. Würde er sie tragen können, nachdem er sich so sehr um diese Ehre gerissen hatte?

»Wie lautet der Plan?«, brachte er hervor.

»Du musst der Ente noch ein-, zweimal begegnen. Du wirst schon wissen, wie. Dabei versuchst du, dich bei ihm einzuschmeicheln. Er muss glauben, dass er dich zum Trotzkismus bekehren kann. Gib ihm das Gefühl, von dir bewundert zu werden. Aber nicht übertreiben! Wir werden seine Eitelkeit und seine Besessenheit, Anhänger um sich zu scharen, ausnutzen. Wenn sich die Gelegenheit ergibt, sagst du ihm, dass du ein Buch über die weltweite Situation schreiben möchtest und dass dir die Idee dazu während eurer Unterhaltungen gekommen ist. Wir bereiten einen Artikel vor, der ihn dazu veranlassen wird, mit dir zusammenzuarbeiten. Unsere Absicht ist es, dass du mit ihm allein in seinem Arbeitszimmer bist. Wenn du das schaffst, ist alles andere ein Kinderspiel.«

»Glaubst du, er ist bereit, mich allein zu empfangen?«

»Du musst es irgendwie schaffen. Dadurch vergrößerst du deine Überlebenschance. Am Tag X wirst du auf zweierlei vorbereitet sein: ihn zu töten und zu flüchten, wenn nötig mit Waffengewalt.«

»Was muss ich bei mir haben, wenn ich das Haus betrete?«

»Die Pistole, für alle Fälle, und den Dolch, für ihn.«

Ramón dachte nach.

»Der Dolch zwingt mich, ihm den Mund zuzuhalten, ihn an den Haaren zu packen ... Ich ziehe den Eispickel vor. Zuschlagen und raus ...«

»Du willst ihn nicht berühren?«, fragte Tom lächelnd.

»Ich ziehe den Eispickel vor«, wiederholte Ramón ausweichend.

»In Ordnung, in Ordnung«, willigte der andere ein. »Caridad und ich werden in deiner Nähe sein. Sobald du aus dem Haus kommst und mit deinem Wagen losfährst, übernehme ich alles Weitere ... Vertraust du mir?«

Ramón gab keine Antwort. Tom nahm das Halstuch ab und wischte sich über die Wangen.

»Wir werden dir einen Brief mitgeben, den du fallen lässt, wenn du das Haus verlässt. Du bist ein enttäuschter Trotzkist, der begriffen hat, dass sein Idol nichts weiter ist als eine Marionette und sogar so weit geht, sich Hitler zu unterwerfen, nur damit er an die Macht zurückkehren kann ...«

Ramón sah ihn verwirrt an, und Tom bemerkte, dass etwas nicht funktionierte. Er fasste ihn am Kinn und zwang ihn, sich zu ihm zu drehen und ihm ins Gesicht zu schauen. Ramón sah, dass die Augen seines Mentors vor Erregung glänzten.

»Wir kommen unserem Ziel immer näher, mein Junge ... Wir zwei, du und ich, wir werden den ganzen Ruhm einheimsen. Wir müssen verhindern, dass sich dieser Hund von einem Hundesohn mit den Nazis zusammentut. Denk immer daran, dass du für die Geschichte arbeitest. Du wirst den schlimmsten Verräter aller Zeiten ermorden, und vergiss nicht: Viele Menschen auf der Welt sind von deinem Opfer abhängig! Du musst dich von Ramón Mercaders Mut, von seinem Hass und seinem Glauben tragen lassen. Und wenn du nicht fliehen kannst, vertrau auf deine Fähigkeit zum Gehorsam und zum Schweigen. Jetzt geht es nicht mehr um dein und um mein Leben, sondern um die Zukunft der Sowjetunion und der Revolution.«

Aus den Augen seines Mentors, mehr als aus seinen Worten, erreichte Ramón die Botschaft, die er brauchte. Die Zweifel und die Ängste der letzten Tage begannen sich aufzulösen, so als würde dieser Blick sie verdunsten lassen, und er spürte, dass sich sein Leben einem lärmenden Höhepunkt näherte.

Der Schlüssel zu den Toren des Schicksals war eine Idee von Natalia Sedowa: Die Trotzkis wollten Jacson für seine Hilfsbereitschaft gegenüber den Rosmers und für die häufigen Geschenke, die er Sjewa machte, danken und luden ihn und Sylvia zum Tee ein. Sie schlugen den 29. Juli vor, um vier Uhr, falls Sylvias Verlobter sich von seiner Arbeit frei machen könne. In ihrem Zimmer im Montejo schaute Jacques in dem kleinen Terminkalender nach und sagte zu Sylvia, sie solle Natalia anrufen und ihr sagen, dass sie die Einladung gern annehmen würden. Das Gesicht der jungen Frau leuchtete vor Freude und Aufregung, und sie eilte sogleich zum Telefon, um den Trotzkis zuzusagen.

Am 29. Juli um Punkt vier Uhr hielt der Buick vor der Festung in Coyoacán. Jacques trug einen cremefarbenen Sommeranzug, und Sylvia hatte trotz der Hitze darauf bestanden, etwas Schwarzes anzuziehen. Sie war aufgeregt und glücklich und hatte eine Stunde vor dem Spiegel verbracht, in dem mühseligen Kampf, ihr Gesicht so hübsch wie möglich herzurichten.

Jack Cooper grüßte sie vom Turm aus, und Jacson scherzte mit ihm. Er werde ihm ein Trinkgeld geben, wenn er aufs Auto aufpasse, rief er. Die mexikanischen Polizisten lächelten ihnen zu, und der Gefreite Zacarías Osorio, der Älteste der für die Sicherheit außerhalb des Hauses Zuständigen, deutete sogar eine Verbeugung an. Harold Robbins öffnete den Gästen die Tür und geleitete sie zu den schmiedeeisernen Gartenmöbeln, die Natalia im Schatten der Bäume im Innenhof hatte aufstellen lassen.

Kurz darauf kam die Hausherrin heraus und begrüßte sie herzlich. Jacques Mornard überreichte ihr die Pralinen, die er für sie gekauft hatte. Er wusste, dass Sjewa nach der Schule zum Angeln an den Fluss gegangen war und Azteca ihn wie üblich begleitete.

»Lew Dawidowitsch lässt sich entschuldigen«, sagte Natalia Sedowa. »Er hat noch etwas Dringendes zu erledigen ... ein Artikel, der morgen abgeschickt werden muss. Gleich wird er zu uns herauskommen und Sie begrüßen.«

Jacques lächelte erleichtert. Es störte ihn keineswegs, dass sich alles ein wenig in die Länge zog, obwohl Tom ihn gedrängt hatte, so schnell wie möglich zu handeln.

Nachdem das mexikanische Hausmädchen den Tee und das Gebäck auf den Tisch gestellt hatte (war sie die Parteigenossin, die man ins Haus eingeschleust hatte?), erzählte ihnen Natalia, dass sie sich Sorgen machten, weil sie keine Nachrichten von den Rosmers hatten. Die Nazis hatten inzwischen Paris besetzt, was die Situation für die Freunde sehr schwierig machte. Man musste das Schlimmste befürchten. Jacques nickte gewohnt zurückhaltend, und nach einer Pause, die sich endlos hinzuziehen drohte, machte er eine Bemerkung übers Wetter: »Sieht aus, als würde der Sommer sehr heiß werden, nicht wahr? Ich kann mir vorstellen, dass Sie und Monsieur Trotzki die Kälte vorziehen ...«

»Wenn man alt wird, ist die Wärme ein Segen«, entgegnete Natalia. »Wir haben in unserem Leben so viel frieren müssen, dass wir dieses Klima als ein Geschenk betrachten.«

»Dann würden Sie nicht gern nach Russland zurückkehren?«

»Was wir gern oder nicht gern machen würden, spielt schon lang keine Rolle mehr. Seit elf Jahren vagabundieren wir durch die Welt, ohne zu wissen, wie lange wir an einem Ort bleiben können oder ob wir den nächsten Tag überhaupt erleben werden.« Sie zeigte auf die Einschusslöcher in den Wänden. »Es ist sehr traurig, dass ein Mann wie Lew Dawidowitsch, der sein ganzes Leben lang nichts anderes getan hat, als für diejenigen zu kämpfen, die nichts besitzen, dass so ein Mann ständig auf der Flucht sein und sich verstecken muss wie ein Verbrecher ...«

Jacques nickte zustimmend, und als er den Blick hob, traf es ihn wie ein elektrischer Schlag: Die Ente war auf den Hof hinausgetreten. Zuerst nahm er den Schatten, dann die Gestalt des Renegaten wahr.

»Vielen Dank, dass Sie gekommen sind, Jacques ... Hallo, meine kleine Sylvia.«

Jacques stand auf, den Hut in der Hand. Er wusste nicht, ob er die paar Schritte auf ihn zumachen und ihm die Hand reichen sollte oder nicht. Der Exilant stellte sich neben Natalia, und die Situation war gerettet.

»Ich bitte Sie tausendmal um Entschuldigung, aber ich fürchte, ich kann nicht lange bei Ihnen bleiben. Der Artikel muss noch heute fertig werden ... Schenkst du mir Tee ein, Natuschka?«

Während Natalia ihn bediente, sah der Alte auf seinen Garten und lächelte.

»Ich konnte fast alle Kakteen retten«, sagte er. »Es sind einige sehr seltene Exemplare dabei. Fast hätten diese Idioten sie alle vernichtet.«

»Werden Sie die Befestigung weiter ausbauen lassen?«, erkundigte sich Sylvia, während der Hausherr seinen Tee schlürfte.

»Natascha besteht darauf, aber ich kann mich noch nicht dazu durchringen. Wenn sie noch einmal kommen, werden sie ohnehin imstande sein, eine Mauer in die Luft zu sprengen ...«

»Ich denke nicht, dass sie es noch einmal auf die gleiche Weise versuchen werden«, sagte Jacques plötzlich, und alle sahen ihn an.

»Und woran denken *Sie,* Jacson?«, unterbrach der Alte das Schweigen.

»Ich weiß nicht ... Eher an einen einzelnen Täter. Sie selbst haben einmal irgendwo geschrieben, dass der NKWD über professionelle Mörder verfügt.«

Der Renegat sah ihn durchdringend an, die Tasse in Höhe des Kinns, und Ramón fragte sich, warum er das gesagt hatte. Hatte er Angst? Wollte er, dass man ihn aufhielt?, fragte er und gab sich selbst die Antwort: Nein! Er hatte das gesagt, weil es ihm Spaß machte, mit dem bereits geschriebenen Schicksal zu spielen.

Lew Dawidowitsch trank noch einen Schluck Tee, stellte die Tasse auf den Tisch und nickte. »Sie haben recht, Jacson. So einen Mann kann man nicht aufhalten.«

»Bitte, Ljownotschek«, mischte sich Natalia ein, um dieses düstere Gespräch auf ein anderes Thema zu lenken.

»Wir können den Kopf nicht in den Sand stecken, meine Liebe«, sagte ihr Mann lächelnd und wandte sich wieder seinem Gast zu. »Sie sollten nicht so viel rauchen, Jacson. Passen Sie auf sich auf, bewahren Sie sich Ihre herrliche Jugend.« Er winkte ihnen zum Abschied zu und ging zum Haus zurück. Schon in der Tür, die ins Esszimmer führte, rief er: »Sorg dafür, dass er mit dem Rauchen aufhört, Sylvia! Einen so netten Jungen findet man nicht alle Tage … Sie entschuldigen mich? Einen schönen Tag noch!«

Sylvia errötete, und Jacques lächelte, ebenfalls verlegen. Er drückte seine Zigarette aus und sah Natalia an, die sich zu amüsieren schien.

Jacques entspannte sich ein wenig und begann, von seiner belgischen Familie zu erzählen, angeregt von der Erinnerung an seinen Vater, einen Liebhaber kubanischer Zigarren. Natalia sprach vom ersten Exil Lew Dawidowitschs in Paris und davon, wie sie sich kennengelernt hatten, und alle drei lachten, als sie erzählte, wie er ihr gestanden hatte, dass er Paris schön finde, Odessa aber viel schöner sei.

»Monsieur Trotzki sollte sich mehr Ruhe gönnen«, sagte Jacques, als das Gespräch zu erlahmen drohte. »Er arbeitet zu viel.«

»Er ist nicht mit normalen Maßstäben zu messen …« Natalia schaute zum Haus hin, bevor sie fortfuhr: »Und außerdem leben wir von dem, was die Zeitungen ihm für seine Artikel zahlen. So weit ist es mit uns gekommen«, schloss sie, und in ihrer Stimme lagen Melancholie und Traurigkeit.

Der Nachmittag ging zu Ende, und Jacques und Sylvia verabschiedeten sich. Natalia entschuldigte noch einmal ihren Gatten und versprach, einen günstigeren Moment für ein erneutes Treffen auszusuchen. Es seien ihnen so wenige Freunde geblieben, so wenige, die sie bei sich empfingen, und sie würde sich freuen, sie wieder einmal in ihrem Hause begrüßen zu können, aber dann werde sie Lew Dawidowitsch auf einem Stuhl festbinden, fügte sie lachend hinzu und reichte Jacson die Hand, während sie Sylvia auf beide Wangen küsste.

Im Hotel wurde Jacques mitgeteilt, dass ein Mister Roberts angerufen und ihn gebeten habe, sich unverzüglich mit ihm in Verbindung zu setzen. Vom Zimmer aus verlangte er eine New Yorker Nummer. Er wählte sie, und Roberts persönlich meldete sich.

»Ich bins, Mister Roberts, Jacques.«

»Bist du allein?«

»Nein … Sprechen Sie.«

»Komm morgen hierher. Ich erwarte dich um acht in der Hotelbar des Pennsylvania.«

»Ja, sagen Sie Mister Lubeck, dass ich gleich morgen fliege … Vielen Dank, Mister Roberts.«

Lächelnd drehte er sich zu Sylvia um und sagte: »Wir fliegen für ein paar Tage nach New York. Lubeck zahlt.«

Der Aufenthalt in New York war kurz und diente konkreten Zielen: Die Zeit der Vorbereitungen war vorüber, und in Anbetracht der Tatsache, dass es Hitler gelungen war, halb Europa zu unterwerfen, fast ohne einen Schuss abzugeben, verlangte Moskau, dass die Operation in Mexiko so bald wie möglich zu Ende gebracht werde. Mister Roberts überreichte Jacques einen Trenchcoat mit drei seltsam geformten Innentaschen.

Am 7. August trafen Jacques und Sylvia wieder im Montejo ein, und am darauffolgenden Morgen verließ Jacques das Hotel, angeblich um die Vertreter der Baufirma zu treffen, die das neu gegründete Büro renovieren sollte. Er fuhr in seinem Buick in Richtung der Touristensiedlung und bog auf den Feldweg ein, an dessen Rand er eine Woche zuvor den Eispickel zwischen den Steinen versteckt hatte. Je weiter er fuhr, desto ängstlicher fragte er sich, ob er sich nicht geirrt hatte: Nach seinen Berechnungen musste er nach zwei, höchstens drei Minuten auf besagte Stelle treffen, und nun war er bereits mehr als fünf gefahren, und das Versteck war weit und breit nicht zu sehen. Er dachte schon daran, umzukehren und sich zu vergewissern, ob es der richtige Weg sei, obwohl er sich sicher war, sich nicht verfahren zu haben. Um sich zu beruhigen, sagte er sich, dass er in jedem beliebigen Geschäft der Stadt einen ähnlichen Eispickel kaufen könne.

Aber dass er diesen bestimmten Eispickel nicht finden konnte, erschien ihm wie ein unheilvolles Vorzeichen. Wo war der verdammte Steinhaufen? Er fuhr weiter und weiter, und als er schon entschlossen war, umzukehren, entdeckte er die Steine und sah es zwischen ihnen metallisch glänzen. Erleichtert atmete er auf. Als er die Waffe herauszog, spürte er etwas, das ihn mit dem Eispickel verband. Die bloße Tatsache, ihn in Händen zu halten, verlieh ihm Sicherheit und Vertrauen.

Zurück in der Stadt, hielt er vor einer Schreinerei der Colonia Roma und bat den Verkäufer, ungefähr sechs Zoll von dem Holzstiel des Eispickels abzusägen. Der Mann sah ihn erstaunt an, und er erklärte ihm, dass er sich beim Klettern mit einem kürzeren Stiel sicherer fühle. Der Verkäufer nahm ein Bandmaß, markierte die Stelle mit einem Bleistift und gab ihm den Eispickel zurück, damit er ausprobierte, ob die Länge für ihn richtig war. Ramón holte aus und tat so, als hiebe er den Eispickel über seinem Kopf in einen Felsen.

»Nein, das ist noch zu lang«, sagte er, »sägen Sie ihn hier ab«, und er zeigte auf die Stelle.

Der Verkäufer zuckte mit den Achseln, nahm eine Säge und sägte das Holz durch. Dann schmirgelte er die Ränder ab und gab Ramón den Eispickel zurück.

»Wie viel macht das?«

»Nichts, Señor.«

Ramón steckte die Hand in die Hosentasche und holte zwei Pesos heraus.

»Das ist zu viel, Señor.«

»Zahlt alles mein Chef«, sagte Ramón. »Und vielen Dank.«

»Mit so einem kurzen Eispickel zu klettern ist gefährlich, Señor. Wenn Sie abrutschen …«

»Keine Sorge«, sagte Ramón und hielt sich den Eispickel vor die Augen. »Jetzt sieht er aus wie ein Kreuz, nicht wahr?«, und ohne eine Antwort abzuwarten, ging er hinaus und weiter zu der Straßenecke, an der er, außerhalb der Sichtweite des Schreiners, seinen Buick geparkt hatte.

Er fuhr in Richtung Chapultepec und bog in den Wald ein. Aus dem

Kofferraum holte er die Reisetasche mit dem kakifarbenen Trench-coat, den Tom ihm in New York überreicht hatte, und verstaute darin den Eispickel. Er ging weiter in den Wald hinein, bis er sicher sein konnte, dass ihn niemand beobachtete, und zog sich den Trenchcoat über. Links, etwas unterhalb der Taille, hatte man eine lange, schmale Innentasche eingenäht. In Bauchhöhe auf derselben Seite befand sich eine kleinere Tasche, in die ein Revolver mittleren Kalibers passte, und rechts unter der Achsel gab es eine dritte, dreieckige Tasche, die nach unten spitz zulief. Ramón steckte den Eispickel in die längliche Innentasche und stellte fest, dass die Waffe aufgrund des abgesägten Stiels tiefer einsank als vorgesehen, was ziemlich ungünstig war, wenn man sie schnell herausziehen musste. Doch dann vergewisserte er sich, dass er die Ausbuchtung mit dem Arm verdecken konnte, und das war das Wichtigste. Er legte sich den Mantel über den Arm, um sicherzugehen, dass der Eispickel nicht herausrutschte. Wenn der Renegat ihm den Rücken zuwandte, brauchte er knapp zehn Sekunden, um die Waffe herauszuziehen, ohne sein Opfer aus den Augen zu lassen.

Ramón ging zum Wagen zurück. Plötzlich wurde er sich bewusst, dass er den ganzen Vormittag über nicht einmal an Jacques gedacht hatte, und das beunruhigte ihn. Um alle Schranken zwischen der gepanzerten Tür der Festung in Coyoacán und dem Moment, in dem er den Eispickel zücken würde, zu überwinden, war es unbedingt nötig, dass er ganz und gar Jacques Mornard war; er brauchte die förmlichen Bemerkungen des Belgiers, seine Schüchternheit, sein unverbindliches Lächeln. Jacques war der Einzige, der imstande war, Ramón zu dem großartigsten Moment seines Lebens zu führen.

Als sie sich nach fast dreißig Jahren in Moskau wiedertrafen und über die Ereignisse von damals sprachen, fragte Ramón seinen Mentor, ob er alles perfekt geplant habe oder ob ihm der Zufall zu Hilfe gekommen sei. Kotow versicherte ihm mit der größten Aufrichtigkeit, dass alles minutiös geplant gewesen sei, dass ihnen aber der Teufel in die Hände gespielt habe. Jedes zwei, drei Jahre im Voraus konzipierte Detail habe sich wie ein Puzzleteil so perfekt in die späteren

Geschehnisse eingefügt, wie es niemand auf diese Weise hätte vorhersehen können; am Ende hätten sich der Eispickel, Ramóns Arm und Trotzkis Leben wie Magnete angezogen.

Am 13. August, einem Dienstag, beschloss Sylvia, nach Coyoacán zu fahren, um Lew Dawidowitsch wichtige Nachrichten zu überbringen, die sie während ihres Aufenthaltes in New York erhalten hatte. Nach zwei Stunden kam die Frau mit einem Lächeln auf den Lippen aus dem Haus. Inzwischen hatte sich Jacques, der wie üblich draußen auf sie gewartet hatte, mit fast allen Leibwächtern unterhalten und dabei eine Redseligkeit an den Tag gelegt, die den Männern, für die Frank Jacsons Anwesenheit ja nichts Ungewöhnliches an sich hatte, im Nachhinein äußerst verräterisch erschien. Er hatte sich sogar mit Jack Cooper für den nächsten Dienstag zum Abendessen verabredet, wenn dessen Frau Jenny aus den Vereinigten Staaten eingetroffen wäre. Jacson lud sie selbstverständlich ein und versprach, ein Restaurant auszuwählen, das Jenny bestimmt gefallen würde.

Sylvia hatte allen Grund, zufrieden zu sein. Eigentlich machte ihre Beziehung zu dem Renegaten gerade eine Krise durch, weil sie sich der neuen politischen Gruppierung angenähert hatte, die von Lew Dawidowitschs ehemaligen Genossen Burnham und Shachtman in den Vereinigten Staaten gegründet worden war. Dennoch schien sie bei dem Alten, der so allergisch auf Abspaltungen reagierte, vor allem in einer Situation, in der er jeden Sympathisanten so bitter nötig hatte, ein Stein im Brett zu haben. Nachdem er sich angehört hatte, was Sylvia mit Shachtman in New York gesprochen hatte, hatte er sie und ihren Verlobten für den übernächsten Tag zum Tee eingeladen, um sich bei der Gelegenheit auch dafür zu entschuldigen, sie bei ihrem letzten Besuch nicht angemessen empfangen zu haben.

»Ich glaube, du hast ihm gefallen«, sagte sie, als sie von der Calle Viena in die Calle Morelos einbogen.

»Soll ich dir mal was sagen?« Jacques lächelte. »Ich hatte den Alten für ein arrogantes, selbstgerechtes Arschloch gehalten. Aber jetzt, nachdem ich ihn kennengelernt habe, glaube ich, dass er ein großartiger Kerl ist. Und, ehrlich gesagt, ich kapiere nicht, wie du auf die Idee kommen konntest, dich Burnham und Shachtman anzuschließen.«

»Davon verstehst du nichts, Liebling. Politik ist kompliziert und …«

»Treue ist überhaupt nicht kompliziert, Sylvia«, erwiderte er und drückte aufs Gaspedal. »Und sag mir bitte nicht, was ich verstehe und was nicht.«

Am darauffolgenden Morgen fuhr Jacques nach Shirley Court, wo sich Tom und Caridad erneut eingefunden hatten. Seine Mutter begrüßte ihn mit einem Kuss und lud ihn zu einem Kaffee ein, doch er lehnte ab. Er war nervös und wollte nur mit seinem Mentor die Strategie für den nächsten Tag bereden. Als Tom in einem Morgenmantel aus dem Bad kam, setzten sich die drei in den kleinen Wohnraum. Ramón beobachtete die beiden, wie sie ihren Kaffee tranken, und ihm wurde klar, dass sich zwischen ihnen und ihm eine kaum merkliche, für ihn aber deutlich spürbare Distanz aufzutun begann: die Distanz, die zwischen der vordersten Linie und der Kommandantur zu bestehen pflegt.

»Du wirst eine Diskussion über das Thema Burnham und Shachtman beginnen«, sagte Tom, nachdem er seinen Schüler angehört hatte. »Du wirst dich auf die Seite der Ente stellen, gegen Sylvia … Was er hören will, ist, dass die Dissidenten Verräter sind, und du wirst ihm diesen Gefallen tun. Und ganz nebenbei wirst du erwähnen, dass du vorhast, einen Artikel über diese Abspaltung zu schreiben und einen anderen über die Situation in Frankreich nach der Okkupation durch die Nazis.«

»Jacson interessiert sich nicht für Politik, das weiß er«, gab Jacques zu bedenken.

»Aber er muss dazu gebracht werden, dass er dir wieder die Türen seines Hauses öffnet. Außerdem fühlt er sich so einsam, dass er dich gern empfangen wird, wenn er hört, dass du etwas zu seinen Gunsten schreiben willst. Und das ist unsere Chance. Du musst behutsam vorgehen, aber gleichzeitig entschlossen wirken.«

»Sylvia wird erstaunt sein …«

»Sylvia ist eine dumme Gans, sie merkt nichts«, beruhigte ihn Tom. »Wenn alles nach Plan verläuft, kehrst du in zwei oder drei Tagen mit dem Artikel nach Coyoacán zurück …«

Caridad hörte dem Gespräch schweigend zu, doch ihre Aufmerksamkeit konzentrierte sich auf Ramón. Für sie war es offensichtlich, dass Toms Begeisterung und Selbstsicherheit im Gegensatz zur zögerlichen Haltung ihres Sohnes standen.

»Ich werd mich jetzt mal anziehen«, sagte Tom. »Ich möchte, dass du den Revolver ausprobierst, den du am Tag der Abrechnung bei dir haben wirst.«

Caridad goss sich Kaffee nach, und Ramón entschloss sich, jetzt ebenfalls eine Tasse zu trinken. Die Frau beugte sich zu ihm vor, und während sie ihrem Sohn einschenkte, flüsterte sie ihm zu: »Ich muss mit dir sprechen. Noch heute Abend, um acht, im Hotel Gillow.«

Er sah sie an, doch Caridads Augen konzentrierten sich darauf, den Kaffee einzuschenken und ihm die Tasse zu reichen.

Tom stellte fest, dass die Fähigkeiten von Soldat 13 nicht nachgelassen hatten. In dem kleinen Wäldchen von San Ángel, wo sie die Schießübungen veranstalteten, traf Ramón von vier Schüssen dreimal ins Schwarze, und das trotz der Anspannung, die ihn beherrschte. Währenddessen sprach Tom unaufhörlich von dem, was nach dem Attentat geschehen würde. Der schnellste und sicherste Fluchtweg war der über Kuba, wo Ramón sich unter die Tausende von Spaniern mischen konnte, die sich in Havanna und Santiago de Cuba herumtrieben. Auf der Insel würden ihn zwei Agenten erwarten, ausgestattet mit dem nötigen Geld und den Verbindungen, um sein Überleben und seine Sicherheit zu gewährleisten. Eventuell würden er, Tom, und vor allem Caridad, die das Land, in dem sie geboren war, liebte, ebenfalls nach Kuba kommen, und sie drei würden gemeinsam den Atlantik überqueren. Die Sicherheit seines Mentors, dessen Voraussagen mit erstaunlicher Regelmäßigkeit einzutreffen pflegten, zerstreuten Ramóns Zweifel und Ängste, und er war fast schon davon überzeugt, dass seine Flucht im Bereich des Möglichen lag.

Das Hotel Gillow, ganz in der Nähe des Zócalo, war ein Kolonialgebäude, das einstmals die Nonnen der benachbarten Kirche der Profesa beherbergt hatte. Mittags pflegten viele Regierungsangestellte in dem hoteleigenen Restaurant zu speisen. Abends dagegen schlugen sich erfolgreiche Gauner und Luxusprostituierte den Magen voll, bevor sie ihrer nächtlichen Arbeit nachgingen. Das Restaurant verfügte über einen großen Saal, diskretes Licht und viele Tische mit karierten Tischdecken. Als Ramón das Lokal betrat, musste er an den Tag des Sieges und des Jubels denken, als er, Hand in Hand mit África, in ein altes Café in Madrid gekommen war, um dort Caridad zu begegnen. Jetzt entdeckte er seine Mutter an einem Tisch im Hintergrund, rauchend, den Kopf gesenkt. Ramón rückte den Stuhl neben ihr zurecht, und es war, als erwachte Caridad aus einem tiefen Schlaf.

»Gut, dass du kommst. Ich habe Kotow gesagt, er soll ins Kino gehen, wir haben also nicht viel Zeit, und es gibt viel zu besprechen … Ruf den Kellner.«

Als der Kellner kam, bestellte Caridad eine Flache Kognak mit zwei Gläsern und eine Flasche Mineralwasser aus Tehuacán. Dann bat sie darum, nicht gestört zu werden.

»Möchten Sie nichts essen?«, fragte der Kellner erstaunt.

»Wir möchten nicht gestört werden«, wiederholte sie und sah ihn durchdringend an.

Ramón wartete schweigend, bis die Getränke gebracht wurden und sie wieder allein waren.

»Warum so geheimnisvoll?«

»Du stehst kurz davor, etwas sehr Großes und sehr Gefährliches zu tun. Auch wenn es dich nicht interessiert, was ich meine, fühle ich mich verantwortlich für das, was du tun wirst und was dir zustoßen kann, und darum möchte ich dir ein paar Dinge sagen.«

Caridad goss ihnen beiden Mineralwasser ein und füllte dann die Kognakgläser. Sie hob ihr Glas, schnupperte kurz daran und nahm dann einen großen Schluck.

»Trink«, sagte sie und schob Ramón den zweiten Kognak hin. »Er wird dir guttun.«

Ramón betrachtete das Glas, rührte es aber nicht an.

»Ich werde mit dem Ende beginnen«, sagte sie und zündete sich eine Zigarette an. »Wenn du in den Knast gehst, werde ich Himmel und Hölle in Bewegung setzen, um dich da rauszuholen. Und wenn ich das ganze verdammte Scheißgefängnis in die Luft sprengen muss. Verlass dich drauf! Das Einzige, worum ich dich bitte, ist, dass du nicht versagst, wenn du dem Alten gegenüberstehst, und dass du, wenn sie dich schnappen, niemals sagst, warum du das getan hast und wer dir den Befehl dazu gegeben hat. Wenn du uns enttäuschst, werde ich dir nicht helfen können, und Kotow auch nicht; denn von deinem Schweigen hängt sein Leben ab, und ich glaube, meins auch, von deinem gar nicht zu reden.«

»Das macht dir also Sorgen? Dass ich dein Leben in Gefahr bringen könnte?« Ramón genoss die Gelegenheit, sie zu verletzen.

»Ich leugne nicht, dass mir das Sorgen macht, aber glaub mir, das ist nicht das Entscheidende. Das, was du tun wirst, kann die Welt verändern, und nur das ist wichtig.« Caridad trank noch einen Schluck. »Und diese Scheißwelt braucht verdammt viele Veränderungen, das weißt du.« Sie starrte einen Moment lang auf Ramóns unberührtes Glas. »Von deinem Schweigen hängt dein Leben ab. Vergiss nicht, was mit diesem Sheldon passiert ist ...«

»Die Mexikaner haben ihn ermordet«, sagte Ramón.

»Das behauptet Kotow ... und uns bleibt nichts anderes übrig, als ihm zu glauben.«

»Ich glaube ihm, Caridad.«

»Freut mich.« Sie goss sich Kognak nach, trank aber nicht. »Hör gut zu, was ich dir jetzt sage. Vielleicht verstehst du dann, warum wir uns in diesem Restaurant aufhalten und die Stunden bis zu dem Moment zählen, in dem du einen Menschen töten wirst.«

Irgendwann während des Gesprächs stürzte Ramón seinen Kognak hinunter, und ohne sich bewusst zu sein, dass sie es erneut gefüllt hatte, trank er weiter, diesmal jedoch in kleinen Schlucken, bis er merkte, wie sich ihm der Magen umdrehte. Was er am wenigsten erwartet hatte, war, die Geschichte der Demütigungen und Erniedrigungen zu hören, denen sich Caridad durch ihren makellosen bürgerlichen Gatten Pau Mercader ausgesetzt gesehen hatte. Einige Bruchstücke der Geschichte kannte Ramón bereits, doch diesmal ging seine Mutter in die schlüpfrigen Einzelheiten und erzählte ihm von den Bordellbesuchen, davon, wie ihr Mann sie gezwungen hatte, den obszönsten Ferkeleien zuzuschauen, und wie er sie dazu verleitet hatte, Drogen zu nehmen, um sie danach auf ein Bett zu werfen, wo sie von einem jungen Mann gegen Bezahlung gevögelt worden war, während Pau von hinten in den Jungen eindrang; wie er sie schlug, wenn sie sich gegen Analverkehr wehrte, ihr drohte, ihr die Kinder wegzunehmen, und sie schließlich in eine Irrenanstalt hatte einsperren lassen, wo man sie fast um den Verstand brachte und sie, um nicht zu verdursten, gezwungen gewesen war, ihren eigenen Urin zu trinken. Das seien die Erfahrungen, die sie in ihrer geheiligten bürgerlichen Ehe gemacht habe, sagte sie, das habe ihr den Samen des Hasses in die Seele eingepflanzt wie die heiße Klinge eines Dolches, und das Brennen habe kaum nachgelassen, als sie ihren Hass gegen diejenigen richtete, die eine erbärmliche Moral aufrechterhielten, welche es einem abartigen, kranken Menschen wie Pau Mercader ermöglichte, als ein achtbarer Mann angesehen zu werden. Seitdem hatte Caridad sich mit den Waffen gerächt, die ihr zur Verfügung standen, und mehr als einmal war sie, als sie nach dem Wahlsieg der Linken nach Barcelona zurückgekehrt war, in schlaflosen Nächten durch die Calle Ample gegangen, wo ihr ehemaliger Mann damals gewohnt hatte. Der Wunsch, die Treppen zu der dunklen Wohnung hinaufzusteigen und ihm die sechs Kugeln der Browning, die sie immer bei sich trug, in den Kopf zu jagen, wurde zu einer Obsession. Wenn sie es nicht tat, dann nicht aus Angst oder aus Erbarmen, sondern weil sie begriffen hatte, dass die Tatsache, dass er arm war, ein Angestellter anderer Leute, die ihn demütigen und ausbeuten konnten, die schlimmste Strafe für einen Mann wie Pau Mercader war, und je länger diese Strafe andauerte, umso besser.

Während Ramón seiner Mutter zuhörte, spürte er, wie sich die menschliche und politische Überlegenheit, die er seit einiger Zeit ihr gegenüber fühlte, in nichts auflöste. Er erinnerte sich an die obskure Geschichte mit der Vergiftung im Restaurant in Toulouse und an ihren Selbstmordversuch, den er und sein Bruder Jorge vereitelt hatten. Dieses zerstörte und hasserfüllte Wesen, das seine Mutter war, begann sich wie ein Puzzle zusammenzusetzen.

»Wenn ich eine schlechte Kommunistin bin, Ramón, dann ist das alles der Grund dafür«, fuhr Caridad fort, nachdem sie ihrem Sohn ein drittes Glas eingeschenkt und selbst ein viertes (fünftes, sechstes?)

getrunken hatte. »Mein Hass wird mir nie erlauben, am Aufbau der neuen Gesellschaft mitzuarbeiten. Aber er ist die beste Waffe, um die alte Gesellschaft zu zerstören, und deswegen habe ich euch, meine Kinder, zu dem gemacht, was ihr seid: Kinder des Hasses. Morgen, übermorgen, in zwei Tagen, wenn du dem Mann gegenüberstehst, den du töten wirst, dann erinnere dich daran, dass er mein und auch dein Feind ist. Dass alles, was er über die Gleichheit der Menschen und über das Proletariat sagt, nichts als Lüge ist und dass Macht das Einzige ist, was er will. Macht, um andere Menschen zu beherrschen, sie zu erniedrigen, sie dazu zu bringen, vor ihm zu kriechen und Angst zu haben, sie zu schikanieren, denn genau das genießen diejenigen, die sich an der Macht berauschen, am meisten. Und wenn du diesem Hurensohn den Schädel zertrümmerst, denk daran, dass dein Arm auch mein Arm ist. Ich werde bei dir sein, um dir zu helfen. Gemeinsam sind wir stark, denn der Hass macht uns unbesiegbar. Trink aus, verdammt! Pack die Welt an den Eiern und zwing sie auf die Knie! Und hämmere dir ein: Du darfst kein Erbarmen haben, mit niemandem, denn niemand wird welches mit dir haben. Niemals! Und wenn du am Arsch bist, gestatte niemandem, Mitleid mit dir zu haben. Niemand darf dich bemitleiden! Du bist stark, du bist unbesiegbar, du bist mein Sohn, hörst du!«

26

In der Nacht des 24. Mai, als die Kugeln über seinen Kopf hinweggepfiffen waren, hatte Lew Dawidowitsch eine Erleuchtung: Ihn konnte der Tod nicht ereilen, weil Natalia ihn beschützte.

Im selben Moment hatte er Sjewas Stimme gehört, und mit einer ihm bisher unbekannten Angst, die nicht der Sorge um sein eigenes Leben galt, hatte er geschrien: »Kriech unters Bett, Sjewa!«, während Natalia ihn in einem Winkel des Zimmers niedergedrückt hatte. Die Schüsse, die ihn töten sollten und die Nacht hatten aufblitzen lassen, schienen aus Sjewas Zimmer, von der Tür des Arbeitszimmers und durch das Badezimmerfenster gekommen zu sein. Von seinem Versteck aus konnte er beobachten, wie eine Brandbombe ins Zimmer seines Enkels geworfen wurde, doch er rührte sich nicht vom Fleck, denn noch immer fegten die Kugeln, die seinen Körper suchten, über sie hinweg, wirbelten die Matratzenfüllung durch die Luft oder schlugen in der Wand hinter ihnen ein. Schließlich hörten sie Stimmen und aufheulende Motoren, und die Schüsse wurden seltener. In diesem Augenblick war sein erleuchtender Gedanke beinahe vergessen, und er sagte zu sich selbst: Jetzt kommen sie und töten uns beide. Da er wusste, dass ihm nichts anderes übrig blieb, schloss er die Augen, presste die Beine zusammen und wartete. Wie lange? Zwei, drei Minuten?, sollte er sich später fragen. Auf jeden Fall waren es die längsten Minuten seines Lebens. Am meisten sorgte er sich jedoch um Sjewa und, vor allem, Natalia, die durch seine Schuld sterben würde.

Erst als Sjewas Stimme die Stille durchbrach, kehrte Lew Dawidowitsch in die Wirklichkeit zurück. Nachdem er sich vergewissert

hatte, dass Natalia nicht verletzt war, eilte er in das Zimmer des Enkels, doch er sah ihn nicht, nur ein paar Blutflecken auf dem Boden.
Sein Herzschlag setzte aus. Robbins, der in das Haus gestürzt war,
um die Brandbombe zu entfernen und zu verhindern, dass sich das
Feuer auf das Arbeitszimmer ausbreitete, fragte ihn, ob er verletzt
sei, und beruhigte ihn mit der Nachricht, dass Sjewa draußen bei
den Rosmers war. Anscheinend war der Junge als Einziger verletzt
worden, doch zum Glück nur leicht.

Später, als die Leibwächter, die die Attentäter verfolgt hatten, zurückgekommen waren, standen die Bewohner des Hauses im Innenhof und versuchten, die Geschehnisse zu begreifen. Es mussten zehn
bis fünfzehn als Soldaten und Polizisten verkleidete Männer gewesen
sein. Zuerst hatten sie die Polizisten und Wachleute außerhalb des
Anwesens ausgeschaltet, die Kabel der Alarmanlage durchgeschnit-
ten, die Telefonleitungen herausgerissen und die Verbindung zur
Polizei von Coyoacán gekappt. Dann waren sie auf das Grundstück
gelangt, und bewaffnet mit einer Maschinenpistole, hatte einer von
ihnen hinter einem Baum Position bezogen und das Haus, in dem
sich die Sekretäre aufhielten, unter Beschuss genommen. Die übrigen Angreifer hatten das Feuer auf das Haupthaus eröffnet, doch ihre
Kugeln waren zum großen Teil von den zugemauerten Fenstern und
gepanzerten Türen abgeprallt und hatten dort ihre Spuren hinterlassen. Die Polizisten und die Leibwächter sagten übereinstimmend
aus, dass einige der Angreifer einen ziemlich betrunkenen Eindruck
gemacht, aber zweifellos gewusst hatten, was sie taten und wie sie
vorgehen mussten: Die vielen Kugeln im Bett des Exilanten konnten
kein Zufall sein.

Später sollte Lew Dawidowitsch noch oft darüber nachdenken,
warum die Attentäter auf keinen der Leibwächter geschossen und sich
darauf beschränkt hatten, sie in Schach zu halten. Sie hatten lediglich
sein Arbeitszimmer unter Beschuss genommen und Brandbomben
geworfen (sogar einen Sprengkörper, der zum Glück nicht explodiert
war), was darauf schließen ließ, dass sie es ausschließlich auf ihn und
seine Unterlagen abgesehen hatten. Aber warum waren die Männer,
die offenbar ihre Waffen zu gebrauchen wussten und den Auftrag

hatten, das Leben eines einzigen Menschen auszulöschen, warum waren diese Männer, als sie die Situation innerhalb und außerhalb des Anwesens unter Kontrolle hatten, nicht in das Haupthaus eingedrungen, um vor ihrem Rückzug nachzusehen, ob sie ihre Mission erfüllt hatten? Was waren das für Bomben, die nicht explodierten? … Es erschien ihm unerklärlich, dass sie mehr als zweihundert Schüsse abgegeben hatten, dreiundsechzig davon auf sein Bett, und dass dabei nur Sjewa von einer verirrten Kugel getroffen und leicht verletzt worden war. Vielleicht war das Attentat gescheitert, weil Stümperei, Alkohol oder Angst im Spiel gewesen waren?, fragte er sich und sollte es sich noch oft fragen, denn all das roch förmlich nach einer ihm wohlbekannten Bösartigkeit.

Auf ihrer Flucht hatten die Täter die beiden Autos benutzt, die für einen eventuellen Notfall immer fahrbereit vor dem Haus standen. In all dem Durcheinander war Otto Schüssler hereingekommen und hatte berichtet, die Männer hätten Bob Sheldon, den neuen Leibwächter, mitgenommen. Alle hatten sich mit der gleichen Frage in den Augen angesehen: Hatten sie Sheldon entführt, oder war er freiwillig mitgegangen? Einer der mexikanischen Polizisten behauptete später, Sheldon habe am Steuer eines der Fluchtautos gesessen (den Ford hatten die Attentäter ein paar Häuserblocks weiter stehen lassen, als sie mit ihm im Schlamm des Flussufers stecken geblieben waren; der Dogde wurde später in der Colonia Roma gefunden), aber Lew Dawidowitsch war der Meinung, dass der Polizist, verängstigt, wie er war, in der Dunkelheit wohl kaum jemanden in einem vorbeirasenden Wagen erkannt haben konnte.

Das große Geheimnis blieb, mit wessen Hilfe es die Attentäter geschafft hatten, auf das Gelände zu gelangen. Bob Sheldon Harte hatte das Haupttor unter seiner Obhut gehabt. Es gab nur zwei Möglichkeiten, warum er den Männern den Zugang zum Grundstück erlaubt hatte, ohne den Chef der Wachmannschaft zu informieren: Entweder war Sheldon als Leibwächter eingeschleust worden und Mitglied des Überfallkommandos, oder er hatte jemandem sehr Vertrauten das Tor geöffnet, sodass er es für überflüssig hielt, seinen Chef zu konsultieren.

Als die Polizei eintraf, trug Lew Dawidowitsch noch immer seinen Morgenmantel. Bevor er mit Leandro Sánchez Salazar, dem Chef des mexikanischen Geheimdienstes, sprach, bat er ihn darum, sich ankleiden zu dürfen, und ging ins Haus, wo es noch nach Schießpulver stank. Zuvor machte er ihn jedoch noch darauf aufmerksam, dass er wisse, wer für den Überfall verantwortlich sei.

General José Manuel Núñez, Chef der Nationalpolizei, teilte Lew Dawidowitsch mit, General Cárdenas habe ihn gebeten, persönlich die Ermittlungen zu leiten, und er habe dem Präsidenten garantiert, dass die Attentäter gefasst und hinter Schloss und Riegel gebracht würden. Wie schon seinem alten Bekannten Salazar antwortete der Exilant dem Polizeichef, dass der Fall so gut wie gelöst sei: Der geistige Urheber des Überfalls sei Josef Stalin, und die ausführenden Organe seien Agenten des sowjetischen Geheimdienstes und Mitglieder der Kommunistischen Partei Mexikos. Sie müssten nur die führenden Parteigenossen verhaften, dann hätten sie die Täter.

Dem General gefielen die Worte (die der Exilant auch der Presse gegenüber äußerte) ebenso wenig wie dem Obersten Sánchez Salazar, mit dem sich Lew Dawidowitsch seit seiner Ankunft schon mehrmals unterhalten hatte und der ihm wie der typische Schlauberger erschienen war, der sich für intelligenter hielt als alle anderen. Sánchez Salazars Meinung zu dieser Angelegenheit fand er kränkend. Oder sollte sie dazu dienen, irgendetwas zu verschleiern? Der Oberst glaubte nämlich, es handele sich um nichts anderes als um einen von Trotzki selbst inszenierten Überfall, mit dem Ziel, Aufmerksamkeit zu erregen und Stalin des Mordplans zu beschuldigen … Hätte die Erfahrung den Exilanten nicht gelehrt, hinter allem eine geheime Absicht zu vermuten, hätte er sich Salazars Urteil folgendermaßen erklärt: Der Überfall gab Zweifel auf, und Sheldons Verschwinden war das Sahnehäubchen auf dem Kuchen des Verdachts. Zu allem Überfluss hatte der Oberst noch erklärt, er verstehe nicht, wie es möglich sei, dass der Alte nach einem so brutalen Überfall derart gefasst und Herr seines Handelns und Denkens sein könne. Es war offensichtlich, dass der Oberst ihn nicht kannte.

Um seine These zu untermauern, ließ Salazar die Sekretäre Otto

Schüssler und Charles Cornell aufs Revier bringen, unter dem Vorwand, er müsse sie befragen, um so viele Informationen wie möglich zu sammeln. Außerdem ließ er die Dienerschaft festnehmen: die Köchin Carmen Palma (die weinte, als man sie fortbrachte), das Stubenmädchen Belén Estrada und den Hausdiener Melquíades Benítez.

Erstaunt musste Lew Dawidowitsch in der Presse lesen, dass der erste Verdacht auf Diego Rivera als führenden Kopf des gescheiterten Attentats fiel. Grund dafür war, dass einer der Angreifer, offenbar der Chef der Gruppe, »Nieder mit Cárdenas« und »Es lebe Almazán« geschrien hatte, nachdem die Polizisten, die das Grundstück bewachten, ausgeschaltet worden waren. Doch die Vermutungen von Oberst Sánchez Salazar, es könne sich um einen inszenierten Überfall handeln, ließen Riveras Mittäterschaft in den Hintergrund treten. Die kommunistische Presse benutzte Salazars Theorie, um den Renegaten zu beschuldigen, die mexikanische Regierung destabilisieren und eine Krise in den Beziehungen zur Sowjetunion heraufbeschwören zu wollen. Das Argument kam ihnen wie gerufen, um erneut und mit noch mehr Nachdruck seine Ausweisung aus Mexiko zu verlangen. Was Lew Dawidowitsch jedoch am meisten aufbrachte, war, dass Salazar mit seiner Version sein eigenes Versagen kaschieren wollte, das darin bestand, dass der Überfall vorbereitet und durchgeführt werden konnte, ohne dass seine Geheimpolizei Wind davon bekommen hatte.

Dennoch, und trotz der dreiundsechzig Schüsse auf sein Bett, war sich Lew Dawidowitsch über die Absichten der Attentäter weiterhin im Unklaren. Und es kam ihm der Gedanke, dass es sich dabei vielleicht um einen Bluff gehandelt haben könnte, wie bei den Bränden in der Türkei, oder dass man diesmal den Boden für die entscheidende Aktion hatte bereiten wollen. Als er Natalia seine Überlegungen mitteilte, ordnete diese sogleich neue Sicherheitsmaßnahmen an, und er hielt ihr vor, sie werfe das Geld zum Fenster hinaus, denn eines sei doch klar geworden: Wenn die Mörder ins Haus eindringen wollten, würden sie es tun. Außerdem war er überzeugt, dass der nächste Attentatsversuch nicht nach demselben Muster verlaufen würde. Wie der amerikanische Jude ihm in seinem Brief geschrieben hatte, würde es ein einzelner Mann sein, ein Profi, der wie ein Maulwurf aus dem Boden hervorkriechen würde, ohne dass sie etwas dagegen tun könnten.

Knapp eine Woche nach dem Überfall verabschiedeten sich die Rosmers von ihren Gastgebern. Zu jedem anderen Zeitpunkt hätte Lew Dawidowitsch ihre Abreise sehr bedauert, doch jetzt, in dieser Situation, war er beinahe erleichtert, denn solange sie sich in seinem Haus aufhielten, fühlte er sich für ihr Leben verantwortlich. Freundschaft war ihm, wie fast alle menschlichen Freuden, zu einer Last geworden, die ihn mehr an diejenigen erinnerte, die einmal seine Freunde gewesen waren und ihn dann verraten hatten, als an die, die den Druck, die Angriffe und seine eigene politische Hartnäckigkeit ausgehalten hatten. Es war eine schmerzhafte Spur, die er auf seinem Weg zurückgelassen hatte: Viele waren eines gewaltsamen Todes gestorben, andere hatten ihn auf die erbärmlichste Art und Weise verraten, wieder andere hatten sich von ihm entfernt, sich von ihren Ideen, ihrer Vergangenheit und ihrer Gegenwart vorgeblich oder tatsächlich distanziert. Ihm kam der Gedanke, ob es nicht das Schicksal all derer, die sich der Politik verschrieben, sei, einsam zu sterben. Das war wohl der Preis für den Altruismus, auch der für die Macht und, vor allem, für das Scheitern. Doch nicht deshalb hörte er auf, den Verlust von Freunden zu beklagen, für den er aufgrund seiner Unnachgiebigkeit verantwortlich war, weil er, verblendet vom Glanz der Politik, nicht in der Lage gewesen war, den Unterschied zwischen den Umständen und dem Bleibenden, dem Permanenten, zu begreifen. Die heimtückischste Falle, in die er getappt war, sagte er sich, war es gewesen, die Politik zu seiner unbedingten Leidenschaft zu machen und sich von ihren Erfordernissen derart blenden zu lassen, dass er sich über sämtliche Werte und, insbesondere, über die zutiefst menschliche Natur hinweggesetzt hatte. In dieser Phase seines Lebens, da nur noch wenig von der Utopie, für die er gekämpft hatte, übrig geblieben war, betrachtete er sich als einen Verlierer der Gegenwart, der nicht aufgehört hatte zu träumen und sich mit den Verbesserungen tröstete, die die Zukunft bringen würde.

Am Abend vor der Abreise der Rosmers erfuhr Lew Dawidowitsch, dass sich das Ehepaar seit dem Tag, als Alfred erkrankt war, ein wenig mit Sylvias Verlobtem angefreundet hatte und dass der junge Mann sich angeboten hatte, die beiden nach Veracruz zu bringen, wo sie auf ihrem Weg nach Frankreich das Schiff nach New York nehmen wollten. Jacson, wie sich dieser Belgier nannte, hatte ihm wirklich gut gefallen, auch wenn er ihn etwas einfältig fand. Am Morgen der Abreise, als Lew Dawidowitsch gerade seine Kaninchen fütterte, trat der junge Mann auf ihn zu und erkundigte sich nach der Rasse der Tiere. Zuerst war Lew Dawidowitsch über die Anwesenheit eines Fremden ungehalten, doch dann erkannte er ihn und erinnerte sich daran, dass die Rosmers ihn hierherbestellt hatten. Immer noch verärgert, antwortete er ihm irgendetwas, wobei er sein Missfallen nicht verhehlen konnte, und Jacson entfernte sich unauffällig. Später sah er den Belgier mit Sjewa sprechen, dem er ein Geschenk mitgebracht hatte, und schämte sich für sein abweisendes Verhalten. Darum sagte er zu Natalia, sie solle ihn auffordern, mit ihnen zu frühstücken, doch der junge Mann ließ sich nur zu einer Tasse Tee einladen.

Die Entscheidung der Rosmers, nach Frankreich zurückzukehren, während die Nazis vor den Toren von Paris standen, schien ihm ein weiterer Beweis für Alfreds Größe zu sein. Wie jeden Morgen hatte er seinem Freund die Hand gegeben, Marguerite auf die Wangen geküsst und sie ermahnt, auf sich aufzupassen. Dann war er in seinem Arbeitszimmer verschwunden, um sie nicht abreisen sehen zu müssen, denn in seinem Alter und mit der GPU im Nacken empfand er jeden Abschied als endgültig ... Sicherlich würde sich die Abwesenheit der Freunde in der Calle Viena (mit noch mehr Wachleuten und noch mehr Anspannung) sogleich schmerzlich bemerkbar machen.

Lew Dawidowitsch war tief betrübt gewesen, als er feststellen musste, dass seine Kakteen die Hauptleidtragenden des Überfalls waren. Viele von ihnen waren zertrampelt worden, andere hatten ihre Arme verloren, und er bemühte sich tagelang darum, sie zu retten, obwohl er wusste, dass er damit nur eine gewisse Normalität herzustellen versuchte in einem Haus, das bis zum tödlichen Ende in permanentem Kriegszustand leben würde.

Bei all diesen Ereignissen hatte ihn eines tief beeindruckt: Sjewas Charakter. Der Junge war gerade mal vierzehn Jahre alt und bewies eine bewundernswerte Selbstbeherrschung. Er war die Ruhe selbst und sagte, er sorge sich um seine Großeltern, nicht um sich selbst. Der bloße Gedanke daran, dass dem Jungen etwas hätte zustoßen können, machte Lew Dawidowitsch krank. Ihn aus Frankreich kommen haben zu lassen, damit er hier in Mexiko ermordet würde, hätte er sich nie verziehen. Wenn er ihn im Innenhof mit Azteca spielen sah, empfand er einen großen Schmerz wegen der Gefahr, der er ihn ungewollt ausgesetzt hatte. Es war eine Ironie des Schicksals, dass er für eine bessere Welt gekämpft, um sich herum aber nichts als Demütigung, Leid und Tod verursacht hatte. Der beste Beweis seines Scheiterns war die deprimierende Anwesenheit eines hinter gepanzerten Türen eingesperrten Jungen, der eigentlich auf einem unbebauten Gelände in Moskau oder Odessa Fußball hätte spielen sollen.

Auf Betreiben des Präsidenten Cárdenas wurden seine Mitarbeiter wieder auf freien Fuß gesetzt, und Lew Dawidowitsch verfasste eine Erklärung, in der er die Dinge zurechtrückte. Außer dass er Stalin und die GPU – wie er die Geheimpolizei des Kreml weiterhin nannte – für den Überfall auf sein Haus und den Tod von Ljowa und Klement in Paris, den von Erwin Wolff in Barcelona und den von Ignaz Reiss in Lausanne verantwortlich machte, verlangte er, dass man die Führer der mexikanischen Kommunisten verhöre, insbesondere Lombardo Toledano und Alfaro Siqueiros, der seit dem Überfall verschwunden war (der Maler nannte sich jetzt »El Coronelazo« und war seit seiner Rückkehr aus Spanien, wo er sich mehr als stalinistischer Aktivist denn als Kämpfer hervorgetan hatte, nicht müde geworden, die Ausweisung des Exilanten aus Mexiko zu fordern). Würden die mexikanischen Richter den Mut haben, das zu tun, was die Franzosen und die Norweger nie gewagt hatten? Würden die Ermittler die Wahrheit bei den Hörnern packen?

Wie zu erwarten, erregte seine Stellungnahme den Zorn der Stalinisten. *El Popular,* die Zeitung der Arbeitervereinigung, veröffentlichte den Text eines gewissen Enrique Ramírez, der behauptete, Trotzki habe den Überfall selbst inszeniert, um später die Kommunisten dafür verantwortlich zu machen. Gleichzeitig gab Siqueiros aus seinem Versteck heraus eine Erklärung voller Spott und Häme ab und beschuldigte ihn ebenfalls, sich selbst überfallen zu haben. Die Art und Weise, wie diese beiden Männer, die sich Kommunisten nannten, ihre Lügen benutzten, um schwere Verbrechen zu decken, ekelte ihn zutiefst an.

Lew Dawidowitschs Stellungnahme zeitigte den gewünschten Erfolg. Sánchez Salazar sah sich gezwungen einzuräumen, dass »neue Erkenntnisse« ihn dazu veranlassten, die These vom inszenierten Attentat fallen zu lassen. Doch ebendiese »neuen Erkenntnisse« ließen in dem Exilanten den verdammten Virus des Zweifels erneut aufkeimen: Der Chef des Geheimdienstes hielt weiter daran fest, dass es den Attentätern nur durch die Mithilfe im Innern des Hauses möglich gewesen sei, die Alarmanlagen zu deaktivieren und auf das Gelände zu gelangen. Und sein Hauptverdächtiger war nach wie vor Bob Sheldon Harte.

Der junge Mann war sieben Wochen vor dem Überfall ins Haus gekommen. Wie alle Leibwächter, die Lew Dawidowitsch in Mexiko gehabt hatte, war auch er von seinen New Yorker Genossen »empfohlen« worden, doch Salazar bestand darauf, Trotzki könne nicht dafür garantieren, dass Sheldon nicht vom NKWD eingeschleust worden sei. Obwohl diese These nicht von der Hand zu weisen war, antwortete Lew Dawidowitsch ihm, es sei absurd, davon auszugehen, Sheldon sei eingeschleust worden. Was er nicht sagte und nie sagen würde, war, dass er diese Annahme allein schon deshalb nicht akzeptieren konnte, weil sie bewiesen hätte, dass er nicht einmal seinen engsten Mitarbeitern trauen konnte, und damit die Lieblingsthese des sowjetischen Geheimdienstes bestätigt worden wäre: dass das Attentat das Werk militanter Trotzkisten war, die ihm wegen irgendeines politischen Streites nach dem Leben trachteten.

Mitten in dem Hin und Her von Anschuldigungen, Rechtfertigungen und Beleidigungen machten nordamerikanische Parteigänger Lew Dawidowitsch den Vorschlag, er solle heimlich in die Vereinigten Staaten reisen, wo sie ihn verstecken würden. Fast ohne nachzudenken, lehnte er ab: Seine Zeiten als Untergrundkämpfer seien seit vielen Jahren vorbei, er habe nicht mehr das Recht zu verschwinden, um sein Leben zu retten, und schon gar nicht zu einem Zeitpunkt, in dem sich die Zukunft der menschlichen Zivilisation entscheide. »Mein armer Kopf muss die schwarze Nacht der Hölle bis zum Ende ertragen«, schrieb er ihnen zurück. »Das ist mein Schicksal, und ich muss es akzeptieren.« Er zwang sich, zur Normalität zurückzukehren, auch wenn der bloße Versuch ihm sinnlos und absurd erschien. Er lebte in einem Haus, das ihn an das erste Gefängnis erinnerte, in dem er, vierzig Jahre zuvor, eingesperrt gewesen war: Die gepanzerten Türen machten dasselbe Geräusch wie die Zellentüren damals. Gleichzeitig jedoch fühlte er sich stark und voller Lebensmut, und wenn er das Gefühl hatte, in seinem Gefängnis zu ersticken, schlug er alle Warnungen seiner Beschützer in den Wind und fuhr hinaus aufs Land.

In einem, wie er wusste, letzten Anfall von Energie setzte er sich hin und begann, sein Testament niederzuschreiben. »Während der dreiundvierzig Jahre meines bewussten Lebens bin ich stets Revolutionär gewesen«, schrieb er, »und zweiundvierzig Jahre lang habe ich unter dem Banner des Marxismus gekämpft. Wenn ich noch einmal anfangen müsste, würde ich versuchen, den einen oder anderen Fehler zu vermeiden, doch der allgemeine Verlauf meines Lebens würde sich dadurch nicht ändern. Ich werde sterben als proletarischer Revolutionär, als Marxist, als dialektischer Materialist und unversöhnlicher Atheist. Mein Glaube an die kommunistische Zukunft der Menschheit ist heute glühender denn je, stärker noch als in meiner Jugend.«

An diesem Punkt der Niederschrift schaute er wohl vom Blatt auf. Dass das gesamte Leben eines Menschen, der auf dem Gipfel seiner Epoche gewesen war, sich in diesen wenigen Worten zusammenfassen ließ, erschien ihm so entlarvend, dass er zum ersten Mal seit vielen Tagen schmunzelte. Konnten all die Kämpfe, die Leiden und Eitelkeiten in so einfachen Worten ausgedrückt werden? Was bedeuteten Statuen und Titel, was die Raserei und der Ruhm der Macht angesichts der unbestechlichen Realität, die mächtiger war als jeder menschliche Wille?, dachte er in diesem Moment, als er sah, wie seine

Frau über den Innenhof kam und ihm zuwinkte, und er das Fenster weit aufriss, um frische Luft ins Arbeitszimmer zu lassen. Von seinem Stuhl aus konnte er den Rasenstreifen vor der Mauer sehen, eine blühende Bougainvillea, die Umrisse einiger Kakteen, die so alt waren wie der Planet und der wolkenlose blaue Himmel über Mexiko. Und überall das Licht der Sonne! »Das Leben ist schön, ein Fest für die Sinne … Mögen die zukünftigen Generationen es von allem Übel, von Unterdrückung und Gewalt befreien und es in vollen Zügen genießen«, fügte er, vom Augenblick überwältigt, dem Geschriebenen hinzu.

Nie hätte sich Lew Dawidowitsch vorstellen können, dass ihm die Niederschrift des Letzten Willens eine so tiefe Ruhe verschaffte. Die praktischen Dinge des Lebens regelte er mit wenigen Worten: Natalia Iwanowna Sedowa vermachte er seine Autorenrechte für den unwahrscheinlichen Fall, dass seine Bücher auch in Zukunft noch Geld einbringen sollten, denn das war das einzig Materielle, das er zu vererben hatte, und sie war, nach der gründlichen Dezimierung seiner Familie, die einzig mögliche Erbberechtigte. Das Haus, das sie endlich hatten kaufen können, war bereits auf Natalias Namen eingetragen, und seine Archive hatten sie verkauft, um sie dem Zugriff der GPU zu entziehen. Mehr gab es nicht zu vererben. Wenn er an das dachte, was er besaß, und an das, was er hatte zurücklassen müssen, hatte er das Gefühl, in Wirklichkeit bereits vor vielen Jahren gestorben zu sein und jetzt noch eine Verlängerung geschenkt bekommen zu haben, eine Art Nachwort der Geschichte seines Lebens, in dem sein eigener Wille nicht mehr von Belang war. Er spürte, dass eine plötzliche Klarheit über ihn kam, eine Klarheit, die ihm zuteilwurde, damit er von fern die Ereignisse beobachten konnte, deren Zyklus mit dem Ende des Protagonisten noch nicht abgeschlossen war.

»Ich bin jetzt sechzig Jahre alt, und mein Organismus präsentiert mir die Rechnung für den Raubbau, den ich an ihm getrieben habe. Hoffentlich schenkt er mir ein schnelles Ende und lässt mich nicht zu lange leiden, so wie Lenin. Doch wenn das der Fall sein sollte und es mir nicht vergönnt ist, ein einigermaßen normales Leben zu führen, möchte ich mir die Entscheidung vorbehalten, meiner Existenz ein Ende zu setzen. Ich habe immer die Meinung vertreten, ein sauberer Selbstmord sei einem unwürdigen Tod vorzuziehen.« Doch er weigerte sich zu schreiben, dass er dieses Gefühl von seinem nahen Ende schon seit Langem hatte. Sein vor vielen Jahren in einem Büro des Kreml geplanter Tod stand nun ganz oben auf Stalins Wunschliste, aber nicht, wie manche sagten, aus Angst vor dem Urteil über seine Person, das Lew Dawidowitsch in der noch nicht abgeschlossenen Biografie fällen würde. Stalin fühlte sich über Worte erhaben. Aber warum dann? Jahrelang hatte der Bauer aus Georgien damit verbracht, seine, Trotzkis, Parteigänger aus dem Weg zu räumen, um (als Gangster, der er immer war) dafür zu sorgen, dass sich keine rächende Hand erheben würde; außerdem hatte er alles darangesetzt, Lew Dawidowitsch zu isolieren, und er wusste nur zu gut, dass es für den Verbannten immer schwieriger wurde, sich an die Spitze einer neuen kommunistischen Bewegung zu stellen, wie es der jämmerliche Versuch, die IV. Internationale aus der Taufe zu heben, bewiesen hatte. Eine akute Gefahr für das Leben des Ausgestoßenen hatte von dem Moment an bestanden, als Stalin allen Saft, den er brauchte, um seine Repressionen innerhalb und außerhalb der Sowjetunion aufrechtzuerhalten, aus ihm herausgepresst und beschlossen hatte, ihn wie eine ausgediente Maschine zu verschrotten, um jedes Risiko einer Wiederinbetriebnahme auszuschließen.

»Nun, da ich meine dürftige Hinterlassenschaft geregelt habe«, schrieb er weiter, »möchte ich die Niederschrift meines Testamentes nutzen, um daran zu erinnern, dass ich außer der Freude, für die Sache des Sozialismus gekämpft zu haben, das Glück hatte, mein Leben mit einer Frau wie Natalia Sedowa teilen zu dürfen, die mir Söhne wie Ljowa und Serjoscha geschenkt hat. Während der fast vierzig Jahre unseres gemeinsamen Lebens war sie stets ein unerschöpflicher Quell selbstloser Liebe. Sie hat viel erdulden müssen, doch finde ich Trost in der Gewissheit, dass sie auch Tage des Glücks gekannt hat. Ich bedaure, dass ich ihr nicht mehr solcher Tage habe schenken können; allein, es erleichtert mich zu wissen, dass ich sie in wichtigen Dingen niemals betrogen habe. Als sie mich kennenlernte, wusste sie, dass sie sich mit einem Mann einließ, der von der Idee der Revolution besessen war, und nie habe ich in ihr eine Gegnerin, sondern stets eine Begleiterin auf meinem Lebensweg gesehen, der der des Kampfes für eine bessere Welt war«, schrieb er und stieß einen tiefen Seufzer aus. Er unterzeichnete jedes einzelne der Blätter, versiegelte sie und versuchte, sie zu vergessen.

Tatsächlich war es seine Frau, die Lew Dawidowitsch den Mut gab, nach vorn zu schauen und weiterzumachen. Er wusste, dass sie litt, doch sie tat es schweigend, denn ihr Charakter erlaubte es ihr nicht, Schwäche zu zeigen. Sie ließ die Befestigung des Hauses weiter ausbauen (die Mauern wurden noch höher gezogen, sämtliche Türen wurden gepanzert, und die Fenster erhielten Stahlrollläden), organisierte das tägliche Leben und half Sjewa, die russische Sprache wieder zu erlernen, während sie entgegen jeder Vernunft weiterhin auf eine Bestätigung dafür hoffte, dass Serjoscha noch lebte. Wenn er seine tapfere und beharrliche Natascha sah und sich an seine erotischen Eskapaden in der Vergangenheit erinnerte, trieb es ihm die Schamröte ins Gesicht, und er sagte sich, dass nur vorübergehende Unvernunft ihn dazu getrieben haben konnte, etwas zu tun, das sie hatte leiden lassen.

Auch außerhalb seines persönlichen Umfeldes geriet die Welt aus den Fugen: Am 14. Juli wurde in Frankreich nicht die Marseillaise gesungen, weil die Nazis bereits Paris besetzt hatten. Ihr Feldzug war so blitzartig erfolgt, dass sie nur neununddreißig Tage gebraucht hatten, um das stolze Frankreich in die Knie zu zwingen. Lew Dawidowitsch musste an Alfred und Marguerite Rosmer denken. Er hatte keine Ahnung, was mit ihnen und seinen französischen Anhängern geschehen würde (von Étienne, hinter dessen Loyalität noch immer ein Fragezeichen stand, hatte er in den letzten Wochen nichts gehört, und er nahm an, dass er, wie tausend andere, Paris verlassen hatte). Doch am meisten schmerzte es ihn, als der niederträchtige sowjetische Außenminister Molotow eine Erklärung abgab, in der er dem Dritten Reich seine Unterstützung zusagte, und als die baltischen Staaten von der Sowjetunion annektiert wurden, was bewies, dass die von Hitler und Stalin ein Jahr zuvor ausgehandelte Teilung Europas nun in die Tat umgesetzt wurde.

Das Ergebnis dieser Eroberungen war, dass das alte Europa zwischen Hakenkreuz und Hammer und Sichel zerrieben wurde. Wer von den beiden wird dem anderen den ersten Prankenhieb versetzen?, fragte sich Lew Dawidowitsch, und auch wenn er seinen Pessimismus nicht öffentlich zum Ausdruck brachte, ahnte er, dass für sein Volk eine Zeit des Leidens anbrechen würde. Doch der wenige ihm verbliebene Optimismus zwang ihn zu hoffen, dass dieser neuerliche Schmerz- und Blutzoll vielleicht nötig war, damit das Land aufwachte und dem revolutionären Traum wieder auf die Beine half.

Überraschend kamen General Núñez und Oberst Sánchez Salazar zu Lew Dawidowitsch, um ihn darüber zu informieren, dass dreißig Personen, fast alles Mitglieder der Kommunistischen Partei Mexikos, verhaftet worden waren. Ihnen wurde der Überfall vom 24. Mai zur Last gelegt. Salazar entschuldigte sich bei ihm, weil er die neuen Erkenntnisse, die ihre Ermittlungen vorangetrieben hatten, nicht an ihn weitergeleitet hatte, und er erwiderte, dass, wenn die Ergebnisse es rechtfertigten, er ihn nicht nur entschuldige, sondern ihm gratuliere ... zu seinem Glück.

Laut Salazar hatte die Polizei nach der öffentlichen Erklärung des Exilanten das unglaubliche Glück gehabt, die Bemerkung eines Betrunkenen aufzuschnappen und dadurch auf die Spur des Mannes zu kommen, der die Polizeiuniformen für den Überfall besorgt hatte. Im weiteren Verlauf der Ermittlungen hatten sie mehrere Komplizen ausfindig gemacht, bis sie auf einen der Attentäter gestoßen waren, einen gewissen David Serrano, der sie einerseits auf die Spur zweier Frauen geführt hatte, die mit der Beobachtung des Hauses beauftragt gewesen waren und die Wachmannschaft abgelenkt hatten, und andererseits auf die von Hauptmann Néstor Sánchez, der bei seiner Vernehmung den entscheidenden Hinweis gegeben hatte: Der Überfall sei von dem Maler Siqueiros und einem französischen Juden geleitet worden, dessen Identität keiner der Verhafteten zu kennen schien. Inzwischen wusste die Polizei, dass auch zwei Schwäger von Siqueiros sowie sein Assistent Antonio Pujol und der spanische Kommunist

Rosendo Gómez, alles Veteranen des Spanischen Bürgerkriegs, in das gescheiterte Attentat verwickelt gewesen waren. Salazar sagte, dass er den französischen Juden und Antonio Pujol für die Hauptverantwortlichen halte, denn Siqueiros habe das Haus nicht betreten und sich die ganze Zeit über neben dem Wachhäuschen der Polizisten aufgehalten. Gegen den Maler sei Haftbefehl erlassen worden, doch sie hätten nicht die geringste Ahnung, wo er sich zurzeit aufhalten könne, womöglich sei er außer Landes geflohen. Allem Anschein nach hatten lediglich Siqueiros und Pujol Kontakt zu dem französischen Juden gehabt, dem eigentlichen Drahtzieher des Komplotts. Die Aussagen der Verhafteten waren widersprüchlich, einige behaupteten sogar, er sei Pole.

Während Lew Dawidowitsch den verworrenen Ausführungen Salazars lauschte, dachte er darüber nach, wie sehr Stalins Einfluss die Herzen jener Männer korrumpiert haben musste. Männer, die, nachdem sie sich dem marxistischen Ideal verschrieben und erlebt hatten, wie Spanien verraten worden war, noch immer den Befehlen Moskaus folgten und sogar bereit waren, andere Menschen zu töten. Es entlockte ihm jedoch ein Lächeln, als er hörte, dass der mutige »Coronelazo« Siqueiros zwar den Überfall organisiert, es aber dann nicht gewagt hatte, selbst ins Haus einzudringen. Jämmerlich, wie ein so großer Künstler zu einem drittklassigen Gangster und Terroristen geworden war ...

Einige Tage später bestätigten sich dann die schlimmsten Befürchtungen: Die Polizei hatte Bob Sheldons Leiche gefunden, verscharrt in der Küche eines kleinen Häuschens im Naturpark Desierto de los Leones auf der Höhe von Santa Rosa. Um vier Uhr morgens schickte Salazar nach Lew Dawidowitsch, um die Leiche zu identifizieren, doch Robbins weigerte sich, ihn zu wecken, und übertrug Otto Schüssler die Aufgabe. Als Natalia ihrem Mann am nächsten Morgen erzählte, was vorgefallen war, bat er darum, nach Santa Rosa gebracht zu werden, wo er auf Oberst Salazar und General Núñez traf.

Sheldons Leiche lag auf einem grob gezimmerten Tisch im Hof des Häuschens. Man hatte sie gewaschen, doch es waren noch die Spuren von Erde und Kalk an ihr zu sehen. Die rechte Schläfe wies zwei Einschusslöcher auf. Lew Dawidowitsch war tief erschüttert. Er war sich sicher, dass auch Bob Sheldon, mit oder ohne Einverständnis der GPU, Stalins Wut gegen seine, Trotzkis, Person zum Opfer gefallen war. Und er stellte sich vor, dass diese Leiche die von Ljowa wäre, von dem er sich nicht hatte verabschieden können, oder die des kleinen Jakow Blumkin oder des tüchtigen Klement, die von Sermux oder von Posnanski, seinen treuen Sekretären seit den Tagen des Bürgerkriegs, vielleicht auch die des zähen Andreu Nin oder des sympathischen Erwin Wolff, alle durch den Terror umgekommen, ermordet durch die verbrecherische Raserei Stalins. Die Polizisten respektierten sein Schweigen und warteten ein paar Minuten. Dann bat Salazar ihn, etwas Geduld zu haben und den Ermittlern Zeit zu geben. Auf jeden Fall bestätige Sheldons Ermordung seine Verwicklung in den Überfall, fügte er hinzu. Doch Lew Dawidowitsch wies das erneut zurück und ließ sich nach Coyoacán bringen. Er wollte mit seiner Schuld und seinen Gedanken allein sein.

Jetzt gab es keinen Zweifel mehr daran, dass das Schicksal – oder Stalins unergründliche Absichten – ihm einen Aufschub gewährt hatte, auch wenn es nur für kurze Dauer sein würde. Er schwankte zwischen dem Bedürfnis, Unerledigtes noch zu erledigen, und der Niedergeschlagenheit darüber, dass bald alles vorbei sein würde und sein Werk und seine Träume dem Schicksal überlassen blieben, das die Nachwelt ihnen zubilligen würde. Seit vielen Jahren nun war er ein Ausgestoßener, ein Gast, der sich anständig zu benehmen hatte, um seine Gastgeber nicht zu brüskieren. Er war zu einer Marionette geworden, auf den die Gewehre der Lüge gerichtet waren, zu einem vollkommen isolierten Menschen, der in einem von hohen Mauern umgebenen Haus in einem fernen Land lebte, zusammen mit einer Frau, einem Kind und einem Hund, niedergedrückt von Dutzenden von Leichen von Familienangehörigen, Freunden und Genossen. Er hatte keine Macht mehr, keine Millionen von Anhängern, nicht einmal eine Partei, und seine Bücher wurden von fast niemandem mehr gelesen. Dennoch wollte Stalin seinen Tod, und sehr bald schon würde er die Liste der Märtyrer des Stalinismus verlängern. Nicht nur sein Leben, das er als eine unbedeutende Fußnote der Geschichte betrachtete, war gescheitert, sondern auch der Traum von Gleichheit und Freiheit für die Menschen, denen er seine Leidenschaft und sein Leben gewidmet hatte … Dennoch vertraute Lew Dawidowitsch darauf, dass zukünftige Generationen, frei vom Joch des Totalitarismus, diesem Traum und vielleicht auch der Hartnäckigkeit, mit der er für ihn gekämpft hatte, Gerechtigkeit widerfahren lassen würden. Denn der große Kampf, der Kampf der Geschichte, würde mit seinem Tod und Stalins persönlichem Triumph nicht enden. »In ein paar Jahren, wenn die Statuen des Großen Steuermanns von ihren Sockeln gestoßen sein werden, wird der Kampf von Neuem beginnen«, schrieb er.

Obwohl Lew Dawidowitsch es für besser hielt, das missglückte Attentat zu vergessen, zog ihn jede neue Enthüllung wie ein Magnet an. Die Geschichte mit dem französischen oder polnischen Juden führte die mexikanische und nordamerikanische Polizei auf die Fährte eines erfahrenen Offiziers des NKWD, der bereits Aufträge in Frankreich, Spanien und Japan ausgeführt hatte. Salazar hatte herausbekommen, dass auf Anweisung des Juden zwei Häuser in Coyoacán als Stützpunkte für das Attentat angemietet worden waren. Trotz dieser Ermittlungserfolge war Lew Dawidowitsch davon überzeugt, dass die Identität des geheimnisvollen Juden für immer und ewig im Dunkeln bleiben würde, genauso wie die Gründe, weswegen ein Profi wie er nicht die wenigen Schritte in sein Zimmer gegangen war, um das Urteil zu vollstrecken.

Die Spannung in der Festung von Coyoacán war wie ein tiefer Sumpf, in dem die Tage versanken. Lew Dawidowitsch gelang es nicht, zur täglichen Routine zurückzukehren, die zwar an sich anormal war, an die er sich aber gewöhnt hatte. Dennoch suchte er seinem Gefängnis zu entfliehen, wann immer es möglich war. Die Sorge um ihn war so groß geworden, dass nordamerikanische Freunde ihm eine kugelsichere Weste geschickt hatten; doch er weigerte sich, diesen Panzer anzulegen, genauso wie er sich dagegen wehrte, dass jeder, der zu ihm kam, durchsucht wurde oder dass einer seiner Sekretäre anwesend sein musste, wenn er Besucher empfing, seien es nun Journalisten oder Freunde wie Nadal, Rühle oder andere Personen, die ihn gelegentlich aufsuchten.

Zur gleichen Zeit kehrte Sylvia Agelof aus New York zurück, und auf Drängen von Lew Dawidowitsch wurden sie und Jacson zum Tee eingeladen. Er wollte sich bei dem jungen Mann für seine Hilfsbereitschaft gegenüber den Rosmers bedanken und sich dafür entschuldigen, dass ihn beim letzten Mal dringende Arbeiten davon abgehalten hatten, sich zu ihnen zu setzen. Diesmal war das Treffen länger und entspannter. Jacson hatte, getreu seiner bürgerlichen Erziehung, wieder eine Schachtel feinster Pralinen für Natalia gekauft und auch ein Geschenk für Sjewa mitgebracht, und Sylvia, die Lew Dawidowitsch gegenüber stets großen Respekt und Ehrerbietung empfunden hatte, schien im siebten Himmel zu schweben wegen der Liebenswürdigkeit, die ihr und ihrem Verlobten entgegengebracht wurde.

Nach dem Besuch äußerte sich Lew Dawidowitsch über Jacson. Er finde ihn interessant, sagte er, vor allem sei es ungewöhnlich, dass er frei heraus zugegeben habe, wie herzlich egal ihm die Politik sei. Doch dann, als Sylvia und der Exilant über die Sympathie der jungen Frau für Shachtman und seine Gruppierung diskutiert hatten, hatte er sich auf Lew Dawidowitschs Seite gestellt und ihr ziemlich heftige Vorwürfe gemacht wegen ihrer Yankee-freundlichen Haltung und weil sie glaube, dass die Nordamerikaner immer recht hätten. Zum Schluss hatten sie sich noch über Hunde unterhalten, und Lew Dawidowitsch hatte von der Notwendigkeit gesprochen, Geld für die Arbeit der IV. Internationale aufzutreiben, woraufhin Jacson ihm angeboten hatte, ihm in Börsengeschäften zur Seite zu stehen und sogar die Kontakte und das Kapital seines vermögenden Chefs zu nutzen. Lew Dawidowitsch hatte Jacsons Angebot mit dem Hinweis abgelehnt, er wolle sich nicht auf finanzielle Spekulationen einlassen, selbst dann nicht, wenn es darum gehe, den idealistischsten aller politischen Pläne zu verwirklichen. Jacson hatte sich sogleich entschuldigt und Verständnis dafür signalisiert. In diesem Augenblick hatte Lew Dawidowitsch gespürt, dass er irgendetwas an diesem Mann nicht einzuordnen vermochte: die Geschichte mit dem falschen Pass in Frankreich, um nicht am Krieg teilnehmen zu müssen; sein Angebot, mit dem Kapital seines Chefs zu spekulieren, um die Internationale finanziell zu unterstützen; sein völliges Desinteresse an Politik, obwohl er einer Diplomatenfamilie entstammte und als Journalist gearbeitet hatte; die Zurschaustellung seiner finanziellen Möglichkeiten ... Nein, irgendetwas stimmte da nicht. Obwohl der Exilant glaubte, diese Widersprüche auf das Imponiergehabe eines Bürgersöhnchens zurückführen zu können, sagte er zu Natalia, es könne nicht schaden, etwas mehr über Jacson zu erfahren. Im Übrigen hätten sie sich ja jetzt für seine Liebenswürdigkeit gegenüber den Rosmers bedankt, fügte er hinzu, und deshalb sei es im Moment wohl das Beste, ihn bis auf Weiteres nicht zu empfangen.

Sánchez Salazar suchte ihn auf, um ihm mitzuteilen, dass sie Siqueiros in einem Dorf im Landesinneren festgenommen hatten. Bei den ersten Vernehmungen, so der Oberst, habe der Maler (der sicherlich bald von irgendjemandem aus den Fängen der Justiz befreit werde, bemerkte Lew Dawidowitsch) ausgeschlossen, dass der NKWD in die Vorbereitungen für den Überfall eingeweiht gewesen sei, und auch die Beteiligung eines Franzosen oder Polen an dem Attentat habe er abgestritten. Den Plan, Trotzki zu ermorden, hätten er und seine Freunde noch in Spanien gefasst, als sie von dem Verrat der mexikanischen Regierung am Weltproletariat erfahren hätten: dem Renegaten Asyl zu gewähren, einem Mann, der seinen Anhängern mitten im Bürgerkrieg der Republik befahl, den Gehorsam zu verweigern. Doch sie hätten beschlossen, mit der Durchführung bis zum Beginn des Krieges in Europa zu warten, um zu verhindern, dass der Verräter in eine möglicherweise von den Nazis besetzte UdSSR zurückkehrte. An diesem Punkt musste selbst Lew Dawidowitsch lächeln, und er fragte Salazar, ob Siqueiros wisse, dass er Jude und Kommunist sei. Der Oberst gab zu, die Aussagen des Malers seien voller Widersprüche gewesen. Das Ziel des Überfalls, hatte Siqueiros erklärt, sei es nicht gewesen, Trotzki zu töten (sie hätten es getan, wenn sie es gewollt hätten), sondern General Cárdenas unter Druck zu setzen und ihn dazu zu bewegen, den Verräter des Landes zu verweisen. Sie hätten das Attentat geplant, ohne die Partei zu informieren, hatte Siqueiros behauptet, was umso weniger glaubhaft erschien, da sämtliche Beteiligte an dem Kommando Kommunisten gewesen waren. Das Einzige, was Lew Dawidowitsch an der Festnahme des

Malers freute, war die Aussicht auf einen Prozess, denn das wäre eine gute Gelegenheit – die die Norweger ihm verweigert hatten –, auf einem öffentlichen Forum die kriminellen Methoden und die Lügen des stalinistischen Regimes anzuprangern.

Am Nachmittag des 17. August, als Lew Dawidowitsch gerade mit Azteca zu seinen Kaninchen gehen wollte, kam Sylvias Verlobter zu ihm. Nach der Diskussion zwischen Sylvia und dem Exilanten hatte er angekündigt, einen Artikel über Shachtman und Burnham, die abtrünnigen nordamerikanischen Trotzkisten, zu schreiben, und nun wollte er vor der Veröffentlichung die Meinung des alten Revolutionärs einholen. Lew Dawidowitsch erklärte sich bereit, sich den Artikel anzusehen, obwohl er sich an keine solche Zusage erinnern konnte.

In den darauffolgenden vier Tagen fragte sich Lew Dawidowitsch immer wieder, warum Jacson überhaupt ins Haus gelassen worden war, wo sie doch beschlossen hatten, ihn nicht mehr zu empfangen. Als er Natalia später danach fragte, sagte sie, ihr habe der junge Mann leidgetan wegen seiner politischen Naivität und weil sein Angebot, die Internationale finanziell zu unterstützen, rundherum abgelehnt worden sei. Wie auch immer, der Belgier war vorgelassen worden, und nun machte sich Lew Dawidowitsch daran, den Artikel zu lesen, um sogleich festzustellen, wie dumm der Junge war: Er wiederholte die paar Gedanken, die er, Trotzki, während der Unterhaltung mit Sylvia geäußert hatte, und sprang dann ohne Übergang zu der Situation im besetzten Frankreich über, ohne zu wissen, wie er das eine Thema mit dem anderen verbinden sollte. Was für ein Journalist war dieser Mann eigentlich?

Gespannt auf das Urteil des Exilanten, stand Jacson die gesamte Zeit über hinter ihm und las über seine Schulter mit, was er an den Rand des Textes schrieb. Als Lew Dawidowitsch den heißen Atem im Nacken spürte, wurde er plötzlich von Panik ergriffen. Während er die Blätter zusammenfaltete, rief er Natalia und bat sie, den jungen Mann hinauszubegleiten. Er erklärte ihm, dass er den Artikel völlig neu schreiben müsse, wenn er wirklich vorhabe, ihn zu veröffentlichen. Jacson nahm die Blätter wie ein geprügelter Hund entgegen, und als Lew Dawidowitsch ihn so dastehen sah, hatte er Mitleid mit ihm. Der Belgier fragte ihn, ob er ihm den überarbeiteten Text vorbeibringen dürfe, und er sagte Ja, obwohl er wusste, dass die angemessene und einzig richtige Antwort »nein« hätte lauten müssen. Beim Abendessen schärfte er Natalia noch einmal ein, dass er Jacson nicht mehr sehen wolle. Ihm gefalle der Mann nicht, der bestimmt kein Belgier sein könne: Einem Belgier mit einem Minimum an Erziehung (und dieser hier sei der Sohn eines Diplomaten!) würde es nie in den Sinn kommen, seinen Atem jemandem in den Nacken zu blasen, den er kaum kenne.

An dem Morgen, der sein vorletzter und sein letzter bewusst erlebter werden sollte, wachte Lew Dawidowitsch mit dem Gefühl auf, wie ein Kind geschlafen zu haben. Das neue Schlafmittel, das man ihm verschrieben hatte, wirkte beruhigend und entspannend, sodass er morgens erfrischt und voller Lebensmut aufwachte, im Gegensatz zu dem Mittel, das er vor ein paar Monaten eingenommen und nach dem er sich müde und schlapp gefühlt hatte. Am Vormittag hielt er sich länger als üblich bei seinen Kaninchen auf, denn bei ihrem Anblick war ihm schlagartig bewusst geworden, wie sehr er sie vernachlässigt hatte, nachdem der Arzt ihm wegen seines anhaltend hohen Blutdrucks geraten hatte, sich noch mehr zu schonen. Er hatte versucht, dem Doktor zu erklären, dass ihn die Arbeit mit den Kaninchen und das Zusammensein mit Azteca ganz und gar nicht ermüdeten, sondern ihm, im Gegenteil, Kraft gaben, doch der Arzt hatte darauf bestanden, dass er jede körperliche Anstrengung vermeiden müsse, und ihm sogar das Schreiben verboten. Der muss von der GPU sein, hatte Lew Dawidowitsch gedacht.

Die Arbeit am Vormittag zog sich länger hin als gewöhnlich. Er wollte unbedingt einen Artikel fertig schreiben, den er seinen nordamerikanischen Genossen versprochen hatte: über den revolutionären Defätismus und seine Anwendung auf eine Situation, die anders sei als die von 1917, wobei man in Betracht ziehen müsse, dass der aktuelle Krieg, wie er wiederholt dargelegt habe, eine Weiterentwicklung des vorangegangenen sei, eine Konsequenz der Vertiefung der

Konflikte des Kapitalismus, weshalb man die Realität aus einem anderen, neuen Blickwinkel betrachten müsse, schrieb er.

Die gute Nachricht des Tages stand in dem Telegramm, das Rigualt, sein mexikanischer Anwalt, ihm gegen Mittag vorbeigebracht hatte: Seine Archive waren in der Houghton Library der Harvard Universität endlich in guten und sicheren Händen. Außerdem hatte ihm Rigualt zwei Dosen Kaviar geschenkt. Zur Essenszeit bat Lew Dawidowitsch seine Frau, die Dosen zu öffnen. Kaum hatte der Kaviar seine Geschmacksnerven berührt, verspürte er ein elektrisierendes Kribbeln, das ihn in die ersten Tage der bolschewistischen Herrschaft zurückversetzte, als sie in den Kreml gezogen waren. Damals wohnte er mit seiner Familie im sogenannten »Herrenhaus«, in dem vor der Revolution die Beamten des Zaren untergebracht gewesen waren. Das Gebäude war in einzelne Zimmer unterteilt worden, und eins davon bewohnten die Trotzkis, nur durch einen Gang getrennt von den Räumen, in denen Lenin, seine Frau und seine Schwester lebten. Zu den beiden Zimmern gehörte ein gemeinsamer Essraum, und das Essen, das ihnen serviert wurde, war ausgesprochen miserabel. Sie bekamen ausschließlich Pökelfleisch, und das Mehl und die Graupen, mit denen die Suppe zubereitet wurde, waren voller Sand. Das einzig Leckere, das es in rauen Mengen gab (weil man es nicht exportieren konnte), war roter Kaviar. Seine Erinnerung daran hatte das Bild jener ersten Jahre der Revolution geprägt, als die politischen Aufgaben, die sie bewältigen mussten, so unbekannt und so übermächtig waren, dass sie oft nicht mehr wussten, wo ihnen der Kopf stand; und dennoch hatte Wladimir Iljitsch Zeit gefunden, um mit Lew Dawidowitschs Kindern zu spielen ... Bei diesem letzten Mittagsmahl, während er den Kaviar hinunterschlang, fragte sich der Exilant, ob denn alle großen Träume dazu verurteilt seien, pervertiert zu werden und zu scheitern.

Nach einer kurzen Siesta ging er wieder in sein Zimmer, um einige kleinere Arbeiten zu erledigen und sich dann der Stalin-Biografie zu widmen. Er wollte noch den vermutlich letzten Brief Bucharins berücksichtigen, den dieser an den Totengräber Stalin geschrieben hatte, während er auf seine Berufungsverhandlung gewartet hatte. Es waren nur wenige, aber sehr dramatische, schlimmer noch, düstere Zeilen, die Freunde ihm hatten zukommen lassen und die ihm seitdem nicht mehr aus dem Kopf gegangen waren. In dem Brief bat der zum Tode Verurteilte nicht einmal mehr um Erbarmen, sondern nur um eine Erklärung: »Koba, wozu brauchst Du meinen Tod?« Wusste Bucharin das nicht? Er, Trotzki, wusste dagegen sehr wohl, warum Stalin wollte, dass sie, sie alle, starben.

Er diktierte noch schnell ein paar Gedanken für einen Artikel, mit dem er auf erneute verbale Attacken der mexikanischen Stalinisten zu reagieren gedachte, aber irgendwann ließ seine Konzentration nach. Er erinnerte sich daran, dass Jacson, Sylvias Verlobter, angekündigt hatte, an diesem Nachmittag den umgearbeiteten Artikel vorbeizubringen. Der bloße Gedanke daran, diesen Menschen wiedersehen und seine abgedroschenen Phrasen lesen zu müssen, bereitete ihm Missbehagen. Ich werde es so schnell wie möglich hinter mich bringen, und danach werde ich den strikten Befehl geben, ihn nicht mehr vorzulassen, unter keinen Umständen, dachte er.

Während er auf Jacson wartete, stellte er fest, dass es ein wunderschöner Tag war. Der mexikanische Sommer konnte hart sein, aber nie unbarmherzig. Selbst im August wehte eine leichte Brise, zumindest in Coyoacán. Lew Dawidowitsch bedauerte, dass die Fenster zur Straße hin zugemauert waren und man keine frische Luft hereinlassen konnte; außerdem war er der Möglichkeit beraubt, die Menschen auf der Straße vorbeigehen zu sehen oder die Obst- und Blumenverkäufer an den Ständen mit ihren Gerüchen und Farben zu beobachten. Er wusste, dass sich jenseits der Mauern, hinter denen zu leben er gezwungen war, trotz Elend, Krieg und Tod ein normales, alltägliches Leben abspielte, das Tag für Tag gemeistert werden musste, ein Leben, von dem er oft träumte wie von einem großen Privileg, das ihm für immer verwehrt war.

Da Sjewa noch nicht aus der Schule zurück war, lag Azteca dösend vor der Tür des Arbeitszimmers. Der Mischling hatte sich zu einem schönen Hund entwickelt, nicht so aristokratisch wie Maya natürlich, aber dennoch ausgesprochen hübsch. Wen liebt Azteca wohl mehr, Sjewa oder mich?, fragte er sich. Wenn ich ihn doch nur fragen und ihm sagen könnte, dass ich ihn auch liebe, dachte er und musste lächeln. Der Anblick des Hundes erinnerte ihn daran, dass er die Kaninchen füttern musste. Er ging hinaus in den Hof, streifte sich die groben Gartenhandschuhe über und konzentrierte sich voll und ganz auf das, was er gleich tun würde. Meine Kaninchen sind auch schön, dachte er, und einen Augenblick lang fühlte er sich weit weg vom Leiden der Welt. In diesem Moment hörte er das Quietschen seiner Gefängnistür. Jacson, stellte er fest und verfluchte den Tag, an dem er eingewilligt hatte, ihn noch einmal zu empfangen. Ich werde ihn so schnell wie möglich abfertigen, dachte er bestimmt, und zum letzten Mal in seinem Leben strich Lew Dawidowitsch Trotzki über das weiche Fell eines Kaninchens und richtete ein paar liebevolle Worte an den Hund, der ihn begleitete.

27

Als er über die Schwelle der Festung von Coyoacán schritt und mitten im Hof den Tisch sah, auf dem eine Decke in den lebhaften mexikanischen Farben lag, fühlte er, wie er die Kontrolle über sich wiedererlangte. Die Wut, die ihn den ganzen Tag über beherrscht hatte, war wie weggeblasen.

Seit Ramón am Abend zuvor ins Hotel zurückgekehrt war, hatten sich der klebrige Kognakgeschmack und der bittere Nachgeschmack eines explosiven Hasses in ihm angesammelt und Brechreiz verursacht. Das Wissen darum, dass sich sein Wille, die Möglichkeit, über sich selbst zu bestimmen, in Luft aufgelöst hatte, begann ihn zu quälen. Er fühlte sich als bloßes Instrument fremder Mächte, in dessen Absichten er eingebunden war, ohne sich zurückziehen zu können. Die Gewissheit, dass er in drei, vier, fünf Tagen als Mörder in den dunklen Lauf der Geschichte eingreifen würde, rief in ihm eine unheilvolle Mischung aus Stolz über die bevorstehende Tat und Ekel – wegen der Art und Weise, wie er sie begehen würde – vor sich selbst hervor. Immer wieder fragte er sich, ob es für ihn und für die Sache nicht besser gewesen wäre, wenn sein Leben vor den Toren Madrids geendet hätte, unter den Ketten eines italienischen Panzers, wie das seines Bruders Pablo, anstatt einer Mission geopfert zu werden, deren einziges Ziel es war, den Hass abzulassen, den andere in sich aufgestaut und ihm heimtückisch eingepflanzt hatten.

Als er am Morgen aufgewacht war, hatte Sylvia bereits das Frühstück zubereitet; doch er hatte nur einen Schluck Kaffee getrunken und war dann gleich unter die Dusche gegangen. Seit ihrer letzten New-York-Reise hatte sie eine Veränderung im liebenswerten Verhalten ihres Geliebten bemerkt, und der Gedanke, ihre wundervolle Beziehung könnte Risse bekommen, ließ sie vor Angst zittern. Er hatte ihr erzählt, dass die Geschäfte nicht gut gingen, dass die Renovierung der Büroräume länger dauerte und teurer würde als vorgesehen, aber ihr weiblicher Instinkt sagte ihr, dass ganz andere Probleme ihren geliebten Jacques belasteten.

Schweigend zog er sich an und machte sich zum Ausgehen bereit. In ihrem schwarzen Unterrock sah sie ihm schweigend zu, bis sie ihn zu fragen wagte: »Willst du mir nicht sagen, was mit dir los ist, Liebling?«

Beinahe überrascht sah er sie an, als würde er sich erst jetzt ihrer Anwesenheit bewusst.

»Hab ich dir doch schon gesagt … Die Geschäfte …«

»Sonst nichts? Nur die Geschäfte?«

Er hörte auf, an seiner Krawatte zu nesteln.

»Kannst du nicht einmal die Klappe halten und mich in Ruhe lassen?«

Noch nie in den fast zwei Jahren ihrer Beziehung hatte Jacques in diesem feindlichen, ja, hasserfüllten Ton zu ihr gesprochen, dachte Sylvia. Doch sie zog es vor, zu schweigen. Erst als er die Tür öffnete, sagte sie zu ihm: »Denk dran, wir werden heute Nachmittag in Coyoacán erwartet.«

»Natürlich denke ich daran«, erwiderte er und tippte sich an die Schläfe, bevor er hinausging.

Ramón irrte durchs Stadtzentrum, trank zwei Mal Kaffee, und gegen Mittag, als sein Körper nach etwas Härterem verlangte, ging er in den Kit-Kat-Klub. Ganz gegen seine Gewohnheit bestellte er sich um diese Uhrzeit einen Hennessy, der auf einem Spiegel hinter der Theke beworben wurde. Um zwei Uhr riss er das zweite Päckchen Zigaretten des Tages auf. Er verspürte keinen Hunger, wollte mit niemandem reden, wünschte nur, dass die Zeit verstreiche und der Albtraum endlich vorbei sei.

Kurz nach drei holte er Sylvia im Hotel ab, und um vier sah er die bunte Tischdecke auf dem schmiedeeisernen Tisch, wo bald der Tee serviert werden würde. In diesem Augenblick gelang es ihm wieder, Ramón in die Haut von Jacques Mornard zu verbannen.

Jack Cooper hatte sie in den Innenhof geführt, hatte ein paar Witze erzählt und die Verabredung zum Abendessen am Dienstag, seinem freien Tag, bestätigt. Sie machten aus, sich um sieben im Café Central zu treffen, denn Cooper wollte den Tag nutzen, um mit Jenny über den Zócalo und die Märkte zu schlendern. Jacques hatte sein Schweigen aufgegeben, und Sylvia würde ihm am Abend gestehen, dass der Besuch in der Festung von Coyoacán wie Balsam für ihre Seele gewesen sei und ihre Sorgen hinweggefegt habe.

Keine fünf Minuten später traten der Renegat und seine Gattin aus dem Haus. Jacques Mornard bemerkte, dass der Alte erschöpft aussah, und erhob sich, um ihm die Hand zu geben. Und zum ersten Mal berührte er die unglaublich weiche Haut des Mannes, den er töten sollte.

»Also, wie denn nun ... Jacson oder Mornard?«, fragte der Exilant mit einem spöttischen Lächeln auf den fleischigen Lippen und einem nervösen Flackern in den Adleraugen.

»Sei nicht unverschämt, Ljownotschek«, tadelte ihn Natalia.

»Wie Sie möchten, Monsieur«, sagte Jacques. »Der Name Jacson wird mich allerdings noch lange begleiten, fürchte ich.«

»Ziemlich lange«, entgegnete der Alte nickend. »Dieser Krieg wird nämlich noch einige Jahre dauern. Und wissen Sie was? Je länger er dauert, je verheerender er ist, umso größer wird die Chance, dass die Arbeiter endlich begreifen, dass nur der revolutionäre Akt sie als Klasse retten kann«, sagte er, so als stünde er hinter einem Rednerpult.

»Und welche Rolle kann die Sowjetunion dabei spielen?«, wagte Jacques zu fragen.

»Die Sowjetunion braucht eine neue Revolution, die große soziale und politische Veränderungen ermöglicht, ohne das ökonomische System zu verändern«, dozierte der Renegat. »Auch wenn die Bürokraten die Macht an sich gerissen haben, muss die ökonomische Basis der Gesellschaft sozialistisch bleiben. Das darf auf keinen Fall verloren gehen.«

Sylvia meldete sich mit einem Hüsteln zu Wort.

»Lew Dawidowitsch ... Wie viele andere glaube ich, dass man, seit Stalin den Nichtangriffspakt mit Hitler unterzeichnet hat, die Sowjetunion nicht länger als ein sozialistisches Land betrachten kann, sondern als einen Verbündeten des Imperialismus. Deswegen überfallen die Sowjets ganz Osteuropa.«

Das Gespräch wurde für einen Moment unterbrochen, als das Dienstmädchen mit dem Tablett kam und Tassen, Teekanne und eine Schale mit Gebäck auf den Tisch stellte. Doch kaum hatte sich die Frau wieder zurückgezogen, explodierte der Exilant: »Meine liebe Sylvia, das ist genau das, was die ewigen Antikommunisten und jetzt auch Burnham und Shachtman sagen, um ihren Bruch mit der IV. Internationale zu rechtfertigen. Aber ich wiederhole und werde immer wiederholen, dass es die Pflicht aller Kommunisten der Welt ist, die Sowjetunion zu verteidigen, wenn sie von den deutschen Faschisten oder irgendwelchen Imperialisten angegriffen wird, denn die gesellschaftliche Basis des Landes an sich ist ein immenser Fortschritt in der Geschichte der Menschheit, trotz der Verbrechen und der Verbannungslager, trotz der Pakte, die Stalin schließt … Ja, die Sowjetunion hat das Recht, sich zu verteidigen, und die Kommunisten haben die moralische Pflicht, an der Seite der sowjetischen Arbeiter das Wesen der Revolution zu schützen … Und wenn es die soziale Explosion gibt, auf die ich hoffe, und wenn die sozialistische Revolution in mehreren Ländern siegt, dann wird den Arbeitern die Aufgabe zufallen, ihren sowjetischen Genossen dabei behilflich zu sein, sich von den Gangstern der stalinistischen Bürokratie zu befreien. Deswegen ist es so wichtig, dass unsere Internationale gestärkt wird, und deswegen ist das Verhalten deiner Freunde so erbärmlich.«

Jacques Mornard sah Natalia zu, wie sie Tee einschenkte. Eben noch hatte der Duft des frischen Gebäcks seinen leeren Magen verlockt, doch die Worte des Exilanten hatten seinen Appetit gebremst. Dieser Mann war von einer einzigen Leidenschaft beseelt, und er sprach, als wende er sich an eine Menschenmenge. Seine Heftigkeit stand in keinem Verhältnis zu der kleinen Zuhörerschaft, doch seine Logik war sehr überzeugend und verführerisch. Ramón erkannte, dass es gefährlich werden konnte, ihm länger zuzuhören. Er rief sich die Tatsache ins Gedächtnis, dass sich die letzte Tür zur Erfüllung seiner Mission vor seinen Augen zu öffnen begann, und beschloss, sich auf nichts anderes zu konzentrieren als darauf, sie aufzustoßen. Mit einer Vehemenz, die Sylvia nicht an ihm kannte, stellte er sich auf die Seite des Exilanten und kritisierte die wankelmütige Haltung von Burnham und Shachtman, die sich im entscheidenden Augenblick von der Internationale abgespalten hätten. In Übereinstimmung mit dem Exilanten kritisierte er Stalin und verteidigte den Gedanken, dass die Sowjetunion ihren sozialistischen Charakter beibehalten habe, und wie sein Gastgeber unterstrich er die Notwendigkeit einer Weltrevolution, bis die Unterhaltung eine andere Wendung nahm und sie auf die französische Widerstandsbewegung zu sprechen kamen und auf die Schwierigkeiten, gegen eine deutsche Armee zu kämpfen, die praktisch das gesamte Land unter ihre Kontrolle gebracht hatte.

Natalia Sedowa bat das Dienstmädchen, eine zweite Kanne Tee zu bringen, als sich die Eingangstür öffnete und der junge Sjewa in den Hof kam, gefolgt von dem schwanzwedelnden Azteca, der, ohne sich im Geringsten um die Besucher zu kümmern, sogleich auf den Hausherrn zustürmte. Der Alte strich dem Tier lächelnd über das Fell und flüsterte ihm etwas auf Russisch ins Ohr.

»Sprechen Sie immer Russisch mit ihm?«, fragte Jacques, nachdem er Sjewa begrüßt und ihm freundschaftlich den Arm um die Schultern gelegt hatte.

»Sjewa redet Französisch mit ihm, in der Küche wird Spanisch gesprochen, und ich unterhalte mich mit ihm auf Russisch«, erwiderte der Alte. »Und er versteht uns alle! Die Intelligenz von Hunden ist für uns Menschen ein Rätsel. Manchmal glaube ich, dass sie uns intellektuell überlegen sind, denn sie haben die Fähigkeit, uns zu verstehen, sogar in verschiedenen Sprachen, während wir ihre Sprache nicht verstehen.«

»Ich glaube, Sie haben recht … Sjewa hat mir erzählt, dass Sie immer schon Hunde hatten.«

»Stalin hat mir viele Dinge genommen, auch die Möglichkeit, Hunde zu halten. Als ich aus Moskau verbannt wurde, musste ich zwei zurücklassen, und als sie mich des Landes verwiesen, wollten sie, dass ich ohne Maya fortging, meine Lieblingshündin, die Einzige, die mich nach Alma-Ata begleiten durfte. Aber Maya ist mit uns in die Türkei gekommen, und als sie starb, haben wir sie dort begraben. Mit ihr hat Sjewa gelernt, Hunde zu lieben. Ich habe Hunde schon immer geliebt. Ihre Gutmütigkeit und ihre Fähigkeit zur Treue sind größer als die vieler Menschen.«

»Auch ich habe Hunde immer geliebt«, sagte Jacques, fast so, als schäme er sich. »Aber ich habe schon seit vielen Jahren keinen mehr. Wenn alles vorbei ist, würde ich gerne wieder zwei oder drei halten.«

»Versuchen Sie es mit einem russischen Windhund, einem Borsoi«, sagte der Exilant. »Maya war ein Borsoi. Das sind die treuesten, schönsten und intelligentesten Hunde der Welt … mit Ausnahme von Azteca natürlich«, fügte er augenzwinkernd hinzu. Er kraulte das Tier hinter den Ohren und drückte es dann gegen seine Brust.

»Wissen Sie was? Sie sind schon der Zweite, der mir gegenüber diese Hunde erwähnt. Ein englischer Journalist hat mir erzählt, dass er einen hatte.«

»Hören Sie, Jacson, wenn Sie irgendwann einmal einen Borsoi haben, dann denken Sie an mich …«, sagte der Alte feierlich. Er schaute auf seine Uhr, klopfte Azteca liebevoll auf die Flanke und stand auf. »Ich muss mich um meine Kaninchen kümmern, und dann habe ich auch noch zu arbeiten. Es war mir wirklich ein Vergnügen, mich mit Ihnen zu unterhalten, mit Ihnen und mit der störrischen Sylvia.«

»Soll ich Ihnen beim Füttern der Kaninchen helfen?«, bot sich Jacques an.

Sylvia und Natalia lächelten sich zu. Offenbar kannten sie die Antwort.

»Nicht nötig, vielen Dank. Kaninchen sind nicht so intelligent wie Hunde und werden nervös, wenn sie Fremde sehen.«

Jacques stand auf. Er sah zu Boden, als hätte er etwas verloren, und sagte dann unvermittelt: »Monsieur Trotzki … Ich habe gedacht … Also, ich würde gerne einen Artikel über die Probleme der politischen Parteien und über die Résistance schreiben. Ich kenne Frankreich sehr gut, aber was Sie eben gesagt haben, lässt mich die Dinge aus einem anderen Blickwinkel betrachten und … Würden Sie mir den Gefallen tun, sich den Artikel anzusehen, wenn ich ihn fertig habe?«

Der Alte drehte sich zu den Kaninchenställen um. Es begann, dunkel zu werden. Mechanisch knöpfte er die Manschetten seines Russenkittels auf, um die Ärmel hochzurollen.

»Ich verspreche Ihnen, ich werde Ihre Zeit nicht über Gebühr strapazieren«, fuhr Jacques fort. »Zwei oder drei Seiten, nicht mehr. Wenn Sie sie anschauen würden, wäre ich mir sicherer, keinen Fehler in meiner Analyse gemacht zu haben.«

»Wann würden Sie mir den Artikel vorbeibringen?«

»Übermorgen, Samstag?«

»Ich möchte nur, dass Sie mir nicht zu viel Zeit stehlen.«

»Das verspreche ich Ihnen, Monsieur Trotzki.«

Der Alte nahm seine Brille ab und putzte die Gläser mit dem Saum des Kittels. Dann setzte er die Brille wieder auf, trat einen Schritt auf Jacques zu und sah ihm in die Augen.

»Ich glaube fast, Sie sind kein Belgier, Jacson … Samstag um fünf. Ich hoffe, ich bekomme etwas Interessantes zu lesen. Guten Tag.«

Mit diesen Worten ließ der Renegat den Besucher stehen und ging zu den Kaninchenställen. Jacques Mornard gefror das Lächeln auf den Lippen. Er war unfähig, den Abschiedsgruß zu erwidern. Erst am Abend, als er ein Blatt Papier in die Schreibmaschine spannte, wurde ihm klar, dass er den Atem des Mannes, den er töten sollte, im Nacken gespürt hatte.

Er wachte mit Kopfschmerzen auf und war sofort schlecht gelaunt. Er hatte kaum geschlafen, obwohl er sehr müde gewesen war. Drei Stunden hatte er sich abgemüht, um am Ende nur ein paar wirre Absätze mit schlecht formulierten Gedanken zu Papier zu bringen. Woher etwas nehmen, was den Alten interessieren konnte? Er erinnerte sich daran, dass er wieder von Hunden geträumt hatte, die einen Strand entlanggelaufen waren, und dass er mitten in der Nacht aufgewacht war und Angst gehabt hatte. Die Gewissheit, dass am nächsten Tag, wenn er den Eispickel in den Schädel des Verräters schlagen würde, alles vorbei war, beruhigte ihn nicht, im Gegenteil, sie erfüllte ihn mit Panik. Er spülte zwei Beruhigungstabletten mit Kaffee hinunter, und als Sylvia ihn fragte, wohin er gehe, murmelte er etwas vom Büro und von den Handwerkern und rannte mit den vollgeschriebenen Blättern hinaus.

Sein Mentor erwartete ihn in der Wohnung in Shirley Court, und nachdem Ramón ihm in allen Einzelheiten von dem Besuch erzählt hatte, brach es aus ihm hervor: »Ich weiß, wie ich ihn töten muss, aber ich bin nicht mal in der Lage, einen Scheißartikel zu schreiben! Er will etwas Interessantes! Woher soll ich denn wissen, was ihn interessiert?«

Tom nahm die Blätter, die Ramón ihm fast flehend hinhielt, und sagte, er solle sich deswegen keine Gedanken machen.

»Morgen werde ich ihn töten, Tom! Bereite alles für meine Flucht vor, ich kann nicht länger warten. Morgen, morgen werde ich ihn töten«, wiederholte er.

Caridad saß in einem der Sessel und hörte zu. In seiner Panik glaubte Ramón zu bemerken, dass die Hände der Frau zitterten. Tom warf einen Blick auf die maschinengeschriebenen Seiten, die voller Streichungen und Ergänzungen waren. Er knüllte die Blätter zusammen, warf sie in eine Ecke und sagte wie nebenbei: »Du wirst ihn morgen nicht töten.«

Ramón glaubte, nicht richtig gehört zu haben. Caridad beugte sich vor.

»Wir haben drei Jahre gearbeitet, um dahin zu kommen, wo wir jetzt sind«, fuhr Tom fort. »Jetzt müssen wir alles dafür tun, damit es klappt. Du bist nicht der Einzige, dessen Leben auf dem Spiel steht. Stalin hat mir das Desaster mit den Mexikanern verziehen, weil wir diesen Leuten nie vertraut haben, aber ein zweites Mal wird er mir nicht verzeihen. Du darfst nicht versagen, Ramón, und deswegen wirst du ihn morgen nicht töten.«

»Aber warum denn nicht?«

»Weil ich es nicht will. Und ich weiß, was ich tue, glaub mir … Wenn du mit der ›Ente‹ allein bist, hältst du alle Fäden in der Hand, aber du musst sie gut festhalten.«

Ramón senkte den Kopf. Er spürte, dass Toms Sicherheit wie immer auf ihn überging und die Angst sich zu verflüchtigen begann.

Tom zündete sich eine Zigarette an und übernahm das Kommando über seine kleine Kampftruppe. Er wies Caridad an, Kaffee zu kochen, und befahl Ramón, zum Pfandleiher zu gehen und eine Reiseschreibmaschine zu kaufen.

Als Ramón mit der Schreibmaschine zurückkam, bot Caridad ihm Kaffee an und sagte, dass Tom im Nebenzimmer auf ihn warte. Ramón fand seinen Mentor über eine Kommode gebeugt, die er als Schreibtisch benutzte. Auf dem Boden lagen zerknüllte Blätter, die mit kyrillischen Schriftzeichen übersät waren. Der Militärberater bedeutete ihm, still zu sein, und murmelte immer wieder *bliat'!*, *bliat'!* Ramón stand neben ihm und wartete, bis der andere sich ihm zuwandte.

»Ich diktiere Caridad jetzt den Artikel und den Brief, den du bei dir haben wirst.«

»Was für einen Brief?«

»Den des enttäuschten Trotzkisten.«

»Was muss ich morgen tun?«

»Sagen wir, es handelt sich um eine Generalprobe. Du wirst mit deinem Waffenarsenal ins Haus des Verräters gehen, um zu erkunden, wie du hinein- und wieder hinausgelangen kannst, ohne dass jemand Verdacht schöpft. Du gibst ihm den Artikel und wirst mit ihm allein sein. Der Artikel wird so miserabel geschrieben sein, dass er viel zu korrigieren hat und dir selbst vorschlagen wird, noch einmal vorbeizukommen, um sich den Artikel erneut anzusehen. Inzwischen überlegst du dir, auf welche Weise du ihn erschlagen und wie du am besten aus dem Haus fliehen kannst … Du musst dir sicher sein, dass du im entscheidenden Moment völlige Ruhe bewahren wirst. Du weißt ja, sobald du einen Fuß auf die Straße setzt, sorge ich für deine reibungslose Flucht, aber solange du im Haus bist, hängt dein Leben von dir allein ab.«

»Ich werde nicht versagen. Aber was ist, wenn ich nicht wiederkommen darf? … Lass es mich morgen tun!«

»Du wirst nicht versagen, aber du wirst es nicht morgen tun. Irgendwie wirst du es schaffen, ihn noch einmal besuchen zu können, da bin ich mir ganz sicher«, sagte Tom. Er nahm Ramóns Gesicht in beide Hände und zwang ihn, ihm in die Augen zu sehen. »Von dir hängt das Schicksal vieler Menschen ab. Und von dir hängt es ab, ob wir all denen das Maul stopfen können, die euch, den spanischen Kommunisten, nicht vertraut haben, erinnerst du dich? Du wirst ihnen beweisen, wozu ein Spanier fähig ist, der Eier in der Hose und eine Ideologie im Kopf hat.« Er klopfte Ramón gegen die linke Schläfe. »Du wirst den Tod deines Bruders rächen und die Demütigungen, die deine Mutter erdulden musste. Du wirst dir das Recht erwerben, ein Held genannt zu werden, und du wirst África beweisen, dass Ramón Mercader kein Schwächling ist.«

»Danke«, sagte Ramón, ohne zu wissen, warum. Er spürte die verschwitzten, warmen Hände seines Mentors auf dem Gesicht. In diesem Augenblick wurde ihm klar, dass Caridads Demütigungen, die Tom so nebenbei erwähnt hatte, in Wirklichkeit Teil einer von seiner Mutter und dem Agenten ausgeheckten Strategie waren, um seinen Hass zu schüren. Nur so war es zu erklären, dass Tom über das Gespräch in der Hotelbar des Gillow Bescheid wusste. Aber wie konnte Tom wissen, dass África ihm vorgeworfen hatte, ein Schwächling zu sein?

»Los, an die Arbeit!« Tom klopfte ihm auf die Schulter und riss ihn aus seinen Gedanken. »Du musst den Brief, den wir schreiben werden, auswendig lernen. Nach der Tat lässt du ihn einfach irgendwo fallen. Wenn sie dich schnappen, ist der Brief dein Schutzschild. Du musst immer nur sagen, dass du Jacques Mornard heißt, und wiederholen, was in dem Brief steht. Aber sie werden dich nicht schnappen, ganz bestimmt nicht! Du bist mein Junge und wirst entkommen, das verspreche ich dir …«

Sie gingen in den Wohnraum zurück, wo Caridad rauchend auf sie wartete. Durch die Anspannung war alles Mondäne von ihr abgefallen, und ihre Gesichtszüge waren wieder hart, spitz, geschlechtslos, so als sei sie es, die sich auf das Attentat vorbereitete.

»Setz dich hin und schreib«, befahl Tom, und sofort warf sie die Zigarettenkippe in eine Ecke, setzte sich hinter die Schreibmaschine, die auf dem Tisch stand, spannte ein Blatt Papier ein und sah den Mann an.

»Was schreiben wir zuerst?«

»Den Brief.« Tom ließ sich mit schmerzverzerrtem Gesicht in einen der Sessel fallen. Dann richtete er sich leicht auf, sah auf die Blätter in seiner Hand, überflog die in kyrillischer Schrift verfassten Zeilen und schloss die Augen. »Das Datum tragen wir später ein. Los geht's ... Sehr geehrte Herren, mit diesem Brief verfolge ich die Absicht, im Falle, dass mir etwas zustößt, der Öffentlichkeit zu erklären ... Nein, warte ...«, er streckte den Arm aus wie ein Blinder, der sich vorantastet, »besser ... der Öffentlichkeit die Motive für meine Tat darzulegen.«

Tom unterbrach sich. Mit geschlossenen Augen, in der Hand ein paar Blätter, überlegte er, wie er fortfahren sollte. Ramón stand rauchend daneben und beobachtete seinen Mentor und seine Mutter, und was er sah, waren zwei Personen, die sich auf ihre Arbeit konzentrierten. Die Sätze, die der Mann fabrizierte und die Frau in die Maschine tippte, waren das Urteil über einen Menschen und die Beichte seines Mörders; aber Tom und Caridad schienen so vertraut mit dem Tod, dass sie wie zwei Schauspieler auf der Bühne agierten.

Aus Toms Mund fing Jacques Mornard an, über seine Herkunft zu sprechen, über seinen Beruf und seine politischen Neigungen, die ihn dazu veranlasst hatten, sich trotzkistischen Organisationen anzuschließen.

»Ich war ein ergebener Schüler Trotzkis und hätte meinen letzten Blutstropfen für die Sache gegeben. Ich las alles, was er über die verschiedenen revolutionären Bewegungen geschrieben hatte, denn ich wollte mich weiterbilden, um mich für die Sache nützlich zu machen. Punkt.«

»Weiter?«, fragte Caridad, und Tom schüttelte den Kopf. »Moment«, sagte sie und spannte ein neues Blatt in die Maschine.

»Lies vor, was wir bis jetzt haben«, bat Tom, und Caridad kam seiner Bitte nach. Dann öffnete der Berater die Augen und sah Ramón an. »Wie findest du es?«

»Sylvia wird merken, dass der Brief fingiert ist.«

»Wenn Sylvia redet, wirst du schon weit weg sein ... Lies noch einmal, Caridad.«

Tom schloss wieder die Augen, und als Caridad geendet hatte, diktierte er weiter. Er führte ein Mitglied des Komitees der IV. Internationale ein, das Jacques nach mehreren Gesprächen in Paris eine Reise nach Mexiko vorschlug, damit er Trotzki kennenlerne. Mornard willigte begeistert ein, und das Mitglied der Internationale (du hast nie seinen Namen erfahren, erklärte er Ramón; das ist unwahrscheinlich, erwiderte dieser; ist mir scheißegal, seufzte der andere) besorgte ihm Geld und einen Pass, mit dem er aus Europa ausreisen konnte.

Plötzlich sprang Tom auf, knüllte seine Blätter zusammen und stieß einen seiner russischen Flüche aus. Ramón bemerkte, dass das Hinken, in den letzten Monaten wie weggeblasen, wieder zurückgekehrt war. In diesem Moment hatte er das Gefühl, dass es der ausgelöschte Kotow war, der in die Küche ging und mit einer eisgekühlten Flasche Wodka zurückkam. Tom stellte ein Glas auf den Tisch, an dem Caridad arbeitete, goss es sich randvoll und leerte es auf einen Zug.

»Es muss so aussehen, als ob Trotzki bereits auf Jacques gewartet hätte, weil er etwas von ihm wollte. Und Jacques muss sentimental sein, ein wenig dumm ...«

»Ramón hat recht«, sagte Caridad. »Die Geschichte wird uns keiner abkaufen.«

»Wann haben wir uns jemals um die Intelligenz der Leute gekümmert? Wir müssen ihnen das erzählen, was in unserem Interesse liegt. Dass sie es glauben, dafür sorgen andere. Klar muss nur sein, dass Trotzki ein Verräter ist, ein Terrorist von der schlimmsten Sorte, und dass er vom Imperialismus bezahlt wird ...«

Tom ging zu seinem Sessel zurück und diktierte weiter. Ramón spürte, wie er sich in dem Netz aus Lügen verfing, die seinem Mentor so leicht über die Lippen kamen, als erzähle er von wahren, selbst erlebten Tatsachen. Er folgte erst wieder dem Faden der Geschichte, als Tom mit der Enttäuschung des jungen Trotzkisten begann: Der berühmte Revolutionär entpuppte sich als schäbiger Ehrgeizling, der ihm, ohne ihn zu kennen, vorschlug, in die UdSSR zu reisen, um Sabotageakte zu begehen und, vor allem, Stalin zu ermorden. Und dann fügte Tom noch ein paar präzise Daten hinzu: Die antisowjetische Aktion konnte mit der Unterstützung einer großen ausländischen

Nation rechnen, die den Verräter offenbar finanzierte. Ramón kam die Geschichte bekannt vor, so als hätte er sie irgendwo schon einmal gelesen oder gehört.

»Das ist unsere Strategie: den Feind ausschalten und ihn außerdem mit Scheiße bewerfen, mit viel Scheiße, über und über mit Scheiße«, ereiferte sich Tom, und dann verbreitete er sich über die Intrigen des Renegaten gegen die mexikanische Regierung, die das Land, das ihn aufgenommen hatte, destabilisieren sollten. Doch das reichte noch nicht, Trotzki musste noch niederträchtiger sein: Er drückte Jacques gegenüber seine Verachtung für diejenigen Mitglieder seiner eigenen Bande aus, die nicht genauso dachten wie er, und er vertraute ihm sogar an, dass er die Absicht habe, die Dissidenten irgendwann zu liquidieren. Mornard hatte zwar keine eindeutigen Beweise, aber er war sich sicher, dass das Geld für den Kauf und den Ausbau des Hauses, in dem Trotzki wohnte, nicht von seinen treuen, blinden Anhängern, sondern aus einer anderen Quelle stammte. Jedenfalls hatte er beobachtet, dass der Konsul besagter großen imperialistischen Nation häufig bei ihm zu Gast war.

»Hat jemand diesen Konsul gesehen?«, fragte Caridad.

»Mexiko ist ein Land der Blinden«, antwortete Tom, »und wir werden ihnen das erzählen, was sie hören wollen.«

Jetzt begab sich Tom auf melodramatisches Terrain: Jacques war mit einer jungen Frau nach Mexiko gekommen, die er liebte und heiraten wollte. Wenn er nach Russland ging, um die von Trotzki geplanten Verbrechen zu begehen, musste er seine Verlobung lösen. Genau darauf hatte es der Renegat abgesehen, denn er sah in der jungen Frau eine Verräterin an der wahren trotzkistischen Sache. Und Tom beendete den Brief mit einer überraschenden Wendung: »Möglicherweise wird diese junge Frau nach meiner Tat nichts mehr von mir wissen wollen. Dennoch oder gerade wegen ihr habe ich beschlossen, mich zu opfern, indem ich einen Anführer der Arbeiterbewegung aus dem Weg räume, der dieser Bewegung nur schadet, und ich bin mir sicher, dass nicht nur die Partei, sondern auch die Geschichte mir recht geben wird, wenn der erbittertste Feind des Weltproletariats erst einmal von der Bildfläche verschwunden ist …

Im Falle, dass mir etwas zustößt, bitte ich darum, diesen Brief zu veröffentlichen. Punkt. Ende.«

Nach dem Schlusspunkt wurde es still in der Wohnung. Ramón,
der immer noch stand, spürte ein Zittern tief in seinem Innern. Er
war sich nicht mehr sicher, ob er diese Worte noch soeben gehört
hatte, denn die Lügen, die sein Mentor von sich gegeben hatte, hörten sich genauso an wie die Anschuldigungen, die jahrelang in Prozessen, Artikeln und Reden gegen Trotzki und andere angeklagte und
verurteilte Männer erhoben worden waren. Gab es denn keine Wahrheiten, keine realen Tatsachen, auf die sich die Entscheidung eines
jungen Revolutionärs stützen konnte, der so grenzenlos enttäuscht
war, dass er sich opfern und ein Verbrechen begehen wollte, um das
Proletariat dem Einfluss eines Verräters zu entziehen? Etwas Unheilvolles ging von jedem einzelnen Wort des Briefes aus, und Ramón
Mercader begriff, dass das Zittern in seinem Innern nicht nur auf
die Angst zurückzuführen war, die er empfand, weil er dieser Verfälschung der Tatsachen beigewohnt hatte. Er entdeckte, dass er sich
vor denen, die ihn schickten, um einen Mann hinzurichten, ebenso
fürchtete wie vor den Konsequenzen, die seine Tat mit sich bringen
würde. Wenn es noch eines Beweises bedurft hätte, dann war dieser
Brief die letzte Bestätigung dafür, dass es auf der Welt für ihn keinen
anderen Ausweg gab, als zum Mörder zu werden.

Jacques parkte den Wagen außerhalb von Coyoacán. Er öffnete den
Kofferraum, holte den Trenchcoat heraus und legte ihn sich über die
Schultern. In diesem Moment verspürte er eine heftige Übelkeit, und
es blieb ihm kaum Zeit, sich vorzubeugen, um zu verhindern, dass
er sich mit dem Erbrochenen beschmutzte. Die Flüssigkeit, eine Mischung aus Kaffee und Galle, roch nach kaltem Tabak. Der Gestank
ließ ihn erneut würgen, während seine Haut von kaltem Schweiß
bedeckt wurde. Als sich sein Magen wieder beruhigt hatte, wischte er
sich den Mund mit einem Taschentuch ab. Dann öffnete er die Reisetasche und entnahm ihr den Eispickel und den englischen Dolch
und schob beides in die dafür vorgesehenen Innentaschen des Mantels. Den Revolver mit den neun Kugeln steckte er sich hinten in

den Gürtel. Er vergewisserte sich, dass sich die Seiten mit dem Artikel in der äußeren linken Manteltasche befanden, und stieg wieder ins Auto.

Er erinnerte sich daran, dass es auf dem Weg nach Coyoacán eine Apotheke gab, und als er das Schild sah, hielt er an. Er ging hinein und kaufte Mundwasser, Eau de Cologne und eine Schachtel Beruhigungstabletten. Draußen spülte er sich den Mund mit dem Mundwasser und zerkaute zwei Tabletten. Er hatte nie unter Kopfschmerzen gelitten und vermutete, dass der Druck im Kopf, der ihn seit zwei Tagen nicht mehr verließ, wahrscheinlich auf seinen hohen Blutdruck zurückzuführen war. Er rieb sich Nacken, Stirn und Wangen mit Eau de Cologne ein und setzte sich wieder hinters Steuer.

Als Ramón in die staubige Calle Viena einbog, wurde er sich bewusst, dass Jacques Mornard noch nicht wieder die Herrschaft über ihn zurückerlangt hatte. Dass es sich lediglich um einen Test handelte, bei dem er unbehelligt in das Haus gehen und so schnell wie möglich wieder herauskommen musste, verschaffte ihm nicht die erwartete Erleichterung. Er war sich immer noch nicht sicher, ob es nicht besser wäre, den Auftrag gleich heute zu erledigen. Was geschehen sollte, würde geschehen, je schneller, desto besser, sagte er sich. Seine stärkste Waffe, der Hass auf den Renegaten, drohte durch Angst und Zweifel stumpf zu werden, und er wusste nicht mehr, ob er auf die unumstößlichen Befehle aus Moskau hin handelte (die Verhaftung des Malers Siqueiros und die Möglichkeit, dass ihm öffentlich der Prozess gemacht werde, hätten Moskau alarmiert, sagte Tom) oder aufgrund einer tieferen Überzeugung, die ins Gedächtnis zu rufen ihm immer schwerer fiel. Deshalb beschloss Ramón, als er die ockerfarbene Festung vor sich sah, dass dies sein letzter Besuch in Coyoacán sein sollte.

Er wendete den Buick und parkte ihn in Richtung Mexiko-Stadt. Er befeuchtete sein Taschentuch mit Kölnisch Wasser, rieb sich übers Gesicht und atmete tief durch. Dann stieg er aus. Vom Wachturm herab hieß Jack Cooper ihn willkommen und fragte nach Sylvia. Jacson erwiderte, er wolle nur ein paar Minuten bleiben, und weil Sylvia manchmal sehr geschwätzig sein könne, habe er es vorgezogen, sie im

Hotel zu lassen. Cooper lachte und rief ihm zu, dass seine Frau am Montagabend ankommen werde.

»Dann sehen wir uns also Dienstag«, rief Jacques zurück, und die kugelsichere Tür öffnete sich.

Joe Hansen, der Sekretär des Exilanten, reichte ihm die Hand und bat ihn herein.

»Meine Mutter hat auch immer dieses Eau de Toilette aus Deutschland benutzt«, bemerkte er. »Hat der Alte dich nicht früher erwartet?«

»Ich bin zehn Minuten zu spät dran. Sylvia hat mich aufgehalten.«

»Er arbeitet gerade. Ich geh mal rein und frag ihn, ob er dich empfangen kann.«

Hansen ließ ihn allein im Innenhof zurück. Jacques zog den Trenchcoat aus und legte ihn sich vorsichtig über den Arm. An der Mauer, die das Grundstück vom Fluss trennte, sah er den Gärtner Melquíades arbeiten. Die Fenster des Hauses, in dem die Sekretäre und Leibwächter wohnten, standen offen, doch es war niemand zu sehen. In diesem Augenblick überkam ihn ein starkes Vorgefühl: Jawohl, heute war sein Tag! Um nicht weiter darüber nachdenken zu müssen, konzentrierte er sich darauf, die Einschusslöcher in den Häuserwänden zu betrachten, bis er plötzlich jemanden in seiner Nähe spürte. Er drehte sich um und erblickte Azteca, der an seinen Schuhen schnüffelte, und erst jetzt bemerkte Jacques, dass sie Spritzer von Erbrochenem aufwiesen. Den Trenchcoat über dem Arm, hockte er sich neben das Tier und kraulte ihm mit der freien Hand Kopf und Ohren. Für ein paar Minuten verlor er jedes Zeitgefühl und vergaß, wo er sich befand und was er sich vorgenommen hatte. Das weiche Fell des Hundes unter seinen Fingern rief Wohlbefinden, Vertrauen und Ruhe in ihm hervor. Er war völlig entspannt, als die Stimme des Mannes ihn aufschrecken ließ.

»Ich bin sehr beschäftigt«, hatte der Renegat gesagt, während er seine Brillengläser mit einem roten Tuch putzte, das mit Hammer und Sichel verziert war.

»Entschuldigen Sie, aber ich bin aufgehalten worden«, sagte Jacques Mornard, der sich inzwischen aufgerichtet hatte, und suchte in der äußeren Manteltasche nach den maschinengeschriebenen Blättern, darauf bedacht, dass ihm der Mantel durch das Gewicht der Waffen nicht vom Arm rutschte. »Ich werde Sie nicht lange stören.«

Er reichte ihm den Artikel, dessen miserable Qualität ihm immer noch Kopfzerbrechen bereitete. Ohne die Blätter zu nehmen, drehte sich der Exilant um und ging ins Haus.

»Kommen Sie«, rief er ihm zu, »sehen wir uns den Artikel mal an.«

Zum ersten Mal überschritt Jacques Mornard die Schwelle des Hauses. Aus der Küche drangen geschäftige Geräusche, es roch nach Gebratenem, doch er sah niemanden. Er folgte dem Renegaten durch das Esszimmer, in dem ein langer Tisch mit einer Obstschale stand. Auf dem Schreibtisch im Arbeitszimmer lagen Papiere, Bücher und verschiedene Schreibgeräte, und neben einer Schreibtischlampe stand ein riesiges Diktiergerät. Der Hausherr schob es zur Seite, um Platz zu schaffen.

»Und Ihre Gattin?«, wagte Jacques zu fragen.

»Bestimmt in der Küche«, war die wortkarge Antwort des Renegaten, der bereits hinter seinem Schreibtisch saß. »Dann zeigen Sie mir mal Ihren Artikel.«

Jacques gab ihm die Blätter, und der Alte begann, die ersten Zeilen zu überfliegen, in der Hand einen dicken Bleistift. Ramón gelang es, sich hinter sein Opfer zu stellen, sodass er sich ungestört im Zimmer umschauen konnte. An der Wand hinter ihm stand eine lange Kommode, auf der sich neben einem Globus maschinengeschriebene Blätter häuften. Darüber hing eine Karte von Mexiko und Zentralamerika. Auf dem Schreibtisch lag ein Ordner mit einer kyrillischen Aufschrift, die er entziffern konnte: »Privat«. In der halb geöffneten Schublade glänzte dunkel ein Revolver, vielleicht ein 38er, aber wen interessierte das Kaliber einer Waffe, die ihren Besitzer nicht würde schützen können, dachte er. Er beendete die Inspektion des Arbeitszimmers und zwang sich, an das zu denken, was für ihn wichtig war: Er stand drei Schritte hinter dem zum Tode Verurteilten, dessen Kopf sich ein paar Zentimeter unterhalb Ramóns Schulter befand. Er war immer davon ausgegangen, dass er den Sitzenden weit mehr überragen würde, doch wenn er den Arm hob, konnte er ihm einen brutalen Schlag auf den Schädel verpassen, dessen Haar sich bereits lichtete. Er fasste mit der Hand in den Mantel und berührte den Eispickel. Er würde nur Sekunden brauchen, um ihn hervorzuholen und mit aller Kraft auf die kahle Stelle einzuschlagen, dorthin, wo die weiße Haut durchschimmerte, fast leuchtend, provozierend. Er schloss die Faust um den abgesägten Holzstiel, bereit, die Waffe herauszuziehen, als er bemerkte, dass er seinen Hut nicht abgesetzt hatte und der Schweiß ihm auf der Stirn stand und in die Augen zu rinnen drohte. Er wollte sein Taschentuch hervorholen, tat es dann aber doch nicht, um jede plötzliche Bewegung zu vermeiden. Das Fenster zum Hof stand offen, und die leichte Nachmittagsbrise wehte ins Zimmer. Von seiner Position aus konnte man nur die Kakteenbeete und ein paar blühende Bougainvilleen sehen. Er kalkulierte etwa eine Minute ein, um nach der Tat zum Ausgang der Festung zu eilen. Dort würde er den Wachmann bitten, das Tor zu öffnen, sich noch ein paar Sekunden mit ihm unterhalten und dann das Grundstück verlassen. In den zwei, drei Minuten bis zum Wagen würde seine Rettung von seiner Kaltblütigkeit abhängen, vorausgesetzt, niemand würde die Leiche der »Ente« vorzeitig entdecken. Wenn er jedoch den Mann nicht mit dem ersten Schlag töten oder wenn er nervös werden und zu überhastet handeln würde, dann würde die Festung zu einer tödlichen Falle werden, aus der es kein Entkommen gab. Er umklammerte den hölzernen Stiel des Eispickels und starrte auf den Schädel vor ihm. Der Alte las den Text, wobei er häufig von seinem Bleistift Gebrauch machte. Er strich Wörter oder ganze Sätze durch oder ergänzte etwas und gab dabei missbilligende Laute von sich. Und sein Kopf befand sich die ganze Zeit über dort, in Ramóns Reichweite.

»Arme Franzosen«, murmelte der Exilant.

In diesem Moment sah Ramón undeutlich Harold Robbins' Gestalt im Hof stehen. Der Sicherheitschef blickte zum Arbeitszimmer hoch und dann hinüber zum Wachturm. Langsam zog Jacques die Hand aus der Innenseite des Mantels und griff in seine Gesäßtasche, um das Taschentuch hervorzuholen. Ohne den Mantel loszulassen, wischte er sich übers Gesicht, und es gelang ihm sogar, die vom Angstschweiß beschlagene Brille abzunehmen und zu putzen.

Jetzt leuchtete der Schädel des Renegaten wieder, unbeweglich, provozierend. In diesem Kopf, der Jacques, Ramón, ausgeliefert war, befand sich alles, was der Mann besaß, alles, was ihn ausmachte. Warum hatte ihm Kotow nicht den Brief mitgegeben, den er beim Hinausgehen fallen lassen sollte? Den Blick starr auf die kahle Stelle gerichtet, auf die er die Stahlspitze niedersausen lassen würde, kam Ramón der rettende Gedanke: Das Beste würde es sein, den verdammten Brief einfach zu vergessen und nicht weiter darüber nachzudenken! Er war dabei, den entscheidenden, den goldenen Moment zu verpassen, auf den er sich jahrelang vorbereitet hatte, eine Gelegenheit, die sich ihm vielleicht nie wieder bieten würde. Doch im selben Augenblick wurde ihm klar, dass er nicht imstande war, den Befehl auszuführen, auch wenn er nicht wusste, warum. Angst? Gehorsam gegenüber Tom? Der Brief, den er nicht bei sich hatte? Das Bedürfnis, dieses krankhafte Spiel mit der Macht in die Länge zu ziehen? Zweifel über die Möglichkeiten, heil auf die Straße zu gelangen? Letzteres verwarf er, denn obwohl er mit dem Renegaten allein war, lag die von Tom so oft erwähnte Chance, lebend davonzukommen, ohnehin unter dreißig Prozent. Nur wenn mehrere glückliche Umstände zusammentrafen, würde es ihm gelingen, nach vollbrachter Tat die Straße zu erreichen; doch er war sich sicher, dass irgendein Zwischenfall diese unwahrscheinliche Möglichkeit zunichtemachen würde. Beim nächsten Mal würde er es vielleicht schaffen, sich über alle Zweifel hinwegzusetzen und den am hartnäckigsten verfolgten Mann der Welt zu töten, dessen Atem er hören konnte und dessen leuchtende Kopfhaut ihn zu der Tat aufzufordern schien. Dennoch war er jetzt vollkommen davon überzeugt, dass er nicht entkommen konnte. War seine Flucht tatsächlich einmal vorgesehen gewesen? Denen, die ihm die Befehle gaben, wäre es wahrscheinlich lieber gewesen, wenn sie ihn heil aus dem Haus hätten herausholen können, aber ob er es schaffte oder nicht, war ohne Bedeutung für sie, und Ramón begriff, dass sie ihn dazu bestimmt hatten, ein Verbrechen zu begehen, das einem Selbstmord gleichkam. Mehr noch: Sein Mentor hatte den Ablauf so meisterhaft inszeniert, dass der Verurteilte selbst das Datum seines eigenen Todes und, um die Perfektion auf die Spitze zu treiben, das des Todes seines Mörders festsetzen würde. Und ihm wurde klar, dass seine eigene Reglosigkeit jener makabren Inszenierung folgte, die seinen Körper und seinen Willen beherrschte.

»Da ist noch viel zu tun«, sagte der Exilant, ohne den Blick zu heben.

»Finden Sie es sehr schlecht?«, fragte Jacques, nachdem er ein paar Sekunden gewartet hatte, weil er fürchtete, die Stimme könnte ihm versagen.

»Sie müssen es komplett neu schreiben und …«

»Gut«, unterbrach er ihn und trat an den Schreibtisch. »Ich werde den Artikel am Wochenende umschreiben. Jetzt muss ich gehen, Sylvia wartet auf mich, wir wollen essen gehen und …«

Jacques musste unbedingt an die frische Luft. Doch der Renegat gab die korrigierten Seiten noch nicht aus der Hand. Er drehte sich zu seinem Besucher um und sah ihn durchdringend an.

»Warum haben Sie den Hut nicht abgenommen?«

Jacques fuhr sich mit der Hand über die Stirn und zwang sich zu einem Lächeln.

»Ich habs wirklich eilig und …«

Der Alte sah ihn noch aufmerksamer an, so als wollte er in ihn eindringen.

»Jacson, Sie sind der seltsamste Belgier, den ich kenne«, sagte er, reichte ihm endlich die Blätter und rief: »Natascha!«

Jacques nahm die korrigierten Seiten und versuchte, sie zusammenzufalten, doch das Papier klebte an den schweißnassen Händen. Endlich gelang es ihm, die Blätter irgendwie in eine der Manteltaschen zu stopfen, wobei ihm der von den Mordwerkzeugen schwere Mantel um ein Haar vom Arm gerutscht wäre. Mechanisch berührte seine Hand den Dolch. In Erwartung der Hausherrin zauberte er ein Lächeln auf seine Lippen, und schon näherten sich Schritte. Natalia Sedowa, die sich eine Küchenschürze vorgebunden hatte, schaute durch die Tür ins Arbeitszimmer. Als sie Jacques erblickte, sagte sie lächelnd: »Ach, ich wusste nicht, dass …«

»Guten Tag, Madame Natalia«, erwiderte er, noch immer den Dolch umklammernd.

»Jacson wollte gerade gehen, Liebling. Begleite ihn bitte hinaus.«
Die Worte klangen nicht wie ein Abschiedsgruß, eher wie ein
Rauswurf. Ramón umklammerte den Dolch mit seiner Rechten. Er
hatte nur einen einzigen Gedanken: Am Ende wird das geschehen,
was geschehen muss! Denn es war unmöglich, dass dieser Mann,
der seit so vielen Jahren vom Tode bedroht war, völlig ahnungslos in
seinem Spinnennetz lebte und selbst seinen Tod herbeirief. Es war
unlogisch, ja, fast unvorstellbar, dass er, mit seiner Intelligenz und
seinem Wissen um die Methoden seiner Verfolger, die Geschichte
von einem belgischen Deserteur geschluckt haben sollte, der sich angeblich Geschäften widmete, von denen niemand so genau wusste,
worin sie bestanden, der in einem nicht vorhandenen Büro arbeitete
und sich mit einem nicht existierenden Chef traf; der unpassende
Bemerkungen von sich gab und sich unglaubliche Schnitzer leistete,
der behauptete, Journalist zu sein, und einen mit Allgemeinplätzen
gespickten Artikel schrieb. Und der zu allem Überfluss vergaß, den
Hut abzunehmen, wenn er zu Besuch war. Ramón ließ den Dolch
los, und wie angeordnet legte er sein Leben und sein Schicksal in die
Frage, die er, schon in der Tür, dem Exilanten stellte, ohne ihm in die
Augen zu sehen: »Wann darf ich wiederkommen?«

Die Stille, die nun folgte, zog sich endlos hin. Sagte der Renegat
»Nie«, würde er sein eigenes Leben verlängern und das von Ramón
Mercader einer ungewissen, zeitlich wahrscheinlich sehr begrenzten
Zukunft ausliefern, ohne Ruhm, ohne Geschichte. Nannte er ein Datum, würde er den Tag und die Stunde seines und – fast sicher – auch
Ramóns Todes festlegen. Aber wenn er »Nie« sagte, dachte Jacques,
würde der Revolver die rascheste Alternative sein: zwei Schüsse auf
den Alten, einen auf seine Frau, einen weiteren auf sich selbst, zählte
er, damit wäre die Arbeit getan, und es würden noch fünf Kugeln
übrig bleiben.

»Ich bin wirklich sehr beschäftigt«, sagte der Verurteilte, und damit neigte sich die Waage zum »Ja«.

»Nur ein paar Minuten … Sie kennen ja den Artikel bereits«, stam-
melte der zukünftige Henker, und in diesem Moment hing ihrer beider Leben an einem seidenen Faden.

Der Exilant nahm sich ein paar Sekunden Zeit, um über sein Schicksal zu entscheiden, so als ahne er, welch ungeheure Konsequenzen seine Worte haben würden. Sein zukünftiger Mörder fasste sich mit der Rechten hinten an den Gürtel, entschlossen, den Revolver zu ziehen.

»Dienstag. Um fünf. Und bringen Sie mir nicht wieder so was wie heute …«

»Nein, Monsieur«, murmelte Ramón, und mit angehaltenem Atem schleppte er Jacques Mornard hinaus in den Hof, auf die Straße, an die frische Luft, nach der seine verstopften Lungen verzweifelt schrien. Der Tod hatte es nicht eilig, er nahm sich drei Tage Zeit, um an der Hand von Ramón Mercader in die Festung von Coyoacán zurückzukehren.

Ramón musste achtundzwanzig Jahre warten, bis er auf die quälendsten Fragen, die sich seither in seinem Hirn festgesetzt hatten, Antworten erhalten sollte. Im Laufe dieser achtundzwanzig Jahre, in denen er in die unterschiedlichsten Häute schlüpfte, wie es einem aus Betrug und Manipulation der Gefühle hervorgegangenen Geschöpf bestimmt war, würde er sich an die siebzig Stunden, die der Verurteilte bis zum nächsten Treffen festgesetzt hatte, stets als ein banges Warten auf die Tat erinnern, die sein Schicksal besiegeln sollte. Sein Schicksal, das er seit jenem fernen Morgen in der Sierra de Guadarrama, als er Caridad mit Ja geantwortet hatte, in fremde Hände gelegt hatte.

Am Abend war er so erschöpft, dass er einige Stunden schlafen konnte, ohne von Albträumen heimgesucht zu werden. Als er aufwachte, sah er Sylvia in ihrem schwarzen Unterrock vor dem Toilettentisch sitzen, auf der Nase die Brille mit den dicken Gläsern, und er betete, dass die Frau ihn nicht ansprechen möge. Er befürchtete, seine Angst und seine Wut an diesem rührenden, tragischen Geschöpf auszulassen, dessen Leben er benutzt hatte, um es am Ende zu zerstören. Seit dem gestrigen Nachmittag hatte er entdeckt, dass sein Hass nicht nachgelassen hatte, sondern, im Gegenteil, größer geworden war und sich jetzt in ungeahnte Richtungen entfaltete: Er hasste die Welt, hasste jeden Einzelnen der Menschen, denen er begegnete, mit ihrem (zumindest dem Anschein nach) von ihrem eigenen Willen, ihren eigenen Entscheidungen bestimmten Leben. Und vor allem hasste er sich selbst. Auf dem Rückweg von Coyoacán hatte er einen Streit mit einem anderen Fahrer provoziert, der ihm die Vorfahrt genommen hatte. Als sie vor der nächsten Ampel halten mussten, war er mit dem Revolver in der Hand ausgestiegen, war völlig außer sich zu dem anderen Wagen gerannt und hatte dem zitternden Fahrer die Waffe an die Schläfe gehalten und ihn angeschrien, als müsste er sich von der in seinem Innern tobenden Aggressivität befreien. In der Erinnerung an diese Szene schämte er sich über seine Unbeherrschtheit, die die Arbeit von drei Jahren hätte zunichtemachen können.

»Lass das Frühstück kommen, ich muss zur Arbeit«, sagte er zu Sylvia und ging ins Bad. Als er zurückkam, stand das Frühstück auf dem Tisch. Er trank nur einen Schluck Kaffee und zündete sich die erste der vielen Zigaretten an, die er heute rauchen würde. Sylvia sah ihn verstört an. Ihre Augen waren feucht. »Sprich mich besser nicht an«, warnte er sie, »ich habe Sorgen …«

»Aber Jacques …«

Sein Blick musste so aggressiv sein, dass die Frau mit Tränen in den Augen aufstand und sich im Bad einschloss.

Ramón hatte beschlossen, weder Tom noch Caridad zu sehen, jedenfalls nicht heute. Mit den vom Renegaten korrigierten Blättern setzte er sich vor die Reiseschreibmaschine, die er jetzt auf Toms Anweisung hin benutzte. Er verspürte einen unsäglichen Hass auf diesen selbstgefälligen Alten, der den Text mit Anmerkungen, Fragezeichen und Ausrufezeichen übersät hatte (»dumm!« »trivial!« »unhaltbar!«), die ihm seine intellektuelle Überlegenheit ins Gesicht schleuderten.

Langsam versuchte er, Toms Vorlage abzutippen, wobei er kaum ein Wort veränderte. Er wusste, dass es nicht mehr wichtig war, was er schrieb, nicht einmal, wie er es schrieb, nur dass es so aussehen musste, als hätte er den Text tatsächlich umgeschrieben, damit sich der Renegat überhaupt damit beschäftigte und für die wenigen Minuten, die Jacques brauchte, abgelenkt war. Doch seine Finger, die darauf trainiert waren, Hälse zuzudrücken, Waffen zu halten, zu verletzen und zu töten, verhedderten sich auf den Tasten und zwangen ihn dazu, Blatt um Blatt zu zerreißen und wieder von vorn zu beginnen.

Sylvia war vollständig angezogen aus dem Bad gekommen und hatte wortlos das Hotelzimmer verlassen. Als Ramón es endlich schaffte, die erste Seite einigermaßen sauber abzutippen, fühlte er sich so ausgelaugt, als hätte er einen ganzen Wald mit der Axt gefällt. Er aß etwas Gebäck, trank den Rest Kaffee (der inzwischen kalt geworden war), zündete sich die nächste Zigarette an und warf sich aufs Bett.

Irgendwann schlief er ein und wachte erst auf, als die Zimmertür geöffnet wurde. Sylvia Agelof, magerer und unattraktiver denn je, stand am Fußende des Bettes und sah ihn an.

»Was ist los, mein Liebling? Ist es wegen mir? Habe ich etwas falsch gemacht?«

»Red keinen Unsinn … Ich habe Sorgen. Darf ich keine Sorgen haben? Kannst du nicht einmal still sein? Bist du zu blöd, um zu kapieren, was das heißt, still sein?«

Sylvia brach in Schluchzen aus, und Jacques hatte Lust, sie zu schlagen. Während er sich ankleidete, dachte er an África, und er stellte sich vor, wie es gewesen wäre, wenn er sie in diesem kritischen Augenblick an seiner Seite gehabt hätte. Wäre es ihr gelungen, ihm die Überzeugung wiederzugeben, die sich immer mehr verflüchtigte? Hätte sie die nötige Kraft gehabt, um ihn aus dem schwarzen Loch von Zweifeln, Ängsten und unkontrolliertem Hass herauszuholen? Der einzige Trost bestand für ihn in dem Gedanken, dass África, egal wo sie sich gerade aufhielt, vor Stolz beben würde, wenn sie erfuhr, dass er es gewesen war, der diesen Auftrag ausgeführt hatte, diese Mission, für die so viele Kommunisten auf der ganzen Welt, sie eingeschlossen, ihr Leben gegeben hätten. Mit Áfricas Bild vor Augen ging er hinunter auf die Straße und irrte umher, bis er müde wurde. Zum ersten Mal seit drei Tagen hatte er wieder Hunger. Er betrat ein Restaurant und bestellte Fisch aus Pátzcuaro und ein Glas französischen Weißwein. Später ging er zur Kathedrale und beobachtete die Bettler, die vor dem Portal hockten wie von irdischen und himmlischen Mächten verstoßene Kreaturen. Die kühle Abendluft und das wolkenlose Firmament, in das er hinaufschaute, beruhigten seine Nerven. Ramón dachte an den Strand, von dem er neulich geträumt hatte, und wünschte sich, am kristallklaren Meer jener Bucht im Sand zu liegen.

Als er ins Hotel zurückkehrte, schlief Sylvia bereits. Er machte Licht und setzte sich wieder an die Schreibmaschine, und nach zwei Stunden hatte er den Artikel, den er in die Festung von Coyoacán bringen wollte, fertig geschrieben.

Vielleicht war die ausgiebige Siesta, die er mittags gehalten hatte, schuld daran, dass er bis vier Uhr morgens wach lag. In den Stunden, die der Schlaf auf sich warten ließ, zog der Moment der Hinrichtung in immer wüsteren Bildern an seinem geistigen Auge vorüber. Von dem, was dazwischen passieren würde, gab es dagegen kein Bild: ein leerer dunkler Fleck, den er nur mit seinem eigenen Tod in Verbindung bringen konnte.

Bei Tagesanbruch wachte er auf. Er fühlte sich wie zerschlagen, konnte sich kaum bewegen. Die verdammte Zeit wollte nicht vergehen, sie schien stillzustehen, so als wollte sie ihn um den Verstand bringen. Er zog sich an und ging hinunter ins Hotelrestaurant, wo er Kaffee trank und rauchte, bis es acht Uhr wurde und er in den Buick stieg, um nach Shirley Court zu fahren.

Tom war gerade aufgestanden, die Augen vom Schlaf noch gerötet. Er bot Ramón Kaffee an, den dieser jedoch ablehnte. Wenn er noch eine Tasse trank, würde sein Herz explodieren. Caridad kam in einem Morgenrock und mit noch feuchten Haaren aus dem Schlafzimmer. Während Tom duschte, setzten sich Mutter und Sohn in den Wohnraum und sahen sich an.

»Ich weiß, dass sie mich umbringen werden«, sagte Ramón. »Ich habe keine Chance.«

»Du darfst nicht daran denken. Wir werden draußen auf dich warten. Du musst nur den Fuß auf die Straße setzen, dann übernehmen wir den Rest. Wenn nötig, schießen wir dir den Weg frei …«

»Du musst mir das nicht immer wieder sagen! Es ist gelogen, und das weißt du! Alles ist gelogen!«

»Wir werden da sein, Ramón! Wie kannst du glauben, dass ich dich im Stich lasse?«

»Es wäre nicht das erste Mal.«

»Diesmal ist es anders.«

»Klar: Ich werde nicht lebend davonkommen.«

Die Tür zum Schlafzimmer wurde aufgerissen, und Tom stand im Türrahmen. Ramón konnte ihn ganz sehen, seinen nackten Körper, seine von rötlichem krausen Haar bedeckte Schamgegend.

»Schluss jetzt mit dem Blödsinn, verdammt!«

Ramón und Caridad schwiegen, bis Tom sich angekleidet hatte und zurückkam. Er packte Ramón am Arm.

»Los, vorwärts«, befahl er und riss ihn fast aus dem Sessel.

Sie stiegen in den dunkelgrünen Chrysler, und Tom fuhr durch die Avenida de la Reforma in Richtung Chapultepec. Der Morgen war warm, aber als sie in den Wald einbogen, drang ein kühler Wind durchs Seitenfenster. Sie ließen den Wagen stehen und gingen zu Fuß weiter, bis sie einen umgefallenen Baumstamm fanden, auf den sie sich setzten.

»Warum bist du gestern nicht zu mir gekommen?«

»Ich wollte niemanden sehen.«

»Du wirst doch wohl keinen hysterischen Anfall kriegen?«

Ramón schwieg.

»Erzähl mir, was passiert ist.«

»Wir haben ausgemacht, dass ich morgen Nachmittag um fünf wiederkomme.«

»Das weiß ich bereits. Ich will Einzelheiten hören, verdammt!«, befahl der Mentor, und starr auf das Gras vor sich blickend, hörte er sich den Bericht seines Schülers an, der sich an die Tatsachen hielt, seine Gedanken aber verbarg.

Tom stand auf und ging hinkend ein paar Schritte auf und ab.

»Mist! Dieses Scheißbein ... Alle paar Augenblicke schläft es mir ein ...« Er zog den Brief, den er drei Tage zuvor geschrieben hatte, aus der Hosentasche. »Unterschreib mit Jac, damit es noch rätselhafter ist: Jacques, Jacson ... Und datiere ihn auf morgen. Wenn sie dich danach fragen, sagst du, dass du ihn geschrieben hast, kurz bevor du in das Haus gegangen bist, und dass du die Schreibmaschine unterwegs weggeworfen hast. Du musst sie unbedingt loswerden ...«

Ramón steckte den Brief ein und schwieg weiter.

»Hast du kein Vertrauen mehr zu mir?«, fragte Tom.

»Ich weiß es nicht«, antwortete Ramón aufrichtig.

»Hör zu: Wie du dir denken kannst, habe ich dir nie die ganze Wahrheit gesagt, weil du sie weder wissen sollst noch darfst. Zu deinem eigenen Besten und zu dem vieler anderer. Aber alles, was ich dir erzählt habe, ist wahr. Alles, was wir geplant haben, wurde genauso umgesetzt, wie ich dir gesagt habe. Bis heute. Und morgen wird das geschehen, was geschehen soll. Das, was wir wollen. Ich werde dir nicht versprechen, dass du lebend aus dem Haus rauskommst, nachdem du die ›Ente‹ erschlagen hast. Ich habe dir gesagt, dass es eine historische Mission ist und dass ich dich außer Landes bringe, wenn es dir gelingt, das Haus zu verlassen. Ich gebe dir mein Wort darauf, aber wenn du mir nicht mehr glaubst, vergiss es und denke an das Nötige und Wichtige: dass dieser Mann getötet werden muss und dass du, wenn möglich, nicht der Polizei in die Hände fällst. Ich habe grenzenloses Vertrauen zu dir, aber du hast mit eigenen Augen gesehen, wie die abgehärtetsten Männer der Welt, Männer, die anscheinend alles aushalten konnten, wie die sogar das gestanden haben, was sie nicht getan hatten. Deswegen wäre es das Beste, wenn sie dich nicht schnappen würden, denn ich kann mir nicht hundertprozentig sicher sein, dass du schweigen wirst. Eines aber weiß ich ganz sicher: Wenn du sprichst, wird dein Leben einen Dreck wert sein.« Er spuckte auf den Boden. »Und das deiner Mutter noch weniger … von meinem gar nicht zu reden. Ich wäre nämlich der Erste, der einen Kopf kürzer gemacht würde. Solange du schweigst, werden wir für dich da sein. Wir garantieren dir, dir zu helfen, immer, egal wo du bist … Klarer geht es nicht.«

Ramón sah zum Wald hinüber und versuchte, die Worte seines Mentors zu verarbeiten.

»Ich wäre gerne der Ramón, der ich vor drei Jahren war, bevor die Lügen begonnen haben«, sagte er, ohne zu merken, dass er ins Spanische übergewechselt war. »Ich würde gerne morgen in das Haus gehen und einem Verräter das Leben wegpusten und sicher sein, dass es für die Sache ist. Jetzt weiß ich nicht mehr, wo die Sache aufhört und wo die Lügen beginnen.«

Tom zündete sich eine Zigarette an und konzentrierte sich auf die Grashalme, die er mit einem trockenen Zweig hin und her bewegte. Als er anfing zu sprechen, tat er es auf Französisch.

»Wahrheit und Lüge sind sehr relative Begriffe, und bei unserer Arbeit sind die Grenzen zwischen beiden aufgehoben. Wir führen einen schmutzigen Krieg, und die einzige Wahrheit, die uns zu interessieren hat, ist die, Befehle auszuführen. Egal, ob wir dabei auf einen Berg von Lügen oder von Wahrheiten steigen.«

»Das ist zynisch.«

»Vielleicht ... Du willst die Wahrheit hören? Ich erinnere dich an eine: Die Wahrheit ist, dass die ›Ente‹ in diesem Augenblick eine Bedrohung für die Sowjetunion ist. Wir befinden uns an einem Punkt, an dem jeder, der nicht für Stalin ist, für Hitler ist. Dazwischen gibt es nichts. Was sind ein paar Lügen, wenn sie dazu dienen, unsere große Wahrheit zu retten?«

Ramón stand auf. Tom erkannte, dass Angst und Zweifel eine Kerbe in die Seele seines Schülers geschlagen hatten. Doch er war sich sicher, dass Ramón seine Situation erfasst hatte: Es gab für ihn kein Zurück.

»Was du mir von África erzählt hast ... dass ich ein Schwächling bin ... Hat sie dir das gesagt?«

Tom hob den Zweig in die Höhe, mit dem er im Gras gestochert hatte.

»África ist eine Fanatikerin, eine Maschine, keine Frau. Ist dir nicht klar, dass so ein Individuum niemanden lieben kann? Für sie geht es nur darum, wer am lautesten die Parolen schreit. Und wenn diese Verrückte irgendwann einmal geglaubt hat, dass du ein Schwächling bist, dann wird sie bald wissen, wie sehr sie sich in dir getäuscht hat ...«

Ramón spürte die Wirkung, die seine Worte in ihm hinterließen. Seine Muskeln entspannten sich angenehm.

»Geh jetzt in dein Hotel, mein Junge, iss etwas, versuche zu schlafen. Und denke nur daran, dass du das Haus der ›Ente‹ lebend verlassen wirst und ein Held bist, wenn du nach Moskau kommst ... Alles andere lass meine Sache sein. Wir werden dich nach Santiago de Cuba bringen. Mir wäre Guatemala lieber gewesen, aber Caridad möchte gerne nach Santiago, weil sie nicht mehr dort gewesen ist, seit man sie nach Spanien gebracht hat. Ihr Vater ist der Erste gewesen, der die Negersklaven befreit hat, sagt sie.«

»Noch so eine Lüge«, sagte Ramón und lächelte beinahe, während Tom den Kopf hin- und herwiegte. »Meine Großeltern haben die Sklaven schamlos ausgebeutet. Dadurch sind sie so reich geworden … Wann sehen wir uns wieder?«

»Es sind noch viele Dinge zu regeln. Ich hoffe, dass wir uns morgen sehen, wenn du deinen Auftrag erledigt hast … Übrigens, weißt du, wie du heißen wirst, wenn du von hier verschwindest? Juan Pérez González. Originell, nicht wahr?«

Ramón gab keine Antwort. Tom stand ebenfalls auf, und sie gingen schweigend zu der Stelle, an der sie den Chrysler geparkt hatten. Der Berater fuhr ins Stadtzentrum, den Blick starr auf die Straße gerichtet. Als er auf den Parkplatz von Shirley Court einbog, suchte er nach Ramóns Buick und hielt direkt neben ihm.

»Ich habe dich so gut vorbereitet, wie ich konnte. Ich habe dich in das Arbeitszimmer des am schärfsten bewachten Mannes der Welt geführt und dir damit bewiesen, dass es möglich ist. Jetzt bist du an der Reihe, und der Rest hängt vom Schicksal ab. Deswegen wünsche ich dir alles Glück der Welt. Wir sehen uns morgen, vor dem Haus … Übrigens, Caridad sagt, dass man in Santiago de Cuba den besten Rum der Welt trinkt und dass dein Großvater, der Sklavenbefreier, Geschäftspartner der ersten Bacardis war. Ich hoffe, dass wir drei das bald gemeinsam überprüfen können … Das mit dem Rum natürlich.«

Ramón erinnerte sich an das Gespräch, das er vor ein paar Tagen mit seiner Mutter geführt hatte. Und er fragte sich wieder, ob Tom ihr befohlen hatte, ihm ihre düstere Geschichte zu erzählen, aus der, wenn sie stimmte, der Hass entstanden war, der ihr Leben und das ihrer Kinder bestimmt hatte.

»Wir sehen uns morgen«, sagte er, doch als er aussteigen wollte, hielt Tom ihn am Arm fest. Der Mentor beugte sich zu ihm herüber, und Ramón ließ sich auf beide Wangen küssen, und dann spürte er die Lippen des Mannes auf seinen. Tom ließ ihn los und klopfte ihm auf die Schulter.

Ramón Mercader musste achtundzwanzig Jahre warten, bis er wieder von dem Mann geküsst wurde, der ihn ans Ufer der Geschichte geführt hatte.

Sylvia wollte unbedingt mit ihm zum Krankenhaus fahren, doch Jacques nahm noch zwei Beruhigungspillen, legte sich ein feuchtes Tuch auf die Augen, vergrub seinen Kopf im Kissen und flehte sie an, ihn in Ruhe zu lassen. Die Erschöpfung, die Kopfschmerzen und schließlich die Linderung, die ihm die Tabletten verschafften, ließen ihn in tiefen Schlaf fallen, und als er am nächsten Morgen aufwachte, wusste er nicht, wo er sich befand und wer er war. Das Hotelzimmer, Sylvia, die Schreibmaschine, auf die er die Seiten mit dem Artikel gelegt hatte, brachten ihn wieder in Jacques Mornards Wirklichkeit zurück.

Er duschte lange, und obwohl er keinen Appetit hatte, überwand er sich und trank Milchkaffee, aß frisches Brot mit Butter und Erdbeermarmelade und sogar eine Scheibe gebratenen Speck. Er trank den Kaffee aus und zog sich an. Sylvia hatte ihn die ganze Zeit über beobachtet, wie ein verängstigtes Tier, ohne zu wagen, ihn anzusprechen. Erst als sie sah, dass er den Hut vom Haken nahm, entschloss sie sich: »Liebling, ich …«

»Ich muss ins Büro, nachschauen, was diese verdammten Maurer machen.«

»Um wie viel Uhr sind wir mit Jack Cooper und seiner Frau verabredet?«

»Um sieben.«

»Wohin willst du mit ihnen gehen? Was hältst du vom Xochimilco?«

»Keine schlechte Idee«, murmelte er. »Ach, bevor ich's vergesse … Morgen fliegen wir nach New York.«

»Aber …«

»Pack die Koffer. In New York werde ich wieder ganz der Alte sein. Ich glaube, die Höhenlage und das Essen in dieser Hölle hier machen mich krank …« Er trat zu Sylvia und küsste sie leicht auf die

Lippen. Es war mehr ein Streifen, aber die Frau schlang ihm sogleich die Arme um den Hals.

»Mein Liebling, mein Liebling … Mir gefällt es gar nicht, wenn du so bist …«

»Mir auch nicht. Deswegen fliegen wir morgen … Würdest du mich jetzt bitte loslassen?«

Sie gab ihn frei, und Jacques Mornard trat einen Schritt zurück. Er nahm die Reiseschreibmaschine und die beschriebenen Seiten und schickte sich an, das Zimmer zu verlassen. Er sah Sylvia Agelof ins Gesicht – das Gesicht eines erschreckten Vögelchens – und erinnerte sich an die unbeschwerten Tage in Paris, als alles wie ein Spiel von Jäger und Gazelle erschien, das, als das Kalkül aufging, ein buntes Feuerwerk entfachte, während sich eine Geschichte entwickelte, die ihn Schritt für Schritt zum heroischen Höhepunkt führen sollte. Und ohne zu wissen, warum, sagte er zu ihr: »Um zwölf hole ich dich ab, und wir gehen etwas essen.«

Es waren noch acht Stunden bis zur Verabredung mit dem zum Tode Verurteilten. Was konnte er bis um fünf Uhr nachmittags machen, bis zu dem Moment, in dem er einen Mann namens Lew Dawidowitsch Trotzki umbringen sollte? Er fuhr in seinem Buick aus der Stadt hinaus und dachte wieder an África. Und auch, zum ersten Mal seit vielen Monaten, an seine Tochter Lenina, von der er nie mehr etwas gehört, nichts über ihr Leben und ihr Schicksal erfahren hatte. Sie musste jetzt ungefähr sechs sein, und wahrscheinlich lebte sie noch in Spanien, ohne jede Ahnung, wer ihr Vater war. Wie wäre es gewesen, wenn er mit seiner Tochter zusammengelebt hätte? Die verdammten Faschisten und der Scheißkrieg hatten diese Möglichkeit zunichtegemacht.

Er fuhr zu dem Touristenviertel, in dem er mehrere Monate gewohnt hatte, und bog in den Feldweg ein. Als er die Stelle fand, an der er den Eispickel versteckt hatte, hielt er. Er holte die Schreibmaschine und den Umschlag mit dem Brief, den Tom geschrieben hatte, aus dem Kofferraum, setzte sich in den Schatten eines Baumes und fing an zu lesen. Er konnte sich kaum konzentrieren, jedes Wort rief Erinnerungen hervor, die seinen Geist abschweifen ließen; ihn störte das Gezwitscher der Vögel und sogar das Plätschern eines nahen Baches, und so musste er mit dem Lesen immer wieder von vorn beginnen, bis er das Gefühl hatte, auch diese Lügen, so wie die vielen anderen, in sich aufnehmen und bei Bedarf von sich geben zu können. Neben ihm sammelten sich die Zigarettenkippen, und sein Magen brannte, hatte sich in einen kochend heißen Kessel verwandelt. Zum Glück waren die Kopfschmerzen, die ihn am gestrigen Abend so sehr gequält hatten, wie weggeblasen.

Als er den Inhalt des Briefes auswendig hersagen konnte, rekapitulierte er noch einmal in allen Einzelheiten die Abfolge der Geschehnisse des heutigen Nachmittags. Doch er kam nur bis zu dem Punkt, an dem er den Schädel mit der kahlen Stelle vor sich sah; von da an verloren sich seine Gedanken im Dunkeln. Er wusste nicht mehr, ob er überhaupt zu fliehen versuchen würde. Er befürchtete, seine Beine könnten ihm den Dienst versagen, und selbst wenn er es bis auf den Innenhof schaffte, würde er sich durch seine Eile und seine Verwirrung verraten. Am meisten störte es ihn, dass er nicht sagen konnte, von welchen Gefühlen er beherrscht werden würde, denn er war sich sicher, dass es keine normale, ganz gewöhnliche Angst sein würde, die ihn lähmen oder kopflos davonrennen lassen würde. Es handelte sich um eine neue Qualität von Angst, eine stechende, nagende Angst, die sich immer mehr in seinem Innern ausbreitete: Angst wegen der Gewissheit, alles verloren zu haben, nicht nur seinen Namen und die Macht über seine Entscheidungen, sondern auch und vor allem seinen festen Glauben, seinen einzigen Halt. Und die verdammte Zeit ging nicht vorbei ...

Ramón sollte sich immer an das Ende des Vormittags und den Anfang des Nachmittags des 20. August 1940 erinnern, an jene quälenden, verschwommenen Stunden. Das gesamte Arsenal an psychologischen Tricks, mit dem man ihn in Malachowka ausgestattet hatte, war aus seinem Kopf verschwunden, und geblieben war ihm nur der Hass, aber nicht mehr jener fundamentale, zielgerichtete Hass, der ihm eingeimpft worden war, sondern ein immer weiter ausufernder Hass, den er kaum noch kontrollieren konnte: ein totaler Hass, größer als er selbst, irrational und selbstzerfleischend.

Gegen ein Uhr erinnerte er sich daran, dass er mit Sylvia verabredet war. Er wusste jetzt, dass ihn eine merkwürdige Vorahnung dazu veranlasst hatte: Wenn er nicht den Verstand verlieren wollte, musste er die Zeit bis um fünf ausfüllen, und wieder sollte ihm Sylvia dabei behilflich sein. Ramón richtete sich auf und schlug die Schreibmaschine gegen die Steine. Dann warf er die Einzelteile in den Bach und ging zum Auto zurück.

Sylvia wartete vor dem Hotel auf ihn, zusammen mit Jack Cooper und einer jungen Frau, die seine Gattin sein musste. Ihre Haare waren sehr blond, fast gelb. Ramón würde immer in Erinnerung behalten, dass er nie eine größere Selbstbeherrschung bewiesen hatte als während der Unterhaltung, die er in den darauffolgenden Minuten mit Jack, Jenny und Sylvia führte. Cooper stellte ihm seine Frau vor und sagte, dass sie zufällig vorbeigekommen seien und Sylvia gesehen hätten. Später würde Ramón sich vage daran erinnern, dass er gelächelt und vielleicht sogar einen Scherz gemacht hatte. Sie bestätigten noch einmal die Verabredung für den Abend, um sieben. Dann verabschiedeten sie sich, und er ging mit Sylvia ins Restaurant »Don Quijote« im Hotel Regis, wo spanisches Essen serviert wurde. Kaum hatte er beim Kellner bestellt, zündete er sich eine Zigarette an und sagte zu Sylvia, dass er Kopfschmerzen habe. Daraufhin verfiel er in tiefes Schweigen.

Sylvia erzählte ihm irgendetwas über Cooper und seine Frau, sprach von Besuchen, die sie in New York zu machen gedenke, und äußerte den Wunsch, sich vor ihrer Abreise von Lew Dawidowitsch zu verabschieden. Jacques, der kaum etwas gegessen hatte (er würde sich später nie daran erinnern können, was man ihnen serviert hatte, nur, dass er so gut wie nichts hinuntergekriegt hatte), schlug ihr vor, sie um fünf im Hotel abzuholen, um sie nach Coyoacán zu fahren. Er dachte daran, dass er in weniger als drei Stunden einen Menschen umbringen würde, und ihn überkam das dringende Bedürfnis, allein zu sein. Er zog ein paar Geldscheine aus der Tasche und gab sie der Frau.

»Zahl du, bitte. Ich muss mich um die Flugtickets kümmern«, sagte er und trank sein Glas Wasser aus. Er stand auf und sah Sylvia Agelof an. In diesem Moment verspürte Ramón Mercader eine große

Erleichterung. Er beugte sich zu ihr hinunter und streifte mit seinen Lippen den Mund der Frau. Sie fasste nach seiner Hand, doch er zog sie schnell zurück. Die Frau hatte ihre letzte Funktion erfüllt, nun brauchte er sie nicht mehr. Sylvia Agelof gehörte der Vergangenheit an.

Um vier Uhr, gepeinigt von anhaltendem Pochen in den Schläfen und wiederholten Schweißausbrüchen, entschied er, dass es Zeit war, der Qual ein Ende zu setzen. Er verließ das Kino, in dem er fast zwei Stunden rauchend und grübelnd verbracht hatte, und ging zum Wagen zurück, den er in einem Parkhaus abgestellt hatte. Er holte den Trenchcoat aus dem Kofferraum, schob sich den Revolver in den Gürtel und vergewisserte sich, dass die anderen Waffen an ihrem Platz waren. Er steckte die Blätter mit dem Artikel in die Außentasche des Mantels und den Brief in die Innentasche des Sommerjacketts, das er am Morgen ausgewählt hatte. Er legte den Trenchcoat auf den Beifahrersitz und fuhr so langsam, wie es ihm möglich war, nach Coyoacán. Er glaubte, jede Menge Zeit zu haben. Als er an einer kleinen Steinkapelle vorüberkam, war er versucht, anzuhalten und hineinzugehen. Es war nur ein flüchtiger Gedanke, der tief aus seinem Unbewussten kam und den er sogleich wieder verwarf. Gott hatte mit dieser Geschichte nichts zu tun, außerdem hatte er nicht das Glück, an irgendeinen Gott zu glauben. Er glaubte an fast überhaupt nichts mehr.

Es war acht Minuten vor fünf, als er von der Calle Morales in die Calle Viena einbog und, wieder in Richtung Mexiko-Stadt, vor der Festung parkte. Er fasste in die Innentasche seines Jacketts und zog den Brief hervor. Mit seinem Füllfederhalter schrieb er das Datum – 20. August 1940 – auf die erste Seite und seinen Namen – Jac – auf die letzte, bevor er den Brief zusammenfaltete. Er drückte seine Fäuste gegen die Schläfen, die zu zerspringen drohten, und sagte zweimal leise vor sich hin, dass er Jacques Mornard war. Dann atmete er tief durch, steckte den Brief wieder ein, wischte sich den Schweiß von der Stirn und stieg aus. Charles Cornell, der diensthabende Leibwächter auf dem Turm, grüßte ihn, Jacques winkte und versuchte, ihm zuzulächeln. Der mexikanische Polizist, der vor der gepanzerten

Tür postiert war, deutete eine leichte Verbeugung an, die zu erwidern er sich nicht herabließ. Der Mechanismus der Tür wurde in Gang gesetzt, und Harold Robbins, über dessen Schulter ein Gewehr hing, streckte ihm die Hand hin. Bevor Jacques den Hof betrat, fiel ihm etwas ein. Er trat einen Schritt zurück und schaute nach rechts in die Straße hinein. Etwa einhundertfünfzig Meter entfernt sah er einen dunkelgrünen Chrysler stehen, doch wer in dem Auto saß, konnte er nicht erkennen.

»Monsieur Trotzki erwartet mich«, sagte er wie zur Rechtfertigung.

Jacques Mornard rückte den Trenchcoat über seinem Arm zurecht, wobei er versuchte, das Ungleichgewicht zwischen der Länge des Mantels und dem Gewicht der Mordwaffen auszugleichen.

»Ich weiß … Er ist drüben, bei den Kaninchenställen«, erwiderte Robbins und zeigte auf den Hausherrn, der, einen Strohhut auf dem Kopf, die Tiere fütterte.

»Sylvia und ich fliegen morgen nach New York.«

»Geschäfte?«, fragte Robbins.

»Ja, genau«, antwortete Jacques, und Robbins bezog wieder Posten hinter der Tür.

Ramón blickte sich im Hof um. Außer dem Renegaten und dem Hund Azteca war niemand zu sehen. Langsam ging er zu ihnen.

»Guten Tag.«

Der Alte drehte sich nicht zu ihm um. Er war ganz damit beschäftigt, frisches Gras in einen der Ställe zu legen.

»Ich bringe den Artikel«, sagte Jacques und zog die maschinengeschriebenen Blätter aus der Manteltasche hervor, als handelte es sich um einen Passierschein.

»Ja, natürlich … Lassen Sie mich noch schnell die Kaninchen zu Ende füttern«, bat er.

Jacques Mornard ging in die Mitte des Hofes zurück. Ihm wurde schwindelig, er wollte sich auf die Eisenbank setzen. In diesem Moment trat Natalia Sedowa aus der Küche und kam auf ihn zu. Auf der Türschwelle erschien Joe Hansen. Der Leibwächter winkte ihm zu und verschwand wieder im Haus.

»Guten Tag, Madame Natalia.«

»Sie schon wieder hier?«

»Der Artikel, erinnern Sie sich nicht?«, fragte Jacques, und sogleich fügte er hinzu: »Morgen fliegen wir nach New York.«

Azteca hatte sich ihnen genähert. Er betrachtete den Hund, so als sähe er ihn nicht. Sodbrennen stieg aus seinem Magen auf, ein erneuter Schweißausbruch kündigte sich an. Er fürchtete, die Kontrolle über sich zu verlieren.

»Wenn Sie mir das früher gesagt hätten, hätte ich Ihnen Briefe für ein paar Freunde mitgegeben«, sagte die Frau bedauernd.

»Ich kann morgen früh noch einmal vorbeikommen.«

Natalia dachte einen Moment nach.

»Nein, machen Sie sich keine Umstände ... Sie bringen also den Artikel?«

»Ja«, antwortete er und hielt ihr die Seiten hin.

»Gut, dass Sie ihn mit der Maschine geschrieben haben. Lew Dawidowitsch hasst es nämlich, handgeschriebene Texte zu lesen.« Sie zeigte auf den Trenchcoat. »Warum schleppen Sie den Mantel mit sich herum?«

»Ich dachte, es würde regnen. In diesem Land ändert sich das Wetter von einer Minute auf die andere ...«

»Hier in Coyoacán hat den ganzen Tag über die Sonne geschienen. Sie schwitzen ja ...«

»Ich fühle mich nicht so gut. Ich glaube, das Essen ist mir nicht bekommen.«

»Möchten Sie eine Tasse Tee?«

»Nein, danke, das Essen liegt mir noch schwer im Magen. Aber wenn ich ein Glas Wasser haben könnte ...?«

Der Verurteilte war näher gekommen und hatte die letzten Sätze mitbekommen.

»Ich bring Ihnen Wasser«, sagte Natalia und ging ins Haus.

Jacques drehte sich zu dem Alten um.

»Es ist wegen der Höhe ... und wegen der Gewürze. Sie bringen mich noch um.«

»Sie müssen auf Ihre Gesundheit achten, Jacson«, sagte der Exilant und streifte sich die Handschuhe ab. »Sie sehen gar nicht gut aus ...«

»Deswegen fliegen wir morgen nach New York zurück. Ich brauche einen guten Arzt.«

»Ein kranker Magen kann ein Fluch sein. Ich weiß, wovon ich rede, ich habe meinen ruiniert, weil ich ihn jahrelang strapaziert habe.«

Der Renegat klopfte sich gegen das Bein, um Azteca zu sich zu rufen. Der Hund richtete sich auf und legte ihm die Pfoten auf den Oberschenkel, und der Alte kraulte ihn mit beiden Händen hinter den Ohren.

»Sylvia müsste gleich hier sein, sie möchte sich von Ihnen verabschieden.«

»Die kleine Sylvia ist ziemlich durcheinander«, sagte der Exilant, während er sich die Brillengläser mit dem Saum des hellblauen Kittels putzte, den er an diesem Nachmittag anhatte.

Natalia Sedowa kam mit dem Glas Wasser auf einer Untertasse zurück. Jacques bedankte sich und trank zwei Schluck.

»Dann wollen wir uns mal den verdammten Artikel anschauen«, sagte der Renegat und wandte sich dem Haus zu, blieb jedoch abrupt stehen, sodass Jacques ihn fast angerempelt hätte. »Natascha, warum lädst du die beiden nicht zum Abendessen ein?«, sagte er auf Russisch zu seiner Frau. »Sie reisen morgen ab.«

»Ich fürchte, der junge Mann möchte nichts essen«, erwiderte sie, ebenfalls auf Russisch. »Schau dir mal sein Gesicht an, es ist ganz grün.«

»Er sollte Tee trinken«, sagte der Alte, jetzt auf Französisch, und ging ins Haus.

Jacques folgte ihm. Der Tisch im Esszimmer war bereits fürs Abendessen gedeckt, was ihm etwas früh erschien. Als sie das Arbeitszimmer betraten, sah er, dass das Diktafon an den äußersten Rand des Schreibtischs geschoben war. Auf dem Platz des Renegaten stapelten sich fast ein Dutzend Bücher, alle dick und schwer. Das Fenster zum Hof stand offen, wie beim letzten Mal, und man konnte die Pflanzen in der zu dieser Stunde immer noch brennenden Nachmittagssonne sehen. Der zum Tode Verurteilte putzte noch einmal seine Brillengläser und hielt sie gegen das Licht, so als wäre er mit dem Ergebnis immer noch nicht zufrieden. Schließlich rückte er seinen Stuhl zurecht, und Jacques reichte ihm den Artikel. Der Alte zog den Ordner mit der kyrillischen Beschriftung zu sich heran, vielleicht um ihn als Unterlage zu benutzen.

»Bedeuten die Schriftzeichen ›privat‹?«, fragte Jacques, ohne zu wissen, warum.

»Sie können Russisch?«, fragte der Exilant erstaunt.

»Nein ... aber ...«

»Es handelt sich um private Aufzeichnungen. Eine Art Tagebuch. Ich schreibe daran, wenn ich Zeit habe ...«

»Steht auch etwas über mich darin?«

Der Alte setzte sich und sagte: »Möglich.«

Ramón fragte sich, was dieser Mann über jemanden wie Jacques Mornard wohl schreiben konnte, und ihm wurde bewusst, dass er sich über etwas Unwichtiges den Kopf zerbrach. Für ein paar Sekunden hätte er beinahe seine Mission vergessen, obwohl die Unterhaltung dazu gedient hatte, Jacques endgültig aus seinem Hirn zu verdrängen und ihn durch Ramón zu ersetzen. Dennoch ließ ihn der drängende Wunsch, das Tagebuch zu lesen, an die Möglichkeit denken, es auf seiner Flucht mitzunehmen. Sich nicht nur des Körpers, sondern auch der Seele seines Opfers zu bemächtigen, wäre der höchste Grad der Perfektion.

Ramón Mercader gewann die Kontrolle über sich zurück, als er den Kopf des Alten sah, die weiße Haut zwischen dem schütteren Haar, das, dachte er wieder, unbedingt geschnitten werden musste. Sein Gehirn arbeitete jetzt fast automatisch. Sein Denken war auf ein einziges Ziel gerichtet. Sosehr er sich später auch bemühte, konnte er sich jahrelang nicht daran erinnern, an etwas anderes gedacht zu haben als daran, sich hinter den sitzenden Mann zu stellen. Er wusste nicht einmal mehr, ob das Pochen in den Schläfen und das Gefühl, ersticken zu müssen, aufgehört hatten. Tage später würde er versuchen, sich die Einzelheiten ins Gedächtnis zu rufen. Er glaubte sogar, irgendwann davon geträumt zu haben, fliehen und sich in Sicherheit bringen zu können. Vielleicht dachte er auch an África und ihre Unfähigkeit zu lieben. Oder daran, dass er innerhalb weniger Sekunden mit einem Schlag in die Geschichte eingehen würde. Oder es tauchte vor seinem geistigen Auge das Bild von einem Strand auf, an dem zwei Hunde und ein Junge entlangliefen. Dagegen würde er sich immer mit erstaunlicher Deutlichkeit an das Gefühl von Freiheit erinnern, das ihn überkam, als er sah, wie der Renegat den umgeschriebenen Artikel las. Eine Art Schwerelosigkeit erfasste seinen Körper und seinen Geist. Nein, in seinen Schläfen pochte es nicht mehr, und er hatte aufgehört zu schwitzen. Er versuchte, den Hass zu aktivieren, den dieser Kopf in ihm auslösen sollte, und er zählte die Gründe auf, weswegen er hier war, nur wenige Zentimeter von ihm entfernt: Dieser Kopf war der ärgste Feind der Revolution, die größte Gefahr für die Arbeiterklasse, es war der Kopf eine Verräters, eines Renegaten, eines Terroristen, eines Reaktionärs, eines Faschisten. In diesem Kopf befand sich das Gehirn eines Mannes, der alle Prinzipien revolutionärer Ethik verletzt hatte und deswegen erschlagen zu werden verdiente wie das Vieh im Schlachthof. Der Verurteilte las und strich wieder durch, strich und strich, mit abrupten, fast ärgerlichen Bewegungen. Wie konnte er es wagen? Ramón Mercader zog den Eispickel aus dem Mantel hervor. Er spürte ihn warm und präzise in der Hand liegen. Ohne den Kopf seines Opfers aus den Augen zu lassen, legte er den Trenchcoat auf die Kommode, neben den Globus, der schwankte und beinahe umgefallen wäre. Er bemerkte, dass seine Hände wieder nass geschwitzt waren; seine Stirn glühte, aber ihm war bewusst, dass er, um diese Qual zu beenden, nur die Hand mit dem Eispickel heben musste. Er starrte auf den Punkt, den er treffen musste. Ein Schlag, und alles war vorbei. Er würde frei sein, wirklich frei. Selbst wenn die Leibwächter ihn töten sollten, dachte er, wäre seine Befreiung total. Warum schlage ich nicht endlich zu?, fragte er sich. Hatte er Angst? Wartete er darauf, dass etwas passierte, das ihn davon abhielt? Dass einer der Leibwächter hereinkam, dass Natalia Sedowa hereinkam, dass der Alte sich umdrehte? Doch niemand kam, der Globus fiel nicht um, der Eispickel glitt ihm nicht aus der verschwitzten Hand, und der Alte drehte sich nicht um, sondern sagte auf Französisch: »Das ist alles Müll, Jacson« und strich die Seite mit seinem Bleistift durch, diagonal, von links oben nach rechts unten, von rechts oben nach links unten.

In diesem Augenblick spürte Ramón Mercader, dass sein Opfer ihm den Befehl gegeben hatte. Er hob den rechten Arm hoch über seinen Kopf, umklammerte den abgesägten Stiel des Eispickels und schloss die Augen. Er konnte nicht sehen, dass der Verurteilte genau in diesem Moment den Kopf wandte und Ramón Mercader vor sich sah, der mit aller Kraft einen Eispickel auf seinen Schädel niedersausen ließ.

Der Schrei des Entsetzens und des Schmerzes erschütterte die Fundamente der nutzlosen Festung der Calle Viena.

28

Ich weiß nicht mehr genau, wann ich angefangen habe, darüber nachzudenken. Ich weiß nicht, ob es mir bereits durch den Kopf ging, als ich den Mann, der Hunde liebte, kennengelernt habe, obwohl ich glaube, dass es danach gewesen sein muss. Was ich aber mit Sicherheit sagen kann, ist, dass ich jahrelang davon besessen war, das exakte Datum zu bestimmen, in dem das 20. Jahrhundert und damit das zweite Jahrtausend christlicher Zeitrechnung zu Ende gehen würden. Natürlich war das auch der Moment, in dem das 21. Jahrhundert und damit das dritte Jahrtausend beginnen würden. Und ich überlegte mir auch, welches Alter ich dann haben würde – fünfzig oder einundfünfzig Jahre? –, je nachdem, welches Datum für die Jahrtausendwende festgelegt werden würde: Ende 1999 oder Ende 2000? Auch wenn das für viele nur ein Wechsel des Datums und ein Austausch von Kalendern bedeutete und andere, brennendere Probleme Vorrang hatten, ließ ich mich nicht davon abbringen, es mit anderen Augen zu sehen. Nach all den schrecklichen Jahren hoffte ich darauf, dass dieser Zeitsprung, der so willkürlich war wie jede andere menschliche Übereinkunft, auch in meinem Leben eine radikale Wende darstellen werde. Entgegen der Logik des gregorianischen Kalenders, der jeden Zyklus mit dem Jahre 0 Null abschließt, akzeptierte ich schließlich den 31. Dezember 1999 – kurz nach meinem fünfzigsten Geburtstag – als letzten Tag des Jahrhunderts und des Jahrtausends. Als das Datum näher rückte, freute es mich zu hören, dass die Kybernetiker auf der ganzen Welt jahrelang daran gearbeitet hatten, das Chaos, das die radikale Zahlenumstellung an diesem Tag auslösen konnte, zu vermeiden, und dass die Franzosen eine riesige rückwärtslaufende Uhr, die die Tage, Stunden und Minuten bis zum »Großen Sprung« zählten, am Eiffelturm angebracht hatten.

Deswegen betrachtete ich es als einen persönlichen Affront, als in Kuba eine logischere Rechnung aufgemacht und mehr oder weniger offiziell und unwiderruflich entschieden wurde, dass das Ende des Jahrhunderts auf den 31. Dezember des Jahres 2000 fallen würde. Während also die Welt mit Pauken und Trompeten den (vermeintlichen) Beginn des dritten Jahrtausends feierte, verabschiedeten wir aufgrund dieser halbamtlichen Verordnung das alte Jahr und begrüßten das neue wie an jedem Jahresende mit den entsprechenden Hymnen und den üblichen politischen Reden. Nachdem ich so lange von dem großen Neuanfang geträumt hatte, hatte ich das Gefühl, man habe mir meine Begeisterung und meine Erwartungen geklaut, und ich weigerte mich sogar, mir im Fernsehen die Kurzberichte von den Feierlichkeiten in Tokio und Madrid oder vor dem Eiffelturm in Paris anzusehen, mit denen das historische Verlöschen der vier Ziffern auf den Uhren bejubelt wurde. Noch Monate danach war ich verstimmt, und als am 31. Dezember 2000 in den kubanischen Zeitungen angekündigt wurde, dass die Welt jetzt tatsächlich und real und gregorianisch das neue Jahrtausend erreichte, war ich kaum überrascht, dass niemand mehr Interesse und Lust hatte, das zu feiern, was (fast) alle Menschen – irrtümlich, starrköpfig, aber begeistert und hoffnungsvoll – ein Jahr zuvor bereits gefeiert hatten. Schließlich und endlich wusste ich in diesem Moment nur zu gut, dass sich außer ein paar beschissenen Ziffern nichts ändern würde. Und wenn doch, dann bestimmt nicht zum Besseren.

Diese Episode, die vielen unbedeutend erscheinen mag und auf den ersten Blick nichts mit meiner Geschichte zu tun hat, habe ich eingeflochten, weil sie mir eine perfekte Metapher zu sein scheint: Ich glaube nicht, dass viele Menschen mir zu widersprechen wagen, wenn ich sage, dass die Geschichte und das Leben uns, meiner Generation und, vor allem, unseren Träumen und unserem persönlichen freien Willen übel mitgespielt haben. Die Versprechen, die uns in unserer Jugend angetrieben und mit Glauben, Opferbereitschaft und romantischen Vorstellungen vom Teilen erfüllt haben, sind wie

Seifenblasen zerplatzt, als wir Armut, Erschöpfung, Chaos, Enttäuschungen und Misserfolge, Flucht und Auflösung kennenlernten. Ich übertreibe nicht, wenn ich sage, dass wir fast alle Phasen der Armut durchlebt haben. Und wir mussten mit ansehen, wie sich unsere entschlossensten oder verzweifeltsten Freunde in alle Richtungen zerstreuten und den Weg ins Exil wählten auf der Suche nach einem weniger ungewissen Schicksal (was es dann nicht immer war). Viele von ihnen wussten, auf welche Risiken sie sich einließen – Entwurzelung, chronisches Heimweh –, welchen Opfern, welchem Druck sie tagtäglich ausgesetzt sein würden, doch sie beschlossen, die Herausforderung anzunehmen und nach Miami, Mexiko, Paris oder Madrid zu gehen, um sich mühselig eine neue Existenz aufzubauen, die in ihrem Alter normalerweise bereits aufgebaut ist. Diejenigen aber, die wir uns aus Überzeugung, Widerstandsgeist, Zugehörigkeitsgefühl oder schlicht und einfach aus Starrsinn, Trägheit oder Angst vor dem Unbekannten fürs Bleiben entschieden, taten das weniger, um etwas aufzubauen; nein, wir warteten auf bessere Zeiten und versuchten unterdessen, die Risse notdürftig zu kitten, um den Zusammenbruch aufzuhalten (was in meinem Fall keine Metapher, sondern die tägliche Realität in meiner kleinen Wohnung in Lawton war). An diesem Punkt, an dem die Kompasse des Lebens verrücktspielen und sämtliche Perspektiven abhandenkommen, war es vorbei mit unserer Opferbereitschaft, unserem Gehorsam, unseren Verbiegungen und Verstellungen, unserem blinden Glauben, den vergessenen Parolen, unserem Atheismus, unserem mehr oder weniger bewussten, mehr oder weniger anerzogenen Zynismus und vorbei mit unseren strapazierten Hoffnungen auf die Zukunft.

Trotz diesem kollektiven Schicksal, zu dem ich auch das meine zähle, habe ich mich häufig gefragt, ob ich nicht von der Scheißvorsehung besonders auserwählt wurde: ob ich am Ende nicht so etwas war wie ein Sündenbock, der alle möglichen Fußtritte abkriegen sollte. Denn ich habe nicht nur die Tritte abgekriegt, die meiner Generation historisch zugedacht waren, sondern auch die, die mir heimtückisch und schäbig persönlich verpasst wurden, um mich zu vernichten und mir darüber hinaus klarzumachen, dass ich niemals Ruhe und

Frieden finden würde und werde. Darum verliebte ich mich in der vielleicht besten Phase meines Erwachsenenlebens bis über beide Ohren in Ana und fand dank ihr den Mut, mich hinzusetzen und zu schreiben; doch der Verlauf der Krankheit meiner Frau machte jede Hoffnung zunichte. Und am 31. Dezember 1999, als uns mitgeteilt wurde, dass sich am Tag der großen Wende, von dem ich so lange geträumt hatte, nichts ändern würde, dass nicht einmal das beschissene Jahrhundert, in das wir hineingeboren worden waren, zu Ende ging, sah ich, wie der blaue Vogel meiner letzten Hoffnung durch das Fenster der Wohnung in Lawton davonflog: ein unbedeutender Vogel, den ich aber mit viel Liebe und größter Sorgfalt aufgezogen hatte und der mir nun vom Wind unwiderruflicher Entscheidungen von höchster Stelle aus den Händen gerissen wurde. Denn nicht einmal die Möglichkeit, diesen harmlosen Traum zu träumen, hatte man mir gelassen.

Gegen Ende der Neunzigerjahre kehrte das während der härtesten Zeit der Krise aus den Fugen geratene Leben auf der Insel zu einer gewissen Normalität zurück. Doch es zeigte sich, dass inzwischen etwas sehr Wichtiges verloren gegangen war und sich die Spielregeln verändert hatten. Von jetzt an würde es nicht mehr möglich sein, von den wenigen Pesos des offiziellen Lohns zu leben. Die Zeiten der allgemeinen, aber gerechten Armut als soziale Errungenschaft waren vorbei, und es begann das, was mein Sohn Paolo mit seinem Realitätssinn, der größer war als meiner, später als »Rette sich, wer kann« definierte (was er, wie viele Kinder der Eltern meiner Generation, auf die einzige ihm mögliche Weise auf sein Leben anwandte: das Land zu verlassen). Es gab Leute, die sich in den Zynismus und den Überlebenskampf flüchteten und es schafften, sich der neuen Realität anzupassen. Mein Freund Dany zum Beispiel hatte seinen Posten im Verlag aufgegeben und alle seine literarischen Träume begraben und verdiente jetzt viel Geld als Taxifahrer hinter dem Steuer des Pontiac Baujahr 1954, den er von seinem Vater geerbt hatte. Außerdem hatte seine Frau eine attraktive Arbeit in einem spanischen Unternehmen ergattert (sie bekam ein paar Dollar unter der Hand und zwei Mal im Monat eine Plastiktüte mit Lebensmitteln), und so konnten sie einigermaßen sorgenfrei leben. Aber die anderen (zu denen auch Ana und ich gehörten), die nichts hatten, an das sie sich klammern oder das sie irgendwo »besorgen« konnten, lernten das nackte Elend kennen, nackter noch als in den Jahren des endlosen Stromausfalls und der Frühstückstees auf der Basis von Orangenblättern. Durch Anas Krankheit, die sie zu frühzeitiger Invalidität verdammte, und meine bewiesene Unfähigkeit, das praktische Leben zu meistern, zog sich der Strick immer enger um unseren Hals, bis wir beinahe erstickten. Unsere einzige Rettung war das, was die Hunde- und Katzenhalter mir für meine Dienste schenkten, und die wenigen Pesos, die mir die Schweinehalter für Kastrationen und andere Arbeiten (wie das Befreien von Parasiten) zahlten, was meistens lächerlich wenig war, nach dem Motto »Gib mir, was du meinst«. Schon bald wurde uns klar, dass wir uns am Ende der sozialen Leiter befanden, wo Intelligenz, Anstand, Wissen und Kompetenz in der Arbeit nichts mehr zählten und der Cleverness Platz machten, der Nähe zum Dollar, der politischen Verbindungen (Sohn, Neffe oder Cousin von »jemandem« zu sein) und der Kunst, zu »besorgen«, zu improvisieren, sozial voranzukommen, durchzuschlüpfen, zu heucheln und zu klauen, was man kriegen konnte. Und dem Zynismus, dem verdammten Zynismus.

Da wusste ich, dass es für viele von uns nicht möglich sein würde, aus diesem Salto mortale ohne Netz und doppelten Boden unbeschadet hervorzugehen. Wir waren die Generation der Gläubigen, die Generation derer, die alles mit romantischem, auf die Zukunft gerichtetem Blick akzeptiert und gerechtfertigt hatten; die Zuckerrohr geschnitten hatten, überzeugt davon, dass es so sein musste (und natürlich ohne für diese mörderische Arbeit bezahlt zu werden); die Generation derjenigen, die ans Ende der Welt in den Krieg gezogen waren, weil es die internationale Solidarität des Proletariats so verlangt hatte, natürlich ohne auf einen anderen Lohn zu hoffen als auf die Dankbarkeit der Menschheit und der Geschichte; die Generation, die den Anfeindungen sexueller, religiöser, ideologischer, kultureller und auch alkoholischer Intoleranz ausgesetzt gewesen waren und sie mit kaum einem Kopfschütteln ertragen hatten, häufig ohne den Groll oder die Verzweiflung im Herzen, die zur Flucht führt, dieselbe Verzweiflung, die nun den Jüngeren die Augen öffnete und sie zur Emigration trieb, bevor sie den ersten Tritt in den Hintern bekommen hatten. Kurzsichtig, wie wir waren, hatten wir in jedem Russen, in jedem Bulgaren oder Tschechoslowaken einen »aufrichtigen Freund« gesehen, wie Martí gesagt hat, einen proletarischen Bruder, und wir hatten nach dem auf Schulveranstaltungen so oft wiederholten Wahlspruch gelebt, dass die Zukunft der Menschheit dem Sozialismus gehöre (der uns höchstens etwas hässlich vorgekommen war, ästhetisch gesehen, vielleicht ästhetisch lächerlich, unfähig, einen Song wie, sagen wir, »Rocket Man« oder »Dedicated to The One I Love« auch nur halb so gut zustande zu bringen; mein Freund und Artgenosse Mario Conde würde auch »Proud Mary« in der Version von Creedence Clearwater Revival auf die Liste setzen). Wir hatten unser Leben in völliger Abgeschiedenheit verbracht, ohne Wissen um den Verrat, der im Namen ebenjenes Sozialismus an der spanischen Republik und am besetzten Polen begangen worden war. Nichts hatten wir gewusst von der Unterdrückung von Völkern, Ethnien und politischen Parteien, nichts von Genoziden, von den tödlichen Verfolgungen von Oppositionellen und Mönchen, von der mörderischen Raserei in den Arbeitslagern, von der Zerstörung der Glaubwürdigkeit und der Legalität vor, während und nach den Moskauer Prozessen. Wir hatten keine Ahnung, wer Trotzki gewesen war oder warum man ihn umgebracht hatte, hatten keine Ahnung von den schändlichen geheimen und sogar offenen Abkommen der UdSSR mit den Nazis und dem Imperialismus, von der Gewalt der neuen Zaren in Moskau, von den Invasionen und geografischen, menschlichen und kulturellen Verletzungen in den eroberten Gebieten. Und von der Prostitution der Ideen und Wahrheiten, die durch den Sozialismus in bis zum Erbrechen wiederholte Parolen verwandelt worden waren, durch jenen Modellsozialismus, der vom Geist des Genossen Stalin, des Großen Steuermanns des Weltproletariats, patentiert und gelenkt und später von seinen Erben, den Verfechtern einer strengen Orthodoxie, notdürftig gekittet wurde, um damit die kleinste Abweichung von den Normen zu bestrafen, die ihren Machtmissbrauch und ihren Größenwahn stützten. Jetzt gelang es uns mit Mühe und Not zu begreifen, warum dieses perfekte System in sich zusammengebrochen war, als sich nur zwei Steine aus der Festung gelöst hatten: ein minimaler Zugang zur Information und ein leichter, aber entscheidender Verlust der Angst (immer und immer wieder diese verfluchte Angst), mit der jene Machtstruktur konserviert worden war. Zwei Steine, und alles fiel in sich zusammen. Der Gigant stand auf tönernen Füßen, hatte sich nur mithilfe von Terror und Lüge auf den Beinen gehalten ... Trotzkis Prophezeiungen gingen in Erfüllung, und Orwells futuristischer Roman *1984* verwandelte sich in eine höchst realistische Erzählung. Und wir hatten nichts gewusst ... Oder hatten wir nichts wissen wollen?

War es reiner Zufall, oder hatte er sich ganz bewusst jene finstere Nacht des Jahres 1996 ausgesucht, fast zwanzig Jahre danach? Am Nachmittag war ein stürmisches Gewitter niedergegangen, das den Weltuntergang anzukündigen schien, und als die Nacht und der Stromausfall kamen, fiel noch immer kalter Nieselregen. Als an meine Tür geklopft wurde, nahm ich deshalb an, es sei jemand, der mich dringend darum bitten wollte, mir sein Tier anzusehen. Ich beklagte mein Schicksal, nahm die Kerosinlampe vom Tisch und ging zur Tür.

Und da stand er. Trotz der späten Stunde, der Dunkelheit und der Tatsache, dass er inzwischen völlig kahl war und ich ihn am allerwenigsten erwartet hatte, erkannte ich auf den ersten Blick den hochgewachsenen, schlanken schwarzen Chauffeur wieder, und sogleich überkam mich eine Ahnung: Dieser Mann hatte mich all die Jahre hindurch aus der Ferne beobachtet.

Angesichts meiner Sprachlosigkeit wünschte der Schwarze mir einen guten Abend und fragte mich, ob er mich sprechen könne. Selbstverständlich bat ich ihn herein. Ana war mit Tato im Nebenzimmer und versuchte die Radionovela aus unserem gestörten Transistorgerät zu verfolgen. Ich rief ihr zu, dass sie sich nicht bemühen solle, ich würde mich um den Gast kümmern. Mit meiner üblichen Unbeholfenheit, die durch die Überraschung noch verstärkt wurde, sagte ich zu dem Mann, er solle auf die Eimer und Blechdosen aufpassen, die an verschiedenen Stellen platziert waren, um den durchs schadhafte Dach tropfenden Regen aufzufangen, und forderte ihn auf, sich auf einen der Eisenstühle zu setzen. Kaum hatte ich mich auf dem anderen Stuhl niedergelassen, sprang ich auch schon wieder auf und fragte ihn, ob ich ihm einen Kaffee anbieten könne.

»Nein, danke«, antwortete der Mann, »aber wenn du mir ein Glas Wasser geben könntest …«

Ich brachte ihm das Glas Wasser. Der Schwarze dankte mir, trank aber nur ein, zwei Schluck und stellte das Glas auf den Tisch. Obwohl es fast dunkel war, bemerkte ich, dass er sich in der Wohnung umschaute, so als suche er nach einem Fluchtweg, falls Gefahr drohen sollte, oder als wolle er sich ein abschließendes Bild von mir machen. Da er älter und noch dünner geworden war und kein einziges Haar mehr auf dem Kopf hatte, sah sein Gesicht im schwachen Licht der Kerosinlampe wie das eines Totenschädels aus. Eine Stimme aus dem Totenreich, dachte ich.

»Genosse López hat mich gebeten, dich irgendwann mal zu besuchen«, begann er, als bereite es ihm Mühe, einen Anfang zu finden. »Und hier bin ich.«

Er hat sich ja viel Zeit gelassen, dachte ich, sagte aber nichts. Eins war mir sofort klar: Dieser Mann, der aus der Dunkelheit und aus der Vergangenheit aufgetaucht war, würde mir nur das sagen, was er mir sagen wollte, und deshalb lohnte es nicht, ihm irgendwelche präzisen Fragen zu stellen.

»Hast du das Buch von Luis Mercader bekommen?«, fragte er. »Auf der Post haben sie mir versichert, dass mir das Päckchen zurückgeschickt wird, wenn es den Empfänger nicht erreicht.«

»Und woher kanntest du meine Adresse?«

»Du weißt doch, hier weiß jeder alles«, antwortete er ausweichend. Und dann, so als sage er einen Text auf, den er lange einstudiert hatte, erzählte er mir, dass er 1976 als Chauffeur eines hohen Militärs gearbeitet hatte. Eines Tages hatte man ihn angerufen und ihm gesagt, dass sein Vorgesetzter nach Angola geschickt werde und man ihn als eine vertrauenswürdige Person, Parteimitglied und Veteran des Untergrundkampfes, für einen Spezialauftrag ausgewählt habe. Er solle einen Mann namens Jaime López fahren und gewissermaßen auf ihn aufpassen. López sei im Spanischen Bürgerkrieg Offizier der republikanischen Armee gewesen und halte sich zurzeit in Kuba auf, erklärte man ihm, und die Ärzte hätten ihm verboten, selbst zu fahren. Man wies ihn auch darauf hin, dass er mit niemandem über seine Arbeit sprechen dürfe, und dass, sollte er etwas Merkwürdiges im Umfeld des Mannes bemerken, er sie unverzüglich darüber informieren müsse. Und man hatte noch hinzugefügt, dass im Falle des Spaniers jede Kleinigkeit merkwürdig sein könne ...

Als er seine Arbeit bei Jaime López angetreten hatte, waren bereits mehrere Genossen damit beauftragt gewesen, sich um den Mann zu kümmern, ihn zum Beispiel in eine Spezialklinik zu bringen und ihn zu Versammlungen oder Treffen zu fahren. Dem Schwarzen war nie gesagt worden, wer López war, und natürlich hatte er nicht zu fragen gewagt, obwohl er wegen des großen Geheimnisses, das um ihn gemacht wurde, und der vielen Leute, die sich um ihn kümmerten (und ihn überwachten?, hatte er sich gefragt), von Anfang an geahnt hatte, dass es sich bei dem Mann nicht um irgendeinen López handeln konnte ... Erst knapp zwei Jahre später, als es dem Mann schon sehr schlecht ging und zuerst verschiedene Neffen und kurz darauf sein Bruder nach Kuba kamen, erfuhr er schließlich, dass Jaime López eigentlich Jaime Ramón Mercader del Río hieß. Da er in seinem Leben noch nie etwas von Ramón Mercader und so gut wie nichts von Trotzki gehört hatte und weil es niemanden gab, den er danach hätte fragen können, verstand er nicht so recht, warum ein solches Geheimnis um ihn gemacht wurde. Als er jedoch erfuhr, wer der spanische Offizier in Wirklichkeit war, was er getan hatte und warum er in Kuba unter einem anderen Namen lebte, wurde ihm bewusst, dass er da in etwas hineingeraten war, das ein paar Nummern zu groß war für einen einfachen Chauffeur, und wenn er noch so sehr Parteimitglied und Veteran der Untergrundarmee war. Und er wusste, dass, wenn man ihm gesagt hatte, dass er den Mund halten sollte, es das Beste war, den Mund zu halten.

Der hochgewachsene schlanke Schwarze erzählte mir, dass Jaime Ramón López 1974 nach Kuba gekommen war. Was der Mann damals noch nicht wusste, nicht wissen konnte, war, dass man seinen sowjetischen Käfig geöffnet und ihn auf die sozialistische Insel, die Wiege seiner Vorfahren, hatte reisen lassen, weil er bereits vom Tode gezeichnet war. Gerade als die letzten Vorbereitungen für seine Reise getroffen wurden, zeigten sich bei ihm, ganz plötzlich, die ersten Symptome einer seltsamen Krankheit. Die Ärzte der renommiertesten Klinik in Moskau, in der die höchsten Repräsentanten des Kreml behandelt wurden, diagnostizierten innere Blutungen, hervorgerufen durch eine Infektion in der Lunge. Ramón, der bis dahin mit einer eisernen Gesundheit ausgestattet war, die ihn in die Lage versetzt hatte, zwanzig Jahre Gefängnis mit all ihren Schrecken zu überstehen, musste drei Monate im Krankenhaus bleiben. Danach spürte er trotz günstiger Untersuchungsergebnisse, dass irgendetwas mit ihm nicht mehr in Ordnung war. Von diesem Moment an gehorchte sein Körper ihm nicht mehr so, wie er es gewohnt war, und bis zu seinem Tod sollten Schwindelanfälle, Fieber, Kopf- und Halsschmerzen sowie Atemprobleme seine ständigen Begleiter sein. Doch noch wusste er nicht, dass er Krebs hatte und dass dieser Krebs am Ende seine Knochen und sein Gehirn zerfressen sollte.

»Man hat tausend Untersuchungen gemacht«, sagte mir der schwarze Chauffeur, und aus seiner Stimme glaubte ich einen Anflug von Mitleid herauszuhören, »unzählige Analysen, Enzephalogramme, Röntgenoskopien, alle ohne Ergebnis. Aber als die kubanischen Onkologen ihn sich schließlich ansahen, stellten sie sogleich Krebs fest … Seltsam, nicht wahr?«

»Luis Mercader schreibt, Eitingon sei sich sicher gewesen, dass man ihn in Moskau radioaktiv verseucht hat. Mit einer goldenen Uhr, einem Geschenk von seinen Genossen vom KGB … Aktiviertes Thallium …«

»Ja, deswegen finde ich es seltsam, dass …«

»Das glaube ich nicht«, unterbrach ich ihn. »Wenn sie ihn umbringen wollten, hätten sie es getan, und fertig. Zeit und Gelegenheiten dazu hatten sie ja mehr als genug.«

»Das stimmt auch wieder«, gab er fast erleichtert zu. »Gut, die Ärzte fanden also Krebs bei ihm. Das war Anfang 1978, nachdem er mehrere

Monate im Bett geblieben war, weil er sich wegen der Schwindelanfälle kaum noch auf den Beinen halten konnte. Als es zur Krise kam, behauptete er, alles sei nur auf den Kummer über den Tod seines Hundes Dax zurückzuführen, des Rüden, erinnerst du dich? ... Deswegen konnte er auch nicht zu eurer letzten Verabredung kommen. Wegen der Schwindelanfälle, meine ich. Und ein paar Wochen später, als er nicht wusste, ob er je wieder das Bett verlassen könnte, fing er an, dir diesen Brief zu schreiben, den ich dir vor einigen Jahren habe zukommen lassen. Bis er nicht mehr schreiben und sich kaum noch bewegen konnte ... Am Ende hat der Ärmste geschrien vor Schmerzen, wie ein Verrückter, und bei der geringsten Bewegung lief er Gefahr, sich die Knochen zu brechen. Bis Oktober wurde er mit Morphium am Leben gehalten ...«

»Vom bloßen Zuhören tut einem schon alles weh«, bemerkte ich.

»Du weißt nicht, was Schmerzen sind ... Das Schlimmste ist, dass er bis zum Schluss bei klarem Verstand war. Im August ging es ihm so schlecht, dass sein Bruder kam, um bei ihm zu sein, wenn er starb. Aber Luis musste Ende September wieder weg, weil die sowjetische Ausreiseerlaubnis ablief, die es ihm ermöglichte, mit seiner Frau nach Spanien zurückzukehren. Zwei Wochen später erhielt Ramón einen Brief von seinem Bruder, der bereits in Barcelona war ... Er sterbe mit der glücklichen Gewissheit, hörte ich ihn sagen, dass wenigstens einer von der Familie nach Spanien zurückgekehrt sei ...«

»Dann hatte er also selbst darum gebeten, nach Kuba reisen zu dürfen?«

»Scheint so. Aber er hatte auch kaum eine andere Wahl. Einerseits wollten die Sowjets ihn nicht gehen lassen, und andererseits war es nicht leicht, ein Land zu finden, das bereit war, ihn aufzunehmen. Klar, niemand wollte ihn haben ... Ich glaube, Kuba war seine einzige Alternative. Ich weiß nicht, was da alles verhandelt wurde, aber eine der Bedingungen war jedenfalls, dass er sich inkognito hier aufhalten und sich still verhalten musste. Trotzdem hat ihn der eine oder andere erkannt, aber die meisten Leute in seiner Umgebung, alle, die sich um ihn gekümmert und ihn sogar zu Hause besucht haben, als er krank war, die Freunde seiner Kinder, die Ärzte ... keiner von uns wusste, wer der Genosse López in Wirklichkeit war. Ich habe es erst ganz am Ende erfahren, als er Vertrauen zu mir gefasst hatte ... Ich war nämlich bis zum Schluss bei ihm ...«

In diesem Moment spürte ich eine alte, tief in meiner Erinnerung schlummernde Angst in mir aufsteigen, und ich wagte, ihn zu fragen: »Und du hast deine Vorgesetzten nicht darüber informiert, dass López sich mit mir getroffen hat? Gehörte ich nicht zu den ›merkwürdigen Kleinigkeiten‹ in seinem Umfeld?«

Zum ersten und einzigen Mal in jener Nacht lächelte der Schwarze.

»Nein, dazu bin ich nicht gekommen. Als ihr euch zum ersten Mal getroffen habt, war es reiner Zufall, glaube ich. Beim zweiten Mal, als ihr dann ins Gespräch gekommen seid, bat er mich, niemandem davon zu erzählen, damit man dich nicht verscheuchte und er sich weiter mit dir treffen konnte. Er mochte dich wohl, oder?«

»Ich glaube, es war etwas anderes, aber egal ... Und die Frau, die mir den Brief gebracht hat?«

»Das war meine Schwester. Sie hat mir den Gefallen getan ... Der Ärmsten geht es jetzt sehr schlecht, sie wird uns wohl jeden Moment wegsterben ... Das Problem war, dass López mich gebeten hatte, dir den Brief zu bringen, aber ich traute mich nicht ... Denn obwohl ich meine Vorgesetzten nicht informiert hatte, haben sie irgendwie von euren Treffen erfahren, und ich kann mir vorstellen, dass sie dich ein wenig überwacht haben und ...«

Früher hätte mich diese Bemerkung erstarren lassen, aber 1996 fand ich es eher komisch, fast folkloristisch, denn ich hatte schon lange die Grenze zum Nichts überschritten und war fast unsichtbar geworden. Deswegen wollte ich gar nicht so genau wissen, was das hieß, »ein wenig überwachen«, und interessierte mich mehr dafür, was der Mann, der da vor mir saß, dachte und fühlte.

»Und warum hast du dich nach so vielen Jahren ausgerechnet jetzt dazu entschlossen, zu mir zu kommen?«

Der Schwarze sah mich an, und ich wusste, dass ich vermintes Gelände betreten hatte. Soweit ich es an seinem Gesicht ablesen konnte, überlegte er gerade, ob er nicht besser aufstehen und meine Wohnung verlassen sollte. Später habe ich noch oft darüber nachgedacht, warum dieser Mann es nach so vielen Jahren gewagt hatte, einen Befehl zu missachten, an den sich wahrscheinlich niemand mehr erinnerte, und das Versprechen einzulösen, mich zu besuchen. Vielleicht war er todkrank wie seine Schwester, und es war ihm alles egal. Oder er kam zu mir, weil sich auf der Insel die Dinge grundlegend geändert hatten und er keine Angst mehr haben musste. Möglicherweise traute er sich, weil er begriffen hatte, dass es nicht mehr wichtig war, ob er mir etwas erzählte oder nicht … Oder er hatte sich ganz einfach deshalb dazu entschlossen, weil er es für seine Pflicht hielt, mir alles zu erzählen, so wie er es dem Sterbenden versprochen hatte. Jedenfalls schien sich in dieser ganzen Geschichte endlich jemand normal zu verhalten.

»Glaubst du, dass ich feige war?«

Ich versuchte zu lächeln, bevor ich ihm antwortete.

»Nein, natürlich nicht. Wer sich vor Angst in die Hose geschissen hat, war ich. Und ich war mir nicht mal sicher, ob sie mich ›ein wenig‹ überwacht haben …«

Meine Antwort genügte ihm nicht, und er fuhr fort: »Warum, glaubst du, hat Luis Mercader fast fünfzehn Jahre mit dem Buch gewartet?«, fragte er mich, immer im selben Tonfall, so als spiele er eine Theaterrolle, die ihm diese Stimmlage vorschrieb. »Warum hat er gewartet, bis die Sowjetunion und der KGB und der ganze Mist zusammengebrochen war?«

»Aus Angst«, antwortete ich, und dann versuchte ich, ihm in die Augen zu sehen, als ich an der Reihe war zu fragen: »Und warum hast du mir das Buch geschickt? Niemand hatte dich darum gebeten …«

»Als ich es las, fand ich, dass du es auf jeden Fall lesen musstest. Vor allem wegen Mercaders Ende, das du ja nicht kanntest. Aber auch, damit du eine Vorstellung davon bekamst, was Angst ist, wie groß sie sein und wie lange sie einen begleiten kann.«

»Das alles erzählst du mir, weil du López' Brief gelesen hast, nicht wahr? Aber dann sag mir doch bitte auch, warum der Brief so geendet hat!«

Der Schwarze dachte wieder nach. Und er kam zu dem Schluss, dass er mir antworten konnte.

»Weil López, ich meine, Mercader nicht weiterschreiben konnte. Im April, als sie Krebs bei ihm entdeckt hatten, schickten sie ihn zu Bestrahlungen, aber da war es schon zu spät. Im Juni oder Juli war er so geschwächt, dass er sich einen Arm brach, als er versuchte, ein Glas Wasser zu heben. Seine Knochen zersplitterten einfach. Er konnte nicht mehr schreiben ... Deswegen endet der Brief so plötzlich.«

»Und weißt du, ob er Caridad noch einmal wiedergesehen hat?«

»Einer, der sich um López gekümmert hat, hat mir erzählt, dass seine Mutter ihn Ende 1974 hier besucht hat. Sie hat ihm und seiner Frau und seinen Kindern die Feiertage versaut. Sie sei eine unerträgliche verrückte Alte gewesen, sagte er mir. Hatte wohl Freunde hier in Kuba, alte Kommunisten, die sie in den Vierzigerjahren hier kennengelernt und später dann in Frankreich wiedergetroffen hat. Sie hat damit angegeben, Kubanerin zu sein ... Das war wohl das letzte Mal, dass sie sich gesehen haben, denn ein Jahr darauf ist sie in Paris gestorben, vermutlich mit dem unerfüllten Wunsch, nach Barcelona zurückzukehren. Franco hat sie im Kampf gegen den Tod um einen Monat geschlagen und ihr das Tor nach Spanien verschlossen. Von López' Frau weiß ich, dass sie einsam gestorben ist und ihre Leiche von den Nachbarn entdeckt wurde, weil sie angefangen hatte zu stinken ...«

Während mir der Mann, dem die Angst ins Gesicht geschrieben stand, die Geschichte von Einsamkeit und Tod erzählte, merkte ich, wie mich ein Gefühl des Unbehagens beschlich, ein heimtückisches Gefühl, das dem Mitleid verdammt nahekam.

»Sie sind vom Unglück verfolgt worden«, sagte ich. »Es war wie eine Strafe ...«

Der Schwarze nickte kaum merklich und schwieg. Sein Blick glitt über die Eimer und Blechdosen, die den Regen auffingen.

»Das Haus wird dir über dem Kopf zusammenbrechen«, sagte er schließlich.

»Möchtest du wirklich keinen Kaffee?«, fragte ich ihn noch einmal, denn das hatte ich während unserer Unterhaltung ganz vergessen. Doch ich wusste, es waren noch viele Fragen offen, und ich war mir sicher, es war das letzte Mal, dass ich mit diesem Mann sprach.

»Nein, vielen Dank, wirklich nicht. Übrigens, ich muss los …
Hoffentlich erwische ich einen Bus.«

»Und warum weißt du so viel über Mercader? Warum hat er dir
vertraut und dir den Brief gegeben?«

»Als wir mit den Hunden spazieren gegangen sind, haben wir viel
miteinander geredet. Manchmal glaube ich, dass er mir das alles erzählt hat, damit ich es später jemand anderem erzähle. Obwohl er mir
nie gesagt hat, wer er war und was er getan hat … Das musste ich ganz
allein herausfinden. Dir hat er übrigens mehr erzählt als mir …«

»Und die Hündin, Ix? Was ist mit ihr geschehen?«

»Siehst du, ich glaube, in solchen Dingen hat er mir vertraut. López hat sie mir geschenkt, weil seine Frau sie nicht haben wollte. Ich
habe die Hündin sozusagen geerbt, verstehst du? … Ix hat noch vier
Jahre bei mir gelebt …«

»Und Dax? Wie ist er gestorben?«

Der Schwarze sah zu der dunklen, rissigen Zimmerdecke, so als
fürchte er, sie könnte jeden Augenblick herunterkommen.

»Stimmt, alle sind unter der Erde, auch Stalin«, seufzte er. Es klang,
als wäre ihm die Erleuchtung erst in dieser finsteren Nacht gekommen, hier in meiner Wohnung in dem abbruchreifen Haus. Sein
Blick wanderte von der Decke wieder zu mir.»López tat sich sehr
schwer damit, aber eines Tages bat er mich, ihn und Dax zu einem
kleinen Strand bei Bahía Honda zu fahren. Da ist es immer einsam,
und weil es außerdem geregnet hatte und es ziemlich kalt war, war
weit und breit keine Menschenseele zu sehen. López ließ den Hund
von der Leine, damit er frei herumrennen konnte, aber Dax wurde
bald müde und fing an zu husten. Er streichelte ihn lange und sprach
auf ihn ein, bis der Hund aufhörte zu husten und ins Wasser sprang.
Hinterher bat López mich um das Handtuch und fing an, ihn abzu-
trocknen. Dax mochte es, wenn man ihm das Fell rieb. Nach einer
Weile legte er ihm das Handtuch über den Kopf und holte eine Pistole hervor … López glaubte, dass sein Hund auf die beste Weise
gestorben war: ohne es zu wissen, fast ohne Schmerzen … Das war
Ende Januar. Wir sind nie mehr an den Strand gegangen …« Der
hochgewachsene Schwarze stand auf, und in diesem Augenblick kam

er mir gar nicht mehr so groß vor. »Wann ist der Strom abgestellt worden?«

»Vor etwa fünf Stunden ... Ich gebe mir Mühe, die Stunden nicht zu zählen. Ist ja auch egal ...«

Während wir noch miteinander sprachen, kramte der Mann in seinen Hosentaschen.

»Scheiße, das hätte ich beinahe vergessen ...«

Er holte einen Stofffetzen heraus, kleiner als ein Taschentuch, wickelte einen Gegenstand aus und legte ihn auf den Tisch. Noch im Dämmerlicht konnte ich das robuste Benzinfeuerzeug von Jaime López erkennen.

»Es gehört dir«, sagte er und räusperte sich. »Du hast es geerbt.«

Das Ende des Jahrhunderts und des Jahrtausends kam näher, als Tato, Anas Pudel, an Altersschwäche starb und die Osteoporose meiner Frau in ihr aggressives Stadium eintrat. Drei Monate lag Ana mit furchtbaren Schmerzen im Bett. Noch konnten wir uns nicht vorstellen, wie schlimm es wirklich um sie stand, und alle meine Freunde fingen an, fieberhaft nach dem zu suchen, was das einzige Mittel gegen das Leiden zu sein schien: Vitamine – vor allem Calcium mit Vitamin D und B – und Medikamente für den Knochenaufbau, einschließlich des angeblichen Wunderheilmittels Haifischknorpel und *Forsamax,* dessen Wirkung so stark ist, dass sich der Patient nach Einnahme der Tabletten eine Stunde lang nicht bewegen darf. Anas Zustand besserte sich tatsächlich, und Truco, der räudige Straßenköter, den ich kurz nach Tatos Tod aufgelesen und mit nach Hause gebracht hatte, erholte sich, er wurde dicker, sein Fell wuchs nach, und er entwickelte sich zum muntersten und glücklichsten Mitglied der Familie.

Die erhoffte große Wende nach dem Beginn des neuen Jahrtausends blieb aus, und die immer feindlichere Welt, mit noch mehr Kriegen und Bomben und Fundamentalismen aller Art (wie nach den Erfahrungen des 20. Jahrhunderts nicht anders zu erwarten gewesen war), wurde mir fremd, widerwärtig, eine Welt, zu der ich nach und nach immer mehr Brücken abbrach, während ich mich dem Skeptizismus, der Schwermut und der Gewissheit hingab, dass Einsamkeit und Verlassenheit mir an der nächsten Straßenecke auflauerten.

Was mich am meisten schmerzte, war, mit ansehen zu müssen, wie Anas Leben – trotz vorübergehender Besserungen ihres Zustandes – zwischen den vier feuchten Wänden und den Stützbalken unserer Wohnung in Lawton nach und nach verlöschte. Vielleicht weil ich, erstens, ebenso verzweifelt war wie meine Frau und, zweitens, noch immer Kirchenmitglied war, suchte ich eine Methodistenkirche auf und versuchte, meine Hoffnungen auf das Jenseits zu konzentrieren, wo ich vielleicht das finden würde, was mir das Diesseits verweigert hatte. Doch meine Glaubensfähigkeit war für immer zerstört worden, und obwohl ich in der Bibel las und am Gottesdienst teilnahm, brach ich ständig die Regeln der strengen Orthodoxie, die der Glaube uns auferlegt: zu viele Pflichten für ein einzelnes Leben, zu viel Kontrolle über die Gläubigen und ihre Gedanken für eine frei gewählte Religion. Kontrolle. Immer wieder diese Scheißkontrolle. Doch was mich endgültig vom Glauben abfallen ließ, war die unbedingte Forderung nach christlicher Demut und Bescheidenheit, die von der Kanzel herab von den theatralischen Würdenträgern erhoben wurde, an deren Aufrichtigkeit ich zu zweifeln begann, als ich von großen Autos, Auslandsreisen und anderen Privilegien hörte, die ihnen, als Gegenleistung für ihr geheimes Einverständnis und ihr Schweigen über die Vergangenheit, verliehen worden waren. Wenn meine Frau nicht gewesen wäre, hätten mich alle diese Seelenhirten kreuzweise am Arsch lecken können. Doch Ana sagte zu mir, Gott stehe hoch über uns Menschen, den Sündern per definitionem, und ich hielt – wie immer in meinem Leben – den Mund. Ich klammerte mich an das Wesentliche, das mir dieser Ausweg bot, und bemühte mich, an das zu glauben, was mir wichtig war. Doch es gelang mir nicht: Mir war weder das Jenseits noch die Rettung meiner unsterblichen Seele wichtig. Und auch nicht das Diesseits oder die manipulierbaren Versprechen einer besseren Zukunft auf Kosten einer immer schlimmeren Gegenwart. Mir wären andere Kompensationen lieber gewesen.

Medizin und Lebensmittel für meine Frau aufzutreiben, mit selbst-mörderischer Intensität Zigaretten zu rauchen, Truco nach jedem Unfall und jeder Prügelei, für die er immer zu haben war, zu pflegen, ohne Glauben eine tyrannische Religion zu praktizieren, mit stoischer Gelassenheit die Risse in den Wänden und Decken unserer baufälligen Wohnung zu betrachten und Hunde zu versorgen, die genauso arm und verwahrlost waren wie ihre Besitzer – das waren die einzigen Inhalte meines beschissenen Lebens geworden. Jeden Abend, nachdem ich Ana zu Bett gebracht hatte – allein schaffte sie es nicht mehr – und keine Lust mehr hatte, zu lesen oder gar zu schreiben, kletterte ich auf die Mauer zum Nachbargrundstück und setzte mich, egal, ob es warm oder kalt war, in die Astgabel eines Mangobaumes. Dort, unter den aufmerksamen Blicken von Truco, der von unten jede meiner Bewegungen verfolgte, rauchte ich ein paar Zigaretten und gab mich der Betrachtung meines Scheiterns, meines frühzeitigen Alterns und meiner kosmischen Enttäuschung hin und erforschte das fast tote Gewissen der Jammergestalt, zu der sich jener Mensch entwickelt hatte, der einmal ein hoffnungsvoller junger Mann gewesen war. Was für ein Desaster!

In diesem unbestechlichen Geisteszustand fragte ich mich, während ich die Unendlichkeit des Universums bestaunte: Wen, zum Teufel, wird schon interessieren, was ich in einem Buch zu sagen habe? Wie ist es möglich, dass ich mich von Ana, aber vor allem von mir selbst, habe überzeugen lassen, *dieses* Buch zu schreiben? Wie konnte ich, Iván Cárdenas Maturell, auf die Idee kommen, es zu schreiben und vielleicht sogar zu veröffentlichen? Woher hatte ich irgendwann, in einem früheren Leben, die Kühnheit genommen, zu behaupten und zu glauben, ich sei Schriftsteller? Die einzige Antwort, die mir dazu einfiel, war, dass *diese* Geschichte mich verfolgt hatte, weil sie von jemandem niedergeschrieben werden *musste*. Und die verdammte Scheißgeschichte hat mich, ausgerechnet mich, dazu auserwählt.

DRITTER TEIL

APOKALYPSE

29

Moskau 1968

Da riefen die Pharisäer zum andernmal
den Menschen, der blind gewesen war,
und sprachen zu ihm: Gib Gott die Ehre!
Wir wissen, dass dieser Mensch ein Sünder ist.
Er antwortete und sprach: Ist er ein Sünder,
das weiß ich nicht; eines weiß ich wohl,
dass ich blind war und bin nun sehend.

Johannes 9, 24–25

Moskau kann auch mörderisch heiß sein, und der 23. August 1968
war wohl der heißeste Tag des Jahres. Dank zweier Medaillen öffneten sich jedoch die Türen des heruntergekommenen Hotels Moskwa,
und es empfing sie die kühle Luft der knarrenden Klimaanlage.

In den letzten Jahren hatte Ramón Pawlowitsch immer wieder auf
die Taktik zurückgegriffen, sich den gewaltigen Orden des Helden der
Sowjetunion und den Leninorden gut sichtbar ans Revers zu heften,
wodurch sich ihm fast alle Türen des größten und abgeschlossensten
Landes der Welt mühelos öffneten. Eigentlich war es Roquelia gewesen, die an einem Wintermorgen des Jahres 1961 diese fabelhafte Entdeckung gemacht hatte, zitternd in einer endlosen Schlange stehend,
die sich quälend langsam auf das Kaufhaus GUM zubewegte. Während sie noch ihr Schicksal, die Kälte, die ewigen Warteschlangen
und die Schubser und Püffe verfluchte, beobachtete sie, wie ein bein-
amputierter Mann auf seinen Krücken an den ungeduldig Warten-

den vorbeihumpelte und, ohne um Erlaubnis zu bitten, das Kaufhaus betrat, um sich mit sechs der heiß begehrten ungarischen Salamis und zwölf Dosen Krebsfleisch aus Kamtschatka einzudecken. Die Tatsache, dass der Versehrte sich ungestraft vordrängen konnte, vorbei an den sonst so streitlustigen russischen Frauen an der Spitze der Schlange, die ihre Gesichter an die Schaufenster drückten und gierig, aber mit leiser Stimme (voller Panik angesichts der Möglichkeit, den von den Sowjetbürgern am meisten gefürchteten Ruf »Nichts mehr da, Genossen!« zu hören) die Salamis zählten, die der Mann in seinen Beutel fallen ließ, hatte Roquelia proletarisch erschüttert: Weder in Mexiko noch in irgendeinem kapitalistischen Land wäre jemals so viel Rücksicht auf einen Invaliden genommen worden. Als der Mann den letzten Artikel in seinem Beutel verschwinden ließ (in dem auch zwei Flaschen Wodka Platz gefunden hatten), kratzte sie darum ihr rudimentäres Russisch zusammen und machte zu der Frau hinter sich eine Bemerkung über diese zutiefst humane Geste der sowjetischen Bürger. Und sie war überrascht, als sie hörte, dass der Grund für dieses Privileg nicht die Beinamputation des Mannes, sondern der Orden an der Brusttasche seines zerrissenen Regenmantels gewesen sei. Der Versehrte sei ein »Held der Sowjetunion«, und das verpflichte die Wartenden in einer Schlange dazu, ihn vorzulassen, auch wenn sie die Nacht auf dem Bürgersteig verbracht hätten. Als Roquelia sich dem Einbeinigen näherte (in fast unverschämter Weise und bis zum Ekel wegen des Gestanks, den der Held verströmte), fiel ihr auf, dass seine Dekoration so ähnlich aussah wie die Medaillen, die ihr Mann zu Hause in einer Schublade aufbewahrte. Am darauffolgenden Abend ging sie mit Ramón zu einem Fest in die Casa de España. Dort probierten sie erfolgreich den Trick mit den Orden bei den alten republikanischen Exilantinnen aus und wussten, dass sich ihr Leben in Moskau verändern würde. Von dem Tag an ließ sich Roquelia, wenn sie sich auf die Jagd nach einem knappen Artikel begab, von ihrem Mann begleiten, an dessen Jackett die renommierten Medaillen prangten, und konnte sicher sein, sowohl bulgarisches Schmorfleisch und ungarische Salami als auch Klopapier, Apfelsinen oder Eintrittskarten fürs Bolschoitheater zu bekommen.

Tags zuvor hatte das Telefon geklingelt, als Ramón Pawlowitsch gerade die *L'Humanité* las, die er jeden Morgen an dem Kiosk am Nordausgang des Gorki-Parks gegenüber der Uferpromenade Frunse kaufte. Roquelia, die nur widerwillig den Hörer abnahm und noch widerwilliger russisch sprach, hatte ihm aus der Küche zugerufen, er solle den Anruf entgegennehmen. Ramón hasste jede Unterbrechung, wenn er las oder Musik von Bach, Beethoven oder de Falla hörte, und ganz besonders fühlte er sich heute gestört, in diesem Augenblick. Er hatte sich in einen Artikel vertieft, der zu belegen versuchte, auf welch hinterlistige Weise die tschechischen Revisionisten hinter dem Rücken und gegen den Willen der Arbeiter und Bauern des Landes einen kapitalistischen Staat errichtet hatten. Die von der Führung der Kommunistischen Partei der Tschechoslowakei herbeigerufene Rote Armee beabsichtige mit ihrem rechtzeitigen Einmarsch nichts anderes, als einer der Vereinbarungen des Warschauer Paktes nachzukommen und die Fortdauer der von den Massen des Landes gewünschten und gewählten sozialistischen Option zu garantieren, lautete der Kommentar.

Ramón Pawlowitsch nahm seine dicke Hornbrille ab und fand noch Zeit zu denken, dieser Artikel beweise, dass sich nichts verändert habe, nicht einmal die Rhetorik. Schwerfällig erhob er sich. Mit den Jahren war er langsam und kurzatmig geworden, denn es gelang ihm nicht, abzunehmen, sosehr Roquelia auch darauf bestand, dass er mehr Gemüse aß. Er hob die Füße und stieg über Ix und Dax hinweg, seine beiden russischen Windhundwelpen, die durch die Sommerhitze träge geworden waren. Ramón war sich fast sicher, dass der Anruf seinem Sohn Arturo galt, der im Laufe der Jahre das Telefon immer mehr in Beschlag nahm. Nach dem zehnten Klingeln nahm Ramón den schweren Hörer in die Hand.

»*Da?*«, sagte er, fast verärgert, auf Russisch.

»*Merde!* Du sprichst schon russisch?« Die ironische Stimme, auf Französisch, drang wie ein Blitzschlag in das Herz der Erinnerungen von Ramón Pawlowitsch.

»Bist dus?«, fragte er, jetzt ebenfalls auf Französisch, und er spürte, wie es in seiner Brust und in den Schläfen pochte.

»Achtundzwanzig Jahre haben wir uns nicht gesehen, was, mein Junge? Na ja, du bist ja jetzt kein Junge mehr …«

»Bist du in Moskau?«

»Ja, und ich würde dich gern wiedersehen. Seit drei Jahren überlege ich mir, ob ich dich anrufen soll oder nicht, und heute hab ich mir ein Herz gefasst. Können wir uns treffen?«

»Ja, natürlich«, sagte Ramón Pawlowitsch, nachdem er ein paar Sekunden gezögert hatte, in der Hoffnung, dass seine Stimme fest und überzeugend klang. Selbstverständlich wollte er seinen ehemaligen Mentor wiedersehen, obwohl es tausend Gründe dafür gab, daran zu zweifeln, ob es richtig war, ihn zu treffen. Vor allem, weil er vermutete, dass ihr Gespräch abgehört wurde und ihr Treffen von den Agenten des Geheimdienstes gefilmt würde. Doch er beschloss, es sei das Risiko wert.

»Morgen um vier, vor der Bierkneipe an der Metrostation Leningrad. Erinnerst du dich? Und bring Geld mit, jetzt muss jeder aus eigener Tasche zahlen, und meine sind nicht gerade voll.«

»Wie ist es dir ergangen?«, wagte Ramón Pawlowitsch zu fragen.

»Saugut«, sagte der andere auf Spanisch, und bevor er auflegte, wiederholte er noch einmal: »Saugut. Wir sehen uns morgen.«

Kaum hatte Ramón Pawlowitsch den Hörer aufgelegt, hörte er wieder den Schrei. Jene Mischung aus Schmerz, Überraschung und Wut hatte ihn all die Jahre hindurch verfolgt, und auch wenn sie in letzter Zeit weniger aufdringlich geworden war, war sie immer da, in seinem Kopf, wie eine stillgelegte Ader, die jederzeit aktiviert werden konnte, manchmal durch irgendeine Erinnerung an die Vergangenheit, meistens jedoch ohne einen erkennbaren Grund.

Seit er vor acht Jahren in Moskau aus dem Flugzeug gestiegen war, hatte er sich gewünscht, diesen Mann zu treffen (wie, zum Teufel, mochte er sich wohl jetzt nennen?, wie mochte er sich genannt haben, bevor er zu dem Mann geworden war, der ständig hinter einer Maske gelebt hatte?), und er hatte nur befürchtet, dass der Tod des einen oder des anderen das notwendige Gespräch zwischen ihnen verhindern würde: das Gespräch, das ihn der nie gekannten ganzen Wahrheit, die den Lauf ihrer beider Leben so sehr beeinflusst hatte, näher bringen würde. Und jetzt, da er schon gedacht hatte, es würde nie zu diesem Treffen kommen, schien es konkret zu werden, und wie immer war die Initiative von seinem alten und stets rätselhaften Mentor ausgegangen.

»Wer war dran?«, fragte Roquelia, die aus der Küche gekommen war und sich die Hände an der Schürze abtrocknete. »Was ist los, Ramón? Du bist ja ganz blass …«

Er setzte sich die Brille wieder auf, nahm eine Zigarette aus dem Päckchen, das auf dem Tisch neben seinem Lesesessel lag, und zündete sie an.

»Er«, sagte er schließlich.

Mit der Zigarette in der Hand trat Ramón auf den winzigen Balkon, von dem aus man einen privilegierten Blick auf den Fluss und, auf der anderen Seite, auf die Bäume des Parks hatte. Wenn er gen Süden blickte, sah er die Universitätsgebäude und die Nikolaus-Kirche; wandte er sich nach Norden, sah er die Krimski-Brücke, über die er zum Gorki-Park zu gehen pflegte, und weiter hinten konnte er die Türme und die höchsten Paläste des Kreml erkennen. Ix und Dax waren ihm gefolgt und machten Sitz. Hechelnd beobachteten sie die winzigen Passanten, die über die Uferpromenade schlenderten. Ramón spürte, wie eine fast vergessene Angst wiederkehrte und ihm die Brust zuschnürte. Fast mechanisch schaute er auf seine rechte Hand hinunter, auf die unauslöschliche, halbmondförmige Narbe wenige Zentimeter unterhalb der Narbe aus den ersten Tagen des Spanischen Bürgerkriegs. Er mochte den Anblick dieser vier in seine Haut eingebrannten Spuren nicht, denn er erinnerte sich nicht gerne daran; aber seine Erinnerung war wie alles andere in seinem Leben seit jenem weit entfernten frühen Morgen, an dem er »Ja« gesagt hatte: Auch sie war vollkommen unabhängig von seinem Willen.

Zuerst hatte er den Schrei gehört, und als er die Augen öffnete, sah er, wie sich der Verwundete, die Brille schief auf der Nase, mit letzter Kraft auf ihn stürzte, ihn in die bewaffnete Hand biss und ihn so zwang, den mit Blut und Gehirnmasse verschmierten Eispickel fallen zu lassen. Das, was sich in den darauf folgenden Minuten abspielte, war zu verschiedenen Bildern geworden, in denen sich seine tatsächlichen Erinnerungen mit dem vermischten, was er in den Jahren darauf hören und lesen sollte. Es wurde berichtet, dass er, vielleicht wie gelähmt von dem Schrei und der unerwarteten Reaktion des Verwundeten, nicht einmal versucht habe, aus dem Arbeitszimmer zu fliehen, und dass er, während ihn die Leibwächter mit bloßen Fäusten und den Griffen ihrer Revolver bearbeiteten, auf Englisch geschrien habe: »Sie haben meine Mutter! Sie werden meine Mutter töten!« Welcher Gehirnwindung waren jene unerwarteten Worte entsprungen? Dagegen erinnerte er sich daran, dass er versucht hatte, seinen Kopf gegen die Schläge der Leibwächter zu schützen, und bei dem Gedanken, er habe versagt, angefangen hatte zu weinen. Er konnte nicht glauben, dass der Alte den Schlag überlebt und sich mit dieser letzten verzweifelten Kraft auf ihn geworfen hatte. Und dann hatte er geschrien, man solle ihn töten, er verdiene es. Ich habe versagt, hatte er gedacht.

Noch heute konnte Ramón die Erschütterung bei der ersten Vernehmung spüren, als er den Polizisten sagen hörte, dass sein bereits tödlich verwundetes Opfer ihm das Leben gerettet habe, indem er den Leibwächtern zurief, sie sollten ihn nicht töten, er müsse zum Sprechen gebracht werden. Diese Information gab den Geschehnissen jenes Nachmittags einen Sinn und verstärkte den Schmerzensschrei in seinen Ohren. Ramón konnte sich ganz deutlich an seine Erleichterung erinnern, als die Schläge auf den Kopf aufhörten, an den Blick voller Abscheu, mit dem Natalia Sedowa ihn ansah, an den Moment, als Azteca in das Arbeitszimmer kam und sich dem Verwundeten näherte, der, ein Kissen unter dem Kopf, auf dem Boden lag. Ramón war sich sicher, gesehen zu haben, dass der Alte den Hund gekrault, und gehört zu haben, wie er darum gebeten hatte, Sjewa nicht ins Zimmer zu lassen.

Tatsächlich war Ramón erst in dem Moment vollständig aus seiner Betäubung erwacht, als man ihn – inzwischen war es dunkel geworden – in Handschellen aus dem Haus geführt hatte. Bevor er in den Ambulanzwagen gestiegen war, der ihn ins Krankenhaus bringen sollte, hatte nach links geschaut und trotz des Blutes und der Schwellung seines rechten Auges feststellen können, dass jenseits der auf der

Calle Viena geparkten Polizeiwagen der grüne Chrysler verschwunden war. Im Ambulanzwagen sagte er zu einem seiner Bewacher, er solle den Brief an sich nehmen, der in der Tasche seines Sommerjacketts stecke. Der Schmerz an der Hand, in die er gebissen worden war, im Kopf und in seinem wund geschlagenen Gesicht verhinderte nicht, dass Ramón von einem angenehmen Schwindel erfasst wurde und ihn ein einziger, klarer und deutlicher Gedanke beherrschte, als der Polizist den Brief öffnete: Mein Name ist Jacques Mornard, ich bin Jacques Mornard.

Tom hatte es ihm prophezeit: Der Brief werde sein Schutzschild sein, hinter dem er sich, geschehe, was wolle, verschanzen müsse. Und genau das tat er während der zwanzig Jahre, die er in der Hölle auf Erden, den drei mexikanischen Gefängnissen seiner Haftzeit, verbringen sollte. Die schrecklichste Zeit waren zweifellos die Monate in den schalldichten Zellen des 6. Kommissariats, wo er endlosen Verhören unterzogen wurde und regelmäßige Faustschläge, ständige Ohrfeigen und Fußtritte erdulden musste; wo er Sylvia gegenübergestellt und bespuckt wurde; wo er den Leibwächtern des Renegaten und sogar einigen der Teilnehmer an dem von Siqueiros angeführten Überfall gegenübergestellt wurde, die ihn natürlich nicht erkennen und schon gar nicht mit dem wie vom Erdboden verschluckten französischen Juden in Verbindung bringen konnten. Dann folgten die Befragungen der belgischen Beamten, bei denen sich herausstellte, dass seine Angaben über die Herkunft von Jacques Mornard falsch waren, und die scharfen, an Folter grenzenden psychologischen Tests, die seine ganze physische Widerstandskraft, seine Intelligenz und den Gebrauch des in Malachowka erhaltenen Rüstzeugs erforderten, um seinen Schutzschild aufrechtzuerhalten. Besonders hart war die Rekonstruktion des Attentats, während der sie ihn zwangen, mit einer zusammengerollten Zeitung zu demonstrieren, wie er auf sein Opfer eingeschlagen hatte. Als er mit erhobener Zeitung hinter dem Mahagonischreibtisch stand, wurde ihm klar, dass der Eispickel sein Ziel um ein paar Zentimeter verfehlte, weil der Renegat sich im entscheidenden Augenblick zu ihm umgedreht hatte. Das bedeutete, dass Trotzki gesehen haben musste, wie die Eisenspitze auf ihn niedergesaust war, bevor sie ihm den Schädel zertrümmerte. Dieses Bild, das bewies, dass das Opfer den tödlichen Schlag von vorn erhalten hatte, und eine Erklärung dafür lieferte, warum es dem Alten möglich gewesen war, aufzustehen, mit dem Angreifer zu kämpfen, ihn in die Hand zu beißen und sogar noch vierundzwanzig Stunden zu leben, traf Ramón so brutal, dass er in Ohnmacht fiel.

Ebenfalls als sehr schwierig hatte er den Moment in Erinnerung, als der Untersuchungsrichter ihm sagte, dass sein wirklicher Name offenbar Ramón Mercader del Río sei, Katalane von Geburt – spanische Flüchtlinge hatten ihn auf dem Foto in den Zeitungen wiedererkannt –, und ihm ein in Barcelona aufgenommenes Foto vorlegte, auf dem er als Soldat abgebildet war. Dieser Beweis zog weitere Verhöre und Folter nach sich, mit dem Ziel, ihm das von allen ungeduldig erwartete Geständnis zu entreißen. Der Chef des Geheimdienstes, Sánchez Salazar, schien es als seine persönliche Aufgabe anzusehen, seinem Munde dieses Geständnis zu entlocken, und stellte ihm Hunderte, Tausende von Malen immer wieder dieselben Fragen: Wer hat Ihnen die Waffe in die Hand gegeben? Wer waren die Komplizen Ihres Verbrechens? Wer hat Sie hierhergeschickt? Wer hat Ihnen geholfen? Wer hat Ihnen die finanziellen Mittel zur Vorbereitung des Attentates verschafft? Wie lautet Ihr richtiger Name? Seine Antworten auf alle diese Fragen, in all den Jahren, waren immer dem Brief entnommen: Niemand habe ihm die Waffe in die Hand gegeben, es gebe keine Komplizen, das Geld für die Reise nach Mexiko habe ihm ein Mitglied der IV. Internationale gegeben, dessen Namen er vergessen habe, sein einziger Kontakt in Mexiko sei ein gewisser Bartolo gewesen, Pérez oder París mit Nachnamen, er erinnere sich nicht mehr, und er selbst heiße Jacques Mornard Vandendreschs, sei in Teheran geboren, während einer Mission seines Vaters, eines belgischen Diplomaten, und habe danach mit seinen Eltern in Brüssel gewohnt; einen Mercader del Río kenne er nicht, und auch wenn sie sich sehr ähnlich sähen, er sei nicht der Mann auf dem Foto.

Seine Fähigkeit, zu schweigen und das aufrechtzuerhalten, von dem alle wussten, dass es gelogen war, gaben ihm jene Kraft und Sicherheit zurück, die er in den Tagen vor seiner Tat verloren hatte. Er gewann ein Gefühl der Überlegenheit, das ihn nicht mehr verlassen sollte. Häufig dachte er an Andreu Nin und an die Mühe, die er seinen Häschern dadurch bereitet hatte, dass er die Verfehlungen, derer man ihn beschuldigte, nicht eingestand. Wenn er, Ramón, die versprochene Unterstützung erhielt und wenn keiner der korrupten Polizisten oder seiner zukünftigen Mitgefangenen den Auftrag bekam, ihn zu liquidieren, würde er so lange wie nötig durchhalten können, da war er sich ganz sicher. Selbst unter diesen Bedingungen und unter dem Druck, dem er ausgesetzt war; denn einzig und allein davon, das wusste er, hing sein Leben ab. Wenigstens in einem Punkt schien Kotow sein Versprechen gehalten zu haben, auch wenn Ramón die Bestätigung dafür erst nach sieben Monaten Isolierhaft und Folter bekommen sollte, als man endlich seinen Anwalt Octavio Medellín Ostos zu ihm ließ, der am Morgen des 21. August von einer Frau namens Eustasia Pérez mit seiner Verteidigung beauftragt worden war. Diese Frau, die der Anwalt nie wiedersehen sollte, hatte ihm eine beträchtliche Summe ausgehändigt, damit er die nötigen Schritte in die Wege leitete, bis sie oder jemand anderer ihn wieder kontaktieren würde. Da wusste Ramón, dass er nicht alleine war, und als Medellín Ostos ihn bat, ihm die Wahrheit zu erzählen, damit er ihm helfen könne, wiederholte er wieder, Wort für Wort, den Inhalt des Briefes, den er der Polizei übergeben hatte.

»Und das soll ich Ihnen glauben, Señor Mornard?«, hatte der Anwalt gesagt und ihm dabei direkt in die Augen geblickt.

»Sie sollen mich nur verteidigen, Doktor. Und das so gut wie möglich.«

»Es ist inzwischen bewiesen, dass alles, was Sie mir da erzählen, nichts als Lüge ist. Weder sind Sie Belgier, noch gibt es einen Jacques Mornard, noch waren Sie Trotzkist, noch haben Sie den Mord eine Woche zuvor geplant. Es wird also sehr schwierig werden …«

»Was soll ich machen, wenn es die Wahrheit ist, obwohl alle das Gegenteil glauben und behaupten?«

»Das fängt ja gut an«, hatte der Anwalt geseufzt. »Aber der Reihe nach: Die mexikanische Regierung will ein Geständnis, denn Ihr Verbrechen hat einen internationalen Skandal ausgelöst. Die Menschen hier haben darüber sogar für Wochen den Krieg in Europa vergessen. Hat man Ihnen gesagt, dass zu den Trauerfeierlichkeiten für Trotzki mehr Leute geströmt sind als jemals zuvor in diesem Land beim Tod eines Ausländers? Alle wissen, dass Ihre Identität falsch ist und Sie Spanisch verstehen wie Ihre Muttersprache. Es ist bewiesen, dass die Geschichte Ihrer Treffen mit Trotzki zur Vorbereitung von Attentaten in der Sowjetunion pure Erfindung ist, denn laut Besucherverzeichnis haben Sie nicht mehr als zwei Stunden mit ihm verbracht, den größten Teil in Gegenwart anderer Personen. Alle Welt weiß, dass Ihr Freund Bartolo París ein Phantom und der Brief, den Sie der Polizei ausgehändigt haben, ein Witz ist. Wer immer ihn auch geschrieben hat, er ist ein Zyniker, der die Intelligenz in höchstem Maße beleidigt, denn er musste sich darüber im Klaren sein, dass der Schwindel nach zehn Minuten auffliegen würde. All das spricht gegen Sie, und die Regierung hat sich das Ziel gesetzt, unbedingt die Wahrheit herauszufinden. Wie soll ich Sie verteidigen, wenn ich weiß, dass Sie ein Betrüger sind?«

»Sie sind der Anwalt, nicht ich. Ich habe ihn aus dem Grund getötet, den ich in dem Brief angegeben habe. Das ist alles, was ich dazu sagen kann … Sie müssen mir einen Gefallen tun: Kaufen Sie mir bitte eine Brille, in letzter Zeit sehe ich nämlich fast nichts«, hatte Ramón erwidert, bereit, sich allen Konsequenzen zu stellen.

Als Roquelia mit einem Glas Wasser und einer Tasse Kaffee auf einem bunten usbekischen Tablett auf den Balkon hinaustrat, schreckte Ramón auf.

»Was will der Mann von dir?«, fragte sie, während Ramón Pawlowitsch das Wasser trank.

»Mit mir reden, Roque, nur mit mir reden«, sagte er und stellte das Glas auf das Tablett zurück, um die Tasse zu nehmen.

»Musst du unbedingt in der Vergangenheit herumstochern? Ist es nicht besser, in der Gegenwart zu leben?«

»Du verstehst mich nicht, Roque. Seit achtundzwanzig Jahren herrscht Schweigen. Ich muss endlich wissen …«

»Sieh mal, Ramón, zurzeit sieht es gar nicht gut aus. Das mit der

Tschechoslowakei … Glaubst du, die werden dich irgendwann mal rauslassen?«

»Das kannst du getrost vergessen. Du weißt so gut wie ich, dass sie mich nie mehr ausreisen lassen werden. Außerdem weiß ich überhaupt nicht, wohin ich gehen könnte …«

Er trank den ersten Schluck Kaffee und sah seine Frau an. Nicht einmal sie konnte sich nach den fünfzehn Jahren ihrer Beziehung vorstellen, was dieses Treffen mit seinem ehemaligen Mentor für ihn bedeutete. Auch wenn er davon überzeugt war, dass seine Vorgesetzten Roquelia zu ihm geschickt hatten, hatte er sich dafür entschieden, sie von Anfang an über die Einzelheiten, die ihn mit der Welt der Finsternis verbanden, im Ungewissen zu lassen; denn nichts zu wissen, so sagte er sich, ist immer noch der beste Schutz gegen alle Arten von Grausamkeiten. Das Gleiche galt für seinen Bruder Luis, nachdem sie sich in Moskau wiederbegegnet waren und dieser ihm unter dem Siegel der Verschwiegenheit anvertraut hatte, dass er eines Tages gern nach Spanien zurückkehren würde.

»Aber keine Sorge, sie können mir nichts mehr anhaben. Sie haben nämlich schon alles mit mir gemacht«, sagte er und trank seinen Kaffee aus.

»Sie können immer noch etwas machen. Und jetzt, wo wir Kinder haben …«

»Es wird nichts passieren. Wenn ich weiterhin schweige … Ich werd mal mit den Hunden rausgehen.«

In einer Hand eine Zigarette, in der anderen die Hundeleinen, betrat er mit seinen Borsois den Aufzug und drückte auf »Erdgeschoss«. Das Gebäude an der Uferpromenade, in das sie vor knapp zwei Jahren gezogen waren, wurde von lokalen Parteigrößen, Unternehmensleitern und ein paar hochgestellten Auslandsflüchtlingen bewohnt und verfügte über einen Lift, eine Gegensprechanlage im Erdgeschoss (fleißig bedient von dem Milizionär, der als Wachmann eingesetzt war), Granitfußböden, Bad in jeder Wohnung, eine Waschmaschine und als zusätzliches Privileg seine herrliche Lage direkt an der Moskwa, gegenüber dem Gorki-Park, fünfzehn Minuten zu Fuß zum Zentrum. Vor allem genossen Arturo und Laura, ihre Kinder, den Park, wo sie im Winter Schlittschuh liefen und im Sommer Sport trieben. Ix und Dax nutzten den Park nur an den Vormittagen; nachmittags beschränkten sich ihre Ausflüge auf den baumbestandenen Weg neben der Uferpromenade, wo ihr Herrchen ihnen beigebracht hatte, herumzurennen und herumzuspringen, ohne auf die Fahrbahn zu laufen.

Ramón ließ die Hunde von der Leine und setzte sich auf eine freie Bank im Schatten von Bäumen, die *siren* hießen und noch immer ihre glockenförmigen Trauben trugen. Er beobachtete gern den eleganten Lauf seiner Hunde, wenn ihr braunes Fell im Wind wehte und ihre Pfoten kaum das Gras zu berühren schienen. Seit dem sinnlosen, grausamen Tod von Churro, dem langhaarigen kleinen Köter, der sich in die Schützengräben der Sierra de Guadarrama geschlichen hatte, hatte er keine Gelegenheit mehr gehabt, sich einen Hund zu halten, ihn zu füttern und sich um ihn zu kümmern. In den ersten Jahren in Moskau, vor der Adoption von Arturo und Laura, hätte er sich gern einen Welpen angeschafft, doch die Ankunft der beiden Kinder, nach denen sich die unfruchtbare Roquelia so sehr gesehnt hatte, hatte ihn seinen Wunsch zurückstellen lassen, denn dafür reichte der Platz in der damaligen Wohnung nicht mehr. Als sein Bruder Luis jedoch – vielleicht auf eine geheimnisvolle und unwiderrufliche Anordnung hin – mit den beiden Borsoi-Welpen in der Wohnung an der Uferpromenade Frunse auftauchte, wusste Ramón sogleich, dass die Hunde eine Prämie und gleichzeitig eine Strafe waren, die er akzeptieren musste: eine weitere Last seiner unauslöschlichen Vergangenheit – die gerade dabei war, wieder zurückzukehren durch die Initiative des Mannes, der mit Geduld und Tücke sein Schicksal geformt hatte.

Als das Urteil verkündet worden war – zwanzig Jahre Gefängnis, die höchste Strafe, die das mexikanische Strafgesetzbuch für Mord vorsah – und man ihn in das düstere Gefängnis von Lecumberri gebracht hatte (zu Recht »der Schwarze Palast« genannt), wurde seine bisherige Sicherheit zutiefst erschüttert: In den Gängen jenes kreisförmigen, mit Mördern sämtlicher Kategorien und sämtlicher Tötungstechniken überbelegten Gefängnisses hatte er das Gefühl, er beträte einen dunklen, erstickenden Tunnel. Nur wenn Kotows Versprechen weiterhin galt, und Ramóns Schweigen während der fast zwei Jahre sprach dafür, würde es in seinem Leben Hoffnung geben. Wenn nicht, wäre er ein Schiffbrüchiger an einem Ort, an dem das Leben eines Menschen nur wenige Pesos wert war. Die Angst vor dem Sterben, die nicht gerade zu seinen Schwächen gezählt hatte, war allgegenwärtig und sollte ihn von nun an aus den unterschiedlichsten Gründen begleiten und belauern. Ramón wusste, dass er tot weniger gefährlich war für diejenigen, die ihm, wie der Geheimdienstchef Sánchez Salazar es ausdrückte, die Waffe in die Hand gegeben hatten. Das Schlimmste aber war, zu glauben, dass ihn zu schützen oder seine Flucht vorzubereiten nicht mehr zu *ihren* Prioritäten zählte. Schon gar nicht zu denen von Kotow, der bestimmt schon mit anderen, wichtigeren Missionen betraut war als mit der, einem Soldaten, der vom Feind gefangen genommen und bereits als »Verlust im Einsatz« abgeschrieben worden war, zur Flucht zu verhelfen. Mit diesem schmerzhaften Gedanken sah er sich jeden Tag aufs Neue konfrontiert, und mehr als einmal sollte er die Augen öffnen, die Pupillen starr auf die Decke seiner Zelle gerichtet, und sich die Worte seines Opfers zu eigen machen: Mir ist ein weiterer Tag geschenkt worden, wird es der letzte sein? Seither verfolgte ihn das Gefühl, dass sein Schicksal und das des Mannes, den zu töten ihm befohlen worden war, sich aufgrund eines makabren Zusammentreffens von Zufällen miteinander vermischt hatten, so wie ihn der unbestechliche Schrei verfolgte, der in seinen Ohren widerhallte, oder die halbmondförmige Narbe, die seit exakt achtundzwanzig Jahren und zwei Tagen seine rechte Hand verunstaltete.

Die Bierkneipe an der Metrostation Leningrad hatte sich in den letzten dreißig Jahren nicht sehr verändert. Vielleicht war der durch die Augusthitze verstärkte Schweißgeruch an diesem Nachmittag noch etwas intensiver als damals, aber er wurde noch immer vom Gestank nach Fisch, Hefe und dem Urin der Betrunkenen begleitet, die sich um einen Krug Bier stritten, um ihn mit einem Schuss Wodka zu würzen. Der Boden war immer noch schmierig, und die Gesichter der Gäste mit ihren von violetten Venen durchzogenen Nasen und den hinter einem Schleier verborgenen Augen wirkten wie Fotografien, denen der Lauf der Zeit nichts anhaben konnte. Doch in Wirklichkeit verging die Zeit nicht, sie ging höchstens rückwärts, als fürchtete sie sich vor der so oft versprochenen Zukunft, so wie diese Menschen (die früher einmal darauf gehofft hatten, zu den *neuen* zu zählen) sich vor der Gesellschaft und ihren Realitäten hierherflüchteten. Nur das Gesicht eines Hinkenden, der sich einst Leonid Alexandrowitsch oder Kotow oder Tom oder Andrew Roberts oder Grigorjew genannt hatte, und das eines anderen Mannes, der die hundert Kilo überschritten und sich nie wieder Ramón Mercader genannt hatte, gaben Zeugnis davon, dass sie nicht mehr im selben Fluss schwammen.

»Du bist ja dick und fett geworden, mein Junge!«, rief Ersterer und umarmte den anderen, der wusste, dass dies in einem ekelerregenden Kuss enden würde, dem er sich zu entziehen wusste.

»Und du alt und kahl!«, lachte Ramón und gab dem anderen so die Gelegenheit, ihn ein zweites Mal in die Arme zu schließen und ihm den fälligen russischen Kuss auf die Wangen zu drücken.

»Ja, die Jahre und die Sorgen«, erwiderte Kotow, jetzt auf Spanisch.

»Lass uns woandershin gehen, das stinkt ja hier wie auf dem Scheißhaus!«

»Ich seh schon, du bist vornehm geworden. Wie findest du unser Proletariat? Schreit immer noch nach Seife, was? Aber du hast dich ja richtig herausgeputzt! Ausländische Kleidung, stimmts? Riecht nach Westen und Dekadenz …«

»Meine Frau bringt sie mir aus Mexiko mit.«

»Verkauft sie vielleicht auch welche?« Sein Lachen war gutural und laut.

»Wissen *die* etwa auch, dass Roquelia Kleidung mitbringt, um sie hier zu verkaufen?«

»*Die* wissen immer alles, mein Junge. Immer und alles.«

Sie traten auf die Straße hinaus, und Ramón überlegte es sich nicht zweimal: Er heftete sich die Orden ans Revers seines Jacketts, und so bekamen sie das erste Taxi vor der lärmenden Schlange der Metrostation. Er bat den Fahrer, sie an der Ochotny Riad rauszulassen, gegenüber dem Hotel Moskwa.

»Warum willst du ausgerechnet hierher? Das Hotel ist mit Mikrofonen gespickt«, sagte der Russe auf Französisch, als sie die Fassade des klobigen Gebäudes erblickten, das im Laufe der Jahre noch uneinheitlicher und düsterer geworden war.

»Dann pass auf, dass du ihnen nicht zu nahe kommst«, lachte Ramón. »Übrigens, wie zum Teufel nennst du dich jetzt?«

Kotow lachte wieder sein gutturales Lachen aus den alten Zeiten.

»*Nomina odiosa sunt,* erinnerst du dich? Was hältst du davon, wenn ich mich jetzt Ljonja nenne, Leonid Eitingon?«

»Das ist nicht der Name, unter dem man dir den Prozess gemacht hat … War es nicht Naum Isakowitsch? Willst du mir nicht endlich verraten, welcher Name dein richtiger ist?«

»Alle sind richtig, so wie Ramón Pawlowitsch López. Sogar deinen Namen hast du mir zu verdanken, Ramón …«

Das Hotel Moskwa war das Symbol einer noch lebendigen Vergangenheit, genau wie die beiden Männer, die dank der hohen Auszeichnungen die kühle Bar betreten durften, um so der Moskauer Hitze zu entkommen. Leonid hielt Ramón am Arm zurück und schnupperte die Atmosphäre. Dann wies er auf einen der Tische und ging, stärker humpelnd denn je zuvor, auf ihn zu.

»Wir verfügen inzwischen sogar über Raumschiffe, aber die Mikrofone des KGB und die Rasierklingen, die man uns verkauft, stammen aus der Steinzeit … In diesem Hotel gibt es etwas, das dir bestimmt noch niemand erzählt hat«, lachte Ljonja. »Viele Wände hier sind doppelt, verstehst du? Und in den Hohlraum passt ein Mann. So können sie hören, was bestimmte Hotelgäste in einem bestimmten Zimmer miteinander sprechen. Wie findest du das?«

Ramón bestellte ein Glas Orangensaft, eine Flasche Wodka, eisgekühlt, ein Schälchen Erdbeeren und einen Teller mit Scheiben einer polnischen Wurst, die man nur in den Geschäften für Diplomaten und ausländische Führungskräfte kaufen konnte.

»Und bringen Sie auch Kaviar und Weißbrot«, bat Eitingon den verblüfften Kellner.

»Warum hast du mich angerufen? Ich dachte schon, du wolltest nicht mehr mit mir reden.«

»Du weißt doch, dass ich vor drei Jahren aus dem Gefängnis gekommen bin, oder?«, fragte Eitingon. Ramón nickte. »Bei meiner Freilassung sagten sie mir, ich solle mich nicht mit dir in Verbindung setzen, und ich muss dir ja nicht erklären, was das Wort ›Gehorsam‹ für uns bedeutet. Aber vor Kurzem habe ich einen Freund, der noch für den Apparat arbeitet, gefragt, ob irgendjemand etwas dagegen haben könnte, wenn wir uns treffen und über die alten Zeiten sprechen würden … Vor einer Woche dann, als Sudoplatow freigelassen wurde, rief der Freund mich an und sagte mir, ich könne dich ruhig treffen … wenn ich ihnen hinterher davon berichten würde.«

»Und, wirst du ihnen berichten?«

»Glaubst du, ich helfe denen, nach allem, was sie mit uns gemacht haben? Wusstest du, dass sie Sudoplatow für fünfzehn Jahre eingesperrt haben?«, fragte Eitingon und fügte auf Spanisch hinzu: »Die können mich mal kreuzweise am Arsch lecken … Ich werd mir schon irgendwas einfallen lassen.«

Als Ramón im Mai 1960 in Moskau ankam, teilte ihm der Offizier des KGB, der ihn in den ersten Monaten betreuen sollte, netterweise mit, dass sein ehemaliger Mentor ihn aus dem Gefängnis willkommen heiße. Er verbüße nämlich eine Haftstrafe von zwölf Jahren wegen der Teilnahme an einer Verschwörung gegen die Regierung. Doch der Gefangene von Lecumberri hatte bereits vorher aus mehreren Briefen, die Caridad ihm durch den Anwalt Eduardo Ceniceros (den Nachfolger Medellín Ostos) hatte zukommen lassen, Einzelheiten über das seltsame Schicksal seines Mentors erfahren. Obwohl die Nachrichten absichtlich konfus gehalten waren, unverständlich für jemanden, der die Vorgeschichte nicht kannte, hatte Ramón daraus entnommen, dass sein Mentor, nachdem er den wichtigsten Auftrag seines Lebens ausgeführt hatte und in die UdSSR zurückgekehrt war, zum General befördert und vom Genossen Stalin höchstpersönlich mit dem ersten seiner vielen Orden als Held der Sowjetunion ausgezeichnet worden war. Mister K oder »der Hinkende« (wie Caridad ihn in ihren Briefen nannte) arbeitete weiter unter Sudoplatow in der Auslandsabteilung des Geheimdienstes und bildete Agenten aus, die in die Nachhut der Deutschen eingeschleust werden sollten, um Sabotageakte zu begehen. Für diese Arbeit (was genau wird er wohl gemacht haben?, fragte sich Ramón, obwohl er die Antwort kannte) wurde er erneut als Held der Sowjetunion ausgezeichnet und zum Brigadegeneral befördert. Doch als Beria 1946 vom Geheimdienst in die Leitung der Abteilung für Forschung und Entwicklung der Nuklearindustrie wechselte (neuerdings die größte Obsession Stalins, der sich auf den Atomkrieg vorzubereiten begann), hing Mister K plötzlich in der Luft, denn der neue Leiter der Abteilungen für Spionage und Sabotage im Kalten Krieg ließ ihn sogleich aus dem Dienst entfernen. Aus weiteren Briefen Caridads, die inzwischen in Paris lebte, ging hervor, dass das Leben des Agenten mehr oder weniger normal verlief, bis er 1951 auf Befehl Stalins zusammen mit seiner Schwester Sofia, einer Ärztin, verhaftet wurde. Das geschah während einer Razzia, der Ärzte, Wissenschaftler und hohe Offiziere (darunter auch der Minister für Innere Sicherheit, Abakumow), ausnahmslos jüdischer Herkunft, zum Opfer fielen. Sie wurden beschuldigt, nicht mehr und nicht weniger versucht zu haben, als Stalin, Chruschtschow und Malenkow zu vergiften, um die Macht an sich zu reißen. Der Fall wurde von der ausländischen Presse aufgegriffen, und in Lecumberri konnte Jacques Mornard in französischen, englischen und mexikanischen Zeitungen Berichte über das sogenannte »Komplott jüdischer Ärzte« lesen, das vom russischen Geheimdienst aufgedeckt worden war, wodurch »der Mord am Genossen Stalin und an zahlreichen Sowjetbürgern verhindert worden sei«, wie es hieß. Der Ton jener Anklagen, der mit denselben Zutaten wie in den Prozessen der Dreißigerjahre gewürzt war, ließ die Angst wiederaufleben, die Ramón in den zehn Jahren seines relativ friedlichen Aufenthaltes im Gefängnis mit Erfolg verdrängt hatte. Für ihn konnte diese obskure Verschwörungsgeschichte nur eines bedeuten: Hinter dem Vorwurf einer tatsächlichen oder erfundenen Verschwörung verbarg sich die Vorbereitung auf eine antisemitische Offensive und die Beseitigung von Leuten, die von unbequemen Geheimnissen aus der Vergangenheit Kenntnis hatten. Und sein Mentor, der außerdem Jude war, hatte tatsächlich Kenntnis von einem der kompromittierendsten Geheimnisse. Wenn sie Kotow töteten, wie viel Lebenszeit würde ihm, Ramón, dann noch bleiben? Würde Moskau die gekaufte Liebenswürdigkeit der Vollzugsbeamten auch weiterhin finanzieren? Zwei Jahre lebte der Gefangene Jacques Mornard mit dieser quälenden Angst, und täglich erwartete er die Nachricht von der Hinrichtung des Brigadegenerals Naum Isakowitsch Eitingon, wie ihn die offiziellen Nachrichtenagenturen nannten. Bis im März 1953 die Nachricht von Stalins Tod im Gefängnis eintraf.

Damals war es bereits Roquelia, die ihm Caridads Nachrichten aus Paris überbrachte. In einem der ersten Briefe berichtete ihm seine Mutter, dass Mister K und seine angeblichen Mitverschwörer, die seit 1951 ihre Strafe verbüßten, von Beria begnadigt worden waren. Ramón atmete erleichtert auf. Doch nicht für lange. Als die neue Regierungsmannschaft unter Chruschtschows Führung Beria stürzte und hinrichten ließ, wurde Eitingon Opfer der neuen Verhaftungswelle. Diesmal wurde er beschuldigt, mit seinem ehemaligen Vorgesetzten einen Staatsstreich vorbereitet zu haben, und zu zwölf Jahren Gefängnis verurteilt. Auf diese Weise drücke sich die Dankbarkeit der Sowjetunion aus, schrieb Caridad in einem Brief, und er solle sich bloß in Acht nehmen, die Dankbarkeit könne auch den Atlantik überqueren.

»Wie ist es dir seit deiner Freilassung ergangen?« Ramón trank seinen Orangensaft, während Leonid seinen ersten Wodka kippte.

»Sie haben mir zu verstehen gegeben, dass Chruschtschow zu hart gegen mich und die anderen alten Soldaten Berias vorgegangen sei. Sie haben mir meine Pension zurückgegeben, aber nicht die Orden, sie haben mir eine Arbeit als Übersetzer verschafft und mir eine Wohnung im Golyanovo-Distrikt zugewiesen, du weißt schon, in einer dieser Mietskasernen, ohne eigenes Bad. Diese Gebäude sind nicht mit Zement gebaut, sondern mit Hass ... Kennst du das Lied der Taxifahrer?«, fragte er lachend und fing sogleich auf Russisch an zu singen: »Ich bring dich in die Tundra / Ich bring dich nach Sibirien / Ich bring dich, wohin du willst / Aber verlang nicht von mir, dass ich dich nach Golyanovo bringe ...«

Leonid versuchte zu lächeln, doch es gelang ihm nicht so recht.

»War es sehr hart?« Als ehemaliger Gefängnisinsasse fühlte er sich zu dieser Frage berechtigt.

»Bestimmt härter als für dich im Knast, und ich weiß, dass ein mexikanisches Gefängnis der Hölle verdammt nahekommt. Aber du konntest immerhin auf Hilfe von außen hoffen, und ich hatte nichts, an das ich mich klammern konnte. Du wusstest, dass es nach zwanzig Jahren vorbei sein würde, aber bei mir gab es kein Fälligkeitsdatum. Außerdem sind die Mexikaner zwar imstande, dich umzubringen und danach auf ein Fest zu gehen, aber sie können sich nicht solche Dinge ausdenken wie unsere Genossen, wenn sie ein Geständnis von dir haben wollen, ob du nun was gemacht hast oder nicht. Am schlimmsten ist zu wissen, dass du für etwas zahlst, das du nicht getan hast. Und noch schlimmer, wenn es deine eigenen Leute sind, die dir die Daumenschrauben anlegen … Und dazu noch die Scheißkälte … Wie ich diese Kälte hasse …«

Leonid verschlang zwei Scheiben der polnischen Wurst und trank seinen zweiten Wodka, vielleicht um die Kälte aus der Erinnerung zu vertreiben. Er schüttelte den Kopf. Eigentlich habe er schon seit 1948 geahnt, dass sich sein Schicksal wenden könnte, sagte er. In dem Jahr begann Stalin mit den Säuberungen unter den alten antifaschistischen Aktivisten, die sich an das Modell der vom sich ausbreitenden Sozialismus geforderten Bürokratie und an die besondere Situation des gerade begonnenen Kalten Krieges nicht anpassen wollten. Von der Säuberungswelle in Prag ging das Signal aus, dass die Bluthunde der Vergangenheit geopfert werden sollten, aber Eitingon hatte fälschlicherweise geglaubt, dass das nichts mit Männern wie ihm zu tun habe, wirklichen Profis, die in Zeiten der Hetzjagden so nützlich sein konnten.

Das Scheitern des Großen Steuermanns bei seinem Vorhaben, Einfluss auf den neu gegründeten Staat Israel zu gewinnen (der es, nachdem er Unterstützung und Geld von der Sowjetunion bekommen hatte, vorzog, auf Washingtons Umlaufbahn zu kreisen), hatte Stalins uraltem, tödlichem Hass auf die Juden neue Nahrung gegeben. Der Generalsekretär hatte sich die Verschwörung der Gift mischenden

Ärzte aus den Fingern gesogen und die Gelegenheit benutzt, andere Juden und Nichtjuden, die seinen Ideen gefährlich werden konnten oder einfach nur zu viel über die lästigen Geheimnisse aus der Vergangenheit wussten, aus dem Verkehr zu ziehen.

»Stalin wusste, dass sein Stern am Sinken war, und verband das Überleben der Revolution mit seinem eigenen Überleben. Er glaubte allen Ernstes daran, dass er die Sowjetunion sei. Na ja, beinahe war er das ja auch. Er war fast siebzig, und nachdem er so lang darum gekämpft hatte, die gesamte Macht auf sich zu vereinigen, und zum mächtigsten Mann der Welt aufgestiegen war, fühlte er sich erschöpft und ahnte, was passieren würde: Nach seinem Tod würden ihn seine eigenen Bluthunde verleumden. Niemand kann so viel Hass säen, ohne das Fass irgendwann zum Überlaufen zu bringen. Und genau das geschah ja auch, als er starb. Deswegen gab er sich seinen krankhaften Obsessionen hin. Nach dem Krieg, als die Euphorie über den Sieg groß war und das zerstörte Land wieder aufgebaut werden musste, waren die Menschen ruhiger und besser zu kontrollieren. Also richtete Stalin sein Interesse auf den inneren Kreis der Partei. Der schlaue Fuchs wusste ganz genau, dass er nur dann bis zum Ende würde herrschen können, wenn sich niemand jemals sicher fühlen konnte. Ich glaube wirklich, dass die Nachkriegszeit härter war als die Jahre 1937 und '38. Nein? Schau mal, mein Junge, obwohl Männer um ihn waren, die früher sein Vertrauen genossen hatten, wie zum Beispiel Beria, Schdanow, Kaganowitsch und der verhurteste aller Hurensöhne, der Menschewik Vischinski, oder andere Nullen wie Molotow und Woroschilow, verdächtigte er sie alle, ausnahmslos, denn er war krank vor Misstrauen und Angst, sehr viel Angst. Stell dir vor, wenn man uns verhört hat, haben sie immer gefragt, ob einer von diesen Männern, von den ganz hohen Chargen, seinen Vertrauten, ob einer von denen etwas mit unserer antisowjetischen Verschwörung zu tun hatte! Weißt du, dass er jeden Einzelnen von ihnen auf eine entsetzliche Probe gestellt hat? Paulina, Molotows Frau, hat er in ein Straflager gesteckt, weil sie Jüdin war. Als Kalinin Präsident des Landes war, hat man seine Frau ins Gefängnis gesperrt, und als sie krank wurde, musste er Stalin um den persönlichen Gefallen bitten, ihr ein anderes Bett als den Strohsack zu geben, auf dem er die Todkranke gefunden hatte … Das Staatsoberhaupt der Sowjetunion, mein Junge! Damals habe ich begriffen, dass Stalins Grausamkeit nicht nur der politischen Notwendigkeit oder seinem Machtstreben gehorchte, nein, sie wurzelte auch in seinem Hass auf die Menschen, schlimmer noch, in seinem Hass auf die Erinnerung der Menschen, die ihm geholfen hatten, seine Lügen in die Welt zu setzen und die Geschichte umzuschreiben und zu verfälschen. Aber, ehrlich gesagt, ich weiß nicht, wer kranker war, Stalin oder die Gesellschaft, die seinen Aufstieg ermöglicht hat …«

»War es derselbe Stalin, den du verehrt hast, derselbe, den zu verehren du mich gelehrt hast?« Immer wenn Ramón in diesen Sumpf vordrang, fühlte er sich verloren, so als ginge es um eine Geschichte, die nichts mit ihm zu tun hatte, um eine andere Realität als die, die er sich in seinem Kopf zurechtgelegt hatte.

»Er war immer derselbe, ein Kind, das für die sowjetische Politik gezeugt worden war, nicht eine Missgeburt menschlicher Bosheit …«, antwortete Leonid und machte eine Pause. »Als sie mich ins Lefortowo-Gefängnis brachten«, fuhr er schließlich fort, »wusste ich, dass alles aus war. Mir wurde gesagt, sie würden uns den Prozess machen, und ich sollte eine Erklärung unterschreiben, in der ich zugab, von den Mordplänen der Ärzte gewusst und sie politisch und logistisch unterstützt zu haben. Aber ich habe ihnen gesagt, dass ich nicht unterschreibe.«

»Und wie hast du es angestellt, um nicht zu unterschreiben?«

»Ach, Ramón …« Leonid lachte auf. »Warum sollte ich unterschreiben? … Mal sehen, vielleicht verstehst du es so … Wie viele Kinder hatte Trotzki?«

»Vier.«

»Ich habe drei … und ein paar Stiefkinder … Was ist mit Trotzkis Kindern passiert?«

»Sie wurden umgebracht, haben Selbstmord begangen …«

»Weißt du noch, ob Trotzki eine Schwester hatte?«

»Olga Bronstein, die Frau von Kamenew.«

»Und?«

»Es heißt, sie ist in einem Arbeitslager verschwunden.«

»Nun, ich habe auch eine Schwester, sie war eine der Ärzte, die angeklagt wurden … Sie haben sie zu zehn Jahren verurteilt … Erinnerst du dich noch an den Tag, als wir zu dem Prozess gegangen sind, um uns Jagodas Erklärung anzuhören?«

»Natürlich.«

»Glaubst du, es hätte sich gelohnt, wenn ich mich selbst mit Scheiße beworfen hätte, in der Hoffnung, ich könnte so meine Frau, meine Kinder und meine Schwester retten? Dass ich die Sowjetrepublik und vielleicht sogar mich selbst gerettet hätte, wenn ich mich irgendeines gemeinen Verbrechens beschuldigt hätte? Was ist mit Sinowjew und Kamenew passiert? Haben sie ihre Familien gerettet, als sie zugaben, trotzkistische Verschwörer zu sein? Stalin hat das Strafgesetzbuch geändert, um ihre noch minderjährigen Kinder umbringen zu können … Wenn ich gestanden hätte, hätte ich nicht nur mein eigenes Todesurteil unterschrieben, ich hätte auch noch andere ans Messer geliefert. Deshalb habe ich mir gesagt, dass ich alles aushalten würde. Und ich habe alles ausgehalten, ohne einen Ton von mir zu geben. Weißt du, wie? Nun, indem ich nach und nach gestorben bin, indem ich mich in ein Skelett verwandelt habe, das ihnen unter den Händen wegsterben konnte. Nur so konnte ich verhindern, dass sie mich folterten …«

Ramón schwieg. Er erinnerte sich daran, wie bewegt er gewesen war, als er die Reden Chruschtschows gelesen hatte, in denen Stalins Exzesse angeprangert wurden. Auch wenn keine Namen genannt wurden, bezeichnete man diese »Exzesse« immerhin bereits als Verbrechen. Nie würde er den Moment vergessen, als sein Bruder Luis den Dreck wieder aufgewühlt und ihm, sehr geheimnisvoll tuend, Bucharins Brief »An eine zukünftige Generation von Parteikadern« zu lesen gegeben hatte. Die Frau des Bolschewiken hatte den Brief zwanzig Jahre lang – fast alle in einem Arbeitslager verbracht – in ihrem Gedächtnis aufbewahrt. Es war das politische Testament eines Mannes, der den stalinistischen Terror als infernalische Maschinerie bezeichnete und die Henker – womit er wohl Ramón, Kotow und andere im Blick hatte – warnte, dass »die Geschichte keine Zeugen von Niederträchtigkeiten duldet« und dass die Stunde ihrer Verurteilung immer näher rücke.

»Ich war genauso wenig unschuldig wie sie. In der neuen Logik war niemand in diesem Land ganz und gar unschuldig.« Ljonjas Stimme hatte ihr vibrierendes, dunkles Timbre verloren. »Beria hat mich in seine Zukunftspläne eingeweiht. Aber meine Weigerung, das Geständnis zu unterschreiben, und Stalins Tod retteten mich vor dem Erschießungskommando. Denn dass sie mich erschießen wollten, stand außer Frage. Ich war der Einzige, der deine Geschichte kannte, und nicht nur die, auch einige andere mehr oder weniger haarsträubende Geschichten, wie die vom Attentat auf den deutschen Vizekanzler von Papen in Ankara und von gewissen medizinischen Experimenten mit Kriegsgefangenen.«

»Wovon redest du?« Ramón sah seinen ehemaligen Mentor an und dachte, dass nicht jeder Gefängnis und Folter unbeschadet überstehen könne.

Eitingon wischte sich mehrmals die Finger mit der gräulichen Papierserviette ab, als wolle er sich von einer besonders klebrigen Substanz befreien.

»Gift, das keine Spuren hinterlässt. Tests für die Resistenz gegen radioaktive Strahlung, Thallium, Uran ... Man nahm Verräter oder Kriegsverbrecher, denn die würden sowieso sterben ... Stalin war besessen von der Idee, die Atombombe zu bauen. Und es wurden viele Experimente durchgeführt ... Es war widerlich und grausam.«

Ramón sah ihn an: Die Augen des alten Kotow besaßen noch immer ihre schneidende Transparenz, sodass man nie wissen konnte, wann er log und wann er die Wahrheit sprach. Doch etwas sagte Ramón, dass Leonid in diesem Augenblick aufrichtiger war denn je.

Eitingon nahm eine Zigarette und fing an, fast zärtlich darüberzustreichen.

»Als Stalin starb, holte Beria mich aus dem Gefängnis. Sie gaben mir mein Parteibuch und meine Orden zurück. Und trotz allem, was sie mit mir gemacht hatten, trotz der vierzig Kilo, die ich abgenommen hatte, trotz der schrecklichen Dinge, die ich wusste, glaubte ich daran, dass es Gerechtigkeit gebe und dass die Partei uns retten könne.

Und als ich nach Hause kam und meine Kinder mir erzählten, dass in den zwei Jahren meiner Abwesenheit ein paar Freunde den Mut gehabt hatten, sie zu besuchen und ihre Hilfe anzubieten, da sagte ich ihnen, diese Freunde und sie hätten einen großen Fehler gemacht, denn wenn ich im Gefängnis gewesen sei, als Verräter verurteilt, hätte niemand sich Sorgen um mich machen oder mich bemitleiden dürfen, nicht einmal sie, meine eigenen Kinder ... Wie findest du das? ... Das war mein vorletzter Glaubensbeweis. Ich war fest überzeugt, dass die Partei ohne Stalin und seinen Hass Gerechtigkeit üben und der Kampf wieder seinen Sinn bekommen würde ... Na ja, ich hatte mich wieder einmal geirrt. Im Innern war bereits alles morsch. Und seit wann?«

»Was weiß ich ... Warum erzählst du mir das alles?«

Endlich zündete Ljonja seine Zigarette an und schob das Glas über den Tisch, als wolle er es aus seiner Nähe verbannen.

»Weil ich glaube, dass ich dir meine Geschichte schulde. Ich habe das aus dir gemacht, was du bist, und deshalb fühle ich mich in deiner Schuld. Ich war gläubig, aber ich habe dich gezwungen, an Dinge zu glauben, von denen ich wusste, dass es Lügen waren.«

»Dass Stalin Trotzki nicht umbringen wollte, weil der Exilant ein Verräter war, sondern weil er ihn hasste?«

»Zum Beispiel, Ramón Pawlowitsch.«

Als Beria wenige Monate nach Stalins Tod in Ungnade fiel, war Eitingon erneut verhaftet worden. Sein ehemaliger Chef hatte die Macht angestrebt und dabei, laut Leonid, denselben Fehler begangen wie Trotzki: Er hatte den Gegner unterschätzt, sich für mächtiger gehalten, für den Herrn über die Information, die ihm Aufstieg und Straflosigkeit garantieren würden. Beria hatte gesehen, wie Chruschtschow wie ein Hampelmann getanzt hatte, um Stalin aufzuheitern, obwohl alle Welt wusste, dass er den Georgier hasste. Dieser hatte kein Erbarmen mit Chruschtschows Sohn gehabt, als der in deutsche Kriegsgefangenschaft geraten war und der Große Steuermann sich weigerte, ihn gegen deutsche Gefangene auszutauschen. Beria hatte Chruschtschow weinen sehen, als Stalin ihn ausschimpfte, und in seinem Besitz befanden sich Hunderte von Erschießungsbefehlen aus den Jahren der Säuberungen, unter denen die Unterschrift Chruschtschows als Generalsekretär der Ukrainischen Partei stand. Beria hielt ihn für mittelmäßig, für einen Mann mit begrenzten Ambitionen, und das war sein Fehler. Chruschtschow zwang ihn, sich am politischen Intrigenspiel zu beteiligen, und bewies damit, dass er raffinierter war, und bevor Beria sichs versah, hatte er ihn schon vernichtet.

Chruschtschows Trumpf war die Armee, sagte Eitingon und steckte sich ein Stück Brot in den Mund. Die Militärs verziehen Beria nicht, dass er in die Säuberungswelle unter den Marschällen im Jahre 1937 involviert gewesen war, und sahen in ihm den möglichen Nachfolger eines Stalin, der sich die Verdienste des militärischen Sieges über die Deutschen ans Revers geheftet hatte. Chruschtschow wusste die laufenden Ermittlungen gegen die Generäle, die eine beträchtliche Kriegsbeute aus den besetzten Gebieten Osteuropas hatten verschwinden lassen, zu seinem Vorteil zu nutzen. Beria besaß ein Dokument des Ministerrates, in dem die Wertgegenstände aufgeführt waren, die der Held der Sowjetunion Schukow nach Kriegsende in die Sowjetunion hatte schaffen lassen: Hunderte von Pelzmänteln, Dutzende von Bildern aus dem Potsdamer Palast, Möbel, Gobelins, Teppiche und Tausende von Metern verschiedenartiger Stoffe (er liebte Stoffe!). Jenes Dokument kostete den Marschall seinen Posten, er wurde degradiert und aus Moskau verbannt, und er konnte jederzeit zivilrechtlich zur Verantwortung gezogen werden. Aber Generalleutnant Krjukow und General Iwan Serow hatten sich ebenfalls schadlos gehalten und wussten, dass sie dasselbe Schicksal erwarten konnte wie das des Großen Marschalls. Es war Serow, der, mit Einwilligung Chruschtschows, seine Kameraden zu einem Handstreich gegen Beria anstiftete, und deswegen wurde er später zum Chef der Staatssicherheit und des militärischen Abschirmdienstes ernannt. Die neue Schule der von Stalin eingesetzten Generäle hatte kaum noch Ähnlichkeit mit den einfachen und schlecht gekleideten Offizieren aus der Zeit Lenins und Trotzkis.

»Mit Beria sind wir alle untergegangen, Sudoplatow, ich … Mein Prozess dauerte einen Tag, und am nächsten fand ich mich im ersten der Gefängnisse wieder, die ich in den zwölf Jahren durchlaufen habe. Ich frage mich heute noch, warum sie mich nicht umgebracht haben. Vielleicht weil ihnen klar war, dass ich vieles wusste und sie irgendwann vielleicht mein Wissen brauchen würden ...«

»Und was macht einer wie du, wenn er an nichts mehr glaubt?«

Ljonja goss sich Wodka nach und zündete sich eine weitere seiner stinkenden Zigaretten an.

»Was kann ich machen, mein Junge? Fliehen, wie Orlow? Wenn ich das überhaupt könnte, was wenig wahrscheinlich ist – denn wenn ich mich irgendeiner unserer Grenzen auf hundert Kilometer nähere, erschießen sie mich oder bringen mich wieder in ein Arbeitslager –, würde ich dann meine Kinder mitnehmen können? Hätte ich die Möglichkeit, einen Pakt zu schließen und mein Schweigen für das Leben meiner Familie anzubieten? Würde es jemand wagen, mich aufzunehmen? Wie viele Länder haben dir ein einfaches Transitvisum verweigert, als du aus dem Gefängnis gekommen bist?«

»Alle, außer Kuba. Kuba hat mir ein Visum für zweiundsiebzig Stunden gegeben.«

»Begreifst du, dass wir Aussätzige sind? Ist dir klar, dass wir das Schlimmste sind, was Stalin geschaffen hat, und dass uns deshalb niemand haben will, weder hier noch im Westen? Als wir die ehrenvollste Mission unseres Lebens übernommen haben, haben wir uns für immer selbst verurteilt, denn wir haben ein Todesurteil vollstreckt, das Stalins krankes Hirn zur Erhaltung seiner Macht für notwendig erachtete.«

»Stalin war nicht krank. Niemand, der krank ist, kann dreißig Jahre lang über die halbe Welt herrschen. Ihr selbst habt es immer gesagt: Stalin weiß, was er tut.«

»Stimmt. Aber ein Teil von ihm war krank. Es heißt, er hat rund zwanzig Millionen Menschen umgebracht. Kann sein, dass eine Million Tote nötig waren, die anderen neunzehn gehen auf das Konto seiner Krankheit ... Aber wie gesagt, Stalin war nicht der Einzige, der krank war.«

Während der langen Jahre im Gefängnis hatte Ramón viel Zeit gehabt, um über sein Leben nachzudenken und von jener parallelen Existenz zu träumen, die er sich als Zuflucht zurechtgelegt hatte. In der ersten

Zeit überwand er seine Angst, als er feststellte, dass die versprochene schützende Hand nicht zurückgezogen wurde, und annahm, es würde irgendein Plan ausgeheckt, um ihn aus dem Gefängnis zu befreien. Er zwang sich dazu, sämtliche Zweifel über Bord zu werfen, die ihn begleitet hatten, als er an jenem 20. August nach Coyoacán gefahren war. Wenn er seinem Versprechen nachkam und den Mund hielt, dachte er, würden seine Vorgesetzten und damit die Geschichte ihn als das belohnen, was er war: jemand, der bereit war, sein Leben für die Sache zu opfern. Doch die Jahre vergingen, und die Flucht existierte nur mehr als Idee im Kopf seiner Mutter, obwohl der Schutz aufrechterhalten wurde und der Anwalt Ceniceros immer über genug Geld verfügte, um ihm das Leben im Gefängnis nach Möglichkeit zu erleichtern. Seitdem hatte er sich in Resignation geübt und versucht, gegen die Zeit anzukämpfen und sein seelisches wie geistiges Gleichgewicht nicht zu verlieren.

»Ich möchte dir etwas erzählen, was sonst niemand weiß«, sagte Ramón und trank jetzt ebenfalls Wodka. Er tat es auf russische Art, in einem Zug, und spürte, wie ihm die Luft wegblieb. Während er darauf wartete, dass er wieder zu Atem kam, beobachtete er, wie Leonid die Wurstscheiben auf das Weißbrot legte und in sich hineinschlang, so als wäre er völlig ausgehungert. »1948 gelang es meinem Anwalt, mir einen Brief in einem Buch in die Zelle zu schmuggeln. Der Absender war ein in New York lebender Jude, aber als ich seinen Brief gelesen hatte, wusste ich, wer ...«

»Orlow«, sagte Eitingon, und Ramón nickte. »Der Dreckskerl liebte es, Briefe zu schreiben.«

»Unterschrieben war der Brief von einem gewissen Josua. Er wolle mir Dinge erzählen, schrieb er, die ihm ein enger Freund anvertraut habe, ein ehemaliger Agent der sowjetischen Spionageabwehr. Dinge, die ich seiner Meinung nach wissen sollte ... Er sagte mir nichts Neues, nichts, was ich nicht schon vermutet hätte, aber dadurch, dass er sie mir mitteilte, bekamen die Dinge eine andere Dimension und brachten mich ins Grübeln ... Er redete von dem Betrug, besser gesagt, von den Betrügereien. Er sagte, Stalin habe nie gewollt, dass wir Republikaner den Krieg gewännen; sein Freund sei nach Spanien geschickt worden, um erstens eine Revolution und zweitens einen Sieg der Republikaner zu verhindern. Der Krieg sollte nur lange genug dauern, damit Stalin Spanien als Faustpfand in seinem Abkommen mit Hitler benutzen konnte, und danach hat er uns unserem Schicksal überlassen, sich aber das Verdienst zugeschrieben, den Republikanern geholfen zu haben, und als Zugabe hat er noch das spanische Gold eingesackt … Er ging auch auf den Mord an Andreu Nin ein. Sein Freund sei an der Sache beteiligt gewesen, schrieb er, und er könne mir versichern, dass die angeblichen Beweise gegen Nin, wie die gegen Tuchatschewski und die Marschälle, in Moskau und in Berlin konstruiert worden seien, als Teil der Zusammenarbeit mit den Faschisten.«

»Genauso war es«, sagte Leonid und genehmigte sich noch einen kräftigen Schluck Wodka. »Stalin und seine Leute, darunter der alte Hurensohn Orlow, haben alles eingefädelt. Und das Beste daran ist, sie haben es sogar geschafft, dass viele Menschen weiterhin an sie glaubten … Die alten und bedingungslosen ›Freunde der UdSSR‹, erinnerst du dich? Wie haben wir die verarscht! … Und wie gern die sich haben verarschen lassen!«

»Und dann hat er von Trotzki angefangen …« Ramón verstummte, zündete sich eine Zigarette an, rieb sich die Nase. »Er hat mir etwas erzählt, was du von Anfang an gewusst haben musstest: dass der Alte nie mit den Deutschen in Verhandlungen gestanden hatte. Den Beweis dafür lieferten die Nürnberger Prozesse, bei denen auch nicht der Hauch einer Spur der angeblichen Kollaboration Trotzkis mit den Nazis gefunden wurde … Er schrieb, ich hätte mich zu einem Instrument des Hasses machen lassen, und wenn ich ihm nicht glaubte, wünsche er mir, dass ich lang genug leben würde, um zu sehen, wie dieser Schwindel ans Licht komme … Als ich dann 1956 Chruschtschows Rede las, musste ich an diesen Brief denken. Das Schwierigste in all den Jahren war es, die Wahrheit zu kennen und über die Betrügereien nicht reden zu dürfen.«

»Weißt du, warum? Weil wir im Grunde Zyniker sind, wie Orlow. Aber vor allem sind wir feige. Wir hatten immer Angst. Unser Handeln wurde nämlich nicht von unserem Glauben an die Sache bestimmt, wie wir es uns jeden Tag vorerzählt haben, sondern von der Angst. Aus Angst haben viele von uns geschwiegen – was blieb auch anderes übrig? –, aber wir, Ramón, wir gingen weiter, wir haben Menschen fertiggemacht, haben sie sogar getötet … Und warum? Weil wir an die Sache geglaubt haben, ja, aber auch, weil wir Angst hatten«, sagte Leonid und lächelte zu Ramóns Erstaunen. »Wir wissen beide, dass es für uns kein Pardon gibt … Aber zum Glück glauben wir an nichts mehr und können Wodka saufen und Kaviar fressen in dieser materialistisch-dialektischen Hölle, in der wir aufgrund unserer Taten nun leben müssen …«

Sie hatten sich um fünf im Gorki-Park verabredet, und um sieben würden sie die Brücke überqueren und in Ramóns Wohnung gehen, wo Roquelia (widerwillig wie immer, wenn ihr Mann jemanden nach Hause einlud) Ljonja mit einem mexikanischen Essen »verwöhnen« sollte.

Sein ehemaliger Mentor überraschte ihn mit der Nachricht aus absolut vertrauenswürdiger Quelle: Vor zwei Tagen, während sie im Hotel Moskwa gesessen und miteinander geplaudert hatten, waren sechs Sowjetbürger, kleine Plakate hochhaltend, über den Roten Platz gegangen, um gegen das zu protestieren, was sie die »sowjetische Invasion der Tschechoslowakei« nannten. Selbstverständlich berichteten weder die Zeitungen noch das Fernsehen von dem Vorfall, der, rasch kontrolliert und erstickt, den in Moskau akkreditierten ausländischen Korrespondenten nicht zu Ohren gekommen war. Abgesehen von einer Handvoll Eingeweihter hatte der Protest für niemanden stattgefunden und würde niemals stattfinden.

»Diese Idioten!«, rief Ramón. »Man muss verrückt sein, um so etwas zu tun.«

»Oder ziemlich viel Mut und die Schnauze gestrichen voll haben«, erwiderte Eitingon. »Die sechs wussten, dass sie damit nichts erreichen würden, und sie konnten sich ausrechnen, was sie erwartete. Sie konnten sicher sein, nicht mehr als Menschen in diesem Land zu existieren, und doch haben sie es gewagt, zu sagen, was sie denken. Du und ich, wir werden so was nie tun, und soundso viele Sowjetbürger auch nicht, oder? ... Vielleicht sind wir ihnen begegnet, als wir in das Hotel gegangen sind ...«

»Was geschieht eigentlich in Prag?«

»Der Anfang vom Ende. Breschnew hat sich mit ganzer Kraft auf sie gestürzt: neunundzwanzig Infanteriedivisionen, siebentausendfünfhundert Panzer, tausend Flugzeuge ... Eine Demonstration der Macht und der Entschlossenheit. In Prag ist der Mythos von der Einheit der sozialistischen Welt zu Grabe getragen worden ... und mit ihm die Möglichkeit, den Kommunismus zu reformieren. Stalin hat den Mythos zerstört, als er Tito die Leviten gelesen hat, und Chruschtschow ist über die Polen und die Ungarn hergefallen und hat sich sogar mit den Chinesen und den Albanern zerstritten, weil sie ihm zu stalinistisch waren ... Aber das hier ist das Requiem. Das nächste Mal, wenn so etwas passiert (und früher oder später wird es passieren!), dann geht es nicht mehr darum, den Kommunismus zu reformieren, dann wird alles auseinanderfallen. Schau mich nicht so an! Die Sowjetunion ist ein kranker Körper, denn alles, was existiert, ist Stalins Werk; sein einziges Ziel war es, zu verhindern, dass ihm irgendjemand die Macht entreißen konnte. Deswegen schwimmen wir weiter mit dem Strom, auch wenn wir am Ende tot am Ufer liegen werden ... Wenn man bedenkt, dass Chruschtschow den Sprung vom Sozialismus zum Kommunismus für 1980 geplant hatte! Verflucht! Was der sich so ausgedacht hat ...«

Um die Zeit bis zum Abendessen totzuschlagen, schlenderten sie durch den Park und sahen den Windhunden zu. Ramón, den die düsteren Voraussagen seines ehemaligen Mentors deprimiert hatten, erinnerte sich an seine Ankunft in Moskau und an seine Schwierigkeiten, sich in der Welt zurechtzufinden, der er die besten Jahre seines Lebens geschenkt und seine Seele verkauft hatte.

Als die mexikanische Regierung der Bitte des Häftlings Jacques Mornard nachgekommen war, seine Freilassung um ein paar Monate vorzuverlegen, um den Tumult zu vermeiden, den die ausländischen Journalisten am 20. August 1960 veranstalten würden, war Ramón davon überzeugt, lediglich von einem Gefängnis in ein anderes überzuwechseln. Seine Freilassung aus dem Gefängnis in Santa

Marta Acatitla, in dem er die zwei letzten Jahre seiner langen Strafe abgesessen hatte, war nach seltsamen Verhandlungen auf Freitag, den 6. Mai, festgelegt worden. Da der Häftling Jacques Mornard nicht die belgische Staatsangehörigkeit besaß und sich weiterhin weigerte, seine spanische Herkunft zu bestätigen (die zehn Jahre zuvor durch die Fingerabdrücke aus seiner Polizeiakte aus der Zeit vor dem Spanischen Bürgerkrieg bewiesen worden war), hatte sich das tschechoslowakische Konsulat schließlich bereit erklärt, ihm einen Pass auszustellen mit dem Namen, unter dem er seine Strafe angetreten und verbüßt hatte. Eine sehr genaue Vorstellung von seiner Situation bekam Ramón, als Großbritannien, Frankreich und die Vereinigten Staaten ihm ein Transitvisum für die nötige Zwischenlandung auf seinem Weg nach Prag verweigerten. Wie dreißig Jahre zuvor für den Renegaten war die Welt nun für seinen Mörder zu einem Planeten geworden, auf dem er kein Visum erhielt. Wieder einmal verfolgte ihn die makabre Gemeinsamkeit des Schicksals von Opfer und Täter, die unter der Spitze des Eispickels explodiert war; nur dass Ramón weder die Überreste des Ruhmes begleiteten noch der übermäßige Hass oder die Furcht, die der Exilant zeit seines Lebens hervorgerufen hatte. Ihn verfolgten und marginalisierten Verachtung, Ekel, das unnötig geflossene Blut und seine Rolle in einer Geschichte, die alle am liebsten vergessen und begraben hätten. Sein einziger Zufluchtsort war die Sowjetunion, in der seine Anwesenheit, wie er sehr wohl wusste, auch nicht gerade erwünscht war, denn schließlich und endlich verkörperte er eine der unangenehmsten Wahrheiten des Stalinismus, den abzuschütteln und zu dämonisieren sich das Land verzweifelt bemühte. Während er in den letzten Wochen seiner Haft begierig Chruschtschows neue Reden las, in denen noch weitere »Exzesse« der Stalinära offenbart wurden, machte sich in ihm die Befürchtung breit, nicht einmal in der UdSSR aufgenommen zu werden. Würden sie öffentlich und demonstrativ anerkennen, dass Jacques Mornard oder Ramón Mercader ein gehorsamer spanischer Kommunist war, ein Soldat nach sowjetischem Vorbild, der den Auftrag erhalten hatte, eins der verabscheuenswertesten und abstoßendsten Verbrechen der Geschichte zu begehen? Hatte irgendjemand überhaupt damit gerechnet, dass er nach dem Attentat mit dem Leben davonkommen, allen Gefahren in den langen Jahren seiner Haftzeit trotzen und eines Tages aus dem Jenseits zurückkehren würde?

Doch Moskau erwartete ihn, selbstherrlich, bereit, der Welt die Stirn zu bieten. Der Zwischenstopp in einem revolutionären und prä-sozialistischen Kuba war so kurz, dass er kaum einen flüchtigen Blick auf Havanna werfen konnte. Die Polizei der Einwanderungsbehörde holte ihn aus dem Flugzeug der kubanischen Luftwaffe aus Mexiko und brachte ihn direkt zu dem sowjetischen Schiff, auf dem er nach Riga fahren sollte. Durch das Bullauge seiner Kabine, die er nicht verlassen durfte, sah er das steinerne Bild der Gebäude, Festungsanlagen und Kirchen der Hauptstadt, ihre leuchtend grünen Bäume und das verwirrend klare Meer, und er verspürte so etwas wie Heimweh nach diesem mythischen Land, das über Jahre hinweg dem Gedächtnis seiner Familie eingepflanzt und in dem Caridad geboren worden war.

Der erste Eindruck, den er bei seiner Ankunft in Moskau hatte, war, dass er an einen nach Kakerlaken riechenden Ort kam, wo er niemals wieder der Mann würde, der er früher einmal gewesen war. Denn die Stadt von 1960 war nicht mehr die Hauptstadt jenes Landes, das er vor dreiundzwanzig Jahren besucht hatte. Unter dem Namen Ramón Pawlowitsch López wurde er in einem Gebäude des KGB außerhalb von Moskau eingesperrt, bis man ihm eines Morgens einen neuen Anzug brachte und ihm befahl, sich um sechs Uhr nachmittags zur Abholung bereitzuhalten. Noch am selben Abend betrat Ramón Pawlowitsch ein zweites Mal den Kreml und erhielt aus den Händen von Leonid Breschnew persönlich den Leninorden und den Orden des Helden der Sowjetunion, der ihn zum Ehrenmitglied des KGB machte. Außerdem bekam er einen riesigen Blumenstrauß und die obligatorischen Küsse, und während der gesamten Zeremonie erklang von einem kleinen Plattenspieler immer wieder die »Internationale«. Ramón fühlte sich ruhig, stolz und reichlich belohnt. Der Offizier des KGB, der sich um ihn kümmerte und mit dem er später in einem kleineren Saal des Großen Palastes des Kreml zu Abend aß, versprach, ihm bald die Schlüssel zu einer Wohnung auszuhändigen, wo er seine

Freundin Roquelia Mendoza empfangen könne. Gleichzeitig ließ er ihn wissen, dass er sich innerhalb der UdSSR nur mit der Genehmigung eines Sonderbüros des KGB bewegen und nur zu den spanischen Exilanten und ihren in der UdSSR ansässigen Angehörigen Kontakt haben dürfe. Und er sei natürlich nach wie vor zum Schweigen verpflichtet, fügte der Dinosaurier (zweifellos ein Überlebender aus Berias und Stalins Zeiten) freundlich, aber entschieden hinzu.

Zu dieser sehr eingeschränkten Freiheit gesellte sich von Anfang an die kühle Distanz, mit der die Sowjetbürger aller Alters- und Rangstufen ihn behandelten, was ihn sich doppelt als Ausländer fühlen ließ.

»Aber du bist doch Ausländer!« Eitingon zündete sich eine seiner Zigaretten an. »Oder meinst du, weil du bist, wer du bist, und weil du in deinen Jahren im Gefängnis Russisch gelernt hast, seist du weniger Ausländer? Die Mehrheit der Russen wird dieses Land nie verlassen, und für sie ist alles Ausländische das Verbotene, das Böse. Auch wenn sie neugierig und vielleicht sogar neidisch auf dich sind – man muss sich nur ansehen, wie du dich kleidest, Ramón. Dieses Hemd, hat dir das auch deine Frau mitgebracht? Niemand in Moskau hat so eins –, flößt du ihnen vor allem Angst ein. Dieses Land ist von der übrigen Welt isoliert, und unsere Führer dämonisieren alles, was außerhalb ihres Machtbereichs liegt, das heißt alles, was mit diesen verdammten Ausländern zu tun hat. Vergiss nicht, wegen nicht genehmigter Kontakte zu Ausländern konnte Stalin dich erschießen lassen oder dich fünf, zehn Jahre in ein Straflager stecken. Die Besonderheit des russischen Volkes besteht in seiner Fähigkeit zu überleben. Darum haben wir den Krieg gewonnen ...«

»Inzwischen passiert es mir nicht mehr so häufig«, sagte Ramón, »aber wenn ich am Anfang auf die Straße ging, schaute ich die Leute an und fragte mich, was sie wohl denken würden, wenn sie wüssten, wer ich bin ...«

»Denken?«, erwiderte Leonid und zeigte nach oben, woher ein möglicher Befehl zum Denken kommen müsste. »Die Leute hier denken so gut wie gar nicht, Ramón! Denken ist ein Luxus, der den Überlebenden untersagt ist ... Um der Angst zu entkommen, ist es schon immer das Beste gewesen, nicht zu denken. Du existierst nicht, Ramón, und ich auch nicht ... Und noch weniger existieren die sechs Typen, die gegen die Invasion der Tschechoslowakei protestiert haben.«

Der Park dagegen existierte und war voller Leben. Die Moskowiter nutzten den letzten warmen Monat, um ihre Freizeit unter freiem Himmel zu verbringen; die Leute lagen auf der Wiese und lasen, und es gab sogar Familien, die sich der Illusion hingaben, in einem Wald ein Picknick zu veranstalten. Deswegen weckte die freie Bank im Schatten einer Linde den Argwohn der beiden Veteranen des Geheimdienstes. Während Ramón mit seinen Hunden herumtollte, inspizierte Eitingon die Bank und stellte fest, dass keine Mikrofone angebracht waren. Entgegen dem, was Stalin immer behauptet habe, sagte er lächelnd, beweise dies, dass Zufälle durchaus möglich seien.

Eitingons Überlegungen erfüllten Ramón mit Panik. Als sie auf der Bank saßen, wechselte er deshalb das Thema und erzählte ihm, wie er Roquelia Mendoza kennengelernt und sogleich vermutet hatte, dass sie zu den versprochenen »Hilfen« gehörte. Roquelia, eine Frau aus der mexikanischen Mittelklasse, die sich früher einmal dem Volkstanz gewidmet hatte, war die Cousine eines wegen Mordes an seiner Ehefrau verurteilten Mitgefangenen in Lecumberri namens Isidro Cortés. Die Hartnäckigkeit, mit der Roquelia seine Freundschaft gesucht hatte, ließ Ramón die Motive der Frau vermuten.

»Es war das Letzte, das ich für dich tun konnte«, sagte Eitingon lächelnd. »Beria hatte mich damit beauftragt, eine Genossin zu suchen, die bereit war, sich um dich zu kümmern. Wir schickten Carmen Brufau nach Mexiko, Caridads Freundin, und sie suchte und fand Roquelia Mendoza, die sofort einverstanden war, denn sie bewunderte dich und liebte Stalin. Wir versorgten sie mit Geld für deine täglichen Ausgaben, zusätzlich zu dem, was dein Anwalt bekam.«

»1953 erhielt sie fast ein Jahr lang kein Geld mehr von euch, aber sie hat mir trotzdem geholfen. Sie ist hässlich und ziemlich unerträglich, aber ich habe ihr viel zu verdanken.«

»Ja, das kann ich mir vorstellen.«

»Roquelia hat mir geholfen, das Ganze zu ertragen ... Viele kamen mich im Gefängnis besuchen, unter den verschiedensten Vorwänden, aber in Wirklichkeit kamen sie nur, um sich den seltsamen Vogel anzusehen … Einmal kam ein spanischer Kommunist mit der schönsten Frau, die ich je gesehen habe. Inzwischen ist sie durch ihre Filme bekannt geworden, sie heißt Sara Montiel.«

»Hab von ihr gehört«, sagte Ljonja zerstreut, »sie soll wirklich sehr schön sein.«

»Du kannst dir nicht vorstellen, wie es ist, wenn so ein Rasseweib vor dir sitzt … Sie gehört zu den Frauen, für die man Scheiße fressen oder sonst was machen würde …«

So gleichgültig wie möglich fragte Eitingon: »Und seit wann hast du Caridad nicht mehr gesehen?«

»Sie hat mich besucht, kurz nachdem ich in Moskau angekommen war. Danach war sie noch zwei- oder dreimal bei mir. Zum letzten Mal im vergangenen Jahr.«

»Gehts ihr gut?«

»Sie hat immer noch ihren starken Charakter, aber sie sieht aus, als wäre sie zweihundert Jahre alt. Na ja, ich bin fünfundfünfzig und sehe aus wie hundertzehn … Du siehst am besten von uns allen aus, trotz deiner Glatze.«

»Wahrscheinlich weil ich in Zynismus einbalsamiert bin«, erwiderte Eitingon und brach in schallendes Gelächter aus. »Was treibt sie denn so in Paris?«

»Nichts … Im Moment hat sie ihr Talent fürs Malen entdeckt.« Ramón lächelte. »Und ihr Talent als Großmutter der Kinder meiner Schwester Montse, auch wenn der das gar nicht recht ist. Ehrlich gesagt, niemand will mit ihr zusammen sein … Sie hat fünf oder sechs Jahre in der kubanischen Botschaft gearbeitet, ich nehm an, als Informantin für den KGB. Sie sagt, die Kubaner seien Abenteurer, die einen Scheiß von Sozialismus verstünden und außerdem undankbare Schnorrer und Hungerleider. Angeblich hat sie dem Botschafter aus eigener Tasche Zeitungen gekauft, damit er sich über das Weltgeschehen informieren kann, und jetzt lädt er sie nicht mal zu den Empfängen ein. Aber sie gibt Breschnew die Schuld, sie sagt, er habe befohlen, sie zu isolieren. Obwohl ihr immer noch regelmäßig die Pension nach Paris überwiesen wird …«

»Die Zeiten ändern sich. Caridad, du und ich, wir sind heiße Kartoffeln, die niemand in der Hand halten will. Wenn sie uns nicht getötet haben, dann, weil sie darauf vertrauen, dass die Natur bald ihre Arbeit erledigen wird.« Eitingon schob sein Hemd hoch, um Ramón eine rötliche Narbe zu zeigen. »Im Gefängnis wurde ich an einem Tumor operiert. Ich bin nur durch ein Wunder am Leben, aber ich weiß nicht, wie lange noch …«

»Wer Caridad in Paris sieht, wie sie die Gromutter gibt und scheußliche Landschaften in hässlichen Farben malt, wer könnte da auf die Idee kommen, was für ein Teufel sie ist?«

Die Borsois rannten durch den Park, und Ramón beobachtete sie, stolz auf die Schönheit seiner Hunde, während Leonid weitersprach.

»Ich schulde dir noch viele Geschichten, Ramón. Ich werde dir einige davon erzählen, die du vielleicht nicht hören möchtest. Aber sie gehören zu dir, tut mir leid.«

Ramón merkte, dass der Mann, der in diesem Moment neben ihm saß, Kotow war. Sein alter Mentor nahm dieselbe Haltung an wie damals, vor vielen Jahren, auf einer Bank auf der Plaza de Cataluña: die eines schlafenden Alligators, in der Hand ein Taschentuch, mit dem er sich von Zeit zu Zeit den Schweiß vom Gesicht wischte.

»Du hast mich einmal gefragt, ob wir etwas mit dem Tod von Sedow zu tun hätten, Trotzkis Sohn, und ich habe geantwortet, nein. Nun, das war eine Lüge. Ja, wir haben das erledigt, mithilfe von Cupido, einem Agenten, den wir ihm unter die Weste gejubelt hatten. Wir waren es auch, die seinen anderen Sohn Sergej erschossen haben, nachdem wir ihn eine Zeit lang im Lager von Workuta und hier in der Lubjanka festgehalten hatten. Er sollte eine Erklärung unterschreiben, dass sein Vater ihm den Auftrag erteilt habe, das Trinkwasser in Moskau zu vergiften. Die Mörder der beiden Söhne handelten auf direkten Befehl Stalins, wie wir.«

»Warum hast du mich angelogen? Ich hätte verstehen können, dass es sein musste.«

»Du solltest so rein wie möglich vor den Altar deines Opfers treten. Der Brief, den ich dir damals mitgegeben habe, war eine Ansammlung von Lügen. Es war egal, ob jemand sie glaubte oder nicht.

Der Plan war, dass du Trotzki tötest und die Leibwächter dich töten. Dann wäre alles einfacher gewesen. Außerdem hatte es Stalin so befohlen. Es sollte kein loser Faden übrig bleiben, und dein Leben war ihm scheißegal. Aber Trotzki hat dich gerettet …«

Ramón traf es wie ein Schlag. Aus dem Munde des Mannes, der zusammen mit Stalin die Operation geplant hatte, das Eingeständnis zu hören, dass er nicht nur als Rechercheinstrument benutzt, sondern auch als ein leicht zu ersetzendes Puzzlesteinchen betrachtet worden war, entriss ihm den letzten Halt, an den er sich in jenen Jahren voller Enttäuschungen und schmerzhafter Entdeckungen geklammert hatte.

»Aber ihr habt doch draußen auf mich gewartet …«

»Es bestand immerhin die Möglichkeit, dass du das Haus lebend verlassen würdest. Außerdem konnte ich Caridad schlecht sagen, dass man dich auf die Schlachtbank geschickt hatte, und schon gar nicht dann, wenn dir die Flucht gelungen wäre. Der Befehl lautete, dich dann den anderen Genossen zu überlassen …«

»Wie Sheldon, ja? Dann habt ihr also auch ihn umgebracht?«

»Nicht direkt. Aber keiner hat ohne unsere Erlaubnis getötet.«

»Aber wenn ihr mich töten wolltet, warum habt ihr euch im Gefängnis um mich gekümmert? Warum habt ihr Anwälte bezahlt? Warum habt ihr Roquelia zu mir geschickt?«

»Wenn wir dich im Gefängnis umgebracht hätten, hätte alle Welt gewusst, woher der Befehl zum Attentat kommt. Was dich gerettet hat, war dein Schweigen. Außerdem, nachdem der Alte tot war, interessierte sich Stalin nicht mehr für den Rest, und schon gar nicht zu dem Zeitpunkt, als die Deutschen nur noch einen Steinwurf weit entfernt waren …«

»Und warum ist das Attentat der Mexikaner gescheitert?«

»Das waren Stümper, aber Stalin wollte es so: irgendetwas Spektakuläres, mit viel Lärm, damit alle es erfuhren und niemand es vergaß. Ich hab die Männer zwei- oder dreimal gesehen, und mir war sofort klar, dass Trotzki ein paar Nummern zu groß für sie war. Die Hampelmänner hatten keinen Mumm in den Knochen. Deswegen hab ich dich bei ihnen nicht mitmachen lassen und dafür gesorgt, dass sie weder von mir noch von dir etwas wussten … Was ich nie verstanden habe, war, warum unser Mann – Felipe, erinnerst du dich? – nicht ins Haus gegangen ist, um sich davon zu überzeugen, ob sie die ›Ente‹ getötet hatten oder nicht … Das ist mir bis heute ein Rätsel …«

Ramóns Blick wanderte durch den Park hinüber zum Fluss. Er spürte, wie die Enttäuschung ihn innerlich zerfraß und eine tiefe Leere in ihm zurückließ. Die Überreste des Stolzes, an den er sich trotz aller Zweifel und der Isolation bis zuletzt geklammert hatte, verdampften in der Hitze der zynischen Wahrheiten. Die Jahre im Gefängnis, wo er täglich um sein Leben gefürchtet hatte, waren nicht das Schlimmste gewesen. Zuerst die Vermutung und später die Gewissheit, dass er als Marionette in einem schäbigen, schmutzigen Spiel missbraucht worden war, hatten ihm häufiger den Schlaf geraubt als die Angst vor dem Messer eines seiner Mitgefangenen. Er erinnerte sich an das schmerzhafte Gefühl, betrogen worden zu sein, von dem er beim Lesen des ganz und gar nicht geheimen Berichtes von Chruschtschow auf dem XX. Kongress der Kommunistischen Partei überwältigt worden war, und an die quälende Frage, die ihn seitdem umgetrieben hatte: Was würde mit ihm geschehen, wenn er aus dem Gefängnis kam?

»Und warum hat man mich nicht gleich nach meiner Ankunft in Moskau erschossen? … Bis sie mir die Orden umgehängt haben, habe ich jede Nacht darauf gewartet, abgeholt zu werden …«

»Du hast es selbst gesagt: Die Welt hatte sich verändert. Wenn Stalin und Beria noch am Leben gewesen wären, hättest du den Atlantik nicht überquert. Chruschtschow wäre dir sogar dankbar gewesen, hättest du die Wahrheit erzählt, auch wenn er dich nicht dazu ermutigen durfte, weil Stalins Geist noch lebendig war, nein, noch lebendig ist, und Chruschtschow konnte und wollte diese Schlacht nicht schlagen. Also zog er es vor, wegzuschauen und dich links liegen zu lassen. Jetzt, da Stalins Geist Chruschtschow besiegt hat, interessiert sich keiner mehr für dich … vorausgesetzt, du hüllst dich weiterhin in Schweigen und versuchst nicht, die Sowjetunion zu verlassen.«

»Und was wusste Caridad?«

»Mehr oder weniger dasselbe wie du. Vergiss nicht, wir haben euch

Spaniern nie so ganz über den Weg getraut. Als Caridad nach Moskau zurückkam, versuchte sie, Beria zu überreden, dir zur Flucht zu verhelfen. Nachdem sie lange auf ihn eingeredet hatte, sagte er schließlich, ja, er werde dir helfen, aber sie müsse in Mexiko alles in die Wege leiten. Sie gaben Caridad einen Pass und einen Haufen Geld, und Beria schickte einen Schläger der Komintern nach Mexiko, um ihr Angst einzujagen. Sie kam mit dem Schrecken davon, aber sie hatte die Lektion gelernt. Sie flog nach Paris und verhielt sich ruhig ... Sie malt jetzt also Bilder, sagst du?«

»Soll ich das alles glauben? Wart ihr wirklich so zynisch? Wusstest du, dass sie mich töten wollten? Hast du dich dazu hergegeben?«

»Glaub mir, wir waren zynischer, als du dir vorstellen kannst. Du wärst nicht der Einzige gewesen, der für ein Ideal sterben sollte, das nicht existierte. Stalin hat alles pervertiert und die Leute gezwungen, für ihn zu sterben, für seine Zwecke, seinen Hass, seinen Größenwahn. Vergiss, dass wir für den Sozialismus gekämpft haben! Sozialismus? Gleichheit? Ich habe gehört, dass Breschnew eine Sammlung von Oldtimern besitzt ...«

»Und du, wofür hast du gekämpft?«

»Am Anfang, weil ich an die Sache geglaubt habe, weil ich die Welt verändern wollte. Und weil ich das Paar Stiefel brauchte, das sie den Agenten der Tscheka gegeben haben. Danach ... Wir haben doch schon über die Angst gesprochen: Wenn du einmal im System bist, kannst du es nie mehr verlassen. Ich habe weitergekämpft, weil auch ich zum Zyniker geworden war. Aber wenn man als effizienter Zyniker mit ein paar Toten auf dem Buckel erst einmal fünfzehn Jahre im Gefängnis gesessen hat, dann sieht man die Dinge mit anderen Augen.«

»Und wie kannst du mit alldem leben?«

»Genau so, wie du lebst, Ramón Mercader! An dem Tag, als du Trotzki ermordet hast, wusstest du, warum du es tatest, wusstest, dass du Teil einer Lüge warst, dass du für ein System kämpftest, das auf Angst und Tod aufgebaut war. Mich kannst du nicht täuschen! Deswegen bist du in das Haus in der Calle Viena gegangen, mit zitternden Knien, aber bereit, es zu tun, weil du sehr gut wusstest, dass es für dich kein Zurück gab. Wenn du Caridad das nächste Mal siehst, frag sie, was ich zu ihr gesagt habe, als du in Coyoacán angekommen bist. Ich habe gesagt: ›Ramón scheißt sich vor Angst in die Hose, aber er ist schon einer von uns: ein Zyniker.‹«

»Sei bitte mal einen Moment still«, sagte Ramón, und er wusste selbst nicht, ob das eine Bitte oder eine Forderung war.

Er nahm die Brille ab und putzte mit dem Hemdzipfel die beschlagenen Gläser. In den Händen, die den Eispickel gehalten hatten, kam ihm das Horngestell, das Roquelia ihm von einer ihrer Reisen nach Mexiko mitgebracht hatte, seltsam und fremd vor. Letztendlich hatte Eitingon recht. Ramón hatte sich in den Glauben, in die Überzeugung zurückgezogen, für eine bessere Welt zu kämpfen, um damit die Wahrheiten zu überdecken, an die er nicht denken wollte: die Morde an Nin und Robles, unter anderem, die Machenschaften der Partei vor und während des Spanischen Bürgerkriegs, die undurchsichtigen Geschichten um Lew Sedow, Sheldon Harte oder Rudolph Klement, das merkwürdige Geständnis Jagodas, bei dem er selbst dabei gewesen war, die Manipulation der Ereignisse vom Mai 1937 in Barcelona, den Landstreicher, den er in Malachowka wie ein Schwein hatte abschlachten müssen, die Lügen über Trotzki und seine angebliche Zusammenarbeit mit den Faschisten, das üble Spiel, das sie mit Sylvia Agelof getrieben hatten … Eine einzige dieser Wahrheiten hätte ausreichen müssen, um nicht nur den unerbittlichen Menschen in sich zu erkennen, sondern auch den Zyniker, zu dem er geworden war.

»Im Gefängnis habe ich Trotzki gelesen«, sagte er, als er sich die Brille wieder aufgesetzt hatte und die halbmondförmige Narbe auf seinem rechten Handrücken betrachtete. »Alle Gefangenen wussten, dass ich ihn umgebracht hatte, auch wenn die Mehrheit nicht die geringste Ahnung hatte, wer Trotzki war, und nicht verstand, warum ich ihn ermordet hatte. Die anderen töteten aus konkreten Gründen: die Frau, die sie betrog, den Freund, der sie bestahl, die Hure, die sich einen anderen Zuhälter suchte … Als ich einmal in meine Zelle zurückkam, lag auf meinem Bett ein Buch von Trotzki, *Verratene Revolution*. Wer hatte es mir da hingelegt? Ich fing an zu lesen und war sehr durcheinander. Ungefähr einen Monat später tauchte ein weiteres Buch auf, *Stalins Verbrechen,* und auch das habe ich gelesen. Danach war ich noch verwirrter. Ich dachte über das Gelesene nach und wartete darauf, dass man mir ein drittes Buch geben würde, doch das geschah nicht. Ich habe nie erfahren, wer mir die Bücher in die Zelle gelegt hat. Nur eins wusste ich: Hätte ich sie vor meiner Ankunft in Mexiko gelesen, hätte ich Trotzki nicht umgebracht ... Aber du hast recht, an dem Tag, als ich ihn tötete, war ich ein Zyniker. Ihr hattet mich dazu gemacht. Ich war eine Marionette, ein gutgläubiger Trottel, der das glaubte, was Leute wie du und Caridad ihm sagten.«

»Wir alle sind betrogen worden, mein Junge.«

»Die einen mehr, die anderen weniger, Ljonja, die einen mehr, die anderen weniger ...«

»Aber für dich haben wir alle möglichen Spuren gelegt, damit du die Wahrheit entdecken konntest. Nur, du wolltest sie nicht entdecken, und weißt du, warum nicht? Weil du gern so warst, wie du warst. Und komm mir nicht mit Geschichten, Ramón Mercader ... Außerdem waren die Dinge von Anfang an klar: Seit du wusstest, worin deine Mission bestand, gab es für dich kein Zurück mehr. Egal, was du hinterher gelesen hast ...«

Im September durch Moskau zu gehen, war für Ramón wie in ein Konzert zu kommen, in dem gerade der letzte Satz einer Sinfonie gespielt wird. Die Musik wird lauter, alle Instrumente setzen ein, der Höhepunkt wird erreicht, doch man meint eine traurige Erschöpfung wahrzunehmen, wie die Ankündigung des unvermeidlichen Abschieds. Wenn sich die Blätter an den Bäumen verfärbten, um die Landschaft mit Ockertönen zu überschwemmen, und die schläfrigen Nachmittage stiller und kürzer wurden, spürte Ramón die Drohung des nahenden Oktobers und damit den Beginn der Kälte, der Dunkelheit und des zwangsläufigen Zuhausebleibens. Hatte sich der Winter erst einmal eingenistet, würde das alte, dreißig Jahre zuvor entdeckte Gefühl, die Hauptstadt der Sowjetunion sei ein riesiges, zwischen zwei Welten abgekapseltes Dorf, heftiger werden, niederdrückender. Die Wälder, die sich innerhalb der Stadt ausbreiteten, die Steppe, die durch die breiten Alleen und über die unverhältnismäßig großen Plätze in die Stadt einzusickern schien, würden mit Eis und Schnee bedeckt sein und Moskau in einen feierlichen, von in Falten gelegten Stirnen und ruppigen Umgangstönen bestimmten Ort verwandeln, der einem noch fremder erschien als sonst. Dann würde ihn die Sehnsucht nach Spanien mit neuer Wucht überfallen. Wenn er las oder Musik hörte, stellte er immer häufiger fest, dass sich seine Gedanken von dem Text oder dem Klang abwandten und zu dem grobkörnigen Sand eines zwischen Meer und Bergen eingeschlossenen katalanischen Strandes wanderten, wo er sich selbst wiederfand, sicher vor Kälte, Einsamkeit, Angst und Entwurzelung. Er würde sich sogar wieder Ramón Mercader nennen, und seine Vergangenheit wäre nur noch eine böse Erinnerung, die zu vergessen ihm schließlich gelänge. Doch das Tor nach Spanien war ihm für immer verschlossen, mit doppeltem Vorhängeschloss, eines an jedem Türpfosten. Der Gedanke daran, dass er den Rest seiner Tage in dieser ihm so fremden Welt zubringen musste, wie ein Gefangener zwischen den vier undurchdringlichen Wänden des größten und großzügigsten Landes der Erde, war für ihn zu einer heimtückischen Form der Strafe geworden, für die keine Begnadigung vorgesehen war. Auf der Suche nach, wie er wusste, trügerischer Erleichterung floh Ramón an manchen Sommertagen aus seiner Wohnung, mit oder ohne Roquelia, und schleppte seine Frustrationen und Enttäuschungen zum Monument der Niederlage und des Heimwehs der in Moskau gestrandeten Spanier.

»Und wie ist es dir mit deinen Landsleuten ergangen?«, wollte Eitingon wissen, als sie sich am darauffolgenden Sonntag vor der alten *kofeinia* in der Arbat-Straße trafen, einem Café, das zu Stalins Zeiten geschlossen war, weil der Generalsekretär jeden Tag durch diese Allee zu seiner Datscha nach Kuntsewo fuhr. Per Dekret war auf dieser Strecke jede Ansammlung von Menschen verboten, und nicht einmal ein Baum durfte dort stehen. In diesem von der Angst bestimmten Land lebte sogar Stalin in Angst. Während der Chruschtschow-Ära hatte sich das Lokal in einen Schallplattenladen verwandelt, wo Ramón emsig nach sinfonischen Juwelen zu lächerlichen Preisen stöberte.

Während sie ziellos umherschlenderten und kubanische Zigarren rauchten, die Caridad ihrem Sohn aus Paris geschickt hatte (Ramón musste sie in feuchte Tücher wickeln, damit sie wieder etwas von ihrer karibischen Würze zurückgewannen, die ihnen durch das trockene europäische Klima entzogen worden war), erzählte Ramón seinem ehemaligen Mentor, dass er einige Monate nach seiner Ankunft in Moskau angefangen hatte, zusammen mit seinem Bruder Luis die Casa de España zu besuchen. Er erinnerte sich noch genau an seinen ersten Kontakt mit dieser irrealen, aus einer kalkulierten Dosis von Erinnern und Vergessen konstruierten Welt, in der die Schiffbrüchigen des verlorenen Krieges gestrandet waren, getrieben von der eitlen Hoffnung, in diesem merkwürdigen, fremden Land der Zukunft ein Stück Heimat wieder aufzubauen. Viele der Flüchtlinge waren Mitglieder der Kommunistischen Partei Spaniens, ausgewählt, aufgenommen und ernährt von ihren sowjetischen Brüdern; aber unter ihnen befand sich auch eine beträchtliche Anzahl der sogenannten »Kinder des Krieges« (jetzt »Sowjetspanier« getauft), die die Halbinsel verlassen hatten, als sie noch keine zehn Jahre alt gewesen waren, und in die Casa de España kamen, weil es hier den besten Espresso Moskaus gab und weil sie die Überreste einer zerbrochenen Identität zu finden hofften, an die sie sich hartnäckig klammerten.

Luis hatte ihn darauf aufmerksam gemacht, dass der Häuptling jenes vertriebenen Stammes Dolores Ibárruri war, inzwischen in der ganzen Welt als »Pasionaria« bekannt. Die Frau war so machtbesessen und so stalinistisch herrschsüchtig, dass der bloße Gedanke daran, ihren Ansichten zu widersprechen, völlig abwegig erschien, zumindest innerhalb der Casa de España und ihrer Partei, deren Vorsitzende sie geworden war, nachdem sie 1960 das Generalsekretariat an Santiago Carrillo übergeben hatte. Als Ramón das hörte, musste er an den Abend denken, an dem er mit Caridad in der Pedrera gewesen war und mit angehört hatte, wie André Marty einen Kübel von Beleidigungen über einer folgsamen, mit gesenktem Blick dasitzenden Pasionaria ausgeschüttet hatte. Doch vor allem fürchtete sich Ramón davor, wie seine ehemaligen Genossen ihn empfangen würden. Die beiden begehrtesten Orden der UdSSR, die er sich ans Jackett heften konnte, würden bestimmt nicht genügen, um die Ressentiments, die seine persönliche Geschichte bei vielen von ihnen hervorrufen würde, zu überwinden.

»Die Mehrheit ist eine Bande von Heuchlern«, sagte Ramón, der wieder zum Spanischen übergegangen war. »Sie haben mich zu meiner Freilassung und meinen Orden beglückwünscht und mir mein Parteibuch ausgehändigt, aber in ihren Blicken habe ich zwei Gefühle gesehen, die diese Arschlöcher nicht verbergen konnten: Angst und Verachtung. Für sie war ich das lebende Symbol ihres großen Irrtums, als sie vor den Befehlen Moskaus und der Politik Stalins gekuscht haben und viele von ihnen zu Henkern geworden sind, wie wir; und außerdem war ich der eindrucksvollste Beweis für ihren vergeblichen Gehorsam ... Einige haben es abgelehnt, mit mir zu sprechen, andere haben die Freundschaft mit mir gesucht ... glaube ich. Was mir jedoch am meisten stinkt, ist, dass sie sich als die Sauberen betrachten, die Anständigen, und ich bin der Unsaubere, der Unanständige, der Kloakenmann, wo doch in Wirklichkeit mehr als einer von ihnen knietief in der Scheiße gewatet ist.«

»Und noch tiefer«, pflichtete ihm der ehemalige sowjetische Militärberater bei.

An der Gogol-Statue bogen sie links ab, so als hätten sie sich ohne Worte verständigt.

»Hat die Pasionaria dich erkannt?«, fragte Eitingon.

»Wenn sie mich erkannt hat, dann hat sie es gut verborgen. Sie hat mir immer gezeigt, dass ich ihrer Verehrung nicht würdig bin. Caridad will sie sich irgendwann mal vorknöpfen, sagt sie.«

»Und ich sollte irgendwann mal mit dir da hingehen ... falls sie mich reinlassen. Einige von denen, die da rumsitzen und Märchen erzählen, würden sich in die Hose scheißen, wenn sie mich sähen. Sie wissen, dass Kotow viele, sehr viele Geschichten kennt. Und wenn du Trotzki ermordet hast, weil wir es dir befohlen haben, dann haben so manche von ihnen andere Leute liquidiert, weil wir es ihnen befohlen haben ... und manchmal auch, ohne dass wir es ihnen befohlen haben, weil sie dachten, je grausamer sie sind, desto mehr verdienen sie sich unsere Freundschaft ...«

Das fast körperliche Bedürfnis, sich auf bekanntem, wenn auch heiklem Terrain zu bewegen, hatte Ramón zu einem eifrigen Besucher der Casa de España gemacht. Moskau blieb für ihn eine Stadt mit kaum zu durchschauenden Codes und einer nur schwer zu erlernenden Sprache, und hier, im spanischen Zentrum, zwischen stalinistischen und ein paar chruschtschowistischen Kommunisten und einfachen, von Heimweh und Frustrationen geplagten spanischen Republikanern, hatten sie alle eine widernatürliche gemeinsame Sprache gefunden: die Niederlage. Dank seines Bruders Luis und seiner eigenen Fähigkeit, Gefühle zu verbergen, baute Ramón enge Beziehungen zu alten Genossen aus den romantischen Tagen des Kampfes in Barcelona und zu einigen neuen Bekannten auf, die ihn trotz allem respektierten oder zumindest doch duldeten, nicht so sehr wegen dem, was er getan hatte, sondern mehr wegen der Art und Weise, wie er die zwanzig Jahre Gefängnis überstanden hatte: Er hatte bewiesen, dass er ein Spanier war, ein Katalane, der sich nicht in die Knie zwingen ließ und außerdem einen wohlriechenden Fleischeintopf einer nach Kohl stinkenden Soljanka vorzog.

»Die Soljanka stinkt nicht nach Kohl«, widersprach Ljonja. »Irgendwann lade ich dich ein, und natürlich werde ich sie selbst zubereiten.«

»Etwas ziemlich Blödes ist mir passiert, als ich darum bat, an der Geschichte des Bürgerkriegs für 1966 mitschreiben zu dürfen, zum dreißigsten Jahrestag des Beginns der Kämpfe.«

»Ich habe sie gelesen, und was ich da gefunden habe, hat mich nicht überrascht. Die Verbrechen Francos und seiner Leute sind das Schrecklichste, was Spanien erlebt hat. Sie haben den Ton des Kriegs vorgegeben, das ist allgemein bekannt. Aber sie waren nicht das einzig Hässliche ...«

»Und keiner weiß das besser als du, nicht wahr?«, entgegnete Ramón.

Eitingon zuckte mit den Achseln. »Natürlich hat die Pasionaria den ganzen Kram mit dem Buch geleitet, und sie war nicht damit einverstanden, dass ich daran mitschrieb. Andere dagegen wollten mich in die Gruppe der Verfasser aufnehmen, vielleicht weil ich ihnen leidtat, ich weiß es nicht. Schließlich hat man mir die Aufgabe übertragen, Kriegsveteranen zu interviewen und ihre Erinnerungen und Darstellungen dessen, was sie erlebt oder aus erster Hand erfahren hatten, zusammenzutragen. Wie erwartet, hat jeder, mit dem ich gesprochen habe, versucht, sich ins rechte Licht zu rücken, manchmal ziemlich dreist, und sich nur an das erinnert, was zu seinen politischen Überzeugungen passte und mit seiner Version vom Krieg in Einklang stand. Weißt du, wie viele mir von den Unmengen von Gefangenen in Madrid und Valencia oder von den Erschießungen in Paracuellos erzählt haben?«

»Keiner.«

Ramón sah seinen ehemaligen Mentor an und lachte.

»Als hätte das nie stattgefunden! … Die Angst verfolgte sie immer noch, und keiner wagte es, einen Stein loszutreten, der eine Lawine hätte auslösen können. Das Schlimmste aber war, zu sehen, wie sie die Tatsachen zurechtbogen, wie sie Geschichten verdrehten, die ich selbst miterlebt habe, die du miterlebt hast, als du noch Kotow warst. Die Erschießungen gingen auf das Konto der Anarchisten, behaupten sie. Und die Besetzung der Telefónica ist für sie immer noch eine notwendige Aktion, um die Trotzkisten und diejenigen loszuwerden, die sich als fünfte Kolonne entpuppt hatten. Sie rechtfertigen Nins Verschleppung oder erwähnen sie erst gar nicht, einige spielen die Bedeutung der Internationalen Brigaden bei der Verteidigung Madrids herunter, niemand erinnert sich an die Machenschaften, durch die ihr die anderen Gruppierungen schwächen wolltet …«

Als Mitglied der »Investigationskommission« hatte Ramón einen Weg beschritten, von dem nur sein Bruder Luis etwas wusste: Er war in die Akademie der Geschichte der UdSSR gegangen, die das Projekt und die spätere Veröffentlichung des Buches finanzierte (und kontrollierte), und hatte die Dokumente studiert, zu denen nur die Historiker Zugang hatten. Roquelia, die sich vor dem Moskauer Winter fürchtete, war nach Mexiko geflogen, zum ersten Mal mit Arturo und Laura, und so hatte Ramón genug Zeit, um sich seiner Recherche zu widmen. Zuerst mit Erstaunen und dann mit Entsetzen musste er feststellen, dass nicht nur die für ihn zugängliche Dokumentation die

Unterstützung der Republik durch die Sowjetunion und die Komintern in reichlich günstigem Licht erscheinen ließ, sondern dass auch die geschichtlichen Tatsachen häufig verfälscht worden waren und so gar nicht mit dem übereinstimmten, was er selbst erlebt hatte.

»Was hast du denn erwartet, mein Junge? Die wahre Geschichte der Eroberung des Neuen Spanien?« Leonid zog an seiner Havanna und stellte fest, dass sie ausgegangen war. »Haben die Franquisten nicht dasselbe gemacht, nur noch unverschämter und mit weniger Witz? ... Die Tauwetterperiode unter Chruschtschow hat lediglich etwas überflüssigen Schnee weggeräumt. Weder die spanischen Kommunisten noch die sowjetische Regierung sind in der Lage, allem auf den Grund zu gehen, und sie wollen es auch gar nicht, weil das Schwarze unter der Eisschicht Scheiße ist. Wie die gefrorene Scheiße der Mammuts, die man vor Kurzem in Sibirien gefunden hat. Tausend Jahre alte Scheiße, aber es ist und bleibt Scheiße.«

Schon lange bevor Eitingon diese archäologische Metapher benutzte, hatte Ramón begriffen, dass der Befehl ausgegeben worden war, besagte Scheiße, so alt sie auch war, nicht an die Oberfläche zu spülen. Das wurde ihm an dem Morgen klar, als er in die Akademie kam und die liebenswürdige Archivarin, die sich bisher um ihn gekümmert hatte, nicht an ihrem Platz saß. Krankgeschrieben, erklärte ihm ihre Stellvertreterin, die seinen Ausweis und den Zettel mit den Bestellungen nahm und nach fünf Minuten mit der Information zurückkam, die von dem Genossen Pawlowitsch López angeforderten Dokumente seien unter Verschluss, er könne sie nur mit einer Genehmigung des Instituts für Geschichte und Sozialforschung einsehen. Ramón war nicht einmal überrascht, als in den ersten Bänden von *Krieg und Revolution in Spanien 1936–1939* sein Name nicht auf der Liste der Mitglieder der Investigationskommission stand, die von Dolores Ibárruri geleitet wurde und deren Mitarbeiter ausschließlich aus ihren treuesten Anhängern bestand.

»Was hast du da gefühlt?«, fragte Eitingon.

»Frustration. Aber Scheiß drauf, inzwischen habe ich mich daran gewöhnt.«

»Jetzt weißt du, dass es keine Erfindung Stalins war, die Geschichte umzuschreiben und sie den Interessen der Macht unterzuordnen, auch wenn er das auf seine brutale und verächtliche Art bis zum Erbrechen getan hat. Und von ›Revolution‹ in Spanien zu sprechen, ohne die Grausamkeiten der republikanischen Seite zu erwähnen … Wenn das keine Verfälschung der Geschichte ist! … Deswegen ist es besser, die konfliktbeladene Geschichte mundtot zu machen.«

Nach mehreren Versuchen schaffte es Eitingon, seine Zigarre wieder anzuzünden. Ramón besah sich die seine: Sie brannte munter drauflos.

»In letzter Zeit gehen seltsame Dinge in der Casa España vor«, sagte er.

Obwohl es nach 1956 vielen Flüchtlingen gelungen war, nach Spanien zurückzukehren, kämpften diejenigen, die geblieben waren, nach wie vor um ihren Anteil an der Macht. Die Pasionaria, die den treuen Juan Modesto zu ihrem Stellvertreter gemacht hatte, spürte, dass ihre absolute Vormachtstellung langsam infrage gestellt wurde. Enrique Líster – mit seinen Heldentaten aus dem Spanischen Bürgerkrieg, dem Großen Vaterländischen Krieg und den Guerillakriegen in Jugoslawien – und Santiago Carrillo widersetzten sich immer offener den Machtansprüchen der berühmten stalinistischen Aktivistin. »Immer dasselbe Lied«, hatte Luis damals bemerkt, als der Bruch offensichtlich wurde, »an dem Tag, an dem wir aufhören, uns zu streiten, werden wir aufhören, Spanier zu sein.«

»Es geht nicht darum, ob ihr Spanier seid oder nicht«, sagte Ljonja, jetzt auf Spanisch. »In erster Linie seid ihr Politiker! Francos Ende zeichnet sich am Horizont ab, und jetzt kommt die Zeit der Ernte. Man muss bereit sein für den Moment, wenn die Macht neu verteilt wird! Man muss das Bild aufpolieren, es den neuen Zeiten anpassen!«

Beide wussten, dass die Stimmung in der Casa de España, vor der sie gerade standen, in den letzten Monaten getrübt war. Nach der sowjetischen Intervention in Prag hatten es einige führende Mitglieder der Kommunistischen Partei Spaniens gewagt, ihre Bedenken wegen der Rechtmäßigkeit der Besetzung zu äußern, was die Führungsspitze der Partei gespalten hatte. Für Eitingon beruhte die kritische Haltung auf dem Bedürfnis, sich vom sowjetischen Einfluss zu lösen und sich ein demokratisches Mäntelchen umzuhängen; für Ramón dagegen war es lediglich eine günstige, wenn auch gefährliche Gelegenheit, mehr Macht innerhalb der spanischen Kolonie und, vor allem, im zukünftigen Spanien zu gewinnen. Die mutigsten Exilanten, angestiftet von Santiago Carrillo und Ignacio Gallegos, hatten sogar eine ungewöhnliche Aktion gestartet: Sie schlugen vor, die Archive der Casa de España zu öffnen und sich die Personalakten jedes einzelnen in der UdSSR ansässigen Spaniers vorzunehmen. Dieser Vorschlag war Feuer an der Lunte des Dynamits. Wenn gewisse im Gebäude in der Schdanow-Straße aufbewahrten Dokumente geöffnet würden, würde ans Tageslicht kommen, mit welchen gemeinen Machenschaften viele der Exilanten zu Denunzianten und Henkern ihrer eigenen Genossen geworden waren. Und die Kampfgefährten von einst, die jetzt Angst hatten, entdeckt zu werden, teilten sich in verschiedene Sektionen auf und begannen einen Krieg, der zuerst mit Worten und dann mit Knüppeln und Fausthieben geführt wurde. Vor dem Gebäude der ehemaligen Bank, an der Ecke gegenüber der Casa, zeigte Ramón Ljonja das Fenster im dritten Stock, aus dem einer seiner Landsleute geworfen worden war.

»Er ist hier mitten auf die Straße gestürzt. Alle glaubten, er sei tot, weil er sich nicht mehr bewegt hat. Doch plötzlich stand er auf, spuckte auf den Boden, kratzte sich am Kopf und ging wieder hinauf, um sich aufs Neue an der Schlägerei zu beteiligen.«

»Und dann wird immer gesagt, wir Russen seien Wilde«, lachte Eitingon, und sie nahmen ihren Spaziergang wieder auf. Wenig später kehrten sie ins Sardinka ein, wo die spanischen Exilanten sich einzufinden pflegten, um ihren Durst mit Wodka zu stillen, denn auf dem Grundstück der Casa de España war es nun verboten, diesen leicht entflammbaren Stoff zu servieren.

Der spanische »Krieg der Fäuste« fand erst ein Ende, als die Miliz auftauchte und das Lokal räumen ließ, erzählte Ramón weiter. Und noch in derselben Nacht verschwanden die Gründe für ein erneutes Aufflammen der handfesten Auseinandersetzung: Eine Einheit des KGB holte die Akten mit Beweisen für die Denunziationen von Kampfesgenossen ab und brachte sie an einen sicheren Ort.

Als sie eine Stunde später auf dem Dserschinski-Platz standen, betrachtete Ramón die Statue des Gründers der Tscheka und das gefürchtetste Gebäude der Sowjetunion im Rücken des Mannes aus Bronze.

»Hab ich dir erzählt, dass ich auch einmal da unten war?«, fragte Leonid auf Französisch, mit einer Kopfbewegung auf den Keller der Lubjanka weisend. »Ich weiß nicht, wie lange, aber es war die schlimmste Zeit meines Lebens … Verdammte Scheiße!«, rief er mit einer Wut, die tief aus seinem Innern kam. Ramón wusste nicht, ob er das Gebäude oder das bronzene Idol verfluchte.

»Seit ich in Moskau bin, wundere ich mich darüber, dass diese Statue die Tauwetterperiode überlebt hat«, sagte er.

»Die hatten schon mit Stalins Statuen und Büsten genug Arbeit. Davon gab es Millionen im ganzen Land. In Georgien, wo Stalin am grausamsten gewütet hatte und man ihn am besten kannte, gab es einen Aufstand, als man die größten Monumente niederreißen wollte. Die Leute waren so sehr daran gewöhnt, unter Stalin zu leben und sich nach seinen Spielregeln zu richten, dass sie Angst hatten, jemand könnte auf die Idee kommen, sie seien mit dem Niederreißen der Statuen einverstanden. Begreifst du, was die Angst aus den Menschen machen kann, wenn sie zur Lebensform wird? Um die Millionen Lücken zu schließen, die der gestürzte Stalin hinterlassen hat, mussten Hunderte von Stalinbüsten und -statuen in Serie produziert werden.«

Sie überquerten den Platz und bogen in die Kirow-Straße ein, wo Eitingon in einen Laden ging und mit zwei Fläschchen Wodka wieder herauskam. Auf dem Petrowski-Boulevard suchten sie sich eine freie Bank, und bevor sie sich setzten, schlug sich Leonid zwei- oder dreimal auf das hinkende Bein, verfluchte es und trank den ersten Schluck. Dann legte er zwei Finger auf den Adamsapfel, um Ramón zum Mittrinken aufzufordern, doch der lehnte die Einladung ab. Die Sonne ging unter, und es wurde langsam kühl. Als Ramón sah, wie Eitingon seine Lieblingsposition auf der Bank einnahm, dachte er, dass er ebenfalls einen Schluck gebrauchen könne, doch er wollte lieber noch ein wenig damit warten.

»Das, was mit den Archiven der Casa de España geschehen ist, der Machtkampf zwischen den Spaniern, erinnert mich an etwas, das du bestimmt nicht weißt«, sagte Eitingon und trank einen zweiten Schluck Wodka. »Als Stalin starb, passierten sehr viele Dinge in sehr wenigen Tagen. Beria, Chruschtschow, Bulgarin und Malenkow wurden sofort aktiv, und als Erstes wiesen sie eine Spezialeinheit des Innenministeriums an, sämtliche persönlichen Gegenstände und Dokumente Stalins aus seiner Datscha in Kuntsewo und den Arbeitsräumen des Kreml in Sicherheit zu bringen. Stalins Tochter Swetlana nahmen sie den Ausweis ab, mit dem sie die Büros ihres Vaters betreten durfte, und noch im letzten Jahr, nachdem es ihr schließlich gelungen war, aus der Sowjetunion zu fliehen, behauptete sie, Chruschtschow und Beria hätten Stalins Schätze gestohlen.«

»Was für Schätze?«

»Es gab keine. Wofür braucht ein Mann Geld oder Juwelen, wenn er Herr eines riesigen Reiches ist, in dem es alles gibt. Und wenn ich sage ›alles‹, dann meine ich alles: die Berge, die Seen, den Schnee, die Flugzeuge, das Erdöl, auch die Menschen, das Leben der Menschen … Es stimmt, es gab viele Gegenstände aus Silber, vor allem Büsten und Plaketten, die man ihm geschenkt hatte, aber das alles haben sie einer Stiftung übergeben. Die Möbel, das Geschirr, die Teppiche und solche Dinge wurden auf mehrere Orte verteilt, und es wurde beschlossen, seine Marschalluniform und einige der Geschenke, die er von den Arbeitern bekommen hatte, in einer Abteilung des Historischen Seminars aufzubewahren. Aber ein Großteil seiner Kleidung war nicht mehr zu gebrauchen. Das meiste war ziemlich abgetragen, und das, was nicht weggeworfen wurde, stiftete man dem Zentrum für Kriegsversehrte.«

»Gab es denn kein Geld?«

»Doch, gab es. Die Leute, die die Operation leiteten, staunten über die vielen Umschläge mit Geldscheinen, die überall gefunden wurden. Stalin bezog ein Gehalt aus jedem seiner zehn Ämter, und da er andererseits nichts kaufen musste, nicht einmal, um Geschenke zu machen oder Feste auszurichten … Aber dieses Geld konnte niemanden reich machen. Was die Genossen suchten, waren Dokumente.

Diejenigen, die insgeheim an die Macht wollten, hatten Angst, ein Testament wie das von Lenin könnte auftauchen, das den einen das Leben schwer machen und es den anderen erleichtern könnte. Deswegen beschlossen sie, Ehrenmänner, die sie waren, Stalins Papierkram zu sammeln und zu verbrennen, damit niemandem Vor- oder Nachteile daraus entstanden, dass er von Stalin auserwählt oder fallen gelassen worden war.«

»Und woher weißt du das alles?«

Leonid genehmigte sich einen weiteren kräftigen Schluck Wodka, und Ramón streckte die Hand nach der Flasche aus. Er brauchte jetzt auch einen Schluck.

»Als ich mich nach meiner Freilassung ein wenig erholt hatte, fing ich wieder an, für Beria zu arbeiten. Man teilte mich dieser Spezialeinheit zu, und ich war dabei, als in einer Schreibtischschublade im Kreml, unter einer Zeitung verborgen, Briefe gefunden wurden. Es waren fünf Briefe, die Stalin anscheinend immer wieder gelesen hatte. Einer war der, den Lenin am 5. März 1923 diktiert hatte, ich werde das Datum nie vergessen. Darin forderte er Stalin auf, sich bei der Krupskaja, Lenins Frau, zu entschuldigen, weil er sie beleidigt hatte. Ein anderer Brief stammte von Bucharin, in dem er Stalin, kurz bevor der ihn erschießen ließ, versicherte, wie sehr er ihn liebe … Und dann gab es einen, sehr kurzen, geschrieben von Tito, datiert auf das Jahr 1950, glaube ich, und ich weiß noch genau, was drinstand: ›Stalin, hör auf, Mörder zu schicken, die mich liquidieren sollen. Fünf haben wir schon verhaftet. Wenn du das nicht sein lässt, werde ich persönlich einen Mann nach Moskau schicken, und ein zweiter wird nicht kommen müssen.‹«

»Und hat irgendjemand erfahren, dass Stalins Dokumente verschwunden waren?«

»Offiziell ist das nie bestätigt worden, natürlich nicht. Aber außer den persönlichen Papieren gab es die sogenannten ›Geheimakten‹ mit den versiegelten Dokumenten, die nur mit Stalins ausdrücklicher Genehmigung eingesehen werden durften. Die wurden nicht vernichtet, aber niemand weiß, wo sie sich befinden. Deswegen bin ich mir sicher, dass darin höchst unangenehme Berichte aufbewahrt wurden … Hoffentlich kann man sie eines Tages lesen! Dann werden wir nämlich entdecken, dass die Erde nicht rund ist …«

»Zum Beispiel?«

»Die Pakte, die Stalin mit Hitler und dann mit Roosevelt und Churchill geschlossen hat. Oder glaubst du, Europa ist einfach so aufgeteilt worden, nach dem Motto ›wer zuerst kommt, mahlt zuerst‹? Wie erklärst du dir, dass die Kommunisten weder in Italien noch in Griechenland an die Macht gekommen sind, obwohl sie dort nach dem Krieg die stärkste Partei waren? Und die Polen … Meinst du, die Polen sind Kommunisten und lieben uns wie Brüder?«

Eitingon hob die Flasche an die Lippen, doch irgendetwas ließ ihn zögern. Er wurde ernst und schwieg. Schließlich sagte er: »Was meinst du, werden sie irgendwann auch Lenins Statuen niederreißen?«

Ramón sah zum Fluss hinüber, hinter dem gerade die Sonne unterging. »Stand auch etwas über uns in diesen Archiven?«, fragte er.

Endlich trank Eitingon den fälligen Schluck Wodka und wandte sich ab. Plötzlich schien er entspannt. »Nein, über uns wird nie etwas stehen, nirgendwo. Erstens, weil damals so gut wie nichts schriftlich festgehalten wurde, und wenn doch, dann wanderte es direkt in Stalins persönliches Archiv. Beria hat mir erzählt, dass sich der siegreiche Führer in Kuntsewo von Zeit zu Zeit vor den Ofen gesetzt hat, um alles zu verbrennen und die Papiere, die seiner Meinung nach nie gelesen werden sollten, in Rauch aufgehen zu lassen. So was nennt man ›ein Gespür für Geschichte‹. Unsere Operation hat sich in Rauch aufgelöst, Ramón, wie viele andere Geschichten, von unserem geliebten Genossen Stalin in den Himmel geschickt.«

Als Ramón die Einladung annahm, ahnte er, dass er möglicherweise die Grenzen des Erlaubten überschritt. Sein riskantes Spiel kam ihm vor wie das, das die Tschechoslowaken in den ersten Monaten des Jahres 1968 gespielt hatten. Wenn er eine gewisse Alarmschranke berührte, so mutmaßte er, konnte seine momentane Ruhe durch Infanterie, Panzer und Flugzeuge gestört werden, um die Ordnung wiederherzustellen. Doch er entschied sich dafür, wieder einmal den Zorn der leicht zu Erzürnenden herauszufordern.

Während der Unterhaltungen, die er mit Leonid Eitingon im Laufe der letzten beiden Monate führte, hatte Ramón so viele Bestätigungen bekommen und so viele neue Erkenntnisse darüber gewonnen, auf welch grausige Weise sein Schicksal und das so vieler Millionen anderer Gläubiger beeinflusst worden war, dass er sich nach diesen Gesprächen sehnte, bei denen jeder, je nach Kenntnisstand, Licht in die Aktionen und Ideen brachte, für die sie gekämpft, getötet und Gefängnis und Folter erduldet hatten, um schließlich ein gesichtsloses, enttäuschtes, richtungsloses Leben zu führen. Beide wussten sie, dass sie unbequeme Zeugen der Vergangenheit waren, und sie trösteten sich damit, in die dunklen Abgründe hinabzusteigen, in denen ihre verlorenen Seelen umherirrten. Eitingon mit seinem Zynismus und dem weitreichenden Einfluss auf seinen Schüler zwang ihn, sich selbst aus einem anderen Blickwinkel zu betrachten und sich in das Innerste der Utopie vorzuwagen, für die Ramón »rein und mit Feuereifer zum Opferaltar geschritten war« (so Leonid). Er sollte erkennen oder bestätigt bekommen, dass er unter den vielen Betrogenen eine gewisse Priorität besaß, wie in den Schlangen vor den Geschäften. Seine Tat hob ihn hervor in jener riesigen, endlosen Zirkusarena, in der so oft die Peitschen geknallt und die Clowns mit ihrem gefrorenen Lächeln auf den geschminkten Gesichtern getanzt hatten.

Luis hatte ihm versichert, er kenne Moskau wie seine Westentasche, sie würden keine Probleme haben, die Wohnung Nr. 18 a, Eingang F, Gebäude 26-C, Block 7 in der Karl-Marx-Straße im Stadtviertel Golyanovo zu finden. Und Eitingon hatte sie zur Wegbeschreibung auf die Leninstatue mit dem auf die Zukunft gerichteten Arm hingewiesen. Von dort aus würden sie zum Kindergarten »Freunde der Miliz« gelangen, dann links (immer links, sagte er), und dort würden sie die Karl-Marx-Straße, den Block und das Gebäude finden, gleich neben dem Ernst-Thälmann-Kindergarten.

Noch am selben Tag, als man ihm, wegen seiner Verdienste um das sowjetische Vaterland, ein Auto aus nationaler Produktion zugeteilt hatte (obwohl fabrikneu, musste man den Türen einen kräftigen Tritt verpassen, damit sie schlossen), hatte er es seinem Bruder überlassen; denn selbst als Ingenieur und Universitätsprofessor und außerdem

Parteimitglied und Veteran des Großen Vaterländischen Krieges war Luis Mercader noch nicht so weit in der Rangliste aufgestiegen, um einen eigenen Wagen zu bekommen. An jenem Abend hatte Luis ihn um kurz vor sieben abgeholt, und da Roquelia lieber zu Hause bleiben wollte, hatte sich Galina, Luis' Frau, dafür entschieden, ihre Kinder bei ihr zu lassen, um das Abenteuer ungestört genießen zu können.

Im Stadtviertel Golyanovo wehte Stalins Atem. Die quadratischen grauen Wohnblocks, deren unzählige Risse mit Zement zugeschmiert waren und vor deren winzigen Fenstern die Bewohner ihre Wäsche trockneten, waren durch ungepflasterte Wege mit Bäumen getrennt. Die eilig hochgezogenen Gebäude, die beweisen sollten, dass einem Menschen wenige Quadratmeter genügten, um sozialistisch zu leben, verursachten Schwindel durch ihre monotone, unpersönliche Uniformität. Schnee und Regen hatten die Nummern der Blocks, Gebäude und Eingänge schon vor einiger Zeit ausgelöscht, und die Straßenschilder hatten sich in Luft aufgelöst. Auf jedem der recycelten Sockel (sie zählten vier) erhob sich die Statue eines finster dreinund weitblickenden, von Freiwilligen in Bronze gegossenen Lenin. Doch keiner der vier Lenins wies ihnen die Richtung. Den wenigen Passanten, die der Kälte trotzten und die sie nach der Adresse fragen konnten (diese Aufgabe fiel Galina zu, als Muttersprachlerin), kam der Name der Straße bekannt vor; aber war es nun die Marx-Straße, die Marx-und-Engels-Straße oder die Karl-Marx-Allee? Und ja, natürlich kannten sie den Kindergarten »Freunde der Miliz«, und unweigerlich sagten sie ihnen, sie sollten links abbiegen (immer links!) und dort am besten noch einmal fragen, wobei sie mit dem Finger auf einen unbestimmten Punkt im Labyrinth der Gebäude deuteten.

Da Leonid Eitingon nicht zu den wenigen Privilegierten gehörte, denen der Regionalrat ein eigenes Telefon zugestand, schlug Ramón vor, ihr Vorhaben aufzugeben, nachdem Luis sich in der Satellitenstadt nach fast einer Stunde hoffnungslos verfranzt hatte. Zwar bedauerte er es, dass sein ehemaliger Mentor Zeit und Geld investiert hatte, um ihnen eine würdige Mahlzeit zuzubereiten, und sie ihm nicht die Wodkaflaschen als Gastgeschenk überreichen konnten, die bei jedem Schlagloch auf dem Sitz neben Galina schepperten; aber sie mussten sich eingestehen, dass sie in der Hauptstadt des Weltproletariats unwiederbringlich verloren waren. In diesem Augenblick entdeckte Luis das Wunder eines Taxis mitten in Golyanovo, und nachdem sie dem Fahrer eine Flasche Wodka zugesteckt hatten, lotste er sie innerhalb von zwei Minuten zum Gebäude 26-C, Block 7. Galina stieg aus und klingelte an der erstbesten Wohnungstür. Eine bäuerlich aussehende Frau kam zu ihr heraus, zeigte auf den vorletzten Eingang des langen Gebäudes und zählte mit erhobenem Arm die Stockwerke, die sie hinaufsteigen mussten, um zu der gesuchten Wohnung zu gelangen.

Eitingon begrüßte sie mit einem breiten Lächeln, und alle drei mussten seine Umarmungen eines alten Bären und die nach Alkohol riechenden Küsse über sich ergehen lassen. Nachdem er sich für den Wodka bedankt hatte, stellte er ihnen seine Frau Jewgenia Purisowa vor. Sie war fünfzehn, vielleicht zwanzig Jahre jünger als ihr Mann, obwohl sie noch verbrauchter aussah als er. Wie Ramón aus Eitingon herausbekommen hatte, hatte dieser nach seiner Freilassung die Beziehung zu seiner ersten Frau, Olga Naumowa, wieder aufgenommen, die kurz darauf gestorben war, und lebte seit zwei Jahren mit Jenja zusammen, seiner fünften Ehefrau.

Der Hausherr und seine Gäste nahmen am Tisch Platz, der mitten in dem Raum stand, der gleichzeitig als Esszimmer, Wohnraum und auch, wie sie später erfuhren, als Schlafzimmer für die beiden Töchter diente. Auf dem mit einem Wachstuch bedeckten Tisch standen bereits die Teller mit den üppigen Vorspeisen, mit denen die Russen ihren Magen auf den Wodka vorzubereiten pflegen: geschnittener Schinken, eingelegte Gurken, Tomaten und Äpfel, Heringsfilets und Lachsscheiben, etwas roter Kaviar, frische Zwiebeln, russischer Salat und grüner Salat, Wurstaufschnitt, Speckwürfel und Schwarzbrot.

»Ich weiß nicht, worüber du dich beklagst«, sagte Ramón und biss in eine saure Gurke, für die er seltsamerweise eine Schwäche entwickelt hatte.

Leonid goss die schlichten Gläser randvoll mit Wodka und bat seine Frau, den Krug mit Orangensaft zu bringen, den er für den Beinahe-Abstinenzler Ramón bereitgestellt hatte. Aus der kleinen Küche drang intensiver Kohlgeruch zu ihnen, und Ramón betete darum, dass die Pelmenis nicht zu stark mit diesem scharfen Pfeffer gewürzt sein würden, der ihm immer die Tränen in die Augen trieb.

»Ich habe euch nicht so früh erwartet«, sagte Ljonja, während er Galina und Luis die Gläser reichte.

»Aber wir mussten eine Stunde lang suchen!«, rief Ramón vorwurfsvoll.

»Das ist normal. Wie findest du mein Viertel?«

»Schrecklich«, gestand Ramón und probierte den Kaviar mit Schwarzbrot.

»Schrecklich ist das richtige Wort. Schönheit und Sozialismus scheinen in verschiedenen Mannschaften zu spielen. Aber man gewöhnt sich an alles. Siehst du nun, was für ein Glück du hast, direkt an der Uferpromenade Frunse zu wohnen und drei Schlafzimmer und sogar einen Balkon zu haben? Auf ex!« Er prostete Galina und Luis zu, woraufhin die drei das Glas hoben und, wie vom Gastgeber verlangt, den Wodka auf einen Zug hinunterkippten.

»Ich habe nicht immer so gewohnt«, sagte Ramón. »Als Roquelia kam, hat man uns eine Wohnung gegeben, die nur etwas größer war als diese, in Sokol …«

»Das hat nichts mit dem hier zu tun. Sokol ist das Vorzimmer zum Paradies! Du gehst ein paar Schritte, und schon bist du in der Utopie.«

Ramón erinnerte sich an seine Spaziergänge durch die Utopie, wie Eitingon es nannte. In den Dreißigerjahren, als Repression und Mangel am größten gewesen waren, hatte eine Gruppe von Künstlern, in der Mehrzahl Maler, die Erlaubnis erhalten, in Sokol eine ideale Genossenschaft zu gründen, und sogar Material für Einfamilienhäuser mit Hof und Garten zugeteilt bekommen. Viele hatten sich nordische Blockhütten oder kleine Holzhäuser gebaut, aber hier und da konnte man auch einen kleinen Palast im maurischen oder mediterranen Stil sehen. Mit voller Absicht bauten sie gewundene, kurvenreiche Straßen, legten überall Parks mit wunderschönen bunten Taubenhäusern an. Die privaten und gemeinschaftlich genutzten Bereiche wurden mit einer Vielfalt von Bäumen bepflanzt, die einzigartig war in der ganzen Stadt. Rhododendren, Mandel- und Quittenbäume wurden so verteilt, dass ihre Blätter im Herbst ein sensationelles Farbenspiel boten. Von der eilig hingeklotzten Uniformität der von Chruschtschow erbauten Gebäude, in denen sie gewohnt hatten, musste Ramón nur zwei Straßen überqueren, um seiner Vereinsamung zu entkommen und sich an jenem einzigartigen Viertel Moskaus zu erfreuen. Jener Teil von Sokol war wie ein Museum des sozialistischen Traumes von der nie erreichten Schönheit, ein paradoxer, individualisierter, menschlicher Fleck im strikt vorgefertigten Organismus der stählernen sowjetischen Stadt, die Stalin geplant hatte, um »dem alten Moskau einen Schnitt zu verpassen«.

»Nach dem Krieg befahl Stalin, Golyanovo zu errichten. Wie üblich setzte er den Termin für die Fertigstellung der Gebäude fest, ohne sich dafür zu interessieren, wie sie hinterher aussahen«, sagte Eitingon, während er Platz schaffte für die Schweinefußsülze. Zur besseren Verdauung stellte seine Frau Senf und Rettich auf den Tisch. »Aber schuld daran, dass die Wohnungen klein und hässlich sind, ist natürlich der Imperialismus, der auch dafür verantwortlich ist, dass sowjetische Schuhe so hart sind und es kein Deodorant gibt und die Zahnpasta das Zahnfleisch angreift.«

Luis lachte kopfschüttelnd und nahm sich von der Sülze und dem scharfen Rettich, den Ramón verabscheute.

»Was du alles so hast, Kotow … Mann, ich erinnere mich daran, wie ich dich in Barcelona kennengelernt habe. Damals war ich noch ein Kind, und jetzt habe ich eine Glatze.«

Ljonja schielte zur Küche hin, in der seine Frau wieder verschwunden war, und sagte leise auf Katalanisch: »Auf keinen Fall Caridad erwähnen!«

»Versteht Jenja Katalanisch?«

»Nein, aber für alle Fälle. Ist das sowjetische Volk nicht das gebildetste der Welt?«

Jetzt musste Ramón lachen.

»Redet russisch, verdammt noch mal!«, forderte Galina sie auf Spanisch auf. »Außerdem ist Caridad inzwischen eine eingeschrumpfte hässliche Alte.«

»Der Teufel in ihr schrumpft nicht«, sagte Eitingon, und die anderen nickten.

»Ich weiß noch, wie Kotow mir von der Sowjetunion erzählt hat«, erinnerte sich Luis und griff nach der Hand seiner Frau. »Ich habe von diesem Land geträumt, und der Tag, an dem ich hier angekommen bin, war einer der glücklichsten in meinem Leben. Ich hatte das Gefühl, in der Zukunft angekommen zu sein.«

»Du *bist* in der Zukunft angekommen …« Eitingon steckte sich ein paar Speckstücke in den Mund und spülte mit einem Glas Wodka nach. »Laut unserer Führer ist *dies* die Zukunft. Der Westen ist die dekadente Vergangenheit. Und das Beschissenste daran ist, es stimmt. Der Kapitalismus hat schon alles gegeben, was er zu geben hat. Aber wenn die Zukunft so aussieht wie Golyanovo, werden die Menschen ihr noch lange die Dekadenz mit Deodorant und richtigen Autos vorziehen. Die Welt ist in eine Falle geraten, und wir verpassen die Gelegenheit, sie zu retten. Weißt du, was die einzige Lösung ist?«

»Erzähl mir nicht, dass du die Lösung kennst!«, rief Luis, und Eitingon lächelte überlegen.

»Diesen Laden hier schließen und zwei Straßen weiter einen neuen eröffnen. Aber ohne die Menschen zu belügen, ohne den anderen fertigzumachen, weil er anders denkt als du, ohne Vorwand, ihn zum Schweigen zu bringen, und ohne zu behaupten, dass sie dich an den Arsch kriegen, weil es gut für dich und für die Menschheit ist, und du nicht mal protestieren oder sagen kannst, wo es dir wehtut, weil man dem Feind keine Argumente an die Hand geben darf und diese ganzen Scheißrechtfertigungen. Ohne die Menschen zu erpressen … Diejenigen, die das Sagen haben, haben entschieden, dass etwas Demokratie gut ist, aber nicht zu viel … Um dann auch das wenige zu vergessen, das uns zustand, und am Ende landete all das wenige Schöne auf einem Kommissariat, bei Polizisten, die den Auftrag hatten, die Macht zu schützen. Das ist das Problem!«

»Du bist also kein Kommunist mehr?«, fragte Luis und senkte die Stimme.

»Das eine hat nichts mit dem anderen zu tun. Ich bin immer noch Kommunist und werde es bis ans Ende meiner Tage bleiben. Diejenigen, die sich alles unter den Nagel gerissen und Missbrauch betrieben haben, waren das, sind das Kommunisten? Diejenigen, die mich betrogen haben und die Ramón betrogen haben, waren das Kommunisten? Ich bitte dich, Luis …«

Galina trank ihren Wodka und blickte auf den Grund des leeren Glases.

»Dann war Trotzki also Kommunist? Chruschtschow hat Natalia Sedowa nach Moskau eingeladen. Sie hat abgelehnt, aber die bloße Tatsache, dass sie eingeladen wurde, will doch etwas heißen …«

»Chruschtschow war immer schon ein Spaßvogel«, erwiderte Eitingon und goss nach.

Schweigend fasste sich Ramón an die Hand, auf der die halbmondförmige Narbe prangte. Es kam ihm pathetisch, ja, lächerlich vor, dass sein ehemaliger Chef sich als Opfer gebärdete. Eitingon seinerseits schien verärgert. Er nahm ein wenig von jedem Teller, fast schüchtern, und Ramón musste an die üppigen Mahlzeiten mit exquisiten Weinen denken, die sie sich in Paris, New York und Mexiko gegönnt hatten, als alles aus den Schatullen des sowjetischen Staates bezahlt worden war. Wie viel von dem Geld stammte aus den spanischen Goldschätzen?

»Für den Staat der Zukunft hat Stalin Millionen von Menschen umbringen lassen«, ereiferte sich Eitingon. »Aber was sie uns zu tun befohlen haben, war einfach zu viel. Man hätte den Alten vor Einsamkeit sterben lassen oder darauf warten sollen, dass er sich in seiner Verzweiflung selbst mit Scheiße bekleckert. Wir haben ihn dem Vergessen entrissen und ihn zum Märtyrer gemacht.«

»Das reicht!«, unterbrach ihn Ramón, der davon nichts mehr hören wollte. »Müssen wir unbedingt darüber sprechen?« Er goss einen Schuss Wodka in seinen Orangensaft.

»Worüber können wir Schiffbrüchige denn sprechen, wenn nicht über das Meer, Ramón Pawlowitsch? Lasst uns anstoßen! Auf die Schiffbrüchigen der Welt!«, rief Eitingon und leerte sein Glas.

Nach dem Trinkspruch herrschte Stille in der kleinen Wohnung, bis aus der Küche Jewgenia Purisowas rettende Stimme verkündete, dass die Pelmenis fertig seien. Leonid, Luis und Galina beeilten sich, die Vorspeise zu verputzen, und sie taten es gründlich, etwas, das Ramón immer wieder erstaunte. Eitingon wischte sich mit dem Handrücken über den Mund und stand auf, und während die Gäste die leeren Flaschen und Teller abräumten, stellte der Gastgeber einen weiteren Korb mit Schwarzbrot, die Schüssel mit dem Sauerkohl und Speck, eine Platte mit Braten und Kartoffeln sowie Öl und Essig auf den Tisch und verteilte die sauberen Teller, die zu unterschiedlichem Geschirr gehörten. Jenja kam mit einem etwas verbeulten Topf herein und stellte ihn mitten auf den Tisch. Beim Anblick der Pelmenis bekam Ramón wieder Appetit.

»Die Mädchen haben schon gegessen, sie sind bei einem Nachbarn und schauen fern. Greift zu! Nur keine falsche Scham!«

Ramón träufelte Essig auf seine Pelmenis und stellte fest, dass die mit Lammfleisch gefüllten und von Eitingons Frau zubereiteten Teigtaschen viel besser schmeckten als die, die Galina ihnen vorzusetzen pflegte.

»Ljonja hat mir erzählt, dass deine Frau jedes Jahr nach Mexiko fliegt«, sagte Jenja betont gleichgültig in das Geklapper der Bestecke, das Klingen der Gläser und das geräuschvolle Kauen hinein.

»Gerade bereitet sie sich auf die nächste Reise vor. Sobald der Winter kommt, haut sie ab.«

Jenja lachte, als hätte Ramón einen Witz gemacht.

»Wie schön, wenn man reisen kann«, sagte sie, spießte eine Teigtasche auf, hielt sie hoch und wagte zu fragen: »Könntest du sie vielleicht bitten, etwas Hübsches für die Mädchen mitzubringen? … Ich würde ihr natürlich das Geld dafür geben«, beeilte sie sich hinzuzufügen.

Ramón hörte auf zu kauen und nickte.

»Sag mir, welche Größe eure Mädchen haben, ich kümmere mich darum.«

»Ljonja sagt, dass ihr eine sehr schöne Wohnung habt«, fuhr Jewgenia Purisowa fort, glücklich darüber, das Thema so geschickt angesprochen zu haben. Durch ihren von Haarnadeln und grauen Strähnen bedeckten Kopf geisterten schon die Hosen, Blusen, Schuhe und Haarspangen, die ihren Töchtern eine gewisse Vornehmheit verleihen würden, diesen Hauch von Westen, der von jedem Sowjetbürger so sehr verteufelt und so sehr begehrt wurde.

»Die Möbel und die meisten Ausstattungsstücke haben wir von dem Geld gekauft, das der Verkauf der Kleidung einbringt, die Roquelia aus Mexiko mitbringt«, erklärte Ramón lächelnd, bevor er sich auf die Kartoffeln und das Fleisch stürzte.

Während Jenja Tee und Kaffee kochte, aß Ramón ein Stück von dem Apfelkuchen, den Galina mitgebracht hatte, und bereitete sich innerlich auf das vor, was den härtesten Teil eines jeden russischen Gelages ausmacht: Eitingon würde es sich nicht nehmen lassen, mit seinen Liedern und Trinksprüchen zur Erheiterung des Abends beizutragen. Leise vor sich hinmurmelnd, suchte der Gastgeber nach der passenden Musik im Radio, doch auf fast allen Kanälen wurde pausenlos geredet, und als er einen Sender fand, der ein Konzert übertrug, ließ er das Radio leise weiterspielen.

»Was ich dich schon seit einigen Tagen fragen wollte, mein Junge … Hast du dich bei deinen neuen Freunden erkundigt, ob sie etwas über África wissen?«

Ramón sah Eitingon an. Das intensive Blau der Augen seines ehemaligen Mentors hatte sich in Alkohol aufgelöst, war aber noch so durchdringend wie eh und je.

»Warum fragst du?«

»Weil ich sie aus den Augen verloren habe, seit ich nicht mehr dabei bin … Ich weiß, dass sie im Krieg als Funkerin gearbeitet und mehrere Tapferkeitsmedaillen bekommen hat. Ich vermute, sie gehört nicht zu denen, die Stalins Dankbarkeit zu spüren bekommen haben.«

»Stalins Dankbarkeit?«, fragte Galina, verwundert über diese seltsame Wortwahl.

»Stalin war sehr großzügig zu denen, die ihm dienten, nicht wahr?« Eitingons Lachen klang bitter. Nicht einmal der Wodka konnte seinen Groll besänftigen. »Das Beste, was dir passieren konnte, war, dass er dich vergaß. Mich hat er nicht vergessen … Nach dem Krieg ging die Jagd weiter, innerhalb und außerhalb der Sowjetunion. Aber nach den Schrecken der Nazis und der beiden Atombomben, wer sollte ihn da kritisieren, weil er hundert oder zweihundert oder tausend ehemalige Mitarbeiter umbrachte? Einer, der Stalins Dankbarkeit teuer bezahlt hat, war Otto Katz, einer der besten Agenten, die wir jemals hatten. Er war es, der Sylvia Agelof in New York aufgespürt und uns den Boden bereitet hat.«

Sylvias Name wühlte Ramóns Erinnerung mehr auf als der Áfricas oder Trotzkis. Er konnte nicht vergessen, wie sich die Frau bei jeder der zahlreichen Gegenüberstellungen in einen spuckenden Drachen verwandelt hatte, und noch immer spürte er ihren warmen Speichel seine Wange hinunterlaufen.

»Die wenigsten haben so viel und mit so schmutzigen Tricks wie Willi Münzenberg und Otto Katz gearbeitet, um Stalins Macht in Europa zu festigen und sein Bild hochzuhalten. Willi wurde in Frankreich umgebracht, während der deutschen Besatzung. Ich weiß heute noch nicht, ob von den Nazis oder von uns ... Otto dagegen konnte unbehelligt weiterarbeiten, und nach dem Krieg hielt er den Moment für gekommen, seine Belohnung einzufordern. Aber Stalin betrachtete ihn und andere Mitarbeiter als kompromittierende Zeugen und hielt seinerseits den Moment für gekommen, ihnen seine Dankbarkeit zu zeigen ...« Leonid versorgte sich wieder mit Brennstoff und fuhr fort: »Otto Katz sperrte man in Prag ein und zwang ihn, alle begangenen und noch zu begehenden Verbrechen zu gestehen. Am Tag seines öffentlichen Geständnisses mussten wir ihm das Gebiss eines Erschossenen einsetzen, denn bei den Verhören hatte er alle Zähne verloren. Otto und einige andere wurden erschossen und in ein Massengrab außerhalb von Prag geworfen.« Und zu Ramón gewandt, fügte er hinzu: »Deswegen habe ich dich gefragt, ob du etwas von África gehört hast.«

Ramón trank den Kaffee, den Jewgenia Purisowa inzwischen serviert hatte, und zündete sich eine Zigarette an. »Sie hat in Südamerika gearbeitet, bis sie in allen Ehren in den Ruhestand versetzt wurde ... Ich habe sie ein einziges Mal wiedergesehen, kurz nachdem ich hierhergekommen bin. Sie gehört jetzt zur Aristokratie des KGB und hält Vorträge ... 1956 hat sie mir einen Brief ins Gefängnis geschrieben.«

Ramón hätte lieber nicht von dieser Geschichte gesprochen, die zu vergessen ihm nur mit großer Mühe gelungen war. Darum sagte er nur, dass ihm África de las Heras geschrieben hatte, sie mache sich, indem sie ihm schreibe, einer schweren Disziplinlosigkeit schuldig, ja, sie riskiere sogar ihr Leben; aber sie wolle ihm sagen, dass sie ihn zu seiner Standhaftigkeit beglückwünsche, einer wahrhaft kommunistischen Standhaftigkeit, mit der er die Jahre im Gefängnis durchstehe. Was Ramón aber nicht sagte, war, dass Áfricas Zeilen ihn fast amüsiert hätten – sie lasen sich wie eine Karikatur der Reden, die sie auf den Versammlungen in Barcelona gehalten hatte –, wenn er vom Folgenden nicht zu Tränen gerührt gewesen wäre: Lenina war zwei Jahre zuvor gestorben, kurz vor ihrem zwanzigsten Geburtstag. Seine Freude über den Brief, der mit María Luisa Yero unterzeichnet war, dessen Schrift er jedoch so gut kannte wie die Narbe an seiner rechten Hand, verwandelte sich in einen dumpfen Schmerz, von dem er sich nie mehr befreien sollte. Lenina hatte sich einer todgeweihten antifranquistischen Guerillagruppe angeschlossen und war in einem Feuergefecht getötet worden. Ihre Eltern könnten stolz auf sie sein, schrieb África mit einer befremdenden, einfach widernatürlichen Gefühlskälte, wie jemand, der einen Kriegsbericht verfasst. Ramón, der inzwischen die Strategie der Parallelleben perfektioniert hatte, versuchte, die Tochter, die er nie gesehen, nie geküsst hatte, in seinem zweiten, unmöglichen Leben unterzubringen und sich vorzustellen, wie es für sie gewesen wäre, Eltern zu haben, die sie erzogen und beschützt und ihr Liebe gegeben hätten. Dass er nie auch nur die geringste Möglichkeit gehabt hatte, auf diesen von ihm in die Welt gesetzten Menschen Einfluss zu nehmen, konnte nicht den seltsamen Schmerz über den Tod eines Wesens lindern, das immer nur ein Name für ihn gewesen war. Die Sache oder die Familie? Ramón hatte auf seiner Brust das Gewicht des Fundamentalismus gespürt, dem er sich unterworfen und der ihn davon abgehalten hatte, auch nur daran zu denken, dass es vielleicht nicht nötig war, seine Ideen aufzugeben, um jene andere Pflicht zu erfüllen: seine Tochter zu suchen. Er würde África niemals die krankhafte Orthodoxie verzeihen, mit der sie ihn von einer Entscheidung ausgeschlossen hatte, die auch ihn betraf. Doch gleichzeitig musste er seine Schuld und seine Schwäche eingestehen. Hatte er sich Áfricas Willen nicht untergeordnet und ihr logisch, historisch und ideologisch zugestimmt? Es blieb ihm nur der schwache Trost, sich sagen zu können, dass er, wie Lenina, gegen Franco gekämpft hatte und vielleicht besser wie sie im Kampf gestorben wäre, als so zu leben, wie er es tat: mit einem unauslöschlichen Schrei in den Ohren und der Gewissheit, eine Marionette gewesen zu sein. »Was hast du, Ramón?«

Galina hatte das Schweigen gebrochen und seine Hand ergriffen.

Eitingons Schnarchen holte Ramón in die Wirklichkeit zurück.

»Nichts, nur eine böse Erinnerung … Ljonja wird wohl doch nicht singen … Fahren wir?«

Die Einsamkeit, zu der Roquelias Reise und die durch den Moskauer Winter erzwungene Zurückgezogenheit ihn verdammten, erlaubte es Ramón, sich wieder einer seiner ältesten Leidenschaften zu widmen: dem Kochen.

Die Jahre, die er nach den Verhören, den Schlägen, der Einzelhaft und der darauf folgenden Verurteilung als Mörder im Gefängnis verbracht hatte, hatten in ihm das Bedürfnis geweckt, seine geistigen Energien zu reaktivieren, und er hatte seinen Anwalt gebeten, ihm Bücher zu besorgen, um Elektrotechnik zu studieren und Sprachen zu erlernen. Die Geheimnisse der elektrischen Ströme und der Sprachen hatten ihn schon immer fasziniert, und jetzt, mit siebzehn Jahren Gefängnis vor sich (langsam verlor er die Hoffnung, dass seine Schöpfer ihm zur Flucht verhelfen könnten), bedroht von den Prankenhieben des Wahnsinns, fühlte er, dass er seine intellektuelle Neugier befriedigen konnte und musste. Das würde seinen Aufenthalt im Gefängnis erträglicher und angenehmer machen. Lesend und lernend entkam er den als wahre Hölle konzipierten Korridoren von Lecumberri, und aufgrund seiner Kenntnisse wurden ihm Freiheiten und Privilegien eingeräumt, die den des Lesens und Schreibens unkundigen, stumpfsinnigen Verbrechern versagt blieben. Bereits 1944 fungierte der Häftling Jacques Mornard, von seinen Mitgefangenen Jac genannt, als Verantwortlicher der Elektrowerkstatt von Lecumberri; bald schon übernahm er die Leitung der Tischlerei, und er kümmerte sich auch um die Beschallung des Theaters und des Kinos.

Sein rascher Aufstieg, der durch gewisse Anweisungen der mit Moskau in Kontakt stehenden Gefängnisleitung gefördert wurde, weckte den Neid nicht weniger, und mehr als einmal sah er sich gezwungen, seine Mitgefangenen daran zu erinnern, dass er einen Eispickel in den Kopf eines Mannes geschlagen hatte, der eine Armee befehligt hatte, und es ihm nichts ausmachen würde, einem verdammten kleinen Scheißkerl einen Arm abzuhacken. Sein Ansehen unter den verurteilten Mördern stieg noch beträchtlich, als er, während er fleißig Russisch und Italienisch büffelte, von der Absicht der Regierung erfuhr, einem Häftling, der fünfzig Mitgefangenen das Lesen und Schreiben beibrachte, seine Strafe um ein Jahr zu erlassen. Jac machte sich ans Werk. Roquelia besorgte ihm die entsprechenden Lehrbücher, und gemeinsam mit ihrem Cousin Isidro Cortés gelang es ihm, fast fünfhundert Gefangene zu alphabetisieren, die höchste, jemals im mexikanischen Strafvollzug erreichte Rate. Die Justizbehörde überreichte ihm ein Diplom, teilte ihm jedoch gleichzeitig mit, dass der vereinbarte Straferlass ihm nicht gewährt werden könne, es sei denn, er würde seine Identität preisgeben und die Motive für sein Verbrechen nennen. Ramón wiederholte wie immer, sein Name sei Jacques Mornard, und begnügte sich damit, dass die Gefangenen, die in den Genuss seiner Kampagne gekommen waren (er hatte sie nicht nur alphabetisiert, sondern viele von ihnen auch zu Elektrikern ausgebildet), ihm ihre Dankbarkeit durch die im Gefängnis begehrteste Währung ausdrückten: Respekt und Ruhe.

Doch Ramón war immer ein besonderer Häftling, nicht nur, weil er einen gewissen Schutz genoss, sondern auch, weil bei ihm alles anders lief als bei den anderen Gefangenen. So gewährte man ihm keinen Straferlass und gestattete ihm auch die Heirat mit Roquelia nicht; denn wenn er sie geheiratet hätte, hätte er in Mexiko bleiben können, und in Mexiko wollten sie ihn nicht haben. Siqueiros dagegen durfte das Land verlassen: Pablo Neruda, damals chilenischer Konsul in Mexiko, holte ihn aus dem Gefängnis und nahm ihn mit. Als Diego Rivera wieder in die Partei aufgenommen werden wollte, verkündete er öffentlich, er habe Trotzki bei sich beherbergt, damit man ihn besser ermorden konnte, und alle lachten über seinen

Scherz. Ramón widerte das alles an. Doch der Ausgestoßene war er. Die Heuchler in aller Welt sagten, sie empfänden Ekel vor ihm, lachten jedoch über die Witze des gehörnten Rivera und des Feiglings Siqueiros (der es sogar gewagt hatte, ihm ein Bild als Geschenk ins Gefängnis zu schicken).

In Moskau kamen Ramón seine Sprachkenntnisse zustatten. Sie dienten ihm dazu, seine Zeit sinnvoll zu verbringen und gleichzeitig mit Übersetzungen ein Zubrot zu verdienen. Auch seine schon im Gefängnis kultivierte Begeisterung fürs Kochen erlaubte es ihm nicht nur, die Zeit herumzukriegen, sondern auch, sich der Sehnsucht nach seiner katalanischen Jugend hinzugeben und seinen Träumen Flügel zu verleihen.

Seit vier oder fünf Jahren hatte es sich Ramón zur Gewohnheit gemacht, ein großes Festessen zuzubereiten, um Roquelia zu verabschieden, die mit dem ersten Schnee ins Flugzeug nach Mexiko stieg. In diesem Jahr würden außer den üblichen Gästen, mit denen ihnen der Kontakt erlaubt war (Luis und Galina, Conchita Brufau und ihr russischer Mann, ein paar Freunde aus der Casa de España und Elena Feerchstein, eine russische Jüdin, mit der zusammen er die Übersetzungen anfertigte), auch Leonid Eitingon und seine Frau Jenja an dem Essen teilnehmen.

Sobald Ramón an jenem Vormittag anfing, in der Küche zu hantieren, zog sich Roquelia, die jede Unterbrechung ihrer Routine verabscheute, unter dem Vorwand des Kofferpackens in ihr Zimmer zurück. Arturo und Jorge waren in der Schule, und so wurden die kleine Laura, auf einem Schemel hockend, und die beiden Windhunde Ix und Dax zu privilegierten Zeugen der Essensvorbereitungen und der Bemerkungen des Küchenchefs zu Gewürzen, Mengenangaben und Garzeiten. Bereits eine Woche zuvor hatte Ramón damit begonnen, das katalanische Essen vorzubereiten. Die Schwierigkeit, in Moskau bestimmte Zutaten zu bekommen, grenzte seine gastronomischen Möglichkeiten ein, und nachdem er (Orden im Anschlag) verschiedene Märkte abgeklappert und alles Brauchbare gekauft hatte, hatte er sich für in Fischsud gekochten Reis als Vortrupp und, für die große Offensive, für Schweinshaxe entschieden, wobei er bedauerte, dass er den laut Rezept unerlässlichen Thymian nicht bekommen hatte. Mit Tomate bestrichenes Weißbrot würde dagegen nicht fehlen, und als Nachhut würden Crèpes mit Orangenmarmelade das Festessen beschließen. Conchita Brufau würde Wein aus dem Penedès mitbringen und Luis zwei Flaschen Cava für das Zuprosten und die Trinksprüche, die bei den Russen so beliebt waren.

Jene kulinarischen Reisen zu den Wurzeln, die er mit Luis und gelegentlich auch mit seinem Bruder Jorge gemeinsam zu unternehmen pflegte, verbargen Ramón Mercaders glühendste und sehnlichste Hoffnung: die Rückkehr nach Spanien. Während der Monate, die Roquelia in Mexiko verbrachte, trafen Ramón und Luis sich häufiger in der kleinen Küche der Wohnung. Eingeschlossen von Schnee und Eis, benutzten sie die Mahlzeiten, um Erinnerungen heraufzubeschwören und Träumen nachzuhängen. Luis, der die vierzig bereits überschritten hatte, träumte davon, dass sich die Tore Spaniens mit dem Tod des Caudillo (irgendwann musste das Schwein ja sterben!) für Tausende von Flüchtlingen, die immer noch in der Welt umherirrten, endlich öffnen würden. Der Jüngste der Mercaders hoffte auf ein Ausreisevisum, das für ihn, trotz seiner Herkunft, schwierig und für Galina und ihre Kinder aufgrund ihrer sowjetischen Staatsangehörigkeit fast unmöglich zu bekommen war. Ramón dagegen wusste, dass man ihm niemals erlauben würde, sowjetisches Staatsgebiet zu verlassen, und außerdem kein Land der Welt, angefangen bei Spanien, sich dazu bereit erklären würde, ihn aufzunehmen. Doch wenn er laut über seine Träume nachdachte, erzählte er Luis von seinen Plänen, an der Küste vom Empordà, genauer gesagt, am Strand von Sant Feliu de Guíxols ein Restaurant zu eröffnen. Dort würde er sich während der angenehmen Frühlings- und Herbstmonate und an den warmen Sommerabenden seinen Lebensunterhalt verdienen können, und mit jedem Tag würden seine Gerichte in Geschmack, Konsistenz und Aussehen besser werden. Am Meer zu leben, frei von Angst und von dem Gefühl, eingesperrt zu sein, ohne seinen eigenen Namen verheimlichen zu müssen, das wäre die glückliche Krönung seiner elenden Existenz.

Einige Monate zuvor hatte Ramón den Fehler begangen, Santiago

Carrillo, dem Führer der spanischen Kommunisten, von dieser Sehnsucht zu erzählen. Wie zu erwarten, hatte Carrillo erwidert, sein Fall sei, vorsichtig ausgedrückt, speziell, und es werde nicht leicht sein, sich von den Ketten zu befreien, die ihn in Moskau festhielten. (Erinnerte sich denn niemand an die grausamen Erschießungen der Gefangenen in Paracuellos, deren Blut an Santiago Carrillos Händen kleben musste?) ... Für den Augenblick solle Ramón, wie alle anderen Exilanten, jeden Abend vor dem Schlafengehen kommunistisch für Francos Tod beten, dann werde man weitersehen, sagte sein neuer Generalsekretär zu ihm. Doch der Traum, die Sehnsucht nach Strand und Wärme, haftete weiter an ihm, wie ein unerfüllbarer Wunsch, den man aber unmöglich aufgeben kann.

Das Essen an jenem Abend Ende Oktober wurde ein Erfolg. Sogar Roquelia war guter Laune (wozu die bevorstehende Reise sicherlich beitrug), und alle lobten Ramóns Qualitäten als Koch. Leonid Eitingon verschlang beeindruckende Mengen von Schweinshaxe, trank Wein, Cava, Wodka und auch den kubanischen Rum, den Elena Feerchstein mitgebracht hatte (sie erlebte gerade eine Romanze mit einem Mulatten aus Havanna, der an der Militärakademie von Moskau studierte), und schien der glücklichste Mensch auf Erden zu sein. Eitingon übernahm die Regie der Trinksprüche und stimmte als Erstes die republikanischen Hymnen an. Sie posierten mit Zigarren im Mund für das Foto, das Arturo machte, und Conchita Brufau erzählte ein halbes Dutzend Witze, bei denen es hauptsächlich um Lenins oder Stalins Wiederauferstehung ging. Den größten Lacherfolg aber hatte der über die beste Art, einen Löwen zu fangen: »Sehr einfach: Du schnappst dir ein Kaninchen, gibst ihm was auf die Löffel und drohst ihm, du würdest seinen ganzen Wurf umbringen ... bis es zugibt, dass es in Wirklichkeit ein als Kaninchen verkleideter Löwe ist.«

»So gefallt ihr mir«, sagte Eitingon. »Glücklich und unbeschwert... Wisst ihr etwa nicht, dass alle diese Häuser aus Mikrobeton erbaut sind?«

»Mikrobeton?«, fragte Elena Feerchstein nach.

»Achtzig Prozent Beton, zwanzig Prozent Mikrofone ...«

Beflügelt vom Alkohol, den er sich heute ausnahmsweise gestattete, überlegte Ramón, dass das Leben trotz der Isolation, des auferlegten Schweigens, der Enttäuschungen und sogar der Angst und der realen oder imaginären Mikrofone lebenswert sei. Eitingon war der beste Beweis für diese Gewissheit. Sein gegen Folter und Gefängnis immuner Zynismus war beispielhaft und lebensrettend. War er denn nicht genauso zynisch wie sein Mentor?, fragte sich Ramón. Zu der Tatsache, dass er an die größte jemals geborene Utopie geglaubt und für sie gekämpft hatte, so dachte er, gehörten zwangsläufig auch notwendige Opfer. Er, Ramón Mercader, war einer von denen gewesen, die der unterirdische Fluss jenes ungleichen Kampfes mit sich fortgerissen hatte, und es lohnte sich nicht, Verantwortung zu leugnen oder die Schuld an Lügen und Manipulationen auf andere abzuwälzen. Er war eine der verfaulten Früchte, die es auch bei den besten Ernten gibt, und auch wenn es stimmte, dass andere ihm die Türen geöffnet hatten, so hatte er doch nur zu bereitwillig die Schwelle zur Hölle überschritten, überzeugt davon, dass es die Welt der Finsternis geben musste, damit eine Welt des Lichtes existieren konnte.

Nach Mitternacht, als sich die ersten Gäste zu verabschieden begannen, bat Luis seinen Bruder, ihm in die Küche zu folgen. Mit seiner fast zu Ende gerauchten Zigarre im Mundwinkel lehnte sich Luis gegen die Spüle, auf der sich das schmutzige Geschirr stapelte.

»Was ist? Brauchst du etwas?« Ramón goss sich Kaffee ein und zündete sich eine Zigarette an. Er spürte, dass seine durch den Alkohol hervorgerufene Euphorie gleich einer unbestimmten, aber tiefen Traurigkeit weichen würde.

»Ich wollte dir das Fest nicht verderben, aber …«

Ramón sah seinen Bruder an und wartete schweigend. Die Erfahrung hatte ihn gelehrt, dass man schlechte Nachrichten nicht pflücken muss: Sie fallen durch ihr eigenes Gewicht.

»Übermorgen kommt Caridad nach Moskau. Sie hat mich heute Nachmittag angerufen.«

Ramón sah nach draußen. Der Himmel war rötlich, was auf Schneefall hindeutete. Luis warf seine erloschene Zigarre in den Müllkorb.

»Sie hat mich gefragt, ob sie bei dir bleiben kann. Wo Roquelia doch morgen abreist ...«

»Nein! Sag ihr, nein!«, rief Ramón, fast ohne nachzudenken, und ging ins Wohnzimmer zurück, wo sich die Gäste gerade ihre Mäntel anzogen. Ramón verabschiedete sie mit dem Versprechen, sich bald wieder hier zu treffen, und als Leonid Eitingon ihn küssen wollte, drehte er dem ehemaligen Militärberater den Kopf zu und presste ihm seinen Mund ans Ohr.

»Caridad kommt nach Moskau«, sagte er und küsste ihn.

Ramón konnte beobachten, wie das vom Alkohol verschwommene Blau seiner Augen wieder aufleuchtete. Die bloße Erwähnung des Namens schien komplizierte chemische Reaktionen in ihm hervorzurufen, die wohl über eine inzwischen erloschene sexuelle Leidenschaft hinausgingen. Eitingon und Caridad waren zwei verwandte, durch ihre Fähigkeit, zu hassen und zu zerstören, verbundene Seelen.

»Ich ruf dich morgen an, mein Junge«, sagte er lächelnd und tätschelte ihm mit der behandschuhten Hand die Wange.

»Nein, besser, du rufst nicht mehr an ... Ich bin es leid, mich in der Scheiße zu wälzen.«

Während Ramón das Geschirr und die Töpfe abwusch, erklangen leise vom Plattenspieler griechische Lieder, für die er sich in letzter Zeit begeisterte. Der bevorstehende Besuch seiner Mutter beunruhigte ihn, und als er einen Teller abtrocknete, hielt er einen Moment inne und betrachtete die halbmondförmige Narbe auf seinem rechten Handrücken. Die Spuren auf seiner Haut, der Schrei im Ohr und Caridads Schatten waren wie Ketten, die ihn an seine Vergangenheit fesselten und furchtbar schwer werden konnten, wenn er gleichzeitig an ihnen zerrte. Die Narbe und der Schrei waren unauslöschlich, aber wenigstens seine Mutter konnte er auf Distanz halten. Im Gefängnis hatte er, stets begleitet von dem Schrei und der Narbe, seinen Hass auf Caridad aufrechterhalten, indem er sie für das Scheitern seiner Fluchtpläne verantwortlich machte. Er erinnerte sich jedoch daran, dass die mexikanischen Spezialisten, die ihn endlosen psychologischen Tests unterworfen hatten, bei all dem Hass eine Liebe für die Mutterfigur auszumachen glaubten, die sie als Ödipuskomplex bezeichneten. Als Ramón das hörte, lachte er den Psychologen ins Gesicht. Doch er wusste, dass sich etwas in seinem Unterbewussten Bahn gebrochen und die Spezialisten alarmiert haben musste. Die Erinnerung an Caridads Küsse, deren warmer, anisgetränkter Speichel ambivalente Gefühle in ihm wachgerufen hatte, sein Unbehagen, wenn er sie in Begleitung von Männern gesehen hatte, und ihr unkontrollierbarer Einfluss auf ihn besaßen eine krankhafte Komponente, von der er sich durch Distanz und sogar durch Feindschaft zu befreien versuchte. Die Beurteilung der Psychologen hatte ihn über ihr Verhalten ihm gegenüber und seine Hilflosigkeit nachdenken lassen, und er begann, sich an Momente der Nähe zu erinnern, an Herzklopfen, Liebkosungen, Worte und Gesten, die ihm jetzt peinlich, ja, widernatürlich erschienen.

Trotz der Müdigkeit nach dem anstrengenden Tag und mehr Alkohol, als er normalerweise trank, wälzte sich Ramón, verfolgt von dem Gedanken an eine Wiederbegegnung mit seiner Mutter, unruhig im Bett hin und her, bis es draußen hell wurde und er vor dem Fenster die ersten Schneeflocken des Herbstes fallen sah. Ramón erinnerte sich an die Zugreise, die ihn Ende 1960 an die Grenzen des asiatischen Teils der Sowjetunion gebracht hatte, in Begleitung von Roquelia und zwei jungen Offizieren des KGB, die zugleich Reiseführer und Bewacher gewesen waren. Nach zwanzig Jahren Gefängnis war jene Reise so etwas wie ein Akt der Befreiung gewesen, die Wiedererlangung der Freude, tagelang zu fahren und dabei unterschiedliche Welten zu durchqueren, verschiedene Zeitgrenzen zu überschreiten und die Logik der Zeit zu überwinden (vom Heute kann man nach wenigen Metern ins Morgen springen oder ins Gestern zurückfallen). Mit eigenen Augen sah er den Aufschwung der sowjetischen Wirtschaft, die überall in dem riesigen Land verstreuten Schulen, die Würde der Armut bei den Kindern in Usbekistan, Kirgisien, Sibirien, eine neue Welt, die ihn versöhnlich stimmte, als er sich überlegte, dass sein persönliches Opfer diese Realität zum Ziel gehabt hatte. Doch die Rückfahrt, wieder in einem Wagen erster Klasse der Transsibirischen Eisenbahn, hatte ein gegensätzliches Gefühl in ihm hervorgerufen, was nicht darauf zurückzuführen war, dass der Zug wegen Vereisung stecken geblieben war und sich der Speisewagen in eine Art Latrinen-Bar verwandelt hatte, als mehrere Soldaten sich nur mit Wodka hatten vollaufen lassen und in die Ecken uriniert und gekotzt hatten. Nein, es war die Tatsache, dass er plötzlich zur Bewegungslosigkeit verurteilt gewesen war, eingeschlossen von dem unendlichen, undurchdringlichen Weiß der vereisten Steppe, die ein Gefühl der Ohnmacht in ihm hervorgerufen hatte, beklemmender als das, das er in vielen Zellen seiner Haftzeit empfunden hatte. Irgendetwas an dieser sibirischen Januarlandschaft hatte ihn bedrückt und gelähmt. Und diese Beklemmung, so ahnte er, hatte etwas mit dem Gefühl zu tun, das zu dem des Eingeschlossenseins im Gegensatz stand: dem der Unendlichkeit, der unermesslichen Weite einer weißen Landschaft, die man nur während weniger Stunden des Tages zu Gesicht bekam. Das physisch Unfassbare nahm ihm den Atem, und er begriff, dass diese weiße Unendlichkeit imstande war, ihn zu besiegen, ja, in den Wahnsinn zu treiben.

Ramón wusste nicht mehr, wann er eingeschlafen war. Als er gegen acht Uhr aufwachte, sah er neben dem Bett die ungeduldigen Gesichter von Ix und Dax, deren übliche Stunde für die allmorgendliche Entleerung bereits verstrichen war. Der kurze Schlaf hatte ihn nicht von dem Unbehagen befreit, das ihn die ganze Nacht hindurch gequält hatte.

Er zog sich an und setzte die gusseiserne Kaffeekanne aufs Feuer. Das Außenthermometer auf dem Balkon zeigte acht Grad unter null. Er sah über den zugefrorenen und vom unberührten Schnee bedeckten Fluss zum Gorki-Park hinüber. Dann nahm er die Kanne vom Gasherd und legte die breite Klinge eines Messers auf die Flamme, das dem, das er in Malachowka benutzt hatte, sehr ähnlich sah. Er trank seinen Kaffee, zündete sich eine Zigarette an und rauchte, bis er sah, dass die Stahlklinge rot wurde. Er drückte die Kippe im Spülbecken aus, nahm das Tuch, mit dem er am Abend zuvor die Teller abgetrocknet hatte, faltete es zweimal, schob es sich in den Mund und presste die Zähne zusammen. Dann nahm er mit der linken Hand das Messer und legte mit geschlossenen Augen die inzwischen weißglühende Klinge auf die Narbe der rechten Hand. Der Schmerz ließ seine Knie einknicken, er trieb ihm Tränen in die Augen und entlockte ihm erstickte Schreie. Er warf das Messer in die Spüle, wo er es im Wasser zischen hörte. Als er die Augen wieder öffnete, sah er gräulich blauen Rauch von seiner Hand aufsteigen und spuckte das Tuch aus. Der Geruch nach verbranntem Fleisch war süßlich und ekelerregend. Er öffnete den Wasserhahn und hielt die rechte Hand unter den eiskalten Strahl, während er sich mit der Linken Wasser ins Gesicht spritzte. Erst als die verletzte Hand durch das kalte Wasser taub wurde, verspürte er Linderung. Er holte ein Taschentuch aus der Hosentasche und trocknete sich das Gesicht, dann verband er die verbrannte Haut, auf der, wie er hoffte, die alte Narbe nicht mehr zu erkennen war. Trotz des Schmerzes hatte er das Gefühl, es sei ihm leichter ums Herz geworden. Er nahm ein weiteres sauberes Taschentuch, wickelte es zusätzlich um die Hand und verließ mit seinen Hunden die Wohnung.

Im Lift nach unten bellten Ix und Dax voller Ungeduld. Der Gebäudewart machte Bemerkungen über das Wetter und die Vorbereitungen für die Militärparade zum Jahrestag der Revolution, doch Ramón, halb ohnmächtig vor Schmerzen, hörte nur mit halbem Ohr hin. Ungeschickt wickelte er sich mit der linken Hand den Schal zweimal um den Hals und trat hinaus auf die Promenade, auf der die Borsois bereits umherrannten, die Schnauze im Schnee, bis sie eine Duftnote gefunden hatten, die ihre Schließmuskeln öffnete. Erleichtert liefen sie danach durch den Schnee, wie zwei Kinder, die zum ersten Mal die weiße Pracht betreten. Noch immer fielen vereinzelt Flocken, und Ramón zog sich die Kapuze seiner Jacke über den Kopf. Mit den Hundeleinen in der linken Hand und einer Zigarette im Mund überquerte er, gefolgt von Ix und Dax, die Fahrbahn der Uferstraße und stieg die Treppe hinab, die vom Bürgersteig auf einen Absatz fast auf Flusshöhe führte.

An das Eisengeländer gelehnt, eine Hand in ein schwarz gepunktetes Taschentuch gehüllt, die Jacke von Schnee weiß gepunktet, starrte Ramón, eingerahmt von seinen beiden Windhunden, rauchend in den Fluss, an dessen Ufern sich eine Harschkruste gebildet hatte. Würde er, anstelle dieses schmutzigen und zugefrorenen Flusses, irgendwann einmal den leuchtenden Strand von Sant Feliu de Guíxols wiedersehen? Schmerz und Bitterkeit zogen seine Mundwinkel herunter, als er laut auf Katalanisch sagte: »Ich bin ein Gespenst.«

Als er die eisige Luft einatmete und den brennenden Schmerz spürte, der seinen Arm hochkroch, stellte sich dieses Gespenst, das sich früher einmal Ramón Mercader del Río genannt hatte, vor, wie sein Leben verlaufen wäre, wenn er an jenem fernen Morgen auf einer Flanke der Sierra Guadarrama »Nein« gesagt hätte. Bestimmt dachte er, so wie er es gerne tat, dass er möglicherweise im Krieg gefallen wäre wie so viele seiner Freunde und Genossen. Vor allem jedoch wird er sich gesagt haben, und darum ließ er sich gerne auf dieses Spiel ein, dass jenes andere Schicksal nicht das schlechteste gewesen wäre, denn zu der Zeit hatte sich der wirkliche Ramón Mercader, jung und voller Hoffnung, nicht vor dem Tod gefürchtet. Er hatte sämtliche Fenster seines Geistes für die kollektiven Denkweisen, für den Kampf um eine Welt der Gerechtigkeit und Gleichheit geöffnet, und wenn er im Kampf um eine bessere Welt gefallen wäre, hätte er sich auf ewig einen Platz im Paradies der reinen Helden verdient. In diesem Augenblick dachte Ramón daran, wie gern er jenen anderen Ramón an seiner Seite gehabt hätte, den wirklichen, den Helden, den Reinen, um ihm die Geschichte des Mannes zu erzählen, der er selbst gewesen war in all den Jahren, in denen er den längsten und schmutzigsten aller Albträume erlebt hatte.

30

Requiem

Vor einunddreißig Jahren hat mir Iván anvertraut, dass er schon lange davon träumte, nach Italien zu reisen. Im Italien seiner Sehnsucht hätte er unbedingt bestimmte Dinge tun wollen: das Castel Sant' Angelo besuchen; nach Florenz fahren, ja, pilgern und die Landschaften der Toskana bewundern, die Leonardo einst gesehen hatte; über den *duomo* der Stadt und seinen grünen Marmor staunen; durch Pompeji laufen wie jemand, der ein unsterbliches Buch über das Unsterbliche des Lebens, der Leidenschaft und des Todes liest; eine Pizza und richtige Spaghetti essen, vorzugsweise in Neapel; und, um seine Rückkehr zu garantieren, eine Münze in den Trevi-Brunnen werfen. Während Iván auf den großen Moment wartete, hatte er seinen Traum genährt, indem er Leonardos Werke studierte (obwohl er in Wahrheit Caravaggio verehrte), sich die Filme von Visconti und De Sica ansah, Calvino und die sizilianischen Romane von Sciascia las, die pappigen Pizzas und gummiartigen Spaghetti aß, die in den Siebzigern die Insel überschwemmt und während so vieler Jahre unseren Hunger gestillt hatten. Sein Wunsch war so hartnäckig, so konkret, dass ich zu der Überzeugung gelangte, Iván habe Publizistik eigentlich nur in der Hoffnung studiert, eines Tages nach Italien reisen zu können, und das in einer Zeit, als fast niemand reisen durfte, und wenn, dann nur in offizieller Mission.

Als mein Freund mir zum ersten Mal von seinem so kubanischen und für Inselbewohner so typischen Traum erzählte, die Insel einmal zu verlassen, saßen wir, zwei oder drei Tage, nachdem wir uns kennengelernt hatten, auf der Terrasse seines Hauses. Zu der Zeit war ich der unbelesenste Student des Literaturseminars, und an jenem Tag drückte mir Iván, nachdem er mir von seinem abwegigen Wunsch erzählt hatte, einen Roman von Pavese und einen weiteren von Calvino in die Hand. Ich fragte mich, wie es möglich war, dass jemand wie er sich geschlagen gab und mit etwas über zwanzig Jahren schon von gestorbenen Träumen sprach, wo wir doch alle wussten, dass wir eine Zukunft vor uns hatten, die leuchtend und besser zu werden versprach.

Lebend sah ich Iván zum letzten Mal drei Tage nach Anas Tod. An jenem Abend Ende September 2004 führten wir eine sehr merkwürdige Unterhaltung, während der ich irgendwann in dem bodenlosen Koffer der verlorenen Wünsche auf Iváns Traum von Italien stieß, und vielleicht werde ich nie erfahren, ob die einunddreißig Jahre alte Erinnerung eine Vorahnung war oder die vorweggenommene Antwort meines Hirns auf die Suche nach den Ursprüngen der Katastrophe.

In den darauffolgenden Wochen wurde ich von widersprüchlichen Gefühlen geplagt und spürte, wie ich im Sumpf meines Egoismus versank. Da Iván von sich aus nicht bei mir vorbeischaute, hielt ich mich an seine Bitte, ihn nicht mehr zu besuchen, denn genau darum hatte er mich bei unserem letzten Abschied gebeten. Kleinlich und kindisch weigerte ich mich, nachzugeben und zu ihm zu gehen, obwohl ich wusste, dass das meine Pflicht gewesen wäre. Doch immer wenn ich gemeinsamen Freunden wie zum Beispiel Frank oder Anselmo begegnete, fragte ich sie, ob sie Iván gesehen hätten, und es überraschte mich nicht, es beruhigte mich vielmehr, immer dieselbe Antwort zu hören: Nein, wir haben ihn nicht gesehen, er sagt, er will niemanden sehen, anscheinend schreibt er gerade an etwas. Und ich (als guter mittelmäßiger und dazu noch ausgebrannter Schriftsteller) verschanzte mich hinter meiner Ausrede und versuchte nicht, ihn zu treffen.

Ich weiß, dass bei meiner Zurückhaltung weniger Neid eine Rolle spielte als die Angst vor einer Verantwortung, die Iván mir aufgebürdet hatte und mit der ich nicht umzugehen wusste: Was sollte ich mit der Geschichte machen, an der Iván gerade schrieb? Sie in einer Schublade aufbewahren? Versuchen, sie zu veröffentlichen, was er selbst hätte tun können, aber nicht tun wollte? Die absurde Entscheidung meines Freundes, mir seine Arbeit und seine jahrelange Obsession anzuvertrauen, um sich von jener Geschichte und damit von seinem eigenen Leben zu befreien, schien mir nicht nur krankhaft, sondern auch feige. Es waren seine Probleme, sein Buch, seine Geschichte, und nicht die meinen, dachte ich.

Überflüssig zu erwähnen, dass Anas Tod für Iván ein härterer Schlag war, als wir alle, einschließlich er selbst, uns vorgestellt hatten. Auch wenn er in den letzten Monaten, als er ohnmächtig zusehen musste, wie seine Frau litt, mehr als einmal zu mir gesagt hatte, dass es besser sei, sie könne in Frieden ruhen, stürzte ihn die unwiderrufliche Abwesenheit Anas in eine Depression, aus der herauszukommen er weder die Kraft noch den Wunsch verspürte.

Bei meinem letzten Besuch in der Wohnung in Lawton fiel mir sogleich auf, wie eilig Iván es hatte, das Zeugnis des Schmerzes, mit dem er so viele Jahre gelebt hatte, loszuwerden. In den Tagen vor der Beerdigung musste er eine fieberhafte Aktivität entwickelt haben, denn als ich die Wohnung betrat, bemerkte ich als Erstes, dass sämtliche Spuren der Krankenhausatmosphäre, die bis vor Kurzem noch hier geherrscht hatte, beseitigt worden waren. Nicht nur das verstellbare Bett und der Rollstuhl waren verschwunden, sondern auch das Gestell für die Serumflaschen, die Unterlegkeile für die Darmentleerungen, die Spritzen und Medizinfläschchen und sogar der Farbfernseher mit der Fernbedienung (die Leihgabe eines Nachbarn, damit Ana etwas Schöneres zu sehen bekam als die wackelnden, verschwommenen Bilder des Schwarz-Weiß-Fernsehers, den ein Klient der Tierklinik ihnen vor seinem Weggang aus Kuba geschenkt hatte). Der Boden roch nach billigem Desinfektionsmittel und die Wände, wie immer, nach Feuchtigkeit, aber nicht mehr nach alkoholhaltigem Einreibemittel. Auch sich selbst hatte Iván einer Metamorphose unterzogen: Er hatte sich den Kopf rasiert, und sein kahler Schädel war von Beulen und Narben übersät, ein Geschenk seiner Widersacher in den alkoholisierten Prügeleien, die ihn in die Abteilung für polytraumatisierte Patienten der Klinik Calixto García gebracht hatten.

Die Veränderungen der Wohnung und seines eigenen Aussehens

(er glich einem soeben entflohenen KZ-Häftling) machten den physischen Verfall meines Freundes in den letzten Monaten noch deutlicher (Iván wird sich in Luft auflösen und in den Himmel aufsteigen, war es mir einmal durch den Kopf geschossen), und ich bereitete mich darauf vor, am Ende des Abends das Wort für das Gefühl zu hören, das ihn lähmte und das er mir zehn Jahre lang verheimlicht hatte, weil er sich der Bedeutung schämte, die dieser unangebrachten Reaktion innewohnte: *Mitleid.* Denn am Ende war es nicht so sehr die Angst, sondern jenes listige Substantiv, von dem er sich befreien wollte, der Ziegelstein, der das Gebäude aus Verzögerungen, Geheimnissen und Verheimlichungen, in dem sich Iván verirrt hatte, aufrechterhielt.

»Warum, zum Teufel, hast du dir den Schädel rasiert? Weißt du, wie du aussiehst?«, fragte ich, als ich ihn sah, aber mein Freund antwortete nicht und dankte mir mit einem traurigen Lächeln für den randvoll mit Essen gefüllten Henkelmann, den meine Frau mir für ihn mitgegeben hatte. Schweigend begann Iván, das Essen auf einen tiefen Teller umzufüllen, doch bevor er sich setzte, ging er in sein Zimmer und kam mit einem Umschlag zurück.

»Das wolltest du doch schon seit Langem lesen ...«

Ich erriet sofort, worum es sich handelte. Es musste der »Brief« sein (er war es tatsächlich), den Jaime López oder, besser gesagt, sein Ghostwriter vor mehr als fünfundzwanzig Jahren geschrieben hatte, die Seiten, von deren Existenz ich seit zehn Jahren wusste und um die zu lesen ich Iván jedes Mal, wenn wir auf das Thema zu sprechen kamen, bat; denn ich vermutete, dass ich dadurch die zwielichtige Persönlichkeit des Mannes, der Hunde liebte, besser würde verstehen können.

Während Iván aß, vertiefte ich mich in die Mischung aus Brief, Reflexion und Bericht über die Jahre in Moskau eines Ramón Mercader, der fast krankhaft darauf bestanden hatte, sich mittels des Bauchredners Jaime López als eine zweite Person zu präsentieren, die man aus einer gewissen Distanz betrachten konnte. Oder fühlte er sich seines eigenen Ichs so sehr beraubt, dem echten Ramón Mercader so fremd, dass er es vorzog, bis zum Schluss eine seiner Masken zu sein? War der eigentliche Ramón, der ursprüngliche, der, der in der Sierra de Guadarrama gekämpft hatte, durch die Mission, das Dogma und die Grausamkeit der Geschichte aufgefressen worden, um sich, mehr als in einen richtigen Menschen, in eine nur aus der Ferne sichtbare Figur zu verwandeln? Von dem Geschriebenen ging der fade Nachgeschmack einer Beichte aus, die kaum die Sehnsucht nach Verzeihung und die Enttäuschung eines Mannes verhehlen konnte, der sich nach all den Jahren und Ereignissen schließlich mit sich selbst und der Rolle auseinandersetzt, die er in einem schmutzigen Spiel, das ihn mit Haut und Haaren verschlingen sollte, gespielt hat.

Das Beunruhigendste jedoch waren, jedenfalls für mich, die Bemerkungen und Fragen, die Iván in winziger Handschrift und mit verschiedenfarbiger Tinte an den Rand der Seiten geschrieben hatte: Hinweise darauf, dass er im Laufe der Jahre zu den Worten zurückgekehrt war. Ich fragte mich, ob Iván weniger den Brief kommentiert und den Verfasser der Beichte befragt hatte, sondern mehr durch ebenjene Beichte eine Antwort gesucht haben könnte, die ihm verloren gegangen war. Die Seiten sahen außerdem ziemlich abgegriffen aus, so als wären sie durch viele Hände gegangen; doch soweit ich wusste, waren sie nur von Iván selbst und dem schwarzen, hochgewachsenen Chauffeur, der sie ihm hatte zukommen lassen, und vielleicht noch von Ana gelesen worden. Mich beunruhigte die Beziehung, die mein Freund möglicherweise zu der Beichte und zu dem schwer fassbaren Menschen, der sich dahinter verbarg, aufgebaut hatte.

»Ich würde gern wissen, was passiert ist, als Caridad nach Moskau kam ... und wie Ramón es geschafft hat, dass man ihn ausreisen ließ«, sagte ich, nachdem ich zu Ende gelesen hatte; dass meine eigentliche Sorge in Wirklichkeit ihm, Iván, galt, wagte ich nicht zu sagen. Iván reichte mir eine Tasse Kaffee und wandte mir den Rücken zu, so als interessiere er sich nicht für das, was ich gerne wissen wollte.

Er fing an, das Fressen für Truco im Spülstein zuzubereiten. Da ich Hunde nicht besonders mag, hatte ich das Tier vollkommen vergessen, und erst jetzt fiel mir auf, dass Truco mich nicht begrüßt hatte. Ich blickte mich nach ihm um und entdeckte ihn schließlich unter einem Sessel. Er lag auf einem Stofffetzen und schaute mich aus weit aufgerissenen Augen an. Iván stellte den Plastikteller vor ihn auf den Boden. Truco schnupperte an dem Essen, konnte sich aber nicht dazu entschließen, es zu probieren.

»Los, mein Kleiner, friss«, sagte Iván, hockte sich vor ihn hin und streichelte ihm besorgt übers Fell. »Komm schon! Das ist leckeres Fleisch!«

»Ist er krank?«

»Er ist traurig«, erwiderte Iván, während er Truco den Kopf tätschelte. Ich sah dem Hund in die Augen, und auch wenn ich nicht zu denen gehöre, die an so etwas glauben, schien es mir, als läge ein gewisser Schmerz in seinem feuchten, traurigen Blick. Iván zeigte auf den Fressnapf, doch der Hund wandte den Kopf ab. »Er weiß genau, was geschehen ist. Seit drei Tagen frisst er nicht … Armer Truco.«

Iváns Stimme klang verzweifelt. Er richtete sich auf, wusch sich die Hände und trank seinen Kaffee. Dann zündete er sich eine Zigarette an und betrachtete seinen Hund, und ich weiß noch, dass ich dachte: Gleich fängt er an zu weinen.

»Was Truco hat, nennt sich Melancholie. Es ist eine Krankheit, die von selbst weggeht oder einen umbringen kann«, sagte er in schleppendem Tonfall. Er zog ein paarmal an seiner Zigarette und sah mich an. »Nimm die Seiten mit, ich will sie nicht mehr sehen.«

»Was ist los mit dir, Iván?« Sein Verhalten fing an, mich ernsthaft zu beunruhigen. In seinen Augen lag eine feuchte Traurigkeit, wie die im Blick des Hundes.

»Diesen Mann getroffen zu haben, war das Schlimmste, was mir in meinem Leben passiert ist. Und mir sind so einige ziemlich beschissene Dinge passiert … Ich bin gerade dabei, aufzuschreiben, wie ich ihn kennengelernt und warum ich mich bisher nicht getraut habe, seine Geschichte zu erzählen. Ich will es gar nicht, aber ich muss es einfach aufschreiben. Wenn ich fertig bin, überlasse ich dir mein ganzes Manuskript, und du kannst damit machen, was du willst … Ich bin kein Schriftsteller, war nie einer, und ich habe kein Interesse daran, es zu veröffentlichen. Es ist mir egal, ob es jemand liest oder nicht …«

Er warf die Zigarette in den Aschenbecher. Er sah sehr müde und erschöpft aus, so als wäre ihm alles egal. Mir schien sogar, dass ihm das Atmen schwerfiel, wie einem Asthmatiker. Als ich ihm antworten wollte, kam er mir zuvor: »Auch ich bin ein Gespenst …«

In diesem Moment verstand ich etwas besser, was Iván mir zu sagen versuchte. Und ich dachte an das Schlimmste: Er wird sich umbringen.

»Warum willst du mir dein Manuskript geben? Was soll das heißen?«, wagte ich ihn zu fragen, und da ich mich vor der Antwort fürchtete, wollte ich der Sache die Dramatik nehmen: »Hör mal, du bist nicht Kafka …«

»Ich werde mich nicht umbringen«, sagte er, nachdem er mich ein paar Sekunden lang hatte leiden lassen. »Und verrückt bin ich auch nicht. Es ist nur so, dass ich diese Papiere nicht mehr in meiner Nähe haben will. Besser, du nimmst sie mit, schließlich bist du noch immer Schriftsteller … Aber wenn du willst, verbrenn sie, mir ist das egal …«

»Ich versteh dich nicht, Iván. Ist dir die Wahrheit egal? Der Mann war ein Scheißkerl, es gibt weder eine Rechtfertigung für ihn noch …«

»Die Wahrheit? Was für eine Wahrheit? Was ist die Wahrheit? Und außerdem war er nicht der einzige Scheißkerl, der nicht zu rechtfertigende Dinge getan hat.«

»Natürlich nicht. Aber er war einer von denen, die Stalin dabei geholfen haben, die zwanzig Millionen Menschen, die auf seine Kappe gehen, im Namen des Kommunismus zu ermorden … Und er hat nicht irgendwen erschlagen! Er hat einen anderen Scheißkerl umgebracht, der, als er an der Macht war, ich weiß nicht, wie viele Leute um einen Kopf kürzer gemacht hat … Das ist alles zu heftig, Iván. Stell dir mal vor, zuerst haben die Russen den Deckel vom Topf gehoben, aber dann haben sie den Topf schnell wieder geschlossen und versiegelt … Man muss schon viele schreckliche Dinge veranstaltet haben, um so viele Menschen umbringen zu müssen …«

»Mercader war Henker und Opfer zugleich, wie die meisten«, entgegnete er schon weniger entschieden, während er das Feuerzeug betrachtete, das ihm der Mann, der Hunde liebte, vererbt hatte.

»Er jedenfalls war mehr Henker als Opfer, und das hat ihm keine Ruhe gelassen. Weißt du, warum er dir seine Geschichte erzählt und dann diesen Brief geschrieben hat? Nun, damit du ihn liest und ihn veröffentlichst ...«

Iván kratzte sich den rasierten Schädel, wie um das, was darin war, auszulöschen. Und mir wollte er erzählen, er sei nicht verrückt?

»Manchmal denke ich so wie du. Aber dann wieder glaube ich, dass es das Bedürfnis eines Todkranken war. Muss ganz schön beschissen sein, dein ganzes Leben so zu leben, als wärst du ein anderer, zu behaupten, du seist ein anderer, und zu wissen, dass es besser ist, sich hinter einem anderen Namen zu verstecken, weil du über dich selbst Scham empfindest ...«

»Von was für einer Scheißscham sprichst du? Keiner von denen hat Scham oder so was Ähnliches empfunden ...«

»Meinst du nicht, dass er seine Schuld teuer bezahlt hat? Ein Ex-Häftling von Lecumberri hat erzählt, dass Ramón im Gefängnis vergewaltigt wurde, wusstest du das?«

»Er wusste, auf was er sich einließ, und trotzdem hat er es akzeptiert ... Im Übrigen finde ich es sehr gut, dass man ihm im Gefängnis in den Arsch gefickt hat!«

»Er ist nicht rumgelaufen und hat Leute umgebracht ... Er war ein Soldat, der Befehle ausgeführt hat. Er hat getan, was man ihm befohlen hat, aus Gehorsam und Überzeugung ...«

Iván stand auf und goss Kaffee nach, aber keiner von uns beiden trank. Er sah wieder zu seinem Hund hinüber und sagte: »Weißt du, wie ich auf die Idee gekommen bin, dass Jaime López Ramón Mercader war? Bevor ich diesen Brief gelesen und das Foto gesehen habe?«

»Keine Ahnung ... Wegen dem, was er dir über Trotzkis Schrei erzählt hat, oder?«, fragte ich, bereit, ihm eine Ruhepause zu gönnen. Schließlich und endlich hatte Iván weder jemanden umgebracht noch dazu beigetragen, andere fertigzumachen. Er war wirklich ein Opfer, absolut.

»Nein, nein ... Der Schlüssel war die Art und Weise, wie er seine Hunde behandelt und wie er aufs Meer geschaut hat. Das war Ramón Mercader, der sich nach dem Glück sehnte, das er in Sant Feliu de Guíxols erlebt hatte. Sein verlorenes Paradies ... Kuba war ein Placebo.«

»Und wie konntest du dich weiter mit ihm treffen und mit ihm reden, obwohl du sicher warst, dass er Mercader war?«

Iván sah mich an, und ich hielt seinem Blick stand. Mechanisch trank er seinen Kaffee aus und nahm eine weitere Zigarette aus der Schachtel. Wie viele würde er noch rauchen?

»Ich glaube, ich war mir nie sicher, dass er Mercader war. Als López mir Ramón Mercaders Geschichte erzählt hat, schien es mir, als redete er von einem Mann aus einer anderen Zeit, ich weiß nicht, aus dem 19. Jahrhundert … Und auch wenn es krank klingt, ich wollte immer wissen, wie die Geschichte ausging. Aber vor allem hatte ich das Gefühl, er brauchte es, dass ich sie hörte …« Iván machte eine Pause, um sich Feuer zu geben. »Weißt du, was mich an dieser ganzen Geschichte ankotzt?«

»Die Lügen?«

»Außer den Lügen.«

»Dass Stalin alles pervertiert hat? Dass Mercader möglicherweise von seinen eigenen Genossen umgebracht wurde, indem sie ihn radioaktiv verseucht haben?«

»Mehr als das.«

Ich schwieg. *Mich* kotzte an der Geschichte *alles* an, meine Liste war endlos. Iván rauchte, ohne mich aus den Augen zu lassen.

»Das, was mich so weit gebracht hat«, sagte er und zeigte auf seinen kahlen Schädel. »Als ich diesen Brief gelesen habe und mir klar geworden ist, was Ramón Mercader getan hat, ekelte es mich vor ihm. Aber ich hatte auch Mitleid mit ihm, wegen der Art und Weise, wie man ihn benutzt hat, und wegen der Scham, die er vor sich selbst verspürte. Ja, ich weiß, er war ein Mörder und verdient kein Mitleid, aber ich kann einfach nicht anders, verdammt! Vielleicht haben seine eigenen Leute ja tatsächlich sein Blut mit Radioaktivität verseucht, wie Eitingon behauptet, doch das war gar nicht nötig, weil sie ihn nämlich schon vorher umgebracht hatten. Sie hatten ihm alles genommen, seinen Namen, seine Vergangenheit, seinen Willen, seine Würde. Und wofür? Von dem Augenblick an, als Ramón Ja gesagt hatte, lebte er in einem Gefängnis, und dem ist er zeit seines Lebens nicht entkommen. Selbst wenn er seinen ganzen Körper verbrannt hätte, konnte er seine Geschichte nicht loswerden, auch nicht, indem er glaubte, er sei ein anderer … Aber mir hat er trotz allem leidgetan, als ich erfuhr, wie er geendet ist, denn er war immer ein Soldat, wie so viele andere … Und wenn er tatsächlich umgebracht wurde, muss man ganz einfach Mitleid mit ihm haben. Aber dadurch fühlt man sich selbst beschmutzt, verseucht durch das Schicksal eines Mannes, mit dem man kein Erbarmen haben dürfte, kein Mitgefühl. Deswegen weigere ich mich zu glauben, dass ihn seine eigenen Leute umgebracht haben, denn das würde ihn irgendwie zum Märtyrer machen … Nein, ich will seine Geschichte nicht veröffentlichen, denn bei dem bloßen Gedanken daran, dass sie bei irgendjemandem auch nur eine Spur Mitleid hervorruft, könnte ich kotzen.«

Ich sah meinen Freund an und spürte, dass ich anfing, ihn zu verstehen. Sein Leben war eine Kette von Katastrophen und Enttäuschungen gewesen, unverdient, aber unabwendbar, so zahlreich und zugleich so alltäglich, dass man kaum glauben konnte, wie einen einzelnen Menschen das ganze Gewicht seiner Zeit und seiner Situation hatte treffen können. Es schien, als hätte er alle Schläge abbekommen, die für eine ganze Generation von zum Glauben Verpflichteten vorgesehen waren. Zu allem Überfluss hatte er fast dreißig Jahre lang mit dieser verfluchten Geschichte im Kopf gelebt, und am Ende musste ausgerechnet Ana, das Reinste in seinem Leben, mit ihrem Tod die letzte Leidenszeit von Ramón Mercader wiederholen und ihn zwingen, Tag für Tag ihrem Todeskampf zuzusehen, der ihn immer wieder an den eines verachtenswerten und verachteten Mörders erinnerte. Dennoch empfand Iván neben Empörung auch Mitleid mit diesem Mann und seinem Schicksal, und das hatte dazu geführt, dass er sich selbst hasste.

»Er war einer von ihnen, Iván, und sie haben ihn so behandelt, wie sie es ihm von Anfang an beigebracht haben, dass man andere behandelt: ohne Erbarmen. Aber darum verdient er noch lange nicht dein Mitleid.«

Iván überlegte einige Sekunden, die zu Minuten wurden. Wahrscheinlich dachte er über die Konsequenzen dessen nach, was er mir sagen wollte. Man brauchte ihn nur anzusehen, um zu ahnen, dass es nichts Angenehmes war. In diesem Augenblick erinnerte ich mich,

ich weiß nicht, aufgrund welcher Gedankenverbindung, an Iváns Traum von einer Reise nach Italien.

»Ich kann nicht mehr …«, sagte er schließlich. »Mein ganzes Leben lang hatte ich das Gefühl, vor etwas zu fliehen, das hinter mir her ist, und jetzt bin ich des Laufens müde … Nimm die verdammten Blätter und hau ab! Los, geh, ich will schlafen.«

Fast erleichtert stand ich auf, aber die Papiere nahm ich nicht an mich. Vor der Tür drehte ich mich noch einmal um und sah, dass Iván schon wieder rauchte. Sein Blick war starr auf Truco gerichtet, der in einer Ecke schlief. Ich hatte Mitleid mit meinem Freund und mit seinem Hund, wirkliches und gerechtfertigtes Mitleid, aber auch große Lust, alles zum Teufel zu jagen, auf die ganze Welt zu scheißen … und zu verschwinden. Natürlich war es nicht nötig, Iván zu fragen, wovor er sich sein ganzes Leben lang versteckt hatte. Er war vor der Angst geflohen, das wusste ich. Aber wie hatte er noch selbst gesagt? So schnell du auch läufst und so gut du dich auch versteckst, die Angst findet dich immer. Ich weiß es nur zu gut.

»Wir sind im Arsch«, sagte ich. »Alle.«

Ob ich es nur dachte oder laut sagte, weiß ich nicht.

Wie ist es nur möglich, dass ich so viel Zeit habe verstreichen lassen? Es stimmt, auch ich hatte – habe – Angst, aber Iván hätte etwas mehr Eile von mir erwarten können.

Erst zwei Tage vor Heiligabend, am 22. Dezember, entschloss ich mich endlich, nachzugeben und Iván aufzusuchen. Den Vorwand, wenn auch keinen besonders guten, lieferte mir meine Frau: Sie wollte ihn für den Abend des 24. zum Essen einladen. Das Problem war nur, dass sowohl Iván als auch ich das ganze Getue um Weihnachten und die festliche Stimmung, zu der sich die Leute in diesen Tagen verpflichtet fühlen, schon immer gehasst haben.

Als ich zu ihm kam, waren Tür und Fenster geschlossen. Ich klopfte mehrmals, ohne Erfolg. Irgendetwas kam mir seltsam vor, auch wenn ich in diesem Augenblick noch nicht wusste, worin dieses Seltsame bestand, abgesehen davon, dass alles still und die Wohnung verschlossen war.

Da es erst drei Uhr nachmittags war, ging ich zu der Bruchbude, in der Iván seine Tierklinik betrieb, doch auch hier war alles abgesperrt. Ich fragte eine Frau, die gegenüber wohnte, und sie sagte mir, dass Iván seit zwei oder drei Tagen nicht mehr aufgetaucht sei, was sie wundere, denn normalerweise bleibe er nie so lange weg.

Ich ging zurück zu Ivóns Wohnung und klopfte beim Nachbarn, der ihm den Farbfernseher geliehen hatte. Der Mann erkannte mich wieder und forderte mich auf, hereinzukommen, doch ich sagte, ich sei in Eile und wolle nur wissen, ob er Iván gesehen habe.

»Vor drei Tagen … Ja, ich glaube, ich habe ihn seit drei Tagen nicht mehr gesehen.«

Ich bedankte mich und wünschte ihm aus reiner Höflichkeit ein frohes Fest. Der Mann dankte mir mit der bedeutungsschweren Formel: »Frohe Weihnachten.«

Als ich zu meinem Pontiac zurückging und mich fragte, wo zum Teufel Iván stecken könne, erinnerte ich mich daran, dass der Weihnachtsgruß des Nachbarn dieselbe Formel war, mit der mein Freund den Mann, der Hunde liebte, an dem Tag, an dem sie sich zum letzten Mal begegnet waren, vor exakt siebenundzwanzig Jahren, verabschiedet hatte. Und da ging mir ein Licht auf: Wie war es möglich, dass Truco nicht gebellt hatte, als ich an die Wohnungstür geklopft hatte? Sonst bellte der Hund bei jeder Gelegenheit, und dafür, dass er nicht angeschlagen hatte, konnte es nur drei Gründe geben: Entweder er war sehr krank, oder er befand sich nicht in der Wohnung, oder – das Wahrscheinlichste – er war gestorben, vielleicht aus Trauer über Anas Tod.

Von einer bösen Vorahnung getrieben, begab ich mich zu dem einzig funktionierenden öffentlichen Telefon, das es im Viertel gab: zu dem Zeitungs- und Zeitschriftenkiosk, an dem weder Zeitungen noch Zeitschriften verkauft wurden. Von dort aus gelang es mir, Frank und Anselmo anzurufen, und beide versicherten mir, dass Iván schon seit einiger Zeit nicht mehr bei ihnen gewesen sei. Als Nächstes rief ich Raquelita an, die mir sagte, dass sie Iván schon seit einer Ewigkeit nicht mehr gesehen habe, und das sei auch besser so, denn am liebsten würde sie diesem »alten Blödmann« und »Unglücksraben«

nie wieder begegnen. Ich setzte mich in meinen Pontiac und dachte nach. In Wirklichkeit waren meine Möglichkeiten beschränkt. Ich hatte keine Ahnung, wo ich ihn suchen sollte, doch ich wusste, dass ich ihn suchen musste. In diesem Land pflegen Menschen nicht einfach so zu verschwinden. Wenn jemand nicht mehr auftaucht, dann deshalb, weil ihn das Meer verschlungen hat oder er noch kein Kleingeld hat, um von der erstbesten Telefonzelle in Miami aus anzurufen. Aber das würde Iván nicht tun, nicht jetzt, nach allem, was er in den geschlossenen vier Wänden der Insel erlebt hatte.

Plötzlich kam mir eine Idee. Ich startete den Wagen und fuhr zum Friedhof. Hier war – nach der letzten Beerdigung am Nachmittag – keine Menschenseele zu sehen. Die Familiengruft, in der Ana begraben war, lag einsam und verlassen da, ein schrecklicher Zustand, in dem alle Toten zurückgelassen werden. Die Kränze und Blumen waren schon lange verwelkt und verstaubt, und in ein paar Wochen würde es hier aussehen, als hätte niemand den Ort jemals besucht.

Ich verließ den Friedhof und machte mich auf die Suche nach einem anderen Telefon, um Gisela anzurufen, Anas Schwester. Auch sie wusste nichts von Iván, der sie nach der Beerdigung nicht einmal angerufen hatte. Meine Unruhe wuchs, und mir fielen seine Verwandten in Antilla ein, unten im Osten Kubas, bei denen Iván damals nach seiner Entlassung aus der Klinik Calixto García einige Wochen gewohnt hatte. Da ich nun schon mal im Vedado war, fuhr ich zu Raquelita (zu der Prachtvilla, die ihr zweiter Mann ihr »besorgt« hatte, ein dicker Juwelier und Schwarzhändler, den halb Havanna als den »Magier« Alcides kannte, ein Gewinner des Sozialismus, Raquelitas wirklicher Mann fürs Leben) und überredete sie, in einem alten Notizbuch die Telefonnummer von Serafín und María in Antilla zu suchen, dem Cousin und der Cousine von Iváns Mutter. Raquelita hatte sich jetzt doch von meiner Sorge anstecken lassen und erklärte sich bereit, dort anzurufen, um am Ende die Antwort zu bekommen, die ich bis jetzt von allen gehört hatte. Die Verwandten in Antilla wussten nicht einmal, dass Ana tot war. Ich verließ Raquelitas Haus mit einem zusätzlichen Kummer im Herzen, denn offensichtlich interessierte sich Francesca, ihre gemeinsame Tochter, nicht sonderlich dafür, was mit ihrem Vater geschehen sein könnte. Was mich dagegen nicht überraschte, war, dass sie Vorbereitungen traf, um die Insel zu verlassen – eine Entscheidung, die ihr Bruder Paolo und meine Kinder als typische Vertreter ihrer Generation bereits vor ihr getroffen hatten.

Während des Abendessens spürte ich, wie sich meine Sorge um Iván in ein Gefühl der Schuld verwandelte, denn ich war überzeugt davon, dass ihm etwas Ernstes zugestoßen war. Ich erzählte meiner Frau von meinen Nachforschungen, die ich am Nachmittag angestellt hatte, und sie brachte mich auf eine Idee, auf die ich bis dahin noch gar nicht gekommen war: zur Polizei zu gehen. Zuerst kam es mir übertrieben und lächerlich vor, doch dann begann ich, die Möglichkeit ernstlich in Erwägung zu ziehen. Es konnte ihm tatsächlich etwas zugestoßen sein, vielleicht war er im Krankenhaus, hatte einen Unfall gehabt, einen Herzinfarkt, ich weiß nicht mehr, was ich dachte. Und wenn er tatsächlich auf ein Floß geklettert und noch nirgendwo angekommen war, oder wenn er ertrunken war, wie sein Bruder William? … Gegen Mitternacht zog ich mich, anstatt ins Bett zu gehen, wieder an, entschlossen, auf dem Kommissariat in der Avenida de Acosta eine Vermisstenanzeige aufzugeben, doch als ich nur noch zwei Häuserblocks von dem der Polizeiwache entfernt war, hatte ich einen Geistesblitz. Ich kehrte um und nahm Kurs auf Lawton, ohne zu wissen (ich weiß es bis heute nicht), warum ich mir so sicher war, was ich dort vorfinden würde.

Ich ging durch den dunklen, schmierigen Flur, der zu Iváns Wohnung führte. In der Hand hielt ich die Brechstange, die ich immer im Kofferraum meines Pontiac habe. Vor der Tür nahm ich einen üblen Geruch wahr, den ich am Nachmittag nicht bemerkt hatte, und meine Vorahnung wurde zur Gewissheit. Dennoch klopfte ich mehrmals, rief Iváns Namen und den von Truco. Die einzige Antwort darauf war Stille. Ich beschloss, nicht länger zu zögern. Ein einziger Schlag mit der Brechstange sprengte das Türschloss, das so verrostet war, dass es fast aus der Verankerung sprang. Sogleich wurde der Gestank intensiver. Ich tastete mich zu dem Lichtschalter vor, bemüht, nicht gegen die Holzpfosten zu stoßen, die die Zimmerdecke abstützten. Als ich den Schalter endlich fand und Licht machte, sah ich vom Wohnraum aus etwas, das ich am liebsten nie gesehen hätte: Das Bett, das im Schlafzimmer nebenan stand, war unter der Last, die es zu tragen hatte, zusammengebrochen. Unter den Trümmern von Holz, Beton und Gips entdeckte ich zwei Beine, einen Arm, den Teil eines Kopfes und auch etwas von dem gelblichen Fell eines Hundes. Ich hob den Blick und sah ein paar von Rost zerfressene Eisenstangen von der Decke hängen und, darüber, einen nüchternen und fernen, sternenlosen Himmel.

Ich zog einen der Eisenstühle zu mir heran und ließ mich auf ihn fallen. Vor mir sah ich das voraussehbare Ende eines Weges, eine Katastrophe apokalyptischen Ausmaßes: den Einsturz einer Wohnung und einer ganzen Stadt, vor allem aber den eines Traumes und eines Lebens. Dieser tödliche Schutthaufen war das passende Mausoleum für meinen Freund Iván Cárdenas Maturell, einen anständigen Menschen, gegen den sich das Schicksal, das Leben und die Geschichte verschworen hatten, um ihn am Ende zu zerstören. Seine rissige Welt hatte sich aufgelöst und ihn auf so schreckliche wie absurde Weise unter sich begraben. Das Schlimmste daran war jedoch, zu wissen, dass Ivlns Untergang auf irgendeine Art – auf vielerlei Arten – auch der meiner Welt und der Welt so vieler Leute war, die Raum und Zeit mit uns geteilt hatten und noch teilten. Iván hatte sich davongemacht und mir seine kosmische Enttäuschung hinterlassen, die gefährliche Bürde einer Leidenschaft, die er nicht länger hatte tragen wollen, dazu einen Karton, in dem sich sämtliche Blätter befanden, die er und Ramón Mercader (in Wirklichkeit Jaime López) beschrieben hatten: das getreue Abbild ihrer Seele und ihrer Zeit … Woran mochte Iván wohl gedacht haben, als er das Zerbersten der Stützpfeiler hörte und den Tod auf sich zukommen sah, wie vom Himmel gefallen durch Schwäche und Schwerkraft, die beiden einzigen Kräfte, die noch dazu imstande sind, uns zu bewegen? Vielleicht hat er an gar nichts gedacht. Er hatte aufgeschrieben, was er aufschreiben musste, um ein physiologisches Bedürfnis zu befriedigen, und damit hatte sich sein Leben in die trostloseste Leere verwandelt, die man sich vorstellen kann. Dahin war es mit uns gekommen, nachdem wir so lange mit verbundenen Augen vorangeschritten waren. Ich erinnerte mich an das, was Iván über die Melancholie seines Hundes, über die unendliche Freiheit und das Öffnen von Fenstern für kollektive Denkweisen gesagt hatte … und wieder tauchte das verschwommene Bild vom Trevi-Brunnen vor mir auf, in den weder Iván noch ich jemals eine Münze werfen würden.

Endlich habe ich Iváns Geschichte lesen können. Mehr als fünfhundert maschinengeschriebene Seiten, übersät mit Streichungen und Anmerkungen, verteilt auf drei Umschläge, die er mit meinem vollständigen Namen versehen hatte – Daniel Fonseca Ledesma –, wie um jede Verwechslung auszuschließen.

Beim Lesen spürte ich, wie Iván aus seiner Haut stieg und aufhörte, die schreibende Person zu sein, um sich in eine Figur innerhalb des Geschriebenen zu verwandeln. Mein Freund wird zu einem Kondensat unserer Zeit, zu einem bisweilen übertrieben tragischen Charakter, wenn auch mit unbestreitbar realen Zügen. Denn Iván repräsentiert die Masse, die zur Anonymität verdammte Menge, und seine Person funktioniert auch als Metapher einer Generation und als prosaisches Resultat eines historischen Scheiterns.

Obwohl ich versucht habe, es zu verhindern, obwohl ich mich dagegen gewehrt und mich geweigert habe, spürte ich beim Lesen, wie so etwas wie Mitleid in mir entstand. Aber nur für Iván, nur für meinen Freund, denn er verdient es. Er verdient es wie alle Opfer, wie alle tragischen Figuren, deren Schicksal von höheren Kräften bestimmt wird, die stärker sind als sie, die sie manipulieren und aus ihnen einen Haufen Scheiße machen. Genau das war unsere kollektive Bestimmung, und zum Teufel mit Trotzki, der in seinem blinden Fanatismus und seiner Besessenheit, historisch zu sein, nicht an die Existenz persönlicher Tragödien glaubte, sondern nur an Veränderungen von sozialen Epochen, die über den Menschen stehen. Und was ist mit den Menschen? Hat jemand von denen irgendwann einmal an die Menschen gedacht? Haben sie mich gefragt, haben sie Iván gefragt, ob wir bereit waren, unsere Träume, unser Leben und alles andere hintanzustellen, bis sich alles (sogar der gesegnete Kelch) in der historischen Ermüdung und der pervertierten Utopie auflösen würde?

Ich möchte nicht zu sehr darüber nachdenken, denn ich könnte es bereuen. Ich werde das Einzige tun, was ich tun kann, will ich mich nicht dazu verurteilen, das tote Gewicht einer Geschichte von Verbrechen und Betrug für immer mit mir herumzuschleppen, will ich nicht bis zum letzten Milligramm die Angst erben, die Iván verfolgt hat, will ich mich nicht schuldig fühlen, dem Letzten Willen meines Freundes entsprochen oder nicht entsprochen zu haben. Ich gebe ihm das zurück, was ihm zusteht.

Ich lege sämtliche Papiere in einen kleinen Karton und verklebe ihn so dicht mit Klebestreifen, bis die gesamte Oberfläche von dem stahlgrauen Band bedeckt ist. Heute Morgen habe ich Truco im Hof meines Hauses begraben, und in sein Leichentuch habe ich ihm ein Exemplar des Erzählbandes gelegt, den Iván vor ewigen Zeiten veröffentlicht hat, zusammen mit Mercaders Feuerzeug und Anas Bibel. Heute Nachmittag, wenn man den Sarg meines Freundes schließt, werden das Kreuz des Schiffbruchs (aller unserer Schiffbrüche) und dieser Karton voller Scheiße, Hass und Tonnen von Enttäuschung und Angst mit ihm den Weg antreten: in den Himmel oder in die materialistische Fäulnis des Todes. Vielleicht auch auf einen Planeten, wo die Wahrheit noch wichtig ist. Oder auf einen Stern, wo es keinen Grund gibt, Angst zu haben, und wo wir uns sogar glücklich darüber schätzen dürfen, Mitleid zu fühlen. Oder in eine Galaxie, in der Iván vielleicht etwas anzufangen weiß mit einem vom Meer verrotteten Kreuz und mit dieser Geschichte, die nicht die seine ist, die es aber in Wirklichkeit doch ist und die auch die meine ist und die unzählig vieler anderer Menschen, die nicht darum gebeten haben, in ihr mitzuspielen, ihr jedoch nicht entkommen konnten. Vielleicht wird das alles an den utopischen Ort gelangen, an dem mein Freund ohne den geringsten Zweifel wissen wird, was zum Teufel er mit der Wahrheit, dem Vertrauen und dem Mitleid anfangen soll.

Mantilla, Mai 2006 – Juni 2009

Dankbare Nachbemerkung

Diesen Roman habe ich vielleicht im Oktober 1989 zu schreiben begonnen, als sich die Berliner Mauer, ohne dass es viele Menschen noch ahnten, gefährlich neigte, bevor sie nur wenige Wochen später einstürzen und endgültig verschwinden sollte.

Ich war damals gerade vierunddreißig Jahre alt und machte meine erste Reise nach Mexiko. Da ich annahm, dass der Stadtteil Coyoacán sehr weit vom Zentrum entfernt liegt, bat ich Ramón Arencibia, einen kubanisch-mexikanischen Freund, der das hässlichste Auto im ganzen Distrikt Mexiko-Stadt besaß, mich zu dem Haus zu bringen, in dem Leo Trotzki gelebt hatte und in dem er gestorben war. Obwohl ich (wie jeder Kubaner meiner Generation) so gut wie keine Ahnung vom abenteuerlichen Leben und von den Ideen des ehemaligen Bolschewikenführers hatte und schon deshalb niemand sein konnte, der dem Trotzkismus nahestand, glaube ich, dass der bloße Anblick jenes Ortes, der zu einem Museum und, seit die Trotzkis ihn bewohnt hatten, zu einem wahrhaften Monument für das Scheitern, die Angst und den Sieg des Hasses geworden war, der Samen, aus dem, nach einer sehr langen Inkubationszeit, die Idee für diesen Roman entstand.

Mehr als fünfzehn Jahre später, bereits im 21. Jahrhundert, als die UdSSR tot und begraben war, nahm ich das Projekt in Angriff. Ich wollte die Geschichte des Mordes an Trotzki dazu benutzen, über die Pervertierung der großen Utopie des 20. Jahrhunderts nachzudenken, jenes Prozesses, in den viele von uns ihre Hoffnungen investiert hatten und ebenso viele ihre Träume, ihre Jahre und manche sogar ihr Leben verloren haben. Darum hielt ich mich so getreu wie möglich (vergessen Sie nicht, dass es sich um einen Roman handelt, trotz der bedrückenden Anwesenheit der Zeitgeschichte auf jeder einzelnen seiner Seiten) an die Episoden und die Chronologie des Lebens von Leo Trotzki in den Jahren, in denen er deportiert, gehetzt und schließlich ermordet wurde, und versuchte, das aufzuspüren, was wir über das Leben oder die Leben von Ramón Mercader wissen (in Wirklichkeit sehr wenig) und, ausgehend vom Überprüfbaren und im historischen Kontext Möglichen, auf dem schmalen Grat der Spekulation rekonstruieren können. Diese Gratwanderung zwischen verifizierbarer Realität und Fiktion gilt für den Fall Mercader ebenso wie für den der vielen anderen realen Personen, die in dem Roman – ich wiederhole: Roman – auftauchen, der die Freiheiten und Anforderungen der Fiktion für sich in Anspruch nimmt.

Zwischen der Absicht, diesen Roman zu schreiben, und der tatsächlichen Niederschrift lagen Jahre des Nachdenkens, Lesens, Recherchierens und Diskutierens, Jahre, in denen ich mit Erstaunen und Entsetzen wenigstens in einen Teil der Wahrheit einer Geschichte einzudringen versucht habe, die exemplarisch ist für das 20. Jahrhundert und die Biografien jener düsteren, aber realen Personen, die das Buch bevölkern. In diesem langen Prozess war ich auf die Mitarbeit, das Wissen, die Erfahrungen und die Nachforschungen vieler Menschen angewiesen, von denen manche sogar ihre eigenen Erlebnisse und Zweifel angesichts einer Geschichte mit mir teilten, die meistens vergessen und begraben ist oder von den politischen Führern, die siebzig Jahre lang die Herren der Macht und natürlich auch der Zeitgeschichte waren, verfälscht wurde.

Wie immer musste ich in der Zeit zwischen Niederschrift und Veröffentlichung auf die Hilfe von Freunden zurückgreifen, die mich bei meiner Recherche unterstützten, die verschiedenen Versionen lasen, aus denen nach und nach der Roman entstehen sollte, und mit mir über Inhalt und literarische Lösungen diskutierten; ein Austausch, der es mir ermöglichte, die nötigen Verbesserungen vorzunehmen, angefangen bei der Zeichensetzung über die Erzählperspektive bis hin zu den historischen und philosophischen Fragen, die ich auf den mehr als fünfhundert Seiten dieses Buches behandle.

Darum möchte ich all denen meinen übergroßen Dank aussprechen, die mich auf die eine oder andere Weise in der einen oder an-
deren Phase mit ihrer Geduld, ihrem Wissen und ihrem gesunden
Menschenverstand oder einfach nur hinter dem Steuer ihres Autos
(wie mein Freund Ramón Arencibia) dabei unterstützt haben, diesen
Roman zu konzipieren, zu verfeinern und immer und immer wieder
umzuschreiben. In Spanien gewährten mir Javier Rioyo, José Luis
López Linares, Jaime Botella, Felipe Hernández Cava, Luis Plantier,
Xabier Eizaguirre, Emilia Anglada und meine (natürlich kubanische)
Freundin Lourdes Gómez ihre unschätzbare Hilfe. Moskau hätte
sich mir niemals erschlossen ohne die großzügige Unterstützung von
Víctor Andresco, Miguel Bas, Alexander Kazachkov (»Shura«), Tat-
jana Pigarjowa, Jorge Martí und Mirta Karcick. In Frankreich wa-
ren Elisa Rabelo und François Crozade sowie meine liebe Verlegerin
Anne Marie Métailié meine wichtigsten Stützen. Mein guter Freund
Johnny Andersen führte mich in Dänemark auf Trotzkis Spur. Für
ihre intelligenten Korrekturen und die wertvollen bibliografischen
Hinweise bedanke ich mich bei meinen mexikanischen Freunden
Miguel Díaz Reynoso und Gerardo Arreola, den vielleicht enthu-
siastischsten Unterstützern dieses Projektes, sowie bei dem peruani-
schen Forscher Gabriel García Higueras und meinem argentinischen
Freund Darío Alessandro. Aus Kanada und England erhielt ich Hilfe
von den Professoren (und Freunden) John Kirk und Steve Wilkin-
son. Und von meinen vielen kubanischen (oder, in manchen Fällen,
fast kubanischen) Mitarbeitern muss ich unbedingt die folgenden
nennen: den Buchhändler Barbarito, Dalia Acosta, Helena Núñez,
Stanislav Verbov, Alex Fleites, Fernando Rodríguez, Estela Navarro,
Juan Manuel Tabío, José Luis Ferrer (auf der anderen Seite des großen
Teiches), Leonel Maza, Harold Gratmages, Dr. Fermín und Dr. Az-
cue, Lourdes Torres, Arturo Arango und Rafael Acosta.

Wie bei allen meinen letzten Büchern gilt mein ganz besonderer Dank, für ihre Arbeit, ihre Leidenschaft, ihr Vertrauen und ihre
Geduld, meinen spanischen Verlegerinnen und Verlegern Beatriz de
Moura, Antonio López Lamadrid und vor allem Juan Cerezo, der sich
die Mühe gemacht hat, das Buch Wort für Wort durchzusehen, mit

einer Intelligenz, einer Hingabe und einer Liebe, die nur noch wenige Verleger besitzen und die wenigsten investieren. Desgleichen danke ich Ana Estevan, die den Text ediert hat. Und in diesem Zusammenhang darf auch nicht das begeisterte und scharfsinnige Korrekturlesen von Madame Anne Marie Métailié vergessen werden …

Nie, so glaube ich, werde ich meinen treuesten und ausdauerndsten Leserinnen Elena Zayas in Paris und Vivian Lechuga hier in Havanna für ihre »Akkordarbeit« genug danken können. Sie haben den Roman praktisch mit mir zusammen geschrieben.

Und zuletzt, wie es nicht anders sein kann und nie anders sein wird, muss ich meinen größten und innigsten Dank an Lucía schriftlich festhalten. Sie hat sich so intensiv wie sonst niemand auf die Geschichte eingelassen und mir die besten Ideen geschenkt; aber vor allem hat sie mich unterstützt und ertragen in diesen fünf Jahren der Trauer und der Freude, der Zweifel und der Ängste (erinnern Sie sich an Iván?), in denen ich morgens, nachmittags, abends und nachts damit zugebracht habe, die Geschichte aus mir herauszuholen und ihr eine literarische Form zu geben: diese exemplarische Geschichte von Liebe, Wahnsinn und Tod, die, so hoffe ich wenigstens, etwas zu der Klärung der Frage beiträgt, wie und warum die Utopie pervertiert wurde, und die vielleicht sogar Mitleid erregt.

Leonardo Padura Fuentes,
wie immer in Mantilla, Sommer 2009

Leonardo Padura

Eigentlich hatte der 1955 in Havanna geborene Autor Leonardo Padura seine Karriere als Journalist begonnen: Nach dem Abschluss des Lateinamerikanistik-Studiums in Havanna schrieb er zunächst für die Zeitschrift *El Caimán Barbudo*. Drei Jahre später wurde er wegen »ideologischer Probleme« strafversetzt zur Zeitung *Juventud Rebelde*. Bald gehörten seine Reportagen zu den meistgelesenen in Kuba, auch deshalb, weil er sich nicht scheute, entlegene und unbequeme Themen aufzugreifen. Nach 1989 folgten sechs Jahre als Chefredakteur bei der Kulturzeitschrift *La Gaceta de Cuba*.

Die Kriminalromane seines *Havanna-Quartetts* sind für Leonardo Padura denn auch nur ein Vorwand, um von der kubanischen Gesellschaft zu erzählen und das Gewissen seiner Generation einer Prüfung zu unterziehen. Vor dem *Havanna-Quartett,* das ihn international bekannt machte, veröffentlichte Padura einen Roman sowie mehrere Bücher mit Erzählungen und Reportagen, für die er in Kuba verschiedene Preise erhielt. Seine Werke wurden sowohl in Kuba als auch international ausgezeichnet, unter anderem mit dem Premio de América insular y de la Guayana, dem Premio Internacional de Novela Negra, dem Premio Hammett und dem Premio Café de Gijón. 2012 wurde ihm der kubanische Nationalpreis für Literatur zugesprochen, 2015 erhielt er den Prinzessin-von-Asturien-Preis in der Sparte Literatur.

Der Übersetzer

Hans-Joachim Hartstein, geboren 1949, studierte Romanistik in Köln und Münster und übersetzt seit 1980 französisch- und spanischsprachige Literatur. Seit 1988 ist er zudem Lehrbeauftragter an der Universität Düsseldorf am Institut für Literaturübersetzer. 1989 war er Stipendiat des Freundeskreises literarischer und wissenschaftlicher Übersetzer. Zu den von ihm übersetzten Autorinnen und Autoren gehören Georges Simenon, Léo Malet, Luis Goytisolo, Juan Madrid, Marina Mayoral und Ernesto Che Guevara.

Leonardo Padura im Unionsverlag

DAS HAVANNA-QUARTETT
Havanna im Jahr 1989: Im Paradies der Revolution steht nicht
alles zum Besten. Schicht um Schicht legt der Polizist Mario
Conde die kubanische Realität frei und misst sie an den Illusionen und Träumen seiner Jugend.

Ein perfektes Leben (Winter)
Handel der Gefühle (Frühling)
Labyrinth der Masken (Sommer)
Das Meer der Illusionen (Herbst)

WEITERE WERKE
Adiós Hemingway
Der Nebel von gestern
Der Mann, der Hunde liebte
Der Schwanz der Schlange
Ketzer
Die Palme und der Stern
Neun Nächte mit Violeta
Die Durchlässigkeit der Zeit
Wie Staub im Wind
Anständige Leute

»Leonardo Paduras Romane sind kritische Liebeserklärungen
an Kuba, die oft weit in die Vergangenheit zurückreichen,
aber doch in der Gegenwart ankommen. In ihnen erweist sich
Padura als einer der großen Autoren der gegenwärtigen Welt-
literatur.« *Wilhelm Roth, Die Welt*

»Padura hält nichts von der Schwarz-Weiß-Malerei, die in Kuba
und anderswo so beliebt ist; er verdammt die über sein Land kur-
sierenden Stereotype in Bausch und Bogen und freut sich über
den angekündigten Wandel.« *Knut Henkel, Neue Zürcher Zeitung*

Mehr über Autor und Werk auf *www.unionsverlag.com*

Patrick Deville im Unionsverlag

Pest & Cholera
Der französische Bestsellerautor erzählt in einem leidenschaftlichen Abenteuerroman von einem außergewöhnlichen Mann
und seiner Epoche. Alexandre Yersin, Arzt, Forscher, Seefahrer,
Landwirt, Geograf und Mitarbeiter Louis Pasteurs, entdeckt in
China den Pestbazillus und entwickelt als Erster einen Impf-
stoff gegen die Geißel der Menschheit.

Kampuchea
Auf einer Schmetterlingsjagd steht Henri Mouhot plötzlich
vor den vergessenen Ruinen von Angkor Wat. Hundertfünfzig
Jahre später wird dem Leiter des Foltergefängnisses der Roten
Khmer der Prozess gemacht. Zwischen Königen und Bauern,
Generälen und Kommunisten entfaltet sich das Drama der
kambodschanischen Geschichte.

Äquatoria
Schon als Kind packte ihn das Entdeckungsfieber. In Frankreichs Auftrag reist Pierre Savorgnan de Brazza durch Gabun,
Angola, Algerien, in den Kongo, an die Ufer des Tanganjika-
sees und nach Sansibar. Als er später der brutalen Gewaltherr-
schaft der kolonialen Regimes begegnet, wird sein Bericht im
Safe des Ministeriums weggesperrt.

Viva
Leo Trotzki, Revolutionär auf der Flucht, steigt in Mexiko von
Bord eines Tankers. In Frida Kahlos Garten brütet er über
der Entgleisung der Russischen Revolution. Währenddessen
schreibt Malcolm Lowry zum Rhythmus des mexikanischen
Regens sein Meisterwerk *Unter dem Vulkan.* Patrick Deville
verwebt ihre Geschichten zu einem virtuosen Mosaik.

Mehr über Autor und Werk auf *www.unionsverlag.com*

Vicente Alfonso *Die Tränen von San Lorenzo*
Einer der Ayala-Zwillinge wird des Mordes verdächtigt. Das
Problem: Sie sind identisch. Von Rómulo fehlt jede Spur – Remo
ist in therapeutischer Behandlung. Was hat das Verschwinden
der heiligen Niña damit zu tun und warum interessiert sich
ein hoher Politiker dafür? Wie nah kommt man der Wahrheit,
wenn sie wie Perseiden an uns vorbeizieht?

Leonardo Padura *Ketzer*
London, 2007: Sensation auf dem Kunstmarkt. Ein bislang
unbekanntes Christusporträt von Rembrandt taucht bei einer
Auktion auf. Wer ist der Eigentümer? Mario Conde macht sich
auf die Suche nach den Geheimnissen des Christusbildes. Der
Fall führt ihn durch die Jahrhunderte. Die Spur zieht sich um
die halbe Welt.

Claudia Piñeiro *Elena weiß Bescheid*
Rita wird tot aufgefunden, erhängt im Glockenturm der Kirche.
Doch Elena, die Mutter, kann oder will nicht an Selbstmord
glauben. Trotz ihrer schweren Parkinson-Erkrankung begibt sie
sich auf die Suche nach dem Geheimnis um Ritas Tod – und
muss sich am Ende einer Wahrheit stellen, mit der sie nicht
gerechnet hat.

Fernando Contreras Castro
Der Mönch, das Kind und die Stadt
In einem Bordell von San José kommt ein Kind zur Welt. Die
Huren verstecken den Jungen, und Jerónimo, Ex-Mönch und
Bruder der Bordellköchin, kümmert sich um ihn und bringt
ihm die Welt bei, wie er sie aus den gelehrten Büchern kennt –
bis auch der Mönch sich schließlich ein Herz fasst und sie ge-
meinsam durch die Straßen und Märkte ziehen.

Mehr über alle Bücher und Autoren auf *www.unionsverlag.com*

CAMILO SÁNCHEZ *Die Witwe der Brüder van Gogh*
Paris im Jahr 1890: Johanna van Gogh Bonger ist mit Vincent
van Goghs jüngerem Bruder Theo verheiratet. Als der Maler
sich das Leben nimmt, stirbt kurz darauf auch Theo, erfüllt von
tiefer Trauer. Johannas Leben verändert sich von Grund auf,
als sie van Goghs Kunst zum Erfolg verhilft.

HALIDE EDIP ADIVAR *Mein Weg durchs Feuer*
Halide Edip Adivars Lebensgeschichte spiegelt den stürmischen Umbruch ihres Landes. Mit wachem Blick verfolgt sie
den Untergang des Osmanischen Reichs und das Erstarken
der Nationalen Bewegung. Die emanzipierte und eigensinnige
Schriftstellerin stellt sich in den Dienst der neuen Türkei, bewahrt jedoch ihren kritischen Blick.

JÖRG SAMBETH *Zwischenfall in Seveso*
Der Chemieunfall in Seveso 1976 war die größte Umweltkata-
strophe, die bis dahin in Europa geschah. Jörg Sambeth war für
den Reaktor verantwortlich. Die Konzernleitung befahl ihm
zu schweigen. Wer trägt die Schuld? Sambeth hat über seine
Erlebnisse einen Tatsachenroman aus dem Innenleben eines
Weltkonzerns geschrieben.

MANO DAYAK *Geboren mit Sand in den Augen*
»Jedes Mal, wenn ich der Wüste gegenüberstehe, führt sie mich
auf die erregende Reise in mein eigenes Ich. Die Wüste scheint
ihrem Bewohner ewig, und sie schenkt diese Ewigkeit dem
Menschen, der sich ihr verbunden fühlt.« Der Führer der Tua-
reg-Rebellen schildert in dieser Autobiografie sein bewegtes,
viel zu kurzes Leben.